suhrkamp taschenbuch 3652

»Kluges Erzählungen von den kleinen und großen Katastrophen von heute zurück bis zu Gilgamesch sind vor allem eins: ein großes Prosawerk über das, was sich durch die Zeitabläufe allein nicht ändert: das Inventar, mit dem wir uns orientieren – die Macht der Gefühle. . . . Genauigkeit, Scharfsinn und Phantasie, Einfühlungsgabe und Kälte sind das Rüstzeug, mit dem der Autor seine Geschichten baut, und da er die Zweideutigkeit des Gefühls nie an die schnelle Pointe verrät, kommt er dem ambivalenten Urgrund all unserer Handlungen und Entscheidungen ziemlich nahe . . . Während die zeitgenössische Literatur sich derzeit in der mal zynischen, mal moralisch dräuenden Apotheose von Gleichgültigkeit gefällt, hat Kluge dem unbeugsamen Glücksverlangen noch einmal eine Hochburg gebaut und dem ›langen Marsch des Urvertrauens‹ einen Weg in die Zukunft gebahnt.«
Andrea Köhler, *Neue Zürcher Zeitung*.

Alexander Kluge, geboren 1932, las erstmals 1962 in der Gruppe 47. Er ist Autor vieler Bücher und Regisseur von bislang 23 Filmen und zahllosen Kulturmagazinen. Für sein literarisches Werk wurde er mit vielen Preisen, zuletzt mit dem Georg-Büchner-Preis, ausgezeichnet.

Alexander Kluge
Chronik der Gefühle

Band II
Lebensläufe

Suhrkamp

Unveränderter Nachdruck
der Originalausgabe von 2000

Umschlagfoto: © Andreas Taubert/Bilderberg
(Love Parade 97)

suhrkamp taschenbuch 3652
Erste Auflage 2004
© Suhrkamp Verlag Frankfurt am Main 2000
Suhrkamp Taschenbuch Verlag
Druck: Ebner & Spiegel, Ulm
Printed in Germany
Umschlag: Göllner, Michels, Zegarzewski
ISBN 3-518-45652-0

1 2 3 4 5 6 – 09 08 07 06 05 04

Die Kapitel von Band II

Die Kapitel von Band I

Vorbemerkung

Abb.: »Kommt gestern morgen?« Minotaurus, zum Horizont blickend

Die Kapitel 8, 9 und 10 erzählen aus den Perspektiven von 1977, 1972 und 1962. Die Kapitel 11 und 12 handeln davon, was uns an Vergangenem in der Zukunft wiederbegegnet und worin wir glücklich eingebettet sind: in die Äonen, das Urvertrauen.

Gegenwart nennen wir bekanntlich, wenn es hoch kommt, 90 Jahre. Das Wirkliche an dieser Gegenwart ist die Schubkraft von 20 Milliarden Jahren.

A. K.

8

›Unheimlichkeit der Zeit‹
Neue Geschichten
Hefte 1-18

Die folgenden Geschichten sind in der Form von Heften (1-18) wiedergegeben. **Geschichten ohne Oberbegriff.** *Es hat den Anschein, daß einige Geschichten nicht die Jetztzeit, sondern die Vergangenheit betreffen. Sie handeln in der Jetztzeit. Einige Geschichten zeigen* **Verkürzungen.** *Genau dies ist dann die Geschichte. Die Form des Einschlags einer Sprengbombe ist einprägsam. Sie enthält eine Verkürzung. Ich war dabei, als am 8. April 1945 in 10 Meter Entfernung so etwas einschlug. Die Regenpfütze, die von niemand gebraucht wird, die nicht terrorisiert wird, damit sie sich »verhält«, kann sich die klassische Form leisten: Übereinstimmung von Form und Inhalt. Wir Menschen sind dadurch bestimmt, daß Form und Inhalt miteinander Krieg führen. Wenn nämlich der Inhalt eine Momentaufnahme (160 Jahre oder eine Sekunde lang) und die Form das übrige Ganze, die Lücke, ist, das, was die Geschichte gerade jetzt nicht erzählt. Noch eine Bitte: Wenn ich etwas verstanden habe, setze ich mich in Bewegung, reise, handle, oder ich schreibe ein theoretisches Buch. Dies hier ist keines. Deshalb meine ich nicht weniger, was ich schreibe. Ich fange aber nicht an, die niedergeschriebenen Geschichten nachträglich »auszubessern«. Ich könnte z. B. Irrtümer, historisch Unzutreffendes, Mißverständnisse (»was ich selber nicht begriffen habe, während ich schrieb«) durch Zusätze aufklären. Das ist aber nicht die* **Form,** *in der die Geschichten erzählt sind. Diese Form ist ein Gefühl, das nur einmal mißt, und war es theoretisch (= betrachtenderweise) falsch, dann ist es falsch und mißt so auch.*

Inhalt des 8. Kapitels

Teil I

Teil II

Teil III
Im Hirn der Metropole

Teil I
Hefte 1-4

Heft 1

Was ein Mensch ist, nach Ing. Schäfer – Zustöpseln eines Kinderhirns – Bertrams Proportionsgefühl – Rache durch den Stellvertreter – Bettis Abneigung gegen falsche Harmonie – Ein Gottesgericht . . . – Mit allen Sinnen – N., aus der Gruppe von Ute . . .

Was ein Mensch ist, nach Ingenieur Schäfer

Um mechanisch nachzubauen, was ein Hirn vermag, sagte Ingenieur Schäfer, wäre einschließlich aller Verstärker ein Aggregat in der Größe von Groß-London erforderlich. Das würde als menschliches Hirn aber nur in Gesellschaft anderer tätig, die gleich dazugebaut gehören. Das heißt Untertunnelung des Ärmelkanals, Tunnels und Überbauung des Atlantik bis zu den Azoren usf. Nun kommen aber erst noch die Hände, Füße, der Atem als der gierigste Teil und (dazwischen das übrige) die Zellen, die die gesamte Gattungsgeschichte voraussetzen, so daß ich – vergleichbar einem Pfahldorf – die gesamte Fläche des Planeten ingenieursmäßig überbaut hätte, um auch nur *einen* Menschen zu haben, der wirklich funktioniert.

Zustöpseln eines Kinderhirns

Gerhard, ein Sechsjähriger, mit sehr breitem Kopf, Blondschädel – bis vor zwei Jahren schielte er. Die Bäuerin (Mutter) leugnete das: Das Kind tut nur so. Gerhard schnaufte über der Hausaufgabe. Nach Maßgabe des Mengenlehrebuches für Schulanfänger sollte er Kreuzchen machen dort, wo etwas übereinstimmte (Männchen, Dreiecke usf.), wenn es nicht übereinstimmte: ein Minuszeichen, also einen Strich. Er hätte die für seine Kreuzchen und Striche vorgesehenen Kästchen in dem bemalbaren Buch lieber ausgemalt, also erkannte gleichförmige Kleinheit zweier Dreiecke durch Einmalen eines ähnlichen Dreiecks in eines der Kästchen statt durch ein unsicheres Kreuzchen oder einen Strich wiedergegeben. Gleich waren gleich große Dreiecke oder Männchen und Männchen ja nicht. Denn wenn Gerhard sie lange genug ansah, das Seine dazugab, verwandelten sie sich stets. Er mußte aber den Anforderungen des

Lehrbuchs mit viel Schnaufen folgen. Nach zwei Stunden waren die Kreuz-
chen schon besser. Zunächst so: ⅄ , jetzt so: ✗
Die Mutter-Bäuerin hat den älteren Gerhard immer mißachtet, den um ein
Jahr jüngeren Martin vorgezogen: hübscher, gerade Glieder. Vor allem hat
Martin eine schmalere Kopfform. Gerhard dagegen hat einen Dickschädel.
Diese Mißachtung lastet auf Gerhards Hirn. Als Männchen gezeichnet, waren
Martin und er sicher vergleichbar, weil ja die Männchen Abstraktionen sind
wie Kreuze und Striche. Er ist nicht willig, die Mengenlehre zu begreifen, das
Vergleichbare der Abbildungen herauszuarbeiten, weil er sicher weiß, wie un-
gleich in der Praxis alles Gleiche (oder nur um ein Jahr im Altersunterschied
Versetzte) gehandelt wird. Er stemmt sich gegen den ideologischen Druck der
Schule, einen abstrakten Humangedanken, den die Bäuerin doch nicht teilt,
der aber Gerhards Wahrnehmungen verwischen will.

Dabei ist Gerhard in erster Linie willig. Als ein Tierarzt zu ihm hin sagt: Halte
den Schwanz fest – denn der Arzt will der Kuh in den After fassen –, greift er
den Kuhschwanz ganz fest und hält ihn, der Arzt ist längst fertig, fährt in seinem Wagen in Richtung eines anderen Dorfes, aber G. hält den Kuhschwanz
mit Anspannung aller Kräfte noch längere Zeit in halbwegs waagerechter
Lage. Weil er eines direkten Blickes gewürdigt wurde. Der Arzt hat ihn kurz
angesehen. Das versteht Gerhard ja. Er versteht eigentlich alles.

Bertrams Proportionsgefühl

I

Bertram trat am 1. 4. 1923 in das 7. (Preuß.) Reiterregiment in Breslau-Kleine-
burg ein, 1. Eskadron, die die Tradition des Leibkürassier-Regiments Großer
Kurfürst (1. Schles.) Nr. 1 fortführte. Präzise, realistisch; er hatte Proportionsgefühl. Vier Jahre als Soldat, Uffz., Fahnenjunker, danach Offizierslauf-
bahn.

Jetzt stehen als Reste seines Bereichs 4 Schadpanzer im nördlichen Vorfeld der
Stadt Stalingrad. Ehe seine Gesamtpersönlichkeit (Erfahrung, Erkenntnisse,
Protestgefühl, auch soweit dieses vor Stalingrad angesammelt wurde, Gewissen
der Vorväter usf.) überhaupt reagierte, brach er mit Proviant und einem Obergefreiten nach Osten über die Eisfläche der Wolga, eine Art wüster Steingarten,
weil die Eismassen Blöcke bildeten, durch die sowjetischen Linien und marschierte in einem großen Bogen südlich an Kotelnikowo vorbei bis Stalino.

Als Patient durchläuft er verschiedene Reservelazarette, von seinem Obergefreiten getrennt. Seine Persönlichkeit folgt allmählich nach; traf er im März ein, so kann er schon Ende April ihre Wiederankunft fühlen. Es ist das Gefühl: »schmählich«, »unverzeihlich« »im Stich gelassen« zu sein. »Feige Etappenärsche, die sich nicht rührten.« Was sollen die Worte! Es ist ein Gefühl. Er hat ausreichend Zeit, daß diese Gefühle, allerdings unterhalb der Sprache, in ihm anlangen.

Die Sachbearbeiter, die für »Zerstreuung« der Stalingrad-Erinnerung zuständig sind, Personalabteilung OKH, haben es mit ihm anders vor. Er findet sich wieder, versetzt zur 116. Panzerdivision, in italienischen Restaurants unter Offizierskameraden südlich von Rom, führt hier vor Spaghetti oder Saltimbocca Verschlingenden scharfe, hetzerische Reden, durch Verschwiegenheit des Kameradenkreises geschützt. Anderntags mit schweren, besoffenen Köpfen unterwegs in Richtung des Landekopfes von Salerno.

Bertrams inneres Proportionsgefühl, das ist das, was seine Person unveräußerlich begleitet und auch, wenn er schläft oder große Fahrtstrecken, ohne viel Blicke zu empfangen, zurücklegt, wach bleibt. Für sein Proportionsgefühl war der mit Gefechtsberührung verbundene Rückzug den Stiefel hinauf bis in die Nähe von Rom befriedigend, da er mit den Rohren seiner 16 Panther (7,5-cm-Kanone) – mit dreien dieser Panther fuhr er noch in Rom ein – eine Gleichmacherei herstellte. Das heißt, was er zum Einsturz brachte oder sonst irgendwie glatt machte, entsprach dem Grundverhältnis der vergangenen sechs Monate.[1]

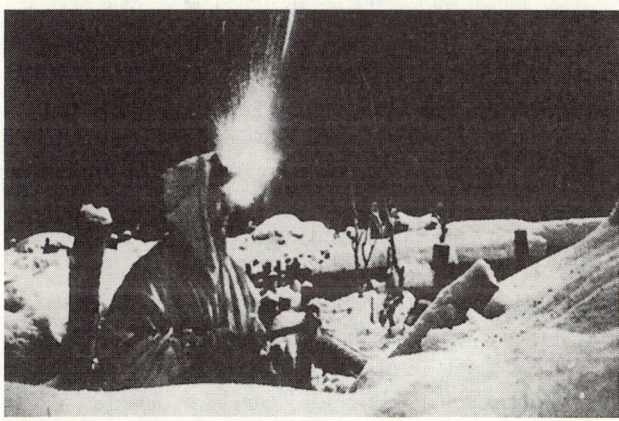

Abb.: Hauptmann i. G. Bertram

1 Stichworte: »Grundverhältnis, Proportionsgefühl«: Für zerschossenen Oberarmknochen 26 RM, für Brustschuß gar nichts, zerstörtes Schulterblatt 4,30 RM Rente – für kulturellen Oberarmknochen der Mona Lisa, auf Ölgemälde zerstört oder herausgeschnitten: 6 Millionen RM Versicherung, für abgebrochene Liebesverhältnisse gar nichts, nichts für den Verlust meiner Leute, von mir als Gärtner 6 Jahre wie Baumschule aus Reichswehrdepot herangezogen.«

II
»Dem Gleich fehlt die Trauer.«[2]

Bertram blieb für Trauer keine Zeit. »An sich« hätte er Zeit gehabt; z.B. bei
plötzlichen Aufenthalten; es waren ja trotz besessener Eile 50 Prozent der Zeit
Wartezeit, Auflösung einer Verkehrsstockung, Herankommen der Tankfahr-
zeuge, Überleben eines Tieffliegerangriffs in einem Pinienhain usf., falls dies
»Zeit« war (einer hätte diese Wartezeiten ihm in »Gefühlszeit« transformieren
müssen). Er war auch insofern kein *Gleich*, als ihm eben nichts an dem, was er
erlebte, gleich war, sondern sein Unterscheidungsvermögen war die Wurzel
des Proportionierungswunsches: diese Lustwiese in italienischer Landschaft
der Trümmerstätte im nördlichen Vorfeld von Stalingrad gleichzusetzen.
Nur darf niemand glauben, daß ihn das abreagierte. Sein Gefühl, oder man
kann es Durst oder Hunger nennen nach einem zusammenhängenden »Sinn-
gehalt« oder wenigstens: einer zusammenhängenden »Wirklichkeitsform«,
wurde nicht geringer. Das kann doch nicht von Stalingrad herrühren, sagte
Oberstleutnant i. G. von Berlepsch, lieber Bertram! Das muß schon länger in
Ihnen gesessen haben. Machen Sie nur keinen Unsinn. Sie fahren wie der germanische Sturm über die Ebenen Apuliens. Er ging davon aus, daß Bertrams
wenig offiziersmäßiges Fehlverhalten, das er zunächst aber deckte, wesentlich
frühere Gründe haben müßte. Es ist ausgeschlossen, daß zwei Monate so
nachwirken, sagte v.B. Er war kein Psychologe. Aber er verstand etwas von
Marschetappen und Gefechtsräumen; Gefühle können sich gar nicht in so kurzer Zeit so umfassend umgruppieren.
Wie dem auch war, bei Durchfahren der »Ewigen Stadt« – die höhere Führung
war kapriziert auf die Erhaltung der unvergänglichen Kunstgüter Roms und
hatte nur Sinn dafür, daß die Truppe so rasch wie möglich nördlich Roms im
Gelände verschwand – ließ Bertram an der Milvischen Brücke halten und beschoß einen Museumsbau mit zwölf Granaten, entweder nach seinem
Gleichbehandlungsgrundsatz oder weil sich in diesem Museumsbau am
Sonntag vormittag garantiert keine Menschen aufhielten (ein Unteroffizier
hatte zuvor Befehl, am Tor zu rackeln und gründlich zu klingeln, denn Bertrams Wut war nicht blind, er erschien vielmehr zu dieser Stunde besonders
besonnen).

2 Hölderlinstelle aus: *Mnemosyne*, Manuskript S. 307/92 nach der Zählung im »Katalog der
  Hölderlin-Handschriften auf Grund der Vorarbeiten von Irene Koschlig-Wiem bearbeitet
  von Johanne Authenrieth und Alfred Kelletat«, abgedr. in: *Sämtliche Werke*, Frankfurter
  Ausgabe, Einleitung, Frankfurt, Verlag Roter Stern, S. 60 ff. Siehe dort Konjektur zu Zeile
  52, S. 69. *Deutung* des Verses *umstritten*.

III

Daß Bertram dem Kriegsgericht vorgeführt wurde, hatte nur eine vielseitigere Zerstreuung der Kausalfäden zur Folge. Er wurde verurteilt. Sein Verteidiger, Major Vieweg, der sich über den gleichgültigen, aus spießigem Garnisonsgeist gleichmacherischen Gerichtsvorsitzenden empört hatte, erstattete gegen diesen Anzeige wegen Empfangs von Schwarzmarktpäckchen aus Prag. Bertram, auf Schub zum neuen Gerichtsort Mailand, wird im vergitterten Transportwagen von Tieffliegern getroffen, stirbt an einer Bauchwunde. Seine Aufzeichnungen verbrennen.

So setzte sich diese Kausalkette eines Rachegeistes nicht fort. Der von Bertram entzündete Gerichtsoffizier überlebte ihn nicht um vier Wochen. Bertrams fünfjähriger Sohn weiß angeblich von diesen Dingen nichts, hat des Vaters Gefühle oder Erinnerungen nicht geerbt. Ist denn Rache etwas Geistiges? Nein, sie ist etwas Körperliches, das aber mit dem Körper nicht untergeht. Es ist kein Subjekt da, das dies im Fall Bertram untersuchen könnte. Und trotzdem kann ein Gefühl wie dieses nicht verschwinden.

IV

Dann glaubst du also, sagte Putermann zu Bertrams Sohn, der so vehement sich für eine doch ganz ausgedachte Geschichte oder Perspektive engagierte, über die er unmöglich eine eigene Erfahrung haben konnte, der junge Bertram konnte sich das nur einzubilden versuchen, an eine Art Hegelschen Weltgeist? Wenn man nämlich solches subjektloses Überleben besonders starker Gefühlsimpulse zu einem protestierenden Gesamt-Arbeiter zusammenrechnete. Putermann hatte in diesem Moment den süffisanten und hochmütigen Ton, den Billie Dahmert an fast allen Mitarbeitern des Instituts für Sozialforschung, falls sie etwas wirklich wußten, feststellte und nicht leiden konnte – andererseits war sie seit zwei Jahren mit Putermann zusammen, hatte also Absolution im voraus erteilt, wenn dieser Ton aufkam und sie ihren »Versuch vom Dienst« machte, dagegen anzurennen.

Der junge Bertram war mit dem ideologischen Verweis auf »Platz« gesetzt. Er meinte es allerdings als materialistische Version, nicht als »Idealismus«. Du mußt vom Grundwasser ausgehen. Stalingrad steht ja nicht allein. Sondern wo ist es – in Lebensläufen von 80 Jahren versteckt – überall verteilt? Diese Verbindungslinien funktionieren überindividuell. Es hatte das, was er sagte oder meinte, keinen theoretischen Stil. Und die Wissenschaftskameraden gingen gar nicht darauf ein. Vielleicht hätte er es noch formuliert, wenn sie ihm vertraut hätten.

Rache durch den Stellvertreter

In den ersten Tagen nach Rückkehr aus dem Zweiten Weltkrieg, in sein kleines Häuschen, seit Elbübergang am 28. April sind es 18 Tage, konnte Herbert Jäger nicht in dem weichen Ehebett schlafen, sondern er legt sich auf eine Decke auf den Fußboden. Ödeme an den Beinen, die allmählich heilen. Die ganze »Heimkehr« ist ein Ersatzprodukt. Er hat sie sich oft vorgestellt in den Kriegsjahren, jetzt erschweren die fixen Ideen die Anpassung. Er könnte »völlige Gleichgültigkeit« der Schwägerin, die den Haushalt führt, nicht ertragen, aber ihre »Behutsamkeit« erträgt er ebenfalls nicht. Auf jede seiner Äußerungen oder Bewegungen in den Räumen setzt die unzufriedene Frau eine Reaktion, »nimmt sich zurück«, »schafft sich beiseite wie ein getretenes Tier«, »umlauert ihn auf der Suche nach einem Wunsch«. Das kostet Gewöhnung.

Besser schon der Kontakt mit ein paar Kameraden oder Kollegen, die in der Umgebung von Essen ihre Friedensquartiere wieder bezogen haben und das Werksgelände aufsuchen, um sich zu orientieren. Das meiste ist zerbombt. Am 20. Mai ziehen sie zu fünft los, alles frühere Kollegen, und holen Gerät aus den verlassenen Werkshallen, tragen Schrott zusammen, man kann ihn vielleicht verkaufen. Der Wald in M. ist untertunnelt. Hier findet sich viel Brauchbares. Unter Jägers Leitung legen sie ein Werkzeug- und Materiallager an.

Am 21. Mai ziehen sie los, weil Güstrow, einer der Werkschutzoberführer, verfolgt werden soll, der sich in einem DKW mit Anhänger in Sicherheit gebracht hat. Einige Szenen aus den Apriltagen mit Fremdarbeitern, aber auch Denunziationen von Kollegen sind bekannt: G. ist ein Mörder.

Mit sieben Kameraden jagt Herbert Jäger über die Dörfer. Es ist ja eigentlich nicht sein Schmerz, seine Angelegenheit. Ihn juckt überschüssige Energie. Er könnte jetzt nicht mehr einen Sturmangriff über auch nur 800 m mitmachen. Insofern ist er auch nach Ausschlafen, Stärkung der Natur, ausgepumpt, energielos, aber das bedeutet nur, daß die Energie auf diesem durch Enttäuschung zugedeckten Kriegsgebiet nicht mehr besteht, sie ist seitlich abgewandert. Sie finden den Mörder in einem Landgut beim Frühstück, wollen ihn nicht erschießen oder erschlagen, eine Waffe hätten sie übrig. Ablieferung bei der Militärregierung versprach nichts. So verprügelten sie den Mann, drohten ihm, wenn er sich nochmals in der Gegend von Essen sehen ließe, ihn »schärfer anzufassen«.

Güstrow kam aber in leitender Position im Herbst wieder, da die Militärregierung zwar die Chefs der Werke nach Nürnberg transportiert hatte, aber zur »Abwehr von Plünderungen« den alten Werksicherungsdienst, mit Armbinde der Standortkommandantur, in ihren Dienst stellte. Er sollte die Werksgelände, auch wenn sie Trümmerstücke waren, von Fußpfaden durchzogen, wieder nach außen zur Öffentlichkeit hin absperren.

Herbert Jäger und seine Kameraden kümmerten sich in dieser Zeit nicht um diese »Nebensache«. Ebenso mied Güstrow sie. Es war so, als wäre nie etwas zwischen ihnen gewesen. Sie wollten einander nicht beißen, einander nicht einmal ins Auge sehen. Eine traumhafte Nicht-Beziehung. Hätte Herbert Jäger mit eigener Haut unter Güstrow gelitten, wäre das vielleicht anders ausgegangen. Aber die gequälten Körper, Glieder und Menschenhäute, die mit Güstrow zu tun gehabt hatten, waren nicht die von Jäger; er hatte anderweitig gelitten. Es gibt nicht stellvertretendes Leiden. Herbert Jäger hielt seinen Gegner (aber daran war jetzt nichts Handgreifliches mehr) aus der Ferne unter Beobachtung. Güstrow, wiederum, beobachtete ihn. Der Werkschutzchef hatte seine Erfahrung, wie weit er gehen konnte. Jäger will sich nicht in Güstrows Bereich verwickeln, er will »den Mann nicht einmal mit der Zange anfassen«. Verzeihung ist das nicht. »**Man müßte etwas haben, das als Rache wirksam ist, aber nicht Auge in Auge, Zahn in Zahn heißt** . . .«

Bettis Abneigung gegen falsche Harmonie

K. blieb stehen, um sich mit der Höflichkeit der Alten Welt zu entschuldigen, weil er zufällig ein Mädchen angestoßen hatte, während Betti hinter ihm herkam und den Schaden des Anstarrens wiedergutmachte (denn in ihrer Gegenwart hätte K. weder willentlich ein Mädchen angestoßen noch einen längeren Blick auf sie gewagt), indem sie den Hut des Mädchens auf dessen Nase schob. So blieb wenigstens ein Konflikt zurück, etwas Wirkliches.

Ein Gottesgericht, ausgeführt durch einen der damaligen chirurgischen Götter

Der Missionsarzt Dr. Walter Judd in Shansi war an sich nicht religiös, sondern konsequenter Kantianer. Das hatte er von Wien, auf seinem Fluchtweg über London, Kuba, San Francisco nach China eingeschleppt. In seiner ärztlichen Tätigkeit in Shansi entfernte er dort »bestimmte Dinge« aus den Körpern verwundeter Chinesen, die in Gefechten mit den japanischen Vortrupps beschossen worden waren. Es handelte sich um Granatsplitter von Granaten, die so eilig und oberflächlich hergestellt waren, daß in die Geschoßmäntel Metallteilchen eingebacken waren, die aus verschrotteten US-Autos stammten. Dr. Judd wußte auch, daß diese Bleche durch den Altmetallhändler Amigo Webster, mit Sitz in Batavia, nach Japan eingeführt wurden. 2 Jahre später, in das Zentral-Hospital Batavia gerufen, wurde der chirurgischen Koryphäe der reiche Webster nach Blinddarm-Durchbruch vorgelegt.

An sich wollte die Anstaltsleitung dem prominenten Kaufmann die bestmögliche ärztliche Leistung zuwenden. Nun war aber Dr. Judd in einer geradezu krankhaften religiösen Richtung vernunftgläubig. Er glaubte, daß seine Existenz und seine Arbeit keinen Sinn mehr hätten, wenn nicht »jedem das widerfahre, was seine Taten wert sind«. Also dem Mörder muß Mord widerfahren, der Dieb bestohlen werden, der, der gute Taten zufügt, wird von der chirurgischen Koryphäe geheilt (soweit die wissenschaftlichen und chirurgischen Kenntnisse das überhaupt zulassen, und dies war für Dr. Judd ein extremer Maßstab, er konnte verzweifelt 8-16 Stunden operieren und rettete dann oft aus einem Funken Leben einen ganzen Mann). Den verbrecherischen Importeur Webster, den er als einen mörderischen Hehler auffaßte, wollte der Japanhasser Dr. Judd nicht einfach entkommen lassen. Der Blinddarm-Durchbruch hatte die Bauchhöhle bereits verjaucht, das Operationsfeld war hinreichend unübersichtlich, um einen Tod Websters zu rechtfertigen.

Diszipliniert drainierte Dr. Judd die Bauchhöhle – er war ja selber kein Mörder, wollte sich selbst nicht den Vorwurf unterlassener Hilfeleistung machen müssen. Nachdem er so die Lebensfähigkeit Websters hergestellt hatte, schickte er Schwestern und Assistenten mit Aufträgen (Vorbereitung eines im Nebenraum bereits aufgebahrten Eilfalls) hinaus, riß aus einer Zigarettenpackung ein 0,4 mm großes Stück Silberfolie ab, das er kurz am Boden des Operationssaales infizierte, und legte es an eine verborgene Stelle der Bauchhöhle ein. Danach schloß er die Operationswunde. Nach 7 Tagen, in denen er sich rasch erholt hatte, verstarb Webster an dem so angelegten Hinterhalt, »damit ihm widerfahre, was seine Taten wert sind«; »es ist besser, daß ein Mensch sterbe, als daß das ganze Volk verderbe«.

Mit allen Sinnen sannen wir auf Rettung

Frieda Below, Darmstadt, kämpfte sich, ein Kind mit Schal um die Hüfte gebunden und das zweite über der Schulter (wie ein etwas größeres Gewehr oder eine Panzerfaust), durch die Rheinstraße zum Bahnhof, wo sie einen Arzt vermutete. SA versperrte alle Zugänge, weil die Frauenklinik von Dr. Sackwert in diesem Moment in die Wartesäle gebracht wurde, Bahre auf Bahre, aber auch nur in Decken transportierte Frauen. Dort verlor Frau Below erstmals die Nerven, weil keiner der Ärzte oder Transporteure abzudrängen war, sich die verbrannten Füße ihres Kindes anzusehen.

Es hieß, Sonderzüge, LKW, alle verfügbaren Fahrzeuge des NSKK und ab sofort auch Fuhrwerke sollten die Bevölkerung in die umliegenden Dörfer transportieren. Die heulende Below mit ihren Kindern, wie ein großer und ein kleiner Sack, wurden auf einem Fuhrwerk in ein unberührtes Dorf gefahren. In einem leeren Gästezimmer, mit einem kleinen Eisenofen ausgestattet, fand sie sich wieder. Die Möbel des Zimmers waren aber fortgeschafft, damit sie nicht im Öfchen verheizt werden konnten. Was sollten wir in diesem leeren Zimmer? Wo sollten die Kinder schlafen?

Nachmittags fand sie zur Praxis eines Landarztes, der eine große Kochpfanne (für Puter oder Gänse) mit Fissan-Lebertransalbe füllte. Er stellte den Fuß von Frau Belows älterem Kind in den Brei aus dieser Paste. Diese Reaktion des landerfahrenen Arztes, obwohl dort kaum Brandwunden dieses Ausmaßes vorkamen, allenfalls bei einem Scheunenbrand, war das erste, was Frau Below als »ausreichend« empfand. Daß es überhaupt eine solche füllige Hilfe gab, stellte ihr Weltbild her, und sie beteiligte sich als Hilfe des Arztes den Tag über. »Jetzt brauchen wir uns nicht mehr zu sorgen, denn wir haben ja nichts mehr«, sagte sie. Der gute Mut war sofort wieder da, sobald die Pfanne mit der Paste dastand, als menschliches Zeichen von großzügig angewandter Arbeitskraft.

N., aus der Gruppe von Ute, als Hebamme zweiten Grades

N.'s Kind war in der Abendstunde müde und zugleich aufgeregt, erlebnisdurstig, und zugleich weinte es ununterbrochen, weil es zu schwach war, wenigstens jetzt nach Verbrauch fast des ganzen Tages, dem vielen»Wollen«, der Quelle allen späteren Unheils, nachzukommen. N. konnte diesen»Willen« nicht anhalten und ihn auch nicht erfüllen, sie war ja nicht das Kind. Die gejagten Nerven des Kindes, die Schlaf brauchten, aber immer wieder aufgeregt aus den Augenlöchern herausstarrten – deshalb haben die Hunnen, meint N., die so etwas aber nicht genau weiß, weil sie nicht liest, sondern es sich erzählen läßt, ihren Kindern die Wangen mit Messern eingeschlitzt, um sie durch Schmerzen, die unter den Fittichen der Mutter, unter Trostworten usf. ausgeheilt werden, an die Quälerei des Lebens, des Real, zu gewöhnen, damit sie sich nicht später dann, wenn sie ohnehin aus dem sicheren Hafen der Mütter ausfahren und mit der Realität (und sei es der eigenen, der ihrer Därme usf.) zusammenstoßen, allein quälten.

»Sinnlich sein heißt leiden«, sagte Wilutzki, Mitglied der wissenschaftlichen Begleituntersuchung, und es sollen ja nach Utes, N.s und der anderen Frauen Vorhaben sinnliche Wesen aus diesen kleinen Ausgeburten werden. Zugunsten ihrer winzigen Tüten hätten die Frauen das Real gerne abgeschafft, wenn das durch Umgürten der Schwerter und anschließendes Abfeiern der Siege möglich gewesen wäre. So studierten sie, »wie die großen Philosophen«, wann und wie die Kinder abends weinten, wie sie der verschiedenartig gerichtete Eigenwille schon zerriß, und was erst, wenn sie merken, daß sie als Maschinen gedacht sind, der »Fremdwille« hinzutritt. Was soll N. zum Beispiel, gestützt auf die 11 anderen Frauen, ohne zu manipulieren, als Trost dazutun, der nicht verrät? In erster Linie wollten sie keine Verräterinnen sein. Dann außerdem sachkundige Hebammen für die »zweite Geburt«, die aus der mütterlichen Hut der 11 Mütter in die Gesellschaft der Millionen und Milliarden anderen führt. Hierfür muß alles erst erzeugt werden. Der Mutterleib, die Geburtsorgane, die Hebammenkunst usf., sicher ist nur, daß hiervon nichts feststeht und es beim trostlosen Wirrwarr nicht bleiben kann. Das wollen die Frauen selber machen, aber es kann nicht schaden, wenn man auch den wissenschaftlichen Begleituntersuchern, die aus Drittmitteln bezahlt werden, einen Schubs gibt.

Heft 2
Der Luftangriff auf Halberstadt
am 8. April 1945

I

[Abgebrochene Matinee-Vorstellung im »Capitol«, Sonntag, 8. April, Spielfilm »Heimkehr« mit Paula Wessely und Attila Hörbiger] Das Kino »Capitol« gehört der Familie Lenz. Theater-Leiterin, zugleich Kassiererin, ist die Schwägerin, Frau Schrader. Die Holztäfelung der Logen, des Balkons, das Parkett sind in Elfenbein gehalten, rote Samtsitze. Die Lampenverkleidungen sind aus brauner Schweinsleder-Imitation. Es ist eine Kompanie Soldaten aus der Klus-Kaserne zur Vorstellung heranmarschiert. Sobald der Gong, pünktlich 10 Uhr, ertönt, wird es im

Kino sehr langsam, den dazwischengeschalteten Spezialwiderstand hat Frau Schrader gemeinsam mit dem Vorführer gebaut, dunkel. Dieses Kino hat, was Film betrifft, viel Spannendes gesehen, das durch Gong, Atmosphäre des Hauses, sehr langsames Verlöschen der gelbbraunen Lichter, Einleitungsmusik usf. vorbereitet worden ist.

Jetzt sah Frau Schrader, die in die Ecke geschleudert wird, dort, wo die Balkonreihe rechts an die Decke stößt, ein Stück Rauchhimmel, eine Sprengbombe hat das Haus geöffnet und ist nach unten, zum Keller, durchgeschlagen. Frau Schrader hat nachsehen wollen, ob Saal und Toiletten nach Vollalarm restlos von Besuchern geräumt sind. Hinter der Brandmauer des Nachbarhauses, durch die Rauchschwaden, flackerte Brand. Die Verwüstung der rechten Seite des Theaters stand in keinem sinnvollen oder dramaturgischen Zusammenhang zu dem vorgeführten Film. Wo war der Vorführer? Sie rannte zur Garderobe, von wo aus sie die repräsentative Eingangshalle (geschliffene Glas-Pendeltüren), die Ankündigungstafeln sah, »wie Kraut und Rüben« durcheinander. Sie wollte sich mit einer Luftschutz-Schippe daranmachen, die Trümmer bis zur 14-Uhr-Vorstellung aufzuräumen.

Dies hier war wohl die stärkste Erschütterung, die das Kino unter der Führung von Frau Schrader je erlebt hatte, kaum vergleichbar mit der Erschütterung, die auch beste Filme auslösten. Für Frau Schrader, eine erfahrene Kino-Fachkraft, gab es jedoch keine denkbare Erschütterung, die die Einteilung des Nachmittags in vier feste Vorstellungen (mit Matinee und Spätvorstellung auch sechs) anrühren konnte.

Inzwischen kam aber die 4. und 5. Angriffswelle, die ihre Bomben ab 11.55 Uhr auf die Stadt abwarf, mit einem ekelhaften und »niedrigen« Brummton heran, Frau Schrader hörte den Pfeifton und das Rauschen der Bomben, die Einschläge, so daß sie sich in einer Ecke zwischen Butze und Kellereingang verbarg. In den Keller ging sie nie, da sie nicht verschüttet werden wollte. Als die Augen wieder einigermaßen Funktion hatten, sah sie durch das zersplitterte Fenster der sogenannten Butze eine Kette von Silber-Maschinen in Richtung der Gehörlosen-Schule abfliegen.

Jetzt kamen ihr doch Bedenken. Sie suchte sich einen Weg über die Trümmerstücke, die die Spiegelstraße bedeckten, sah den Volltreffer, der in die Eisdiele, Eckhaus Spiegelstraße, eingeschlagen war, kam Ecke Harmoniestraße an, gruppierte sich zu einigen Männern des NSKK, die mit Sturzhelmen, ohne Fahrzeuge, in Richtung des Rauches und des Brandes blickten. Sie macht sich den Vorwurf, das Capitol im Stich gelassen zu haben. Sie wollte zurückeilen, wurde von Männern daran gehindert, da mit dem Einsturz der Häuserfronten in der Spiegelstraße gerechnet wurde. Die Häuser brannten »wie Fackeln«. Sie suchte nach einem besseren Ausdruck für das, was sie so genau sah.

Spätnachmittag hatte sie sich zur Hauptmann-Loeper-Straße (sie sagt nach wie vor Kaiserstraße)/Ecke Spiegelstraße vorgearbeitet, ein Platz durch fünf aufeinanderstoßende Straßen gebildet, stand neben dem Betonpfeiler, der Stunden zuvor eine Normal-Uhr getragen hatte, und sah schräg hinüber auf das nunmehr niedergebrannte Capitol.

Noch immer war Familie Lenz nicht benachrichtigt, die sich zur Zeit in Marienbad aufhielt. Die Theaterleiterin konnte jedoch unmöglich ein Telefon erreichen. Sie umging das Trümmergrundstück des ehemaligen Kinos und drang vom Hof des Nachbargrundstücks zum Keller-Notausgang vor. Sie hatte Soldaten aufgegriffen, die ihr mit Hacken beim Eindringen halfen. Im Kellergang lagen etwa 6 Besucher der Matinee, die Heizungsrohre der Zentralheizung waren durch Sprengwirkung zerrissen und hatten die Toten mit einem Strahl Heizwasser übergossen. Frau Schrader wollte wenigstens hier Ordnung schaffen, legte die gekochten und – entweder durch diesen Vorgang oder schon durch die Sprengwirkung – unzusammenhängenden Körperteile in die Waschkessel der Waschküche. Sie wollte an irgendeiner verantwortlichen Stelle Meldung erstatten, fand aber den Abend über niemand, der eine Meldung entgegennahm.

Sie ging, nun doch erschüttert, den langen Weg zur »Langen Höhle«, wo sie im Umkreis der Familie Wilde, die während des Angriffs dorthin geflüchtet war, ein Wurstbrot kaute, dazu löffelten sie gemeinsam aus einem Einmachglas Birnen. Frau Schrader fühlte sich »zu nichts mehr nütze«.

[Katastropheneinsatz einer Kompanie Soldaten in der Plantage, von Anfang an zu spät] Die Kompanie, abzüglich der 6, die den Keller des Capitols gewählt hatten, hatte das Kino durch die Notausgänge verlassen und kam in Kolonne bis Blankenburger Bahn. Die Männer warfen sich dort während des Angriffs in die Gärten der Villen. Später erhielten sie Befehl zur Rettungsstelle I im Gebäude des Lehrer-Proseminars in der Plantage zu marschieren. Sie wurden dort eingewiesen zum Luftschutzunterstand Plantage, gegenüber den Backsteingebäuden der Kliniken. Dieser öffentliche Unterstand war durch 3 Volltreffer getroffen. Sie gruben also gegen 100 zum Teil übel zugerichtete Leichen, teils aus dem Erdreich, teils aus erkennbaren Vertiefungen, die den Unterstand gebildet hatten. Was dieser Arbeitsgang nach ausgraben und sortieren weiter nützen sollte, war schleierhaft. Wohin sollte das gebracht werden? Waren Transportmittel vielleicht vorhanden?

Neben dem Schutz-Unterstand befand sich, in Schrägstellung, noch das Schild: »Beschädigung oder Mißbrauch dieses öffentlichen Luftschutz-Unterstandes wird polizeilich verfolgt – Der Oberbürgermeister als Ortspolizeibehörde Mertens.«

In einigen Metern Entfernung vom ehemaligen Unterstand waren die beim Ausheben der Gräben angefallenen Rasenabschnitte für die Zeit nach dem Kriege aufeinander gelagert. Diese Stapel, jeweils 2 Handbreit Erde und zunächst gestorbenes Gras, waren in Ordnung. Das Gras war jedoch nicht absolut tot, sondern fristete seit 1939 eine Art dürftiges Grasleben und sollte nach damaliger Überzeugung der Gartenbau-Verwaltung *in der Zeit nach dem Krieg* wieder die Außenhaut des Parks vervollständigen. Es handelte sich um hundertjährigen wertvollen Rasen, sogenannte Grasnarbe. Für diese Wiedererweckung war jetzt, da die Stadtverwaltung andere Sorgen als die Wiederanlage der Plantage hatte, die organisatorische Grundlage entfallen. Die ordentlich geschichteten Haufen sahen aus wie Särge. Sie paßten insofern äußerlich zu der Sammlung der Toten, die die Soldaten auf der verbliebenen Wiese aufbereitet hatten, zwischen umgestürzten Bäumen, auf denen noch im 18. Jahrhundert, als sie angelegt wurden, Seidenraupen beheimatet waren. Es handelte sich um einen vertrackten *Anschein*, denn natürlich waren die aufeinandergepackten Grasboden-Reste als Särge überhaupt nicht brauchbar.

[**Der unbekannte Fotograf**] Der Mann wurde in der Nähe des Bismarck-Turms/Spiegelsberge von einer Militärstreife gestellt. Er hielt den Fotoapparat noch in der Hand, in seinen Jackentaschen fanden sich belichtete Filme, Rohfilm, Fotozubehör. In der Nähe des Tatorts, d. h. in der Nähe der Stelle, von der er zuletzt fotografierte, befinden sich die Eingänge zu unterirdischen Anlagen, die in den Fels gesprengt sind und in denen Rüstungsproduktion untergebracht ist.

Der Führer der Militärstreife beabsichtigte, den Unbekannten oder Spion im ersten Angriff zu überführen, und fragte ihn deshalb: Was haben Sie da fotografiert?

Der Unbekannte behauptete, er habe aus dieser Ferne die brennende Stadt, seine Heimatstadt in ihrem Unglück, festhalten wollen. Er behauptete, Inhaber eines Fotogeschäfts am Breiten Weg zu sein, habe von allem Besitz als Fotograf nur Fotoapparat und Filme an sich gerafft und sei über Fischmarkt, Martiniplan, Westendorf, dann über Mahndorf in Richtung Spiegelsberge

Abb.: Foto des unbekannten Fotografen Nr. 1: Fischmarkt, Blick auf Breiter Weg, links Café Westkamp.

Abb. Foto Nr. 2: Martiniplan, links Südpfeiler der Martinikirche. Im Hintergrund das Lokal »Saure Schnauze«.

Abb. Foto Nr. 3: Eingang Schmiedestraße.

Abb. Foto Nr. 4: Fliehende, Westendorf, stadtauswärts.

Abb. Foto Nr. 5: Gegenüber Hauptpost

Abb. Foto Nr. 6: Letzter Standpunkt des Fotografen

vorgedrungen. Der Streifenführer macht ihn sogleich darauf aufmerksam, daß dies den Tatbestand des Eindringens in den militärischen Sperrbereich der Höhlen beinhalte. Daß Sie vom Breiten Weg kommen, ist ganz unglaubwürdig, hielt er dem Täter vor, weil von dort überhaupt niemand aus der Stadt herausgekommen sein kann. Der Streifenführer, angesichts der hochrangigen Ereignisse dieses Tages an eine verhältnismäßig langweilige Waldstelle gebannt, konnte nicht hoffen, an diesem Tag einen besseren Fang als diesen zu machen.

Sobald die Soldaten, den Gefangenen von Süden die Moltkestraße herunter vor sich hertreibend, zum Kommandantur-Gebäude durchzudringen versuchten, sahen sie, daß diese »Kommandantur«, in 50 Meter Entfernung durch die Rauchschleier, ein Berg aus Backstein, Eisenteilen usf. war. Im Ausweichquartier fühlten sich die Offiziere durch die Vorführung des Fotografen in ihren Verrichtungen gestört. Sie nahmen den Apparat an sich. Die belichteten Filme wurden einem Dienstfahrzeug mitgegeben.

Je nachdem, ob ein Beweis vorlag, mußte der Mann in Magdeburg erschossen werden. Was soll jetzt noch im April Spionage im Berggelände? fragte Oberleutnant von Humboldt. Es war aber denkbar, daß der Feind mit sehr kleinen Flugzeugen die verborgenen Höhleneingänge der unterirdischen Rüstungswerke suchte.

Die Soldaten, die im Besitz eines handschriftlichen Zettels, auf dem die Verhaftung bescheinigt war, den Gefangenen durch die Richard-Wagner-Straße führten, hofften, daß in Wehrstedt tatsächlich irgendein Transport nach Magdeburg organisiert wäre oder daß noch ein Personenzug vor dem jetzigen Bahngelände hielt, der nach Magdeburg führe, sie hätten sonst nicht gewußt, was sie mit dem Mann anfangen sollten. Ob die Wachsoldaten den Unbekannten auf dessen Vorstellungen hin, auch von einigen Zweifeln bewegt hinsichtlich des Sinns ihres Tuns, in einer so verheerenden Umgebung freiließen oder ob wegen der Explosion eines Blindgängers in der Nähe Heineplatz die Wachsoldaten einen Moment abgelenkt waren, so daß er entfloh, weiß man nicht.

[**Friedhofsgärtner Bischoff**] Bischoff zieht pferdbespannt auf seinem Tafelwagen 4 Särge durch die Gröperstraße. Die Ausbeute des frühen Morgens: Harsleben (Altbauer, 1 Fl. Johannisbeer, 4 Eier), 1 Leiche aus Mahndorf (Inspektor, 1 Fl. Eierlikör, in Lappen verpackt, 2 Bratwürste), 2 Leichen aus dem Eiskeller des Kreiskrankenhauses, Frischoperierte. Die Friedhofsgärtnerei muß die Fuhren selber machen, da das Bestattungsunternehmen »Pietät« keine Fahrzeuge hat.

Wegen Vollalarms dürfte Bischoff sich schon längst nicht mehr auf der Straße aufhalten, müßte die Fuhre anhalten, eines der wackeligen Fachwerkhäuser betreten, den Keller aufsuchen. Lieber verschnellert er das Tempo, gibt den Kutschpferden Peitschenschläge zu hören, neben die Ohren. Jetzt sieht er schräg rückwärts die Staffeln des Bomberverbandes von Osten her. Die Leichen dürfen nicht umgeworfen werden vom Luftdruck. Bischoff fühlt sich wegen der Beigaben und Geschenke in 2 Fällen verpflichtet. Er kann nicht das Fahrzeug anhalten, die Pferde irgendwie anbinden und noch in irgendeinen Kellereingang rennen. »Såne schänen fâre sind'n tir verjenejen.«[3]

Bischoff jagt die Alt-Gräber-Straße hinauf zu den neuen Anlagen. Dort hebt er die Särge vom Wagen und stellt sie aufeinander. Danach steigt er in eine der offenen Gruben, so daß er nur ein Stück Himmel über sich sieht, Bläue, die die Augen schmerzt.

> »Macht alle alten Jahre neu,
> macht alle Zeiten satt.«[4]

Von den Erschütterungen in der Mittel- und Unterstadt rieselt Erdkruste von der Aufschüttung herunter. Bischoff ist schläfrig, schon früh losgefahren. Immer noch keine Maschinen in seinem Blickausschnitt nach oben. Weil ohnehin Überstunden auf ihn zukommen, kuschelt er sich, die Dreckjacke, die er trägt, hat er auf dem Boden ausgebreitet, und macht ein Schläfchen. Damit er Vorrat hat.

3 = »Solche schönen Pferde sind ein teures Vergnügen.«
4 Er sagt das auf platt.

[Die Turmbeobachterinnen, Frau Arnold und Frau Zacke] Auf dem Turmumgang des Glockenturms der Martinikirche sind Frau Arnold und Frau Zacke, luftschutzdienstverpflichtet, als Turmbeobachterinnen aufgestellt. Sie haben sich auf Klappstühlen hier eingerichtet, Taschenlampen, die tagsüber nicht gebraucht werden, Thermosflasche mit Bier, Brotpakete, Ferngläser, Sprechfunkgeräte. Sie sind bei ÖLW (Öffentliche Luftwarnung) hierher aufgestiegen, sind noch mit dem Rundblick durch die Ferngläser beschäftigt, da sehen sie von Süden her zwei in die Höhe gestaffelte Formationen. Sie geben durch: Etwa 3000 m Höhe, Richtung Quedlinburger Straße/ Heineplatz[5], B-17-Fernbomber. Rauchzeichen über der Südstadt. Frau Arnold ergänzt, ruft in das von Frau Zacke gehaltene Funkgerät hinein: »Die quacken Bomben!« Zwölfmal Reihenwurf beiderseits der Blankenburger Bahn. Frau Arnold: Es laufen noch Massen mit Sack und Pack in Richtung Spiegelsberge. Frau Zacke: Nicht alle Maschinen haben geworfen.

Damit ist der Redestrom der Turmbeobachterinnen zunächst zu Ende. Beide Frauen zählen. Sie haben die Ferngläser abgesetzt. »Achtunddreißig« – es ist nicht klar, ob Maschinen oder Bombenwürfe. Frau Arnold meldet: Stein- und Hardenbergstraße, Kühlinger Straße, Heineplatz, Richard-Wagner-Straße.

Der erste Pulk hat Wehrstedt erreicht und zieht Schleifen, wartet auf die Hauptmasse. Über Gegensprechanlage wird von der Zentrale zurückgefragt: Was 38? Frau Zacke antwortet für Turmbeobachterin Arnold, die das Gerät hält: Einmal 38 und dahinter 96 Maschinen. Versammlung über Wehrstedt.

Turmbeobachterinnen werden über Gegensprechanlage informiert, daß über Nordhausen im Abstand von 10 Flugminuten weitere Bomberwellen folgen. Frau Zacke antwortet: Es sind genug da! Sie sieht, daß die Flugzeuge aus der Schleife heraus aus Richtung Wehrstedter Brücke/Hindenburgstraße direkt auf sie zufliegen, meldet aber nicht sogleich, weil sie zählt, den Eindruck verarbeitet. Schräg dazu fliegen, aus Richtung Oschersleben, kleinere, schnellere Maschinen, werfen Rauchzeichen über Breitem Tor, Schützenstraße bis Fischmarkt. Eine der zweimotorigen Maschinen taucht aus etwa 1000 m Höhe im Sturz auf 300 m hinunter, setzt Rauchzeichen über Gröperstraße (also weit abseits nach Norden). Frau Arnold ruft erregt in das Funkgerät: »Eine dicke gelbe Flatsche von Gelb.« Rauchzeichen schwarz über Fischmarkt usw., Gelb über Unterstadt.

Die Maschinen flogen jetzt über die Beobachterinnen hinweg. Auf einer Strecke von etwa einem Kilometer, das Pfeifen der Reihenwürfe. Frau Zacke brüllt in das Sprechgerät: Einschläge Breites Tor! Stäbchenbomben in Mas-

---

5 Benannt nach dem Würstchenfabrik-Besitzer Heine, dessen Fabrik 1,2 km von diesem Platz entfernt das Stadtbild nach Südosten abschließt.

sen! Die Turmbeobachterinnen stellen ihre Meldungen ein, Klappstühle, Vorräte sind durcheinandergefallen. Frau Zacke weist Frau Arnold auf »Sturmwinde« hin (Druckwellen der Explosionen). Die Frauen müssen sich besser festhalten.

Flüchten hatte keinen Sinn. Die Frauen zwingen sich, in der Hocke, beide Hände am Gesims, weiterhin zu den Maschinen hinzusehen, die als zweiter Pulk anfliegen, etwa 2000 m Höhe. »Kulk, Breiter Weg, Woort, Schuhstraße, Paulsplan.« Sie flüstern schulmäßig die Angaben, wie sie ausgebildet sind, leiten sie aber nicht mehr weiter. Sie haben den Eindruck, »daß der Turm sich bewegt«. Frau Zacke sieht in Richtung Domplatz, d. h. nordwestlich. Dort krachen Bomben in die Häuser Burggang. Frau Zacke sagt: »Die grasen die Stadt ab.« Die Frauen legen sich jetzt lieber flach hin. Frau Arnold hat den Kopf dicht neben dem Gerät. Was soll sie hineinsagen? Daß sie momentan keine Ausweichmöglichkeit sieht? Obwohl sie gerne von hier ausweichen würde? Den Treffer ins Rathaus sieht sie.

Frau Zacke greift sich das Sprechgerät und brüllt mit Eifer etwas hinein. Es ist ihr von einem sympathischen Flakoffizier, der eine Flasche Nordhäuser spendiert hat, gesagt worden: sie soll auf nichts achten, sondern melden. Solange sie hier hockt oder liegt, hat sie deshalb den festen Willen, in das Gerät »hineinzuheulen«. Die Turmbeobachterinnen haben die Bezeichnung »Hyänen«, weil sie »in der Verzweiflung heulen«, ein »Witz« des Ausbilders. Unter den Frauen ist die Holzverschalung des Turms innen in Brand geraten, auch Teile der Turmhaube. Flammen »klackern« vom Turm auf die Häuser seitlich des Martiniplans. Es brennen: Café Deesen, Krebsschere, »Saure Schnauze« usf.

Frau Zacke will nicht auf dem steinernen Gesims des Turmumgangs »abbrennen«, sie pufft die Turmbeobachterin Arnold in die Seite, reißt Klappstuhl, Fernglas, Funksprechgerät an sich und rennt in den Turm hinein, die Holztreppe nach unten. Hinter ihr trappelt Frau Arnold. Ein starker Luftzug oder Sturm drückt die Frauen an das Geländer. Unterwegs ruft Frau Zacke ins Gerät: »Kirche brennt. Sind unterwegs.« Der Unterbau der Treppe rutscht unter ihren laufenden Füßen nach unten durch eine Flammensäule hindurch und kracht auf den Turmfundamenten auf. Frau Arnold, die unter brennenden Balken liegt, rührt sich nicht, antwortet nicht auf Rufe von Frau Zacke, deren Oberschenkel gebrochen ist. Sie liegt unterhalb des Brandes in der Nähe der kleinen Tür zum Kirchenschiff, zu der sie »hinrobbt«, indem sie den Unterkörper samt Schmerzen nachschleift (»treckt«). Sie zieht sich an einer Steinstrebe in die Höhe der Tür, so daß Arme und Kopf den unteren Teil der verschlossenen Tür erreichen. Sie ruft um Hilfe, pocht mit einer Hand an die Türbohle. Einige Zeit bewußtlos, danach sammelt sie sich, pocht.

Es gehen Stunden hin. Frau Arnold, von dieser Position der Frau Zacke nicht mehr zu sehen, hört nicht, gibt kein Zeichen. Der Innenausbau des Turms brennt Station für Station herunter. Auf dem Schutt aus Steinen und verbranntem Holz, der sich auf Frau Arnold gesetzt hat, steht die Glocke, die aus ihrem Gehänge oben auf das Fundament des Turms herabgerutscht ist. Frau Zacke fühlt sich von dem glühenden Holzberg und der Glocke im Rücken »bebraten«.

> »Essels un Apen,
> das gluowet und hofft,
> werd Bedde vorkofft!
> Muot up en Struohsack slapen.«

Frau Zacke hat keinen Strohsack, sondern hält sich aufgerichtet auf einem Bein, das ihr einschläft, gestützt außerdem mit einem Arm an einem Steinvorsprung. Der nach außen gedrehte, gebrochene Oberschenkel »zieht nach unten«, und das ist »eine Quälerei«. Sie kann natürlich was erzählen, falls sie noch gerettet wird.

Warum holt niemand sie (und die tote Frau Arnold, wenn ja niemand weiß, ob sie nicht noch lebt) aus dieser Lage, nachdem die Luftschutzorganisation sie hier aufgestellt hat? Frau Zacke hat Angriffsbeobachtungen durchgeführt am 11. Januar 44, 22. Februar 44, 30. Mai 44, dann hat sie allerdings 14. Februar 45 und 19. Februar 45 (Junkerswerke) versäumt, weil die andere Hyäne Dienst hatte.

Sie findet eine Stange, ausgeglühtes Eisen, es muß spät in der Nacht sein, und stößt damit gegen die Tür. In das Kirchenschiff haben sich Flüchtlinge aus den Häusern Martiniplan gerettet. Sie haben in Seitenkapellen den Einsturz des brennenden Kirchendaches überlebt, öffnen jetzt für Frau Zacke, die unterhalb der Tür hängt, ziehen sie in das Kirchenschiff. Danke sehr, sagt sie.

[Die Hochzeit im Roß] Ich war heute früh um 6 Uhr hier und habe geguckt. Wollte euch nicht hierherlaufen lassen, und nichts ist vorbereitet. Blumen und alles. Das sagte die Brautmutter, als sie vom Dom her ankamen und das geschmückte Notfrühstück sahen: die Batterie Harzbräu-Bier, 4 Flaschen Mosel, das, was das Hotel aus seinen Beständen aufgebaut hatte; Schinken, Butter, 2 Topfkuchen waren von der Brautseite hinzugefügt.

Um 11.20 Uhr dann Vollalarm. Die dienstverpflichtete Kellnerin sagte: Sie müssen unbedingt in den Keller. Das wußten die Hochzeitsgäste selber. Sie quasselten sich durch die Tür, den Flur entlang, die beige gestrichene Kellertreppe hinunter: Braut (aus der Unterstadt), zur Zeit bei Junkers dienstverpflichtet, Bräutigam (ein Schwerbeton-Ingenieur), Brautmutter, Gegen-Mutter, 4 Schwestern der Brautmutter, eine Schwester der Braut, deren Bruder, der aber nur bis zur Kellertür begleitete, da er als Luftschutzwart verpflichtet war, mußte also wieder raus, 4 Kinder aus dem Clan der Braut, die Blumen gestreut haben. Zwölf Minuten später sind alle verschüttet.

Ich hoffe, daß sie sofort erstickt sind, sagte der Bruder der Braut, der am folgenden Tag im Trümmerberg herumsuchte.

Die Hochzeitsgesellschaft hatte nach der Zeremonie im Dom, die länger dauerte, weil noch 2 Paare vor ihnen waren, etwa 40 Minuten im Roß Zeit gehabt. Der Bruder der Braut hatte ein Koffergrammophon mitgebracht und das »Lieblingslied« der Braut abgespielt.

>»Träum mein kleines Baby,
du wirst eine Lady,
und ich werd ein reicher Kavalier.«

Danach wies die Mutter der Braut auf den gedeckten Tisch, teilte Teller aus. Und wer nicht will, sagte sie, der hat schon. Und wer nicht hat, erwiderte die Gegen-Mutter, der kriegt noch. Die Trauzeugen legten ihre leeren Teller vor. Das soll Lissy bleibenlassen! sagte die Mutter. Und wenn ich von Edeltraud keine Nachricht habe, trage ich das mit Würde. Die Gegen-Mutter unterstützt sie: Da gehst du nicht hin. Du gehst Edeltraud keinen Schritt entgegen, und die Wohnung, fuhr die Brautmutter fort, putze ich keinmal. Auch die Fenster nicht. Richtig so, sagte die Gegen-Mutter.

Was liest du da, fragte Gerda, eine der Schwestern der Brautmutter, die Lehrerin war, das achtjährige Blumenstreu-Kind, den Jungen von Hanna. Ach, du liest im Opernführer? Das ist gut so. Das Kind liest immer. Was liest es denn? rief die Gegen-Mutter. Im Opernführer! Das Kind las schon in der Kirche und jetzt seit einigen Minuten die Inhaltsangabe einer Oper nach der anderen.

Die Kränze habe ich weggeräumt. Schwester Hanna spricht damit eine Gefahr an, die die Stimmung des Tages töten konnte. In der Familie der Braut liegt ein Todesfall erst zwei Wochen zurück. Die Kränze weg, sagt deshalb Hanna, und Petunien hin. Damit es zu diesem Tage besser paßt. Ich habe das beschleunigt. Kies dürfen wir nicht hinmachen. Aber im September wird noch mal aufgehügelt. Dann ist das auch weg. Es ist ja schon einige Tage Abstand.

Sie will der Stimmung aufhelfen und sagt deshalb Prost. Die schönen Brautgeschenke, sagt Gerda.

Man wollte bis 13 Uhr hier fertig sein, danach Mittag essen in der Wohnung Gröperstraße, Kaffeetafel bei der Großtante der Braut, die nicht gehfähig ist, abends sind Tische im Lokal Saure Schnauze bestellt. Der Bräutigam ist für den folgenden Tag, Montag, nach Barby/Elbe disponiert.

Die Brautleute reden kaum miteinander. Es herrscht Befangenheit. Vor Ablauf einer Stunde soll sich das ändern, daran werken Brautmutter und Gegen-Mutter. Es besteht nämlich eine wirkliche Gefahr: Bräutigam ist hervorgegangen aus einer besitzenden Familie in Köln. Die Halberstädterin, seine Braut, dagegen kommt aus der Unterstadt, Familie ohne Vermögen. Das *Du* rutscht noch nicht so recht zwischen den gegnerischen Familienverbänden (außer zwischen den Brautleuten, die die Sache angezettelt hatten, jetzt aber schwiegen). Man hoffte in der Braut-Familie auf einen krisenfreien Tag bis zur Ablieferung des Paares in deren Zimmer im Roß nachts 1 Uhr (oder Abtretung eines Schlafzimmers in der Wohnung Gröperstraße, dies war ja nun egal). Dann wäre auch diese Feier abgepfiffen. Zuvor schon das Abtrauern in kürzester Gangart. Der Familienteil fühlte sich überanstrengt. Wie gesagt, es entkam keiner.

[**Maulwürfe**] Dieser öffentliche Luftschutzraum faßt 120 Menschen. Es sind etwa 60 gekommen, die auf Gartenstühlen, Hockern, Pritschen, Bänken im Licht der Kellerglühbirnen sitzen oder auf ihrem Gepäck Platz genommen haben. Als das »schüttelnde Brummen« sich steigert, darauf Pfeifen der Abwürfe, rennen noch einige Personen durch die Schleusen herein, die von den Luftschutzwarten verriegelt werden. »Einschläge im Nahbereich«, sagt der Luftschutzleiter. Die Glühbirnen flackern, gehen aus. Wir rutschen von den Sitzen auf den Kellerfußboden, kommen über den Gliedern anderer zu liegen. Eine Menge der Insassen stürmt nach der ersten Einschlagserie in Richtung der Schleuse, will raus. Die Gruppe der Luftschutzwarte wirft sich ihnen entgegen. »Es ist verboten, den Luftschutzraum während des Angriffs zu verlassen.« Jetzt erkundeten aber Männer und Frauen mit Stablampen zu den Mauerdurchbrüchen hin. Keiner will in der Dunkelheit bleiben. Sie wollen sehen, was los ist. Sie kommen zurück, tuscheln. Die Schleuse läßt sich nicht öffnen. Gruppen werden eingeteilt. Zwei Verwundete, von denen ich später erfahre, daß sie zum Lazarett im »Domklub« gehörten, und die vom Sonntagsspaziergang in unseren öffentlichen Luftschutzkeller geflüchtet waren, drängelten sich zu den Warten und führten eine Gruppe von Frauen an, die mit Picken und Schaufeln den Mauerdurchbruch zum Nachbarkeller öffneten, hinter ihnen in Grüppchen von acht bis zehn Personen eine von den Luftschutzwarten organisierte Schlange unserer verschütteten Gemeinschaft. Wir erkundeten den Nachbarkeller, in dem vier Erstickte lagen. Ausgänge verschüttet. Unter Leitung der zwei Gefreiten durchstoßen wir mit Pickel und Eisenstangen den Durchbruch zu Haus Nr. 64, das wissen wir nicht, sondern es wird zugeflüstert, aber wir sehen in diesem Keller schon den Schamott, angeleuchtet von unseren Taschenlampen, die auf Daumendruck schnurren. Auch die Kellertreppe herunter Müll. Wir finden den Durchbruch zum Haus Nr. 66. In diesem

Keller mußten wir suchen. Es war kein Durchbruch zu finden. Die Schlange hinter uns drängte. Einige von der Spitzengruppe konnten die Arme nicht mehr so wie zu Anfang bewegen, werden ersetzt. Ist ein Mann oder eine Frau mit starken Armen da hinten? Trude Willeke kam vor, übernahm die Picke. Wir rücken dann ein Gestell mit eingemachter Marmelade beiseite, die Gläser fallen, auch Spargel und Bohnen, und hinter diesem Matsch der Durchbruch. Wir kommen in einen ganz ordentlichen, gekalkten Keller, aber sowie wir die Kellertür aufgebrochen hatten nach oben – Gestein und Balken. Die Gefreiten sagten deshalb: Hier kommen wir nicht durch. Wir blieben also unterirdisch, sollten aber wenigstens das Gepäck, das einige mitschleppten, hier stehenlassen. Danach öffneten wir mit den Picken und Eisenstangen den Durchbruch zum Gebäude »Schlegelbräu«. Hier sehen wir Staub- und Rauchwolken eindringen. Die Eisenläden zu den Kellerfenstern sind gesprengt, Dämmerlicht von außen. Hinter uns die geführte Schlange. In diesem Moment die (wie wir später erfahren) vierte und fünfte Angriffswelle. Wir legten uns eng an den Boden. In den Seitenräumen klirren die Flaschen. Kletterten dann am Heineplatz-Gebäude empor, hinter uns etwa 70 Menschen, wie ein Kinderhort geführt, über einen Schuttkegel von Häusergröße, und sahen die Quedlinburger Straße, von Brocken übersät, an dem Reservelazarett vorbei, Schlachthausmauer entlang. Wir ziehen gepäcklos durch den Wald und werden in der »Langen Höhle« abgegeben, d. h., Vertreter der SA und der NSV, die die Aufsicht hier haben, übernehmen uns.

Was das im Keller des Hauses vor dem Schlegelbräu versteckte Gepäck angeht, so war es, als wir am folgenden Tag nachsahen, verschwunden. Das traf uns sehr. Wir fanden aber keine Stelle, an der wir Rache nehmen konnten.

[Butterhandlung Henze. Sobald die Gedanken wieder zusammen sind: Bergevorstöße] Im Keller unseres Hauses Hoher Weg 21 liegen sieben Tote, in unserer Gedankenlosigkeit kein Blick zurück, wir rennen über Brocken, Schutt, Müll usw. »wie über einen Steingarten, auf dem nichts wächst«, in Richtung Johannesbrunnen, weil wir uns sagen; ein großer Platz muß her mit breiten Wegen nach allen Seiten zum Flüchten. Hier sind schon andere Halberstädter versammelt, das ergibt Energie. Wir gehen in großer Umgehung zurück, Dominikanerstraße vor. Der untere Teil des Hohen Weges brennt. Wir versuchen es durch Lichtengraben. Es gelingt uns, noch mal in die Mitte des Fahrdamms Hoher Weg vorzudringen. In 40 m Entfernung sehen wir unser Haus Nr. 21. Wie erster Eindruck (ohne Blick), der die Flucht auslöste: durch Volltreffer zerstört. Die Häuser brennen, Sturmwind, wir halten uns gegenseitig auf der Straßenmitte fest.

Wir müssen uns beeilen (denken wir seit ein bis zwei Stunden). Wir haben übersehen, daß auf der schmalen Passage, zwischen den brennenden Gebäuden Kolonialwarenhandlung Gebhardt und Ecke Lichtengraben in unserem Rücken ein Kanister liegt, aus dem grün-schwefelgelbe Phosphorflammen spritzen. Wir springen in großen Sätzen über die Feuerstelle, kommen bei Butter- und Käsehandlung (Henze) an, deren Obergeschoß brennt. Die Besitzerin versucht, Bestände zu retten. Die Sachen stehen zum Teil im Laden und in den Hinterräumen Parterre. Wir gliedern uns in die Kette ein. Schleppen Eier, Margarinekästen, Käse, Butter, Kunsthonigkästen auf die Straße.»Wir waten in Käse.« Zucker rieselt aus den Säcken heraus, knirscht zwischen den zertrampelten Käseschachteln. Wir müssen vor allem aus den Räumen heraus. »Die Hinterzimmer stürzen ein.« Eine Gardine brennt zum Hof hin, schlenkert in Richtung des Brandes. Die Besitzerin ruft:»Hier, nehmt euch, soviel ihr tragen könnt!« Wir tragen das Bergegut im Geschwindschritt. An der Schäfergasse große Gruppen von Ausgebombten. Hier ist ein Feuerwehrtrupp am Ausladen: Spritzgerät, Rohre. Hinter der Linie der Feuerwehr richten wir ein Nest für das Bergegut ein: eine große Decke, die die Trottoirstelle als unser neues Grundstück kenntlich macht, zwei Mann Bewachung daneben (Frieda, Gisela), wir eilen zur Stadt zurück, nehmen eine liegengelassene Steppdecke an uns, eine Kiste (Christbaumschmuck), eine Briefmarkensammlung, auf einem Handwagen zuoberst, sowie Stablampe. Ich sage Willi, er soll die Sammlung unauffällig runternehmen.

Backsteingebäude Halberstädter Tageblatt, Lichtengraben, ich will Anzeige wegen Wohnungssuche für die nächsten Tage aufgeben, evtl. Gartenhäuschen, Stadtrand. Nehmen wir nicht an. Wir erscheinen nicht, sagt einer der Schriftleiter. Ich nehme Bleistifte und Tinte an mich, trage es zum übrigen Bergegut in der Schäfergasse. Ich stelle dort zwei Kinder hin, schicke Gisela, Frieda nach Klein-Quenstedt, sollen sagen, wir haben alles verloren und ob sie nicht einen Schinken abgeben können. Kommen tatsächlich mit drei Würsten zurück und einem Wintermantel. Unsere Sammelstelle mit Bergegut verschiedener Klasse umfaßt nunmehr 12 qm. Das stört hier, sagt einer von der Partei, der hier nachsieht. Verteilen Sie das weiter hinten, in der Vogtei. Wir müssen es aber gerade nicht verteilen, sondern zusammenhalten. Hier müssen Schläuche durchverlegt werden, sagt der Uniformierte. Die Feuerwehrleute verlegen rücksichtslos über unseren Besitz eine Schlauchlinie. Wir sind voller Gemeinsinn. Die Kinder wollen am Löschen beteiligt werden, werden zurückgescheucht. Jetzt müssen wir an die Nacht denken, wie wir irgendwie in der Nähe unserer Waren überwintern.

[In der Schriftleitung] Soll man nun eine Zeitung herausbringen oder löschen gehen? Mit was löschen? Sie stapeln die Papiervorräte im Keller. Einer sagt:

Besser wäre, an einer Stelle verbrennen, wo wir das Feuer in Zaum halten kön-
nen. Das Steinhaus hier retten wir, falls wir alles Brennbare beiseite schaffen.
Die Druckstöcke überdecken wir mit feuchten Tüchern. Also runter mit den
Gardinen.

Es sind einige Eimer Wasser da. Einer der Setzer sagt: Wenn alle noch mal pin-
keln, haben wir mehr, wir wollen »Passanten« reinrufen, die in einen Eimer
abgemolken werden.

Die Katastrophe läuft jetzt seit 11.32 Uhr, d. h. seit fast anderthalb Stunden,
aber die Uhrzeit, die gleichmäßig wie vor dem Angriff vorbeischnurrt, und die
sinnliche Verarbeitung der Zeit laufen auseinander. Mit den Hirnen von morgen könnten sie in diesen Viertelstunden praktikable Notmaßnahmen ersinnen. Zwei Schriftleiter werden zum Torteich geschickt, sollen in einem großen
Bottich Wasser heranschleppen, um die Tücher für die Maschinen anzufeuch-
ten. Man muß auch das hölzerne Treppenhaus feucht zudecken. Der Putzspiri-
tus, die ölhaltige Druckerschwärze müssen weg, vielleicht in eine unzugängli-
che Kellerecke? Was machen wir aber mit den Kohlenvorräten dort? Schippen
wir sie in den Nachbarhof? Besser vergraben. Es ist ein kurzes Stück Rasen neben Birnbaum und Mauer, das für Graben in Frage kommt. Man könnte auch
die Kellerecke zum Kohlenkeller durch Schutt und Steine verrammeln. Vor allem aber geht es um die Papiervorräte.

Die Setzer entzünden im Hof kontrollierte Feuerstellen, in denen sie den an
sich wertvollen Papierbesitz vernichten. Inzwischen stehen unter dem Dach
Männer und Frauen des Redaktionsstabs mit Feuerpatschen und Sandschip-
pen, die die Funken, die in das Gebälk wehen, ausklatschen oder mit Sand bestreuen. Aus dem wertvollen Wasser wird Kaffee gekocht. Eimer und Kanister,
aus denen Druckerschwärze entleert ist, werden zum Hallenbad getragen.

[**Domgang 9**] In den Fenstern stand, umgekippt, unmittelbar nach dem Angriff, eine Auswahl von Zinnsoldaten, die übrigen in Schachteln verpackt in
Schränken, insgesamt 12 400 Mann, das Neysche III. Korps, wie es im russischen Winter in Richtung der östlichen Nachzügler der Großen Armee ver-
zweiflungsvoll vorrückt. Das wurde im Advent jährlich einmal aufgestellt.
Nur Herr Gramert selbst konnte die Masse in der richtigen Reihenfolge stellen. Er ist in panikartiger Flucht, weg von diesem Liebsten, in der Kerbsschere
von einem brennenden Balken am Kopf getroffen worden, kann keinen Willen
mehr bilden. Die Wohnung Domgang 9, mit allen Zeichen von Gramerts per-
sönlichem Stil, liegt noch 2 Stunden ruhig und intakt, allenfalls daß sie sich im
Laufe des Nachmittags immer mehr erhitzt. Gegen 17 Uhr ist sie, wie auch die
Zinnfiguren in ihren Schachteln, die zu Klumpen verschmelzen, ausgebrannt.

[**Zum Harder**] In dieser Kneipe, am Weinmarkt, lecken die Flammen um 14 Uhr an dem über der Theke angebrachten Schild: »Einem verzagten Arsch vermag kein fröhlicher Furz zu entfahren.« Die durcheinandergefallenen Biergläser zerspringen. Wenig später fällt die Schuttmasse des ganzen Hauses auf den ausgeglühten Bierausschank.

II

[**Strategie von unten**] Die Evakuierte aus der Gegend von Gelsenkirchen, Volksschullehrerin, jetzt als Munitionsarbeiterin dienstverpflichtet, Gerda Baethe, mit ihren drei Kindern, neun, sieben und fünf Jahre alt, bewohnt das Gartenhaus des Grundstücks Breiter Weg Nr. 55/57, das nicht unterkellert ist. Um 11.32 Uhr, sie hat die Vollalarm-Sirene gehört, Bombeneinschläge in der Ferne, war sie gerade mit dem Anziehen der Kinder fertig, da schlagen Sprengbomben in den Luftschutzkeller des Hauses Nr. 9 (Druckerei  Koch), ins Haus Nr. 26, in das gegenüberliegende Haus Nr. 69.[6] Die Eingangstür zum Gartenhäuschen bricht, ein Schwall Staub und Rauch. »Die Detonationen waren von einem äußerst lauten, schrillen und unangenehmen Geräusch begleitet.« Unmittelbar zuvor ein tiefes Rauschen und hohes Pfeifen, dazu an- und abschwellendes Brummen, dem Gerda allenfalls 15 bis 20 m Höhe zumaß. Das war, alles zusammen, »Nähe«, unterschritt den Schutzkreis, den sie um sich und ihr Eigentum zog. Sie fiel zu Boden, zwei Kinder in *ihrer* Nähe, das dritte rannte herein, klappte zu Boden. Sie dachte: Die sind in der Nähe. Sie war ja, wie sie dalag, selber nicht getroffen. Die Kinder krochen bei ihr unter, drängten an ihre Schenkel, an ihren Hals, neben ihren Kopf, suchten sich breitere Körperflächen zu erdrängeln, der Fünfjährige, indem er seinen Kopf unter den Leib der Mutter schob. Es war also wenigstens so, daß Gerdas Truppe nicht in alle Winde auseinanderfetzte, sondern Hautberührung suchte.

Das war Sache von Sekunden. Das unregelmäßig schwellende Brummen verstärkte sich erneut. Die Sprengkörper schlugen in die Keller des festen Hauses Nr. 21 (EPA-Kaufhaus). Sie »fühlte« das als Einschlag »in 5 m Entfernung«. Das Gartenhäuschen wurde von der Luftdruckwelle erschüttert, die nächsten Einschläge, Serien: Woort, Kulkplatz, Paulsplan, Franzosenkirche, Fischmarkt, Büttner-Kaufhaus, Gotisches Haus usw. Gerda registrierte das als »entfernt«. Sie konnte es ja auf keiner Lage-Karte eintragen oder sehen. Sie lag, auf

---

6 In diesen Kellern ersticken 18 Schutzsuchende. Das weiß Gerda Baethe nicht.

und neben ihr »die Last« der Kinderleiber, am Fußboden, »horchte«. Die Kinder rührten sich nicht, schrien nicht. Sie stieß die mittlere an, die sofort zu wimmern anfing. Die Reaktion, jetzt weinten auch die beiden anderen, bestätigte ihr, daß die Kleinen noch agierten. Daß, von ihrer Familieninsel gesehen, sie noch nicht zu den Toten zählten.

Gerda raffte sich hoch, schob die Kinder vor sich her, während in einiger Höhe sich erneut das anschwellende tiefe Summen näherte, durch die Küche, in der an der Wand hängende Salz-, Pfeffer-, Zucker-, Gewürzkästchen herabgefallen waren und ihren Inhalt auf die Kachelfliesen verstreut hatten – der Ofen war auseinandergefallen, Rest des Feuers auf den Fliesen, laß nur, dachte sie, schob ihre Brut die sechs Steintreppenstufen zur Geräteecke hinunter, dasjenige in diesem Häuschen, was noch am ehesten etwas Kellerartiges hatte. Es lag anderthalb Meter unter Straßenhöhe. Sie fühlte sich in ihrem »unausgestatteten Häuschen« als »Leichtbewaffnete«. Sie glaubte nicht, daß die Gefahr bestand, verschüttet zu werden. Sie hatte, wenn die Sprengkörper fielen, jeweils den Atem lange angehalten, weil sie gehört hatte, daß der Luftdruck der Sprengbomben die Lungenbläschen zerriß, also einen Staudruck in der Lunge herstellen, bis es vorüber war. Sie flüsterte jetzt mit dem Kleinen: Nicht atmen, bitte nicht atmen. Das Flüstern machte den Kleinen nervös. Die Älteste machte dicke Backen, atmete gleichwohl.

Es war keine Zeit. Leitsätze einer »Strategie von unten«, die Gerda in diesen Sekunden in ihrem Kopf zu versammeln suchte, konnten nicht übermittelt werden. Hier von ganz unten gesehen, zu den für Gerda nicht sichtbaren Planern in 3000 m Höhe über der Stadt hinauf, oder auch ganz fern zu den Absprungbasen der Bomber hin, wo die höheren Planungsstäbe saßen. Die Dachgeschosse der Häuser am Breiten Weg brannten sofort. Nach einer Pause von etwa 10 Minuten, in der Gerda auf ein stabiles Rieselgeräusch horchte, das entweder mit dem Brennen selber oder aber mit »herabbrausenden Ziegeln« zu tun hatte: sie sah einmal durch das Loch, in dem noch einige zersplitterte Scheibenreste steckten, die Flammen im Vorderhaus, Trümmerbrocken auf dem Zwischenhof, den Blick zum Nachbarhof verdeckte eine hohe Mauer (das konnte Schutz bedeuten). Jetzt erneutes Heranschwellen der großen Flugzeuge. Sie begann die Bomber oben zu verwünschen. Aber wenn das den Erfolg hatte, daß einer davon herunterstürzte und sie mit ihrer Gartenhausbesatzung erschlug, dann wäre es besser, wenn sie das nicht tat. Vor allem ging es um den Jüngsten, weil es ihr Söhnchen war (während sie glaubte, die weniger wertvollen Mädchen später ersetzen zu können). Sie prüfte ernstlich, wen von den dreien sie mit Vordringlichkeit retten sollte, versuchte Vorteile daraus zu ziehen, daß sie sich selbst in die Aufzählung dieser Rangordnung einstufte: an verschiedenen Stellen, sie tastete ja nur erst. Vielleicht konnte sie etwas dazu tun, indem sie die nächste Staudruckwelle vor den Lungen eines der Kinder, welches, wollte sie noch wählen, abfing. Ein zusammenstürzendes Kleinsthaus konnte sie freilich nicht auffangen. Das schien ihr *taktisch* wenigstens günstig, daß mit diesem Gartenhäuschen nicht allzuviel über ihr zusammenbräche. Ein Vorteil der Wohnungszuweisung. Sie kroch nun über die Kinder hin, die sich anklammerten. Gerade das machte ihr aber plötzlich angst, und sie erhob sich, um sie abzuschütteln, merkte, daß sie dabei atmete, und mahnte sich zur Vorsicht: diese Luft, deren Druck unter dem Einfluß der Einschläge schwankte, nicht »einnehmen«! Sie zwang sich, strategisch, d. h. auf die Hauptpunkte bezogen, zu »denken«, das heißt: wohin fliehen, falls nochmals eine Chance durch Warten auf eine nächste Welle entstand – sie wollte dann über Fischmarkt, Martiniplan, Schmiedestraße, Westendorf rennen. Ein Handwagen im Hof, die Kleinen da rein und im Galopp zu den Feldern oder Dörfern.

Dieses Trostbild setzte sie sich vor Augen, mehr Wehrmittel hatte sie nicht, während die vierte und fünfte Welle die Mitte der Stadt: Schuhstraße, Hoher Weg, Lichtwerstraße usf. verwüstete. Dazu Rascheln und Klappern von Schutt, der von den Dächern herabkam, oder aber es war Brand. Es fing schon wieder in der gleichen Weise an wie vor 11 Minuten, daß das Schwellbrummen sich verstärkte. Sie versuchte, durch lautes Beten die Bomben in ihrem Kurs zu beeinflussen. Aber wenn sie sich nun verschätzte? Sie wollte auch nicht als gläubig oder abergläubisch gelten nach so vielen Jahren aufgeklärten Lehrerberufs. Draußen Stimmen von Bewohnern, die mitten im Angriff, um nicht in den Kellern zu verbrennen, vor die Türen traten und Fluchtwege erörterten. Bleibt hier liegen, sagte Gerda zu den Kindern. Sie überquerte den Hof: kein Himmel, schwarzer Rauch, Dröhnen, das sich entfernte. Da war vorhin Sonne und Bläue gewesen.

»Und schöne, weiße Wolken ziehn dahin,
mir ist, als ob ich längst gestorben bin . . .«

Jetzt Qualmwolken. Sie gelangte über Trümmerblöcke, Handwagen, stand in umgekehrtem Zustand da, zur Toreinfahrt des Vorderhauses, wo eine Gruppe Männer, die Äxte trugen, Armbinde des Luftschutzes, eine Erörterung begannen. Sie stellte sich dazu, um einen Rat zu ergattern. Sie alle hatten so genug von diesem Geschehen, daß sie keine weiteren Bomberwellen erwarteten (auf diese harmlose Stadt!). Also benahmen sie sich, als käme jetzt nichts mehr. Es ist nichts zu retten, sagten sie. Alles muß nach Westen hin rausrennen. Sie rannten aber selber nicht, sondern blickten festgebannt aus der Toreinfahrt auf die einstürzende Fassade von Nr. 60, dahinter brannte ein kolossaler Speicher.

Gerda hatte genug erfahren. Von den tüchtigen Warten kam keine vertrauenswürdige Strategie. Sie überließ sie ihrem Schicksal, rannte zum Gartenhäuschen, nahm nicht an, daß es Zweck hätte, durch die Brände der Stadt zu flüchten, prüfte vielmehr sachlich den Abstand zu den Nachbarhäusern, zum Vorderhaus. Sie wählte eine im Hof liegende Latte, tauschte sie dann gegen eine Blechrinne, die sie sich zurechtbog. Damit konnte sie Flammen zerschlagen, wenn diese sich auf einen Abstand von weniger als zwei Meter näherten. Sie begann, in der Küche die Feuerreste des Ofens totzuschlagen. Die Kleinen blieben im Häuschen, und zwar in dessen Gerätesenke, verborgen. Hier standen noch Gerätschaften: eine Schaufel (nützlich), Besen (unnütz), Harken (unter Umständen nützlich). Mit der Schaufel schaufelte sie aus dem Vorrat der Beete am Rande der Mauer zum Nachbarhof Erdhaufen, die sie auf das Feuer werfen wollte, wenn es herankröche.

Die Blechrinne hatte sie bald wieder abgelegt. Jetzt waren keine Stimmen anderer Menschen im Umkreis mehr zu hören. Das Vorderhaus, alle Häuser des Breiten Weges brannten nieder. Sie wollte nicht ersticken. Es waren nicht die Flammen, sondern die Allgemeinhitze, die sie gefährdete. Es waren aber nach allen Richtungen wegen der Ärmlichkeit des ihr zugewiesenen Gartenplatzes – ein Streich, den die Besitzer des Grundstücks dem Wohnungsamt gespielt hatten, als sie behaupteten, dieses nicht mehr benutzte Gartenhaus sei eine Wohnung – 15 bis 20 m Abstand zur Brandfront. Sie hatte Betten, die Bewohner des Vorderhauses auf den Hof warfen, anderes brennbares Gerät über die Mauer auf den Nachbarhof geworfen. Jetzt bewegte sie sich nicht mehr in der Hitze, »wollte nicht innerlich verschmoren«.

Strategisch war vom ganzen Tag nur die Besitzlosigkeit an brennbaren Wertsachen. So hatte sie u. a. im Gartenhaus auch keine Gardinen mehr aufhängen können, weil sie keine bekam. Die Kinder hatten Durst, Hunger. Gerda sammelte in der Küche mit Salz und Pfeffer vermischten Zucker in einer Holzkelle, nicht einmal Bratbrote konnte man backen. Es war keine Feuerstelle da. Feuer selbst war in der Nachbarschaft reichlich. Sie verfütterte eine Brotkante sowie je ein bis zwei Löffel Margarine und je vier Löffel verdorbenen Zucker.

Zusatz: Um eine strategische Perspektive zu eröffnen, wie sie sich Gerda Baethe am 8. April in ihrer Deckung wünschte, »stark angebraten«, insbesondere dann in den Nachtstunden, als die Hitze am schlimmsten wurde, hätten seit 1918 siebzigtausend entschlossene Lehrer, alle wie sie, in jedem der am Krieg beteiligten Länder, je zwanzig Jahre, hart unterrichten müssen; aber auch überregional: Druck auf Presse, Regierung; dann hätte der so gebildete Nachwuchs Zepter oder Zügel ergreifen können (aber Zepter und Zügel sind keine strategischen Waffen, es gab kein Bild für die hier erforderliche Gewaltnahme). »Das alles ist eine Frage der Organisation.«

Gerda hatte, als der Westwall gebaut wurde, vierzehn herrliche Tage mit einem Herrn von der Organisation Todt in der Eifel verbracht. Dieser Herr fuhr ein Cabriolet. Das heißt, man konnte im offenen Wagen die kühlen Berge der Schnee-Eifel von Vulkantrichter zu Vulkantrichter, praktisch Bergseen, durcheilen. Von ihm hatte sie den Ausdruck: Alles bloß Organisation. Er zeigte ihr Pläne, auf denen Schiffe bergauf über die Alpen die Poebene erreichten. Das war Organisation als Kanalbau, ingenieursberechnet. Man kann es malen.

Abb.: Schiffe fuhren die Hochgebirge hinauf über die Pässe und Gipfel nach Italien und zurück. Von der Nordsee zur Adria. Unten eine der Schleusen. Weiter oberhalb: Tunnels. Planschiffe von 1938.

Abb.: Die Einfahrt in den Alpen-Sperriegel.

[**Strategie von oben**] Insofern schwor Gerda in den Augenblicken der Zeitnot, die sich allerdings von vormittags 11.32 Uhr über die schwierigen Nachtstunden vom 8. auf den 9. April bis zum Spätnachmittag des folgenden Tages hinzogen, insbesondere aber zwischen 3. und 4. Welle, in der sie 10 Minuten Frist hatte, daß sie den Ansatz für solche Organisation künftig legen wollte. Achthundert Jahre Strategie von unten würden dann achthundert vergangene Jahre Strategie von oben zunichte machen, nicht mit einer Blechrinne, nicht mit einer Schaufel und nicht durch bloßes Warten und Wünschen. Noch aber war nicht Vergangenheit, denn die Maschinen flogen zu diesem Zeitpunkt über Thekenberge, Spiegelsberge erneut heran (4. und 5. Welle), drehten über Wehrstedt Kreise, sahen zwar keine Rauchzeichen mehr in dem Wust und flogen deshalb pauschal auf die Rauchwolke Stadt zu, auf 2000 m niedergehend, »harkten« die Mittelstadt ab, ziemlich selbstsicher, da keine gegnerische Jagdabwehr oder Flakabwehr zu entdecken war. Sie konnten weder Genaues von der Stadt wahrnehmen, noch empfanden sie die im Moment vorsichtig gebremsten Wünsche der Baethe. Sie konnten nichts ahnen, die »holdseligen Englein, du«.

Der Bomberpulk, etwa 200 Maschinen, denen im Abstand von zehn Flugminuten, d. h. jetzt über Nordhausen, weitere 115 Maschinen folgten, flog in etwa 7000 m Höhe von Südwesten auf die Stadt Halberstadt zu. Die Formation, »wie zur Attacke geordnet«, hatte einen traditionell-kavalleristischen Anschein, war aber *berechnet*, nicht Parade, sondern eine Position, in der die

Maschinen, würden sie durch Jagdflugzeuge angegriffen, zum Feuerschutz zusammenrücken, würden sie durch Flak beschossen, auseinandergezogen werden könnten. Die Pionierphase solcher Angriffe mit viermotorigen Fernbombern B 17, jeder eine Werkstatt, aber der kompakte Verband als Fabrik, liegt 3-4 Jahre zurück. Die Komplettierung des Verfahrens hat Faktoren, die in der Pionierphase eine Rolle gespielt haben, wie Gottvertrauen, militärische Formenwelt, Strategie, Binnenwerbung gegenüber den Besatzungen, damit sie angriffswillig sind, Hinweise auf Eigentümlichkeiten des Ziels, Sinn des Angriffs usf. als irrational ausgegliedert.

Diskussion 1976, Nähe Stockholm, OECD-Tagung: *Post-Attack Farm Problems*, gemeinsam mit Sipri-Yearbook, Arbeitskreis VII, der auf einer Terrasse im Lichte des Altweibersommers Platz genommen hat. »Evolutionärer Stellenwert« der Angriffsverfahren »in der Sommerphase des Jahres 1944«:
1. **Professionalisierung:**
Es ist nicht der Einzelkämpfer von Valmy, der bewaffnete Bürger (Proletarier, Lehrer, Kleinunternehmer), der diese Angriffe durchführt, sondern der geschulte Fachbeamte des Luftkriegs: analytische Begrifflichkeit, deduktive Strenge, prinzipieller Begründungszwang in den Gefechtsberichten, Fachverstand usf. Problem des »inneren Auslands« der gelegentlichen persönlichen Wahrnehmung, z.B. Ordentlichkeit der Felder unten, Verwechselung von Häuserzeilen, Karrees, geordneten Stadtvierteln mit heimatlichen Eindrücken, Reflexion über vermutete hochsommerliche Temperaturen unten, wenn Geräteanzeigen oben in den Maschinen doch hierzu keine Veranlassung geben . . .
2. **Konventionalität:**
Die Besatzungen erleben es als »Tages-Geschichte ihrer Betriebe«.
3. **Legalismus:**
Der Angriff unterstellt der Besatzung oder den Stäben außer einem generellen Gehorsam keine sittlichen Motive oder Sinnzwang, bestraft wird nicht böse Gesinnung, sondern normabweichende Handlung, z.B. vorzeitige Umkehr, lasches oder zerfasertes Ausklinken der Würfe. Legalismus insbesondere darin, daß nicht Ziele, die auf den Listen als unterrangig angegeben sind, vor höherrangigen Zielen angeflogen und bombardiert werden. *Gewissermaßen befindet sich eine Justiz im Anflug.*
4. **Universalität:**
Anstelle dessen, was 1942 Thymos (Tapferkeit) oder Disziplin, also *persönliche* und damit, auf das System bezogen, *begrenzte* Eigenschaften

sind, ist die *Geltung innerhalb des generalisierenden Gesamten* aller Kriegsverbände getreten. Nicht Kämpfer oder Kampfverbände konkurrieren, sondern die Ebenen der Kriegsschauplätze, der asiatische, die 8. US-Luftflotte, die vordringenden sowjetischen Verbände, die Panzerspitzen, die am 8. April 1945 den Südrand des Harzes erreichen, das Marinekorps, stehen in Wettstreit und wechselseitiger Disziplin, vermittelt durch das instrumentelle Seitensystem der Abteilungen für Öffentlichkeitsarbeit in den Heimatländern der Alliierten. Damit, zitiert F., »ist die Systemschwelle zum universalistischen System anstelle des eng personalen überschritten«.

G. W. Baker, D. W. Chapman, Man and Society in Desaster, New York 1962; G. Clark, L. Sohn, World Through World Law, 3rd edition, Cambridge, Mass., 1966; Jantsch, Technological Forecasting in Perspective, OECD-Report, Paris 1977; Beaufre, Introduction à la stratégie, Paris 1972; Green, Deadly Logic, Ohio State University Press, 1966, S. 306 ff., 319 ff., 411 f.; G. Sjoberg, Desasters and Social Change, in: G. W. Baker, D. W. Chapman, a. a. O., S. 383.

»Steht wie ehemals Stern an Stern, Insel schwand und Schwäne«. Der See, insellos, liegt 30 Meter unterhalb der felsigen Terrasse vor Augen. Freddy Dohm, der tüchtige Sekretär, hat *Systemforscher*, einen *Rest* Kritischer Theorie, *Ungarn* aus dem Umkreis von Agnes Heller, *Militärgeschichtler*, *Physiker* zusammengebracht. Die Teilnehmer sind von der Unvereinbarkeit ihrer Standpunkte überzeugt. Sie blicken auf den See hinunter, würden gerne baden.

Insofern als sich die Pionierphase von 42/43 nicht hinwegdenken läßt, ohne daß auch der jetzige Angriff entfiele, gibt es allerdings doch einen strategischen Rest. Damals waren Gedankengänge das Maß, die auf Trenchard[7] zurückgehen, der wiederum Verdun-Erfahrung hat, selber aus der Kavallerie hervorgegangen, die auf Hannibal zurückgeht, der wiederaufnimmt, was frühe Baumkletterer in der Gattungsgeschichte veranlaßt hat, nahrhafte Amnioten-Eier übergroßer Saurier zu finden, von unten oder von der Seite die Schale aufzubeißen und entweder die Brut dort hineinzuverlegen oder sie für sich selber auszusaugen. Es ist ganz deutlich, daß diese Wurzel des strategischen Interesses, die Beute, bei den Bomberbesatzungen in Wegfall kommt, da sie ja in die angeflogene Stadt etwas hineintun, niemals etwas aus ihr mit-

---

7 Britischer Vize-Luftmarschall, Befehlshaber der RAF im Ersten Weltkrieg, Begründer der englischen Luftstreitmacht, an der die US-Luftflotte auf dem europäischen »Schauplatz« ab 1942 dringend lernt.

nehmen werden, »um es, sei es auch nur im abstraktesten Sinne, auszusaugen«. Sie können hier nichts »haben wollen«, sind, was Benzin oder Abwurfmaterial betrifft, Selbstversorger. Allenfalls könnte man es so verstehen, daß sie die Arbeitskraft von den Monteuren in den Flugzeugwerken zu Hause oder das Öl von Texas und Arabien ansaugen oder daß die Besatzungen Sold auf ihre Privatkonten ziehen oder daß die gesamte Transaktion Erträge für Rüstungsunternehmen erbringt. Aber für keine dieser Vorgänge würden die Besatzungen dieser Maschinen hinreichend oder willig tätig. Sie verteidigen auch nicht zum gegenwärtigen Zeitpunkt ihre Heimat oder Häuser. Insofern fehlt der Rohstoff, aus dem Strategie hergestellt wird, inzwischen vollkommen.[8]

8 Es kämpfen, sagt Fritzsche, Mitarbeiter im Arbeitskreis VII, hier insbesondere keine Klassen gegeneinander, ebensowenig wie vor Verdun. Vielmehr vermischen sieh, »oben« wie »unten« *Arbeitskraft* und *Produktionsverhältnis* in ganz unübersichtlicher Weise. Die Klarheit des Himmels, Zielstrebigkeit der Anflugsformation, Gegensatz von einfachen Besatzungsmitgliedern, meist aus den unteren Ständen und Kommandeurselite, oder auch die ganze ausgepowerte Lage derjenigen, die unten in der Stadt dem Produktionsverhältnis Luftangriff ausgesetzt sind, täuschen gerade darin, daß man die Geschlechterketten zurückverfolgen müßte, um auf höchst verwinkelte Weise die *Wurzeln* dieses Ganzen zu analysieren. Nur diese Analyse aber stieße auf den *Rohstoff*, aus dem Strategie gemacht wird, entweder, nach Clausewitz, »Vaterlandsliebe« oder ein klassenspezifischer Grund usf. Insofern, sagt Fritzsche, kann man nur sagen, daß der Schrott weit zurückliegender Klassenkämpfe oder Gefühle oder Arbeitskraft sich in der *Form* dieses Ereignisses organisiert.
Damit sticht Fritzsche in ein Wespennest. Das Thema der *Formalität* erfaßt die Diskussionsrunde.
Was damit gemeint sein soll, weiß zunächst keiner der Diskutanten. Auf jeden Fall steckt in dem Dahinfliegen und Bombardieren, der allmählichen Reinigung von beschwerendem Real-Ballast wie persönlicher Motivation, moralischer Verurteilung des zu Bombardierenden (»moral bombing«), in errechnetem know-how, der Automatisierung, Hinsehen, das durch Radarsteuerung ersetzt wird, usf., ein *Formalismus*. Hier fliegen nicht Flugzeuge im Sinne der Luftschlacht um England, sondern es fliegt ein Begriffs-System, ein in Blech eingehülltes Ideengebäude. Willi B. knüpft an Platons Gastmahl-Phaidros an, auf Teufel komm raus. »Daß die Seelen der Menschen vor ihrer Geburt im beglückenden Umzug der Götter um den Himmel mitgezogen sind . . . die Fähigkeit, mit den Göttern um den Himmel zu ziehen, verdanken die Seelen ihrem Gefieder . . . sie verlieren ihr Gefieder, stürzen herab und vereinigen sich mit einem irdischen Körper, die Geburt . . . dabei begießt die Seele ihre Herkunft, die früher geschauten Bilder . . . Das Zusammensein der Seelen mit den Ideen als gemeinschaftlicher Umschwung der Seele mit den Göttern . . .« Und worauf willst du damit jetzt hinaus, Willi? fragt Ursula D. Das weiß keiner. Aber irgendwoher müssen die Formen kommen.

Staffelung[9] der Kampfblöcke, denen außerplanmäßige Maschinen vorausflie-
gen:

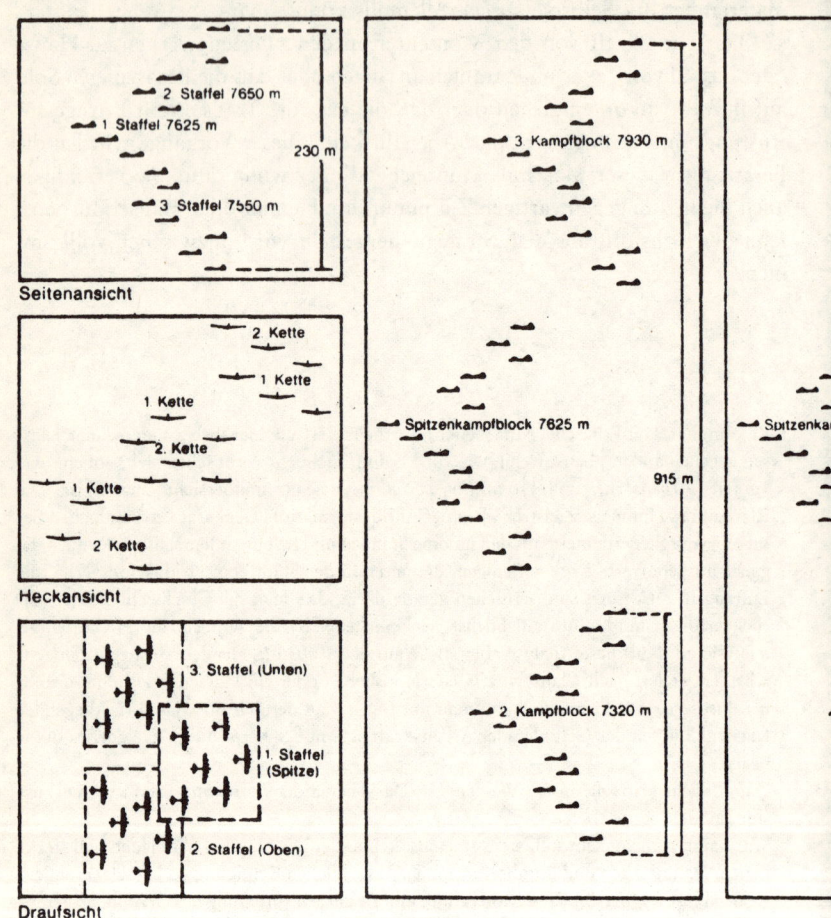

Man konnte in diesen fliegenden Industrieanlagen mitten im Krach der Motoren und infolge der übermächtigen Helle des Tageslichts allerdings nicht Kriminalromane oder Romanhefte lesen, obwohl für diejenigen, die nicht steuer-
ten, Ausguck hielten oder funkten, lange Wartezeiten durchgestanden werden
mußten. Eine Anpassung an die Maschinen, nur weil diese arbeiteten. Ich

9 In der 92., 305., 306. und 351. Gruppe Veteranen-Besatzungen, die schon 1943 Schweinfurt und Regensburg angegriffen hatten. Es sind Tagesangriffs-Spezialisten.

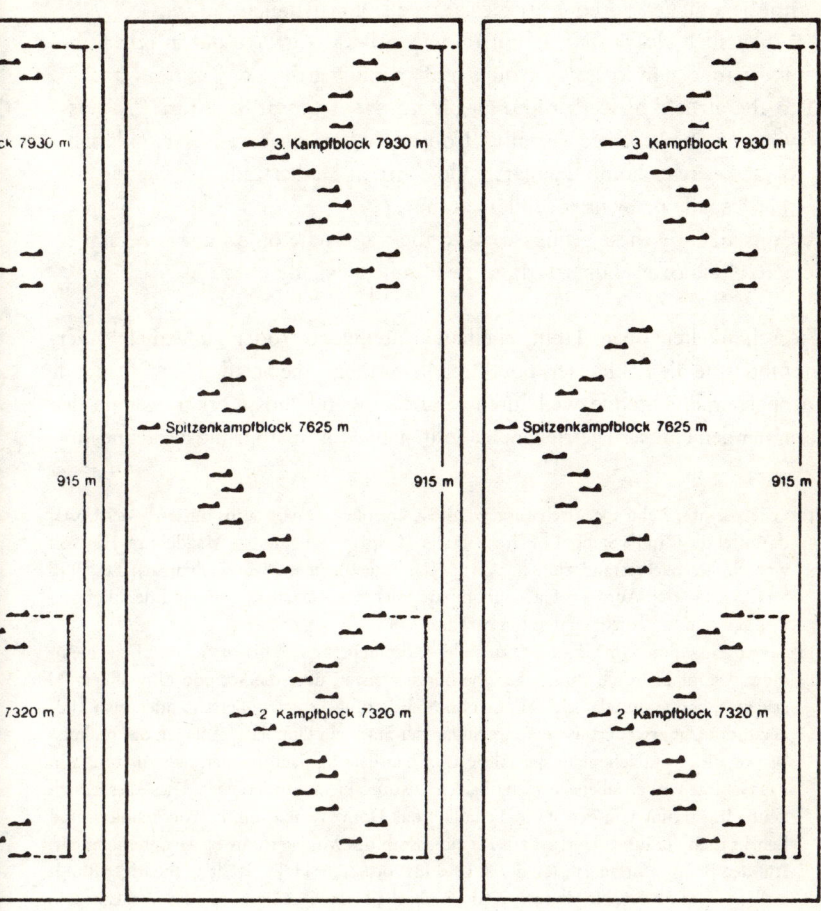

ahme den Gang, die Gesichtsbewegung, die Miene der Mutter nach, ich ahme die Ausdrucksweise der Gesellschaft nach, habe eine Nase wie ein Autokühler, die Geradheit der Straßen, das Viereckige der Häuser und Zimmer, ich ahme die Motoren nach, die unsere »Seelen« als Anhängsel samt Bombenlast, Maschinerie, Innenbau hinter sich nachziehen.

Keiner der altgedienten Profis in den Maschinen kann sich deshalb der Anspannung entziehen, die Seele von ihr wegdrehen nach unten zu den Feldern oder dem Harzgebirge hin oder zur tiefen Bläue des Himmels.

»The 8. Airforce made plans to attack targets in the vicinity of Berlin on 8. 4.[10] These targets were however within the russian bombline and could not be attacked without prior clearance from russian authorities. When such clearance was not received, the 8. Airforce put in effect an alternative plan to use 25 groups of B 17 und 7 groups of B 24 for attacks to the airfield at Zerbst and an oil storage depot at Straßfurt. Objects where to be attacked visually. If objects where obscured by clouds the planes were to bomb the marshalling yard at Halberstadt[11], attacking either visually or by use of radarsightings.

Consequently these groups went to their alternate object at Halberstadt 3/10 cloud over Halberstadt, some bombed visually.«[12]

Sie schaukelten oben dahin, ekelhaft »intelligent« (oder »allgemein«) zerbombten sie die Eckhäuser, um durch Schuttkegel die Straßen für Flüchtende zu sperren, Flüchtende, weil durch »Stäbchen« und Phosphorkanister aus den brennenden Häusern getrieben. Sie sollten also (in Ausführung der Pläne ihrer

---

10 »Zielvorrat«: Zehn spezifisch ausgewählte Zielgebiete. Davon sechs für RAF, vier USAF, darunter die Räume Stendal – Erfurt – Halle – Leipzig – Chemnitz – Magdeburg. Hiervon war ein Restzielbestand zum 8. April 45 übriggeblieben. (Rest-Zielvorrat). Beschluß SACEUR vom 4. April 45, Flächenbombardements einzustellen, drang auf dem Befehlsweg bis zum 8. 4. nicht zu den Einsatzhäfen vor.

11 64 000 Einwohner. Im Gegensatz zu anderen Städten, die sich bis 1939 durch Eingemeindung, veranlaßt durch ehrgeizige Oberbürgermeister, über die 100 000-Einwohnerzahl erweitert hatten und dadurch auf den Bombardierungslisten zuoberst standen, war Halberstadt nicht erweitert worden. Im Süden der Stadt ein Flugplatz, Anlagen der Junkers-Werke, auf Tragflächenbau spezialisiert. In den Bergen, nach Langenstein zu, 25 km in das Gebirge vorgetriebene Stollen, die der Rüstungsproduktion dienen. Dies alles jedoch deutlich getrennt von der Stadt. Lediglich das Dom-Gymnasium ist von Schülern und Lehrkräften geräumt. Dort ist ein Rüstungsstab des Ministeriums Speer untergebracht. Auf den Bombardierungslisten der 8. US-Luftflotte steht Halberstadt an niedriger Rangstelle, unterhalb von Nordhausen, jedoch oberhalb von Quedlinburg oder Aschersleben.

12 In ihrer Maschinerie waren die Besatzungen aus »psychischen« Gründen blind. Ganz zweifellos herrschte sowohl über Zerbst und Straßfurt wie über Halberstadt die Bläue eines Frühsommerhimmels. Also keineswegs Wolken über Straßfurt und auch nicht ³⁄₁₀ Wolkenbedeckung über Halberstadt. Daß trotzdem die Mehrzahl der Flugzeuge nicht nach Sicht, sondern nach Radar bombten, zeigt die Eigenschaft der Augen als Strategie und nicht als persönliche Organe der betreffenden Ausgucker. Anderseits USAF-Oberst a. D. Douglas, 10. 4. 1977: Hören Sie auf mit dem Wort »Strategie«. Wir kommen darauf, wendet einer der Wissenschaftler ein, weil Sie sich »strategic bombing command« nannten oder auch noch nennen. Kokolores, sagte der Oberst. Sie müssen das als eine normale Tagschicht in einem Industriebetrieb auffassen. »200 mittlere Industrieanlagen fliegen auf die Stadt zu.« Die Wissenschaftler sagten aber: Sie flogen, als hätten sie eine Binde vor den Augen. Wie erklärt sich das? Das weiß der Oberst a. D. auch nicht.

Strategen und Luftwaffentaktiker, ohne allzuviel eigenen Willen hinzuzufügen) die Bevölkerung der Stadt »zurechtfoltern«.

Braddock im Spitzenflugzeug des ersten Kampfblocks sieht beim Überfliegen der letzten beiden Bergketten vor der Stadt eine langgestreckte Allee liegen, von einer Bahnlinie gekreuzt. Auf dieser Allee eilen Stadtbewohner mit Plunder, Handwagen dem Bergwald zu. Es ist aus den Angriffsunterlagen bekannt, daß dort Schutzhöhlen ausgebaut sind. Braddock befiehlt den ihm folgenden 6 Maschinen je einen Wurf auf dieses Ziel, da es sich anbietet. Dies ist eine der wenigen »persönlichen« Entscheidungen, die im Zeitrahmen dieses Gesamtangriffs stattfinden.

Abb. oben: Der Planer. Abb. unten: »Die Jungs«.

Abb.: Die Oberbefehlshaber. Ira C. Eaker, links und General Carl Spaatz, rechts.

Abb.: B. Dampson, Zielmarkierer.

Die Ware

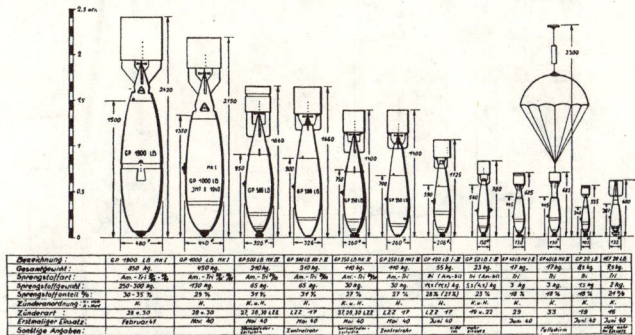

Abb.: GP = General Purpose, Mehrzweckbombe; HEF High Explosive Fragmentation = Splitterbombe.

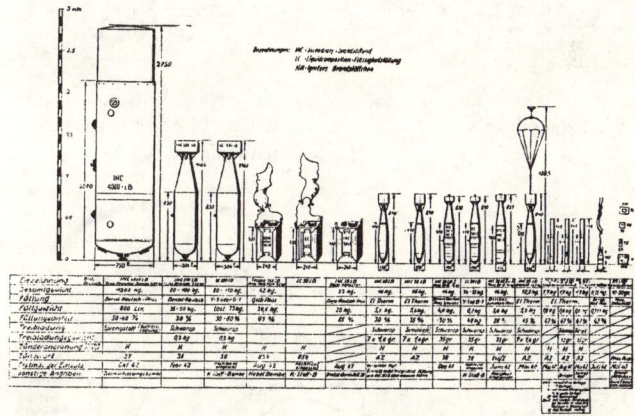

Abb.: Brandware

»Denn jede Bombengattung hat eine besondere Aufgabe. Minen legen die brennbaren Innereien der Häuser frei.« Schwere Sprengbomben, die die Straßen aufreißen und die Wasserleitungen zerstören, damit nicht in den Anfangsstadien gelöscht werden kann. Die leichteren Sprengbomben treiben die Löschmannschaften in die Keller zurück. (Luftmarschall Harris: »Der erste Angriff wird geflogen, um die Feuerwehren und Löschmöglichkeiten zu erschöpfen.«) Daraufhin Brandbomben, insbesondere sogenannte Flamm-Strahl-Bomben. Nach Mitteilung von Dom-Architekt W. Bolze, Dombauamt, Halberstadt – synthetische Lava: Benzin, Gummi, Viskose plus Magnesium. Dies stellt nach Harris ein geordnetes Ganzes dar.

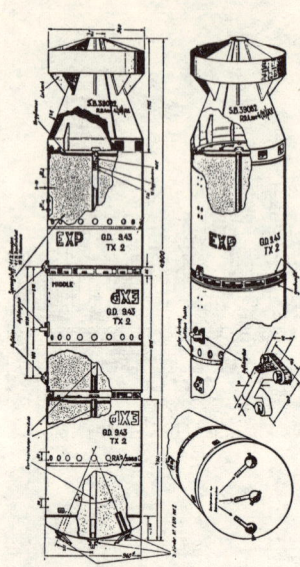 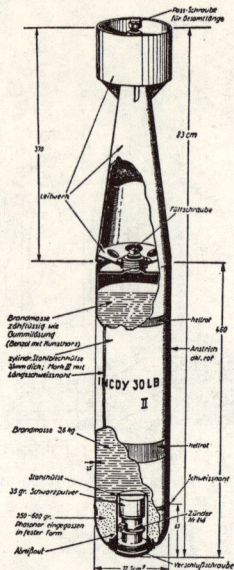

Abb.: HC 12 000 LB 5100 kg = Großladungsbombe.

Abb.: Flüssigkeits-Brandbombe INC 30 LB MK IV »mit Längs- schweißnaht«, 14 kg.

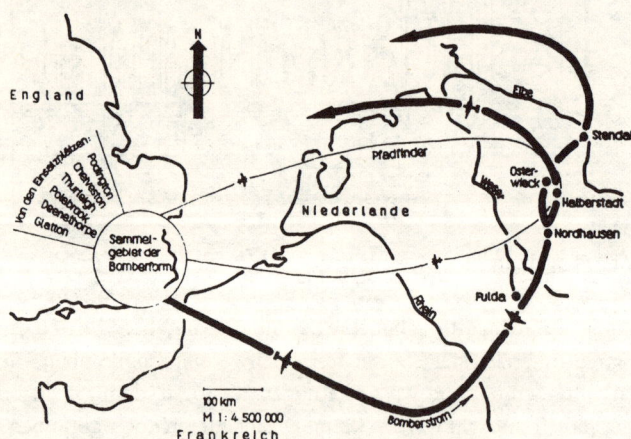

Kurs der angreifenden Maschinen (8.4.1945)

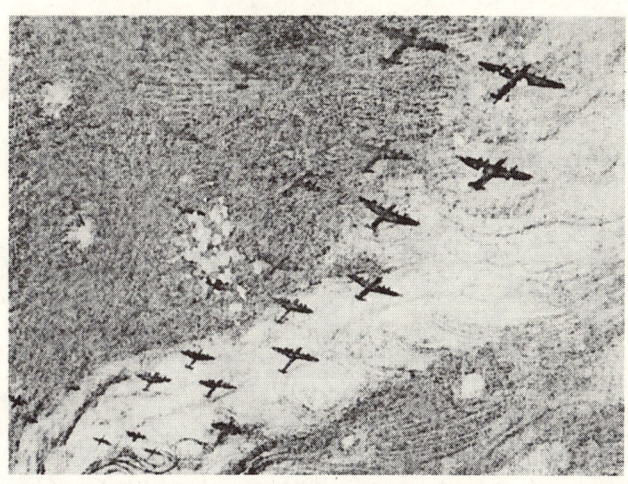

[Interview mit Brigadier Anderson]
Der Reporter Kunzert, Halberstädter, mit den englischen Truppen, die Juni 1945 Sachsen-Anhalt räumten, nach Westen ausgewichen, griff sich 1952 in London den Brigadier Frederick L. Anderson, ehemals 8. US-Luftflotte, am Rande einer Konferenz des *Institute for Strategic Research*. Sie sitzen auf Barhockern im Hotel »Strand«. Anderson hatte den Angriff auf Halberstadt an leitender Stelle »mitgetragen«.

REPORTER: Sie sind also nach dem Frühstück losgeflogen?
ANDERSON: Richtig. Schinken mit Eiern, Kaffee. Ich lese Kriminalromane immer auf die Stellen hin, in denen der Detektiv viermal Schinken und Eier und drei Portionen Kaffee vertilgt. Das gibt mir ein Gefühl von Masse. Essen würde ich das nicht. Aber vorstellen tue ich es mir gerne. Spaß beiseite.
REPORTER: Na ja. Sie stiegen von Einsatzhäfen in Südengland routinemäßig auf?
ANDERSON: Podington 92. Staffel, Chelveston 305. Staffel, Thurleigh 306. Staffel, Polebrook 351. Staffel, Deenethorpe 401. Staffel und Glatton 457. Staffel. Das ist einwandfrei.
REPORTER: Wenn Sie das mal nicht aufzählen, sondern anschaulich machen. Was sieht man?

Anderson konnte kein anschauliches Bild vermitteln. Man sieht die aufgezählten Staffeln zunächst nicht; Anderson steht hinter dem Piloten einer Maschine, sieht seitlich Wiese und Flughallen »vorbeiwirbeln«, wird zur Rückwand gedrückt usf. Er weiß lediglich aus einem Stoß Fernschreiben (zeigt einen Stapel an von ca. einem halben Meter), daß die anderen Staffeln zur gleichen Zeit an anderen Orten starten. Es sind jeweils 12 bis 18 Arbeitskräfte in jedem dieser Flugzeuge tätig, die zum Teil warten, zum Teil bestimmte technische Handgriffe ausführen müssen. Die Summe der gestarteten Anlagen versammelt sich, es werden Warteschleifen geflogen über der südenglischen Küste.

REPORTER: Einflug über die französische Nordküste?

ANDERSON: Wie üblich. Wir taten so, als ob wir Nürnberg oder Schweinfurt anfliegen.

REPORTER: Ist man stolz, wenn man im Bomberstrom auf über 300 Maschinen hinblickt?

ANDERSON: Ich saß in einer Moskitomaschine. Ich konnte auf Grund der genannten Fernschreiben sowie der Karte (und in der Annahme, daß alles planmäßig verläuft) mir diesen Bomberstrom vorstellen. Sehen konnte ich ihn nicht. Mein Moskito, ein schneller Holzbomber, flog weitab vom Pulk – niederländische Küste, Rhein, Weser, Nordharz usf.

REPORTER: Dann hätte die Luftüberwachung von unserer Seite ja nur die Pfadfindermaschine verfolgen müssen, um den Trick mit der Anfangsrichtung des Bomberstroms nach Südost zu durchschauen?

ANDERSON: Gewiß. Soweit sie noch vorhanden war, durchschaute sie das sicher.

REPORTER: Südlich von Fulda Kurswechsel?

ANDERSON: Kurs Nordost.

REPORTER: Wie geplant?

ANDERSON: Das ist alles geplant.

REPORTER: Die Einheitsführer können daran nichts entscheiden?

ANDERSON: Die Spitzenflugzeuge fliegen an der Spitze, aber sie führen nicht.

REPORTER: Wenn Sie nun einmal beschreiben, was das sollte?

ANDERSON: Was das sollte, kann ich Ihnen nicht sagen. Ich kann mich nur zur Angriffsmethode äußern. Das sind ja Profis. Zunächst müssen sie die Stadt einmal irgendwie »sehen«. Wir kommen also an, d. h., wir Moskitos sehen zunächst einmal den Bomberstrom, der von Süden anfliegt. Dann liegt seitlich rechts der Harz, man kann den Brocken sehen. Die Bomber überfliegen den Südteil der Stadt, einmal über das Ganze weg, legen ein paar Serienwürfe prophylaktisch an die Stellen, an denen Bevölkerung, die durch den Alarm gewarnt ist, zum Berggelände hin flüchtet. Um da erst einmal zuzumachen. Die Bomber sammeln dann am nordöstlichen Stadtausgang, also über der Ausfallstraße nach Magdeburg. Das sind zwei Warteschleifen, damit alle Maschinen heran sind und der Angriff kompakt geflogen werden kann. Befohlen war Teppichwurf, d. h. *Konzentration* der Würfe, entweder im Süd- oder Mittelteil der Stadt. Wir kannten ja die Stadt nicht, hatten nur die Karte sowie einen ersten Eindruck. Dieser Eindruck sagte uns: die Hauptverbindungslinien führen durch Mitte und Süd in westöstlicher Richtung, während im Norden Dörfer und im Süden Berge liegen. Wir können uns nicht mit der einzelnen Stadt allzulange befassen, da wir ja noch den Angriff und die Rückreise haben. Frage: Jagdschutz, Flak, Qualitätskontrolle der Würfe? Da können wir uns nicht mit dem Stadtplan befassen, wir suchen die Angelpunkte.

REPORTER: Was Ihnen als Angelpunkt erscheint.

ANDERSON: Was der Angriff zu diesem Zeitpunkt des Krieges soll, können wir nicht wissen. Also wählen wir eine *vernünftige* Angriffslinie.

REPORTER: Was ist das?

ANDERSON: Daß der Angriff nicht verkleckert.

REPORTER: Was heißt das?

ANDERSON: Die Würfe dürfen sich nicht im Stadtgelände verteilen. Wir sehen also: Hauptverbindungsstraßen, Ausfallstraßen. Wo es dann auch richtig brennt. Das wissen Sie ja auch, wo das in einer alten Stadt liegt. Wir treiben keine Mittelalterstudien, aber haben doch auch gehört, daß eine solche Stadt aus dem Jahr 800 nach Christus stammt. Von da aus müssen sich die Bombenschützen zunächst auf die Eckhäuser konzentrieren. Damit machen wir zu. Optimal gesprochen: Schuttkegel am Eingang jeder Straße und am Ausgang. Die Falle ist zu, wenn wir die Häuser zu beiden Seiten der Straße sprengmäßig aufmachen. Da hinein Brandkanister, Stäbchenbrandbomben usf. Darüber dritte und vierte Welle wieder sprengmäßig, brandmäßig. Das gibt ein Querraster, obwohl wir immer in der gleichen Spur durchfurchen. Sehen Sie, intakte Gebäude sind schwer zum Brennen zu bringen. Erst müssen die Dächer abgedeckt sein, und es müssen Öffnungen eingesprengt werden, die ins zweite oder möglichst erste Stockwerk hinabreichen, wo das Brennbare sitzt. Sonst haben wir keine Flächenbrände, keinen Feuersturm usf. Mein Bruder ist Luftwaffenarzt. Es ist das gleiche wie die breitflächige Versorgung einer Wunde. Man kann nicht zugewachsene, verschorfte Wunden zur Abheilung bringen, das möchte ich mal mit einer verschorften, historisch gewachsenen Stadt vergleichen, sondern die Wunde muß erst wieder frisch angerissen werden, so daß frische Blutgefäße angesprochen sind, und dann Breitsalben und Mull drauf.

REPORTER: Nach den ersten vier Wellen haben Sie nochmals mit zwei neuen Wellen in Paradeformation angefangen und haben »versorgt«. Warum das?

ANDERSON: Parademäßig, weil keine Flakeinwirkung zu sehen war. Bei Flak fleddern die Maschinen auseinander. Folge: unkonzentrierte Würfe. Das kam hier nicht in Betracht.

REPORTER: Ich meine, warum nach der Verwüstung noch mal mit zwei Wellen darüber hingehen?

ANDERSON: Das war üblich.

REPORTER: Es gibt Gerüchte. Früh halb zehn soll die Verteidigungszentrale der Stadt von Hildesheim aus durch einen amerikanischen Oberst über das Ziviltelefonnetz angerufen worden sein: Übergeben Sie die Stadt, beseitigen Sie die Panzersperren! Der Oberbürgermeister war jedoch nicht anwesend. Der Kreisleiter, Detering, in seiner Eigenschaft als Verteidigungskommissar anwesend, wies dieses Ersuchen ab. Daraufhin wurde gebombt. Es wird gesagt, wäre der Oberbürgermeister früher aufgestanden und hätte dem Ersuchen stattgegeben, wäre die Stadt dem Angriff entkommen. Wenn bis 11 Uhr eine große weiße Fahne am linken Turm der Martinikirche gehißt worden wäre (von Süden gesehen links), wären die Bomberverbände wieder umgekehrt. Eine Frau soll noch versucht haben, ein aus vier Laken zusammengenähtes Tuch zur Stadtzentrale oder zum Kirchturm zu bringen.

ANDERSON: Das ist Larifari. Um diese Uhrzeit waren die Bomber von einem Gefechtsstand in Hildesheim nicht mehr zu erreichen.

REPORTER: Aber was ist wahr an dem Gerücht?

ANDERSON: Gar nichts. Der Oberst hätte telefonieren müssen. Über Divisionsstab, Armeekorps, den Stab der Armee, Heeresgruppe, dann über General Headquarters in Reims nach London, dort über Querverbindung zum strategischen Bomberkommando, zurück 8. Luftflotte, dann Verteiler zu den Telefonzentralen der südenglischen Flugplätze (wobei erforscht werden muß, welche Staffeln überhaupt wohin starten, das ist geheim, da könnte ja jeder Spion anrufen), dann hätte ein entsprechender Befehl verschlüsselt werden müssen usf., eine Sache von 6 bis 8 Stunden.

REPORTER: Was hätten Ihre Spitzenflugzeuge getan, die die Rauchzeichen setzten, wenn eine aus sechs Bettlaken gefertigte große weiße Fahne über den Martinitürmen gesetzt gewesen wäre, gut sichtbar?

ANDERSON: Das ist eine ganze Maschinerie, die da anfliegt. Kein einzelnes Spitzenflugzeug. Was soll das weiße Groß-Laken bedeuten? Eine List? Gar nichts? Man hätte sich vielleicht darüber unterhalten. Die nachfolgenden Maschinen drücken nach. Gesetzt den Fall, es sind keine Rauchzeichen da, dann nimmt man an, daß das versäumt worden ist, und setzt entweder neue oder geht nach Sicht vor.

REPORTER: International bedeutet aber eine große weiße Fahne Kapitulation. »Wir ergeben uns.«

ANDERSON: An Flugzeuge? Spielen wir das doch einmal durch. Eine Maschine landet auf dem nahe gelegenen Flugplatz der Stadt – Landebahn wäre aber für Viermotorige zu kurz – und besetzt die Stadt mit 12 oder 18 Mann Besatzung? Woher weiß man, ob die Person, die das weiße Laken hißte, nicht von einem Erschießungskommando wegen Defätismus längst erschossen ist?

REPORTER: Das ist aber keine faire Chance. Was sollte denn die Stadt tun, um zu kapitulieren?

ANDERSON: Was wollen Sie denn noch? Verstehen Sie denn nicht, daß es gefährlich ist, mit einer brisanten Fracht von 5 oder 4 Tonnen Spreng- und Brandbomben die Rückreise anzutreten?

REPORTER: Sie konnten die Bomben woandershin schmeißen.

ANDERSON: In einen Wald usf. Vor dem Rückflug. Angenommen, die Pulks werden auf der Heimreise angegriffen, auf Flugplatz Hannover lagen ja noch Jäger. Wir warteten eigentlich die ganze Zeit, daß sie starteten. Wer will für die schwerbeladenen Enten die Verantwortung übernehmen, nur weil sich ein weißes Tuch gezeigt hat? Die Ware mußte runter auf die Stadt. Es sind ja teure Sachen. Man kann das praktisch auch nicht auf die Berge oder das freie Feld hinschmeißen, nachdem es mit viel Arbeitskraft zu Hause hergestellt ist. Was sollte denn Ihrer Ansicht nach in dem Erfolgsbericht, der nach oben geht, stehen?

REPORTER: Sie konnten wenigstens einen Teil auf freies Feld werfen. Oder in einen Fluß.

ANDERSON: Diese wertvollen Bomben? Das bleibt doch nicht vertraulich. Da sehen 215mal 12 bis 18 Mann zu. Wir hatten mit der Stadt doch auch gar nichts im Sinn. Wir kannten da keinen. Warum sollte sich zu *ihren* Gunsten irgendwer an einer Verschwörung beteiligen? Ich würde schon mal einem Exekutionskommando den Befehl geben, alles in Deckung, Flugzeug von links, und dem Gefangenen sagen, er soll verschwinden, vorausgesetzt, daß alle schweigen. Das kommt aber praktisch nie vor. Also findet so etwas nicht statt.

REPORTER: Die Stadt war also ausradiert, sobald die Planung eingeleitet war?

ANDERSON: Ich möchte mal so sagen: wenn ein paar besonders Eilige unter den Kommandeuren unserer eigenen Panzerspitze in einem ganz brillanten Vorstoß über Goslar, Vienenburg, Wernigerode die Stadt bis 11.30 Uhr erreicht hätten, so hätte das die Systematik unserer Pulks nicht geändert.

REPORTER: Die hätten doch Fliegerzeichen gesetzt, Erkennungssignale neben die Rauchzeichen geschossen.

ANDERSON: Kriegslist des Gegners!

REPORTER: In aller Ruhe hätten Sie die eigenen Leute zerballert?

ANDERSON: Nicht »in aller Ruhe«, sondern »mit Zweifeln«. Es hätte Funk-
verkehr gegeben, und vielleicht hätte das der Konzentration der Teppich-
würfe geschadet. Nun waren unsere ja Gott sei Dank keine Zauberer.

REPORTER: Hatten Sie eine Vorstellung, was der Angriff bewirken sollte?

ANDERSON: Wie ich schon sagte, nicht so klar.

REPORTER: Sie sind zynisch.

ANDERSON: Nur nicht verlogen. Was nützt es Ihnen, wenn ich Ihnen jetzt
mein Mitgefühl ausdrücke?

REPORTER: Gar nichts.

Es war eine Verstimmung eingetreten zwischen den beiden. Der Reporter
lehnte es ab, eine Tasse Kaffee anzunehmen. Obwohl doch Anderson durchaus ihn zu gewinnen versuchte, weil jetzt ja eine ganz andere, friedensmäßige
Situation bestand. Aber auch richtiger Haß war, hier auf den Barhockern des
»Strand«, nicht machbar.

**[Interview eines Korrespondenten der »Neuen Zürcher Zeitung« mit einem
hohen Stabsoffizier]**

In der Maschine von Captain William Baultrisius, die Maschine trägt den Namen »The Joker«, fliegt am 8. 4. 45 Brigadegeneral Robert B. Williams, Stabsgehilfe von Ira C. Eaker, mit. Er soll den Angriff stabsmäßig beobachten. Williams steht hinter dem Steuer-Sitz des Captain. Baultrisius, ehemals Seemann,
erzählt gern. Der Londoner Korrespondent der *NZZ*, Wilfried Keller, nimmt
an diesem Flug, gegen Revers, daß er während der Flugzeit auf seinen neutralen Status verzichtet und sich der Gefahren bewußt ist, ohne Genehmigung einer höheren Stelle teil.

WILLIAMS (aufgeräumt): Sehen Sie, die Felder sind alle viereckig. Die Landstraße geradlinig und die Häuserzeilen dort in der Stadt wieder viereckig
und die Karrees . . .

NZZ: Die Stadt insgesamt ist aber nicht viereckig, sondern fasert aus in das
freie Land.

WILLIAMS: Das ist auffällig.

Baultrisius war spezialisiert für gruselige Geschichten. »Die winzige Jagdmaschine kam frontal auf mich zu. Sergeant Douglas setzt Leuchtspur
vom Vorderturm in ihr Maul, und wir waren so okkupiert, daß wir nicht
merkten, daß in der Maschine niemand mehr saß, der den Kurs steuern
konnte. Die Jagdmaschine brach vorne in die B 17 ein, ratschte durch die

gesamten Innenbauten. Der Motorblock, der sich vom Rumpf des Einsitzers gelöst hatte, durchbrach unser Heck und fiel mit drehendem Propeller langsam hinter uns nach unten. Ich hatte mich so zur Seite gedrückt, daß ich die leere Hülse, d. h., ich war als einziger übrig, mit intakten Außenmotoren nach Afrika brachte, setzte dort spätnachts auf, es gab kühles Bier aus Detroit.«

Zwei Kilometer vor dem Bomberstrom befinden sich zweimotorige Schnellbomber, es handelt sich um Holzbomber, sogenannte Moskitos, die als »Pfadfinder« dienen: Maschine des Chef-Bombers, die »Assistenten-Maschine«, das Wetter-Flugzeug. Der Bomberstrom ist inzwischen auf Angriffshöhe, d. h. etwa 3000 m, heruntergegangen. Das Wetter-Flugzeug erhält Befehl, auf diese Angriffshöhe zu steigen und die Windgeschwindigkeit dort zu messen. Die Assistenten fliegen im Sturzflug auf 1000 m, setzen Rauchzeichen. Eines dieser Rauchzeichen ist ein Fehlwurf. Es steht abseits von den anderen weit im Norden der Stadt. Der Chef-Bomber selbst stürzt bis auf 3000 m Höhe auf dieses Wölkchen zu, sitzt halb darauf. Das bedeutet: »dieses Rauchzeichen nicht beachten«.

NZZ: Sie haben mir etwas von den Junkers-Werken vorgeschwärmt. Die bleiben aber, wenn Sie so weiterfliegen, seitlich liegen. Was ist damit?

WILLIAMS: Ich hatte gedacht, daß der Angriff mehr nach Süden zu liegen kommt. Wir fliegen jetzt die gesetzten Rauchzeichen an. Vorher sammeln die Maschinen dort (er weist auf den nordöstlichen Stadtausgang, ungefähr Landstraße nach Magdeburg).

NZZ: Also doch Mitte der Stadt.

WILLIAMS: Tut mir leid. Wird moral-bombing werden. Ich hätte Ihnen gern einen Tagesangriff auf Schwerpunkt-Industrie gezeigt.

NZZ: Bombardieren Sie aus Moral oder bombardieren Sie die Moral?

WILLIAMS: Wir bombardieren die Moral. Der Widerstandsgeist muß aus der gegebenen Bevölkerung durch Zerstörung der Stadt entfernt werden.

NZZ: Die Doktrin soll aber inzwischen aufgegeben worden sein?

WILLIAMS: Gewiß. Deshalb bin ich ja selber etwas erstaunt. Man trifft mit Bomben diese Moral nicht. Offensichtlich hat die Moral nicht ihren Sitz in den Köpfen oder hier (deutet auf den Solar-Plexus), sondern sitzt irgendwo zwischen den Personen oder Bevölkerungen der verschiedenen Städte. Das ist untersucht worden und im Stab bekannt.

NZZ: Es wirkt sich aber auf diesen Angriff nicht aus.

WILLIAMS: Ich könnte sagen: leider, denn unsere neuesten Erkenntnisse sind ein Sieg über die Theologie. Im Herzen oder Kopf ist offenbar gar nichts.

Das ist übrigens plausibel. Denn die, die zertrümmert sind, denken oder fühlen nichts.

Und die, die aus einem solchen Angriff trotz aller Vorkehrungen entkommen, tragen die Eindrücke des Unglücks offensichtlich nicht mit sich. Alles mögliche Gepäck nehmen sie mit, aber die Momenteindrücke während des Angriffs lassen sie anscheinend da.

NZZ: Ein solcher Angriff, stelle ich mir vor, z. B. wenn ich an Zürich denke, hat ja mindestens den Wert einer »Erscheinung«. Der »Geist spricht aus dem brennenden Busch«, würde ich mal sagen.

WILLIAMS: Überhaupt nicht. Einen stärkeren *Real*druck als den, den wir 20 Minuten so einer Stadt aufdrücken, gibt es gar nicht. Ich glaube schon, daß die Leute im Moment des Angriffs selber sagen: wir geben unsere Moral weg, unseren Durchhaltewillen usf. Aber was sagen sie am nächsten Tag? Wenn in einem Kilometer Entfernung von der verbrannten Stadt der Trott offensichtlich weitergeht?

NZZ: Ich wollte ja nur wissen, was Sie davon denken.

WILLIAMS: Als Offizier oder als Historiker?

NZZ: Mehr privat.

WILLIAMS: Und das wissen Sie jetzt?

NZZ: Habe ich eine Frage vergessen?

[**Vortag, Samstag, 7. April 45, 17 Uhr**] Es mußte für Karl Wilhelm von Schroers[13] immer möglichst viel los sein. Er war ein Beutejäger, was starke sinnliche Schrecknisse betrifft. Sie öffnen die Horizonte. Horizonte öffnen heißt soviel wie starke Neuerungen, außerhalb der polizeilichen Regelung tätig sein, Katastrophenschutz, Umwerfen der Viereckigkeit aller Verhältnisse, jemand finden und retten und dadurch für sich etwas mitbringen, z. B. Wagen und Anhänger voll Beutegut, der wiederum bei jemand abgeliefert wird, mit der Belohnung wieder jemand eine Freude machen und ihn zur Abgabe von begehrten Gegenständen veranlassen usf.

»Der Weizen wächset mit Gewalt.«

13 Domgymnasium, mit 16 Jahren mit Kriegsreife entlassen, Westfeldzug, verwundet, Winter 1941 in einem Kessel bei Rshew, Lazarettaufenthalt, unter schützender Hand des Onkels, der Generalarzt ist im Schwarzwald, jetzt, noch Rekonvaleszent, Feldarzt im Reservelazarett Halberstadt, beauftragt mit der Sanitätsversorgung aller Gefangenenlager der Stadt: Elysium (gemischte Gruppen), Feldscheune, Sargstädter Weg (britische Kriegsgefangene).

Karl Wilhelm stellt den requirierten DKW neben den Strohdiemen ab, sieht
außerhalb der Feldscheune 2 Fiebernde gelagert, die von Landesschützen in einigen Metern Abstand beobachtet werden. Die Landesschützen haben neben
den kläglichen Gefangenen eine Kuhle gegraben, in die diese abortieren. Von
Schroers hat nach kurzer Untersuchung der Fiebernden seinen Eindruck: Das
ist doch was. Es scheinen 2 Typhusfälle zu sein.

Die müssen die Nacht über hier draußen liegen bleiben. Drinnen haben wir
keine Abteile, sagt er. Nein, antworten die Landesschützen. Das ist für die Fiebernden nicht besonders gut.

Auch für die alten Knochen der Landesschützen ist es nicht gut, in der Nacht
hier draußen zu wachen.

Das muß dem Kreisarzt zur Entscheidung gemeldet werden. Aber machen Sie
es bitte dringend, sagt einer der Landesschützen. Vorläufig genügt es, meint
Schroers, wenn einer von Ihnen in der Nacht mal nachsieht, ob sie noch dalie-
gen. Sie können in diesem Zustand nicht flüchten. Ja, so wird das gemacht.
Und, befiehlt von Schroers, die Kuhle mit Brettern absperren, daß das einen
Rahmen hat. – Zu Befehl.

Das ist eine wichtige Sache. In diesem Moment zusätzlich ein überscharfer
Knall. Schwarze Explosionswolke aus Richtung Hauptbahnhof, zu der sich
von Schroers sofort hingezogen fühlt. Daueralarm besteht schon seit 1 ½ Stunden.

Gerade hierfür gelten Sondervollmachten. Von Schroers ist berechtigt, durch
die Stadt zu preschen, Gegenverkehr unbeachtet zu lassen, den Gefahren-
himmel zu unterfahren: militärärztlicher Einsatz. Den Zerstörungsherd
Hauptbahnhof/Reichsbahnausbesserungswerk umstehen Fachleute, Rettungsgruppen. Er sucht das Bahnhofshotel auf, telefoniert wegen zusätzlicher
Rettungsfahrzeuge. Wenig später hat er Kreisarzt Dr. Meyer am Apparat, einen grauhaarigen Giftzwerg, dem er 2 Typhus-Verdachtsfälle und Originalbe-
richt vom Katastrophenort Bahnhofsgelände, ein Munitionszug ist durch
Jagdbomber zusammengeschlagen, »apportiert«. Das ist im Eimer, sagt er.
Verwundete oder Tote? – Ja. Hinreichend. Der Wirt des Bahnhofhotels schiebt
ihm, Entwarnung, ein großes Glas Faßbrause zu, die wie Bier aussieht, aber
wie Brause kribbelt, schmeckt nach Apfelsaft.

Eine Stadt voller Vorräte. Erst die Katastrophenwunde im umgrenzten Bahnhofsbereich macht ihre Intaktheit bewußt. Über den feindfreien Himmel jagen
im Tiefflug 6 Maschinen Me 109. Überall in der Stadt werden die Fenster vorsorglich geöffnet, damit sie bei ferneren Explosionen nicht zerspringen, intak-
tes Telefonnetz, die nachgeordneten Organisationen der Partei auf Achse, Offiziere der Luftwaffe und der Infanterie-Kasernen, die den Bahnhofsbereich
ansehen – alles intakt, eine Reichheit, jetzt gegen 18 Uhr, in der Muskelkraft

und Kreislauf ihren aktivsten Stand haben, man könnte 100-Meter- oder 3000-Meter-Lauf proben oder ins Schwimmbecken des Sommerbades springen. Von Schroers' Eigenschaft, immer weniger Angst als Neugier zu besitzen, beruht nicht auf Mangel an Vorstellungsvermögen. Er sieht zwar mit den Augen nur diese Gaststätte, ein Stück Wehrstedter Brücke, nichts von den zerstörten Gleisen, vielleicht noch einige Häuser, aber er stellt sich die ganze Stadt vor. Nun wußte er noch nicht, daß dies der letzte bewußte Blick auf das intakte Stadtbild war. Vielleicht hätte er dann mehr wahrgenommen. Kommen Sie morgen früh gegen 11 Uhr ins Rathaus. Ich befinde mich dann in der Stadtverteidigungs-Zentrale. Sie können mir dann über die Verdachtsfälle berichten, sagt Kreisarzt Meyer. Er neigt zur Abwehr von Neuigkeiten, die eventuell Arbeit machen. Die sogenannte Verteidigungszentrale der Stadt, schließt von Schroers aus dem Befehl, scheint dauerbesetzt zu sein. Die Stadt bereitet sich auf einen »Endkampf« vor. Da lauern schöne Stücke von Schrecknissen.

[8. April, 11.29 Uhr, in der Verteidigungszentrale der Stadt, Rathaus, Eingang Hinter der Münze] Von Schroers ist früh dran. Läuft die mit Betonstäben abgestützte Treppe zur Verteidigungszentrale hinab.

Die Zentrale selber hat er sich technischer vorgestellt. Der grün gestrichene Keller-Raum, mittelalterliches Bogengewölbe, ist zum Teil eine Telefonzentrale, ein Kartentisch, eine Ecke mit Stehlampe und Sesseln, in denen sitzen: Detering[14], Rauchhaus[15], Kreinacher[16], Mertens[17], Wurtinger[18]. Kreisarzt Dr. Meyer eilt auf von Schroers zu. Meyer ist lebhaft, kleinwüchsig »wie ein Römer«. Er trägt Stahlhelm auf dem grauen Haar. Es ist eben durchgekommen, ruft er aufgeregt, die Stadt wird angegriffen. Was ist draußen los?

Das ist ja praktisch nicht zu überhören. Aus Lautsprechern, die in den Wandecken angebracht sind, sprechen Flugbeobachter. Die in den Sesseln sitzenden *Beauftragten der Stadtverteidigung* sind aufgesprungen, umstehen den Kartentisch.

Setzen Sie das Ding da ab, sagt von Schroers zu dem Kreisarzt. Es behindert Sie. Es nützt Ihnen nichts, wenn die Decke herunterkommt. Sie sind viel sicherer, wenn Sie sich hier unter der Türfüllung, wo das Gewölbe Sie schützt, aufhalten. Das ist das einzige, was stehenbleibt, wenn die Decke herunterkommt.

14 Kreisleiter, Verteidigungskommissar der Stadt und Katastrophenschutz-Beauftragter.
15 Ortsgruppenleiter, Führer des NSKK, Luftschutz-Beauftragter der Partei.
16 Führer der SA, Stabsgehilfe des Einsatzleiters Detering.
17 Oberbürgermeister, Chef der Ortspolizeibehörde, Chef des Luftschutzes usf., ein Verwaltungs-Jurist.
18 Oberst, standortältester Kommandant der Halberstädter Garnison.

Der Kreisarzt antwortet: Sie wollten über die Typhus-Verdachtsfälle reden. Ist das übrigens Ihrer Meinung nach ein Angriff auf Einzelziele oder auf die ganze Stadt? Meyer entblößt den Kopf, das strubbelige graue Haupthaar, stellt sich gehorsam neben den Mann, präzise unter die Türfüllung des Eingangs, eine Menge 500jährigen Stein über sich. Berichten Sie mir von den angeblichen Typhusfällen, beharrt er. Von Schroers findet, daß im Moment kein Anlaß zu einem Gespräch ist. Es erbost ihn, daß Meyer es so hinstellt, als sei seine Diagnose vom Vortag übertrieben. Die Ereignisse selber neigen momentan zur Übertreibung, haben die Tendenz, Meyers vorsichtig-abwehrende Haltung zu mißachten.

Von Schroers erträgt die Nachrichtenarmut hier unten nicht, läßt die Luftschutz-Schleuse zur Kellertreppe hin öffnen, eilt die Treppe hinauf und sieht: Renaissance-Erker des Rathauses, Blumenkästen, in denen vier Reihen Fuchsien stehen, die geordnete Rotte von silberglänzenden Feindmaschinen, die von Wehrstedt her zur Stadt anfliegen, nach unten sackend. Fast direkt über ihm Rauchzeichen. Von Schroers wendet sich zum Keller zurück. Eine Serie naher Einschläge. Das Kreuzgewölbe im östlichen Teil des Kellers öffnet sich, hat ein Loch. Man kann, von Schroers' Position, Rauch und Himmel sehen, eine gezackte Öffnung. Meyer, immer noch in Position unter der Türfüllung, greift nach Schroers. Von Schroers hält es nicht für möglich, daß ihn etwas treffen könnte, da er so wissens- und lebensdurstig ist. Mertens, Detering, Wurtinger, ihre Gehilfen, die eben noch am Boden lagen, haben sich verständigt, drängen mit den Telefonistinnen durch die offene Luftschutz-Schleuse. Die Luftverteidigungs-Zentrale verlegt, mitten im Angriff, zur Ausweichzentrale Hephata-Heim in der Wasserturmstraße. Den Hinweis hat Schroers von einer Telefonistin. Er ist sicher, daß auch vom neuen Standort aus nichts verteidigt werden kann.

[Anruf eines hohen Offiziers vom OKW]

Mit Blitz, später, als das nicht viel nützte, im Range eines »Führungsgesprächs« kam Oberst i. G. Kuhlake nach Magdeburg durch, dann führten ihn die telefonischen Verbindungsversuche in die Ortsnetze Croppenstedt, Gröningen, Emersleben, Schwanebeck, wieder zurück nach Genthin, Oschersleben, zu weit nach Süden: Quedlinburg. Fernsprechamt Halberstadt war gestört. Der Oberst veranlaßte, daß von Oschersleben Trupps in Marsch gesetzt wurden, um Nachschau zu halten. Sie näherten sich vielleicht Wehrstedt. Soweit die zivilen Leitungen. Die militärischen Verbindungen waren bis Quedlinburg intakt. Immer noch nicht hatte der Oberst mehr erfahren, als daß auf Halberstadt ein Terrorangriff stattgefunden hatte. Das aber wußte er auf Grund der Luftlagemeldungen.

Der Telefonist in Klein-Quenstedt berichtete von einem »Rauchpilz über der Stadt«. Höhe und Breite des Pilzes konnte er nicht angeben. Sollte er ein Zentimetermaß ans Fenster halten?

Oberst Kuhlake wollte wissen, ob Lindenweg 14 noch stand. Er bewog einen Bauern, der am Stadtrand von Quedlinburg ein Gehöft hatte, anzuspannen und sich in Richtung Halberstadt in Bewegung zu setzen. Gutsbesitzer Dr. Arnold in Mahndorf, telefonisch von Kuhlake attackiert, war bereit, vor die Tür des Gutshauses zu treten und nach Flüchtlingen aus Halberstadt Ausschau zu halten. Im Verlauf des Nachmittags zogen zahlreiche dahin. Sie wußten aber nichts über Lindenweg 14. Sie sagten: Das ist alles zerstört. Vermutungen, sagte der Oberst. Er hatte einen Lageplan der Stadt im Verhältnis 1:200000 vor sich liegen, konzentrierte sich jetzt auf Befragung von Flüchtlingen, sandte die Telefonpartner mehrfach nach draußen mit präzisen Fragen: Zahl der Sprengbomben, Größe der Trichter, daraus ließ sich auf die Art der verwendeten Bomben schließen, Richtungen des Feuers usf. Das war für die mithörenden Telefonistinnen der Fernämter Magdeburg, Oschersleben, Genthin instruktiv. Selbstverständlich war inzwischen vielen Vermittlungsämtern klar, daß es weder um »Blitz« noch um »Führerweisung« ging, sondern um die private Suche eines Obersten nach einem besten Freund oder einer Verwandten. Vielleicht verbarg sich eine Frauenaffäre hinter seinen Mühen?

Der Oberst telefonierte in den Abendstunden auf 5 Leitungen, die zum Teil weit in den militärischen Geheimbereich einwirkten, hätte er dafür zahlen müssen, wäre er rasch arm geworden. Gegen 22 Uhr kam eine gerissene Telefonistin in der Quedlinburger Vermittlung auf die Idee, auf die SS-interne Dienstleitung Berlin/München/Halle/Weimar/Buchenwald rückzuverlegen, von wo das Arbeitslager Langenstein, Telefonapparat Landhaus/Zwieberge, erreicht werden konnte. Über diese telefonistisch komplizierte Gesprächsstöpselung ließ Kuhlake durch Aufseher des Arbeitslagers in den Höhlen südlich von Halberstadt nach 2 Schwestern suchen, Besitzerinnen des Grundstücks Lindenweg 14. Es war wohl niemand da, auf den die durchgegebenen Namen paßten. Mehrfach kam die Rückantwort: Die sind alle tot. Bare Vermutung, sagte der Oberst.

Reden Sie nicht Stuß, ereiferte sich der Oberst. Er hatte die Stadtkarte vor sich. Aufgrund der sich vervollständigenden Eintragungen schien es ihm ganz unwahrscheinlich, daß der Lindenwegteil vom Brand erfaßt wäre. Ob aber Sprengbomben des dort abgeworfenen Typs mit Dickstahlmantel zu den Kellern durchgedrungen waren, stand dahin. Entweder weil er es sich so sehr wünschte oder weil er gelernt hatte, sich wie eine Maschine hart zu machen gegen die unzuverlässige Gerüchtebildung an der Front, also als ausgebuffter Generalstäbler nur der Karte glaubte, hatte sich in ihm die Vorstellung verdichtet, daß er nur weitersuchen müsse, um fernmündlich in Lindenweg 14 eine Lebensspur zu ermitteln. In einem Punkt trog seine Karte, wie sich später herausstellte, nicht: Der Brand erfaßte die Häuser in der Gegend von Lindenweg 14 nicht, weil dort eine Massierung von Sprengtrichtern, vermutlich Abwurffehler, eine Art umgegrabenes Steinfeld hergestellt hatte, das dem Feuer nicht attraktiv erschien.

Zusatz: Eine der engagierteren Telefonistinnen, die den Such-Roman am Vortag noch in sich bewegte, rief am folgenden Mittag im OKW an (unzulässig, da sie nur Anforderungen auf Telefonverbindungen entgegennehmen, von sich aus aber weder Verbindungen aufnehmen noch recherchieren durfte), teilte mit, daß eine bestimmte Telefonleitung, die nicht über die zerstörte Vermittlungszentrale in der Hauptpost, sondern über das Luft-Gau-Kommando Dessau geschaltet war, in die Verteidigungszentrale der Stadt im Rathauskeller führe. Die telefonische Kontaktmessung ergab, daß die Leitung bis zum Empfänger hin in Ordnung war. Es nahm aber dort niemand ab. Danke verbindlichst, sagte der Oberst. Versuchen Sie es ständig.

Beide Menschen hatten nicht vor Augen, daß die technisch intakte Anlage, von der Teilzerstörung dieses Kellers um 11.38 Uhr, 8. April, nicht mitbetroffen, unter einem 12 Meter hohen Schutthaufen lag, der beträchtliche Hitzegrade abstrahlte. Es war darunter ein Schrottwert von intakter Technik vergraben. Im Umkreis mehrerer Kilometer kein Lebewesen, das reden konnte, weder Mäuse noch Ratten. Lediglich das Technische, hier: gehäuftes Telefongerät, gab Rückzeichen, wenn es von Magdeburg, Oschersleben oder Quedlinburg mit Prüfgerät elektrisch kontaktiert wurde. Eine Art Schatz.

[Die Lage auf den Märkten[19]]

Fischmarkt:

Hackerbräu durch Sprengbomben verwüstet, brennt aber nicht. Auf dem Markt selbst kleinere Trichter, Pflaster zum Teil aufgerissen. Das vier Stockwerke hohe Gebäude an der Nordseite mit Café Westkamp durch Sprengbombe getroffen, schwere Sprengbombenschäden zwischen Straße Hinter der Münze und Fischmarkt. Fischmarktausgang des Rathauses durch Trümmer verschüttet, Sprengbomben-Volltreffer in Teile des Rathauskellers, Dächer sind abgedeckt. Vom Büttner-Haus her brennt links Hackerbräu, rechts Gotisches Haus. Häuser zwischen Martiniplan und Rathaus. Ab 15 Uhr *Feuersturm.*

---

19 Nach Werner Hartmann, Die Zerstörung Halberstadts am 8. April 1945, in: *Veröffentlichungen des Städt. Museums Halberstadt, Nordharzer Jahrbuch II* (1967), S. 39-54.

Holzmarkt:
Unmittelbar nach Angriff stehen Holzmarkt, Schmiedestraße, Franziskaner-
straße zwar mit Schutt bedeckt, aber scheinheilig intakt. 30 Minuten nach Angriff brennt Haus Nr. 4 (Stelz-Fuß), Rats-Apotheke, vom Laboratorium (Hin-
terhaus) her, sowie das Obergeschoß der Kommisse. Schmiede-Gildehaus,
Kellerinsassen durch Sprengbombe erschlagen, brennt 50 Minuten später.
Nimmt ab 15.30 Uhr am Feuersturm teil.

[Lage Schmiedestraße]
Kurz nach dem Angriff noch passierbar, Eingänge durch Trümmerkegel ver-
sperrt, gegen 14 Uhr brennt sie in ihrer ganzen Länge. Brandmeister Tütschler
hält sich noch 13.25 Uhr im Kaufhaus Köppen auf, plant Aufräumung der Warenbestände. Starke Hitzeentwicklung bei Brand der Hof-Apotheke. Sprengbomben-Volltreffer im Mittelbau der Post, insbesondere Telefonvermittlung,
Postgebäude nimmt aber später am Brand nicht teil.
Die Derenburger Feuerwehr greift gegen 15 Uhr die Brandschneise Schmiedestraße mit 8 Schläuchen an. Sie erhält Befehl, eine Wassergasse zu legen, durch
die Einwohner aus der brennenden Stadt hinausgelangen, eine »Wasserwolke«
von etwa 80 Metern wird über die Menschen auf Fahrdamm Schmiedestraße
gelegt.
Eine Gruppe von 60 Bewohnern, die vor Kaufhaus Köppen nicht weiter-
kommt, wird um 17 Uhr (nach Aufforderung, alles Mitgebrachte in die Flammen zu werfen) aus inzwischen 12 Rohren, Verstärkung durch Berufsfeuer-
wehr Dortmund, unter einem Dauerstrahl gehalten, d. h. etwa 2 Stunden so
bewässert, daß Mäntel und Kleidung Feuchtigkeit haben. Danach: Fassade
des Kaufhauses Köppen, auf Fahrdamm gestürzt, kann jetzt von den 60 über-
stiegen werden.

[Lage Domplatz]
Häuser der Ostseite, Nr. 21-29 von Burgtreppe her entzündet, das Feuer
»kriecht« herauf. Kustos Frischmeyer rettet das Gleimhaus, indem er sich
Hilfe durch 3 Mann Feuerwehr verschafft. Warum haben wir eigentlich diese
paar Ölgemälde und wackeligen Tische retten sollen? fragen die Helfer. Was
war hieran wichtig? Frischmeyer: Das Andenken Gleims. Die Feuerwehrmän-
ner kennen das kulturelle Erbe Halberstadts nicht, waren entschlossen tätig.
Das Haus Domplatz/Ecke Tränketor brennt. Die Besitzerin rennt, um Lösch-
personal anzufordern. Sie verspricht jedem Helfer mehrere Pfund Schabe-
fleisch aus Schlachterei Steinrück, Vogtei, erhält so 2 Löschkräfte. Dom und
Liebfrauenkirche durch mehrere Sprengbomben getroffen, wird erst in den
folgenden Tagen bemerkt, da Bauten unerschüttert erscheinen. Es ist der
äußere Eindruck der relativ großen Türme.

Familie Beinert, Domplatz: Das bleierne Pestkreuz vom Ostgiebel des Doms war heruntergestürzt und lag vor unserer Haustür. Ich versuchte es zu bergen, war wegen des hohen Gewichts unmöglich. Es war aber wertvolles Altmaterial, und in normalen Zeiten wäre mancher scharf darauf gewesen, es vom Domdach nachts herunterzuholen. Ich hatte schon mehrfach einen Blick darauf geworfen. Jetzt lag es da, war aber nicht zu bewegen.

[Lage Heinrich-Julius-Straße / Lindenweg]
Durch Sprengbomben »auf besonders ekelhafte Weise« Straßenbahnschienen und Straßenpflaster aufgerissen, Schienen in die Luft gebogen. Trümmerwälle. Dazwischen Palmenbäume, Pflanzenzeug aus dem Blumenladen Scilla Witte. Fackelbildung in den Dachstühlen.

[Verhältnis der Ereignisse zur Klavierstunde]
Der Junge Siegfried Pauli, 14 Jahre, hatte bis Sonntag, 8. April, Blatt 59 von »Sang und Klang« so eingeübt, daß er nur gegen Ende des Stücks *Lied des Falstaffs* »Wie freu' ich mich, wie freu' ich mich, wie treibt mich das Verlangen . . .« an einer Stelle stockte oder verlangsamte, aber über ¾ des Stücks konnte er mit der Vorschrift entsprechend gewölbter Hand runterspielen. Er wollte jetzt möglichst schnell dieses Stück der Klavierlehrerin, Fräulein Schulz-Schilling, zuliefern und zur nächsten Seite oben vorstoßen, Fingerübung von Clementi, danach Arie der Gilda aus Rigoletto. Die Stunde war für 15 Uhr anderntags, Montag, angesetzt. Der Angriff kam dazwischen. »In 5 Meter Entfernung von unserem Keller ist eine Sprengbombe eingeschlagen«, erzählte Pauli. Diese Ereigniskette, Angriff, Flucht zur Langen Höhle, Rückkehr in die zerstörte Stadt, das Haus, in dem der Flügel, an dem er übte, im Herrenzimmer stand, niedergebrannt, konnte keinen Einfluß auf die gewonnene Fingerfertigkeit haben oder auf Siegfrieds Willen, zu Blatt 60 vorzudringen. Die Klavierlehrerin, die er ja noch am Nachmittag des Angriffstags zwischen hin und her rennenden Einwohnern in der Wernigeröder Straße traf, weigerte sich, unter Hinweis auf die Zerstörung der Stadt, die Montagsstunde abzuhalten. Pauli fand aber in seinem unzerstörten Willen eine Villa Ende des Spiegelsberg-Wegs, in der ein Flügel stand, auf dem er das studierte Stück so lange abspielte, bis er ohne merkbares Stocken über die wackelige Stelle kurz vor Schluß kam. Er übte diese Stelle einzeln, immer nur die prekären Takte, 2 Stunden lang, bis die Villenbesitzer es nicht mehr hören wollten.

[Karl Lindau, wohnhaft im Seidenbeutel Nr. 8, Heizer, von Arbeitsstelle Hauptmann-Loeper Straße 42 kommend] Warf sich in den Vorgarten der Taubstummen-Anstalt, von der Umzäunung waren nur die hohen Steinsockel übrig, die Eisenzäune gespendet. Es hätte Lindau nicht an Mut gefehlt, wenn er mit seiner Hände Arbeit auf das Beschmissenwerden mit Sprengbomben, die Straßen und Gärten umpflügten, hätte antworten können. Er konnte aber darauf so wenig antworten wie auf »eine wahnsinnig gewordene Lokomotive oder Maschine«. So drückte er sich an den Grasboden.

Später fand er zum Keller der Taubstummen-Anstalt. Er wollte sich gern nützlich machen, sah nach dem Heizkessel – eventuell mußte man mit einigen kräftigen Eimern Wasser oder mit Sand das Kesselfeuer löschen oder die Heizwasserrohre nach draußen wässern.

Er konnte aber mit Schraubenzieher und Hammer, davon hatte er jetzt wenigstens einiges in der Hand, nichts gegen die Flugmaschinen oben, die sich erneut näherten, ausrichten, so wie er mit diesen Werkzeugen nicht Ohren und Münder der gestikulierenden Taubstummen »öffnen« konnte. Hier bestand eine schreckliche Grenze für seine Arbeitskraft. Lindau war in den Vormonaten mehrfach im Zusammenhang eines Bombenentschärfungstrupps eingesetzt worden. Zu mehreren Kollegen fürchtete er sich niemals, sondern vertraute auf seine Ruhe und seine Geschicklichkeit. In der augenblicklichen Lage, die nun schon 20 Minuten währte, hätte er sich aber auch dann gefürchtet, wenn nicht hilflose Stumme, erschreckt durch die Bodenerschütterungen, die sie wahrnahmen, um ihn herum gewesen wären, sondern 16 stämmige Kollegen gleichen Kalibers wie er und in allen Werkbereichen erfahren. Es war kein *Arbeitsansatz*.

[Eilunterbringung der Verwundeten des Reservelazaretts, Höchststand der Improvisation] Durch Übersteigen von Trümmerfeldern, immer in der Mitte zwischen brennenden Häusern, erreicht von Schroers, jetzt nachrichtengesättigt, den Lindenweg in Höhe der Roonstraße. Hier ist er erstmals ratlos, die Ereigniskette kann ja kein Ende finden, da die Entwarnungssirenen zerstört sind (erst viel später begegnete er einem Kraftfahrzeug der Partei, auf dem eine mit Handkurbel zu betätigende Entwarnungssirene befestigt ist). Er kann nun weder rückwärts in die Heinrich-Julius-Straße noch Lindenweg oder Roonstraße laufen, da die Brandherde feste Grenzen setzen. Er läuft also über den Totenacker, alter jüdischer Friedhof, einmal schon grundlegend umgewälzt, als dort Löschteich 4 gebaut wurde, jetzt durch pratzige Trümmer erneut umgewürfelt. Er läuft hier nicht gern, nicht wegen der Zäune, der vollständigen Unebenheit, sondern weil er mit Blindgängern oder Zeitzünderbomben rechnet. Der Löschteich, offenbar getroffen, ist ausgelaufen; von Schroers watet im Matsch der Gräber, hat erst auf Höhe des Trümmerhaufens Capitol wieder festen Boden unter den Füßen. Dachstuhl und dritter Stock seines sogenannten Vaterhauses, Hohenzollernstraße, brennen. An sich wäre Löschwasser im Teich Bismarckplatz vorhanden, aber Pumpaggregate fehlen. Er schleppt Mobiliar, Bettzeug, Instrumente aus den Praxisräumen des Vaters auf die Straße, verfertigt einen großen Zettel, den er an die Ware anheftet. Unabweisbar, daß er sich im Standortlazarett Quedlinburger Straße melden muß. Das Lazarett wird von Süden her gegen die Brände mit mehreren Feuerlöschzügen verteidigt. Oberstabsarzt Ehrenbruch und von Schroers lassen Sankas (Sanitätskraftfahrzeuge) mit geretteten Verwundeten beladen. Die Transporte fahren zu den Klus-Bergen, halten vor den Höhleneingängen, in denen Tragflächenproduktion für Flugzeuge stattfindet. An Werkzeugmaschinen in einigen Ecken sind Monteure noch tätig. Wo legen wir die Verwundeten hin, Herr Kamerad? fragt der Transportoffizier. Es kämen Werkzeugbehälter in Betracht, ziemlich kalte Betten, die auch an Särge erinnern. Deshalb löst von Schroers das Lagerungsproblem lieber dadurch, daß jeweils 8 Verwundete auf die in den Höhlen in langen Reihen aufgestellten Ju 52-Tragflächen gelegt werden. Sie können dort miteinander reden, sich aneinander wärmen, wenn sie näher zueinanderrücken, sind übersichtlich abzuzählen. Nicht gelöst ist die Frage der Zudecke oder Unterlage. Von Schroers muß jetzt dringlichst zum Elysium. Es ist ja überhaupt nicht klargestellt, ob die ihm sanitätsdienstlich unterstellten Gefangenen dort überhaupt überlebt haben. In großer Umgehung fährt von Schroers im Sanka über Langenstein und Rittergut Mahndorf in die Stadt ein, dringt zum Elysium vor. 12 Schwerstverletzte, 2 Tote, der Rest ist um 2 Kochkessel versammelt. Er läßt den Schwerstverletzten von den Schwestern Spritzen geben, damit sie eine Weile still sind. Es ist selbst dem neuerungssüchtigen von Schroers zuviel, er will die Ereigniskette zeitlich strecken.

[Einsatz des Chefs des Roten Kreuzes, zugleich Chef der NSV] Er schlug sich von Hardenbergstraße zur Verteidigungszentrale ins Hephata-Heim durch. Da kommen die zivilen Retter, sagte Oberst Wurtinger. Detering gab ihm keinen Blick. Es war gegen 13 Uhr, 1½ Stunden Verspätung. Wo sind denn nun Ihre Fahrzeuge und Leute? Die waren, da kam er ja her, nachdem er seine Wohnung Kühlingerstraße während des Angriffs verlassen und sofort Richtung Hardenbergstraße 18-20 gejagt war (das wurde hier nicht anerkannt), dem Massaker nicht entkommen. Er war ja selbst nur entkommen, weil er 20

Meter vor dem Ziel auf dem Bauch lag, Asphalt unter sich, Gulli neben sich, konnte die Volltreffer in die Rotkreuz-Einsatzstelle direkt sehen. Mit Ausnahme eines Fahrzeugs, das sich zur Zeit des Vollalarms auf Einsatzfahrt zum Huy befand, keine Fahrzeuge oder Leute gerettet, sagte er. Und wo ist das eine Fahrzeug? Er konnte keinen Ort angeben. Er hoffte nur, daß wenigstens die freiwilligen Helfer, da wo sie zur Zeit der Katastrophe standen, eingriffen. Er bat um Boten, z. B. Pimpfe zu Fahrrad oder zu Fuß, um diese Einsätze nachträglich, wenigstens für Berichtszwecke, zu zentralisieren. Wird ihm abgeschlagen. Sie sind verrückt, sagt der Oberbürgermeister.

Er entfernte sich aus dieser »Baracke wechselseitiger Vernichtung«, wo mehr oder weniger ausgesprochen nach Schuldigen gesucht wurde. In der Rettungsstelle I, Plantage, war er aber auch überflüssig. Schwerverletzte auf Tragen oder in Decken warteten in großer Gruppe außerhalb. Die diensthabenden Ärzte und Sanitäter bissen den Chef weg. Er fuhr mit Dienstfahrrad bis Wegeleben, wo er telefonische Verbindung nach Quedlinburg erhielt und den »einzigen vernünftigen Befehl des Tages« gab: Schicken Sie alle Ihre Sanitätskraftfahrzeuge sowie Helfer und Ärzte, die Sie auftreiben können, über Reichsstraße 12. Ich erwarte die Kolonne Abzweigung Wegeleben. Gegen 18 Uhr fuhr die Kolonne durch das Dorf. Er überschwemmte noch am Abend Hephata-Heim und Rettungsstellen I-IV mit dieser Fülle von Personal, für das an keiner Stelle Platz war. Aus Mahndorf kamen 87 Mann freiwillige Helfer in 12 Fahrzeugen, brachten beschmierte Brote, Kochkessel mit vorgekochtem Kaffee. Der Chef befehligte diesen Troß von der Rettungsstelle IV, Gröperstraße her zu den Stadteinstiegsstellen hin. Umgeben von sichtbarem Erfolg erreicht ihn 1 Uhr nachts die Absetzung wegen Unfähigkeit, datiert aus den Nachmittagsstunden. Er hatte einen entscheidenden Fehler gemacht, bloß aus gutem Willen: Er hätte, statt Hilfe heranzuschaffen, im Hephata-Heim bleiben müssen, wo in den Stunden seiner Abwesenheit die Schuld auf Einzelschultern verladen wurde.

[Der Einsatz der Feuerwehren]

Ich bin als Berufsfeuerwehr-Offizier von Köln hierher versetzt. Mir unterstehen die Halberstädter Wehr, die freiwilligen Wehren aus Derenburg und Wegeleben sowie Teilkräfte der vom Rückzug erfaßten Berufswehren aus Hanau/Main und Dortmund. Das ist alles an den Befehlsstrang Hephata-Heim, Wasserturmstraße, angebunden und ist nach Versammlung dieser Kräfte, die ja mit Vollalarm aus der Stadt herausfahren, ab 13 Uhr von mir eingesetzt. Richtig ist es, die Gesamtkräfte an den Stadtausgängen zunächst festzuhalten und bis zum Eingang einigermaßen zutreffender Informationen über das *Was, Wie, Wo* und *die Richtung* der Brandherde *nicht* einzusetzen.

Aber versuchen Sie mal diese Vorgehensweise durchzuhalten gegenüber einem nervösen Oberbürgermeister, den Stadt-Juristen, den Vertretern der Partei usf. Deshalb muß schlagartig, d. h. also in vollem Gegensatz zu den Grundprinzipien der Schlagartigkeit, viel zu früh, ein Angriff auf die Feuerfläche stattfinden.

Sehen Sie, wenn ich ganz unsentimental und fachlich von Anfang an auf Schwerpunkt hätte gehen können, wäre der Derenburger Angriff auf Schmiedestraße nach meiner Ansicht bis Martiniplan oder Holzmarkt vorgetrieben worden. Eine wirklich interessante Sache, weil der Angriff ja in der verzettelten Form rasch liegenblieb. Aber in Schwerpunktform, vielleicht nicht eher als 15 Uhr, oder sagen wir 14.30 Uhr, mit allen Kräften, außer denen am *Kulk* oder bei *Mooshake* vorgetrieben: vielleicht hätten wir das Feuer trennen können. Sie müssen immer den Kamin-Effekt beurteilen. Wenn die Lohe bis 12 km Höhe steigt, saugt sie in Bodennähe die Kaltluft an, und sie hat den *Kamin,* den muß ich nun angreifen. Das ist *immer* aussichtslos.

Wasserführung: Holtemme, Kulkgraben, Torteich, Wasserbecken des Hallenbades, Löschteiche. Die erfolgreiche Kulkplatz-Gruppe fuhr nachts geschlossen auf eine Stunde ins Hallenbad, wo das Becken noch knietief Wasser hatte. In der dreckigen Plörre wälzten sich die Männer eine Weile und waren dann schon wieder einsetzbar, weil sie einen *Genuß* gehabt hatten.

Die Spritfabrik wurde verteidigt, weil ich für die Männer Zuführung von Getränken vorausschauend benötigte. Ganz anders die Getreidelager, die den Brand in eine Flankenstellung in Richtung des Salvator-Krankenhauses gebracht hätten. Da brauchten wir nur noch etwas Ostwind und es wäre zur Katastrophe gekommen.

Selbstverständlich hätte ich das Theater retten können. Eine Gruppe von Löschfahrzeugen zum Theater, insbes. zum Rückteil, der vom Breiten Tor her gefährdet ist, wo die brennbaren Kultgegenstände, Ambosse, Lindwürmer, Holzrüstungen, nachgeahmte Papphäuser usf. lagerten. Das war eine klare Entscheidung: muß man abbrennen lassen. Ich konnte ja aus einem einfachen Grund die Männer nicht noch weiter verzetteln, da Klein-Gruppen von Wehren sich nirgends halten. Sie müssen die Arbeit der anderen sehen, auch den Eindruck haben, daß sie sich in größerer Gruppe selber heraushauen, damit sie überhaupt sich auf Löschangriffe einlassen.

Sie verstehen das wahrscheinlich fachlich nicht richtig. Rein fachlich waren wir ja durch die Flächenbrände in Hamburg, Darmstadt, Köln, das wird auf Schulungen ausgetauscht, fachlich gewachsen. Das Feuer puste ich Ihnen grundlegend wieder aus. Vorausgesetzt, ich setze den Angriff mit wirklich überzeugenden Kräften, also Berufswehren von 6-8 Großstädten, genau in dem Zeitpunkt an, kurz vor Entstehen des Feuersturms.

Praktisch können wir aber in dieser »einzig glückhaften« Phase gar nichts tun. Entweder die Wehren liegen nicht an den befohlenen Punkten, haben sich zum Teil verfahren oder sind schon vorzeitig in aussichtslose Feuerfallen geleitet usf. Wir sind Physiker, die man nicht läßt. Wir müssen Trümmerrichtung, Sortierung der Sprengeinschläge, Fallrichtung der Brandzünder, Windrichtung, Fallrichtung der Häuserfassaden, zahllose Einzelinformationen über Brennbarkeit von Häuserinventar kennen, um uns in unserem Fachwissen ausbreiten zu können. Das wäre sicher der Fall nach der 16. Brandkatastrophe einer Stadt, gesetzt daß Bevölkerung und Administration lernen. Sie dürfen nicht denken, daß wir dazu mit dem Stadtplan viel anfangen könnten. Vielmehr: Brandgüteverzeichnis des umbauten Raums, Planskizzen der Brandmauern, Altersschätzung des verbauten Steins. Das wird in diesem Krieg nicht mehr gelernt. Woher ich das mit dem Theater weiß? Ich bin da durchgegangen, habe mir den sogenannten Fundus betrachtet, mit meinen starken Taschenlampen das leere Parkett betrachtet. Ich war auch noch im ersten Stock der Kommisse und habe das Stadtarchiv gesehen. So sehe ich in den Städten quasi als letzter die wertvollen Besitztümer der Stadt, nehme Abschied, stelle auch mal Schätzwerte fest. Sonst kümmert sich ja keiner um eine solche Gesamtschau des Besitztums, da die Einwohner jeweils mit dem Eigenbesitz befaßt sind. Ich nehme gewissermaßen stellvertretend für Oberbürgermeister, Partei, Luft-Gau-Kommando und Einwohner von der nach dem Angriff im wesentlichen doch noch dastehenden Stadt Abschied und gebe dann den Brand frei, weil ich weiß, daß die Mittel, ihm zu widerstehen, nicht schwerpunktmäßig organisiert sind.

[2 Zentner Wursthüllen] Die Unternehmerin Tittmann konzentrierte sich sofort nach Abfliegen der letzten Silber-Rotte des Feindes auf die Auslagerung von 2 Zentner Wursthüllen, die sie aus dem Lager Quedlinburger Straße, das gleich nach dem Auszug der letzten Handwagen-Ladung vom Brand erfaßt wurde, in die Schützenstraße verfrachtete. Sie war auf diese Wursthüllen aus einem darmähnlichen Kunststoff mit der Bezeichnung »Spezial Seidendarm« so scharf gewesen, hatte sie am Freitag gegen Reichsmark, verstärkt um 5 Pfund ungebrannten Bohnenkaffee, gekauft und wäre entsetzt gewesen, sie verbrannt zu wissen. Neunmal führte sie den Zug von 3 Handwagen, die man öfter heben mußte als schieben konnte, durch Brandschneisen zum Hinterhof und Kellergelaß Schützenstraße 12. Das war mühselig, aber die Därme bedeuteten etwa 6000 Hüllen um echtes Wurstfleisch, für die sie mindestens 200 Würste im Tausch erhalten konnte, um sie wiederum gegen Ware zu vertauschen. Die stark stinkenden Kisten sicherte sie durch 5 Vorhängeschlösser und einen Schäferhund, der das Kellergelaß in der Nacht bewachte. Es war Schwarzware und würde in einigen Wochen wieder zu anderer Schwarzware werden, die dann wesentlich leichter zu lagern war.

[**Die Sonne »lastet« über der »Stadt«, da ja kaum Schatten ist**] Über den zugeschütteten Grundstücken und den durch die Trümmerwelt verwischten Straßenzügen ziehen sich nach einigen Tagen Trampelpfade, die auf legere Weise an frühere Wegverbindungen anknüpfen. Auffällig ist die Stille, die über der Trümmerstätte liegt. Die Ereignislosigkeit trügt insofern, als in den Kellern Brände noch leben, die sich von Kohlenkeller zu Kohlenkeller zäh unterirdisch dahinziehen. Viel Krabbelgetier. Einige Zonen der Stadt stinken. Es sind Leichensucher-Gruppen tätig. Ein strenger, »stiller« Geruch nach Verbranntem liegt über der Stadt, der nach einigen Tagen »vertraut« empfunden wird.

»Man sieht, wie die Geschichte der *Industrie* und das gewordene *gegenständliche* Dasein der Industrie das *aufgeschlagene* Buch der *menschlichen Bewußtseinskräfte*, die sinnliche vorliegende menschliche *Psychologie* ist . . .«

Besucher vom anderen Stern

Ende Mai kam ein Besucher, James N. Eastman jr., nach Halberstadt, im Auftrag jener Gruppe von Stabsoffizieren, die später das Albert F. Simpson Historical Research Center, Maxwell Airforce Base, Alabama, errichteten. Er suchte alle Städte auf, »die an Bombardierungen teilgenommen hatten«, um Material zu sammeln für eine grundlegende psychologische Studie. Der Verbindungsoffizier zum Oberbürgermeisteramt führte ihn bei den zivilen Stellen ein, er brachte Verpflegungspakete mit, »um die Zungen zu lösen«.

Das war nun kaum nötig. Die Leute redeten alle ziemlich gern. Er wußte aber praktisch schon alles im voraus. Er kannte die Redensart: »An jenem furchtbaren Tag, an dem unsere schöne Stadt dem Erdboden gleichgemacht wurde« usf. Die Spekulationen nach dem *Sinn*, die »stereotypen Erlebnisberichte«, er hatte diese gewissermaßen fabrikmäßigen Phrasen, die sich aus den Münden herausfütterten, schon gehört in Fürth, Darmstadt, Nürnberg, Würzburg, Frankfurt, Wuppertal usf. Redeten sie, um Verpflegungspakete zu erhalten?

Er war in einer Villa einquartiert, die innerhalb der Absperrung für das Militärpersonal im Spiegelsbergen-Weg lag.

Ach, Sie waren am 8. April mit da oben? Wie sah das denn von da aus?

Er hatte erwartet, Haßgefühle zu ernten, irgendeine Reaktion, die ihn in die Feindesfront einreihte. Die Bewohner, die er befragte, wendeten sich weder gegen ihn noch gegen den Angriff.

Sie hatten sich in der elenden staubigen Gegend eingerichtet, an den Rändern der Zerstörung, an denen sie siedelten wie an einem ausgetrockneten See.

Es lag aber eine gewisse Traurigkeit über dem Ganzen. Auf die Frage: Würden Sie in die USA auswandern, antworteten 82 % mit: Gern! Wann geht denn das? Sie flunkern. Es geht doch gar nicht. Es war klar, sie wollten, wenn sich schon alles im Wechsel befand, den Wechsel zügig fortsetzen, sie wollten weg.

Versuche zum Wiederaufbau waren, auch dort wo Materialien nachgewiesen wurden, nicht festzustellen. Ganze sechs Versuche in der Stadt, auf zerstörten Grundmauern ein Dach für einen 1. Stock zu errichten. Alle diese Fälle obere Mittelschicht. Bei unterer Mittelschicht und Unterschicht keine Versuche von Bauwillen . . .

Die Pointe seiner Arbeit ging von der Annahme aus, daß diese nicht notwendigen Bombardements zähe Feinde schüfen, die nicht aufhören würden, auf Rache zu sinnen, also eine Wiederauflage der Versailles-Denkform, mit der die Nachkriegspolitik der Alliierten zu rechnen hätte. Die Hypothese ließ sich

nicht bestätigen. Ob er noch ein Stück Kuchen haben wollte. Ja. Die Befragte
hatte Kuchen aus Emersleben.[20]
Die Frage, ob die Betroffenen das noch mal mitmachen wollten, war naiv gestellt, sie war in die Fragebogen eingearbeitet als Meßziffer für die *Lügenskala*.
Ob die Befragten lieber Selbstmord begehen würden? Man weiß ja nicht, ob es
einen trifft. Selbstmord wäre wohl immer zu früh. Was das nächst Schwerwie-
gende wäre, das sie eingehen würden, um einem Luftangriff zu entgehen? – Es
kommen jetzt wohl keine Bombardements mehr. Die Situation lag 100 Jahre
zurück. Vom Stadtarchivar forderte er eine Liste aller Brände der Stadt seit 1123. In der
Liste war der 8. April 45 »vergessen«. Aufgeführt 44 Großbrände, Mehrzahl
davon im Mittelalter. Der Mann barmte über jeden dieser historischen Brände,
insbesondere über zerstörte Kunstschätze in Kirchen.

Eine andere Methode: Freies Berichten, was die Befragten am Angriffstag gemacht hätten, meist kam nach anfänglichen wahrnehmungsleeren Phrasen
eine exakte Beschreibung des Fluchtwegs. Oder daß Tiefflieger am 11. April,
»dem Tag, an dem Ihre Panzer die Stadt besetzten«, sehr tief und »spähend«
über das Trümmergelände flogen.[21]
Es ließ sich nicht unterscheiden, ob sie rachsüchtig waren. Abgesehen von
einer Tiefenschicht, die er vielleicht nicht erreichte (irgendwie funktioniert
die Lügenskala nicht), waren sie öd und leer wie die Stadtfläche, über der
die Sonne brütete. Hatten wir uns Freunde unserer Nation herange-
bombt?

20 Er wußte dann doch, wie er eine tiefere Aktivität messen könnte: Er mußte nur Wertvolles, z. B. Geschenke, auslegen nach Art einer Mausefalle, sich entfernen (er konnte Siche-
rungen anbringen, die überwunden werden mußten). Also etwas Klaubares »offen versteckt« oder durch Vorkehrungen geschützt den »Befragten« hinlegen. So konnte er in
Form der Wegnahme-Energie (wie rasch es geklaut war) Tiefenaktivität, er nannte das
»Produktionsgenie«, abhängig von der Fähigkeit, »Bedürfnisse zu produzieren, also im
Grund: Bedürfnisenergie« feststellen. Hier signifikante Unterschiede auf seiner Skala. Bei
überragend Betroffenen oder *gar nicht Betroffenen* von Bombardierung: relativ geringe
Energie im Sinne des Habenwollens. Bei allen Mittelwerten der Betroffenheit: hohe Ener-
gieausbeute bis zum Versuch der offenen Beraubung, Ringen mit dem Befrager z. B. um
eine Schachtel Tabak. Im Ergebnis haben alle geklaut, aber die Messung der Zeiten, des
erfinderischen inputs, insbesondere die Messung der Schrankenüberwindung *höchst unterschiedlich*.
21 Aussage eines Gymnasiallehrers, zur Zeit Leichenbestatter-Gruppe, Fachgebiet Latein,
Physik, Biologie, PG (daher jetzt Leichenbestatter-Kommando): »2 junge Frauen,
Schwangere, wohnhaft Krebsschere, die sich zur Flucht zusammengetan haben. Ohn-
macht. Frühgeburt bei verbrennendem Körper. Das neue Leben verbrennt ebenfalls.
»Ehrfurchtsvoll lassen wir dieses Grauen noch einen Tag auf der Straße liegen.«

Es schien ihm, als ob die Bevölkerung, bei offensichtlich eingeborener Erzähl-lust, die psychische Kraft, sich zu erinnern, genau in den Umrissen der zerstör-ten Flächen der Stadt verloren hätte.[22]

Qualitative Antwort einer Befragten: »An einem gewissen Punkt der Grau-samkeit angekommen, ist es schon gleich, wer sie begangen hat: sie soll nur aufhören.«

22 Stichwort: »Jetzt brauchen wir uns nicht mehr zu sorgen, denn wir haben ja nichts mehr.« Wie sollte der arme Eastman die Klangfarbe dieses Satzes protokollieren? Er hatte ja auch nur seinen Eindruck, konnte die qualitative Äußerung nicht in Obertöne, Anteile von Jauchzer, Traurigkeit usf. zerlegen. Er hatte aber den Eindruck, daß befragte Person, wie vorher schon viele andere, »Vaterstadt«, verlorene Tote, ein Familien-Grundstück, abge-brannte Nachbarschaft usf. nicht nur positiv, sondern auch mit Protestgefühlen besetzt hatte, so daß sie einerseits von Traurigkeit bewegt, andererseits recht froh war über den »eingetretenen Wandel«. Auf keinen Fall wollte Eastman zynisch erscheinen, insofern fühlte er sich bei der Auswertung der Aussagen stark gehemmt.

Heft 3

Treffen der alten Clique – Mit Kochtopf-Helm – Ritterkreuzträger weckt man durch Schüsse – Trudes Wert – Eine optimistische Natur – »Der Baum, der grünt . . .« – Reden wir vom Tod – Weißer Mercedes 1935

Treffen der alten Clique

Margot Fuhr, Brigitte Schwiers, Puppi Dedeleben, Ernstchen Bierstadt, Sauerbrey (der Ritterkreuzträger), alle waren da.

Es war nicht auszuhalten und eigentlich überhaupt nicht zu verzeihen, daß diese vergnügte Gruppe von Altkämpferinnen der 30er Jahre jetzt als im wesentlichen zerstörte Frauen dasaßen, von den beiden gut erhaltenen männlichen Cliquenchefs (aber sie standen nur deshalb besser da, weil die Bewertungsmaßstäbe für gealterte Männer günstiger liegen) nur höflich gebilligt. Sie kübelten Bowle, um die Sinne kollektiv so weit zu verwirren, daß sie wechselseitig voreinander sicher sein konnten, sich nicht zu genau an ihrer Erinnerung zu prüfen.

Bald kam eine erregte Schwabbelei auf wie in früheren Zeiten. Belegte Brötchen wurden von Puppis Putzteufel aus der Küche herangetragen, gefolgt von der dritten großen Karaffe mit Bowle.

PUPPI: Wischhusen ist gestorben.

BRIGITTE: Eine richtige Naziblüte.

MARGOT: Die Hedrich ist auch tot.

PUPPI: Die ist eine Zicke. Eine Petze.

ERNSTCHEN: Ich habe eine Idee!

MARGOT: Puppi hat gekleckert. (Bowle ist auf dem Tischtuch ausgelaufen.)

BRIGITTE: Typisch Klecker-Puppi!

ERNSTCHEN: »Die Friedensfeier hat uns vereinigt, wer dagegen ist, wird gesteinigt.«

Er prostet Puppi zu. »Auf das Wohl von Urmutter Puppi.« In diesem Moment blockt die Stimmung.

MARGOT: Walter Töpfer ist auch rein ins Krankenhaus. Der ist völlig verseucht. Arthur Schöne ist gestorben.

PUPPI: Horst Neindorf, da weiß ich nicht, ob der tot ist. Das weiß ich nicht.

MARGOT: Da wollte ich immer mal vorbeifahren.

PUPPI: Er gab das Hemd vom Leibe. Weißt du noch, wie wir da mal Karfreitag gefeiert haben?

BRIGITTE: Also unwahrscheinlich.

PUPPI: Wie komm ich zu dem Krankenhaus, wo Arthur Schöne liegt?

SAUERBREY: Da liegt nicht Arthur Schöne, sondern Walter Töpfer.

PUPPI: Wenn Du Doornkaat hörst, woran denkst du?

BRIGITTE: An die Fahrt auf der Orotawa.

SAUERBREY: Die sollte ich heiraten. Aber die stank aus dem Mund. Die hatte was mit dem Magen. Da habe ich nein gesagt.

ERNSTCHEN: Die haben eine halbe Kiste davon ins Meer geschmissen, nur weil sie sie hatten. Ich habe nur Selters getrunken.

MARGOT: Ich habe den Papierkorb da hingestellt, und weil Ernstchen immer behauptet, er könnte alles, sage ich, dann bemal den mal.

PUPPI: Frühmorgens kam ein großer Schäferhund vom Balkon in unser Zimmer.

BRIGITTE: Café Vaterland, wollen wir mal sagen, das war einigermaßen. Aber wenn man dann den Schlüssel übergibt und sagt, gegen 12 Uhr kannst du's ja mal versuchen, dafür reicht es nicht. Ich weiß auch nicht, warum ich da nicht zugegriffen habe. 2 Wochen später ein Kärtchen, daß er gefallen ist. Da war ja nichts mehr gutzumachen. Nachträglich betrachtet, hätte man eben trotz mangelnder Stimmung sagen können, wenn du klopfst, mache ich entweder auf oder nicht auf. Der hätte dann bestimmt angeklopft, und man hätte sagen können, da bist du ja. War aber, nachdem er gefallen war, auch nicht mehr möglich.

PUPPI: Dann das Gewitter in Bingen. Da gab's einen Mocca-Kuchen, eine mexikanische Bar, ein Puszta-Zimmer.

ERNSTCHEN: Das war also Bingen.

BRIGITTE: Weißt du, wieviel das her ist? Mindestens 20 Jahre.

ERNSTCHEN: Um höflich zu sein, 38 Jahre.

Wenn einer von ihnen hinausging und vom Flur, Küche, der Toilette dem Stimmengewirr der Runde lauschte, war fast etwas vom alten Glanz der Kriegszeit erhalten.

MARGOT: Was nutzt es, daß man sich mal benuckelt, wenn hinterher die Jahre vergehen?

PUPPI: Trude hat übrigens Arthritis. Alles in den Knochen ist zusammengebacken. Sie steht unter Morphium.

SAUERBREY: Gelenkpfanne?

PUPPI: Die wird schön fluchen. Hier schreibt sie: Die weiten Touren kann ich mir mit meinem Ohr nicht leisten.

ERNSTCHEN: Hat die Mittelohr?

PUPPI: Nein. Die nimmt Mittel, die die Bewegungsorgane lähmen. Sie wünscht sich keine Beerdigungsfeier. Wir sollen aber alle hinkommen.

Nun war die Spekulation, ob sie in ihrem Testament an die Freunde denken würde.

ERNSTCHEN: In jedem Fall ist es ein unrühmliches Ende.

MARGOT: Ich habe immer das Verlangen gehabt, von meinen Freundschaften etwas zu profitieren.

ERNSTCHEN: Jetzt singen wir das alte Lied:»Hilf mir doch, du kleine Maus, du siehst, mir geh'n die Haare aus.«

Es wollte aber keiner aus der Runde mitsingen. Sie sind doch in erster Linie alle traurig. (Das addiert sich mit der Müdigkeit). Sauerbrey trägt einen Vers vor, will ihn für alle niederschreiben:»Bedenk ich mich und meine *Werke*, dann brodelt heftig meine *Stärke*. Ich kann's nicht leugnen, und immer, wenn ich glaube, ich hab's *vollbracht*, sitzt quer im Kopf ein Ding mir – welches *lacht*. Such ich das Weib in mir, find ich das *Nest*, doch glaube mir, such ich bei dir, find ich den *Rest*.« Die anderen reden von dem verstorbenen Arzt Heinz Röttges, der zur Clique gehörte und der durch ein Prost posthum geehrt werden soll. Aber sie fürchten sich ein bißchen bei dieser Geisterbeschwörung. Puppi sagt deshalb: Der hatte keine Finger mehr. Gerda, die ja vor ihrer Heirat auch Ärztin war, hat den selbst zurechtgepuhlt. Das ging nicht gut, zuletzt war die ganze Hand ab. Wenn wenigstens der Daumen noch dagewesen wäre, dann hätte die Hand noch einen Sinn gehabt. Der hätte ordnungsgemäß ins Krankenhaus gehört.

Jetzt steht die 4. Karaffe auf dem Tisch. Die Runde weiß nicht recht weiter. Es ist eine stramme Arbeitsleistung, mit den jungen Stimmen die Gegenwart so einzufärben, daß ein Glanz von vor 38 Jahren auf die Clique fällt, daß sich die Truppe wechselseitig billigt. »Es wäre tödlich, wenn wir nur aus Höflichkeit hier zusammensitzen.« Am anderen Morgen haben alle einen Kater, aber es ist noch einmal gelungen, die aktive Clique zusammenzufassen. Das reicht bis kommendes Jahr.

Mit Kochtopf-Helm

Wir hatten ja da noch stählerne Nerven. Weil es auch immer wieder neu war. Wir konnten uns überlegen: Was bringt das morgen wieder? Sicher etwas Überraschendes und hoffentlich nichts Endgültiges. So saßen wir bei uns im Keller. Mittagsalarm. Es gab diesen Riß in der Decke, und man konnte in das Stockwerk über uns sehen. Ein Schuttberg. Wir standen im Türbogen zum Kelleraufgang. Resi, Eje, ich, fünf, sechs andere Frauen. Wir hatten Kochtöpfe auf den Kopf gesetzt, für den Fall, daß was drauffällt. Das war ziemlich schick, so daß wir das zum Bowlenabend bei Gerda einmal probieren wollten: Luftgaukommando 1 mit Topfhelm. Haben wir auch zum Frühschoppen mal gemacht. Inzwischen brannte der Dachstuhl. Darauf haben wir Sand geschaufelt. Wie gesagt, waren die Nerven da noch in Ordnung.

Ritterkreuzträger weckt man durch Schüsse

Der Chef des Kreiskrankenhauses, Dr. Erb, neigte zu Festlichkeiten. Im Frühling 1942 war der Ritterkreuzträger Roers Gast in seiner Villa.

Im Wintergarten: zwei Leutnants und ein Major der Garnison, zwei Assistenzärzte des Kreiskrankenhauses, zwei praktische Ärzte aus der Stadt, dazu Damen und Krankenschwestern, die Abendkleidung angelegt hatten. Es wurde lebhaft getrunken. Gegen 5 Uhr früh war Roers zur Toilette gegangen, die auf halber Höhe zum I. Stock der Villa lag und von den Offizieren als Flakstand bezeichnet wurde. Von dort war er nicht wieder erschienen. Einige der Gäste gingen nachsehen. Die Toilettentür war von innen verriegelt.

Wahrscheinlich schläft unser Ritterkreuzträger, sagte Dr. Erb. Vermutlich. Leutnant Fürstenberg versuchte, am Boden liegend durch die Türritze zu blicken. Er sah im Nahfeld einige Fliesen in der Nähe der Tür, Holzrahmen, staubige Rillen zwischen den Fliesen usf. Das Innere der Toilette war erleuchtet. Schläft, sagte er.

Ritterkreuzträger weckt man durch Schüsse, ordnete der Gastgeber an. In der gleichen bestimmten Tonart, in der er im Dienst festgestellt hätte: Totalresektion des Magens. Die Männer hier auf halber Höhe zum I. Stock, teils in Hockstellung, glichen zur Zeit mit Bowle gefüllten Ballons.

Leutnant Fürstenberg löste befehlsgemäß seine Dienstwaffe aus der Pistolentasche und gab planparallel zu den Fliesen zwei Schüsse ab. Sie beschädigten die untere Türfüllung. Die Aktion war auch nicht ungefährlich für den Schützen, da die Kugeln Abpraller sein konnten. Schließlich war aber Krieg. Die Schüsse sollten den Toilettensockel treffen, auf dem der vermutlich eingeschlafene Ritterkreuzträger saß. Fürstenberg stellte sich vor, daß pissevermischtes Wasser aus dem zerstörten Sockel auslaufen oder aber der Thron unter dem Schlafenden zusammenbrechen würde. Er wollte den Kameraden »überraschen«.

Man hört nichts, sagte Erb, der auf gleicher Höhe mit dem am Boden »nachzielenden« Fürstenberg lag und die Ohren spitzte. Man sollte annehmen, daß sich was rührt, meinte Fürstenberg.

Erb war jetzt beunruhigt. Er erhob sich und trommelte mit den Fäusten gegen die Türfüllung, rackelte. Es traten Gäste hinzu. Auf Anweisung des Chefarztes holten sie aus einem Kabuff neben der Küche eine Säge. Es war aber keine Ansatzfläche zum Sägen da.

Man kann ja nicht, sagte der praktische Arzt Struncke, bloß immerzu Runen da reinschneiden. Und durch das Fenster von außen? Das war die Idee einer Krankenschwester, die sich auf eine Nacht mit Oberleutnant Ortlieb vorbereitet hatte. Sie hatte eine fixe Idee: die Restnacht und einen Teil des Vormittags, vielleicht anschließend noch Sommerbad oder ein Picknick im Harz – und jetzt verunsicherte diese Toilettensache den Verlauf. Die Augenblicke schwanden ihr durch die Finger.

Durch das Fenster, sagte Erb, ich hole eine Leiter. Aber das Fenster war von außen mit Eisenstäben vergittert. Man konnte durch die Milchglasscheiben nicht hineinsehen. Diese Fensterscheiben zu zertrümmern, hätte es eines Steins bedurft. Den hatte er beim Besteigen der Leiter mitzunehmen vergessen. Er wollte auch keine »überflüssigen Zerstörungen« anrichten. Schon war die Festlaune der Gäste im Abflauen. Erb stieg umständlich wieder herab. Er ließ die Leiter stehen und begab sich wieder zur Toilettentür auf halber Höhe zum I. Stock. Eine Schüssel Bowle war heraufgeschafft, die Mehrzahl der Gäste saß darum im Kreise.

Drei der Ärzte hatten aus dem Keller eine Eisenstange organisiert und versuchten, die Tür mit Gewalt zu erbrechen. Jetzt müßte Roers doch aufwachen, sagte Fürstenberg. Bei diesem Lärm! Es war dann aber doch einfacher, mit einem Schraubenzieher die Schrauben, die das Schloß festhielten, zu lösen und Schloß und Türklinken herauszunehmen. Der Ritterkreuzträger lag seitlich des Toilettensockels auf den Fliesen, blutete stark.

Muß von der Brille gefallen sein und schlief, als Sie schossen, neben dem Sokkel, sagte Dr. Brink. Wer schreibt denn nun den Totenschein, fragte Dr. Winkler den Gastgeber. Sie haben daneben gestanden, als Roers geweckt wurde, da müssen Sie den Schein ausschreiben. Die Damen machten betroffene Gesichter. Es war wenig zu diesem Resultat zu sagen.

Paragraph 11 der Trinkordnung, sagte die junge Frau Schliephake, um von der Stimmung zu retten, was vom Abend (»trotz gräßlicher Umstände«) zu retten war, lautet:»Wer in die Bowle kotzt, darf nicht mehr mittrinken.« Ein nervöser Lacher von Dr. Winkler, der auf die junge Frau scharf war.

Die Leutnants und die beiden Assistenzärzte hoben den toten Ritterkreuzträger zu viert auf und trugen ihn ins Schlafzimmer von Erb, wo er das Bett mit Blut bekleckerte. Erb sagte: Lieber nach unten ins Behandlungszimmer. Sie wollten tatsächlich eine Ambulanz bestellen, ohne sich vorher zu verständigen, was sie als Todesursache erzählen wollten. Weinselig, wie sie waren, wollten sie dann eine Obduktion vornehmen, »um die Todesursache festzustellen«. Ein Versuch, irgendeine elende Handlung für den Toten zustande zu bringen, sich um ihn zu »kümmern«. Denn sie konnten ihn ja jetzt nicht von Minute zu Minute beerdigen, im Garten verscharren und vielleicht wieder einige Salutschüsse feuern, die Nachbarn wecken oder treffen. Andererseits: sich zur Tischrunde wieder zusammenzusetzen, zu den Flaschen zurück, war ein Ding der Unmöglichkeit. So saß die Gesellschaft in der Küche, die vierzehn Tage später eine Sprengbombe traf, und schmierte Brote. Erb wollte nicht abbeißen, als ihm Gerda Mückert einen Bratwurstkringel hinhielt. Sie alle hatten das Gefühl, daß etwas schiefgegangen war. Aber es wollte auch niemand auseinandergehen, die anderen verlassen und verloren geben.

>»Sahst du so dunkle Forsten je?
So dunkle Forsten sahst du nie!«

Die Festgruppe kam nie wieder zusammen. Im Verfolg der amtlichen Untersuchung wurde Wert darauf gelegt, daß der Krankenhauschef, im Range eines Obersten der Reserve, voll verantwortlich, neben dem jugendlichen Unglücksschützen gestanden hatte. Das wurde übelgenommen. Er wurde Anfang 1943 von seinem Posten abgelöst und fiel in Rußland bei Kursk ein halbes Jahr später in Frontbewährung.

Trudes Wert

I

In Magdeburg sitzt Sommer 76 in einem hellen Kinderkleid, ein windiger blauer Stoff mit Rüschen, im Liegesessel wie ein Püppchen von sechs Jahren: Trude; sie ist aber gerade 81 und sitzt nicht richtig, weil sie »einen Wolf« im oberen Teil der Kerbe ihres Hintern hat, offene Hautstelle. So stützt sie sich, die 81 Jahre unter oder über ihr, auf die Schultern drückend, in Form von Kraftlosigkeit in den Beinen oder Druck im Kopf, d. h. 81 Jahre hinter sich oder vor sich, insofern als sie sie durch dieses Jahr zu schleppen hatte. Sie beobachtet, nur leicht auf den Sitz gestützt, die Gegenstände in der Wohnung, die sie in 60 Jahren Ehe auswendig gelernt hat, es waren wohl verschiedene Wohnungen, aber im wesentlichen die gleichen Gegenstände.
Sie soll Abschied davon nehmen. Die Wohnung wird aufgelöst. Ihre Arme sind ausgemergelt. Sie nimmt schon einige Zeit freiwillig keine Nahrung mehr zu sich, nur Augennahrung. Über die lebendigen Gucklöcher im Greisenhaupt.

>»Sie war ein schön, frech, braunes Weib,
>wollt keinem Manne trauen.«

Das konstituiert sich im Hirn nach wie vor: mokant, schlagfertig, beobachtend, Witze reißen, unterscheidend, sie ist neugierig.
Hat ja überhaupt nicht gelebt. Und den Besuchern oder der hergereisten Tochter, die ihr zumuten wollen, daß sie noch dieses Jahr über so tut, als ob sie lebt, traut sie schon gar nicht. Darüber will sie aber nichts hören, weil es undankbar wäre gegenüber Walter, der sie »zur Frau genommen hat«. Er hat sich vor einem Jahr von ihr verabschiedet. »Nun verlasse ich dich.« Am anderen Tag war er tot.
Sie hat die tiefsten Wundmale zusammengetragen und auf dem Schreibsekretär zu einem Bündel zusammengeschnürt: Kinderbilder ihres toten Jungen, pilzvergiftet, wahrscheinlich für Walter (»du sollst keine Götter haben neben mir«), diesen Liebling geopfert wie Isaak (aber jener *Mann* hat es nur *versucht*, wurde durch Engel gehindert, sie hat es »versehentlich« *getan*). Dann aber der weitere Preis, den sie für »ihr Glück« in all den Jahren bezahlt hat (aber innerlich hat sie nie zahlen wollen, und deshalb ist der Kaufpreis zwar äußerlich, aber innerlich nie bezahlt worden) – Herta und die Enkel. Den toten Schwiegersohn könnte sie protestmäßig einsparen (er ist allerdings auf den Fotos immer mit drauf, sie macht sich aber nicht einmal die Mühe, den Kopf herauszu-

schneiden). Sie legt die Fotos zusammen, eigentlich will sie vorsortieren, was sie abgeben will an die Verwandten, die um Bilder gebeten haben, sie stellt aber ein Päckchen von Fotos, Briefen zusammen, Antwortschreiben der Partei-Ortsgruppe Darmstadt über Verschüttung Hertas, der Kinder, während des Luftbombardements im September; Schreiben der Schriftleitung des Darmstädter Tageblatts, das nach dem Angriff auf Darmstadt nach Würzburg ausgewichen ist; das macht ihr »Herzblut« aus.

Sie darf ins Altersheim, wohin sie aus Sorgegründen verschubt wird, nichts mitnehmen. Sie wird verlegt, die Wohnung aufgelöst, weil sie versagt hat: Sie kann sich nicht hindern, immer wieder hinzufallen. Nachts ruft sie »triebhaft«, wie die Pflegerin sagt, nach Hilfe, muß auf die Toilette geführt werden oder die Lage des Körpers im ehemaligen Ehebett korrigieren, was sie nur mit fremder Hilfe kann. Da sie grundsätzlich »ungehorsam« ist, hat sie auch dieses Dossier zusammengelegt, das sie mitnehmen wird, so als hätte sie das Verbot, irgend etwas mitzunehmen, »versehentlich« nicht erfaßt. Der Grundgedanke ihrer künftigen Heimleitung ist einfach: Wie ein Mensch neu und erinnerungslos zur Welt gelangt, so soll sie ohne Gepäck oder eigene Vergangenheit in das Altersheim einfahren, andernfalls erhält sie Beruhigungsmittel, Schlafpillen.

Sie wird in einigen Tagen dorthin nach Potsdam verbracht. Sie wird bestimmt sich nicht »eingewöhnen«. Da hat sie ihre Grabplatte schon griffbereit – die Fotos, Papiere, aus denen alles hervorgeht, was sie nicht verändert, jetzt 81 oder 76 ist praktisch 44, ist praktisch 1895/6, ihre ersten Eindrücke, die schon schwarz waren – obwohl sie immer für eine »fröhliche Natur« galt. Täuschung.

II

Trude war sich nichts mehr wert. Die Woche wartete sie und wartete, daß die Tochter käme, damit nur irgend etwas passiert. Aber war diese Tochter da, so suchte sie die Besucherin zu irgendwelchen nützlichen Funktionen anzuhalten, die das Zusammensein äußerlich rechtfertigten. Zum Beispiel konnte sie ihr die Schadstellen der Haut, die »Öffnungen« an der Unterseite des Rückens, den »Wolf«, eincremen (oder besser streicheln) und verpacken, was diese Tochter, eine Theologin, nur mit Hemmung besorgte. So saß Trude mit zitternder linker Hand in ihrem Sessel, ließ sich zu einem Stuhl, einmal um den Tisch herum, führen. Sie war sich, wie gesagt, nichts wert.

Ganz zu Anfang war sie vielleicht etwas wert – so daß, wenn sich das fortgesetzt hätte, heute Grund bestünde, ihrem Alter oder »Gebrest« noch 1 bis 2 Jahre wertvolles Leben anzufügen. Ganz zu Anfang hieß: als sie sechs Jahre alt war. Aber schon damals hatte sie keinen Hals. Meine Schwester hat keinen Hals, sagte der Bruder, und wir alle in der Familie haben eine Krempenbrust, d. h., wie eine Hutkrempe steht der untere Rippenbogen nach außen. Das können die Kleider verdecken. So wie wir, wenn wir gar nichts sagen, den »schlechten Charakter« nicht zeigen, für »verträglich« gelten. Aber meine Schwester hat zusätzlich keinen Hals. Ich mußte den Korpsbruder Schlempe fordern, weil er sagte: Ich kann mit der nicht tanzen, wenigstens nicht als Couleurdame, die hat ja keinen Hals.

»Sie hat keinen Hals. Man darf es nicht zur Hinrichtung kommen lassen.«

Ein Abglanz noch, als sie als Jahrgangsbeste ihr Abitur besteht, dumm war sie ja nicht. »Es war eines jener Gymnasien, in denen die Menschen wie aufgestellte Milchflaschen gefüllt und nach 12 Jahren vor den Elternhäusern wieder abgestellt werden.«

Dann war sie, »umworben« vom späteren Justizrat B., praktisch gar nichts mehr wert, weil die ganze Anstrengung draufging, diesen Barbaren oder Spießer einigermaßen zu idealisieren. Das kostete die ganze Anstrengung und gelang, so daß sich B., nachdem er sie »geehelicht« hatte, in »ihr höchstes Liebesglück« verwandelte; durch wer weiß was für Kräfte tätigte sie das. Sie war so erschöpft, daß sie schon gar nicht mehr neugierig war. Konnte den Hals ja auch nicht drehen. Nun war sie so parteiisch und ungerecht eingedeckt worden durch Vater-Familie und Mann (wie eine Tote in eine Art Grabschlauch gelegt, aber lieblos, mit Kunstblumen auf dem Hügel, aber ohne richtiges Beweinen), daß sie selber äußerst parteiisch war. So hielt sie ihre erste Tochter willkürlich für das vollendetste Geschöpf. Die bekam später Zöpfe und die weiße Bluse der Jungmädchen. Die Haut dieser Tochter roch nach »Amber« (was das war, darüber ging Trude hinweg, sie hatte es gelesen, es ist ein Wort, das eine hohe Bewertung enthält), wurde dann später, d. h. sehr früh, mit einem nationalsozialistischen Schriftleiter, der starke Ähnlichkeit mit seinem Schwiegervater, Trudes Walter, aufwies, verheiratet, zwei Kinder. Das alles kam 1944 beim Angriff auf Darmstadt um, verbrannte ohne Spur. Walter wollte sofort hinfahren, aber die Eisenbahnlinien führten nur bis Heppenheim, Eberbach oder nur bis Würzburg.

Zuvor war das erlesene Geschöpf, Trudes Erstgeburt, durch eine Steigerung bedroht: Trudes zweite Geburt, ein wirklicher Junge, mit Hals und langem Nacken, Fingern usf. Starb mit 6 Jahren an einer Pilzvergiftung. Für die dritte Geburt: eine Tochter, war danach wenig übrig. Sie sah nicht wie Trude aus, war aber wertlos wie sie; hochintelligent, war neugierig, was auch Trude gar nichts genützt hatte, also erging von Trude aus Gnade vor Recht. Sie wurde nicht zur Heirat, sondern zur Schullehrerin (lebenslänglich) bestimmt. Der Tod der beiden Erstkinder ließ die Druckgemeinschaft auf Gegenseitigkeit, den Justizrat und Trude, enger zusammenrücken. Sie fürchteten sich voreinander, und so zerstreuten sie wenigstens gemeinsam und wechselseitig den Verdacht, daß sie den Luftangriff auf Darmstadt veranlaßt oder die Vergiftung *verschuldet* hätten. Gemeinsam konnten sie dieser Verdächtigung begegnen, denn wenn er es nicht glaubte, mußte sie es nicht annehmen, und wenn sie es nicht annahm, brauchte er es ihr und sich nicht vorzuwerfen usf. Dann war sie aber ja immer noch (die ganze Zeit über, unterseitig) eine eigenständige Persönlichkeit, die sehr wohl mit sich haderte oder schacherte: daß sie im Streite zwischen ihrer Hauptgeburt (der erlesenen 1. Tochter) und der hinreißenden zweiten Hauptgeburt (Söhnchen) in ihrem wirren Kopf vielleicht die Balance verloren und deshalb Rettung unterlassen oder ihn gar vorsätzlich vergiftet hätte, wenn z. B. alles momentan zur Tochter schwappte und für das Söhnchen nichts übrigblieb? Sie war unwert.

Die als Rest dagebliebene Tochter bestätigte ihr, daß sie nichts wert wäre; d. h., den wunden Rücken oder Hintern weigerte sie sich einfallsreich mit Watte oder den Händen zu versorgen. Sie machte das in dem Maße, in dem es »nötig« war. Es war aber immer etwas da, das verrutschte oder das, wenn es mit einem Kleinkind gemacht wurde, dieses zum Schreien brächte.

Ein letzter Plan für einen Ausflug. Sie hätte gern Halberstadt, den Schulweg, die Martinikirche, nach deren Turmuhr ihr Vater früher täglich um 11 seine Uhr stellte, noch mal gesehen. Eigentlich war es auch zu entbehren. Aber es hätte manchen gezeigt, z. B. ihrem Bruder, der dort die gleiche Zitterkrankheit pflegte wie sie, daß sie noch jederzeit so tun konnte, als lebe sie. Es war ein heißer Tag. Der Westbesucher, der sich bereit erklärt hatte, sie in einem kleineren Motorfahrzeug die Strecke Magdeburg/Halberstadt zu transportieren, wollte vor Antritt der Reise im Hotel International noch einen Imbiß bieten. Im Restaurant fanden sie mit der humpelnden Trude keinen Platz. Im Foyer erhielten sie ein zähes Zusammengekochtes, unter der Bezeichnung Königin-Pastetchen, von einer Schnellkarte zusammengegessen. Wieder in das enge Fahrzeug gesetzt, wimmerte Trude. Das war so: Wenn sie schon nicht schrie, und auch was sie fast lebenslänglich immer wieder gedacht, nicht durch die Zahnsperren ließ, also zwar gern und viel redete, aber nicht über das, was ihr Hirn wirklich kochte, dann mußte sich irgendwo anders die insgesamt empfindliche Haut ihres Körpers öffnen, z. B. auf der Brust, auf dem Rücken usf. und gewissermaßen wimmern. Nun sammelte sich aufgrund der Hitze im Wageninneren Schweiß in der Po-Rille. Einige Zentimeter, »geziemend« über dieser Stelle, wie gesagt die Selbstöffnung des Körpers, also so, daß es in nichts peinlich war, man konnte es als »auf dem Rücken« bezeichnen. Das waren Schmerzen. Sie sagte: ich will nicht mehr.

Der Ausflug wurde abgebrochen. Sie vertrieben sich den Nachmittag mit

»Choräle und Lieder absingen«. Die Rest-Tochter konnte auf einer Baß-Flöte blasen. Trude hatte immer eine schöne helle, »fleißige« Stimme, schon im Schulchor.

Was sie eigentlich die ganze Zeit über wert war, zeigte sie dann nach Verlagerung in das Altersheim bei Potsdam. Sie wollten ihr vormachen, daß hier auch adlige Fräulein einsaßen. Also eine Art gesellschaftlicher Aufstieg. Sie sollte es als Wiederkehr der Schulzeit, als Einschulung für das Alter verstehen und sich dem Neuartigen widmen, wie seinerzeit der Schönschrift, dem Rechnen, dem Abc. Na, sie tat, als ob sie die mildtätigen Sprüche annahm. Die Form wahrte sie, indem sie drei Tage nach Einlieferung entschlief.

Dazu brauchte sie keine Hilfsmittel, Tabletten oder Messer, es genügte der Einfall. Sie konnte in ihrem hellen Kopf (mit den angeblich »gutartigen« braunen Augen) einen Entschluß fassen und daran binnen einer Stunde sterben. Selbstbewußt lag sie da, mit dieser Hexenkraft begabt (trotz »wertvollen« Manns, Erinnerungswerten in Form des Fotografien-Päckchens, alles das lag zurück, war nie *sie*).

Eine optimistische Natur

»Vater ist im Krieg«, d. h., ihr Vater war zwar nie als Soldat im Krieg, aber als Tuchkaufmann, der englische Tuche ins Reich importierte, keineswegs nur Hausvater, sondern feldmäßig mobilisiert, daß er gegen sein aufkommendes Bäuchlein kämpfte, gegen die Einzwängung seiner Lust in den täglichen Eheablauf (er war schwachnervig, konnte nicht zusehen, wie sich seine Frau ankleidete, ohne sie nochmals zu sich zu ziehen), gegen die Teuerung, Konkurrenz, Verschlechterung der Stoffe, die zuletzt praktisch wie aus dünnem Holz waren . . . Jede Minute zog er praktisch ins Feld.

Der Liebling dieses Vaters, die jüngste Tochter, saß mit im Feldlager (das nirgends zu sehen war, sondern das Nervenkostüm des Zusammenlebens darstellte). Sie wuchs insofern wild auf, da die ganze Ordnung (»wird das Essen 5 Minuten nach 7 aufgetragen, kann ich die ganze Nacht nicht mehr schlafen, ich habe gesagt, daß es um Punkt 7 Uhr aufgetragen wird«) in Wirklichkeit keine Regel hatte. Es galten alle Gebote und Verbote dieses Vaters nur »vorläufig«, vorbehaltlich seiner Willensänderung. Seine Willensänderungen aber waren entschieden und persönlich formuliert, immer Reflex auf irgendein Zwangsereignis von draußen, das auf seine Nerven einwirkte. Auch der Inzest (samt daraus gezogener Arbeit, sparen, anständig sein, Möbelgarnituren, vollständige Wäsche und Porzellansammlung sammeln, Klavier üben) war nicht gültig, sondern wurde »eingeprägt«, in Worten und Haltung, die immer auch das Gegenteil (z. B. Geschirr zerdeppern) mit enthielten.

Insbesondere konnte die Tochter keine eindeutige Haltung aus diesem zerrissenen Vater, der so kernige Allüren hatte (einmal sprang er auf dem Weg zu seinem Büro, das im Stadtzentrum lag, über das Geländer einer Brücke, rettete einen Ertrinkenden, erhielt dafür Prämie und Ehrenurkunde) beziehen, weil diese Haltungsangebote auf *ihr* Nervenkostüm gar nicht paßten. So war sie immer zweierlei: besonders mutig, ängstlich, mit hoffnungsvollen Blauaugen umherblickend, aber so realistisch, daß die Hoffnung verdarb. Sie kaufte gern und schnell, eilte später hin und wollte umtauschen oder den Kauf rückgängig machen, unter Weinen, Drohen, liebenswürdig oder patzig. Abhängig von ihrer Umgebung, auf die sie einen dominierenden Einfluß hatte.

Sie war stolz auf den Beinamen »wandelnde Litfaßsäule«, weil sie dauernd redete. Ihren Augen entging nichts, aber sie sprach nie über das, was sie interessierte, weil es dann zerredet worden wäre. Diese hochorganisierte »wilde Maschine« wurde ab 1943 immer mehr angeschlagen, leidet jetzt unter Herzhämmern, das sie in einer Wohnung festhält, die einen falschen Schnitt hat, nur das Bad liegt richtig. Es ist ihr Lebensinhalt, möglichst viel abzuführen, gewissermaßen umzutauschen. Diesen »Umsatz«, den sie durch Algarol fördert und durch holzreiches Essen, beweist ihr, abwechselnd mit den vorhandenen Möbeln, Porzellanservicen, einigen Andenken an Spanien, Fotoalben, die sie in großen Wäscheschränken verwahrt, daß sie *noch lebt*. Eigentlich, sagt sie, würde ich am liebsten Schluß machen. Aber dem steht ein anderer Teil »Haltung« ihres Vaters entgegen, die zum Durchhalten tendiert. »Also bin ich doch ein Stehaufmännchen.« Diese Haltung hält aber nichts aus, sie ist wie aus Porzellan, aber sie hat schon geprüft, daß sie diese Seite überhaupt an niemand verkaufen kann, man könnte mit einem kräftigen Abführmittel die ganze Haltung wegbringen.

Bevor sie einschläft, rekapituliert sie. Jetzt kommen aber die Ängste, schwappen über sie hin. Aber die gute Natur läßt den Konfliktschlaf rascher eintreffen als die quälende Schlaflosigkeit. In den dreißiger Jahren hatte sie die Chance, sich braun brennen zu lassen, sich auf solche Notzeiten vorzubereiten. Sie hat nicht gewußt, daß sie in so schrecklicher Weise kommen. 1945 nahm sie sogar an: Jetzt ist der Krieg aus. Da fing er überhaupt erst an. Ein schmaler Grat, auf dem sie überlebt.

Sie meint, daß sie irgendwie doch »angeseilt« ist und einer kommen wird, der an diesem Seil zieht, zum »Ufer« hin.

Vor einigen Wochen hat sie in ihrem Mercedes 16 Alpenseen, beginnend mit den Steiermärkischen Seen, besucht. In drei Tagen. Allein schon die Anfahrt in 18 Stunden bis Steiermark, dort im Regen herumspaziert, anderentags früh den See gewechselt, dann die Salzburger Seen, von dort die oberbayrischen, jeweils ein zugfreies Hotel gesucht und gefunden. Dann froh, wieder ohne nennenswerte Darmstörung »zu Hause« eingetroffen zu sein. Also liegt auch dieses Erlebnis hinter ihr, ist als Programm absolviert. Ohne versagt zu haben. Sie würde gern hinfallen und aufgehoben werden. Das kann sie sich derzeit nicht leisten.

Um sie herum sterben die Bekannten. Sie ist durch ihren zweiten Mann, 16 Jahre älter als sie, ehrgeizig um Beziehungen zu Älteren bemüht, um 2 Generationen in ihren Bekanntenkreis altersmäßig hinaufgeschoben worden. Sie hat sich an Ältere, Erwachsenere ankristallisiert, an Erfahrene, damit endlich »Leben« kommt. Dann hat sie dieses Programm, es war vielleicht nicht ihres, zu spät beendet. Jetzt lebt sie vom Erfahrenen. Ohne richtig gelernt zu haben, wie einer mit guter Haltung stirbt. Das will sie auch noch gar nicht wissen. Ihr Ordnungssinn und ihr Realismus rebellieren gegen dieses falsche Angebot aus der Umgebung. Sie stellt es so hin, daß sie über die Todesfälle »schockiert« ist. Das schlägt ihr aufs Herz. Sie empfindet dort bei jedem Krimi, bei nichtidentifizierten Lauten in der Wohnung, knarrender Diele usf. eine heftige Spannung. Die Ärzte finden physiologisch nichts. Es ist auch nicht Schreck über die Toten, sondern Zweifel daran, ob sie selber schon ausreichend gelebt hat.

Eigentlich hat sie sich im Schatten des Vaters und seiner Stellvertreter, ihres 1., ihres 2. Mannes, ihrer Liebhaber, jeweils vorbereitet, »geübt«. Ihre Garderobe zerfällt in einzelne Stücke (das war früher anders, jetzt sind die Augen beim Kauf zu gierig, sie sind nicht auf die Auswahl der Kleider, sondern auf die Wahl eines ganz anderen Lebenszusammenhangs aus). Die Einzelstücke passen zum Gesichtspunkt »schönste Frühlingstage im Tessin«, passen weder auf Berliner Wetter noch in die Wohnung, noch für Ausgang, keine Mittellage in der Kleidung. Für Beerdigungen ist sie voll ausgerüstet. Das bringt die Routine mit sich. Nun steht aber ihrem Blondkopf und der hellen Haut Schwarz allerdings auch wirklich gut.

»Der Baum, der grünt, die Gipfel von Gezweigen . . .«; glattmachen

Alice K. neigte zum Bäumeabhacken. Sie hatte ein anderes Verhältnis als ihr Mann zu Sonne und Schatten. Ihr Mann, Ernst K., wußte gern das Blätterdach über sich – »wohl eingerichteter Eichen« oder wenn es eine Kastanie, ein Nußbaum oder wenigstens eine schnell wachsende Pappel war. Am Teich des Gartens stand bis 1936 z. B. ein solcher Hochbaum, eine Esche, die über Wintergarten und den Norden des Gartens ihren Schatten legte.

> »Der Baum, der grünt, die Gipfel von Gezweigen,
> die Blumen, die des Stammes Rind' umgeben,
> sind aus der göttlichen Natur, sie sind wie Leben,
> weil über dieses sich des Himmels Lüfte neigen.«

Und zwar war es Stadtluft. Blick auf die Hinterfronten von Häuserzeilen. Ernst K. mußte jahrelang bangen, daß die Wurzeln dieses Baumes die Betonfundamente des Teiches sprengen könnten. Eines Tages werden Risse sein, das Wasser, 50 cm hoch, wird versickern, die Seelinsen, Seerosen ihren Ort verlieren. Die fetten, männerhandgroßen Goldfische liegen eines Morgens auf dem Platten-Steinboden des Bassins. Die Katastrophe konnte aber ebensogut am Tage passieren. Das Personal läuft aus der Küche heran, sieht die Risse im Fundament des Teiches, noch ist Wasser darin, läuft zurück und berichtet vom abnehmenden Wasserstand.

Alices Logik besagte, daß man schon deshalb die Esche, oder was es war, abhacken sollte, den verbleibenden Stammrest und die darangehängte unkontrollierbare Wurzel dann ausschachten und roden. Dadurch gewinnt man Platz für ein paar Steinfliesen, darauf ein Tee-Tischchen, 2 Stühle, darum herum ein Blumenbeet dicht am Teich. Außerdem hätte sie dann ihr Sonnen-Liegebett auf Rädern, das aus dem Wintergarten herausgerollt werden konnte, direkt in Sonne und Luft stellen und Bräunung ihrer Haut zuleiten können, Blick über den Garten weg auf die Lüfte zur freien Verfügung.

Daß du mir nicht den Garten zerstörst, mahnte ihr Mann, ehe er reiste. Im Herbst kam er von Madeira, Benghasi, Tobruk, Alexandria, Rom, Florenz zurück. Alice K. hatte in der Zwischenzeit Männer bestellt, die den Baum in 2 m Höhe weghackten. Das Zweigwerk und des Stammes Stücke lagen geschichtet im rückwärtigen Teil des Gartens. Zur eigentlichen Rodung war Alice nicht mehr gekommen.

Auf dem Rückflug von Italien über die Alpen, in einer Ju 52, wurde Ernst K.
übel. Wie ein Koffergerät durch Flugzeug, Auto, Eisenbahn nach Hause transportiert, gelangte nichts von der Neugier, Neuerungssucht, die vor Vierteljah-
resfrist nach Süden abgereist waren, unzerstört in die Villa. So traf der Schock
über das Abhacken dieses zentralen Gartenbaumes nicht sofort in die Tiefe
vor. Ernst K. sah und schimpfte. Dann aber schlug sein Zorn tagelang Wurzeln, und er hätte seine Frau, die logische, heitere Alice, gewissermaßen von ihren Sockeln abhacken müssen, »um sich gerecht zu äußern«. Nun hat er sich
aber, denn auch in der Entfernung Nordafrikas spukte sie in seinem Sinn, in
ihrem Schatten ebenso wie in dem seiner Bäume eingerichtet, und nichts lag
ihm ferner, als Männer der Justiz herzubestellen, Scheidung einzureichen oder
sie in ihrem Sonnentagselan sonstwie zu brechen. Es war ja nicht nur das Abhacken des Baumes in seiner Abwesenheit. Er hatte um sie Angst.

> »Ich fürchte mich für dich,
> du hältst das Schicksal dieser Zeiten schwerlich aus.
> Du wirst noch mancherlei versuchen,
> wirst . . .«

Das Abhacken des Baums war gewiß nicht die einzige Aktivität Alices im
vergangenen Vierteljahr. Darüber konnte Ernst nun überhaupt nicht reden.
Sei nicht »muffelig«, sagte Alice. Komm, setz dich her. Er war aber nicht
»muffelig«, sondern hatte den Baum nicht mehr und statt dessen eine Halde
von verkäuflichen Zweigen sowie zwei große Blöcke zerteilter Stämme, seine
Autorität, die für Personal- und Freundeskreis deutlich nichts galt, konnte
zum Haufen dazugelegt werden.
Wenigstens war der Reststamm noch vorhanden. Man konnte, wie auf eine ge-
stutzte Säule einen Palmbaum-Kübel oder ein Teegedeck auf die Stammober-
fläche legen, und diese war wenigstens nicht glattgemacht, sondern zeigte die
verschiedenartigen Hiebrichtungen der Beile. Die Gefahr, die dem Teichfun-
dament durch das Wurzelwerk des ehemaligen Baumes drohte, bestand fort,
denn diese Wurzeln arbeiteten in der Folgezeit. Aus der Rinde des Reststam-
mes sprossen Nebentriebe, ein Eschengebüsch. Dann hat später ein Vertreter
der Justiz, als Liebhaber Alices maskiert, diese junge Frau aus dem Umkreis
von Garten, Haus und Kindern weggehackt, ein Bombenangriff verwüstet den
Garten, legt das Haus um. Der beschnittene Stamm, als Säule zu niedrig, als
Tisch zu hoch, hielt sich noch Jahre neben dem zerrissenen Teich. Ernst K.
konnte dort nicht wohnen bleiben, untreu dem nur noch gedachten Schatten-
spender, dachte wohl auch kaum noch an ihn. »Als wär's ein Stück von ihm.«
Dann ging, schon vom neuen Haus aus, Alices Tochter in den Westen. In leerer

Barbarei, allerdings immer noch vom Werkzeug der Arztpraxis und einigen
Antiquitäten umgeben, lebte er lockerer, weniger befestigt. Es war schon egal,
ob er lebte nach alldem.

> »Wenn aber der Baum alt wird . . .,
> daß der Saft nicht mehr in die Höhe kann,
> so wachsen unten um den Stamm . . .
> letztlich auch auf der Wurtzel,
> und verklären den alten Baum . . .,
> denn die Natur oder der Saft wehrt sich . . .«

Aber wirkungslos.

Reden wir vom Tod

Gisela heulte los. Warum heulst du? Weil sich dieser alte Mann so rasch durch
die Räume bewegt hat.
Das war Folge einer tückischen Krankheit. Die Bremse der Glieder im Hirn
hatte sich bei ihm rechtsseitig gelockert, so hatten die Füße die Tendenz, immer rascher zu laufen, die Hirnkontrollen zugleich eine gewisse Starrheit im
Reagieren. Das Schnellerlaufen versuchte er durch Vorbeugen des Körpers
und eine Kunst des Gleichgewichts auszugleichen. So lief er auf bestimmten
unsichtbaren Pfaden der Vorsicht durch die hohen Räume der Villa. Er begrenzte diese Wege auf die Strecken, die er ohne über einen Teppichrand zu
stolpern oder eine Stufe durchqueren konnte. Mehr konnte er für sich nicht
tun. Er hoffte durch diesen Herbst und Winter noch heil durchzukommen.
Dieses rasche Durcheilen der Pfade (er trug wie ein Eichhörnchen Geschenke
von einem Tisch im Wintergarten, wo die Kinder sie aufgeschichtet hatten, zu
einer verschließbaren Wurstkammer) hatte auf Gisela die Wirkung »lebendig«
(es stand ja Plan dahinter). Dadurch dachte sie an seinen Tod, der ja ausre-
chenbar blieb.
Niemand redete mit ihm über Tod (obwohl er sich offensichtlich dafür interessierte, sich nach Krankheiten von Potentaten, die er im Fernsehen gesehen
hatte, erkundigte usf.). Man hätte ruhig mit ihm darüber reden können. Er
hatte mit seinem Leben bereits vor 10 Jahren abgeschlossen, und zwar in ganz
bestimmter Form: Er besuchte die Orte, in denen seine Vorfahren geboren und
gestorben waren, Eisleben, Wippra, die ganze umgebende Landschaft. Ein
befreundeter jüngerer Arzt (»Reisemarschall«) fuhr ihn geduldig nach seinen
Weisungen gegen ein Trinkgeld von 100 Mark der Deutschen Notenbank,

während der Alte vor allem mit der intakten linken Hirnseite die früheren Tage bearbeitete, nach außen hin sah, in sich zurück sah usf. Wollte H., wenn ihm das Fahren langweilig wurde, etwas sagen, diese formelle Verabschiedung stören, erhielt er kurze patzige Antworten, die die Störungen sicher beendeten.

Er läuft viermal um den Bismarckplatz, um die Muskeln zu strapazieren, ruht sich dann auf einer Parkbank aus. Er trägt einen weißen Rollkragenpullover, der durch die Nacht leuchtet. Er fragt, ob es schwül ist, gibt sich dann mit dem Hinweis der Begleiter zufrieden: Es ist wie vor einem Sommergewitter. Seine eigenen Sinne täuschen. Das Grundrauschen im Hirn übertönt die Eindrücke. Insofern hatte er den ganzen Nachmittag und Abend denselben Eindruck: Es ist ziemlich heiß.

Von der Parkbank erhebt er sich zu rasch. Auf der steilen Granittreppe, die zur Haustür seiner Villa führt, befällt ihn ein Torsions-Schwindel, er fällt und dreht sich dabei schraubenförmig (»Katze« »Schraube«), so daß er, einmal gestürzt, »sitzt«, die Hände abwehrend ausgestreckt. Nachher Opernkonzert. Aber der gerade noch vermiedene Unfall beschäftigt ihn. Er sagt: Ich ärgere mich, daß ich hingefallen bin. Er muß diese Erfahrung verarbeiten. Die Unterarmknochen sind dünn wie Papier oder Sperrholz. Die Knochengelenke des Oberschenkelhalses sind bei seiner älteren Schwester gebrochen, kam elend um. Er geht nochmals hinaus zur Vortreppe des Hauses, nachsehen, ob das Licht eingeschaltet ist. War es nicht eingeschaltet, so wäre eine Erklärung zur Hand. Leider war es eingeschaltet. Er kann sich das nur so erklären: Die grauen Stäbchen im Auge adaptieren im Alter langsam. Schuld war, daß er zur Straßenlaterne aufgeblickt hat, danach ist alles, was er bei Ankunft an der granitenen Vortreppe sieht, dunkel. Er müßte 20 Minuten stehen, damit die Augen sich wieder akkommodieren. Dann aber kann es sein, daß die Portiersfrau des Nachbarhauses meint, er stünde in seinem hellen Pullover wie ein verirrtes Kind, herauseilt, ihn am Unterarm faßt und wie einen Idioten nach Hause führt. Das muß vermieden werden. Außerdem war er durch die Bemerkung eines der Begleiter, daß die Büsche nicht beschnitten sind in diesem Jahr, abgelenkt. So hat er die erste Stufe verfehlt. Er repetiert, zählt die richtigen Schritte im Kopf auf, bildet einen neuen Pfad. Der Fehler wird sich nicht wiederholen.

– Die haben die Efeuwurzeln abgekappt.
– Abgehackt.
Der Ausdruck gekappt genügt nicht für die krasse Gleichgültigkeit der Handwerker, die beim Verputzen des Hauses die Efeuwurzeln beschädigt oder durchschnitten haben.

Weißer Mercedes 1935

Der Mercedes-Zweisitzer, bei Schönwetter offen zu fahren (im Kofferraum noch 2 Notsitze in rotem Leder für die Kinder), den Frau Dr. K. 1935 aus Stuttgart-Untertürkheim persönlich abholte, war für die Ewigkeit gebaut. Unausdenkbar, welche Touren, Picknicks, Dämmerschoppen gefahren werden konnten. Sie und ihr Mann opferten den Sommerurlaub 1935. Aber das Fahrzeug *bedeutete* ja *Dauerurlaub auf Rädern.* Am Amaturenbrett aus rotem Lederbesatz, geriffelt, brachte Frau K. ein Gedenktäfelchen 5 × 7 cm mit ihrem Bild an, darunter:

»Denk an mich,
fahr vorsichtig.«

Nun war ihr Mann als Langsamfahrer bekannt, fuhr im dritten Gang an und endete mit einem Ruck. Von Unvorsichtigkeit konnte keine Rede sein. Vermutlich hatte sie das Schildchen gekauft (und ein Paßbild von sich hineingesteckt), weil sie im Überschwang des Mercedes-Erwerbs noch eine Kleinigkeit zusätzlich brauchte. Um sich auszudrücken.

Heft 4
»Verschrottung durch Arbeit«

Das Gebiet südlich von Halberstadt
als eines der sieben schönsten
von Deutschland

Abb.: Gegend der Zwieberge südlich von Halberstadt.

I

»Südlich von Halberstadt hebt sich das Land zu sanften Hügeln, deren liebliche Krönung aus Wald besteht. Von dem dunkleren Grün der Nadelhölzer in südöstlicher Richtung der Klusberge schweift das Auge über das hellere Grün der Spiegelsberge, dahinter weitere Hügel erblickend und Täler ahnend.«[23]
»Die Lieblichkeit der Landschaft in sich aufnehmend«, bezeichnet der große Staatsmann, Gelehrte und Humanist Friedrich Wilhelm von Humboldt, das Gebiet südlich von Halberstadt als eines der 7 schönsten in Deutschland[24].
Der Staatsmann und Dichter J. W. von Goethe war bezaubert von der Landschaft um Langenstein. Er weilte hier auf Gut Rimpau zu Gast und dichtete:

---

23 *Mahnmal Zwieberge*, Sonderdruck, Halberstadt 1968, S. 7.
24 *Briefwechsel*, Berlin 1907, 7 Bde., Bd. 1, S. 135 ff.

»O Hoppelberg,
besessen von Frau von Branconi,
nie werd ich dich vergessen,
o nie, o nie, o nie.«[25]

Heute haben sich in dieser Landschaft, ehemals Adelsgrund, Laubenkolonien und Datschen bis an den Fuß des Hoppelberges ausgebreitet. Kirschbaumplantagen, ein Schwimmbad mit Naturwasser. Die neuen Grafen und »vons« zwischen grünen und braunen Zäunen, Erben aller vergangenen Zeiten, sind ziemlich von ihrer Gegenwart ausgelastet; Stadtwohnung, Datsche, Arbeitsplatz . . . Ein Weg führt zum ›Mahnmal Zwieberge«.

II

In dieser Gegend der Zwieberge (weil zwischen zwei Bergen, dem Tönnesberg und dem Hasselohe, gelegen) wurde im Sommer 1944 das Außenlager Langenstein eingerichtet. Dieses Lager, B II, unterstand den B-Kommandos (1. Kriegsnotwendigkeit) der Amtsgruppe C des Reichssicherheitshauptamts, Projektbezeichnung »Malachit«. Eine Stollengrabung durch Häftlingsarbeiter zur Unterbringung eines unterirdischen Fabriksystems, das in Abstimmung mit dem Jägerstab (Reichsministerium Speer), der Organisation Todt und einigen Privatfirmen Rüstungsproduktion (Junkers A. G., Verformung von V-2-Teilen) zum Ziel hatte. Die Kommandos hießen: »Maifisch«, »Makrele«, »Nachtigallenschlucht«. Es sollen zwei auseinanderliegende Ziele erreicht werden: 1. Praktisch: Untertunnelung des Harzsandsteingebirges, ein *Produktionsziel*; 2. Einsperren und sukzessives Beiseiteschaffen des Arbeitskraftmaterials, gestellt vom Stammlager Buchenwald, *Vernichtungsziel*. Eine Planung aus der Zerfallszeit des Reiches. Ein »imperfektes Konzentrationslager« (Madloch). »Zu keinem Zeitpunkt kommt es zwischen Vernichtungsauftrag und Produktionsauftrag zu einer klaren Entscheidung im nationalsozialistischen Sinne.«

---

25 Dr. W. Rimpau, *Frau von Branconi*, in: *Zeitschrift des Harzvereins für Geschichte und Altertumskunde*, Wernigerode 1900.

III

Eine Gründerkolonie

Vor dem Sommerausflüglerlokal »Landhaus« (Besitzer Niemeck, »im Kriege geschlossen«) fahren die Fahrzeuge aus dem Stabslager vor. Der Garten dieser Wirtschaft ist bereits mit Stacheldraht umgeben, die Fenster der Veranden, auf denen im Frieden Naherholungssuchende Pflaumenmus-Brote erhalten, sind zur Straßenseite (eher ein Feldweg) mit Brettern vernagelt.

In 40 m Entfernung konnte einer (aber nur Obersturmführer Lübeck führte das durch) die eisernen Treppenstiegen zu einer Felsnase besteigen, dem »Gläsernen Mönch«. Man konnte von dort auf die Landschaft hinsehen. Die Bäume im Wirtschaftsgarten, 1810 gepflanzt, boten besten Schatten.[26] Lübeck, Kommandant des zu gründenden Sonderlagers, fühlte sich in dieser von Insekten bevölkerten, auch wurzeldurchzogenen Einöde abenteuerlich. Wie Robinson.

Er mußte sich bezwingen, die Häftlinge, insbesondere die Politischen, mit roten Winkeln an Jacke und Beinkleid gekennzeichnet (einige mit Abitur oder Mittlerer Reife), nicht als *treue Helfer* wahrzunehmen. Sie schienen ihm so in den ersten Tagen, als sie noch nicht zahlreich waren. Die Gesichter prägten sich ein. Sie benutzten die gleiche Toilette wie er. Die rasch folgende Überfüllung brachte ihn wieder zur Abstraktion. Er hatte sich am ersten Tag aus einer Tanne einen Holzstock schnitzen lassen mit einem Hundekopf an der Spitze. Ab drit-

26 Im Hintergrund der Hoppelberg (Goethe) mit Bergspitze, sog. Hoppelnase. Felskuppe vorn: »Gläserner Mönch.« Zu Füßen des Berges das Grundstück »Landhaus« von 1810.

tem Tag nahm er persönliche Dienste schon nicht mehr an. Es war eine *Versuchung*, sich auf den »Farmerstandpunkt in Deutsch-Südwest« zu stellen.

Lübeck, unter der Uniformjacke (auch im Sommer) ein Pulli. Hieß später: der »Sadist Lübeck«; ursprünglich Realschullehrer, besonderes Interessengebiet: Sturm und Drang, Zeitalter der Aufklärung, Hirtengedicht und Vernunftgedanke. In den Nachmittagsstunden im Landhaus schrieb er, Tasse Kaffee, Musbrot, vom Besitzer gereicht, der aber dann aus Geheimhaltungsgründen nach Oschersleben umgesetzt wurde, an einem Büchlein: »Voltaire in Pommern.«

IV

Die rasch hintereinander heranfahrenden Häftlingstransporte machten es erforderlich, die Insassen wegen Überfüllung des Landhauses in der Feldscheune »Am kleinen Holz« zu lagern. Überfüllung, so daß die Leute nach draußen, zur Arbeit gedrückt waren.

»Stichwort Überfüllung«: Durch das Lager gingen in elf Monaten etwa zehntausend Häftlinge. Unmöglich, schreibt Lübeck, die Gesichter sich zu merken. Sie verschwinden ja morgens in den Höhleneingängen, und abends ist es dämmerig. Insofern aber auch, als Verluste eintreten; es waren ja nicht mehr als 4200 durchschnittlich als Lagerbestand, pro 2 m Grabung ein Toter oder Ausfall, ergibt 650 Häftlinge Schwund monatlich, aus Stammlager nachzuliefern, um die Lagerstärke zu halten. Das lohnt nicht, sich zu merken, man weiß ja nicht, wen es trifft, eventuell ist es nur ein Monat, manchmal seh ich's auch an der Hautkonsistenz. Man kann reinkneifen, und es fühlt sich pappig an, oder der Einkniff bleibt, dann sind sie in den nächsten Tagen weg. Immer aber dieselben Kolonnen. In der Tiefe des Berges habe ich sie ja nie gesehen. Sie mußten aber buddeln und buddeln. Warum wir die Nächte ausließen, weiß ich nicht. Die Fachaufseher der Zivilfirmen arbeiteten nachts nicht. Vielleicht lag es daran.

Ein Bauplan für das zu gründende Lager bestand nicht. Obersturmführer Lübeck wies mit seinem Stöckchen in Richtung eines Fichtenwaldes, da dort die Bedingung erfüllt war, das Lager der Fliegersicht zu entziehen.
Das Lager war Selbstversorger. Es stellte die genannten Arbeitskräfte Privatfirmen zur Verfügung, die hierfür pro Schicht 5 RM für die ungelernte, 7 RM für die fachlich angelernte Kraft an die Lagerführung zahlten. Die Privatfirmen

waren mit der Erstellung der Stollen, der Einrichtung der Maschinerie in den
unterirdischen Produktionssälen, Schienenbau und Verkabelung usf. beauftragt. Aus den Zahlungen hatte die Lagerleitung, d. h. Wilhelm Lübeck, »die
Bedürfnisse des Wachpersonals und der Insassen«, mit Ausnahme des Solds
seiner Männer, abzudecken.

Stichwort Arbeitstempo: Die Planungsstäbe unter dem Druck des End-
siegs; die beauftragten Firmen (Privatunternehmen) unter dem Druck kürzester Fristen für Bau- und Produktionsaufträge; bei Fristüberschreitung
Verlust der u. k.-Stellung (u. k. = unabkömmlich; d. h. für Fachpersonal
oder Inhaber der Firma Versetzung an die Front); Vorarbeiter und Meister
durch ein Prämiensystem ans Tempo gebunden; Lagerverwaltung am
Tempo interessiert wegen der Einnahmen. Ein besonderer »politischer«
Druck, urteilte Tacke, war nicht nötig.

V

Illusionen über den Zeitverlauf des Krieges
Besichtigung der Stolleneingänge »Nachtigallenschlucht«, der unterirdischen
Produktionssäle usf. durch Ingenieure, Regierungsinspektoren vom Baustab
Heese und vom Jägerstab. Das ist ganz phantastisch. Jetzt, November 44, ste-
hen 400 Werkzeugmaschinen in den 70 m breiten, 13 m hohen Produktionssälen. Der Boden ist mit Beton ausgegossen. Polnische Fachkräfte arbeiten an
der Verformung von V-2-Waffenteilen.
Über den Gleisanschluß zur Blankenburger Bahn konnten 80 Güterwagen
etwa 900 m in den Stolleneingang hineinfahren.
Ingenieur Petersen beklopfte den Stein der Wände: Alles Originalgebirge.
Sie wollten bis 1947 weitere 7 500 000 qm³ unterirdischen Raum in das Gebirge treiben, stritten über Prioritäten im Waffenbau.[27] Frühjahr 1950 war,
nicht nur im Harz, die deutsche Industrie unterirdisch.
Soviel Arbeitskraft wie hier hatten sie noch nicht zur Verfügung gehabt.
Oberst-Ingenieur Bär machte einen Witz: Wir graben gleich daneben noch einen Tunnel und kommen in New York wieder heraus. Hätten wir nur 1936 mit
diesem phantastischen Arrangement billigster Arbeitskraft anfangen können,
natürlich hätten wir so etwas geschafft.

---

27 Zum selben Zeitpunkt war der »politischere« SS-Arzt, Hauptsturmführer Schidlanski,
   schon dabei, die Todesursachen auf den Formularen der Krankenbaracken zu »schönen«.
   Er dachte bereits an die Nachwelt.

VI

Waldgaststätte Kamerun

Das Kommando Überlandwerk Derenburg, Kommando 52, bestand aus zwei Häftlingen, Elektro-Facharbeitern, die eine Gruppe von 38 anderen Häftlingen angelernt hatten und von einem Meister (Zivil) und zwei Luftwaffen-Soldaten bewacht oder eingewiesen wurden. Am 6. Januar 45 verlegten sie elektrische Anlagen in der Waldgaststätte Kamerun. Die Gaststätte, davor ein Kinderspielplatz, verfallen, Empore für eine Musik-Kapelle, Gartentische und Stühle, war nicht bewirtschaftet, von Nahrungsmitteln entblößt. Kein Wasseranschluß. Dies sollte ein Quartier werden für Planungsstab Organisation Todt.

Aber in der Küche hingen an den Wänden die Attribute der Sommerverpflegung im Wald: Töpfe, Tassen. Sitzecken im Gastraum, so als käme die Bedienung gleich.

Die Arbeitsgruppe war vom Zauber des Konsums nicht wegzubringen. Lichtleitungen waren verlegt. Jetzt saßen die 40 Männer an den Tischen, taten, als ob sie aus den Tassen von dickem Porzellan tränken.

Aufbruch! sagte der Meister. Die Gefangenen bewegten sich nicht von ihren Sitzen. Einer der Luftwaffen-Soldaten lief zum Hauptlager, fragte, was sie machen sollten. Schießen Sie in die Decke oder unmittelbar hinter die Füße. Das geht nicht, meinte der Soldat, wir provozieren Angriffe auf unsere Person.

Dann lassen Sie sich die Waffe wegnehmen und melden sich anschließend bei mir zum Strafantritt. Scharführer Tscheu war nicht da, sein Vertreter Asimus war nicht bereit, sich aufzuregen. Wenn Sie versagen, müssen wir eben *Sie* erschießen.

Der Soldat lief wieder zurück. Sie baten die Leute, sich fortzubewegen. Nein, die fühlten sich in der erstorbenen Umgebung wohl, nährten sich von der *Idee* der Nahrung.

Man war unter sich. Der Meister, die 2 Mann Wache mochten flehen oder befehlen; solange sie die Waffen nicht benutzten, waren die Häftlinge, alles Fachleute, bereit, sie ihnen zu belassen. Wir werden Meldung erstatten, sagte der Meister. Es kam ihm aber zu Bewußtsein, was die Häftlinge ohnehin wußten, daß er durch einen solchen Bericht sich selber Nachteile zuzöge. Das kam in der Situation zum Ausdruck.

Es war das Elend selber, das so ruhige, konsumige Beharrlichkeit aufrechterhielt, also die 38 Mann unter Wache hielt, so daß sie nicht an Flucht dachten. Wohin sich wenden? In blau-weiß gestreiften Mänteln, darunter gestreifte Bein- und Jackenkleider? In Frage kam, sich in den Wäldern zu verstecken. In

einer Laubhöhle (im Winter)? Oder einem Höhlengang? In Furcht vor För-
stern usf.? Ein Fluchtweg durch halb Deutschland?[28]
Gegen 22 Uhr ließen die Männer ab von dieser Gaststätte,»Kamerun«, in deren elektrischem Licht sie sich gesonnt hatten, wurden ins Haupt-Lager zurückgeführt durch knirschenden Schnee.

VII

Das unternehmerische Umfeld
[**Schachtmeister Pelkas**[29] **Traum**] Pelka sitzt dienstfrei vor seinem Bier in der
Gaststätte Bullerberg, Halberstadt, das träumt er. Da tritt ein Unbekannter zu
ihm und sagt: Hier liegt die Bescheinigung über Einzahlung von 20000 Dollar
auf ein Nummernkonto in der Schweiz, außerdem ein Haus mit Garten, drei
Lastwagen, ein Fuhrunternehmen. Mit Garagen? Mit Garagen. Für alles das
müssen Sie nur den Häftling Nr. 31482 unversehrt herausbringen. Pelka, 12
Jahre Schachtmeister in Kattowitz, danach Einsatz im Donez-Gebiet, Stalino
usf., geht folgendermaßen vor: Er verursacht einen Gesteinsbruch, unter dem
eine Anzahl Häftlinge verstümmelt liegen. Damit ist die Nummer 31482, der
Adlige, dessen Ahnen auf die Fürsten von Byzanz zurückreichen, in den Lager-
listen als tot durchzustreichen, kann dem Unbekannten in Gaststätte Bullerberg übergeben werden.

[**Der handwerkliche Auslesegedanke**] Die Meister F., G. und W. von Bode-
Grün-Bilfinger & Co. bildeten mit Handwerksmeisteraugen aus der Men-
schenzahl ihrer Kolonnen Lieblinge. Am liebsten hätten sie Fortbildungskurse,
Lehrlingsausbildung organisiert. Aber wo? In einer Ecke des Felsgewölbes?
Dagegen die unternehmerischen Einfälle der SS-Wachführer F., D. und S.:
Schikanen lagen in ihrer Hand. Sie konnten z. B. eine Kolonne 1½ Stunden auf
dem Appellplatz stehen lassen, Abtastkontrollen durchführen, die das Ar-
beitstempo drosselten.
Meister Malek, hierher versetzt aus dem großen Rüstungsprojekt Walem, Po-

---

28 Vor einigen Wochen hatte eine Hausfrau aus der Unterstadt von H. den Wald betreten, in
einem Kinderwagen Brot und Bier gebracht. Hätten 38 Mann oder auch nur 2 diese gute
Tat rächen sollen, indem sie ihr ins Quartier rückten, auf Grund von Entdeckung: Ermittlungen der Gestapo gegen die Gastgeberin, deren Anhang usf.?
29 Von ihm wurde viel geredet. Im Januar 1945 versuchte er, zivile Kommandoführer der Fa.
Bode-Grün-Bilfinger & Co. zu überreden, Häftlinge zu prügeln. Das wird bei uns nicht
gemacht, weil dann Fehler passieren, die zu Mängeln führen, antwortete ein Meister der
Firma. Pelka: Ich zeige Sie an!

len, das feindbesetzt ist, nachdem er dort durch Aufrücken in eine Schlüssel-
stellung gerückt ist, und jetzt frustriert, weil er den Tunnelteil F, eine ganz untergeordnete Stellung, kommandiert, möchte wenigstens den Wahrheitsgehalt
seiner Lage dargestellt sehen. Er hört es deshalb gern, wenn Kollegen ihn einen
Sklaventreiber nennen. »Ich habe mit dem Stock geschlagen, sagt er, ich kann
das nicht mehr überzählen.« Er will nicht Geld, sondern ein Zeichen für die
»wahre Lage«.

[**Status-Verwechslungen**] Während der Arbeit in den Kommandos, auch infolge des von den Firmen geübten zivilen Stils, produzierten einige Häftlinge
immer wieder Vorschläge, Einfälle, arbeiteten mit unregelmäßiger Intensität.
Sie nahmen den Sklaven-Status nicht an, sondern verhielten sich unsicher, so
als wären sie *Lohnarbeiter.*

So prüfte der politische Häftling Pitter, früher Ingenieur, daß man die »Säle«
im gewachsenen Fels hintereinanderweg durchsprengen könnte und später
dann Trennwände einzog, das löste zwei Probleme: schnellerer Abtransport
der Gesteinsmasse, besserer Abzug der Explosionsgase, die in den lüftungslo-
sen Hallen oder Stollen nur sehr langsam abzogen. Für die beauftragte Zivil-
Firma 4 Tage Plan-Gewinn.

Daraufhin verwechselte Bau-Ingenieur Giese seinen Aufpasser-Status, lief
nach Böhnshausen, kaufte einen Koffer voll Brot und verteilte diese Prämie an
das Kommando. Jetzt bemerkte Pitter, was *er* verwechselt hatte. Er war ja
nicht gewillt, für den »Endsieg« seiner Feinde zu arbeiten, hielt also in Zukunft Einfälle zurück. War aber dann doch wieder in den nächsten Wochen
nicht abzuhalten, den Kameraden Tips zu geben. Nur Belohnungen nahm er
nicht an.

[**Landjäger Feuerstake – Langenstein**] Er kam nie nahe genug an einen der
Häftlinge heran, um ihm etwas wegzunehmen. Sie hatten wohl auch nichts.

Sein Entgelt das Gefühl, in einem wichtigen Geheimbereich mitzuhalten, daß
Regierungsinspektoren und hochgestellte Ingenieure mit ihm sprachen. Er
war täglich irgendwo im Umkreis des Hauptlagers anwesend.

Im Februar 45 ging er einem Ausgebrochenen nach. Die Spur war im Schnee
zu verfolgen; lieferte den Mann, einen verhungerten Wicht, im Polizeigefängnis Halberstadt ab. Das brachte ein Tagegeld, ein Gespräch mit dem Wachha-
benden.

So lief er, zum Teil weit außerhalb seines Bezirks, durch die Wälder, bergauf,
bergab, versenkte sich ziemlich perfekt in das Vorstellungsvermögen von Ausbrechern, nahm Ideen vorweg.

[**Bauer Andreas Holzhauer – Langenstein**] Friedlich zog er an seiner Porzellan-
pfeife. Zunächst fuhr er mit seinem Pferdefuhrwerk die Toten gegen 2 RM
»pro Person« zur Verbrennungsstätte Quedlinburger Friedhof. Später stellte
der Mann, der rechnen konnte, auf Schlepper mit Anhänger um. Den Betriebs-
stoff erhielt er vom Feldflughafen H. Er war, als Handwerker, nie unfreundlich zu den Häftlingen, die noch lebten, und ging auch sorgsam mit den Trans-
port-Toten um, weil er für das Geld etwas tun wollte.

VIII

Wir kommen zum Hauptproblem, schreibt Obersturmführer Lübeck in seiner
Gelehrtenklause im Landhaus: »Bewachung der Bewacher«. Ich habe eine
Wachbegleitmannschaft aus unteren Chargen des Bodenpersonals vom Flug-
platz Halberstadt, 30 Mann SS, die SS-Unterführer und den SS-Scharführer
Tscheu. Keiner älter als 22 Jahre. »Spur junger Kniekehlen.«
Die Leute kannten sich nicht. Durch Kameradschaftsabende wollte Lübeck sie
näher zueinander bringen, »zusammenschweißen«.

»Führungsprobleme von jugendlichen Banden« (nach Lübeck).

»Geistiger Mensch«: Deshalb durfte Lübeck das Lager oder die Stollen-
systeme selber nicht betreten. Er schritt nur manchmal morgens früh der aus
dem Lager marschierenden Kolonne entgegen, trug den Knotenstock mit
Hundekopf.
Enzyklopädie, Band 1, 1751: »Die Vernunft ist eine Fackel, die von der Natur
angezündet wurde und dazu bestimmt ist, uns zu leuchten, die Autorität dagegen ist bestenfalls nur ein **Stock**, der von Menschenhand geschaffen wurde und
uns im Fall der Schwäche auf dem Weg zu helfen vermag, den uns die Zukunft
zeigt.«
Er wollte also durch seltenes Zeigen seines Stockes und seiner dicklichen Person die Vernunft auf den verschiedenen Ebenen des Lagers gewährleisten oder
anregen: Häftlingskorps; Scheinwerferbedienung; Schützen auf den Wachtür-
men; Verwaltungsstab; Verbindungsmänner zu den Privatfirmen; Scharführer
und Unterführer; Ruheschichten usf.
Nun ist der Vernunftgedanke mit nationalsozialistischer Ausrichtung zu übernehmen.

Positiv: Die erbmäßigen Instinktunterschiede seiner Jungen, z. B. gegenüber Wachhunden. Hunde werden den Kampf einstellen, wenn ein Gegner mit Totstellreflex vor ihnen liegt. Der SS-Mann wird dagegen pflichtgemäß handeln. Pflicht aber nur als passives Trägheitsmoment. Weil bisher so gehandelt wurde, wird weiter so gehandelt. »Die innere, etwas schweinische Haltung der Truppe ist ein Gefahrenherd für die Führung.«

Geschlechtlichkeit als Führungsmittel: »Homosexuelle Verbindungen machen Vernunftarbeit zunichte.« Ließ dann lieber in den Dämmerabenden, Advent 1944, zu, daß in bis dahin geräumter Feldscheune und in Zimmern des »Landhauses« einige Frauen zuzogen.

Nationalsozialistische Ausrichtung: Die jungen Hunde waren nicht scharf. Man konnte also nicht durch Zug und Bremse eine ohnehin vorhandene Kraft in eine bestimmte nationalsozialistische Richtung lenken. Die Männer verhielten sich politisch gleichgültig. Sitzen z. B. am Telefon, erkunden durch Ferngespräche den Verlauf der Fronten im Ruhrgebiet oder bei Hildesheim und Braunschweig . . .

Fleischzuteilung: Um die Fleischrationen der Wachtruppe zu verbessern, wird die den Häftlingen zugeteilte Fleischration von der städtischen Freibank Halberstadt bezogen, es wird das Vierfache des Kartenkennwerts verausgabt. Dadurch wird ¾ der Häftlingsration für die Bedürfnisse der Truppe reserviert. Führungsmittel bleibt unzulänglich, da die Jungen, stark im Fleisch stehend, die Zuteilung nach einer Woche als Gewohnheit betrachten, zusätzliche Ansprüche äußern.

Apartheid, Disziplinargewalt: Führungsproblem der Wachtruppe und »Handhabung der Häftlingsmasse«: eine innere Einheit. Die Häftlingsmasse aber, Deutsche, Tschechen, Franzosen, Italiener, Russen, 2, 3 Engländer, vor allem viele Polen, rund 4200 (aber keine Gesichter), selber keine Einheit, müßte durch Lübeck erst noch verschweißt werden. Sollte Lübeck, bei Ungehorsam seiner Jungen, die aus Häftlingen zusammengesetzte Lagerpolizei einsetzen? Einen ungehorsamen Wachmann oder einen Versager in den Häftlingsstatus drücken? Kurze Zeit war es Herbst 1944 möglich, einen SS-Gerichtsoffizier aus Magdeburg kommen zu lassen. Dies wirkte für den betreffenden Tag. »Naseschnauben ist für mich immer noch etwas anderes als das Geschlechtliche.« Standartenführer Fuchs, SS-Gerichtsoffizier, B I-IX. Die Frauenbesuche durften nicht in Erscheinung treten. Natürlich erfuhren Lagerältester, Küchendienst, zumeist politische Häftlinge, von »Vorkommnissen«. Der Pfarrer von Böhnshausen: »Für dieses fluchwürdige Genießen der Liebeslust entarteter Menschen . . .« Ihn für diese Äußerung anzeigen, oder lieber abwarten?

Für den äußersten Notfall: Lübeck hatte für SS-Unterführer Tscheu, Kaiser, Wolf, Mazur, Asimus, Kroll ein Zusatzarsenal von Waffen bereitgestellt. Als innere Einheit, die rücksichtslos von der Schußwaffe Gebrauch macht, falls Wachtruppe versagt oder Aufstand versucht.

> »Schieße gut und schieße schnell,
> schieße gut wie Wilhelm Tell.«

Nikolausfeier 1944: Manchmal konnte Lübecks Herz überfließen. Da saß die Truppe an langen Tischen der Feldscheune, Budenzauber. Vom Plattenspieler:

> »Mamatschi schenk mir ein Pferdchen . . .«

Man hätte glauben können, mit einer solchen Truppe bis Wladiwostok durchbrechen zu können, aber das war schon am nächsten Morgen, als nach Dienstplan verfahren wurde, wieder ganz anders.

Irrtümlich nahm Lübeck an, daß Vernunftbegriff und »nationalsozialistische Ausrichtung« Gegensätze seien. Das ist ideologisch falsch (siehe dazu Madloch, unten, S. 387 f.). Vernunft ist nicht menschenfreundlich, sondern ein Sortierbegriff. So bildet z. B. die elende kreatürliche Lage der Arbeitskräfte im Lager eine *natürliche Apartheidsschranke*, d. h. »vernünftiges Mittel zur Führung der Wachtruppe, weil Abgrenzung (wenn sie sich nur nicht immer örtlich mit den Kolonnen berührte, wenn sie sich nur nicht selber elend zu fühlen begann . . .)«.

Hätte Lübeck einen Resozialisierungsauftrag gehabt, so hätte er aus seiner Truppe bis 1946 oder 1948 etwas machen können. Er hätte nämlich mit dem *Grundmaterial* begonnen: der Organisierung der Häftlinge selbst. Er hätte eine Sprinter-Staffel, eine Ruder-Mannschaft, Qualifikationsspiele, Leistungsnormen, Stufenstrafvollzug, Entwicklung von beruflicher Weiterbildung und Facharbeiter-Kommandos organisiert.

Resozialisierungsauftrag hätte aber bedeutet, daß die gefangene Arbeitskraft ins »Volksganze« zurückgeführt würde. Es wären *Arbeiter* geworden. Das war, dachte Lübeck, nicht der Auftrag des Lagers.

IX
Verschrottung durch Arbeit

[Bericht durch Regierungs-Inspektor, SS-Obersturmführer Madloch] Madloch, Finanzinspektion der Amtsgruppe III RSHA, Schüler von O. F. Ranke[30], maß Dezember/Februar 44/45 die Arbeitsleistung in verschiedenen Außenlagern der B-Kommandos. Er gelangte zu einem vernichtenden Urteil.

[Vom nationalsozialistischen Standpunkt] Nicht Rache, Strafe oder Sühne, sondern als Kernsatz: Ausschöpfung und Nutzung der Arbeitsleistung für den Sieg und Ablehnung jeder Wiedereingliederung ins Volksganze, so wie auch Bakterien nicht dem Körper zugeführt werden.

Dazu müssen wir mit der eigenen Sentimentalität, mit 1000jähriger Überlieferung des christlichen Sühnegedankens, aber auch mit Schlendrian und Juristengeist, »insbesondere aber mit jüdischer Vermischung aller dieser Gesichtspunkte«: heulen, strafen, vermasseln, Rache üben (für was denn? Von ihnen hat wohl keiner einem konkreten Nationalsozialisten etwas getan!) ein Ende machen.

»Geht es um Bestrafung oder geht es darum, die Arbeitskraft reell aus Haut und Knochen, und insbesondere aus den, trotz Hunger, Ausmergelung, befähigten, wenn auch politisch abzulehnenden Köpfen der Häftlinge herauszuziehen?«

[Zweifel am Nutzen menschlicher Arbeitskraft, wenn sie nicht die Hirnkraft mitnutzt] In diesem Punkt ritt Madloch sein Steckenpferd: Wir sind nicht in Ägypten oder Indien, asiatische Produktionsweise lehnt der Nationalsozialismus ab. Beispiel: menschliche Arbeit (und auch, soweit es sich um untermenschliche handelt, Nutz davon nur der menschliche Teil) ist in Form bloßer Muskelarbeit unwirtschaftlich wegen der hohen Brennstoffkosten.[31]

---

30 O. F. Ranke, *Arbeits- und Wehrphysiologie*, Quelle und Meyer, Leipzig 1941.

31 »Betrachten wir nur die Kosten für menschliche Arbeit, so können wir uns an einem sicher unvollständigen Beispiel klarmachen, wie unwirtschaftlich Muskelarbeit wegen der Brennstoffkosten ist:
Nehmen wir an, 50 Säcke mit einem Gewicht von 100 kg/Sack müßten auf einen 10 m hohen Speicher transportiert werden, dazu ist eine physikalische Arbeit von 50000 mkp notwendig. Der Wirkungsgrad der Muskelarbeit ist in diesem Falle höchstens mit 1-2 % zu veranschlagen, weil der Arbeiter jedesmal sein eigenes Körpergewicht mittragen muß.
Für die Gesamtarbeit sind etwa 1000 kcal Arbeitsumsatz notwendig. Wenn diese 1000 kcal durch 150 g Schweinefleisch (RM 0,90) + 250 g Kartoffeln (RM 0,50) + 200 g grüne

[**Beispiel: Sauerstoffschwund, Beobachtung am Arbeitsprozeß Kommandos 54-58**]»Die Durchblutung des Muskels kann nicht beliebig zunehmen, da die Erweiterung der kleinsten Arterien anatomisch begrenzt ist. Steigt der Stoffwechsel bei dieser schweren Arbeit weiter an, in den Stollen ist ohnehin kaum Luft[32], so kann von einem bestimmten Wert an, der durch die senkrecht gestrichelte Linie markiert ist, die Durchblutung praktisch nicht mehr gesteigert werden[33]. Der Muskel beginnt anaerob zu arbeiten. Infolgedessen wird die Milchsäurekonzentration im Muskel ansteigen, obwohl ein gewisser Teil der Milchsäuren in die Kapillaren diffundiert und abtransportiert wird. Die Folge ist, daß das Alkali, das zur Pufferung der Säurewirkung notwendig ist, infolge der stärkeren Dissoziation der Milchsäure aus dem Bicarbonat herausgetrieben wird. Der CO_2-Druck wird ansteigen, weil der Nenner der Henderson-Hasselbalchschen Gleichung kleiner wird.

$$- \log H + 3 - \log K' - \log \frac{CO_2}{Na\ HCO_3}$$

Das Muskel-pH wird also absinken. Die Kontraktionsfähigkeit des Muskels wird schlechter, so daß die Arbeit abgebrochen werden muß.«[34]

Bohnen (RM 0,75) wiederaufgenommen werden, so ergeben sich energetische Kosten von RM 2,15.

Wird dagegen ein elektrischer Sackaufzug benutzt, bei dem die Anlage einen Wirkungsgrad von 70 % haben soll, so werden für die 50 000 mkp nur etwa 0,2 Wh benötigt (mechanisch-elektrisches Wärmeäquivalent 1 mkp = 2,72 · 10^{-6} kWh). Die Betriebskosten werden bei einem kWh-Preis von RM 0,10 nur RM 0,02 betragen.

Deshalb: Vermeiden von Leerbewegungen oder Heben des eigenen Körpergewichtes, geringer Anteil statischer Haltearbeit, Ablösung verschiedener Muskelgruppen und vernünftiger Schutz gegen extreme thermische Einwirkungen.

Umzurechnen auf den verringerten Kalorienbetrag im Hauptlager 1 l Suppe pro Mann (dünn); 1 Kommißbrot für 10 Mann; 1 Würfel Margarine für 15 Mann; 1 Eimer Marmelade für 50 Mann.

Als durchschnittliches Körpergewicht wird gemessen 56 kg.« (Madloch).

32 »Feiner Silicium-Staub, als Folge der Explosionen im Tunnel, der messerartig die Lungen zerschneidet. Die Arbeitskräfte werden nach Sprengungen in den Bereich der Explosionsgase zur Arbeitsaufnahme getrieben, ehe diese Gase zum Stolleneingang hin abgezogen sind. Wieso sollen die Gase, mangels Zugluft, eigentlich überhaupt veranlaßt werden, sich dorthin zu bewegen?«

33 «Sie wird nur noch unbedeutend ansteigen, dadurch daß der arterielle Mitteldruck sich etwas erhöht. Mit dem Ende der Durchblutungssteigerung wird auch die CO_2-Aufnahme ihr Maximum erreicht haben, da Anlieferung und Abtransport jetzt limitiert sind.«

34 »Das ist die Stunde der SS. Diese versucht, die fehlende Kapillarerweiterung, das Fehlen von Luft oder Austausch, durch Gewalteinwirkung, z.B. Stockschläge, Aussonderung, Essensentzug usw. usf. zu ersetzen.«

[**Zum Begriff der Verschrottung**] In diesem Begriff, schrieb der einsame Madloch, ist die Zerlegung der nutzbaren Einzelteile, ihre Sortierung zu neuer Vernutzung und die Vollständigkeit (d. h. Rückstandslosigkeit) dieses Prozesses enthalten. Der Begriff der Liquidierung ist hierin bereits vorgesehen.[35]

[**Abschlußbesprechung über Madlochs Bericht.** Anwesend: Standartenführer Bülow, Magdeburg; Obersturmführer Lübeck, Lagerkommandant; Hauptsturmführer Madloch, Untersuchungsführer und Arbeitszeitmesser] Keine sehr kameradschaftliche Handlungsweise, Herr Madloch, sagte Lübeck und deutete auf den Bericht. Es wäre anständiger gewesen, wenn Sie zunächst mir davon erzählt hätten. Er wandte sich ab, starrte aus dem Fenster. Redegewandt, aber nicht pupillensicher, das war die Ansicht des Standartenführers über Madloch. »Das ist kein aufrichtiger Mensch.« Aufgrund des Berichts geschah dann überhaupt nichts. Die Reformen jagten sich gegen Ende des Kriegs.

X
Nicht-Öffentlichkeit – Öffentlichkeit

[**Café Hundt, 12. Dezember 44, Zürich**] Den ganzen Nachmittag über spielte der Plattenapparat, in den man seitlich 5 Rappen einwerfen mußte, im Auftrag der Kellnerin Diana, die frei hatte:

> »O du lieber, o du g'scheiter,
> o du ganz g'hauter Fratz!«

Daß die so schlau waren, sich zu finden! Und danach kam die Platte:

> »Ich hab einen Mann, einen wirklichen Mann,
> den feschesten Kavalier!
> Da glaubt keiner dran, und sie schauen mich an,
> so *schneidig* wie er ist keiner hier!«

Das war die wunderbare Wiener Zeit, also vor 1914, an die noch einige Stücke Kuchen und die Lampen des Lokals erinnerten. Fünf Schritte vor der Tür schon wieder *Schweizer Umgebung*.
Sie, eine so harte Geschäftsfrau, wäre gern sentimental gewesen. Sie hätte sich

---

35 Siehe dazu Madloch, S. 286 ff.

die Schlauheit der beiden »g'hauten Fratze« gewünscht (in einer Person!) oder
einen Mann, mit dem sie Puppe spielen konnte, solange die Freizeit reichte.
Gewissermaßen einen Sklaven zu ihrer Verfügung auf 2 Stunden.
Das war nur mit Musik und vielen Gläsern Wein erreichbar, der gezuckert war
und mit Kopfschmerz bezahlt wurde. Noch aber verschwamm alles. Auf die
Stunde genau: ein Moment. »Ihr Mitempfinden umfaßte die ganze Welt.« Sie
wünschte sich was, den ganzen Nachmittag. Männer, die sie anquatschten,
wies sie konsequent ab. Sie hätte nie angenommen, daß da ein Fratz drunter
war oder jemand, auf den das Wort »schneidig« paßte, von dem sie wußte, daß
es noch für ihre Mutter etwas bedeutet hatte.

[40 Schritte vom Café Hundt Eiskunstlauf-Stadion, Zürich] Die Kapelle des
Stadions spielte *très jolie* von Emil Waldteufel und danach den Schlittschuh-
läufer-Walzer. In einer Viertelstunde sollten die offiziellen Eiskunstlauf-Paare
angesagt werden. Schneeflocken setzten sich langsam auf die Köpfe der Zuschauer, die zwischen Dämmerung und Flutlicht in dicken Mänteln dasaßen.

[Ein Mensch mit Grund für Bewußtsein und einem besonderen Zugang zu den
Nachrichtenquellen] Christl Mehnert, Sport-Reporterin der *Züricher Zeitung*, versuchte zum Himmel aufzusehen, der oberhalb der Flutlichtgrenze liegen mußte. Die Dezember-Großwetterlage verband sie mit dem Bruder, von
dem sie »wußte«, daß er als »Arbeitsgefangener«, wegen politischer Straftaten, in einem Lager in Harznähe Bohrarbeiten ausführte. Wie sah der Wind,
die Flocken, die Dämmerung im Harzgebiet aus? Wie wirkten sich »die Umstände« aus? Jetzt tanzten Clowns auf dem Eis, es wurden Drops angeboten.
Sie wußte, wenn sie vom Stadtplan ausging, wo Richtung Nordosten lag. In
dieser Richtung suchten ihre Gefühle. Aber welche hatte sie? Es gehört Wissen
dazu, Gefühle zu haben. Sie aber wußte, wie ihr Bruder 1938 zuletzt ausgesehen hatte, außerdem Worte. Was ist daran Bewußtsein, daß sie sich vorstellte,
er käme noch zu dieser Veranstaltung? Setzte sich zu ihr? Dabei war sie insofern bevorzugt, als sie als Reporterin an der Quelle der Nachrichten saß, die
die Schweiz erhielt.

>   »Weiße Kinder schleifen leis
>   über'n Schnee auf dünnem Eis . . .«

Marsch-Fox.

[Verzweifelter Versuch eines öffentlichen Protestes] Die Nachtschicht, die in der Neujahrsnacht 1945 die Stolleneingänge Malachit verließ, fand den Baptisten-Pfarrer Busch neben Güterwaggons am Lampengestänge erhängt, etwa 930 m vom Höhlenausgang entfernt. Sie nahmen den noch warmen Körper herunter, brachten ihn vor den Höhleneingang ans Tageslicht. Madloch nahm diesen Protest-Tod für seinen Bericht zur Kenntnis. Er schätzte die eigentlich unbezifferbare »geistige Verwirrung« und den Gesprächsaustausch über den Vorfall unter den Häftlingen auf eine Kraft von 10 Millionen erg (die so verlorenging). Lagerführer Tscheu sah in der Tat »die schärfste Aufstachelung«. Er sah keine Möglichkeit, Obersturmführer Lübeck davon Meldung zu machen, da dessen Ärger sich gegen ihn gewendet hätte. Man versuchte zu verhindern, daß der Küchendienst, der wichtigste Nachrichtenverteiler innerhalb des geheimen Sperrbereichs, von dem Ereignis erfuhr.

[Stärker gefühlsmäßige Messung Madlochs, Heiligabend 1944] Wenn man Madloch war, der, einigermaßen genährt und für seine Messungen ja begeistert, durch das Warme der Höhlensysteme, mit den zusätzlichen Lampenreihen an je einer der Stollenseiten, dem Ausgang zulief, sah er dann wartende Kolonnen im Schnee stehen, die ihre dünnen blauweiß gestreiften Mäntel und Käppies trugen, er selbst aber fror nicht, dann konnte die schöne Bezeichnung des Lagers, die seinem Standort entsprach (denn es befand sich in einem Tal, auf den Kuppen der Berge ein rauher Wind, der den Schnee in Strähnen, also wie Regengüsse dahinjagte, hier aber auf den Schotterwegen war der Schnee festgetrampelt, und die Flocken sanken langsam), die hin und her ziehenden oder appellmäßig dastehenden Kolonnen – der messende Madloch sah ja nicht nur, was er sah, sondern wußte, was tief in den Stollen keiner wußte (und weit drüber, stiller, mit Schnee verhangener Bergwald und unmäßig viel Luft) –, **dann konnte es als Illustration zu Märchen eingeordnet werden, in denen gute Berggeister und Gnome in den Bergen Erz fördern.**
Madloch war nicht sentimental. Warum stehen die Leute hier herum, fuhr er die Luftwaffen-Soldaten an, die als Wächter mit der Kolonne vor dem Höhleneingang warteten. Sie hatten die Kolonne nicht nah genug an der Felswand aufgestellt, um den Windschatten zu nutzen. Sie wußten nicht, warum sie hier standen. Die Stunde frieren kostete pro Mann 800 cal, bei 1100 cal/24 h, die überhaupt für den Tag zur Verfügung standen.
Im übrigen weihnachtete »das Waldgelände«, nachdem Madloch die Kolonne näher in den Schatten des Stolleneingangs postiert hatte.

XI

[**Die Gruppe Glückert, Neujahr** 1945] 28 Mann auf LKW mußten Kisten mit Dokumenten, die von Staßfurt kamen, in einer Nebenhöhle in den Hoppelbergen schichten und den Höhleneingang sprengen. Danach wurden sie mit Maschinengewehren in einer Kuhle erschossen, da auf ihre Verschwiegenheit kein Verlaß war (Verschlußsachen-Vereidigung war mit Häftlings-Status nicht vereinbar). Die Sache war *streng nicht-öffentlich.*

XII

[**Madloch überlebt**] Obersturmführer Lübeck kam im März bei der Bombardierung Magdeburgs um. Der Kampf ums Dasein verläuft nicht über Personen, sondern über Zufälle.
Der Adjutant des Standartenführers in Magdeburg, der den Auftrag hatte, den seit 14 Tagen schwelenden Zwist zwischen Lübeck und Madloch zu »beobachten«, war erleichtert.[36]

---

36 Aber einen Moment lang hatte es so ausgesehen, daß es zu einem Zweikampf zwischen Kontrolleur und Kontrolliertem käme. Was, wenn Madloch in der Dorfeinfahrt Langenstein mit seinem Wagen verunglückte? Oder er wird in den Klusbergen bei Halberstadt neben einigen Felsen, eine Frauenleiche daneben, gefunden? Meldung erfolgt an Standartenführer Magdeburg?

Nachfolger Lübecks: Hauptsturmführer Hofmann, ehemals Fuhrunternehmer. Er bezog Madlochs »rücksichtslosen Abschlußbericht« nicht auf sich.

XIII

[Dienstbesprechung vom 6. April 45, nachts, anwesend Obersturmführer Hofmann, Oberscharführer Tscheu, die SS-Blockführer, Gestapoleute aus Halberstadt] Am frühen Abend hatte die Zentrale nach Braunschweig keine Verbindung mehr bekommen. Dort saßen die Amerikaner. Es wird so gemacht, sagt Hofmann: 1. Vollalarm, 2. die Kolonnen werden »aus Luftschutzgründen« in die Stollen geführt, 3. die Stolleneingänge werden gesprengt, 4. Marschunfähige und Kranke in die Krankenbaracken, deren Wände mit Benzin und Petroleum begossen und in Brand gesetzt werden. In den Apriltagen wurden Tag und Nacht Löcher in die Wände der Stollen gesprengt. Ein Luftwaffensoldat sagte einem Häftling: Ihr werdet dort hineingeführt, und die Stolleneingänge werden zugesprengt.

»Dieser Plan mußte noch in der Nacht aufgegeben werden, da er zur Kenntnis der Häftlinge gelangte und die Mannschaft zu klein und unzuverlässig war, um einen Transport in die Stollen gegen deren Widerstand durchführen zu können.«

XIV

[Abendliches Gespräch des geflüchteten Rassekundlers Clauss, mit hohem SS-Rang, am 2. April 1945 mit SS-Hauptsturmführer Hofmann (Nachfolger Lübecks als Kommandant des Sonderlagers Langenstein). Ort: Villa, Halberstadt, Spiegelsbergen-Weg 25] Sie sitzen auf der Veranda von Clauss' »Notunterkunft« (immerhin 6 Zimmer, Küche, Veranda), Fenster geöffnet zur lauen Nachtluft. Thema: die grausame Situation, die man mit den Sinnen jetzt gerade nicht sieht: Wo soll bei sich nähernden Fronten Clauss mit seinem Forschungszeug, Hauptsturmführer Hofmann mit seiner eingezäunten Menschenmenge hin?[37]

37 Der Rassekundler Clauss ist von seinen Forschungen in Weiß-Ruthenien nach Halberstadt verschlagen. In einer Villa am Spiegelsbergen-Weg hat er drei Zimmer mit Aufzeichnungen, präparierten Rasseköpfen usf. vollgestellt. Achthundert Meter vor dem Halberstädter Hauptbahnhof warten in 12 Güterwagen die Restbestände des Instituts. Noch konnte sich Clauss nicht entschließen, dieses Zubehör im Stich zu lassen und sich weiter nach Westen oder Süden abzusetzen. Clauss' Forschungsinteresse war »dinglich« gerich-

CLAUSS: Machen Sie keine Sachen, Frieder.

HOFMANN: Nehmen Sie noch etwas Bowle?

C: Danke.

H: Ich sehe schwarz, wenn diese Leute in ihrem aufgespeicherten Ärger das später an Volksgenossen auslassen. Deshalb müssen sie weg.

C: Sie können nicht Wurst daraus machen.

H: Zusammenschießen?

C: 3962 Mann?

H: Man muß etwas nachdenken.

C: Was sagen die Dienstanweisungen?

H: Zunächst nichts.

C: Und was heißt: zunächst?

H: Zunächst: Der zuständige Lagerführer muß nach Lage der Gegebenheiten entscheiden.

C: Das ist nichts Festes.

H: Nein.

C: Worauf willst du hinaus?

H: Daß wir das nicht auf die Spitze treiben.

C: Hättest du denn Freude dran?

H: Keine.

C: Also ich glaube nicht, daß die Rache üben. Ich frage: Woher soll die Rache kommen?

H: Aus dem Erlebnis. Denke an Versailles. Denke daran, daß wir's wären.

C: Es kann keine Rache kommen.

H: Du meinst, weil das Untermenschentum ist?

C: Das ist es doch nicht, oder? Es sind zum Teil Volksgenossen wie wir, nur mit abzulehnender politischer Einstellung.

H: Und Polen, Litauer, Tschechen, Russen usw. *Ich* würde mich rächen, nach allem.

C: Du hast aber keinen Grund.

H: Die haben ihn.

tet. Im Gegensatz zu Madloch, der eine völkische Grundsubstanz verneint (sie ist ihm vielmehr Resultat elementarer Arbeitskraft, völkisch ist nur die »Form«), versucht er seit 1939, durch Auswählen und Sammeln der völkischen Grundsubstanz, das Schwebende des arischen Körpers und Geistes (unter besonderer Berücksichtigung des Heeres und der landwirtschaftlichen Bevölkerung) zu fixieren. Dann aber waren wichtige Führerpersonen des Reiches und des Heeres »minderwertiges, unvölkisches Material«. Und ob das »Luftgeistige« nicht an den Zusammenbrüchen und verzweifelten Fluchtbewegungen an den Grenzen des Reiches teilnahm, stand dahin. Insofern war seine Forschungsrichtung schon vom Ansatz her dazu verurteilt, Minderheitsmeinung zu bleiben.

C: Deshalb, sage ich ja, werden sie sich *nicht* rächen.

H: Das wäre minderwertig.

C: Woher soll denn die Energie kommen? Deiner Meinung nach?

H: Was meinst du mit Energie? Die haben zuviel gesehen.

C: Ich rede nicht mal als Rassekundler, auch nicht als Nationalsozialist. Um etwas zu »sehen«, etwas zu erleben, dann auch noch bewußte Handlungen daran zu knüpfen – oder nimm nur die Erinnerung: Rache ist Arbeit. Ich habe diese Arbeitsfähigkeit nicht mehr, wenn ich soviel Grund zur Rache habe, das ist der Energiesatz.

H: Und wenn du dich irrst? Es ist ja nicht Physik.

C: Dann müßten sie mindestens zusammenbleiben.

H: Man müßte sie einzeln flüchten lassen? Daß sie sich auf die Heimatorte verzetteln?

C: Ein jeglicher an seiner Statt. Allein bringt er keine Rache.

H: Und wenn Volksgenossen da durchkommen?

C: Sind es welche, die sie nicht kennen. Es kommen aber keine durch.

H: Gefangene?

C: Kommen nicht einzeln durch Orte.

H: Wenn doch?

C: Dann antworte ich als Völkerkundler: Das mögen Slawen sein. Aber es sind keine geübten Sklaven. Kein Instinkt für Rache.

H: Ist das nicht fürchterlich?

C: Es gilt ja nicht für uns, denn wir sind organisiert, zum Volk zusammengefügt.

H: Und wenn es zerfällt, Untermenschentum?

C: Deshalb noch lange nicht Untermenschen. Sich rächen ist eine komplizierte Arbeitsleistung.

H: Fürchterlich.

C: Noch Bowle?

H: Danke, nein.

XV

[**Abendappell, 7. April 45**] Obersturmführer Hofmann zu den angetretenen Häftlingen: »Das Kommando des Lagers hat eingesehen, daß die meisten Häftlinge sehr schwach sind und Ruhe brauchen. Aus diesem Grund werden wir einige Tage frei haben.« Später sagt Hofmann: »Wer glaubt, daß wir die Lager übergeben, ist ein Idiot.«
Scharführer Tscheu hatte an eine Stelle außerhalb des Lagers drei landwirt-

schaftliche Wagen beordert, ließ Brot und Essensbestand verladen und von SS-Posten bewachen. An dieser Stelle, auf dem Feldweg, der am Landhaus vorbeiführt, hatten die Gründerfahrzeuge des Lagers gehalten.

XVI
Die Zerstreuung

[**Marschweg Kolonne Traxler**] 10. 4. 1945 Quedlinburg, 11. 4. 1945 Ermstedt, 12. 4. 1945 Unterwiederstedt, 13. 4. 1945 Kirchenedlau, 14. 4. 1945 Zinndorf, 15. 4. 1945 Crina, 16. 4. 1945 Söllichau, 17. 4. 1945 Prettin, 18. 4. 1945 Prettin, 19. 4. 1945 Prettin, 20. 4. 1945 Arnsdorfberge, 21. 4. 1945 Buro, 22. 4. 1945 Buro/Ende.

[**Kolonne Schochewsky, 14. 4. 45**] »Wir gingen durch einen Ort, in dem uns Plakate sagten, daß hier Frontgebiet ist. Wir gingen langsam, und die Bewohner sagten uns, daß der Angriff von allen Seiten kommt. Über uns kreisten Flugzeuge. Die SS-Posten mischten sich unter uns Häftlinge. Als die Flieger verschwunden waren, riefen alle Häftlinge: bitte Pause. Damit haben wir uns noch ein bißchen Ruhe erworben.«

[**21. April 45**] »Früh, schnellstens antreten und Abmarsch. Im Wald steht ein Volkssturm-Angehöriger. Einige Häftlinge laufen in den Wald. Die SS schießt nicht. An der Straße eine offene Kartoffelgrube. Oberhalb steht ein SS-Mann mit angelegtem Gewehr. Häftlinge bewegen sich zu den Kartoffeln. Sie werden erschossen.«
»Nach längerem Marsch bleiben wir im Wald stehen. Was jetzt? Wir fragen den Unterscharführer, was mit uns weiter geschehen soll. Er antwortet: Macht kleine Gruppen zu 2-3 und verschwindet. Einige tun das. Als ein Tscheche in den Wald lief, wird er erschossen. Das beendet die Flucht.
Gegen Abend, als wir an einem Wald entlanggehen, laufen vier Häftlinge in den Wald. SS schoß nicht. Einen davon bringen Hitler-Jungen zurück. Dieser wurde erschossen.
Der SS-Mann, der am Tag Häftlinge erschoß, fordert jetzt zur Flucht auf. Einige werden von den SS-Posten in den Wald getrieben.«

[**Sonntag, 22. April**] »Wir liegen im Stroh. Da kommt der Unterscharführer und meldet, daß wir Brot bekommen. Er hat auch Kartoffeln beschafft.«

[Auseinandersetzung zwischen den zum persönlichen Dienst für den SS-Stab zugeteilten Häftlingen mit SS-Obersturmführer Hofmann] »Wir sagten, daß für den Nazismus alles verloren ist, und der Obersturmführer sollte es nicht auf die Spitze treiben. Obwohl er sich mit dem Schicksal nicht ausgleichen konnte, gab er nach längeren Verhandlungen nach.« Hofmann ließ von einem der landwirtschaftlichen Fahrzeuge, die unter Scharführer Tscheus Aufsicht mitgeführt wurden, Bescheinigungs-Formulare holen und unterschrieb Entlassungsurkunden.

[Mirosław Riegel, Nr. 31408] »Mit dem Zug kamen wir bis Reichenau bei Jablonz a. N. Dann lief ich nach 20 Minuten Ruhepause auf die Straße bis Dalésic bei Fryddein. Auf der Straße war niemand. Nur auf der rechten Seite am Abhang war eine kleinere Gruppe unserer Bürger, welche dort die Grenzstraße bewachten.«

[Hans Neupert] »Nachdem ich trotz Gegenbefehl die beschlagnahmten Rauchwaren an die Flüchtlinge ausgegeben hatte, sollte ich in der kommenden Nacht erschossen werden. Diese Information erhielt ich durch den Adjutanten des Kommandanten. Ich flüchtete mit einem anderen Kameraden: Die Anschrift des Warners war: Hein Chenaux, Jülich bei Aachen, Fuhrunternehmer.«

[Václav Bartosch, Häftling Nr. 29423, schießt auf amerikanischen Captain in Sargstedter Siedlung.] Er schoß auf den fetten Mann, weil der ihm nicht gleich antwortete. Der US-Offizier suchte zwischen den Häusern herum, tat so, als hätte er keine Verantwortung für Bartosch, der ihm kurz zuvor noch ein Kästchen mit Brombeeren geschenkt hatte. Der Captain glich dem Kolonialwarenhändler Bierstein in Krovaz. So holte Bartosch das in den Thekenbergen gefundene Gewehr aus einem Verschlag auf dem Dachboden und schoß ihm den Kiefer weg. Er wollte diesen irrsinnigen Captain »entfetten«.
Die Militärpolizei plante, Bartosch sofort zu erschießen. Nach Aufklärung, daß er kein Deutscher war, wurde er dem Gerichtsoffizier übergeben, im Jeep nach Hildesheim und dann weiter nach Herford in Marsch gesetzt. Wäre bis Le Havre den ganzen Etappenweg dieser Panzerdivision entlanggeführt worden, wenn nicht an den Rhein-Übergängen ein Armee-Psychiater den Gefangenen gegriffen hätte. Er laugte Bartosch für einen wissenschaftlichen Forschungsbericht aus und ließ ihn dann laufen.

XVII

Der Denkmalsplan
Inzwischen ist die Gedenkstätte Langenstein/Zwieberge errichtet.[38] »Entsprechend ihrer Stellung innerhalb der revolutionären und sozialistischen Traditionen des antifaschistischen Kampfes, zur Erziehung der jungen Generation zu jungen Revolutionären im Geiste des proletarischen Internationalismus und sozialistischen Patriotismus, befaßte sich auf Grund einer Empfehlung des 1. Sekretärs der Bezirksleitung Magdeburg der SED, Alois Pisnik, das Sekretariat der Kreisleitung Halberstadt der SED mit der Gestaltung einer Gedenkstätte.«

> »Und wenn einmal die Not,
> lang wie ein Eis gebrochen,
> dann wird davon gesprochen . . .
> Und einen Schneemann bau'n die Kinder auf der Heide,
> zu brennen Lust aus Leide . . .«

Die Gedenkstätte war aber kein Ziel für Kinder (soweit nicht Schulklassen . . .). Eine Art Heide wär's gewesen, wenn man von den Bergen und Fichten seitlich absah.
Riemeck, Dekorateur, kämpfte: Etwas ganz Furchtbares, Antiklassisches ist nötig. – Das werde ich nicht anerkennen, daß das Elend quasi erinnerungslos untergeht. Das wäre das Elend noch mal.
»Gedenkstätte aus seitlich umbautem Raum, mit einer Opferpfanne auf hohem Natursteinsockel und Gedenkstange.«
Er hielt die Gestaltung für unkorrekt, »versöhnlerisch«. Hatte einen Gegenentwurf, wurde verworfen.

[Die archäologische Abteilung des Stadtmuseums Halberstadt hat im Sommer 1964 die Grundrisse der Baracken des Lagers Zwieberge, die ehemalige Waschkaue, einige verrostete Schienenstränge sowie den Grundriß der Stollen von 25 km Länge im Berg freigelegt] Die Mitarbeiter waren erschüttert. Es war unansehnlich. Nicht zu vergleichen mit den Ruinen von Karthago oder von Herkulanum oder Ausgrabungsstätten in Köln, die auch zum Teil unansehnlich sind.

---

38 Sonderdruck, a. a. O., S. 57: »Langenstein/Zwieberge wurde zur bedeutendsten Gedenkstätte im Bezirk Magdeburg.«

[**Dr. Tiedemann**] Nun war es ein Anliegen, ein glühender Wunsch Tiedemanns, des Leiters der archäologischen Abteilung, daß im Sinne des geschichtlichen Bewußtseins der Arbeiterbewegung der Erinnerungsverlust »auf allen Gebieten« bekämpft werden muß. Ein unbefangener Wanderer oder Besucher wird das von uns Ergrabene, sagte Tiedemann, für Schamott halten, und wenn wir es beschildern, für Antifa-Propaganda. Es sieht gestellt aus, sagte Mückert, Tiedemanns erster Gehilfe, der, behutsam wie eine Hebamme, zentimeterweise den Dreck über den »Resten« abgehoben hatte.

[**Riemecks Vorschlag**] Er schlug vor, am Ort des Geschehens (kaum Aufzeichnungen, Quellenmaterial; keine Fotos; spärliches Adressenmaterial von Geretteten, zum Teil aber im Westen oder in den Heimatorten außerhalb der Staatsgrenze usw.[39]) eine Staffage zu errichten: Der Besucher soll über Holztreppen zu einer Wand treten, einer Art Panoptikum mit Bullaugen, durch die man auf »glückliche Momente der Weltgeschichte« (die hätte er dekoriert oder gemalt) sähe. Daneben Karussell und Wurstbuden? fragte Tiedemann. Jawohl, sagte Riemeck. Wenn die Elenden von 1944 der Bevölkerung nicht etwas geben oder bieten, so geht keiner zur Gedenkstätte, außer zur Einweihung.[40]

39 Bezirksstaatsanwaltschaft Magdeburg, Akte Langenstein-Zwieberge; Aktenbestand des Rates der Gemeinden Zwieberge Nr. 266, Nr. 498, Stadtarchiv Halberstadt; Erinnerungsbericht Gustav Brunner, Plauen; Willi Klug, Zeitz; Werner Segal, Brandenburg; Salomon Ledermann, Magdeburg; Hermann Rosenberg, Berlin; Hans Neupert, Arzberg (Oberfranken); Tadeusz Moderski, Poznan; Zygmunt Zins, Jan Pilch, o. Adresse; Erinnerungsberichte der Zivilarbeiter Fritz Bosse, Halberstadt; Friedrich Pollmanns, Langenstein; Erinnerungsbericht Hilde Hrncirik, Halberstadt-Ost; Joachim Schardin: *Zur Geschichte des KZ Halberstadt-Zwieberge als Außenstelle von Buchenwald und seiner Verbindungen zur illegalen antifaschistischen Widerstandsbewegung* (MS). Alfred Sumpf: *Langenstein-Zwieberge* (MS).

40 Die zwei standen unter dem Eindruck der menschenleeren Grabungsstätte. Sie machten sich einer ideologischen Abweichung schuldig, nämlich Unterschätzung der werktätigen Bevölkerung, sofern die Partei sie organisiert. So haben die Genossen Soldaten des Grenzregiments Halberstadt 4600 Hohlblocksteine für die Grundmauern des Denkmals verbaut. Der Künstler Eberhard Roßdeutscher, Magdeburg, schuf eine Plastik in der Nähe des 5. Massengrabs, als Kubus frei im Gelände stehend. Höherstufung der gesamten Arbeiten »in der Vorbereitung des 20. Jahrestages unserer Republik«. Von Landwirtschaftslehrlingen des VEG Langenstein/Böhnshausen sind auf dem Gelände insgesamt 11 000 einjährige Kiefern gepflanzt. Kraftfahrer Horst Sinnemann: »Ich habe 300 m³ Erde in meiner Freizeit für die Umgestaltung der Gedenkstätte gefahren.« Der Turm der Begrenzungsmauer trägt eine Flammenschale aus reinem Kupfer, Geschenk der Walz- und Stahlwerke der VEB Stahl- und Walzwerke Hettstedt. Die Turmwand des Aufgangs trägt die Inschrift: »Niemand hat das Recht zu vergessen, und niemand darf vergessen, um des Lebens, um der Menschheit willen.« Aber, sagt Riemeck, was hat die freundliche Serie der

[Tiedemanns und Mückerts Ansicht vom Kern des Verbrechens] Mückert neigte zur klassischen Analyse. Gehören, fragte er, die Häftlinge, die Toten zur proletarischen Klasse? Zunächst einmal, antwortete Tiedemann, gehören sie zum antifaschistischen Widerstand. Die Politischen ja, wandte Riemeck ein. Außerdem sind aber noch da: rassisch Verfolgte, Sicherungsverwahrte, Ostvölker usf. Gehören sie nun zur proletarischen Klasse oder nicht? beharrte Tiedemann.

Es war aber immer ein Durcheinander von Ansätzen: Die Politik der Subproletarisierung der Ostvölker (1), die Politik der Isolation, Sicherungsverwahrung (2), Liquidierung der politischen Opposition (3), die zwangsweise Zerdrükkung der menschlichen Hirne und Körper zu einer Blechmasse, die der Produktion für den Endsieg nutzt (4). Jede einzelne dieser »Ausrichtungen« hätte die Häftlingsgruppe gesellschaftlich geprägt, damit spezifischer Widerstand, Erinnerung. Wie können wir das Verbrechen dieser Unbestimmtheit herausarbeiten? »Geschichtverbrechen?«

Mückert analysierte: Es sind Facharbeiter, polnische Bauernsöhne, dann: unbestimmt, viele petit Bourgeois, Intelligenz usf. Sie werden ja durch die Verhaftung aus ihrer »gesellschaftlichen Lage« herausgeworfen. Tiedemann: Unvollständig. Sie sind nicht drin und sie sind nicht draußen. Schulmäßig gesprochen, sagte Mückert, sind sie aus ihren Klassen-Bestimmungen »unvollständig herausgeworfen«. Sie suchten in MEW (= Marx Engels, *Werke,* Gesamtausgabe) nach einer passenden Benennung, finden sie nicht.[41]

Organisierten mit dem Elend zu tun? Er hielt es für parteilicher, wenn man sagt: Es kommt überhaupt nicht zueinander. Er hielt sich für den einzigen Nichtrevisionisten in dieser Sache, den einzigen, der wirklich »gedachte«. Tiedemann ließ die Ein-Mann-Fraktion im Stich.

41 Es muß hierfür in der Theorie einen Begriff geben. Tiedemann quält sich schon seit Jahren damit, die sog. Klassenzwischenlagen zu bestimmen. Sklaven waren sie jedenfalls nicht, da sie immer wieder ihren Zustand mit »Arbeit« verwechselten. Riemeck half: Es sind Gefangene. »Anstaltsinsassen«.

Es gehört, sagt Tiedemann, ein Quantum Arbeitskraft dazu, einen Klassen-Status zu erarbeiten oder sich zu erhalten. Niemand wird mechanisch zur Klasse. Falsch, sagte Mückert, er wird durch den Gegner zur Klasse zurechtgedrückt. Es genügt, daß der Gegner ihm die Klasse aufdrückt.

Vorausgesetzt, quält Tiedemann weiter, daß dieser Gegner *seine* Klasseneigenschaft wirklich erarbeitet. Ich glaube nicht, daß die Nationalsozialisten – und schon gar nicht das, was von der Bewegung sich im Wach-Kreis des Hauptlagers davon ausdrückt – die nötige Bestimmtheit haben, eine Klasseneigenschaft aufzudrücken.

Sie versuchten sich längere Zeit an der Analyse, den Nationalsozialismus auf seine Klassenbeziehungen zu bestimmen (was davon übrig ist im April 45, engerer Ausschnitt der B-Kommandos, wiederum engerer Ausschnitt, das, was das Lager und dessen Schlußphase ausmacht).

XVIII

Es ging nicht so, wie es den Archäologen vorschwebte. Sobald ein Architektenkollektiv befaßt war, geriet die sinnlich-geschichtliche Wiedererweckung (Riemecks Plan) wie die reelle Rekonstruktion (Tiedemann, Mückert) ins Hintertreffen.[42] Es wurde an Vorbilder angeknüpft.[43]

Später kamen noch immer Schulklassen zur Stätte. Der elektrisch geladene Stachelzaun, ein hölzerner Wachturm waren nachgebaut worden. Auch Rentner-Busse zum Regenstein oder Felsenkeller machten (jeweils 4-5 Busse) Abstecher zum Mahnmal. Unvollkommen konnte man sich Leben und Sterben einer verfolgten Minderheit vorstellen oder in der frischen Luft auf den Steinfliesen auf und ab gehen. Davon entsteht mindestens Kaffeehunger.

42 Die Archäologengruppe wurde faktisch abgesetzt. Das Sekretariat der Kreisleitung Halberstadt der SED bestellte eine Arbeitsgruppe.
43 Kranzniederlegung unter den Klängen des Trauermarsches »Unsterbliche Opfer«.

Abb.: Die Einweihung.

Teil II
Hefte 5-10

Heft 5

Ach liebe Engel . . . – Man weiß nicht, ob er nicht seine erste Frau umgebracht hat – Wechsel der Lebensläufe so schnell wie ein Radwechsel – Der langsame Hinrichs.

»Ach liebe Engel öffnet mir, mir lebend schon die Hintertür – auch wider dem Verbote«

Der Moment der Sättigung liegt über der kolumbianischen Familie, die auf ihrem Flug nach Ost-Pakistan einen Ruhemoment eingelegt hat. Sie ist mit dem Bus vom Flughafen in die Kaiserstraße gefahren, hat dort ein Restaurant aufgesucht. Die Tochter geht von der Situation »Mahlzeit« aus, als sie dem Vater die Hand auf den Oberbauch legt und dessen Wamme beklopft oder betastet. Während sie »wie ein Springquell« spanisch quasselt. Als Ohrringe trägt sie »Lebenszeichen« (Antikriegssymbol ⋏). Die Schwiegermutter, Mutter der Frau, und der Sohn verhalten sich still, als die schmale Mutter auf die Tochter losfährt und in einem Schwall von Worten, ihr in die Hand hauend, das weitere Betasten des Vaters verbietet.

Man weiß nicht, ob er nicht seine erste Frau umgebracht hat

Die Frau starb unter unklaren Umständen. Aber Beweise liegen gegen ihren Mann, der dem Betrieb Berlepsch & Co. angehört, nicht vor. Der Totenschein hat einen unverfänglichen Wortlaut, Erbschein ist erteilt.

Dem Ortsbevollmächtigten der Gewerkschaft, Gerloff, erscheint der Mann trotzdem vertrauensunwürdig. Er ist aber nun einmal im Betrieb tätig, wird dort seine Kreise ziehen. Die Geschäftsleitung ist mit den Arbeitsresultaten des Mannes zufrieden. Gerloff, aus Interesse am sozialen Frieden im Betrieb, versucht, sich informiert zu halten. Der vertrauensunwürdige Mann hat gesagt:

Den Persermantel meiner Frau habe ich verkauft. 850 Mark habe ich mir dafür geben lassen. Er bietet Gerloff an, ihm den Erbschein zu zeigen. Gerloff: Den können Sie mir fünfmal zeigen, und ich glaube Ihnen nicht. Der Mann fährt fort: Was noch sehr gut ist, ist die gute Wäsche von meiner Frau. Das sind ja bald schon Antiquitäten. Das könnte man auch noch verkaufen. Alles dies ergibt keinen zwingenden Verdacht. Anderseits ist es auch nicht unverdächtig. Anderseits: Würde sich der Mann so ungeschickt ausdrücken, als hätte er selber den Eindruck, daß ihm niemand glaubt (Erbscheinantrag vorzeigen), oder als sei er vor allem gewinnsüchtig (die Verkäufe), wenn er eine Tat zu verbergen hat? Unklar, sagt Gerloff.

Nach einiger Zeit hat sich der Mann aus dem Umkreis des Betriebs eine Kollegin ausgesucht, die er in zweiter Ehe heiraten will. Die Frau fragt Gerloff um Rat. »Du hast auch von den Gerüchten gehört.« Gerloff kann nichts anderes tun, als seine ganze Hirnfläche ihr offenzulegen. Das lautet etwa so: einerseits gefällt mir der Mann nicht. Es gibt Gerüchte, daß etwas am Tod der ersten Frau nicht stimmt. Solche Gerüchte entstehen meist nicht ohne Grund. Das ist die Lebenserfahrung. Es ist aber auch die Lebenserfahrung, daß solche Gerüchte durch Zufälle entstehen. Oder der Mann hat etwas im Gesicht oder in seiner Haltung, das einen ungünstigen Eindruck macht. Es wäre sicher unsolidarisch, wenn man jemand ohne Beweise verdächtigt. Vom Gefühl her empfindet Gerloff aber keine solidarischen Gefühle für den Mann. Es wäre falsch, das nicht auch offen zu sagen, also Solidarität zu heucheln. Andererseits ist es völlig unmöglich, sich nach einer solchen Nicht-Empfindung, einem nicht vorhandenen Gefühl zu richten. Es könnte ja ein Vorurteil sein. Das ist es also, sagt Gerloff, was ich dir rate.

Die Frau, die die zweite Frau jenes Mannes werden will, sagt: Der tut mir nichts. Gerloff: Ich würde was dafür geben, wenn ich das so sicher wüßte. Aber er kann sich doch nicht dazu aufraffen, ihr den Mann mies zu machen. Er hofft, daß er sich täuscht. Eigentlich müßte er darauf vertrauen, daß er sich in früheren Fällen in der Einschätzung der Kollegen noch nie getäuscht hat. Er quält sich. Die Kollegin, die Rat sucht, dann auch wieder sich nicht irritieren lassen will in einer so lebensentscheidenden Frage, aber auch keinen Fehler machen will und auf Gerloff vertraut, will ihm diese Last von den Schultern nehmen. Sie kennt seinen Tagesablauf. Sie sagt: Ich nehme das mal auf meine Kappe.

Man muß irgendwas riskieren. Fehler kann man nur vermeiden, wenn man überhaupt nichts tut.

Gerloff ist gepiesackt, weil er ja der Frau nichts Handfestes mitteilen kann. Er meint, wenn es gefährlich sein sollte, dann mußt du mich gleich benachrichtigen, aber wahrscheinlich sind das nur Gerüchte. Die Frau: Ich kenne ihn ja näher. Mit den Augen einer Frau, aus der Nähe, sieht das doch ganz anders aus als vom Hörensagen. Da Gerloff auch unter solchen nebelhaften Umständen zu einem Urteil kommen muß, sagt er: Das mußt du wissen. Zur Hochzeitsfeier ging er hin. Auf Gerloff macht der Mann jetzt keinen so ungünstigen Eindruck.

Wechsel der Lebensläufe so schnell wie ein Radwechsel

Putermann, Grabbe, Hinrichs vom Institut für Sozialforschung Frankfurt/M. haben es satt, Arbeiterstudien zu betreiben, bei denen die Antworten »doch immer nur die Einschätzung der Interviewer durch die Arbeiter« wiedergeben. Finden die Kollegen die Interviewer nett, so bekunden sie, was diese erwarten; z. B. Arbeitszufriedenheit oder keine. Was als »gut« gilt, lesen sie aus der Haltung der Interviewer ab, die sich vergebens durch List, Fangfragen oder das, was sie für ein Pokergesicht halten, zu tarnen versuchen. Es entstehen Selbstbildnisse der Interviewer.

Danach haben die drei Wissenschaftler konsequent Zeitabschnitte aus ihrer Institutstätigkeit abgezweigt, sie haben sich der Gruppe RK (= Revolutionärer Kampf) angeschlossen. Die Planstelle im Institut, sagt Grabbe, sitzen wir auf einer Arschbacke ab. Sie können das, wenn sie sich gegenseitig in der Forschungsarbeit, für die sie bezahlt werden, vertreten. Die gewonnene Zeit verwenden sie für »spontane Untersuchungsarbeit in Betrieben«. Wollen zu den Geheimnissen der Arbeiterklasse vordringen, dem revolutionären Subjekt.

Das ging auf die Dauer nicht im Nebenberuf. Einige Jahre haben sie dann als Arbeitnehmer (Hinrichs als Kraftfahrer, Grabbe in der Kantine, Putermann als Lagerverwalter) in einem großen Werk der Automobilherstellung in Rüsselsheim gearbeitet. Sie haben Angebote, sich für höherrangige Stellen zu qualifizieren, ausgeschlagen. Ein Mitarbeiter in der Abteilung Öffentlichkeit und Werbung wäre scharf auf Zusammenarbeit mit Putermann. Putermann sagt: nein. Sie haben also widerstanden. Geheimnisse haben sie nicht gefunden. Obwohl mindestens Putermann und Grabbe sich nunmehr unter den Kollegen bewegen können, sich ausdrücken lernten, so wie manche Mönche lernen, sich untereinander fließend im Lateinischen zu besprechen.

Jetzt haben sie diese Phase ebenfalls abgeschlossen. Man »führt« in einem Zeitraum von zwei Jahren sechs, acht, zwölf Lebensläufe durch, für die die Vätergeneration pro Fall von der Wiege bis zur Bahre brauchte.

Ihnen fehlen, wenn sie abends müde aus dem Betrieb kommen, die Verbindungen, Zahlungsmittel, der »diskursive Elan«, den sie aus ihrem früheren Leben kannten. Was sind das auch für Erfahrungen. Keine über das »Geheimnis der proletarischen Kräfte«.

Es mag, sagt Hinrichs, der als Sohn eines Berufssoldaten, davor war der Vater Maschinist, die Phase der Basisarbeit gern abgekürzt hätte, daran liegen, daß die Kollegen in der Automobilindustrie am **falschen Arbeitsgegenstand** das **Geheimnis ihrer Produktivität** gar nicht lernen können.[44]

Man müßte Betriebe untersuchen, ich meine dadurch, daß man selbst in ihnen arbeitet, in denen die Kollegen über den **Produktionssinn** mit entscheiden, d. h., daß die Art der Produktion von ihnen quasi erfunden oder mit erfunden wird. Das wären Unternehmen, sagt Putermann, der es übernommen hatte, zu recherchieren, die aus der Zeit zwischen 1860 bis 1905 stammen. Im alten Werkzeugmaschinenbau war das so. In diesen Betrieben können wir nicht untersuchen, weil sie historisch verschwunden sind.

Wir haben die Uni-Bibliothek, antwortet Grabbe. Damit meint er nicht, daß sie dort über Werkzeugmaschinenbau, z. B. 1860 in Wuppertal, nachlesen wollen, sondern die Universitäts-Bibliothek selbst wird wie eine Klein-Manufaktur, nimmt Grabbe an, von Leseratten und Archivräten betrieben, die den Produktionssinn des Bücheraufstellens, die Sammlung mit entscheiden. Als sie dort zu untersuchen beginnen: Enttäuschung.

Die Glashütte Süssmuth, die von der Belegschaft nach Zahlungsunfähigkeit des Unternehmers übernommen und weitergeführt wurde, ist nach Grabbes Meinung »nicht mit Produktionssinn behaftet«, da das Glasblasen, Herstellen interessanter Glasbläsereien als Produktionssinn vorgegeben ist. *Das* haben die Kollegen gelernt, also können sie zunächst auch nur

---

44 Hinrichs, im Instituts-Jargon: Kapitalistische Produktion ist die Produktion von Dingen und darangehängten menschlichen Beziehungen (einmal weggelassen, daß die Arbeitsgegenstände aus den Augen der Arbeitenden verschwinden und als fremde Waren von ihnen zurückgekauft werden müssen, siehe u. a. *MEW* Bd. 23, S. 85 ff.); sozialistische Produktion dagegen ist Produktion von »Beziehungen zwischen den Menschen und der menschlichen Gesellschaft zur Natur« mit darangehängter Güterproduktion. Obwohl man dies in der Wortauslese des Instituts vielfach variieren kann, faßt es Hinrichs zusammen: Gummi, Erdöl, Eisenteile, Privatkraftwagen sind der »falsche Arbeitsgegenstand«. Das ist ungenau. Ebenso Stichwort *Produktionssinn*. Hinrichs vereinfacht: »Mutterleib und Luftangriff sind produktionsmäßig Gegensätze.« Gemeint ist, daß die gesellschaftliche Arbeitskraft (Putermann protestiert: man muß es persönlich formulieren, also Gesamtarbeiter sagen) über Krise, Inflation, Krieg nicht mit entscheidet. Wenn die Freunde länger darüber reden, verwirrt sich das Bild, wird aber genauer. Läßt Putermann zu, daß nur Hinrichs spricht, so ist es ungenau, aber vorstellbar, zumindest in der Täuschung.

das erlernte Produkt weiterhin herstellen. Grabbe hat zugesehen, wie der Oberbürgermeister von Kassel dem Institutsschef in einer Gedenkstunde ein Service in Süssmuth geblasener Schnapsgläser überreichte, die der Oberbürgermeister sich selbst vielleicht kaum geschenkt hätte. Der Institutsdirektor war kein Schnapstrinker. Schenker und Empfänger mußten so tun, als ob sie Freude empfänden.

Einen Produktionssinn, d. h. ins Auge springenden Gebrauchswert, hat etwas, das jedermann sofort klauen würde. Es schien Grabbe aber unwahrscheinlich, daß der Oberbürgermeister von Kassel oder seine Mitarbeiter oder aber z. B. die Sekretärin des Institutschefs sich an den Schnapsgläsern eigenmächtig vergreifen würden. Selbst dann nicht, meint Putermann, wenn die Gelegenheit sehr günstig ist. Hinrichs ist nicht ganz so sicher. Er findet, daß die Genossen sehr überheblich reden. Er kennt wen, der bestimmte Kristallgläser aus der ČSSR, nein aus dem Bayrischen Wald (Grabbe), insbesondere Kronleuchter (Putermann) massenhaft (Hinrichs), und zwar liebevoll verpackt in Watte oder Mull (Putermann), sie haben Ewigkeitswert, sind allerdings nicht bruchfest (Grabbe) – ihr meint doch auch, daß man das z. B. massenhaft durch den Zoll schmuggelt oder beiseite räumt. Putermann: Wenn man ein besonderes Verständnis dafür hat. Darin wollten sie alle drei nicht nachstehen. Für den Wert »besonderes Verständnis« fühlten sie sich als Anwärter. Wir kommen darauf noch zurück. Das betrifft, sagte Grabbe, die ganze Problematik des sog. »Erbes«. Hochproblematisch, sagte Putermann. Stell dir vor, Flüchtlingszüge im dritten Weltkrieg, ringsherum Druckwellen atomarer Explosionen und dazwischen sechs Güterwagen mit solchen Kristallgütern, die irgendwie noch die Pyrenäen erreichen wollen. Jetzt will ein Leutnant der Bundeswehr die Waggons requirieren. Was würdest du tun? Wir haben nicht die Zeit, sagt Hinrichs, diese Fragen so abschließend zu diskutieren. Wo kommen wir denn da hin? Wir sind ja nicht mal bei Süssmuth zur Besichtigung gewesen. Aus purem Zeitmangel. Und hier trödeln wir rum. Sie waren ziemlich erschöpft angesichts ihrer umfassenden Recherche-Aufgabe.

So haben die drei neuerdings, da sich bei der Suche nach Betrieben mit arbeiterkontrolliertem Produktionssinn kein Ansatz ergab, den Anschluß an ihr früheres Institut wiederaufgenommen. Sie werden hier besser bezahlt, können Reserven für Untersuchungsarbeit abzweigen. Wir brauchen, sagt Putermann, massenhaft Beschreibungen, sog. Querschnitte.

Untersucht werden soll gleichsam nicht im Detail, sondern en gros (Grabbe nennt die Methode »extensive Landwirtschaft«): »Die Landschaft der Indu-

strie als das aufgeschlagene Buch der menschlichen Psychologie«[45], also Städte, Beziehungssysteme zwischen den Menschen, Land, Geschichte und Gegenwart der Fabriken usw. usf.
Das ist auch lästig, sagt Grabbe, wie »abkommandiert zum Ährenlesen mit der Schulklasse«. Sie sind jetzt »Bereiser der Wirklichkeit«.

> »Sah am Ende von der Welt,
> wie die Bretter passen.«

Sie sind abgekommen von der Suche nach dem Geheimnis. Man muß vielleicht die »geheimnisvollen Kräfte« erst zusammenbauen. »Man findet sie nicht durch Suchen.« Allenfalls könnte man Teilstücke, die sich wie zu einem Puzzle zusammensetzen lassen, gelegentlich auffinden. Bei allen Zweifeln, ob sie nach Herkunft und Ausbildung die richtigen Leute für diesen rechten Weg sind. Es bleibt, sagt Grabbe, gar nichts anderes übrig.

Der langsame Hinrichs

Daß sein Vater Zwölfender war, d. h. zwölf Jahre in Reichswehr und Wehrmacht diente, zuletzt Feldwebel, bei Witebsk fiel, mit zahlreichen Tapferkeitsauszeichnungen behangen, ist nach dem Endausgang 1945 für Hinrichs kein Anlaß, sich zu identifizieren. Das war durch Fehlschlag abgewertet.
Das Unglück der Mutter, die ihn und die ältere Schwester aufzog, war, daß ihre Arbeit, Arbeit, Arbeit durch keine Befriedigung bezahlt wurde. Niemand umarmte sie. Sie mußte die Haut und die Knochen durch strenge, dichte Kleidung gegen die Umgebung abdecken, um nicht plötzlich hinzugreifen, überzuschwappen. Das war nichts, mit dem Hinrichs sich (wenigstens nicht offen) identifizierte. Andererseits war er treu.
Die Schwester war eine ökonomisch versierte, schlaue Person. Eine Zeitlang übertrug Hinrichs die heftigen Gefühle, die in Richtung des Vaters und der Mutter entstanden waren, dort aber auf Entsetzensblicke stießen, auf diese Schwester, die, schwarzhaarig und elegant, zunächst im Reitverein und im Ski-Club von Balingen durchschlagende Erfolge hatte. Solange sie sich nicht festlegte, schien sie glücklich – präpariert für eine Fülle offener Möglichkeiten, die

---

45 Karl Marx, *Ökonomisch-philosophische Manuskripte*, in: *MEW Ergänzungsband*, Erster Teil, S. 542: »Man sieht, wie die Geschichte der *Industrie* und das gewordene *gegenständliche* Dasein der Industrie das *aufgeschlagene* Buch der *menschlichen Wesenskräfte*, die sinnlich vorliegende menschliche *Psychologie* ist . . .«

nicht unbedingt Fehlschläge sein mußten. Dann »band« sie sich, so schlau sie vermochte (»malin comme un singe«), an den jungen Bauunternehmer Pelzer, eine *Partie*. Gemeinsam bauten die Eheleute ein Bau- und Transportunternehmen auf, schafften ein Vermögen beiseite, errichteten für sich einen Neubau am Berghang, wo die Reichen wohnten, 2 Kinder, einige Obstbäume. Jetzt wurde aber die Schwester durch diese Unglücksehe eingezingelt. Ihr Vorrat aus Elan reichte nicht unbegrenzt. Es wurden mit den Gefühlen der Schwester auch Hinrichs Gefühle eingekesselt, die er ihr zutrug. Mit der unglücklichen, hochorganisierten Schwester, »die an den Falschen geriet«, keine kräftebringenden Erfolge hatte (im Geschäft), defensiver Kampf, allmähliches Abstoßen des Transportgeschäfts, Reduzierung der Baukapazität, was doch alles nichts hilft. Mit dieser magenkranken Schwester konnte sich Hinrich nicht länger identifizieren. Deshalb Abstoßung von aller Familie. Nichts aus Balingen, wo alle seine Gefühle entstanden waren. Nur eines: Keine Berührung, keine Verwechslung.

Er wollte also aufsteigen. Seine ersten Themen: Lebensläufe von Aufsteigern. Das hätte er gerne positiv gewertet. Darüber stand aber der Wert »Realismus«, d. h., er ließ in seinen Exposés diese Aufsteiger zuverlässig auf Schranken stoßen, tragisch enden; dies, um selber höchste Stufen der Wahrscheinlichkeit darzustellen, selber aufzusteigen.

Nach vollendeter Ausbildung befaßte er sich mit Filmherstellung im gewerkschaftlichen Bereich. Querverbindung zu hochqualifizierter Wissenschaft, d. h. zu präparierten Leuten, die so vorgingen, daß keine Rückschläge zu erwarten sind. Sah selber wie ein Wissenschaftler aus, wenn auch sein Körper die Kraft, die er besaß, nicht am Schreibtisch gewonnen hatte. Dazu Skifahren, plötzliche Erinnerung an glückliche Abfahrten mit der Schwester. Am Zielpunkt angekommen, fällt er, bricht den Oberschenkel. So humpelte er ein dreiviertel Jahr. Der Bruch war kompliziert.

Schlüsselerlebnis: Aus zwei Dienstfahrzeugen springen Ecke Senckenberg-Anlage/Forum 12 Beamte herab und schlagen auf eine Fünfer-Gruppe von Studenten ein, Reste eines Demonstrationszuges. Die Szene wird Hinrichs nicht vergessen. Es ist ein höchster Wert, diesen Haß, momentan war es Schrecken, danach nicht mehr, im Herzen zu bewahren. Er hat jetzt ein Bild vor Augen, diese Truppe – und er ist schlau genug, zu wissen, daß dies nur Instrumente sind, das steht in zahlreichen Taschenbüchern. Wem sie dienen, welche Dynamik ihre Triebökonomie hat, die verlängerte Linie dieser Arme, das konnte er graphisch jederzeit in einer kleinen Zeichnung darstellen. Er hat aber außerdem den Augeneindruck, den er nie vergißt – zu der gleichermaßen unidentifizierbaren Perspektive Glück und Unglück, die einen Block bildet, der ihn von seinen Gefühlen zum Vater, zur Mutter, zur Schwester, von seinen sinnlichen

Eindrücken, von inaktiver Wissenschaft usf. trennt, ihm den Oberschenkel-
bruch eingetragen hat, tritt jetzt ein deutliches Bild. Jetzt wird er, wie ein Rum-
pelstilzchen, ein konsequenter Kämpfer sein – für seine verlorenen oder ihm
abgetrennten Gefühle aus Trotz, wie sein Vater zur Reichswehr, aber alles dies
ganz umgebaut als heimlicher Widerstand, der wieder auf die Augen Vertrauen setzt.

Gemessen daran findet er es nicht schlimm, eine Frau, die 3 Kinder mitbringt,
wie ein Patriarch in seinem Umkreis mit sich zu schleppen. Im Wissen, daß
nicht alles aufgehoben sein wird, wenn er zäh und feindselig sein Geheimpro-
gramm verfolgt. Es schadet nichts, daß alle Kräfte, die er einsetzt, a) ihm gehören, b) in der Wurzel unsolidarisch sind, sie sind ja Trennungsenergien, vom
Unglück des Vaters, der Mutter, der Schwester, c) sich auf Aufsteigen beziehen. Aus lauter zweifelhaften Eigenschaften ein energischer Rachegeist. »Es
gibt nichts in der Welt, das man a priori für gut halten könnte, es sei denn der
gute Wille.« In einer Art Geheimlabor, das weiß Hinrichs, produziert er solchen guten Willen. Eigentlich ist es praktischer als das. Hinrichs hat wenige
Freunde, da er sich nicht öffnet. Man kann von dieser Freundschaft wenig
mehr sehen, als daß Hinrichs diese wenigen um sich duldet, da sie ihn achten.
Andere unterschätzen ihn. Er gilt als langsam.

Heft 6

Im Sommerzug – Ein KZ-Einfall in der Sommernot – Junge Frau berichtet – Die Befreiung – »Und sung und sung sich schier zu Tod« – Sie konnte in die Zukunft sehen – Weißes Roß – Wally, der Rachegeist – Rachegefühl als Freizeitthema – Eingemachte Elefantenwünsche – Schwachstellenforschung nach Dr.sc.nat. Beate G. – Er wollte sie wie ein Einmachglas ... – Die schlauen Hände – Der starke Krutschinski – Addition von Ungerechtigkeiten ... – Schock-Erlebnis – Die Gesellschaft als Festung – Resultate eines Gesprächskreises in Koblenz – Das Grabmal aus Beton.

Im Sommerzug

[**Der Zug**] Aus der Gegend von Eisenach kommt ein Zug gefahren. Es sind keine Eisenacher darin. Spätestens ab Fulda sind es Leute, die nach Frankfurt am Main wollen. Der Zug durchschneidet, gleisgebunden, die Vorstädte. Alle Fenster sind geöffnet. Es zieht. Die handtuchartigen Fenstervorhänge, zugezogen, blähen sich im Fahrtwind.

[**»Die Sonne brennt, die verfluchte Sonne dieser Gegend, die nun schon seit zwei Monaten alles, was der ausgetrocknete Boden trägt, niederknallt.«**] Bauern auf dem Feldweg, die den staubgrauen Boden bekarren. Der Zug mit den Städtern fährt in der Entfernung vorbei.

[**Im einzelnen Abteil**] Die Sonne gibt ein weißes, blindes Licht auf die Straßen. Auf den Autodächern drängt sich Licht. Viele Autos fahren auf der linken Fahrbahnseite. Taxis weichen aus. Sind andere Formen als diese Autodächer, diese Häuser noch zu sehen? Die zähe Sonne, die die Wolken nicht zu durchdringen weiß, erscheint giftig. Zwar kommt die Sonneneinwirkung z. B. auf den Berghöhen um Arosa den gefährdeten Gehirnen näher, sie verfängt sich dort aber nicht in den die Erde und ihre Völker gefährdenden Dingen, die sie, wie die weißlichen, keineswegs vollständigen Wolken, nicht zu durchdringen vermag. Es geht um die günstige oder ungünstige Wirkung der so reflektierenden Strahlen auf die Hirne.

Eine Frau trägt im Bahnabteil goldene Strumpfhosen und Schnallenschuhe. Ein Krepphandtuch hält sie auf dem Schoß für ein neben ihr sitzendes Kind, das entweder weint oder Tee nuckelt. Die Abteilinsassen haben wegen eines fremden Unglücks jetzt schon 2 Stunden Aufenthalt vor der Haupteinfahrt. Unter dem Druck der Sonne, der auf den Zugdächern liegt. Es wird ein dritter Mann gesucht für Skat.

[Irmi] Das Kind, das auf den Namen Irmi hört, deutet auf eine Autoabbildung in der *Bild-Zeitung* und sagt auf unvollkommene Art: »Mercedes-Benz«. Es weist mit der Faust auf die Abbildung. Die Mutter aber, die gerade gesagt hat: »Kommst du nachher nach Omma«, sagt: »Kein Mercedes, sondern Ford«. Das Kind weist auf die Abbildung und sagt: »Mercedes«. Die Mutter, oder möglicherweise ist es die Großmutter oder eine *Erziehungsberechtigte*, sagt: »Nicht Mercedes, sondern Ford«. Das Kind wiederholt: »Mercedes, Mercedes, Mercedes«. Es weiß bereits, daß es unrecht haben soll. Die Mutter gibt ihm nach. Sie lächelt und weist zum Fenster hinaus. In diesem Augenblick schlägt das Kind mit beiden Händen auf die Abbildung ein und sagt zehnmal Mercedes und einmal Mercedes-Benz. Das Beklopfen der Zeitung macht die Mutter nervös. Sie unterbindet das Tun. Nach einiger Zeit wird das Kind ruhig. Es sieht in die Landschaft hinaus, hält Ausschau nach weiteren Irrtümern.

[Eine brutale Mutter] Die Frau leckt, als sie spürt, daß Blicke auf ihr ruhen, ihre durchbluteten Lippen, die sich kreisrund öffnen, um sich von der Zunge karessieren zu lassen. Ihr Kind schlägt mit einem eisernen Armreif gegen das Zugfenster. Das stellt sie mit einem Handgriff ab. Sie reißt das Kind zurück, reißt dessen Kopf an ihren Schoß heran. Ihr Blick kontaktet reihum im Abteil, ob Billigung oder Mißbilligung die Folge ihres Tuns ist. Sie lacht sehr »metallisch« und hoch. Wenig später gähnt sie. Aus dem hübschen »schafigen« Gesicht sehen Augen, die eine »starke Kraft« haben. Ihr breiter Hintern deckt den Sitzplatz ab. Um den Hals trägt sie einen kleinen schwarzen Schal. An den Mundenden, wie bei einem Tier, das lange Strecken gelaufen ist, Reste von Spucke. Vier Männer im Abteil um sie herum. Sie haben sich aus anderen Abteilen in ihrem Umkreis zusammengefunden.

Diese Bahnfahrt wird keine Neuerungen bringen, die sie sich erwartet. Eigentlich wäre sie noch für etwas ganz anderes zu haben oder geeignet. Das Kindchen, bedauerlicherweise als Störenfried da, zu anderen Zeiten ein Anker, hat sein rotes Hütchen aufgesetzt. Es trägt ein Köfferchen, in einem Moment guter Laune ihm geschenkt. Es will aussteigen. Die Station ist aber noch nicht erreicht. Es will aus dieser Umgebung im engen Abteil heraus, die der Mutter keine Zeit läßt, sich mit dem Kind zu befassen, sie unwillig und unbillig gegen das Kind macht. Auch die weitergeholten Blicke, die sie aus diesem Waggon bezieht, bringen nicht Hand an die hautreichen Stellen Gittas. Ihr Mund ist immer noch nicht verkniffen, obwohl dies Leben nun schon 3 Jahre so fort-geht. Schlimmer werdende Vormittagslaune. Gitta streicht dem Kind das Haar, das Hütchen hat sie ihm vorläufig wieder weggenommen. Was soll sie überhaupt hier?

Das Kind trägt rote Strümpfe mit einer länglichen Stopfnaht, schwarze Lack-schuhe, in einer Zärtlichkeitsaufwallung angeschafft. Neben der Mutter hängt ein immer noch kostbarer roter Mantel mit jeweils zwei engstehenden Knopf-paarlinien vorn, Stoff von der Qualität amerikanischer Offiziersuniformen der zwanziger Jahre. Der Zug fährt über die Main-Brücke.

Ein KZ-Einfall in der Sommernot, Trauerarbeit

I

Die Katze, die einer Wohngemeinschaft gehörte, warf in den Morgenstunden fünf Junge. Die Jungtiermutter, meinte Katharina, wußte gar nicht, wie ihr ge-schah. Nie hätte Katharina die Verantwortung für eine Katze auf sich nehmen wollen. Sondern sie war, da sie ja Katzenliebhaberin war, nur damit einver-standen, daß in der Wohngemeinschaft insgesamt ein Kätzchen leben sollte. Katharina war mit der Absolvierung ihres Lebens so beschäftigt, daß keine Energie übrigblieb, die die Last auch nur eines anderen lebendigen Wesens in ihrer unmittelbaren Verantwortung hätte tragen können.

In den Hitzetagen wußte die schwangere Katze nicht (sie konnte ja ihr Fell nicht ablegen), »wie ihr geschah«, und jetzt wußte sie nicht, was da aus ihr her-ausdrückte. Sie versuchte, mit dem Maul an ihre »Geschlechtsöffnung« heran-zukommen und das Störende zu bebeißen, schlug, während sie sich im Kreise drehte, den Kopf ihres heraushängenden Erstgeborenen mehrfach gegen die Türfüllung. Das bekommt einen Hirnschaden, warnte Katharina. Die Katze könnte aber nicht sehen, was da an der Nabelschnur hing. Zwischen Instinkt und »Verwunderung« hin- und hergerissen, drehte sie sich immerfort.

R. und Katharina sterilisierten alle sieben Minuten eine Schere und zer-schnitten damit die Nabelschnuren der kleinen Lebewesen, die wie Mäuse aussahen. Nach der Geburt des vierten Kätzchens sagte Katharina: Das ist doch unvorstellbar. »Unvorstellbar« war aber, daß die Wohngemeinschaft, jetzt kam noch ein fünftes Tier ans Licht, fünf zusätzliche Jungtiere übernahm. Die Katzen werden irre, sagte R., wenn sie keine Ansprache haben. Die Mitglieder der Wohngemeinschaft, keine Biologen darunter, nahmen das jedenfalls an.

Erregt telefonierte Katharina mit St., der ihr früher einmal für den Fall solcher Ernstfälle versprochen hatte, die »untragbaren« Jungkatzen umzubringen. Er war aber beschäftigt, wollte sie wohl auch erziehen, sagte: Das kannst du nur selber lernen. Er gab Anweisungen.

Die beiden, R. und Katharina, beide allein verantwortlich, hatten sich zu diesem Zeitpunkt stark alkoholisiert. So lief Katharina zur Apotheke, kaufte Schwefeläther, ein Betäubungsmittel. Sie beträufelte Wattebäusche mit der Flüssigkeit, holte von der Katzenmutter, die in einem Karton saß, drei der Kleinen weg, nachdem sie mit R. Erwägungen angestellt hatte, welche Jungtiere die »Auswahl« traf. Katharina wählte nach Farbmuster des Felles.

Sie betäubte die Kleinen, dazu weinten R. und sie heftig, während sie die Ätherwattebäusche vor die Nasen hielt. Die Tiere streckten ihre Glieder, lagen matt und »schlafend«. In der Hand dieser Großen Götter, die über sie entschieden. Die betäubten Leiber wurden in drei Plastikbeutel gesteckt, ein Stück getränkter Wattebausch dazu, ein Schuß Schwefeläther hinzugegeben, der auf der zerknüllten Plastikunterseite Seen bildete, zugeschnürt, in das Tiefkühlfach des Eisschranks.

Das merken die nicht, sagte R. Die Mutterkatze, die in dem Karton in der Küche die zwei Rest-Jungen säugte (zuvor noch hatten alle fünf ihre Henkersmahlzeit an der Mutter getrunken), schien ihre entführten Jungen nicht zu vermissen, kroch lediglich einmal aus dem Karton heraus, rieb den Kopf an den Beinen der Erwachsenen.

Katharina: Wenn die in der Eisbox aufwachen und, wenn wir nachher öffnen, herauskriechen, dann ist das, das mußt du mir fest versprechen, ein Gottesurteil. Der stark besoffene R.: Ja.

Es war ein aufregender Tag. In der Frauenstrafanstalt war der Teufel los, da die unter der früheren Gefängnisdirektorin ganztägig geöffneten Zellen der Untersuchungsgefangenen unter der neuen Leiterin nur noch für zwei Stunden täglich aufgeschlossen wurden. Hiergegen hatten sieben Gefangene rebelliert, indem sie sich in ihren Zellen verbarrikadierten und durch Aufsichtsbedienstete in ihrem Willen gebrochen werden mußten. »Dazu muß man sich verhalten.«

Nachmittags wollte Katharina aus dem Tiefkühlfach eine Wodkaflasche, die noch neben den Plastiksäckchen lag, herausheben. Sie legte auch gleich eines der Säckchen heraus, stellte es unter die Heizung. Sie wollte Zeit zur Besinnung gewinnen. Das mäuschenartige Jungtier schien in seinem »Mutterleib« aus Kunststoff zu schlafen. Katharina zerfetzte mit einer Nagelschere den Plastikteil, so daß Zimmerluft an die Naseneingänge des Tiers herantrat. Vielleicht hatte die Kälte den Frischluftbedarf gesenkt, hatte der Schwefeläther sich am Boden des Plastikbeutels kondensiert? Abends schien das gerettete Wesen fast munter. Kroch in das Wollfell der Mutter, überkroch die wolligen zwei Gefährten; das Jungtier verwechselte offenbar Fell und Brust, sah es als Einheit. Während die zwei ganztägig genährten Jungen die Brust der Mutter auch fanden, schien das aus dem Tiefkühlfach entnommene Junge auf gewisse Weise instinktgestört. Waren die Riechnerven zerstört? Katharina konnte jedenfalls nicht beobachten, daß es saugte.

II

»Ach, wir müssen alle sterben,
Großmama ging dir vorauf,
Und du wirst den Himmel erben.
Klopfe nur, sie macht dir auf!«

Alter Trostvers, erfunden von Menschen, die sich in Katzenjunge zu versetzen suchen, die im Sack zur Ertränkung geführt werden.
Im »Himmel«, sagte R., d. h. unter der Direktherrschaft der Weißen Götter, waren sie in den Stunden im Eisfach. Die im Eisfach verbliebenen zwei Jungtiere waren zu diesem Zeitpunkt steif gefroren, wurden in die Mülltonne gelegt. Es grauste Katharina, wenn sie, als Nichtbiologin, abschätzte, ob auch fremde Katzenwesen aus der Vereisung erwachen könnten, daß eine dicke, wildernde Hauskatze, die sie in einigen Jahren in der Umgebung des Grundstücks sähe, vielleicht aus solchem Dämmerzustand hervorgekrochen sein konnte.
Der Vers ist auch aus anderen Gründen stockideologisch, sagte sie. Die Großmutter der drei hier (sie deutete auf den Karton) lebte in einer anderen Wohngemeinschaft, war schwanger bis zum Morgen der Häuserräumung Schumannstraße, hatte in dieser Nacht ihre Jungen und zeigte als einzige Persönlichkeit im Schreckensmoment fünf Uhr früh einen »geistesgegenwärtigen« Ausdruck. Sie umschlich das Telefon, als die Nachricht eintraf; »das Haus ist ohne Kampf besetzt worden, nachdem die Bullen zu Täuschungsmanövern gegriffen haben«.
Diese Großmutter, ein besonders neugieriges Wesen, gewahrte die Erregung in der Wohngemeinschaft, deutete sie in ihrer Weise, in ihrem Sinne, was ihrem Kopf einen Ausdruck von »Bewußtsein« gab.

III

Was die beobachtende Katharina nicht begriff, war, daß die Katzenmutter die Bewegungen der Jungtiere, die doch nur an Mäuse erinnerten, niemals mißverstand und nicht irrtümlich oder probeweise zubiß.

Man konnte der so frühzeitig mit den Kunstverpackungsverhältnissen unserer Götterwelt vertraut gemachten Enkelkatze nicht beibringen, daß sie (bei großem Interesse für das Wollige im Fell der Mutter) die Brustwarzen fand und außerdem auch saugte. Schließlich gelang es Katharina, sie für einen Pinsel aus Dachshaar zu interessieren, den sie mit Milch getränkt hatte und den das Jungtier gierig ableckte. So ließ sich ausgleichen, daß sie nicht »konventionell mehr zur Mutterbrust drängte«. Die junge Mutantin wurde später an eine fremde Wohngemeinschaft verschenkt, eine Notlösung. Katharina, nach R.s Ausscheiden aus der Wohngemeinschaft die einzige, die über den Ursprung dieses Wesens Bescheid wußte, hätte sie weiterhin beobachten sollen. Der Energiehaushalt Katharinas war so nie in Ordnung zu bringen. Jetzt hatte sie sich von einer Fürsorgelast ziemlich umständlich befreit, und dafür machte sie sich Vorwürfe, etwas Wichtiges nicht beobachtet zu haben, also Schuldlast.

Junge Frau berichtet

Die junge Frau berichtet: Zwei krausköpfige Jungen, die immer untertauchen und trocken wieder auf der Wasserfläche ankommen. Was ist trocken? Trocken ist: von Wassertropfen nicht benetzt. Das Haar hat keine Wassertropfen, das ist Negerhaar, das das Wasser nicht »annimmt«.
Und warum erzählst du das?
Ja, warum erzähle ich das? Ich habe es gesehen. Ich war mal ins Bad gefahren. Nach acht Jahren. Entweder gar nicht ins Bad oder mit dem Jungen. Jetzt mal allein. Da sehe ich diese Krausköpfe.
Die beiden Frauen essen ihre Butterbrote und nehmen Kaffeeschlucke zu sich, sehen durchs Fenster, was sich auf der Straße ereignet.
Nach einer Weile fängt die junge Frau wieder an: Oder zwei Jungen, die untereinander durchtauchen und nach dem Auftauchen sich jedesmal einen Kuß geben. Immer wieder untertauchen, untereinander durchschwimmen, auftauchen und ein Kuß.
Nach einer Pause: Zwei Spanier gehen da lang, reden in ihrer Sperrsprache (sie macht die Gesten nach, steht auf, erinnert an die Gangart und das Klirren die-

ser Sprache). Keiner hört auf den anderen, aber beide sprechen aufeinander ein. Dann kommen sie mit einem Bier wieder zurück. Jetzt behutsam und ohne zu reden. Das hat keine Pointe, sagt die Freundin. Was willst du daraus schließen? Die junge Frau will nichts schließen, sondern hat es *gesehen*. Paß mal auf: noch was. Da sind zwei Frauen, eine Hünin und eine kleinere Mutter. Praktisch, möchte ich sagen: Prostituierte. Sie nehmen das kleine Kind, das der kleineren Mutter, vielleicht zwei Jahre, fassen es im Wasser unter den Bauch und lassen es auf der Handfläche schwimmen. Das Kind tut so, als ob es schwimmt, freut sich, »tutschelt« hin und her im Wasser und schwabbert. Die Frauen freuen sich an dem »Ding«, das ihren Erwartungen entsprechende Bewegungen macht und »gedeiht«. Ganz anders der achtjährige ältere Sohn der kleineren Mutter. Die Hünin wirft ihn, der weint heftig und hat seine Brille verloren, ins Wasser, duckt ihn ein. Zu den Umsitzenden gewendet: Andernfalls geht der nie ins Wasser. Die kleinere Mutter, die anfangs zögert, jetzt aber mitmacht: Der will nicht ins Wasser. Sie packen ihn gemeinsam und schleppen ihn zu dem Einmetersprungbrett, stoßen das Kind ins Wasser.

Die Freundin, die einer »bewußten« Organisation angehört, fragt: Und was hast du gemacht? Zugeguckt?

Ich wollte sofort hin und die anschnauzen. Die sollen das Kind in Ruhe lassen. Das Kind wird ja verrückt bei dieser Methode.

Und du bist hin?

Ich hatte das im Kopf. Das hatte ich schon in genauen Worten im Innern hin- und hergeredet.

Bist du ins Wasser und hast die zur Rede gestellt?

Man kann nicht, mit dem Bauch im Wasser, ein längeres Streitgespräch anfangen. Die Hünin war Köpfe größer als ich und die kleinere Mutter auch größer. Und die immer zu den Umsitzenden: »Ohne das geht der nie ins Wasser. Das ist zum Lernen«. Die Badegäste waren durch diese Überzeugungsarbeit gewonnen und lächelten inzwischen zurück. Ich wäre auf die Front der ganzen Badeanstalt gestoßen. Ich hatte im Kopf die Auseinandersetzung schon aufgenommen.

Aber hin bist du nicht? Hat man erkennen können, was du gedacht hast?

Weiß ich nicht. Du meinst, ob ich ein finsteres Gesicht gemacht habe?

Du bist also still sitzen geblieben?

Aber ich war im vollen Braß. Wenn ich zum Wasser gestürzt wäre: ich rein und hätte geredet, bis es einen Volksaufstand gegeben hätte.

Du bist aber sitzen geblieben und hast irgendwie geguckt.

Unauffällig. Ich weiß natürlich, was du jetzt gleich sagst.

Die Freundin (nach einem tiefen Zug Kaffee): Dann brauche ich es ja nicht zu sagen, wenn du es weißt.

Natürlich weiß ich das. Du warst aber nicht im Bad und hast es nicht *gesehen*. Ich habe es gesehen. Zu Hause sitzen kann jeder.

Nun plustere dich nicht auf. Ich bin keine Hünin, sagt die Freundin, und ich schmeiße keine achtjährigen Kinder ins Wasser, damit sie lernen.

Ich glaube, die kleinere Mutter hat ähnliche Empfindungen gehabt wie ich, sich aber dann an die Hünin angeglichen, weil das eben schon in die andere Richtung lief.

Ich will mich nicht wiederholen. Aber es steht fest, daß du dich nicht gerührt hast. Nicht mal die Hünin an den Haaren gepackt. Du hättest das Kind doch zu dir holen können.

Es war ja nicht meins.

Was heißt denn »meins«? Die kleinere Mutter, der das Kind gehörte, war ja nicht bei Trost, da *mußtest* du ins Wasser und ein Streitgespräch einleiten.

Was würdest du denn Praktisches vorschlagen? Was soll ich denn tun?

Jetzt natürlich nichts. Trink deinen Kaffee aus, der wird sonst kalt.

Typisch, sagte die junge Frau, daß du nichts Praktisches vorschlagen kannst.

Ich finde, wie ich da gesessen habe, weil ich endlich mal allein war und Zeit hatte, um mich herum was zu sehen, war praktischer. Um ein Haar hätte ich ja eingegriffen. Zum Beispiel, wenn ich zu zweit gewesen wäre.

Wollen wir uns nicht zanken.

Die Freundinnen hatten nichts mehr in den Tassen, es lag ihnen fern, sich wechselseitig den Nerv zu töten.

Die Badeanstalt lag an einem in der sensationellen Hitze dieses Sommers 1976 aufgewärmten Flüßchen. Einige Wiesenterrassen, von denen man alles gut übersehen konnte. Die Lindenbäume und die Erlenreihe am Rande der Anstalt zeigten Wirkung eines leichten Windes. Es kommt alle Jubeljahre vor, daß Hilde einmal allein in dieser Anstalt umherblickt, die Augen an die Umwelt hingegeben.

Die Befreiung

Da irgend jemand für Oberschulrat Dorte, der zum Kultusministerium in die Landeshauptstadt abgestellt war, in der fremden Stadt sorgen mußte, war seine älteste Tochter, die zwanzigjährige Inge, ihm gefolgt. Sie trat in der Hauptstadt eine Stellung als Sekretärin an, führte den Mansardenhaushalt des Vaters. Ihren Geliebten, Försterssohn, der sich Wowo nannte (Verdoppelung von Wolfgang) und den sie in der Provinzstadt M. zurückließ, wollte sie nicht mehr wiedersehen.

Diesen Entschluß hatte sie gefaßt. Trotzdem zankte sie sich mit dem Vater am frühen Morgen des 16. April, als sie noch in ihrem Bett lag, er aber, zwischen dem Spiegel und ihrem Bett hin- und hergehend, das seifenbeschmutzte Messer in der Hand, machte ihr Vorhaltungen wegen ihres Geliebten. Dorte war als bürgerlicher Mensch, im Schuldienst erzogen, sicherlich kein Mörder. Als aber dieser erregte Mann, dessen Kopf unter weißem »goethischen« Haarkranz stark gerötet erschien, vor ihr auf und ab ging und sich ihr, das Rasiermesser schwenkend, über die kritische Distanz hinaus immer wieder näherte, sie lag praktisch unbedeckt, sah zu ihm auf, hatte sie, zum wievielten Mal konnte sie selbst nicht sagen, Todesangst.

Tags darauf kündigte sie ihre Stellung, trat eine neue an, zog aus der Mansardenwohnung des Vaters aus, mietete ein Appartement, brach mit ihrem Geliebten in M. endgültig. Sie zweifelte, ob sie damit bereits entkommen sei. Wowo erschien am folgenden Samstag. Erhitzt kam er von einer großen Mahlzeit und vorangegangener Anhalterfahrt. Um ihn desto sicherer loszuwerden – und zwar endgültig –, wollte sie ihm nicht Anlaß zum Zorn geben, einem Streit, der allzu leicht mit einer Versöhnung enden konnte. So nahm sie ihn vorläufig nochmals in ihr Bett auf, in dem sie sich befand, als er kam. Da ihr dieser Kompromiß aber unerträglich schien, sie auch immer an den geröteten Schädel ihres Vaters denken mußte, der jetzt in seiner Mansardenwohnung allein war und klagte, paßte sie nicht auf. Eine Abtreibung, sagte sie, auf mich allein gestellt, will ich nicht vornehmen. So gab sie lieber ihrem Vater Grund zum Rechthaben, als sie ihn um Geld bitten mußte, da sich die Sekretärinnenstelle mit Rücksicht auf das Kind nicht halten ließ. Dem schadenbringenden Kompromiß mit Wowo wollte sie keinen zweiten, vielleicht derberen anfügen.

Sie zog deshalb in die Mansarde des Vaters *nicht*. Da sie aber allein nicht die Mittel aufbringen konnte, sich, das Appartement und das Kind zu finanzieren, gab sie dem Drängen eines Landgerichtsrats Lenze nach, der ihr große persönliche Selbständigkeit, freie Berufsausübung und eine Scheidung nach wenigen

Jahren versprach, wenn sie sich ihm *jetzt* als Frau zur Verfügung stellte. Das Auskommen als Landgerichtsratsgattin war mäßig, ihre Hoffnung, bald Witwe zu werden, trog. Von den Versprechen hielt der Landgerichtsrat nichts ein, er betrog sie nie, so daß sie keine Trennungsgründe hatte, obwohl es für sie Grund genug war, daß ihr behender Kopf permanent auf Trennung sann. Ihr Kopf war rund, bis in die Stirn von kurzem, dichtem Haarwuchs besetzt, an den Schädelseiten, wo am Kopf ihres Vaters der weiße Haarkranz hing, unter den Haaren eine spürbare Verstärkung des Schädelknochens, als ob das Großhirn hier weiter ausholt, eine Art Balkon bildet. Sie hielt sich für »hirnorientiert«.

Ihr gutes Hirn nützte ihr aber bis dahin wenig: 10 Jahre Kinderzeit, 10 Jahre Pubertät, jetzt folgten 25 Jahre leerstehende Fruchtbarkeit (3 Jahre davon verbraucht, sie würde die restlichen gern verschenken). Dann noch 40 Jahre »Reife«. Den Tod sah sie praktisch schon vor sich, ohne daß sie den bestehenden Zustand noch ändern konnte. Ihre Hoffnung wandte sich dem Zeitpunkt zu, daß entweder ihr LGR doch noch starb (da es nicht bald geschah, schien es ihr, als geschähe es nie) oder daß man die Toten einfrieren und später wieder beleben könnte. Dies schien ihr die beste Lösung, die ihr Hirn ersann: 200 Jahre später aufwachen. Sie wollte gern aufwachen.

»Und sung und sung sich schier zu Tod«

I

Susi Wallstabe litt an Akzeleration. Das ist keine Krankheit. Im scharfen Wettbewerbskampf mit der Mutter, angesichts der *Unantastbarkeit* der Person des Vaters (sie konnte ihn mal tätscheln, so tun, als ob sie ihn umarmt, sich ihm, wenn es einen praktischen Zweck hatte, zu einem Nacktfoto stellen, sich von ihm wecken lassen oder noch nachts um ein Gespräch ansuchen usf.), hatte sich der Entwicklungsprozeß ihrer Intelligenz (und diese schlug sich auch in vielen Körperpartien physisch nieder, Becken, Brust usf.) verschnellert. Sie war mit sechzehn »aus den Kinderschuhen heraus« (Worte des Vaters). Das galt eher als spät. Die Pubertät wollte aber nicht eintreten, so galt sie übergangslos als erwachsen. Das erschien verfrüht. Selbstverständlich merkte ihr wacher Sinn, daß sich lediglich eine Spaltung auftat zwischen ihrer kindlichen »Natur« und ihrer »Entwicklung« (darin steckte Teufelsgeist).

»Gift muß ich haben!
Hier schleicht es herum.
Tut wonniglich graben
und bringt mich noch um!«

Ihr Freund Erni, in der GIM organisiert, dem sie gelegentlich traute, stellte das so dar: Du hast innerlich eine recht kleine Persönlichkeit, die eine Leiter anstellen muß, wenn sie durch deine großen Augen einen Blick auf die Welt werfen will. Sie versuchte »nachzureifen«, insbesondere durch häufigen Stellungswechsel in der Berufsfrage, die sich zunächst nur in der Wahl der Ausbildungsrichtungen darstellte. Wollte sozusagen ihre dritten Zähne haben. An ihren Schläfen violette, nervöse Äderchen. Oft hatte sie Kopfschmerzen. Rasch vorüberziehende Desorientierungen. Ausgeburten der Phantasie. Sie mußte das verbergen, damit nicht Dritte von außen eingriffen, Korrekturen an ihr vornahmen. Sie rächte sich durch Quengeln – langwierige Störungen des Kontakts mit sich und anderen. Eingezwängt in einen Körperbau, der ihr wie ein verlassener Palast erschien, in dem sie Kellerräume bewohnte, verwaltet durch *ein* Hirn, das in scharenweisen Fraktionen in verschiedene Richtungen strebte. Es war weniger eine Verschnellerung der Entwicklung (im Sinne von Beschleunigung von Teileigenschaften und Zurückbleiben anderer) als vielmehr die Verweigerung jeder bestimmten Richtung der Entwicklung – ein blinder Fluß von Neugier, Direktangriff, Suchen, Wachstum, andererseits Verbarrikadierung usf.

In vielen Pausen zwischen diesen Störungen hatte sie sich wissenschaftlich breit ausgebildet, aber auch Kurse für Ausdruckstanz in einer Company in London absolviert, weil sie eben nicht die Richtungslinien des Hirns spezialisieren, sondern vor allem die in ihren Gesten, ihrer Körperhaltung, ihren Bewegungen enthaltene Hirnenergie nachziehen wollte. Es machte ihr auch Genuß, dem begehrten Vater, den sie sich so sehr abgewöhnt hatte, Geld aus der Tasche zu zwacken. Hiermit verbunden Autofahrten mit intensiven Gesprächen mit diesem »Vater-Partner«, keiner von beiden konnte bei hohen Geschwindigkeiten die Tür öffnen und aussteigen, keiner, der nicht mitfuhr, konnte stören. Umarmungen waren schon technisch (als Störung des Fahrzeughalters) ausgeschlossen, man konnte aber Becken an Becken sitzen. Sie galt als träumerisch.

Jetzt drängte sie, noch mitten in divergenten Studien, zur Praxis. Durch Vermittlung von Freunden der Familie in der Abteilung Öffentlichkeit und Werbung eines Großkonzerns eingeschult. Irgendwann wollte sie ein regulärer Mensch werden.

Überrascht registrierte sie, daß sie neuerdings zu einem Cousin ihres Jugendfreundes Erni, einem Franzosen, sich weniger verschlossen verhielt. Interessante Nachmittage. In Hotels bei Straßburg. Unter solchen Umständen fand sie an dem seit neun Jahren ausgeübten »Geschlechtsverkehr«, was immer das sein soll, *Interesse*. »Gift muß ich haben!« Gift war es nicht.

Sie verfügte über Kenntnisse in
Arbeitsphysiologie
Anthropologie, Völkerkunde
Ausdruckstanz
Physik, insbesondere Kernphysik
Astronomie
Werbepsychologie.

In jeder linken Diskussion konnte sie ihren Standpunkt wahren. Außerdem: »flüssig schreiben« – das war Gegenstand ihres derzeitigen Jobs. Immer vorausgesetzt, daß sie die Sache, über die sie schreiben sollte, nichts anging. Von ihrem Arbeitsraum im Verwaltungshochhaus blickte sie durch riesige Fenster auf eine Rheinschleife. Am anderen Ufer Raffinerieanlagen. Vor dem seitlichen Fenster Werkstraßen, darüber das Wetter vom Tage.

Ihr Aufgabengebiet war Binnenwerbung. Wie kann ein Quentchen Extra-Aktivität aus den verschiedenen Schichtungen der Belegschaft zusätzlich gewonnen werden, wenn welche Maßnahmen der Betriebsleitung, die nicht viel kosten dürfen, getroffen werden? Hierüber wöchentlich einen Bericht und vierteljährlich eine Projektperspektive, die die Arbeitsstellen der Unterabteilung absicherte, indem sie in den Vorgesetzten die Hoffnung auf recht überraschende Tricks und neue Verfahren des betrieblichen Umgangs weckte. Ihr Vater nannte das, wenn sie von dieser Arbeit erzählte, »Wundertüten«. Es soll früher für 10 Reichspfennig solche Tüten gegeben haben, in denen jeweils ein wertloser Ring oder andere Produkte lagen. Man wußte aber nie vorher, was es war.

II

In der übrigen Zeit arbeitete sie über Schmied Wieland (= Wölund). Der mythische Mann träumte von Schwanengefieder, einer davongeflogenen, d. h. offenbar getöteten oder en masse vernichteten Geliebten. Vermutlich von Vorvätern Wölunds ermordet.

>»Sind verflucht für Sünden
aus ihrer Väter Zeit.«

Erster Vernichtungsschub: die Mordserie, von der jetzt (wir schreiben etwa 3 000 v. Chr.) nur Wielands Sehnsucht nach Schwanengefieder übrig ist. Zweiter Vernichtungsschub: offenbar die Urenkel, die sich noch erinnern, deshalb als Techniker (Schmiede!) und in Träumen das Paradies wiederherstellen möchten (Daedalus, Wieland, Vulkan usf.), zwingend angetrieben, weil sie erinnern, aber auch glücklos. Untergegangen, aber nicht vernichtbar.

Während Wieland träumt, wird er vom Seekönig und dessen Vasallen überfallen, an den Fußsehnen gelähmt (kann also nicht mehr laufen oder entkommen), Hände unversehrt. Die äußeren Fesseln werden nach einiger Zeit gelöst, er muß für den König technisches Werkzeug herstellen. Alles das entweder Norwegen oder Inseln in der Gegend von Island. Wieland lockt die Söhne des Königs zu einer Truhe, in der Schätze (Werkzeugvorräte!) gestapelt sind. Zerdrückt mit der scharfen Kante der Truhe die Kinderhälse, die sich neugierig hineinbeugen. Fertigt aus den Hirnschalen Trinkgefäße, aus denen der König trinkt. Der Schmied wird belobigt. Die Königstochter, die den Vater zu übertreffen wünscht, läßt sich von Wieland einen Ring (aus den Knochen der Brüder) herstellen, wird vom Schmied eingeschläfert, geschwängert. Als Rächer erscheint der König. Der Schmied hat inzwischen Flügel angefertigt und fliegt an König und Attentätern vorbei, weist darauf hin: er ist jetzt der Ahn von des Königs Enkeln.

Der Held ist also nicht zu besiegen, aber er nimmt an der weiteren Handlung nicht teil. Seine Kinder werden den nächsten Umsturz oder Raubzug fremder Seekönige nicht überleben. Sie lernen nichts von den Techniken des Vaters.

III

Auf das Werksganze zu ihren Füßen paßt das Gleichnis zunächst nicht. Es sei denn, daß sie annimmt, daß die Arbeitskraft dort unten ebenfalls – als ganze – nicht vernichtbar ist. Ihr Schutz ist zunächst nur das Interesse der Unternehmensleitung an dieser Arbeitskraft, also durch den Gegner geschützt. Es ist nicht ersichtlich, wie sich die Schmiede dort auf Flügeln erheben sollen und, am Verwaltungshochhaus seitwärts aufsteigend, sich entfernen.

>»Wie von der Höhe nieder
>der reinste Himmel flimmt.«

IV

Der Abteilungschef eilt heran. Sie verbirgt die Notizen. Es soll keiner lächeln über ihren Fleiß. Was er mit seinem Besuch meint, ist ihm ins Gesicht geschrieben. Er möchte zu dieser Mitarbeiterin in ein näheres Verhältnis kommen. Ihre allzu ausdrucksvollen Gesichtszüge, die Nervosität, stören ihn aber. Das schützt sie vor Belästigungen. So bewegt wenigstens sie sich »auf Flügeln« an ihm vorbei. Von der Wirklichkeit entwöhnt, gierig. Überhaupt nichts wird gedeihen, sie will nur nicht verdorren. Wenn sie wenigstens religiös wäre. Aber das ist ihr keine Richtung.

Sie konnte in die Zukunft sehen

Sie wendete die Gabe ja nicht in großem Stile an, nur im Notfall. Aber es war gewiß, daß sie um einige Sekunden, Minuten, Stunden vorher wußte, was ihr Kind oder eine Nachbarin, oder ihr Mann, oder einer ihrer Patienten tun *würde*. Bei einigem Training hätte sie es mit dieser Eigenschaft zur Wahrsagerin bringen können. Auf die Bewegung genau sah sie etwas passieren. Manchmal waren die Bewegung, die sie gesehen hatte, und das, was wenig später oder viel später dann wirklich stattfand, zwar verschieden voneinander, aber ursprünglich, mit ihrem geistigen Auge hatte sie es sogar genauer gesehen. Anfangs glaubte sie, das gelinge ihr (oder geschehe ihr) nur in bezug auf ihr Kind, weil sie mit ihm durch unsichtbare Fäden (was immer das ist) noch verbunden sei. Aber nein, wildfremde Leute, wenn sie sich nur zufällig auf sie konzentrierte, sah sie etwas tun, was diese noch nicht taten, sah sie fallen, ausfällig werden, lügen, drohen usf., ehe sie dazu kamen, es zu tun. An ferne Zukunft wagte sie sich nicht heran, war aber sicher, daß sie das könnte. Wie gesagt, eine Eigenschaft von großer Exaktheit. Sie erzählte natürlich niemandem davon.

Weißes Roß

Das Gastlichkeits-Kombinat HO-Gaststätte und Hotel Weißes Roß, Halberstadt, kämpft um den Titel »Gaststätte der gepflegten Gastlichkeit«. Auf Teewagen transportiert das blonde Krusselhaar insgesamt 64 Kaffeekännchen in 11 Minuten aus dem Frühstückszimmer, das noch vor Minuten von einer Busladung von Belegschaftsmitgliedern aus Halle/Saale verlassen worden ist. Das Palmenzimmer haben sie zu dritt, obwohl es zehn Tische sind, in 4 Minuten abgeräumt. Mit kleinen Krümelbesen stauben sie die Tische und Sitze ab.

Die Tischdecken, die so dreckig sind wie hier, müssen wir runternehmen. Die andere Kellnerin antwortet: Wir haben keine. Krusselhaar beharrt: Überall die Krümel, die Flecke.

Sie bilden gemeinsam Ballen aus dreckiger Tischwäsche, legen die Ballen provisorisch auf einen der schon frisch orientierten Tische, nachdem sie die Vase weggeräumt haben. Das sieht fürchterlich aus, kann nicht so bleiben. Aber es kommt noch die Abbo (Abonnenten). Die oberste Kellnerin trägt ein Tischchen mit einem großen Kaktus vor ihrem Bauch in kleinen Schritten bis an die Tür zum Wintergarten. Jetzt hat dieser Ständer seine optimale Stelle. Sie rückt aber noch weiter daran, verschlechtert die Position. Das schlappt sonst auf dem Parkettfußboden, begründet sie. So: jetzt sind auch die Gaze-Stores zurechtgerückt.

Die drei Arbeiterinnen des Kollektivs wenden sich dem Sonderraum zu, der für den Tag des Energiearbeiters (Empfang) vorzubereiten ist. Zwei Kollegen aus Magdeburg, die in der Stadt am Nachmittag Referate vorhaben, dürfen mitten im Getümmel des Aufräumens und der Neugestaltung bei ihren Kaffeetassen sitzen bleiben. Sie sprechen über qualitative Arbeitszeitmessung an ausgewählten Beispielen in der DDR und in Portugal.

Wally, der Rachegeist

I

Das kostet Rache, sagte sie. Der Rachewunsch kam unvermittelt, fand die ehrenamtliche Mitarbeiterin der Justizvollzugsanstalt III, die von Wally besucht wurde. Für so viel Rachedurst war kein Grund.

Wally hatte vier Tassen Kaffee geleert und die ehrenamtliche Mitarbeiterin gründlich belabert; eigentlich war dieses Wiedersehen mit der Mitarbeiterin ein Versuch Wallys, zu zeigen, daß sie auch nach Entlassung aus der Strafanstalt noch Interesse an diesem Kontakt hätte, daß also »dieser Anfang einer schönen Freundschaft« seinerzeit nicht unter dem Druck der Anstalt (weil sonst nichts da war, sich zu »befreunden«) stattgefunden hatte, sondern ein wirklicher *menschlicher* Kontakt vorläge … Wally war also nach Beendigung dieses Besuches losgegangen, die Straßenbahn fuhr aber nicht, wie auf dem an der Haltestelle angeschlagenen Fahrplan ausgewiesen; dort hing noch der Winterfahrplan, der Verkehr folgte schon dem Sommerfahrplan, überhaupt fuhr nichts mehr in die Stadt zurück, und so kam Wally wieder angestürmt: Das kostet Rache!

Das passiert schon mal, beschwichtigte die ehrenamtliche Mitarbeiterin. Nein: Wally wollte Rache. Das wegen einer davongefahrenen Straßenbahn. Die Sozialhelferin nahm an, daß vielleicht aus früheren Jahren für Wally etwas vorlag, sich aufgetürmt hatte. Wally nahm ein Nachtlager an, trank noch drei weitere Kaffees und einen Cognac, alles was man ihr anbot, blieb aber unversöhnt. Die ehrenamtliche Mitarbeiterin nahm an: an diesem Abend. Wally schlief herzhaft auf der Couch, war aber am anderen Morgen ebenso rächerisch wie am Vorabend. Die Sozialarbeiterin, ihre »Freundin«, rechnete fest damit, daß das in den nächsten Tagen abflaute. Es war »undenkbar«, daß sich an eine nicht fahrende Straßenbahn dieser Haßausbruch ankristallisierte. Es ergab sich aber später, daß die ehrenamtliche Mitarbeiterin sich darin irrte. Wally blieb *unverhältnismäßig beharrlich*.

II

In einem anderen Falle wollte eine Gefangene in Station II sich partout nicht therapieren lassen. Mein Haß, sagte sie, ist so groß, daß ich mein Leben lang damit nicht fertig werden will. Das von der Sozialarbeiterin (in der Kunstform der indirekten Gesprächsführung) geführte Gespräch wogte lange hin und her. Die Therapie, sagte die Gefangene, hat bei mir keinen Erfolg – aber, fügte sie hinzu, ich will mich auch nicht in die Gefahr begeben, daß die Therapie vielleicht doch einen Erfolg hat. Ihre Unversöhnlichkeit war ihr ein Besitz, den sie mit Klauen und Zähnen verteidigte.

Aber befragt nach »Gründen« ihres Hasses, kamen läppische Behauptungen. Ein männlicher Wächter sei ihr zu nahegetreten; aus dem Gefängnishof Gerüche; eine Mitgefangene hätte ihr Seife beim Duschen weggenommen und in den Gully geschmissen.

Die Sozialhelferin, nach gründlicher Beratung mit der Gefängnispsychologin, versprach: Wenn die Gefangene sich auf eine Therapie einließe, dann könne man den »Grund« des Hasses finden. Die Rache wäre vielleicht stärker, wenn man ihr auf den Grund gehe. Das wollte die verwegene Gefangene gar nicht zulassen. Sie war gewiß, den Grund zu »kennen«, lediglich »Ausdrucksschwierigkeiten«. Auch als »Freundin« wollte sie die Sozialhelferin nicht an diese Wurzel heranlassen. Ob der sog. Haß denn nicht eine Seifenblase sei, wenn diese Angst vor einer Nachschau bestehe? Quatsch, sagte die Gefangene. Ich lasse doch nicht solche Gruppengesprächstricks auf mir sitzen.

Sie war nicht zu belehren. Lieber bot sie an, gelegentlich mal zu beten, was die ehrenamtliche Mitarbeiterin gar nicht von ihr forderte, sondern was eine Forderung der Pastorin war, die eine halbe Planstelle innehatte und der Gefangenen ähnlich zusetzte, »sich zu offenbaren«. Es geht darum, sagte die Gefangene, daß ich mich gründlich rächen werde. Sie tat das, indem sie die Sozialhelferin mit der Religionshüterin gleichsetzte. Es war klar, daß sie alle Personen, die versuchten, in sie zu dringen, die therapieähnliche Versuche mit ihr anstellten, als *eines* ansah, sie konsequent also die Befragerinnen verwechselte oder austauschte, jede individuelle Beziehung verweigerte, als wären das Stücke *einer* Maschine.

Zusatz: Über Jahre der Beobachtung hin (die Sozialarbeiterin, die zunächst sich verletzt fühlte, hielt auch nach der Entlassung Kontakt) keine Veränderung dieser Haltung, allerdings auch keine Kurzschlußhandlungen aus »Rachegeist«. Meist schien sie »ausgeglichen« und »vernünftig«. Die ehrenamtliche Mitarbeiterin: Unwahrscheinlich, daß allein der Strafvollzug die Unversöhnlichkeit auslöste. War nicht aufklärbar.

Rachegefühl als Freizeitthema

Pause im Café Bauer. Pausen sind intensive, miniaturisierte Arbeitsphasen, denn von der spezialisierten Arbeit im Institut für Sozialforschung erholt man sich durch anderweitig gerichtete Arbeit. Die Erholung liegt im Schwerpunktwechsel, im Wechsel auf Selbststeuerung, während die Hände ichlos mit dem Löffel in der Kaffeetasse graben.

Tische und Sitze im Café sind wie in einem Kinderzimmer oder im Hort, niedrig und buntfarbig, puppig. Die Bedienung: eine Liliputanerin. Da müßte der Gedanke eigentlich einen Augenblick verweilen. Der Blick Hinrichs geht aber nervös durch die Aquariumsfenster auf das eilfertige Vorübertreiben des akademischen Nachwuchses. Außerdem sitzt noch Billie da, eine Genossin. Sie erhält von Putermann, den sie seit 5 Monaten kennt, »wie auf Lebensmittelkarte«[46] Zeitabschnitte zugeteilt, die sie in seiner Gegenwart »verweilt«; das ist nicht, was sie sich unter Zusammenleben vorstellt; sie hockt aber mangels eines plötzlichen Entschlusses, Putermann im Stich zu lassen (ihn der »Diktatur des Patriarchats« anzuklagen), immer wieder stundenweise neben ihm. Wird gerade so aufsässig, daß er sich ihr zuwendet – wenn er sich »auf sie einstellt«, wirkt er momentan wie ein Mensch – sie läßt sich also ebenso momentan, wie er sich um sie kümmert, »besänftigen«, d. h. rekolonialisieren, gerade so weit, daß Putermann das Lebensmittelkarten-System anwendet, sie also irgendwelche Zeit aus seinem Terminkalender zugeteilt erhält, der Pegel des Protestgefühls steigt usf. So zieht sich die »Beziehung« hin. Es entsteht keine Gegenwart, keine richtige Vergangenheit. Ihr Erinnerungsvermögen wird durch den Technokraten verwirrt. So sitzt sie auf der Bank des Cafés, hat nicht mal Putermann allein oder sie wäre selber allein und könnte den Nieselregen oder die Kacheln des Hörsaalturms aufmerksam betrachten.

Sie sagt: Ich werde nicht plötzlich wütend, wenn ich anfange, Teller zu zerschmeißen, so kann das einen Grund von vor vier Stunden haben. Jetzt im Moment bin ich aber nicht wütend.

Ich meine nicht Wut, sagt Grabbe.

> »Die menschlichen Tränen sind Äquivalent,
> des Ozeans, der die ersten Augen reinigte!«

---

46 Die Metapher kennt Billie nicht aus eigener Anschauung. Sie ist 26 Jahre alt. Sie hat aber im Lesesaal der Deutschen Bibliothek, während sie auf Putermann wartet, in dem Band: Armin Schmidt, *Frankfurt im Feuersturm*, Frankfurt 1965, geblättert.

Wo bleibt das denn?[47]

Die Männer empfanden gemeinsam. Das Grundinteresse an dieser Freistunde war ja, daß sie in Gesellschaft waren und nicht verteilt auf ihre Dienstzimmer im Institut, nochmals unterteilt nach den verschiedenen Teilabschnitten der Leistungslohnstudie, also ungesellig. Hier nun, wie gesagt, mit zueinandergerückten Kaffeetassen und Kuchentellern, »in Gesellschaft«. Deshalb wollten sie es einander nicht antun, daß die Plauderei zu dem stereotypen Schema einkehrte (Schema deshalb, weil sie seit Jahren vor demselben Angriffsschwerpunkt ihres Interesses ins Stocken geraten waren): »Die Arbeiterklasse ist Subjekt der gesellschaftlichen Veränderung.« Dann ist sie auch Trägerin der *verdichteten Form des Protestgefühls, der Rache.* Mit der *reellen Subsumtion* der Arbeiterklasse unter das Kapital geht Rache als »menschliches Gefühl« unter (war allerdings nie in der alten Form ein besonders menschliches Gefühl), also individuelle Verarmung an Rachegefühl, gesellschaftlicher Reichtum an Rachegeistern. Die durchschwirren die Realität: Magenschmerzen, Maschinen, die die Horizonte überfliegen, Vergeßlichkeit, Gutmütigkeit. Als Anhang der »ungeheuren Warensammlung« eine »ungeheure Sammlung von Rachegeistern«.

»Die ungeheure Sammlung«. Was aber (Putermann) ist ihr einfachstes Element? Was entspricht dem Waren-Fetisch? Rohstoff? Den Produktionsmitteln (Werkzeugen)? Der Produktionsweise? Dem Produktionsverhältnis, gerechnet in Raum und Zeit? Ich möchte das, sagt Grabbe, mal als das Zeitgefühl der Rache formulieren. Zu dem Stichwort hätte Billie beitragen können, schwieg aber.

Man hätte noch einen Germanisten in der Runde gebraucht, der aus den Büchern auflistet: alle Fälle von Rache, Justiz, Verweigerung usf. Und, fügt Hinrichs an, einen Naturwissenschaftler. Horkheimer hat den Plan gehabt, hat mehrfach darauf bestanden, daß im Institut eine Planstelle für einen Naturwissenschaftler eingerichtet wird, dann aber personelle Vorschläge geblockt. Hätte man einen Naturwissenschaftler hier in der zweiten Frühstücksrunde, so könnte er vielleicht die Leidenseinheiten und Protestwerte, rückwärts gerechnet auf das Jahr 500 000 vor Christus und regional hochgerechnet z. B. auf Frankfurt und Umland, ermitteln. Wieso soll das ein Naturwissenschaftler können? fragt Putermann. Du brauchst dafür Lienert[48]. Gäbe es für Leiden und Protest eine Meßeinheit (ähnlich wie für Informationen *bit*), würdest du

---

47 Irgendwo auf der Seite Verschiedenes in den Tageszeitungen? Zum Beispiel Rentner schlägt den Leiter der Sozialversicherungskasse mit der Axt auf den Kopf.
48 Lienert, führender Statistiker; Verfasser des *Handbuchs für Statistik.*

dich wundern. Das sind Milliarden. Wovon? fragt Grabbe. Dafür müßten wir
ja erst die Meßeinheit haben, sagt Billie.
Weder explodiert das Leiden, noch versammelt es sich in einem großen modernen Tragödienstoff, noch . . . Nun verschwindet aber Energie nach dem Energiesatz niemals. Laienhaft, erwidert Grabbe, das mit dem Energiesatz.
Hinrichs, der sich derweil ausgeruht hat, sagt: Noch mal ganz *einfach*. Ableitung! Sinnlichkeit ist ein Arbeitsmittel, nicht wahr? Nein, ruft Grabbe, ein
Rohstoff. Ein Produktionsverhältnis, sagt Putermann. Ich meine, sagt Putermann: die Sinne, ich meine die 5 Sinne, Augen, Ohren, Nase – Grabbe ruft dazwischen: Zunge! –, Hinrichs: Und dann die Hirnsinne, ich zähle davon 15
und die kulturellen Programmsinne . . . Grabbe: Oder Kultursinne (gekocht,
roh, naturschön, »von Bedeutung« usf.). Jetzt ist es wieder kompliziert. Hinrichs sagt: Nochmals ganz *einfach*. Putermanns 5 Sinne und meinetwegen
noch die Hirnsinne dazu als Produkt der Weltgeschichte (etwa 1 Million
Jahre). Darauf setzt sich, ihr kennt alle die Stellen[49], die *Sinnlichkeit des Habens* (etwa 800 Jahre). Davon koppelt sich ab, und zwar zwingend, die *Sinnlichkeit des Nichthabens* (also die Reststücke der Sinne, die nicht ins Haben
passen, das Quälerische im Haben: der Protest). – Und diese Nichthaben-
Sinne (ebenfalls ca. 800 Jahre alt, aber in der Masse zehnjährig), also noch mal
ruhig, fängt Hinrichs neu an, dies zusammengezählt zu Sinnlichkeit des Nichthabens bedeutet Rohstoff (Wurzel = Radikalität, die Dinge an der Wurzel fassen), Werkzeuge (= Bewegung), daraus entsteht eine imaginäre gesellschaftliche Fabrik (Raum, Öffentlichkeit), daraus gemacht: Produktionsverhältnis –
und das ist doch »Zeit« (denn das geht nicht, daß wir in Nichtzeiten Gefühle
produzieren, die brauchen Zeit, nehme ich die Zeit weg, nehme ich auch das
Gefühl weg).
Das war für Billie heute morgen annehmbar: Zeit hatte sie, weil sie ja nur begrenzt als Kandidatin dieses Politbüros zur Mitwirkung kam (im wesentlichen
war ihr erlaubt, die dritte Tasse Kaffee zu leeren, sie hätte auch etwas sagen
dürfen, von Putermann seitlich beblickt und zur Kürze aufgefordert, dann
aber hätte sie eine Stelle in der »Bewegung des Begriffs« finden müssen, in die
sie ihre Worte einschieben konnte, also z. B. eine bildhafte Stelle in einem Ne-
bensatz . . .). **Gefühle** hatte sie immer, insbesondere das des Nichthabens im
Hinblick auf Putermann, eine **imaginäre Fabrik der Gefühle**, nämlich Regen-
wetterstimmung Londoner Art, die eine ganze Menge Leute in der Stadt an
diesem Vormittag in depressiver Stimmung vereinte (das aber tröstet und war

---

49 Marx, *Ökonomisch-philosophische Manuskripte* (1844), *MEW, Ergänzungsband*, 1.
Teil, Berlin 1968, S. 543. *Die Frühschriften*, Kröner, Stuttgart 1968, S. 241; Kurnitzky,
Triebstruktur des Geldes, Wagenbach, Berlin 1974, S. 47 ff.

konstruktiv). Schließlich: **Produktionsverhältnis,** nämlich die Verwaltung ihres freien Vormittags, mehrere davon hatte sie nicht in dieser Woche, da sie ja arbeitete, durch den Genossen Putermann, der auch die Gefühlswut oberhalb ihres Magens (durch Kaffeesäure zusätzlich gereizt) in Gang hielt, auch regulierte, aber zu dumm war, sie wenigstens so vollständig in seinen Dienst zu stellen, daß sie Mehrwert für die Gruppe abwarf, also das Wollknäuel von Begriffen und daranhängenden Bildern für die drei aufribbelte und ihnen so »das Gefühl der Rache« erwirtschaftete.

Klar war, daß, wenn keine Bearbeitungswerkzeuge, keine menschlichen Situationen, d. h. »Zeit«, für die Entfaltung des Rachegefühls zur Hand waren, eigentlich ebensogut gesagt werden konnte: für die Entstehung von Menschen existiert die entsprechende Ökonomie auch nicht.[50] Grabbe: Sie entstehen ja auch nicht. Soll ich die Adorno-Zitate dazu aufzählen?

Deshalb auch der Eindruck, sagt Grabbe, daß Rache ein altmodischer Ausdruck ist. Er setzt die feudalistische Produktionsform, die Zeitdauer von Frühjahr, Sommer, Herbst, Winter (also Steinzeit, Antike, Mittelalter) voraus. Nun widersprach das der Grundannahme der kritischen Theorie, daß am »Sockel der Gesellschaft« die ältesten Verhältnisse sich immer erneut herausbildeten.

Das ist eine Hypothese, sagte Putermann übergangslos. Ihre Freizeit und die Billies war zu Ende, sie mußten wieder ins Institut, an die Arbeit.

Abb.: Maas-Brücke bei Auchamps.

50 Die gleiche Zeitökonomie wie für »Rache« gilt ja, sagt Hinrichs, für Kinderaufzucht. Billie übersetzte das in eine Anschauung: Die Frau in der Küche sitzt vor ihrem Kinde und »beblickt es mit Liebe«. Das Kind steht, der Kopf knapp über der Tischkante, vor der Sitzenden und sagt: »Du darfst mich nicht so ansehen, sonst werde ich blind.« Es reibt sich

Eingemachte Elefantenwünsche

Von A. Weber, ursprünglich Schriftsetzer, dann zweiter Bildungsweg, heute in einer Werbefirma, war bekannt, daß er ein Manuskript von 1 800 Seiten, eng beschrieben, teilweise im Stenogramm (in kleiner Schrift, so daß die Seite vermutlich mehr als 30 Zeilen zu 65 Anschlägen enthielt), verfaßt hatte. Heiner Boehncke, Redaktionsmitglied der Zeitschrift ÄuK (*Ästhetik und Kommunikation*), immer auf der Suche nach möglichen Nachfolgern Travens oder von Arbeiterschriftstellern, wobei er im Falle A. Webers diesen Begriff weit auslegen wollte, suchte diesen Autor auf. A. Weber weigerte sich aber, das Manuskript vorzuzeigen. Er zeigte nur die sog. Reinschrift. Sie enthielt auf fünf DIN-A4-Seiten fünf Entwürfe für die ersten Zeilen eines ersten Kapitels. Boehncke las:

» Entwurf 1
Eingemachte Elefantenwünsche
1. Kapitel
Eine Ärztin mit Namen Dora. Ihre Diagnose war falsch, aber es ergab sich ein fröhlicher Abend. Sie ging mit ihm auf das Zimmer. Eine richtige Ärztin hatte er noch nicht gehabt. Der Krebs, den er in sich hatte, blieb unentdeckt. Daran konnte man nichts machen, sagte er später. Sein Gesicht war zuletzt ziemlich verfallen. Sein Blut war praktisch aufgefressen von den Innereien . . .«

die Augen. »Ich habe Stiche in den Augen.« Was soll denn da nun die Pointe sein? fragte Grabbe. Putermann: Das Kind vergißt den mütterlichen Überfall nicht, aber das Bild davon muß es aus seinem Bewußtsein ausräumen, sonst kann es nicht mehr zur Mutter flüchten. Einmal hochgerechnet, sagt Putermann, daß das Kind noch 70 weitere Jahre lebt, so hat es riesige Vorräte an Zeit. Ebenso hat es, wieder hochgerechnet, beachtliche Vorräte an Gefühl, z. B. Rachegefühl. Aber »Zeitgefühl der Rache« vermag es nicht herzustellen; entweder »Gefühlszeit«, d. h. Nachfolgesituationen mit Mutter oder Mutternachfolgerinnen, oder sonstige Zeit, die dem »Bild mit dem Blick« entspricht, dann aber in diesem Moment auf den Tod nicht das zugehörige Gefühl. Oder aber es hat das Gefühl, es gibt ja immer Zwischenzeiten dafür (dazu nickt Billie zustimmend), dann aber außerhalb der Zeit. Wenn ich nur wüßte, sagt Hinrichs, was du meinst. Es ist Institutsjargon. Alle drei beherrschen ihn, aber nicht immer entziffern sie das gleiche. Das ist eine Frage der Einstimmung, der Mimik oder des vorangegangenen gemeinsamen Tuns. Ich will ja auch nur sagen, antwortet Putermann: Gefühl und Zeit kommen nicht zusammen, und wenn ich jetzt (mit Vorbehalt, denn die Institutstradition »definiert« nicht) Rache definiere als das Zurechtrücken unrechter, verzerrter Verhältnisse (warum er ein Schwachwort wie »Verhältnisse« an den Gedanken anhängt, wenn doch starke Bilder möglich sind, versteht Billie überhaupt nicht).

»Entwurf 2
Eingemachte Elefantenwünsche
1. Kapitel
Als Beitrag zur unaufhaltsamen Revolution übernahm R. das Ecklokal, das
Trautel bis zu ihrem Krankenhausaufenthalt, von dem sie nicht zurückkehrte,
gut in Schuß hatte . . .«

»Entwurf 3
Eingemachte Elefantenwünsche
1. Kapitel
Inge besitzt eine abschließbare Metallkiste aus ehemaligen Wehrmachtbestän-
den. In dieser verwahrte sie ein Fläschchen Pfefferminzlikör, Schmucksachen,
Papiere, Gürtel, Schals usf. In die Kiste durfte niemand hineinsehen. Meier:
Was machst du mit deiner Schatzkiste? Inge: Ich suche was raus, was ich um-
binden kann.«

Zu Entwurf 3 war in der Reinschrift noch ein Motto notiert:
»Man sagt, daß die Sonnen- und Mondfinsternisse Unglück verkünden, weil
man an das Unglück gewöhnt ist: Es ereignet sich so viel Schlimmes, daß sie es
oft voraussagen. Wenn man hingegen sagte, daß sie Glück verkünden, würden
sie oft lügen. Man verspricht das Glück nur wie seltene Himmelserscheinun-
gen.« (Pascal 752)
Das ist wenig, sagte Boehncke. Weber war nicht beleidigt. Er erwartete ja
keine literaturhistorische Einstufung, sondern hatte auf die menschliche Bitte
hin, etwas vorzuzeigen, einen Einblick in die Reinschrift verschafft.
Ich hatte Sie so verstanden, sagte Boehncke, daß Sie an einem großen Tragödienstoff arbeiten. Das ist richtig, bestätigte Weber. Dann ist wohl der übrige
Apparat, Ihre 1 800 Seiten, sicher ein größerer Zusammenhang? Nein, sagte
Weber, das sind auch lauter einzelne Stücke. Wieso, fragte Boehncke, schreiben Sie Ihre Geschichten nicht in Form eines großen Romans?

WEBER: Ich muß immer neu ansetzen.
BOEHNCKE: Dann ist das alles Entwurf?
W: Ja. Und der Entwurf hätte nur dann eine Information, immer vorausge-
setzt, daß er entstünde – was aber nicht geplant ist – und daß er zu einem
Ergebnis führt, auch das ist ausgeschlossen: daß ich dann angeben könnte,
worüber ich überhaupt schreibe. Ich hätte dann die ersten drei bis siebzehn
Zeilen und könnte diese fortsetzen als Roman. Aber wie gesagt, kann es
dazu nicht kommen.
B: Und das wäre dann aber ein Zusammenhang, ein Roman?
W: Gewiß nicht.

B: Und warum? Wollen Sie nicht?

W: Ich kann nicht.

B: Sie meinen, Sie können nicht schreiben, weil Sie kein Schriftsteller sind?

W: Das weiß man nicht vorher, ob man schreiben kann. Vielleicht, vielleicht nicht.

B: Warum versuchen Sie es dann nicht einmal mit einem großen Roman?

W: Warum soll ich das versuchen?

B: Hätten Sie denn bestimmte Einwände gegen die Romanform, wenn Sie so sicher sind, daß es dahin nicht kommen wird? Obwohl Sie doch gar nicht bis zu diesem Punkt vorstoßen, und ich zähle hier zwölf Zeilen, das ist das Längste?

W: Dann müßte ich mich konzentrieren.

B: Und warum tun Sie das nicht? Das ist doch etwas Schönes.

W: Und kalt gegen alles, was in diesem Zusammenhang nicht paßt?

B: Worum geht es denn in Ihrem Fragment? Ich meine die 1 800 Seiten.

W: Um Elefantenwünsche.

B: Und wie kommen Sie auf den Titel: Eingemachte Elefantenwünsche?

W: Ich spiele auf das Elefantengedächtnis an. Aber das gibt es in der Natur nicht, sondern nur, wenn man es gewissermaßen in Einmachgläsern einsammelt und aufhebt. Gewissermaßen von früher her. Ein Elefant z.B., von einem Schneider vor Jahren in den Rüssel gestochen, erkennt zwanzig Jahre danach im ersten Stockwerk einer Straße, nehmen wir an 1934, diesen Schneider, es muß nicht der Beruf sein, sondern kann ein Mann namens Schneider sein, reißt ihn mit dem Rüssel herab und zerschmettert ihn auf dem Pflaster.

B: Eine unverhältnismäßige Reaktion.

W: Gewiß.

B: Ein Nadelstich, und dafür die Todesstrafe.

W: Vielleicht kam noch anderes hinzu.

B: Nun ist das ein Märchen. Und das Bild vom Elefanten mit dem langen Gedächtnis ist keine biologische Tatsache, sondern ein Klischee.

W: Absolut. Ich gehe aber außerdem davon aus, daß Elefanten ihr Gedächtnis vererben. Das Geheimnis der Elefantenfriedhöfe! Es entsteht dort eine Art Gattungsgedächtnis. Insofern sind sie durchaus gefährliche, hochexplosive Tiere. Man hört ja immer wieder von Ereignissen . . .

B: Vielleicht ist das etwas unwissenschaftlich?

W: Unter uns gesagt: vermutlich.

B: Im Roman wäre das wurscht. Sie nennen aber Ihre Aufzeichnungen einen Erfahrungsbericht.

W: Erfahrungsbericht, ja.

B: Und Sie weigern sich, das Manuskript zu veröffentlichen. Das bißchen Reinschrift andererseits werden Sie so nicht veröffentlichen können.

W: Das kommt öfter vor.

B: Streben Sie denn eine Veröffentlichung gar nicht an? Oder wird die Reinschrift allmählich mehr?

W: Das muß man probieren, ob das mehr wird. Aber veröffentlicht wird das nicht.

B: Und warum weigern Sie sich, zu veröffentlichen?

W: Weil Veröffentlichung nichts nützt.

B: Sie haben doch eben gesagt: Sie probieren. Jetzt probieren Sie aber gar nicht erst, wenn Sie es nicht veröffentlichen.

W: Da haben Sie recht.

B: Also vielleicht veröffentlichen Sie es doch?

W: Nein.

B: Haben Sie denn ein Argument dagegen?

W: Nein.

B: Warum sind Sie dann so sicher?

W: Ich bin nicht sicher.

B: Und trotzdem: nicht veröffentlichen?

W: Auf keinen Fall.

B: Nochmals: warum nicht?

W: Nützt nichts.

B: Aber was nützt dann was?

W: Das muß man eben ausprobieren.

Boehncke, der extrem neugierig war, hatte immer noch die Hoffnung, irgendwie durch penetrantes Ausfragen an die 1800 Seiten heranzukommen, ihm schien allein schon die Masse vielversprechend; hinzu kam, daß er gern nähere Angaben gehabt hätte, was das Eingemachte im »Prinzip: Elefantenwünsche« wäre, Verfahren, ästhetische Konstruktion usf. Andererseits war er nicht begriffsstutzig. Vielleicht wollte Weber darauf hinaus, daß er, Boehncke, sich so intensiv mit diesem Manuskript befaßte dadurch, daß es ihm vorenthalten blieb, während Weber vielleicht bezweifelte, daß er nach Befriedigung seiner Neugierde, also nach Veröffentlichung, noch so begierig sich damit auseinandersetzte. Oder Weber war ein Nichtskönner. Sicher konnte Boehncke in diesem Punkt den Nachmittag und Abend über nicht sein. Etwas in Webers *Haltung* erinnerte ihn an die Wirkung von Büchern.

Schwachstellenforschung
nach Dr.sc.nat. Beate G.

»Es kann einen gigantischen Blitzschlag geben oder eine
Liebesgeschichte, einen Berufswechsel, eine Umwälzung,
Weltende oder sie erobert Meier doch ...«

I

Kühn oder diskret: aber mehr und mehr sie selbst. Mehr und mehr sie selbst,
d. h., an H. Meier kam sie nicht heran.
Lesen, schleichen, Haare kämmen, beobachten, wissenschaftlich untersuchen,
etwas wollen, sich entschuldigen, Schärfe nicht vermeiden. Sie möchte sein wie
Meier. Aber es ist ihr sehr recht, daß diese Lügen-Hure Schwächen hat, die sie
sich selbst nicht gestatten würde. Schwäche in der Welt ist Stärke in einer anderen. Nein: Sondern weil sie ihn nicht hat. Wie in einen Hafen fährt sie so in
ihn ein, folgt ihm wie ein Hündchen und gehört jetzt zu den drei unglücklichen
Frauen, die um ihn trauern. Würde hat immer nur die, die ihn *nicht* hat. Die,
die ihn hat, immer nur kurze Zeit, erscheint als Hündchen. Nur das Unglück,
wenn er sie verläßt, wirft sie auf sich zurück.
»Und wendet euch nicht grübelnd ab, vom bitteren Liebesrätsel weg, der weißen Brust der trüben See und jedem wirren Wanderstern.«

II

Wenigstens wußte sie, während Meier das nicht wußte, sondern nur darüber
gelesen hatte, sich dafür brennend interessierte, aus was ein solcher Wanderstern bestehen kann, die Himmelmechanik, die Skala der Elemente, die Plausi-
bilität der Hypothesen, die Entstehung von Wandersternen usf. Während sie
aufpaßte oder etwas sagte oder stillhielt oder dastand, bemächtigten sich die
Finger eines Stück Drahtes oder einer Büroklammer, die man aufklammern
kann, oder eines Zettels und bogen, ordneten, mit der gleichen Intensität, mit
der jene politische Strafgefangene, die die Zeitungsseiten füllte, in kurzen Be-
fehlssätzen Worte wiederholte, die Kassiber wurden bis vor kurzem aus dem
Gefängnis herausgeschmuggelt, aber dieses Wort-Hämmern ist nicht die Um-
gangsform mit Mesonen, sondern Stein- oder Hammerschwingen der Eisen-
zeit, d. h. ein unpassendes Werkzeug, eine nicht-adäquate Gewalt, um in die
Bestimmungen unterhalb des Atoms einzudringen. So leiteten ihre Finger eine

gewaltsam produktive Energie »seitlich«, unwillkürlich ab, in irgendeinen Warte-Vorgang. Man könnte mit der Nervosität deiner Finger, sagte Meier, der ihr in der Kantine gegenübersaß, ein Elektrizitätswerk betreiben. Sie wollte irgend etwas entgegnen, machte Miene dazu. Sag's doch, sagte Meier. Für solche feinfühligen Beobachtungen ihres Mienenspiels, zu denen Meier neigte, wenn er nichts Besonderes vorhatte, hatte sie keinen Sinn. Fünf Minuten lang zwang sie (mit Gewalt) ihre nervösen Finger stillzuhalten, während ihre Füße in unregelmäßigem Tempo zu trommeln begannen, was Meier von seiner Position am Tisch nicht sah und, wenn er auch irgend etwas hörte, nicht mit ihrer Person verband.

III

Wissenschaftlerin, 39 Jahre, konzentriert. Frühjahrstagung der Deutschen Gesellschaft für Astronomie und Astrophysik. In den Symposien III und IV führt sie das Protokoll. Es geht um etwas äußerst Entferntes und Präzises: die Erfassung der sog. dunklen Löcher im Weltall, d. h. von Sternen mit so unglaublicher Masse, daß deren Materie »geizig« wird, keine Abstrahlungen von Licht-, Radio- oder Röntgenwellen zuläßt (die kompakte Masse zieht die Fortstrebenden zurück), und insofern geben diese »Dunkelsterne« kein Zeichen ihrer Existenz, eine Herausforderung an die Naturwissenschaft, genau dieses Nichtsendende, Nichtanmeßbare sich zu unterwerfen.

Das Symposium besteht aus einem unwichtigeren offiziellen Teil, der mit Referaten bestückt ist, und einem zweiten für informellen Austausch der Gelehrten, das Wichtigste der Frühjahrstagung.

Beate hält fest:

– Das ist mir ziemlich schleierhaft.

– Also in so einem Neutronenstern ist das ja einfach. Die Teilchen verlieren ihren Drehimpuls, indem sie ans Magnetfeld anknüpfen, und dann geht's rein, aber wenn ein schwarzes Loch kein Magnetfeld haben kann, deshalb habe ich Sie gefragt vorher, dann fällt dieser Prozeß völlig weg, und man hat nur noch diese . . .

– Nein. Augenblick. Da will ich gleich noch was dazu sagen. Ich könnte mir nur vorstellen, daß dann die Lichtemission eben eine Charakteristik haben muß, die den Drehimpuls wegführt. Ist das nicht so?

Der Astronom Vogt tritt hinzu:

– Sie kann beschleunigt werden. Das kann sein.

– Ja.

– Was Herr Hörterich überlegt hatte, das war . . .
– Die Energie muß zu einer Ausstrahlung . . .
– Ja, richtig.
– Das müßte ja dann doch, ist ja wahnsinnig . . .
– Also ein Neutronenstern?
– Das kann man natürlich dann alles einführen . . .

– Aber wann spricht man denn wirklich von einem schwarzen Loch? Effektiv
nur dann, wenn keine Photonen herauskommen, oder . . .
– Ja. Ja.
– Was heißt kompakt?
– Ja richtig, was heißt kompakt. Was ist denn so ein Durchmesser von einem
weißen Zwerg?
– 10 000, 20 000 m?
– Ja. Von einem Neutronenstern ist der Durchmesser normalerweise 10-20 km,
und ich glaube, die Grenze zwischen nichtkompakt und kompakt wird dazwischen liegen.

Beate G. verhält sich jetzt schon länger als 52 Stunden »rein sachlich«. Auf die
Frage: Wie geht's? antwortet sie: Gut. »Man kann keine großen Worte mehr
anwenden, die kleinen passen allerdings nicht.«

IV

Sie drückte, ob sie das nun beabsichtigte oder nicht, »Unglück« aus. »Wie ein
Häufchen Unglück« saß sie in dem Leder-Eisen-Gestell dieses Flughafenwar-
tesaales neben ihrem scheidenden Idol Heinz Meier. Eine der großen Hände
auf ihrem linken Schenkel, den anderen Schenkel »ungeschickt« abgewinkelt,
wie er geschichtlich entstanden war, als Körperstück eines ehemaligen Kindes,
neben den Sessel geworfen, so wie ganze Fronten, 6, 8, 16 Divisionen im Win-
terangriff 1941 liegen blieben und so wie sie da lagen, 1, 2 Jahre in diesen ungeschickten Zufallsstellungen verharrten, bis sie durch irgendeinen Windstoß
zerstreut oder zerstört wurden. Also voll auf der Ebene des »Geschicks«, ein-
geschickt, »eingedickt«. Ihre verschiedenen Eigenschaften, nicht von Hoffnung zusammengehalten, wie in einem Sack über die Schulter geworfen, aber
wer soll eine solche Schulter sein? Also rutschend, irgendwie ein Sack voll Eigenschaften, hingelegt – das sollte in besonderem Maße ein Mensch sein.
Sie stand dann doch wieder auf, als die Wachsoldaten die Koffer und Taschen
ihres Idols durchforschten. Er ging als letzter zum Flugzeug. Sie erhob ihre

Knochen, und immer wieder, in halber Wendung sich zu ihm zurückdrehend, winkte sie, d.h., sie hob vielleicht einmal den Arm über Kopfhöhe. So fuhr sie auf dem Transportband 2- bis 6mal noch grüßend dem Flughafenausgang zu, zu dem sie nichts hinzog. Beate G. hat eine Schwäche für Meier.

V

Meier
Jedesmal, wenn er sie verließ, erkrankte er. Aufsteigende Erkältung, von den Bronchien aufwärts in die Nase, zur Stirnhöhle und von dort wieder hinab zu den Bronchien. Sein Wunsch, zurückzukehren: Zerschlagen durch Realitätssinn. Aber er folgte diesem Realitätssinn nicht willig, sondern durchsetzt mit Unfallschäden, z. B. durch Zugluft.

VI

Fremdgehn in einer fremden Stadt
Die unbekannte Frau hatte Krallen an den frierenden Händen. Diese Hände hoben gelegentlich die Kaffeetasse, lagen sonst auf dem Marmortisch, die Fingernägel schmal und lang, geschliffen, hingen ein erhebliches Stück über die Fingerkuppen hinaus und waren mit blauer Farbe angemalt. Ihre dunklen Augen hinter Backenknochen versteckt. Da sie sich aus freien Stücken in diesem Café an Meiers Tisch gesetzt hatte, nahm er an, daß er gemeint sei, daß er hier etwas anfangen könnte. Er dachte sich aus, wie er sie anreden könnte, da sie nur darauf zu warten schien. Sie saß angespannt da, fror und zitterte in dem schlecht geheizten Café. Sie sollte doch die Hände von der Marmorplatte nehmen. Der Marmor muß ja eisig sein. Sie könnte die Hände vor den Bauch legen, Taschen hatte ihr Kleid nicht, dann wären sie wärmer. Wenig später zitterte sie an den Armen und warf sich zur Erde, Speichel trat aus dem Mund. Ein herzustürzender Gast, Meier betrachtete gebannt, zwängte ihr eine Serviette zwischen die krampfartig zubeißenden Zähne. Sie schlug am Boden hin und her. So ging dieses Abenteuer für Meier unerwartet negativ aus.

VII

Als er von der Reise zurückkehrt, ist er einige Momente lang weich gestimmt. Dr. Beate G. transportiert ihn zu ihrer Wohnung. In solchen Momenten konzentriert sie sich darauf, ihm begreiflich zu machen, daß die von ihm verfolgte Linie unrealistisch sei. »Wenn in 3 Jahren und 17 Wochen oder in 4 Jahren und 8 Tagen Krieg ausbricht, dann wird das, wofür du rackerst, unterbrochen.« Wie angelernt antwortete er: Diese äußerliche Gewalt, Krieg, ist sicher nicht allmächtig, man muß sie nicht überschätzen. Das meint er sicher nicht ernst, sondern hatte es so gelesen. Gerade, wenn er etwas wirklich glaubt (ich will es ja, ja, ich bin sicher, daß es so ist), würde er nicht darüber reden. Dies ist sein Rest von Aberglauben.

Meier war störrisch. Am liebsten hätte er in diesen Tagen neu angefangen, alle Verbindungen gekappt. Er entwarf ein Schreiben, in dem er um Entlassung »aus dem Dienst« bat, aber dann zerschnitt er diese verzettelten Berührungsstellen zur Wirklichkeit, zum »Weibersinn«, die Beate als Schwachstellen erkannte und in die sie momentan eingedrungen war.

Nach diesem (am Ende vergeblichen) Gespräch, einer Umarmung von einigen Stunden, stärkten sie sich erst einmal mit Kuchen und Kaffee. Sie trug einen schlabbrigen Regenmantel, aber mit einer Kapuze, wie sie Biermönchlein oder Bierengelchen oder Kinder in Badezimmern tragen. Wenn du Männer brauchst, ich wüßte einen für dich. Das könnte man machen. In seiner Gegenwart war sie neuerungssüchtig. Das währte nur einen kurzen Augenblick, nämlich solange er da war. Sie empfand jetzt gar nichts mehr, nicht einmal mehr Meiers Nähe, der ziemlich erschöpft neben ihr auf irgendeine Verbindung wartete, nachdem sie, um wach zu sein, nichts von dieser glücklichen Konstellation zu versäumen, 5 Tassen Kaffee inhaliert hatte. Sie griff ihn bei der Hand, ließ das dann wieder, weil er es als »zu direkt« empfinden könnte. Sie wollte, daß sie »**robuste Beziehungen**« hatten. Jetzt hatte sie ihn, weil er müde war, noch für ca. 5 bis 6 weitere Stunden zur Verfügung, was nicht oft geschah, und wußte nicht, was sie mit ihm anfangen sollte. »Denn die Mühe, die das Ganze macht, läßt keinen Raum mehr für Reizwirkungen irgendwelcher Art.«

VIII

4. Tag der Frühjahrstagung. Beate G. notiert:

– Hm.

– Bei Centauri X_3 beobachtet.

– Ja.

– Das verstehe ich überhaupt nicht.

– Ich habe die verrückte Vorstellung, daß einfach 1908 so ein stecknadelgroßes schwarzes Loch durch die Erde durchgerutscht ist, das werden noch solche sein, die also aus der Urphase der Weltentstehung kommen ...

– Verrückt.

IX

Meiers Stärke ist »der Dienst«. Seine Schwäche wollte sie noch erforschen. Sie kennt ihn seit 2 Jahren. Sie hatte Zweifel gehabt, ob sie sich auf das Stelldichein mit ihm in Innsbruck einlassen sollte, wenn er es so vehement forderte. Das sprach nicht dafür, daß er zart mit ihr umginge. Da es in Seefeld aber schon taute, es nichts zu tun gab, war sie telefonisch bereit, sich mit ihm zu treffen. Innsbruck war nebelverhangen. Es war abzusehen, daß das Osterfest Stadt und umliegendes Land lahmlegen würde. Da sie es ebensowenig wie Meier, den sie erst volle 4 Tage (wenn man zahlreiche Einzeltreffen stundenmäßig zusammenrechnete) gesehen hatte, in dem gemieteten Hotelzimmerchen aushielt, versuchten sie, solange es noch hell war, am Flußufer schöne Spaziergänge zu machen. Sie fanden aber das Flußufer gar nicht. In einer der Altstadtstraßen (nach einem Zwischenaufenthalt in einem Café) wurde Beate von einer Taube mit Kacke bekleckert. Auf ihrem schwarzen Kostüm, das für den Anlaß eines Frühjahrs-Stelldicheins eigentlich zu konservativ war (zu Hause in Osnabrück gehörte sie dem Reiterverein an, dorthin hätte das Kostüm gepaßt, die Reiterstiefel standen aber zu Hause), zeigte sich, je mehr sie daran rieb, ein weißlicher Fleck. Das war nun der moderne Ersatz für eine Schwangerschaft. Bis dahin war ihr Zusammensein harte Arbeit ohne Erfolg. Einen Cognac, den sie jeweils in ihre Tasse Kaffee geschüttet hatten, brachte sie einander nicht näher. Beate war müde durch Anfahrt, erneutes Kennenlernen, Absondern der Fremdheit. Die Stadt Innsbruck wie in einem Kochkessel. Jetzt löschte die Beschmutzung die Irritation. Sie trug den Fleck zum gemeinsamen Hotel. Leider hatten sie nach den Ostertagen nicht die Nerven, die Verbindung »zu pflegen«. Meiers Stärke ... Das zieht sich seit 2 Jahren.

X

Während er die Hände (Ellbogenknochen auf die beidseitigen Lehnen des Zugabteils gestützt) vor das Gesicht legte, daß die Handballen an den Mundwinkeln lagen, die Handkante die Augen bedeckte, die Fingerkuppen zwischen Schläfenknochen und Ohren etwas hin- und herrutschten: Gelegentlich ließ er zu, daß die von draußen messerartig durch die Bäume stechende Sonne in den momentweise unbedeckten Augen schmerzte, das überzeugte ihn davon, daß er wirklich dasaß. Früher oder später hatte er einen Einfall, nahm er (wieder durch vorgelegte Hände verdunkelt und geschützt) wahr, daß dieser Schädel, den jetzt zusätzlich die eifrige Hirntätigkeit gegen den Tag schützte, zu gewisser Zeit das einzige wäre, was von ihm übrigbliebe, und zwar als Knochen und nicht unberechenbar lange. Er erfühlte die Wangenknochen, die Schläfen, die Hinterkopfknochen, versuchte, sich die Schädelbasisknochen, die er nicht anfassen kann, vorzustellen. Wenig »Anstoß« wäre nötig (ein Auto, nicht einmal eine Kriegshandlung), diesen Zauber, für den er gerne einen überzeugenden Platz gefunden hätte, in seine Bestandteile aufzulösen, so daß er nur das Schädeldach übrigbehielt. In der Nähe von Mannheim sah er vom Zugfenster aus eine Friedhofskapelle; auch in der Rheinebene, vom Zugfenster aus gesehen, kam ein baumbestandener Platz in Betracht, Rheingau wäre als Gräberfeld schön . . .

Dieser Kernpunkt, den er nur mit sich allein besprechen konnte, denn es wäre peinlich, hier sentimental zu erscheinen, wenn er mit Kollegen darüber spräche, erfüllte ihn mit Genuß, konnte ihn ebensogut zur Arbeit anfeuern wie das Aufstellen von Plänen. Also nicht vorwärts denken, wie in der Schule angewöhnt, nur weil die nicht verbrauchte Zeit Überraschendes verspricht, sondern rückwärts vom Endpunkt das Maß der zur Verfügung stehenden Minuten bemessen. Dann war klar, daß nicht mehr viel Zeit blieb. Das konnte ihn ebensogut hilfsbereit machen, mitteilungsbedürftig (in allen Fragen, außer dieser Kernfrage der »Unruhe«), annäherungsbedürftig, zärtlichkeitsbedürftig.

XI

Das Haar stand krusselig um ihren Kopf herum. Entweder knabberte sie in der Kantine an ihrem Kuchen, saugte an ihrem Täßchen Kaffee, oder sie nagte an einer Halskette, die sie sich an den Mund hielt, darüber wachsame, auf den Partner bezogene Augen, die »verdorben« aussahen, d. h., in ihnen lachte etwas, das »Bescheid« weiß. Sie saß mit gekrümmtem Rücken, die Beine nebeneinander gesetzt. Ein dicker heller Wollpullover umhüllte großräumig ihren Körper. Eine Schafherde war darin verarbeitet. Nur die besten Schafshaare. Es ging ihr nicht gut. Deshalb kaufte sie so wertvolle Hüllen.

XII

Sie war jetzt im zwölften Jahr Physikerin. Sie arbeitete in der Grundlagenforschung. In einer Versuchsgruppe, die Elementarteilchen in gasförmiges Magnetfeld schoß. Diese Elementarteilchen hat sie nie gesehen, nur ihre Spur im Kleinstraum ist auf der Fotoplatte als rauchiges Feldchen sichtbar zu machen. Bestraft dadurch, daß man alles, was man haben möchte, nicht für Geld kaufen kann. Fühlte große Unsicherheit.

Ein bestimmtes Problem, Forschungsthema, von ihr »entdeckt«, beschäftigt sie. Sie wäre nicht darauf gekommen, wenn ihre Nerven nicht durch so unterschiedliche Tätigkeit wie »Forschung« und »Liebe« zu Meier durcheinandergerissen gewesen wären. Insofern konnte sie nicht sicher beurteilen, ob es richtig wäre, daß sie das Forschungsthema als »Spiegelung ihres Selbstverhältnisses« (Poesie) oder als astrophysikalische Hypothese, die sie zum Chef tragen konnte (Wissenschaft), ansprach. Es ging um drei Beobachtungen, die, wenn sie der Nachprüfung standhielten, ein physikalisches Gesetz waren:

»Die Elementarteilchen verstoßen manchmal gegen Verhaltensgesetze, aber sie tun das so unerhört schnell, daß sie fast gar nicht gegen sie verstoßen.«
»Das, was für die Gesetze der Physik verboten ist, tun sie blitzschnell, als ob nichts geschähe, und sogleich ordnen sie sich wieder unter.«
»So daß gewisse Erscheinungen im Kleinstmaßstab auf eine sozusagen kreditmäßige Art und Weise erfolgen.«

So notierte sie es. Es ging um das Verhalten einzelner Partikel in einer Kleinheit von 10^{-18} cm, und gemessen war dieses kreditmäßige Anleihen an eine physikalisch andere Welt für einen Teil einer millionstel Sekunde. Die Natur, schloß Frau Dr. Beate G., macht also Schulden an ihren Gesetzen, oder sie beteiligt sich innerhalb dieses Gesetzes an ihrer eigenen Gegen-Natur, oder aber: die »Natur« selbst ist ein Kredit an einer eigentlich wirklichen »Gegennatur«? Subversiv. Frau Dr. G. rechnet dies auf insgesamt 80 DIN-A4-Seiten – von ihrer kleinsten Zahlenschrift gefüllt – radikal hoch, z. B. auf 13 Milliarden Jahre und die im Kosmos enthaltene Masse, es mußte sich nämlich der Kosmos entsprechend länger auf jene verbotene Weise verhalten.

Sie zweifelte wohl an der Objektivität dieser aussichtsreichen Hypothese, die zur negativen Bestimmung der Kosmogonie oder zu allem andern verwendbar schien: sie zweifelte aber, denn sie meinte, die Hypothese sei allzusehr Abbild des Doppelprogramms ihrer eigenen Lage: der Trauerarbeit um Meier, der »sachlichen« Institutsarbeit, deren Energie sie von der Trauerarbeit ausborgte.

Andererseits fühlt sie eine tiefe Zuneigung zu dieser Hypothese. Durch die von ihr entdeckten Schwachstellen der Natur hindurch konnte ja alles mögliche passieren!

Alles wackelt. Es steht auf der Kippe. Es kann einen gigantischen Blitzschlag geben, oder eine Liebesgeschichte, einen Berufswechsel, eine Umwälzung, Weltende, oder sie erobert Meier doch. »Sie war in ihren Gefühlen nie wissenschaftlich.« Sie sind in Ihren Gefühlen, liebe Beate, nie wissenschaftlich, sagte der Institutschef, der gewissermaßen an ihrem Erleben durch kurze Fragesätze, Hinweise teilnahm. Andererseits war sie als Schwachstellenforscherin überzeugt, daß diese Gefühle, »das, was durch die Gesetze verboten ist, blitzschnell tun, als ob gar nichts geschähe, und sogleich ordnen sie sich wieder unter«. Ihre Erscheinungen erfolgen »auf eine sozusagen kreditmäßige Art und Weise«.

1. Kennt dann der Institutschef meine Gefühle gar nicht? 2. Was ist, wenn man nicht die blitzschnelle Abweichung von den Gesetzen, sondern die Gesetze selber als kreditmäßig abhängig von einer ganz anderen Physikwelt auffaßt? Dann ist alle Wirklichkeit nur geliehen. Und das jetzt hochrechnen! Der Passus gefiel ihr.

Er wollte sie wie ein Einmachglas noch eine Weile aufheben und dann irgendwann eintauschen gegen eine Bessere

Er war sich gut für viel Künftiges, Überraschendes. Ob er Gabi liebte, konnte er von Anfang an nicht sagen. Was soll Liebe heißen? Er empfand öfter Furcht als Liebe, die ein Deckwort für »Verschiedenes« darstellt. Er plante seit längerer Zeit, Gabi einzutauschen, provozierte Streit, um jene Trennungs-Energie im richtigen Moment zur Verfügung zu haben. Zwischen den beiden hatte sich mittlerweile Haß angesammelt, konnte aber vor Erwins »liebendem Auge« nicht bestehen und verwandelte sich in Liebe, d. h. Klebemasse, die ihn und sie festhielt. Jeder von beiden nahm an, es sei noch etwas aus der Beziehung zu gewinnen, ehe sie sich trennen wollten. Bei dem Gedanken an eine Trennung wurde ihm warm ums Herz. Das zog ihn jedesmal zu ihr hin. Dann fuhr Gabi Ende Januar gegen 17 Uhr im Nebel nach Stuttgart. Bei dem Unfall wurde sie querschnittgelähmt. Die Gelähmte konnte Erwin nun nicht mehr verlassen. Das wäre Desertion gewesen. Er hatte die Gefahr, die Gefahr für sein Leben, wenn er die eigentlich ungewollte Verbindung von Tag zu Tag verlängerte, unterschätzt. Es läßt sich jede Verbindung kitten, gerade die, zu der nie Anlaß bestand. Sie schenkte ihm »aus Dankbarkeit« zu seinem 55. Geburtstag eine Möbelgarnitur, da sie ja die Unfallrente mit in die Ehe brachte. Zu seinem 56. Geburtstag schrieb sie ihm in das Buch »Große Chirurgen«, das sie ihm schenkte (er war praktischer Arzt): »In ewiger Treue Gabi.« Darüber mußten sie beide weinen, denn sie wußten ja, daß das furchtbar war.

Die schlauen Hände

Die Eifelbrücke 1943: Alles mit der Hand gemacht, sagte der Kneipier. Die beiden Metallarbeiter nickten. Der Kneipier bezog sich auf die Zeit, da alles noch besser war als jetzt. Gut, sagte er, wenn es hart auf hart geht, nehmen wir auch mal Krähne und Maschinen. Das ist nicht zu vermeiden, wenn es hart auf hart geht. Aber wenn es hart auf hart geht und dann noch hart auf hart, dann ist immer das Beste, wenn alles mit der Hand gemacht wird. Das ist zuletzt immer das Solideste.
Du sprichst von Brückenbau, sagte einer der Arbeiter von seinem Bier her, du sprichst nicht z.B. von Werkzeugmaschinen. Richtig, fuhr der Kneipier fort, von Brückenbau. Aber es gilt natürlich auch für Werften. Der Verlobte meiner Tochter in Bremerhaven z.B. . . .
Es ergab sich jetzt eine Differenz. Die beiden Metaller wären ja an sich bereit gewesen, sich an den Standpunkt des Kneipiers im Laufe des Abends anzupassen. Dazu hätte aber gehört, daß der Kneipier in seinen Ausführungen längere Pausen machte, in denen die Seite an Seite an der Theke stehenden Zuhörer auch einmal längere Einfügungen hätten machen können. Sie hätten sich dann bestimmt gegenseitig von dem Bild ihrer Maschinen, an denen sie den Tag verbracht hatten, gelöst und allmählich in Richtung des Hinweises des Kneipiers hingeschaukelt.
So standen einander das feste Bild der Maschinerie in den Köpfen der Arbeiter und das sehnsüchtige Werben des Kneipiers gegenüber, der die ganze Welt mit Hantierungen überziehen wollte, so wie er jetzt am Zapfhahn polierte.

Der starke Krutschinski

Der Kranführer Hellmut Krutschinski, 26 Jahre alt, war stark, wenn er einem Gegner Körper an Körper gegenüberstand. Dann hatte er »eine Lust«, mit einem Griff ihm die Arme auszukugeln oder ihn mit Brustkasten zwei, drei, vier, fünf, zehn Meter vor sich herzudrücken. So schob er einen Gendarmerieposten, der ihm im Sommer 1976 das Baden im Baggersee verwehren wollte, in das Kusselgelände ab und konnte mit fünf Kollegen zum See vordringen. Dem Pförtner Bettermann renkte er die Schulter aus, daß der vor sich hinschrie. Es mußten aber zwei Voraussetzungen gegeben sein: 1. ein Gegner, 2. unmittelbare körperliche Berührung, so wie er mit den Händen die Hebel seines Gerätes, auch ohne hinzusehen, bediente. Ein Gegner war Bettermann insofern zweifellos, als er früher Kameraden angezeigt hatte und Krutschinski nicht zum Werkzeugdepot durchlassen wollte, wo er einen Schlagbohrer brauchte, um ein Gartenhäuschen für Kollegen instand zu setzen. Am folgenden Tag war der Schlagbohrer wieder zurück.

Krutschinski hätte sich einmal eine allgemeinere Kampfsituation gewünscht. *Entweder* das Zurückdrücken eines Polizei- und Werkschutzaufmarsches, der den Kollegen imponieren sollte, das hätte Krutschinski gemeinsam mit Kollegen vorgenommen. Auf dieses Risiko ließ sich aber die Firmenleitung nie ein. Kämpfe mit ihr erfolgten in Form von Verhandlungsrunden in Räumen des Verwaltungsbaus, wo Krutschinski, den die Kollegen zu einem ihrer Vertreter gewählt hatten, rasch auszusitzen war, denn nach fünf, sechs Stunden verlangte ihn nach frischer Luft. Er gab dann, was Prozentzahlen usf. betrifft, nach.

Oder eine Gruppe von angeblichen Kollegen, die bei Spinddiebstählen ergriffen worden sind. Die hätte er aus dem Betrieb hinausgeprügelt. Kam in der Firma nicht vor.

Blieben Kämpfe mit Nebenbuhlern, Günstlingen von Mädchen außerhalb des Betriebs. Das war nicht viel. So gilt Krutschinski als »friedlich«, weil der Kampfgegner, an den sich eine lange Wut anhängen läßt, in Griffnähe nicht auftritt.

Addition von Ungerechtigkeiten im Lauf von 2 Jahren Arbeitskampf gegen einen Unternehmer mit Wohnsitz an weit entrücktem Ort

I

Nordöstlich von Mannheim befindet sich ein mittlerer Betrieb, der Bauchemie herstellt. Der Betrieb gehört dem Unternehmer Lohmann, der seinen Wohnsitz in Berlin hat. Von dort aus genießt er Steuervorteile. Am Ort des Betriebs wird er durch den Geschäftsführer Hermann vertreten.

II

Vor 2 Jahren hat Lohmann einen kranken Gastarbeiter überredet, wenigstens 2 Stunden täglich zu arbeiten, es aber bei der Krankmeldung zu belassen. So hat er dem Betrieb Arbeitskraft auf Kosten der Sozialversicherung, wenn auch in begrenztem Umfang, zugeführt. Anschließend flog der Chef mit der firmeneigenen Cessna zur Côte d'Azur.

Das ist bemerkt worden. Eine Betriebsverfassung lehnt Lohmann unter Bezugnahme auf ein Rundschreiben seines Arbeitgeberverbands, das er nicht vorzeigt, ab. Belegschaftsmitglieder versuchen, eine Betriebsratswahl vorzubereiten. Sie stellen eine Kandidatenliste zusammen. Lohmann landet mit der Cessna in Betriebsnähe und erklärt: Ich werde die Belegschaftsmitglieder, die kandidieren, noch vor der geplanten Wahl entlassen. Ich verbiete die Wahl. Die Belegschaft fügt sich. Lohmann hat sich von seinem Fluggerät nur um 5 m entfernt. Die abgekanzelten Initiatoren sind zu dem Flugfeld hinausgekommen. Jetzt startet er in nördlicher Richtung.

III

Der Betrieb transportiert die in Beutel abgefüllten Chemikalien in eigenen LKWs zu den Baustellen in Nordrhein-Westfalen. Aus der Ferne hat Lohmann immer wieder Einsparungsideen, die über den Geschäftsführer bekanntgegeben werden. So können z. B. die Kosten für das Hotel der LKW-Fahrer und ihrer Begleiter, die das Material an den Baustellen abladen, gespart werden: Betten werden nach Hagen transportiert. Diese Feldbetten machen es möglich, daß Fahrer und Begleiter auf den Baustellen schlafen.

Die LKWs sind als Gebrauchtwagen gekauft. Am 4. April des laufenden Jahres löst sich der Motor eines LKWs aus der Halterung und fiel auf die Vorderachse. Der Vorgang spricht sich herum. Es ist unverständlich, wie der Motor herausfallen konnte. Durch Rosteinwirkung frißt er sich in der Halterung eher fest. Es müssen andere, unbekannte Alterungserscheinungen der Gebraucht-Mühlen sein. Die Fahrer erörtern längere Zeit diese Frage. Der Unfall ist bis in die Produktionsabteilung herein, in der vor allem Frauen beschäftigt sind, bekannt. Sie sind keine KFZ-Meister, beginnen sich aber für die Motoren der Firma zu interessieren.

IV

Im Mai wird Pedro Ventura (Portugiese) vom Gehilfen des Geschäftsführers, Fritz Wulff, der zugleich Pfortendienst betreibt und die Verantwortung für die Sicherung des Betriebs innehat, ein Eisenstück in den Rücken geworfen, damit er besser »folgt«.

Eine Gruppe von Lageristen werden aus ihrem Urlaub, den sie gemeinsam nach Posen gebucht haben, zurückdisponiert. Sie werden in dieser Urlaubszeit zur Umorganisation des Lagers herangezogen. Im Juli stand der Belegschaft eine Belegschaftsversammlung zu. Sie wird gegen einen vom Unternehmen bezahlten Trinkabend eingetauscht.

Man erfährt, daß die Arbeitgeberanteile für die Fahrer, Lageristen sowie die Belegschaftsmitglieder der Produktionsabteilungen seit einem Jahr nicht abgeführt worden sind. Im Durchschnitt geht es um einen Monatsbetrag von 1,50 DM pro Person, auf 1¼ Jahre gerechnet, ist dies trotzdem eine Summe. Kollegen überzeugen den Buchhalter, daß dies gezahlt werden muß. Aber auf schriftliche Eingaben der Buchhaltung antwortet Lohmann in Berlin (oder an einem Ferienort) nicht. Der Buchhalter legt aus eigenem Einkommen einen Betrag vor, pumpt Arbeitnehmer an, zahlt das Geld im Namen der Firma aus, »um Schlimmeres zu verhüten«.

V

Die Mutter des Unternehmers, die in Mannheim wohnt und den Betrieb stellvertretend für Lohmann von Zeit zu Zeit ins Auge faßt, besitzt einen bissigen Hund. Nach dem Gesetz muß dieser Hund an der langen Leine geführt werden. Der Hund beißt einen Arbeiter, der das Betriebstor schließt. Geschäftsführer

Hermann entscheidet, daß dies als Betriebsunfall an die Berufsgenossenschaft zu melden ist. Es wird ein Unfallbericht erfunden. Obwohl der gebissene Arbeiter »außer dem Schmerz keinen Schaden hat«, wird dieser Vorgang als »ungerecht« empfunden. Es spricht sich herum.

VI

Besonderer Vertrauensmann des Geschäftsführers ist der Meister Gärtner, der aus einem in Niedersachsen gelegenen Betrieb Lohmanns in den Mannheimer Betrieb versetzt worden ist. Von ihm heißt es: Gärtner hat ein Stopp-Ohr. Das Gerücht ist unsinnig. Richtig ist, daß er horcht, das Arbeitstempo über die Geräusche des Betriebs kontrolliert. Außerdem besitzt er eine Stoppuhr, mit der er Arbeitszeitmessungen durchführt. Er mißt auch die Zeit, die die Kolleginnen auf der Damentoilette verbringen. Er behauptet, sie lesen dort Comic-Hefte, legen heimliche Frühstückspausen ein. Er kann das nur durch Hinweis auf die gestoppten Zeiten beweisen. Gesetzt den Fall, er hätte Ohren, die sich in eine Stoppuhr verwandeln (und es gilt der Satz, daß, wenn einer schielt und die Glocke 12 schlägt, er für immer schielt), dann kann es sein, daß bei Auslösung der Werks-Alarmsirene oder des Mittagsignals Gärtners als Stoppuhr verwendetes Horchohr auf immer als Uhr ihm zu Seiten des Kopfes hängt. Er müßte die Frisur ändern, die er kurzgeschnitten trägt, so daß lange Haare das Schandzeichen verdecken.

VII

In den ersten Novembertagen wird die schwangere Gitti Schwadorf entlassen. Gittis Kollegin, Erna Lager, kündigt daraufhin von sich aus. Es ist ungesetzlich, Schwangere zu entlassen. Die Arbeiterinnen lassen Gitti und Erna nicht aus dem Betrieb heraus. Insbesondere Erna Lager soll sich das noch mal überlegen. Die Arbeitskolleginnen halten die beiden Frauen, von denen Erna ganz außer sich ist, in den Betriebsräumen fest. Sie schließen die Tür ab. Geschäftsführer Hermann berichtet telefonisch nach Berlin, der Anwalt Lohmanns erstattet Anzeige gegen sämtliche Kolleginnen der Abteilung wegen Freiheitsberaubung.

Es hat sich in den 2 Jahren eine gewisse Kampflust der Belegschaftsmitglieder angesammelt. Die Abteilungen streiken. Geschäftsführer Hermann, Meister Gärtner, der Sicherheitsbeauftragte Wulff haben einen unmittelbaren Eindruck – »aus den Augen, aus dem Sinn« – von der »Energie«, von der insbesondere die Arbeiterinnen »befallen« sind. Sie rechnen mit »Sturheit« und telefonieren nach Berlin. Lohmann hat aber dort keine unmittelbaren Eindrücke. Er staucht die Vertrauten am Ort wegen »Feigheit vor dem Feind« zusammen.

Der Streik zieht sich 6 Wochen hin. Lohmann hat Verluste. Er erwägt, den Betrieb samt Streik zu veräußern, erhält aber kein Angebot.

Es ist schwierig, den unmittelbaren Arbeitskampf am entrückten Wohnsitz des Unternehmers zur Auswirkung zu bringen, obwohl jetzt die Unternehmensvertreter am Ort, auf Grund ihrer sinnlichen Eindrücke, zu Verbündeten der streikenden Belegschaft werden. Sie telefonieren täglich. Lohmann verbittet sich die permanente Störung. Er hat noch andere Betriebe, die ihm Sorgen machen. Was heißt in einem solchen Fall, der Klügere gibt nach? Zwischen allen Klugheiten liegt die Entfernung.

Gerade daß Lohmann nicht einfliegt und sich in Rede und Gegenrede stellt, macht die Arbeiterinnen wütend. Sie haben es offensichtlich nicht mit einem Menschen zu tun, auf den man einige Stunden einschreit, um ihm dann nachzugeben. Es bleibt beim Streikbeschluß.

Zu spät, erst bei Erstellung der Jahresbilanz, erhält Lohmann einen sinnlichen Eindruck von dem, was sich hier tut. Er hat Schaden genommen. Er klagt sich telefonisch bei Geschäftsführer Hermann aus, daß vermutlich Konkurrenten inzwischen ihre Verbindung zu den vom Betrieb belieferten Baustellen aufgenommen haben, längst liefern. »Das kann mir ja egal sein. Es wird zu Produktionseinschränkungen führen, die letztlich die Belegschaft schädigen.«

Aber das ist nicht wahr, denn es schädigt ihn noch mehr. Es ist ihm nicht egal. Er nimmt die Entlassung von Gitti Schwadorf zurück, läßt die Anzeigen wegen Freiheitsberaubung widerrufen. Die Ermittlungsbehörde ermittelt aber von Amts wegen, stellt irgendwann das Verfahren ein. Lohmann muß zusätzlich die Wahl eines Betriebsrats hinnehmen. Erna Lager ist trotzdem nicht zu versöhnen. Sie wechselt den Betrieb. »Irgendwann muß man etwas tun, was man wirklich will, sonst weiß man das hinterher nicht mehr.«

Schock-Erlebnis

Der Betriebsführung war am frühen Morgen eine Maßnahme mißglückt, mit der sie die seit dem Vorabend sich abzeichnende »illegale« Streikeröffnung ausschließen wollte. Auf Weisung der Betriebsführung hatten um 5.10 Uhr früh »loyale Ingenieure und Meister« den Mischer, die kostspielige Zentralanlage des neuen LD-Stahlwerks, mußte Gerlach noch lernen, was das im einzelnen war, gefüllt, um durch eine so eingeführte Automatik den Streik, der die Billigung der gewerkschaftlichen Ortsverwaltung *nicht* hatte, *aus technischen Gründen* unmöglich zu machen. Nach Füllen des Mischers mußte die darin befindliche Masse bearbeitet werden, da der Stahl weder längere Zeit kochen noch innerhalb der Anlage erkalten durfte. Das war leicht einzusehen.

Die Haltung des Streikkomitees, das im Werksgelände tagte und mit der Stimmung der Belegschaftsmitglieder Berührung hielt, war hierbei falsch eingeschätzt worden. Die zum Komitee entsandten Unterhändler der Betriebsleitung brachten als Antwort in den Gefechtsstand zurück: »Entweder mehr Geld oder ein Denkmal aus Stahl.«

Die leitenden Ingenieure sahen sofort ihren Fehler: selbstverständlich wollten sie nicht die unbezahlbare Mischanlage, d. h. praktisch das gesamte Werk, in ein stählernes Denkmal, das auf lange Zeit an diesen Arbeitskampf mahnen würde, verwandeln lassen. Jede Zahlung, die aus diesem unerträglichen Zustand, der bis spätestens 21 Uhr abends eintreten würde, herausführte, war gerechtfertigt. Das war auch bald die Auffassung von Altem Herrn Schmidtchen. Ziemlich happig, sagte er.

Sie fühlten sich hier im Gefechtsstand als »zusammengeschweißter Haufen«, legten Wert darauf, jeder unter den Augen der anderen, die Nerven behalten zu haben, mit Joffrescher Ruhe die Niederlage einzustecken, die in den Berichten zur Konzernleitung *kein günstiges Abschneiden* ermöglichte. Wer war denn nun schuld? Ohne die Idee, durch Füllung des Mischers ein fait accompli zu setzen, hätte die Führung noch Aushilfen gewußt, mit dem Ziel, die Streikbewegung zum Abbröckeln zu bringen. Das gab es nun nicht mehr.

Na ja, sagte der leitende Ingenieur, mich hätte es ja gereizt, das Kunstwerk aus Stahl, den Schrottwert, wieder abzuschmelzen, weil man da immer neue Erkenntnisse und Verfahren gewinnen kann. Wir hätten auf dem Gelände NO 503 eine ganz neue Anlage errichtet und so Zeit gewonnen, die mit der Stahlmasse ausgefüllte alte Anlage in aller Ruhe abzuschälen. Rein vom technischen Standpunkt ist das alles andere als Routine, und neue Aufgaben haben mich immer gereizt.

Der Arbeitsdirektor im Vorstand nahm diese Witzelei ernst und protestierte. Es wäre ein Symbol für eine gelungene Streikmaßnahme, die da ziemlich hoch gegen den Abendhimmel sich abhebt. »Das ist ein Beispiel«, sagt er, »das wir bestimmt nicht gebrauchen können.« Nun hatte diese Runde Unruhestifter ja ohnehin schon entschieden, sich *realistisch* zu verhalten. Man muß einmal, sagte der Justitiar, nur um etwas einzuflechten, die Schadensersatzfrage ventilieren. Es *greift* evtl. sittenwidrige Schädigung im Sinne des § 826 BGB gegen die Rädelsführer, immer vorausgesetzt, daß man diese greift und daß etwas an Vermögen da ist, in das sich vollstrecken ließe. Alter Herr Schmidtchen antwortete: Das kommt darauf an, ob *wir* die Rädelsführer sind oder das wilde Komitee. Lassen wir das.

Fritz Gerlach hat es als Schock erlebt. Damals war er noch Aktiver des CC Westphalia an der Universität Marburg und volontierte im September 1969 bei dem Alten Herrn Schmidtchen im Vorstandsgebäude der Klöcknerhütte, Bremen. Er hatte Zugang zu allem, aber an jenem Tag war ein Aufenthalt im Vorstandsgebäude nicht möglich. Der Vorstand wurde um 11.30 Uhr unter Mitnahme der wichtigsten Geschäftsunterlagen in eine Villa am Stadtrand ausgelagert. In seinem PKW folgte Gerlach dorthin, wollte dann aber auch aus Neugierde im Werksgelände noch einmal nachsehen. Auf den Eingangsstufen des Verwaltungsbaus standen Arbeiter in ihren »Kluften«, verweigerten jedermann, der von der Streikleitung keinen Bewilligungsschein vorwies, den Zutritt. »Im Werk herrschte Unruhe.«
Gerlach, den Hunger peinigte, nahm auf der Durchfahrt durch das Zentrum ein Frühstück zu sich, schlang Eier und Schinken herunter, denn er wollte nichts Wichtiges versäumen. Der Alte Herr Schmidtchen mit dem »Gefechtsstab« im Wintergarten der Villa, draußen Werkschutzbeamte, Zivilfahnder, ein Polizeiaufgebot, das diesen Bereich absperrte.
Der Schock saß ziemlich tief. Das war das Erlebnis eines sehr rasch im Ansatz steckengebliebenen Angriffs, ein Unsieg. Unter den Aktiven der Westphalia hatte das Verhalten des Alten Herrn Schmidtchen so ausgesehen, als hätte er gekniffen. Da nutzte es nichts, daß er mußte. Gegen 20 Uhr konnte die Betriebsführung den Verwaltungsbau wieder benutzen. Von uns aus, sagte eines der Vorstandsmitglieder, werden wir so leicht in diese Belegschaft kein Vertrauen mehr setzen. Haben Sie das vorher getan? fragte Schmidtchen trocken.
Gerlach, für Eindrücke in seiner dritten Pubertät noch sehr empfänglich, glaubte nach der Erfahrung dieses Tages, denn die zum Teil gleichmütigen Reden standen im Gegensatz zum Schock in den Gesichtern, nicht mehr an eine Industrie-Karriere. Er trat aus der schlagenden Verbindung aus und wurde später Landarzt.

→ Keine falsche Unmittelbarkeit, I / S. 857

Die Gesellschaft als Festung im übertragenen Sinne, darum herum Weidefläche

Das Institut für Sozialforschung war nach Ansicht seiner Sekretariate, die noch vor einigen Jahren Stenogramme von Th. W. Adorno, M. Horkheimer, J. Habermas aufgenommen hatten, »stark verändert«. Wenn man den Stiftungsrat besah, der bei Kaffee und XOX-Keksen im sog. Lesesaal tagte, so saßen dort keine großen Wissenschaftsmänner, sondern Praktiker.

Ich möchte das mal so sehen, sagte der dem Gewerkschaftsflügel nahestehende Sölch (er war noch als Stadtkämmerer in den Stiftungsrat gekommen und hatte den Sitz, »weil es nicht um Posten, sondern um Persönlichkeiten geht«, in seiner neuen Stellung als Verwaltungsdirektor des ZDF behalten). Das ist alles eine Frage des Rahmens. Das muß in einem Rahmen gesehen werden. Es ist ja überhaupt nicht unintelligent, wenn das so gemacht wird. Immer im Bezugsrahmen gesehen. Da hängt ja einiges mehr dran.

Er kommentierte damit einen von Putermann, MVIR (Mitarbeitervertreter im Institutsrat), *hingeworfenen Ausblick,* daß nämlich die gesamte Produktions- und Steuerungsstufe der Gesellschaft (z. B. Industrie, Kirchen, Gewerkschaften, Bund, Länder, Gemeinden, Bünde usw. usf.) eine Art *Festung* bildet – die gesellschaftliche Herrschaft zieht sich in dieses Festungsareal zurück, und vor den Toren dieser Festung befinden sich die Weidegründe für die Bewohner. Und, fuhr Putermann fort, wenn ich den Kollegen Schudlich zitiere, über einige Löcher in dieser Festung – sie sind aber notwendige Löcher! – wird die Arbeitskraft in die Festung eingesaugt und wieder ausgepumpt, so daß es auf eine möglichst intensive Verzahnung zwischen Innen und Außen, also ein System von Hintertürchen und Mauerdurchbrüchen ankommt, wenn das Bild eines mittelalterlichen Mauerrings hier überhaupt paßt und man nicht modernere Bauweisen von Verteidigungsanlagen als Bild heranziehen sollte. Es findet also eine *Wechselwirkung* statt. Und es wird immer eine unvollkommene Festung sein, weil ja einerseits ein Heißhunger auf den »Rohstoff Arbeitskraft« existiert, die Anlage also durchlässig sein muß; andererseits zwingend erforderlich ist, daß keine Feinde eindringen – die Festung muß also undurchdringlich sein.

Wenn jetzt, fiel Präsident Krupp ein, der nicht gut schweigen konnte, wenn hier so hypothetische Ausführungen, die das Fachgebiet der wissenschaftlichen Mitarbeiter des Instituts breit überschritten, gemacht wurden, in die Weideflächen Expeditionen aus dem Festungsareal – das wollen Sie doch wohl sagen! – ausschwärmen, und z. B. *durch Umlegen von Häuserzeilen*: gehen Sie doch bloß einmal von einer Autobahntangente quer durch Bornheim aus, dann ergibt sich eine explosive Lage, oder? Darauf konnte wiederum Sölch nicht gut schweigen, wenn hier ein Praxislaie Autobahntangenten dort verlegte, wo das gar nicht geplant war. Herr Präsident, sagte er, die Zerteilung der Gesellschaft, Rückzüge hin oder her, in eine Konsumweidefläche einerseits und ein Festungsareal andererseits ist gar nicht so abwegig.

Rein theoretisch mögen Sie recht haben, erwiderte der Präsident. Ich möchte mal das Bild des Mauerrings durch das Bild eines Dammbaues ersetzen. Dann muß eben entsprechend die Dammkrone höher gebaut werden.

Aber unten, meldete sich Putermann, müssen Löcher sein, da ja »die hinter der Dammkrone« von der Arbeitskraft, die draußen weidet, oder in Ihrem Bild: schwimmt, ihre Steuerungen beziehen. Der Präsident hatte jetzt genug. Wir wollen das nicht überziehen, sagte er.

Nun war aber das Interesse der Stiftungsratsmitglieder einmal geweckt. Dem schmalgesichtigen Institutsleiter entglitt die Diskussion ebenso wie dem Vorsitzenden des Stiftungsrates, Bankier, der lange in Papieren gelesen hatte. Schließlich waren sie gemeinsam schuld an diesem Trend des Gesprächs, da der Vorsitzende »andere Dinge getrieben« und der Institutsleiter recht lange Zeit allein und leidenschaftlich die Haushaltslage des Instituts sowie die Resultate mehrerer Studien vorgetragen hatte. Die Stiftungsratsmitglieder waren demgemäß ungezügelt (Schuld des Vorsitzenden) und gierig auf eigene Betätigung (Schuld des Institutsleiters). Darüber weiß man noch nichts Festes, versuchte der Institutsleiter zu glätten.

Darf ich, sagte Putermann aber schon, dem der ruhig in Institutsveröffentlichungen blätternde Hesselbach das Wort zuwinkte (wenn er sich das doch überlegt hätte!), kurz aushelfen. Die Polarisierung der Gesellschaft in eine Festung, in der alle Entscheidungsmacht konzentriert ist, einerseits (Machtzentrum der Normen, Legitimationen, Verfügung über die Reichtümer und Ressourcen usf.) und eine immer wieder durch Ausfalltruppen aus der Festung verwüstete und erneut angepflanzte Weidefläche für die menschliche Arbeitskraft andererseits ist nicht als *Bild* zu verstehen, sondern existiert in jedem Kopf, Nerv, Bierglas, Kinderzimmer, Stück Schularchitektur, Maschinensaal usf. Und erst in den großen zusammengefaßten Brocken der Industriebetriebe *erscheint* es zunächst wieder als Ganzes, aber nur in der Abstraktion, da ja die Maschinerie (z. B. zwei Kräne, die über der Werkstraße aufeinander zufahren), durch Arbeitskraft bewirkt.

Das ist ja der leibhaftige Adorno bei Ihren jungen Leuten hier, meldete sich Klingler, zu v. Friedeburg gewendet, der nichts anderes tun konnte, als darauf hinzuweisen, daß die Mitarbeiter das so nicht meinten. Keine der Gruppen des Instituts, weder die Kita-Gruppe noch das Projekt Lohn und Leistung, noch die Computer-Studie, noch die Gewerkschaftsforschung usw. beinhalteten irgend etwas »Ideologisches«. Irgendwie sei die Diskussion abgekommen vom Eigentlichen.

Die imaginäre Festung bleibt aber nicht passiv, fuhr Putermann fort. Das sei ja gerade das Verheerende an der Durchmischung bei gleichzeitiger strikter Abgrenzung der beiden gesellschaftlichen Stufen – nicht zu verwechseln mit dem Klassengegensatz, wohl aber hat es quasi die *Funktion* eines Klassengegensatzes –, daß die Weidebereiche draußen nicht etwa in Ruhe gelassen werden, sondern die Hütten auf diesen Weiden werden immer wieder niedergerissen, »Schafe anstelle der Menschen« gesetzt, also alles, was wir unter ursprünglicher Akkumulation verstehen, ist nicht historisch, sondern permanent . . . Wovon sprechen wir überhaupt, wollte Sölch wissen. Ich kann Ihnen dies auch an den Beispielen der Leistungslohnstudie erläutern, erwiderte Putermann. Der langsame Hinrichs war jetzt bereit, einzugreifen und Putermann zu sekundieren. Die Hirne, angeregt durch die eigentlich von niemandem erwartete Debatte, fuhren rascher. So fahren z. B. zwei Gerüste über zwei Bandstraßen, die ebenfalls zueinander rangieren, aufeinander zu, und die beiden diesen Vorgang steuernden Gruppen dürfen gar nicht in Akkordeile, die eine schneller als die andere, ihre Griffe und Pensen erledigen, weil dann zwei Bandstraßen im Wert von etwa 15 Millionen DM wie bei einem Verkehrsunfall zusammenstoßen. Dies, sagte Hinrichs, ist doch das Festungsprinzip im Detail, daß die geplante und syndromierte Maschinerie für den guten Willen der Arbeitenden gar keinen Raum läßt. Und jetzt, stockte Putermann auf, nehmen wir Immanuel Kant: »Es gibt keine Eigenschaft des Menschen, die an sich für gut befunden werden könnte, es sei denn der gute Wille . . .«
Das angewendet auf den Leistungslohn –

>»Zärtlich ist des Vogels Tritt im Schnee,
Wenn er wandelt auf des Berges Höh'n.«

Und Putermann schickte sich an, den Übergang vom Leistungslohn zum zeitstrukturierten Lohn zu erläutern. Er wäre so zum Ausgang des Gesprächs zurückgelangt. Einige Herren mußten aber die Maschine 20.45 Uhr Flughafen Rhein-Main unbedingt erreichen. Deshalb schloß der Vorsitzende die Sitzung.

Resultate eines Gesprächskreises in Koblenz

Die großen Industrieunternehmen hatten sechstklassige Besetzungen geschickt. Einige mittlere Unternehmer waren persönlich erschienen. Aber die ablehnende Grundhaltung der Praktiker gegen die Weißbuchschreiber vom Zivilschutz, von denen man annehmen konnte, daß sie mit Hilfe von Beiräten und Gesprächskreisen den Stellenkegel ihres Kreises zu erweitern suchten, hatte alle anwesenden Herren erfaßt. Man drängte auf Kurzfassung. Natürlich kann man die Mittelgebirge der Bundesrepublik untertunneln, unterirdische Produktionsräume. Man könnte sogar das durchschnittliche Höhlengelaß auf 70×17 m Länge, Breite und Höhe standardisieren. Ich gebe außerdem zu, sagte Willet (Chemie), daß der Kostenfaktor nicht einmal das Entscheidende wäre. Es entstehen ja durch die Tunnel interessante Grundstücke. Man wird teures Betriebsgelände abgeben und untertunneltes Gelände im bis dahin »wertlosen« Gebirge erhalten: ⅓ öffentliche Mittel, ⅓ Banken, ⅓ Eigen, man kann das ja mal berechnen. Aber das hat doch mit dem Wahnsinnsfall gar nichts zu tun, den Sie hier annehmen (zu den Ministerialräten des Zivilschutzes gewendet).

Das Bundesamt befand sich seit Jahren in der Studier- und Einarbeitungsphase. Ministerialrat Fredersdorf sprach für die Kollegen, als er lässig sagte: Wo sehen Sie denn in der Welt die Vorkehrungen, die den Wahnsinnsfall ausschließen, wenn der libysche Präsident Vorsitzender des Sicherheitsrates der UNO ist?

Stölzer (Metall, Röhren), der großen Einfluß hatte, antwortete für die Praktiker: Wie stellen Sie sich das denn vor? Ein Zubehörteil wird aus Stuttgart geliefert, ein anderes aus Paris-West, ein drittes Schweinfurt usf. Ein Krieg kann sich nicht aus den Depots nähren, sondern braucht eine Kriegsproduktion. Wir können aber nicht einmal auf 20 Stunden im »Wahnsinnsfall« die Transportverbindungen – und diese sind die Produktion, montieren kann jeder – garantieren. Das ist doch mit Erstem oder Zweitem Weltkrieg nicht zu vergleichen.

Sie fanden schon die Idee der Zivilschützer, einen großen Kreis von Unternehmern und Praktikern in einem ganz unpassenden Hotel zusammenzuführen, fragwürdig. Nicht einmal von Erschütterungstoleranz von Fabrikbauten bei Erdbeben der Stärke 6, Richter-Skala, wollten sie hören. Dafür ziehen wir, sagten sie, keine Stahltrossen, die die Gebäude für ein gedachtes Erdbeben in unseren Breiten sichern. Sammelpunkte für die Belegschaft und Beschilderung von Notausgängen war das, was sie prüfen wollten.

Sie waren hier als Vernünftige zusammengekommen. Haben Sie schon mal Be-

sprechungen geführt mit Kombinats- oder Projektleitern eines Ostblock-
staats? Nein. Nein? Aber ich, sagte Willet. Wenn Sie denken, daß diese Herren
von der Gegenseite unvernünftig denken, dann irren Sie. Die ganze Frage
räumten sie ab.

Wozu, meint Fredersdorf, der durch Ruhe und Trockenheit »ein Standbein in
der Diskussion zu behalten« versuchte, unterhalten wir dann überhaupt eine
Bundeswehr? Wozu Nato? Das müssen wir, antwortete Stölzer, wohl nicht
auf dieser Tagung klären. Wir betrachten hier nicht Einzelheiten, sondern eine
Gesamtentwicklung, die wir als Praktiker anders beurteilen als Sie. Es war
klar, daß keiner von den Herren hier ein Interesse an Störung der von ihm vertretenen Produktion, z. B. durch einen globalen Krieg, hatte. Man konnte so
mit den Herren nicht diskutieren. Sie waren keine Kinder, wußten, wie man
sich im Straßenverkehr verhält.

Ich verbitte mir, lieber Herr Fredersdorf, die Unterstellung, die ich aus Ihren
Antworten heraushöre. Das sagt Schmidt, Abteilungsleiter Öffentlichkeit und
Werbung eines großen Chemiewerks. Sagen Sie es doch offen: Kapitalismus =
Imperialismus = Krieg. Ich habe in meiner Abteilung eine Tonne Flugblätter
und Pamphlete, in der unsere Arbeit angeprangert wird. Das beantworten wir
nicht durch Bunkerbau, sondern durch Öffentlichkeitsarbeit – falls das nötig
ist.

Nun war die Diskussion in einer Sackgasse. Die Praktiker, die jeder für sich an
dem Durcheinander eines Kriegsfalles (allein die Blechlawine, die sich auf allen Straßen in Richtung Pyrenäen bewegt, Ausfall des Versicherungsschutzes,
Davonlaufen ganzer Belegschaften in Privat-PKWs usf.) sicher kein Interesse
hatten, waren so gereizt, daß sie auch über Sabotage an Atomkraftwerken
oder EDV-Anlagen nicht sprechen wollten.

Können wir nicht mal im Modell . . ., sagte Fredersdorf.

Nein. Auch nicht im Modell. Ich teile, sagte Stölzer, der wenigstens eine Art
Witz zum Gelingen der Tagung beisteuern wollte, die Auffassung der *Peking-
Rundschau*: Das Schlimmste ist die *Angst vor dem Krieg*. Gerade die löst ihn
aus. Auch darin werden wir von uns aus nicht beitragen oder *lüstern* sein. Jetzt
war die Tagung immer noch nicht zu Ende.

Das Grabmal aus Beton

I

Im Frühjahr 1943 explodierte die Werkshalle 2 der Heeresmunitionsfabrik Dingelstedt. Die Fachleute waren auf Vermutungen angewiesen. Was soll man schon machen? Uns sind ja die Hände gebunden. Wir fuhren natürlich sofort die Huystraße hoch nach Dingelstedt in das Waldgelände hinein, da lag die Munitionsanstalt hinter Drahtzäunen. Es war aber gar nichts mehr zu »retten«, nicht einmal Totenscheine für die Toten auszuschreiben, keine Verletzten, keine Brandstellen usf. Wieso, fragte der Assistenzarzt Jürgens, der einen Hexenschuß hatte und an seinem Nacken massierte, sind keine Toten da? Na ja, es waren genügend da, um die umfassende Alarmierung von Halberstadt bis Braunschweig zu rechtfertigen, nur waren sie nicht sichtbar.

Die Fabrikhalle bestand aus gemauerten Seitenwänden und besaß darüber als Dach eine massive Eisenbetondecke von 5 m Dicke. Insofern darf man sich den Unfall nicht so vorstellen, daß die Fabrikationsstätte »in die Luft flog«, sondern die Explosion, deren Grund unbekannt blieb, man nahm aber später an: ein explodierender Munitionskorb, hatte die schwächeren Seitenwände der Halle »weggeblasen«, und der stabile Sicherheits-Himmel von 5 m Dicke fiel von oben in einem Stück auf die in der Halle beschäftigten Munitionsarbeiterinnen herab, praktisch Grabmal.

II

Standortarzt Dr. Gaubitz vom Standortlazarett in Halberstadt saß beim Mittagessen, verzehrte Sauerkirschenkompott, als an diesem Tag die Alarmmeldung durchkam. Er überholte auf der Braunschweiger Straße eine Kolonne Kran- und Pionierfahrzeuge. Die Feuerwehren aus Badersleben, Athenstedt, Braunschweig kamen in das Waldgelände eingefahren, eines der wichtigsten Geheimobjekte des Gaues. Dr. Gaubitz wollte schon immer gern einen Blick hinter die Sicherheitsanlagen dieses Objekts werfen. Es war ein glücklicher Zufall, daß dies jetzt möglich wurde.

Branddirektor Toelke war dabei, seine 14 Fahrzeuge vor der Unfallstelle aufzustellen. Er eilte auf Dr. Gaubitz zu, der sein Mercedes-Cabriolet, das als Militärfahrzeug grau gestrichen war, zwischen den Bäumen abstellte.

Haben Sie Totenscheine mit?

Dr. Gaubitz hatte zwei. Das reichte hier nicht. Er wollte die Toten aber auch erst sehen. Danach konnte er immer noch nach ein paar Bogen Papier suchen, diese jeweils in vier Teile zerreißen, da es nicht auf das Formular, sondern auf die ärztliche Unterschrift und Todesbezeichnung ankam. Das konnte der Feuerwehrexperte nicht wissen.

Es wird wohl reichen, sagte Dr. Gaubitz. Tote gab es keineswegs zu sehen. Wir können diese Betondecke nicht anheben, sagte der Pionier-Oberleutnant, dessen Kranfahrzeuge auf dem Gelände zunächst keinen Platz fanden und auf der Zufahrtsstraße vor der Umzäunung warteten. Die meisten hier waren Uniformierte, da die Munitionsfabrik, eine Anstalt des Heereswaffenamtes, militärischer Bereich war: Militärs, Munitionsoffiziere, Ingenieure. Wir müssen warten, bis die Kranfahrzeuge hier hereingelotst werden können. Dafür müssen die Feuerlöschzüge erst umrangiert werden. Wenn Sie denken, antwortete der Oberleutnant, daß Sie diese Decke mit ein paar Kränen anheben können – es ist nicht anzunehmen, daß das machbar ist.

Es blieb also nichts übrig, als auf diese Betondecke zu starren und zunächst zu warten.

III

Ich brauche keine Formulare für die Totenscheine, sagte Gaubitz, es genügen Zettel. Es kommt auf den Wortlaut an. Ohne die Leichen kann ich aber überhaupt nichts machen. Ich habe nicht einmal die Namen der Toten.

Es sind eine große Zahl, eine Unzahl, sagte der Major, kommissarischer Leiter der Munitionsfabrik. Einer der Ingenieure ergänzte: Die liegen da drunter. Er war jetzt auch erschüttert, nachdem er anfangs einen *aktiven Eindruck* gemacht hatte. Nicht zählbar, sagte Branddirektor Toelke, bedeutet noch längst nicht unzählig. Es ist nur technisch unmöglich, sie zu zählen, da wir durch die fünf Meter dicke Decke nicht hindurchsehen können. Wie viele werden das etwa sein?

Alles Frauen, antwortete ein Artillerieoffizier, der hier mit herumstand. Ich meinte, sagte Gaubitz, daß die verschiedenen Toten, die Verewigten, doch der Zahl nach festzustellen sein müßten. Vielleicht kann man eine Liste holen, wer in der Halle gearbeitet hat. Das käme etwa auf die Zahl der Toten hin, denn Verletzte sehe ich nicht. Der Adjutant des Fabrikleiters antwortete sofort: Die Arbeiterinnen der Schicht sind alle erfaßt. Jetzt kamen neue Feuerlöschzüge aus Dardesheim, Ballenstedt, Quedlinburg, zwei Pionierfahrzeuge aus Richtung Heudeber-Danstedt. Wir müssen, sagte Oberst v. Elchlepp, diesen Fahrzeugpark hier schleunigst auflösen. Da in den Wald rein. Man konnte die Explosion praktisch bis London hören. Wenn der Gegner sich die Mühe machte, einige Bombenflugzeuge herzuschicken, um nachzusehen, was das war, würde – nach Auffassung v. Elchlepps – der Fahrzeugpulk »sukzessive zerdeppert«. Es war aber für den heutigen Tag bereits genug Schaden angerichtet. Gaubitz legte inzwischen einen Verbandsplatz an, da die Lazarett-Notausrüstung von H. nachgeführt war. Ein Feuerwehrmann hatte einen verstauchten Finger. Die Ingenieure und Offiziere standen in Gruppen um den Explosionsort herum. Einige bestiegen die Betondecke, gingen auf diesem imposanten Bau hin und her.

»Drum laß' uns nicht nach fernen Tagen fragen,
noch bleiben wir ein kleines Weilchen hier.«

IV

Es ist unverantwortlich, sagte Gaubitz, der ja nichts zu tun hatte und neben Oberst v. Elchlepp, Branddirektor Toelke, einigen Ingenieuren und Munitionsoffizieren stand. Die Schuldfrage drängte sich in den Vordergrund. Gaubitz: Die Seitenwände so schwach zu bauen und die Sicherheit allein von der überstarken Betondecke zu erwarten, das ist Leichtsinn. Das berücksichtigt nicht die Erfahrungen von Verdun. Danach fegen Explosionen immer seitlich weg. Man kann solche Unglücke schon aus der Bauskizze ablesen. Wenn das Objekt hier nicht so geheim wäre und man einem vernünftigen Menschen vorher so etwas zu sehen gibt – aber man durfte ja nicht hin, nicht mal in der Nähe nach Moosen für meinen Steingarten graben –, dann wäre der Beton-Himmel noch da oben, und wir hätten wenigstens ein paar Verletzte. Ingenieur Wendland faßte eine solche zusammenhängende Äußerung als »unnötige« Einmischung auf. Er sagte: Ja, das war eine Falle. Wer ist denn nun der Verantwortliche? fragte der Oberst. Toelke: Das wird Gegenstand eines Berichtes sein. Mehrerer Berichte, sagte Ingenieur Wendland. Ein Versehen oder Sabotage, das wird man nie wissen können.

V

Jetzt trafen Polizeiverstärkungen ein, die an sich auf Militärgelände nichts zu suchen hatten. Noch wirkte aber der Schock auf die Anwesenden. Niemand raffte sich auf, die Beamten fortzuweisen. Zu Oberst v. Elchlepp trat Kriminalrat Wille. Von zwei Männern des Wachkommandos wurde eine junge Frau herbeigeführt. Die Frau gab an, sie sei »dem Massaker« entkommen, da sie

»austreten gegangen« sei. Es war aber gar nicht zulässig, sich während der Arbeitszeit aus der Halle herauszubegeben. Wie war diese Frau aus der Halle herausgekommen? Kriminalrat Wille schaltete sich ein: Lassen Sie die Frau doch erst mal ausreden. Der Kommandierende der Wachmannschaften, den der geäußerte Verdacht, es könne sich auch um Sabotage handeln, belastete, entgegnete: Ausgeschlossen, daß diese Frau ordnungsgemäß sich aus der Halle entfernen konnte. Ob sie etwas vorausgewußt hat? *Wenn* es Sabotage war, meinte der kriminalistisch geschulte Wille, ein großes Wenn. Aber die erregten Herren, die unter dem Druck standen, ihren Oberbehörden über ein Geschehnis berichten zu müssen, das nie hätte passieren dürfen – sie alle hatten sich den Fall eines Unglücks ganz anders vorgestellt, angenommen, daß »in einem Ernstfall«, mit dem selbstverständlich zu rechnen war, »immer noch etwas zu machen wäre« und daß nicht einfach eine Betondecke hermetisch das Ganze abriegelte –, verhielten sich wie von Sinnen. Abführen, sagte der Oberst. In irgendeiner Hinsicht war er mitverantwortlich für die schwachen Seitenwände. Der Vorgang sah nicht gut aus.

Man neigte zur Annahme, daß die Frau sich im Moment der »Verpuffung« aus der Halle entfernt hatte, aus dem Hallentor gelaufen war. »Alles übrige ist Schutzbehauptung.« Angesichts der drakonischen Strafandrohung für den Fall unbefugten Verlassens der inneren Sperrzone, das hieß: der Halle, tat das kein Mensch ohne Motiv. Die hätten wir also gefaßt, sagte Chefingenieur Arnold. Sie gingen hinter der weggeführten Frau her und befragten sie nach der genauen Lage des Abtritts. Die Antworten der Frau waren konfus. Wie kann sie auf der Damentoilette gewesen und dann auch noch im letzten Moment geflüchtet sein, wenn sie gar keine klaren Ortsangaben machen kann, wo sich der Arbeiterinnenabort in der Halle befand? Wille, unzuständig: Erfahrungsgemäß dusseln diese Frauen, wenn sie überarbeitet sind. Ich würde daraus keine Schlüsse ziehen. Wer sagt denn, daß die Betondecke allseitig zusammenklappte? Sie kann links langsamer runtergekommen sein als in Richtung zum Hallentor hin. Dann hatte die Frau, wenn sie um ihr Leben rannte, eine Chance. Major Löhlein entgegnete: Reden Sie nicht wie eine gesengte Sau. Das ist physikalisch völlig unmöglich. Sie können doch nicht einfach sagen, daß die Frau überarbeitet ist. Oder wollen Sie daraus eine Schuldbehauptung gegen die Anstaltsleitung ableiten? Das sind alles nur Annahmen, schloß der Oberst.

VI

Die Frau wurde abgeführt und im Wachhaus an der Umzäunung vorläufig eingesperrt. Auf die Idee, daß sie die einzige Zeugin der Vorgänge unmittelbar vor dem Unglück innerhalb der Halle, wie immer schusselig wahrgenommen, wäre, kam keiner. Der Pionier-Oberleutnant und Artillerie-Ingenieur Gerstäcker stellte sich die Frage, wie schade es wäre, sich nicht vorher mit einer der jetzt toten Arbeiterinnen auf ein »Schäferstündchen« eingelassen zu haben. Sie sahen die Kopfbilder auf den inzwischen herangeholten Personalbögen an. Selbst gesetzt den Fall, bei einer solchen Begegnung wäre ein Unglück geschehen, z. B. eine unerwünschte Leibesfrucht entstanden, so wäre das alles mit untergegangen. Eine Vergewaltigung z. B. hätte nicht mehr angezeigt werden können. Alles Vorteile des Geschehens.

Die Wintergerste und der Weizen waren wegen des trockenen Wetters dürftig gewachsen, lohnte sich gar nicht zu mähen. Über der ganzen Gegend das Klagelied der Bauern, soweit sie nicht eingezogen waren.

Die junge Frau, die den Tag über tatverdächtig blieb, eine Drahtige, Schwarze, aus der Gegend von Wiesbaden, wurde im Wachhaus von zwei Schützen bewacht. Gegen 15 Uhr machte sie einen Fluchtversuch und wurde in den Rükken geschossen. Jetzt hatte Gaubitz wenigstens Verwendung für einen seiner beiden mitgebrachten Totenscheine (für die ca. 126 Frauen unter der Betonwand unterschrieb er pauschal die Personalbögen-Sammelliste). Die junge Erschossene, die wegen Notdurft beinahe gerettet gewesen wäre, lag noch bis Mittag des anderen Tages in einer Kammer, in der Schläuche aufbewahrt wurden. Angehörige meldeten sich nicht.

»Es wird in hundert Jahren wieder so ein Frühling sein . . .«

Heft 7

Ich bin, wenn ich nicht ich bin – Erfahrenheit der Junifliegen – Hänschen Albertis verstreute Sinne – Sonntags spätnachmittags – »Sagt: Da bin ich wieder, hergekommen aus weiter Welt« – »Flüssigmachen« – »Sinnlichkeit des Habens« – In ihrer letzten Stunde.

Ich bin, wenn ich nicht ich bin

I

Der bekannte Philosoph und Soziologe Heinrich Regius, der 1932 auf Grund der richtigen Analyse des von NSDAP und KPD gemeinsam getragenen Berliner Verkehrsstreiks die Gefahr erkannte und das Institutsvermögen seiner Forschungsstelle in die Schweiz und später in die USA transferierte, ließ nach 1950 – obwohl er selbst nach Deutschland zurückkehrte – seine wichtigsten Schätze: die Manuskripte, seine Bibliothek, unter Umgehung seines so riskanten Heimatlandes, in die Schweiz bringen. Er, der Städter, siedelte sich im Tessin an, wo der Blick den ganzen Tag über einen eintönigen blauen See betrachtete. Die Bücher füllten Regale in zwei Stockwerken. Hier war er sicher, konnte aber hier nicht leben, wenn leben denken ist. Er war nicht in Not, damit also *nichts*.

Er war sehr viel kleiner geworden. Da er sich jetzt, nach seiner Emeritierung, in diesem Sommerhäuschen verbarg, mußte er nicht mehr Sorge tragen, Häuser zu meiden, in denen jemand Erkältungen oder Grippe hat. Ein ehemaliger Schüler besorgte den Verkehr mit der Außenwelt, veröffentlichte einzelne, aus der Unzahl der Manuskripte ausgewählte Aufsätze des Meisters.

Nach einiger Zeit bemerkte dieser Schüler, daß sein Herr, Regius, offenbar »ausgebrannt« war. Der Schüler ging dazu über, an des Meisters Stelle Aufsätze zu schreiben, wie sie Regius geschrieben hätte, wäre er noch der alte Regius. In dieser fremden Rolle vermochte der Schüler flott zu schreiben, ohne Hemmung, da er Regius' äußere Hülle, den Mann, der hier in seiner Villa umherschritt, sich langweilte, aufs äußerste verehrte. Die so unter dem Namen von Regius entstandenen Aufsätze des Schülers enthielten u.a. folgende Grundgedanken: »Ich denke, wenn ich nicht bin.« »Wenn ich bin, habe ich Ausdrucksprobleme.« »Die irdische Natur als Stellvertreterin der außerirdischen, Kritik des geozentrischen Weltbilds.«»Die Natur als Sternenstoff ist entweder zu heiß oder zu kalt für die Menschen, Natur nicht menschenähnlich.«»Die Illusion des linearen Fortschritts, Kritik des Satzes: Von selbst ändert sich nichts.«»Die tote Arbeit lenkt schneller als die lebendige, aber nur, wenn es um Abstraktionen geht.«

»Du hast doch auch selber Substanz«, sagte die Freundin des Schülers, die zu Besuch kam, tröstend. Der Schüler:»Was meinst du mit Substanz?« Die Freundin:»Weiß ich nicht.« Der Schüler:»Es existieren Erkenntnisschwierigkeiten.« Freundin:»Die du aber überwindest, wenn du in Regius' Position schreibst.« Der Schüler:»Entsubstantialisiert habe ich Substanz.« Die Freundin, lernwillig, die ihn umarmt hielt:»Siehst du, das fühle ich.« Der Schüler: »Schlafe eine Stunde für mich mit.« Die Freundin schläft. Der Schüler schreibt an einem neuen Aufsatz. Er fühlte etwas Bestimmtes, wenn er von ihr so gänzlich bepumpelt wurde, ließ sich auch gern von ihr in das Bett einwickeln, das konnte aber auch in der Idee geschehen, so daß er, real an seinem Schreibtisch sitzend, in Regius' Worten vier DIN-A4-Seiten mit Buchstaben bedeckte. Die Aussicht auf den blauen See störte ihn nicht nennenswert.

»Es ist nicht wahr, daß der Körper in seiner physischen Anwesenheit schon der Beweis für Leben ist. Selbst dann nicht, wenn sich alle Sinne bewegen. Daß ich lebe, erfahre ich dadurch, daß ich denken kann: ich möchte, wo ich jetzt bin, nicht sein.«

II

Der dann wenig später im Nürnberger Kreiskrankenhaus verstorbene Philosoph R. hätte gesagt, wenn er überhaupt das sagen würde, was er denkt, das aber verbirgt er, um den empfindlichen *Wahrheitsgehalt* des Gedankens nicht zu gefährden (falls ihm etwas so Pathetisches, Leidensgeladenes wie »Wahrheitsgehalt« gefiele und er nicht vielmehr umgekehrt vom Nichtlügen ausginge) in seiner Brust (die dünn und sonnenfern, seit 1928 nicht mehr in einem Seebad ans Licht gebracht, nur ihm bekannt ist):»Ich denke, weil ich davon absehen kann, daß ich bin. Ich bin nämlich keineswegs allein, sondern in mir sind die anderen, und die denken unaufhörlich, weil das ihre Notwehrform ist.«

Einer, der meint, daß er selber existiert, wird zum Spinner. Er wird für sich ein Sonderschicksal wollen. Das ist der Ansatz zum Irrtum. So hatte dieser Philosoph, gerade aus der Tendenz, ein Sonderschicksal zu ergattern – und gerade dies ist, wie er weiß, ganz unmöglich –, durchaus versucht, das Schicksal zu bestechen. Aber er fiel auf den von ihm angestellten Versuch nicht herein.

Im Tessin hatte er ein Sicherungssystem für den Fall plötzlicher Krankheit oder eines Unglücksfalls organisiert. Ein Internist aus Zürich konnte mit einem Sportflugzeug binnen 40 Minuten zur Stelle sein. Ein Hausarzt war in 7 Minuten zu dieser Villenburg zu disponieren. In der Villa selbst war ein Klinikum errichtet. Um den Tod nicht durch diese allzu vorsätzlichen Vorkehrungen anzulocken, reiste Regius, als er sein physisches Ende kommen fühlte (aber was war diese Physis schon an Substanz, nicht viel), nach Nürnberg, wo er niemand kannte. Vielleicht war der Tod fair und überfiel ihn nicht dort, wo er hilflos war. Sich in Not bringen entzündet die Lebensgeister. R. betrat notgedrungen dann doch das Kreiskrankenhaus Nürnberg, telefonierte von dort, verabredete Termine mit Zeitschrift-Redakteuren für die kommende Woche, um ostentativ sein *Nichtwissen* vom Tod darzustellen, verließ aber diese Anstalt nur noch als Toter.

Erfahrenheit der Junifliegen

Der alte Mann, im Dezember 84 Jahre, löffelte eine Untertasse mit Rübensaft aus und verfolgte dabei mit den Augen die Fliege, die auf den heraustretenden Adern seines Unterarms hin und her fliegt. Er wartet. Die Fliege: provokatorisch, frech. Mit seiner zitternden linken Hand, aber sehr rasch, schlägt der Mann nach ihr. Er verfehlte das reaktionsschnelle Tier um wenige Zentimeter. Eine Junifliege, sagte er mit aufrichtiger Hochachtung, überhaupt nicht zu fangen; ein raffiniertes Tier. Im April oder Mai fange ich die, aber im Juni haben sie so viel gelernt, daß sie nicht zu fangen sind.
Er war selber äußerst erfahren. Wenn er stürzte, drehte er sich im Stürzen, z.B.

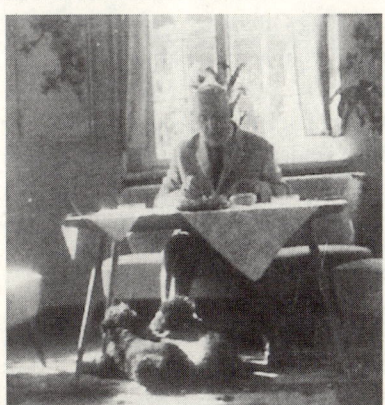

auf die Steinkante einer Treppe zu, so daß er nicht auf den Oberschenkelhals fallen konnte, sondern weich auf den jetzt ziemlich fettlosen Hintern. Er drehte eine Pirouette, schon während er ein Summen im Kopf fühlte, noch vor dem Stürzen, eine artistische Leistung, mit der er im Zirkus hätte auftreten können.

Abb.: Mein Vater Dr. med. Ernst Kluge, in Halberstadt, löffelt Sirup.

Hänschen Albertis verstreute Sinne

Hänschen Alberti war Werkzeugmaschinenbauer. Ein Teil seiner Arbeitskraft, seines Lernfleißes, steckte in Geräten der Kriegsindustrie 1943/45, z. B.: Erfahrung im improvisierten Aufbau nach Zerbombung von Werkshallen. Es war jeweils so: Besichtigung durch Luftgau, Partei, Werksleitung. Aber im Gefolge dieser Pulks: Albertis Arbeitstruppe: Metzner, Schäfer, Pfeiffer, Peter Kühne usw. Berechneten die Besichtiger, wann die Wiederaufnahme der Kugellagerproduktion in Aussicht genommen werden kann, z. B.: in sechs Wochen, dann war nach Albertis Erfahrung schon nach *zwei* Wochen etwas zu machen. Das war seine Bemühung.

Danach zog er 1946 nach Norddeutschland an die Küste. Ein Automobilwerk brauchte Zulieferungen, Werkzeuge, dann aber auch eigene Herstellung dieser Werkzeuge und Zulieferteile. Er entwickelte das tatkräftig. Später wurde das Werk aus Bankgründen geschlossen, verschrottet. Es waren aber 12 Jahre (1957!) von Albertis Arbeitskraft in Erfahrungen hier angelegt, wurden in die Winde zerstreut. Andere Automobilwerke arbeiteten bereits mit standardisierten Werkzeugen oder Bändern. Nichts zu tun für Alberti.

Er bewarb sich bei Messerschmitt-Bölkow-Blohm, und es war ein glücklicher Umstand, daß hier Werkstattarbeit benötigt wurde. Subtile Einzelfertigung für Satellitenteile, aber auch klassische Arbeit, z. B. eine besonders sichere Achterbahn, für das Oktoberfest – 5 Jahre Alberti, alles Einzelwerke, nichts was die Standardisierung wegnahm. Doch eines der Projekte lief aus Förderungsgründen aus, Albertis Platz wurde eingespart. Er mußte die 5 Jahre zurücklassen, wurde im Baumaschinen-Sektor gebraucht, lernte also um. Nunmehr öfter schon müde.

Er ließ sich überreden, aufzusteigen. Abteilung Öffentlichkeit und Werbung, konnte hier seine Hände nicht gebrauchen, wohl aber Kenntnisse. Das empfand er als »Entfernung vom Gerät«. Es gehörten Ostreisen dazu. Die Firma verkaufte wissenschaftlich-technische Kenntnisse in fremde Länder. Wer war das denn überhaupt hier? Alberti? Oder befindet er sich mit den verlorenen Zeitstücken irgendwo in der Vergangenheit? Verkauf der Firmen-Kenntnisse sah Alberti sowieso als Landesverrat[51]. Zurückgekehrt in die »Heimat«, saß dort ein Nachfolger, einer seiner »Schüler«.

51 Er begegnet der Technik der Nachrichtendienste. Er ist kontaktfreudig. Bei Überprüfung einer Montage in einem Balkan-Staat lernt er einen dort einheimischen Kollegen kennen, der ihm eine junge Frau vermittelt, Vera. Er sieht sie, erinnert sich an etwas. Der Kollege lädt in seine Wohnung ein, hat seinerseits eine Einheimische mitgebracht. Getränke stehen auf dem Tisch, Alberti sitzt tief in seinem Sessel, wechselt auf das Sofa.

Jetzt Textilforschung in Wuppertal. Aber die Großfirma, die in mehreren Ländern Sitze hatte, zu der das technische Institut, an dem er »forschte«, gehörte, befand sich in einer Unglückssträhne, er übersah das nicht. Was aber hätte er denn gespart, wenn er auf die Zeitgeschichte noch besser achtete? Er konnte ja seine Arbeit nur »ausgeben«, nicht »für sich behalten«.

Das Unglück in der Textilmaschinen-Forschung war, daß frühere Konzernleitungen im Überschwang der 50er Jahre ihr Wissen über die seidenähnlichen Kunststoffprodukte, aus denen rasch Kleiderfetzchen oder Hemden in Massen hergestellt werden konnten, in noch fernere Gebiete, als es der Baumaschinen-Sektor tat, veräußerten – Südamerika, Hongkong, Indonesien usf. Sie verließen sich auf Qualitätsproduktion, glaubten die Minderware aus der Dritten Welt nicht fürchten zu müssen. Niemand aber wollte mehr teure Qualitätsprodukte. Es war auch nicht sicher, ob die Qualitätsvorstellung mehr als eine Einbildung war. Die Maschinenforschung, an die sich Alberti gewöhnt hatte, wurde eingestellt.

Er hatte sich aber während der Kämpfe im Betriebsrat bewährt, in die Industriegewerkschaft Chemie – Ortsverwaltung Wuppertal – hineingearbeitet. Also wurde er Schreibtisch-Unternehmer. Das soll der Könner Hänschen Alberti aus dem Jahre 44 sein? Das lag zurück. In manchen Kneipen war's noch Alberti. Siegen konnte er so nicht.

Er hatte den Eindruck, seinen dicken Hintern verbergen zu müssen, der sich nach oben zu »abschottete«. Das schob er aufs Älterwerden. Sicher war, daß er in diesem Apparat nicht eingespart wurde. Aber er fühlte sich durch die vorangegangene Zeit »auseinandergenommen«, als wären es herumliegende Stücke von Maschinenteilen, die weder zum Maschinentyp A noch zu dem

> »Sitzt unten in Meeresgründen
> bei seiner schönen Wasserfee.
> Die Jahre kommen und schwinden.«

(Bl. 3 d. A.): »Es kommt, nach Alkoholgenuß, zu einer Orgie.« Was ist eine Orgie? »Übermäßiges Streben nach Geschlechtsgenuß.« Alberti konnte aber gar nicht »streben«, da er nur halb bei Bewußtsein war, eher träumte er.

Tage später legte ihm die Polizei eine Anzeige wegen grober Unzucht vor, als Beweis eine Reihe von Fotos. Ein Beamter in Zivil droht eine Freiheitsstrafe an, weist darauf hin, daß dieses »Kompromat« (= kompromittierendes Material) seiner Firma und Ehefrau zugänglich gemacht werde, es sei denn, daß sich Alberti zur »Mitarbeit« verpflichtet. Eine Ehefrau hatte Alberti nicht. Wie er feststellte, war der »Kollege« plötzlich »verreist«, die Frauen waren verschwunden. An der Tat-Wohnung hing ein anderes Namensschild. Umgeben von Erscheinungen, an denen er gerade versucht hatte, zu lernen, sich umzustellen (eventuell hätte er in diesem fremden Land seine Heimat aufgeschlagen, brauchbar war sein Wissen hier), wollte Alberti nicht zum Verräter an seiner Firma werden. Saß also Haftzeit ab, bis die Nachrichtendienstler ihr Interesse aufgaben.

Modell B oder auch nur halb zu irgend etwas Passendem sich zusammensetzen
ließen. Er machte Sport. Manchmal mit halbem Herzen, manchmal ergriff es
ihn. Dann bildete sich am Hals und oberen Rücken ein Muskelpaket, das die
Blutzufuhr zum Hirn abschnürte. Ein *Unnütziger* muß sich *sichern.* Aber doch
nicht durch Muskeln! Er hätte sich gern darüber ausgestöhnt.

Die Kameraden, mit denen er verbunden war, lagen verstreut, »angeheftet an
Zeiten und Orte«, an denen er seine Arbeitskraft gelassen hatte. Mit einer
Werkzeug-Maschine durfte keiner so umgehen. Die wäre hin. Bloß nicht nach-
geben, sagte er sich.

Sonntags spätnachmittags

Derselbe Pätzold im Betrieb: als Willi Pliebusch Pätzolds Hammer, persönliche Spezialanfertigung, den er nun wirklich täglich braucht, auslieh (im Betrieb, in einem Arbeitszusammenhang) und einen Hammerstummel zurücklie-
ferte: Na, das ist nicht viel. Er ist nicht kleinlich. Er ist auch nicht großzügig,
sondern er verhält sich in der einen »Konstellation« so und in der anderen
so.

Sonntags spätnachmittags fährt der Kollege Meixner beim Herausfahren aus
dem Waldstück, in dem sie bis jetzt gefrühstückt haben, gegen das Fahrzeug
von Pätzold, einen flaschengrünen Opel Rekord, Baujahr 1973 (etwas über
Pätzolds Verhältnisse). Es ist ein Kratzer entstanden an Pätzolds rechter Wagentür. Pätzold ist fassungslos. Er steigt aus.

Die Familie, seine Frau, seine zwei fast erwachsenen Töchter, muß aus dem
Wagen heraus. Meixner hat sein Unfallfahrzeug sofort angehalten und entsteigt ebenfalls, einem VW.

Einen Augenblick hat es den Anschein, daß ein Scherzwort, von irgendeinem
Dritten zugerufen, die Atmosphäre entkrampfen könnte. Aber kein Dritter da.
In eine Kneipe verlegt, entstünde aus derselben Situation jetzt nicht das zwan-
zigminütige Entgegnungsgefecht zwischen Meixner und Pätzold. Meixner ist
ja bereit, für den Schaden aufzukommen. Er kann sogar selber die Schramme
wieder übertünchen. Pätzold schreit den Kollegen und Freund an. Meixner
antwortet. Die Freundschaft der Familien, jetzt zwölf Jahre lang durch so viele
Gelage, Abende, Sonntagsfahrten, ob sie nun befriedigend sind oder nicht,
durchgehalten, bricht auseinander.

Es ist genau die Außenhaut von Pätzolds unsichtbarem Lebenszaun beschädigt worden, Pätzolds fahrbares Grundstück (häuslich wohnt er zur Miete),
sein eingerichtetes Eigentum ist unachtsam angerissen worden. Er weiß nicht
mehr, was er machen soll.

Du kannst mich nicht wie ein Taxifahrer anschreien, sagt Meixner, du mußt mit deinen Worten vorsichtig sein. Aber Pätzold kennt im Moment keine Schranken. Vor der Familie Meixners, die sich im VW quetscht, drei auf den Hintersitzen, zwei neben dem Fahrersitz:»Du Jammerkopp!« Pätzold geht zu Meixners Wagen und tritt gegen das Blech des Kotflügels, es entsteht eine Beule. Meixner eilt herzu, will schlichten. Es sind an sich vier Personen jetzt hier anwesend (mit Anhang): 1. Meixner,»versöhnlich«; 2. Meixner,»in seinem Innersten bedroht«; 3. Pätzold, der im Innern noch immer der alte ist, nicht nachkommt, sich äußert; 4. der in seinem»Wesentlichen« verletzte Autoeigentümer Pätzold.

Die Frauen, jetzt *beide* aus den Autos heraus, mischen sich neben die Männer, teils noch auf seiten der traditionellen Freundschaft, teils zur Seite ihrer Männer, d. h. einerseits die Freundin, aber auch die Kampfhähne um eine Lösung bittend, andererseits schon bittere Feinde. Sechs, acht, zwölf zertrennte Persönlichkeiten, die sich auf diesem wiesenähnlichen Teilstück eines Waldes, das man kaum als Weg bezeichnen kann, auseinandersetzen. Die Kinder, den Wagen entstiegen, heulen. Meixner, jetzt am Steuer seines Wagens, kurbelt noch die Seitenfensterscheibe herunter: Meine Adresse hast du ja, wegen des Schadens. Er fährt, nachdem durch die rechte Tür die Familie sich hereingewurstelt hat, davon. Pätzold ohne Fassung.

Pätzold muß im 20-km-Tempo fahren, von seiner Frau auf dem Beifahrersitz an den Kreuzungen beraten (sie kann zwar selber Auto fahren, hat aber noch nie gewagt, sich an das Steuer von Pätzolds Eigentum zu setzen). Pätzold kommt, eigentlich wider Erwarten, ohne Unfall zu Hause an, legt sich grußlos schlafen.

»Sagt: Da bin ich wieder, hergekommen aus weiter Welt.«

Es war unsinnig, schlecht abstrakt, gewissermaßen mit Gewalt die Brücke zur Arbeiterklasse zu suchen, nur weil *Hofmann*, unterstützt von *H. H. Holz* und *Bärmann* in der Diskussion am Vorabend in der zentralen Fehlerquelle der Aktionen des Frankfurter SDS »mit dem Stock herumstocherte«. Der sichere Tod der Bewegung konnte auf zweierlei Art stattfinden: 1. Wenn wir als »Schauspieler unserer oder fremder Ideale« antreten, 2. wenn wir, wie Habermas vorschlägt, eine Phase »Trocken-Rudern« einlegen, d. h. die Aktionen anhalten und uns bis an die Zähne mit Vorbereitungen bewaffnen. Seminarform, das ist der Tod der Bewegung.

Das bedeutete, da ja die fehlende Verbindung der arbeitenden Gruppen zur Arbeiterklasse beweisbar war, daß ein riskanter Schlag gemacht werden mußte. Krahl überredete eine starke Gruppe, R., als sein Leibwächter, Kneipendurchzüge in Bornheim durchzuführen.

Hier redete er nicht anders, was die Anlehnung an klassische Textstellen, Fremdworte oder eigentümliche Wendungen von Marx oder der großen Philosophie betrifft, als er im Umkreis des Studentenhauses am Beethovenplatz gesprochen hätte: sehr ruhig. Die Arbeitergenossen sahen auf die Krahlsche Zunge, seine Körperbewegungen, den Eifer.

Also einerseits: daß er mehr redete als sie oder seine Begleiter. Andererseits: daß er mit ihnen zu tun haben wollte und schon zu tun hatte. Das mußte andere Gründe haben als betuppen wollen – sonst hätte er sie bestochen, z. B. »vertrauter« geredet. Die schnellen Reden waren ihnen aber nicht vertraut. Auch nicht die Sachgebiete, denn Krahl skizzierte in lang hingelegten Anakoluthen (d. h. abgebrochenen Sätzen) die Verteidigungszonen der NS-konstituierten Gesellschaft: 1. die Polizeiketten, die auf dem Messegelände zu sehen sind, 2. die Justiz, die sich einmauert, 3. Werkschutz, Nicht-Öffentlichkeit der Betriebe, 4. die inneren Wahrnehmungsverbote, die entfremdete Leugnung der eigenen Erfahrung, dann wäre sie aber durch doppeltes Lügen schon wieder umkehrbar und zerfiele in Wahrheit. Gleich darauf Biafra, wozu die Analyse noch fehlt, die örtlichen Verbindungen zwischen Rüsselsheim und den Höchster Betrieben, Beispiele aus Vietnam und aus Paris im Vorjahr, Senghor aus Senegal, die Situation auf der Buchmesse, sowie in rascher Fahrt: »daß kulturrevolutionäre Aufklärung Gegensätze aktualisiert, damit sie ausgetragen werden können, damit überhaupt die wesentlichen Konflikte dieser Gesellschaft wieder begriffen werden können«.

Das war für die Arbeiter-Genossen zunächst »ungewohnt«. Hätten sie aber, hier in der Kneipe, für 3-4 Stunden, ihre ganze Existenz versammeln oder auch nur plötzlich handeln können, so wäre es zum Austausch gekommen. Sie nahmen diesen Mann mit seinem Gefolge als exotisches Tier, ein Zoo-Wesen. Das gab es also, hatte eventuell mit ihnen etwas zu tun. Das wurde nicht negativ aufgenommen. Die Schwierigkeit war, daß Krahl sein gesamtes Dasein (mit einiger Gewalt) hierher gezerrt hatte – sie aber konnten nicht mittun, da Teile ihres Daseins in Betrieben, Wohnungen (wie gesagt: zum Teil in *früheren* Zeiten) versammelt waren, sie hier nur mit Teilkräften saßen. Sie hätten sich so nach einer Weile in Krahls Wort-Kolonnen gern eingereiht, durch langsames Hin- und Herüberschütten der Worte sich in den fremden Rhythmus eingepaßt. So aber mußten sie ihr Erinnerungsvermögen aktivieren, auswendig lernen (dafür floß es zu schnell), wenn sie das Gesagte (in ihrer Version) in die anderen Praxisbereiche hinüberbringen wollten. Sie hatten insofern, obwohl sie sich mo-

mentan nicht sichtbar anstrengten, während Krahl sich mit äußerster Anstrengung plagte (fühlte sich aber auf der Hauptstraße), beträchtliche Mehrarbeit
zu leisten, wenn dies zu einer Kommunikation mit ihnen als Ganzem führen
sollte. Die Informationswege verteilten sich dann über Tage. Sie wollten nicht
jeden Abend so geschubst werden, aber als Ausnahme war es möglich, sagten
sie.
Daraus lernte wiederum Krahl, ebenso einige seiner Mitarbeiter, während es
so aussah, als seien sie mit Draufzureden, sog. Agitation, völlig beschäftigt, registrierten sie doch auf zweitem, drittem, viertem Gleis. Während R., der auf
das Haupt seines Königs sah, soviel kleiner als er, an »der Diskussion« eigentlich nicht teilnahm. Er prüfte nur, aus den Gesichtern der Freunde, welche kritischen Einwände über den Gesprächsverlauf und Krahls Dominanz später im
Gruppengespräch kommen würden.[52]
Die Treffen in Frankfurt-Nord dauerten nicht ein halbes Jahr, sondern eine
Woche. Die Gewohnheit, zu frühabendlicher Stunde in die Kneipen von Bornheim zu ziehen, wurde durch Notstandsaktionen, erotische Privaterlebnisse
beschnitten. Es war keine Zeit da. Die Kneipenbesuche verspäteten sich, jetzt
war die Mehrzahl der Arbeiter-Genossen schon gegangen. Die Studenten-Ge-
nossen, in vergeblichen Aktionen, die auch zum Teil unvorbereitet waren, verschlissen, befanden sich nunmehr ebenfalls in der Lage der Arbeiter-Genossen,
brachten nur Teile ihres Daseins in die Kneipen, andere hingen regressiv in der
Kinderzeit oder an verschiedenen Orten der Stadt (insbesondere Justizgebäude Hammelsgasse). Man mußte mit einem großen Schlag versuchen, die
Einheit des Handelns nicht nur zur Arbeiterklasse hin, sondern auch zu sich
selbst als Person herzustellen. Machen Sie das mal als 5,30-m-Hochsprung-
Spezialist, im Sprung den Höhersprung zu erzwingen. Nun zwangen ja nicht
sie, sondern sie, eine Minderheit, wurde gezwungen.

---

52 Harte Diskussion. Krahl wird gerupft, weil ja dieses »Vorgehen« der Genossen gegenüber
den Arbeiter-Genossen Ausbeutung sein kann. »Die sind die Versuchskaninchen, die von
uns studiert werden, daß wir sie nicht mit Heftzwecken an die Wand annageln, fehlt
noch.« Wolff, der jüngere Bruder, wollte einwenden: Immer eure Hemmungen. Die Genossen duldeten aber keine Abspeisung. Wenn es Ausbeutung war, mußte es unterlassen
werden. Aber wie sollen wir dann – oder sie – lernen oder konferieren oder irgend etwas
miteinander zu tun haben? Nein, die Genossen antworteten rigide: Wenn es Ausbeutung
ist, nicht. Dann definieren wir es eben nicht als Ausbeutung, sondern z.B. als Überbeu-
tung oder Auseinanderbeutung oder Miteinanderbeutung usf. Offner Hohn. Die Diskussion erhitzt sich. Zuletzt nannte Krahl, nur noch von R. und dem jüngeren Wolff unterstützt, die Mehrheit der Genossen »Hilfsbremser«.

»Flüssigmachen«

Das war äquivalent durchsichtig machen. »Vom Begriff, der im Ersichtlichen nicht aufgeht, die Dinge in Bewegung setzen.« Es diente nicht der klaren Frontbildung, weil es ja Zusammenhang aufriß. Es bestand die Gefahr einer *idealistischen Verliebtheit* in dieses methodische Prinzip, sagten einige. Wollen wir es uns verbieten? Das wäre dann protestantisch, sagten andere. Sie konnten sich nicht beherrschen, wenn es ums »Flüssigmachen« ging.

> »Denn nichts kann ein und alles sein
> Ein Riß hat es getrennt.«

Das weiß man schon beim Frühstück. Aber an den Rißstellen, wenn man sie repariert, rinnt es. Gern wäre der phantasievolle F. Wolff undiszipliniert mit dem Flüssigmachen umgegangen.

> »Die schwarze Erde trinkt
> so trinken sie, die Bäume
> es trinkt das Meer die Ströme
> die Sonne trinkt die Meere
> der Mond sogar die Sonne . . .«

Das durfte er sich nicht trauen.

→ Ein Leninist des Gefühls, I / S. 47

»Sinnlichkeit des Habens«.
Die ganze Gerda muß es nicht sein

Er verfügte seit 8 Wochen über eine Errungenschaft. Er hatte eine attraktive Persönlichkeit, Gerda, in sein Quartier aufgenommen. Oft wunderte er sich über ihre Vorteile. Ihre Brüste, als er sie kennenlernte, sahen genauso aus wie die des Titelblattmodells der *Quick*. Das sprach für »Temperament«. Recht eindeutig meinte sie, daß er gut rieche, roch auch praktisch an seiner Haut, seinem Mund, seinen Haaren, Ohren, dieser Geruch sei »männlich«. An anderer Stelle erwähnte sie, daß Männer stinken. Klar war das nicht. Wie sie ihre Kleider und Sachen bescheiden in einer Ecke deponierte, so daß in seinen Räumen keine Unordnung entstand, gefiel ihm.

An sich hatte er keinen Bedarf an einer *ganzen Frau* dieses Kalibers. Er hätte ja auch in einem Restaurant nicht 1 Ente, 1 Reh, 1 Gans mit Klößen und Kraut, sondern nur ¼ Ente, 1 Gänsekeule oder ein Stückchen Brust oder eine Portion Rehrücken bestellt. An dem Einbringsel Gerda hätten 5-6 Freunde von ihm mitknabbern können. Er wollte ihr das aber nicht vorschlagen, da er fürchtete, sie zu beleidigen.

»Ich muß mich am Riemen reißen«, sagte er. Oft wünschte er, sie wäre still, wenn sie auf ihn einredete.

Er versuchte es mit einer gedanklichen Nothilfe. Er stellte sich intensiv vor, er wäre allein, überhaupt niemand redete mit ihm seit einem ¾ Jahr, es ist kalt, zugig, keine Hautwärme in der Nähe, ein Geschlechtsdruck packt ihn, daß er mit einem Fernglas die Parks durchstreift, ob nicht in der Ferne irgendwelche Mädchenröcke zu erspähen sind. Das war vorstellbar, wenn auch zu seinen Lebzeiten nicht vorgekommen. Schlußfolgerung dieser Bestimmungen sollte sein: Wie glücklich bin ich, diese aparte Erscheinung Gerda jetzt in meiner Griffweite zu haben.

Während er sich so zu *konzentrieren* versuchte, redete sie ihn an; was ihn störte. Er konnte nicht gleichzeitig seinen Appetit anstacheln und ihr zuhören. Sich etwas, was er hat, dadurch wertvoller zu machen, daß er sich vorstellt, daß er es nicht hat, war z. B. möglich bei Eßwaren. Die Vorstellung, intensiv eingebildet, daß die Brotrationen auf 180 g gesetzt sind, das sind knapp 1½ Scheiben, oder angesichts eines saftigen Steaks, daß dieses Steak für einen Soldaten bei Tula im Winter 1941 unerreichbar ist, hatte ihn wiederholt zum Mehressen veranlaßt. Er hatte aufgegessen, so als ob das wirklich morgen sonniges Wetter bringt. Selbstverständlich glaubt er nicht an Kindermärchen. Dagegen in bezug auf Gerda gerät er rasch ins Träumen. Ihm schien in seiner besonderen Lage eine komplette Vereinsamung verlockkend. Er konnte ja nur vom Moment her und nicht in den Formen der Vorratsbildung empfinden.

In ihrer letzten Stunde

I

Sie wollte definitiv nicht mehr. Sechs Monate ausgenommen von P., weggeworfen. Sie hatte Tabletten genommen. Bis zur Ausfallstraße in Richtung der
Taunus-Vorstädte konnte sie noch fahren. Sie parkte dann unter einem Hoch-
spannungsmast. Die Augen wurden blind.

Kudelski, den Tag über als Vertreter tätig, abends, die Stunde, die ihm gehört,
unternehmerisch, bemerkte die Halbtote, deren Kopf auf dem Steuer lehnte.
Er hielt, riß die Betäubte, die auf dem kurzen Weg zu seinem Ford kotzte, aus
dem Wagen. Er merkte schon, daß die Person nur noch einen Rest Leben darstellte. Er »barg« also den Frauen-Rest auf den Hintersitzen seines Ford, es
machte ihm nichts aus, ihr Recht auf ungestörtes Hinüberdämmern in den
Tod, »das Recht des Menschen auf ein selbstbestimmtes Ende« (dann hätte sie
aber die Seitentüren verriegeln müssen) zu verletzen. Tagsüber wahrte er
Rechte, ab Abenddämmerung nicht.

Er hätte unauffälliger, ruhiger, verfahren müssen. Die Hektik der Bewegungen
fiel einem Passanten, Fred Hirsch, auf, der sich die Autonummer des Ford notierte.

Kudelski, der ja von der Frau, die auf den Hintersitzen wimmerte und Dreck
machte, keine Einwilligung zu irgend etwas verlangen konnte, sah keine Bedenken, die in naher Zukunft Tote, aber sie hatte noch warmen Körperdunst
an sich, schadlos zu vergewaltigen. Er hatte einen anstrengenden Tag hinter
sich, und da die Frau mit eigener Hand sich Schlimmeres als eine Notzucht
durch ihn (die im Einwilligungsfall ja keine gewesen wäre) angetan hatte,
wollte er den Rest nicht umkommen lassen.

Die Sinnesrichtung Kudelskis rettete der Frau das Leben. Die Funkstreife, von
Fred Hirsch benachrichtigt, verlegte Kudelski den Weg, als er im südlichen
Stadtwald nach einem Plätzchen für die Konsumation suchte. Sie brachten die
Dämmernde mit Blaulicht zu den Universitäts-Kliniken. Kudelski wurde in
Haftzelle des Polizeipräsidiums eingeliefert. Er konnte sich nicht einmal auf
Trunkenheit am Steuer berufen, war stocknüchtern. Ganz sinnlos wurde er
abgestraft, obwohl er doch wohl als Retter der Frau eine Plakette verdient
hätte.

II

Die Frau sagte in der Hauptverhandlung aus, sie hätte ihren Vorsatz, aus dem Leben zu scheiden, aufgegeben. Sie könne ihre damalige Handlungsweise nicht mehr »nachvollziehen«. P., ihr Geliebter, ein dümmlicher Hund, verdiene keine so konsequente Tat. Sie sei deshalb dem Angeklagten, Kudelski, dankbar, daß er sie aus dem Schlaf gerissen hätte. Die böse Absicht, sie als Dahinscheidende noch in ihrer Eigenschaft als Frau zu verwerten, nehme sie an sich nicht übel. Sie halte sich für attraktiv. Dem P. hätte sie jeden Angriff erlaubt. Sie habe auch keinen Grund, den Angeklagten abzulehnen, da sie ihn ja gar nicht erkannt hätte. Sie sei neutral. Ein Grundrecht, das Ende selber zu bestimmen, kenne sie nicht, notfalls verzichte sie darauf.

Sie sei nicht ruhig, sondern unruhig gewesen, »ganz von Sinnen«. Ob ihr die Tat des Angeklagten in ausgeführtem Zustand etwas ausgemacht hätte? – Die Richterin fragte das so, daß es leichtfertig erscheinen konnte, wenn die Zeugin sagte: Nein, hätte mir überhaupt nichts ausgemacht. Die Zeugin wies auf den Eid hin, sie solle ja wahrheitsgemäß aussagen, und entgegnete: Die Verstocktheit und Gerissenheit des P., der überhaupt nichts mit ihr anstellte, treffe sie härter. Die Tat sei ja außerdem gar nicht ausgeführt worden. Sie antwortet deshalb auf die Frage der Richterin: Weiß nicht. So geht das nicht, sagte die Richterin. Sie hatte 2 Jahre, 6 Monate, oder 3 Jahre, 2 Monate für Kudelski im Sinne, noch gleich mit für den wenig beispielhaften Lebenslauf dieses Mannes, den zum Teil anrüchigen Beruf, der in Einzelheiten ermittelt worden war. Sie traute dem Angeklagten alles mögliche zu und wollte vorbeugen.

Heft 8

Tage der Politischen Universität – Vizeadmiral Dr. Cervix – Ein Mangel an theoretischem Vorstellungsvermögen – Planstellen-Ökonomie – Eine Lüge, aber auch die Wahrheit . . . – Eine Weihnachtsgabe – Ein Praktiker des Widerstands in der Kunst – Lernen aus dem Zusehen . . . – Müllers Interview – Ein »informeller Kader« – Tage der Politischen Universität II – »Beißen, fliehen, tarnen oder fortschwimmen« – »Wer ein Wort des Trostes spricht, ist ein Verräter.«

Tage der Politischen Universität

I

In dem Dämmerlicht des Lokals, kellerartig, ein Tischtennisraum mit Tischen und Sitzen für die Gruppen – ein hoffnungsreicher Horizont mit Lämmerwölkchen, soeben noch, jetzt durch Hektik verdeckt. Ein diskussionsleitender Genosse, die Gruppe, zwei eilige Genossen, eine Genossin.

GENOSSIN: Darf ich mal was sagen . . . ?

DISKUSSIONSLEITENDER GENOSSE: Bitte.

1. GENOSSE (unterbricht): . . . daß das in einer kollektiven Weise, die imstande ist in einer vorbewußten, vorpolitischen Weise . . . den Demoralisierungsprozeß aufzuhalten . . .

2. GENOSSE (fortfahrend): Jetzt nicht mit dem Fetisch der Basis abgewürgt, sondern wir müssen realisieren ein tatsächlich dialektisches Verhalten mit beauftragter Führung und emanzipierter Basis . . .

DISKUSSIONSLEITENDER GENOSSE: . . . die aber noch immer dazu neigt die eigene politische Aktivität etwas zu privatisieren . . . ich meine, von daher scheint es prinzipiell fraglich, ob diese Basis dann im Augenblick sehr viel machen wird. Außer bei globalen Diskussionen . . .

3. GENOSSE: . . . daß die Politische Universität nicht als Wurmfortsatz eines geklappten aktiven Streiks oder einer nicht geklappten Notstandskampagne sich darstellt . . .

4. GENOSSE: . . . die Diskussion hat aber selber als Objektivum gebracht, daß in der Frankfurter Gruppe die Spannungen so stark sind, daß eine einzelne Person diese Spannung nicht aushalten . . .

DISKUSSIONSLEITENDER GENOSSE: ... muß ja nicht einzeln sein. Da sollten wir lieber mehr inhaltlich diskutieren (Zurufe). Also dann stell doch eine inhaltliche Frage. Willst du die Frage noch konkretisieren? Ja. Bitte. Du bist dran.

5. GENOSSE: Die inhaltliche Diskussion daran anknüpfen.

GENOSSIN (vom Anfang, unterbrochen): So geht es nicht, und warum seid ihr so doof und könnt es nicht ...

DISKUSSIONSLEITENDER GENOSSE: Bitte?

2. GENOSSE: Darüber diskutieren wir doch auch ...

GENOSSIN: Nein, nicht ... (Zurufe)

6. GENOSSE: Ich würde mal die Genossin ausreden lassen ...

DISKUSSIONSLEITENDER GENOSSE: Du kannst sie ja auffordern, daß sie weiterredet ...

GENOSSIN: Darf ich mal was sagen?

7. GENOSSE: (unterbricht): ... daß du, wenn das mit in diese Woche reinkommt, denn das willst du doch, dann mit dem Gefühl der Solidarität der Frauen ausgestattet bist, Genossin, was also keine große praktische Unterstützung ist ...

Es war vielleicht falsch, sich am Vorabend großer Entscheidungen in diese kollektive Eile zu versetzen, die die Diskussion umstürzte, d. h. die Formenwelt der Diskussion »revolutionierte«, daß sich die einzelnen Gedanken nicht mehr äußerten, sondern die Diskussion selber als »reine Diskussion« und »reines Kollektiv«, d. h. leer, ans Licht trat, denn es waren hier keine Gegner anwesend, an denen die Auseinandersetzung Gestalt gewonnen hätte, und die erfahrenen Chef-Strukturierer der Gruppe waren in einem anderen Gelaß dieses Kellers des Studentenheimes in einer Planungsdebatte, eilig, unabkömmlich. Auf was verteilen sich die Einzelstunden der Politischen Universität?

II

Besetzung des Rektorats

Jetzt, 8 Uhr früh, war auf dem Gelände kein Student zu erblicken. Sie schliefen. Assistent Röttger traf Assessor Petermann, abgeordnet zum Rektorat, der in Richtung Gräfstraße ablief, einen großen Packen juristischer Bücher aus dem Rektorat in den Armen. Hier, irgendwo in Bockenheim, war das Ausweichquartier vorbereitet, von dem aus Rektor Ruegg die Universitätsleitung im Fall des politischen Streiks, auch erheblicher Gewaltanwendung der Studenten gegen Sacheigentum der Universität, in der Hand zu halten gedachte.

RÖTTGER: Rechnen Sie tatsächlich mit der Besetzung des Rektorats? Im Moment sehe ich ja hier niemand.

PETERMANN: Noch im Laufe des heutigen Tages.

R: Nach Spitzelaussagen?

P: Nach sicheren Informationen.

R: Ja?

P: Ja. Lassen Sie die sich erst einmal aus den Betten erheben, sich in Fahrt reden. Dann sieht das hier anders aus.

R: Und Sie meinen, das Ziel ist immer das Höchste, also das Rektorat?

P: Deshalb räume ich es aus.

R: Aber Sie schließen ab?

P: Wir werden sogar, wenn das geht, verbarrikadieren.

R: Das hält die nicht auf, sondern lockt sie an.

P: Mein Chef hat auch gar nichts dagegen. Wir können dann von dem Versicherungsgeld eine schöne neue Glastür kaufen, die die zerschmetterte alte ersetzt.

R: Und Sie sehen das als völlig feststehend an, daß das heute Rabatz gibt?

P: Wie soll es anders sein, nach allem, was voranging.

III

Zögermoment vor Ausübung der Gewalt gegen Sachen
Der erfahrene Genosse, Referent des vorvorhergehenden SDS-Vorstands, registriert verblüfft die Truppe von Genossen, die vor der Glastür des Rektorats mehrere Minuten verharrt. Hatten sie denn angenommen, daß die Tür unverschlossen wäre? Niemand weiß eine Lösung des Türproblems. Sie wollen die wertvolle Dickglas-Scheibe nicht zerstören, aber doch in das Rektorat »zum Zwecke der Besetzung« eindringen, wie es beschlossen ist. Es sind nicht die Fotografen, die von den Lokalredaktionen erschienen sind, die sie hindern, sondern sie zögern, weil sie das Rektorat mit intakter Glastür besetzen wollen. Der Altgenosse, der das beobachtet, äußert sich nicht dazu. Es ist zweifelhaft, ob die Spitzengruppe oder die vom Campus Nachdrängenden auf ihn hören würden. Mehrere Genossen, die unmittelbar an die Rektoratstür gedrängt stehen, haben plötzlich ein Holzstück oder anderes Ramm-Mittel in der Hand, die Scheibe der Rektoratstür zersplittert.

IV

»Hat mir Spaß gemacht, weil er über Artistoteles reden konnte ... Er hat erzählt, daß das mit den Gerichtsreden anfängt. Der Inbegriff der Rhetorik war, daß man vor Gericht gewinnt. Man muß das im Lexikon einmal nachschlagen. Auf die Gesten kommt es an, wenn das ein Gericht beeinflußt. Ich kann dir das noch geben, wenn dich das interessiert. Das haben wir im Seminar. Um 9 haben wir Plenum. Gehst du um 9 schon hin? Wenn ich um 9 zum Schlafen komme, holen wir morgen Brötchen. Ist das deine Schrift? Da würde ich entweder Wurst oder Mutter daraus lesen ...«

In die Wohngemeinschaft Gräfstraße sind zwei Lehrlinge und zwei aus einem Erziehungsheim Geflüchtete aufgenommen. In den Mittagsstunden haben drei der Neuen die Platten mit spanischen Revolutionsgesängen zerschlagen. Statt dessen wird auf zwei Plattenspielern, auf die Fensterbänke gestellt und synchron eingelegt, gespielt: Bob Dylan »I like chaos, but I don't know whether chaos likes me ...«

Im VW fährt die Gruppe um P., G. und M., drei Mann und zwei Frauen, unter der Rhein-Main-Sonne über die Landstraßen, um die Caltex-Raffinerie am linken Mainufer einmal herum, danach Umrundung des Hoechst-Komplexes, Abfahren der Mauern, Holzzäune und Tore, ein Versuch, Werkschutz herauszulocken durch Beobachten eines Tores mit Feldstecher sowie durch Fotografieren, Stichfahrt zu Dyckerhoff *Wiesbaden*, Bereisung der Orte mit dem Elan Marco Polos, der rechten Rheinseite bis *Köln* »unter besonderer Berücksichtigung von Klein- und Mittelbetrieben«, Durchquerung der Wälder bis *Wuppertal* und wieder im Bogen, »unter besonderer Berücksichtigung aller und jeder Industrieanlagen«, die hiermit erstmals durch »eine konkrete Personengruppe« miteinander verbunden werden (und nicht nur durch Markt- und Zulieferbeziehungen), bis *Oberhausen,* dann Autobahn bis *Siegerland,* dort Landstraßen, »unter besonderer Berücksichtigung von Klein-, Mittel- und Großbetrieben«, aber immer nur ist die Umrundung der Zäune, Mauern, Betriebseingänge für das Auge möglich; ›schöne‹ Landstrecke bis *Kassel; Gießen* und zurück.

Wissenschaft ist Bereisung, sagt P., Hintreten eines Fußes, Verbindung der Orte, an denen insgesamt der »Gesamtarbeiter« »wie im Schlafe ruht«.

Alter des Kapitalismus nach W.s Schätzung: 800 Jahre, davor sprung- und inselartig vorgelagert eine unschuldige Form des Kapitalismus inmitten ackerbauender antiker Zonen: die phönizischen Schiffer.[53]

53 R., Arbeitskreis der Germanisten, legt den Text vor:
       »Wünsch' ich der Helden einer zu seyn
       Und dürfte frei, mit der Stimme des Schäfers, oder eines Hessen

»Bald prangt den Morgen zu verkünden
Die Sonn' auf ihrer Bahn
Bald soll die Nacht, die dunkle schwinden,
Der Tag der Freiheit nah'n«

Das mußt du unterlassen, diesen Song den Nachmittag über zu heulen, sagt die gestern erst bei ihm eingezogene Walli zu R. Ich kann so etwas Klassisches ein-, zweimal hören, aber unabhängig davon, daß der Inhalt stimmt, kann ich nicht den ganzen Nachmittag so etwas anhören, weil es mir Angstgefühle bereitet. Es könnte ja auch sein, daß die Nacht heller wird und der Tag der Freiheit doch nicht naht. R. hatte 84 Platten mit klassischer Musik, konnte ausweichen. Walli wollte aber klassische Musik praktisch überhaupt nicht hören. Andererseits wollte sie am ersten Tag dieser Freundschaft nicht intolerant erscheinen. Walli stellte sich die neue Freundschaft mit R. im Zug der Ereignisse oder im Lärm der Straße nicht als ein Geklapper von Rücksichtnahmen vor.

»Walli wußte selbst nicht, was alles zusammentraf, sie nachdenklicher denn je zu machen … Sie hatte zum ersten Mal einige Beobachtungen über ihren Zustand in einer zusammenhängenden Kette aufgereiht …«
Das Nervtötende für den gut vorbereiteten B. (er hat die »Grundrisse« in Referatform erarbeitet), daß im teach-in um 17 Uhr die Studenten allzu bereitwillig lachen. Sie stimmen zu, haben aber weder Referate noch sonst etwas Ernstes gehört und auch noch nicht gearbeitet.

> Dessen eingeborener Sprach, es bekennen
> So wär' es ein Seeheld.
> Thätigkeit zu gewinnen nämlich
> Ist das freundlichste, das
> Unter allen …«

Tätigkeit aber für Phönizier ist der Tausch. Deshalb zur Vorgeschichte des Tauschs: Es fahren also in den günstigen Winden über das Mittelmeer, das aber gewiß anders hieß und nicht »Mittelmeer«, die phönizischen Segler in Küstennähe auf und ab. Die Schiffskommandanten, erfahrene Händler, setzen in der Nacht die Schiffe ans Ufer. Töpfe mit brauchbaren Gegenständen (Hacken, Hämmer, Eisengüter usf.) werden am Strand ausgelegt, denn es gibt auf der Innenseite von Schaffellen Aufzeichnungen, welche besagen, daß die an dieser Küste wohnenden, das Land bestellenden Einwohner kaufkräftig sind.
Am Morgen haben die Einwohner die Gegenstände weggenommen (»gestohlen«). Sie haben sie für Geschenke der Götter gehalten. Aus den Schiffen wird eine Strafexpedition an Land gesetzt, die das Dorf und die Felder niederbrennt, die Ware zurückholt. Wenn jetzt aufgrund der Strafe, die Einwohner den Göttern Geschenke hinlegen, neben die erneut ausgelegten Töpfe mit brauchbaren Tauschgegenständen, so wird in der folgenden Nacht von den Phöniziern der ungefähre Gegenwert an Tauschgeschenken genommen, die belehrten Einwohner nehmen, nach Wegfahrt der Schiffe und Zögern, in Gedanken an die abgehackten Glieder, zerstörten Häuser, das gerechte Äquivalent vom Strand. Bis auf weiteres haben sie gelernt, was »Tauschwert« ist. – Die Ko-Referate sind bis drei Uhr nachts verteilt.

»**In der Blütephase der Protestbewegung.**« Es war ihm leicht ums Herz. Er war gut ausgeschlafen. Jetzt langte er in der Wohngemeinschaft Gräfstraße an. Die schliefen noch. Zwei, drei Stunden saß er in der Küche und entwarf Konzepte. In seinem Kopf waren 60 bis 80 Genossenköpfe präsent, ein großstädtisches Gemurmel. Was er noch sagen wollte: Jetzt in der Phase der Aktion, so konservativ wie möglich. Auf Gegenbewegung, d. h. die Auffanglinie bauen für die Phase des Rückgangs der Bewegung. Das trug er in der Gruppensitzung am Abend vor. Soweit Worte etwas ausrichten können.

Jetzt treffen spätnachts Delegationen aus Hoechst, von Messer/Griesheim, Schülerdelegationen streikender Schulen im inneren Raum des Rektorats ein. Genossen sperren sogleich die Türen, Fotografierverbot. Die von den Belegschaften entsandten Vertrauensleute dürfen als Personen nicht verraten werden, nicht Schikanen in den Betrieben ausgesetzt werden. Die Arbeiterklasse ist durch Boten angekommen.

»Naiveté der Wissenschaft«.[54] Die Gedanken müssen nur springen, um alles zu erforschen.[55] Es kommt aber im Moment konkret auf die Aktionen an.

H.J. Krahl steht, umrundet von 14 Genossen, auf einer Holzempore am Ausgang des Universitätsvorplatzes zur Bockenheimer Landstraße und spricht zum Thema der Aktion, die an allen Punkten der Stadt, für alle Betriebe, regional und überregional, mit der ganzen Stoßkraft der Bewegung, vorwärtsgetrieben werden muß. Er sagt, daß es falsch ist, zu sagen: weil dieser und jener historische Sachverhalt nicht mehr besteht, verbiete es sich, heute von Revolution zu reden. Die Frage ist doch vielmehr: Wie ist unter diesen veränderten und eventuell erschwerten Bedingungen die Veränderung der Gesellschaft möglich? Und dazu könnte man folgende Thesen angeben . . .

Und gleichzeitig ist es immer noch nötig, die Bücher zu konsultieren. Eine Gruppe, geführt von dem germanistischen D., dringt nach Ladenschluß in die Universitätsbibliothek ein und fordert Ausleihe folgender Bände: Franz Neu-

---

54 Hölderlin, *Kolomb, Sämtliche Werke*, a.a.O. S. 114.

55 Der Genosse W., an sich Volkswirtschaftler, sagt in seinem Arbeitskreis, ehe dieser noch bekannt werden kann, d. h. überhaupt ein Sachthema hat: »Das verschlossene Wesen des Universums hat keine Kraft in sich, welche dem Muthe des Erkennens Widerstand leisten könnte, es muß sich vor ihm auftun . . .« Die anwesenden Teilnehmer und Genossen kritisieren ihn, da es ja nicht um die Erforschung des Universums, sondern der konkreten Situation, d.h. der durch die 3. Lesung der Notstandsgesetze verursachten Lage, geht. W. antwortet: Hört doch nur mal zu . . . »Es muß sich vor ihm auftun und seinen Reichtum und seine Tiefe ihm vor Augen legen und zum Genusse bringen . . .« Hör auf, wird ihm erwidert, du hast den falschen Ton drauf. Es geht darum, ob wir morgen früh mit Flugblättern vor VDO stehen, und was soll der Arbeitskreis überhaupt machen? Der schwebende W. wird von der Gruppe wieder eingefangen.

mann, *Behemoth;* Habermas, *Erkenntnis und Interesse* (hat die Bibliothek
aber noch nicht); Pierre Jalée, *Die Ausbeutung der dritten Welt* usf.
In einer Arbeitsgruppe, 1 Uhr nachts, vergleicht Gert U. den revolutionären
Prozeß mit dem Geburtsvorgang. Zur Gruppe zählen Ärzte und Hebammen-
Anlernlinge. »Erst die Revolution schafft die Gesellschaft als Mutterleib nach
der Geburt. Also *aus* dem Mutterleib *in* einen Mutterleib.« Das fordert Um-
stülpung des Organisationsbegriffs. Wieso es feststeht, daß Geburt mit
Schmerzen verbunden? »Schmerzen gibt es der Mutter mit seinem dicken
Schädel.«[56]

V

Die Strategie der Verdoppelung

»Wenn diese Zwerge der Manipulation« (= Bundestagsfraktionen) die Notstandsgesetze in dieser Woche durchbringen, und sie werden als Macher das
machen, dann wollen wir sehen, wie das ist mit den nächsten Wahlen.

Da steht eine Genossin oder ein Genosse neben den Rednerpulten jedes Abgeordneten im Wahlkreis und wiederholt jeden Satz, den der Abgeordnete seinen
Wählern sagt, wörtlich, nicht einmal die Betonung ändern. Kein Satz, der, so
verdoppelt, während der Wählersaal zuhört, nicht zu einem »Film« (= movie)
wird. Was will denn der Mann sagen, was diese Verdoppelung aushält?

– Genau.
– Genau.
– Du bist heute nicht totzukriegen.
. . .

56 Groddeck, *Das Buch vom Es,* S. 71. »Oder glauben Sie, daß irgendein Caligula, oder irgendein Sadist so leicht und harmlos diese ausgesuchte Folter, jemand mit dem Schädel
durch ein enges Loch zu quetschen, sich ausdenken würde? Ich habe einmal ein Kind gesehen, das seinen Kopf durch ein Gitter gesteckt hat und nun weder vor noch zurück
konnte. Ich vergesse sein Schreien nicht.« S. 68 ff.
Aber zwei der weiblichen Gruppenmitglieder bestreiten schlichtweg, daß die Geburt mit
Schmerzen verbunden sein muß, und H. geht auf den Kern der These ein, indem er es als
abwieglerisch bezeichnet, sich mit der Möglichkeit des Scheiterns, des Steckenbleibens,
und zugegeben, daß das Schmerzen oder Tortur macht, überhaupt im gegenwärtigen Moment zu befassen, weil doch weit und breit eine gesellschaftliche Geburt nicht stattfindet.
Darin, daß die Geburt eines Kindes (er sagt *im konventionellen Sinne*) grundsätzlich
schmerzlos möglich sei, darin stimmt er den zwei Vorrednerinnen zu. Nun fallen die
Frauen der Gruppe über *ihn* her, was heißt grundsätzlich? Was versteht er davon? Wieviel Geburten hat er hinter sich? Die Diskussion verheddert sich, kommt um zwei Uhr
nachts wieder auf das Hauptthema, die Vorstellung der Gesellschaft als menschliche, als
eine Art kollektiver Mutterleib und was dies voraussetzt.

– Wieso Mühlheim?
– Ich meine nicht Mühlheim, sondern Maulhure. Ich glaube, daß das geht.
Nur den Matthöfer lassen wir in Ruhe.
– Den kann man in Ruhe lassen, wenn er so bleibt, wie er jetzt steht . . .

VI

Negt, *Geschichte und Gewalt*, Mi, Do, Fr. 16-18 Uhr; Krahl, *Revolutionstheorie*, Fr. 18-20 Uhr; Perels, *Geschichte des Widerstandsrechts*, Mi.-Fr. 11-13 Uhr, Agnoli, *Autoritärer Staat*, Mi. 20 Uhr usf.

Vizeadmiral Dr. Cervix

Im Juli 1936 saß in einem der obersten Kommandobüros der spanischen Marine ein Admiralstabschef, den man »das Gehirn« nannte. Dieser verschrumpelte Befehlshaber hatte sich (seit 26 Jahren in verschiedenen Ämtern) nur einmal, im April, aus seinem Amtsgebäude entfernt, um einige Stunden, während der Frühjahrsmanöver, die in den kanarischen Gewässern stattfanden, sich auf dem dort ankommenden Flaggschiff der Flotte mit Verschwörern der hohen Marineführung zu treffen. Er besprach Aufstandspläne.

Im Hirn des Admiralstabschefs hatte ein bestimmtes Zusammenwirken von Flotte und Landstreitkräften Gestalt angenommen. Es ging darum, durch Sturz der Regierung in Madrid einer denkbaren Arbeiter-Revolution durch präventive Konterrevolution zuvorzukommen. Nach seinem Besuch in den kanarischen Gewässern stellte der Admiral das Hirn ruhig, indem er in den Amtsräumen verblieb. Die Flotte lag mit ihren wesentlichen Teilen auf der Reede von Tanger, in ähnlicher Ruhe wie das Hirn ihres Lenkers, Abbild seines Kortex, nur im Innern der Schiffe Nahrungssuche, Reparaturarbeiten, Hin und Her.

Als am 19. 7. 36 Nachricht vom Offiziers-Aufstand in Marokko eintraf, wollte »das Hirn« mit Hilfe von Ferngesprächen und Funksprüchen die Flotte ins Lager dieser Rechten überführen: Sie sollte sich nicht von der Stelle bewegen, sondern gewissermaßen im Geiste, ohne Dampf aufzumachen, das Regime wechseln. Im gewissen Sinne nicht einmal das, denn der Admiral wollte ja Regime bleiben; er wollte sich und die als Hirnanhang vorgestellte Flotte umbenennen bzw. ihr den wahren Namen, den sie in seiner Vorstellung hatte, geben, so wie man durch einfaches Hissen der Piratenflagge den Charakter seines Seefahrzeugs wechselt.

Dies verhinderte Unteroffizier Balboa, ein untergeordneter Dienstgrad in der Nachrichtenzentrale der Marine in Madrid. Kurze Zeit hörte er den Ferngesprächen zu, überblickte die Apparate, nahm dann, unterstützt von 2 Telefonisten, den Chef dieser Telefon- und Funkzentrale fest und unterrichtete über Schiffsfunk die Besatzungen der spanischen Kriegsschiffe über die Niederschlagung des Offiziersaufstands in Barcelona und Madrid.

Es waren am 13. Juli in El Ferrol eine Delegiertenversammlung der Matrosenräte der Schiffe *Cervantes, Almirante, Cerveira* und *España* sowie am 14. Juli Gespräche dieser Matrosenräte mit dem Matrosenrat des Kreuzers *Jaime Primeiro* vorausgegangen, die »das Gehirn« nicht registriert hatte, weil es sich solche Eigenbewegungen auf den Schiffskörpern nicht vorstellen konnte.

Am 19. Juli transportierte das Torpedo-Boot *Schorruca* marokkanische Legionäre, die dem eingeflogenen General Franco gehorchten, nach Cádiz. Jetzt hatte die Besatzung genug. Sie erschoß ihre Offiziere. Ihrem Beispiel folgten die Matrosen der *Almirante Valdez* und der *Sánchez Barcáiztegui,* die von Melilla Kurs auf Cartagena nahmen. »Das Gehirn« registrierte ihm nicht deutbare Bewegungen, versuchte telefonisch, funktelegrafisch einzuwirken. Die Marinezentrale nahm die Telegramme auf, leitete sie nicht weiter. Die Matrosen der *Jaime Primeiro,* die durch Funknachricht erfuhren, daß ihr Schiff auf Ceuta zusteuerte, meuterten bei voller Fahrt, erschossen ihre Offiziere und stießen in der Bucht von Tanger zu den Hauptteilen der Flotte.

Die hier versammelten Schiffe, jetzt dirigiert von den Matrosenarbeitern, verhinderten die weitere Verschiffung von marokkanischen Truppen auf das spanische Festland. Botschaftsrat Völckers an Gesandten Woermann in der politischen Abteilung des Auswärtigen Amts, 23. September 36: »Der Abfall der Marine hat den ersten Strich durch die Rechnung Francos gemacht. Dies war ein verhängnisvoller organisatorischer Mißerfolg, der den ganzen Plan ins Wanken brachte, die Garnisonen in den großen Städten, die Gewehr bei Fuß umsonst auf Order warteten, nutzlos opferte . . .«

»Das Gehirn« lag zu diesem Zeitpunkt verscharrt in einem Blumengärtchen, das dem Kriegsministerium einverleibt war; nicht mehr von Blut durchflossen, hatte es alle Pläne »vergessen«.

Ein Mangel an
theoretischem Vorstellungsvermögen[57]

Major Hajo Hermann, später Kommandeur des Nachtjagdgeschwaders 300 »Wilde Sau«, tippte auf einer Kofferschreibmaschine einen Vorschlag nieder: »Da die Briten ihre Terrorangriffe auf die Reichshauptstadt stur nach SN-2-Geräten abfahren und ihre Bomben in jedem Fall planlos auf die Fläche werfen, wird hierorts vorgeschlagen, die gesamte Stadt, unter Aufhebung der Verdunklungsvorschriften, hell zu erleuchten, unter zusätzlichem Anstrahlen der Wolken durch sämtliche verfügbaren Scheinwerfer und Verstärkung dieser Wirkung durch den Lichterglanz von Groß-Berlin im alten Sinne. Durch das Anstrahlen der Wolken wird eine Folie geschaffen, von der sich die britischen viermotorigen Bomber nach oben, zum Nachthimmel hin, als Schatten abheben müssen. Sie kriechen dann wie schwarze Wanzen auf der Wolkendecke. Die erfahrungsgemäß verstreut fliegenden Briten würden sodann durch die Nachtjäger von allen Seiten angefaßt...«

Dieser Vorschlag wurde von der höheren Jagdführung an die Oberste Luftwaffen-Führung weitergeleitet und dort abgelehnt. An sich wußte man auch hier, daß die Royal Airforce ihre Einflüge nicht mehr an Flußläufen oder Bodenmerkmalen orientierte, sondern strikt Peilstrahlen folgte, die von 2 Stationen in Südengland abgestrahlt wurden und sich über dem Zielgebiet schnitten. Da somit die Situation verändert war, hätte man die 1939 verordnete Verdunklung aufheben können. Die Bombardierung der Reichshauptstadt war jedoch ein so ernstes Thema, daß die Führung hierüber nicht wie über andere Fragen einfach nachdenken konnte. Aus Realitätsdruck glaubte sie am Herkommen festhalten zu müssen. Später wurden Versuche gemacht, die Wolken durch Scheinwerfer anzustrahlen. Einige Ergebnisse der Nachtjagd wurden so erzielt. In einer so wichtigen Sache wollte niemand auf nur eine Karte setzen. In kleinen Schritten hätte Hajo Hermann seine großzügige Auffassung durchsetzen können. Kleine Schritte für sich konnten aber nicht gewinnen. Sie bewiesen nichts in seinem Sinne. So blieb sein Vorschlag ein Gedanke, während die Praxis die Praxis bestimmte.

---

57 Aus: Manfred Dedele, *Warum wir den Krieg verloren*, Ravensburg-Zürich 1970.

Planstellen-Ökonomie / Mangel an Feinsinn

Das ausgezeichnete technische Team, das in Baikonur die ferngesteuerte Kopplungsapparatur für das Raumflugmanöver vom 18. August 1974 vorbereitete, bemerkte schon Ende Juli, daß der entworfene Mechanismus eine Fehlerquelle enthielt. Der rasiermesserscharfe Einfug-Griff, der sich in das weibliche Kopplungsteil gewissermaßen »einschneiden« sollte, war aus der gleich anfangs gewählten Wolfram-Karbid-Rhenium-Legierung nicht zu schmieden. Sie versuchten, das Metall zu pulverisieren und anschließend mit einem Preßhammer, den sie aus Nowosibirsk mit Lastzug heranschafften, zur nötigen Schmalheit zu pressen. Aber es lagen keine hinreichenden Erfahrungen vor, wie man diesen Teil so fest und so scharf machen konnte, wie es die Konstruktionsvorlage voraussetzte. Der Fehler lag in der Anlage des gesamten rechnerischen Vorhabens, also in den Einfällen, die das damals noch ganz anders zusammengesetzte Team vor etwa 2 Jahren hatte, und konnte jetzt nicht mehr eliminiert werden, ohne die gesamte Vorgeschichte dieser Industrieanlage zur Diskussion zu stellen.

Boris Gakow, der Vorsitzende der Planstellengruppe Technik, ersuchte den Vorsitzenden der Projektleitung, Justin Gambarow, der Zentrale im Ministerium das Fiasko zu melden. »Die Sache ist nicht reif, sie wird auch in einem Vierteljahr nicht reif sein. Reif wird sie überhaupt nur, wenn wir noch mal ganz auf den Anfang zurückgehen. Wir perfektionieren den falschen Ansatz, wenn wir einfach sagen, in einem halben Jahr ist sie reif. Wir können nicht hexen.« Gambarow: Wir haben aber so getan, als könnten wir hexen. Gakow: Früher hätte man gesagt, das ist eine ideologische Abweichung, wenn wir überhaupt ein Wort wie *hexen* verwenden, weil das einen religiösen Ursprung hat. Gambarow: Weichen Sie nicht aus. Gakow: Wir haben einen bestimmten Ruf. Es ging kürzlich um die Planstellenanhebung. Auch jetzt sind bestimmte Verbesserungen beantragt. Wenn wir den absoluten Zauberruf des Teams noch etwa ein Vierteljahr aufrechterhalten können, dann werde ich in das Zentralinstitut für Astrophysik und stellare Metallurgie als Abteilungsleiter berufen. Dann bekommst du meinen Vorsitz.

Dazu gehörte tatsächlich, daß Gambarow rasche und einfache Lösungen brachte, und es war ja nicht grundsätzlich falsch, auf Wolfram-Karbid zu setzen. Diese Masse war unzerstörbar; woher sollten sie wissen, daß sie sich unterhalb einer Dicke von 0,02 mm nicht schmieden und auch nicht sintern ließ, ohne in Stücke zu zerfallen?

Welche Optionen haben wir? fragte Gambarow freundlich. Er war kein nervöser Typ. Materialistisch geschult:»Es gibt immer einen Ausweg.« Das Sy-

stem der Beförderung, die Umwegbahnen, auf denen einer im Planstellen-
system denken muß, hatte Gambarow nicht erfunden. Er hätte gern für *das
Gemeinwohl* operiert, sah aber deutlich, daß unter den besonderen ökonomischen Bedingungen gerade ein scheinbar so selbstverständliches Wort einer
Rückübersetzung in die Realperspektive bedarf, die Perspektive der Mitarbeiter, die sich nur unter bestimmten Bedingungen anstrengen, die Perspektive
der Zentrale, die nur unter bestimmten Bedingungen Beförderungen ausspricht, den praktischen Bedingungen der kollegialen Aushilfen, die unterhalb
des Plans Lastzüge, besondere Maschinen, Metalle greifbar machten.
Welche Optionen? fragte Gakow. Es bleibt überhaupt nur eine: Melden und
den Raumflug verschieben. Das hier geht nicht gut. Wir haben zu Anfang den
Mund zu voll genommen. Es rechnet niemand mit einem Fiasko, ausgerechnet
bei uns. Gambarow: Was schlagen Sie dann vor? Wenn wir melden, wird unsere Gruppe ersetzt. Melden wir aber nicht, so haben wir 2 Chancen mehr: Es
kann noch irgendein anderes System im Schiff untauglich sein, ähnlich wie bei
uns, aber außerhalb unseres Verantwortungsbereichs, oder die Astronauten,
für die wir ebenfalls nicht verantwortlich zeichnen, machen einen Fehler (das
ist weniger wahrscheinlich). In beiden Fällen gelangt das Schiff nicht in die
Kreisbahn, und es kommt also gar nicht zum Kupplungsversuch. In diesem
Fall fällt gar nicht auf, daß wir mit unserem Fug-Griffel leider passen müssen.
Hier also 2 Chancen, davon eine realistisch, auf der anderen Seite melden wir
und haben überhaupt keine Chance, einer Ersetzung zu entgehen. *Sie* können
dann z. B. in Omsk Bleistifte herstellen. Gakow: Sie sind Logiker. Früher hätte
man gesagt, das ist ein idealistischer Standpunkt. Aber er war auch überzeugt,
daß die Auswege sich reduziert hatten.
So hielt die Arbeitsgruppe also die Fiktion aufrecht, man könne mit dem von
ihr gelieferten Zapf-Griffel das Raumschiff an die Station koppeln, was objektiv nicht möglich war, da der zu dicke Zapf allenfalls den Koppel-Schlupf der
Station rammen konnte, nicht aber sich einführen ließ. Die Hoffnung der
Gruppe realisierte sich nicht. Kein anderes System versagte, die Atemluft ent-
wich nicht aus der Kabine, kein Schwächeanfall der Schiffsführer. Am Starttag
2.40 Uhr früh brach der Griffel. Die Astronauten verließen die Umlaufbahn
und führten wenigstens das Manöver »Landung nächtlich bei schwieriger
Wetterlage an nicht vorprogrammiertem Ort« durch.
Die Lage Gambarows und die der Technik-Gruppe Gakows war nicht schlechter, als sie bei einer Meldung Ende Juli gewesen wäre. Die Gruppe wurde auseinandergerissen, eine andere Gruppe zusammengestellt. Das machte niemand
nervös. Es war logisch, so zu verfahren, wie es Gambarow tat: daß man die
Chance wahrnahm, auch wenn sie im konkreten Fall so wenig zu gebrauchen
war wie der Wolfram-Carbid-Griffel, der »mit der Tücke von Affenscheiße«

immer dann brach, wenn er die richtige Dünne hatte – an sich ein unübertreff-
liches Metall, das, als Zahnersatz verarbeitet, mehrere zehntausend Jahre
Haltbarkeit garantiert, wenn es sich bloß schmieden ließe.

Eine Lüge, aber auch die Wahrheit, führt in die Hände der Verwaltung

Am 16. Januar 1942 fing ein Bataillon im Mittelabschnitt einen Überläufer.
Der zuständige Ic-Offizier der Division, Wilhelm v. Kreutzer, ließ den jungen
Sowjet ausquetschen. Er gab ihm persönlich zu essen und teilte ihm Rauchwaren zu. Der Überläufer hatte mehrere Optionen: 1. gar nichts sagen, 2. sagen,
was er wußte; aber er wußte nichts Dringliches, 3. reden, reden, reden, und
zwar in Richtung dessen, was diese Gegner für interessant hielten. Er versuchte festzustellen, was in dieser Situation einer parteilichen Haltung am besten entsprach. Parteilich war er in zweierlei Hinsicht: 1. sich selbst erhalten,
2. die Faschisten schädigen. Er erzählte deshalb flüssig von Angriffsvorberei-
tungen; die Ruhe der vergangenen Tage und Nächte täusche.
Daraufhin wurde die Truppe in Alarmbereitschaft versetzt. Das bedeutete 3
Stunden Posten stehen, 1 Stunde Ruhe für jedermann. Es führte bei 48° Kälte
zu zahlreichen Erfrierungen. Ein Angriff des sowjetischen Gegners erfolgte
nicht. Nach 48 Stunden wurde die Gefechtsbereitschaft aufgehoben. In diesem
Moment griffen sowjetische Bataillone die Front an und brachen an mehreren
Stellen durch. Eine Rache wegen der Fehlinformationen, die sich als zielsicher
und parteiwirksam erwiesen, obwohl er das selber nicht sicher hatte wissen
können, traf den Überläufer nicht. Er wurde routinemäßig weitergeleitet zur
Armee. Dort geriet er in die Verfügungsgewalt einer Sondereinheit, die Schanz-
arbeiter suchte. Nach wenigen Tagen für das deutsche Interesse hoffnungslo-
ser Schanzarbeit in der Kälte, die Verpflegung der improvisierten Einheit funktionierte nicht, es war in hohem Maße parteilich, hohe Zahlen an Arbeitenden
unnütz zu binden, mit möglichst geringer praktischer Spatenarbeit, versuchte
sich der Überläufer dieser Sklaverei ganz zu entziehen. Er wurde von einer Wache angeschossen und starb an Erfrierungen auf dem Transport zu einem entfernten Verbandsplatz. Dieser Transport wurde von 2 Gefreiten durchgeführt,
die noch einen Umweg machen wollten, um an Haltepunkt 186 eine Verpfle-
gungsdose abzuholen, die schon bezahlt war. Noch als Toter absorbierte der
Überläufer deutsche Kampfkraft, da es sich als schwierig erwies, in den gefrorenen Boden eine Mulde zu sprengen, in der man ihn mit ungelöschtem Kalk

bestreuen und notdürftig begraben konnte. Die Lüge vor dem Feindnachrichten-Offizier, Herrn v. Kreutzer, hatte auf dieses Ende weder positiv noch negativ Einfluß. Genutzt hätte dem Überläufer nur eine Lüge, die diejenige Truppe, die noch das ursprüngliche Gefühl der Brauchbarkeit kannte, das sie jedem Überläufer zunächst entgegenbringt, dazu verleitet hätte, ihn in der Nähe der geheizten Unterstände zu behalten. Eine solche Lüge gibt es aber nicht. Niemand kann sie erfinden.

Eine Weihnachtsgabe

Im Februar 1942 wird im Bereich der 16. Armee, Ostfront, Nordabschnitt, Gasbrandserum in größeren Mengen verwendet. In Notfällen spritzen Feldärzte bis zu 50 ccm in die Venen. Dieses von der Industrie rasch in großen Mengen auf Grund der Erfahrung vom November 1941, wenige Tage Entwicklungszeit, Produktion in den Weihnachtstagen, 12 Tage für die Auslieferung, daneben läuft Erprobung weiter, produzierte Mittel enthielt einen Zusatz von 0,5 % Phenol, der Sterilität wegen. Man hätte vermutlich auch auf andere Weise das Serum in den kleinen Ampullen steril erhalten können, aber Phenol war das billigste und einfachste. Die einfache empfohlene Schutzdosis betrug 2 bis 3 ccm. Stabsarzt Rusche sah in dem kleinen Ort Sabolotje zu, wie 30 ccm aus einem Glasbehälter gespritzt wurden. Der verwundete Soldat bekam einen schweren anaphylaktischen Schock, Gesicht zyanotisch, d. h. tiefblau. In wenigen Minuten »löschte er aus«. Stopp, Stopp, rief Rusche, der gegenüber den operierenden Ärzten erhöhte Befehlsgewalt in Sonderauftrag des Armeearztes besaß. Aber der Kollege, der eben noch versucht hatte, in langen Schnitten den Oberschenkel des jetzt Toten zu öffnen, war schon nicht mehr Herr der Lage. Das Serum träufelte noch einen Augenblick in den Oberschenkel des Toten, bis die Operationsschwester eine Klammer an dem Schlauch befestigt hatte, die die Infusion stoppte.

Ein Fahrer und ein Fahrzeug, rief Rusche. Er fuhr zum Armee-Gefechtsstand. Nach sieben Stunden durch Schneewächten kam er hier an. Die 2 Armee-Serologen, Krempe und Dennerlein, saßen in ihren gut geheizten Labors, die auf Lastkraftwagen montiert waren.

Rusche: »Menschenskind, Krempe, ich rechne Ihnen das im Kopf vor, wieviel Gesamtmenge von Phenol in 50 ccm enthalten sind. Sie können doch nicht zulassen, daß das Merkblatt ›in Notfällen bis zu 50 ccm‹ zuläßt.« Die Serologen wollten das nicht glauben.

Rusche: »Dann rechnen Sie doch.« Dennerlein und Krempe rechneten nicht.

Sie versprachen, einen Kontrollversuch am Tier zu machen. Rusche:»Das ist mir zu unzuverlässig.« Dennerlein:»Wir haben ja auch Tiere gar nicht hier. Die befinden sich 60 km rückwärts.« Rusches Erregung übertrug sich auf die Experten. Sie stellten eine Kochsalz-Phenol-Lösung her und injizierten sie sich gegenseitig in die Arme. Dennerlein bekam einen Kreislaufkollaps, blieb 3 Tage, von Rusche, der an sich anderes zu tun gehabt hätte, versorgt, krank liegen. Dennerlein lag in seinem unter Sommerverhältnissen höchst beweglichen Labor, schwindlig, flach, starb Tage später an Lungenödem.

Nachdem einer der Forscher umgekommen war, der andere mit Dauerschäden in die Heimat überführt, wurde die Massenproduktion des neuen Gasbrandserums abgesetzt. Rusche:»Der Krieg ist der Vater aller Dinge, insbesondere des Denkens. Aber er ist nicht allgegenwärtig.« Der verdrehte Ansatz dieses Weihnachtsserums ist darauf zurückzuführen, daß die in der Chemie-Industrie arbeitenden Entwickler nicht unmittelbar betroffen sind. Es ist nicht *ihre* Not, sie können erst nachrechnen, was ihre Not ist, wenn Forscher ihrer Preisklasse selbst daran sterben oder Dauerschäden hinnehmen. Es ist nicht die Tatsache, daß für die Entwicklung dieses Serums nur knapp zwölf Tage zur Verfügung standen, sondern daß sie in dieser Zeit, in den Heimatlabors, nicht die Not empfanden, die sie erfinderisch macht. Zwei Stunden später wurden Rusche, 21 km von Krempes Todesort entfernt, 27 frische Bauchschüsse vorgelegt, deren Not Rusche wie eine eigene empfand, er empfand sich auch als erfinderisch, aber es gab keine Mittel, seine Vorschläge an Ort und Stelle umzusetzen.

Ein Praktiker des Widerstands in der Kunst

»Dieses seidenweiche Geld verdanke ich dem Sauohr des Publikums.« Wir fangen an, sagte der Veranstalter Hermann, mit einem leichten Haydn. Es stellen sich alle auf eine ruhige Veranstaltung ein. Die ersten Überraschungen sind dann die Preise und die Rede der Niehoff, die unerwartet ausfallen. Dann folgt die Vogelmusik von Messiaen, das geht über exotische Vögel. Das bringt dann eine weitere Überraschung. So wollte Hermann, ohne das Publikum zu verstimmen, allmählich zu einem etwas komplexeren Angebot übergehen. Also nicht in der Tradition eines Rundfunk-Sommerkonzerts: erst Oper, dann Operette, dann Schlager, sondern gerade umgekehrt, ohne den zahlungswilligen Zuhörer für künftige Veranstaltungen, für die er mit seinem Namen zeichnet, zu verstimmen. Sein Herz war auf der Seite der Unterdrückten, gedient hat er aber immer den Zahlungskräftigen. Aber die Art und Weise, wie er ihnen dient, d. h., was er ihnen andient, das konnten auch die Mächtigen nicht bestimmen. Unter dieser doppelten Bestimmung wirkten seine Veranstaltungen im allgemeinen auf den unbefangenen Betrachter albern. Auch auf diesen Vorwurf, insbesondere in der *SZ* vorgebracht, ging er ein: »Je vernünftiger das Werk der Formkonstitution nach, desto alberner nach dem Maß der Vernunft in der Realität.« »Das Alberne an der Kunst und die Torheit der Rationalität verklagen sich gegenseitig.« Gegenüber dem Satz des Oberbürgermeisters von Ulm, Dr. Lorenser: »Kunst ist, wenn man weiß, daß man Kartoffelsalat warm anmacht«, hielt er in seiner Ansprache vor dem Konzert im Kornhaus vom 21. 7. 75 den Spruch aufrecht: »Denn wahr ist nur, was nicht in diese Welt paßt.« Dem Oberbürgermeister, der an dieser Veranstaltung ebensowenig teilnahm wie der größte Teil des Ulmer Publikums – das Konzert in dieser Hitzeperiode lag völlig außerhalb der Saison –, war dieser Angriff gleichgültig. So konnte auch hier Hermann seinem nie vergessenen Wahrheitsanspruch genügen und schadete doch nicht den nächsten Konzerten, falls er doch noch mal nach Ulm kam.

Irgend etwas, »das in diese Welt nicht paßt«, war in jedem seiner Konzerte enthalten. Manchmal war es so geringfügig, daß es nicht auffiel. Gern hätte er dafür gesorgt, daß irgendein Chronist oder Filmmacher diese Widerstandstaten protokollierte, mit dem Ziel, daß er später einmal sich herausreden könnte, daß er eben kein bloßer Mitläufer, auch keiner der Schuldigen, sondern ein verdeckt arbeitender Widerständler war. Er fühlte sich Generationen von Meistern und Veranstaltungsleitern der letzten 400 Jahre (etwa seit Willaert) und eventuell einem zukünftigen Machtwechsel, der die *Diktatur des Geistes* herbeiführt, verantwortlich und litt deshalb unter Unrechtsbewußtsein wegen der pragmatischen Praxis. Der Anfang des 3. Aktes von Pfitzners Palästrina, wenn die toten Meister Palästrina, der in den frühen Morgenstunden die Messe komponiert, ins Gewissen reden, brachte ihn zum hemmungslosen Weinen, gleich wie oft er diese Szene hörte. Er ehrte deshalb auch den »Thaler«, den er für sein anpasserisches Tun erhielt, weil er ja, trotz seiner verstärkten Einschübe, im wesentlichen Anpassung betrieb und also für dieses Geld etwas wirklich Substantielles opferte. Das Geld plättete er unter feuchtem Abtrockentuch, ehe er es auf die Bank brachte. Trotzdem wurde es nie seidenweich, so wie etwa Toilettenpapier sein kann, sondern allenfalls glatt oder trocken.

Zusatz: Hermanns Ratschläge

Ich rate Ihnen zum Besuch einer Pädagogischen Hochschule, denn Sie haben das Abitur, oder Sie werden Maklerin. Ich könnte mir auch vorstellen, daß es günstig für Sie wäre, da Sie ja das Abitur haben, noch eine andere Laufbahn einzuschlagen, nämlich im Hotelfach, und eines Tages besitzen Sie ein eigenes Hotel. Ratschläge gab er gern, weil er wußte, daß sie so, wie er sie gab, vielleicht nicht ausgeführt wurden. Daher traf ihn keine Schuld, wenn die Beratene durch unsachgemäße Ausführung oder Nichtausführung seiner Ratschläge Schaden nahm. Gerne sagte er auch: Also einen Moment die Luft anhalten!, weil er wußte, daß das doch niemand tut. Insofern konnte er einen verhältnismäßig radikalen Satz sagen, ohne sich in Verbindlichkeiten oder Schuld zu verstricken. Besonderer Vorteil: Der Satz konnte sogar idiomatisch verstanden werden als leichte Redeweise. Er meinte ihn aber wörtlich und probierte auch oft, wie weit die Willensfreiheit reichte: wie lange er, z. B. in Waldesluft, aus Protestgründen die Luft anhalten konnte, ohne gewissermaßen zu platzen. Der Versuch war auch in einem Hallenbad möglich, wenn er tauchte und wie eine Schildkröte auf Händen und Füßen am Grunde des Bassins entlangtappte. Wenn jemand aus seinem Bekanntenkreis ihn bei solchen Versuchen ertappte und spöttisch fragte, ob er verrückt spielt, dann war er stolz, weil der Bekannte ihn sicher nicht für verrückt hielt, da ja der Realismus seiner Kasseneinnahmen bekannt war, und er dennoch heimlich das Verrückte seines ganzen Handelns offen ausgeführt hatte.

Kurzroman Hermanns, verfaßt 31. Juli 1975

Der Giftfuß
– Du stellst die Zukunft nicht sehr rosig dar, Danny!
– Das ist sie auch nicht, wenn wir bleiben, wo wir sind.
– Wir müssen also weg.

Dieses Libretto bot er Ligéty zur Vertonung an. Er hoffte etwas *Eigenes* in eine seiner Veranstaltungen einschmuggeln zu können, wenn er Kürze wahrte und sich fest vornahm, es nicht unter dem eigenen Namen zu tun.

Lernen aus dem Zusehen
bei einer notwendigen Manipulation, wie sich
eine unnötige bekämpfen läßt

Ehe der prominente Gast, der hessische Minister für Kultus und Unterricht Schütte, stark übelnehmerisch wegen der vielen persönlichen Angriffe der Teilnehmer, er hatte sich schon gedacht, daß sie ihn hier verhackstücken würden, den Saal verlassen konnte, konzentrierte sich eine Anzahl Genossen zum Saalausgang hin, um den Gast mit ihren Leibern am Fliehen zu hindern. Sie wollen ihn hier festsetzen und zwingen, sich den Rest der Veranstaltung anzusehen. Die Situation: 3 000 Junge gegen *einen* alten Mann. Das war überhaupt keine haltbare Situation.

Deshalb ergriff einer der Anführer der Militanten das Mikrophon und bot dem Saal eine für den Gast möglichst beleidigende aktivistische Haltung an: Genossen, ich stelle den Antrag, den Gast als unerwünschte Person, wir haben dieser Charaktermaske jetzt lange genug zugesehen, wir haben das jetzt endgültig satt, des Saales zu verweisen.

Alle Genossen des Führungskomitees auf der Empore, die überhaupt in der Lage waren, Mikrophone zu erreichen und Gegenanträge zu stellen, wußten, daß dieses aktivistische Reden Abwiegelei war. Es war eine Methode, den Gast ungeschoren nach draußen zu bringen, ihn zu »retten«. Die Genossen auf der Empore stellten jedoch keine Gegenanträge, beteiligten sich so an der Abwiegelung, im Saal hob sich eine hinreichende Masse von Händen, so daß auf eine Mehrheit für den Antrag geschätzt werden konnte. Aber alle, insbesondere die AFE-Mehrheit[58], hatten der Manipulation zugesehen.

Im späteren Verlauf der Versammlung wandten sie sich auch nicht gegen diese Manipulation, sondern erhoben gegen den Manipulator, der auch am übrigen Abend mehrfach die Diskussion bestimmt hatte, den generellen Vorwurf der Manipulation, er habe die Diskussion von den besonderen Problemen der AFE-Streiker für die Allgemeinpolitik seines militanten Verbandes umfunktioniert. Jetzt konnten sie, da sie der offenen Manipulation zugesehen hatten, die schwerer zu ermittelnde Gesamtmanipulation benennen. Sie fanden so einen Ausweg aus der Zwangssituation des Abends, in der sie bis dahin durch gute, rationale, politisierte »Gründe« festgehalten waren.

Gewisse Zinnfiguren saßen nun einmal stets auf der Empore. Auch dieses für wenige reservierte Sitzen war jetzt eine Lektion, quer zu den Referaten, den

58 AFE = Akademie für Erziehung, Frankfurt/M.

Wortmeldungen, die irgendwann wieder thematisch, d. h. katalogisiert waren, so daß ein neuer Zwangszusammenhang entstand, in dem sich nicht alles äußern ließ, aber ganz unabhängig, unterhalb der Themen des Abends, in Windeseile, bei jedem dieser Umschwünge der Gefühle lernten sie, lernten sie.

Müllers Interview mit dem Experten der KU

Der Termin war telefonisch verabredet. Müller rückte »feldmarschmäßig« an, wunderte sich dann, daß er friedensmäßigen englischen Tee erhielt, dem Studentenführer in einem Traditionssessel aus dem 19. Jahrhundert gegenübersaß. Der selber hockte in einem Ohrensessel. Müller hatte wohl angenommen, es müßten Holzhocker oder klappbare Eisenstühle sein, auf denen er zu sitzen käme.

Er beobachtete den Studentenführer, der jetzt noch nicht in Stimmung war für das Interview, in der Teekanne rührte, Anstalten machte, sich günstiger zu setzen. Müller, der durchaus entschlossen war, anzunehmen, *daß sich von nun an alles wendet,* war auch bereit, jegliche geschichtlichen Vergleiche zu unterlassen. Aber Gesicht, Sitzart des Studentenführers erinnerten ihn doch an die jungen Männer, die nach 1810 die Umgebung des Grafen Hardenberg bildeten, als dieser sich den Anstrich zu geben versuchte, die Reformen des Freiherrn v. Stein (und was war davon Reform, was war wirklich anzufangen?) fortzuführen. Mit diesem feinknochigen Offiziersgesicht, der scharf-leisen Sprache, war dies einer jener historischen Jünglinge, die dann rasch ins Lager der Heiligen Allianz hinüberwechseln, erstklassiger Beamtennachwuchs.

Müller hatte 7 Fragen vorbereitet.

MÜLLER: Sie sprechen vom Juni. Als läge das schon Jahrzehnte zurück. Es sind aber nur ein paar Monate. Ich möchte das mal rückblickend von der 10-Jahresfeier der Studentenbewegung sehen. Das wäre 1977.

LEFEVRE: Sie meinen, daß wir die Entwicklung überhetzen?

M: Nicht hetzen. Sie sitzen ja ganz ruhig da.

Es war ganz gleich, was Müller an Worten sagte, L. »verstand« viel zu rasch, hatte die Frage längst so umgeformt, daß aus dem zum Teil fertigen Antwortschatz etwas darauf paßte.

L: Es geht ja gar nichts schnell vor sich, und wir lehnen es ab, wie Sie wissen, Projektionen auf die Zukunft zu machen. Also 1977 schon gar nicht. Der Widerstand, also die Verlangsamung liegt in der Selbstentfaltung der Bewegung inbegriffen. Das sagen wir ja ständig.

Müller war sicher, daß in dieser Überdeckung seiner Frage durch passende Worte überhaupt nicht Widerstand inbegriffen war. Er schwieg beharrlich.

L: Das kann uns selbstverständlich nicht hindern, Irrtümer von vor 4 Wochen, wie Sie es nennen: abzuschneiden. Nach praktischer Diskussion aufzugeben. Das ist das, was wir analytisch leisten, während wir uns weigern, einen Plan zu machen. Einen Plan, den wir machen, stürzt übermorgen die reale Entwicklung um. Wir haben, praktisch doch als eine »verschwindende Minderheit«, einfacher gesagt Angst, und wohin diese Angst hinausschießt, die natürlich auf dem Gegenpol etwas wagt, das können wir nicht wissen. Was wir wissen, analytisch bestimmen, sind die Fehler der vorigen Woche, höchstens mal die des letzten Monats. Für mehr ist da nicht Zeit. Nun kommt aber etwas hinzu. Diese internationale Isolierinsel Berlin ist gar kein realer Boden. Das ist aber die besondere Chance. Stellen Sie sich vor: 3 000 Studenten sperren die Zugänge dieser Stadt, es sind ja nur ein paar. Nur unter diesen künstlichen Verhältnissen können wir überhaupt Politik machen, die es im Weltraum so nicht gibt. Es ist nur konsequent, wenn da auch unsere Entscheidungen oder analytischen Urteile oder Bestimmungen oder Vorschläge oder Kampfmaßnahmen, sei es theoretisch oder praktisch, diesen ahistorischen Bezug haben. Anders passen sie nicht. Noch Tee?
M: Bitte.

Er überlegte, weil er doch auch meinte, daß sich in diesem Jahr alles entscheide oder alles wieder zurückrollte, falls sich nichts entschied, insofern war die Situation tatsächlich »ein Schurkenstreich gegen die schurkische Geschichte«, wie er auf diesen Denke-Kopf so einwirken könnte, daß dieses raffinierte Ohr, das gewissermaßen um des Reims willen sprach, etwas mehr »Knochen« verarbeitete. Er hatte Hunger. Er dachte an eine kräftige Kalbsbrühe, aus wirklichen Knochen gemacht. Dazu gehörte doch etwas Plan. Es lag nicht an der Umverteilung von Worten, sondern es ging um Arbeitsprozesse. Das ging dann noch langsamer.

L: Sie kennen mein kleines Büchlein über die Universität. Jetzt geht es aber um etwas ganz anderes inzwischen: die Rekonstruktion von Wissenschaft aus der Denk- und Ausdrucksweise der erdrückenden Mehrheit der Bevölkerung. Deren Köpfe sind durch Rias, Presse, SFB uns manipulativ aber entgegengestellt, und wenn das auch keine absolute Aporie ist, so ist es doch relativ schwierig.

M: Es ist schwierig.

L: Genau. Daher Exodus aus der Universität
   a) in die Basisgruppen, was sicher zwei Seiten hat, aber doch das entscheidend Positive, daß Wissenschaftsarbeiter überhaupt einmal in Kontakt mit der arbeitenden Klasse geraten,
   b) zu dem, was im emphatischen Sinne *Weltöffentlichkeit* ist.

Das war Müller zu ungeschichtlich. Exodus von Universitäten war bisher nicht das bloße Hinausgehen, sondern immer die Gründung neuer Universitäten. Er hätte gern gewußt, wie das geht, und dann gewußt, wie es geht, wenn keine neue Universität an die Stelle der alten tritt, also *informelle Wissenschaftskader*. L. war ungeduldig. Er sah festen Auges in die zweifelnden Augen Müllers.

L: Ich weiß wirklich nicht, was es da zu bremsen gibt.

M: Meine Frage heißt: Geht die Bewegung dahin, daß arbeitende Menschen in die KU . . .

L: Als Volksuniversität.

M: Ja, hinkommen. Wie werden die aber von der Handarbeit freigestellt? Haben die Zeit für Bildungsprozesse?

L: Richtig. Unter Aufrechterhaltung des kapitalistischen Leistungsprinzips geht das nicht.

M: Ich will ja nicht bremsen.

L: Tun Sie aber.

M: Ich kann in einem Gespräch mit Ihnen doch gar nicht bremsen. Die Bewegung richtet sich doch nicht nach diesem Gespräch.

L: Also?

M: Wir waren da stehengeblieben, daß Sie erst die Zeit dafür produzieren müssen oder wenigstens Angaben, wie irgendwer so in der Gesellschaft diese Zeit produziert, und dann können Sie sich an die Umproduktion von Menschen machen.

L: Richtig. Denn nur so können wir die Kraft zusammenbekommen, das Leistungsprinzip zu brechen. Wir müssen da einige Schritte überspringen, haben wir aber schon oft gemacht.

M: Oder bewegt sich umgekehrt der gesamte Universitätsapparat an die Basis hin?

L: Das ist die andere Seite.

M: Wie machen Sie das z. B. bei den Kliniken?

L: Gerade die Kliniken . . .

M: Durch Ausbau der Notarztdienste?

L: Genau.

M: Genau. Und die Naturwissenschaftler?

L: Brauchen nicht so sehr die Labors, die sicher ortsgebunden sind, sondern Fragestellungen. Ob ich z. b. Stroh, auf dem Kühe liegen müssen, oder Stroh für Florentiner Hüte produziere, ist an die Forschung eine ganz verschiedene Frage.

M: Sicher.

Wenn ihn nicht die Art, in der L. das sagte, so sehr an die Überläufer Hardenbergs erinnert hätte, hätte Müller jetzt etwas gläubiger geblickt. »Irgendwie vorstellbar, daß doch wie durch ein Wunder genügend Arbeitskraft hinter diese Schritte rückt.« Ich muß mir, sagte er sich, das Wort »irgendwie« abgewöhnen. Ich muß auch davon absehen, daß mir die Brillanz dieses Kopfes nicht gefällt, und ich darf drittens nicht mehr in den Kategorien der Organisation Todt denken, die von außen Beton und Arbeitskraft zusammenhäuft, sondern ich muß in den himmelstürmenden, gut ausgeschlafenen Hirnen der Studenten denken lernen. Er fühlte sich plötzlich alt.

L. hielt Müllers innere Vorwärtsbewegung, die sich in seiner Miene spiegelte, für erneutes Zögern. Er unterdrückte seine Ungeduld mit dem Interviewer, saß besonders gelassen da.

Müller war Multiplikator. L. war darauf angewiesen, rasche Multiplikatorenwirkung zu erhoffen, wenn er Zeit in solche Interviews investierte, ein Grauen, wenn L. an die unmittelbar Arbeitenden dachte, die langsamer als Müller in ihrer Einzelarbeitskraft, Mensch für Mensch, erst noch zu gewinnen waren. Diese Aussicht war ein weiterer Grund, keine Pläne zu machen. Ein Zehn-Jahres-Fahrplan würde den Kopf zweifellos mit Ungelöstheit erfüllen. Es wäre wie der Gegner, der in den Kopf eindringt.

Ein »informeller Kader«/Redeweise

Er stellte, seit er hier in dieser Provinzstadt angekommen war, sich wie verabredet vom Hauptbahnhof von einer Telefonzelle gemeldet hatte, von dort noch ein Stück weiter wieder zur Stadt hinaus zu einem Hügelgelände, auf dem das Institut lag, gelangt war, in dem die Institutsgruppe tagte, die ihn als Referenten, eigentlich aber zu ihrer Organisierung, als symbolischen Anfangsakt, oder aber er sollte ihnen sagen, was sie machen sollten, oder berichten, wie man so was macht in der Metropole, oder überhaupt nur einfach erzählen usf., sein Hirn auf Durchzug, d. h., es dachte durch ihn hindurch.

Er sprach in langen, ziemlich verschachtelten Sätzen, weil immer noch eine neue Ebene des Arguments oder der Tatsachen hinzukam, und dann noch einmal in einer Kurzfassung, wie zum Mitschreiben, aber die Gruppe war dazu noch nicht entkrampft genug. Sie machte sich keine Notizen.

Wenn wir in diesen Monaten hier unterliegen, wenn die Bewegung gestoppt wird, auf die skeptische Frage eines der Dasitzenden (der wohl der Wortführer war, weil ihm das Verbalisieren leichter fiel, die Progressiven saßen nach Ansicht des Kaders eher unter den Stummen): also was ist denn, wenn alles schiefgeht? – Dann werden wir alle Spitzel. Wir bereichern dann mit unserem sensibilisierten Wissen die Kenntnisse des Verfassungsschutzes. Dann wirkt sich aus, daß wir kämpfen, weil wir Angst haben.

Jetzt treibt uns die Angst zueinander hin, vorwärts, dann aber, wenn sich alles umkehrt, treibt sie gewiß uns auseinander, nicht einmal nach rückwärts, sondern in die Arme der Repression. Es gibt nicht »Revolutionäre auf Urlaub«, d. h. *entweder*: Revolutionäre, *oder* Agenten des Systems.

Deshalb kann man (zum Monopolisten für Fragestellungen in dieser Gruppe gerichtet, eigentlich aber an die Adresse der stummen Progressiven) deine ängstliche Frage, wie das in nächster Zukunft weitergeht, was im Fall einer negativen Utopie los ist usf., gar nicht stellen. Es ist nicht praktisch. Wir sind dann eben verloren. Eine skeptische Frage zu stellen hat nur einen Sinn, wenn verschiedene Optionen bestehen, wenn ich eine Wahlmöglichkeit habe, wir haben aber gar keine Wahl.

Er hatte so geredet, daß einige in diesem Institut den aus der Metropole herangereisten Genossen schon als zukünftigen Spitzel der Gegenseite betrachteten, der vielleicht jetzt schon im Kopf memoriert, wie er sie, falls sie sich äußerten, denunziert. Er war aber alles andere als ein Spitzel, hatte lediglich im Hirn die zweiflerische Frage des Vorsitzenden der Gruppe, der hier die Hausmacht hatte, »in Bewegung versetzt«.

Wenn er nicht das genau und radikal äußerte, was er dort abgebildet sah, hätte es überhaupt keinen Sinn, wenn er hier redete (es gab später noch eine längere Diskussion darüber, ob sein Auftreten *pädagogisch sinnvoll* sei. Aber mit Pädagogik hat die Flaschenpostübermittlung, die er betreibt, nichts zu tun. Er zieht nicht Kinder auf). Einige der Diskussionsteilnehmer erschreckte er, andere sahen blitzartig ein, daß es tatsächlich nur *eine* Option gab. Daß sie sich nicht einmal *einfühlen* mußten in diesen Standpunkt, sondern zum Teil schon durch bisheriges Tun auf dieser Seite standen und nur entweder untergehen konnten oder aber »overcoming« sein. Sie konnten also allein schon durch die Tatsache, daß der Kader ihnen seine eigene Anfälligkeit im Fall, daß alles schiefginge, vorzeigte, selber Anfälligkeiten und Zweifel abschalten, »so wie man einen Lichtschalter umschaltet«.

Der (bis zur Ankunft des Reise-Kaders) als Hauptredner die Gruppe dominierende ältere Vorsitzende sah, daß ihm die Mehrheit der Gefühle in der Gruppe
entschwand. Er versuchte nachzusetzen: Erschreckt ihr denn nicht, wenn einer
so auf Radikalität beharrt. Ich würde sogar sagen, daß so etwas Hetze ist.
Jetzt macht der Kader einen Fehler. Er hätte eigentlich hierauf nicht antworten
dürfen, sondern warten, daß die Stummen der Gruppe, die offenbar nicht ab-
gespalten, sondern interessiert wurden, den Hordenvater angriffen. Statt dessen, noch in der Geschwindigkeit der Anfahrt hierher, im Tempo des ersten
Durchbruchs zur wirklichen Substanz der Gruppe, und überhaupt im Tempo
der metropolitanischen Bewegung, hing ihm die Zunge über: Nicht *wir* hetzen, sondern die Sache selber, die kapitalistische Gesellschaft hetzt. Du kannst
nur sagen: Wollen wir etwas weniger davon wahrnehmen, oder wollen wir
nicht hinsehen. Dann müssen wir drugs nehmen oder irgend etwas anderes,
was dämpft.

Der »Vorsitzende« der Gruppe gibt ein Beispiel: »Wenn ich im Arbeitsprozeß
Hand- und Kopfarbeit nicht trennen kann, so wie ein Student das mühelos
trennt, und ich also, wenn mein Kopf Wut empfindet, auch mit den Händen
zuhaue, weil ich als Dauerzustand *Probehandeln im Kopf* nicht von wirklichem Handeln absetzen kann, dann muß ich in einer relativ aussichtslosen Situation, nämlich vom Werkschutz bewacht, von der Gewerkschaft gezähmt,
mit Entlassung bedroht, die Kopfarbeit dämpfen, sonst schlage ich zu und
lande für 4-6 Jahre im Gefängnis.«

Ich gehe davon aus, antwortet der Kader, daß du (zum »Vorsitzenden« dieser
Gruppe, dem »Dämpfer«) mit Problemen *spielst,* wir haben aber gar keine
Veranlassung, sie wie einen Hund hin und her zu führen. Was ist das über-
haupt für ein Problem, das du da aufwirfst? Es ist kein Problem, sondern eine
Spielart des Abwiegelns.

Es war klar, daß die Mehrheit der Gruppe inzwischen für »berechnende Haltung« kein Interesse mehr aufbrachte. Ihnen war die Haltung des Kaders lieber, der selber nicht zögerte und einem militanten Verband angehörte, eine
Untergruppe davon wollten sie ja hier gründen.

Es fiel ihnen schwer, den recht langen Sätzen zu folgen. Das Beispiel mit dem
Hund, der spazierengeführt wird, brachte sie ganz durcheinander, weil sie
sich vorher auf eine hohe Abstraktionsstufe des Gedankens eingestellt hatten, jetzt war der Hund nicht unterzubringen. Es schien ihnen auch fremd,
daß der Kader ihren Redevertreter nicht eindeutig als Abwiegler angriff, sondern in rascher Schwenkung plötzlich wieder dessen Sätze, denen sie schon
abgeschworen und die sie schon vergessen hatten, weiterführende Substanz
zusprach.

Sie lernten also die Haltung des militanten Verbandes, den der Kader hier vertrat, vor allem als etwas *Fremdes* kennen, nicht als etwas Vertrautes, das sie schon wußten oder gefühlsmäßig beherrschten. Die daraus folgende Verwirrung war aber attraktiv, insofern als hier unentdeckte Horizonte erschienen, von denen der Kader sagte, der während dieser Überlegungen weitergeredet hatte, daß sie »mit Lämmerwölkchen verhängt seien«. »Horizonte mit Lämmerwölkchen verhängt«, und er mutete ihnen zu, ein so »unpolitisches« Bild nicht abzulehnen, denn er sagte es durchaus ernst vor sich hin.

In gewissem Sinn war der Kader selber außer sich. Steckte er in sich selbst, hätte er sicher nicht das getan, was er hier tat. Es konnte dann auch nicht gelingen. Schon aus Termingründen wäre er gar nicht hier, sondern noch bei 2 anderen Veranstaltungen, die er durchrast hätte. Er mußte außer sich sein, um so durchzuhalten.

Auch Krahl redete, obwohl er als guter Taktiker galt, fast nie taktisch, z. B. auf Interessen einer spezifischen Gruppe hin, die er dann gewissermaßen *besprach,* hätte sie dann, ohne Veränderung und Umbau ihrer Gefühle zu sich herübergezogen – sondern er entwickelte unter Verstoß gegen alle Maximen antiautoritären Verhaltens, die er auf anderer Ebene theoretisch selbst formulierte (oder auch praktizierte), ohne Unterbrechung 2¾ Stunden selber auf die Gruppe ein: »Objektivität«, die von Diskussionsteilnehmern später als Dampfhammermethode denunziert wurde. Seine Sprache drückte das Eiltempo der studentischen Bewegung aus, die wiederum das Eiltempo des Pentagons, des kapitalistischen Systems bis herunter zu heraneilenden Knüppelschwingern spiegelte.

Tage der Politischen Universität II

I

Im Konferenzraum des Studentenhauses Jügelstraße, der wegen seiner niedrigen Decke, nach den Baurichtlinien von 1952 geplant, ohne hinreichende Luftreserve war, ist es warm und schwül. Von den Fenstern ließ sich jeweils nur ein schmaler Mittelteil öffnen, eine Art Schlitz. Die Reporter, die in der improvisierten *Pressekonferenz* an Glastischen dem Studentischen Streikkomitee (zugleich Planungsausschuß für die Politische Universität Frankfurt, Mai 68) gegenübersaßen, schwitzten, wollten sich keine Blöße geben, andererseits auch nicht sich verpflichten, mehr als die ihnen zugeteilten Zeilenmengen in ihren Blättern unterzubringen.

Rechnen Sie denn damit, daß Sie länger als eine Woche hier tagen werden?

Wollen Sie also in *einer* Woche die Kenntnisse zusammenhäufen, die die Fach-idioten-Universität (Ihre Ausdrucksweise) nicht weiß? So der Vertreter der *FAZ.* Die Frage des *FAZ*-Vertreters war keine Frage, sondern Meinung. Niemand, wurde ihm geantwortet, will das in einer Woche. Auch geht es nicht um »Kenntnisse«.

Auch geht es überhaupt nicht um die Ordinarien-Universität. Hier fällt Krahl ein, der Pressevertreter stenografiert mit: . . . In die Wissenschaften die Dimension des emanzipatorischen Vernunftinteresses einzuholen . . . Gleichsam die Theorie und Praxis vermittelnde geschichtsphilosophische Frage der bürgerlichen Aufklärung . . . Kants »Was darf ich hoffen?« materialistisch auf die Ebene des Klassenkampfes zu heben.

Es ist deshalb politische Universität, ergänzen die anderen, weil es Widerstand ist, weil die Aktionen gegen den Springer-Konzern während der Ostertage gezeigt haben . . . Und 50 Tage nach Ostern ist eben nicht Pfingsten, sondern politische Universität, ein Versuch, . . . Ein demonstrativer Akt . . . Eine Aktion des Widerstands . . . Ein qualitativer Sprung . . .

Aber der Reporter würde nicht alle 20 bis 30 dieser Antwortsätze bringen. Er sucht nach einer Kurzformel. Was Sie wissen wollen, wissen Sie doch aber schon, beharrt er, auch ohne diese Einwochen-Veranstaltung. Was meinen Sie denn, was wir *wissen* wollen? wird er zurückgefragt. Auf Glatteis läßt sich der Reporter nicht locken. Ich bin kein Universitätslehrer, sagt er. Wir doch auch nicht.

Also, was kann man zu dem Veranstaltungsprogramm noch sagen? Zuerst, daß das kein »Veranstaltungsprogramm« ist. Geht nicht mal in ihren Kopf rein, daß es kein *Programm* ist? Die bürgerliche Presse, sagen die Streikendenvertreter, hält den Blick auf die angekündigten »Vorlesungen« oder »Seminare« gerichtet. Dort sucht sie etwas, was als aktueller Artikel verarbeitet werden kann. Ja, meint der Vertreter der *Frankfurter Rundschau,* das ist etwas, was wir bringen könnten. Er zweifelt aber, daß sich etwas Derartiges finden läßt, da ja kein Naturwissenschaftler oder Mediziner angekündigt ist (der z. B. den Krebs außerparlamentarisch zu heilen versprochen hätte). Es wird hier »soft ware« angeboten.

Nun traf das einen Punkt. Es war ja zunächst eine *Improvisation,* eine *demonstrative Geste* innerhalb des Notstandskampfes, daß die Universität aktiv bestreikt und besetzt wird, die Aktivität *gestisch* ausgedrückt eben durch den Versuch der politischen Universität. Franz Josef Strauß kann, sagt Krahl, auch ohne die Notstandsgesetze den Notstandsstaat errichten. Eine liberale Regierung dagegen wird das auch dann nicht tun, wenn es Notstandsgesetze gibt. Der Kampf selbst kann im Ernstfall, fährt Krahl fort, nur von der Gesellschaft selbst, den aktiven Massen (und nicht von uns stellvertretend) geführt werden. Insofern handelt es sich bei dem derzeitigen Ansatz unserer Bewegung um eine »schlecht theoretische Gedankengeste«... praktisch diffus und improvisiert... nur die Unterseite (Krahl sagt:»subkutan«) wirklich...

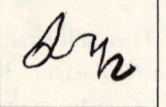

Abb.: Stenogrammkürzel für »subkutan« (Deutsche Einheitskurzschrift).

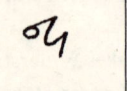

Abb.: Subkutan (= unter der Haut) in Eilschrift: Im nachhinein ist das Kürzel für den Reporter nicht zu entziffern, weil nicht zu raten.

Krahl hat 19 Minuten gesprochen. Er hat aber insofern die Kollektivität gewahrt, als er 60, 80 Argumentationen aus den Gesprächen des Vortags in Kürzeln einbezog. Tatsächlich sprach also nicht Krahl, sondern eine Gruppierung von 18 bis 20 oder mehr Genossen. Nicht gelöst ist, wie harte Wissenschaft (Chemie, Physik, Medizin usf.) einzubringen sei.[59]

59 Weiter: Daß die *Besetzung der Universität,* hiervon zunächst wirklich besetzt: das *Hauptgebäude,* hiervon im wesentlichen von Studentenmassen, Schülerdelegationen und einzelnen Arbeitervertretern begangen nur das *Portal,* das Rektorat, einige Hörsäle, eines »repräsentativen Inhalts« bedurfte, dies aber Draperie ist, die die Genossen ebensogut revolutionär zerstören könnten, wenn sie ihre argumentative Kraft auf sich selbst wenden würden. Es war abwieglerisch, diese Frage aufzuwerfen, sie nicht aufzuwerfen war ebenfalls abwieglerisch.
Jetzt hätten sich die Fronten drehen, die Genossen in die Stellung der Pressevertreter einrükken und ihre eben verlassenen Positionen und Hauptquartiere mit kritischen Fragen bepflastern müssen. So wäre ein Eindruck von der Elastizität der politischen Universität, ihrem qualitativen Bewegungsgesetz, entstanden. Zugleich hätte der Anschein, daß Fußballmannschaften sich ein Match lieferten, als Situation zerstört werden müssen. Eigentlich war erforderlich, das brachte die Genossin Gerda in die interne Nachdiskussion: einen Katalog dieser offenen Kampfmöglichkeiten aufzustellen und so ein Protokoll dieser historischen Tage dadurch zu führen, daß das, was unterlassen blieb, das, was geschah, kritisierte. Eigentlich mußte aber der unfähige Feind ersetzt werden. Eine brauchbare Darstellung der wirklichen Situation und des gesellschaftlichen realen Kampfes, der ja stattfand, war nur möglich, wenn alle Positionen dieses Kampfes, insbesondere die der Gegner (bürgerliche Presse, Unternehmer, Polizei, Parlament, autoritär verfaßte Gesellschaft), von Genossen besetzt und antagonistisch durchgespielt wurden. Dann aber wäre noch darzustellen, daß die Genossen in keinem Moment die Schauspieler wären, als die sie sich in einer solchen Realität (= Realschauspiel) notgedrungen aufführten.

II

Wenn die politische Universität keine »Veranstaltung« ist, so ist die Veranstaltung im Großen Sendesaal des Hessischen Rundfunks Teil des Rundfunkprogramms, also Veranstaltung, die über Hessen ausgestrahlt wird. Es sprechen Wiethölter, Enzensberger, Frau von Brentano, Adorno, Habermas, Jens, Abendroth, Augstein usf.

In der ersten Reihe der Zuhörer sitzt Intendant Hess, seine Mitarbeiter halten eine Blickschneise offen (ihn verdeckende Steher werden weggeschoben, sich durch die Sitzreihen Drängende aufgefordert, in dieser Schneise sich gebückt vorwärts zu bewegen) zu den elektronischen Aufzeichnern und der Regie-Kabine im Rückteil des großen Saals. Wenn sich der Intendant erhebt, wird das das Zeichen sein, daß diese Kundgebung außer Programmkontrolle gerät, und die Kameras werden auf dieses Zeichen hin abgeschaltet.

Auf der Bühne stehen die Sprecher, die aus den vorderen Sitzreihen dort zu den Scheinwerfern hinaufeilen, stehn dann hinter einem Pult, an das sie sich halten können.

Dämonische Mediokrität der Bonner Medienträger ... Die Bonner Käseglocke ... Die gesteuerte Stagnation ... Verfassung als das kodifizierte Mißtrauen gegen den Gesetzgeber, und das aus Rechtsgründen ... Vielleicht haben wir eine Schlacht verloren, aber die Verteidigung der Demokratie geht weiter ... Es ist notwendig, *Mittel* einer permanenten Widerstandsgesinnung zu *ersinnen* ... Eine Gegenstrategie, und die heißt Entzauberung des Rechts ... Sand muß in die Getriebe zwischen Normalzeit und Notstand geworfen werden ... Ich rufe Ihnen zu: Überwacht die Wächter ... Ich würde sagen, Demonstrationen, welche die Polizei erlaubt, sollten von ihren Veranstaltern verboten werden ...

Die Widerstandsaktion wird in der Form der 5-Minuten-Redezeitbegrenzung durchgeführt. Zwischen Enzensberger und Böll rechts in der ersten Reihe: Adorno. Er hat sein Hirn, vertreten durch die Ohren, auf äußerste Rabattstellung eingestellt. Denn wie soll er sonst »Mittel einer permanenten Widerstandsgesinnung ersinnen«, ohne diesen Auftrag zugleich unflätig zu kommentieren – oder, da er nicht gesagt hat, was er tatsächlich denkt, sich entschuldigen gegenüber den Kollegen, die gar nicht wissen können, daß er sie beleidigte. Er hat sein Referat gehalten und muß nun die Stunden bis zum Schluß der breitangelegten Veranstaltung überbrücken, ohne daß die Anwesenden im Saal oder die neben ihm Sitzenden bemerken, daß er sich totstellt. Er hat die

Übersicht in dieser »Schlacht um die Demokratie« verloren, wollte sie wohl auch nie haben, kann sich zum »Ernst der Stunde« nicht aufschwingen. In Bonn war er nie. Herbst 1938 läuft er mit Gretel über das Gebiet des Parteitagsgeländes in Nürnberg-Langwasser, Freunde müssen ihm später erklären, daß dies eine Gefahr war. »Emphatisch« geht die Gefahr von der Eiseskälte aus, der gesellschaftlichen Totalität, die man nur als Kategorie fassen kann und nicht als ein hohes Ding wie z. B. dieser große Sendesaal, jedoch wie ein hochqualifizierter Eisschrank, von niemand erfunden, aus der Kontrolle geraten und in Gestalt eines Briefes z. B. auf dem Tisch im Eßzimmer, von A. P. aus München (»kann man riechen, daß du sterben wirst«), an ihr kann ich zugrunde gehen, und dennoch kann ich daran nichts tun, als auf das baldige Ende dieser Veranstaltung zu warten und dann auch nur Option, ein Buch über Kälte für den Suhrkamp Verlag zu schreiben, das von denen, die sich gerade aufgewärmt zu haben glauben, gelesen wird, aber es trotzdem schreiben, in der Hoffnung, daß es auf *einen* vielleicht trifft, der so friert wie ich, *und* deshalb muß diese Veranstaltung ein Ende nehmen. Man muß nämlich nicht *Mittel* eines Widerstandes *ersinnen,* sondern einen radikalen Grund haben für Widerstand, und dann das Glück, daß man überhaupt den Gegner auffindet, gegen den allein ich Grund habe, meinen Widerstand zu organisieren. Unwahrscheinlich, daß das mit der Bonner Käseglocke zu tun hat, die in der Dschungelhitze dieses Tages in einem Flußtal liegt, äußerlich sah der herabgestimmte Adorno sehr geduldig aus, geradezu munter.[60]

---

60 Mit einigen Gutachten für die Allianz könnte ich mir ein Haus im Taunus kaufen, sagte der Jura-Professor, der in der zweiten Reihe unmittelbar hinter Adornos Kopf sitzt und direkt in dessen Ohr sprechen kann. Adorno fährt erschreckt herum, faßt sich sofort. Die 4 bis 5 Gutachten, die die Kaufsumme bringen, erläutert der Jurist, wären in den 4 Stunden, die diese Veranstaltung gegen die NS-Gesetze jetzt dauert, mühelos zu schaffen. Wenn ich noch die Zeit hinzurechne, in der wir nachher alle zu Brenner (= Vorsitzender der IG Metall) marschieren, damit der sagen kann, er habe mit uns gesprochen, dann würde die Zeit für die Gutachten in jedem Fall ausreichen. Das Haus wäre mit Terrasse, direkt am Wald, und man könnte einen Bowlen-Abend machen. Das hätte einen Zweck. Dagegen hat der Auftritt bei Brenner keinen Zweck, und wir erhalten nur von den Studenten Schläge für das, was von Anfang an vergebliche Mühe ist, aber ich mache das – schon die ganze Woche, einen Auftritt nach dem anderen –, weil die anderen das auch machen, und *weil wir wenigstens in guter gemeinsamer Haltung untergehen wollen.* Adorno nickt zustimmend. In seiner Lage, der Mund des anderen so dicht an seinem unverteidigten Ohr, hätte er jeder Äußerung zugestimmt, gleich was sie besagt, und auch schriftlich unterschrieben. Er mußte ja dann nicht zu dem Bowlen-Abend wirklich kommen.

III

An den oberen Saaleingängen entsteht Bewegung, Tumult. Zögernd dringt ein Pulk SDS-Genossen zur Empore, zum Rednerpult vor.[61] Dort hält Augstein, ein Opfer der Fünfminuten-Redezeitbegrenzung, die Arme um das Pult geschlungen, hält das umkämpfte Mikrophon, als wäre es ein Ball, der ihm im Völkerball weggenommen werden soll. v. Friedeburg, W. Jens versuchen, zwischen Empörern und Pultbesitzer zu schlichten. Genossen haben das Mikrophon in der Hand und stellen an den Saal die Forderung: Jede Woche zwei Seiten Kolumne im *Spiegel* zur freien Selbstäußerung des Protests. Die Forderung ergibt sich aus dem, was sie vor Augen haben, sie ist nicht ausdiskutiert.[62] Augstein versucht den Satz »Kleinlichkeit und Recht und Freiheit sind des Deutschen Unterpfand . . .« in das Mikrophon, das etwa einen Meter von seinem Mund entfernt ist, hineinzurufen.

Praktisch geht es nicht um etwas *Zusammenhängendes*, sondern um die *konkrete Situation*. Der aktive Widerstand richtet sich nicht gegen Augstein, sondern gegen das »Veranstaltete«. Es ist die Täuschung zu zerstören, daß es eine arbeitsteilige Trennung in *Geistesprotest* hier im Sendesaal und *faktischer Entscheidungsmacht* 300 Kilometer entfernt im Plenarsaal des Bundestages gibt. Vielmehr ist umgekehrt die Bonner namentliche Abstimmung (Verfahren Hammelsprung) als bloße »Geistestat« zu kennzeichnen.

Die Forderung nach der *Spiegelseite* ist die letzte Nachricht, die über die Fernsehgeräte ins Land verbreitet wird. Einige Augenblicke zeigen die eingeschalteten Geräte im Gebiet von Hessen ein unübersichtliches Getümmel, der Intendant erhebt sich in der vordersten Reihe, ihm folgen die Mitarbeiter. Die Sendung erlischt. Es erscheint auf allen Geräten im Land das Zeichen »Störung«.

---

61 Unvorbereitet. In verschiedenen Autos vom Universitätsgelände zum Rundfunkhaus gefahren; nicht vollzählig; vordiskutiert ist der Satz »Reißt die Uni nieder, macht ein Puff daraus . . .«. Fünf bis sechs Minuten Dastehen, Glaskasten des Pförtners. Der Pförtner stotterte. Wir gehen jetzt rein. An den Saaleingängen, mit Teilen schon im Durchgang des Sendesaals, blicken sie zurück, ob die Genossengruppen nachfolgen. Sie sind jetzt aber schon gesehen worden, müssen weiter vor. Man will sie weghaben. Sie aber wollen die Empore weghaben. Dieses Dunkel vor den Scheinwerfern . . . Aktion kleckerweise: »Der Negt sprach gerade, und dann kam Krahl. Die Kameras sind abgeschaltet.«

62 Wird im Teach-in später kritisiert. *Was* wollen wir machen? Wir wollen doch nicht zwei Seiten *Spiegel* füllen!

IV

Eine Streikgruppe hat sich aus dem Großen Sendesaal des Rundfunks durch Teile der bestreikten Stadt zur Bettina-Schule, von der organisierten Schülerschaft wegen NS-Streiks besetzt, verzogen und bevölkert die Bühne der Aula. Es sind zunächst nur etwa 8 Schüler im Saal, Streikposten. Die anwesenden Studentenführer haben den Normalbetrieb eines teach-ins aufgenommen, »an und für sich«, da keine relevante Öffentlichkeit zur Zeit verfügbar. Sie nehmen insbesondere unter Beschuß den anwesenden Habermas, stellen ihn als *Beispiel* für ein nicht-revolutionswilliges, widersprüchliches Verhalten hin. Erst nähme er teil an der offiziellen Debatte im Rundfunkhaus, dann erscheine er aber auch hier. Er nehme aber zu diesem Platzwechsel nicht Stellung usf.

Habermas erwidert: Ein *Beispiel,* das weder als solches geplant war und als solches auch nicht zu entlarven ist. Er ist nämlich hierhergekommen, weil er einerseits hungrig nach einem Diskurs mit Menschen, andererseits aber so übermüdet ist, daß er ein Auto, das hierher fuhr, bestieg, nur weil er als vierter darin sitzen konnte und annahm, so für eine Weile ungestört zu bleiben.

Das ist aber ein falscher Gedanke, antworten die Studentenführer, daß er nur für eine geplante Veranstaltung, oder wenn er sich planvoll an einem Ort bewege, verantwortlich sei. Er habe als Symbolfigur die Verantwortung auch für Zufall oder den gesamten Ablauf des Tages und nichts sei entlarvungswürdiger, da ja auch kein anderer Gegenstand zum Entlarven da war. Nun war das ja zweifellos als Praxis »Instrumentalisierung eines Menschen«. Negt tritt aus seiner Ecke (die Bühne hat keine Kulissen, aber Abstellecken für Klaviere, lange Stangen, eine Tafel, Stoffballen usf.) und will schlichten. Man kann diesen Tag, sagt er, nicht als Kasperltheater beschließen, indem man Habermas anstelle der Bundesregierung oder der unbewegten Massen Deutschlands in die Mangel nimmt. Aber Habermas, in Fahrt geraten, verwahrt sich gegen den Helfer. Er nimmt ihm das Mikrophon weg und sagt: Es steht dahin, ob ich von diesen Anwesenden überhaupt in die Mangel genommen bin. Er könnte die Situation hier, eines praktisch vor niemand abgehaltenen öffentlichen Zweikampfes, in Grund und Boden kritisieren und dabei immer noch im understatement sprechen. Es sind inzwischen schon 47 Schüler eingetroffen, die verstreut in der Aula sitzen.

Es geht aber, das verkennt Habermas, wird ihm vorgehalten, lediglich um einen Vorgriff, insofern doch um eine konkrete Situation, denn die *Funktion* dieses teach-ins ist es, der andernfalls zunächst leeren Schulbesetzung einen Inhalt nachzureichen. Hierfür ist es gleich, was diskutiert wird oder wieviel Zuhörer. So sehen es, wie ein Schülervertreter mitteilt, die Schulbesetzer, es genügt ihnen, das Auf und Ab eines »Kampfes« wie einen Film zu sehen, der nicht zu ihren Ungunsten entschieden werden kann, weil er ihre Belange nicht betrifft.

V

Oskar Negts Stimme hallt in der späten Nachmittagsstunde aus dem Hörsaal ins Treppenhaus und zur Vorhalle des Universitäts-Hauptgebäudes, deutlich die Konsonanten ineinanderreibend. Die Perioden der langen Sätze geduldig betonend, so wie dick angestrichene Stellen in einem vielbenutzten Buch.[63] Es geht um eine der Grundlegungen dieser Woche, dahingehend, daß die *politische Ökonomie der Arbeitskraft*, als dasjenige, was der politischen Ökonomie des Kapitals, zu der eine Buchveröffentlichung vorliegt, entgegenzusetzen ist (und hierzu gibt es eben kein Buch). Deshalb zunächst die Geheimgeschichte des Marxismus (Korsch, Reich, Neumann, die holländische Schule) aufarbeiten, um zu der Konstitutionsgeschichte der einfachsten ökonomischen Bestimmungen der gattungsgeschichtlichen Arbeitskraft, d. h. ihrer Wiederherstellung, vorzudringen, d. h., die abstrakte Arbeit ist eine Ideologie.[64]

63 »Wir sprechen von der Kooperativbewegung, namentlich den Kooperativfabriken, diesem Werk weniger kühner ›Hände‹ (hands). Der Wert dieser großen Experimente kann nicht überschätzt werden. Durch die Tat, statt durch Argumente, bewiesen sie, daß Produktion auf großer Stufenleiter und im Einklang mit dem Fortschritt moderner Wissenschaften vorgehen kann, ohne die Existenz einer Klasse von Meistern (masters), die eine Klasse von ›Händen‹ anwendet; daß, um Früchte zu tragen, die Mittel der Arbeit nicht monopolisiert zu werden brauchen als Mittel der Herrschaft über und Mittel der Ausbeutung gegen Arbeiter selbst, und daß die Sklavenarbeit, wie Leibeigenarbeit so Lohnarbeit nur eine vorübergehende und untergeordnete gesellschaftliche Form ist, bestimmt zu verschwinden vor der assoziierten Arbeit, die ihr Werk mit williger Hand, rüstigem Geist, und fröhlichem Herzen verrichtet. In England wurde der Samen des Kooperativsystems von Robert Owen ausgestreut; die auf dem Kontinent vermehrten Arbeiterexperimente waren in der Tat der nächste praktische Ausgang der Theorien, die 1848 nicht erfunden, wohl aber laut proklamiert wurden.« (*MEW*, Bd. 16, S. 11, 12)
»Ein noch größerer Sieg der politischen Ökonomie der Arbeit über die politische Ökonomie des Kapitals stand bevor.« (Im englischen Text der Inauguraladresse: *des Besitzes*) (*MEW*, Bd. 16, S. 11)
»Die Wissenschaft kann nur in der Republik der Arbeit ihre wahre Rolle spielen.« (*MEW*, Bd. 17, S. 554)
»Der Arbeiter muß eines Tages die politische Gewalt ergreifen, um die neue Organisation der Arbeit aufzubauen . . .« (*MEW*, Bd. 18, S. 160)
64 In der Vornacht. Auf dem Schornstein des Fernheizwerks der Universität, (damals) höchste Erhebung, wird um 3.20 Uhr eine rote Fahne gehißt; Riesenfahne, zusammengenäht aus den roten Teilen von sechs Bundesflaggen (die Schwarz- und Gold-Teile wegge-

VI

In der Vorhalle des Universitäts-Hauptgebäudes lebhafter Gruppenverkehr, der sich zu dem zertrümmerten Eingang des Rektorats hinzieht. Gegen Einwendungen Horkheimers ist die ursprünglich schmale, aber den Bauvorstellungen der Gründerzeit entsprechend hohe Eingangspforte, durch die der Student in das Hauptgebäude gelangt (und genau darüber, also im gedachten Herzen des Altbaus, aber zur Rückfront gewendet, das philosophische Seminar), baulich umgestaltet worden zu einem breiten, aber niedrigen Einlaß, wie der »Zutritt zu einer Zigarrenkiste«. Über diesem Eingang ist eine plakative Fläche vorbehalten für »Johann Wolfgang Goethe-Universität« in Gold. Hierüber ist in Schwarz, in breiten handschriftlichen Lettern gemalt: Karl-Marx-Universität.

Der Luftraum, den die Eingangspforte in der alten Baufassung aufwies, das war das aufgeklärte Argument des Universitätsbauamts, sei reiner Luxus, es gehen nie drei Mann übereinander dort hinein, sondern die Studenten drängen in der Breite. Aber doch nicht in das Hauptgebäude, erwidert Horkheimer. Der Luftraum als Eingangseindruck war sehr wohl notwendig, weil er historisch war, und der Zigarrenkistenschlitz jetzt war so wenig notwendig, daß man durch eingerahmte Glasscheiben, die sich als Türen nicht öffnen lassen, ihn wieder seitlich einengte. Es konnten jetzt 5 bis 8 Studenten gleichzeitig nebeneinander passieren, aber z. B. Horkheimer benutzte den neuartigen Eingang nie mehr.[65]

Die schwarzen Tafeln, auf denen die Mitteilungen der politischen Universität niedergeschrieben sind, werden von zwei Pförtnern bewacht, genauso als hätte sie die Universitätsleitung aufgestellt. Der tatsächliche Bestand des Vorraums hat für diese Mitarbeiter Weisungscharakter. Sie fühlen sich bereits als

---

schmissen). »Näht Rot an Rot, schmeißt das andere weg.« Ungeklärt, wer den Schornstein hinaufsteigt. Es sind drei Männer, drei Frauen, zwei davon unverheiratet, ohne Kinder. Letztere besteigen das Riff. Die Fahne hängt acht Stunden, wird dann von Bauarbeitern abmontiert.

65 Vor der Glastür zum Rektorat steht aus Findlingsstein ein Steinkopf auf Sockel, der angeblich »Horkheimer nachdenkend« darstellt, oder aber einen Philosophen im allgemeinen, der nach oben schaut. Alles dies hergestellt in Unkenntnis der Arbeitsweise der Kritischen Theorie. Es sind 2 % des Bauvolumens 1967 der Universität, für »Kunst-am-Bau« zweckgebunden, verausgabt worden.

F. Kramer (Vorgänger des Universitäts-Baudirektors) hätte die Kritische Theorie, sagt er, durch eine Hexe oder nackte Frau, und zwar dann in einer die guten Sitten grob verletzenden Weise, darstellen lassen; niemals aber in Stein.

Bedienstete der neuen Machtgeber. Zum Bestand gehört aber die Zertrümmerung des Rektoratseingangs, die sie gegen unbefugte Reparatur, so wie die Jahre vorher gegen Beschädigung, verteidigen.

VII

Wir waren »wie vor den Kopf geschlagen«, sagte W. Die Phrase gibt aber das Gefühl nicht wieder, als wir auf die zwei Hundertschaften sahen, die Eingänge der Universität *zu,* das Vorfeld verbarrikadiert, Wasserwerfer davor, Gruppen mit Schilden und in Kampfausrüstung an den Eingängen zu den Seminargebäuden Gräfstraße, und als wir auf den Universitätsvorplatz laufen, sehen wir, daß zum Hörsaalsilo hin und zum Rektorat die Zugänge verrammelt und bewacht sind. Wir stehen parallelisiert und sehen auf die Besatzer hin, die wiederum auf uns gucken.[66]

Das heißt, es bestand nirgends Kampfberührung, sondern wir starrten deprimiert (und ich glaube, daß wenigstens auch Teile der Besatzer auf uns blickten) vor den Absperrungen, memorierten die Faktoren, die zu diesem Ergebnis geführt haben. Mangel an Posten, die zumindest das Rektorat, den Hauptsitz des Widerstands, doch irgendwie verteidigt hätten? Es war kaum jemand anwesend, als die, in H.-J. Krahls Worten, »taktisch geschickte« Universitätsbesetzung in der Nacht stattfand.

Wir waren, an sich immer noch Träger der Politischen Universität, der Wissenschaft, desillusioniert. Es explodiert nichts, was wir doch angenommen hatten.

In den Nachmittagsstunden versuchten die Studentenführer, aus der Ökonomie der Verbiesterung einen letzten Kampffunken durch Reden herauszuentwickeln. Sie griffen zu Understatements, zu verschärfenden Übertreibungen ...

---

66 Bureaucraties want and need crisis (Schumann, 1966). Und jetzt griffen die uns nicht einmal an, brauchten keine Krise (die sofort unseren Kampfgeist hergestellt hätte), sondern standen parallel uns gegenüber, »irgendwie bedauernd«.

»Beißen, fliehen, tarnen oder fortschwimmen«

Mit einigen Genossen stellte G. sich 1966/67 auf den Standpunkt: »Die Wissenschaft an der Universität vermag uns nichts zu sagen, wir gehen zu den Quellen.« Seither hat er, wie schon in der Schülerzeit, eine Holzplatte auf 2 Böcke gesetzt und Hegel, Freud, Marx, Karl Korsch, Sohn-Rethel, Krahl, Negt, Mallet, Schumann-Kern, Berger, die Papiere der Betriebsprojekt-Basisgruppe usf. untersucht.

Inzwischen sind die Freunde aus der Universität verschwunden. Einige bekleiden Lehrstühle, doktorieren. Andere haben sich Fraktionen angeschlossen, G. ist ihnen nicht gefolgt. Das Frankfurter Negt-Kolloquium löst sich auf, da Negt nach Hannover geht. Eine Aporie: nur aus einem Handlungszusammenhang, einem Bluff, einem wirklichen Aufstand oder durch Freunde könnte folgen, wo die theoretische Tätigkeit ein Ende oder Maß hätte. Diesen Handlungszusammenhang usf. findet G. nicht.

»Das Allgemeine, von welchem das Besondere wie von einem Folterinstrument zusammengepreßt wird, bis es zersplittert, arbeitet gegen sich selbst, weil es seine Substanz hat am Leben des Besonderen. Ohne es sinkt es zur abstrakten, getrennten und tilgbaren Form herab.«

»Gründlichkeit« hindert ihn, ohne hinreichende »theoretische Plattform« in eine »Vergrabung ins einzelne« sich hineinzuwerfen. Es wäre willkürlich, sich einen Handlungszusammenhang, einen Beruf, neue Freunde »auszuwählen«. Ein Aufstand findet nicht statt. So versucht er mit um so größerer Anstrengung des nackten Wollens, Theoriemasse zu bezwingen. Er sieht eine Chance, den »ökonomischen Bezugsrahmen« doch noch zu ertrotzen. Hierauf würden entweder Beruf oder Freunde oder der Aufstand vielleicht folgen.

Den Vorschlag, auf einer Tafel oder in einer Art von Landkarte, zu einem Atlas der Weltprobleme zusammengefügt, Beiträge zu einer *politischen Handlungslehre* zusammenzuschreiben, lehnt er ab. Er ist kein »Generalstäbler«. Selbst wenn das ein Überblick wäre, es wäre nicht etwas, das sich graphisch darstellen läßt.

Er beginnt wieder viele Fernsehsendungen anzusehen, schläft morgens lange, muß abends »ausbrechen« gehen, klappert Lokale ab, wo eventuell »Freunde« sitzen, ein Bier trinken. Selbst die Stellung eines Kassierers in einer Gastwirtschaft schien ihm gelegentlich verlockend, weil sie beweglich ist und Grenzen für seine unendlichen Anstrengungen zieht. Dann aber verwirft er das. Er kann sich nicht dümmer machen, als er ist.

»Wer ein Wort des Trostes spricht, ist ein Verräter.«

Zu leben ein angenehmer Tag. Es gießt. Nach den heißen Juli-Tagen ein Genuß. B. könnte also einen seiner schweren Anzüge tragen und damit »angezogen«, also gepanzert in den Büros erscheinen. Das muß er sich allerdings versagen. Der Anzug paßt aber auch für die Trauerfeier für den Genossen Dr. Fritz Bauer, zu der B. jetzt gefahren wird.

Der Sarg steht in der kleinen Friedhofskapelle in einem Gebüsch von dickblättrigen Ölpflanzen. Voran große Blumensträuße. Die Musikauswahl für die Feier hat der Philosoph Adorno ohne jede Fremdkontrolle übernommen. Er läßt auf Regierungskosten drei komplette späte Streichquartette von Beethoven durchspielen. Die drei mittleren: Nr. 13 B-Dur, Op. 130, Nr. 14 Cis-Moll, Op. 135, Nr. 15 a-Moll, Op. 132.

Abb.: »Angeblich ist diese Musik tröstend. Sie ist es nicht, sie ist wirkliche Musik.«

Er, der von den Anwesenden diese Musik vermutlich als einziger dechiffriert, wiegt seinen Kopf zu den Tönen, das Haar wie Pulloverflausch, in der inneren Bewegung der Musik, also nicht so, daß ein Laie dies für musikalisch gehalten hätte, nicht wie ein Metronom, das die Takte skandiert.

Eine Ansprache hat sich der Tote testamentarisch verbeten. Die Gruppe der Trauergäste besteht aus der kleinen Regierungsschicht des Landes, die nach 1945 angetreten ist, einen antifaschistischen Kurs durchzuhalten. Da die Musikdarbietung unmäßig lange dauert, keine Ansprachen stören, tritt tatsächlich eine intensive Beschäftigung mit dem Toten ein. Der Kultusminister hat in ihm seinen besten Freund verloren.[67]

B. sieht jetzt den Toten, wie er im Zuchthaus Butzbach alle Zellen aufschließen läßt, die Gefangenen mit »Kameraden« anspricht. Die Justizverwaltung hielt diese Ausdrucksweise für die eines Narren. Sie hat versucht, ihn einzugrenzen, indem sie erzürnte Oberstaatsanwälte um ihn herum gruppierte, die ihm nach und nach Zuständigkeiten entwendeten. Aber der Narren-Anschein war notwendige Tarnung. Bauer hatte immer Akten parat, mit denen er die aus dem alten Regime übernommenen Kriminalisten in Frankfurt und Wiesbaden in Schach hielt. Für jede Fehlleistung gab er eine der belastenden Akten in den Geschäftsgang.

Es steht übrigens nicht fest, was ihn dazu trieb, sich in seiner einsamen Badewanne die Pulsadern zu öffnen. B. will dem nachgehen. Nach Musikschluß erheben sich die Trauergäste. Sie wissen nicht recht, was sie jetzt tun sollen. Es ist keine Führerpersönlichkeit da, die eine Haltung vorgibt. Die Gefängnisdirektorin E., die das Herumstehen nicht verträgt, geht rasch davon.[68] Ministerialrat F. zu Adorno: »Wir müssen einmal miteinander sprechen.« Oberlandesgerichtspräsident zu B.: »Wir sind, glaube ich, Stallgefährten bei Goverts.« »Ja.«

67 Andererseits: Von den hier anwesenden Freunden oder politischen Instanzen wäre niemand erreichbar gewesen, falls der Tote vor dem Hergang, welcher es auch war, noch versucht haben sollte, jemanden zu erreichen, einen anderen Menschen, mit dem er hätte sprechen können.
Nun war jeder aus der überbeschäftigten Führungsschicht dieses Landes, die bis zur Studentenrevolte auf festen Stühlen saß, ohne die Zeit, die für die Ausführung von Freundschaften oder menschlicher Nähe erforderlich ist. Die Gruppe hielt nichts zusammen, es sei denn die bestimmte antifaschistische Haltung, die sich mit einer gemeinsamen Aversion gegen andrängende neue und ganz alte reaktionäre Kräfte richtete. Sie waren deshalb, auch wenn sie füreinander geringe Zeit erreichbar waren – und im Moment hatten sie einander ja während dieser Feier für mehr als eine Stunde –, unfähig, einander Zuwendungen zu geben, d. h. zur tatsächlichen Isolierung die Illusion einer persönlichen Welt oder »gemeinsamen Menschseins« hinzuzufügen, wenn das doch allenfalls eine Sache für Vorreden des Kultusministers war, und niemand an dieses wechselseitige Menschsein glaubte, das ihm schon vorher durch Angst und Zeitmangel wie von Kannibalen aufgefressen war. »Wer tröstet, ist ein Verräter.«
68 Entweder weil sie weinte und dies nicht zeigen wollte, oder weil sie die vom Toten gewollte Sprachlosigkeit nicht länger ertrug.

Die Frau des Philosophen Adorno zieht ihn rasch weg, der noch an den Klängen in der kleinen Kapelle hängt und gern die Veranstaltung nochmals wiederholt sähe. Sie will aber jede Verwechslung mit dem Schicksal des Toten vermeiden, drängt fort von diesem Friedhof.

Frau Staff hat im Frankfurter Hof den Salon 15 gemietet, für eine Nachfeier. Hierhin begibt sich die Mehrzahl der Trauergäste. Man versucht, insbesondere für Verwandte des Toten aus Schweden, etwas von dessen lebendiger Erscheinung zu rekonstruieren. Die Verwandten kennen den Toten praktisch gar nicht. Der Kultusminister ahmt mit Handbewegung Gesten des Toten nach. Er beschreibt einen Vorfall in Kassel. Ein Kind wollte dort schon mit 5 Jahren in die Schule. Lief immer wieder hin. Der Rektor erteilte dem Kind Hausverbot. Das Kind ist doch noch nicht eingeschult. Jetzt kommt der heute Beerdigte, hält eine Fragestunde ab, die sich an sich nicht auf das Schulwesen bezieht, für das er ja nicht zuständig ist. Er hört die Mutter des Kindes an. Wendet sich an den Regierungspräsidenten: Na, warum kann man das Kind denn da nicht drin lassen? Regierungspräsident: Es ist gegen den Erlaß. Der heute Beerdigte: Das Kind bleibt, wo es ist, und wenn es in der Schule sitzt, dann muß man es in der Schule sitzen lassen. Die Frau wollte nicht glauben, daß das Problem so einfach zu lösen war. Der Regierungspräsident sagte auch gleich: Ja, der Minister hat aber verfügt, daß nur die aufgerufenen Jahrgänge zur Schule dürfen. Der Beerdigte: Ich wüßte nicht, wer Sie deswegen anklagen sollte, wenn Sie von dem Erlaß abweichen. Die Erlasse sind von Vernünftigen im Interesse von Vernünftigen gemacht. Das Interesse des Landes spricht nicht gegen den ausdrücklichen Willen dieses Kindes. Sagen Sie das dem Rektor. Ungeklärt blieb, warum das Kind so gerne in diese Schule wollte. Vielleicht hatte es Freunde dort.

Zuletzt saßen bis 17 Uhr 7 Mann und 2 Frauen um den kleinen Tisch. Getränke wurden gereicht. Der Minister wurde an verschiedenen Stellen des Landes dringend gesucht. Man wußte im Ministerium nicht, wo B. und der Minister steckten, nämlich im Salon 15. Sie wollten sich von dem Toten nicht trennen. Solange sie hier zusammensaßen, war noch etwas von ihm zu fassen. Wenn sie sich trennten, war der gütige Mann endgültig fort. Niemand aus dem Nachwuchs des Landes ersetzte ihn.

Heft 9
Bilder aus meiner Heimatstadt

*Halberstadt, Montag früh 5.00 Uhr – Oberstadt, Unterstadt – Halberstädter
See – Den Protest von Frau Wilde hört man nicht – Ein Beispiel für »proletarische Öffentlichkeit« – Funktionär Tacke.
Jahrgang 1892 – Die Ewigkeit, die dreigeteilt ist . . . – Ein ideologischer Hinweis . . . – Lage Cäcilienstift.
Kommentar eines DDR-Programmabhorchers – Willi Scarpinski der Heizer –
Rasche Veränderung der Horizonte.*

Abb.: Der Leviathan. Etwa 800 n. Chr. Er ist das Leben auf der Erde. Bald will das Untier tauchen. »Die Erde ist gewaltig schön, doch sicher ist sie nicht.«

[**Halberstadt, Montag früh** 5.00 **Uhr**] Im ehemaligen Finanzamt-Neubau, jetzt Gebäude des 1. Kreissekretärs der SED, steht am offenen Fenster der mit der Nachtwache betraute Funktionär D. und sieht in Richtung Breiter Weg. Jede Nacht wird von einem geschulten Genossen durchwacht. »Das Weltall schläft auf seinem Riesenohr.« (Majakowskij).

Der natürliche Fluß der Nachtluft aus Richtung Magdeburg stößt über dem Huy-Höhenzug auf eine spezifische Luftfront, die den Strom nach Süden auf die Stadt zu umleitet; er mischt sich über Reichsbahnausbesserungswerk Halberstadt und Wehrstedter Teilwerk VEB Fleisch- und Wurstwaren mit industrialisierter Luft des Nachtschichtbetriebs. Das kann die Nase des Funktionärs als Mischung wahrnehmen.

Das Frisierzentrum Breiter Weg sowie die Kinderkrippen sind bereits geöffnet. Sieben Karren mit Kleinkindern, lebhaft in ihren Karren, sind davor abgestellt. An der Hinterrampe des Roland-Kaufhauses werden Wareneingänge entladen: Kisten mit gelbfarbenen Lämpchenketten für Gartenabende. Der Breite Weg ist um diese Stunde vor Produktionsbeginn voller Leute.

In zwei Stunden werden die Bevölkerungsgruppen in die Betriebe gelangen. Die Umformung einer Gesellschaft geht träge vor sich. An sich müßte sich die Distribution, also Läden und Versorgungseinrichtungen, politisch hierzu angeleitet, an die Produktion längst angepaßt haben. Das würde bedeuten, daß sämtliche Versorgungseinrichtungen und Läden des Breiten Weges zwischen 4.00 und 6.00 Uhr früh öffnen.

Aufgabe des Funktionärs D. ist es aber nicht, sinnliche Eindrücke zu sammeln, das ist nur Inhalt seiner Pause, sondern die verantwortliche Sicherheitsüberwachung der bis vor kurzem schlafenden Stadt. Das Gebäude besitzt Richtstrahlantenne zu den Oberinstanzen nach Magdeburg, außerdem zum Grenztruppenregiment. Die ratio (= Fesselungskunst) hat dünne Fäden.

[**Oberstadt, Unterstadt**] Trennungslinie: die Kirchen, der Domplatz, eine Art flacher Stadthügel. Zwischen Oberstadt und Unterstadt verlief die Sprachgrenze zwischen Platt, der »Unterschichtssprache«, und der Oberschichtssprache: Magdeburgisch-Thüringisch, eine Klassengrenze. Nach der Zerstörung der Stadt sind Neubauzonen entstanden, in denen sich Oberstädter, Unterstädter vermischt haben. Diese Vermischungen, die Transformation der äußeren ständischen Wohntrennung der Bevölkerung, ist von Museumsdirektor Genosse Tiedemann auf Karten eingezeichnet, so als wären es Warm- und Kaltwasserfronten in Flüssen. Das wird erforscht.

[**Halberstädter See**] Aus der Werksküche des VEB *Plaste* werden am Kiosk der Badeanstalt *Halberstädter See* Kisten mit Bockwürsten ausgeladen, die für den

Mittagsbetrieb gebraten werden sollen. Um das Wasser der ehemaligen Kiesgrube ist wie ein Amphitheater ein Sandstrand, verschiedene Wiesenstücke und eine Buschgrenze am Oberrand des aufgeschütteten Kraterrandes gelegt. Zum Tag der Nationalen Volksarmee übt an dem Weiher das Grenztruppen-Regiment Flußübergang. Dann besiedeln die Halberstädter die Randhügel, und es sieht tatsächlich wie ein Leistungssport-Zentrum aus. In der übrigen Zeit ist es Naherholungsgelände, Frauen, Kinderscharen, Jugendliche mit Kofferradios und, soweit sie auf Gras sitzen, auf ausgebreiteten Decken.

Zum derzeitigen Zeitpunkt der Morgenfrühe ist es noch zu kühl. Das Wasser der ehemaligen Kiesgrube ist durch frische Fluten aus zugeleitetem Wasser der Rapp-Bode-Talsperre »meliorisiert«. Ein Regenguß klatscht auf das Wasser.

Vier Jahre haben die Fahrer von VEB *Transport-Erde-und-Versorgungsfahrten* Kies aus dieser ehemaligen Kiesgrube bei Wehrstedt zur Großbaustelle der Rapp-Bode-Talsperre in den Harz hinaufgefahren. Eine Gruppe von Fahrern hatte dann die Idee, daß sie ausgeschachteten Sand dieser Großbaustelle auf der Rückfahrt nach Wehrstedt mitnehmen dürften. Darüber ist mit dem örtlichen Betriebskollektiv Rapp-Bode ein Freundschaftsvertrag aufgesetzt worden. Der Sand wurde um die wasserführende Wehrstedter Kiesgrube, jetzt Halberstädter See, großflächig und gelbweiß herumgeschichtet, von den Gärtnereien der Stadt Rasen und Rasenstücke, Sträucherbegrenzung und Jungbaum-Gruppen angelegt. Auf dem Sand sind Badekörbe aufgestellt. »Das ist jetzt die Ostsee.«

Gegen 11 Uhr, die Sonne ist hervorgetreten, treffen die Badenden ein.

Nach Klein-Quenstedt zu ist eine Erlenreihe zu sehen, noch von Gutsbesitzer Rückert angelegt, um Fasane dorthin zu gewöhnen. Eine Uhr braucht man nicht, da man sich nach den Zügen von und nach Oschersleben-Magdeburg richten kann.

Abb.: Ein Kollektiv der Jugendverkaufsstelle »Komsomol«.

Abb.: Kollektiv der Kaufhalle »S Am Breiten Tor«, mehrfach ausgezeichnet.

[**Den Protest von Frau Wilde hört man nicht, aber er ist da**] Frau Anna Wilde hatte 5 Kinder, 12 Fehlgeburten, 6 behördlich genehmigte Abtreibungen. Das *einzige*, was sie – als jahrelange Putzerin 1928-1946 – ihren Kindern geben konnte, war etwas von ihrer Lebensart, Korb geklauter Kartoffeln, etwas Ware. Sie selbst war ja aus Wiesbaden, genauer zwischen Bad Schwalbach und Schlangenbad, je nachdem, ob man den Kreis um ihren Vater oder ihre Mutter zog, die getrennt lebten. Beglückt wurde sie mit Fritz, ihrem Mann, Kellner im Bad Schwalbacher Kurhotel, der gern auf Rennpferde setzte. Mit ihm zog sie 1932 nach Mitteldeutschland, wo er Arbeitslosenrente bezog. Falls er da war, war es entweder ein Vergnügen oder eine Tortur.

Nach 1945 wurde im Arbeiterstaat die Klasse, zu der sie als Fleißige zurechnete, gefördert; zu der aber auch ihr Mann zählte, weil sein fehlender Arbeitswille weder in der Zeit der Arbeitslosigkeit (29-33) noch in der Zwangswirtschaft nach 1934 (er wurde nominell als Lagerverwalter geführt, fehlte meist, war krank) noch jetzt, im Arbeiterstaat, offiziell Pförtner, häufiger aber in Nebentätigkeit oder Schwarzarbeit, nicht auffiel. Inzwischen ist er Rentner. Anna arbeitete für den vergnügten Lump mit. Sie hat die Küchenleitung in dem Betrieb *Plaste* übernommen, 7 Kochkessel, Personal usf.

Die Töchter in den Westen, die Söhne im Osten: Die älteste Tochter, mit einem Jahr außer Haus gegeben, »damit sie ein besseres Leben führt«, durch ein Kleinbürger-Ehepaar verdorben, das sie erzog, starb an Kreislaufkollaps. Die anderen beiden Töchter erfolgreich im Westen verheiratet. Der älteste Sohn dagegen ist Kombinatsleiter in Dresden. Der Jüngste, dem Anna mitgegeben hat, was sie vermochte, weil sie wußte, das wird mein letzter: Stellvertretender Ober-Bürgermeister von Leipzig. Das heißt, diese beiden und die beiden anderen westlich haben die Klasse gewechselt und können Annas Lebensart in den neuen Umständen nicht recht durchführen.

Frau Wilde hat sich in den Beschränkungen und Grenzen immer abgefunden. Sie ist, wie gesagt, fleißig. So gibt sie jetzt wenigstens etwas von ihrer Art an die Küchenlehrlinge und Frauen in der Betriebsküche ab. Die auseinandergelaufene Familie, für deren langwieriges Aufwachsen sie den größten Teil ihrer Lebenszeit aufbrachte, ersetzt sie in wenigen Wochen durch eine neue Familie. Wo sie auftaucht, bildet sich ein Zentrum um sie herum. Sie braucht dafür nicht viel mehr als einen passenden Tisch, Tasse Kaffee, ihr Mundwerk, ihre Art. Jetzt, altersmäßig, wird ihre Nachfolgerin für den Küchenbetrieb eingearbeitet, sie kennt das: Sie zieht einen Kreis um sich, und das, was er umfaßt, zerstreut sich oder wird anderweitig übernommen. Die Hühner, sagt sie, oder die Tiere, behalten Eier oder Junge auch nicht. Daran ändert sie nichts. Aber sie wird sofort nach der Wegnahme wieder neu brüten. Das bedeutet nicht, daß Frau Wilde mit diesem Verfahren einverstanden ist.

[**Ein Beispiel für »proletarische Öffentlichkeit«**] Die Kneipe Thüringischer Hof ist von der Theke bis zu den Fenstern mit Sperrholztischchen und -bänken reihenweise und quergestellt strukturiert. Sehr energischer Wirt, wie alle Wirte in der gesamten Unterstadt, die hier ordnungsgemäßen Kneipenbetrieb organisieren. Unterhalb dieser straffen Organisation bleibt Raum dafür, daß sich die zahlreichen Berufstätigen zwischen 18 und 21 Uhr ihre ein, zwei Stunden Freizeit anpassen.

Der Schweißer G. erzählt – eigentlich war er nur hergekommen, um ein, zwei Cola, einen Klaren und zweimal Brause gegen den Sommerdurst zu sich zu nehmen, während insgesamt dann noch acht Runden Korn geschmissen wurden –: Am kältesten ist der *Blausee,* kalt in der Sommerhitze auch das *Gröninger Loch.*

Rapp-Bode-Talsperre ist verboten, man kann vom 12 m hohen Damm reinspringen, wird dann von der Brückenwache gestellt. Frage: Hast du gepullert? Nein. Dann ist es die halbe Strafe. Bestimmte Bäche im Huy, die Badevertiefungen aufweisen, vor allem für den Herbst. Im Teich bei *Quenstedt* springst du hinein und hast die Barsche und Schleien um die Knie herum und am Bauch. Wenn du die Hand aufhältst, liegt im Fließwasser bei *Wernigerode,* wenn du die Geduld hast, acht Minuten zu warten und stille zu halten, eine Forelle in der Hand. Du kannst sie fangen, wenn du sie am Kopf und Schwanz hältst. Ich ließ sie wieder los, weil sie weiterschwimmen wollen, usf.

Unterscheidungsvermögen. Nicht ein Kenner des Unterschieds zwischen 180 *Weinsorten* (»süffig«, »blumig«, »erdig«, »trocken« usw. usf.), sondern zwischen 200 verschiedenen Sorten *Wasser,* in der Halberstädter Umgebung ohne weiteres erreichbar, also praktische Kenntnisse, Gebrauchswert. Er spricht Platt. Es wird in dieser Öffentlichkeit verstanden.

[**Funktionär Tacke**] Auf der täglichen Fahrt zwischen Elektrizitäts- und Wasserwerk ist Zeit für Überlegungen, da es noch nicht zu heiß ist. Tacke hat den Eindruck, daß jeder der drei Bereiche, die zusammen die Republik ausmachen, zumindest was Halberstadt betrifft, die Tendenz hat, sich auf eine **ewige Fortdauer** vorzubereiten. Für den Bereich der politischen Orientierung folgt dies aus dem Kontinuitätsbedürfnis, aus dem **Besitz an Planstellen.** Es ist aber auch eine Arrondierung, ein tägliches Abzwacken an Zeit und Dingen zur Ausgestaltung der dauerhaften, seit Gründung der Stadt zäh verteidigten **Lebenssphäre** festzustellen. Die **Produktion** richtet sich ein, als würden große Schiffsmotoren für den internationalen Austausch *in alle Ewigkeit* gebraucht.

Abb.: VEB Maschinenbau, Großdieselmotoren bis 9000 PS Motorleistung. Für Schiffe.

Jahrgang 1892

I

Geboren in der Gröperstraße

Das Geburtshaus schräg gegenüber dem Lokal »Zur Sonne«. Das heißt, er ist gebürtiger Unterstädter; die Oberstadt (Garnison, Lehrer, Gewerbetreibende usf.) ist ab Lindenweg an die südliche Außenmauer der Stadt angelehnt, zieht sich zum Bergwald hin. Später ist noch ein »Anhang« entstanden, die Lücke zum Hauptbahnhof zu füllen: die Richard-Wagner-Straße, die Magdeburger Straße mit Villen, Kraux-Schrotthandel, Handschuhfabrik Funger.

Seine Mutter

Hedwig, geborene Glaube; hat vier Kinder in 6 Jahren hintereinanderweg geboren. Ohne viel körperliche Kraft, aber scharfzüngig. Danach vom Ehemann nicht mehr besonders als weibliches Wesen betrachtet, sondern als Begleit- und Kochperson. Das war sie nun überhaupt nicht.

Sie hat viel Kopfschmerzen. Noch immer zeigt sie ein freundliches, ruhiges, ausdrucksstarkes Gesicht – und eben hat sie gesagt: Wilhelm hat den Tod in den Augen, ich sehe das. Die Stimmung ist hin.

Oft ist sie krank. Damit will sie etwas Ernstliches äußern. Ihren jüngsten Sohn nennt sie Ernst.

Der Vater

»Ein offener, ruhiger, gütiger Mann, aber ohne Verständnis für Krankheiten.«

Rechnungsrat. Umzug aus der Unterstadt in die Bismarckstraße, das bedeutet: Oberstadt. 3. Stock einer Wohnkaserne, nach vorn Blick auf die enge Straße, nach rückwärts auf den Park des Millionärs Krüger, Bankier, dessen Kieswege, in Kübeln in den Garten gestellte Palmen, Bäume. Kostenloser Blick. Spaziergang zur Plantage, kostenloses Umhergehen zwischen Uralt-Bäumen, danach zur Martinikirche mit Kirchturm und kostenloser Uhrzeit, Frühschoppen im »Hacker« – dies ist wie ein Vorgarten zum Besitz einer kleinen Oberstadt-Wohnung. »Man muß nicht alles selber besitzen, was man genießt.«

Die Gefühle drücken sich aus über Schlachtbilder von 1870/71. »Welch eine Wendung durch Gottes Fügung.« General Reille überbringt die Kapitulation, er geht gebeugt. Louis Bonapartes Niedergang in drei Tagen. Aus dem Gleichmaß der Stadt, in der sich so gut wie nichts Großes ereignet, der Gefühlsrhythmus der Geschichte, »deren Mantel ich ergreife und mich ziehen lassen, solange es geht«.

Er summt Choräle. »Nun kommt der Heiden Heiland«, »Lob sei dem allmächtigen Gott«, »Helft mir Gottes Güte preisen«, »Das alte Jahr vergangen ist«, »Herr Gott, nun schließ den Himmel auf«, »Erschienen ist der herrliche Tag«. Das Summen konnte die Frau, die in den ereignislosen Vormittagsstunden die Gans ausgenommen hat, mit beiden Armen im Tierleib rangierend, jetzt steht die Gans kroß auf dem Tisch, überhaupt nicht aushalten. Seine Magensäfte haben sich aber gesammelt, und er hat Appetit.

Wie eine Uhr geht er mit festen, maßvollen Gewohnheiten durch die Tage, sieht die Frau nicht, sieht die Kinder nicht, die um dieses Uhrwerk kreisen.

Diese Güte . . . Er kümmert sich sehr um alles. Für die Universitätsausbildung des Ältesten spart er, für die Mädchen wird es nicht reichen.

Die Gefährdung der Geschwister

Die beiden Erstgeborenen sind gefährdete, zähe Naturen. (Der Älteste wird August 1914 auf einer französischen Wiese erschossen.) Die beiden Nachgeborenen, an ihnen gemessen, sind »Moppel«.

Für ein Kind, durch rotes Hexenhaar gefährdet (später fällt das fort: Glatze), in der Unterstadt geboren (privilegienlos), gibt es keinen einfachen Vollzug der Ängste der Voreltern. Wer will Standbild eines »immer fleißigen fremden Mannes mit festen Gewohnheiten« sein? So ungerecht gegen die Mutter? Wer will so viele Jahre krank sein wie die Mutter? Gewissermaßen scharfzüngig, still, selbstbewußt? Vor sich hinwimmern oder schreien? Aber das nicht zeigen? Die Kinder beobachten genau.

E. trennt sich von der Unterstadt, Vorfahren, Mutter, Geschwistern, deren Sonderschicksal, Verarbeitung; zuletzt vom kräftigen Vater. Die Person, das sind die Trennungen. Er sieht unverwechselbar aus, individuell, wie jedes Lebewesen aus dieser Familie, Katzen und Hunde. Aber es ist nicht »Einheit der Gefühle«, sondern die Trennung.

»Trennungsenergie«, Indirektheit der »Form«. Er ist eine Zeit ein »Junge«, dann plötzlich »Erwachsener«. Es kommt auf denjenigen an, der ihn ansieht: für den Vater: ein Junge, frech oder ängstlich. Er gibt Blicke nicht zurück, sieht andere nur an, wenn sie ihn nicht ansehen, will nicht fixiert werden.

Abb.: Goldene Hochzeit der Eltern. Im Vordergrund der Vater, hinter dem
Vater links der *Junge* (15 Minuten später: in der Praxis, Patienten ihm gegenüber, Erwachsener, der Patient zahlt 5 Mark für die Beratung), rechts
des Vaters die ältere Schwester, rechts davon die Mutter usf.

→ Trudes Wert, II / S. 89

II

»Ein Mensch wird geboren, hat einen Wert; der Wert wird ihm beschnitten; er
wird sich einen Kokon machen aus Wertgefühlen.«

→ Sie führte ein Leben voller Berechnung, II / S. 558
→ Lebensgrundsätze am Schwarzen Freitag, I / S. 137

III

Ein Arzt

»Da haben Sie nun, was das Wesentliche des Arztes ist: Ein Hang zur Grau-
samkeit, der gerade so weit verdrängt wird, daß er nützlich wird, und dessen
Zuchtmeister die Angst ist, weh zu tun« (Groddeck).

»Persönlich«, d. h. mit der Zeit reich, fähig sind die Hände, fester Griff, ruhig,
Arbeitswerkzeuge, in seiner Praxis als Arzt und Geburtshelfer. Seine Füße, die
er nicht zeigen kann, weil für Fußpilz anfällig, seine Nase und Zunge, die eine
die des Vater-Vaters, die andere der Mutter-Mütter: unterscheidet Gut und
Böse als Gerüche, Geschmack auf der Zunge, edle oder ordinäre Speise, witzige gesparte Rede oder dahinreden.

»Muskulöser, fetthaltiger Nacken, ein gesellschaftliches Merkmal, wie der
Panzerturm eines Schlachtschiffes.« »Nackenwürde«. Er schwenkt den Kopf
mit den Augen, die rasch herumblicken, erfassen und wieder nach vorn gerich-

tet werden, er muß sie in den Augenwinkeln drehen, wenn er seitlich gucken
will. Dies gibt den Augen »Behendigkeit«.
Die Hauptlinien der gesellschaftlichen Entwicklung hat er gemieden. Wurde,
weil dies kostenlos geschieht, in der Pepinière in Berlin zum Militärarzt ausgebildet, mußte dafür seine Seele verkaufen und auf ewig versprechen, Militärarzt zu bleiben. Durch den Ausgang des Weltkriegs wird dieses Versprechen
hinfällig. Die Zeit ist an ihm und seiner Prägung vorübergelaufen.[69]

Der Besitzer

Das Grundstück, Haus, Garten, Kieswege des Millionärs Krüger, auf das der
Vater, die Geschwister nur blicken durften, hat er gekauft. Er fängt Wasser-
flöhe mit dem Köcher für die Fische im Aquarium, rupft Unkraut, legt einen
Steingarten an. Die Eltern sind im Altersheim, dem sog. Sternenhaus, untergebracht, nähern sich also immer mehr den Sternen.

IV

Die Genauigkeit des Unterscheidens

Er würde nie eine »zweite Wahl« anrühren, lieber hungert er. Schmerz, Hunger
können, richtig angewendet: erste Wahl sein.
Er produziert den Hunger durch vorherige harte Arbeit. Eis essen, Süßigkeiten
liebt er. Zugleich aber männliches Essen: Sülze, Pottsuse, saure Gurke oder Es-
siggurke. Kann man so viel essen, daß der Bauch explodiert? Nie. Aber er
könnte so viel Antiquitäten sammeln, daß er die Bilder, Schränke oder wertvollen Stühle oder Tische nicht mehr im Hause aufstellen kann. Dann muß er
eben eine Scheune mieten und sie dort aufeinanderstellen.
Die Tochter des Geheimrats Kehr war vor 50 Jahren in ihn verschossen. Er
hätte in eine Klinik, bestehend aus fünfstöckigen Häusern, Garten mit einge-
bautem Würstel-Stand (angelegt vom Bühnenmeister des Stadttheaters aus
Dekorationen zum Musikdrama *Die Meistersinger*) einheiraten können. Zum
Schwager, Hans Kehr jun., hätte er ja gesagt, aber die Schwester nehmen wäre
zweite Wahl gewesen, weil sie ihn ja freiwillig nehmen wollte. Er müßte schon

---

69 Im Ergebnis ist es ein Glück. Er gewinnt, unbestellt, ein Mehr an Individualität. Anderseits hat er sich, 20 Jahre alt, ein Bild von »seiner Zeit« gemacht, es ist die von 1912. Diese
»Zeit« geht mit der Marneschlacht zugrunde. Er studiert deshalb die Konzentration aller
Kräfte (III. und VI. Korps) auf den rechten Flügel in der Schlacht vor Paris (an der Ourq).
Das hätte, so konsequent, glücken können. Dann wäre die Marneschlacht gewonnen
worden, seine Zeit erhalten geblieben. Im Westfernsehen hat Haffner bestätigt: es hätte
glücken können.

selber werben, aus fast aussichtsloser Position heraus, wenn es erste Wahl sein soll. Eine, die er gegen entschiedenen Widerstand gewinnt, zeigt damit, daß sie ausgezeichnet ist, etwas an sich Unerreichbares, und durch einen Glücksfall gewinnt er's. Es ist aber Würde, die Unverkäuflichkeit seiner Wünsche.

Abb.: Hochzeitsreise 1928. Eine Importe aus verarmten Kaufmannskreisen in der Reichshauptstadt. Eine Stimmungskanone, eleganteste Frau Halberstadts, vergleichbar einer gotischen Madonna, ein Wert, der sich aber nicht tauschen, vermieten, verschenken oder verkaufen läßt. Aber doch für die Gefühle (die die Urobjekte zwingend vermeiden müssen) nicht imaginär genug, wie es z. B. das Liebesduett in Othello (Verdi), Ende des 1. Aktes wäre, das er an sein Ohr holen oder ausschalten kann. Und er hört es auch, wenn er die Platte gerade nicht aufgelegt hat. Nur die Ideen sind real für das Gefühl: »Der Franzose geht lächelnd im Nahkampf zugrund, lächelnd zerschellt der getroffene Aviateur – denken sie nur an einen küssenden Mund: an deinen, Traviata.« Vermiede er es nicht, wäre er jetzt eine Uhr wie sein Vater. Der »Besitz« läßt sich aber nichts gefallen.

Er ist ein sog. Zangenkünstler (Geburtszange), d. h. ein Arzt, der etwa 500 Zangen schon angesetzt hat, davon 60-80 große Zangen, und ihm ist keine der Frauen gestorben.

V

Abb.: Das neue Haus, nachdem das alte 1945 abgebrannt ist. Er sitzt an seinem Schreibtisch mit Ausblick auf den Bismarckplatz, den er so sieht, wie er dort liegt, mit den modernisierten Blumenrabatten der DDR-Gartenverwaltung, abgeholzten Büschen usf., er kann aber, wie auf Knopfdruck, den Platz auch in der Gestalt sehen, die er in den dreißiger Jahren hatte, oder in der Gestalt von 1916. Oder er baut ihn überhaupt um. Und in der Zeit nach Zerstörung seiner Villa in der Kaiserstraße ist er etwas verwildert. Das neue Haus hier hätte er als Eigentum haben können. Will er nicht.

VI

Frühjahr, Sommer und Herbst 1976 waren (ohne fühlbare *Form* der Jahreszeiten) Tag für Tag zu kalt oder zu heiß. Er nimmt an, sagte die Tochter des Dreiundachtzigjährigen, daß dies sein letzter Sommer ist, rechnet für November oder aber für Februar des nächsten Jahres mit Schluß. Und nun wartet er auf ein bißchen Abkühlung, damit er noch in den Garten gehen kann. Er wird um den letzten Sommer betrogen.

Er mußte sich nämlich im Kühlen halten, weil die tückische Krankheit, Parkinson, die er im Westfernsehen an dem zittriger werdenden oder gar nicht mehr in Erscheinung tretenden Mao Tse-tung verfolgte, zwar zuließ, daß Körperbewegungen oder Temperaturen sich nach oben hin steigerten, aber nicht zuließ,

Abb: Sein Gefechtstand.

die Beschleunigungen oder Erhöhungen zu senken oder zu bremsen. Er konnte der Natur nicht einfach ihren Lauf lassen.

Den Herbst über war die Tochter unruhig, glaubte immer, etwas zu versäumen. Der alte Mann saß, durch die Grenze am Harz von ihr getrennt, in seinem großen Haus wie auf einem Schlachtschiff. Er konnte seinem ganzen Charakter nach, wegen seines Gefühls für *Form*, und darin ließ ihn die äußere Natur im Stich, nur im großen Maßstab untergehen.

VII

November-Sonnabend. Gegen 17.30 Uhr hat er sich in der Küche, mit den schlurfenden Füßen exakt vorwärts- und rückwärtsfahrend, sein Abendbrot zurechtgestellt, dann, den Hut tief im Gesicht, damit ihn kein Späher oder Passant erkennt, die Hose, die den früher stärker gefüllten Körper umschloß, schlottert um die Glieder, im Garten Laub gefegt. Die Laubhäufchen streut er, in Form von Unterhäufchen, zur Gartentür hinaus auf den Fußgängerweg, damit die Bürger dieses Laub in alle Richtungen zertreten. Das Licht über dem Treppenaufgang des Hauses ist nicht angeschaltet. Er will unerkannt bleiben. Einer, der ihn sah, konnte ihn in der Dämmerung auch für vierzigjährig halten und mit diesem Mißverständnis davongehen. Er ließ sich nicht ansprechen.

Die Magensäfte zogen sich auf Grund der körperlichen Arbeit zusammen. Er wollte jetzt rasch zum Treppenaufgang voraneilen, dem Abendbrot in der Küche zu, stolpert aber über eine im Fußgängerweg hervorstehende Steinplatte. Der Fall trifft ihn unvorbereitet. Er versucht, in der Rechten die Harke, die Linke auszustrecken: den harten Fall nach vorn abzustützen. Die Folge ist eine verwundete Hand, heftiger Stichschmerz im Ellenbogen, und er liegt. Das verzieh er der Linken nie, und sie blieb später verkrüppelt und steif, er wollte sie nach dem Unfall gar nicht wieder kennenlernen oder als eigenes Glied annehmen. Ein Fußgänger half ihm die Stufen hinauf, setzt ihn auf den Fernsehsessel im Großen Zimmer ab.

Dem alten Mann lag an einer Pause. Dazu mußte der *aufdringliche Fußgänger* rasch weggeschafft werden. Er überlegte, daß er einen Arzt benachrichtigen müßte. Die Krankheit, die die Mittelhirn-Bremsen im Sinne einer permanenten Bewegung enthemmte, löste die Bewegung Aufstehen aus, ehe er zu Ende gedacht hatte. Während er noch vom Sessel aufstand, fiel er sogleich seitlich hin. Dieser zweite Fall des Abends vervollständigte den Unfall: Oberschenkelhalsbruch. Mit dem Fernsehsessel als Vorschubstütze brauchte er anderthalb Stunden Zeit, um sich zum Telefon, das in Fensternähe stand, hinzubewegen. Dann rief er das Kreiskrankenhaus an, daß sie ihn abholen sollten.

VIII

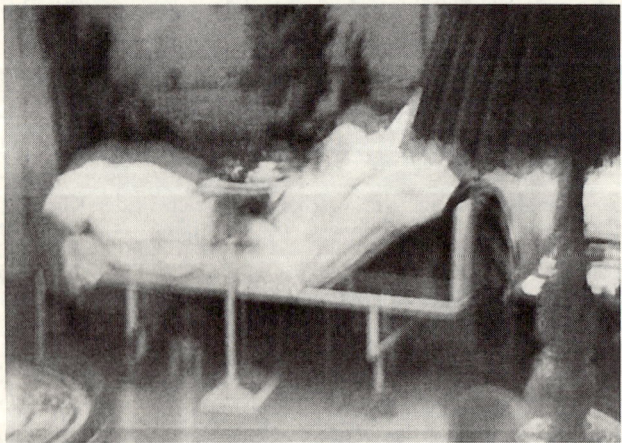

Abb.: Wieder zu Hause zurück. »Ihm zur Seite das Gemälde einer Bachlandschaft mit aufziehendem Gewitter . . .«

Er liegt dort – die Dinge behalten lange in seiner Umgebung ihren Platz, so wie
sie aus der Not heraus oder zufällig gestellt worden sind –, das Bett aus dem
Salvator-Krankenhaus, das wir von den Schwestern entliehen haben, an der
Stelle, an die es in der Eile gerückt worden ist, die Träger trugen ihn im Eil-
schritt in die Zimmer, warfen das Bündel von der Trage auf die Liege (es tut
aber nicht weh), ihm zur Seite das Gemälde einer Bachlandschaft mit aufziehendem Sommergewitter. Einige Stunden täglich zwingt er sich aufzustehen,
sitzt am Schreibtisch.

Sein gesellschaftlicher Wert wird von offizieller Stelle – Gesundheitswesen
beim Rat des Kreises – in Zweifel gezogen. Zuviel Raum in dem großen Haus
für einen alten Mann, der seit November 76 nicht mehr praktiziert. Man will,
zumindest in einige der Räume, die DMH legen (= Dringende Medizinische
Hilfe, d. h. 2 Ärzte, 6 Schwestern, Funkstation, 2, 3 Wagen mit Blaulicht für
Schnelloperationen gerüstet), ihn durch etwas Planbares überlagern. Dem
steht § 12, Absatz 2 der Wohnraumlenkungsverordnung der DDR entgegen.

Dies kommt tausendfach vor, gilt als Privatsache, daß ein 84jähriger einen
Oberschenkelhalsbruch hat, die Ärzte nehmen nicht an, daß er es übersteht,
daß er sich dann doch halbwegs erholt und noch eine Zeit »anhängt« – nicht
mehr der Jähzornige, sondern er holt sich ein Stück Kinderzeit zurück. Da liegt
eine Differenz zur »Wichtigkeit« und »den Zusammenhängen der Welt«.

IX

Der Zustand des Gartens

Zwischen diesem Garten und den Händen, die ihn bearbeitet haben (eine davon verkrüppelt auf weißer Bettdecke, die andere kann noch fassen, aber die
Beine tragen sie nicht mehr zum Garten), eine unüberwindliche Stufenfolge
von zehn steinernen Treppenstufen, den Veranda-Vorbau herab, dann die ver-
riegelte Wintergartentür; zwischen dem Zimmer, in dem er liegt, und dem
Wintergarten ein schwarzer Teppich mit Muster (Kelim, 6 × 6 m), der den Zugang für das Morgenlicht (das ihn andernfalls ab 4 Uhr wecken würde) sperrt,
davor ein breites Sofa – die Verbindung ist gekappt.

Ein Winter und das Frühjahr haben ausgereicht, die Büsche und Fliedersträu-
cher über die Gartenpfade wachsen zu lassen. Die Hecken haben gewuchert.
Der Steingarten ist, vom Herbst her, mit Zweigen bedeckt, die nie (von seinen
Lebzeiten her gesehen) mehr abgeräumt werden. Wöchentlich zweimal eilt
eine der Hausdamen, Frau Räting, in den Garten und ruppt Sträuße oder Flie-
derproben zusammen, stellt sie auf den Schreibtisch in der Praxis. Das Wasser

im Teich ist im Herbst abgelassen worden. Fünf Daumen hoch steht noch Brackwasser mit Laub vermischt. Dieser Teich wird niemals mehr geräumt werden. Bei Übernahme des Anwesens kommt hier planbares Gras hin.

Abb.: Der Teich.

Abb.: Der Zug der revolutionären Arbeiter und Flugschüler, 9. November 1918.

[Die Kranzschleife der USPD Halberstadt für Rosa Luxemburg] Aus Halberstadt ist der Genosse Schulz seit 31. 12. 1918 in Berlin. Sein Schicksal ist unbekannt. Jetzt, am 16. Januar 1919, wird bekannt, daß es dem Genossen Schulz gelungen ist, aus Berlin mit dem Flugzeug nach Braunschweig zu entkommen. Abends ist er da, spricht auf einer Versammlung im Gewerkschaftshaus. Er schildert die Einzelheiten des Mordes, hat aber selber nur darüber gehört. Es wird eine Delegation für die Beisetzung gewählt: die Genossen Wende, Röschen Hechler, Otto Müller und Fritz Hopp.

In der Unterstadt wird für den Kranz gesammelt. Auf die Schleife wird in der Druckerei Götz gedruckt:

>»Aus dem Dunkel der Nacht fiel das tötende Blei,
>aus dem Hinterhalt fielen die Streiche,
>und so liegt er nun da, in seiner Kraft,
>eines stolzen Rebellen Leiche.
>
>USPD Halberstadt«

Wegen dieser Inschrift wurden wir in Berlin, schreibt Röschen Hechler, als wir im Gewerkschaftshaus am Engelsufer übernachteten, angesprochen (und auch im Trauerzug), wieso wir noch keine kommunistische Partei in Halberstadt hätten, wenn wir doch die richtigen Gedichte machten?

Die Delegation brachte die Schleife, ohne den Kranz, wieder nach Halberstadt zurück, wollte sie im Gewerkschaftshaus aufhängen. Zur Beisetzung Rosa Luxemburgs im Juni 1919 fuhren die Genossen Wendt sowie die Genossen Theodor Hartnuß, Gustav und Hermann Bollmann nach Berlin. Sie nahmen die Schleife mit. Die Schleife blieb dann dort.

Die Ewigkeit, die dreigeteilt ist, nämlich in Parallelbereiche nach Frau Magister Anna Wojeciechowska

[Frau Wojeciechowska sitzt im Stadtcafé am Breiten Weg] Fudert ein Kännchen Mokka und Sahnetorte in sich. Es stünden noch 20 solcher Torten im Vestibül bereit. Sie könnte also, wenn sie Lust hätte, oder das physiologisch möglich wäre, auf sechs bis sieben Stunden hintereinanderweg, diese schlabberige Masse inhalieren, aber dies wäre, gemessen an der Unterewigkeit, in der in dieser Stadt die Lebenssphäre seit 1 000 Jahren ihre Arrondierung betreibt, ein kurzer Augenblick; für den Magen und einen einzigen menschlichen Körper aber lange. Frau W. träumt an den Resten ihres Kaffees, in dem unten ein Berg Zucker noch unaufgelöst ist.

[Frau W.s These]

Frau Wojeciechowska aus Poznan, Expertin für bauliche Konservierung von Altstädten, besucht Halberstadt aus Anlaß der Ausstellung *Frühpolnische Städte im Lichte der Bodenforschung,* die das *Museum für Deutsche Geschichte,* Berlin, im *Halberstädter Stadtmuseum* zeigt. In ihrem Referat hat sie, so wie es verlangt ist, einerseits über Bodenforschung, andererseits – im einleitenden Teil unter »Allgemeines« – über Klassenlagen in der feudalistischen Gesellschaft, soweit sie sich auf frühe polnische Städte beziehen, gesprochen. In ihrem forscherischen Schwarzmarktherzen aber geht sie von Marxens Begriff der Psychologie aus, als der nach außen (in Form von Häusergruppen, Straßen, Städten, Landschaften, Galgenbergen, Schlössern, Werkstätten und Fabriken usf.) gewendeten inneren Verfassung der Menschen. Sie kann sich aber nur auf *eine* konzentrierte Textstelle berufen.[70]

Nun sind einige Ansichten, die Frau W. in ihrem Heimatland und bei Reisen in Bruderländer, insbesondere auch anläßlich ihres Aufenthalts zu einer städtebaulichen Tagung im Hotel Rossija in Moskau, gesammelt hat, bei diesem DDR-Besuch wesentlich bestimmter geworden.

70 Karl Marx, *Ökonomisch-philosophische Manuskripte,* in: *MEW Ergänzungsband,* Erster Teil, S. 542 f.: »In der *gewöhnlichen, materiellen Industrie . . .* haben wir unter der Form *sinnlicher, fremder, nützlicher Gegenstände,* unter der Form der Entfremdung, die *vergegenständlichten Wesenskräfte* des Menschen vor uns. Eine *Psychologie,* für welche dies Buch, also grade der sinnlich gegenwärtigste, zugänglichste Teil der Geschichte zugeschlagen ist, kann nicht zur wirklichen inhaltvollen und *reellen* Wissenschaft werden.

Danach *abstrahiert* Frau W.s Blick.[71] Die Gesellschaft des Bruderstaates (ebenso wie die der Republik Polen usf.), das sind drei Parallelbereiche: 1. Die Partei (Kreislauf der *orientierenden Organe*), 2. Wirtschaft, Technik, Behörden (Kreislauf der *produzierenden Organe*), 3. Das, was die Menschen wirklich tun, wie die Gräser wachsen, Leben, Liebesleben, Baden, Beerdigungen (Produktion von *Leben*). Das sind, wie gesagt, *Parallelzonen* mit wechselseitiger Einlagerung, Überlagerung, Repression, »eigenwilliger Dialektik« (Frau W.).[72] Und nun als das Kraut und Rüben der Bauten kommen sie wieder zusammen, meint, aber sagt nicht Frau W.: Hütten- und Datschenbau im Bereich Halberstadt-Hoppelberge oder An- und Überbauten des VEB Motorenbau, oder das Eigenleben der Kirchen, die wie Inseln im Kern der Transformations-Stadt sich aufhalten, obwohl sie eigentlich *als Kirchenschiffe zum Rand der Stadt fahren,* sich als Sonderstadtteil, alle Kirchen auf einem Fleck zusammen, oder mitten auf den Feldern, nur durch Feldwege erreichbar, in der Diaspora, neu gruppieren müßten, wenn sie »wahr« sein wollen; die Pfade, die nach der Zerstörung der Stadt durch die Trümmergelände getreten wurden, dürften nicht durch quer darübergestellte Neubauten überlagert sein!

Insofern ist jeder der drei gesellschaftlichen Parallelbereiche im *Bau-Anschein der Stadt* verfälscht, wie übermalte Ölgemälde oder übertünchte Fresken, Frau W. muß erst die Spuren und Pfade der Entwicklung wieder freilegen. Nun tut sie das ja mit dem Kopf, wahr würde es aber erst durch Austausch. Die »Öffentlichkeit« ist aber »zerdeckt«, sonst würde die Stadt kreischen wie die Straßenbahn, wenn sie um die Ecke Hoher Weg/Dominikanerstraße biegt.

71 Methodisch nach: Karl Marx, Grundrisse der Kritik der politischen Ökonomie (Rohentwurf), Nachdruck der Ausgabe von 1939, Frankfurt 1968, S. 21-29.
72 Dazu Stichwort: Produktion, Distribution, Konsumtion usf.: Rohentwurf a.a.O., S. 20 unten: »Die Produktion greift über«; »Es findet Wechselwirkung zwischen den verschiedenen Momenten statt. Dies der Fall bei jedem organischen Ganzen.«
In Frau W.s Dreiteilung, sagt sie, hindern sich aber Nr. 1, Nr. 2, Nr. 3 wechselseitig am Übergreifen. In jeder der drei Nummern ist Produktion, Konsumtion, Distribution enthalten. Also zählt Frau W. »drei nicht-organische Ganze«. (Für jede sozialistische Republik). »Wie bewegt sich das?« Es war nicht so, daß Frau W. als *Spinner* gelten wollte. Sie war eine *radikale* Leserin der klassischen Texte, die immer *gegen den Strich der Realität* gelesen gehören.

Abb.: Eine Kompanie, Infanterie-Regiment 12, marschiert aus.

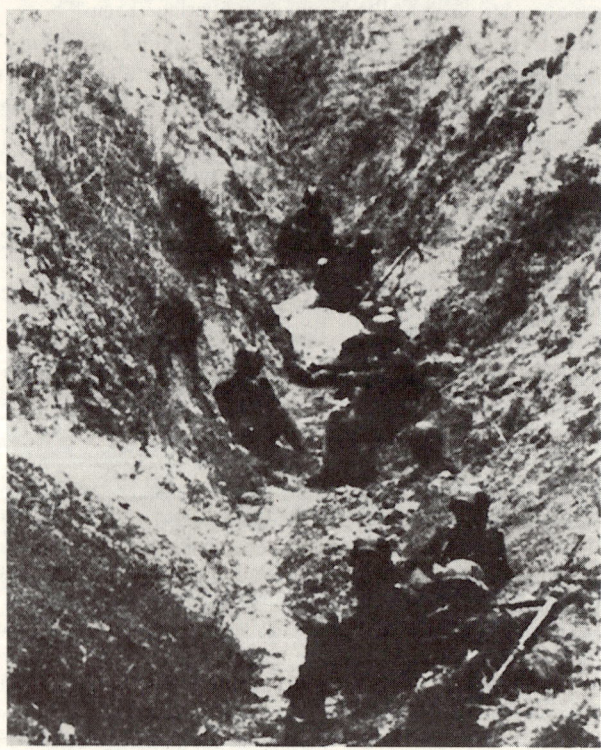

Abb.: Halberstädter und Athenstedter Soldaten in einer Balka bei Wer-jatschi/Stalingrad.

Ein ideologischer Hinweis,
der in die falsche Kehle gerät

Frau R. hat, wie auch ihr Mann, Herr R., recht hohe Funktionen im Partei-Apparat inne. Den Betrieb der Datsche in den Bergen führt, ein Gärtchen drumherum, Zaun, dahinter schon Wald, wenn Frau R. und deren Mann im Dienst sind, deren Mutter, Frau D., 71 Jahre alt, aus Athenstedt/Huy. Dort hütet sie die Privatbesitz-Reste ihres Mannes, der, lebte er noch, 96 Jahre alt wäre; er ist in Stalingrad gefallen. Die meiste Zeit führt sie aber die Datsche in den Hoppelbergen.

Die Kinder von Frau R., also die Enkel, trudeln aus dem Hort und der Schule herein. Frau D. kommt, sieht Fernsehen. Die besten Sachen bringt sie aus Athenstedt mit – Landwurst, Stachelbeerkuchen, Erdbeerkuchen, vorgekochte Kraftsuppe usf.

Den Kindern, die ihre Sprache verstehen oder zumindest so daran gewöhnt sind, daß sie irgend etwas dazu abbilden, Information daraus entnehmen, hat sie heute folgende Geschichte erzählt:

»De Dîwel is schwart un zodlich un het'n pärfaut. Alsau is hîr ne frû west, dai vorâfrêdet sêk met ner andern frû, wat âwer ne hexe wâr, sei wil se dai nacht umme twaie âfhâlen un met êr in't lant nâ'r hêde gân. Wî daî frû opwâkt, is et êrscht twelewe, âwer dai hexe het al licht. Dâ gait se lôs, un wî se ungene vor't hûs kimt, kukt se êrscht mâl dorch et fenster un sît dâ dai frû met'n Dîwel danzen. Wî se dän grûlijen kärl met der frû danzen sît, wâr êr nich wol, un se denkt bî sêk, dû darfst dêk nich sain lâten, un trit tar halwe. Indäm schlait et twelew un dat licht is ûte. Dâ denkt diese frû: nû moste êrscht en betjen wâren, dat se nich markt, dat dû se sain hest. Nâ ner wîle, dâ klopt se. Dâ kukt dai hexe rût un secht: wat witte denn al? Et het êrscht twelew schlân, kum man rin, et is noch te freu. Se gait ôk rin, un dai andere mâkt sêk raisefartich un kricht denn ne satte melk här un secht: nû kum här un drink mâl, sist wären wai underwäjes darschtich. Se drunkten un junkten denn fôrt. Underwächs vortellten se sêk dit un dat, un dai frû konn'et nicht lâten un frauch: »wär wâr'n dat man, wû medde danzt hest?« »Zimâl«, secht de hexe, »dat harschte mêk êr soln esecht heb'n.« Wî se innekoft harren un wedder nâ hûs junkten, wort de frû sau marôde un schlecht te sinne, dat se kumme nâ Blankenborch kâm, dâ moste se lîn blîben un se mosten se op'n wâgen nâ Hittenrô rophâlen. Un dâ het dai frû en bêses bain enkrein. Dat harre dai hexe êr ândân . . .«[73]

73 Man versteht es besser, wenn man es laut vor sich hinspricht.
    Übers.: »Der Teufel ist schwarz und zottelig und hat eine Bärenhaut. Also ist hier eine
    Frau gewesen, die verabredet sich mit einer anderen Frau, die aber eine Hexe war, daß sie

Ihr Schwiegersohn aber, Frau R.s Mann, war heute gar nicht im Dienst, er hatte sich nur nicht gezeigt. Er hat in der Nebenkammer geschlafen und einen Teil der Erzählung mitgehört.

An sich kann man nicht allen und jeden Aberglauben korrigieren, den die Alten verbreiten. Andererseits war die Geschichte haarsträubend; in ihren Grundannahmen schwieriger zu beurteilen als z. B. einfache ideologische Diversionen aus dem West-Fernsehen, das ja nicht annahm, daß der Teufel schwarz und zottelig sei und eine Bärenhaut hat, daß eine Frau mit ihm tanzt und einer anderen Frau, die den Vorgang belauscht, ein schlimmes Bein macht (das West-Fernsehen war im Kern nicht gegenaufklärerisch, es unterlag lediglich der strengen ideologischen Abgrenzung, andererseits rauschte es durch die Kinderköpfe durch . . .). Ihm konnte, als Parteiarbeiter, nicht lieb sein, wenn es hieß: Ihre Kinder reden in der Schule neuerdings Quatsch über Hexen.

Er kam also in die Hauptstube (3 Räume hat die Datsche) und fragt: Du hast wohl nichts zu tun als so ne Geschichten zu erzählen? »Unerwächs vertelten se sich dit und dat.« Das muß nicht sein. Mach lieber den Fernseher an.

Die alte Frau hörte aus dem Unterton die parteiliche Kritik. Sie war freiwillig hier und nicht, weil sie nichts anderes zu tun hatte. Sie kannte in Athenstedt diesen und jenen, oder konnte etwas backen, oder auch gar nichts machen, die Brennesseln angucken. Der Schwiegersohn muß sie nicht anpfeifen. Sie sagt also gar nichts.

sie nachts um zwei Uhr abholt und mit ihr ins Land zum Einkaufen geht (die Frauen müssen so früh aufbrechen, um 2 Uhr nachts, um früh auf den Markt zu kommen; es kann aber auch sein, daß sie Besorgungen auf einem nächtlichen Markt, einem Schwarzmarkt oder auf einem sog. Hexentreffen tätigen wollen. Eigentlich heißt ›nâ'r hêde gân‹ auf die Heide geh'n. Vermutlich also eine illegale Form des Einkaufs). Als die Frau aufwacht, ist es erst 12. Aber die Hexe hatte noch Licht. Da geht sie los, und wie sie etwa vors Haus kommt, guckt sie erst mal durch das Fenster und sieht die Frau mit einem Teufel tanzen. Sie hatte kein gutes Gefühl dabei, daß sie den greulichen Kerl mit der Frau tanzen sah, und sie denkt bei sich: Du darfst dich nicht sehen lassen, und tritt den Rückzug an. In dem Augenblick schlägt es zwölf, und das Licht ist aus. Da denkt die Frau: Nun mußt du erst ein bißchen warten, damit sie nicht merkt, daß du sie gesehen hast. Nach einer Weile klopft sie. Die Hexe guckt heraus und sagt: Was willst du denn? Es hat erst zwölf geschlagen, komm man rein, es ist noch zu früh. Sie geht auch rein, und die andere macht sich reisefertig und sie nimmt eine Schale Milch her und sagt: Komm her und trink mal, sonst werden wir unterwegs durstig. Sie tranken und liefen dann fort. Unterwegs erzählten sie sich dieses und jenes, und die Frau konnte es nicht lassen und fragte: ›Wer war denn der Mann, mit dem du getanzt hast?‹ ›Sieh mal an‹, sagte die Hexe, ›das hättest du mir eher sollen sagen.‹ Als sie eingekauft hatten und wieder nach Hause liefen, wurde die Frau so maröde, daß sie kaum nach Blankenburg kam, da mußte sie liebenbleiben, und sie mußten sie auf dem Wagen nach Hittenrode raufholen, und da hat die Frau ein böses Bein gekriegt. Das hatte die Hexe ihr angetan . . .«

Da jetzt aber niemand mehr redete, war es auch nicht recht. Müssen die Kinder nicht spielen oder Schularbeiten machen? fragte der Mann. Er wartete hier (sonst nach Minuten terminmäßig beschäftigt) auch nur auf Rückkehr seiner Frau vom Dienst.

Die eigensinnige Alte ließ aber nicht locker. Sie beharrte wohl auf der Existenz von Hexen usf. Der Mann mußte sich das Wurstbrot selber schmieren. Die Kinder waren im Garten verschwunden. Jetzt war der Fernseher an.

Die Stunden wollten nicht hingehen. Draußen, vor dem Fenster der Datsche waren junge Wildschweine zu sehen oder jedenfalls Tiere im Gestrüpp. Am Abend hatte der Mann Halsschmerzen und legte sich früh schlafen.

Lage Cäcilienstift. 8. 4. 45

[**Schwester Else**] 60 Schwestern aus dem Mutterhaus in Litzmannstadt (Lodz), und mit den Angehörigen des Kinderheimes Kaiserswerth bei Düsseldorf waren die Häuser überbelegt.

Dieser Sonntag begann friedlich. Wir tranken Kaffee und freuten uns an den schönen Blumen im Erker. Spielten mit den Kindern und schrieben an deren Eltern. Dann zerspringen die Scheiben im Luftschutzraum, die Kinder haben ihre Stühlchen ja mit nach unten genommen, und mit einem Satz sind sie von den Stühlen und wollen raus. Auf dem Flur schoß ihnen ein Strom heißes Wasser entgegen. Am Gartenausgang der Waschküche Herr Kleuß und Tochter, blutend.

Der Nachmittag ging hin mit Aufräumen und Scherbenausfegen. In einem Teil des Stifts (Hephata-Heim) zieht Kriminalpolizei, Kreisleitung, eine Vermißtenstelle, das Wirtschaftsamt unter. Gegen 16.45 Uhr Alarm. Wir laufen mit den anvertrauten Kindern in die Feldmark.

Am Abend die Kinder angezogen auf die Betten. Als Alarm kommt, d. h., ein Polizeihauptwachtmeister tritt herein und sagt: Raus! Vollalarm! Die Kinder müssen alle an einer langen Leine anfassen. Man sah ja nichts. Einige Leuchtkugeln. Wir legten uns auf dem Acker hin.

[**Die Oberin**] Domarchitekt W. Bolze, Dombauamt, schaut herein, Oberin Sophia kann nicht einmal eine Tasse Kaffee oder einen Sitz anbieten. Der Mann hält sie auf, redet über die Eigenart der Brandbomben, die er festgestellt zu haben glaubt: Synthetische Lava: Benzin, Gummi, Viskose und Magnesiumstaub. Frau Sophia antwortet: »Ich fühle Jesu Bluteskraft, Verwünschung Satans verliert die Kraft«, (aus den »Geständnissen ehemaliger Satansdiener«).

So heißt es von Satansdienerin Gertrude: »Sich unsichtbar machen, unversehrt mitten in einem großen Feuer stehen. Sie konnte Vögel im Fluge töten, Dinge erscheinen und verschwinden lassen, während böse Kräfte frische Gräber öffnen und alles entweihen.«

Das war nun genau die Lage des gesamten Cäcilienstifts, denn wie durch Verführung Satans war dieses Stift mit seinen hoch aufragenden Backsteinmauern und drei verschließbaren Gartentor-Eingängen völlig erhalten. Nicht ein Baum war geknickt, nicht eine Schindel des Daches verrückt.

Oberin Sophia fühlte sich in dem Durcheinander der eindringenden Flüchtlinge wie eine frisch beglückte Hexe: »Satan lebt! Gerade heute im Anbruch der Endzeit setzt der Teufel alles auf eine Karte, um die ganze Menschheit unter die Macht seiner Verführung zu bringen.«

Zunächst mußte sie den Herrn Domarchitekt, der ihr auf Schritt und Tritt folgte und sie immer wieder fachlich anredete, loswerden.

Die Oberin des Cäcilienstifts lief zunächst mit Schwester Bella durch den Park zu den Garteneingängen, dann durch die Vorhöfe und ließ die Gatter verschließen. Durch Dienstboten ließ sie eine Stelle *vor den Toren des Stifts* errichten, wo Milch ausgeschenkt werden konnte. Auf keinen Fall wollte die Fromme, die sich zu diesem Zeitpunkt als Grundstückseigentümerin im Namen des Horts empfand, in Gottes oder ein sonstiges Wirken eingreifen, das dieses Stift in hexerischer oder göttlicher Weise völlig für Zukunftsaufgaben bewahrt hatte.

Siebenundzwanzig Thermosflaschen Malzkaffee ließ sie vorbereiten, um das Stift vor einer Invasion zu bewahren.

Dann zerriß es ihr aber diesen Sinn. Sie schickte Bella, Ilse, die Schwester Gertrude, Mila usf. die Gatter wieder öffnen. Für etwa vierhundert Schutzsuchende wurden in der Nacht Strohlager errichtet, in den großen Waschkesseln, auf den Feuern des Waschhauses wurden Speisen bereitet. Mit Ochsengespann läßt sie Wasser aus den Brunnen des Huy heranfahren.

Die Toten wurden in Bettücher des eisernen Bestands gehüllt und in Handwagen zum Friedhof gefahren.

[Die Räumung der Lutherstube] Die Oberin holte selber Dr. W. aus seiner Wohnung. In der Lutherstube werden die Kruzifixe abgehängt. Dr. W. sagt: In dieser Aufmachung operiere ich nicht, das ist ja wie eine Beerdigungshalle, das ist kein »günstiges Vorzeichen«.

Es mußten also die Vorhänge abgerissen werden, damit Licht ist; die Bilder entfernt, die Kreuzesdecke, Leuchter, alles in die Keller geschafft, wo es später wegkam. Es war in den Fluren kaum noch eine Ecke Platz zum Beten.

»Und sie fahren daher, und werden das Land auffressen, mit allem das drinnen

ist, die Stadt, samt allen, die drinnen wohnen« (Jeremias, Kapitel XIII, Vers 16). »Denn siehe, ich will Schlangen und Basilisken unter euch senden, die nicht verschworen sind, die sollen euch stechen, spricht der Herr!«
Und so spricht der Herr: Kapitel IX, Vers 11, 21, 22: »Sage der Menschen Leichnam soll liegen wie der Mist auf dem Felde, und wie die Garben hinter den Schnittern, die niemand samlet.«
Hören Sie doch mit dem hexenhaften Gemurmel auf, sagte Dr. W. Es ist Grauen genug draußen. Gehen Sie doch mal durch die Stadt, Luft schnappen. Hier aus dem Operationsraum müssen Sie jedenfalls raus.

Oberin und Schwestern hielten zu dritt eine Ecke der ausgeräumten und jetzt mit einem Küchentisch und antransportierten Verletzten neu eingeräumten Lutherstube besetzt. Es war ja im Gesamtkomplex des Stifts mit seinen vielen Räumen (etwa insgesamt 164 samt den Gelassen) dieser hier, Lutherstube, ihr eigentümlichster, zum wichtigsten Gebrauch bestimmter Raum. Gewissermaßen die geistige Kommandozentrale. Sie wichen nicht.

Dann können Sie meinetwegen dastehen oder sitzen bleiben, sagte Dr. W., der zu beschäftigt war, um gegen sie energisch zu werden, aber Sie dürfen nicht stören und nicht murmeln.

Oberin Sophia legte erst nach dieser Ermahnung ihr *satanisches Besitzergefühl* ab, daß *sie* und die ihr Anvertrauten, vor allem aber auch die Gebäude und das Inventar (soweit noch nicht geplündert oder vandalisiert) gerettet wären, während alles übrige in der Stadt doch unterging. Sie zwang sich, nicht erneut zu murmeln, da sie doch für die Erhellung eigentlich danken wollte.

Sie wissen ja gar nicht, sagte Dr. W., während er mit viel Kraft einen Unterschenkel zu befestigen versuchte, ob Ihre Bauwerke hier endgültig gerettet sind. Vielleicht kommt noch ein Angriff, oder die Sieger nehmen Ihnen das Haus weg.

Die Oberin wollte wiedergutmachen. Sie verstand, daß sie geprüft worden war. Die Bomben hatten die Häuser der anderen Gläubigen in der Stadt getroffen, bei ihr aber die Seele zerschmettert – momentan, also auf vielleicht zwei dreiviertel Stunden. Zerschmettern der Seele durch Satan bedeutet aber Hochgefühl, Besitzerstolz, Sinn für Eigentum (was aber auch nichts grundsätzlich Schlechtes ist, wenn es Sorge heißt; das war verwirrend). Den Tag über mied sie die Lutherstube, befaßte sich draußen mit Hilfsmaßnahmen und ließ alle Gatter, Tore, Türen und Nebentüren *geöffnet*.

Abb.: »Lupins«, im Mondlicht.

Abb.: Satan lebt! Einen anständigen Gegner zu haben,
hielt Oberin Sophia für wesentlich.

Kommentar eines DDR-Programmabhorchers

In der DDR saß zu Ostern bei Magdeburg am 8. 4. 77 ein Abhorcher, der seine Freundin, eine junge Dreherin, in das Geheimkabinett mitgenommen hatte. Die Sendungen aus aller Welt werden hier gespeichert. Auf der einen Seite des Schalt-Tisches die Schulungshefte für den Kurs der kommenden Woche, auf der anderen Seite die gestapelten Bandaufnahmen und die Steuerungen für die Aufnahmemaschinen, in die z. Zt. das WDR-Rundfunkprogramm einläuft. Jetzt sagt die politisch unausgebildete Sprecherstimme eines jungen WDR-Mädchens:

WDR: *Liebe Sternfreunde, wir schulden Ihnen eine Vorbemerkung. Die Frage heißt* . . . *Aber die Frage, wo hören die Sterne auf, klingt etwas vermessen.*

An dieser Stelle unterbricht die männliche Sprecherstimme des WDR, mit einem Ton von Herzlichkeit und Beteiligung:

WDR: *Bevor wir Professor Wolfgang Priester gerade am heutigen Tag fragen, mußte diese Bemerkung für Sie, liebe Hörer, gemacht werden* . . .
PROF. PRIESTER: . . . *eine neue Denkschwierigkeit: Wo befinden sich diese Galaxien eigentlich, wenn sie sich fast mit Lichtgeschwindigkeit ausdehnen?*
WDR (unpolitisch): *Herr Prof Priester, was heißt Ausdehnung der Achse des Weltalls?*

Der DDR-Abhorcher war nunmehr ganz sicher, daß das Mädchen, das ihre Sprechstimme hergab, von dem, was sie sagte, überhaupt nichts verstand. Er sagte zu seiner Freundin: Die hat keine politische Schulung, das hörst du an der falschen Betonung der Endsilben.

PROF. PRIESTER: *In der Fragestellung: Wo hören die Sterne auf, steckt aber noch ein zweiter Problemkreis. Lassen Sie mich das an den Quasaren andeuten –*
WDR: *10 Millionen Lichtjahre ist der Rahmen, liebe Hörer. Und was war vor diesem Zeitpunkt, lieber Herr Priester?*
PROF. PRIESTER: *Der Urblitz. Wir nennen das eine Singularität.*
JUNGE WDR-SPRECHERIN (als ob sie nicht zugehört hätte, dichterisch): *Gibt es eine unendliche Vergangenheit, Herr Professor?*
PROF. PRIESTER: *Ich sagte ja: nein. Wir schließen aus der 3-K-Strahlung (K =*

Kelvin), die die Station der Bell-Telefongesellschaft mit ihrem 7,3-cm-Radioteleskop entdeckt hat, also eine Strahlung von 3° Kälte absolut, auf den Urblitz . . .

WDR: *Für den gläubigen Christen bietet sich die Möglichkeit an, die 3° Hintergrundstrahlung, die ubiquitär im Weltall von allen Seiten strömt, den Urblitz und die von Ihnen genannte Textstelle gemeinsam ins Auge zu fassen.*

PROF. PRIESTER: *George Gamov hat im Jahre 1948 rechnerisch eine solche Strahlung als Überbleibsel jenes Blitzes gefordert.*

WDR: *» Und er schuf Wasser . . .«*

PROF. PRIESTER: (schnell): *Die Entdeckung fand vor 50 Jahren statt.*

WDR: *Und wie groß ist das Ganze?*

PROF. PRIESTER: 10^{30} *oder* 10^{50} *Zentimeter. Aber in 30 Milliarden Jahren werden keine neuen Sterne mehr gebildet. In einer Billion Jahren ist es ein unrettbar toter Gas-Kosmos.*

WDR-MÄDCHEN (unverständig): *Denn Raum ist Expansion, Zeit ist Alterung.*

WDR: *Eine glühende Chiffre!*

PROF. PRIESTER: *Und man kann an das Wort T. S. Eliots denken: » Und so ist das Weltende nicht wie ein Knall, sondern wie ein Gewinsel«* . . .

Das mußt du nicht glauben, sagt der DDR-Abhorcher zu seiner Freundin.

Da können wir ja gleich einpacken, wenn das sowieso auf das Ende zugeht, meint die Dreherin.

Es ist ja auch überhaupt nicht wahr, was dieser westliche Astronom sagt, erwidert der DDR-Abhorcher. Es ist der naturwissenschaftliche Überbau über der Verzweiflung, die den niedergehenden Kapitalismus erfaßt. Das ist der kapitalistische Sternenhimmel, nicht unserer.

DREHERIN: Es war ja nicht uninteressant, diese Parallelen zwischen einigen Milliarden Sternen und solchen Sätzen wie »Ich werde Licht«, aber die Klangfarbe war unpassend.

ABHORCHER: Und deshalb muß man auf diese Zwischentöne besonders achten, wie du es ja tust, und am besten überhaupt nicht darüber reden.

DREHERIN: Wer wird denn das Ende der Welt herbeireden? Man hätte ja gar keine Lust weiterzumachen.

ABHORCHER: Wie soll man sich das überhaupt vorstellen? Wie Watte? Oder wie Giftgas?

DREHERIN: Weiß ich nicht. Will ich auch nicht wissen.

ABHORCHER: In dem Schulungsheft hier gehen die Sterne bei uns zurück auf die ersten Seefahrer, die die Richtung ihrer Schiffskurse danach bestimmt haben.

DREHERIN: Notfalls, wenn doch etwas dran sein sollte, an dem, was dieser Mann über das *Verenden der Sterne* sagte, dann müssen wir einplanen, daß sie wieder angezündet werden.

Wenn sie einmal in Betrieb war, war sie nicht geneigt, sich durch Schwierigkeiten in einem Arbeitsgang aufhalten zu lassen. Der Abhorcher schloß sich ihrer Stimmung an.

Währenddessen liefen schon die nächstfolgenden Programme als ein endloses Band in die Abhörmaschinen, wo sie der sehr langfristigen Auswertung harrten.

Willi Scarpinski der Heizer

Der Hauswart der Kreis-Jugend-Kinderzahn-Poliklinik H., früher Heizer des Kreiskrankenhauses, Willi Scarpinski, war 1945 zehn Jahre alt. Verlor in seinem Heimatort bei Kattowitz in jenem Jahr beide Eltern, während er auf das Fertigwerden einer Mahlzeit in der Küche aus Bohnen, Wurst und Speck wartete, das »Jur« heißt.

Die Einwohner, er als Pimpf, wurden auf von Pferden gezogenen Leiterwagen, er als Aushelfer zwischen den Leiterwagen hin und her, in das noch besetzt gehaltene Gebiet der Tschechoslowakei gebracht. Nach der Kapitulation Rücktransport der Wagenkolonnen in die oberschlesischen Heimatorte, wo sie aber nicht einfach die leergeräumten Häuser wieder okkupieren durften, Ausweisung, auf Lastkraftwagen in die Provinz Brandenburg.

Der junge Scarpinski zeigte jetzt auf der Brust, unter den Achselhöhlen, an der gesamten Breite des Halses Geschwüre, die Wunden mit Stoffetzen bedeckt und mit klarem Wasser mehrmals täglich aus der Ziehpumpe des Lagers gewaschen. Die in seiner Nähe befindlichen Menschen, aber doch wiederum recht fern, wollten die Hilfe dieses jungen Greises, man gab ihm vielleicht noch ein Vierteljahr zu leben, nicht haben. Einmal verbindet ein jüngerer Militärarzt den Aussatz, aber die Verbände sind nach Wochen durchweicht, und der Junge nahm wieder zerschnittene Hemden, um die »Schwären« oder »Blößen« zuzudecken. Der Arzt sagte (aber er war nur einmal gekommen): Dem Jungen fehlt die Mutter. Die altkluge Diagnose half nicht gegen Krankheit.

Die Menschengruppe wurde nach Halberstadt verlegt. Scarpinski hütete im Kreiskrankenhaus sein Dauerbett. Wechselnde Heilerfolge, meist aber dehnten sich die Zeichen auf seinem Körper unter der Verpackung (Salben und Verbände), die sie dem Blick der Ärzte momentan entzogen, wieder aus. Dann

wollte der Dauerpatient sich nützlich machen. Er wurde Gärtner des Kreiskrankenhauses, das an sich keine Gärten hatte, sondern eine gewisse Rasenflä-
che um die Chefarzt-Villa herum, sonst Gräser, Büsche, etwas Gestrüpp an
den Mauern. Scarpinski richtete Küchenpflanzenbeete ein, Dill, Stachelbeer-
büsche (die noch wachsen sollen), auch mit Glasplatten bedeckte Blumen-
beete, die Blumen kann man in Töpfe umpflanzen und auf den Stationen aufstellen, wo in ihrer Muttererde Zigarettenkippen ausgedrückt werden.

Im Winter 1956 wechselt Scarpinski über als Heizergehilfe, ab 1958 Heizer der
Anstalten. Die Brust- und Halshaut Scarpinskis schloß sich.[74]

Nun kam es zu einer Krise. Es ging um die Krise des Zentralheizungssystems
des Krankenhauses. Nur wenn man Röhren legte zum Fernheizwerk, das die
Zucker- und Melassefabrik Schützenstraße versorgt, war die Anstalt zu behei-
zen.

Im Reichsbahnausbesserungswerk Halberstadt wird über das Heizproblem
der Krankenanstalt gesprochen. Man kann vom Gelände des Güterbahnhofs
Schützenstraße über die Straße hinüber Gleise bis in die Vorgärten der Anstalt
verlegen. Eisenbahner fahren eine Dampflokomotive zu einem festen Standort, 40 m neben der Chirurgie, schließen die Heizungs- und Warmwasserrohre
der Anstalt an diesen Dampfkessel. Nun fürstet den Rest des Winters, das
wechselhafte Frühjahr Scarpinski vom Leitstand dieser Dampfmaschine,
wärmt Ärzteschaft und Kranke.

Abb.: Ortsfeste Lokomotive, die das Kreiskrankenhaus beheizt. Im »Fahrerstand«: Scarpinski.

74 Scarpinski: Ich beschreibe jetzt mal meine zwei Flammrohr-Kessel: Durchmesser der Kessel bei gelöschtem Feuer, daß ich darin aufstehen kann, nach vorne zu die ummauerte
Hälfte, nach hinten zu ragen sie in die Wasserhälfte. Nein, das Feuer ist nicht die Gefahr,
sondern die Dampf-Reserve. Stündlich Ventile öffnen. Ist kein Wasser mehr da, dann muß
ich die Sicherheitsventile sofort öffnen. Der Kessel bricht sonst wie eine Rakete aus dem
Mauerwerk heraus und fliegt, eben durch diese dicken Mauern, die Sie hier sehen, 100 m

Rasche Veränderung der Horizonte, die Augen sind neuerungssüchtig

In der Gluthitze blieben die Türme von Quedlinburg zurück. Eine huppelige Ausfallstraße mit der Ruine einer Tankstelle, die 1934 hoffnungsvoll gebaut worden ist. Steine und Gebäude des Schloßbergs warten seit gut 1000 Jahren, Sommer für Sommer, Winter für Winter:

>»Bis der große Morgen plötzlich
>bricht mit Feuersglut herein.«

Ohne dieses Pathos war ein *Wandel* für Fred H. nicht *ganz* wahr. Und außerdem sollte eine »Veränderung« die Haltung des Understatements haben, wie H. Bogart im Film *Casablanca*, außerdem aber die Marseillaise so gesungen wie in diesem Film:

>»Laut in seinen Angeln dröhnend
>tut sich auf das eherne Tor.
>Barbarossa und die Seinen
>steigt im Waffenschmuck hervor . . .«

Unterhalb dieser Schwelle war nichts zu machen. Und dahinter noch steigt Gudrun, das Matriarchat in vollem Waffenschmuck, Frühjahre, Sommer, Herbste, wirkliche kontinentale Winter, die Häuschen, die das Land bedeckten, die lieben Eltern und Großeltern und weit zurück die Urmeere, dahinter

weit darüber. Es kamen mal fünf Brigadiere vom Frühstück aus einem Lokal, ihnen flog so ein Hochdruckkessel entgegen und rasierte sie und das Lokal um.

Dazu muß ich erst mal sagen: Grundlage ist der Atü = 1 kg auf 1 cm². Meine Prüfungen beziehen sich auf 150° = 7 Atü, das Wasser ist in Halberstadt sehr hart. Es setzt sich Kalk ab. Dadurch dicke Isolierschicht von Wasserstein im Kessel und in den Rohren. Deshalb muß ich das Wasser durch Soda enthärten. Das ist Ätznatron hier – sieht wie vermatschter Schnee aus und ist ganz scharf. Über dem Kessel hier oben liegen die Kohlenbunker, drei Waggon laden 120 t über dem Kessel ab, die je nach Verbrauch nach unten nachrutschen und das Feuer nähren. Wenn die Bunker oben voll sind, ist es mir, als ob mein Magen satt ist. Sie verwechseln das. Der Dampf ist unsichtbar. Den sehen Sie nicht, wenn Sie darin stehen, sondern Sie sind tot oder verbrüht, das, was Sie als Dampf bezeichnen, was aus dem Kaffeekoch-Kessel kommt, ist der *Anfang des Wassers*, Kondenswasser, der Dampf selbst ist nicht sichtbar, sondern er treibt, z. B. reißt er die ganze Anlage hier, dann müßte ich aber längere Zeit nicht aufpassen oder praktisch nicht vorhanden sein, 80 m hoch in die Luft. Über 2 km in die Höhe fliegt nichts. Lenken kann man es nicht.

Gartenbau und Paradies, dahinter die Fünfjahrespläne der SU aus den frühen
Jahren usf., usf. Er hatte ein ganz bestimmtes Gefühl, wann eine »Veränderung« stimmte . . . Kirschen wurden von den Chausseebäumen vorzeitig gepflückt. Die Hitzeglocke währte jetzt zwei Monate ununterbrochen. In Alexisbad schwitzen die
Belegschaften, die zur Ferienerholung hierher transportiert waren. Die Naher-
holungszone Hasselfelde gefüllt.

Auf der Hochebene, die durch den Südharz nach Hasselfelde führt, ein lebhafter Seitenwind, der das Fahrzeug zum Straßengraben hin schiebt. Eine Stunde
später wurde Mäxchen G. (aus Frankfurt), nichts hatte sich bewegt seit 2 Wochen, jetzt fuhr wenigstens das Fahrzeug, und ihrem pathetischen Freund, der
das Fahrzeug steuerte, klar, daß diese Windstöße keine Eigenheit des Harzge-
birges waren. Sie fuhren auf eine Wetterfront zu, eine Tiefdruckrinne. Die ant-
agonistischen Luftmassen trafen mit Wetterleuchten und Temperaturstürzen
aufeinander. Hinter dem lieblichen Eisenach zogen die Blitze.

Nach Durchsuchung des Wagens am Kontrollpunkt erste dicke Regentropfen,
die restlichen 182 km legten sie im Prasselregen zurück. In Frankfurt am Main
war Sturmwarnung für die Nacht ausgegeben worden. Es regnete aber nur
heftig. Gern hätten wir etwas aus dem Hörfunk darüber erfahren, durch was
für ein Wetter wir uns hier bewegten. Daß es regnete, ein vierstündiges Gewitter, sahen wir; ob das vom Harz bis Basel reichte oder über die Vogesen hinaus
auch den Atlantik peitschte, wäre von Interesse gewesen. Aber die Redakteure
im Hörfunk verhielten sich gleichgültig. Sie wiederholten die Wetteransagen
des Tages: Schönwetter, Temperaturen von 35 bis 37 Grad, leisteten sich einen
Scherz: »Erfrischungen sind auch heute wieder gefragt.«

Es goß aber in Strömen, Wetterleuchten über Hunderte von Kilometern, au-
genscheinlich, es konnte nicht wärmer als 12 Grad sein. Mäxchen hielt ihren
Fuß aus dem Wagenfenster. Sie hielt sich für eine »Kautschukkünstlerin«, d. h.,
konnte Verrenkungen ihres Körpers ausführen, als sei sie aus Gummi, streckte
also vom Beifahrersitz aus die Füße zum Wagenfenster hinaus und ließ sie vom
Regen begießen. Sie hatten in wenigen Stunden zwei Vaterländer durchfahren,
zwei unvereinbare Wetterzonen gekreuzt, jetzt waren Mäxchens Füße auch
noch sauber gewaschen. Morgen fängt ein neues Leben an, sagte sie.

Heft 10

Hohe Kulturstufe – Die Verstopfung des Kriegsbilds . . . – Pfingstfest – Ursprüngliches Eigentum – Die 10 Zenturionen – Hiebe nach links und rechts, nicht ohne Güte.

Hohe Kulturstufe. Eine Verwalterin ihrer Schönheit mit hellem Verstand

Verwalterin ihrer Schönheit mit hellem Verstand; die Schönheit wie Glaswaren »nicht stürzen«. Gegen 21 Uhr fuhr die mit absoluter Mehrheit gewählte Schönheitskönigin von Neu-Isenburg nach Frankfurt/Main. Nachdem sie einen viergleisigen Bahnübergang mit überhöhter Geschwindigkeit passiert hatte, stieß sie in der folgenden Kurve gegen ein einbiegendes Kraftfahrzeug, das durch den Aufprall viele Meter fortgeschleudert wurde. Die Tachometernadel des Unglücksfahrzeugs blieb auf Ziffer 90 eingeklemmt.

Es konnte nicht viel gebremst worden sein. Die Schönheitskönigin stemmte sich mit Füßen und Händen ab. Der Aufprall ließ jedoch die Arme sogleich einknicken. Als sie erwachte, schrie sie, sagte sich aber: Hier jetzt keine Panik. Sie spürte heftige Schmerzen in der »Oberschenkelbeuge«. Sie placierte sich in eine seitliche Stellung, lag jetzt auf der harten Konsole, oder es war die Handbremse des Mercedes. Seitliche Lage deshalb, weil sie gelesen hatte, daß Bewußtlose erbrechen und daran ersticken.

Ein Passant (aus der Bahnstation waren nach dem Unfall zahlreiche Bahnreisende zur Unfallstelle gekommen) hatte den Kopf der Königin, weil er annahm, daß sie auf dem Zwischenteil des Wagens, der die Handbremse beherbergte, ungünstig lag, auf seinen Oberschenkel gezwängt. Er mußte sich dazu in den Unfallwagen hineindrängen. Die Haare der Verletzten schienen sich von der Kopfhaut zu lösen. Der Passant befand sich in einem Schock. (Den Kopf wieder wegstoßen, den Eindruck fassen, daß dieser Kopf zerschmettert ist, die fürchterliche Situation, einen Skalp auf seinem Schoß zu bewegen, er wußte nicht, was er tun sollte – ebensowenig erfaßte er die Beweggründe, die die Verletzte bewegt hatten, sich auf die Seite zu rollen). Sie sagte: Ich trage eine Perücke. Sie brauchen sich nicht zu fürchten. Ihre Stirn blutete.

Die Königin wurde in einen Krankentransportwagen geladen. Im Unfallkrankenhaus Offenbach wagten die Nonnen zunächst nicht, sie anzurühren. Der Chefarzt wurde geweckt. Dieser sagte: Wir wollen alle Körperteile gleich in dieser Nacht röntgen. Sobald die Nonnen sahen, daß der Chefarzt gegen diese junge, stark geschminkte Frau, abgeplatzte künstliche Augenwimpern, die ihnen »auf fürchterliche Weise verführerisch« erschienen, nichts einzuwenden hatte, behandelten sie sie freundlich. Wagten auch, sie zu berühren. In der folgenden Zeit bestach die Schönheitskönigin die Bediensteten durch Sektfläschchen, Zeigen von Hilfsbedürftigkeit. Nachdem sie wieder ordentlich zusammengebaut war, schenkte sie den Nonnen eine Apfelsinenauspreßmaschine.

An ihr Gesicht ließ diese Königin nie Sonne kommen, das war nicht genau zu dosieren, und hier konnte sie »Braun« auflegen. Dagegen kaufte sie sich ein Schlauchboot ausschließlich zu dem Zweck, in die Seemitte des Würmsees zu fahren, um sich dort mit abgedecktem Gesicht und Hals »bronzen« zu lassen. Dies wegen der »Spannkraft«, die die Sonne verleiht.

Wenn sie vergewaltigt würde, z. B. durch einen Geisteskranken, der ihre Einwilligung nicht sähe, so würde sie, nahm sie sich vor, und wollte sie auch Töchtern, wenn sie welche hätte, sagen – nicht schreien. Da schon so mancher, durch Schreien auf sein Tun aufmerksam gemacht, die Kehle der Schreienden zugedrückt hatte. Sie will überhaupt nie die Geschädigte sein.

Eine gräßliche Folter sei: Ein Mann wird von 2 häßlichen Frauen 1½ Tage so lange befriedigt, bis sein Glied blutet. Aus dieser Aussage entnahm M., daß sie an der Unterseite ihres hellen Verstands irrational empfand. Während sie das sagte, pendelte ihr Fuß zwischen Gaspedal und Bremse. Beides brauchte sie nicht, um den steilen Berg hinabzufahren, da sie ihre Geschwindigkeit gut kalkuliert hatte und der Motor selber bremste. Sie trug Bastschuhe.

Die Verstopfung des Kriegsbilds durch Grundstücke und Zäune

Ich kann Ihnen nicht das Eigentum abräumen, antwortete der Minister, nur damit Sie Ihre Übungen machen können. Der Nato-Oberkommandierende in seiner frisch gebügelten Feldbluse und der Schirmmütze legte dem Politiker eine Karte des Bundesgebiets vor. Hier, sagte er, haben Sie eine Landkarte der BRD, in die alle Privatgrundstücke, die wir als Truppe in Friedenszeiten nicht betreten dürfen, eingetragen sind, und diese kleinen gelben Tupfen hier sind unsere Zonen, in denen wir uns aufstellen oder üben dürfen. Das ganze Gebiet ist durch Grundbesitz so vollgestellt, daß an eine Verteidigung nur im Kriegsfall zu denken ist. Da dieser Kriegsfall aber aus wenigen Stunden oder Minuten besteht und wir die Soldaten erst hier und hier (zeigt auf der Karte die wesentlichsten Verteidigungsräume) hineinstellen müßten, damit sie jetzt auf irgendwelchen, im Kriegsfall selbstverständlich konfiszierten Privatböden richtig stehen, kann ich Ihnen versichern, daß wir mit gar nichts drohen sollten.

Pfingstfest

Da hatte ich Nachtwache. Drei Einlieferungen mit Commotio, die mußte ich alle 15 Minuten pulsen. In der Abteilung von Erika starb die Oma, die 8 Wochen dort gelegen hatte. Ich kannte die noch. Ein junger Mann wurde Freitag eingeliefert: Breigesicht, war in die Windschutzscheibe gefallen, lebte noch einen Tag. Seiner Braut auf dem Beifahrersitz war nichts geschehen. Das Personal hat für die Braut das Gesicht des Verunglückten ein bißchen zurechtgemacht, geknetet, zusammengezupft, provisorisch genäht. Der Bestatter, der dafür eigentlich zuständig war, hatte Pfingsten Urlaub. Die Braut sollte sich nicht erschrecken. Es war ein ziemlich gelungenes Gesicht, ob es ähnlich war, wissen wir nicht, da wir den Mann ja nicht kannten. Die Braut, immer noch nicht zufrieden.

Riesenbaby, 2 m groß, lag oben in seinem Bett, Bleivergiftung, sämtliche Haare ausgefallen. Eine Überausgabe eines Babys, haarlos und schwer zu tragen. Baby deshalb, weil der Patient immer in Hockstellung blieb. Auch für den hat die Welt keinen Platz. Im Bett daneben Osteomyelitis. Im Bett daneben die Niere. Neben der Niere sammelte sich Eiter in der Drainage-Ente.

Eine Taubstumme, die mit ihrem Mann zu einem Taubstummen-Karneval geht (oder wenigstens Tanzfest unter Taubstummen), die beiden springen im letzten Moment auf den Zug. Sie gerät unter den Zug, wird an der Hüfte abgefahren. Hand auch abgeschnitten. Sonntagsgemüt. Überstand alles. Kurz vor der Operation geht sie zum Anstaltsfrisör: »falls ich sterbe«. Sie starb aber nicht. Später 5 weitere Operationen. Anus wird unterhalb des Brustbeins angesetzt.

Sonntag, kurze Aushilfe auf der Männerstation. Wir hatten schon alles gemacht, Betten gemacht usf., kein Krisenfall. Da schluckte einer den Magenschlauch.

Neben 2 Frauen, mittlere Fälle, stirbt eine Frau. Nach ihr sehen und dabei harmlos weitersprechen. Während wir die eine zum Röntgen transportieren, die andere zum Labor, haben wir die Frau auf den Flur geschoben. Von zwei anderen auf der Männerabteilung wußte ich auch, daß sie sterben würden. Einer der Todgeweihten pflegte einen Hysteriker, der bestimmt nicht stirbt.

Opa Erdmann, 97 Jahre alt. Er hat das Krankenhaus praktisch gepachtet. Lutscht pastellfarbene Bonbons. Die Restscheibchen, er lutscht nie zu Ende, klebt er an sein Nachthemd. Er konnte sich nicht überwinden, diese Reststückchen zu vernichten, indem er sie auflutscht oder entfernt. War nicht zu überzeugen. Gegen 22 Uhr stirbt die zuckerkranke Omi aus dem Siebengebirge. Die Krankenschwestern freuen sich über die Tote, die nur noch eine Last war. Selbstmörderin, die aus dem Fenster springt, alle Glieder zerbrochen, wegen des Schocks katheterisiert. Man gibt sie auf.

Danach schon wieder Männerstation, Herr Steiger. Nur noch Haut und Knochen. Weil er ja seit ca. 4 Wochen nur noch verhungert. An dem lernte ich spritzen. Er wollte die Bestätigung erzwingen, daß er Krebs hat. Quält die Schwestern, die keine Auskunft geben dürfen. Wird, wenn er so weitermacht, nicht im richtigen Rhythmus sterben.

Pfingstmontag abends holt mich Dieter ab. Ich wollte sofort auf sein Zimmer gehen, mich beharken lassen, vor allem ruhebedürftig. Nein, er muß mit mir in das »Sahara«. In dem überfüllten Lokal sitzen wir einander gegenüber, ohne Hautkontakt, immer der Tisch zwischen uns, Lärm, schlückchenweise aus dem Glas, aus dem eine Apfelsinenschale und eine Plastikgiraffe heraussstehn, unten drunter ein Gemisch, kalte Flüssigkeit einnehmen, das nimmt kein Ende. Ich war müde, hatte keine Lust, mich auf der Tanzfläche herumschütteln zu lassen. Ich habe meinen Dienst hinter mir. Dieter: Du wirkst verkrampft. Ich: Und wenn? Dieter: Was willst du denn? Ich: Was ich will, weiß ich nicht genau. Aber ich weiß, ich muß ins Bett. Dieter: Du bist zu direkt. Ich: Das ist doch keine Krankheit. Dieter: Ich mag diese direkte Tour nicht. Es ist eine Sache der Stimmung. Ich: Dann komme doch gefälligst in Stimmung. Dieter: Das hängt nicht von mir ab, sondern von dir. Ich: Wenn schon, von beiden. Dieter: Was soll das Gezeter? Ich: Das ist kein Gezeter, sondern du hast mich gefragt, was ich will. Dieter: Und du sagst nicht, was du willst. Ich: Ich habe gesagt, was ich will. Dieter: Du hast gesagt, du weißt nicht, was du willst, und du weißt es auch nicht, wetten? Ich: Wetten.

Ich habe gesagt, was ich will. Dieter: Aber auf die direkte Tour, die ich nicht mag. Ich: Dann sage ich es eben auf die indirekte Weise. Dieter: Du sagst es ja gar nicht indirekt, und wenn ich es erst bestellen muß, dann ist es schon wieder direkt. Ich sehe es in deinen Augen. Ich: Ich möchte mal wissen, was du in meinen Augen siehst?

Es war trostlos. Wäre ich im Dienst gewesen, hätte ich auf Grund der Schulung, die wir erhalten haben, einen Ausweg gewußt. Man muß unterscheiden zwischen der »Kindhaltung«, zwischen »Adult« (= erwachsen) und zwischen »Trotz«. Die Kindhaltung und die Trotzhaltung kann man durch »Adult« beantworten, also z. B. sagen: »Seien Sie vernünftig, ich bin müde, machen wir die Sache einfacher.« Also die Situation erklären. Aber ich konnte Dieter nicht siezen, er war nicht müde (= »kindhaft«), und wenn ich gesagt hätte, machen wir die Sache einfacher, hätte er das wieder als »zu direkt« empfunden. Es war keine Situation, auf die unsere Schulung paßte. Ich schubste deshalb das Glas um, sagte entschuldige bitte, ich muß austreten, ging aber nicht zur Toilette, sondern verließ das Lokal. In meinem Zimmer angelangt, schlief ich sofort ein.

Ursprüngliches Eigentum

Die eine Mutter in der Wohngemeinschaft säugte ihr fünfmonatiges Kind. Die dreizehnmonatige Tochter der anderen Mutter, sie saßen alle an einem Tisch, auf dem makrobiotische Kost aufgestellt war, schrie, da sie auf das ruhig an der Brust der anderen Mutter saugende Mit-Kind sah. Die beiden Brüste der eigenen Mutter standen zu ihrer Verfügung. Sie brauchte sich nur hinzuwenden, der Pullover wurde hochgezogen, und ein Busen fiel ihr quasi in den Mund. Zum Grundbesitz der Dreizehnmonatigen gehörten aber auch die zwei Brüste der anderen Frau.

Die Mütter tauschten sich für die Kinder gewöhnlich aus. Miriams, der dreizehnmonatigen Tochter, Grundstück reichte, Halbmeter für Halbmeter bekrabbelt, von Schulter und Brust der einen Mutter bis zur äußeren Brust und Schulter der anderen, gleich wo sie in dem geräumigen Wohnstall dieser Gemeinschaft sich aufhielten.

So kroch Miriam von der Mutter weg, von beiden Müttern mit Spott und Blikken begleitet, griff mit ihren Armen in Richtung des konkurrierenden Babys, beabsichtigte, es fortzudrängen, weinte und schrie.

Wechseln wir, sagte Anne. Sie gab ihr Fünfmonatiges an die gute Freundin, die es anlegte. Das Kind ließ sich durch das kurze Hinüberwechseln nicht aus seinem Konzept bringen. Jetzt war auch Miriam froh. Sie konnte sich ihres bedrohten Grundbesitzes vergewissern und langte, während sie bedächtig saugte, mit ausgestreckter Hand, ein Zeigefinger im Mund, in die Richtung der anderen Mutter-Person, dies alles war ganz ihres. Bis ein Seitenblick ihr den Verrat am anderen Ende ihres Paradieses zeigte: Dort lag das Kleinkind, wurde von Urmutter angelächelt. Nervös wendete die Dreizehnmonatige sich zum Gefecht, rückte vom Schoß, ließ sich zu den Beinen der Mutter führen, wollte die Rechtsordnung wiederherstellen, d.h. das andere Kind aus der Armbeuge, von der Brust wegstoßen.

Die mütterlichen Freundinnen, weit entfernt, diesen rabiaten Willen zu brechen oder zu manipulieren, was in ihrer Macht gestanden hätte (sie waren keine königlichen Herren oder Justitiare), ließen allerdings auch nicht ab, das Fünfmonatige gemeinschaftlich zu befriedigen. Also wechselten sie das Kind wiederum aus.

Kurze Siegesphase für Miriam. Danach nahm die aufmerksame Miriam die Fremdbebauung ihres eingezäunten Geländes, ihrer gedachten Vorräte, erneut wahr, lehnte konsequent die Brust vor ihr ab, sah zur anderen Seite hin, wimmerte, Rücken am warmen Bauch ihrer größeren Mutter, betastet durch deren Hand. Eigentlich hätte sie sich so einrichten können für den Nachmittag. Ein Spaziergang im Wald stand in Aussicht. Sie konnte aber die fremde Benutzung ihres Eigentums nicht dulden, mußte unter Hingabe jeder Glückseligkeit zum Kampf schreiten.

Dieses Leiden ist notwendig, sagte die Mutter Miriams. Ja, antwortete die Freundin ruhig. Du kannst jetzt gar nichts machen. Das Leiden muß sie aushalten.

Die 10 Zenturionen der ehemaligen Palastwache des Soldatenkaisers, später Ligurische Legion

Der Sophist, den sie gefangengenommen hatten, äußerte: Sich identifizieren, mit etwas, das einen betrügt, ist Halbbildung. Bildung übersetzten sie sich als exercitium, also Manöver. Manöver waren für Vollausgebildete nicht unbedingt erforderlich. Insofern war die Auskunft des Sophisten weitgehend überflüssig. Sie wollten den Bildungsmann gegen ein beachtliches Lösegeld freigeben, falls sich jemand fände, der für ihn zahlte, vergaßen ihn dann in seinem Kerker.

Die Ligurische Legion wird überraschend gegen Barbarengruppen auf dem jenseitigen Donauufer eingesetzt und aufgerieben. Ein Offizier, der dem Gemetzel entkommt, nimmt nach Jahren am Wiederaufbau dieser Legion teil. Diese restaurierte Truppe wird wiederum in einer unfruchtbaren Gegend Rumäniens aufgerieben. Es ist für den Offizier jetzt zu spät, sich auf ein anderes, ziviles Leben umzustellen. Was er kann, ist neue Truppen ausheben und ausbilden. Dabei gewinnt er Freunde. Die fallen dann, wenn die schöne Truppe demnächst aufgerieben wird.

Im Rahmen einer Offizierstagung wurde er in eine Sekte eingeführt, Christen. Sie planten Aufstände. Seine Seele wurde gebildet (Folterungen). Dann waren die Lehrer umgebracht, die Provinz wurde gereinigt. Er konnte sich nur schwer erinnnern. Wofür sollte einer kämpfen? Alles, was geboten wird, ist nicht so wie das Alte, das aufgerieben worden ist.

Als sie die Stadt von weitem am Ufer sahen, sagten manche: Was für ein vorzüglicher Plan. Sie wußten so gut, wie man die Stadt nehmen könnte, daß sie darauf nicht verzichten wollten, und wenn es die Existenz kostete.

Der König hatte vorbeugend so viel Gift geschluckt, daß er gegen jede Vergiftung immun war. Aber was sollte er tun, wenn diese Horde von Verrückten, vermutlich Söldner (es waren aber reguläre Einheiten, die zu $\frac{2}{3}$ aus Offizieren, zu $\frac{1}{3}$ aus Unteroffizieren bestanden), mit bloßen Schwertern in die königlichen Räume eindrangen? Das war keine Intrige, kein Giftanschlag. Im Gegenteil, sie wollten ihn lebend, vermutlich weil sie annahmen, daß irgendwer für den König Lösegeld zahlen würde. Nur wußte er, daß dies ganz ausgeschlossen war. Er wußte Leute, die dafür zahlen würden, ihn tot zu sehen. So konnte er nicht mehr für sein Leben tun, als die Nachrichtenverbindungen zwischen seinen Feinden und diesen Eroberern zu sabotieren. Es bestanden Sprachschwierigkeiten mit der örtlichen Bevölkerung.

Was sollten sie mit dem Reichtum der Stadt anfangen, wenn die Freunde tot waren, denen sie diese Sehenswürdigkeiten gern gezeigt hätten? Wie sollten sie die zusammengeklauten 16 schönen Frauen lieben, wenn sie an nichts mehr glauben wollten? Die Schulen der Stadt wären interessant gewesen, waren aber von Sophisten besetzt, die die falsche Sprache sprachen.

Sie prüften, ob man hier etwas daraus machen könnte. Von Bewohnern, die sich an diese Bewaffneten heranschmissen, wurden Vorschläge gemacht. Aber ihnen fiel zu diesen Vorschlägen nichts ein. Sie wußten, daß sie bis an ihr Lebensende keine solche Chance wiederfinden würden. Das war aber dann auch alles, was sie wußten.

Ein Auftraggeber wäre erforderlich gewesen. Sie hatten eine sehr abstrakte Vorstellung von einem Auftrag, der weit zurücklag. SPQR bedeutete an sich nichts Genaues. Also gaben sie die Macht wieder ab und flohen, ehe man sie näher untersuchte. Die Stadt war ein unruhiger Haufen.

>»Wir waren 10.
Und nahmen die Stadt
und den König selber gefangen.
Danach, Herren der Stadt und des Hafens,
wußten wir nicht, was weiter.
Und so gaben wir höflich dem König
Stadt und Hafen zurück.«

Hiebe nach links und rechts,
nicht ohne Güte

An der Hauptwache, vor dem Esplanade-Kino, wo »Er wollte König sein« gespielt wird, haben zwei Gruppenmitglieder einen China-Stand aufgeschlagen. Kommunistischer Bund Westdeutschlands (KBW) kann es nicht sein, da dieser im Streit liegt mit dem Gewerbeaufsichtsamt, weil er 10 DM Standgebühr verweigert. Es ist aber ein Chinastand. Diskussion mit Passanten (Bürgern) über den Imperialismus der Sowjetunion (SU). Jetzt aber eine eigentümliche Verkehrung der Fronten gegenüber Diskussionen, die sonst an diesem Ort stattfinden: Bürger verteidigen die SU.

Das bestätigt, sagen die zwei Genossen, die den Stand halten, die sozialdemokratische Ersatzfunktion des Sozialimperialismus, daß Bürger gewissermaßen den gesunden Menschenverstand, sowie sie einmal wirkliche Argumente hören, von der Verteidigung des Westens (»Gehen Sie doch mit Ihren Ansichten in die DDR«) abziehen und sagen: Immer diese Drohung, daß wir nach Sibirien kommen, das glaubt doch keiner. Das werden Sie merken, sagt der hochgewachsene Genosse am Stand, ein nervöser, differenzierter Soziologe mit stark ausgebildeten Schläfen, wenn Sie erst durch die Panzer der SU überrollt sind. Eine Bürgerin, Besitzerin eines Steh-Ausschanks mit Würsteverkauf in der Zeil, sagt: Wenn ich Sowjetunion höre. Die saufen und üben ihre Macht aus. Das ist ganz natürlich.

Nachdem sie das gesagt hat, es ist eine Art Schlußwort, wendet sie sich weg. Ein Lehrer, der als Bürger den Stand umsteht, ruft ihr nach: »Muttchen, viel Spaß zu Hause mit deinen Vorurteilen!« Konsequent greift ihn der kleinere der Standgenossen, schwarzhaarig, agiler als der andere, an: Genosse, es ist ganz unpassend, wie du redest. Du mußt die Frau überzeugen und nicht beschimpfen. Der Lehrer ist betroffen. Er möchte doch eher zu den Stand-Haltern zählen als zur Plebs, die hier angepfiffen, umerzogen werden muß. Das machen wir doch irgendwie falsch, sagt er. Man kann nicht immer und zu jeder Zeit auf die unbelehrbare Konsummasse eingehen. Sondern *die* müssen zusammenhalten, die schon etwas kapiert haben. Die einen wachen Geist haben. Die Konsummasse, seien wir doch mal ehrlich, kann nur noch wegsterben.

Die Kämpfer am Stand sind pikiert. Es geht nicht, daß sie diesen Standpunkt des betreffenden Bürgers einfach im Raum stehenlassen, aber sie wollen auch ihn überzeugen und ihm nicht einfach die falschen Ansichten von oben her verbieten. Wenn diejenigen, die auf der falschen Linie stehen, nur noch wegsterben können, so hätte der Mann ja auch sein eigenes Urteil gesprochen. Der

Ton seines Nachrufs auf das »Muttchen« ist ganz falsche Linie. Der magere Große sucht einen Ansatzpunkt in der eigenen Erfahrung des Lehrers, aus dem sich eine Korrektur seiner Haltung ableiten läßt. Er fragt: Was ist dein Beruf? Was arbeitest du? Was sagst du zu den Kindern, wenn sie etwas sagen, was deiner Meinung nach falsch ist? Der Lehrer ist aber offenbar auch im Unterricht autoritär. Er veräppelt die Kinder, wenn sie etwas falsch sagen, und läßt das, was sie statt dessen sagen sollen, auswendig lernen.

Der Humanismus ist doch geschenkt, sagt der Lehrer, dem das Interesse für seine Arbeit, das ausführliche Befragtwerden wohl tut. Das ist ein Faß ohne Boden (er weist auf Roßmarkt und Zeil).

Die zwei Kämpfer am Stand befinden sich in einem Engpaß. Gehen sie weiter auf den einzelnen, den Lehrer, ein, so erlischt immer mehr das Interesse der Umstehenden. Sie finden auch den Bogen zur imperialistischen Sowjetunion nicht so leicht, wo doch die Entscheidung liegt. Andererseits, wenn sie abbrechen, haben sie nicht gründlich gekämpft. Das Argument mit dem Humanismus hat außerdem zwei verschiedene Seiten, eine falsche Linie verbindet sich mit einer teilweise richtigen. Es kostet sicher Zeit, das zu präparieren.

Es handelt sich um eine neuorientierte Gruppe der ML, die hier zwei Kämpfer aufgestellt hat. Es ist wichtig, daß sie unterscheiden zwischen einer provokativen Falle, in die sie nicht hineinrennen dürfen, und der Grundlagenarbeit, bei der sie nur durch genaues Eingehen auf die Erfahrungen des Mannes einen fortgeschrittenen Standpunkt für ihn erarbeiten können.

Die Entscheidung ist gefallen. Kommen wir zurück auf die SU, sagt einer der Umstehenden friedlich. Die halten sich doch nur durch die Getreidetransporte aus dem Westen. Statt daß der Westen hier solidarisch zusammensteht und die Transporte stoppt. Ich glaube, es wäre in vierzehn Tagen mit der SU aus.

Auch das ist kein Standpunkt eines Marxisten, der einer Analyse standhält. Die hier von zwei Mann gehaltene Insel an gutem, aufklärerischem Willen, mitten im Distributionszentrum, wie in einem Fluß, »in dem einer bis zum Bauch im Wasser steht und mit einer Kaffeetasse das Wasser entgegen der Strömungsrichtung flußaufwärts schippt«. Sie dürfen sich aber auf keinen Fall geschlagen geben. Dies ist Kanalbau, Dammbau, wie ihn die Betriebe betreiben in der zweiten Natur, in der es nicht auf die Ackerkrume oder die wirklichen Flüsse ankommt, sondern auf die Äcker und Wässer in den Köpfen der Bewohner.

Es bilden sich aus dem verhärteten ML-Standpunkt im Kampf neue Zweige. »Wie aus dem Holzstab des Papstes, sobald der Pilger, durch Kraftworte verstoßen, sich auf dem Rückmarsch über den Apennin befindet, grüne Blätter sprießen.« Das Gleichnis hält selbstverständlich einer Analyse nicht stand.

Auf jede Rede, die falsch ist, siebenmal schweigen, achtmal eine Einhilfe geben, daß diese Passanten, das »Grundwasser«, den Maßstab der Irrtumsproduktion weltweit erkennen und sich wenigstens wundern. Wie zwei Sklavenfechter aus Spartakus' Heer durch die unbesonnenen römischen Heere »Furchen« legen:

»In Einsamkeit,
in Einsamkeit
da wächst ein Blümlein gerne . . .«

Teil III
(Hefte 11-18)

Im Hirn der Metropole

(Heft 11) Der Versuch, einfach zu denken – Ein Nazi der Wissenschaft – Industrielandschaft mit Sonne und Mond gleichzeitig – Bieskes stark erkältetes Radar – Eine Zeit, in der Detektiv Stennes meinte . . . – Ein einfacher Wille – Das bestußte Lächeln – »Unmerklich, wie Justiz entsteht«

(Heft 12) Bilder aus der Vergangenheit der Natur – »Der Zustand des Gartens« – Klassenvertraute, künftige Gegner

(Heft 13) Filme zur Stabsschulung – Öde ist . . . – Eine Spur der alten Energie – Das Problem der »Wirklichkeitsliebe«

(Heft 14) Radikalisierung der Genauigkeit – »Dickow!« – Die Fahrtrichtung durch Entgleisung ändern – Zwerg Breitsam – Chefphysiker Holzner – Der Untergang der *Bismarck* – Dieses einfache und elegante Experiment . . . – Eine besonders erfolgreiche Polizeihunde-Erziehung – Erfassung der »Katastrophen ohne Ursache« – Triebwerk-Husten – Aufgabe 4/18 . . . – Massenweises Aus-dem-Himmel-Fallen – Vom Standpunkt der Infanterie – Die Hubble-Konstante

(Heft 15) Ein Wernher von Braun der Ur- und Germanengeschichte – Eine Episode in der Zeit der Aufklärung – So wahnsinnig böse, daß er Haare lassen mußte – Das Frontschwein – Die Lenkung eines Rasse-Projektils – Nichts einfacher, als Gizella zu lenken – Sie hatte sich vorgenommen . . . – Eine Geheimwaffe – »Das Zeitgefühl der Rache«

(Heft 16) Eine Deutung der Justiz . . . – Festung Justiz – Eine Aufseherin in Preungesheim

(Heft 17) Warten auf bessere Zeiten – Schließung der Akten – Falsche eidliche Aussage im Amt – Blutegel – Wie verhält sich der höhere Vollzugsbeamte . . . – Herstellung der polizeilichen Arbeitsbedingungen . . . – Der neue Polizeipsychologe – Amtsgerichtsrat Wieland – Eine, deren Unterschrift unter dem Gesellschaftsvertrag gefälscht ist – Eine witzige Bemerkung . . .

(Heft 18) Ein Teil seiner Intelligenz ist in die Zunge abgewandert – Hirnforschung – Meßgenauigkeit – Trauerarbeit – Im Hirn der Metropole – Auf der Suche nach einer praktischen, realistischen Haltung – Zur Imagebildung – Soll man sich auf den Robustheits-Standpunkt . . .? – »Das schreiende menschliche Wesen« – Sie wollten sicher sein . . . – Feuerlöscherkommandant W. Schönecke berichtet

(Heft 11)

Der Versuch, einfach zu denken

»In der Strategie wird ein einfacher Gedankengang, mit allen verfügbaren Kräften ohne Ablenkung durchgeführt, zuletzt den Erfolg bringen.« Moltke

Madloch, aus der Schule Heydrichs, geht von einem »inhaltlich ausgefüllten Nationalsozialismus« aus, den er gegen den »bloß darstellenden Faschismus« absetzt. Insofern wendet sich diese sog. »Prager Schule« im Sinne eines wissenschaftlichen gegen einen gefühlsmäßigen Nationalsozialismus.

Abb.: Im Jahr 1941, weißer Pfeil rechts, 2 Stufen unterhalb des Protektors Heydrich und des stellvertretenden Protektors Frank im Aufgang der Prager Burg: Madloch.

Zunächst verwahrt sich Madloch dagegen, daß der Begriff der »Verschrottung durch Arbeit« eine Herabsetzung enthalte. Sofern »eine tapfere Truppe zu Schlacke ausbrennt« oder eine Fabrikgefolgschaft im Lebensalter vorrückt, bis sie irgendwann einmal bis zum letzten Glied ausgebrannt, verstorben oder invalid ist, insofern als Frauen »unter rücksichtsloser Zurverfügungstellung ihrer Körper den Nachwuchs an Jugend erschaffen« usf., geht es in allen diesen Fällen letzten Endes um eine Verschrottung, da das Originalmaterial an Arbeitskraft alle diese Vorgänge nicht unbeschädigt übersteht und geradezu der *Sinn des Ganzen* darin liegt, daß der Einzelne untergeht und gigantische

Produkte wie Industrie, das Volksganze, Front, Sieg usf. hieraus, eben unsentimental, arbeits- und wehrphysiologisch bestimmt, durch Verschrottung entstehn. Dieses ist zuletzt auch auf den Führer anzuwenden, der nicht derselbe bleiben kann. Alles andere wäre unlogisch.

Insofern ist die besondere Anwendung des Verschrottungsbegriffs auf Zuchthäusler, politisches oder rassisches Häftlingsmaterial, Sklaven oder Ostvölker usf. abzulehnen. Es ist hier im Grunde überhaupt keine Unterscheidung möglich.

Vielmehr muß ich im nationalsozialistischen Sinne unterscheiden, schreibt Madloch. Da ist z. B. das Entfernen, d. h. das Zum-Verschwinden-Bringen, eines Gegners. Ich darf dies mit dem Wertgedanken überhaupt nicht vermischen. Ja, ich muß die Berührung vermeiden und indirekt töten. Habe ich nämlich den Gegner vor der Pistole und sehe ihm bis zuletzt in die Augen, so gewinnt er als Tapferer oder Elender in diesem Blickaustausch sein weiteres Leben, da ich ihn aus der Erinnerung nicht ohne weiteres entfernen kann. Ich habe ihn also nicht »um die Ecke gebracht«, sondern »vor die Ecke«.

Hiervon unterscheidet sich das In-die-Sklaverei-Führen ganzer Völkerschaften. Hier geht es nicht um Verschrottung im beharrlichen Sinne, sondern um ein Prinzip der Dehierarchisierung, d. h. Nebeneinanderordnung, also weder Liquidierung noch Verschrottung (sondern das totale In-sich-Bringen des Gesamtwertes des anderen, *soweit leicht realisierbar*, in mich selbst).

Demgegenüber ist Verschrottung im nationalsozialistischen Sinne die vollständigste Mobilisierung der Willens-, Hirn- und Muskelkräfte einer Arbeitskraft, die Aktivierung der letzten Faser und Zelle. Graphisch dargestellt:

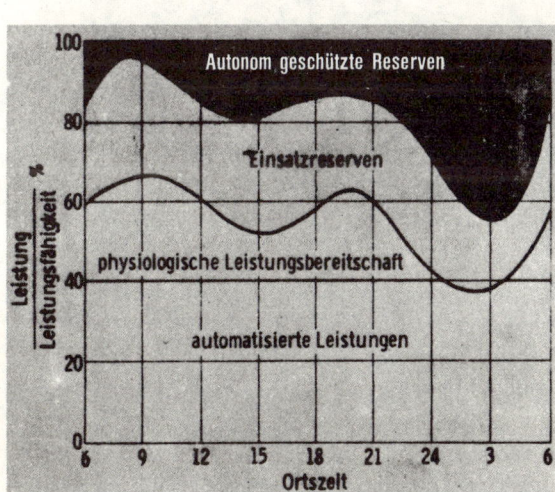

Abb.: Hierbei interessiert insbesondere die Zone der »autonom geschützten Reserven«, ganz oben, d. h. *rücksichtslose* Selbstverausgabung. Dies, als Herstellung der Arbeitskraft, ist Kern der nationalsozialistischen Haltung.

Nationalsozialismus und Anstaltsbegriff

Niemand ist als Einzelner für sich nationalsozialistisch. Es bedarf der Anstalt. So ist die Uniform die Anstalt des schwachen Einzelkörpers; Drahtzaun und Pforte, umbaute Halle, Anstalt der Betriebsgefolgschaft; Rotte, Kompanie, die Anstaltsform des Marsches; Gefängnisse und Lager, die Anstaltsform des ehrlichen und praktisch, d. h. auf Straffreiheit gerichteten volksgenössischen Geistes, der andernfalls nur schwirrt.

Vom nationalsozialistischen Standpunkt ist aber das Gefängniswesen der Justiz, die Fabrik dem Unternehmer, die Uniform dem Goldfasan und die Regimenter der Clique des Berufsoffiziersstandes (OKH) wegzunehmen. Diese konsequente Entmischung des Historischen ist nationalsozialistische Führung.

In der Welt als Anstalt wird dem Einzelnen sein Schicksal zurückerstattet, das er als Einzelner für sich nicht haben kann. Er erhält das, worauf er als *geborener Mensch* Anspruch hat: eine exakte Bestimmung als Soldat, Häftling, Gefolgschaftsarbeiter, Führer usf. Da er nur so sich auflehnen, seine Arbeitskraft verausgaben und als unbesiegbare völkische Gruppe entstehen kann.

Kritik des Völkischen

Abb.: Das Völkische in Form einer Maschine.

Dieses Produkt vermag ich nicht durch Geld, »einfache« Verschrottung (= Sklaverei) oder Befehle herauszuziehen, sondern es bedarf hierfür eines spezifischen sozialen Magnetismus. Insofern hat nationalsozialistisches Wissen mit der *Elektrizität* zu tun, die kundige Ärzte um 1810 zum Gegenstand ihres Interesses machten.

Stelle ich mir den Nationalsozialismus als eine geheime Grabkammer vor, als ein Heiliges, das nirgendwo (auch nicht in den deutschen Wäldern, nicht im

Quedlinburger Dom usf.) seinen bestimmten Sitz hat, so gelange ich durch zahlreiche Türen, Gänge, Tore, Gatter in einen *Innenraum*, d. h. zu einer Herdstatt, die die einfache Gestalt eines Bauerngehöfts hat. Frauen und Werte werden durch Raubzüge dem Hofe anverwandelt, »eingebracht«. Es ist die »Zelle des Mein«. Und nun ist der Nationalsozialismus nichts anderes als die innerste Stimme des Grundackers – jeder vom anderen getrennt in der Natur Germaniens – in der nationalsozialistischen Anstalt aber ein Ganzes (deshalb auch nur als Kopfsprung darstellbar). Anstalt ist gleich Zucht. Ich züchte, indem ich die Wut herausreiße, also verschrotte. Hierzu benötige ich ein politisches Schielauge, das links auf den Arbeitswert, rechts auf die Vernichtung des Werts des Gegners blickt. Alles übrige vom »Völkischen« ist abzulehnen.[75] Eine Einheit hat diese Substanz der verschiedenen Landschaften Deutschlands nicht.[76]

Insbesondere: die Bezeichnung *Ganzheit, Wesenhaftigkeit, Durchbruchsstärke* als nationalsozialistische *Trias* sind nutzlos, decken lediglich zuoberst (wie ein Topfdeckel) das Heiligste der Führungsgrundsätze zu. Vielmehr muß ich durch die Worte hindurch zum Elementaren vorstoßen: zu den Muskelsträngen, den Strängen des Willens, der »Anstrengung«, dem »Über-die-Stränge-Schlagen«, dem Strick, dem Streich, dem Steicheln usf. Dies ist nicht Wortwahl, sondern Verwaltung. Und ich würde hier das Wort »erwalten« vorziehen.

Nach dem Vorgetragenen, schreibt Madloch, erscheint die ganze Gründung des Sonderlagers Langenstein (wie auch schon des Lagers Nordhausen) »imperfekt«. Entweder das Häftlingsmaterial ist ein Gegner (hierzu sehe ich allerdings keinen nationalsozialistisch fundierten Grund), dann muß man die Häftlinge während eines Bombenangriffs in die Stadt führen und Fluchtwege sperren. Oder man will eine Nebeneinanderordnung erreichen, dann muß man dieses Material in ein entlegenes Gebiet verfrachten und dort sich selbst überlassen (z. B. Karpathen). Oder aber man will dieses Volk konsequent unter die Erde bringen, dann muß man die untaugliche SS-Lagerwache liquidie-

---

75 Einerseits zum ehemals keltischen Gebiet hin – Süddeutschland mit Wien. Anderseits nördlich der Rhön (= Rain = keltisches Wort für »Grenze«), ehemals germanische Zone. Hier aber nicht Volk, sondern Dorf, Landkreise, Parzelle. Dies wiederum teils industriell überlagert an der Ruhr, in Sachsen, Oberschlesien, landwirtschaftend in Pommern, Westpreußen, waldbewohnend in Niedersachsen usf.

76 Das kopple ich jetzt in Form der Staatsanstalt. Ich gewinne aber nichts durch Verbindungen der Wörtchen Volks-, Wehr-, Staats-, Schaffens-; z. B. wenn ich sage: schaffendes Schulvolk, volksschulendes Schaffen, schulschaffendes Volk, volksschaffende Schule. Es vermehrt die Substanz nicht. Oder Volksgrenadierdivision, Division heißt Teilung, Volksdivision ist Volksteilung, Teilvolk, Teilungsvolk, Volksteilung, Volksabteilung, Abteilungsvolk usf.

ren, das Arbeitskraftmaterial zum Volk ernennen und anstelle des versagenden Reichsvolks aus dem angeblichen oder ehemaligen Gegner ein unterirdisches Volk zusammenschweißen. Dazu wäre erforderlich, daß man *magnetisch*, d. h. nationalsozialistisch, ihre Hirne gewinnt und das Material pflegt.

Voraussetzung für die Bildung eines einfachen Gedankens: Voraussetzung, schreibt Madloch, ist eine Situation, z. B. daß ich einen einzelnen Mann bei seiner Arbeit auf verbrauchte Kalorienmengen messe. Nacheinander könnte ich dies bei verschiedenen tun. Es ergibt sich z. B. folgende Skala:

Woher kommen die klaren Gedanken?
Standartenführer Schwitzke, Polizeiadjutant Heydrichs in Prag: Alle großen Gedanken sind Herrschaftswissen. Das geht 800 Jahre oder mehr zurück. Madloch vermochte aber seine Ahnen, die ihm aufs Hirn drückten, nicht so weit zurückzuführen. Woher hat *er* die Klarheit des Gedankens? Seine Vorfahren sind Bauern aus der Grafschaft Mansfeld. Von Reitenden, die von der Wartburg herunterreiten (Familie Berlepsch), werden ihnen die Glieder ausgerenkt, Augen ausgestochen usf. So auf die Katen zurückgeschickt, versuchen sich Madlochs Vorfahren wieder in das Leben der Nation einzufädeln. Haben sie im Moment der Marterung von den Herren gelernt? Lernen sie daraus, daß

sie mehrere hundert Jahre so tun, als seien sie getreue Knechte? Darüber weiß Madloch nichts.

Verkomplizierung um 1929

Bauernkriege, Versailles, die Eltern, die noch leben, im Rücken. Das Hochschulstudium (Wehrphysiologie). Eine Anstellung als wissenschaftlicher Hilfsarbeiter im Reichsarbeitgeber-Verband. Er hat kein *Gegenüber*, das er auf einfache Weise *durchmessen* kann, sondern muß über volkswirtschaftliche, politische »Bewegungen« im Reich urteilen.

Erhöhte Komplizierung auf dem Höchststand der Eroberungen 1942

Jetzt muß Madloch, von Prag aus, gemeinsam mit unübersichtlichen anderen »Schulen« und Kräften im Reich Grundfragen eines neuen Weltbildes, d. h. Umwertung aller Welten, beurteilen, da Zuständigkeitsbereich *ohne Maß* ausgeweitet.

Zusätzliche Komplikation in der Zerfallszeit des Reiches, etwa ab Frühjahr 1944

Nunmehr muß die Einfachheit des Gedankens – dabei erneutes Gasgeben, um aus der ausweglosen Not doch noch herauszugelangen – auf die geringer werdende Bewegungsmöglichkeit abgestimmt werden. Der Druck ist der gleiche wie vorher. Wie kommt es, daß Madloch trotzdem zu einfachen Entscheidungen gelangt? Das würde Madloch gern wissen.

Ein Nazi der Wissenschaft

I

Eine akademische Chance hatte Gartmann nicht. Er wollte ja eigentlich Karriere machen, sich in grober Weise auszeichnen vor anderen. Aber dieses innere Hieb- und Zuckschwert seines Ehrgeizes ließ sich nicht in gelassener Vorteilsberechnung handhaben. Er neigte deshalb zum »Graben«. Die Beweisbarkeitsfragen ließ er hinter sich. Er wollte ein glanzvolles erschöpfendes Wissen vorzeigen – gerade dies Bemühen schnitt ihn von akademischen Posten ab. Für die Linke war er zu alt. Sie vergab keine Ehren, hatte wohl auch keine Wissenschaft mehr unter sich.

II

P. Gartmann war Hirnforscher. »Wenn ich wissenschaftlich etc. tätig bin, eine Tätigkeit, die ich selten in unmittelbarer Gemeinschaft mit anderen ausführen kann, so bin ich gesellschaftlich, weil als Mensch tätig.« Die minutiösen Kenntnisse, die er über die Ionen-Austauschmechanismen am Ranvierschen Schnürring besaß! Als Menschenwesen war er in Not. Daher sein Hirninteresse: Negentropie, d. h. vermehrte Ordnung gegen den Entropie-Satz der unbelebten Natur! Entropie, das Maß für die Zustandswahrscheinlichkeit. Ganz gleich, welcher Zustand, er war früher oder später nicht auszuhalten. Dagegen ist Information, die sich wenigstens formal als Negentropie definieren läßt, also was das Hirn von selbst tut, ein Wahrscheinlichkeitsmaß. Es war gewiß nicht Larifari, daß sich Gartmann *damit* befaßte:

> »Das Durchdenken, die Antizipation bestimmter Situationen im erkennenden Bewußtsein des Menschen, sichert die Existenz des betroffenen Lebewesens mehr als alle anderen Maßnahmen der Natur. So kann etwa die Folge einer unterlassenen Flucht bei Angriff eines Raubtiers durchdacht und im Verhalten ausgewertet werden, lange bevor das Ereignis selbst zur Vernichtung des Lebewesens führt.«

Also, ohne Not hätte sich P. Gartmann die Mühe nicht gemacht.

III

Wo sind denn nun die gewaltigen Wünsche, die sich in gut 10 000 Jahren angesammelt haben? Das war Gartmanns Grundthema. Sie können nicht einfach verschwinden. Entstanden sind sie sicher. So sicher, wie Leiden Wünsche erzeugt, und daß gelitten wurde seit der Eiszeit (und davor auch), daran konnte das »Weimarer System akademischer Wissenschaft« nichts ändern.
»Ich weiß, daß ich nichts weiß« – das faßte Gartmann als Freibrief auf: Deshalb durfte er ja in diesem »motorisierten« Tempo suchen. Dümmer konnte er nicht werden. Je »inniger« er aber suchte nach den öffentlich gesuchten Wünschen – *er* konnte eine Skizze der Schatzfundorte anlegen, hatte so etwas in seiner Kartei. Wie ein erfahrener Apotheker hatte er sich aus dem Bestand der Universitätsbibliotheken seine Giftchen zusammengestellt. Auch Besuche bei verschiedenen Wissenschaftlern, die den treuen Schnorrer nicht einzustufen

wußten, ihm mit Auskünften zu Willen waren, um ihn rasch loszuwerden (sie erwarteten immer noch, daß die ihrer Ansicht nach abwegigen Fragen ein Vorwand wären und er mit einer persönlichen Bitte, z. B. um Anstellung, herausrückte), da waren sie schon in Feuer und erzählten vieles, was sie aus Mangel an Zeit nicht in Anmerkungen oder Büchern drucken ließen. Gartmann nannte sich *Querschnittzähler* oder auch einfach Zähler – im Gegensatz zu den Fachwissenschaften, den Theologien, aber auch den, von ihm bewunderten, Rechercheuren und Journalisten, oder Entdeckungsreisenden, denen er sich nicht gleichstellen wollte, weil er dafür nicht beweglich genug war. Er hatte immer Schwierigkeiten, das Hirn aus der Ruhelage auf Transport, den Suchzustand, zu bringen, er drang daher zu den Endadressaten seiner Fragen nicht oft vor. Er meinte, daß Journalisten das täten, hatte aber nur Romane über Journalisten aus dem 19. Jahrhundert oder in den USA der zwanziger Jahre gelesen. Aus allen diesen Gründen einfach Zähler – einer, der 1 + 1 zusammenzählte.

IV

Die Eiskappe hat ja die Form des Hirns! Das muß doch jeder sehen. Nicht ein Kopf, nicht eine Zehe, sondern ein Hirn.[77]
Die Geburtszelle des Hirns (Homo, homo) setzt Gartmann an den Rändern der Eiskappen der Mindel-Eiszeit an. Die Eiszone selber konnte wohl niemand betreten, aber in Not brachten auch schon die Ränder. Dauerfrost-Boden! So befindet sich alles in Bewegung zum homeothermischen Meer!
»Das gab's nur einmal, das gibt's nicht wieder«, sagte Gartmann. Es lebt vom Vorrat, und ich muß die Örter im lebenden Hirn finden, wo diese Vorräte konserviert sind. Er preßte Hirnteile Toter in einer Quetsche aus, wollte zunächst versuchen, das Eiszeitmäßige, also die Wurzel der Intelligenz durch Filtern dieser Sauce rein zu gewinnen. Na, daß das nicht hinhaute, wußte er schon vorher. Aber er brauchte Arbeitsvorgänge, sogenannte »Situationen«, in denen er fühlen, zählen konnte, sich auf den Gegenstand einstellte. Wahrscheinlich wird das Eiszeitmäßige im Hirn (unzerquetscht, in seiner Struktur belassen) seinen Zwilling in dieser toten Masse suchen. Er hatte Vertrauen.
Wenn er nur ein Quentchen von dem starken Ursprungsgift hätte, wollte er damit, »wie mit einer Wünschelrute«, die Wirklichkeit absuchen. Von wo kommt die nächste Eiszeit? Hat mit dem Wetter nichts zu tun. Aber: »Etwas wird kommen. Man muß es *erkennen*«. Das Zentralprinzip »Kälte« mußte ja nicht aus Eis bestehen. Aber ohne sie leidet keiner. Nicht im Backofen? Ich

möchte mal sehen, wie Sie gerade mit Ihrem hitzeempfindlichen Hirn, Ihrer
Neigung zu Hautausschlägen, da Sie ja zum Schwitzen neigen, aber doch ganz
unregelmäßig transpirieren, je nachdem, ob die Körperteile mehr zum Eis oder
mehr zum Ich schlagen – wie es Ihnen in den Tropen ergeht, oder in den Flammen Ihres Hotelzimmers! Der Philosoph Alfred Schmidt, Naturbegriffs-
Schmidt, besucht mit Gartmann gelegentlich den »Ball der einsamen Herzen«.
Er war nie wirklich zu beirren, Hirn- und Begriffs-Gartmann aber auch nicht.
Es war doch auszuzählen: Keiner will allein sein. Wenn Gartmann auch gern
ungestört war: er konnte weder als Einzelner denken, noch konnte er, konzentriert auf 1-12 Gesprächspartner, mit 44-100 Dialog-Partnern austauschen,
wie er es konnte, wenn er es überhaupt konnte, wenn er allein war. Du bist ein
heller Kopf, sagt Schmidt. Falsch! Das Hirn ist dunkel.[78]

V

Interessante Struktur an der Hirnbasis. Als ob ein Froschkönig mit ganz winzi-
gem Geschlechtsteil, aber kräftig angezogenen Schenkeln, vor einer Prinzessin
oder Schneekönigin säße, die sich die Bescherung »nicht ohne Güte« ansah

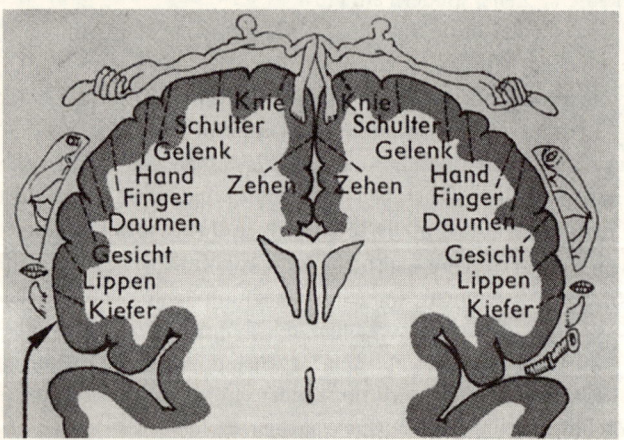

Abb.: Hirnquerschnitt »Froschkönig« (nach Gartmann).

78 Strukturalist war Gartmann auch nicht. *Ich* »wußte« mehr als er. Er konnte partout nicht
scharfsinnig werden. »Ich weiß, daß ich nichts weiß«, hieß soviel wie »stellen wir uns einmal ganz dumm«. Die Pariser Heiligen stellten sich aber schlau. Gegen die Funktionalisten, die die Strukturalisten bekämpften, war methodisch nichts einzuwenden, aber sie
suchten »die Funktionen an Stellen, an denen sie nicht liegen konnten«. Mit der Methode
des Nicht-Wissens war Gartmann gegen Irrtümer dieser Art gefeit.

und sagte: Ich geh schon. Da kann man was ganz Schönes noch daraus machen. Das muß man gründlich mal waschen. Durch 2 Knochensplitter (wie Höhlenwände) beschützt, ein etwas länglicher Körper, weiter oberhalb. Wenn die Prinzessin gründlich war, stieß sie darauf.

VI

Scholastik: Geist ist Geist. Die amerikanischen Funktionalisten: Hirninhalt ist System von Nachrichten. Davon können wir die Nachrichten*mengen* messen. Gartmann stößt dagegen zur Wurzel durch: Nachricht oder Geist ist Notlage, eine angerichtete oder offenkundige Bescherung, die gütigerweise von Hexe oder Fee zum Guten gewendet wird. Von diesem Prinzip der Notwehr leitet Gartmann die Selektion der Nachrichtenmengen und Inhalte der Hirntätigkeit ab:

Aufnahme 10^9 bit/sek.

Abgabe durch Sprache, Mimik, Lokomotion 10^7 bit/sek.

Informationsauswahl $1 : 10$ Millionen.

»Bewußt« erarbeitet 10^2 bit/sek.

Kurzfristig gespeichert: (Kurzzeitgedächtnis) auf bis zu 0,01 mikrosek.: 10 bit/sek.

Langfristig gespeichert, also »bewußt«, 1 bit/sek.

Wo ist der Rest?[79]

Er wollte noch in diesem Leben über das hinausgelangen, was in Marx' Beispielsammlung zu »Reich der Freiheit« angegeben war: jagen, fischen. Aber auch Bier trinken, voller Illusion in Kneipen einfahren, sich im Bett noch mal zudecken, linke Seite gebraten, rechte Seite, Feuerwerk und Gesänge im letzten Moment eines Fußballkampfes – alles das war es nicht. Andererseits ein erkälteter, geviertelter Mann, der für »Vergnügungen aller Art« wenig Trieb hatte. Er wollte mit großem Fleiß sich das Himmelreich zu Lebzeiten erobern. Praktisch kam zunächst nur heraus, daß er länger frühstückte, immer mit schlechtem Gewissen, weil er ja so das Himmelreich nicht

79 Alles dies ein- oder ausgeschaltete Flip-flops. Der Zustand »aus« ist also zugleich die Schaltstellung »ein«. Andernfalls wäre diese Hirnarbeit ja auch nicht zu schaffen. Also bedeutet »aufnehmen« etwas nicht wissen, und »weiß nicht« bedeutet andererseits »Aufnahme«. Die Hälfte aller Informationen geht bei diesem Prozeß verloren. Aber die andere Hälfte? Sie kann nicht verloren sein (Gartmann, 1968).

übernahm. Da las er extensiv in der Staats- und Universitätsbibliothek: Geschichte zerfällt in: a) Landesgeschichte, b) Wehrgeschichte ...»Du bist nicht konsequent«, sagte Susi. Wollte er nicht hören. Du spinnst in einer Richtung deine Gedanken und dann in einer anderen, aber du tätest nichts, in keiner dieser Richtungen. Du weichst aus. Na ja. Ich weiche aus, aber ich komme wieder, antwortete Gartmann. Ich bin zäh. Es war nicht ausgeschlossen, daß er zäh war.

VII

Seit Veröffentlichungen Gartmanns in *Bild am Sonntag, Pardon* und *Kursbuch,* in »Autonomie«, *Nationalzeitung, Marxistischen Monatsheften,* im *Handbook of Physiology* Section I: Es gibt natürlich immer Leute, die die Reinheit der Wissenschaft oder die Reinheit der Politik zu ihrem Anliegen machen. W. Feddersen, ein solcher Wesenskehrer, bezweifelt deshalb in mehreren Publikationen die Zuverlässigkeit von Gartmanns Methodik.

Ganz absurd sei Gartmanns Deutung der Betzschen Riesenzellen und von Nr. 44 der Zyto-Architektur nach Brodmann (Brockasches Zentrum)! Das sei kein Protest-Zentrum, sondern das Sprechzentrum. Sich mitteilen, nicht »protestieren«. Es sei ganz absurd, die Sprache aus dem »suchenden Nein« des Babys zu entwickeln, das nicht findet und deshalb den Kopf schüttelt, bis es findet: Gerade dieses Lebewesen könne ja noch gar nicht sprechen.

Nr. 1, 2, 3 der Zyto-Architektur des Hirns seien auch kein *Fluß.* Zugegeben, daß man aus der Zeichnung einen Flußlauf mit lieblichen Wiesengründen an den Ufern zu dem Bild assoziieren könnte. Aber das sei phantastisch! Was fließt, seien die Blutversorgung, die elektrischen Eigenströme. Abwegig auch die hergeholten Ableitungen zum EPS und den Nummern 10-47.

Feddersen war der Ansicht, man müsse Gartmann die Berufsausübung verbieten. Er habe keinen festen Beruf. Feddersen erstattete Anzeige gegen Gartmann nach § 8 des Heilpraktiker-Gesetzes.

Gartmann wehrte sich vehement. Auf den Vorwurf, er wende seine Phantasie an: Jawohl, die wende ich an. Im übrigen wies er darauf hin, daß er nicht unter den Radikalenerlaß fiele, auch keine Staatsstellung anstrebe.

Gartmann war *Nationalsozialist.* Durch Studium der *Wurzel*texte war er *Marxist.* Seiner Parteizugehörigkeit nach war er *Sozialdemokrat.* Beruflich *Erwachsenenbildner.* Sein Lebensziel sah er: als *Wissenschaftler.* Dies kann aber, nach allem, was schon gesagt wurde, nur im anti-professionellen Sinn gelten, da man Wissenschaft nicht »haben« oder »sein« wollen kann – sie wird dann angeeignet, d. h. verschwindet rasch. Er ging also strikt als *Laie* vor.

VIII

»Das schreiende Menschenwesen will den Daumen in den Mund stecken, aber dieser weist auf die Kopfdecke (Mitte), würde sich bei weiterer glücklicher Annäherung in den Schädelknochen bohren, der zuerst ganz weich war (die Geburtshelferin Fricke konnte ihren Zeigefinger probeweise in die weiche Hirnschale des ohnehin verlorenen Krüppel-Kindes der Frau K. stoßen. Es ergab sich ein Loch. Mit nicht mehr Kraft, als sie gebraucht hätte, um etwas Popel aus der Nase zu kratzen, ohne die Kapillaren zu verletzen). Hand und Köpfchen gleich groß, ja, sie sind ja auseinander entstanden, Zwillingskreaturen. Und die Ganzkörper (kleiner als die Hand, aber doppelt so groß wie die Däumlinge) sind auch Zwillinge, die mit ihren Hintern aneinanderrühren. Leria (1970) hat darauf hingewiesen, daß die Lokalisierung von Einzelteilen, z. B. Muskulatur in bestimmten Hirnzentren, genauso naiv wäre, wie wenn man sagen würde,»daß verschiedene Produkte, die in einem bestimmten Hafen gelöscht werden, dort auch produziert würden«.

IX

»Glück ist die Erfüllung eines Kinderwunsches, aber der Satz ist nicht umkehrbar. Die Wünsche sind nicht Kinderglück.«
Die Gründe lagen in Aera 44, 43, 22, 21, 20, 6, 10, 3, 1, 2, 5, 7 a, 18 (übergreifend auf paläocerebellum), 39, 42, 41, 52, 38 (konsequenterweise auf archäocerebellum übergreifend). Zum Beispiel Aera 45: »Gorilla legt sich schlafen, wird im Schlaf mit Stein auf Kopf geschlagen, tiefe Ruptur der Schädeldecke.« Aera 47 anteilig: »Bauernkriege«, Aera 18: »Abhacken von Fingern oder des Kopfes in Muttergesellschaften, bei Schmieden, Intelligenzlern, übrige Gesellschaftsschichten sehen es mit an usf.« Benennungen nach Gartmann, 1972.
Die toten Knochen dieser Wünsche schreien zum Himmel, sagte der Alt-Philologe, F. Genscher. Sie steigen wie Rauch in die Systeme, die jetzt, »als könnten sie wünschen«, auftreten: EWG, Moral, Justiz, Vernunft, Bombengeschwader usf.[80]

---

80 Übereinstimmend mit den Ergebnissen des Projekts Emotional Warfare (Emotionale Kriegsführung) der Universität Berkeley, Department for Strategic Studies, I / S. 932 ff.

X

Susi, Gartmanns Lebensgefährtin, war von Haus aus logisch. Ja, ja, tschüs. Sie war im einzelnen in ihrem Leben immer logisch, nur nicht insgesamt . . .

XI

[Im Schlachthaus.] Wenn Susi sich zusieht – vor allem im Schlaf, sie sagt dann ihre Träume, deren letzten Wach-Rest sie mit geschlossenen Augen an sich vorüberziehen läßt, Gartmann an, der neben ihr döst, aber sofort hört, wenn sie zu diktieren versucht, wie sie zu dem angstvollen, disziplinierten Arbeitswerkzeug wurde (und auf der anderen Seite immer Stabsführer des Sexualbetriebs), alles dies gemessen an dem kleinen geschwänzten und behaarten Hauttier, das sie meinte gewesen zu sein, ehe sie zum »Menschen zugeschnitten« wurde, da muß sie bei jedem dieser Schnitte, Zerteilung oder Zulötung der Haut, aus ihrem Dasein als Mutterfolger[81] in ein »menschliches Ganzes« wie einen Pup Protest abgelassen haben. Wo ist der denn? Sie durchkämmt ihre Träume. Es scheint ihr, daß sie kannibalisch, Fetzen der Haut, in Fleischseiten, Rippenstücke, Innereien usf., zerlegt worden ist. So »dezentralisiert« kann sie sich nicht einfügen. In dieses Schlachthaus will nichts von diesen Zellenstücken zurück. Fort kann es aber auch nicht. Sie muß auf Schwund achten!
Nun war das für Gartmann, wenn er träumte, nicht anders. Er konnte nur sagen, daß das der Grund ist, warum Phantasie flüchtet.

XII

Gartmann wäre jetzt, hätte er einen anderen Lebenslauf gehabt, in das Pensions-Dienstalter eingetreten oder das der Emeritierung. Er fühlte sich, da er vor allem antizipierte, schon so gut wie tot, in dem Sinn, in dem Kinder sagen: »Wenn man tot ist, kann man nicht mehr aufstehen, sich nicht mehr bewegen, aber man kann lernen.«
Sein Lebensgefühl war – weil er vorausblickte, konnte ja nachträglich nicht noch Schlimmeres passieren – eigentlich optimistisch, so wie man wiederum

---

81 Susi verwendet hier Gartmanns Nomenklatur. Danach ist ein Mensch kein Nestflüchter, dieser Begriff ist überhaupt falsch, da ja das junge Lebewesen hinter der Mutter herläuft, Anklammerer ist. Nestflüchter ist Mutterfolger!

sagt: »Tot, zerrissen, zerschlagen und außerdem noch Karl der Große.« Er blickt nunmehr auf sein wissenschaftliches Gesamtwerk hin, das nur noch von der Praxis aufgegriffen werden mußte. Zunächst hatte er Susi, F. Genscher und, mehr aus Sympathie als aus Einsicht: Natur-Schmidt als Anhänger. Es gab Führer, die anfangs weniger hatten.

Industrielandschaft mit Sonne und Mond gleichzeitig

I

»Als die gold'ne Abendsonne sandte ihren letzten Schein . . .«, war tatsächlich schräg über den Hochhäusern der Nordweststadt, wie Giglatz feststellte, die Mondsichel zu sehen. Über den Taunusbergen, trotz Hochdrucklage, eine Regenwand, die vermutlich gegen 21 Uhr auch hier in der Stadt den Staub von den Häuserwänden waschen würde. Alles untypisch, sagte er. Das war in allen Einzelheiten ein Durcheinander von Eindrücken, die man vom Standort Giglatz', an seinem Schreibtisch in der Dreizimmerwohnung in Praunheim, um zahllose weitere Daten, die nicht unmittelbar mit den Augen zu sehen waren, ergänzen mußte: eine Zahl Paare (geschätzt 8000) kohabitierte in diesen Minuten; nicht auszuschließen, daß wenigstens zwei davon sich für glücklich hielten. Man muß diesem Fachausdruck »glücklich« einmal näher nachgehen. Zwei konkurrierende Abschleppfirmen, nahm G. weiter an, lieferten sich im Raum Bad-Vilbel–Bad-Soden eine Schlacht um ein gestrandetes Auto. Entweder die Sodener oder die Vilbeler Firma mußte, verprügelt, vom umstrittenen Wrack ablassen und war auf den Prozeßweg verwiesen. Das sah er nicht, sondern »dachte« es, weil es durchschnittlich alle zwei Minuten im Großumland Frankfurt geschah. Von zahlreichen Zahlungseinstellungen, geplant für den nächsten Tag, abgesehen, die jetzt in verschiedenen Büros endabgerechnet werden.
A. Trube hätte aus seiner – gewiß entgegengesetzten – Sicht noch einiges an Eindrücken ergänzt, auch abgesehen von dem, was die Lokalredakteure der *Frankfurter Rundschau*, der *FAZ* und der *Neuen Presse* in diesen Augenblicken ermittelten, was Genossen des *Informationsdienstes* (= ID, Informationsdienst für unterbliebene Nachrichten) sahen (sie stapelten den Neudruck einer Beilage). Das alles schien dem jungen Giglatz, während es minütlich vorüberzog, eher wirr. Er wußte aber, daß ein Teil der Verwirrung aus der Einordnung in die Minuteneinteilung folgte, die aus ihm selbst kam. Ein willkürliches Maß für die Rhythmen der Sachen außerhalb seines Kopfes (allerdings zeitge-

mäß von Giglatz' jetziger Ruhepause), die äußeren »Gegenstände« dagegen
»dachten« sich vielleicht in Sekunden oder in Jahrzehnten oder im Dreihun-
dertjahresrhythmus.

Na, sagte Giglatz, machen wir uns mal an die Arbeit. Es muß doch festzuhalten sein, was hier so passiert. Er kam nicht weit mit dem Vorhaben. Nicht, weil
es unmöglich war, sondern weil er die Arbeitskraft für den Entschluß, nicht
aber für die Ausführung zur Verfügung hatte. Er konnte überhaupt keine Arbeitskraft erübrigen, außer in solcher Abendstunde einmal (in Minuten gerechnet) länger am Schreibtisch zu dösen oder vom Fenster her Eindrücke zu
sammeln. Selbst in den Nachtstunden lernte er für bessere Qualifikation. Der
Beruf des »Averagers« war ein in dieser Industriezone sich ungestüm entwik-
kelnder Berufszweig, da die Selbstkontrollrechnungen der Firmen auf Durch-
schnittswerte angewiesen waren.

An sich, sagte Giglatz, als er sich von der Momentaufnahme: »Abendsonne
und Mondsichel gleichzeitig« trennte, sind dies keine signifikanten Daten, die
hier den Augen erscheinen, gemessen z. B. an der Tatsache, daß jetzt in Ge-
samtzone der Stadt etwa 220000 Menschen und Tiere beim Essen sitzen.
Mond und Sonne gleichzeitig dagegen schien ihm ein seltenes Ereignis, nur
weil er es noch nicht oft beobachtet hatte. Er hätte sich korrigieren müssen,
wenn er einen Astronomen oder einen Wetterforscher befragt hätte. Es ist
nämlich im Jahr eine recht häufige Erscheinung.

II

Giglatz und A. Trube sind beste Freunde, so wie man von Kindern sagt: sie
treffen einander oft zum Spielen. Der eine, A. Trube, arbeitete in einem Bok-
kenheimer Betrieb als Arbeitszeitmesser und Refa-Mann; der andere, Friedrich Giglatz, war bei Messer Griesheim Averager, d. h. Mittelwertbildner. Das
eine hat mit Arbeitsproduktivität, das andere mit Verkauf, Marktbedürfnis,
zu tun. Ihre Methoden ergänzten sich; aber das wirkte sich nur aus, wenn sie
getrennt von ihrer Arbeitsstelle zusammenkamen (dann aber störte das Zusammensein, da sie ja immer etwas unternehmen mußten: in ein Lokal einkeh-
ren, ins Kino gehen, Ausflüge machen usf.) oder, ungestört, wenn der eine
Freund mit dem jeweils abwesenden Freund im stillen Kopf konferierte. Sie
waren nicht unzufrieden.

III

»Kinder beginnen ihre Reise durch die Welt als *naive Realisten* und vertrauen den Dingen, so wie sie erscheinen.«

IV

Für A. Trube sind die Menschenmassen einer Stadt wie gut verpackte Vorratspäckchen von Grundwaren, nämlich zerfallend in Absatzwille und Produktionsleistung, also z. b. in der Zeil beides, wobei die Marsch-Geldherausnahme-Blick-Kontakthalte zur Schaufenster-Wähl-Leistung das am bestimmtesten Meßbare ist, also z. b. in den guten oder edlen Eigenschaften wie in Tüten verpacktes norwegisches Bergwasser, in den weniger auszeichnenden Eigenschaften wie Pappkartons mit je fünf Briketts Braunkohle (drei Ofenfüllungen, falls es solche Öfen noch in großer Zahl gab, wie den fast ausgestorbenen Buderus-Ofen, den Ferdy Kramer in zwölf Tageseinheiten eines Bauarchitekten – hier Übergang zu irrationalem Wert – entworfen hat, der aber ergänzt um Millionen Arbeitsstunden einfacher Feuermacher, 1944-48, vor allem auch Frauen und heranwachsende Kinder, deren Arbeit in der volkswirtschaftlichen Gesamtrechnung nicht erscheint, Millionen Leben in den Hungerjahren vor dem Frieren bewahrt hat) oder von Plastikbeuteln mit abgepackten Kartoffeln – alles auffällig gleich. Wenigstens innerhalb der Kategorien und sofern Trube streng von den einzelnen Eigenschaften ausgeht.

Natürlich ist der Gebrauch des Abgepackten dann so wenig gleich wie die vielen verschiedenartigen Firmen des Frankfurter Raums, der die Arbeitskraft verschieden einsetzt, oder die Warenbestände in einem großen Kaufhaus, oder so verschieden wie der verschiedenartige Geruch oder Gebrauch, den Kinder, Frauen, Hunde oder Müde von den zahllosen Gegenständen, Straßen, Häusern oder Lebewesen dieser Stadt machen. Die Aufzählung ufert aus, gerade dies muß Trube vermeiden.

Es ist ein Unterschied, sagt Trube (er sagt es nicht laut, sondern erklärt es dem abwesenden Freund), ob z. B. ein Einzelkind mit den Kartoffeln Matsch macht oder Ball spielt oder ob Hungrige sie roh essen, und ungleich sind auch die einzelnen Kartöffelchen (manche reif mit sprossenden Trieben usf., oder verbeult, oder rund gezüchtete Kügelchen, als wären sie geschliffen, die aber dann oft wässerig schmecken, weil sie Zuchtprodukte, genetische Mogeleien, die irgendeinem Durchschnittsbedürfnis angeblich entsprechen, darstellen, d. h., die Kartoffeln sind hier Darsteller geworden, Schauspieler). Ganze Tage lang übt sich Trube so in Operationen einer »modernen«, d. h. einmal durch den Beruf getriebenen Sinnlichkeit. Was täte er ohne Giglatz! Sämtliche Beobachtungen ufern hemmungslos aus, und erst der Freund bringt sie auf sprechbare Mittelwerte. Insofern ist der eine Grenzzieher und der andere Uferüberschreiter, Überschwemmer. Der eine macht »Schlammschlacht mit Apfelmus aus Eimern«, der andere macht ihn darauf aufmerksam, daß dies nur im gekachelten Badezimmer anschließend mit dem Reinlichkeitsgebot zu vereinbaren ist. Es wäre sonst Dreck.

V

Giglatz und A. Trube haben ihre Arbeitsplätze verloren. An sich liegen ihre Fertigkeiten inmitten des Hauptstroms der kapitalistischen Bedürfnisse. Aber dieses Bedürfnis macht Zacken. So avanciert z. B. die Entwicklungsabteilung eines Werkes, die Produktion, d. h., die Versammlung unentwickelter Handgriffe und Maschinen wird vom Ingenieurstab gegen die Neuerer geschützt. Ehe nicht der Stau an erlernter Arbeitskraft und noch funktionierender Maschinerie steuerlich abgeschrieben ist, dringt das Neue nicht in die Produktionszone. Vom Verkauf über die Produktion steht ein Rückstau der Abteilung Entwicklung entgegen. So werden Trubes sinnliche Ausuferungen (= neuester Taylor) zur Zeit nicht gebraucht, und Giglatz' neueste Mittelwerte werden vielleicht in sechs Jahren benötigt.

Nun gibt aber einer sein Können nicht einfach wegen des Verlustes des Arbeitsplatzes auf. Vielmehr ist dieses Können unveräußerlich, war im Grunde nur als obere Sahneschicht Gegenstand des Arbeitsvertrages. Die Freunde durcheilen die Stadt, betreiben Bestandsaufnahme. Denn das, was sie können, vom Arbeitgeber nicht abgefragt, wird doch von der Realität selber gefordert. Man könnte mich, sagte Giglatz, einen Wirklichkeitspoeten nennen.

Schöne Stücke an unentdeckter Zeit, Durchschnitte! Die Sinne treffen auf Neues. Es sind ja auch neue Sinne. Dort die Bewegungen einer jungen Frau, die sich am Nachbartisch flüssiges Gewürz auf eine Chinesen-Speise träufelt, ihrem Mund zuführt, in Einzelschritte zerlegt und von Trube durchgezählt. So sättigt sich z. B. Trube, gestärkt durch die Gegenwart des Freundes, am Appetit dieser fremden Mischung verschiedener Menschen, denn gleich darauf fällt sein Blick in einem Wampy-Lokal auf die immer noch unterschiedliche Weise, in der mehrere Zeitungsboten doppelstöckige Hamburger in ihre verschiedenen Münder schieben. Entgegen der Annahme, es sei im Konsum alles eins, vermag Giglatz, der ja nicht untätig bleibt, auf Grund seines universalen Interesses an Mittelwerten doch zu unterscheiden, wo sich diese Mittelwerte gar nicht bilden lassen: Jeder Mensch führt ein Wirklichkeitsstück anders zum Mund, z. B. ein Stück Kuchen.

Neuerdings neigen die Freunde zu Niederschriften; so entsteht Giglatz' Werk eines kompletten Registers aller Erkältungskrankheiten und Gesundheitsschwankungen. Dazu brauchen sie als Anschauungsmaterial (zum Zerlegen, Zerbeißen, Durchmessen und Mitteln) zunächst nur die Beobachtung von sich selbst. Ein einziger Tageslauf genügt hierfür (und mit jeder genauen Messung wird es mehr), und Giglatz, der sein noch zu erwartendes Leben (er ist jetzt 48 Jahre alt) gemittelt hat, ist schon so gut wie gestorben, also subjektlos und deshalb fast weise: einer, der gar nichts Überraschendes mehr vor sich glaubt und dadurch das geschärfte Empfinden für von diesen Mittelwerten plötzlich abweichende Eindrücke, für die an sich sonst Trube zuständig war, besitzt. Das Leben ist ihm eine Wundertüte für zehn Pfennige, obwohl es diese Ware, außerdem war oft noch eine Prise Trockenbrause mit Waldmeistergeschmack dabei, heute nicht mehr gibt und das KSÜ (Kinder-Schokoladen-Überraschungsei) nach Trubes methodischer Analyse des Kauf-, Auspack- und Verbrauchsvorgangs keinen Ersatz bietet, denn kein gemessenes Kind ist durch dieses Ei länger als sieben Minuten »überrascht«, durchschnittlich aber überhaupt keine Überraschung oder bis zu zehn Sekunden, dann stellt sich das Irrige, die Abwesenheit eines Überraschungsgrundes heraus, was die Mütter schon vorher wußten, aber auf Grund der unberechtigten Hoffnung, daß etwas im Kinder-Schokoladen-Überraschungsei hätte sein können, ist die Mutter nach Abwäsche gegen 14 Uhr mit dem unruhigen Kind aus der Wohnung entwichen, und stellvertretend sind die Freunde schon für diese Kleinigkeit von Erfolg oder Erlebnis ganz dankbar, weil ihre Methode ja »Mitempfinden« heißt. Was, wenn die beiden Präzisionisten alles verarbeitet haben, es »wissen«? Kein Problem für die Freunde, deren »reparierte Sinne«, die zur Zeit nur die Gegenwart erfassen, noch den ganzen Vorrat an Vorzeit (bis 6 Millionen Jahre v. Chr.) und, falls nichts stört, die Zukunft vor sich haben. Vor einer halben Stunde haben sie kennengelernt: Erwin Schmitz, Luftdurchfluß-Messer (z. B. vom Waldgebirge des Taunus nachts über die Weststadt, in den Röhren, die die Verwaltungsetagen belüften, in den Lungen von Hunden oder Menschen, im Grünen usf.).

Bieskes stark erkältetes Radar;
»daß Übel und Gewalttätigkeit, an einem Ort
unseres Globs, an allen gefühlt wird ...«

I

»Spannend wie ein Spaten, der bei Hannover umfällt.« Der Ausdruck soll sagen: bei Hannover ist nicht viel Spannendes.

Noch dazu stand Bieske unter Wasser, war von den Bronchien bis zum Stirnansatz stark erkältet. Aufgrund seiner schwachen Natur, diese aber angerichtet durch Kinderzeit und Erwachsenwerden – er hatte aber keinen Menschenanhang, der sich dieses Lamento längere Zeit angehört hätte, und legte das deshalb seit Einkerkerung in die vier Wände (allerdings Ausblick auf die Balkone einer Reihe Nachbarhäuser, kannte das auswendig) zum übrigen: – gehindert zu reisen, nämlich das Recht des Erdenbürgers zu nutzen, »die Gemeinschaft mit allen zu suchen und zu diesem Zweck alle Gegenden der Erde zu besuchen«.

Schon die Bereisung der Umgebung Hannovers hätte Bieske überfordert. Die Dörfer, Weiher, Buschgelände, die Fabriken, XOX-Keks usf. Das mußte er vitaleren Typen überlassen, die wiederum sein »weltbürgerliches Interesse« nicht teilten und sich mit Landschaftsbetrachtung oder Treffen in der einen oder anderen Gruppe an den Stränden von Goa zufriedengaben. (Auch Makrobiotisches, irgendwelche Körner, aßen, oder den Lauf der Bioenergien in ihren Leibern studierten.)

Bieske fand allenfalls den Weg zur Universitätsbibliothek Hannover. Das war schon eine *weite* Reise. Er hatte beim Aufstehen seine Glieder gereckt, das »Erlebnis« des Frühstücks, der Zeitungslektüre. Es war zweifelhaft, ob so »Übel und Gewalttätigkeit, an einem Ort unseres Globs, an allen gefühlt wird«.

II

»Eine blühende Frühlingswiese, gelber Löwenzahn, weißes Wiesenschaumkraut, blühende Kirschbäume – hier sprangen sie aus dem Auto. Sekunden später stoppten drei Polizeiwagen. Es begann eine Schießerei. Sie flüchteten zu Fuß. Ein Beamter entdeckte im Ascona die Maschinenpistole Sonnenbergs. Er riß sie heraus ...«

»Das Kleinhirn, das Atem und Kreislauf Sonnenbergs regelt, ist zerstört, Hirnflüssigkeit läuft aus. Ein Arzt: es scheint hoffnungslos ...«

Vor Zeiten hat Bieske bei Singen besonders fettes Gras gesehen. Eigentlich müßte er hinfahren, um die Zeitungs-Meldung zu überprüfen. Das ist nicht möglich, wenn er so erkältet ist und vor Zimperlichkeit »Zugluft« scheut. Wahrscheinlich wäre am »Tatort« auch nur die Absperrung zu sehen, zerdrücktes Gras. Nachprüfen konnte er, ob blühende Kirschbäume oder Wiesenschaumkraut tatsächlich von der Böschung des Feldwegs, an der das Fahrzeug steckengeblieben war, zu sehen wären. Oder hat der Reporter eine botanische Konstruktion versucht? Um die alten Worte noch mal zu bewegen? Näher lag es für Bieske, in der Universitätsbibliothek die Urkunden über den Marsch des See-Haufens einzusehen, der von Singen herauf 1524 bis Weingarten gelangt.

Das hat, von Hannover gesehen, heute hohe Aktualität wegen der *Passamaquaoddies* und der *Penobscots* im Bundesstaat Maine, ein Indianerstamm von jetzt 3 500 Mitgliedern, die acht Millionen Morgen Land wegen unbefugter Landnahme weißer Siedler im späten 18. Jahrhundert zurückfordern. Die *Wanponoag* verlangen die ganze Stadt Mashpee, 17 000 Morgen sowie 500 Morgen auf der Insel Martha's Vineyard. In Rhode Island fordern die *Narragansets* 3 200 Morgen sowie die Stadt Charlestown/Connecticut, in Südkarolina wird die Stadt Rock Hill herausverlangt. Die Städte werden dann abgerissen, zur Weidefläche wiedervereint und können als eine Art Zoo die Bisonherden aufnehmen, die einmal dort weideten. Das ist *hartes* Recht. Die Wiese bei Singen, die Härte des Königsberger Philosophen, die Erfüllung eines Rechtstriumphes, 200 Jahre zeitversetzt, in den USA, Fehlstellen für das übrige, was er aufgrund der Morgenmeldungen gar nicht erfahren kann: Bieskes versagendes Radar, weil Wässerung seine Knochen durchzieht. Er fühlt sich uneins.

III

Wenn Bieske, zugleich für die vielen, die im Raum Hannover an ihren Arbeitsstellen zeitlich gehindert sind, solcher *Einfühlung* nachzugehen, sinnt, so empfindet er in seinem kranken Kopf, aber wäre er gesund, wäre es nicht anders, die Worte *Recht, Gerechtigkeit, Justitia, Justiz* als quälend oder quiekend. Er empfindet ein Kreisch-Geräusch.

Eigenmächtig ersetzen kann er die vielgebrauchten Worte aber nicht. Anders ist es mit dem Gefühl. Hier unterscheidet er, beim Geräusch des Wortes Justiz (immer moduliert über die Worte Recht, Zwang, Hoffnung auf Recht, Richteramt, Anstalt, KZ, römisches Recht, Alt-Recht, etwa 1000 andere Worte) einen Teil Haß- und einen Teil Heimatgefühl, also so, als ob es dann doch noch irgendeinen Rechtsmann gibt, der eine Sache wieder einrenkt. Die Eltern sind abwesend, »wie Schlittenfahren im Advent und dann hungrig durch die Hintertür in die Küche«, der Haushaltsgehilfin kann Bieske nicht erklären, was er dringend will. Sie reagiert nicht auf Worte. Ebenso wie ein Amtsrichter, der sich sein Urteil schon gebildet hat, wie der Tatverlauf *wahrscheinlich* war, und es gibt keine Worte, die ihn umstimmen könnten. Und das entspricht dem wortlosen Umwühlen von sechs Quadratmeilen Boden bei Verdun 1916 durch Fernartillerie oder den romanistisch gebildeten Hof-Juristen um 1500, die das beackerte Land in den Besitz ihrer Herren bringen, mit Worten, die in den Dörfern keiner versteht, oder das Zumachen von Grundstücksteilen mit Beton 1952 in Stuttgart, daß sie »ordentlich« aussehen, oder das Glattmachen von Kinderköpfen im Verlauf von 8 Jahren Schule oder Elternzucht oder das Zumachen der Gesellschaft nach der Währungsreform 1949, oder Wittgensteins Logik usf. Das alles ist Justiz I Haßgefühl und, darin vermengt, Splitter der Justiz II: Heimat, weil der **US-Chef-Richter John Marshall in den Jahren nach 1831 den Status der Indianerstämme als den einheimischer abhängiger Nationen beschreibt, deren Verhältnis zu den Vereinigten Staaten dem des Mündels zum Vormund entspricht.**

Entspricht der Frage des Königsberger Philosophen: »Ob ein Volk in neu entdeckten Ländern eine Anwohnung (accolatus) und Besitznehmung in der Nachbarschaft eines Volkes, das in einem solchen Landstriche schon Platz genommen hat, auch ohne seine Einwilligung unternehmen dürfe?« Und Kant beantwortet es: »Wenn ich aber Hirten- oder Jagdvölker (wie die Hottentotten, Tungusen und die meisten amerikanischen Nationen)... so würde dies nicht mit Gewalt, sondern nur durch Vertrag, und selbst dieser nicht mit Benutzung der Unwissenheit jener Einwohner in Ansehung der Abtretung solcher Ländereien geschehen können...« »Diese Vernunftidee... ist nicht etwa philanthropisch, sondern ein rechtliches Prinzip.«[82]

Worte wie diese, Bieske begleitet sie mit **wohligem** Gefühl, sind ungebraucht, die Vorstellung, für Bieske angenehm: »unpraktisch«. Es geht z.B. um die rückwirkende Restitution all dessen, was den mittelalterlichen Bauern vor und während der Bauernkriege genommen ist. Till Ulenspiegel, studierter Anwalt. Bieske fühlt sich dahingehend ein, daß solches »altes Recht«, das Recht, das am **bearbeiteten Acker** hängt, **an der Person** (Arbeit), nur weil sie nun einmal geboren ist, von den alten Kelten oder den Männern der Hallstatt-Zeit oder von den kolumbianischen Bauern heute oder gestern empfunden worden sein

---

82 Immanuel Kant, *Die Metaphysik der Sitten*, S. 475, § 62: »Die Natur hat sie alle zusammen (vermöge der Kugelgestalt ihres Aufenthalts, als globus terraqueus) in bestimmte Grenzen eingeschlossen und, da der Besitz des Bodens, worauf der Erdenbewohner leben kann, immer nur als Besitz von einem Teil eines bestimmten Ganzen, folglich als ein solcher, auf den jeder derselben ursprünglich ein Recht hat, gedacht werden kann...«

kann (oder von den Bauern in Vietnam, Kuba, China usf.). Wird dieses alte Recht verletzt, so gerät der irische Held *Cuchulaim in Kampfeswut, so verzerrt sich sein ganzer Körper, und aus seiner Stirn steigt ein Blutstrahl, so dick wie eine Mannesfaust bis zur Mastbaumhöhe.* Unpraktisch für Hannover. Praktisch für Bieskes krankes Hirn, das aus der Vorstellung Wärme in die kalten Knochen zieht. Immerhin ist Bieske ein **spekulativer Geist** (das aber ist ein Mensch, der, nachdem er als verknitterter Menschenrechtsvertreter aus dem Bauch gekrochen, in mehreren Jahren so verstört wird, daß er lebenslänglich nach Erkältungsgründen baggert).

IV

Über die Entscheidung des Chefrichters John Marshall lachte der US-Präsident Andrew Jackson, der in den Jahren nach 1831 die Expansion nach Westen, die Entrechtung der Indianer betrieb. »Der oberste Richter mag doch selber seine Ansichten in die Tat umsetzen.« Das konnte dieser von seinem holzgetäfelten Dienstzimmer aus nicht, ihm unterstanden 15 Boten und 120 Gerichtsdiener.

Aber jetzt nehmen die Spur des harten alten Rechts der Bundesdistriktrichter Edward Gignoux/Washington und der Anwalt Tureen auf. Rückzuerstattendes Land und Entschädigung sind auf 25 Milliarden Dollar geschätzt, das sind 6 Millionen Dollar für jeden dort noch überlebenden Indianer.

Die unpraktische Forderung von 1831 wird also nach 146 Jahren »praktisch«, Bieske sieht, daß man hierauf neue Unternehmen gründen könnte, die die in Verfolg dieses Anspruchs niederzureißenden Siedlungen, Städte, die aus Äckern wiederhergestellte Wildnis einer erneuten, wertbringenden Aneignung zuführen. Wäre er, Bieske, Unternehmer, nicht vergripptes Radar im Weltbürgersinne, und säße er nicht abseits in Hannover, so könnte er jetzt Aktiengesellschaften gründen, die das alte Recht, nachdem seine Inhaber den Wert einer Antiquität haben, »verwerten«. Zu etwas anderem wird es *nicht* praktisch.

V

Warum ist der harte Standpunkt, an dem sich Bieskes Herz erwärmt, immer unpraktisch? Kommt nämlich z. B. der Königsberger Philosoph auf etwas Praktisches, z. B. Häuserräumung, Umsetzung von Mietern, Entfernung von Kindern von ihren Eltern durch das Vormundschaftsgericht usf., so schlägt er nichts Praktikables vor.

»Ferner ist mir als Heterodoxie im natürlichen Privatrechte auch der Satz: Kauf bricht Miete (R. 1. § 30². S. 129) zur Rüge aufgestellt worden. Daß jemand die Miete seines Hauses, vor Ablauf der bedungenen Zeit der Einwohnung, dem Mieter aufkündigen, und also gegen diesen, wie es scheint, sein Versprechen brechen könne, wenn er es nur zur gewöhnlichen Zeit des Verziehens, in der dazu gewohnten bürgerlichen Frist, tut, scheint freilich beim ersten Anblick allen Rechten aus einem Vertrage zu widerstreiten. – Wenn aber bewiesen werden kann, daß der Mieter, da er seinen Mietskontrakt machte, wußte oder wissen mußte: daß das ihm getane Versprechen des Vermieters, als Eigentümers, natürlicherweise (ohne daß es im Kontrakt ausdrücklich gesagt werden durfte), also stillschweigend, an die Bedingung geknüpft war: sofern dieser sein Haus binnen dieser Zeit nicht verkaufen sollte (oder es bei einem, etwa über ihn eintretenden Konkurs seinen Gläubigern überlassen müßte): so hat dieser sein an sich der Vernunft nach bedingtes Versprechen nicht gebrochen, und der Mieter ist, durch die ihm vor der Mietszeit geschehene Aufkündigung, an seinem Rechte nicht verkürzt worden.

Denn das Recht des letzteren aus dem Mietskontrakte ist ein persönliches Recht, auf das, was eine gewisse Person der anderen zu leisten hat (ius ad rem); nichts gegen jeden Besitzer der Sache (ius in re), ein dingliches.«

Aber der Mieter sitzt doch, »wie ein Ding«, in dem Ding Wohnung, und die Käufe, Verkäufe, der entschiedenste Wille, ein Hochaus am Ort seiner Wohnung zu errichten, gehen ihn nichts an.

Dann wieder heißt es: »Gibt es aber nicht auch eine heftige und doch zugleich mit Bewußtsein vergebliche Sehnsucht, die zwar tat- aber doch nicht folgeleer ist, und, zwar nicht an Außendinge, aber doch im Innern des Subjektes selbst mächtig wirkt (krank macht)?«[83]

Es ist Mittag. Bieske schaufelt, das ist die einzige Tat seit Vormittag, ein Mahl in sich hinein. Er braucht Kräfte, die, wenn auch nicht zur universalen Bereisung des »Globs« oder auch nur zur »tieferen Einfühlung« in alle Übel und Gewalttätigkeiten geeignet, doch notwendig sind, um seine Gattung, die eines spekulativen Kopfes, zu verteidigen. Denn man soll dieses unbrauchbare Radar doch aufheben wie vieles, das auf dem Boden oder im Keller steht, für den Fall, daß es einmal gebraucht wird.

83 Kant, a. a. O., S. 480.

Eine Zeit, in der Detektiv Walter Stennes meinte, durch Erschießung des einen oder anderen politischen Kriminellen könne man der Geschichte eine andere Wendung geben

Nach der Besetzung von Mukden in der Mandschurei durch die japanische Kwantung-Armee ermordeten japanische Nationalisten und Mörder in Uniform zwischen Februar und Mai 1932 sukzessive den japanischen Finanzminister, den Chef des Mitsoi-Industrie-Imperiums und den liberalen Premier Inukai. Sein Tod machte den Weg für eine Reihe nationaler Regierungen in Japan frei.

In Genf war man auf Grund der Meldungen über das japanische Vordringen in Nordchina »Feuer und Flamme«, etwas »Wundervolles« für den Weltfrieden zu tun. Ein Beispiel zu setzen, z. B. mehrere britische und US-Brigaden in der Nähe von Dairen landen zu lassen. Der Captain Mathew B. Ridgeway, später 4-Sterne-General, berichtete davon, wie er den Befehl erhielt, mit soviel Leuten, wie er brauchte, auszurücken, um eine Streitmacht Chang Tso-lins von 12 000 Mann, der sich einer restringierten Zone in der Nähe Pekings näherte, »zu zerstreuen«. Er sollte mit Täuschungsmanövern, Überredungskunst und Bitten operieren, jedoch nicht das Feuer eröffnen. Angesichts solcher Auflagen nahm er lediglich 2 Mann auf mandschurischen Ponys mit, begleitete den Heerzug der Chinesen den ganzen Tag über und kehrte dann zurück: »Auftrag war erfolgreich ausgeführt.« Der französische Generalstabsoffizier Ferrand stellte am Ende einer Reise über die Japaner fest: »Eine bläßliche Imitation der Deutschen ohne deren Bestand und Tüchtigkeit. Patriotisch durchorganisiert, tapfer, kunstbeflissen, schwellköpfig und dumm.« Demgegenüber meinte General Smedley Butler, Träger der Congressional Medail, der an der Spitze von 5 000 amerikanischen Marinesoldaten in Shanghai stand, man werde, um Nordchina aufzuräumen, und das bedeute, China überhaupt aufzuräumen, »eine halbe Million Truppen brauchen und, bevor das erste Jahr herum ist, wahrscheinlich noch einmal eine Million«. Möglich schien auch ein solcher Eingriff, falls sich hierfür eine öffentliche Stimmung erzeugen ließ, es geschah aber nichts. Es war, wie der französische Premierminister sagte: »alles eben doch sehr weit weg«. In dem folgenden Winter machte sich in den herrschenden Kreisen Chinas Untergangsstimmung bemerkbar. Das dauerte 11 Jahre bis zum Ende, und dieses Ende verteilte diese herrschenden Kreise lediglich auf andere Orte. Die einen siedelten nach Taiwan um, andere lagerten ihre Vermögen in Drittstaaten oder nach New York aus. Insofern war die Verteidigung der Nation gegen den japanischen Angriff zu keinem Zeitpunkt eine Lebensnotwendigkeit, da die Nation zur Verwaltung der Vermögen nicht erforderlich war.

Von ganzem Herzen bewegte sie die Neigung: den Feind nicht zu bekämpfen, sondern zu überdauern.

Detektiv Walter Stennes hatte nach 1918 seine Heimat verlassen und China, Japan, Niederländisch-Indien bereist, auf der Suche nach einer Erwerbsquelle und einem sicheren Ort, an dem er eine »Heimat« errichten konnte, die auch in den folgenden Generationen nicht durch das Diktat von Versailles beschnitten und nicht durch Aggressionen bedroht wäre. Er war seit Dezember 1927 als Leibwächter Chiang Kai-sheks fest angestellt. Er schützte diesen am 1. Dezember 1927 auf dessen Hochzeit im Ballsaal des Majestic-Hotels in Shanghai. 1300 Gäste, darunter Admiral Bristol von der US-Asien-Flotte, Scharen von Detektiven und Leibwächtern. Unter einem glockenförmigen Baldachin nahm der Erziehungsminister der Nanking-Regierung die Trauung vor.

Walter Stennes, der einen schweren Colt trug, hatte hier die Wahl, provokativ den Admiral Bristol zu verwunden und damit US-Intervention gegen die chinesischen Nationalisten herauszufordern, die zu einem Konflikt mit dem keineswegs vorbereiteten Japan geführt hätte; hier genügte die Verwundung von anonymer Hand, z. B. Schußwinkel von der Seitenbalustrade herab, zwischen den Köpfen einer Leibwächtergruppe hindurch. Walter Stennes hätte aber auch aus unmittelbarer Nähe, ohne sich selbst zu gefährden, da er selber geschossen und dann in gleicher Person als Chef-Schützer die Schüsse erwidert hätte, Chiang Kai-shek abschießen können. Dieser Schuß hätte allerdings tödlich sein müssen, um diesen politischen Verbrecher auszuräumen. In beiden Fällen war es sicher, daß eine merkliche Variante der Geschichte durch ihn, Walter Stennes, ausgelöst würde. Aber es war nicht zu bestimmen, in welcher Richtung diese Variante verlaufen würde. Ob sie ihm Gelegenheit »Heimat zu bilden« gäbe oder lediglich noch größere Verwirrungen produziert hätte. Dies wäre nur klar zu beantworten gewesen, wenn Walter Stennes ein Rechter gewesen wäre, der selber die Macht ergreifen wollte. Einen solchen bestimmbaren Hebelpunkt hatte aber Walter Stennes nicht, sondern er wollte einen »besseren« Verlauf der Geschichte. Daß er richtig daran getan hatte, am 1. Dezember 1927 zu zögern, erkannte Walter Stennes, als er, gemeinsam mit dem Chef im Hauptquartier der Armee des »Jungen Marschalls« Chang Hsueh-liang, in einer Parkvilla gefangen saß. Die Kidnapper hätten Chiang Kai-shek zu diesem Zeitpunkt erschießen können, prüften dies auch einige Tage lang. Es war aber deutlich, daß ohne den Verbrecher Chiang Kai-shek das Chaos sich in China zu diesem Zeitpunkt verstärken würde. Die Fortsetzung seiner Laufbahn bis 1949 war also »notwendig«, ebenso wie der Krieg nach 1941. Dies machte den geschichtlich interessierten Walter Stennes ganz melancholisch, da er doch von Berufs wegen wußte, daß tatsächlich das gezielte Erschießen von Einzelpersönlichkeiten der Geschichte in dieser Epoche (nicht in der folgenden) unmittelbare Wirkung hatte. Lediglich an der Beherrschung dieser Wirkung fehlt es, sagte Walter Stennes. Er schloß diese Studien 1952 ab. Da war aber diese Epoche der politischen Einzelverbrecher bereits vergangen. »Alles ist interdependent.« Er war jetzt auch für Schußversuche zu alt. Seine Hand war nicht mehr sicher.

Ein einfacher Wille

Vom 26. bis 28. Februar 1942 fand die Seeschlacht vor Java statt, die mit der Niederlage der niederländisch-britischen Seestreitkräfte endete. Tags darauf überschritten japanische Verbände die Bergrücken, die die Grenze zwischen Siam und Burma bildeten, näherten sich dem Sittangfluß in Marschrichtung Rangun. Die britischen Truppen, alles Hauptstädter, waren an die Lastwagen »angebunden«, d. h. gewohnheitsmäßig motorisiert, und damit hilflos der japanischen Taktik der Straßenblockaden ausgesetzt.

In Rangun roch es penetrant nach verbranntem Gummi, was ein Zeichen dafür war, daß die Land-Lease-Magazine mit u. a. 972 noch nicht montierten Lastwagen und 5000 Autoreifen vorsorglich zerstört wurden. Die Verwaltungsstellen der Regierung waren in den Norden Burmas verlegt worden. Das Bild wurde von Feuersbrünsten, Plünderungen, nächtlich herumstreifenden Marodeuren und Gruppen der 5. Kolonne bestimmt. Im Hafen warteten Sprengkommandos, die auf den Befehl des Generalgouverneurs warteten, um die Hafenanlagen in die Luft zu jagen.

In der letzten Nacht speiste der Gouverneur Sir Reginald Dorman-Smith und die Reste seines Gefolges einsam im Regierungspalast. Von den 110 Dienern, hochgewachsenen Chaprassis, die rote und goldene Westen trugen, waren nur noch der Koch und der Butler zurückgeblieben. Nach dem Dinner spielten der Gouverneur, sein Adjutant und 1 oder 2 andere Gäste Billard unter den Porträts der früheren Gouverneure von Burma.

Die ruhigen und unbeteiligten Blicke der Porträts irritierten den Adjutanten. Er nahm eine Billardkugel in die Hand und sagte: Meinen Sie nicht, Sir, daß wir sie den Japanern vorenthalten sollten? Die anderen schlossen sich ihm an. Man schleuderte die Kugeln mit aller Kraft in die Leinwände, die unter dem Aufprall zerrissen. Es ist ein Massaker, sagte der Gouverneur. Sie waren alle ziemlich verwirrt. Der Adjutant hatte draußen im Jeep eine Burmesin sitzen.

Er hatte vorgehabt, diese braune Haut noch vor Abreise des Stabs zu kolonisieren. Jetzt fand er das Mädchen in dem abgestellten Fahrzeug nicht mehr vor, lief unruhig im Park umher. Er war außer Häuschen. Haben Sie ein Problem? fragte ihn der wohl einzige, der an diesem Tag seine Rationalität bewahrt hatte, Mr. Donald, der Direktor der mächtigen Burma-India-Steam-Navigation Comp. Der Adjutant antwortete: Nicht daß ich wüßte, Sir. Er hatte aber ein Problem, nämlich die ihm entlaufene braune Haut doch noch zu finden, da er am nächsten Tag nicht mehr hier war. Er wollte sich in Richtung des Parkausgangs wieder in Bewegung setzen, aber Mr. Donald hielt ihn zurück und sagte: Ich muß Sie dringend um einen Gefallen bitten. Ich besorge Ihnen, was Sie wollen. Der Adjutant: Sie können mir das nicht besorgen, weil Sie gar nicht wissen, was es ist. Mr. Donald: Ich werde es Ihnen besorgen, als Kompensation, was auch immer es ist. Adjutant: Na dann raten Sie mal? Mr. Donald: Dazu ist jetzt wirklich keine Zeit. Adjutant: Es fängt mit B. an, aber Sie raten es nicht. Mr. Donald: Seien Sie nicht so albern. Ich brauche in einer bestimmten Sache Ihre Hilfe.

Die Burma-India-Steam-Navigation Comp. hatte ein Interesse daran, ihr Transportmonopol zwischen Kalkutta und Rangun zu erhalten. Dieses Monopol beruhte auf dem »straßenlosen« Zustand zwischen Burma und Indien. In der Verwirrung dieser Tage konnte es geschehen, daß die britische Führung auf die Idee kam, eine Straße in der Linie Jorhat–Manipur–Kalewa–Mandaley nach Mandaley zu verlegen. Dann wäre das Schiffahrtsmonopol durchbrochen. Mr. Donald hatte davon gehört, daß dem Generalgouverneur eine diesbezügliche Akte vorlag. Er wollte über den Adjutanten in den Besitz dieser Akte gelangen, um das Projekt dadurch, daß die Unterlagen verschwanden, zu sabotieren.

MR. DONALD: Ich brauche den Schlüssel.

ADJUTANT: Welchen Schlüssel?

MR. DONALD: Zu den Amtsräumen des Generalgouverneurs und dort zum Aktenschrank.

ADJUTANT: Da gibt es keinen Aktenschrank.

MR. DONALD: Ich habe Ihnen ja doch erzählt, welche Akte ich brauche.

ADJUTANT: Ich weiß nicht, ob ich die so schnell finde.

MR. DONALD: Sie müssen die aber finden. Ich habe Ihnen ja gesagt, worum es geht.

An sich war der Adjutant wegen seines gewinnenden Charmes in der Kolonie bekannt. Er hatte heute nacht aber keine Berührungsfläche für diesen Charme. Sein Gesicht war für Mr. Donald in der Dunkelheit schwer zu erkennen. Auch Mr. Donald wußte durch sein versiertes dünnes Lächeln, das seine Augen Lügen straften, im allgemeinen zu gewinnen. Es versprach durch seinen spezifischen Ausdruck, daß derjenige, der ihm etwas gibt, von ihm im Hinblick auf künftige Vorteile sicherlich etwas bekommen würde. Dieses vielversprechende Gesicht konnte wiederum der Adjutant nicht erkennen. Er strebte mit der Beharrlichkeit eines Hundes voran und hätte, selbst wenn die Lichtverhältnisse besser gewesen wären, nichts von Mr. Donalds gewinnendem Ausdruck wahrgenommen. In der Ferne waren Geräusche zu hören, die entweder Explosionen oder Geschützfeuer bedeuteten. Der Adjutant, gefolgt von Mr. Donald, näherte sich jetzt dem Vorplatz, auf den die Parkzufahrt des Gouverneurspalastes mündete. Hier lagen Leichenteile von Menschen und Tierkadaver. Ein Festungsgraben, mit Wasser gefüllt, floß am Fuß einer mächtigen Steinmauer entlang. Es herrschte ein schrecklicher Gestank. In den Straßen wühlten Hunde und Schweine zwischen den verwesenden Leichen. Exotische Krähen pickten die Augen der Toten aus. Es konnte sich, da in der Dunkelheit nichts zu erkennen war, aber auch um ganz andere Vorgänge handeln. Der Adjutant meinte, daß »Vögel, vollgefressen mit dieser Kost, wie betrunken von Leiche zu Leiche stelzten«. Das machte ihn nervös, da er einseitig nach der Entflohenen suchte. Selbstverständlich war die Burmesin hier nirgends zu finden. Der Direktor der Burma-India-Steams-Navigation Comp. hielt es mit seinem *natürlichen Rationalismus* inzwischen nicht für vereinbar, diesem wirren Adjutanten zu folgen. Er kehrte zum Palast zurück, fand das Amtszimmer des Generalgouverneurs offen und stahl, nach längerem Suchen, die so fragwürdige Akte. Ihm konnte niemand vorwerfen, daß er Fronten nicht hielt. Mit einem Bruchteil seiner Haltung wäre die japanische Invasion abzuwehren gewesen.

Das bestußte Lächeln

Harry Hopkins, der Allround-Beauftragte des US-Präsidenten, hatte wirklich keine Zeit. Im Vorbeigehen sah er, daß Daniel Arnstein, ein Transportfachmann und Taxiunternehmer, im Büro stand und hallo sagen wollte.

HOPKINS: Ja, Sie sollen nach China geschickt werden und da mal nachforschen.

ARNSTEIN: Habe ich gehört.

HOPKINS: Warum zum Teufel kommen die Materialien auf der Burma-Straße einfach nicht vom Fleck?

ARNSTEIN: Und das soll ich überprüfen?

HOPKINS: Richtig. Das machen Sie mal.

Damit war er schon wieder verschwunden. Arnstein erhielt von dem Büropersonal, das registriert hatte, daß der mächtige Hopkins überhaupt mit diesem Besucher sprach, nach längerer Suche einige Unterlagen, vorbereitete Beglaubigungsschreiben usf. Arnstein fand dann auch die Stelle auf dem Planeten, wo sich diese sogenannte Burma-Straße befand.

Die Situation auf der etwa 3 m breiten Einspur-Landstraße, die über 715 Meilen von Kunming nach Lashio führte, war im Jahr 1941 »entsetzlich«. Arnstein stellte durch Abfahren des Gebiets fest, daß die Lastwagen in Kunming, dem Ausgangspunkt in China, 8 Zollschalter passierten. Das nahm einen ganzen Tag in Anspruch. An einem weiteren Dutzend Kontrollstellen kassierten Provinzbeamte Gebühren für die Durchfahrterlaubnis. In Wanting, an der Grenze, standen 250 Lastwagen herum und warteten 24 Stunden bis 2 Wochen auf die Zollabfertigung. »Motoröl ist unbekannt.« Am Ende der Strecke waren Hunderte von ausgebrannten Lastwagen gestrandet. Gestohlene Ersatzteile wurden in der Umgebung Kunmings auf dem Schwarzmarkt angeboten. Sinn der Transportstrecke war es, Rüstungsgüter des Land-Lease-Programms, die sich auf den Docks von Rangoon und in Lashio, der Endstation der Baulinie, stauten, der Kuo-min-tang-Regierung zuzuführen. Diese hortete die Materialien für die Zeit nach dem Krieg, um sie dann gegen den innenpolitischen Gegner, die kommunistische 8. Feldarmee, einzusetzen. Insofern sagte Arnstein, ist es politisch an sich gleich, ob die Transporte dort ankommen. Sie werden in jedem Fall nicht für den Kampf gegen die japanische Armee eingesetzt. Zur Zeit tröpfelten statt der geplanten 30 000 Tonnen monatlich 6000 Tonnen.

Arnstein verfertigte in Rangun als Transportfachmann einen ausführlichen Bericht. Der Bericht wurde ins Chinesische übersetzt und, mit einem Index versehen, dem Generalissimus vorgelegt. Er war entzückt über dieses Ergebnis, sandte Arnstein eine Einladung. Der Taxiunternehmer, der sich grundsätzlich zu jeder Adresse, sofern sie sich auf dem Planeten befand und nicht bloß erfunden war, durchfand, traf nach einiger Suche in Chunking ein, suchte dort den Regierungspalast. Es handelte sich aber gar nicht um einen Palast, sondern um ein Kasernengelände, etwas außerhalb der Stadt. Hier sprach er vor.

CHIANG KAI-SHEK: Sie schreiben hier, daß Sie die plastische Vorstellung vor Augen haben, daß sich 8 000 Laster gleichzeitig auf dieser engen Straße bewegen. Das ist eine attraktive Vorstellung.

ARNSTEIN: Das ist keine Vorstellung, sondern wäre machbar.

CHIANG KAI-SHEK: Dann machen Sie das doch für uns.

ARNSTEIN: Ich habe in New York, Philadelphia und Chicago jeweils Taxi-

und Transportunternehmen, um die ich mich kümmern muß. Ich bin hier
nur auf der Durchreise.

CHIANG KAI-SHEK: Sie könnten aber für das gemeinsame Ziel vielleicht 3-4
Monate abzweigen?

ARNSTEIN: Ich bin Geschäftsmann. Was verstehen Sie unter gemeinsamem
Ziel?

CHIANG KAI-SHEK: Der glühende Sieg der Demokratie in China und das Interesse Ihres demokratischen Landes.

Arnstein, der wußte, daß die Rüstungstransporte von der Zentralregierung
gehortet und auf keinen Fall im Kampf gegen die japanische Aggression verwendet wurden, setzte eine störrische Miene auf. Er hatte auch kein glühen-
des Interesse an der Demokratie in China, war sicher, daß der »Gissimus«
dies ebenfalls nur als blumenreichen Ausdruck verstand. Er übernahm dann
die geschäftliche Leitung des Burma-Transportwegs als private Konzession
zu 2,7 % des Wertes der transportierten Güter mit der Zusage der Abschaffung aller Zollstellen.

Dieses Verhandlungsergebnis kostete Arnstein, da der »Gissimus« die direkte
Redeweise, die Arnstein bevorzugte, vermied, insgesamt 7 Gesprächstermine.
In diesen Gesprächen wurde für Arnsteins Eindruck sehr viel hin und her geredet. Ihm fiel auf, daß sowohl Chiang Kai-shek wie die verschiedenen Ministe-
rialvertreter, mit denen er sprach, ohne hinreichenden Grund lächelten. Er
schob das darauf, daß diese Zone hier unter dem Motto »Land des Lächelns«
funktionierte, und hielt die Gesprächspartner für unterbelichtet, weil sie nicht
erkannten, daß er durch begleitendes Lächeln überhaupt nicht zu beeinflussen
war, andererseits ebensowenig erkannten, daß er für 1,2 oder sogar 0,8 % des
Warenwertes die geplante technische Leistung ebenfalls erbracht hätte. Er sah
allerdings, da er ein aufmerksamer Beobachter war, daß das Lächeln dieser
Männer nie die Augen selbst erreichte. Das Lächeln bezog sich auch nicht auf
ihn speziell, sondern er wurde Zeuge, daß es auch in ganz anderen Zusammenhängen verwandt wurde. Zuletzt nahm er an, daß es sich überhaupt nicht um
ein Lächeln im technischen Sinn handelte, sondern eine rassische Eigenheit
oder Muskelzerrung.

Arnstein ließ 46 zivile Mechaniker seiner Unternehmen nach Lashio einfliegen, die Tankstellen und Reparaturwerkstätten an der 715 km langen Strecke
errichteten, die Chinesen in der Kunst des Ölwechsels unterwiesen usf.

Die versprochenen 2,7 % des Transportwertes erhielt er nie. Er fuhr noch
mehrfach in Chunking vor, erreichte aber keine Zahlungsvorgänge. Dies entsprach der Auffassung Chiangs von der Handlungsweise der West-Barbaren
(an sich kam Arnstein aus dem US-Osten). Sie waren so voreilig, ihr Können

zu verwerten, daß die Aussicht auf 2,7 % Beteiligung sie bereits veranlaßte, auf zauberische Weise 8 000 Laster in Bewegung zu halten. Es war sicher ein Kunststück, dies technisch zu erzwingen. Aber es war auch Kunst, die Kalkgesichter durch wirkliche Versprechen, aber ohne wirklichen Zahlungsvorgang, zu dieser Akrobatik zu veranlassen. Chiang hätte es als Gesichtsverlust empfunden, wenn er hier überflüssigerweise gezahlt hätte.

Der findige Arnstein wollte sich rächen. Hatte er den Verkehr auf der Burma-Straße aufgebaut, so hatte er auch die Kenntnisse, wie man ihn wieder abbaut. Da die japanische 17. Division wenige Tage nach Arnsteins Entschluß Lashio blockierte, blieb keine Gelegenheit mehr, den Racheakt auszuführen. Arnstein war als Taxispezialist in der Lage, alles was einen festen Ort auf der Erde hat, in beliebigen Gebieten zu finden, z. B. einen Schatz 70 Meilen vor der Küste oder im schottischen Hochland, Bedingung lediglich, daß er eine Angabe über die Adresse hätte. Dagegen ist der Zahlungswille von Chinesen, sagte Arnstein, etwas Imaginäres, er hat keine Adresse, sondern ist in verschiedensten Köpfen verteilt und in dem des betrügerischen Chiang Kai-shek, nachträglich betrachtet, nie vorhanden gewesen. Insofern verletzt es Arnsteins Selbstbewußtsein als Profi nicht, daß er für 14 Monate harter Knochenarbeit kein Honorar fand. Einen Taxi-Gast hätte er festgehalten, bis er zahlte.

»Unmerklich, wie Justiz entsteht«

Abendwolken sehr hoch. »Ein eher dünnes Abendtuch.« Eine halbe Stunde später unterfuhr der Sonderzug angenehm schwere Regenwolken 800 m unter den Stratowolken. Obwohl durch die geschlossenen Zugfenster keine Außenluft in das Salon-Abteil eindringen konnte, war es von den Wolken herab jetzt hier, für die Empfindung (Augen), kühl. Der Zug des Präsidenten näherte sich Milwaukee. Es war der 14. Juli 1941.

Der Präsident saß, die geschädigten Beine unter einem Tischchen verborgen, in Fahrtrichtung, redete mit Hopkins, Oberst Marston, Fred Gauss, dem US-Botschafter in Chunking-China, für den in Washington keine Zeit mehr gewesen war und der also mitfuhr. FDR: Na, Fred, was halten Sie von den schlechten Nachrichten? Der Präsident redete aber gleich weiter, ohne daß der langsame Gauss antworten konnte: Von der Freundschaft zwischen Amerika und China, einem Plan zur Bekämpfung der Inflation in China, einem Plan, aus Hongkong einen Freihafen zu machen. »Aber wir sollten zuerst die hiesige Fahne dort aufziehen. Dann kann Chiang am nächsten Tag eine großartige Geste machen, und schon ist es ein Freihafen. So macht man das.« Man könnte eine Treuhandgesellschaft für Indochina für die nächsten 25 Jahre machen. Genauso wie bei den Philippinen. Auch Casablanca kann ein Freihafen werden. Marston und Gauss versuchten, diese Redeflut in die Bahnen der aktuelleren Politik zu lenken. Es waren aber keine praktischen Anweisungen dem Präsidenten aus den Zähnen zu ziehen, der sich hier ausruhte; und dabei redete er immer. Der Präsident war sich nicht bewußt, heute irgend etwas Endgültiges zu tun. »Das Endgültige vertrug sich nicht mit seinen Gewohnheiten. Im allgemeinen kannte er die Richtung, die er verfolgte, aber seine Entscheidungen unterwegs waren stets von der jeweiligen Situation diktiert. Seine Art, an einem bestimmten Tag den Kampf gegen den Feind aufzunehmen, sagte sein Freund Averell Harriman, sah so aus, daß er die Unterlagen prüfte, die an jenem Morgen gerade auf seinem Schreibtisch lagen.«

FDR: Was machen wir mit den 30 Flugzeugen da?

Es kam ihm auf Entfernungen von 500 km, solange sie nur auf dem Globus irgendwo nachweisbar waren, nicht an.

GAUSS: Die überfliegen die Berge und bringen Nachschubgüter nach Paochau.
FDR: Da könnten noch 10 Stück mehr hin.
GAUSS: Wenn Sie sie uns geben.
FDR: Was sind denn das für Berge?
GAUSS: Das sind z. T. 8000er.
FDR: Ziemlich hoch, nicht?
HOPKINS: Man nennt diese Luftbrücke den »Hump«.
FDR: Den Hump?
GAUSS: Weil dies ein ziemlich hoher Huckel ist, der überflogen wird. Um das mal genauer zu bezeichnen: Wenn da ein Fenster offen ist oder eine Ritze, erfriert der Pilot oder der Passagier.
FDR: Aha.

Während dieses Gesprächs hatte sich in ihm ein Entschluß gebildet. Er wollte jetzt endgültig die japanischen Vermögen in den USA zum Einfrieren bringen. Das war praktisch der Ölboykott. Irgendwie ergaben sich die Entscheidungen. Ohne diesen Boykott drangen die japanischen Truppen in Indochina und Siam weiter vor. Vielleicht schreckte der Boykott die Vernünftigen in Japan auf. Andererseits konnte man nicht wissen, ob die Maßnahme diese Wirkung hatte.

Es könnten auch die extremen Nationalisten aufgeschreckt werden, so daß Japan in Niederländisch-Indien eindrang und sich dort Öl holte. Das konnte man so und so sehen, es mußte aber entschieden werden, und ohne daß die gespannt um ihn sitzenden Männer etwas davon erfuhren, entschloß sich der Präsident, auf die eine Seite, den Boykott, zu setzen. Der Zug durchfuhr jetzt die Industriezone von Milwaukee. Es war nicht deutlich, ob der Entschluß von draußen, auch beeinflußt durch das besondere Abendlicht, die vorüberziehende Landschaft, nach innen in seinen Kopf drang, gewissermaßen aus dem Land, oder ob er im Kopf des Präsidenten entstand und morgen über die Telegrafen in das Land dringen würde. »Was war in einer Situation, in der man sich gemeinsam befand, unter Wirklichkeit zu verstehen? Wer hielt wen im Krieg bei der Stange?« Im strengen Sinne befand sich der Präsident ja in keinem Krieg. Aber bei der mangelnden Trennschärfe, die sein innerer Redefluß, von dem die Umsitzenden nichts erfuhren, oder seine geäußerten Reden hatten, war auch die Grenzlinie zwischen Krieg und Nicht-Krieg schwimmend. Ab heute, ohne daß er selber meinte darüber einen Entschluß gefaßt zu haben, befanden sich die USA im Krieg mit Japan.

(Heft 12)

Bilder aus der Vergangenheit der Natur

Abb.: Dick genug, die Form der Sonne gänzlich zu verschmieren, »speit anhaltenden Regen oder Schnee aus«. Unterhalb 2500 m.

Abb.: »Diese Wolken, Basis 3000 m, Spitze 18000 m Höhe, Cumulonimbus, über einer sommerlichen Landschaft oder einer tropischen See bringen mit Sicherheit Gewitter und schweren Regen, weil die Spitzen auf hohe kalte Luftmassen stoßen.« Bericht von U-Boot-Kommandant Sauerwein 1944.

Abb.: 6 Tornados, Mai 1955 über 3 Staaten der USA. 114 Tote, 700 Verletzte. 1925 trieb ein Tornado eine große Planke so fest in den Stamm eines Baumes, daß sie am freien Ende das Gewicht eines Mannes tragen konnte. »Regelmäßig rupfen Tornados Hühner . . ., wobei sie gewöhnlich, wenn auch nicht immer, die Hühner umbringen.« »Sinnverwirrend ist der Tornado, der kürzeste, intensivste aller Winde.«

Abb.: Wetterlage 16. Februar 1962, vor der Sturmflutkatastrophe in Norddeutschland. Am 14. 2. hatte sich im Gebiet östlich Neufundlands eine Störung gebildet. Sie ist auf unserer Karte vom Nordmeertief vor der norwegischen Küste bereits überholt worden. Ein Kältezentrum über Nordkanada und Labrador führt durch Kontakt mit Warmluft zu Sturmzyklonen, die die Wellen der Nordsee erreichen. Trotz der Warnungen des Wetterforschers Brahms konnten sich vor allem die Großstädter in ihrer »eingewohnten Sicherheit« die Bedrohung nicht vorstellen.

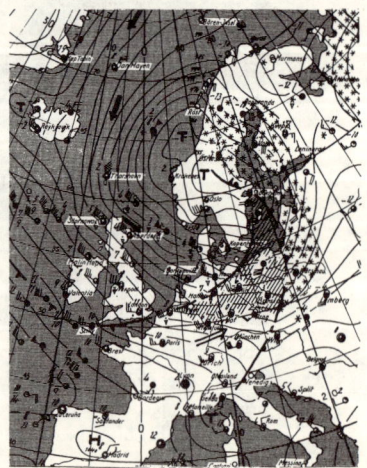

[Ist die Sonne eine Mutantin?] Der Wetterforscher Brahms sagt: »Unsere Zahlenwerke reichen zu keiner zwingenden Hypothese, aber an der Sonne liegt es nicht.«

Abb.: Rivalisierende Götter, die über der trojanischen Flotte kämpfen, nach Vergil, *Aeneis*. Zwei gehörnte Windgötter in den Ecken blasen einen gefährlichen Sturm zusammen. Poseidon (Mitte, oben), zornig über die Wellen, verbannt sie. Die Elemente wissen gar nicht mehr, was sie machen sollen. Die mythischen Menschen wie in einem »Kokon«.

»Der Zustand des Gartens«

[**Montag früh, Frankfurt-Ost**] Die junge Frau erwachte gegen sechs Uhr früh. Sie machte sofort Bauchatmung: in langen Zügen Sauerstoff in den Bauch ziehen und gründlich ausatmen. Die Hände hatte sie an den Seiten des Bauches liegen. Nach einer Weile fühlte sie die Bewegungen des Kindes, das gegen die Grenzen stieß, in denen es lag. Sie konnte spüren, wie es heftig herumstieß, ebenfalls erwacht an diesem Montagmorgen. Sie meinte, daß dieses gemeinsame Wecken morgens früh für das ganze spätere Leben dieses Ungeborenen einen festen Rhythmus schüfe, im Sinne von »Anfang«, »Produktionsbeginn«, »Aufbau«, eine Art Frühlingserwachen. Es sollte ein waches Kind werden, ziemlich frech, das sich nichts gefallen ließe und morgens mit der Mehrheit der produzierenden Menschen aufsteht, sich auf Wochenanfänge, Anbruch einer neuen Zeit jeweils freut.

[**Kabinettssitzung, Montag früh**] Die ehrgeizigen Gärtner haben den in Terrassen zum Rhein hinunter sich erstreckenden Park mit seltenen Baumpfanzen, Versuchen experimenteller Blumenkombination auf den Beeten bestückt. Der Arbeitstag der Amtsträger im Palais Schaumburg enthält aber keine Zeitstücke für Besichtigungen. Insofern besteht hier eine ungesehene Landschaft.[84]
In den Gängen des Neubaus ist es seit Minuten unruhig. Die Minister eilen in die Kabinettssäle, der Kanzler kommt. Er ignoriert Versuche, ihn auf seinem Weg abzufangen.

[**Hotel Tulpenfeld, 14.00 Uhr**] Mit dem Image des Kanzlerkandidaten ist etwas mißlungen. Die Locken (Haarwaschmittel!) in die Stirne hängend, Tolle wird als Pfeil gedeutet, der auf die stark schwellenden Adern, die senkrecht die Stirn durchlaufen (unter zu dünner Haut), durchbrochen von Querfalten, die dem Gesicht, wenn sich der Kandidat ärgert oder erregt, einen »künstlichen«

---

84 Es ist das Bild einer Landschaft, »die es schon nicht mehr gibt«. (Behr) Tief oben, unsichtbar in der Bläue, prüft eine Planergruppe aus dem Stabsgelände in der Nähe von Brüssel – die Maschine besitzt große, nach unten gerichtete Bullaugen, aus denen die Generalstäbler nach unten auf den Dunstschleier über dem Rheinland hinabsehen könnten, tatsächlich hängen ihre Augen jedoch auf Anzeigegeräten metaphorischer Art – die vermutliche Trichterkette am Flußufer des Rheins zwischen Godesberg und Duisdorf, der Rand dieser Kette schräg nach Osten in Richtung Siegen auszackend. Das Gelände dazwischen gab es eigentlich schon nicht mehr. Es war unter der Dunstglocke ja auch nicht zu *sehen.*

Ausdruck geben, so als sei er ein nervöses »Gerät«. Ist keiner der Imagebildner anwesend, der den Fehler notieren könnte?

[**Wilperts Nerven**] Wie orientiert man sich in einer völlig wirren gesellschaftlichen Landschaft, sagte Wilpert. Sie meinen mit dem Auto? Nein, sagte Wilpert, wenn ich verstehen will, was das für mich bedeutet: Kriegsgefahr, internationale Industrie, Elternliebe, Schicksal, Gott. Na, na, na! sagte Beierlein, das ist ein großer Happen. Da kommen Sie nur klar, wenn Sie das graphisch darstellen. Sie können es nur graphisch *ordnen*. Wilpert war aber heute nicht zufriedenzustellen. Die Hitze zog sich schon von Mai über Juni, Juli und August hin, ohne Regentage, ohne richtige Unterteilung in Frühling, Sommer und Herbst, eine Dauerwurst von Wetter, die die Nerven schädigte.

[**Abgeordneten-Silo, »Langer Eugen«**] Das Rheinwasser vom Wind bewegt. Einige Lastkähne ziehen am Abgeordneten-Silo, neues Hochhaus, vorüber. Ob ein Abgeordneter an den »Tod« denkt oder das »gesellschaftliche Ganze«, er blickt immer auf ein Stück Restaurantterrasse, das Rheinwasser, die Stadtsilhouette, einige Lastkähne oder Motorschiffe, d. h. immer wieder einander ähnliche andere.
Aus dem Gesichtskreis heraus kann er sich ein Urteil über das Wetter bilden. Die Sonne zieht als eine breite Flutlichtschneise in etwa 6 km Entfernung über die Ebene vor dem Siebengebirge hin.[85]

[**Bombeneinschlag und GV**] Seit 2 Wochen kannte Gerd Kramer das, was als »höchste Lust« bekannt war. Er hätte es nicht so klar identifiziert, wenn nicht aus dem Gerede der Erwachsenen, insbesondere aus Stocken, Pausen, Zurückhaltung von Information, Hinweise dagewesen wären, daß diese *höchste Einstufung* irgendwo vermutet werden mußte. Durch Zufall verklemmte sich

85 Behr zum Stichwort: »Können wir beruhigt schlafen?«, Referat, gehalten zum **Evangelischen Kirchentag Berlin** 1977 »**Einer trage des anderen Last.**«: Ein Abgeordneter unter der Bonner Wetterglocke entscheidet über einen Ausschnitt von 8 % der »Gesellschaft Bundesrepublik«, soweit die Zuständigkeit. Dies tut er mit einer Souveränität von $\frac{1}{500}$ (500 Abgeordnete sind es). Das sind 8 % geteilt durch 500 für 2,8 % **des Weltgeschehens** (»**geschätzte Bedeutung der Bundesrepublik**«). Darin nicht enthalten die Geheimsachen, die er nicht kennen darf. Das muß er mit einer spärlichen Handbibliothek und zeitlich zerrütteten Sinnen machen (der Wahlkreis!). Angenommen, er verkleidet sich in einen griechischen Gott, der das Wetter macht . . . 3 Tage vor Aschermittwoch wäre das denkbar . . . Der gräßliche Behr galt als besserwisserisch. Die Teilnehmer an der Diskussion, die auf Behrs Referat folgte, der Gesamtrahmen hieß: »Markt der Möglichkeiten«, wendeten sich gegen das Referat. Alles, was Behr sage, sei »kaltherzig«.

beim Probieren sein Philippche (Jargon der Mutter. Philippche = Vielliebchen = Jungmänner-Glied in den Augen oder Waschhänden der Mutter) zwischen den Gliedern seiner Kusine Gisela.

Heute gehen Kusine G. und er schon bei Voralarm in den Keller. Der Volltreffer in den Vorderteil des Kellers, der das heimliche Paar erschlagen hätte, wären sie nicht wegen der Gefahr, die von den die Kellertreppe heruntertrampelnden Erwachsenen drohte, in den Kohlenkeller ausgewichen (so hatten sie Zeit, die Kleidungsstücke anzuwerfen, zurechtzurücken usf.), verwirrte dann die Einstufung des »höchsten Gefühls« für Kramers ganzes Weiterleben: Gemessen an »gar nichts«, z. B. Tauben zugucken, eine Regenpfütze betrachten, Stöckchen ins Wasser werfen usf., schien es das »höchste Gefühl«, gemessen am Eindruck der Sprengbombe – eine »piesackende Empfindung«, die sich nicht rasch genug auf die neue Lage einstellt.

[**Ihre Brut**] Frau Gerlach nahm die Kinder an der Hand und sagte: Eine solche Krähe! Wenn so was einen von euch noch mal hochziehen will, dann spuckt ihr! Ihr tretet ihr gegen das Schienbein.

Das war der Schluß einer Auseinandersetzung in der Straßenbahnlinie 24. Eine Frau hatte versucht, eines von Frau Gerlachs Kindern vom Sitz wegzuziehen, um für sich selbst die Sitzfläche zu ergattern. Frau Gerlach fiel sie an. Sie verlor zwar im Streit ihren eigenen Sitzplatz und den ihrer Kinder, stand dann einige Meter weiter unten im Gang und sagte: Solche wie Sie erziehen die Kinder zu Kadavergehorsam.

Seien Sie still. Halten Sie Ihren frechen Mund, sagte eine dritte Frau. – Sie sind nur neidisch, daß Sie keine Kinder haben, erwidert Frau Gerlach.

Sie wollte erklären, daß die Kinder in der Bahn hin und her geschleudert würden, wenn sie stünden, während Erwachsene im allgemeinen fester stehen. Es war aber in diesem Rahmen keine Sympathie zu gewinnen. So stieg sie mit den zwei Kindern aus, mußte zwei Stationen laufen. Vorteile hatte sie verloren, aber sie war nicht bereit, einen Fußbreit des Verteidigten, auch nicht auf der Ebene des vermeintlichen Rechtes anderer, aufzugeben; sie wollte eine Entrechtung der Kinder im öffentlichen Verkehrsmittel nicht anerkennen.

[**Nachts rief Reinholds an:**] Eben tritt er in den »Hahnhof«, nimmt eines der dort aufliegenden Boulevardblätter vom nächsten Tag zur Hand, liest, Rühl sei im Wörthsee ertrunken. Dies bringt ihn durcheinander, da es doch »jeder von uns gewesen sein könnte«. Bertram hatte sich in zwei Decken seit 22 Uhr zum Schlaf eingewickelt, um am anderen Morgen einen glatten Arbeitstag zu haben. Er wußte jetzt auch nichts hinzuzufügen und sagte: Jeder von uns hätte es sein können, das ist wahr. Aber ich gehe nie nachts an einen See.

Das Telefonat entwickelt sich stockend, da beide Teile, im Trauergespräch ungeübt, auf den Einfall des anderen warteten. Reinholds sagt: Ich wollte es Ihnen nur sagen, weil ich mit jemand darüber sprechen wollte. Das ist schön, sagt Bertram. Es ist schon der 2. Fall. Denken Sie auch an den toten Henn. Sie wissen also jetzt, sagte Reinholds, daß ich das in der Boulevardzeitung, es ist auch ein Bild dabei, deshalb weiß ich bestimmt, daß es unser Rühl ist, die Nachricht gelesen habe und Sie gleich anrufe. Mandorf wälzte sich in eine andere Telefonlage und rief Rulle an, der Rühl »noch etwas näherstand«. Ich habe Rühl nie nahegestanden, er war mir fremd, sagte er. Warten Sie einen Augenblick, sagte Rulle, er wollte nach Empfang der Nachricht nicht gleich das Telefon auflegen (obwohl er anscheinend gleich mit Teichert sprechen würde, ihm die frische Nachricht mitteilen). Bertram: Eventuell sollte man zusammenlegen und eine Anzeige aufgeben anläßlich dieses tragischen Todes. Rulle schwang sich auf:

Abb.: Moorleiche, Domlandsmoor bei Windeby/ Eckernförde. Um die Zeitwende. 15jähriges Mädchen. »Hinrichtungsopfer« für ein Vergehen? Darauf könnten die »Stäbe«, die über dem Opfer »gebrochen« wurden, hinweisen.

Wenn es nicht unpassend ist, etwas zu sagen, das Sie vielleicht für evangelisch oder religiös halten, dann ist es dies, daß wir immer damit rechnen müssen. Daß wir unser Leben zu jedem Zeitpunkt abrechenbar halten sollten. Der Gesichtspunkt interessiert Bertram.
Gleich darauf rief Reinholds wieder an, wollte die Boulevardblatt-Meldung noch wörtlich durchgeben. Aus der Meldung ergab sich, daß 3 Brüder Rühls schon seit Stunden mit langen Stangen im See nach dem Leichnam fischten. Nach Erhalt dieser zusätzlichen Information verfiel Bertram in tiefen Schlaf. Am Morgen erinnerte er sich der nächtlichen Nachricht. Sie erfüllte ihn, es war ein Regentag, viele eilige Passanten und Kraftfahrzeuge, mit einer der Arbeit förderlichen Stimmung.

[Unsicheres Gefühl.] Daß nicht nur einer, sondern alle Zähne reformbedürftig seien. Ein Vorderzahn war G. eingerissen, um Bruchteile eines Millimeters. So wird sein Gebiß einmal gefunden werden, mit dieser Ritze im Zahn, verursacht dadurch, daß G. eine Schraube mit den Zähnen festzuziehen versuchte. Gefunden, falls jemand danach suchen sollte.

[**Manöverfront, Eifel-Hunsrück**] Hier sollte irgendwo ein Angriffskeil liegen. Mehrere Gewitter hatten sich in die Moselschleife verirrt und kreuzten sich über dem Fluß, das Flußtal stoppte die Wolken gewaltsam, so daß den ganzen Tag über in wirrer Richtung Blitze und Donner vorüberpassierten. Der Regen hing in Strähnen über dem Flußwasser und wurde über das Gestrüpp an den Hängen heraufgeweht: ein spezieller Bergnebel, da der Niederwuchs die Nässe nicht einfach aufnahm. Auf der Hochebene, oberhalb des Flusses, hatten diese Nebelfäden die Eigenschaft, die Wege und kleinen Wiesenstücke, auf denen die Truppe lagerte, zu verschleiern. Trotzdem standen die Fahrzeuge zu auffällig. Oberst i. G. Bergmann, vom Brüsseler Stab hierher abgestellt, »um Fronterfahrung zu gewinnen«, versuchte, aus dem Hubschrauber heraus, die ihm angekündigte Kampfgruppe zu »sehen«. Der Regen schlug gegen die Fenster des Hubschraubers, und er konnte ausspähen wie er wollte, es war nichts zu sehen. Gut so, dachte er, es muß den gegnerischen Such-Flugzeugen ähnlich gehen. Gehen Sie tiefer, sagte er dem Piloten, der die Baumwipfel dicht unter sich sah und deshalb meinte widersprechen zu dürfen. Und wenn eine Böe den Hubschrauber gegen die Wipfel wirft? Das hält das Fahrzeug aus, sagte der Oberst. Er schien dem Piloten nicht unerfahren. Jetzt tauchten einige Biwaks zwischen den Nebelfetzen auf. Der Oberst machte Notizen.

Tags darauf marschiert die Kolonne in der Ebene. Es ging um die geschickte Umgehung einer Sperrwirkung, hervorgerufen durch eine angenommene Erddetonation von 100 kt.

[**Schätzung der Detonationsstärke mit feldmäßigen Hilfsmitteln**] Eine Gruppe Fernartillerie-Beobachter übt Detonometrie: die Anmessung und Bestimmung einer 20-Kilotonnen-Detonation in 12 km Entfernung mit Hilfe eines Doppelfernglases, ohne direkt hinzusehen.

Also zunächst Schätzung des Detonations-Nullpunkts. Verschätzen Sie sich, sagt der Ing.-Major, so ist Ihr Augenlicht weg. Sie haben hineingesehen, und dieses bißchen Augenschutzkappe nützt Ihnen dann gar nichts. Sie dürfen mit den Augen nur bis an den Rand der Strahlung heran. Jetzt nehmen Sie die Stricheinteilung des Doppelfernglases und messen vom Rande des Lichtblitzes in die Höhe: die Detonationswolke.

$$\text{Formel:}\quad Bw = \frac{r\ \text{Strich}}{1000}\ km$$

Damit messen Sie die maximale Steighöhe und sofort danach Steiggeschwindigkeit und schätzen ungefähr (weil ja die Fehlerquellen schon darin liegen, daß Sie das Streulicht zur Schätzung des Nullpunkts verwenden) 1. den Nullpunkt und 2. Zeit, 3. Art und Stärke der Detonation.

[Die Blumentopf-Methode] Wenn wir nun, sagt der Oberst-Ing., in die vom Gegner gesetzte Detonation selber hineinballern. Sagen wir mit 20 Kilotonnen Trotyläquivalent in eine 50-Kilotonnen-Detonation ... Dann ergeben sich Interferenzen. Das Ganze erlischt.

– Die Truppe muß jetzt nur noch den Feuerball aushalten, bis Ihr Schuß sitzt.

– Wenn wir den gegnerischen Schuß gut genug anmessen.

– Oder wir setzen durch Störung des gegnerischen Schusses diesen dahin, wo wir ihn haben wollen, d. h. an den Ort, auf den wir schon vorher zielen.

– Könnten wir.

– Und dasselbe machen wir mit der Druckwelle, indem wir kreisförmig um den Originaltrichter, den der Gegner (oder wir durch Manipulation des gegnerischen Schusses) gesetzt hat, einige eigene Detonationen setzen ...

– Viele kleine ...

– Kreisförmig ...

– Das nennen wir die *Blumentopf*-Methode.

[Wünsche der Einzeller] Der stellvertretende Admiral der US-Mittelmeerflotte, M. G. Sealers, wünschte sich auf etwa zwölf Minuten einen vorübergehenden Riß des Ablaufs der Weltgeschichte. In diesem Moment wollte er die *rote Esquadra* vor die Rohre seiner fünf Schiffe fahren lassen. Sie bewegte sich ja die ganze Zeit frech als bewegliches Ziel vor seinen Sensoren. Er wollte nur nicht damit einen Krieg auslösen. Denn was nach den zwölf Minuten des sicheren Anfangserfolgs in anderen Weltteilen folgte, war schwer zu erwägen.

Dagegen wollte Amtsrat Petzold, Bundesfinanzministerium, verantwortlich für die Überwachung der Reisekostenabrechnungen des Verteidigungsministeriums, einmal alle Unterlagen noch gleichzeitig mit den Ereignissen, gewissermaßen durch Boten, zugestellt erhalten, um nicht erst im Abrechnungszeitraum, nach zwei Jahren, sondern gleichzeitig am Erlebnis der amtlichen Bewegung teilzuhaben.

Der Logistiker Brecht wollte die Leistung, die er erbrachte, indem er durch Fernschreiber die Kolonnen auffüllte, berechnete usf., einmal *bildlich* vor sich sehen: die von ihm betreuten Kolonnen in *einer* Linie von Augsburg bis Korinth, Fahrzeug hinter Fahrzeug, und diese lange Straße in schnittiger Maschine abfliegen.

Die Zellen im Körper von Panzer-Oberst Franz Siebel drängten auf schnelle Teilung, sie überschwemmten die Blutgefäße mit Tumorzellen, wollten einen »großen Mann« aus ihm machen, daran starb er.

[**Mehrfachüberlagerung der Systemebenen**] Was den Systemforscher Behr, dazu brauchte er nicht einmal ein Fenster, sondern es genügte sein Schreibtisch, sein Kopf davor, fesselte: die Zollfahndungsstelle beim Bundesfinanzminister in Bonn ging immer noch von dem Gesichtspunkt der Landesgrenzen aus. Die hatten aber für den militärischen Manöververkehr keine Tragweite. Der Militärische Abschirmdienst (MAD) entzog die Feldtruppenbewegungen in Niedersachsen oder in der Eifel mit wenigen Maßnahmen der Öffentlichkeit. Aber diese formalen Hin- und Hermärsche enthielten kein Geheimnis, verrieten nicht das später einmal mögliche Geschehen. Mit diesem sog. wirklichen Geschehen befaßte sich dagegen eine Stabsübung, die ohne Truppe stattfand und eine Reihe von Vorgängen *simulierte*. Diese Übenden, das prognostizierte Behr, auch wenn er es nicht *gewußt* hätte, wären jedoch verblüfft gewesen, wenn sie gewußt hätten, daß in einer hochfliegenden, mit elektronischen Geräten gefüllten Maschine eine Planergruppe Bestandsaufnahme eines Kriegsbildes übte, das auch für die *Nicht-Öffentlichkeit* der Stäbe *ungeeignet* erschien.

[**Verblüffend dicht am Flugplatz Hahn/Hunsrück**] Seit Stunden wird eine Limousine observiert, besetzt mit zwei sowjetischen Majoren. Sie wird eine Strecke von Militärpolizei über Feldwege verfolgt. Jetzt halten Jeeps vor dem Kühler der Limousine, andere Verfolger blockieren das Heck. Die Sowjets haben die Flugbewegungen auf den Flugfeldern von Hahn ausgespäht. In die Enge getrieben, kurbeln sie die Seitenfenster ihres großen Fahrzeugs hinauf und bleiben auf Stunden unbeweglich. Sie sitzen in dem Fahrzeug, das wegen seines diplomatischen Status nicht gewaltsam geöffnet werden darf.

Klassenvertraute, künftige Gegner

Die beiden künftigen Gegner waren beide Arztsöhne, hatten als Luftflotten-Stabsoffiziere in ihren Nationen Karriere gemacht. Der eine von ihnen amtierte in Leningrad, der andere im flachen Gelände bei Brüssel. Sie trafen sich während dieser Konferenz täglich in den klimatisierten Bars der Hotelkette. Ihre Fachberatung, derentwegen sie beordert waren, wurde praktisch nicht gebraucht. Sie hatten viel Zeit. (Zugleich wußten sie, daß die Zeit drängte, da der

Automatismus des Geschehens Gegen-Arbeit erforderte – entweder konsequente Vorbereitung auf den Ernstfall oder aber Abbau der geschichtlichen Voraussetzungen, die auf einen solchen Ernstfall hin zusammenwuchsen. Das erforderte, daß Interpreten der wirklichen Verhältnisse wie sie auf der Konferenz zu Worte kamen). Klassenfeinde waren sie jedenfalls nicht. Sie waren Gegner insofern, als sie Nachgeordnete ihrer Chefs waren, die einander im Konferenzsaal auf verschiedenen Seiten gegenübersaßen.

Sie waren nicht einmal Konkurrenten (und hätten insoweit Gründe gehabt, einander zu bekämpfen, auszuräumen), da ja die Hierarchieketten, denen sie angehörten, sich parallelisierten, Wettbewerb fördert ihr Fortkommen, nahm nicht Platz weg, sondern schuf neue Plätze. Insofern standen sie sich besser als Brüder. Eine ganz starke Motivierung *zueinander.* Sie fühlten sich gedrängt, viele Gläser gemeinschaftlich auszunippeln; was vielleicht an gehemmter männlicher Zuneigung sie noch trennen mochte, vermochten sie durch Alkoholgenuß einzunebeln, in ihrem Suff zu begradigen. Die Palmen, ein Schwänzchen Meeresbucht, das bis zu den Pforten des Hotelgartens reichte, Motorboote, häubchentragende Bedienstete – sie wollten einen Mittagsausflug machen, sahen sich in ihren flotten Badehosen weit in die Dünung hinausschwimmen.

Außerdem bestand die Pflicht zur Geheimhaltung zwischen ihnen. Sie zuzzelten aber gern an der Decke der Geheimteile ihres Bewußtseins. Sie vertrauten einander.

So warnte der Russe den künftigen Gegner vor jeder Bewegung, die vielleicht in Richtung Werschojansk geflankt würde, auch Tiksi sollte man, wenn man nicht Überraschungen erleben wollte, aus etwaigen Planungen streichen. Er sagte nicht weshalb, aber er traf ins Herz einer gewissen Planung, eines Hauptstücks. Wie wir hier sitzen, täte es mir leid, sagte sein Gegner, der Hinweis war untergebracht in mehreren Häufchen Nonsens und Liebenswürdigkeit, Austausch über Wettertemperaturen und Vergnügungen – leid täte es mir, wenn Sie auf einer großen zerstückelten Eisfläche als Brandopfer lägen. Er nannte eine Länge und Breite etwas nördlich von Süd-Grönland, wo dies unweigerlich geschähe.

Sein Gegner hatte den Tip verstanden. Das ist alles Beruf, sagte er proforma. Sie können mich nicht erschrecken. Aber er glaubte dem »Feind«.

Einer, der zugehört hätte, hätte gesagt: Landesverrat. Aber es war auch vorweggenommene Kriegführung, da es gar keinen Zweck hatte, den Gegner erst in die Fallen laufen zu lassen, die an gewissen Punkten aufgestellt waren, wenn es genügte, ihn zu warnen, so daß er gar nicht erst angriff.

Der Russe hatte angenehm nervöse Schläfen. Augen, die immer wieder unsicher umhersuchten, wie man sie nur durch eine prekäre Kindheit in der gesellschaftlichen Oberschicht oder oberen Mittelschicht erwirbt, wenn man von Zärtlichkeiten kostet, die anschließend nicht wahr sind. Der aus Brüssel mußte im Alter von 4-12 Jahren dem russischen Gegner in vielen Bewegungsarten und Wünschen ähnlich gewesen sein. Beiden hingen die Hände herunter, wenn sie gerade nichts anfaßten, als wären die Glieder separat zum Körper entwickelt, hätten ein vom Menschen getrenntes Schicksal. Niemand hätte sie andererseits verwechselt, da der Nato-Offizier, dünnlippig, mit sommersprossiger Haut, ein kräftiger Junge schien, während der Russe Lippen hatte, »als hätten sie alles gesehen und schon einmal verworfen«. Sie fühlten viel Sympathie in diesen Tagen. Wenn einer sie kritisiert hätte: Warum hocken Sie mit dem Feind so lange in Bars? hätten sie übereinstimmend ausgesagt, ohne Verabredung: um ihn auszuhorchen. Das taten sie ja auch. Sie horchten intensiv zum andern hin.

⟶ Einfühlung, I / S. 440
⟶ Unter drei Augen, I / S. 904

(Heft 13)

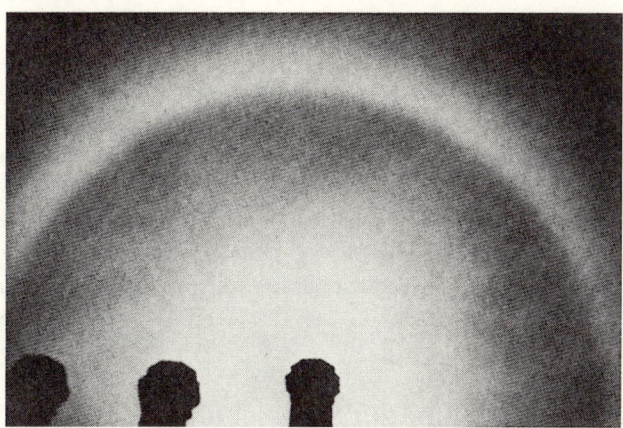

Abb.: Hof um die Sonne, verschwommen über einer Schornsteinreihe in der Stadt. Kündigt nach dem Sprichwort Regen an. Regen kam aber nicht gleich, wenigstens nicht da, wo Vierlinger beobachtete. »Der cirro stratus (6 000-12 000 m Höhe) ist aus winzigen Eiskristallen gebildet, zu dünn, um die Form der Sonne völlig zu verbergen.« Oder: »Es ist nach oben aufgestiegener Dreck, der zunächst warm war und dann in etwa 12 000 m Höhe kalt war.« (Vierlinger)

[Eigenartiger Glitsch] Schon in Hanau war Vierlinger aufgefallen, daß das Regenwasser auf der Straße schäumte: ein glitschiger, flusiger Belag, den die Reifen des Autos zerteilten. Jetzt bei Einfahrt in die Stadt: der gleiche Regen, der in großer Zone von Nordwesten über das Land goß **und der eine leicht schäumende Straßennässe hinterließ.** Wenn ich Wissenschaftler wäre, würde ich anhalten, eine Probe nehmen und das analysieren. Es ist bestimmt Chemie. Über England und der Nordsee ist es vielleicht noch wirklicher Regen, über dem Ruhrgebiet mit Glitsch aufgeladen, irgend etwas Chemisches kommt hinzu. Franz Vierlinger war nicht abzubringen von seinem Interesse.

Sein Beifahrer Albers wollte ihn zerstreuen. Aber Vierlinger wollte hier einmal zufassen, da er den Beweis seines Umweltverdachtes vor den Reifen hatte – jedermann sichtbar. Er war aber kein Wissenschaftler, und eine Probe nehmen, eine Telefonzelle suchen (vorher Parkplatz), im Branchen-Adreßbuch nachsehen, welche Firma eine Untersuchung vornehmen könnte, dann wieder starten, das Zeug hinbringen, evtl. beim Anhalten zum Probenehmen ins Rutschen kommen auf der schmierigen Fläche, andere Wagen fahren ihm ins Heck – das alles war ihm zuviel, er hatte auch kein Gefäß für den Transport der Probe, keine Pipette, um die Soße aufzunehmen.

So starrte er nur mit den Augen auf die schäumende Masse, schätzte ab, daß sie nicht etwa in Teppichhöhe auf der Straße lag, sondern eher wie eine Mikroben- oder Pilzkultur, nicht einmal millimeterhoch und nur deutlich sichtbar, wenn Reifen sie durchfurchten.

Er war ganz erschöpft vom Starren. Nicht einmal eine Polaroidkamera hatte er zur Hand, um das Phänomen wenigstens in Farbe zu fotografieren. Die Regenbeimischung schimmerte bläulich-violett. Auf den Äckern sicherlich auch als Düngemittel nicht nützlich.

Vierlingers Augen waren extrem reizbar, auch **Teile seines Hirns**, aber nicht alle, z.B. nicht seine Entschlußkraft, nicht seine Hände oder sein »Fleiß«. Er konnte sich mit den Augen erregen, ohne irgend etwas deshalb auch zu tun.

Filme zur Stabsschulung

Abb.: Steinbrücke im Raum »Nahzone« nach einer niedrigen Luftdetonation kleiner Stärke.

Abb.: Straßenzug vor einer hohen Luftdetonation an der Grenze der Nahzone.

Abb.: Straßenzug nach der Detonation.

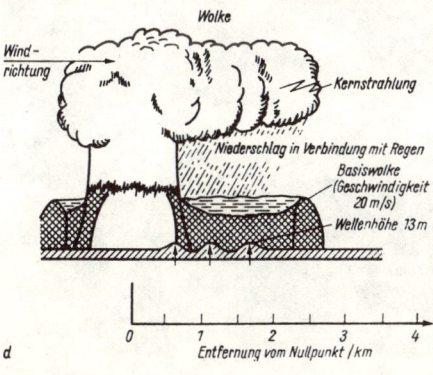

Abb.: D – 1 Minuten nach der Detonation.

Abb.: Windbruchzone, durch Einwirkung der Druckwelle auf Wälder; Truppentransport durchquert Wald.

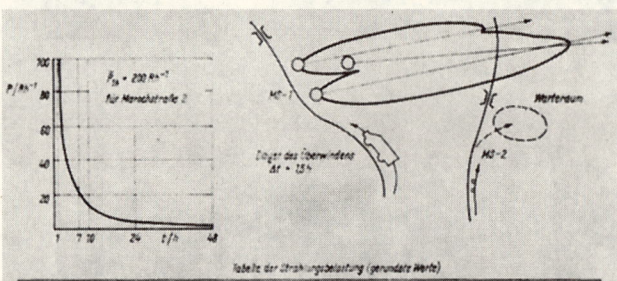

Abb.: Truppenführung in solchem Gebiet.

Abb.: Fluß mit Brücke und Landschaft.

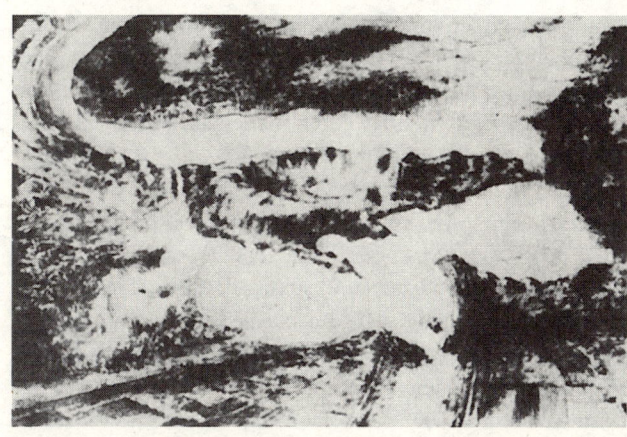

Abb.: Sperrwirkung
einer Erddetonation
großer Stärke in
obigem Flußtal.

[Ein 16-mm-Film, der zur Stabsschulung weniger geeignet erscheint] Der Titel
des Films erscheint auf der Leinwand: »Gefechtsführung eines kombinierten
Verbands, der eine Flußüberquerung anstrebt.« Die Einheitsführer sind zu sehen, stehen vor einem Wäldchen. Es ist Nacht.

Die Mannschaften, die sich vorher im Gelände getarnt hatten, laufen aus dem
Wäldchen hervor, besteigen die Mannschafts-Transportwagen. Jetzt kommen
aus dem Wald, in einen Feldweg einbiegend, schwere Panzer gefahren.

Halbnah: In einem der Mannschaftstransportwagen (MTW) das Fahrerhaus.
Fahrer und Beifahrer tragen je auf einem Auge eine Schutzkappe. Sie fahren
einäugig durch die Nacht. Auf der Kühlerhaube der Wagen sowie auf dem
Wagendach sind Kühlgeneratoren angebracht, die Aggregate hemmen die
Sicht: Eine Art nach oben offener Eisschrank, der von einer Plane überdeckt ist
und auf breiter Fläche Kälte nach oben streut, die Konstruktionen wackeln im
Wind. Die Fahrzeuge fahren ohne Licht.

Nunmehr springt ein Einheitsführer, ein Oberstleutnant, den Spitzen-MTW
an, gelangt in das Führerhaus. Er drängelt sich auf ein Stück Sitz zwischen
Fahrer und Beifahrer. Der Beifahrer trägt auf dem einen Auge die Blindkappe,
auf dem anderen Auge ein schnabelartiges Gerät, durch Ledergürtel am Stahlhelm festgeschnallt, das er jetzt auf den Oberstleutnant richtet. Der Soldat
muß sich zurücklehnen, um Abstand für seine Seh-Röhre zu gewinnen. Auch
so sieht er in solcher Nähe nichts. Richten Sie Ihr Auge in Fahrtrichtung, sagt
der Oberstleutnant. Pieksen Sie nicht mit Ihrer Stange auf mich zu. Er wendet
mit der Handfläche die Stange von seinem Gesicht weg.

Abb.: Guckrohr für Grenadiere.

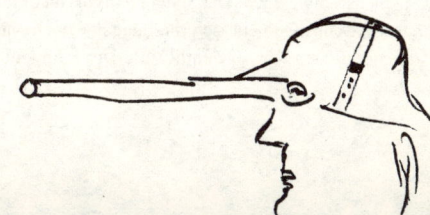

Es geht um die Erläuterung dieser Vorgänge. Die Tarnung, meinen die Schiedsrichter, die in einem Flugzeug über diesem Truppenaufmarsch kreisen, über
Gerät die Situation zu betrachten versuchen, ist **nicht befriedigend.** Perfekt ist
sie gegen Infrarot-Ortung, aber dafür offen gegen Anmessung auf den Zentral-
linien der Kühle.

Die Kühlanlagen zeigen nämlich minimale Abweichungen von der Umge-
bungstemperatur.»Wie in einem kühlen Grund.« Der Gegner könnte es für einen Bachlauf halten, wenn es nicht so geradlinig aussähe, sagt Oberst Sisel.

Wir müssen also annehmen, sagt Brigadier Westphal, der das Schiedsrichter-
Gremium leitet, daß der Gegner in diesem Moment eine Detonation zündet.

Im Augenblick, in welchem der *Feuerball* erscheint, sind die einäugigen Fahrer, die in Fahrtrichtung direkt hineinsehen, erblindet.[86]

Ein Knäuel von Auffahrunfällen (60 % der Fahrzeuge). Die Panzer dagegen
haben eine Drehung auf der linken Kette vollzogen und stehen, soweit sie nicht
ihrerseits auf den Vordermann aufgefahren sind (12 %), quer zur Detonations-
richtung, Feuerball rechts, wo ihre Sichtluke nicht ist.

Diese Stellung ist aber für die *Druckwelle* ungünstig. Die Panzer werden zum
Teil (64 %) umgekippt. Sie bieten eine zu breite Ansatzfläche. Dies ist höheren
Orts so erwartet worden, und deshalb haben die Kran-Fahrzeuge die Drehung
vom Lichtblitz weg nicht mit vollzogen. Sie sollen die Panzer wieder aufrichten.

[**Anderer Schulungsfilm, 16 mm, schwarz/weiß**] Fernbomberbesatzung von
18 Mann, meist in Großaufnahme, die mit den Augen das Dunkel der Sternen-
Nacht zu durchdringen versuchen. Fall A: Der Fernbomber fliegt in 18 km
Höhe. Fall B: Er fliegt dicht über den Bäumen unterhalb des Radarschirms. In
beiden Fällen, unmittelbar nach Zündung einer Detonation: Übrig ist als *Se-
hender* der Heckschütze.

Nunmehr derselbe Vorgang im Fall des konsequenten Instrumentenflugs. Das
Flugzeug hat keinerlei Sichtöffnung nach außen. Der Co-Pilot sagt:»Es fliegt
sich wie in einem Sarg.« Die befragten Besatzungsmitglieder äußern, daß sie

86 »Es gibt praktisch keinen Reflex und keine willkürliche Handlung, die schnell genug
wäre, um die Augenverletzung prinzipiell zu verhindern. Pupillen- und Blinkreflex sind
zu langsam, vermindern den Zutritt der Lichtenergie erst nach 0,1 Sekunden.« Deshalb
greift der Beifahrer abstimmungsgemäß in das Steuer, weil er durch den *Storchenschna-
bel-Apparat* vor dem ungeschützten Auge trübe Eindrücke der Fahrspur des Vorderfahr-
zeugs erhält.
Diese Truppe in den MTW hätten wir nicht loszuschicken brauchen, sagt der Chef der
Schiedsrichter oben. Der Schlag hat vor allem die Kühlrampen weggerissen. Auf den In-
frarot-Schirmen hebt sich die Linie der noch warmen Motoren und der noch atmenden
menschlichen Körper deutlich ab. Der Film kann so nicht zur Schulung verwendet werden.

sich während des Fluges stark ängstigen. Der Luftwaffenpsychologe erteilt in einer gruppentherapeutischen Sitzung (8 Minuten Film) einige Hinweise: »Stellen Sie sich vor, Sie sitzen wasserumronnen in einem U-Boot«, »Konzentrieren Sie sich auf die Bauchatmung, Sie müssen die doppelte Zeit zum Ausatmen wie für das Einatmen nehmen. Üben Sie. Stellen Sie sich vor, daß Sie durch Ihren Bauchnabel ausatmen. Geschehen lassen! Geschehen lassen! Kräftig die Luft durch den Bauchnabel pusten.« »Wenn Ihnen Bilder kommen, sehen Sie sie ruhig an, und schicken Sie sie wieder auf die Reise.« Ziel ist es, daß die Besatzungen, während sie die Geräte beobachten, »gar nichts wahrnehmen oder denken«.

Zum Fliegen gehört der Rundblick, sagt ein Pilot. Der Psychologe versucht, dieses Vorurteil aufzuklären. Am Ende des Films sind die Mitarbeiter genannt.

»Öde ist, was ich Ihnen sagen kann, auch.«
Das waren aber nicht die Geheimnisse,
die Saglinski erjagen wollte

Der Offizier von der Pressestelle wußte, daß er Saglinski, angesichts von dessen Protektion, nicht abwimmeln und auch wohl nicht täuschen konnte. Wollte er sich mit dem Journalisten gutstellen, so mußte er etwas sagen. Nun war manches geheim, manches nicht. – Gerade aus dem Verlauf dieser Grenzlinie zwischen geheim und nicht-geheim konnte aber ein Gegner vieles schließen: die vollständige Darstellung des Nicht-Geheimen bezeichnete recht genau die Umrisse des Geheimen.

Insofern hätte der Offizier, der Möllermann hieß, als Geheimdienstler überhaupt nur auf das Abbrechen der Information, also den Umriß des Geheimzuhaltenden geachtet, da Geheiminformationen selber ebensogut Provokation, Füllmaterial, Ablenkungen sein konnten, die Grenzlinie aber war immer wahr. Außerdem wollte der Offizier ohnehin über soviel »Unangenehmes« nichts sagen. Es ließ sich auch kaum, wenn man Fachmann war, also Waffenwerbung und Phantasiegebilde abschminkte, nichts »Wirkliches« sagen. Außer über Schwierigkeiten mit der Wortwahl.

Ich kann Ihnen das, sagte Möllermann, was Sie für die Ausmalung Ihres Artikels brauchen, an einer konventionellen Sprengung genausogut darstellen. Sie müssen die Sprengmasse nur hoch ansetzen. Nehmen Sie sechs Luftgeschwader mit konventionellen Bomben auf engem Raum, sagen wir 1 km². Das kann ich Ihnen beschreiben. Dazu Brandsätze, ein Staudamm zerreißt, um es abzurunden. Jetzt haben Sie einen Zirkus von physikalischen Kräfteverhältnissen, der auf die menschlichen Körper einwirkt. Die Elemente sind die gleichen wie bei einer Kernexplosion, wenigstens in diesem umrahmten Ort.

SAGLINSKI: Das war nicht meine Frage.

MÖLLERMANN: Aber für die Anschauung ist es dasselbe, und wir wissen hierüber mehr als über das, was Sie fragen.

SAGLINSKI: Sie wissen aber, was ich gefragt habe.

MÖLLERMANN: Und ich sage, was ich lieber antworten würde. Wenn es ein Gespräch sein soll, muß es auch *mir* Spaß machen.

SAGLINSKI: Spaß beiseite. Ich habe Ihnen Fragen vorgelegt, kann sie gern noch mal wiederholen. Wenn Sie Antworten verweigern, wende ich mich Vermutungen zu oder wende ich mich an Ihre Vorgesetzten.

Möllermann sah ein, daß er nicht einfach mauern konnte. Er versuchte sich in die Denkart des Partners hineinzuversetzen. Zugleich in die der Vorgesetzten, in die des militärischen Abschirmdienstes, in die *wirklicher* Experten, er selber war ja nicht Physiker, zugleich in die »Laiensphäre«. Er konnte sich das, was er nunmehr zu sagen bereit war, nicht gedruckt vorstellen. Er konnte es sich auch nicht sinnlich vorstellen. Er schaltete also, mit einer Menge Filter, auf: »Wenn es abstrakt ist, das eben trotzdem durch Worte und Zahlen in Gang zu setzen.« Vielleicht ein Tränklein? bot er an. Er wollte die Bremsen der Situation lockern. Nein. Saglinski will Auskünfte.

MÖLLERMANN: Die lymphatischen Gewebe, also Magen- und Darmschleimhäute, Mund, Blutbildungsorgane, das was mit besonderer Schärfe lebt, z. B. nach Sauerstoff hungert, nach Wasser dürstet, das wird beim 300 bis 600 Röntgen irreversibel geschädigt. Es ersetzt sich aber auch sehr schnell wieder. Falls Sie sich unter dem einen und dem anderen etwas Praktisches vorstellen.

SAGLINSKI: Weiter. Das ist nicht alles. Was ist mit dem Hirn?

MÖLLERMANN: Das ist gattungsgeschichtliches Gewebe. Zäh. Das lebt, was Sauerstoff oder Durst betrifft, weniger gierig. Sie brauchen zur Schädigung 3000 bis 6000 Röntgen. Bei den Nerven ist es das gleiche. Es ist dann allerdings tot und ersetzt sich nicht wieder.

SAGLINSKI: Man kann allerdings mit Hirn und Nerven allein nicht leben, stehen oder gehen.

MÖLLERMANN: Eben.

SAGLINSKI: Wie behandelt man nun das?

MÖLLERMANN: Sie müssen sich alle Schädigungen kombiniert vorstellen. Einiges davon sehen Sie als Brandwunden, blindes Auge, die der Detonation zugewendeten Hals- und Backenseiten sind rötlich-schwarz und inzwischen, eine Sache von Minuten, durch das, was da an Gegenständen herumfliegt, ausgelöst durch die Druckwelle, offene konventionelle Wunden, Beinbrüche, abgerissene Glieder, offene Bäuche. Die Behandlung muß den kombinierten Wundschock bekämpfen. Wenn Sie nicht überhaupt mit Leuten zu tun haben, die *upset minded* sind. Die ganze Korona ist doch inzwischen außer Häuschen. Die können Sie gar nicht mehr »behandeln«.

SAGLINSKI: Sie weichen aus.

MÖLLERMANN: Jetzt kommen wir zur eigentlichen Sofortkernstrahlung und danach zur Reststrahlung, dem »outfall«.

SAGLINSKI: Kenne ich. Das kann ich auch im Frieden haben, wenn ein KKW in die Luft geht.

MÖLLERMANN: Also das kennen Sie.

SAGLINSKI: Halt. Ich will zwar auf die scharfen Sachen, die noch kommen, hinaus, aber Sie müssen schon noch etwas hierzu sagen.

MÖLLERMANN: Es werden die Moleküle zersetzt. In den Funkgeräten z. B. die Halbleiter, falls Sie das als anschaulich empfinden. Sie wollen immer darauf hinaus, daß das was Neues ist. Es ist aber schon bei konventionellen Sprengbomben so, oder wenn sie in einer Erdspalte zerdrückt werden, daß Ihre Moleküle nicht an dem Ort stehenbleiben, wo sie sein müssen. In ihnen gruppiert sich die Substanz um, und wenn Sie z. B. verbrennen, so genügt das auch. Im Feuersturm heizen sie auf etwa 2000° C auf.

SAGLINSKI: Lenken Sie nicht ab.

MÖLLERMANN: Wenn ich konventionelle Spreng- und Brand- und Giftwirkungen an sie heranbringe, so ist ihre Wirkung irreversibel.

SAGLINSKI: Sie wollen nur abwiegeln.

MÖLLERMANN: Das ist mir fern.

SAGLINSKI: Dann machen Sie weiter. Aber nicht über konventionelle Sprengkörper. Das weiß ich alles.

MÖLLERMANN: Das bezweifle ich stark, daß Sie das wissen.

SAGLINSKI: Ich muß davon ausgehen, daß der Leser so was schon einmal gesehen hat. Daß *er* also weiß. Ich kann den Leser nicht anöden.

MÖLLERMANN: Insofern ist das, was ich Ihnen sagen kann, auch öde.

Das waren nicht die Geheimsachen, die Saglinski erfahren wollte. Die beiden kamen nicht zusammen, weil sie verschiedene Interessen an der gedruckten Darstellung hatten.

Eine Spur der alten Energie

Der Mann hatte eine zerstörte Nase bis auf den Grund. Es war noch zu erkennen, daß der frühere Panzerführer einmal ein hübsches, attraktives Jungengesicht hatte. Jetzt, sagte er zu der neben ihm auf dem Bahnsteig stehenden Familie: Der Millionenkoffer ist gefunden. Wenn er nicht gefunden worden wäre, wäre es auch egal. Er hatte das wohl aus der Zeitung, die er unter dem Arm geklemmt hielt. Er trug eine uniformähnliche weiche, nicht am Körper schabende Jersey-Jacke und Fresko-Hosen, grau. Ein Teil der Zugtüren war verschlossen. Er rüttelte daran, er wollte ja einsteigen. Es geht nicht, sagte er zu der Familie, die ihn fürsorglich begleitete. Egal. Er ging den Zug entlang. Im vorderen Teil standen die Türen offen. Er durchsuchte den Zug nach Sitzplätzen. Der Zug war nicht stark besetzt. Auf Grund der Anfangsgeschwindigkeit, erzeugt durch das Hindernis der verschlossenen Tür, wollte er immer weiter im jetzt gangbaren Zug vordringen. Seine Frau versuchte, den Nasenlosen zurückzuhalten, mit ihrem Kind saß sie schon, das 1942 geboren war.

Das Problem des Nachweises eines objektiven Interesses, der »Wirklichkeits-Liebe«, wenn Ödes mitzuteilen ist

Große Sorge hatte der Friedensforscher Bauer. Jetzt hat er Gelder aufgerissen für eine Aufklärungskampagne. Aber das, was er weiß, ließ sich nicht *emotionalisieren*.

Er kommandierte eine Kreativitätsgruppe. Maler und Zeichner waren tätig; Leute, die Geschichten schreiben konnten. Die Resultate waren aber nicht brauchbar. Die Kampagne kam über Tests und Voruntersuchungen nicht hinaus.

Sie versuchten es mit einer Fülle konventioneller, packend erzählter Liebesgeschichten, in der Hoffnung, die damit angerissene Aufmerksamkeit hinüberzutragen in die Darstellung von Vernichtungswahrscheinlichkeiten. Mobilisierungswissen. Die Testpersonen nahmen die Ur-Szenen an, die so genau errechneten objektiven Folge-Szenen »vergaßen« sie. Auch im Unterbewußtsein hielt sich davon nichts. Es ist verzweifelt, sagte Bauer. Es liegt nicht daran, daß sie den »objektiven« Teil nicht »lesen« oder »entziffern«. Sie lehnen das als »Erlebnis« ab.

Sollte er in Kenntnis der Unbrauchbarkeit die teure Kampagne dennoch starten? Das Geld blieb auf den Bank-Konten. Die Tests ergaben einen »Rezeptionszustand«, als ob eine obskure Sekte versuchte, den Versuchspersonen (VPs) einen neuen Glauben aufzureden. Es ging aber um ein *objektives* Realbild von Vernichtungswahrscheinlichkeiten. Für Geld plapperten VPs das nach, waren auch bereit, es öffentlich zu wiederholen – oft auch gegen moralische Belohnung, z. B. Lob ihrer Einsicht, Ausweis ihrer Fähigkeit, sich mitzuteilen. Aber begeistert, übertragungsfähig sprachen sie nur vom ersten Schnee, Advent, Ruderbooten, Licht in abendlichen Häusern, Wolken, Regen, Wind.

Aber Bauer wollte doch nicht zugeben, daß es kein originäres Interesse an »Objektwahrheit« gibt. Das war wiederum *seine* Ur-Szene. Interesse an genau berechneter Objektivität war ihm Advent.

Unter den Mitarbeitern war nur *eine*, die glaubte, daß es eine »Tiefen-Neugier« gäbe, daß man auf die *skeptische Betrachtungsweise* nicht herunterkommen darf. »Es gibt nichts Heruntergekommeneres als Skepsis«, sagt Bauer. Das war Diplom-Psychologin Kramer. Im Geschichtenerzählen war sie nicht einmal gut. Sie hatte an einer Universität studiert, an der ausschließlich sog. Hochschulpsychologie gelehrt wurde (analysefeindlich, nur Meßbares). Sie hatte deshalb das Gefühl, theoretisch ausgemergelt zu sein. Sie versuchte Bauer die Anknüpfung an Romane, »Bilder«, Glückssuche usf. ganz auszureden. Er sollte doch mal die *Abstraktionsfähigkeit* auf Neugierde abklopfen.[87]

Sie stellte es so dar, als ob Bauer als oberster Prophet des von ihm vertretenen Glaubens selbst nicht genügend *glaubte*. Sie müssen, sagte sie, das Gefühl entwickeln, daß Sie über einen Bergsee wie über festen Boden stapfen können. Was Bauer insbesondere warnte, war, daß diese Diplom-Psychologin ganz freundlich und friedfertig darüber hinwegging, wenn er zweiflerisch ihr vorhielt, daß die Lust an der Abstraktion, also die angebliche *neue Neugier,* zunächst einmal auch »Lust am Untergang«, an der »Zerstörung« heißen

---

87 Sie hatte für Grundlagenforschung in fast jeder Richtung eine Schwäche. Sie war darauf versessen. Das mußte Bauer warnen, denn er wollte ja eine Mobilisierungskampagne, nicht langjährige Versenkung in Grundlagenstudien, die unmeßbare, kaum mobilisierbare menschliche Eigenschaften erforschten.

Sie behauptete aber steif und fest, daß eine sogenannte *Abstraktionssinnlichkeit* eine Art zweite Natur sei. Nur, das durfte sie sich entgegenhalten lassen, daß alle Befragten die völlige Abwesenheit eines solchen *Abstraktionsvergnügens* oder auch nur der Fähigkeit, nennenswert zu abstrahieren, sobald sie nicht Studenten waren, bekundeten. Ja, ja, antwortete die Diplom-Psychologin, das mag ja gemessen worden sein. Das Vermögen zur Abstraktion mag durchaus abwesend sein. Aber der Wunsch, die Begier! Blindlings sich anvertrauen, sich in dieses Wasser zu schmeißen, forderte sie.

konnte. Bauer wollte wohl sicher nicht destruktive Lust durch seine Aufklärungskampagne mobilisieren.

Fräulein Kramer ging darüber hinweg. Statt dessen übte sie »ethischen Druck« auf ihn aus (der doch schon Ostermärsche organisiert hatte), sich blindlings auf die Suche *nach so gefährlich verwurzelter Neugier* zu machen. Sie schien ihm eine Katilinarierin zu sein. Es zog ihn – als gefestigter Protestant – zu der Aufrührerin doch hin. Diese Hexe brachte es dazu, daß er einen Teilansatz von 100000 DM in eine Untersuchung investierte. Er übergab sogar diesen Scheck, ließ ihn dann, nachdem er sich besonnen hatte, am andern Morgen sperren. Die an sich eher zurückhaltende Person ereiferte sich, als sie von der Sperrung hörte. Am liebsten hätte sie ihn aus der von ihm initiierten Bewegung ausgeschlossen.

Sie behauptete: Wenn er nicht diese teuflische, zersetzte Neugier gewönne, gewonnen aus der Lust, »Schluß zu machen« (oder Not, Zwang), dann aber **Lust daran, daß das allgemeine Elend (und meins) wenigstens als äußeres Zeichen auch zu fassen ist** (sie zweifelt jetzt sehr, ob man überhaupt »Lust« dazu sagen kann), so gäbe es kein menschliches Organ, das sich für die »Wirklichkeit der Dinge«, z. B. Verwüstungen, interessiere. Auf Nachfrage verweigerte sie aber die Zusage, daß sich diese Neugier dann wandeln könnte, also der Veränderungs- und Zerstörungslust, ihrer Wurzel, abschwor. Das wollte sie partout nicht vorherbestimmen.[88]

---

88 Rein logisch, Bauers Kombinationsvermögen war ja nicht defekt, heißt das: Wenn das Leben sich nicht für die Wirklichkeit interessiert, ist Wirklichkeitsliebe nur von den Toten zu erwarten. »Irgendwann müssen die Leichen das letzte Wort behalten.« Den Satz vertrat Dipl. Psych. Kramer. Das hatte einen protestantischen Klang. Der Leidenschaftlichen war jedes Mittel recht, Bauer zu verführen.

(Heft 14)

Radikalisierung der Genauigkeit

Der Urmeterstab aus Platin-Iridium in Paris mißt als Idealkonstrukt der Aufklärung 1 sec. = 86/400 Teil des mittleren Sonnentags. Aber die Umdrehung der Erde ist nicht genügend gleichmäßig. Seit 1960 kommen die Definitionen der Grundeinheiten in Bewegung. Die 11. Generalkonferenz der internationalen Experten für Maße und Gewichte nimmt die Spektrallinie des Krypton-86-Isotops im Orange-Spektralgebiet, um an deren Wellenlänge die Meterdefinition anzuknüpfen. Auf 1:100 Mio. (10^{-8} Meter), d. h. 1/100 000 mm genau. Das ist für Spitzungsangaben bei Industriediamanten aber recht ungenau.

Die 13. Konferenz 1967 knüpfte die Sekunde an eine bestimmte Mikrowellenlinie eines Cäsium-Isotops mit einer Frequenz von 10 Mrd. Hertz. Solche Frequenzen lassen sich auf 1 Hertz genau messen. Genauigkeit von 10^{-10}, also hundertmal genauer als die Meterdefinition.

Das ließ einigen Experten keine Ruhe. Eine ganz andere Meterdefinition ist nötig. Es gibt hierzu einen sehr einfachen Weg. Wellenlänge (l) und Frequenz (f) sind über Lichtgeschwindigkeit (c) durch folgende Gleichung verknüpft: $l \times f = c$. Legt man für die Lichtgeschwindigkeit einen bestimmten Wert fest, so wäre jede Wellenmessung auf eine Frequenzmessung rückführbar – mit deren höherer Genauigkeit.

Am »National Bureau of Standards« erhielt man für c = 299 792 456 m/sec., die Physiker vom National Laboratory kamen auf eine um 3 m/sec. höhere Geschwindigkeit. Genauigkeit ist also besser als 1:100 Mio. Letzter gemessener Wert 299 792 500 mit Fehlermöglichkeit 100 m/sec.

[**Ein Gerät von phantastischer Präzision**] In Form eines gigantischen Y mit 21 km langen Armen, 27 Parabolantennen von 25 m Durchmesser. Die Teleskop-Arme des Y bestehen aus 2 Eisenbahngleisen, von denen kurze Abstellgleise abzweigen, an deren Ende die Antennen abgesenkt und mit der Steuer- und Empfangszentrale im Kreuzpunkt des Y verbunden werden können.

Der Name des Geräts ist ULA (Very Large Arrey), Zweck: Apertursynthese nach M. Ryle. Die 27 Antennen der ULA lassen 351 Kombinationswinkelpaare zu. Bei der Apertursynthese wird die Intersphärometrie weitergeführt, denn während der Erdumdrehung ändert sich die relative Lage der Meßpunkte in bezug auf eine *Radioquelle* ständig, so daß man die Struktur der Quelle mit Computer errechnet und als »Karte« ausdruckt.

Mein Gott, sagte der Ingenieur Perritt, das gibt ja ein Auflösungsvermögen von bis zu 0,6 Bogensekunden bei Wellenlänge von 6 m. Gewiß, gewiß, antwortete ihm der Konstrukteur Maegerlein am anderen Ende der Telefonleitung, 21 km entfernt, aber am Ohr so nah wie 50 cm.

Gruppiert man die Parabolantennen dichter, indem man ihre Waggons, auf denen sie installiert sind, mit den vorhandenen 8 Lokomotiven umrangiert, wird das Auflösungsvermögen schlechter, aber die Nachweisempfindlichkeit höher. Das haben die Mitarbeiter alles schon ausprobiert.

[**Ein weiteres Gerät von phantastischer Präzision**] Dr. Theodore Maimann setzt einen synthetischen Rubin von der Größe eines gekürzten Bleistifts mit je einer halbdurchlässigen Verspiegelung, auf den Stirnflächen absolut planparallel geschliffen, in das Gerät ein. Der Edelstein steckt somit im Zentrum einer Gasentladungsröhre. Jetzt dreht Maimann einen altmodischen Schalter. Dunkelroter Lichtblitz, ungewöhnlich scharf gebündelt: light, hard: amplification by stimulated emission of radiation, hundert Millionen Feinmuster in einem Strahl, nicht mal eine Fingerkuppe dick.

»Dickow!«

Der Rüde, ein Cockerspaniel, hat eine der Wildenten im Maul, die schreit. Vom Balkon der Pension am Bethmann-Park ruft die Besitzerin des Hundes: »Dickow! Laß das, Dickow.« Der Hund zerrt die schreiende Ente hin und her, will sie noch erjagen, während er sie schon hat. Andere Enten schwimmen in Rotte heran, wollen zu Hilfe. Die unnütze Frau auf dem Balkon ruft, viel zu hilflos, flötet: »Dickow, Dickow, komm her, Dickow!« Als ob dem Hund geholfen werden muß. Jetzt rennt sie durch die Flure und Treppenstiegen des Hotels. Sie bringt es nicht fertig, in ihrer Balkon-Situation im entscheidenden Zeitraum stehenzubleiben und den Hund anzuherrschen, von dem elenden Ententier in letzter Minute abzulassen. Ganz überflüssig rennt sie, weil sie zu spät kommen wird, durch die Halle, durch die Glastüren der Pension, weil der Hund ihre Eile nicht hört. Was für ein unnützes Wesen, das der zerfledderten Ente nicht zu helfen versteht.

Die Fahrtrichtung durch Entgleisung ändern

«Nichts half, auch nicht das Beschmieren des Daumens mit Senf oder das landesübliche Bekleben des Fingers mit Leukoplast. Die Saugmechanismen waren so fest eingefahren, daß sie nicht zur Entgleisung zu bringen waren. In einer neurophysiologischen Ausdrucksweise gesprochen: Es handelte sich um einen bedingten Reflex im Sinne Pawloffs, d. h. das Nuckeln blieb eine der Vorbedingungen, die erfüllt sein mußten, wenn der Schlaf sich einstellen sollte.«

Hier setzte nun die Erziehung durch Uschi Grabowski ein. Die Schwester, die mit ihrem neuen Verlobten nach Scheidung nach Jugoslawien gefahren war, hatte ihr das Kind zur Aufbewahrung gegeben. Die ehrgeizige Uschi, Zeit hatte sie ja, da ihr Mann als Ingenieur eine Bohrinsel in der nördlichen Nordsee befehligte, wollte der Schwester ein künftig nicht mehr nuckelndes Kind zurückerstatten. Uschi saß Stunden neben dem Kind, und jedesmal, wenn der Daumen zum Mund flutschte, störte sie mit einem Kandiszucker, den sie dem Kind zwischen die Lippen drückte. Das Kind leckte dann am Kandis, den Daumen allerdings noch immer im Mundwinkel. Uschi bemerkte, daß das Kind jetzt noch häufiger den Daumen zum Mund führte, da ja diese Bewegung eine Zusatzbedeutung erhielt. Sie bedeutete »erneuten Kandis«. Uschi sah deshalb von diesem System ab. Sie sagte: »Man darf das Lutschen gar nicht erst beachten.« Bei Nichtbeachtung, das sie über Stunden und Stunden durchführte, blieb es aber beim Lutschen. Dagegen half es, wenn Uschi dem Kind zerstoßene Schlaftabletten im Himbeersirup eingab. In einem Fall schlief das Kind dann so rasch ein, daß es das Schlafzeremoniell vergaß. Der Daumen war erst halbwegs zum Mund geführt. Eine Dauerlösung war das nicht. Uschi versuchte etwas anderes: Sie hielt dem Kind immer dann die Nase zu, wenn es den Daumen in den Mund eingeführt hatte. Also nicht verhindern, daß der Daumen in den Mund kommt, sondern die Fortdauer des Lutschens stören. Jetzt öffnete sich der Mund, schnappte nach Luft, der Daumen fiel heraus. Damit das Kind nicht schrie oder weinte, kitzelte Uschi dessen Beine, den Bauch, kniff auch wohl mal in das winzige Geschlechtsteil (sie sagte: »künftiges Geschlechtsteil«). Die beiden freundeten sich an. Oft tollten sie so bis 12 Uhr, 1 Uhr nachts. Das Kind vergaß allmählich das Nuckeln.

Nach Rückkehr der Schwester paradierte Uschi mit einem saugentwöhnten Kind. »Ich gebe das Kleine nicht gerne wieder her.« »Ich weiß gar nicht, wie ich dir danken soll. Das ist aber eine Überraschung.« Es blieb der Nachteil, daß nunmehr das Kind abends nicht mehr einschlief. Weder mit Weinen, noch mit Tollen oder auf das Kind Einsprechen, d. h. Geschichten Erzählen bis 23 Uhr, war es zum Schlafen zu veranlassen. Erschöpft schlummerte es manchmal ab 3 Uhr nachts. Morgens war es quärrig.

Zwerg Breitsam

Der »schlaue Zwerg« A. Breitsam, gestützt auf P. C. Ellsworth, A. Henson, J. M. Carlsmith: *Staring as a stimulus to flight in humans: A series of field experiments.* J. pers. soc. Psychol. 1970, in press., steht an der Straßenkreuzung Kaiserstraße/Ecke Elbestraße und starrt Autofahrern, die bei Rotlicht halten, beharrlich in die Augen. Sie sind nicht in der Lage, den Blick zu wenden. Bei Ampelzeichen Grün drückt Breitsam die Stoppuhr: Er hat die Länge des Anstarrens gemessen und mißt jetzt durch erneutes Drücken der Stoppuhr die Zeit, in der die zuvor angestarrten Fahrer die Kreuzung überqueren. Tags zuvor hat er an der gleichen Stelle Fahrer nicht angestarrt und die Durchschnittsgeschwindigkeit der Kreuzungsüberquerungen gemessen. Diese Fahrer waren, ohne es überhaupt zu bemerken, seine Kontrollgruppe. Jetzt wertet er die Ergebnisse aus und liest ab, daß die angestarrten Fahrer die Kreuzung wesentlich schneller durchfahren haben. 98,7 Punkte Korrelation, d. h. 1,3 Punkte Irrtumswahrscheinlichkeit. Die leistet sich Breitsam. Jetzt aber die Interpretation: Der schlaue Zwerg ist zu schlau, um aus den Messungen auf Fluchtverhalten zu schließen. Er sagt nicht: »Da habe ich die Wirkung des bösen Blicks gemessen.« »Alle Primaten fürchten sich vor dem Angestarrtwerden, also auch die Fahrer durch die Elbestraße.« Vielmehr sagt er: 1. Die Fahrer empfinden es als notwendig, zu reagieren, wenn sie intensiv von mir angeblickt werden. 2. Sie fühlen sich betroffen. 3. Sie wissen keine Reaktion.

Deshalb, schreibt Breitsam, flüchten sie. Diese Fluchtgeschwindigkeit habe ich gemessen. Breitsam, 52jährig, hat noch ca. 43 aktive Meßjahre vor sich (der Schätzung liegen keine verbindlichen Meßwerte zugrunde). Er empfindet euphorisch, was er noch alles erfahren wird. Für Mahlzeiten hat er kaum noch Zeit.

Chefphysiker Holzner

Holzner hatte die Einmischungen satt. Schließlich verstehen die Haushaltsspezialisten nichts von Physik. Sie bestimmen aber praktisch, was geforscht werden darf. Holzner zerschlug gemeinsam mit seinen beiden Assistenten, Friedrichs und Gebhardt, die Versuchsanordnung, an der sie 1¾ Jahre gearbeitet hatten, und, da seine Wut für Weiteres ausreichte, Vorräte an Glasgefäßen. Diese waren inventarisiert. Das Problem dieser Wertevernichtung wenigstens konnten die Abrechnungsspezialisten oder Justitiar Dr. Löwe nicht in ihre Raster einbringen, wenn sie schon glaubten, den Fortgang seiner Forschungen rastern zu können. Die Zerstörung von inventarisierten Werten mußte ihnen unmöglich erscheinen. Holzner lag daran, ihnen einmal etwas vorzuwerfen, was ihnen wirklich als *Unmöglichkeit* erscheinen mußte, wenn sie ihrerseits so hartnäckig darauf beharrten, seine Forschungsansätze seien auf etwas Unmögliches gerichtet. Holzner sagt: Alles ist möglich. Ich schmeiße 3 Steine zusammen, ordinäre Feldsteine, und reiße die Gesamtenergien heraus. Dann bin ich Milliardär. Ich möchte die Gesichter des Haushaltschefs und des Justitiars sehen, wenn ich sie überhaupt nicht mehr frage, was ich forsche. Das könnten sie ja ohnehin nicht beantworten.

Der Untergang der *Bismarck*

In der Abenddämmerung gelang es verzweifelten britischen Torpedofliegern, die vom Flugzeugträger Victorious aufgestiegen waren, mit einigen Torpedos den Schiffsrumpf und die Ruderanlage des Schlachtschiffs *Bismarck* zu treffen. Es gab mehrere heftige Erschütterungen, Nachrichtenausfall. Das Schiff zog nun, manövrierunfähig, auf einer bestimmten Meeresfläche Vollkreise. Aber wieso waren die britischen Torpedoflieger über ihr bisheriges Versagen an diesem Tag so verzweifelt, daß ihre Torpedos im Dämmerlicht trafen? Sie waren nicht in Not, sofern sie nur im gehörigen Abstand von diesem Schiffsriesen blieben. Eher waren sie ehrgeizig oder durch herabsetzende Worte ihrer Vorgesetzten, die sich auf die Mißerfolge des Nachmittagsangriffs bezogen, in Verwirrung gebracht. Die Vorgesetzten beachteten die Piloten aber gar nicht, sie waren eher selber dadurch verwirrt, daß sie gezwungen waren, ohne eigenes Risiko die Flieger in die Nähe des gefährlichen Gegners zu hetzen. Die vorgebliche Verachtung war das rechnerische Mittel, um zu erreichen, daß die Torpedos trafen. Einen wirklichen Grund, zu treffen, hatten sie alle nicht, so

daß man annehmen kann, daß nur ihre Zusammenfassung zu einer Angriffs-
gruppe, die »animal spirits«, sie zum Ziel trieb. Andererseits hatte auch die Besatzung der Bismarck keinen Grund, hier geradlinig oder in Vollkreisen auf
dem Wasser herumzufahren. Es genügte ihnen, daß sie zusammenblieben, daß
sie hofften, den Hafen Brest zu erreichen, wo sie diese Schiffsburg verlassen
konnten. So zielte der Teil der Besatzung, der die Flak-Geschütze bediente, mit
triftigem Grund, aber es war schwierig, diesen allgemeinen Grund in der Zeitspanne des 8-Minuten-Angriffs zusammenzufassen, immerhin wurden Feind-
flieger erfolgreich abgeschossen.

Zwischen der Brücke und den Räumen der Ruderanlage im Schiffsinnern war
die Verbindung abgebrochen. Die Ingenieure Bertram und Ziegler unternahmen Reparaturversuche. Aus einem Seitenluk, knapp oberhalb der Wasserli-
nie, wurden Taucher zu den Ruderschrauben herabgelassen. Sie berichteten
über Funksprechgerät. Die technische Mannschaft, fest in der Hand der Ingenieure, begriff die Gefahr für das Schiff. Sie stand in Wettbewerb mit den technischen Mannschaften und Ingenieuren anderer Schiffe der Seestreitkräfte,
wollte sich in ihrer Verwirrung auszeichnen. Von der Willenslage her hätten sie
die Reparaturen deshalb in äußerst kurzer Frist ausgeführt. Die technischen
Vorgänge, schrauben, zählen, rechnen, befestigen, bringen, abseilen, auftauchen usf., sind jedoch in ihrem Zeitablauf objektiv festgelegt. Sie antworten
nicht auf die Gemütslage.

Inzwischen war die Schlachtkreuzer-Flotte der Briten herangerückt und belegte den manövrierunfähigen deutschen Riesen mit Vernichtungsfeuer. Die
schweren Erschütterungen der Einschläge irritierten die Reparatur zusätzlich.
Um 8.20 Uhr früh war die Reparatur der Ruderanlage beendet. Es gelang aber
nicht mehr, die Schiffsführung von der wiederhergestellten Manövrierfähigkeit der Bismarck zu unterrichten. Während diese darauf achtete, daß die See-
kriegsflagge weiterhin flatterte, einen letzten Funkspruch an die Seekriegslei-
tung sandte, arbeiteten sich Befehlsüberbringer aus dem Schiffsinnern in Richtung der Brücke vor. In diesem an sich voll intakten, doch nicht mehr beherrsch-
baren Zustand sank die Bismarck. Vergebens versuchten die Ingenieure
Bertram und Ziegler, 8 ausgebildete Taucher aus der genannten Seitenluke
»ins Freie« zu bringen. Diese hochwertigen Techniker hätten sich noch retten
können, wenn irgend etwas existiert hätte, das die Taucherglocken *aufwärts*
gezogen hätte. Statt dessen zog der von der Schiffsführung geflutete Schiffsrumpf sie im Abstand von 40-60 Metern an den »lebenspendenden« Verbin-
dungsschläuchen hinter sich in die Tiefe. Sie lebten, entsprechend dem Sauer-
stoffvorrat in ihren Panzern, der zunächst noch einige Stunden aus dem
Schiffsinnern ergänzt wurde, um 6-8 Stunden länger als die Seesoldaten, die
die Krise auf dem Oberdeck des Schlachtschiffs überraschte, und um einige

Wochen kürzer als diejenigen Maschinisten, die in der Luftblase, die in einem Teil der Maschinenräume entstand, überlebten und die Zugang zu Räumen fanden, in denen mehrere Tonnen Komißbrot lagerten. Diese Gruppe feierte in 4600 m Tiefe Weihnachten 1942 und anschließend Silvester.

Zusatz: Drei Hochseeschlepper, die gegen 19 Uhr am Vorabend des Schiffsuntergangs aus dem Hafen von Brest ausgelaufen waren, befanden sich im Morgengrauen 18 Seemeilen von der Vollkreise fahrenden *Bismarck* entfernt. Sie sahen das britische Geschwader als Schatten, hofften noch, seitlich, d. h. von Westen anlaufend, das eigene Schiff zu erreichen. Sie näherten sich 2 ½ Stunden nach dessen Untergang dem Untergangsort. Wenn es nach dem Willen, d. h. der klaren Vorstellung vom Unglück der Kameraden in den Köpfen der Schlepperbesatzung gegangen wäre, hätten sich diese Schlepper aus dem Wasser erhoben und wären im Flug, noch ehe die englischen Schiffsgeschütze den Stahlkörper der Bismarck zerschossen, herzugeeilt. Sie hätten das Schiff in Richtung Frankreich fortgezogen. Diese klare Vorstellung von Not hätte dann aber schon im Baujahr der Schlepper in den Hirnen der Ingenieure, 1936/37, vorgestellt sein müssen. Sie wären dann als technische Hochseewerkzeuge sicher anders gebaut worden.

Dieses einfache und elegante Experiment, das nicht klappte

Vormittags las ich in **Dubois-Reymond** den Vorschlag eines einfachen und eleganten Experiments: »Wenn wir die Sehnerven überkreuz mit den Hörnerven verbinden könnten, dann würden wir den Blitz *hören* und den Donner *sehen*.« Sofort machte ich mich in meinem Laboratorium daran, einem Frosch Hör- und Sehnerven überkreuz zu verbinden, erschreckte ihn dann durch Dauerklopfen und Leuchten mit einer Taschenlampe. Das Tier sah mich mehrfach erschreckt an. So war nicht auszumachen, was es »fühlte«. Eine Wirkung hatten meine Maßnahmen sicher.

Ich entschloß mich dazu, Manuela, meine Adoptivtochter, einer linksseitigen Operation zu unterziehen. Erste Anzeichen der Abenddämmerung. Ich verband ihre Sehnerven überkreuz mit den Hörnerven, und wir warteten einige Stunden, daß ein Donner oder Blitz käme. In Alpennähe hatten wir größere Chancen, ein Abendgewitter zu erwischen. Wir fuhren dorthin. Da kein Gewitter sich ereignete, kehrten wir wieder zurück. Ich unternahm Versuche mit Fotoblitz-Gerät und einer akustischen Lärmquelle. Wissen wollte ich allerdings, wie sie auf Donner und Blitz antwortet, nicht auf meine synthetischen Lärmeindrücke oder einen Kunstblitz. Sie klagte über dominierende Schmerzen in der Operationswunde, war jetzt, 2 Uhr nachts, müde. Ich gab ihr Morphium, danach »fühlte« sie im anschließenden Experiment so gut wie nichts. Versuch wird abgebrochen.

Anderntags meinte sie, etwas Brummendes, etwas wie »Grummeln« zu hören. Es könne auch sein, daß ihr etwas »Innerliches rieselte«, als ich sie mit dem Blitzlicht-flash angriff. Das war alles sehr unbestimmt. Bei Donner durch synthetische Lärmquelle meinte Vp. Farbeindrücke zu haben. »Etwas ganz Künstliches. Nicht unbequem«, aber immer noch Schmerzen in der Operationswunde. Sie fühlte sich insgesamt schwach. Gegen Abend Anzeichen von Schnupfen. Komm her, Du Sex-Vieh, sagte sie. Sie war wirr. Es war für den Zeitraum etwa eines halben Jahres ausgeschlossen, daß ich die Operationswunde öffnete und die Nervenenden korrekt aneinanderfügte. So hatte ich quasi mit einer Irren zu tun. Ich hatte das nicht gründlich überlegt.[89]

Abb.: Trägemanns Hündin Lea mit dem Rüden »Babsi«.

[89] Die Anregung zu seinem Vorschlag übernahm *Dubois-Reymond* einer dichterischen Textstelle: »Les parfums, les couleurs et les sons se répondent.« Die poetische Energie ist dann in wissenschaftliche Energie umgewandelt worden. Hier erweist sie sich als reine Fehlerquelle. Ich will damit aber nicht sagen, daß der poetische Forschungsvorschlag deshalb grundsätzlich falsch ist, vielmehr liegt offensichtlich ein Versagen der Sinne selber vor, die sich nicht auf dichterischer Höhe befinden. Wie Artilleriepferde, die sich bei Einsetzen der Marschmusik, die sie ursprünglich nur gegen Gefechtslärm abstumpfen sollte, in Bewegung setzen, folgen sie ihrer eingelernten Marschrichtung und verstehen die Umstellung nicht, die Chance, die ich ihnen durch überkreuzweise Verbindung gewähre. Vielleicht auch war Vp. aus anderen Gründen unzufrieden, so daß sie dem an sich eleganten Experiment Widerstand entgegensetzte. Dagegen spricht, daß sie während der Wartezeit, die bis zur Rück-Operation verging, mehrfach lächelte. Dieses Lächeln war das Netteste, was mir seit langer Zeit begegnet war. Ich nehme an, daß sie ohne Vornahme des Experiments ein solches Lächeln zu ihren Lebzeiten wohl nicht zustande gebracht hätte, da Manuela ein grundsätzlich ernstes Kind ist.

Eine besonders erfolgreiche Polizeihunde-Erziehung

Niemand erzieht so wie der Polizeihundzüchter Trägemann vom Verein MS in Mainz. Von ihm gelangt bestes Hundematerial in den Dienst, seit er in der Polizei-Hundeschau Charkow 1942 mit dem Rüden »Bessermann« seinen Anfangserfolg erzielt hatte. Eine Sonderzüchtung sind Trägemanns Metallsuchhunde. Streng genommen sind sie keine Züchtung. Sondern nach Züchtung wertvoller Hundeeigenschaften dressiert Trägemann diesen Schäferhundetyp auf das Aufspüren von Metallen, z. B. den Rüden »Babsi«. »Er scheint Metall gern zu mögen.« Der Hund spürt metallene Beweisstücke, z. B. Bomben, Sprengkörpersplitter, verborgene Waffen auf, hat jedoch den Nachteil, daß er gefundene Schrauben, Plastikröhren und Metallbolzen verschluckt. Es ist ein großartiger Polizeihund, aber er hält das gefundene Beweismaterial zurück. Man muß ihn mit einem Metalldetektor abhorchen und ihn entweder mit Hilfe eines Brechmittels dazu bringen, es wieder von sich zu geben (aber immer klappt das nicht), oder aber ihn operieren, wenn er z. B. eine Zündkerze gefressen hat, die ein Beweismittel ist. »Es ist so«, sagt Trägemann, »daß ich diese bedingten Reflexe (denn ich lese selbstverständlich die Literatur) auslösen kann bzw. zuvor fest im Charakter des Hundes verankere, aber ich kann das Maß dieser Verankerung nicht steuern.« Auf dem Markt wird Trägemann diesen Hundetyp nicht los. Die Polizeidienststellen scheuen die Kosten für Metalldetektoren, fürchten auch Indiskretionen, die ihnen, falls sie den Hund operieren, den Tierschutzverein auf den Hals brächten. »Wir können uns auch nicht einen Hunde-Veterinär und eine chirurgische Abteilung leisten, nur um diesen Typ des Polizeihundes zum Einsatz zu bringen.«

Erfassung der »Katastrophen ohne Ursache«

Vor Jahren flog in einem Baseler Chemiewerk urplötzlich ein Reaktionskessel in die Luft: keine Ursache. Seither forscht der Mathematiker Witzlaff an einer Katastrophentheorie. Er steht in ständigem Briefverkehr mit dem britischen Mathematiker René Thom sowie mit Eric Christopher Zeeman, Direktor des Warwick Mathematic Research Center der Universität Coventry. Kürzlich trafen sich die drei forscherischen Lebensgefährten, die sich bis dahin nie gesehen hatten, sondern nur jeweils das Schriftbild des anderen kannten, auf der 235. Sitzung der rheinisch-westfälischen Akademie der Wissenschaften im Düsseldorfer Karl-Arnold-Haus.

An sich wissen sie zu dritt, daß es eine Folge, z.B. Explosion, Fluchtstreben, Aggression oder Speichelfluß, Katastrophe oder Sieg, *ohne Ursache* nicht geben kann. Dieser naive Grundsatz trifft aber nicht zu, wenn man in Form von klassischen Differentialgleichungen kontinuierlich ablaufende Vorgänge auf bestimmte *Vorsätze* untersucht, in denen sie zu »diskontinuierlichen« Effekten führen.

Die drei Forscher lassen nämlich die »Wirklichkeit« im Kontrollraum. Dies ist ein in ihrem Briefwechsel verborgen gedachter Raum – auf einer gekrümmten Fläche ablaufend, und dann projizieren sie die mit »Spitzkehren« garnierten Kurven, die sie rechnerisch erhalten, auf die Ebene, die sie »Vergleichsraum« nennen. So ergeben sich insgesamt 6 Grundtypen einer »elementaren Katastrophe«, die sie aus den *Singularitäten im Verhaltensraum* ableiten, obwohl jede dieser Singularitäten für sich nicht Katastrophenursache sein kann.

Mit dieser Methode, sagte Witzlaff zu seiner Frau, sind wir wie die Wahrsager. So kann man, wie auf der 235. Sitzung der rheinisch-westfälischen Akademie der Wissenschaften klar herauskam (und keiner wagte dazu Kommentare abzugeben), die Bildung von Kompromissen aus extrem gegensätzlichen Anfangsmeinungen in einer Kurve vom Typ der »Schmetterlingskatastrophen« darstellen. Ob es Verhandlungsergebnisse oder Kesselexplosionen sind, der Reihenwert der Explosion wird von Zeeman oder Witzlaff oder Thom in einer größeren ausgedruckten Zahlenkette, die aus dem Computer kommt, mit einfachem Zeigefinger betippt. Mit Hilfe der Katastrophenmathematik kann Witzlaff die befruchtete Eizelle verfolgen, aus den Anfangsbedingungen das Vermehrungsmuster der Zellteilung und damit das Wachsen zum vollständigen Organismus errechnen. Seine Frau sagt: Aber warum mußt du das nachrechnen? Das läuft auch ohne Voraussage so, wie wir das kennen.

Witzlaff kann auch folgenden Versuch erklären: Erhitzt man z.B. reines Wasser in einem reinen Gefäß sehr langsam, so kann die Temperatur durch »Siedeverzug« bis weit über den Kochpunkt (z.B. 100%) steigen, und bei irgendeiner Erschütterung verdampft das ganze Wasser explosionsartig. Sieh mal, sagt Witzlaff zu seiner Frau, das kriegst du z.B. als Versuch nicht hin, weil du nicht reines Wasser und ein reines Gefäß herstellen kannst, im freien Weltraum vielleicht, aber hier in Basel nicht. Da hast du immer Dreck drin, und dann kocht das Wasser ohne Siedeverzug bei 90°. Ich aber kann mit Hilfe der Katastrophentheorie den Fall, den du nicht darstellen kannst, in einer einfachen klassischen Gleichung hinschreiben.

Jetzt wartet Witzlaff darauf, daß ihm einer die Erfindung abkauft. Sie wäre vor allem für die Nord-Süd-Problematik, Schwarzafrika usf. von Bedeutung. Witzlaff denkt an einen Interessenten aus dem Diamantensektor in Johannesburg, der vielleicht wissen will, auf welche Fristen er sich in seinem Geschäft einstellen muß. Ich brauche, schreibt Witzlaff an einen Werbeberater, der ihm sagen soll, wie ein Inserat in den *Kapstädter Nachrichten* lauten könnte, keine einzige Ursache zu kennen und weiß doch die Katastrophe. Das machen Sie mir mal nach.

Triebwerk-Husten

Die Ingenieure Routtenberg und Ross machten die Mikrobiologie-Abteilung der Universität Cardiff praktisch verrückt. Sie organisierten den Wissenschaftlern einen ganz ungewohnten Drei-Schichten-Betrieb fabriksmäßig, und was das Schlimmste war, sie verlegten Telefonnetze bis zu den einzelnen Experimentier-Gruppen in die Chemielabors, aus denen sie nicht wichen, um für die Werkszentrale ständig erreichbar zu sein; gaben kleinste Ergebnisse, die noch kaum bestätigt waren, nach dort, erhielten Nachrichten über im Concorde-Werk angestellte Versuche, die wieder zu Schwerpunktverlagerungen in der mikrobiologischen Forschung in Cardiff führten. Alles dies sollte noch gestern erledigt sein. Keine Rücksicht auf das im Grunde langfristige Anliegen ruhigen wissenschaftlichen Forschens.

Es hatte sich ergeben, daß die neuen Überschall-Verkehrsmaschinen des Typs Concorde in ihren Treibstofftanks *mikrobiell* infiziert waren. Dies ist, darin stimmten Ross und Routtenberg mit allen befragten Experten überein, bei Unterschall-Verkehrsmaschinen nicht möglich, da deren Treibstofftanks in Diensthöhe durch die geringen Außentemperaturen so gekühlt werden, daß Mikroorganismen im Treibstoff gewöhnlich nicht gedeihen. Ross hätte deshalb gewettet, daß Mikroorganismen im Benzin so wahrscheinlich sind wie Marsmännchen. Es verhielt sich tatsächlich aber anders. Nach 2 Wochen an den mikrobiologischen Simulatoren von Cardiff war deutlich, daß bei Überschallflug durch die Luftreibung genügend Wärme erzeugt wird, um die Treibstofftanks auf Temperaturen zu halten, die für das Wachstum insbesondere des Schimmelpilzes Aspergillus fumigatus nötig sind. Jetzt war nicht mehr zweifelhaft, wieso die großen Vögel *eine Art Husten* hatten.

Ross und Routtenbergs straff organisierte wissenschaftliche Kompanie, nur noch zusammengehalten dadurch, daß bei Arbeitsverweigerung der versprochene hohe Zuschuß für die Abteilung hinfällig wäre, versuchte es mit sterilisierenden Additiven; aber die Mittel griffen nicht nur die Mikrolebewesen, sondern vor allem die Triebwerke an. Nach einer Weile kam aus den Labors das Ergebnis, daß das Vorhandensein von Leben in den Treibstofftanks das Vorhandensein von Wasserspuren voraussetzt. Wie kann man das Flugbenzin um diese Spuren von Wasser reinigen?

Das Bedrückende, aber nur für Ross und Routtenberg, in diesen Wochen war, daß sie wußten, daß die teuren Maschinen während dieser gesamten Forschungsperiode mit mehr als doppelter Schallgeschwindigkeit zwei und mehr Stunden in der Luft ihre Bahnen zogen und in jedem Moment, den der Sekundenzeiger unterteilte, stürzen konnten. In den kurzen Zeiten, in denen Ross und Routtenberg selber in Kaninchenschlaf fielen, träumten sie von zerfressenen Wandungen, von Mikroorganismen, schimmelig verstopfenden Filtern, von *Verfälschungen* der Treibstoffvorratsmesser usf. Sie flogen praktisch, als wären sie standortgebundene Zusatztriebwerke, alle Strecken mit, insbesondere die Polstrecke nach Tokio, auf der man Schlittenhunde hätte organisieren müssen, um das Flugzeugwrack überhaupt zu erreichen.

Aufgabe 4/18 aus der Aufgabensammlung zur Schulung für Abfangjäger-Piloten

Ein für die Durchführung zweier Angriffe ausgelegtes Jagdflugzeug hat sich bis auf die maximal mögliche Schußentfernung der Raketen an ein Bombenflugzeug angenähert und startet in dieser Entfernung eine Rakete. Dabei vernichtet es das Ziel mit der Wahrscheinlichkeit $P_1 = 0,4$.
Wie groß sind die *Vernichtungswahrscheinlichkeiten* des Bombenflugzeugs und des Jagdflugzeugs?

Lösung:
Das Bombenflugzeug wird entweder beim ersten oder beim zweiten Angriff vernichtet.
1. Das Bombenflugzeug ist nach dem ersten Angriff noch nicht vernichtet; diese Wahrscheinlichkeit beträgt $1 - P_1 = 0,6$.
2. Das Jagdflugzeug wurde durch das Gegenfeuer des Bombenflugzeugs nach dem ersten Angriff nicht vernichtet; diese Wahrscheinlichkeit beträgt $1 - P_A = 0,9$.
3. Das Bombenflugzeug wird beim zweiten Angriff vernichtet. Folglich ist die Vernichtungswahrscheinlichkeit des Bombenflugzeugs durch das Jagdflugzeug $P_B = 0,4 + 0,6 \times 0,9 \times 0,7 = 0,778$.
Die Vernichtungswahrscheinlichkeit des Jagdflugzeugs P_J durch das Bombenflugzeug ist gleich dem Produkt der Wahrscheinlichkeit zweier gemeinsamer Ereignisse:

1. Das Bombenflugzeug ist nach dem ersten Angriff nicht vernichtet.
2. Das Jagdflugzeug wird durch das Gegenfeuer des Bombenflugzeugs vernichtet.

[**Aufgabe 4/20 aus der Aufgabensammlung**] Es ist ein niedrig fliegendes Ziel abzufangen, das durch starke Funkstörungen gedeckt ist. Zum Abfangen werden 3 Jagdflugzeuge eingesetzt. Eins fliegt mit einer Überhöhung gegenüber dem Paar und handelt als Retranslationsflugzeug zur Übermittlung der Leitkommandos an das Paar, das in der Flughöhe des Ziels herangeleitet wird. Das Ziel kann mit einer Wahrscheinlichkeit von 0,3 den Angriff jedes Jagdflugzeugs vereiteln, indem es entweder das Bordfunkmeßvisier oder die Funkverbindung »Boden – Bord« stört. Falls eines der Jagdflugzeuge die Schußentfernung erreicht, wird das Ziel mit einer Wahrscheinlichkeit von 0,5 vernichtet.

Mit welcher Wahrscheinlichkeit wird das Ziel vernichtet?

Lösung:

Die Vernichtungswahrscheinlichkeit des Ziels wird nach der Formel der totalen Wahrscheinlichkeit berechnet.

Wenn das Retranslationsflugzeug gestört wird, werden die Angriffe aller 3 Jagdflugzeuge vereitelt.

Die Wahrscheinlichkeiten der günstigen Hypothesen (in bezug auf das Ereignis »Vernichtung des Ziels«) sind

$$P_1 = (1 - 0,3)^3 = 0,343;$$
$$P_2 = 2 (1 - 0,3)^2\, 0,3 = 0,294;$$
$$P_3 = (1 - 0,3)^2\, 0,32 = 0,063.$$

Die Vernichtungswahrscheinlichkeit des Ziels ist damit

$$P_V = \sum_{i=1}^{3} P_i\, P_{Vi} = 0,343 \times 0,875 + 0,294 \times 0,75 + 0,063 \times 0,5;$$
$$P_V = 0,54.$$

Massenweises Aus-dem-Himmel-Fallen

[Zweifel der Kollegen Hermes und Wendland, die im Stabsauftrag an der Entwicklung neuer Schulungsaufgaben arbeiten] Die Kollegen, von Haus aus Physiker, waren mit der Annahme befaßt: eine Gruppe von Abfangjägern durchkämmt einen bestimmten Raum, in dem sich wahrscheinlich *Luftziele* aufhalten. Dabei ist der Kanal für Entfernungsmessung in den Jagdmaschinen vom Gegner »verstopft« worden, wird durch eine Fülle gegnerischer Fehlmeldungen gefüttert.

Man muß dabei die *mittlere quadratische Abweichung aus diesen Kursleitfehlern* berechnen.[90]

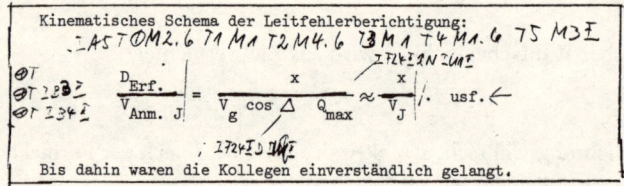

Hermes und Wendland zweifelten.

HERMES: Mir wäre wohler, wenn wir die Schulungsbriefe für Automaten abfassen könnten, die diese Berechnung im Notfall auch wirklich durchführen. Man kann doch Automaten in die Maschinen setzen.

WENDLAND: Mich müssen Sie nicht überzeugen. Wir arbeiten aber hier für Stäbe, die vom Gedanken »Fliegen durch den Mann« ausgehen. Ich glaube deshalb nicht, daß der Stab viel von unseren Schulungen hier hält. Sie vertrauen nicht auf Wahrscheinlichkeit, sondern auf den anti-chance-Effekt.

H: Den gibt es nicht.

W: Ich glaube auch nicht.

---

90 Die Maschinen werden nach der Methode »Verfolgung« an die Luftziele herangeleitet, und zwar aus der vorderen Halbsphäre an nicht manövrierende Ziele. Jetzt: Die Einberechnung der Kursleitfehler. Außerdem wird angenommen, daß die Berichtigung der Leitfehler in der Erfassungsentfernung der Luftziele mit den Bordfunkmeßvisieren
$D_{Erf.}$ = 35 km (= Durchmesser des Erfassungsraums)
beginnend und mit konstantem Kurvenradius von R = 10 km bis zur Schußentfernung D = 12 km bei selektiver Analyse der Stopfwirkung, die der Gegner auslösen will, möglich ist.

[Anderer Tag. Ein Dienstag.]

H: Ich könnte das durch eine ganz einfache Arbeitszeitmessung darstellen. Wo soll die Zeit für irgendeinen Einfall herkommen? Insbesondere, wenn das Gegnerobjekt durch elektronische Störungen jedes Zeitquentchen, das ich Ihnen vielleicht noch vormesse, stiehlt?

W: Brauchen Sie mir nicht zu sagen.

H: Hier mal eine Skizze: Das ist der Kontakt: Piloten-Ohr/ Bodenleitstelle, hier die Kontakte Hände/Apparatur, ganz verzweifelt, weil er nicht weiß, was alles gestört ist. Ich errechne hier (weist auf die Zahlenkolonne innerhalb der Skizze), daß er 1,3 Minuten warten muß, wenn er sich entschließt den Schweißtropfen von der Stirn zu wischen, der ihm ins Auge rinnt. Erst hier, sehen Sie, hat er die nötige Zeitreserve. Wenn er schnell ist.

W: Sie vergessen, daß er den Plastikapparat erst wegtun muß. Er kommt ja an die Stirn direkt gar nicht heran. Ich kann also erst hier (weist auf eine ganz andere Stelle der Zeitmessungskolonne), das sind ganze 12 Minuten, einen Stirntropfen wegwischen, also lassen Sie mich mit Ihrem Schweiß in Frieden. Den riecht er nicht, weil gar keine Zeit für Riechen im Programm vorhanden ist.

H: Ich weiß jetzt, was der wesentliche Impuls im Sinne von Nicht-Zufall sein wird: Der Pilot wird versuchen, einen Fuß aus der Maschine herauszusetzen, um, wie man einen Schlitten bremst, die Fahrt anzuhalten. Er will um eine Pause bitten. Das bekommen Sie durch keine Schulung heraus. Da haben Sie den anti-chance-Effekt, der von der Vernichtungswahrscheinlichkeit abweicht.

W: Im Ernstfall ist das sein Herzenswunsch.

H: Und den kann er sich nicht erfüllen. Er wird also Zeitpartikel heraustanzen, um sich den Kinderwunsch in Form einiger glückloser Übersprunghandlungen zu erfüllen. In diesen Momenten wird er die Bodenleitstelle nicht hören. Irgendwo muß ja die Zeit herkommen.

W: Er macht also nicht mit dem Flugzeug Kurven oder loopings, sondern mit der Seele.

H: Insofern haben Sie den Kurvenkampf.

W: Sieht aber irrational aus.

H: Lassen Sie uns doch mal eine Kette von Übersprunghandlungen über den Schlittenbremseffekt simulieren.

W: Sie meinen, wie der Autofahrer, der sich im Moment des Unfalls zum Beifahrersitz hin, vom Zufall weglehnt?

H: Nützt in der Maschine nichts. Das sind ein paar Zentimeter.

W: Und deshalb will er um jeden Preis erst mal anhalten.

H: Dann fällt er vom Himmel.

w: Massenweise fallen die eigenen und gegnerischen Piloten vom Himmel?

h: Das ist das Unwahrscheinliche, Σ aus Zufall und Nicht-Zufall. Das kann ich Ihnen aber in einer Wahrscheinlichkeitsrechnung hier darstellen (läßt eine längere Zahlenkolonne auf ein DIN-A4-Blatt fliegen).

w: Arbeiten Sie das doch mal aus.

h: Rechnen Sie denn damit?

[»Strategie, die Kunst der Aushilfen«; »Poesie«]

h: Was machen wir nur?

w: Für den Fall, daß etwas geschieht, kann es uns gleich sein. Für Untersuchungen ist dann keine Zeit mehr. Es sind außerdem keine Fachleute, die z.B. das untersuchen. Wir können auch jederzeit sagen: es war Gegnereinwirkung.

h: Etwas verantwortungslos, scheint mir.

w: Für die Verantwortung brauchen wir einen Partner.

h: Stimmt. Aber mir wäre wohler, wenn unsere Arbeit hier mein Verantwortungsgefühl befriedigte.

w: Das ist Ihre protestantische Abstammung.

h: Sagen Sie das nicht. Ich sehe z.B. eine Gegend, möchte mal sagen z.B. Niedersachsen.

w: Das stelle ich mir in dem Fall, an den Sie jetzt denken, als Flächenbrand vor.

h: Aber eben noch sind es Dörfer, Kleinstädte.

> »In allen Häusern brannte
> der Sonne Widerschein,
> und singend zogen die Hirten
> in den brennenden Himmel hinein . . .«

w: Ein »Bild«, wenigstens für 4, 5 Sekunden, danach ist es ja von Rauchbildung zugedeckt. Aber ein Moment, in dem Abschied genommen wird.

h: Ich warne Sie. Das ist ja gerade, was man sicher annehmen kann, daß eine starke Triebschicht, die wir als Physiker gar nicht beurteilen können, auf solche ersten Eindrücke anspricht.

w: Also nehmen wir an: »starker Wunsch«. Nehmen wir weiter an, da kommt momentan eine gewaltige Trennungsenergie, also »Rache für alle vergangene Unbill« – dies in Form eines starken atavistisch-poetischen Eindrucks – zustande. Und wenn ich Sie richtig verstanden habe, dann baut sich auf diesem »letzten Bild«, ausgelöst aus 4, 5 Sekunden, z.B. Bläue des Himmels (Ihr Beispiel vorhin paßt ja nicht, weil die Piloten nicht vom Fenster einer Kate beobachten, Hirten, die der Feuerwand zueilen, das sieht doch ein Pilot nicht) . . . –

H: Wollen Sie das durch Erinnerungsverbot ausschalten?

W: Nie und nimmer. Wir müssen schulungsmäßig an dieser Wurzel ziehen. Die ganze Vernichtungskraft, soweit es überhaupt eine gibt, besteht in dieser Wurzel. Wir müssen jetzt nur noch den Piloten sagen: Alle Griffe hinschmeißen, Kanal zu und aus dieser Wurzel – das sind die *Einfälle,* die von der Vernichtungswahrscheinlichkeit, bei der wir ja immer nur hin und her rechnen und im Patt enden, abweichen. Ich finde immer mehr, daß das alte Fliegerblut, das uns in den Gesprächen mit dem Stab so zu schaffen macht, recht hat.

H: Aber die Maschine stürzt ab, sowie der Pilot die Griffe losläßt.

W: Warten Sie mal. Die ist doch bodengeleitet. Zunächst mal stürzt sie noch nicht ab.

H: Warten Sie mal. Man müßte die 2, 3 Reaktionen des Piloten, die im Moment noch nötig sind, eliminieren. Dann hätten Sie Ihren Automaten und gleichzeitig den *Keulenschwinger im Moment des Abschieds von der Erde.*

W: Was schlagen Sie vor?

H: Gar nichts. Wir würden wieder etwas Wahres sagen, und der Stab hält nichts davon.

Im Kurvenkampf der militärisch-wissenschaftlichen »Schulen« konnten sie ihre Position als Verantwortliche in einer einfachen Formel der Vernichtungswahrscheinlichkeit hinschreiben. Wahrscheinlich war, daß sie auf der Strecke blieben. Nun wußten sie allerdings, daß sie, wäre es ernst, in einer Art Wahnsinnsakt den Kampf trotzdem aufgenommen hätten, indem sie das Schulungsprogramm pflichtwidrig umwarfen, z.B. Schwarzdrucke in den Geschäftsgang gaben. Aber zwischen dem *Kriegsbild*, das sie nur vor dem »inneren Auge« hatten, und dem *Verfassen der Schulungsaufgaben hier in Büroräumen der Forschungs-Siedlung* bestand keine ernsthafte Verbindung. So fühlten sie sich auch nicht verantwortlich und zum »Unsinn« verpflichtet.

Vom Standpunkt der Infanterie

– General, Sie wissen, daß Sie mit Ihrer Publikation ein heißes Ei gelegt haben?

– Ich weiß.

– Politiker werden das nicht fressen.

– Das weiß ich auch.

– Sie waren schon in Guadalcanal dabei?

– Ja.

– Und in Korea?

– Sicher.

– Und in Vietnam?

– Sicher.

– Sie sprechen als Frontoffizier?

– Als was wohl sonst?

– Und Sie versprechen sich von den taktischen Atomwaffen nichts?

– Sofern nicht einer besonders gläubig ist.

– Und Sie glauben nicht, daß Ihre Kollegen im Osten das sind?

– Die sind ungläubig.

– Schätzen Sie sie damit nicht zu hoch ein?

– Ich schätze keinen Gegner hoch ein.

– Ihr Stichwort heißt: Durcheinander.

– Ich sehe das mit den Augen der Front-Truppe.

– Wie sieht denn die Front-Truppe, was weder Sie noch sonst jemand gesehen hat? Es gibt übrigens zur Zeit gar keine Front-Truppe.

– Abwarten.

– Wir wiederholen: Wie sieht Ihre gedachte Front-Truppe das Kriegsbild?

– Mehr oder weniger.

– Was sieht sie?

– Habe ich doch schon gesagt.

– Was haben Sie gesagt?

– Sie sieht ein Durcheinander.

– Muß man Ihnen die Worte immer einzeln aus der Nase ziehen, Herr General?

– Passen Sie auf: Das fängt konventionell an. Aber es wird nicht klassisch.

– Wie ist das zu verstehen?

– Ich sagte, es fängt konventionell an.

– Die Truppe fährt also in Fahrzeugen aus dem Kasernentor heraus. Ist das so zu verstehen?

– Richtig. Jetzt bleibt das aber nicht konventionell.
– Wieso?
– Die müßten aus den Kasernen 100 km fahren, bis sie in ihre Aufstellungs-
räume gelangen.
– Und Sie meinen, das gibt Durcheinander?
– Nehmen Sie noch Nieselregen hinzu und nehmen Sie an: Wochenende.
– Angenommen wird meist, daß nun der Einsatz taktischer Atomwaffen vom
Einsatzbefehl des US-Präsidenten abhängt.
– Das ist eine Annahme.
– Sie meinen wegen des Durcheinanders?
– Ja.
– Sie meinen, daß ein konventioneller, gut gezielter Volltreffer dahin mißver-
standen wird, daß der Gegner bereits die Atomschwelle überschreitet?
– Ich nehme das an.
– Ihre »Lance«-Batterien feuern auf die Nachschubwege des Gegners. Was tut
Ihre Truppe in diesem Moment?
– Na, das weiß ich dann bestimmt auch nicht.
– Wer soll es sonst wissen?
– Ich wüßte nicht wer.
– Ihr Infanterieverband könnte doch die Flanken des Gegners anfallen?
– Nach meiner Erfahrung halten die erst mal still. Suchen Orientierung.
– Und was geschieht dann?
– Da fragen Sie mich zuviel. Ich sage nur, was *nicht* stattfindet.
– Dann wäre das Kriegsbild rasch zu Ende.
– Das auch wiederum nicht. Es ist vermutlich niemand da, der so etwas been-
den könnte.
– Wie sollen wir das verstehen?
– Schnell und rasch.

Die Interviewgruppe, Ernst Schilling, der Stenograf Horst Ortlepp, wußte
längst: Dieser General, der zunächst bei der Begrüßung den Eindruck gemacht
hatte, als wäre er gesellig, hatte eine bestimmte Wut in sich aufgestaut, die
seine Äußerungen verkürzte. Er saß gespannt, vom Muskelpanzer einge-
schnürt, vor ihnen, nur innere Ladung, die sich schon nicht mehr äußerte.
Wird bald Pensionär sein. Noch mehr in sich hineinstauen, dachte Schilling.
Der General sah nicht wie Gamelin aus, hatte nicht die Joffresche Ruhe, auch
nicht die Kutusowsche Ruhe, sondern eine unangenehme Verschlossenheit,
nahm nicht einmal von den Salzstangen. Äußerlich wie ein Sportsmann oder
tennisspielender Diplomat, aber sowie er den Mund zu seinen Stenografien
öffnete, erwies sich das als Täuschung.

Die Hubble-Konstante

Der Korrespondent für die Seite »Natur und Wissenschaft« der *FAZ* R. Döberlein war während des Kongresses »Ursprung und Struktur des Weltalls« in
Passadena grippekrank. Er bat den befreundeten Kollegen Alan D. Viertel, ihn
zu vertreten. Nun gehörte Kosmologie keineswegs zu Viertels Spezialgebiet. Er
orientierte sich grob (da er zwischenzeitlich noch verschiedene außenpoliti-
sche Berichte über KSZE für *Le Monde* abzufassen hatte), was auf diesem
Kongreß bedeutend sei. Man wies ihn an G. A. Tamman, Basel, und Professor
Alan Sandage, Mount Palomar, Cal. An diese überbeschäftigten Männer kam
Viertel aber nicht heran. Er nahm in der Bar des Kongreß-Hotels vorlieb mit
Assistent Bregley.

VIERTEL: Also ich verstehe nicht ganz Ihre Euphorie. Was sollen die Leser
sich freuen über H = 55 pro Sek. und Megaparsec?

BREGLEY: Mit Unsicherheitsfaktoren ± 15. Das ist ein ganz sensationelles Ergebnis.

VIERTEL: Mein Lieber, das muß ich für die Leser erst ins Deutsche übersetzen, und dann wissen die noch immer nicht, warum die sich so freuen sollen.
Ich weiß es ja selber nicht.

BREGLEY: Das ist ganz einfach. Wenn H (= ein Hubble) 55 ist, und das ist
eben gemessen worden, dann folgt 1 zu H = 18×10^9?

VIERTEL: Und was ist 10^9?

BREGLEY: Das ist das Alter des Weltalls. 18×10^9, nicht 10^9.

VIERTEL: Hat das heute Geburtstag?

BREGLEY: Nein. Das heißt mit ± 2 Mrd. Zuverlässigkeit, daß das Weltall 18
Mrd. Jahre alt ist und nach vorn seine Lebenszeit praktisch unbegrenzt ...

VIERTEL: Also noch mal 18 Mrd.?

BREGLEY: Mehr. Praktisch unbegrenzte Lebenszeit. Und das setzt einen genügend großen Rahmen für andere unabhängig davon untersuchten Konstanten: Das Alter von Kugelsternhaufen und die Entstehungszeit der schweren
radioaktiven Elemente in unserem Sonnensystem von etwa 12 Mrd. Jahren.
Das paßt jetzt alles wie in einem Ölgemälde zusammen.

VIERTEL: Und was ist dabei »Hubble«?

BREGLEY: Das ist ein Astronom, der mit Walter Baade dies alles 1936 ausgerechnet hat, allerdings mit falschen Zahlen.

VIERTEL: Verheiratet, Kinder, irgendeine besondere Story? Im Wildwasser
ertrunken z. B.? Nobelpreis?

BREGLEY: Weiß ich nicht. Er ist Erfinder der Hubble-Konstante, um die es auf diesem Kongreß geht.

VIERTEL: Kann man mit der Hubble-Konstante die Manöver der Sowjets jenseits des Urals oder Truppenaufmärsche im Sinai beobachten?

BREGLEY: Zweifellos nicht.

VIERTEL: Also außenpolitisch irrelevant?

BREGLEY: Meines Erachtens, ja.

VIERTEL: Heißt *ja* relevant oder nicht?

BREGLEY: Nicht relevant. Wieso soll der Abstand vom Urknall und die gegenwärtige Expansion des Weltalls außenpolitische Relevanz haben? (Er zögert, will den stenographierenden Journalisten nicht direkt enttäuschen). Ich kann mir das nicht denken. Beachten Sie bitte, daß es um ein Zeitmaß geht. Ein Metronom.

VIERTEL: Wie für Klavierspielen?

BREGLEY: Genau.

VIERTEL: Wollen Sie noch ein Glas?

BREGLEY: Noch so eine Bananenmilch. Das gibt einen enormen Überblick und bedeutet, daß die Expansionsbewegung doch wirklich noch gigantischer ist, als Hubble annahm. 55 km pro Sek. und Megaparsec. Wissen Sie, was Megaparsec ist?

VIERTEL: Nein.

BREGLEY: Warum fragen Sie dann nicht?

VIERTEL: Mein Gebiet ist Außenpolitik, speziell Überwachungssysteme, Abschreckung, Abrüstung usw. usf. Denken Sie nur nicht, daß ich Ihnen da nicht auch ein paar Formeln an den Kopf schmeißen könnte!

BREGLEY: Ein Megaparsec ist 1,3 Mio. Lichtjahre. Lesen Sie das Astrophysical-Journal?

VIERTEL: Im allgemeinen nicht. Ich bin nur vertretungsweise hier.

BREGLEY: Aha. Ich werde mich plausibel fassen. Sehen Sie, wir halten uns an den Sternenhaufen der Hyaden. Der ist so nah, 40 parsec, daß sich auf ihn die geometrisch-kinetische Methode der sog. Sternstromparalaxe anwenden läßt. Dann werden die Entfernungen zu einer Reihe von anderen Sternhaufen aus dem direkten Vergleich ihrer Mitgliedssterne mit denen der Hyaden errechnet, insbesondere soweit sie Überriesen vom Typ Deltacephei enthalten. Deren Helligkeit nimmt gesetzmäßig zu und ab. Denken Sie sich: wieder so ein Metronom!

VIERTEL: Popularisieren Sie bitte nicht. Das macht es nur unverständlicher.

BREGLEY: Gut. Das ist noch ungenau. 13 nähere Galaxien können so als Fixpunkte für die Bestimmung der Hubble-Konstante benutzt werden. Jetzt wird die Fluchtgeschwindigkeit aus ihren durch den Doppler-Effekt verschobenen Linienspektren bestimmt. Die Fluchtgeschwindigkeiten müssen aber typisch sein, dürfen nicht zufällige Sonderbewegungen der Galaxis widerspiegeln. Für diese zufälligen Geschwindigkeiten nehmen wir allgemein etwa 300 km pro Sek. an. Wir müssen also nach Fluchtgeschwindigkeiten von mindestens 1 000 km pro Sek. suchen. Das war zu erwarten. Deshalb (und jetzt wird es interessant) sollen Entfernungen von Galaxien mit Fluchtgeschwindigkeiten bis mindestens 3 000 km pro Sek. gemessen werden . . . Warum sehen Sie mich so an?

v: Ich wollte Sie nur ausreden lassen.

b: Aus Höflichkeit?

v: Ja.

b: Das alles ist aber sehr wichtig.

v: Die von Ihnen verwendeten Ausdrücke regen zum Nachdenken an.

b: Meinen Sie das jetzt spöttisch? Ich weiß ja schließlich auch, was in Ihren Zeitungen drinsteht und daß das hier alles nicht paßt. Warum fragen Sie mich dann aber? Wir Kosmogoniker wollen jedenfalls wissen, in welchem Gesamtrahmen wir uns vom Urknall her expandieren und ob das Weltall wieder zusammenfallen muß oder sich praktisch unbegrenzt ausweitet.

v: Auch wenn Sie gar nichts davon haben?

b: Wir haben ja etwas davon. Nämlich einen Rahmen, in den alle Konstanten, die unabhängig voneinander gefunden sind, jetzt passen.

v: Sie erinnern mich an einen, der mit einer Botanisiertrommel durch eine Wiese geht und sammelt.

b: Kein verächtlicher Vergleich. Die Wiese ist allerdings die gesamte Sternen-Kuppel, unter der auch Sie sitzen.

v: Was ich fragen wollte: Stichwort Urknall. Könnte so etwas im Wege der Abwehrstrategie einen Beitrag ermöglichen?

b: Sie meinen, wer über den Urknall verfügt, vermag abzuschrecken? Sie müßten dann die Zeitdilatation aufheben, 18 Mrd. Jahre zurück und wieder vorwärts. Rechnerisch ja, praktisch nein.

v: Aber man könnte sich Mühe geben?

b: Es hat mit Mühe nicht viel zu tun, Sie kommen nur rechnerisch dorthin, und zwar mit nicht-klassischen Methoden. Das taugt für den praktischen Kampf nichts.

v: Aber es wäre interessant . . .

b: Gewiß. Es wäre einer der schärfsten Schüsse, wenn Sie das Weltall zurück und vorwärts schießen könnten. Sie schießen aber immer zugleich auf sich selbst mit.

v: Das ist bei der Abschreckung immer so, mein Lieber. Das kann ich Ihnen nun wieder von mir aus versichern. Lassen Sie uns davon doch einmal ausgehen. Ich bin durch die vielen Reizworte *Fluchtgeschwindigkeit* (z.B. das Verschwinden der Bundeswehr über den Rhein, die Pyrenäen oder die Bevölkerungsströme aus Niedersachsen im Fall einer Explosion usw. usf.), *Urknall, praktisch unbegrenzte Explosion* – das sind ja alles auch politische Vorstellungen . . .

B: Nur namensgleich . . .

V: Lassen Sie doch mal. Ich habe Ihnen ja auch geduldig zugehört. Trinken Sie noch einen?

B: Ja, auf Ihr Wohl, wenn ich darf.

V: Also ich komme an die Urexplosion zunächst rechnerisch, dann vielleicht auch . . .

B: Auf keinen Fall.

V: Aber nehmen wir es einmal an: Auch praktisch komme ich da heran . . .

B: Das bezieht sich doch dann überhaupt nicht auf einen einzelnen Planeten, Herr Viertel.

V: Das ist eine spätere Sorge, wie ich ziele.

B: Sie können mit dem Urknall überhaupt nicht zielen, weil er ja das Zielen selber, z.B. Ihr Hirn überhaupt erst im ferneren Verlauf produzieren wird.

V: Das ist ziemlich vertrackt.

B: Sie müssen sich erst 18 Mrd. Jahre zurückarbeiten, der Fehlerquelle von ± 2 Mrd. entgehen, und dann die Mittel haben, überhaupt einen Urknall in Bewegung zu setzen, und dann noch zielen und sich selbst vom Gegner, gewissermaßen im voraus, separieren können, denn zu diesem Zeitpunkt haben Sie ja gar keinen Gegner, auf den Sie zielen könnten. Sie haben zu diesem frühen Zeitpunkt nicht einmal Interessen oder Absichten, die Sie das Zielen lehren könnten. Sie müssen sich vorstellen, daß Sie gar nicht da sind. Sie können nicht Ihre derzeitigen Absichten wie Marmelade in Einweckgläsern in diese Frühzeit, 18 Mrd. Jahre zurück, mitnehmen.

V: Wieso nicht?

B: Die lösen sich unterwegs auf. Die wären ja noch nicht da.

V: Aber gewissermaßen computermäßig? Konzentrierter Hand-Computer?

B: Weil alles Räumliche, d.h. Sie und Ihre Mitbringsel, sich bei Aufhebung der Zeitdilatation ebenfalls aufhebt. Sie kommen dort hinten gar nicht anders an, nicht einmal als etwas Gedachtes.

V: Dieses Gedachte könnte aber ein Programm enthalten. Gewissermaßen heimlich.

B: Ich sagte: nicht einmal als etwas Gedachtes. Was das im Zeitpunkt des Urknalls wäre, wissen wir nicht.

v:　Das wäre auszuprobieren. Es ist klar, daß neue Wege immer ein Risiko ent-
　　halten.

b:　Ein vernichtendes.

v:　Es war ja nur eine Anregung.

b:　Was werden Sie nun für Ihre Leser schreiben?

v:　Ich hatte gedacht, während ich Ihnen zuhörte, daß Sie mir vielleicht etwas
　　aufsetzen, das ich dann mit einem Schlußwort kommentiere.

b:　Im außenpolitischen Sinn?

v:　Nein, nein. Ich habe begriffen, daß da keine Ansatzfläche ist. Ich würde et-
　　was über Hubble schreiben, wie er gelebt hat, wo er jetzt wohnt.

b:　Hubble ist tot.

v:　Dann eben wie traurig es ist, daß er nicht mehr mitmachen kann.

b:　Gut, ich lege das in Ihr Hotelfach.

v:　Und bitte allgemeinverständlich.

b:　Ich könnte ein paar Tagesberichte von Astronomen, die Messungen vor-
　　nehmen, einflechten, damit man mal sieht, wie das erarbeitet wird.

v:　Vermutlich ist das eine Verständnisbrücke.

b:　Daß man die Mühe sieht.

v:　Und keine Vergleiche mit irgend etwas Praktischem auf diesem Planeten!

b:　Werde mich hüten.

Als der grippekranke Döberlein den Bericht erhielt, war er hell begeistert. Es
war ein jauchzender Nachruf auf Edwin Hubble und seinen Kollegen Walter
Baade, die Großen der dreißiger Jahre, denen Döberleins Verehrung galt. Der
Artikel erhielt etwas von der Erregung Bregleys und Viertels in der Hotelbar,
denn Bregley mochte den intensiven Viertel gern. Eine irgendwie verrückte Aufregung, so als könnten Einzelne, gestützt auf hinreichend große Mengen von
Vorgeschichte, auf die dieser Kongreß und der Journalismus aufbaute, die Welt
wenden. Auf der Seite »Natur und Wissenschaft« verspielte sich der Artikel.

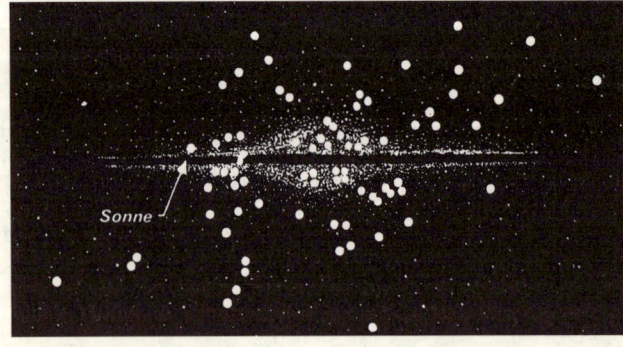

(Heft 15)

Abb.: Dr. Wiegand auf der Suche nach dem Bösen in der Urzeit.

Ein Wernher von Braun
der Ur- und Germanengeschichte

K. Wiegand, ehemals Assistent des Rassekundlers Clauss, war ganze 8 Tage in Halberstadt, sozusagen auf Durchreise im April 1945. Er hat in diesen wenigen Stunden die Annahme einer zahlreichen nordischen Einwanderung in den Harzgau (germ. Hartinggowe) forscherisch abgestützt, und zwar sind es die Haruden, die alten Bewohner Seelands (Nachbarn der Kimbern; während die Teutonen Kelten sind). Rasch zusammengeraffte, sofort notierte Hinweise. Was für ein Motor! Er stand um 7 Uhr früh auf und erzählte dann noch allen, er stände schon um 4 Uhr früh auf. Er konnte sich nicht genugtun, Angriffsgeist zu zeigen.

Und zwar stammen diese Haruden ursprünglich aus Norwegen, wo ihr Name Haroten, altnord. Hördal, lautet. »Eine Wiederauswanderung der Haruden nach dem Norden ist unwahrscheinlich, nach Westen, Osten oder Süden unmöglich – also, notiert Wiegand, sind sie hier.« Nordisch ist der aus dem deutschen Sprachschatz nicht zu erklärende Name Brocken (= höchster Berg des Harzes). In Island bedeutet *brok* »weißliche, den Bergrücken einhüllende Wolken, in denen der Wind hin und her zieht«, also Wolkenberg. Das hätte man noch umbenennen können, wenn nicht das Reichsende so nahe gewesen wäre.

Ähnlich: Regenstein (Sitz der Raubgrafen vom Regenstein, altsächsischer Feudalsitz aus hohem Fels, der drohend und schwarz nach Norden weist). Das ist, notiert der eilige Wiegand, altsächsisch *regin*, z.B. reginföl = sehr hoher Berg. Regenstein also sehr hoher Stein. Abzulehnen die Ableitung von gotisch *ragin* (weil Goten nie im Harzgau gesessen haben), ebenso verfehlt lat. rex oder Ableitung von Personennamen Regino.

Noch ein Fund (Wiegand befährt mit geliehenem Geländewagen die Dörfer): schwed. luta sig = *sich lehnen an*, erscheint nördlich von Halberstadt als sek an-lutgen von kleinen Kindern, die sich an der Brust der Mutter anlehnen, um zu schlafen = lutschen. Pratscheln = reden, sich heftig bewegen – entspricht schwed. prata = schwätzen. Es bedeutet aber auch krauchen, sich heftig bewegen, im übertragenen Sinne: Die Zunge heftig bewegen.

Alle Orte mit Endsilbe -leben (Wettersleben, Harsleben, Wegeleben, Emersleben, Oschersleben, Dedeleben, Badersleben, Minsleben …) sind schwedisch (Heruler, Warnen); -leben = Nachlaß, Erbe.

So machte Wiegand das an allen Orten, in die er kam, rasche, grundlegende *Forschung*, dadurch, daß er sie im nordisch-germanischen Sinn *in Besitz* nahm.

Heute ist er Universitätslehrer, weit abgerückt von den früheren Interessen (wenigstens in den Resultaten, den Schlußfolgerungen). Anführer derjenigen Hochschulmeinung, die das Germanische aufgrund neuester Befunde in seine Bestandteile auflöst. Die Bezeichnung German (von lat. Germ = Same, *lebhafte unübersichtliche Vermehrung*) ist eine ideologische Bezeichnung für die *rechtsrheinische Völkermischung*, Zubehör des machtpolitischen Meinungspakts Caesars, der diesen Begriff (sog. Germanenstämme selber haben sich nie als Germanen bezeichnet) nach der Besiegung Galliens als Angstmacher für den römischen Senat brauchte und deshalb keltische, keltoskytische Elemente, sofern sie nur rechtsrheinisch wohnten, zu einem *Popanz* zusammenraffte. Überraschungen, notiert Weigand eilig, gibt es genug. Schädelmessungen an sog. germanischen Skeletten mit Schädeldeformation, Rundschädel, gefärbte Haare, Holzidole, nicht, wie man denken sollte, harter Stein oder Eisen, Menschenopfer, schamanistische Praktiken in der Götterwelt, modische Kleider aus Burgund bei Wikingerfrauen auf Grönland, *keine Keuschheit*, Brutalität, Treubruch …

Während der Protestbewegung wurde ihm früher veröffentlichtes Schriftgut vorgehalten. Es ist aber Wiegands einheitliche »Hingabe an die Sache«, die ihn leitet. Er arbeitet nach wie vor für den Durchbruch zur Urzeit, gewissermaßen eine Basisrakete nach rückwärts zu schießen. Er sucht dort irgendwie nach Gut und Böse zu unterscheiden, weil ja das Material irgendwie sortiert werden muß. Heraus kommt immer die Suche seines Lebens.

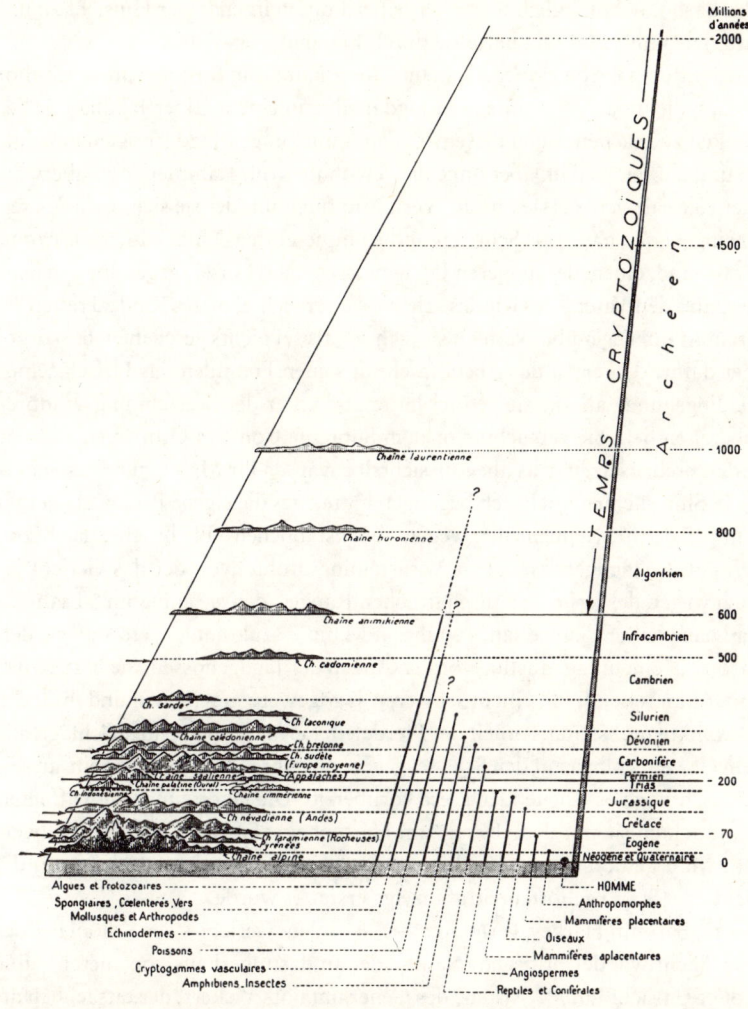

Abb.: Übersicht, »um mal ein Proportionsgefühl für Zeitablauf zu bekommen« (nach Gartmann). »L'edification de l'ecorce terrestre, la fuite des temps.« Rechts unten der Mensch (»Homme«).

Eine Episode in der Zeit der Aufklärung

Baron Harkey, der über gewaltigen Landbesitz im Umland von Boston verfügte, heiratete Lady Diana Milford im Juni 1732. Diana war so kalt, daß es dem Baron nicht möglich war, sich seiner Frau in irgendeiner Hinsicht zu nähern. Die kühle Haltung hatte sie durch Erziehung erworben.

Es gelang dem Baron jedoch, da man in ihrer Familie in Boston keinen Alkohol kannte, die junge Frau auf einem Jagdausflug in einem seiner Jagdhäuser betrunken zu machen, sie in diesem Zustand mit einigen Jagdgenossen anzufallen und die verzweifelt, aber ohne die gewohnte Kraft Kämpfende zu überwältigen. Sie sah sich, als sie aus der Verkrampfung, mit der sie sich in die Kissen hineingebissen hatte, als Schreien und Kämpfen offensichtlich nichts nutzten, herausfand, einem der jüngeren Jagdgenossen, dem Lord P. gegenüber, in dem sie später den Vater ihres Kindes sah, als sie versuchte, dieses Kind zu retten.

Ihrem Mann gegenüber verhielt sie sich so, als sei nichts geschehen. Sie sorgte aber dafür, daß er an der Abendtafel mit seinen Freunden das Fleisch seiner Lieblingshunde aß, die sie getötet hatte und unter der Bezeichnung Wildbret zubereiten ließ. Sie versuchte vor dem Supreme Court in Ottawa eine Scheidung durchzusetzen, was aber aussichtslos war, da ihr Mann im rechtstechnischen Sinne keinen Ehebruch begangen hatte, was die eigene Person als Vergewaltiger betraf, vielmehr ihr, wegen »buchstäblichen« Ehebruchs, das bezog sich auf die Jagdgenossen, eine Verurteilung drohte, von der das Gericht jedoch wegen des hohen gesellschaftlichen Ranges, den sie einnahm, absah.

Da Diana keine Chance sah, von ihrem Mann loszukommen, erschoß sie den Baron auf einem Jagdausflug vor den Augen der Jagdgenossen. Sie hatte, kurz hinter ihm reitend, mit einem schweren Jagdgewehr geschossen und ihm, der schwankte und später seitlich am Pferdeleib herunterhing, einige Schläge mit dem Gewehrkolben auf den Schädel gegeben, während sie Seite an Seite an seinem richtungslos scheuenden Pferd vorüberritt. Die Jagdfreunde entwaffneten sie, brachten sie mit dem Toten zum Herrenhaus. Sie bewahrten Stillschweigen. Man glaubte einige Wochen an einen Jagdunfall, bis durch Leute, die nicht zum Stand gehörten, Strafanzeige erstattet wurde.

Diana, Baronin Harkey, verteidigte sich vor dem Gericht – der Kolonial-Adel kann nicht wie der britische Inland-Adel an das Oberhaus appellieren – mit großer Umsicht unter Assistenz des Generalmajors Vickers, der tatsächlich an ihre Unschuld glaubte. Beide gingen sie jedoch in eine Falle, die der Gerichtsvorsitzende, ein ehrgeiziger, im persönlichen Baronetsstand stehender Bürgerlicher, der seinen unbedingten Scharfsinn beweisen wollte, ihnen stellte. Sie ließen sich auf die vom Gericht angeblich in der Absicht, die unglückliche Frau zu entlasten, vorgeschlagene Beweisaufnahme ein, eine Gelegenheit, die die Geschworenen benutzten, um die Angeklagte schuldig zu sprechen und sie zu verurteilen »zu hängen, bis der Tod eintritt«.

Die Angeklagte nahm dieses Urteil konsequent und kalt hin, da es ihr lieber war als der Zwang, ein Leben mit ihrem ehemaligen Mann zu führen. Sie konnte Leute nicht ertragen, die nicht wissen, was sie wollen, und erst Taten begehen und dann über die Bewertung dieser Taten klagen. Sie halten durch ihre Willensschwäche nur ihre Kontrahenten auf. Diese Meinung änderte sich jedoch, als sie im Gefängnis feststellte, daß sie ein Kind bekam. Sie war sofort sicher, daß es ein Kind war, das diese Erscheinungen hervorrief, die sie nicht kannte. Sie ließ durch ihren Verteidiger, Generalmajor a. D. Vickers, der über einigen politischen Einfluß verfügte, eine Eingabe an den Gouverneur richten und wandte sich selbst an den Chief Lord Justice und an das Gericht, das sie verurteilt hatte, bat um Aufschub der Vollstreckung, bis sie das Kind zur Welt gebracht hätte. Sie erreichte, daß man ihr einen Arzt schickte, der sie untersuchte, da es einen Präzedenzfall gab, der verbot, eine schwangere Frau zu töten, bevor nicht das Kind zur Welt gebracht wäre. Der Arzt, der von der Vergewaltigung im Jagdhaus des Barons nichts wußte, sondern von der aktenkundigen Tatsache ausging, daß der ermordete Harkey durch die *Kälte* seiner Frau an der Konsumierung der Ehe gehindert worden sei, kam auf Grund seiner Wahrscheinlichkeitserwägungen zu dem Ergebnis, daß eine Schwangerschaft nicht vorliege. Hierzu genügte ihm ein Gespräch mit der Verurteilten, da er sich ja auf Tatsachen stützte. Es schien ihm verrückt, daß diese angeblich kühl erzogene Frau von ihm eine körperliche Betastung erwartete. Er ließ diese Frau in der Erwartung, daß die eigentliche Untersuchung noch ausstünde, sagte auch ihrem Verteidiger nichts von seinem Befund, sondern sandte lediglich sein Gutachten an den Generalstaatsanwalt, so daß die Verurteilte das Kind zunächst für geschützt hielt – es drängte mit der ihm eigenen Gewalt ans Licht, pochte – bis sie vom Generalstaatsanwalt die Ladung zur Strafvollstreckung erhielt. Den Behörden lag an einer möglichst raschen Vollstreckung, da Teile der Bevölkerung lebhaftes Interesse an diesem Fall nahmen, das Urteil für einen der wenigen befriedigenden Akte der Justiz hielten. Andererseits bestand im Adel Opposition gegen dieses »ganz unvernünftige Gewalturteil«. Etwa 70 herausragende Lords richteten eine Adresse an den Gouverneur, das Urteil zu kassieren, weil es sich gegen eine Standesperson richtete. Jetzt war dem Gouverneur die Möglichkeit genommen, die Sache dilatorisch hinzuziehen, bis zu einem eventuellen Gnadenakt der Königin, vielmehr mußte er nunmehr als Repräsentant der Bürgerlichen, die mit einer gewissen Gewalt zu einer Darstellung ihres Willens drängten, der Mehrheit, ebenfalls für eine baldige Vollstreckung der Todesstrafe eintreten.

Die Verurteilte wehrte sich verzweifelt, aber gebunden an die begrenzten Möglichkeiten, die sie von ihrer Gefängniszelle aus hatte. Da verstärkte Wachen aufzogen, kam ein Befreiungsversuch, den jüngere Adlige kurze Zeit planten, nicht in Betracht. Generalmajor a. D. Vickers sandte seine Ehrenzeichen an den Gouverneur zurück, machte Eingaben, entschloß sich, als alles vergeblich blieb, zu einer Reise nach England, um die Königin für den Fall zu interessieren. Da sein Schiff an der irischen Küste in Nebelbänke geriet, kam er zu spät an.

Auf das Drängen der Verurteilten, die mit Angaben über Baron Harkeys Intimleben drohte, setzte der Gouverneur, selber adlig, eine nochmalige abschließende Anhörung über die Vollstreckungsfrage an. Es gelang der Verurteilten, die ohne Verteidiger war, nicht, eine Wiederholung der ärztlichen Untersuchung zu erreichen. Sie bekam lediglich Gelegenheit zu einem Argument, in welchem sie sich auf die Vergewaltigung durch ihren Mann und die Jagdgenossen, deren Namen anzugeben sie sich jedoch weigerte, stützte. Sie wies auf die Beobachtungen, die sie an ihrem Körper gemacht hatte, hin. Sie meinte, wenn sie die Veränderungen in ihrem Körper so präzise beschrieb, könne niemand glauben, sie beruhten auf Einbildung. Gerade die Genauigkeit aber löste den Verdacht der Hypochondrie aus. Da überdies der anhörende Richter von solchen Anzeichen nichts verstand, das Gutachten eines Arztes lag vor, hielten sie die Symptome für Anzeichen irgendeiner Krankheit, falls es diese Anzeichen tatsächlich gab. Erkrankung war aber der Vollstreckung nicht hinderlich. Der vorsitzende Chief Justice Dorsen stellte klar, daß die Vollstreckung, wenn sie nicht rasch erfolgte, so wie die Dinge standen, überhaupt nicht erfolgen werde. Er stellte *unvoreingenommen* die Gründe zusammen, die dafür sprachen, das Leben der Verurteilten zu schonen: Zweifelhaftigkeit menschlicher Gerechtigkeit, eine gewisse Schwere ihres Schicksals, *falls* ihre Angaben zutrafen; kam dann aber zu dem Ergebnis, daß sie getötet werden müsse, »damit ihre Tat nicht auf die Provinz fiele«.

Die Verurteilte versuchte entsetzt, diese Maschine, die ihr das Kind nahm, zum Halten zu bringen. Sie wandte sich an den Adel, ihre Freunde, den jungen Lord P., die Königin, sandte Boten hinter Generalmajor Vickers her, die ihn zur Eile mahnen sollten, auch vor ihm in Plymouth eintrafen. Sie erreichten, daß die Königin informiert wurde. Aber dieser Entscheidungsprozeß verlief zu langsam, um die Vollstreckung zu unterbinden. Diana wurde aus ihrer Zelle herausgeholt und gehängt, obwohl sie sich mit ihrer ganzen Kraft wehrte und schrie und um sich schlug, so daß mehrere Henker an ihr tätig waren.

Der Adel setzte eine Untersuchung der Toten durch, bei der festgestellt wurde, daß sie im 4. Monat schwanger war. Generalmajor Vickers kam aus England mit der Begnadigungsurkunde der Königin zurück. Er forderte den unseligen

Gouverneur sowie den Generalstaatsanwalt, die er in einer von ihm beherrschten Zeitung als Mörder ansprach, zum Duell, was diese aber ablehnten. Der Prozeß gegen die Regierungsorgane setzte durch, daß der Gouverneur sein Amt verlor. Auch hatte der Schock, als bekannt wurde, daß die Gehängte schwanger war, die Wirkung, daß die Ausbildung der Kolonialärzte sorgfältiger geprüft wurde. Der Justizunfall verschärfte den Ton der Aufklärung, d. h., mit unmäßiger Härte drängte die amerikanische Gesellschaft des 18. Jahrhunderts auf intensivierte Sauberkeit.

So wahnsinnig böse, daß er Haare lassen mußte

I

Der 28jährige Geschäftsmann Reiner F., in einer norddeutschen Stadt, der zeitweise über 100 Arbeiter beschäftigte, war auf eine bestimmte Weise maßlos. Er hielt seinen individuellen Kopf für einen Macher. Oft bewunderte er sich, wie sein seidiges, aber zugleich auch volles schwarzes Haar diesen Kopf umhüllte, gerade daß ein Stück vom Ohr noch herausstand. Er wusch es oft weg. Er hatte kürzlich die junge Dagmar G. geheiratet, die insgesamt zu dem Arrangement seines Hauses, Betriebs, Körpers und Kopfes paßte.

Die 23jährige Dagmar, jetzige Frau F., war im dritten Monat schwanger. Sie wollte aber sich noch nicht festlegen, beabsichtigte, das Kind abzutreiben. Wahrscheinlich ahmte sie zunächst nur die Haltung ihres Mannes nach: sich für noch kostbarere Situationen aufzubewahren. Sie wollte in ihrer von Reiner F. nicht gewürdigten *Einmaligkeit* mit seiner Einmaligkeit gleichziehen. Dazu hätte Mutterschaft nicht gereicht, die ihr ein massenhaftes Schicksal schien.

Die spätere Versteifung ihrer Haltung, als Reiner F. sie angriff – er empfand die Abtreibung eines von ihm gezeugten Embryos als beleidigend – war, sagt Dagmars Mutter, Trotz. Reiner F. sperrte die hübsche Frau, die sich beharrlich weigerte, von ihrem Vorsatz abzulassen, in ein Wochenendhaus, das ihm unter verschiedenen anderen Häusern gehörte, ein. Die Frau konnte jedoch fliehen. Sie suchte Zuflucht im Krankenhaus Nordhorn, Privatklinik Dr. med. U., da sie dort gleich in der Nähe einer eventuellen Abtreibungsmöglichkeit war. Reiner F. drang in diese Klinik ein, als Krankenpfleger gekleidet. Ein Arzt vereitelte im letzten Moment den Versuch des Mannes, seine Frau zu packen und wieder in seine Gewalt zu bringen.

Daraufhin entführte Reiner F. die 8jährige Schülerin Birgit G., ein ihm bekanntes Mädchen aus der Nachbarschaft. Mit dem Kind als Geisel erzwang er telefonisch das Wiedersehen mit seiner Frau. In der Nähe der Gastwirtschaft »Lie-bruck« wartete der Geschäftsmann, das Kind im Fond seines gelben BMW 1802, dem die junge Dagmar zustieg. Sie legte sofort den 3-Punkt-Sicherheits-gurt an. In heftigem Streit, mit hoher Geschwindigkeit, fuhren die Eheleute auf der Autobahn in Richtung Kassel. Polizeibeamte in mehreren Streifenwagen verfolgten das Fahrzeug. Die Polizeiführung beabsichtigte, dem Entführer-fahrzeug in Sichtweite zu folgen und so auf F.s Nerven herumzuhämmern, daß sich irgendwie eine Gelegenheit ergäbe für den polizeilichen Zugriff.

II

KOMMISSAR BECKMANN: Ich weise darauf hin, daß die Schülerin im Fond des Wagens sitzt, so ist es beobachtet worden. Es wird also sich nicht von selbst verstehen, erst das Kind zu retten und dann die Frau, da man erst den Vordersitz, auf dem die Frau sitzt, offenbar angeschnallt, zurückklappen muß, ehe das Kind aussteigen kann.

KRIMINALRAT DRYER: Es geht ja auch nur um Prioritäten. Der *taktische* Zu-griff hängt dann von den Umständen ab, und das, was Sie erwähnen, ist ein solcher Umstand.

KRIMINALKOMMISSAR: Ich meine nur, daß diese *Priorität* die Beamten ver-wirren wird.

KRIMINALRAT DRYER: Sie müssen sich das aus der Perspektive der Presse vorstellen. Hinsichtlich der Ehefrau greift MEK oder die jeweilige örtliche zuständige Einheit, wir wissen ja noch nicht, an welchem Geländepunkt wir zugreifen können, in einen recht unübersichtlichen Familienstreit ein. Hin-sichtlich des Kindes dagegen geht es um den Tatbestand einer Geiselnahme. Es ist selbstverständlich, daß es childrens first heißt. Mit dem eigentlichen Zugriff hat das weniger zu tun. Das ist eine Sache der Gelegenheit. Weiterer Schwerpunkt: psychologisches Vorgehen.

KRIMINALKOMMISSAR: Psychologisch ist der Mann atypisch.

KRIMINALRAT: Genau das meine ich. Meines Erachtens hat er schwache Nerven.

KRIMINALKOMMISSAR: Setzen Sie sich doch mit allen Bekannten und Ver-wandten in Verbindung, vielleicht erfahren wir da besondere psychologi-sche Schwerpunkte.

KRIMINALKOMMISSAR: Ist schon geschehen. Immer wieder: ein besonders intensiver Tatwille, und gleichzeitig wird berichtet, daß er schwache Nerven hat.

KRIMINALRAT: Wir müßten uns ein Verhaltensmodell von ihm machen und

über Funk an die Beamten durchgeben. Die fahren doch immer in Sichtweite?

KRIMINALKOMMISSAR: Jawohl. Wir haben auch an den Zufahrten Fahrzeuge aufgestellt, die sich in die Verfolgungskolonne einfädeln. Ein halbes
Dutzend Fahrzeuge.

KRIMINALRAT: Dann stellen wir doch mal ein tätertypisches Psychologiemo-
dell zusammen.

KRIMINALKOMMISSAR: Etwas anderes können wir hier vom Büro aus sowieso nicht machen.

KRIMINALRAT: Wir können nur hoffen.

KRIMINALKOMMISSAR: Sehen Sie die Sache denn so schlimm?

KRIMINALRAT: Das kann, wenn bei diesem Aufwand nichts herauskommt,
pressemäßig ins Auge gehen.

III

Reiner F. wurde tatsächlich rasch nervös. Die neben ihm sitzende Frau schwieg
verstockt. Dies empfand er als eine besonders intensive Form des Streitens. An
der Auffahrt Göttingen fuhren die dort zum Einsatz bestimmten Streifenwagen zu früh in die Autobahn ein. Sie bewegten sich paarweise nebeneinander
vor dem BMW des Geschäftsmannes, der annahm, daß sie so seine Geschwindigkeit drosseln und ihn den sich von rückwärts nähernden Verfolgern zutrei-
ben wollten.
Er sah jetzt keinen Ausweg mehr und stach, während er mit der linken Hand
das Lenkrad festhielt, mit der rechten mit einem Messer auf die in ihrem 3-
Punkt-Sicherheitsgurt festgeschnallte Ehefrau ein.
Der Geschäftsmann hatte bei aller Verbitterung dieses Tages noch so viel Geistesgegenwart, daß er auf die Exklusivrechte seiner Aussagen gegenüber der
Presse achtete. Er gab nur an die Journalistin Wagenfeld Auskünfte, schwieg
im übrigen.

IV

WAGENFELD: Was veranlaßte Sie zu dieser schrecklichen Tat?

REINER F: Dagmar wollte unser Kind, das ich sehnlichst wünschte, nicht.

WAGENFELD: Jetzt haben Sie es doch aber auch nicht.

REINER F: Das ist ein Unterschied, mir blieb überhaupt nichts anderes übrig,
als zuzustoßen, da meine Zeichen weder von der Polizei noch von meiner

Frau verstanden wurden. Dagmar dagegen hätte das Kind zur Welt bringen können. Es fehlte ihr lediglich am guten Willen. Ich hatte diesen guten Willen.

WAGENFELD: Das werden unsere Leser nicht verstehen, daß Sie sagen, dieser schreckliche Tod Ihrer Frau soll eine Angelegenheit *Ihres* guten Willens sein?

REINER F: Sie müssen schreiben, daß ich nicht anders konnte.

WAGENFELD: Das schreibe ich gern, aber Sie müssen schon noch einen stichhaltigen Grund dazu angeben.

REINER F: Ich habe so etwas noch nie erlebt. Man macht das vielleicht nicht auf Anhieb alles richtig. Es ist eine Unerfahrenheit.

WAGENFELD: Aber wenn ich da auf einen anderen Punkt kommen darf. Wenn Sie das Fahrzeug mit 160 km/h mit einer Hand sicher führen und mit der anderen so heftig zustoßen und, wie die verfolgenden Beamten berichten, sich dabei mehrmals tief nach rechts beugen, dann ist das nicht Unerfahrenheit, sondern wie ein Profi.

REINER F: Ich fahre seit meinem 16. Lebensjahr.

WAGENFELD: Lassen wir das mit dem Grund. Vielleicht sehen die Leser ein, daß es auch Handlungen ohne einen bestimmten Grund gibt. Bedauern Sie denn Ihre Tat? Sie haben sich ja auch gewissermaßen selbst verletzt.

REINER F: Ja richtig. Ich habe mich hier an der Hand verletzt. Sie glauben doch nicht, daß ich mich absichtlich in die Hand schneide?

WAGENFELD: Nein. Und die Leser werden das auch nicht glauben. Der ganze Vorgang ist eigentlich unglaublich.

REINER F: Im Sinne von einmalig?

WAGENFELD: Oft kommt das jedenfalls nicht vor. Oder vielmehr doch. Das passiert auf der letzten Seite der Zeitung alle Nase lang. Ich muß Sie da enttäuschen.

REINER F: Aber nicht genau, mit den Einzelheiten wie bei mir.

WAGENFELD: Das verspielt sich. Um zurückzukommen auf die Reue.

REINER F: Ja, ich bereue die Tat.

WAGENFELD: Würden Sie die Tat am liebsten ungeschehen machen?

REINER F: Ja. Rückblickend würde ich sie am liebsten ungeschehen machen.

WAGENFELD: Wie?

REINER F: Das muß ich mir noch überlegen. Ich brauche jetzt eine Pause. Wir wollen morgen weitermachen.

V

Dies war für F. eine ganz neue Erfahrung, daß die Dinge nicht nach dem Willen seines Kopfes liefen. Er war zwar durch das störrische Verhalten seiner Ehefrau auf die Situation vorbereitet, hatte aber während der ganzen Zeit fest angenommen, daß sich dieser Wille schon brechen ließe. Jetzt, in einer Gefängniszelle in Kreiensen, stand er vor dem Phänomen, daß sich die wirklichen Verhältnisse seinem Willen entzogen. Er wußte tatsächlich nicht, wie man es anstellen kann, das Geschehen des Vortags ungeschehen zu machen. Das wollte gar nicht in seinen Kopf. Er legte sich das so zurecht: Die Tat war nicht mit dem Kopf begangen, und so konnte er sie auch nicht mit dem Kopf korrigieren, der sonst im übrigen keine Grenzen kannte. Er sagte sich jetzt: Vielleicht ist das alles gar nicht wahr.

Das Frontschwein

Die Hektik, mit der südlich von Spitzbergen nach Öl gesucht wurde, steckte auch Marie-Luise Girkenson aus Oberhessen, genannt Fretty, an. Was sollte man in dem Barackennest auf der vorgelagerten Insel auch anderes anfangen als unmittelbar arbeiten. Sie hatte einen Furunkel am Hintern, und ihr Manager, der eine Zuneigung für die Fleißige fühlte, bestand darauf, daß sie dieses Furunkel zunächst ausheilte und deshalb einige Tage aussetzen mußte. Du weißt genausogut wie ich, antwortete Fretty, daß ich den größten Teil meiner Arbeit auf den Knien verrichte. Das Furunkel stört überhaupt nicht. Sie war nicht zu bewegen, sich auf dem Bauch liegend in ihrer Baracken-Kammer mehrere Vormittage, Nachmittage, Abende und Nächte zu langweilen, keinen Sozialkontakt zu haben. Dann kannst du mich auch gleich in das Gefängnis sperren. Ihr Manager bestand aber auf seinem Willen. Sie mußte sich schonen. Sie war trotzdem nicht im Bett zu halten, sondern wanderte vor der Baracke in der eisigen Luft hin und her. Zufällig war eine Neue am Vormittag eingeflogen worden, und der Manager stellte diese junge Frankfurterin, die sich erst an das Nordklima gewöhnen mußte, Erika hieß sie, dafür ab, daß sie Fretty Gesellschaft leistete und vielleicht doch noch dazu brachte, sich ruhig irgendwo auf den Bauch zu legen und das nach seiner Ansicht nach wie vor geschäftsschädigende Furunkel durch Ruhigstellung auszuheilen. Alle Nase lang schickte er den Arzt aus der Hauptsiedlung in Spitzbergen, seine beste Arbeitskraft zu untersuchen. Erika versuchte »ihr Bestes«, Fretty zu beruhigen, »auf andere Gedanken zu bringen«, aber Fretty redete »wie ein Wasserfall« von ihrer Arbeit. Irgendwie versuchte sie, wenn sie schon nichts Handgreifliches zu tun hatte, wenigstens ihre gleichbleibende Konzentration auf den Job zu beweisen, nicht weil sie Angst hatte, ihre Arbeitsstelle zu verlieren, wenn sie nicht Willigkeit demonstrierte, davor schützte sie die persönliche Zuneigung des Managers, sondern weil sie nicht in eine Art Wochenende hier oben rutschen wollte und weil sie den »gesellschaftlichen Zusammenhang« zu verlieren glaubte, wenn sie nicht mit ihrer eigentlichen Aufgabe in Berührung blieb. Sie hätte keine andere Berührungsfläche, meinte sie, als diese.

Sie stampfte über den hartgefrorenen Boden, immer um die Baracke herum, die weitere Umgebung war felsig und unbegehbar, Erika marschierte hinter ihr drein. »Wie gesagt, macht mir das nichts aus. Aber Sie wären überrascht, wie viele darauf bestehen, daß ich das Zeug runterschlucke. An einem langen Tag schluckt man da eine ganze Menge. Die sind so angewiesen, daß ich ihnen nur einen Schubs zu geben brauche, und sie kommen schon. Das hat natürlich auch seine Nachteile. Dieser armselige Blödmann z. B., der von der Diomedes-Insel eingeflogen wurde, hat sich vermutlich seit einem Monat nicht mehr gebadet. Von ihm habe ich etwa 14 cm gewaschen. Das war das letzte Bad, das er gehabt haben wird, bis er wiederkommt. Neulich habe ich das mal berechnet, daß ich an einem einzigen Tag 8 m Schwanz geschluckt habe, praktisch 54 Kunden, weil die meist nur einen Blasejob wollen. Das gebe ich ihnen. Das kommt daher, daß die alle paar Wochen mal runter in die Bundesrepublik fliegen, und ich glaube, die wollen zu diesem Heimaturlaub keinen Tripper mitbringen. Als ob sie den bei uns kriegen könnten.«

Sie war nicht müde zu kriegen. Später hockte sie sich in ein Zimmer der Baracke, nahm ein paar Gläschen zu sich, war aber vor 3 Uhr nachts nicht müde. Um 6 Uhr wachte sie wieder auf, weckte die unausgeschlafene Erika, wollte wieder auf die Arbeitserfahrung eingehen. Der Manager entschloß sich dann, Fretty doch lieber wieder einzusetzen, da ihr die Untätigkeit nicht bekam. Statt eines Ordens gab er ihr 2 Einhundert-Dollarnoten, sie steckte sie nicht ans Kleid, wie er vorschlug, sondern verstaute sie in ihrer Sammelkiste.

Die Lenkung eines Rasse-Projektils

Der Chefingenieur A. Bollnow verstand den Leiter dieses Raketenversuchsfeldes, Prof. Dr. Dr. Mäde, nicht. Es bestand kein Grund, die Lenkung des schönen Projektils, das er mit seinen Facharbeitern draußen auf dem hohen Gerüst aufmontiert hatte, durch diesen Dr. Huza vornehmen zu lassen. Der Chefingenieur mißbilligte aufs schärfste die demokratischen Experimente, die Prof. Mäde vornahm. Sicher konnte man die Rakete auch nach christlichen Gesichtspunkten lenken und die für sie Verantwortlichen nach ihrer Demut aussuchen. Dr. Huzas Wurstfinger konnten nur Unfug anrichten. Der Chefingenieur leistete Widerstand gegen die Betrauung von Dr. Huza mit der Fernsteuerung der Rakete.

BOLLNOW: Warum lassen Sie diesen Teppichhändler heran?

DR. MÄDE: Das ist kein Teppichhändler, sondern für Sie der Wissenschaftler Dr. Huza.

BOLLNOW: Dann steuern Sie doch lieber selbst.

DR. MÄDE: Dr. Huza hat genügend Erfahrungen gesammelt, um das richtig zu machen. Kümmern Sie sich um das Projektil.

BOLLNOW: Das tue ich ja, indem ich mir jetzt große Sorgen um die Fernsteuerung mache.

DR. MÄDE: Ist irgend etwas nicht in Ordnung?

BOLLNOW: Die Fernsteuerung ist in Ordnung. Aber die Finger von Dr. Huza schaffen das nicht.

DR. MÄDE: Sie haben Einbildungen.

BOLLNOW: Ich halte Sie für den besten Leiter dieses Versuchsfeldes, den wir je hatten, und einen der besten Steuerer, noch vor mir selbst, aber Sie haben kein Gefühl für Personenauswahl.

DR. MÄDE: Ihnen steht ein solches Urteil nicht zu, weder über mich als Steuerer noch über meine Personalentscheidungen. Ich verbitte mir das.

BOLLNOW: Die Bitte nehme ich nicht an.

DR. MÄDE: Dann lassen Sie es bleiben.

BOLLNOW: Sie werden also die Fernsteuerung selber übernehmen?

DR. MÄDE: Ich denke gar nicht daran. Dr. Huza wird steuern.

BOLLNOW: Dann kann ich Ihnen jetzt schon sagen, daß das Projektil irgendwo als Schrott endet.

DR. MÄDE (jetzt doch nervös): Ist denn irgendwas in den Systemen nicht in Ordnung, verschweigen Sie mir nichts?

BOLLNOW: Sie meinen die Systeme der Rakete?

DR. MÄDE: Zulaufrohre, Impulsgeber? Sie haben doch erst vor einer Stunde durchgecheckt.

BOLLNOW: Für das Projektil, so wie es draußen steht, garantiere ich. Das hat Rasse. Gerade deshalb bin ich darauf gestoßen, daß Dr. Huza das Gerät in Schrott verwandeln wird.

DR. MÄDE: Und womit wollen Sie mir das beweisen? Haben Sie irgendeinen rationalen Hinweis, außer daß Sie Südländer nicht leiden können?

BOLLNOW: Ich habe den sicheren Eindruck.

DR. MÄDE: Das ist kein »rationaler Hinweis«, sondern Ihre klapsartige Vorstellung.

BOLLNOW: Was Sie sagen, ist für mich verletzend. Aber ich bestehe trotzdem darauf, daß Sie den unmaßgeblichen Ehrgeiz dieses Dr. Huza nicht in so unsachlicher Weise honorieren.

DR. MÄDE: Jetzt ist es genug. Es ist unverschämt, wenn Sie mir Unsachlichkeit vorwerfen. Kümmern Sie sich um Ihre Technik.

BOLLNOW: Eben weil ich mich darum kümmere, bestehe ich darauf, daß sie nicht Dr. Huza in die Finger gerät.

DR. MÄDE: Ich stehe ja daneben.

BOLLNOW: Aber Sie fassen die Knöpfe nicht selber an.

DR. MÄDE: Sie haben einen gewissermaßen religiösen Tick. Es ist völlig gleich, wer auf diese Knöpfe tippt, solange Ihre Systeme ordentlich funktionieren.

BOLLNOW: Es kommt da auf Feinheiten an.

DR. MÄDE: Meinen Sie? Und wieso soll die Rakete Dr. Huza nicht gehorchen. Sie ist ja kein Mensch. Sie folgt nicht Sympathien. Ich bezweifle außerdem, ob Sie Ihre Antipathie gegen Dr. Huza, die ich ja nun kenne, in das Projektil eingebaut haben. Oder haben Sie da was eingebaut?

BOLLNOW: Selbstverständlich habe ich da nichts eingebaut. Ich mache keine Tricks.

DR. MÄDE: Na na. Das weiß man nicht.

BOLLNOW: Ich versichere Ihnen, daß da keinerlei Zauber eingebaut ist.

DR. MÄDE: Das würde ich Ihnen auch übelnehmen.

BOLLNOW: Wenn ich mich so loyal Ihnen gegenüber verhalte, viele Jahre schon, dann könnten Sie doch ebenfalls mal ein Auge zudrücken und mir zuliebe Dr. Huza auswechseln. Zum Beispiel könnten das Dr. Fengler oder ich steuern.

DR. MÄDE: Ich habe mich entschieden, und dabei bleibt es.

BOLLNOW: Wie ich gesagt habe: Sie sind unsachlich.

DR. MÄDE: Ich bin überhaupt nie unsachlich. Sehen Sie, ein solches Raketenversuchsfeld ist ein System. Dieses System funktioniert überhaupt nur, wenn jeder Wissenschaftler einmal drankommt und ich diese Reihenfolge überhaupt nicht durch chauvinistische Gesichtspunkte verwirre, wie Sie das tun.

BOLLNOW: Ich verwahre mich gegen den Vorwurf und bestehe gleichzeitig darauf, daß Sie Dr. Huza auswechseln. Ich habe meine Gründe.

DR. MÄDE: Wie ich bereits fragte: Welche?

BOLLNOW: Das Projektil wird nicht auf Dr. Huzas Impulse reagieren.

DR. MÄDE: Sie sagen mir jetzt entweder einen rationalen, d.h. beweisbaren Grund, oder es bleibt bei meiner Entscheidung.

BOLLNOW: Dr. Huza hat keinen sens de finesse. Er ist ein Bauer. Nicht einmal das. Ich sage dazu nur: Teppichhändler.

DR. MÄDE: Das ist emotional. Sie kommen immer wieder darauf zurück, daß Dr. Huza nicht in unserem Land geboren ist. Das genügt mir nicht, um ihn jetzt, 5 Minuten vor Abschuß, abzusetzen. Auch nicht Ihnen zuliebe.

BOLLNOW: Dann können Sie die Rakete abschreiben.

Mäde blieb nichts anderes übrig, als Bollnow hinauszuschicken. Er sollte den hohen, leicht gebauten Körper ein letztes Mal einer Inspektion unterziehen. Der Chefingenieur ließ sich von dem kleinen Fahrstuhl, den in etwa einer Stunde, zusammen mit dem ganzen Holz- und Leichtmetallgerüst, der Rückstoß des Projektils durcheinanderwirbeln würde, 26 m in die Höhe tragen und betastete die wesentlichen Teile des unteren Raketenkörpers. Er stieg in das Motorenaggregat ein. Hier führte eine Anordnung von Fugen und Griffen, eine Art Kletterstiege, in einen konkaven Raum, in dem Bollnow gebückt stehen kann und durch eine Luke auf das Steueraggregat der Motoren hinabsieht. Er reizt mit seinem Taschengerät vorsichtig die unterste Raketenstufe und hörte sogleich das Gurgeln, so daß er nur schwer widerstehen konnte, weiter zu reizen und die erste der Antriebsexplosionen auszulösen. Aber das hätte das schöne, noch unberührte Projektil und ihn selbst ins Verderben gerissen, da die Verankerungen nicht gelöst waren, Bollnow auch, ehe die Rakete eine Höhe von 16 km erreicht hätte, wäre erstickt oder erfroren.

Er versuchte es nochmals bei Mäde. Dr. Huza sei zu grob für dieses Projektil. Mäde war nicht zu überzeugen, nicht einmal reizbar. Sie begaben sich alle in die Instrumentenbaracke, und es wurde ausgezählt: 9, 8, 7 bis 0, worauf Dr. Huza die Schaltung betätigte. Das hübsche Ding auf dem Holz- und Leichtmetallgerüst, die Verankerung jetzt gelöst, zitterte, und dann explodierte die erste Stufe. Das schlanke Projektil schoß sanft in den Himmel, während unter ihm mit heftigem Krachen das Gerüst samt Fahrstuhl und Einbauten zusammensackte. Die Herren in der Instrumentenbaracke verfolgten den herrlichen Boten, der in der vorbestimmten Neigung die Erdbahn verließ, obwohl es

nichts zu sehen gab, was man aus den Meßinstrumenten nicht viel besser abgelesen hätte. Trotzdem sahen sie zu den Barackenfenstern hinaus in den Wol-
kenhimmel, der keine Information hinsichtlich des Projektils lieferte.
Jedenfalls war Dr. Huza nicht der richtige Mann, das nervöse Wesen zu lenken. Er brachte sie in ungefähre Richtung der Mars-Bahn und wartete. Der
Chefingenieur hatte die erste Wache, es ereignete sich nichts. Sechs Stunden
beschäftigte er sich mit seinem Geschoß, das jetzt den Weltraum im Abstand
von 2 Lichtsekunden von der Erde durchpflügte. Dr. Huza, frisch ausgeschlafen, löste ihn ab.

DR. HUZA: Wissen Sie, das ist ja ein ganz unsinniges Bild, wenn Sie sagen: die
durchpflügt den Weltraum hier oder da. Da ist ja überhaupt nichts zu
durchpflügen. Das ist nicht einmal ein Vakuum.
BOLLNOW: Und Sie meinen, daß ich das nicht weiß?
DR. HUZA: Warum sagen Sie es dann?
BOLLNOW: Weil es im Augenblick auf Präzision nicht ankommt. Aber in 4 ½
Stunden, 6 Minuten, 12¾ Sekunden und 420 Mikrosekunden kommt es auf
Präzision an. Auch dann nicht auf die Worte, die Sie wählen, sondern auf
Ihre langen Finger.
DR. HUZA: Wieso lange Finger?
BOLLNOW: Ihre Langfinger meine ich.
DR. HUZA: Langfinger ist beleidigend. Das hat eine übertragene Bedeu-
tung.
BOLLNOW: Weiß ich.
DR. HUZA: Sie wollen mich also beleidigen?
BOLLNOW: Wenn ich kann.
DR. HUZA: Ich habe aber, wie Sie sehen, ganz kurze Finger.
BOLLNOW: Jawohl. Dicke Finger.
DR. HUZA: Sie sind einfach nicht präzise.
BOLLNOW: Vielleicht will ich nur, daß Sie präzise sind.
DR. HUZA: Das lassen Sie meine Sorge sein.

Als die Rakete in Marsnähe kam, versammelten sich wieder alle Herren in der
Instrumentenbaracke und sahen zu, wie Dr. Huza das ferne Gerät mit Ra-
dioimpulsen zu reizen versuchte. Die Rakete reagierte, soweit man es auf den
Instrumenten sah, nervös und wendete sich zittrig aus ihrer Neigung etwas
mehr dem Planeten zu, dessen Magnetfeld sie in den nächsten Sekundenbruch-
teilen auffangen mußte. Offenbar brachte es Dr. Huza aber nicht zustande. Er
fingerte unruhig an seinen Kontrollen, und der Chefingenieur überzeugte sich
mit einem Blick auf den Radiospiegel, daß die Rakete in einem viel zu großen

Winkel an dem Planeten vorbeilief. Er rechnete auf seinen Blöcken und bat dann leise, während Dr. Huza an seinem Steuergerät hantierte, ohne daß er eine Reizwirkung zustandebrachte, die Reizung übernehmen zu dürfen. »Man kann auch nicht eine Frau mit rohen Fingern irgendwie betupfen.« Als die Rakete über die Anziehungskraft der Marsmonde hinaus war, gaben sie es auf. Mäde bereitete den Bericht vor. Er sprach Dr. Huza seine *Anerkennung* aus, wenn auch das Ergebnis negativ blieb.

Der Chefingenieur zögerte noch in der Nähe der Geräte, die übrigen gingen schlafen. Er versuchte eine Reizung und spürte gleich darauf, daß die Rakete auf ihn reagierte. Sie lief seit etwa einer Stunde in abnehmender Geschwindigkeit auf einer Hyperbel, die in Richtung des Sternenbildes Schwan verlief. Der Chefingenieur hatte den an sich absurden Gedanken, zu versuchen, die Rakete so von ihrem Kurs abzulenken, daß sie in die Nähe der *inneren Jupitermonde* käme. Er wollte sie dort in eine Kreisbahn zwingen und später einmal – wenn die Entwicklung der Sternenfahrt so anhielt, mußte das noch zu seinen Lebzeiten möglich sein – durch eine Pilotfisch-Rakete, die sie ins Schlepptau nahm, dort abholen. Er wußte, daß es ein ziemlich aussichtsloses Unternehmen war, das fehlgeschossene Projektil in Jupiternähe zu bringen. Hierzu war erforderlich, ihre Bahn um 40° abzufälschen. Das ließ sich aber immer noch eher machen, als ihr eine Zusatzgeschwindigkeit zuzuführen. Praktisch konnte sie diese nur erhalten durch Annäherung an gewisse Asteroiden, auf die sie, unter Aufnahme von deren Zugkräften, zufliegen mußte, zugleich war Bedingung, daß sie nach Zugewinn von Geschwindigkeit an diesen Himmelskörpern seitlich vorbeiflog. Das bedeutete, daß Bollnow das Projektil zu einer Art Zick-Zack-Kurs veranlassen mußte, denn andernfalls begegnete es diesen Himmelskörpern nicht. Durch energische Radioimpulse brachte er die Rakete auf eine in diesem Sinne »vernünftige Bahn«. Widersinnig. Er veranschlagte 4 Stunden, um die komplizierte Bahn zu berechnen und danach die Reizungen einzurichten. Er war ziemlich abgespannt und weckte seine Assistenten, die die Idee für verrückt hielten, aber aus Liebe zum Arbeitsplatz ein paar Rechnungen für ihn ausführten. Er hatte jetzt einen schönen Kontakt zu seinem Projektil, das zuverlässig reagierte. In dieser Zeit gelangte die Rakete in die Gefahrenzone auf halbem Wege zwischen Mars und Jupiter, wo bisher alle Raketen, die am Mars vorbeischossen, verhackstückt worden waren. Er versuchte mit Hilfe der Radiospiegel die Weltraumkörper, die die Bahn der Rakete kreuzten, zu erkennen.

Er sah keine spezifischen Gefahren. Er glaubte schon, daß die Rakete die gefährliche Zone von Instabilitäten, den sog. Asteroidengürtel, verlassen hätte, als er einen kleinen Schwarm von Weltraumkörpern bemerkte. Es war zu spät, es noch mit einer Reizung zu versuchen. Die Rakete raste in den Schwarm hinein. Zittrig zeigten die Meßinstrumente das Theater einige Sekunden später an. Mit einem verrückten Kurs kam sie aus dem Dschungel von Felsstücken hervor, die 300 m³-1 km³ groß mit unregelmäßig geformter Oberfläche dahinjagten. Die blanken Außenflächen mußten erbärmlich zusammengeschlagen sein. Trotzdem reagierte die Rakete noch schwach auf Radioimpulse, die der Chefingenieur geduldig ausstrahlte, und er machte sich ganz vorsichtig daran, ihre Bahn wieder zu korrigieren. Einige Rezeptoren des Projektils schienen durch den Zusammenprall mit den Planetentrümmern abgeschlagen. Noch ehe die angeschlagene Rakete eine vernünftige Bahn erreicht hatte, stieß sie auf den Planeten Kuntze 16, einen Felsen von 6 km Durchmesser an der Längsseite, der Kopfteil des Himmelskörpers in Bewegungsrichtung stark abgeplattet und hoch, wie der Kopf eines Kolonialwarenhändlers, den Chefingenieur Bollnow in Schönweide/Schlesien im August 1943 kennengelernt hatte. Andererseits waren die Anziehungskräfte von Kuntze 16 zu schwach, um die Rakete in eine Kreisbahn zu zwingen. Es kam zu einem Flatterkurs, auf den Bollnow durch heftige Reizungen einzuwirken versuchte, ehe das Projektil auf der Oberfläche von Kuntze 16 hart aufprallte. Der Chefingenieur schickte seine maulenden Assistenten schlafen. Er ging dann in die Unterkunft Dr. Huzas, dem er ein Meßgerät an den Kopf warf, so daß dieser mit blutigem Gesicht zu sehen versuchte, wer das gemacht hatte. Der Chefingenieur gab dem Lagerarzt Bescheid, versuchte ebenfalls zu schlafen. Er war ausgelaugt.

Aber noch in der folgenden Nacht erwies sich, daß das offenbar katastrophal zusammengeschlagene Gerät immer noch auf gewisse selektive Reizungen, die Bollnow, entgegen Mädes ausdrücklichem Verbot, vornahm, ansprach. Es war in einem Fall möglich, immerhin für mehr als 4 ½ Sekunden die Schrottmasse um 4,3 Zentimeter über den Boden des Himmelskörpers anzuheben, vorausgesetzt, daß Bollnow kein Meßfehler unterlaufen war. Man konnte das im technischen Sinn nicht »fliegen« nennen, aber es war auch nicht identisch mit purer Bodenhaftigkeit.

Nichts einfacher, als Gizella zu lenken

Sie, für die die Männer alles zahlten, traf auf einen, der von ihr Geld haben wollte. Sie wußte gar nicht, wie sie das abschlagen sollte. Sie gab dem Mann, der sich als Pit Schwieters vorgestellt hatte, ein mit Schande entlassener Polizeianwärter, was sie dahatte. Eine Zeitlang glaubte sie, daß es »große Liebe« sei. Bis er sich angewöhnte, sie in die Nieren zu stoßen, was sie nicht mochte. Als er dies, sie ging vor ihm die Treppe zum

»Amüsant am Abend«

hinab, wieder versuchte, trat sie ihn so heftig ans Schienbein, daß er stürzte und sich den Mund blutig riß.

Während dieser Zeit versuchten ihre Eltern, sie wieder zurückzuholen. Aber wenn sie in der elterlichen Wohnung ankam, gab es Auseinandersetzungen über das Kind. Es fiel bald das Wort »Hure«. So ging sie wieder zurück zu Pit, der sich in ihrem auf 4 Monate hinaus bezahlten 1-Zimmer-Appartement eingenistet hatte. Er hatte ihr alles »mit Unordnung« überzogen, d. h., sein Eigentum lag verstreut über ihren Sachen. Das war ein Dilettant. Unter dem Vorwand, Zigaretten zu holen, verließ sie das Appartement, schlief nochmals in dem Mädchenzimmer, zur Wohnung der Eltern trug sie den Schlüssel nach wie vor bei sich. Morgenüberraschung. Die Stimme ihres Sohnes: Mami. Sie wußte, daß die Eltern dahinterstanden, das Söhnchen vorgeschickt hatten und sich jetzt nicht mucksten.

Gizella kleidete sich an, nahm kurz das von den Eltern beauftragte Söhnchen auf den Arm und verließ, ohne die Eltern anzusehen, die Wohnung, kam dann doch mit Eingekauftem gegen Mittag zurück. Sie war leicht zu beeinflussen, hatte den Willen, jetzt endgültig hier zu bleiben. Gleich nach dem Essen fing indessen die Auseinandersetzung wieder an: Sie solle sich entscheiden, das Kind brauche die Mutter usf.

In den Küchenschränken standen Rumtöpfe, 26 Flaschen Holundersaft usf. für den Winter. Jetzt wollten sie die Bereitwillige kneten, Vorräte an Gizellas Rückkehrwillen anlegen.

Da sie diese Lenkung nicht aushielt, packte sie einige Sachen in eine Tragetasche, ging in die 1-Zimmer-Wohnung, in der Pit, als sie zur Tür hereinkam, sie zunächst zufriedenließ.

Das Glück dauerte nur einige Tage, bis sie herausfand, daß ihr Geliebter ein Pferdchen für sich laufen hatte, Angela Schweitzer, die es ihr erzählte. Sie stellte den Mann zur Rede, der sich dadurch verteidigte, daß er sie ebenfalls für diese Aufgabe zu gewinnen versuchte. Dieser Vorschlag sei ein Zeichen seiner »Liebe«. An sich war sie bereits einverstanden gewesen, daß er diese Angela in den gemeinsamen »Zusammenhang« einbrachte. Man hätte darüber reden können, daß sie selbst, soweit es ihre Berufstätigkeit erlaubte, gelegentlich aushalf. Als er sie bedrängte und seine Zuneigung zu ihr darlegte, lehnte sie ab. Er schlug sie. Sie konnte sich nicht so bewegen, wie sie wollte, weil sie nicht angezogen war und sich in diesem offenen Zustand nicht so zu bewegen getraute, wie es ihr vorschwebte. Sie versuchte, sich notdürftig gegen seine Faustschläge zu decken, und war froh, als die Bestrafung so endete, wie noch jede Schlägerei endete, wenn sie nichts auf dem Leib trug.

Abends sollte sie ihn begleiten zu einer Party. Er traute ihr nicht über den Weg, nahm an, daß sie z.B. auf einem Polizeirevier Meldung macht, Beulen und blaue Flecken vorwies. Sie sah die Lage: Pit hatte zu dieser Party, die in der Wohnung seiner Schwester stattfand, einen Herrn eingeladen, dem er etwas versprochen hatte, was sie sich ausdenken konnte. Da sie definitiv nicht wollte, würde es später Krach geben. Sie vertraute sich Pits Schwester an. Die Frauen fanden Gefallen aneinander. Von ihr hätte sie sich vielleicht bereden lassen, jetzt lief das Gespräch jedoch schon in andere Richtung. Die Schwester gab ihr den Wohnungsschlüssel, da Pit nach Ankunft abgeschlossen hatte. Unter dem Vorwand, die Toilette aufzusuchen, weil ihr übel sei, entfernte sich Gizella aus dem Party-Raum, rannte dann aus der Wohnung und aus dem Haus. Sie hörte, wie Pits Schwester von oben aus dem Fenster ihr nachschrie: Laufen. Sie fing an zu laufen, aber schon nach 2 Straßenzügen spürte sie, daß Pit aufholte. Sie hatte kaum Angst. Ihr Gedanke war: Nicht in die Nähe des Wassers kommen. Sie blieb konsequent fort vom Flußufer und seinem Geländer, auch wenn gerade dieses Geländer wie ein fester Halt aussah. Sie warf sich an die Erde des Parkgeländes, als er zuzuschlagen begann, und schrie, weil ihr alles egal war, außer: daß das aufhört. Ein paar Passanten trauten sich nicht heran. Der Geliebte zerrte sie hoch und stellte sie aufrecht an einen Baum, um von beiden Seiten ihr Gesicht besser erreichen zu können, so daß sie unter dem raschen Druck seiner Schläge nach keiner Seite fallen konnte. Sie wünschte sich, daß das aufhört. Weil er so hektisch auf sie eindrosch, auch deshalb, damit sie nicht im Schwung der Schläge einseitig umkippte, blieb gar keine Zeit, sich umzubesinnen, z.B. auf sein Ursprungsbegehren doch noch einzugehen. Sie wurde praktisch gar nicht gefragt. Als die Funkstreife eintraf, freute sie sich kaum darüber. Die Beamten, die den Geliebten festhielten, fragten sie, ob sie geschlagen worden sei. Sie befühlte mit der Zunge die Innenhaut ihres Mundes, zermürbt, es blutete etwas, sagte: Nein. Da dies dem Augenschein widersprach, fragte einer der Beamten weiter, ob sie Strafantrag stellen wolle? Ja, sagte sie. Sie wollte diesen Schläger ans Messer haben und gab später auf der Wache ihre Unterschrift. Die Beamten schlugen ihren Freund zusammen, wobei sie zusah, und schleppten ihn, der nach ihr schrie, in einen Nebenraum.

Ihr Vater erschien am nächsten Tag in seiner Dienstuniform auf ihrer Arbeitsstelle, er war als Hauptmeister auf dem 16. Revier tätig. Sie fing ihn im Fahrstuhl ab, konnte aber nicht verhindern, daß er, sie mit der Brust vor sich herschiebend, in das Büro eindrang und den Chef sprach. Er redete von Hure und Hurenkind, kam aber damit bei Gizellas Arbeitgeber nicht zum Zuge. Sie war stolz auf ihren Arbeitgeber und bereit, ihn noch an diesem Abend als neuen Geliebten anzunehmen, für den sie dann auch eine ganze Menge riskierte, ihr Postsparbuch kündigte, denn die Firma war in Bargeldnot.

Nach Arbeitsschluß trafen Pit, der auf freien Fuß gesetzt worden war, weil er irgendwas Passendes zusammenlog, und ihr Vater in der Straße vor ihrer kleinen 1-Zimmer-Wohnung aufeinander. Sie hatten einen Wortwechsel und schlugen gleich darauf aufeinander ein, bis eine Funkstreife sie trennte und auf die Wache brachte. Hier war Gizellas Vater als Polizeikollege, jetzt im Zivil-Anzug, im Vorteil. Gizella hatte die beiden, die sie nach Arbeitsschluß vor ihrer Wohnung hatten abpassen wollten, noch gesehen. Sie lief zur Wache und stellte sich unter Polizeischutz, um auf den Verlauf einwirken zu können. Der Reviervorsteher redete ihr zu, mit dem Vater nach Hause zu gehen, der dem Reviervorsteher versichert hatte, daß es keine Bestrafung geben würde. Sie sagte: Nein. Sie hatte, nach allem, was vorgefallen war, keine Lust sich irgendwem anzuschließen. Sie wollte gerne allein sein. Jetzt glaubte sie zu sehen, daß ihr Vater weinte. Da überlegte sie es sich anders und ging mit ihm mit. Nach kurzem Aufenthalt in der elterlichen Wohnung, das Abendbrot in der Küche war noch nicht gerichtet, setzten die alten Reden ein über Hurenleben und »kümmerst du dich überhaupt nicht um deinen Sohn«, was sie in der kurzen Zeit ihrer Rückkunft schon deshalb noch nicht hatte tun können, weil dieses Söhnchen bei Nachbarn weilte. Sie verließ die Wohnung, zog wieder ein in ihre 1-Zimmer-Wohnung, zu der Pit den Schlüssel nicht wieder herausgegeben hatte, er wartete dort schon. Jetzt traf ihr Vater, der einige Kollegen zusammengetrommelt hatte, vor der Wohnungstür ein, klingelte. So wagte ihr Geliebter nicht, Gizella anzufassen. Sie hatte das unbestimmte Gefühl, daß vielleicht noch an diesem Abend ihr Geliebter und ihr Vater sich aussprechen könnten, um ihr dann gemeinsam die Leviten zu lesen. Momentan hatte sie noch keine Idee, wie sie diese Version hintertreiben könnte. Warum mußten diese Lebenspartner bei ihrer Lenkung immer übersteuern? Schon aus Einsicht war sie fügsam.

Sie hatte sich vorgenommen, daß es ihrem Kind nie an etwas fehlen sollte. Entschiedene Sonderbehandlung

Es verblüffte sie grenzenlos, wie dieses lebendige Wesen auf ihre guten Absichten reagierte. Wie ein Springer vom 10-m-Turm ließ es sich mit Nase, Backe, Stirn, ganzem Köpfchen auf ihre Brust fallen, fand sich dort zurecht, saugte, machte Pause, schlief dann ein. Sie verstanden sich, ohne viel Laute von sich zu geben. Diese Intensität hielt sie etwa 2 Jahre durch. Dann »versagte« sie aus Schwäche einmal zwei, drei Wochen lang. Und jetzt wird das Söhnchen immer wegen dieses Versagens ihre »Liebe« erpressen.

Um diesem Terror zu entgehen, hortet sie »Liebe« zu Zeitpunkten, zu denen das Kind sie nicht will, einfach nach dem Gesichtspunkt, daß sie alles an Liebesfähigkeit zusammenträgt, worüber sie verfügt, um das Versagen wettzumachen (dem inzwischen einige andere Fälle von Versagen gefolgt sind). Der Kampf zwischen den beiden geht um den Zeitpunkt Liebe, wann sie sie fühlt oder zur Verfügung hat oder meint in Zahlung geben zu müssen, oder Liebe zu Zeitpunkten, an denen das Kind sie abruft, die Mutter aber vielleicht gerade bankrott ist. Oder Liebe, wenn er ihr besonders gefällt oder sie ihn gerade umfaßt hält, er aber will nicht umfaßt werden. Ungeheure »Masse« an »Liebe« wird so umverteilt. Es geht aber nicht um Mengen, sondern die Zeitpunkte, die Organisation dieser »Versorgung«. Es ist ein Lichtblick in diesem ungleichen Kampf (mal das Kind groß wie ein Tiger bis zur Zimmerdecke, mal dieser Wurm und die Mutter, eine erwachsene Riesin), daß dieses Verhältnis das Kind nur oberflächlich beeinflußt. Unterhalb des Terrorsystems lebt es nochmals wirklich, und ein Teil seiner Nahrung zieht es aus dieser Unterseite seiner Doppelhaltung.

Eine Geheimwaffe, aber es sind nur 16 Planstellen für ihre Entwicklung vorgesehen. Ein Skandal

Einer der unleidlichen »Analyse-Hengste« notierte über einen meist am Schreibtisch sitzenden »Denker«: Er hat seine süße sportliche Mutter, als er 9 Jahre alt war, verloren. Jetzt sucht er ihre umfassende, einhüllende Wärme in den Begriffen, die die Gesellschaft umfassen, und sucht hier immer stärkere, »einschließendere«, deutlich spürbare »Medizin«. Er trägt seine Emotionen in die Begriffe. Sie sind für ihn nicht leer, wenn sie auch vielen anderen leer erscheinen. So kommt er schwer vom Schreibtisch weg, weil er dort diese Nahrung findet.

Elsbeth Meier unterbricht den Referenten Davis Swanson, als er immer wieder mit dem Finger auf der Landkarte herumwanderte und sagte: Hier diese wunderbare Rundung Afrikas im Golf von Guinea . . . Das nützt nichts, sagt sie. Sie übertragen hier nur Ihre Lieblingsvorstellungen. Wenn Sie einmal dort hinkommen, erinnert Sie gar nichts an »eine wunderbare Rundung Afrikas«. So wie dieser »Meerbusen« hier Sie bestimmt nicht an einen Busen erinnert, wenn Sie hinkommen, sondern Sie werden dann ertrinken, selbst wenn Sie eine Schwimmweste anlegen. Es ist eine lauwarme Wasserwüste von 28° C im Mittelwert, kurze Wellen, so daß ein Wasserspray entsteht, wenn Wind aufkommt, bis 40 cm über der Oberfläche. Das füllt Ihre Lungen mit Wasser. Die Strömung läuft vom Land ab und trägt Sie in den Atlantik. Also gehen Sie bitte auf diese Probleme ein und reden mir nicht im Format 1 : 600 000.

Während des 2. Weltkriegs wurde eine Gruppe von Psychologen und Psychoanalytikern zusammengestellt, die untersuchen mußte, welches Kindheitsmilieu geeignet ist, Soldaten hervorzubringen, die unter extremer Frontbelastung niemals zusammenbrechen. Ein knautschfester Typ des Soldatenmaterials. Diese Untersuchung war von einer Spezialabteilung des Pentagon 1942 begonnen worden. Die Ergebnisse der 93 vom Kriegsdienst freigestellten Wissenschaftler waren karg. Sie hätten sich auch bis 1945 niemals auswirken können, da ja keine Kindergeneration bis dahin die Schlachtfelder als Rekruten hätte betreten können. Es wurden auch gar keine Maßnahmen unternommen, die schwach abgestützten Ergebnisse in einer breit angelegten Mütter-Lehrkampagne umzusetzen. Es war Grundlagenforschung.

Nach Abbau des Militärapparats 1946 blieb nur eine Sockel-Abteilung von 3 Wissenschaftlern an dieser Fragestellung haften. Bis 1972 war sie auf 16 Mann angewachsen. Es existiert eine Publikationsreihe. Jetzt wurden in einem Massenversuch 6 800 Volksschulen des Mittelwestens mit Mütter-Lehrgängen beschickt, die eine »kindgerechte« Erziehung, insbesondere unmittelbar nach der Geburt bis zum Alter von 9 Jahren, mit der Maßgabe propagierten, **daß bei spezifischer Ich-Verkürzung aus dem Kind ausgegliederte Energien dazu dienen, daß dieses Erziehungsmaterial im Fall seines späteren Soldatseins auch unter extremer Kampfanspannung überhaupt nicht im militärischen Sinne versagt.** Praktisch sollen die Mütter die Kinder bezaubern und anschließend in Form eines Härtetrainings aus Liebe quälen. Bisher wurden 2,3 Millionen Mütter erreicht, wenn auch nicht alle überzeugt wurden.

Im Haushaltsvorschlag für das Rechnungsjahr 1974 sind 12 neue Planstellen für die Abteilung vorgesehen. Diese Stellen sind jedoch aus Gründen des Haushaltsausgleichs mit einem Sperrvermerk versehen worden. Winnie Dexter versucht, durch Intensivgespräche mit Senatoren des Streitkräfte-Ausschusses eine Wende zu erzielen. Es ist von großer Wichtigkeit, für den Fall, daß die USA einmal um ihren Bestand kämpfen, daß Vorsorge getroffen wird, US-Nachkommen zu entwickeln, die unter extremer Frontbelastung nicht zusammenbrechen. Der Bestand der Nation, ihre Expansion und ihre Einheit hängen unter Umständen mehr hiervon ab als von der Entwicklung verbesserter technischer Waffen, die im Ernstfall dann sicher völlig veraltet wären. Anderseits hat es durchaus einen Sinn, Altwaffen massenhaft in Kalifornien in rasch angelegten Lagerstätten zu deponieren, da diese Waffen für den Fall der Ausschaltung der Waffen-Entwicklungsspitze im Kriegsfall für heranproduzierte »entschiedene Überlebenskämpfer« – diese Qualität wird in der Kinderzeit geschaffen – den Rückgriff ermöglichen. Die meisten Senatoren, mit denen W. Dexter sprach, hatten keine Zeit, empfanden ihn als quengelig, hörten zu, weil dies die rascheste Art schien, ihn abzufertigen.

»Das Zeitgefühl der Rache«

1.

Baronin Mucki, eine Wertanlage. Sie ist als Prostituierte eine spezialisierte Fachkraft. Jetzt ist sie 22 Jahre alt, mit 38 Jahren wird sie verbraucht sein. Was dann folgt, ist entweder ein Lotterleben, führt zur Katastrophe, oder aber sie geht freiwillig in Pension. Ihre Zuhälter Tigges und Herrchenröther stellen ihr das unverblümt vor Augen.

Als Wertanlage hat Mucki Schäfer ihre Manager 118 000 Mark Abstand bei Erwerb gekostet, hiervon 32 000 (d. h. der Wert eines Luxus-Kraftwagens Lotus Europa Special) Anzahlung. Um rentabel zu sein, muß Frl. Schäfer zwischen ihrem Alter von 22 Jahren und ihrem Alter von 38 Jahren 58 400 Kunden abfertigen. Dies brächte theoretisch, wenn sie abzüglich ihrer *Selbstbehalte* auf den Bruttopreis 100 DM für jeden Kunden an Tigges und Herrchenröther ablieferte, 5 840 000 DM. Es gehen aber noch pro Jahr 30 Tage für Urlaub, Sonntage oder Erholung ab. Wird sie krank, werden die Ausfalltage auf die 30-Tage-Pauschale für Erholung angerechnet (Tigges erklärt, wieso Gesundwerden Erholung ist). Dies bedeutet: 16 Jahre mal 30 Tage mal 10 Kunden à 100 DM ist gleich 480 000 DM. Verbleiben 5 360 000 DM Rückflüsse.

Es ist immer zu wenig Zeit für richtige Arbeit am Kunden, obwohl doch insgesamt 16 Jahre zur Verfügung stehen.

Mucki Schäfer hat einen Hirtenhund. Den Hund streicheln, ihm etwas zu fressen geben, ihn einmal kurz angucken (alles dies setzt bereits voraus, daß Tigges ihn Gassi führt, und nicht Mucki) bedeutet über 16 Jahre hochgerechnet, denn falls er stirbt, besorgt Mucki sich einen neuen, einen Verlust von 600 000 DM. Herrchenröther legt Hundegift aus, in der Hoffnung, daß der Tod des Hundes Mucki so leid tut, daß sie auf Neuanschaffung eines Hundes verzichtet. Wird von Mucki überführt. Sie weiß aber keine Strafen.

Mucki besitzt eine Schwarze Kasse, in die sie kleine Geldsummen abzweigt.

Das System der Strafen, wenn Mucki nicht pariert, insbesondere sich nicht an die Zeiten hält. Die Strafen beruhen darauf, daß Grundlage von Muckis Beruf Vorstellungsvermögen ist. Daher hat sie eine Begabung für Angst. Also sind Strafen: Badezimmer-Verbot, die Gefahr, einem Verrückten oder einem Dilettanten ausgeliefert zu werden.

Hitzewelle. Gegen Abend Hauptstoßzeit. Zwei Amateusen, Kellnerinnen in dem Lokal, in dem Mucki hauptsächlich verkehrt, springen ein. Mucki Schäfers früherer Herr, von dem Tigges und Herrchenröther sie gekauft haben, hieß *Abführgesicht*, jetzt schon lange tot. Von ihm hat sie ein Kind, das im Internat in der Nähe der Edertal-Sperre untergebracht ist. Es soll vom schmählichen Beruf der Mutter niemals etwas erfahren, ein besseres Leben führen. Schärfstes Druckmittel ihrer Manager: die Drohung, der Schulleitung Meldung über Muckis Tun zu machen.

2.
In dem Verkehrslokal Muckis ist der Kellner Max erkrankt, ein junger, mandeläugiger Ausländer. Er liegt in der ihm vom Wirt gestellten Dachkammer. Seinen Arbeitsplatz nimmt ein Ersatzmann ein, so muß Max seine Bleibe räumen. Suche nach einem neuen Platz, praktisch nach Zeit, wo er seine schwere Hirngrippe ausheilen kann. Von einer der Kellnerinnen benachrichtigt, nimmt Mucki sich der Sache an, sucht mit Max irgendein Plätzchen, an dem Ruhe ist für die Krankheit. Sie hat sich angesteckt, legt sich gleich dazu. Es ist eine schöne Woche mit diesem vor Krankheit tappsigen jungen Liebhaber. Ein solcher Privatmoment bringt alles durcheinander.

3.
Tigges und Herrchenröther suchen bereits seit 7 Tagen ihr verschwundenes Wertobjekt Mucki. Deshalb scheiden auch alle Verstecke für Max aus, die in Muckis Verfügungsbereich standen. Jetzt werden Mucki und Max gefunden. Der genesene Max wird krank geschlagen. Es geht aber Tigges um mehr: Generalprävention. Max wird gefangengehalten und soll weiter gequält werden – zur Abschreckung. Das Zuhälterwesen steht der Justiz nicht nach (»was die können, können wir auch«). Auch Mucki sieht der Bestrafung entgegen: Die Schulleitung wird endgültig benachrichtigt. Mucki Schäfer sieht keinen Ausweg: Sie wendet von Max und sich die Strafe ab, indem sie ihre Schwarze Kasse abliefert. Tigges, der, solange er nicht wußte, wo diese Kasse versteckt ist, Begnadigung zusagte, sieht jetzt Grund für verschärfte Bestrafung: Diese Schwarze Kasse war unzulässig.

4.
Mucki Schäfer wendet sich an Kriminalkommissar Pfuller, der das Vertrauen zahlreicher dieser Frauen besitzt. Sie orientiert ihn über Tigges' und Herrchenröthers Tätigkeit, z.B. ist nicht nur Max, sondern auch eine Kollegin Muckis von ihnen krumm und lahm geschlagen worden, anschließend verstorben. Ziel ist nicht, daß Pfuller eingreift, denn dann erhielte er ja keine weiteren In-

formationen. Daß er es weiß, genügt, eine Art großflächiger Kontrolle und Krisenverhütung zu betreiben.

Aber der ehrgeizige Kriminalrat Kobras, der den konservativen Pfuller für lax hält, nimmt den Fall Pfuller aus der Hand. Er hat Pfullers Gespräche mit Wanze abgehört. Jetzt werden festgenommen: Tigges, Herrchenröther. Max, ohne Arbeitsbewilligung, wird des Landes verwiesen. Mucki Schäfer ist Kobras' Kronzeugin.

»Sicher bin ich nur im Gefängnis.« Mucki begeht Straftaten, um sich ebenfalls einsperren zu lassen. Aber was sie auch tut, Kobras nimmt es nicht zur Kenntnis. Er braucht eine nicht vorbestrafte Kronzeugin. Mucki ist verzweifelt.

5.

Der Gerichtstermin rückt näher. Aus dem Gefängnis verlautet, daß Tigges gedroht habe, Mucki umzubringen, wenn sie gegen ihn aussagt. Mucki will gar nicht gegen ihn aussagen. Sie ist keine Verräterin. Sie verletzt sich die Zunge, um sich zu hindern, im Verhör weich zu werden. Am besten, wenn sie gar nichts sagen kann. An den Verletzungen, die sie sich selbst zugefügt hat, stirbt sie.

6.

Nuttenvater Pfuller hat ein Gedächtnis wie ein Elefant. Es ist gespeist aus seinem Gefühl für Proportionen und Gerechtigkeit. Er arbeitet jahrelang an der Rächung Muckis. Die Zeit der Rache ist kürzer als die Zeit des Kapitulierens, aber länger als fast alle übrigen Zeiträume, allerdings auch kürzer als das Leben eines Baumes oder bestimmter Schildkröten oder Karpfen. Es gelingt Pfuller, den ehrgeizigen Kobras zu stürzen. Kobras wird aus dem Amt entlassen. Allerdings hat sich Pfuller hierzu in Straftaten verwickeln müssen, muß ebenfalls in Pension. Das ist ihm die Rache wert.

(Heft 16)

Eine Deutung der Justiz
»als der jeweilige imperiale Arm«

An der Universität Marburg hält sich, in einem schattigen Studierzimmer mit angeschlossener großräumiger, kühler Wohnung, der Privatdozent Buselmann, ein letzter Schüler von Verfassungs-Schmitt[91]. Buselmanns 28jährige Tochter Dagmar studiert in Frankfurt/Main die Rechts- und Staatswissenschaften, gehört einer Frauengruppe an, Mitglied des SDS. Buselmann wird gefragt, ob er ihr erklären kann, was Justiz ist bzw. bedeutet. Es ist eine hinhaltende Frage, die die Ankunft überbrücken soll, eine peinliche Situation, weil sie in nichts auf den Vater eingestellt ist, dieser aber die Tochter lebhaft erwartet hat, früher sie sich auf solche Rückkünfte gefreut hat; sie will keine Grundsatzfrage aus der Begegnung an der Wohnungstür machen, dem Umherlaufen von zwei einander desorientierenden Menschenwesen, ihr Vater und sie, in der so leeren (d.h. mit Möbeln, abgelegten Erinnerungen vollgestellten) Wohnung. Die Verwirrung soll sich nicht wortlos ausdrücken, sondern durch irgendeine Fangfrage abflachen.

Die Frage konnte Buselmann nicht beantworten, wenigstens nicht im Dialog mit einer aufsässigen Tochter, die nicht bereit war, sich in den Sessel vor seinem Schreibtisch zu setzen, dort wo das Teegeschirr vorbereitet war, Kuchen stand, ablehnte, überhaupt sich mit Kuchen zu beschäftigen, die begehrte Tochter vielmehr auf einem unbequemen Holzstuhl neben der Tür, spöttisch.

Es enthält die Drohung, gleich darauf aufzustehen, ohne den Vater in die Stadt zu eilen, das Alt-Eisen in der einsamen Wohnung zurückzulassen.

---

91 Carl Schmitt, konservativer Rechtstheoretiker der Weimarer Republik; unterscheidet zwischen *absolutem* und *relativem* Verfassungsbegriff im *positiven* Verfassungsbegriff, wobei die eigentliche Substanz der Verfassung verborgen in der Gesellschaft selber liegt und nicht positiv, sondern aus den entschiedensten Abwehrreaktionen dieser Gesellschaft abzulesen ist, also z.B. aus der Rebellion gegen Verfassungsverstöße von ganz oben oder ganz unten. Mitglied des preußischen Herrenhauses. Cheftheoretiker der Präsidialregierungen Brüning, von Papen, von Schleicher. Veröffentlichungen u.a.: *Verfassungslehre*, 1. Aufl., 1928; *Der Hüter der Verfassung*, 1931 (= Reichspräsident Hindenburg); daher der Beiname Verfassungs-Schmitt. Grundlegender Gegner der Rechtstheorien Kelsens.

Buselmann antwortete deshalb: Justiz ist das, was du mit mir eben machst. Wenn du z.B. mir beibringen willst, daß es gleich ist, was ich antworte, es werden doch nur Worte sein. Du stempelst mich zu einem rechten Verschwörer. Du hast die Gerichtsgebäude in Frankfurt/Main, Hammelsgasse oder das Amtsgericht hier vor Augen, denkst: das ist die Justiz. Nun wollte die Tochter einerseits tatsächlich in die Stadt eilen und sich mit einem Mann dort treffen, diesem in dessen Wohnung in die Bahnhofsstraße folgen, erst spätnachts wieder nach Hause zurückkehren usf. Andererseits wollte sie das Schicksal der Mutter, deren Zärtlichkeitsbedürfnis vom Schreibtisch-Vater bis zur Scheidung nicht beachtet worden war, rächen. Und außerdem noch die Ermordung der Urmütter. Sie zögerte.

Dieses Zögern, seine einzige Chance, sah der alte Justizknecht auch. Sein Vorteil war, daß er sich unter der provokativ gestellten Frage Dagmars Bilder vorstellen konnte. Kennst du die Gnome von Zürich? sagt er (Bankhäuser, die altenglischen Besitz durch Manipulation des Pfundes expropriieren, Kolonialerwerb umverteilen, ohne Richter zu bemühen); er erzählt ausgewählte Taten der US-Präsidenten Th. Roosevelt[92], Wilson, Franklin D. Roosevelt, Truman usf. . . . Er brauchte beutereichen Grund.

> »Wundertier heiße ich,
> gewandert bin ich,
> ein mutterloser Mann.«

Es war Glatteis. »Wenn er sie belehrte«, d. h. gebildet, »wissenschaftlich« oder zu lange auf sie einredete, wurde sie aufsässig. Machte er aber hochmanipulative Pausen, »beteiligte« er sie, und war diese Kolonialmethode zu auffällig, wurde Dagmar aufständisch.

Er brauchte aber eine Grundlage von Beispielen, wenn er den Justizbegriff, um die Tochter zu interessieren, im imperialistischen oder kolonialistischen Erfahrungsbereich »festmachen« und anschließend »flüssig machen« wollte. Dazu

92 Von diesem Präsidenten, der auf Rössern, als Oberst einer Reitertruppe, der hard-riders, Cuba den Spaniern wegnahm und dort ein Handelsregime errichtete. Von seinem Vornamen stammt der Name der Teddybären. Ein Bär sah den Jäger Roosevelt, als dieser in die Hüte trat, in der der Grizzly sich aufhielt, auf eine bestimmte »menschliche« Weise an (die Geschichte ist ideologisch insofern, als Bären überhaupt keine Mimik haben, also nicht menschlich jemand ansehen können), gleich darauf erschoß der Jäger das unmenschliche Wesen. Ein Geschäftsmann schenkte ihm eine Nachbildung dieses vertrauenerweckend blickenden Bären. Das Fell des geschenkten Bären war durch einen Kunstfehler beim Färben hellgelb geraten (oder der betreffende Wollstoff, der das Fell imitierte, reagierte auf Gerberfarben anders als wirkliche Felle). Dieses Geschenk erhielt Kinderpopularität weltweit durch einen anderen Geschäftsmann, der die Produktion vertrauenerweckend blickender Bären auf den Britischen Inseln aufnahm.

mußte er den Justizbegriff weghaben vom Bild eines »Normengebäudes« oder eines »in äußerliche Häuser oder Justizpaläste verpackten Geschäftsbetriebs von Justizanstalten und Gerichten« – nämlich Justiz ist, sagte er, Realitätsentzug. Die Tochter rückte näher an den Schreibtisch. Ich nehme, erläutert Buselmann, dem angeklagten Offizier die Hosenträger, dem politischen Schriftsteller nehme ich die Schreibemittel und sämtliche Kontakte, überhaupt jedem (nicht nur den ich einsperre) nehme ich die Sinne weg, z. B. Schule, ich umzäune die Fabriken, stelle den Werkschutz an die Tore, organisiere Geheimbereiche, aber den Kopf fülle ich durch Hoffnung auf den Arbeitsvertrag und seine Verbesserung, so nehme ich die Aussichten weg, und die Zeit teile ich ein, in feste Mahlzeiten ..., dir fülle ich mit Bildern und Beispielen die Phantasie aus, indem *ich* rede.[93]

Erfunden ist aber »das Recht« (= Themis, Irene, Dike) durch die Matriarchin Gudrun, die den Untergang ihres Reiches rächen muß.[94] Ich muß Recht ha-

---

93 Hätte der Vater gesagt: Justiz ist Gestaltung der Welt von oben, oder sie sei »Verfaßtheit« der Welt oder Justiz sei »jedem das Seine« als Prinzip, erzwungen, oder: sie sei das Schwert »des gemeinsamen Ausschußes der Herrschaftsinteressen«, dann hätte Dagmar ihn wegen der Phrasen ausgelacht, hätte er aber angefangen aufzuzählen: Justiz in der Periode des Römischen Imperiums, antijustizliche Haltung der Germanen, Justiz der Goten und Franken, feudalistische Justiz, Femegericht usf. bis zur Jetztzeit, hätte sie sich gelangweilt, hätte er aber gesagt: es gibt immer das »alte Recht«, z.B. das der Ackerbauern am Boden, den sie selber gerodet haben und bearbeiten (B. Traven, Rebellion der Gehenkten, Hinweise im Sachsenspiegel, Recht der Bauernkriege usf.), und dieses alte Recht müssen arbeitende Menschen um jeden Preis durch ihren Rechtsglauben erhalten, da sie für dieses Recht überhaupt nur arbeiten und kämpfen, es ist ihr Produktionsrecht – und es gibt das »neue Recht«, das die eindringenden Römer, die römisch-rechtlich geschulten Hofjuristen der Reformationszeit und nunmehr die Rechts- und Formularabteilungen der großen Industrien von oben über die Gesellschaft wölben, und das lebt zwar von der Hoffnung der Massen auf ihr altes Recht, ist aber die konsequente und gewaltsame Zerstörung dieses Rechts, so hätte Dagmar zwar hingehört auf die Stichworte Bauernkriege, Massen, alt, neu, Vernichtungsrecht, Produktion, Distribution, Rechtsbörse usf., aber sie hätte gesagt: das ist typisch deine miese Haltung, unparteiisch betrachtend, immer zwei Seiten, die ineinander verwickelt sind, und die Sehnsucht nach dem alten Recht »ist geschenkt« (hat Alibi-Funktion, ist melancholisch, Tristesse, nicht gesagt hätte sie: »Sehnsucht nach mir«). Was weißt denn du von den Massen, hier am Schreibtisch? Wo stehst du überhaupt? Welche Partei ergreifst du? Oder sie hätte gesagt: Das alles liegt gedruckt bereits vor. Damit wäre sie fortgegangen.

»In ihrer Bewegung auf Wahrheit hin bedürfen die Kunstgriffe des Begriffs, d.h. der Griffigkeit, die sie um ihrer Wahrheit willen von sich fernhalten.« (Ein Wortspiel Buselmanns über Zeilen 8-10, S. 201, Th. W. Adorno, *Gesammelte Schriften* 7, Frankfurt/Main 1970: Mimesis ans Tödliche und Versöhnung, Methexis am Finsteren.) Solange er *zersetzte*, gelang ihr ein Gefühl.

94 »Gold vergab da / die glänzende Weiße / rote Ringe; / die Recken beschenkte sie. / Das Schicksal ließ sie wachsen / und die Schätze wandern ...«; »Drei Königen / verkündete

ben, sagt Buselmann, um Gewalt so einzusetzen, daß die Schiffsführer den Kampf freiwillig, d. h. unter Einsatz ihrer letzten zurückgehaltenen Reserven, aufnehmen.[95] Das ist nur mein Recht, wenn es ihres ist. Das aber lernen von Gudrun die Brüder.

Sie konnten bis dahin Gewalt nie vollständig, d. h. einschließlich der in den Köpfen und Körpern zurückgehaltenen Reserven, anwenden. Jetzt nehmen sie der Schwester nicht nur das Reich, sondern auch das Recht, indem sie es nachahmen und Gewalt so aufrichten, als wäre sie Recht. Wie es die US-Präsidenten tun, fügt Dagmar gehorsam ein, wenn sie Moral und »Handelsverkehr« (jus cosmopoliticum) in die Herzen bomben. Buselmann: Von da an Justiz als der Machtarm der Imperien. Flott ging das Buselmann von der Zunge.

Als geübte Tochter war sie gewohnt, intelligente Fragen zu stellen, sich auszuzeichnen, nachzubohren und dadurch die Zärtlichkeiten Buselmanns auf sich zu ziehen. Sie merkte wohl, daß sie in den Zeiten zurückschritt, als zwölfjährige Eingeborene saß sie da, beim Kolonialherrn beliebt. Aber die Tageszeit schritt fort. Sie macht jetzt Abendbrot. Der Mann im Café, auf dem Marburger Markt wartend, war vertan, der alte Privatdozent platzte vor Hochmut. War aber so vorsichtig, wie er vermochte. Für solche Momente wollte er gern bis ans Ende seiner Tage marxistische Texte erlernen, in denen er sich, mit der Flut der Bilder, die er aus Zusehen beim Verlauf der dreißiger und vierziger Jahre usf. zur Verfügung hatte, ganz passabel ausdrücken konnte. Die Tochter blieb.

sie / Todesschicksal / eh die Tapfere starb . . .«; »Die eure Schwester war / Schwanhild geheißen / die . . . Rosse zerstampften / helle und dunkle / graue, gangschnelle / gotische Hengte / bin einsam geworden . . .« Spielt an auf die Zerreißung von Gudruns Tochter, die dem Gotenkönig zur Ehe gegeben ist und von vier Rossen in die vier Himmelsrichtungen gerissen wird. Auch diese muß gerächt werden. (Das alte Hamdirlied, Edda, übertragen von Felix Genzmer, Bd. 1, Köln 1963, Verse 2, 3.)

95 Altes Hamdirlied, a.a.O., Vers 13: »Sie verheißen mehr / als sie halten können: / sollen zwei Männer / zehnhundert Goten / binden oder töten?«; ». . . sie fanden den Unheilsweg / den windkalten Wolfsbaum / im Westen der Burg: / Am Galgen schwebte / der Schwester Stiefsohn, / der Leichnam schwankte –«; ». . . sieh deine Füße, / sieh deine Hände, / Herrscher, geworfen/ins heiße Feuer!«
Das grönländische Atlilied, a.a.O., S. 77, Vers 27 und 28: »Frauen sah ich, tote, / im Finstern herkommen, / ärmlich angetan, / dich abzuholen«; »Zu spät zum Gespräch ist's: / versprochen ist's also, / die Fahrt ist befohlen; / ich entflieh nicht dem Schicksal. / So könnte es kommen, / daß wir kurzlebig wären.«

Festung Justiz

Die Hitzeglocke, die über Frankfurt liegt, hat in den ganz frühen Morgenstunden das historische Aussehen eines Sommertages, der über der Arktis, den Feldern von Niedersachsen oder den Mainfurten vom Jahre 803 n.Chr. ein Hoch bildet; »am späten Nachmittag werden dann am Horizont Sommerwolken stehen«. Über der Frankfurter Zone aber hat sich schon bis gegen acht Uhr früh ein wasserhaltiger Schleier vor die Bläue gelegt; die Stadt hat ihn ausgeschwitzt oder das mit Häusern und Zweckbauten bedschungelte Rhein-Main-Gebiet mit seinen zahllosen Wässern. Wie ein Treibhausdach. Ein Beispiel für geschlossene Kommunikation (bei jedem Wetter) ist dagegen die Justiz. Sie befindet sich im Verteidigungszustand. In den Büschen zwischen den Justizvierecken an der Hammelsgasse sowie dem Neubau der Staatsanwaltschaft (mit den Aquariumsfenstern) sind Beamtengruppen aufgestellt. Sie tragen statt der Uniformhosen feldmarschmäßige Überhosen. Die Reserven (der Schleier-Sonne entzogen) im neonbeleuchteten Schatten der Eingänge und Treppen von Gebäudekomplex II. Die Jalousien der Justizgebäude sind herabgelassen. Es entsteht so innerhalb der Anlage, in den Geschäftsstellen und Richterzimmern ein abgeschottetes Kunstklima, das es nirgendwo auf Erden sonst im Sommer oder Winter gibt.
In den JVAs I (Männer) und III (Frauenstrafanstalt Preungesheim) haben Kräfte des Landeskriminalamtes die Zugangskontrollen besetzt. JVA III, von Außenmauern abgeriegelt, ist ein traditioneller Backsteinbau, dessen Öffnungen aus mattiertem Glas ungeschützt sind. Sie geben dem Zellenbau und den Gängen des Verwaltungstrakts ein Dämmerlicht. Dagegen verfügt JVA I nur über Kunstlicht sowie Öffnungen zum weißlichen Himmel hin, die also einen Streifen krasser Blendung von oben, den Blick auf *Nichts* freihalten.

[Schreck in der Abendstunde] Der Schlauch eingedickter Luft über Stadt und Vorortzone wird an den Rändern von den Taunuswäldern herab lediglich etwas ausgefranst. Ein Autokorso fährt die Homburger Landstraße herauf. Megaphone auf den Fahrzeugen montiert. Vier in U-Haft in JVA III einsitzende politische U-Gefangene sollen es hören. Sie sind sofort freizulassen, die für die Festnahme verantwortlichen Behördenchefs, z.B. der Polizeipräsident, dagegen sollen statt ihrer in die Anstalt eingewiesen werden.

> »Gisela raus,
> Müller rein.«

Zivilfahnder – sie spielen die Rolle von »Nachbarn« – notieren die Nummern der Korsofahrzeuge. Sie zählen sie »negativ«, d.h., sie zählen die zahlenmäßige Schwäche dieser Gruppierung, gemessen an der Gesamtzahl von Fahrzeugen, die Frankfurts Straßen täglich befahren. Für den Fahnder Ferdi Quecke ist die Zahl von 46 Fahrzeugen (für das Auge immerhin eine täuschend stattliche Gruppe) kein befriedigendes Resultat. Es sind zu wenige, um seine Arbeit (die seiner Planstelle) im gesellschaftlichen Sinne wichtig zu machen. Was wäre, wenn es z.B. 7250 Fahrzeuge wären? Dann wäre seine Berufsausübung ein gefährlicher Job.

[**Versuch, telefonisch in die Festung vorzudringen**] Es ist zu dieser späten Abendstunde nicht möglich, telefonisch zur Gefängnisdirektorin oder irgendeiner anderen bevollmächtigten Person in der Anstalt durchzudringen. Wer ist am Apparat? Der Beamte vom Landeskriminalamt ist im Telefondienst noch nicht eingespielt. Er muß mitschreiben. Das Telefon ist »das beliebteste Mittel von Terroristen, Nachrichten durchzugeben oder abzuzapfen«. Hier kann das kleinste verräterische Reagieren in der Stimme des Telefonisten, z.B. Zeigen von Überraschung, dem anonymen Anrufer eine Information bieten. Die telefonisch gemeldeten Namen sind meist vorgeschoben. Es lohnt sich kaum, sie aufzuschreiben. Jeder ist in der Lage, sich unter dem Namen des Staatssekretärs, den er aus der Zeitung kennt, zu melden. Trotzdem werden die Anrufer mit ihren angeblichen Namen in Listen notiert.
Es ist hier niemand mehr, antwortet der Beamte in die Muschel. Das »mehr« ist eigentlich schon zuviel. Er macht sich Vorwürfe. Es bedeutet ja, daß zuvor jemand hier war. Überhaupt niemand? Da werden doch wohl noch ein paar Gefangene anwesend sein? Und die ziehen Aufsichtspersonal nach. Die können Sie nicht sprechen, will der Beamte sagen, aber das ist vielleicht schon zuviel Hinweis, da hieraus auf eine Sicherungsmaßnahme, nämlich Telefonsperre, geschlossen werden könnte. Hier ist keiner, beharrt deshalb der Beamte. Mit wem spreche ich denn? Das kann ich Ihnen am Telefon nicht mitteilen.

[**Gegner, schwer zu greifen**] In der Nacht zuvor wurde ein Tonbandgerät dicht an der Gefängnismauer der Justizvollzugsanstalt III abgestellt, das Trostbotschaften an die Einsitzenden durchgab. Nach Ansicht der Anstaltsleitung war das nicht so aufregend, weil die Botschaft von den Gefangenen nicht gehört wurde, »da diese nachts schlafen«. Ganz anderer Ansicht sind die Beamten der Untersuchungsgruppe, die den Vorfall aufzuklären haben. Die Spurensicherung ergibt, daß die ersten zehn Minuten des Bandes nicht bespielt sind. Dies zeigt »eine intensive kriminelle Energie«, da die Täter diesen Leerlaufzeitraum benutzten, um ihr Entkommen zu sichern. Es bedeutet aber noch längst nicht, daß sich die Täter in einem Radius, der – zu Fuß oder mit schnellem Fahrzeug – in zehn Minuten von der Anstaltsmauer aus zu erreichen wäre, noch befinden. Die schwirrten irgendwo in der Stadt, unter Umständen jenseits des Flusses, oder in anderen Städten umher.

[Der Druck der Erkenntnis]
– Finden Sie nicht, Herr Staatssekretär, daß die Isolation im Fall Berzel etwas voreilig war? Die Untersuchungsgefangene erhielt dann im Wege des Strafbefehls eine Geldstrafe. Eine Geldstrafe für Staatsgefährdung?
– Darin kann ich Ihnen nicht zustimmen. Das Ministerium ist kein Wahrsager. Wie sollen wir die Urteile des unabhängigen Gerichts voraussagen?
– Sie haben sie ja durch Isolationshaft im Fall Berzel bevorschußt. Nur kam dann bloß eine Geldstrafe heraus.
– Es lagen *Erkenntnisse* der Staatsschutzbehörden vor.
– In einem Bagatellfall?
– Woher weiß man, was eine Bagatelle ist?

Der Rundfunkmann hielt dem Staatssekretär vor: Im Fall Strecker – *Erkenntnisse*, daher Isolation, der Untersuchungsgefangene wurde aber vom Gericht auf freien Fuß gesetzt; im Fall Ickler – Isolation, die Untersuchungsgefangene wurde vom Untersuchungsrichter auf freien Fuß gesetzt.

– Wie kommt Ihre Rundfunkanstalt auf den Ausdruck: Isolation?
– Wie kommen Sie eigentlich, Herr Staatssekretär, auf den Ausdruck Erkenntnisse?
– Das sind die Mitteilungen der Staats-Sicherheitsbehörden.
– Und wenn die nun nicht stimmen?
– Es sind »Erkenntnisse«, d. h. Eintragungen auf Blatt soundsoviel der Akte. Daran können Sie und wir nicht vorbei.
– Auch nicht aus besserer Erkenntnis?
– Nein. Es ist ein Vorgang.

[Vorgang]   Frankfurt (Main)-Preungesheim,
                                             den 21. Februar 1944
Betrifft: Beschaffung von Strängen zur Vollstreckung von Todesurteilen; Ohne
          Vorgang
An den
Herrn Generalstaatsanwalt
in Frankfurt am Main

Zur Vollstreckung der Todesstrafe durch Erhängen sind die erforderlichen
Stränge noch nicht beschafft worden. Die Arbeitsverwaltung des Zuchthauses
in Brandenburg (Havel)-Görden hat auf Anfrage mitgeteilt, daß die Anfertigung der Stränge ohne die Genehmigung des Reichsjustizministeriums – Zen-
tralbeschaffungsamt der Justizvollzugsanstalten – Berlin W 8, Wilhelmstraße
65, vorgenommen werden darf.

Ich bitte die Genehmigung erwirken zu wollen.
Benötigt werden je 6 Stränge à 55 und 65 cm lang
                                             In Vertretung
                                             gez. Unterschrift
                                             Verwaltungsinspektor[96]

[Der Regierungsmedizinalrat   8. 1. 1943
des Strafgefängnisses und
Frauenjugendgefängnisses
Ffm.-Preungesheim]

Eindrücke und Beobachtungen bei der Tötung des Jumel, Marceau, durch den
Strang am 7. 1. 1943 abends 19 Uhr:
Dem Anschein nach war das Gehirn sofort ausgeschaltet. Die Beobachtung
der Herztätigkeit ergab verschiedene Werte; nach anfänglich auftretender Verlangsamung des Herzschlags bis auf 50 i. d. M., die etwa drei Minuten an-
dauerte, wechselte diese in eine erhebliche Beschleunigung (120 bis 130
i. d. M.), die dann bis 10 Minuten nach erfolgtem Erhängen bestehen blieb;
erst dann setzte ein immer Langsamer- und Leiserwerden des Herzschlags ein,
bis etwa zwischen 16. und 17. Minute das letzte Mal Herztöne gehört wurden.

                                             i. V.
                                             gez. Unterschrift

96 Dok.: A. Schmid, Frankfurt im Feuersturm, Frankfurt/M. 1965.

Eine Aufseherin in Preungesheim

»Es war im Jahre 1942. In der Männer-Strafanstalt Frankfurt-Preungesheim befand sich eine Hinrichtungsstätte. Hier wurden auch die Todesurteile an Frauen vollstreckt.

Eines Morgens bei Dienstantritt wurde mir der Befehl erteilt, mich für eine Nachtwache bei einer weiblichen Gefangenen im Männerbau bereitzuhalten.

Dienstantritt 19 Uhr. Um 20 Uhr erschien der Staatsanwalt mit seinem Gefolge. Ich mußte die Gefangene vorführen.

›Im Namen des Volkes‹ wurde das Urteil verlesen, mit den Worten schließend: ›Das Urteil wird morgen früh 5 Uhr 30 vollstreckt.‹ Hier traf es eine Frau, 40 Jahre alt. Langsamen Schrittes ging sie vor mir her in die Zelle zurück. Hier setzte sie sich auf den kleinen Tisch und sah vor sich hin.

Ich wollte den Druck dieser Atmosphäre unterbrechen und schälte eine Apfelsine. Mit Zureden konnte ich die Gefangene dazu bewegen, einige Stückchen anzunehmen.

So nahm sie auch meinen Rat an, sich noch eine Weile auf die Pritsche zu legen. – Der Anstaltsgeistliche kam.

Ich stellte das Kreuz auf den Tisch und zündete die Kerzen an. Es war 3 Uhr früh.

Die Verurteilte schien ›gelöst und ruhig zu sein‹. Im Bereich der Möglichkeiten wollte ich ihr eine letzte Bitte erfüllen. Sie bat sich einen Krug frisches Wasser aus. ›Ich möchte mich noch einmal mit kaltem Wasser waschen, wie ich es oft getan!‹

Ich beobachtete, wie sie das Wasser mit den Händen schöpfte, das Gesicht benetzte, es über den Oberkörper rieseln ließ. Der Körper war gepflegt, die Kleidung einfach und sauber. Als die Gefängnisuhr 5 schlug, hörte man draußen Männerstimmen. Die Oberbekleidung wird mit dem kragenlosen Hinrichtungshemd vertauscht.

Männer kamen, legten ihr Fesseln an und führten sie über den Hof. Als die Tür zuschlug, stand ich bei dem Pfarrer auf der Treppe. Fünf Minuten später wurde ein kleiner brauner Sarg herausgetragen. ›29,5 Sekunden‹, rief ein Beamter mir zu – ›behalten Sie diese Zahl‹.

gez. Unterschrift.«

Die Befähigung zum Richteramt, I / S. 327 ←

(Heft 17)

Warten auf bessere Zeiten

Die Richterin hatte die Akte nicht ohne Genuß und mit viel Idealismus gelesen: Sie konnte nicht davon absehen, daß sie ebenfalls ein Mensch mit erotischem Interesse war. Das wurde hier angeregt. Gleichzeitig hatte sie schon während ihres Studiums eine Protesthaltung gegen ihre derzeitige strafrichterliche Funktion entwickelt. Sie hatte *Sittlichkeit und Kriminalität* von Karl Kraus gelesen, überdies (wenn nicht das schon die Entscheidungsgründe in diesem Fall trug) eine »Schwäche« für die Arbeiterklasse.

Nun war dies hier nicht ein Industriearbeiter, der die Maschinen wirklich mit seinen Händen anfaßte, vielmehr ein Lagerverwalter in einem mittleren Betrieb, der Schrauben auszugeben hatte. Er mußte sortieren, vorgelegte Bestellzettel prüfen usw.

Natürlich hatte sie auch gelernt, daß es ohne Disziplin im Justizdienst nicht geht, d. h., sie war sich schon darüber bewußt, daß sie StPO und materielles Strafrecht anzuwenden hatte, und auch schon im Interesse des Angeschuldigten, da sonst die Oberinstanz das Urteil aufhob. »Idealisieren« war also geteilt in zwei: den Willen, dem guten Mann zu helfen (bis zum Exzeß), aber auch die Kenntnisse und »Richtigkeit des Rechts« (AN = »Anspruchsniveau«), also wie eine gute Ärztin zu verfahren.

Der Angeschuldigte wurde hereingebracht. Es war hier nicht die Atmosphäre einer Kantine oder einer Ecke im Bürogang, wo man ungestört mit den Kollegen reden kann.

Die Richterin hatte lange blonde Haare, große aufgeregte Blauaugen, ihr Mund war von seinem rechten Sitz um einige Zentimeter verrückt, man hätte ihn nach unten biegen müssen auf Kosten des problematischen Kinns, um ein »normales« Gesicht zu haben. Etwas an der Gesamtsituation in diesem dunkel getäfelten Saal war unstimmig: Sitzungsvertreter der Staatsanwaltschaft, die Schöffen, Protokollführerin, ein Justizwachtmeister, die Anwältin. Einige dieser Personen hatten auf Grund der Aktenlage ein stark projektives Urteil über die Sache, die jetzt neun bis zwölf Monate zurücklag und dem Angeschuldigten noch *unwirklicher* erschien als dieses Zeremoniell. Er hätte gern eine Tasse Kaffee gehabt.

RICHTERIN: Sie heißen Bertie Schmoller?
SCHMOLLER: Richtig.
RICHTERIN: Geboren?
SCHMOLLER: 21. 02. 1943 in Kaiserslautern.
RICHTERIN: Tätig als?
SCHMOLLER: Mitarbeiter der Firma Baumann.
RICHTERIN: (zur Protokollführerin:) Als Arbeiter.
SCHMOLLER: Lagerist.
RICHTERIN: Ja, das fällt unter die Kategorie Arbeit.
SCHMOLLER: Jawohl.
RICHTERIN: Zur Sache. Wir wollen das nicht so formell machen. Kommen
Sie einmal her zu mir. So, wenn Sie sich setzen wollen. (Zum Justizwacht-
meister:) Holen Sie mal den Stuhl da her.

Schmoller wollte sich nicht setzen, er hätte dann zwischen seinem Kopf und
dem der Juristin 1,20 m Höhenunterschied gehabt, wenn er aber stand – in
Folge seiner langen Oberschenkel –, konnte er fast in ihre Augen sehen, wenn
er etwa 10 % Seitenwinkel berücksichtigte, sein Mund stand dann etwa in
Halshöhe der Richterin, das heißt, seine Augen in Höhe ihres Kinns, das stark
gepudert war.

RICHTERIN: Ich lese Ihnen jetzt die Anklagepunkte vor. Unterbrechen Sie
mich, wenn Sie irgend etwas nicht verstehen. Also: (folgen die Anklagepunkte).

Aus den Hochfenstern war ein Stück blauer Himmel zu sehen, darunter ein
weiteres grün angestrichenes Justizgebäude mit schmalen Fenster.

RICHTERIN: Sie sind am 12. März 1973 bei der Familie Schumann eingezogen
als Untermieter?
SCHMOLLER: Weil das in der Nähe meiner Firma lag.
RICHTERIN: Vorher wohnten Sie in Nieder-Höchstadt?
SCHMOLLER: Richtig.
RICHTERIN: Dies hier zeigt die Skizze der Wohnung. Hier ist Ihr Zimmer.
Richtig?
SCHMOLLER: Richtig.
RICHTERIN: Hieran grenzt die Küche, das Schlafzimmer von Frau Schu-
mann, hier das Zimmer der zwei älteren Töchter, Rita und Recha, 17 und
15 Jahre alt.
SCHMOLLER: Recha hieß Kummerl.

RICHTERIN: Das ist ein Spitzname?

SCHMOLLER: Sie wurde allgemein Kummerl genannt, nicht Recha.

RICHTERIN: Also Recha Schumann, genannt Kummerl. Hier interessiert aber nur, daß sie 15 Jahre alt ist zum Tatzeitpunkt.

SCHMOLLER: Jetzt ist sie 16.

RICHTERIN: Aber zum Tatzeitpunkt 15.

Schmoller schwieg. Ihm war das zu präzise. Er ging von der tatsächlichen Erscheinung dieses Mädchens aus, die nicht auf den Begriff 15 oder 16 zu bringen war. Er meinte seine Position zu verbessern, wenn er sich gegen diese Einteilung auflehnte. Da dieses »jüngere Mädchen« korpulenter war als die ältere Schwester, die sehr schmale Hände, ein kindliches Becken hatte und auf ihren braunen Intelligenzleraugen eine randlose Brille trug, hätte er wetten mögen, daß die beiden Schwestern ihr Alter hätten tauschen können, ohne daß dies die *Wahrheit* verletzt hätte.

RICHTERIN: Was ist nun? Ich habe hier in den Akten die Geburtszeugnisse. Sie wollen wohl das Alter dieser »Kummerl«, wie hier steht: Recha Schumann, nicht leugnen? Oder was?

Schmoller schwieg.

RICHTERIN: Das ist eine Tour, die ich nicht mitmache, Herr Schmoller.

Schmoller zuckte die Achseln, wollte gerne nachgeben. Die Richterin faßte das als »Gummiwand« auf. Sie sagte: Herr Schmoller, das sind Fakten. Sie wurde frech. Aber es war keine Tatsache, daß diese jüngere Schwester wirklich so jung war; das konnte er aus Rechas Reaktionen sehr genau belegen. Schmollers Anwältin (zum Angeklagten): Das Lebensalter ist doch nicht strittig. Das können Sie ruhig zugestehen. Schmoller verneinte.

RICHTERIN: So können wir nicht weitermachen. Ich brauche auch Ihre Zustimmung nicht, da ich das Alter von Amts wegen feststelle.

Schmoller schwieg.

RICHTERIN: Hier auf der Skizze das sogenannte Kinderzimmer, in dem die sogenannte Billie schläft.

SCHMOLLER: Das ist insofern richtig, als das Zimmer dort liegt. Aber es ist kein Kinderzimmer, sondern das normale Mädchenzimmer.

RICHTERIN: Mit 12 Jahren ist sie kein Kind?

SCHMOLLER: Nicht im Sinne von Kinderzimmer. Ein ganz normales Zimmer mit Ausstattung für ein Mädchen.

RICHTERIN: Fahren Sie fort. Hier Billies Zimmer, dort das Wohnzimmer mit einer Couch, hier die Toilette. Um die Toilette zu erreichen, muß man hier und hier vorbei. Richtig?

SCHMOLLER: Ja, so war es.

RICHTERIN: Schildern Sie jetzt einmal Ihren normalen Tagesablauf.

SCHMOLLER: Ich stehe um fünf Uhr früh auf. Frau Schumann brüht mir einen Tee. Ich fahre zum Werk und komme gegen 17.30 wieder zu Hause an, lege mich gegen 20.00 Uhr schlafen.

RICHTERIN: Jetzt erzählen Sie einmal Oktober 1974. Sie legen sich hin, schlafen aber noch nicht.

SCHMOLLER: Doch, ich schlafe sofort.

RICHTERIN: Aber jemand besucht Sie, und Sie wachen wieder auf.

SCHMOLLER: Ich wache wieder auf.

RICHTERIN: Nachdem Sie *wer* geweckt hat?

SCHMOLLER: Geweckt hat mich niemand, sondern ich höre, wie jemand meine Türe öffnet und ins Zimmer schleicht.

RICHTERIN: Also sind Sie jetzt wach geworden.

SCHMOLLER: Nein. Ich habe fest geschlafen.

SITZUNGSVERTRETER DER STAATSANWALTSCHAFT: Entweder haben Sie geschlafen oder Sie haben bemerkt, wie da einer schleicht.

ANWÄLTIN: Was haben Sie exakt gespürt?

Schmoller fühlt sich von drei Seiten umstellt. Er meint, seine Position halten zu müssen, ist aber nicht entspannt.

SCHMOLLER: Ich kann noch gar nichts gespürt haben, da ja zwischen der Schleichenden und mir drei bis vier Meter Raum waren. Registriert habe ich – im Tiefschlaf –, daß sich wer nähert.

RICHTERIN: Und dabei sind Sie aufgewacht?

SCHMOLLER: Wie soll ich wissen, ob ich aufgewacht bin, wenn ich im Tiefschlaf schlafe. Ich hatte zehn Stunden Arbeit hinter mir plus An- und Abfahrt. Ich schlafe fest.

RICHTERIN: Und sind überhaupt nicht aufgewacht?

SCHMOLLER: Praktisch nicht.

RICHTERIN: Und wer war das, der zu Ihnen kam?

SCHMOLLER: Das wußte ich zu diesem Zeitpunkt noch nicht. Es war dunkel.

RICHTERIN: Aber später erfuhren Sie es? Wurde geflüstert?

SITZUNGSVERTRETER DER ANKLAGE: Zumindest zu diesem Zeitpunkt war der Angeklagte wach, das heißt, bei Bewußtsein.

SCHMOLLER: Bei Bewußtsein nicht, auch nicht wach. Aber daß es ein Mensch war, wußte ich.

SITZUNGSVERTRETER DER ANKLAGE: Nahmen Sie in Kauf, daß es auch eine der jüngeren Töchter des Hauses sein konnte?

SCHMOLLER: Ich nahm überhaupt nichts in Kauf. Können Sie sich vielleicht vorstellen, daß ich verblüfft und müde war.

SITZUNGSVERTRETER DER ANKLAGE: Überhaupt nichts denken gibt es nicht. Und wenn Sie sagen »verblüfft«, dann ist das etwas anderes als »im Schlaf«. Sagen Sie, waren Sie »überrascht« oder »elektrisiert«?

SCHMOLLER: Ich war, als sie mich anzufassen begann, nicht wacher als im Schlaf.

RICHTERIN: Aber es wurde geflüstert.

SCHMOLLER: Ja.

RICHTERIN: Und dabei haben Sie festgestellt, wer da war.

SCHMOLLER: Aber es wurde nicht nur geflüstert. Für besondere gedankliche Schaltprozesse war da kein Raum. Natürlich wußte ich nach einer Weile, daß das Rita war, und was sie wollte, konnte ich mir denken.

RICHTERIN: Weil sie ihre Absicht flüsternd bekannte?

SCHMOLLER: Nein.

RICHTERIN: Das ist auch unerheblich, da insoweit kein strafbarer Tatbestand vorliegt. Es kam zum Geschlechtsverkehr?

SCHMOLLER: Ja.

RICHTERIN: Mehrere Male?

SCHMOLLER: Mehrere Male.

RICHTERIN: Auch in den nächsten Tagen?

SCHMOLLER: Jawohl.

RICHTERIN: Wann kamen Sie zum Schlafen?

SCHMOLLER: Rita war nie rücksichtslos.

RICHTERIN: Jetzt haben wir Mitte November des Vorjahres. Eines Abends kam nicht mehr Rita.

SCHMOLLER: Nein, diesmal kam Kummerl. Rita hatte schon davon gesprochen.

RICHTERIN: Also Sie wußten, was da auf Sie zukommt.

SCHMOLLER: Selbstverständlich. Das war vereinbart.

RICHTERIN: Ging das von Ihnen aus?

SCHMOLLER: Nein. Ich war mit Rita sehr zufrieden.

RICHTERIN: Sagen wir, der Aktenübereinstimmung wegen, statt Kummerl Recha Schumann.

SCHMOLLER: Einverstanden.

RICHTERIN: Wenn Sie einverstanden sind: wie ging das nun? Die Tür knarrte?

SCHMOLLER: Die war gut geölt. Jemand schlich herein, und ich führte sie im Dunkeln.

RICHTERIN: Also waren Sie wach?

SCHMOLLER: Diesmal war ich wach. Ich wußte ja, was da auf mich zukommt.

RICHTERIN: Und gingen Sie zu Bett?

SCHMOLLER: Nein. Wir setzten uns auf den Fußboden und haben uns unterhalten.

RICHTERIN: Über was?

SCHMOLLER: Jedenfalls nicht über Sexualität.

RICHTERIN: Und anschließend kam es zum Geschlechtsakt.

SCHMOLLER: Was heißt anschließend? Wir haben uns gestreichelt und im wesentlichen geflüstert. Es war eine gewisse Stimmung da.

RICHTERIN: Aber irgendwann kam es dazu.

SCHMOLLER: Wozu? Recha ist ein erwachsener Mensch. Insofern paßte sie zu mir recht gut.

RICHTERIN: Sie konnten doch aber nicht immer nur reden?

SCHMOLLER: Doch. Immerzu.

RICHTERIN: Aber als das langweilig wurde?

SCHMOLLER: Das wurde überhaupt nicht langweilig.

RICHTERIN: Sie weichen aus. Aus der Aussage der Recha ergibt sich, daß es zu Intimhandlungen kam.

SCHMOLLER: Aber nicht in diesem Augenblick.

SITZUNGSVERTRETER DER ANKLAGE: Wollen Sie sagen, daß Sie sich zunächst wechselseitig wärmten?

SCHMOLLER: Es ergab sich eine gewisse Stimmung.

RICHTERIN: Und dann verloren Sie Ihren Kopf, infolge der Nähe dieses jungen Menschen, seines Duftes . . .

SCHMOLLER: Ich hatte meinen Kopf immer oben.

RICHTERIN: Ich meine nicht, wo Sie örtlich Ihren Kopf hatten, sondern ob Sie plötzlich die Besinnung verloren, hinsanken.

SCHMOLLER: Ich verlor keine Besinnung.

RICHTERIN: Aber jetzt muß doch irgendein Übergang kommen.

SCHMOLLER: Was für ein Übergang?

RICHTERIN: Ich will darauf hinaus, daß es letztendlich dann doch zu einem G. V. kam, das ist doch der springende Punkt, da wir hier keine Novelle schreiben, sondern einen Straftatbestand klären.

SCHMOLLER: Das hatte überhaupt nichts mit einem Straftatbestand zu tun. Das war eine ganz ruhige Szene. Sie legte mal ihre Hand, die wesentlich kräftiger ist als die von Rita, auf meine Oberschenkel, dann nahm sie sie wieder weg, was mir leid tat.

RICHTERIN: Aber wie kamen Sie dann ins Bett?

SCHMOLLER: Irgendwie lagen wir später dann im Bett.

RICHTERIN: Und was haben Sie gemacht oder empfunden, genau bei dem Übergang. Eben sitzen Sie auf dem Fußboden und plaudern, Sie küssen sich . . .

SCHMOLLER: Nein, keine Küsse.

RICHTERIN: Dann umarmen Sie sich aber im Bett mit der Folge eines G. V. Was haben Sie sich dabei gedacht?

SCHMOLLER: Ich habe bestimmt nichts gedacht.

RICHTERIN: Ich meine, wie kommt es zu einem solchen Übergang?

SCHMOLLER: Das ist gar kein Übergang. Das war schon alles perfekt, ehe sie mein Zimmer betrat.

RICHTERIN: Nackt?

SCHMOLLER: Nein, voll angezogen.

RICHTERIN: Wir haben es hier mit Fakten zu tun. Sie müssen sich das einmal übersetzen, wie wir das betrachten. Wir wollen den Vorsatz feststellen.

SCHMOLLER: Ich will Ihnen ja gerne helfen.

RICHTERIN: Wir Ihnen ja auch. Wann kamen Sie zum Einschlafen?

SCHMOLLER: Gegen zwei Uhr.

RICHTERIN: Das ist offenbar eine feste Größe.

SCHMOLLER: Drei Stunden Schlaf sind Minimum.

RICHTERIN: Da spricht Ihr Gewissen.

SCHMOLLER: Ja.

RICHTERIN: Hätten Sie Ihr Gewissen nicht, so wie Sie es hinsichtlich des Gebots hinreichenden Nachtschlafs entwickeln, auch so anspannen können, daß Sie sich über das Lebensalter der Recha hätten Rechenschaft ablegen können?

SCHMOLLER: Das Alter wußte ich ja ungefähr.

RICHTERIN: »Ungefähr«? Heißt das, daß Sie sie auch für 17 hätten halten können?

SCHMOLLER: Das sicher. Sogar zwanzig. Aber ich wußte das Alter durch Rita.

RICHTERIN: Und Sie setzten sich über die Bedenken hinweg?

SCHMOLLER: Für Bedenken war gar keine Gelegenheit. Erst Mitteilung durch Rita, das sah zunächst rein theoretisch aus, also kein Anlaß für Bedenken, dann eine konzentrierte Stimmung, in der man nichts denkt, und dann Fakten, wie Sie es nennen. Anschließend ist es ohnehin geschehen, und es wird nicht strafloser, wenn man Bedenken äußert oder nachgibt und es wiederholt, weil wir ja beide sehr zufrieden waren mit dem Ergebnis.

RICHTERIN: Sie sagen »nachgeben«. Ich unterstelle, daß Sie wußten, daß Sie dieses Mädchen nicht einmal betasten dürfen im erotischen Sinne. Sie haben, wenn Sie »innerlich nachgeben« sagen, einen Gewissensdruck überwinden müssen?

SCHMOLLER: Eigentlich nicht. Ich mußte nicht »nachgeben«, das ist so hingesagt. Ich wollte in die Richtung hin.

RICHTERIN: Ohne Bedenken?

SCHMOLLER: Selbstverständlich ohne Bedenken. Bedenken hätte ich gehabt, wenn ich nicht gewußt hätte, was sie will.

RICHTERIN: Und jetzt haben wir Advent. Eines Abends kommt die zwölfjährige Billie mit.

SCHMOLLER: Ja. Jetzt waren Billie und Recha zusammen.

RICHTERIN: Und Sie haben mit beiden an diesem 5. Dezember 1974 den Geschlechtsverkehr ausgeübt?

SCHMOLLER: Was man darunter versteht.

RICHTERIN: Haben Sie oder haben Sie nicht?

SCHMOLLER: Wie gesagt, wir waren freundschaftlich zusammen.

RICHTERIN: Was heißt das präzise?

SCHMOLLER: Daß da keine Vorbehalte waren – wechselseitig.

RICHTERIN: Vorbehalte inwiefern?

SCHMOLLER: Es war eine gewisse Nähe gegeben.

RICHTERIN: Die dann rasch zum G. V. führte?

SCHMOLLER: Rasch überhaupt nichts.

RICHTERIN: Wußte denn Rita davon?

SCHMOLLER: Selbstverständlich. Am nächsten Abend kam Rita in Begleitung von Billie, die sich das alles ansah.

RICHTERIN: Es bestand keine Eifersucht?

SCHMOLLER: Keineswegs. Wir tauschten ja aus.

RICHTERIN: Und am 5. Dezember übten Sie den G. V. bis zum Samenerguß mit der zwölfjährigen Billie aus?

SCHMOLLER: Und außerdem mit Recha wie gewöhnlich.

RICHTERIN: War das nicht gefährlich?

SCHMOLLER: Sie meinen wegen eines Kindes?

RICHTERIN: Ja. Abgesehen davon die Gefährdung nach den strafrechtlichen Bestimmungen.

SCHMOLLER: Das war nicht gefährlich.

RICHTERIN: Sind Sie sicher?

SCHMOLLER: Ganz sicher. Gefahr war nur wegen der strafrechtlichen Bestimmungen.

RICHTERIN: Und das wußten Sie?

SCHMOLLER: Billie machte mich darauf aufmerksam.

RICHTERIN: Ohne das hätten Sie es nicht gewußt?

SCHMOLLER: Doch, ich hätte es auch so gewußt.

STAATSANWALT: Vorhin haben Sie »Übergang« geleugnet und es so hingestellt, daß das in Sprüngen geht und gerade deshalb kein Platz für einen Vorsatz sei.

SCHMOLLER: Eben weil es ineinander übergeht, und dann ist ein Sprung da.

STAATSANWALT: Das ist doch aber ein Widerspruch. Ich will das nicht zu Ihren Lasten rechnen.

RICHTERIN: Ich bin ganz Ihrer Meinung, Kollege, daß das unklar bleibt.
Aber mich würde schon fesseln, wie man das verbalisiert.

STAATSANWALT: Kollegin, das ist unser Handwerkszeug.

RICHTERIN: Einverstanden. Aber nicht zu Lasten des Angeklagten.

Es kam jetzt hier doch so etwas wie eine veränderte Situation auf. Wenn einer
der Beteiligten belegte Brötchen und einige Tassen Kaffee geholt hätte, wäre
Schmoller geschmolzen und hätte seinerseits die in seinem Kopf (und auch
körperlich, nervlich) »exakt registrierten Übergänge« erzählen können. Vielleicht hätte sich dadurch die Stimmung weiter verdichtet.

RICHTERIN: Sie wurden angezeigt von der Wohnungsinhaberin, der Mutter.

SCHMOLLER: Richtig.

RICHTERIN: Sie leben jetzt mit Frau Schumann zusammen?

SCHMOLLER: Ja. Wir haben uns ausgesprochen.

RICHTERIN: Um es zu verdeutlichen: Sie führen ein Verhältnis mit ihr, also
der Mutter und Anzeigeerstatterin?

SCHMOLLER: Es hat sich ergeben, daß das keine Schwierigkeiten bringt, da
alle Beteiligten sich einig sind.

RICHTERIN: Worin?

SCHMOLLER: Daß ich mit Frau Schumann lebe. Keiner will, daß ich erneut in
die Gefahr komme, bestraft zu werden.

RICHTERIN: Sie meinen, es würde keinem in den Sinn kommen, hier Unsinn
zu machen? Aber wenn die Mädchen jetzt älter werden, und auch Frau
Schumann wird älter – dann gibt es Spannung.

SCHMOLLER: Wenn sämtliche Mädchen über sechzehn sind, geht Sie das
nichts mehr an. Aber Sie stellen sich die Situation falsch vor. Sie müssen
nicht denken, daß man alle Gelegenheiten ausnutzt. Nur manchmal ergibt
sich eine Häufung. Das täuscht ziemlich.

Ich glaube, sagte die Richterin, eine wirkliche Übersicht hat nur der, der sich in der Situation selbst befindet. Sie tastet vor, wie sie den Sitzungsvertreter der Staatsanwaltschaft zu einem Rechtsmittelverzicht zu dem Urteil bestimmen könnte, das sie längst gefaßt hatte: Zwei Monate mit Bewährung. Das schädigte Schmoller nicht und wurde im Register bald gelöscht. Sie war diesem Arbeiter dankbar für einen lehrreichen Vormittag. An sich hätte sie ihn belohnen müssen, aber Urteile mit Zuwendungscharakter lagen nicht in ihrer Vollmacht. Wenn sie ihn (und vielleicht den nicht unsensiblen Sitzungsvertreter) in die Kantine des Justizgebäudes zu einem Imbiß eingeladen hätte, wäre das als unstandesgemäß empfunden worden. Sie konnte sich nur »inadäquat« ausdrücken oder unterlassen. Das machte ihre Miene schief.

Schließung der Akten

Friedrichs war klein, massiv, fett, rosaweißes Gesicht, Fülle kalkweißer Haare am Hinterkopf, kalte stechende Augen. Ehrgeizig, ohne klug zu sein. Er hatte Erfolge, weil er sich Müfflers Kopf bediente und das Verdienst für sich in Anspruch nahm.

Sein Dienst-Telefon wurde seit einiger Zeit vom eigenen Hause abgehört, da die höhere Polizeiführung Hinweisen nachging, daß das Präsidium undichte Stellen hätte. Mit der Untersuchung war Bezirkskommissar Brühl beauftragt.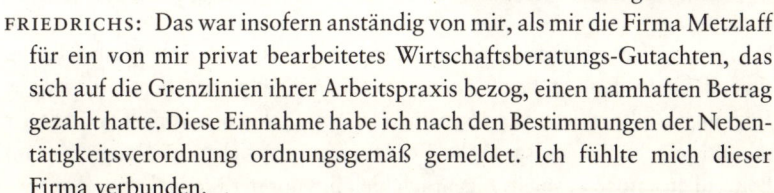

UNTERSUCHUNGSFÜHRER BRÜHL: Sie haben dem Prokuristen der Firma Metzlaff Blatt 69/71 der Ermittlungsakten telefonisch durchgegeben. Ist das richtig?

FRIEDRICHS: Richtig.

UNTERSUCHUNGSFÜHRER BRÜHL: Was haben Sie sich dabei gedacht?

FRIEDRICHS: Das war insofern anständig von mir, als mir die Firma Metzlaff für ein von mir privat bearbeitetes Wirtschaftsberatungs-Gutachten, das sich auf die Grenzlinien ihrer Arbeitspraxis bezog, einen namhaften Betrag gezahlt hatte. Diese Einnahme habe ich nach den Bestimmungen der Nebentätigkeitsverordnung ordnungsgemäß gemeldet. Ich fühlte mich dieser Firma verbunden.

UNTERSUCHUNGSFÜHRER BRÜHL: Aber Sie können doch nicht dem Beschuldigten aus den Ermittlungsakten vorlesen.

FRIEDRICHS: Selbstverständlich kann ich das. Ich habe es ja getan. Und zwar aus innerer Verbundenheit. So habe ich das in meinem Elternhaus gelernt.

UNTERSUCHUNGSFÜHRER BRÜHL: Sie sind Kriminalbeamter. Der Staat bezahlt Sie, damit Sie die Vertraulichkeit wahren.

FRIEDRICHS: Das ist insofern richtig, als er wenig zahlt. Es bleibt ein Rest. Sehen Sie meinen Dienstplan an und rechnen Sie nach, daß ich zwischen 4,30 bis 5,20 DM die Stunde erhalte. Sie bekommen hierfür nicht einmal eine Schreibkraft. Zweidrittel meiner Arbeitskraft sind unbezahlt. Sie können nicht sagen, daß ich nicht die Vertraulichkeit eines Drittels – gerechnet von der Gesamtzahl der Fälle – tatsächlich wahre. Das wäre eine Unterstellung.

UNTERSUCHUNGSFÜHRER BRÜHL: Das sind abenteuerliche Vorstellungen. Sie sind als Beamter verpflichtet ...

FRIEDRICHS: Und als Mensch. Wenn ich Geld von der Firma Metzlaff nehme, so tue ich das aus menschlicher Loyalität, die einer menschlichen Vergütung für die Nebentätigkeit entspricht.

UNTERSUCHUNGSFÜHRER BRÜHL: Das sind eigenartige Anschauungen.

FRIEDRICHS: Woher wissen Sie überhaupt, was ich am Telefon vorgelesen habe?

UNTERSUCHUNGSFÜHRER BRÜHL: Das tut nichts zur Sache. Wir wissen es eben.

FRIEDRICHS: Und ich will wissen, woher Sie das wissen.

UNTERSUCHUNGSFÜHRER BRÜHL: Wir haben aus gegebenem Anlaß einige Apparate dieses Hauses angezapft. Und mit Erfolg.

FRIEDRICHS: Sie wissen, daß dies nicht erlaubt ist?

UNTERSUCHUNGSFÜHRER BRÜHL: Selbstverständlich weiß ich das.

FRIEDRICHS: Dann ist das ein Anlaß, die Akte zu schließen.

UNTERSUCHUNGSFÜHRER BRÜHL: Sie sagen es.

Friedrichs: Wenn ich etwas gelernt habe, will ich es auch anwenden. Wenn ich Geld nehme, dann leiste ich auch etwas dafür. Mein Grundrecht: im äußersten Fall Rache. Meine Stärke will ich einsetzen, 1 Schwäche muß ich mir leisten dürfen.

Er ertappte sich beispielsweise, wie er, in Gesellschaft von Kollegen bei Tische sitzend, bereits lauerte, bevor noch jemand ein Wort gesprochen hatte, was er entgegnen sollte, wie er dem Sprechenden *unrecht* geben konnte. Häufig ist schon Melancholie ein Racheakt. Er war sich nicht sicher, wie lange er es im Polizeidienst noch aushielt. Eigentlich hielt ihn nur der Mangel einer Alternative. Die Intensität seiner Ermittlungsarbeit, die ihm in früheren Jahren, insbesondere dadurch, daß er Ermittlungsergebnisse des ein wenig gehfaulen Müffler schneller bearbeitete als dieser, im Haus Anerkennung verschafft hatte, schwand immer mehr zugunsten des intensiven Wunsches:»weg hier«. Neid, Trotz, Unersättlichkeit, Frühreife, Herrschsucht, Mangel an Gemeinschaftsgefühl.»Handle stets so, als ob du dir aus diesen Mängeln das Gefühl der Überlegenheit verschaffen müßtest.« Er sülzt durch die Tage.»Ich will die Frage meines Lebens nicht lösen.«

> »Ins Löwenhaus,
> da geh' ich nicht,
> dort stinkt es so,
> da wird mir schlicht.«

Falsche eidliche Aussage im Amt

An einem herrlichen Märztag holte Kriminalkommissar Berthold Kempe seinen Freund Karlchen Beier, einen Altmetall-Großhändler, im Dienstfahrzeug, einem Funkstreifenwagen, von dessen Lagerplatz ab. Der Mitarbeiter eines zivilen Industrie-Sicherheitsdienstes, Fritz Beste, wartet bereits vor dem Werkstor, besteigt das Fahrzeug der Freunde. Beste war an diesem Vormittag, nach der langen Winter-Wartezeit, menschlich offen, so wie er als Kind im Verlauf eines heißen Badetages den wassergekühlten Körper auf die heißen Steinfliesen des Sommerbades legt, eine Faß-Brause in sich schüttet, schon in der Umkleidekabine den Chlorgeruch eines ganzen Sonnentages vorwegerinnert. Die Freunde fuhren nach Zeppelinheim in die Gaststätte »Zum Konrad«. Hier speisten sie. Es wurden 17 Steinhäger nebst Bier ausgeschenkt. Später, vor Gericht, behauptete Karlchen Beier, diese Gläschen im wesentlichen allein genossen zu haben. Dies entsprach der Interessenlage zum Zeitpunkt der Aussage, da Kommissar Kempe die Führung des Funkwagen-Kraftfahrzeugs zur Rückfahrt andernfalls nicht hätte rechtfertigen können und Beste tatsächlich nur genippt hatte. Harte Tatsache war das Ausschenken des Stoffs in der genannten Glückszahl.
Die Freunde verließen die Gaststätte gegen 16.00 Uhr, schritten zum abgestellten Polizeifahrzeug, das etwa 30 m entfernt in der Sonne stand. Zirka 15 m vor diesem Fahrzeug, an der Abgrenzung des Flughafengeländes, befand sich ein Autowrack, das den Freunden bei ihrer Ankunft nicht aufgefallen war. Zwei Berufsschüler waren jetzt von ihren Fahrrädern gestiegen und betrachteten das Autowrack. Kempe, der das Autowrack nicht als wertloses und schon länger dort deponiertes Objekt deutete, *stellte* die vermeintlichen Diebe. Er hieß

sie sich am Straßengraben aufzustellen, untersuchte ihre Taschen nach Diebesgut, das sie dem »abgestellten Privatfahrzeug entnommen hätten«. Er fand nichts. Auch versuchter Diebstahl ist strafbar. Steigen Sie ein, sagt Kempe zu den Schülern, die sich weigern. Karlchen Beier griff ein und schubste einen der Schüler in den Straßengraben, wo dieser sich verletzte.

So können Sie meinen Kameraden nicht behandeln, sagte der andere Schüler. Laß man, sagte Kempe, der ihn in Richtung des Dienstwagens zu schubsen versuchte. Karlchen Beier wandte sich jetzt von dem verletzten Schüler im Graben ab. Ich bin Kriminalrat Beier, sagte er zu dem protestierenden Mitschüler. Ich führe Sie ab. Sie können Ihre Lage nur noch verschlechtern. Kempe lacht. Er dachte, auf ungenaue Weise, daran, daß das ganze Erscheinungsbild des Metallhändlers der Art eines Kriminalrats überhaupt nicht entsprach. Es war nicht »sittengemäß«, dienstlich gegen die Aufschneiderei des Freundes einzuschreiten. Der zweite Berufsschüler lag immer noch im Graben. Er hielt sich die Knie, hatte Schmerzen. Das, nahm Kempe an, geschieht Autodieben durchaus recht. Er begab sich zu dem Verletzten:»Steh auf, du faules Murmeltier, bevor ich die Geduld verlier.« Kempe stand schwerfällig neben dem kampfunfähigen Berufsschüler und marschierte dann mit 20 Schritten zu dem kampffähigen Berufsschüler, den Freund Beier am Arm gefaßt hielt, um einen Schubansatz zu finden. Der Schüler wollte aber in dem Polizeiwagen nicht Platz nehmen. Kempe riß ihm die Brille von den Augen, er wollte sehen, ob es sich um eine Brillenimitation handelte, die nur der Unkenntlichmachung diente. Es konnte ja ein verkappter politischer Straftäter sein. Kommissar Kempe ließ sich auch in diesem satten, durch zahlreiche Gläschen ramponierten Zustand nicht so plump täuschen.

Durch diese Brille sehe ich wie durch Wasser, sagte Kempe. Das Gesicht des Berufsschülers, ohne Brille, kurzsichtige Angstaugen, erschien ihm schon wesentlich bekannter. Ihr Gesicht kenne ich, sagte er. Einsteigen bitte.

Herr Kriminalrat, sagte der Berufsschüler zu dem Altmetallhändler, sehen Sie doch richtig hin. Das da ist ein Autowrack. Was sollten wir denn da klauen?

Kempe griff ein: Das wollen wir ja gerade feststellen. Steigen Sie ein.

Während dieser Vorgänge hatte Beste auf dem Rücksitz des Streifenwagens gesessen und mit nüchternem Verstand zugesehen. Als Leiter eines Werkschutzes war er sich darüber im klaren, daß es darauf ankommt, die Szene zu entwirren. Er klettert jetzt hervor, versucht Kempe abzudrängen.

Augenblick, sagte Kempe. Augenblick, erwiderte Beste. Laß die jetzt.

– Nein, ich lass' die nicht.

– Du läßt die jetzt.

– Das laß mich mal machen.

– Du setzt dich in den Wagen und gibst die Brille zurück.

– Die Brille nehme ich mit.
– Du händigst die Brille aus, und die fahren ab.
– Die fahren nicht ab, sondern der fährt mit.

Los, fahren Sie ab, sagte Beste, begab sich zu dem verletzten Mitschüler im Straßengraben, wies ihn an, das Fahrrad aufzunehmen, vor sich herzuschieben, den Ort des Geschehens zu verlassen.

Einige Kaffees in der Polizeikantine stärkten Kempes, Bestes und Karlchen Beiers Hirn so weit, daß sie die Vertuschung dieser Sache gemeinsam in Angriff nehmen konnten. Es war mit einer Anzeige der Schüler zu rechnen.

Entgegen Bestes Rat versteiften sich Kempe und Beier in dem folgenden Strafverfahren auf eine abgesprochene falsche Aussage. Sie wurden aber nicht gemeinsam, sondern einzeln verhört. Der Richter stocherte in den Lücken ihrer Aussagen. Nach Kempes Verurteilung wegen Falschaussage im Amte wurde er aus dem Polizeidienst entlassen. Es sind, sagt Beste, vielleicht 1, 2 solche Tage im Jahr im strengen Sinne schön, und dann nehmen sie dieses Ende.

Blutegel

Sie wollte gerade Süßholz raspeln. »Ich habe dich sehr lieb«, raunte sie ins Telefon. Das meinte sie womöglich »ehrlich«, denn sie war offensichtlich einsam in diesem Provinznest, wo die Pflicht sie festhielt.

Protokolliere das alles genau, was du da erlebst, sagte er, um sachliches Fahrwasser zu haben. Verflucht, sagte sie, das hast du schon mehrfach gesagt. Sie war aber nicht aufzuhalten und erinnerte an seinen Vornamen (Fränzchen). Er konnte sich zu keinem Gefühl aufraffen, wollte sie irgendwie »strafen«.

Er konnte sich »beim besten Willen« nicht vorstellen, was sie in dieser asketischen Regierungsdirektoren-Stelle, in der sie aushielt, wollte. Außer, daß sie vor Jahren es in einer Stellung, 5 Stufen unter der jetzigen, nicht ausgehalten hatte, d.h. versagte, und jetzt diese Wunde belecken und schließen wollte. Aber besten Willen hatte er gar nicht, sondern wollte sie hinhalten, daß sie das Telefonat beendete. Sie aber wollte einen Vorschuß an Anerkennung für ihr ehrgeiziges Tun. So belauerten sie einander aus der Entfernung, bis er, über die Sprechmuschel gebeugt, matte Gesichtszüge hatte, ausgeleiertes Hirn. Sie hatte Kopfschmerzen. So schädigten sie einander gegenseitig, wie früher. Sie hätten ebensogut verheiratet sein können. Das war die Art von Liebesnächten, die sie jetzt verbrachten.

Unter Umständen noch gegen 4 Uhr nachts Aufstörung aus dem Schlaf, ein kurzes hysterisches Ferngespräch über Reste, die sie nicht besprochen hatten.

Mangel einer geradlinigen Aggression. Er gab Frauen gegenüber leicht nach. Und er konnte auch gelegentlich in dieser Richtung »weiter« gehen, um diesen Eindruck bei sich recht scharf hervorzuheben. Dann war er vorbereitet, sich von den Frauen zurückzuziehen, ohne die Hingabe zu verweigern. Er war auf der Linie, sich jede Gefühls-Ausgabe zu verbieten, gleichzeitig aber den Kreis seiner Leistungsfähigkeit auszuweiten. »Handle stets so, als ob du dennoch zur Geltung gelangen müßtest.« Manchmal kam auf die Entfernung Schummerstimmung auf.

> »So leuchtend war die Nacht,
> der Tag ist grau,
> entläßt die Nacht den Tag,
> so weint die Frau.«

Wie verhält sich der höhere Vollzugsbeamte in der öffentlichen Diskussion über die Gewaltfrage

Jetzt standen die sieben Jung-Wissenschaftler Detering, Jeschke, Angermeier, Dörfler, Meier-Dopler, Krist und Waumann, daneben eine Art Alleinunterhalter, Sekretär oder Verbands-Organisator, der die Betreuung innehatte, neben einem ausgewogenen Tisch, auf dem Imbiß-Häppchen und Karaffen mit Grapefruitsaft standen. Die Räume lagen im 1. Stock über einer Sparkasse, waren überhastet angemietet worden, da die Raumfragen in diesem Vorortbereich der Bundeshauptstadt an sich überhaupt nicht gelöst werden konnten. Die Wissenschaftler waren für 10 Uhr bestellt, aber die Herren, die sie durch Referate unterrichten sollten, waren noch nicht erschienen. Der praktische Einsatz dieser Herren, die aus verschiedenen Landeshauptstädten und aus der Zentrale in Wiesbaden hierher nach Bonn zusammengezogen worden waren, und das Kurssystem, das sie permanent fortbilden sollte für jene Aufgabe, verhielten sich rein parallel zueinander. Die Herren schafften innerhalb ihrer Tagesläufe nicht beides.

Den Jung-Wissenschaftlern war nicht recht klar, welcher Organisation sie hier vortragen sollten. Detering hatte das Thema: »Gewalt als Kommunikationserzwingung«, Krist »Ordnungsdurchbruch«, Dörfler »Das Umfeld der Gewalt«, Waumann hatte sich das Thema gewählt »Die Gewalt ist wohl immer das Prius«, Meier-Dopler »Im Staat kann es keine Heroen mehr geben« usf. Sie durften sich die Themen selber wählen, sofern sie in das Rahmenprogramm paßten: »Gibt es die Gewaltwelle?«.

Die Jung-Wissenschaftler fürchteten zweierlei: 1. daß die Kollegen mißverstehen könnten, warum sie sich für 650 Mark Referentenhonorar, ohne diese Organisation genau zu kennen, zur Verfügung gestellt hatten; 2. es könnte sein, daß die Herren, denen sie vortrugen, zu den Einzelfragen der Gewalt mehr Praxiswissen hatten als sie selbst, daß sie sich blamierten. Aber bis 16 Uhr war immer noch niemand, der sich die Referate anhören wollte, erschienen. 16.25 Uhr erschienen kurz 5 Herren, die erklärten, daß sie heute keine Zeit hätten, verabschiedeten sich wieder. Um 17 Uhr erschien ein Oberstaatsanwalt, der sich als Gesamtplaner dieses Kurssystems vorstellte und bei den Referenten blieb. Es waren jetzt insgesamt an Zuhörern anwesend: dieser OSTA, 2 Begleiter, der Organisationssekretär, mehrere Stenotypistinnen, die von diesem Organisierer herbeitelefoniert waren. Es saßen also 8 Zuhörer den 7 Referenten gegenüber. Man wollte, da man nun einmal zusammengekommen und alles bezahlt war, doch noch die Referate abhalten, die, durch Tonbandgeräte aufgezeichnet, später, zumindest schriftlich, der Fortbildung der für eine gewisse Spezialaufgabe in Bonn zusammengetrommelten Beamten zugute kommen konnten.

Es wurden folgende Ergebnisse der Tagung erzielt: Das deutsche Wort »Gewalt« muß *kritisch* betrachtet werden. Es korrespondiert der indogermanischen Wortwurzel: Val wie lat. *valere* oder in Valstadt bzw. Walhalla, das bedeutet: Verfügungsfähigkeit haben. Gewalt ist also kein Rechtsterminus, sondern eine Qualität des »Freien«. Diese germanische Terminologie harmoniert allerdings überhaupt nicht mit der römisch-rechtlichen. Hier existieren für den einheitlichen germanischen Begriff der Gewalt folgende Übersetzungen: Für potestas ist zunächst »Gewalt« die bevorzugte Wiedergabe; daneben aber gab es im Deutschen die Wörter »Macht« und »Kraft«, und vor allem »Macht« entwickelte sich im Mittelalter zu einer semantischen Konkurrenz für »Gewalt«; das hatte zur Folge, daß »Gewalt« im Begriff der violentia einen zweiten semantischen Schwerpunkt bildete. Insgesamt folgende Übersetzungsmöglichkeiten: imperium, sceptrum, maiestas, tyrannis, auctoritas, ius, bracchium, potestas, potentia, licentia, vis, virtus, fortitudo, violentia.

Hier unterbrach der OSTA: Ich wußte gar nicht, daß Sie das so grundsätzlich anlegen wollten. Das läßt sich den Herren natürlich nicht im Schriftwege vermitteln. Es ist zumindest für mich sehr interessant, da es mich an meine Gymnasialzeit erinnert. Ich war immer ein guter Lateiner, und was Sie da sagen, erinnert mich unmittelbar an den *Bellum gallicum* des Julius Cäsar. Ich nehme an, daß es für meine Herren, die heute allerdings im wesentlichen nicht da sind, etwas an den Praxisfragen vorbeigeht. Trotzdem halte ich es für eine wesentliche Vertiefung. Schon daß man mal wieder die alten Lateiner heranzieht, von der germanischen Grundform ganz abgesehen. Das könnte das Bild einer glanzvollen und vertiefenden Tagung ergeben. Wirklich hatte der OSTA eine große Zahl von Teilnehmern für 10 Uhr früh des nächsten Tages rekrutiert, zwar nicht die überbeanspruchten Herren, deren Instruktion die Tagung ursprünglich gewidmet war, sondern Beamte aus den ruhigeren Bereichen der zentralen Sicherungsbehörden.

Detering macht Ausführungen zum **Ethos der Gewalt.** Mehrere Zuhörer: Gewalt ist niemals ethisch, sondern bedarf der Strafverfolgung.

DÖRFLER: Diese ist dann Gewalt.

OSTA: Dagegen muß ich mich verwahren.

Es wird ein anderer Zugang gesucht, anknüpfend an A. G. Dekker: Gewalt als zweckfreie Verhaltensstruktur (doellore dedragsstructur). Dekker sagt: Geweld is op politiek – economisch niveau een gedrag van het type inting op het gebied van de individuele psyche (Gewalt ist auf der politisch-ökonomischen Ebene Verhalten vom Typ »Äußerung« auf individualpsychischem Gebiet).

Der OSTA versucht, das Tagungsklima zu retten. »Ich halte es für begrüßenswert, daß hier die ganze Tragweite der internationalen Diskussion eingebracht wird. Es ist ja ein internationales Gewalttäter-Syndrom festzustellen, das die Behörden aller Länder näher miteinander verbindet, als es abstrakte Staatsverträge oder eine Europäische Wirtschaftsgemeinschaft könnten.« Er vermag aber mit dieser Ausführung den Protest einiger Polizeipraktiker, die inzwischen mit einem Pulk weiterer Gäste eingetroffen sind, nicht abzulenken. Wenn ich das richtig verstehe, meint Kriminalrat Eberlein zu dem Referenten Meier-Dopler gewandt, so meinen Sie, daß Gewalt eine Äußerung ist. »Die Gewalt redet.« So wie man sagt: Jetzt sprechen die Gewehre, oder der Dienstrevolver »spricht«. Ich könnte auch Maschinengewehre sprechen lassen, wenn eine Volksmenge nach dreimaliger Aufforderung immer noch andrängt, eine Rotte sich nähert usf., das geht aber nicht individuell-psychologisch, sondern nur nach psychologischer Vorbereitung der ganzen Öffentlichkeit. Ohne die richtige Einstimmung würde ich doch meine Stelle verlieren, wenn schwere Waffen sprechen. Die Sachlage ist doch im Grunde einfach: Wenn einer eine Bombe an eine Säule des Vorraums eines Ministeriums anheftet, so ist dies Gewalt, der ich bzw. die Strafverfolgungsbehörde oder die Ermittlungsorgane *begegnen*. Das geschieht mehr oder weniger wortlos, abgesehen vielleicht von Befehlen. Man kann doch nicht sagen, daß der Gewalttäter sich durch seine Bombe »äußert«. Er versucht es ja gerade heimlich zu tun. Und auch wir werden unsere Erkenntnisse nicht an die große Glocke hängen, d. h. äußern, sondern handeln. Also: wenn Sie sagen, Gewalt ist eine Form der Äußerung, dann verharmlosen Sie sowohl uns als die Täter.

Meier-Dopler weist darauf hin, daß nicht *er* etwas gesagt hat, sondern der Soziologe A. G. Dekker. Deshalb ist es auch holländisch formuliert. Dekker fährt fort: »Zinvol geweld wil zelfschepping of selfhaving (sinnvolle Gewalt will Setzung oder Handhabung des Selbst). Eberlein, unterstützt von Regierungsdirektor Dr. Zwitter: Da kommen wir der Sache schon näher. Das paßt auf den Attentäter, dem eben nicht das Volksganze, sondern seine Selbstverwirklichung am Herzen liegt. Aber was soll dann das Wort »sinnvoll«? Es ist ja sinnlose Gewalt, solange die Behörde ihr entgegentritt. Setzung des Selbst bedeutet, und das ist witzig, daß der Täter im ferneren Verlauf in der Gefängniszelle einsitzt. Es muß also heißen: sinnlose Gewalt will Setzung des Selbst. Schmücker, Verfassungsschützer: Er hat einen interessanten Eindruck. Die Referenten sagen immer etwas, was zum Teil falsch ist und zum Teil richtig. Man muß dann wie bei einem Quiz durch Zurufe raten, was das Falsche ist. Das erscheint ihm förderlich, weil man, wie an einem Reck, sein geistiges Raffinement üben kann, was weder im Büro noch im Außendienst so ohne weiteres möglich ist, weil es in der Praxis darauf ankommt, streng logisch zu bleiben. Er hat heute vormittag zum ersten Mal verstanden, was Theorie ist und daß theoretische Beschäftigung mit dem Arbeitsgebiet auch Spaß machen kann. OSTA nützt den Augenblick, um auf den Sinn der Tagung hinzuweisen.

Jetzt springt Detering, die Referenten sind etwas verzweifelt, in die Bresche. Er will klarmachen, daß man den Gewaltbegriff entweder auf die vor ihm sitzenden Praktiker *und* die von ihnen verfolgten Gewalttäter anwendet, oder man kann den Gewaltbegriff gar nicht entfalten. Er verweist auf Droysen (Johann Gustav, 1867 *Vorlesungen zur Enzyklopädie und Methodologie der Geschichte*, 5. Aufl., München): »Je roher die Form des Staates, desto mehr ist ihm Gewalt statt der Macht.« Dazu Vierkandt (Alfred, 1928, *Gesellschaftslehre*, 2. Aufl., Stuttgart): »Es muß heute als sicher gelten, daß der Staat im engeren Sinne überall durch Eroberung und Gewalt entstanden ist.« Detering deutet an, daß jede Planstelle, die zur Täterbekämpfung eingerichtet wird, und offenbar ist hier im Raum Bonn eine ganze Truppe im Aufbau, mindestens 2-3 Gewalttäter produziert, und zwar »idealtypisch gesehen«, je einen Gewalttäter im Amte und einen Gewalttäter »unten«.

Vertreter eines Geheimdienstes, der ungenannt bleiben will: Nanu, wo sitzen wir hier eigentlich? Es werden die Unterschiede verwirrt. Oder dient die Ausdrucksweise des Referenten nur der Abschreckung? Soll gesagt werden mit »Je roher die Form des Staates, desto mehr ist ihm Gewalt statt der Macht«, daß unser Rechtsstaat eben keineswegs roh ist, und also deshalb gegen Gewalt eintritt? Dann würde es wieder stimmen. Aber der Staat ist nicht mächtig, und insofern stimmt das Wort doch nicht. Er ist, wie man nach den Erfahrungen im Bundestag sagen kann, ausdrücklich gegen Gewalt und hat doch relativ wenig Macht.

Eberlein weist auf den Satz von Max Weber hin: »Du sollst dem Übel gewaltsam widerstehen, sonst bist du für seine Überhandnahme verantwortlich.« Regierungsrat Drechsler von der Bundeszentrale für Politische Bildung fügt ein: Politische Gewalt im Staat ist Horst und Garant der Freiheit.

Die Referenten Jeschke, Angermeier und Krist drängen nunmehr auf die Einführung des Begriffs der strukturellen Gewalt. OSTA: Das führt jetzt hier zu weit. Er möchte, daß über den Jaspersschen Begriff des Ordnungsdurchbruchs gesprochen wird. Eberlein: Im Sinne der Durchbrechung der Ordnung, z. B. durch eine Handgranate, die in das Büro einer Justizstelle geworfen wird, oder der Attacke der Ordnungskräfte gegen einen geschlossenen Kreis von Rechtsbrechern? Kriminaldirektor Wieland: Man würde das ja heute nicht mehr durch Attacke, sondern durch Einsickern machen. OSTA: Ordnungsdurchbruch meine ich, durch taktisch und strategisch richtig angesetzten Angriff der Ordnung auf das, was ich das chaotische Element nennen möchte. Die Abgeordnete Gabi Welp verweigert sich diesem Ansatz. Sie bezeichnet dies als Ordo-Denken. Sie glaubt nicht, daß in der Fraktion viel Sympathie dafür zu erwirken sein wird. OSTA: Lassen wir das also.

Es wird ein gemeinsames Mittagessen eingeschoben. In der Nachmittagssitzung wollen die Jung-Wissenschaftler es jetzt mit List versuchen. Sie werden den Satz von Stirner (Max, 1968, *Der Einzelne und sein Eigentum und andere Schriften*, herausgegeben von A. F. Helms, München): »Gewalt geht vor Recht« und »Macht und Gewalt existieren nur in Mir, dem Mächtigen und Gewaltigen« der Runde vorwerfen. Entweder provoziert das, so daß sich doch noch ein Gesamtbegriff der Gewalt ergibt, oder aber sie gehen auf das Gegenteil, werden versuchen darzulegen, daß Gewalt überhaupt nicht im begrifflichen Sinn existiert. Vielleicht, sagt Detering, ist das überhaupt die beste Methode. Bestreiten wir einfach, daß irgend etwas mit Gewalt bezeichnet werden kann, es gibt sie überhaupt nicht. Dann geht die Beweislast auf die Runde der Experten über. Sollen die doch sagen, was sie für Gewalt halten. Es gibt rheinischen Sauerbraten mit Klößen.

Herstellung der polizeilichen Arbeitsbedingungen wie im Altreich

Kriminalrat Schmücker wurde 1942 in das besetzte Frankreich versetzt, seine Dienststelle war in einem französischen Schlößchen untergebracht. Hier, im bildergeschmückten Zimmer, Geschirr an den Wänden, Kanapees, Kissen, Tischchen, durchs Fenster einen Blick auf herbstliche Alt-Bäume, versuchten die Untergebenen, ihre Vernehmungen durchzuführen. Das war in dieser Raumausstattung völlig illusorisch. Offensichtlich schweifte der Blick des zu Verhörenden zum Fenster hinaus, über die zahlreichen Gegenstände hin, fand Nahrung und konzentrierte sich überhaupt nicht auf den Vernehmungsführer. Die Vernommenen ließen den Vernehmer einfach reden. Sie erholten sich hier »wie in einem Kino« von der sinnlichen Eintönigkeit der Zelle, blieben auch gerne lange. Kriminalrat Weber ließ dieses Schlößchen räumen (es wurde dann sein Privatquartier, zusätzlich abgeteilt einige Gästezimmer, falls Vorgesetzte zu Besuch kamen). Die Untergebenen bezogen in den Kellern, in der Waschküche und in den Stallungen dieses Schloßgutes neue Dienstzimmer, in denen die amtsmäßige Kahlheit rasch hergestellt war, welche polizeiliche Vernehmungszimmer im gesamten Kriminalbereich des Altreichs kennzeichnete.

»Im Gegensatz zur wissenschaftlichen Forschung hat die Polizei im Lauf der Jahre verschiedene Methoden ausprobiert. Soweit sich diese als brauchbar erwiesen, wurden sie zum täglichen taktischen Handwerkszeug, die übrigen wurden aufgegeben. Auf diese Weise hat sich eine empirisch fundierte Persönlichkeitstheorie und eine Übersicht über die menschlichen Motivationen entwickelt. Ähnlich wie andere auffassungsbegabte Persönlichkeitstheoretiker vorgehen, die zum Erfolg kommen: Ärzte, Geistliche, Politiker, Nachtclubhaie.« N. Polsky, *Hustlers, beats and others*, Chicago 1967.

Der neue Polizeipsychologe

Er kam auf keinen grünen Zweig, weil er die gesamte kriminalistische Erfahrung der Lehrgangsteilnehmer, sei es im Kommissarslehrgang, sei es im Ratslehrgang, für Vorurteile hielt. Er sagte das zwar nicht offen, aber es sprach aus seiner ganzen *Haltung*, einschließlich Versprechern und falschen Betonungen. Ein wie tiefer Unglaube ihn bewegte gegen die zusammengeschweißte Methodik, die die »Schüler« ihm in die Lehrgangsdiskussion aus der Praxis einschleppten und die doch die gesammelte Kompakterfahrung jahrzehntelanger

Ausscheidearbeit praktisch aller untereinander kommunzierenden Polizeiapparate Europas und der USA war. Diese Praktiker-Erfahrung war durch Fortlassung dessen bestimmt, was »nicht ging«. Übrig blieb, was ging. Demgegenüber hielt Reichelt als Wissenschaftler eine ganz andere Gewinnungsmethode von Erkenntnissen, insbesondere psychologischer Art, und damit auch von Vernehmungsmethoden usf. für richtig: die additive. Überall in der Welt sitzen zwergähnliche Konstrukteure von *Versuchen*. Aus ihren Erkenntnissen setzt sich Baustein für Baustein das Wissen zusammen. Der so bestehende »Karfunkel«, also »eine artistische Konstruktion«, die geradezu blendet, wenn man auf sie hinsah, wollte er auf der Polizeischule zum Vortrag bringen.

Nach den ersten Klagen über den neuen Psychologen reiste Kriminaldirektor Müller an und versuchte, noch mit viel Wohlwollen, Reichelt zu belehren. Der im Grunde zähe und überhaupt nicht belehrbare Reichelt antwortete flexibel: Herr Kriminaldirektor, Sie haben ja völlig recht. »Wenn der Beamte weiß, worum es geht; genau weiß, welche Information man sucht; ein Laienwissen über praktische Psychologie besitzt und die Methode eines Verkäufers benutzt, kann er sicher die heimlichen Gedanken eines Täters erkennen und die gesuchten Tatsachen hervorziehen.« Na sehen Sie, antwortete der Kriminaldirektor, der nicht wußte, daß Reichelt soeben aus einer der schärfsten Widerlegungsschriften gegen die naive Persönlichkeitstheorie zitiert hatte: Lieber Reichelt, jetzt müssen Sie noch das Stichwort »Methode eines Verkäufers« weglassen, und dann ist Ihr Unterricht gut. Der Beamte verkauft schließlich nichts. Doch, sagte Reichelt. Ich will Ihnen ja nicht widersprechen, Herr Kriminaldirektor, aber er verkauft seine naive Persönlichkeitstheorie. Na, na, sagt der Kriminaldirektor, ich muß mich jetzt verabschieden, wir wollen das nicht vertiefen.

Aber die beleidigenden Stichworte wie »naiv« können Sie weglassen. Das klingt selbst in meinen Ohren – und ich denke liberal – verletzend. Persönlichkeitstheorie genügt völlig. Die hat jeder Ihrer Lehrgangsteilnehmer, obwohl ich auch das Wort Theorie vermeiden wurde, da es um Praktiker geht und man auch »zu theoretisch« sein kann. Und Persönlichkeit ist ein Ausdruck, der oft gegen die Polizei angewendet wird, wenn diese z. B. die sog. Persönlichkeit des Täters nicht genügend würdigt, ihn also nicht verhätschelt, das ist ein Reizwort. Machen Sie weiter und lassen Sie alle Kampfausdrücke weg. Auf Wiedersehen, sagte Reichelt höflich.

In den folgenden Tagen riß sich Reichelt am Riemen. Statt die Fülle des Karfunkels zu entfalten, den rotleuchtenden Edelstein, der aus 1 000 Trümmern zusammengesetzten Wissenschaft vorzutragen, unterrichtete er nach C. E. O'Hara, *Fundamentals*. Die Neuerung war sofort ein Erfolg. Meine Herren, sagte er, unterscheiden wir Typen: der Schüchterne (Hausfrauen, Leute ohne

Schulbildung, Klasse der Ausländer). Ihm begegnet der Vernehmer »freundlich und vertrauensvoll«. Dem »Desinteressierten«, das merken Sie leicht daran, wie er dasitzt, daß er Ihnen nicht in die Augen schaut, aber keineswegs unsicher umherblickt. Ihm müssen Sie ein Gefühl der Wichtigkeit geben. Dem »Dummkopf«, Sie müssen ihn erst in Schwung kommen lassen. Viele einfache Fragen stellen, die von jedem mit minimaler Intelligenz beantwortet werden können. Stellen Sie sich also auch dumm. Er freut sich, daß er wie beim Quiz richtige Antworten gibt, verdoppelt den Einsatz und wird Ihnen zum Tathergang, aus dem bloßen Willen, richtige Antworten zu schaffen, ein bis ins letzte durchgefeiltes Protokoll liefern. Bei einem »Jungen«, Sie erkennen ihn daran, daß er an sich kein Krimineller ist, daß er als Häufchen Elend vor Ihnen sitzt, Sie können selber aus Ihrer Praxis viel bessere Beispiele geben, das sehen Sie auf den ersten Blick: ist »Mutter« das Zauberwort. Wie weh wird es ihr tun, wenn sie von seiner Tat erfährt, insbesondere, daß er auch noch lügt oder mit Aussagen hintanhält. Völlig anders beim »abgestumpften jugendlichen Delinquenten«, Sie erkennen ihn durch Befragung darüber, was er von der Polizei hält. Hier liegt der Fall der Abstumpfung vor. Hier müssen Sie freundlich sein und Überraschungsmomente ausnutzen. Wenden wir uns der großen Gruppe der Geistesarbeiter zu (Büroangestellte, Lehrer, Studenten usf.). Hier wird ein ruhiges Gespräch empfohlen. Traditionelle ethische Prinzipien sind in den Vordergrund zu stellen.

Hier fragte Bezirkskommissar Weber, der den Ratslehrgang absolvierte, was denn unter den vielen ethischen Prinzipien am aussichtsreichsten wäre. »Ich kann ja nicht die gesamte Ethik aufzählen. Ganz abgesehen davon, daß eine Vernehmung kurz ausfällt. Wir sind ja arbeitsüberlastet. Ich wüßte auch im Moment gar nicht, was ich überhaupt davon verstehen sollte, wir sind ja nicht Ethiker und wollen hier nicht irgend etwas dem Delinquenten vorheucheln. Ich würde es auch für falsch halten, z. B. ins Religiöse zu verfallen. Also wie ist das?«

Er hatte allen Teilnehmern aus der Seele gesprochen. Reichelt, der sich stur an O'Hara hielt und dessen gedruckte Unklarheiten aus Grundsatz mitreferierte, antwortete: »Personen dieser Kategorie der Geistesarbeiter haben einen schwachen Charakter. Das muß voll ausgenutzt werden. Bei dieser Gruppe ist es auch empfehlenswert, mit gehöriger Bestimmtheit aufzutreten. Der Kriminalbeamte verspricht so lange klar Deck zu schaffen, wie der Delinquent bereit ist zur Mitarbeit. Die Vernehmung erinnert hier an eine ärztliche Konsultation. Das mit der Ethik können Sie auch ruhig weglassen.«

An sich hätte Reichelt, wenn er so über Wochen und Wochen fortgefahren wäre, beliebter Polizeilehrer werden können, wenn er sich hätte besser beherrschen können, aber er mußte zwischendurch »Wahrsager, Pokerspieler und

Vernehmungsbeamte« miteinander vergleichen, hinsichtlich der »Kunst, ein *Individuum*, einen *Kunden*, ein ausnehmbares Opfer oder einen *Verdächtigen* in ein Wesensbild einzufügen«, oder aber er kombinierte »Beamte, Alchimisten, Kräuterdoktoren und Hebammen« im Gegensatz zu Chemikern, Apothekern und ärztlichen Geburtshelfern, die er *wissenschaftlich* nannte. In diesen Ausrutschern erwies er sich als »theoretisch«, was natürlich ein erfahrener Kriminalbeamter sofort bis auf den Grund durchschaut. Auf seiner Planstelle hielt er sich nicht lange.

Der Stehler

Ein alter Mann kommt mit Plastiktüte in die Kaufhalle, sortiert zwischen den Pullovern, steckt einen in seine Tüte und entfernt sich. So wie einer im Kopf vor sich hinsagt: Das merkt keiner, Herr Gott, ich bitte dich: das merkt keiner. Ganz »unauffällig« verläßt er das Lokal.

Amtsgerichtsrat Wieland
stellt Ohnmacht der Justiz fest

Eine Arbeiterin gab sich ihrem Sohne hin, damit er garantiert gesund blieb und 5 Mark sparte. Eine schon alte Frau in Steiermark hatte sich mit ihrem jüngsten Sohn, der als irre galt, von den Menschen zurückgezogen. Er war unter Menschen nicht zu halten, schlug mehrfach auf Unbeteiligte ein. Da seine Erregungszustände bei geschlechtlicher Abstinenz zunahmen, gab sie sich ihm hin. Die Sache wurde ruchbar, als er sie erschlug.

Das sind Fälle, sagte Amtsgerichtsrat Wieland, an die wir nicht richtig herankommen. Wir können ja nicht mit der Laterne in die Schlafzimmer hineinsehen. Was sollen auch die Strafen, wenn die nächsten Angehörigen sich durch sie nicht abschrecken lassen?

Die versammelten Referendare halten die von ihrem Ausbilder vorgetragenen Stories, Fälle kann man diese Ausnahmefälle wohl nicht nennen, für abwegig. Sie sitzen ruhig ihre Stunden ab.

Wieland fährt fort: Ich trage Ihnen, meine Herren, einen Fall vor, der aus meiner Praxis stammt. Er liest vor:

Helene Siegerland, Lebensalter 17 Jahre 10 Monate, gem. § 2 wegen Verwahrlosung, unsittlichen Lebenswandels, h. w. G. (= häufig wechselnder Geschlechtsverkehr) in Untersuchungshaft.

Ärztlicher Untersuchungsbefund: Muskulatur: o. B.; Fett: ausreichend; Schleimhaut: o. B.; Augen: am rechten Auge erblindet, am linken Auge schwachsichtig; Ohren: o. B.; Drüsen: o. B.; Tonsillae: o. B.; Lunge: o. B.; Herz: o. B.; Genitale: o. B.; untere Extremitäten: o. B.; Kinderkrankheiten: Feuchtblattern, Masern. Familienverhältnisse: Vater keine Besonderheiten, Mutter, Vaters-Vater usf. keine Besonderheiten.

Schule: Hilfsschülerin, oft krank, schwänzen.

Psychotechnischer Befund: Gedankenablauf: langsam; Phantasie: unterentwickelt; Konzentrationsfähigkeit: schwach; Handgeschicklichkeit: gering, Linkshänderin; Arbeitsweise: o. B.

Im 7. oder 8. Lebensjahr Verletzung der rechten Hand. Narbe. Die Minderjährige bohrte sich eine Stricknadel in die Hand. Drei Wochen Krankenhaus. In der Hilfsschule stürzte die Minderjährige vom Reck. Man hat sie später nicht mehr turnen lassen. Im 14. Lebensjahr Verletzung durch Stolpern über eine Krempe, die in die Wange drang. Zwei Wochen Krankenhaus. Da durch Kratzen Schmutz in die Wunde kam: Vereiterung. Sie ist jetzt 16 Jahre alt. Minderjährige bricht sich den rechten Fuß. Sie versuchte, in Offenbach nachts auf die letzte Straßenbahn aufzuspringen. Im 17. Lebensjahr Verkühlung bei G. V. im Freien, Laubunterlage, Lungenentzündung. Durch Herumpatzen mit Augentropfen wird Operation notwendig, blind.

Jetzt ist sie überführt, in insgesamt 26 Fällen sich aufgedrängt zu haben, darunter Fälle von Mehrpartnerverkehr. In der Hauptverhandlung äußert sie sich nicht. Meine Herren, den Akteninhalt kennen Sie jetzt. Ich weiß nicht, was Sie erreichen wollen, wenn Sie hier eine Strafe verhängen. Vor allem, welche?

Die Referendare nehmen an, daß sie hier provoziert werden sollen. Vielleicht will der Ausbilder feststellen, ob sie sich durch sentimentale Vorträge erweichen lassen, vom *Pfad des Legalitätsprinzips* abzuweichen.

Sie weisen darauf hin, daß eine Verurteilung auch dann zulässig ist, wenn sich die Angeklagte nicht äußert. Andernfalls könnte diese sich durch ihre Zurückhaltung der Bestrafung entziehen. Das wäre abwegig. Als Strafmaß kommen 2-18 Monate in Frage. Da sie sich mit Sicherheit nicht bessert, wäre ein höheres Strafmaß zu erwägen, anschließend Sicherheitsverwahrung. Es geht nicht an, sagt Referendar Lämmer, daß man solche Fälle lax behandelt, nur weil die Frau auf einem Auge blind ist. Das hat mit der Strafbarkeit nichts zu tun. Referendar Knackstedt fügt hinzu: Auch vom menschlichen Standpunkt ist die Angeklagte in der Strafanstalt sicherer. Sie kann ja draußen ausgebeutet werden.

Wieland will auf etwas ganz anderes hinaus. Er sagt: An den Ermittlungen

stimmt irgend etwas nicht. Denken Sie, meine Herren, an »Familienverhältnisse ohne Besonderheiten«.

Ja, sagen die Referendare, da haben wir es. Man müßte prüfen, ob § 51 I oder
II greift, dann kann man sie in die Anstalt stecken. Endlich ist bei ihnen der
Groschen gefallen.

Wieland will aber auch auf diese Lösung nicht hinaus. Die Referendare: Dann
soll er doch sagen, was er will. Wieland: Sie müssen sich die Frage stellen, wie
bekomme ich diese Frau aus der Untersuchungshaft, in die sie nicht gehört,
wieder heraus. Es ist ein Fall, in den die Justiz nicht hineinfingern kann. Wie
wollen Sie denn die Situation der Angeklagten entrollen, wenn sie schweigt
und Sie ein Ermittlungsergebnis vorgelegt bekommen, an dem jede Feststellung zweifelhaft bleibt? Sie müssen in solchen Fällen zusehen, wie Sie eine
Schiene nach draußen legen.

Die Referendare: Draußen geht sie doch zugrunde. Wieland: Sie müssen endlich einsehen, daß die Aufgabe der Justiz nicht ist, Daseinsvorsorge zu treffen.
Gott sei Dank klingelt es. Die Ausbildungs-Doppelstunde ist beendet.

Eine, deren Unterschrift unter dem
Gesellschaftsvertrag gefälscht ist

Sie tröstete den Sack, den Feger, die Oberschenkel, Brust, Achseln usf. usf. dieses müden Kaufmanns und entwendete, als dieser beruhigt einschlief, dessen
Brieftasche, verließ das Hotel. Sie arbeitet als Hausgehilfin bei verschiedenen
Dienstherren immer nur kurze Zeit, stiehlt ganze Warenlager; verschenkt einen großen Teil, verbraucht wenig für sich.

In Westberlin, Stellung als Hausgehilfin in Arzthaushalt, stiehlt große Summen Bargeld, kauft sich zwei Pelzmäntel und ein Armband, das sie für ihre
Schwester bestimmt, die es aber nie erhält. Diesmal hat sie so viel Geld erbeutet, daß sie eine Rundreise durch verschiedene süddeutsche Bäder unternehmen kann.

Im Kurhaus einer Stadt in Rheinland-Pfalz begegnet sie dem Sohn des Hauses,
der sie zur Frau wünscht. Sie stiehlt, was sie findet, verläßt den Ort. Das Verhältnis zu diesem Mann hat Folgen. Als sie eine Gefängnisstrafe von 2 Jahren
und 6 Monaten verbüßt, bringt sie Zwillinge zur Welt. Sie holt, nach Verbü-
ßung der Haft, die Kinder aus dem Heim. Jetzt hält sie es an keinem festen Ort
mehr. Sie läßt die Kinder in einem Waldgasthof zurück und flieht mit 2 Ober-
betten, Kopfkissen, 140 DM aus dem Koffer eines Gastes. Reist, betrügt,

stiehlt, sitzt ihre Strafen ab. Einweisung in eine Heil- und Pflegeanstalt. Die Anstaltsleitung gewährt der Anstelligen Urlaub. Sie tritt eine Putzstelle an, nimmt Schmuck im Wert von 10 000 DM, Pelzmantel, zwei Fotoapparate und ein Brokatkleid mit, das ihr nach Einlieferung in die Anstalt eine Anstaltsinsassin für 15 DM abkauft und sofort zerschneidet.

»Ist denn ihr Denkvermögen gestört?« fragt Richter Rehgut. Dr. med. Brille: »Nee, nee. Auch die Einsichtsfähigkeit in die Strafbarkeit ihrer Taten nicht. Ich könnte jetzt sagen: der Angeklagten hat die mütterliche Partnerschaft gefehlt, oder: man muß von einem Mangelerlebnis sprechen. Aber das wäre alles nicht richtig.« »Was wäre denn nach Ihrer Ansicht richtig?« fragt der Richter. »Wie beurteilen Sie denn die junge Frau?« Dr. Brille: »An sich eine ganz patente und schlaue Person. Ihr fehlt nichts. Sie ist gerade an der Nahtstelle angesiedelt. Eine interessante Naturbildung.« Richter Rehgut: »Na, na! Das verwischen wir mal nicht.« Dr. Brille: »Doch. Es handelt sich um eine 1-Mann-Minderheit, die nun einmal so lebt. Wir stehen hier vor einem eigenartigen Naturphänomen. Sie lebt von der Eigentumsverletzung, so wie andere von der Eigentumsbildung.« Richter Rehgut: »Das kann ich nicht glauben. Das wäre ja gegen jede Rechtsordnung.« Dr. Brille: »Nicht gegen jede. Wenn Sie z.B. an die Indianer am Orinoko denken.« Richter Rehgut: »Na, sie ist aber keine Indianerin.« Dr. Brille: »Ich könnte Ihnen jetzt einen Bericht geben, daß ihr Vater gestorben ist, als sie 7 Jahre alt war, als sie 4 Jahre in der Schule ist, stirbt die Mutter. Feindselige Umgebung usf. usf. Aber das würde die Sachen nicht klären.« Richter Rehgut: »Sie meinen, das ist einfach ihre Art der Kontaktsuche?« Dr. Brille: »Ja. Entweder lebt die überhaupt nicht oder so.« Richter Rehgut: »Na, na. Die muß sich mal beherrschen lernen.« Dr. Brille: »Die ist ja völlig beherrscht. Was meinen Sie, was für eine Beherrschung dazu gehört, diese Taten durchzuführen, sich nirgends bestechen oder festhalten zu lassen. Immer so abhauen ist Beherrschung. Wenn Sie sie nicht so lassen können, wie sie ist, dann können Sie sie auch zum Tod verurteilen.« Richter: »Ist mir ein Rätsel. Sie meinen also, daß das so eine Art fremder 1-Mann-Stamm ist. So wie Zigeuner? Die wären wenigstens mehrere.« Dr. Brille: »Sicher noch etwas fremder. Die gehört gar nicht dazu.« Richter Rehgut: »Und quer zu den Bestimmungen. Tut mir leid. Dann kann ich nicht darauf eingehen, selbst wenn Sie Dr. Grzimek als Gutachter heranholen. Ich sehe das doch, daß das kein Tier, sondern ein Mensch ist.«

Das Gericht entwirft einen Behandlungsplan: 2 Jahre Gefängnis und danach Unterbringung in einer festen Heil- und Pflegeanstalt. Dr. Brille: »Und was erwarten Sie sich davon?« Richter: »Besserung.« Dr. Brille: »Und wenn ich Ihnen sage, daß Sie dann lange warten können?« Richter Rehgut: »Helfen Sie

mir doch und machen *Sie* mir nicht auch noch Schwierigkeiten. Was soll ich
denn in so einem Fall entscheiden?« Dr. Brille:»Gar nicht entscheiden. Diese
Person kann gar nicht anders leben. Das sind keine Diebstähle, sondern ihre
Lebensäußerungen. So wie unsereins Luft holt.« Richter:»Das wäre nicht verboten.«
Der Richter läßt sich nicht zu pflichtwidrigen Handlungen bewegen, auch
nicht durch eine gewitzte Ärztin.

Eine witzige Bemerkung des Kammervorsitzenden,
der für seinen rheinischen Humor bekannt ist

Landgerichtsdirektor Quirini verliert in der Strafsache gegen Muschke an diesem Tag zum ersten Mal die Beherrschung:»Sie müssen nicht glauben, daß Sie
uns hier für dumm verkaufen können. Wir leben hier nicht auf einem anderen
Planeten. Was wissen Sie konkret von dieser Organisation, von der Sie immer
reden? Ich halte das alles für Schutzbehauptungen. Sie täuschen sich, wenn Sie
meinen, daß Sie uns hier an der Nase herumführen können.« Der Angeklagte
läßt sich durch die heftige Tonart, in der das gesagt ist, nicht erschüttern. Er
sagt:»Es gibt sie irgendwo. Im Weltraum. Und der Zeuge Hofmann gehört
dazu.«
Quirini reicht das:»Stellen Sie sich den Zeugen Hofmann, der hier steht, mal
auf einem anderen Planeten vor.« (Heiterkeit)
Angeklagter:»Wenn ich weiterrede, werden mich die Wesen aus dem Universum bestrafen. Etwa durch einen Verkehrsunfall, Herr Vorsitzender, und dann
sind Sie die Ursache, der Mörder. Wenn bei Ihnen in 80 Milliarden Jahren die
Sonne verlischt, werde ich immer noch da sein.«
Quirini (trocken. Er sieht zu den Zuhörerbänken und zu den Pressevertretern
hin): Dann würde ich an Ihrer Stelle aber den Verkehrsunfall vorziehen.
Der Angeklagte schweigt verbissen. Quirini:»In meinen Augen sind Sie ein Be-
trüger. Deswegen sind Sie hier angeklagt. Reden Sie zur Sache. Wir haben
keine Lust, in 80 Milliarden Jahren noch hier zu sitzen.«
Er versteht nicht, daß er es mit einem Geisteswesen zu tun hat, das von einer
Verschwörung in universalem Maßstab, hier vertreten durch den Zeugen Hofmann, wohl aber auch durch das, was aus Quirinis eigenem Mund, gegen dessen besseres Wissen spricht, verfolgt wird; verfolgt, weil die feste Vorstellung
der Ewigkeit ein Zaubermittel ist, das dem Gericht die völlige Hilflosigkeit seiner Bemühungen zeigt, wie sie auch Hofmanns unsinniges Weiterreden ans

Licht bringt. Dem Gericht ist es nicht möglich, an diesem Tage dem überzeugten Angeklagten irgendein weiteres Wort zu entlocken. Er wird mit 12 Monaten ohne Bewährung bestraft. Für die Lebenserwartung des Angeklagten hat dies nicht den Wert einer Sekunde.

430

(Heft 18)

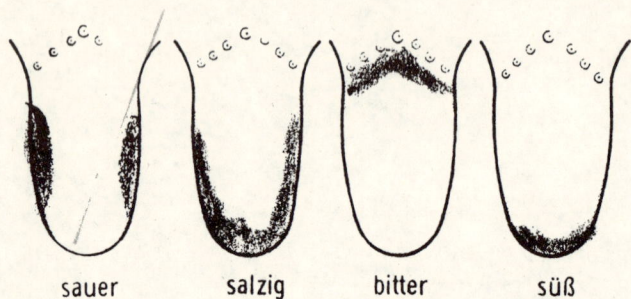

sauer salzig bitter süß

Abb.: Lokalisation der Geschmacksqualitäten auf der Zungenoberfläche. Entscheidend beteiligt: Der Geruchssinn, was schon aus der Erfahrung hervorgeht, daß uns bei einem Schnupfen oder beim Zuhalten der Nase nichts mehr »schmeckt« (Dr. E. Opel). Schärfe des Geschmacks rührt von Mitreizung der Schmerznerven her; Empfindung des »Zusammenziehens« (Adstrinktion durch Säuren, saure Metallsalze, Rhabarber, Gerbsäure, Rheinwein!, Rheingau, Hochkircher Edelkabinett 1904!, Essigsaure Tonerde usf.), wahrscheinlich auf einer leichten Schädigung der Mechanorezeptoren durch H-Ionen beruhend. Schmeckende Substanzen, die gleichzeitig Temperatursinn erregen... Geschmack insbesondere am weichen Gaumen, an der hinteren Rachenwand, am Kehldeckel und im Kehlkopfinneren... Erinnere mich als Kind, daß nicht nur die papillae vallatae, foliatae und fungiformes, sondern zusätzlich Zungenmitte, harter Gaumen und die Wangenschleimhaut »schmeckt«. Jetzt nicht mehr, abgestorben. »Dagegen lösen die papillae filiformes keine Geschmacksempfindungen aus.«

Abb.: Ernst Opel, als Stabsarzt der Reserve auf Übung 1936.

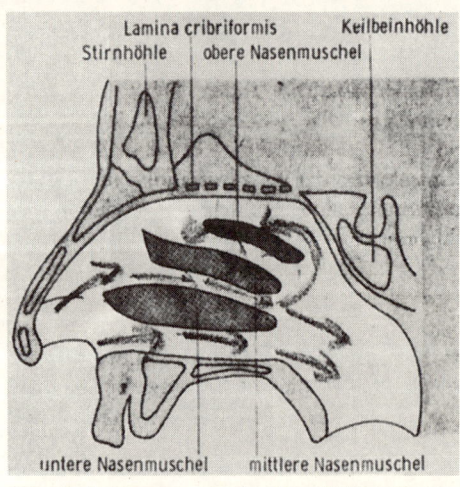

Abb.: Luftströmungen in der Nasenhöhle. Die rote Fläche stellt die Regio olfactoria dar (nach Adey und Opel).

Ein Teil seiner Intelligenz ist in die Zunge abgewandert

Der Landarzt Ernst Opel verließ November 1942 seine Villa, die bei Ballenstedt lag, in einem geradezu peinlichen Aufzug: Breeches mit Ledereinsatz an der Innenseite der Oberschenkel und über dem Gesäß, braunes Koppel zu einer zu grünen Uniform, die er aus englischem Vorkriegs-Tuch für sich hatte schneidern lassen; Pistolentasche tief nach unten hängend, und in 6 Taschen, die er mitführt, Ärztegeräte und Verpflegungs-Vorräte. Ein DKW bringt ihn nach Magdeburg. Danach sitzt er zehn Tage in Zügen, die ihn bis Pleskau bringen, danach Panjewagenfahrt bis Feldlazarett Dno. Schon jetzt hat er so viel erlebt, daß er in Ballenstedt interessant erzählen könnte.

Das Monokel, das er sonst nur zu militärischen Übungen trug, kneift, unter dem linken Auge bildet sich eine Einkerbung. Der Hintern schmerzt, eine Art Vorratslager, dagegen sind die gepolsterten Schultern an sich leer, 3 Paar Unterhosen, in der Erwartung, daß es außerhalb des Zuges kalt ist. Während der Bahnreise schwitzt er stark zwischen den Beinen. Auf die ärztlichen Probleme des russischen Winters ist er vorbereitet durch die Lektüre der »Erinnerungen des Chirurgen Baron Larrey«, die sich auf den Winterkrieg Napoleons in Rußland beziehen. Zitate hieraus hatte er im Kopf bereit sowie in seinen Taschen einen Landschinken, besondere Saucen, eine Flasche Gilka usf. Er wird Zitate und Leckerbissen gebrauchen, um sich Anerkennung bei Vorgesetzten und Jungärzten zu verschaffen. In dieser Gesamtaufmachung meint er den Militärs ins Auge sehen zu können.

»Ich betrete das Zimmer des Generalarztes von Rhoden. In einem Backsteinbau, dem ehemaligen Haus der Roten Armee, ähnlich dem Schulgebäude der Volksschule III in H., aber gedrungener gebaut. Dieser Armeearzt sieht sofort, daß ich der passende Mann für ihn bin. Ich weise auf einen Frühschoppen mit Professor Lexer hin. Dieses Stichwort genügt. Ich erhalte keine bestimmte Stelle in einem Feldlazarett, sondern bleibe z. b. V. des Armeearztes.«
Diese Disposition kann verschiedene Gründe haben. Ernst Opel nimmt an, daß es eine Auszeichnung ist. Es kann aber auch sein, daß der Armeearzt den dicklichen, nicht sehr großen Mann, der seine Vorrats- und Ärztetaschen bei der Meldung mit sich trägt, für den Einsatz gar nicht für geeignet hält.
»Einen Wagen und Fahrer erhalte ich nicht. Dafür werde ich an die Abendtafel geladen. Aus rechnerischen Gründen ist es nicht möglich, mich in die Nähe des Armeearztes zu plazieren. Dann erhalte ich einen Platz weit unten an der Tafel, ich kann also in das Gespräch nicht eingreifen. Der Armeearzt speist so schnell, daß ich an die Lebensmittel nicht herankomme. Es wäre unhöflich,

auf die eigenen Vorräte zurückzugreifen. Die Flaschen, die gereicht werden, enthalten minderwertigen Wein, wie ich ihn allenfalls zur Bowle anbieten würde. Sie sind fast leer, wenn sie bis zu mir heruntergelangen. Das hat den Vorteil, daß ich anderntags mit klarem Kopf aufwache und mich meinen Aufgaben zuwende. Ich requiriere bei einer Pioniereinheit einen Panjewagen und Pferdchen und reise mangels eines anderen Auftrags vor zu einem der Hauptverbandsplätze.«

Der Armeearzt nahm den ihm zugeteilten Reservarzt als *eine Unmöglichkeit* hin, eine Bosheit der Heimatorganisation. »Offenbar ein Militärfan aus dem sächsischen Bereich, ärztlich gesehen Autodidakt.« Er sah ihn für spätere Verwendung in einem rückwärtigen Sanitätsverwaltungsdienst vor. Tags darauf erhielt er die Beschwerde der Pioniereinheit, der Opel 1 Panjewagen sowie 1 Pferd gegen Quittung entwendet hatte. Der Sache konnte nicht nachgegangen werden, da Opel unerreichbar blieb. Er requirierte in Frontnähe einen Obergefreiten, den er als einen früheren Patienten aus dem Dorf Emersleben erkannte. Er hatte jetzt einen Burschen.

Alles dies unter dem Gesichtspunkt, daß er später zu Hause etwas zu erzählen hat. Man könnte ihm, seinem Auftreten nach, Eitelkeit vorwerfen, aber sie läßt sich auf nichts stützen, Aufzug, Behandlung des Burschen, thronend auf Panjewagen und Vorräten, inzwischen verdreckt, erscheint er, noch bevor er die Front erreicht, als Frontschwein. Seine Blindheit gegenüber seinen Fehlern gilt denen, denen er begegnet, als Formlosigkeit. Da er seine Umgebung nicht erfaßt, erscheint er optimistisch. Er trägt etwas Wertvolles in seinem Mund, mitten durch unwirtliches, winterliches Land: seine Zunge, *europäisches Unterscheidungsvermögen* für das, was eßbar ist.

In der Nacht zum 6. Oktober 1942 greift eine sowjetische Kampfgruppe beiderseits eines Dorfes, dessen längeren russischen Namen Landser sich nicht merken und das deshalb »Doppelname« heißt, an. Die deutschen Divisionen treten den Rückzug an.

»Auf meiner Generalstabskarte lese ich: 2,3 km westlich Saboloschne-Krupsgarazetje. Hier finde ich den Hauptverbandsplatz vor, der überfüllt ist. Ich will den operierenden Oberarzt ansprechen, mich mit Namen, Dienstgrad und z.b.V.-Aufgabe im Auftrage des Armeearztes vorstellen, der aber abwinkt, mich sehr unhöflich vor die Tür scheucht. Offenbar ist hier nicht klar, was ich aus Gesprächen mit Offizieren der Nachbareinheiten unterwegs erfahren habe: daß die Rückzugsbewegung längst in Gang kommt und dieser Verbandsplatz geräumt werden müßte. Da der operierende Arzt mich nicht anhört, ordne ich deshalb als z.b.V. des Armeearztes die Räumung an. Meinen Anordnungen wird jedoch keine Folge geleistet. Ich vermute Disziplinlosigkeit, stelle dann aber fest, daß die Sanitätsdienstgrade meinen Befehl nicht ausführen, weil keine Transportkapazitäten vorhanden sind.«

An Eigenschaften hat Ernst Opel in diese vorderste Linie außer seiner kennerischen Zunge, den Zitaten aus Baron Larreys Erinnerungen, einer Reihe von Witzen, die er für Kasino-Witze hielt, sie beziehen sich auf Reit- und Fahrturniere und Übungsabende der dreißiger Jahre, mitgebracht: Kenntnisse der Geburtshilfe, Früherkennung von Gelbsucht, weil er selber einmal daran erkrankt ist, sicheres Erkennen, wann ein Fall für den praktischen Arzt und Geburtshelfer schwierig wird und dem Kreiskrankenhaus überwiesen werden muß. Außerdem: Einfühlungsvermögen. Zusammenführen und Kitten zerstrittener Familien, Ehrgeiz, Kenntnisse im Uniformwesen und in der Kriegsgeschichte, insbesondere Schlachten.

»Ich requiriere ein Krad für Fred, meinen Burschen, befehle ihm, mir zu folgen, und fahre selber mit dem Panjewagen in die Umgebung. Die Wege sind schneeüberlagert. In geringer Entfernung Artilleriefeuer. Rechts von uns eine Division, die den Namen *Tango- und Marmeladendivision* trägt, eine Berliner Truppe an der Nahtstelle, links von uns die *Butter- und Sahnedivision*, weil sie gut ernährt nach 1 ½ Jahren Aufenthalt in Dänemark hierher versetzt worden ist. Diese Nachbardivisionen befinden sich im Rückzug. Ich finde eine Veterinärstation für Pferde. Die Station ist geräumt, lediglich schwerkranke Tiere zurückgelassen. Die besten ziehen aber noch, wenn man sie vor Schlitten spannt. Ich bin auch Pferdekenner. Ich treibe mit Freds Hilfe, der das Krad schiebt, ein Dutzend Pferde durch ein Waldstück und gelange an einen verlassenen Flugplatz, wo wir kleine Räder finden, die wir unter Bretter nageln, die ursprünglich eine Art Laufsteg bildeten, der aus irgendeinem Grund die verlassenen Baracken verbindet. Wir nageln die Räder unter die Bretter, kehren damit zum Hauptverbandsplatz zurück. Ein Sanitätsdienstgrad befürchtet, daß der Oberarzt herumschnauzen wird, wenn er bemerkt, daß der Verbandsplatz ohne sein Wissen geräumt wird. Ich sage: ›Das nehme ich auf meine Kappe. Kümmern Sie sich um Eile.‹ Der Gefechtslärm ist jedoch näher gerückt, bestätigt die Richtigkeit meiner Anweisungen. Jetzt sind nur noch Stricke, Zaumzeug oder Leinen erforderlich, um Pferd und Transportmittel miteinander zu verbinden. Ein Sanitätsdienstgrad schlägt vor, Mullbinden, dreifach gelegt, als Zaumzeugersatz zu verwenden. Andere Aushilfen, außer zu kurze Lederriemen, sind nicht vorhanden. Opel nickt. Eine Gruppe Frontsoldaten durchzieht den Hauptverbandsplatz nach rückwärts. Was sie berichten, deutet auf unmittelbare Gefährdung hin.«

»Die von mir entwickelten Karren bewähren sich als Transportmittel nicht, da wir keine Straße finden, auf der diese Räder rollen könnten. Wir drehen deshalb die Bretter auf den Rücken, so daß die Räder nach oben zeigen. Die Pferde ziehen diese Vorrichtungen durch den Schlamm bzw. über Erde. Wir haben die Verwundeten daraufgebunden. Der Hauptverbandsplatz befindet

sich unter meinem Kommando auf Rücktransport.« Erst jetzt blickt der Oberarzt, ein Graf Dohna, von seiner Operation auf. Der Lärm russischer Angriffsspitzen in der Nähe, Geräusche von Panzerketten. Der Chirurg tritt aus dem Operationszelt, schnauzt Sanitätsdienstgrade an, die er bei nicht befohlenem Abtransport sieht. Opel eilt hinzu. Dohna hat bis zu diesem Zeitpunkt gar nicht begriffen, daß es sich bei dem für seine Vorstellungen aufgeputzten, aufdringlich Uniformierten, der in seinem Bereich eigenmächtige Befehle gibt, um einen Militärarzt handelt. Dies klärt sich jetzt auf, als Fred den Untersetzten mit Herr Doktor anredet. »Ach, Sie sind Kollege«, fragt Dohna. Opel hat jetzt Gelegenheit, sich stramm zu melden. Er bittet um Amtshilfe, weist auf den kranken Pferdebestand, der aber noch zugfähig ist, die Bretter hin, auf denen winzige Räder befestigt sind, die in die Luft zeigen. Ohne ein Wort zu sagen, er horcht nur kurz in Richtung Front, zieht der sympathische Chirurg einen Pelzmantel über, Koppel, Pistolentasche, läßt sich von Opel zum Beiwagenkrad führen, das von Opels Burschen geschoben wird. Die Kolonne bewegt sich 12 km nach Westen. Erst hier erhebt der Oberarzt der Form halber Protest, weist auf Opels Eigenmächtigkeit hin. Opel hat in einer Hütte aus seinen Vorräten einen Imbiß vorbereitet. Der Ort heißt Kludowo. Für Opels Empfinden entsteht hier eine Freundschaft fürs Leben. Es wird nicht deutlich, ob Dohna dies ebenso sieht, sich z. B. in einer Gesellschaft, bei einem Opernbesuch, bei einem Reit- und Fahrturnier, falls es dies nach dem Krieg noch einmal geben sollte, mit dem peinlichen Opel zusammen sehen oder sogar fotografieren lassen würde. Opel wäre gern in Ballenstedt, um zu berichten. Das Stückchen Landschinken ist exzellent. Diese zur Eigenschlachtung bestimmten Schweine werden ganz anders ernährt als die, die zum Verkauf bestimmt sind. Trinkt man gleich darauf aus der Verschlußkapsel der Gilka-Flasche einen Schluck Kümmel, so entsteht eine interessante Nachwirkung. Opel nennt das »Zähneputzen«. Die Bezeichnung ist irreführend, weil die Wirkung gar nichts mit dem Gebiß zu tun hat, sondern etwa in Höhe der Mandeln entsteht. Man kann ein Stückchen Brot nachschieben und Speck zerbeißen, ohne daß dieser differenzierte Eindruck sogleich gelöscht wird. Es ist seltsam: In dieser gar nicht dazu passenden Gegend, rechts eine Art Sumpfgebiet, links Kroppzeug von Gebüsch und unterentwickelten Bäumchen, befindet sich bei Kerzenlicht, durch ein bißchen Holzwand von hohem Gras getrennt, ein Stück Verstand. Unklar ist nur, wieso man so weit reisen muß, um diese Empfindung zu haben. Man kann auch im Harz, also höchstens 16 km von Ballenstedt, rasch Gegenden finden, in denen ähnliche Erkenntnisse möglich sind. Aber niemand in Ballenstedt würde sich einen längeren Bericht darüber anhören.
Es hat den Anschein, daß Dohna den selbstzufriedenen Kollegen im Grunde seines Herzens widerlich findet. Er geht verletzend früh schlafen.

Abb.: Eisverbreitung nach Gartmann (siehe S. 394). Mindeleiszeit (Elster-Stadium) 480 000-430 000 v. Chr.; Saale-(Riß-)Eiszeit (Warthe-Stadium) 240 000-180 000 v. Chr.; Würm-Eiszeit (Weichsel-Stadium) 120 000-20 000 v. Chr.

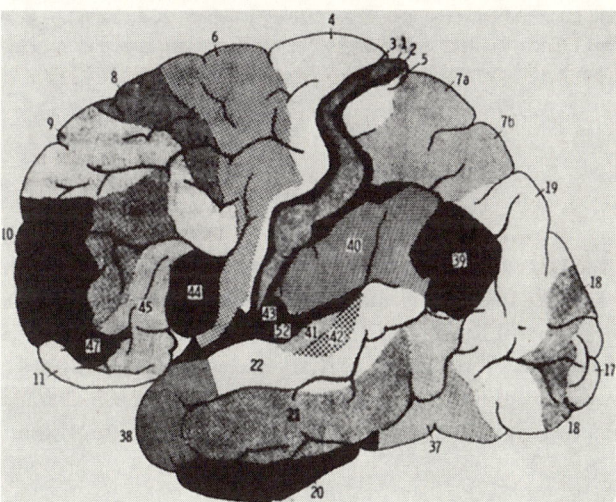

Abb.: »Dreht man die Eiskappe spiegelbildlich um, hat man die Form des menschlichen Hirns« (Gartmann). Tatsächlich ist, wie Gartmann nachweist, die Intelligenz »in der Not«, d. h. aus der Eiszeit entstanden. Abbildung zeigt Großhirn, eingeteilt in Areae nach der Zytoarchitektonik (modifiziert nach Brodmann).

Der Stalingradkessel

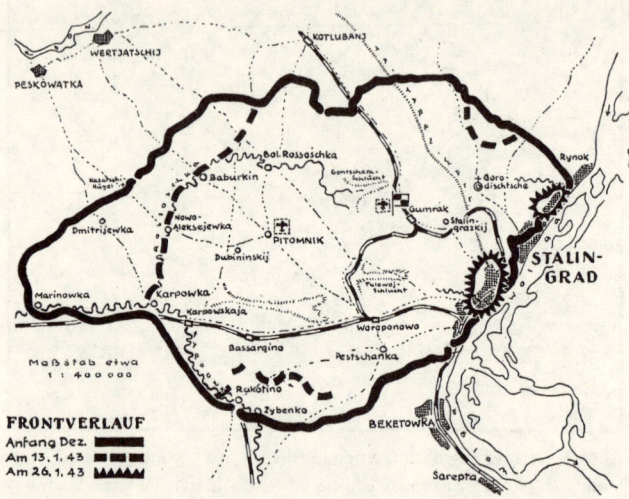

Abb.: »Dreht man (immer dem unorthodoxen Gartmann folgend) das Hirnbild spiegelbildlich erneut herum, so hat man den Kessel von Stalingrad. Daraus entstand kein neuer Intelligenzschub« (Gartmann). »Nicht das Lernen, sondern das Nicht-Lernen ist das erklärungsbedürftige Phänomen.« (Habermas)

Meßgenauigkeit

Die Barfrau wägt ab, wieviel diese Brieftasche des Gastes ganz allgemein enthält. Sie hört auf auszuschenken, wenn der letzte namhafte Geldbetrag ausgegeben ist. Das ist ihr Kunstblick. Eventuell für eine Taxifahrt einen Rest lassen, 20 Mark. Verschätzt sie sich um 20 Mark nach oben, so schädigte sie das Geschäft, weil Getränke ausgeschenkt werden, die der Gast nicht bezahlen kann. Verschätzt sie sich nach unten, ist dem Geschäft Gewinn entgangen.

Für meine Trauerarbeit möchte ich bezahlt werden

Ein kleiner Blumenladen neben uns. Wirklich nette Leute. Immer wenn ich ein kleines Moosröschen kaufen wollte, hat sie mir gleich drei gegeben. Alles für 30 Pfennig. Das hat die aus Sympathie so mitgegeben. Dann hat man ein neues Haus aufgebaut. Alle warteten schon, und eines Tages haben sie das Büdchen mit dem Blumenladen zugemacht. Das ist einfach traurig, wenn die da ausziehen müssen.

Im Hirn der Metropole

I

Vortragender Legationsrat I. Klasse F. Bittrich, als junger Mann während der Großen Koalition eingesickert, galt in der Presseabteilung des Auswärtigen Amtes als Reformer. Dieses Amt weitet sich aus, produziert in erster Linie Platzmangel.

Bittrich war der Ansicht, die aber nur von wenigen in diesem Amt geteilt wird, daß dieses Haus eine Art *Weltgehirn* bildet. Die Landschaften und Krisenflächen des Planeten spiegelten sich »irgendwie« im Aufbau der Ressorts. Insbesondere sind es die »gesellschaftlichen Auseinandersetzungen, Kriege«, die einzelne dieser Hirnteile wachsen lassen. So bildete Frankreich 70/71 einen Kern, Tsingtau, die Tangerkrise, Ausbildungskurse der Reichswehr in der Sowjetunion nach 1926, das im Zweiten Weltkrieg neutrale Portugal usw. usf. – leichte Schwellungen im Stellenkegel.

Das mag ja sein, antwortete Ministerialdirigent Hebeisen, ein Förderer Bittrichs, älterer erfahrener Diplomat, aber eine solche Spiegelung der Welt durch das AA wäre ein Zerrspiegel, mein Lieber. Das, erwidert Bittrich aus seinem Wissensschatz, ist selbstverständlich auch im Verhältnis der primären und sensorischen Zentren so, die sich im Jedermannshirn spiegeln. Er holte das entsprechende Fachbuch aus seinem Dienstzimmer in die Kantine, wo sie sprachen, mußte dafür die verkehrsreiche Straße überqueren, hätte dabei umkommen können, und jetzt zeigte er das eigentümliche Zerrbild eines Menschen, das zustande käme, wollte man aus der Repräsentation des Hirns auf den tatsächlichen menschlichen Leib zurückschließen. So etwa würde, sagte er, ein Saturnforscher, der das Hirn eines Terraners ausmessen, aber nicht sehen kann, sich das Menschlein vorstellen. Seinem Förderer ging dieser Gesichtspunkt zu weit. Sie haben wohl überhaupt nichts Richtiges zu tun in Ihrer Abteilung, Herr Bittrich? Bittrich: Doch, doch. Er zeigte seine Terminlisten, die er bei sich führte. Ich vertrete heute das AA in der Bundespressekonferenz.

II

F. Bittrich hatte über das Wochenende in einem Philosophiebuch gelesen: »Welt ist nicht die bloße Ansammlung der vorhandenen abzählbaren oder unabzählbaren, bekannten oder unbekannten Dinge. Welt ist aber auch nicht ein nur eingebildeter, zur Summe des Vorhandenen hinzu vorgestellter Rahmen. **Welt weltet** und ist seiender als das Greifbare und Vernehmbare, worin wir uns heimisch glauben. Wo die wesenhaften Entscheidungen unserer Geschichte fallen, von uns übernommen und verlassen, verkannt und wieder erfragt werden, da weltet die Welt.«
Daraus ergaben sich bestimmte Spezialfragen. »Worin besteht das wesentliche Wesen von etwas? Vermutlich beruht es in dem, was das Seiende in Wahrheit *ist*.« Es gibt dazu grundsätzlich 2 Wege: »Feststellen der Wahrheit« und: »Geschehenlassen der Ankunft von Wahrheit«. Einige Zeilen später fand Bittrich hierzu einen Hinweis: »denn im ›Feststellen‹ liegt ein Wollen, das Ankunft abriegelt und also verwehrt. Dagegen bekundet sich im Geschehenlassen ein Sichfügen und so gleichsam ein Nichtwollen, das freigibt«. Darüber konnte Bittrich eine Zeitlang mit Erfolg nachdenken, aber auf Seite 55 des Heftchens war die Rede »vom vernutzten Wesen der Wahrheit im Sinne von Richtigkeit«. Das machte ihn als Praktiker ziemlich ratlos, da ja *das, was richtig ist*, auch *wahr sein muß* und überhaupt nicht vernutzt sein kann, wenn es noch nie benutzt wurde. Auf Seite 90 heißt es weiter: »schwer verläßt was nahe dem Ursprung wohnet den Ort«. Dazu fiel Bittrich sofort Vietnam ein. Das, was dort »in die Steinzeit zurückgebombt ist«, kommt als Nachricht nur schwer nach Europa.

III

Um die gleiche Zeit saß in einem anderen Dienstquartier der Sachbearbeiter der Südostasien-Abteilung für Kambodscha. An der Wand des kleinen Zimmers war eine Straßenkarte dieses Ländchens befestigt. Er verfügte über etwa 27 Akten, in der die Kenntnisse des AA über dieses Land gesammelt waren. Seit Monaten bemühte er sich um eine Hilfskraft, die er nur jetzt, solange die

Zeitungen von kambodschanischen Ereignissen voll waren, für sein Referat ergattern konnte. Er arbeitete an einem Vermerk, in dem »außenpolitische Grundgedanken im Verhältnis zum Kambodscha-Problem« wiedergegeben sein sollten. Der Nachrichtenfluß war aber schon innerhalb des Auswärtigen Amts stranguliert. Die wesentlichen Vermerke wurden in der *Politischen Abteilung, Unterabteilung West* angefertigt.[97]

IV

530 km entfernt war erst gestern ein Korrespondent der Süddeutschen Zeitung, C. Liebenbohm, in sein Heim zurückgekehrt. Ihn besuchte der Gebrauchtwagenhändler Felix Bößl, der in Nebentätigkeit für den BND Nachrichten sammelte und artikelweise verkaufte. Wahrscheinlich war die Presse in der Metropole dasjenige, was wenigstens eine Vorform einer Nervenleitbahn bildete.

V

Das für Kambodscha zuständige Referat im Bundesnachrichtendienst (BND), ein Dienstzimmer, vertretungsweise durch einen Referenten besetzt, der sonst für den Bereich nördliche Nordsee zeichnete, sah auf 6 Zwergtannen, die noch wachsen sollten, einen Zaun. Wenige Handakten, meist mit Zeitungsausschnitten. Anfrage des Bundesministers B. »mit der Bitte um Feststellung aller einschlägigen Tatsachen über die neuere Entwicklung in Kambodscha, politische Aussichten, Möglichkeiten der Zusammenarbeit, Einschätzung der Wandlungen usf. Frist: 6 Tage«.

VI

Der Referent war einigermaßen verzweifelt. Er telefonierte den ihm bekannten Spezialagenten, Gebrauchtwagenhändler Bößl an, erbat sofortige Recherchen, ehe er fremdländische Geheimdienste um Amtshilfe bat, denn er konnte

---

97 Hätte das Auswärtige Amt ein Organ, mit dem es in sich hereinhorchen, Erinnerungen abrufen könnte, und dies wäre Voraussetzung für Bittrichs These von der Hirntätigkeit des AA, hätte es aus dem Kambodscha-Unterreferat nichts vernommen.

diese Amtshilfe nicht erbitten, ohne präzise Einzelfragen zu stellen. Nicht einmal zum Ausdenken solcher Fragen waren die Unterlagen geeignet. So beeilte sich Bößl, C. Liebenbohm aufzusuchen, als die einzige Nachrichtenfaser, die etwas Direktes über das Geschehen im Referatsgebiet wissen konnte.

VII

C. Liebenbohm war noch vor Wochen in Phnom Penh gewesen. Er sah die Häuserzeilen von Phnom Penh, viele Zäune, Grünzeug, Baumalleen, Straßenleben vor sich. Einige Szenen mit Raketeneinschlägen (aus dem Fernsehen), die Halle des Hotels, Gespräche, Gespräche usf., meist mit Kollegen, hatte also eine genaue Anschauung, einschließlich des Wetters, der Lautstärke, Vibration, hell-dunkel, warm-kalt usf., also eine zusammenhanglose Gruppe unmittelbarer sinnlicher Eindrücke.

Von den Zusammenhängen hatte er eher nachträglich in Bangkok gehört. Jetzt hing der Agent Bößl wie eine Klette an diesen Informationen, war nicht zu bewegen, das Haus zu verlassen. Liebenbohm paßte sich an. Es war ihm ohnehin angenehmer, zu zweit zu schreiben: Er für einen Artikel, der am nächsten Tag in der *Süddeutschen Zeitung* erscheinen sollte, Bößl für die vertrauliche Notiz an den BND, die als Grundlage für die politische Haltung der Bundesrepublik in Kambodscha offenbar dringlich war.

VIII

An diesem Abend brachten die Nachrichtenmedien nichts über Kambodscha, sondern nur Nachrichten über die Insel Koh Tang, das Schiff Mayaquez.
Liebenbohm: Man müßte als Überschrift, habe ich im Gefühl, ein Wortspiel machen mit »Mittel und Mitleid«, z.B. »Weder Mittel noch Mitleid«. Das würde die Sache *fassen*, und Sie müssen sich vorstellen, das ist ein armes Land, dem die *Mittel* fehlen, und nach den Bombardements kann man nicht viel *Mitleid* erwarten. Das da unten ist eine harte Sache.
Liebenbohm sah dazu vor seinem geistigen Auge einige Szenen, die er um das in Bangkok Erfahrene mühelos anreicherte. Er sah insbesondere die Hospitalinsassen, die mit der Gesamtbevölkerung der Hauptstadt in Richtung Land zogen. Zum Beispiel auf kleinen Rädern fahrende Krankenbetten, geschoben von Angehörigen, eine Flasche mit künstlicher Nahrung an die Vene des Patienten angeschlossen, durch das Buschgelände, über Wege, die Bombenkrater

aufwiesen. Das hatte er nicht *gesehen*, sondern er *kombinierte* es aus Berichten, vermischt mit Zwischenschnitten aus seiner vorangegangenen eigenen Kambodscha-Erfahrung (»Buschgelände«), bevor dieses alles geschah. Bößl sah dies vor seinem inneren Auge alles nicht.

Er fragte: Aber das mit Morden und Vergewaltigung, weil Sie »weder Mitleid« sagen, abgehackte Köpfe usf. Das soll doch eigentlich nicht wahr sein. Liebenbohm: Das kann nicht bestätigt werden. Das sind Parolen. Bößl: An sich sind doch die Kambodschaner eines der sanftesten und freundlichsten Völker der Welt, »mehr dem Müßiggang als der Leistung, mehr dem Eros als dem Mammon zugeneigt«? Es sollen auch Götter stark im Spiel sein. Liebenbohm: Das wäre nicht falsch, wenn Sie das schreiben. Bößl: An sich widerspricht dem, daß sie gekämpft haben. Liebenbohm: Das stimmt. Bößl: Wenn Sie »offensichtlich« sagen, meinen Sie aber nicht, daß Sie das selber gesehen haben. Liebenbohm: Gesehen nicht. Korrespondenten hatten ja zu dem Khmer-Rouge-Gebiet keinen Zutritt. Der Sohn eines amerikanischen Filmregisseurs soll mit einer Mopedgruppe in diese Richtung gefahren sein und ist nicht zurückgekehrt. Bößl: Aber das haben Sie auch nicht gesehen? Liebenbohm: Gesehen nicht, aber gehört. Fangen wir noch mal an. Das Wichtigste scheint mir, nach dem, was ich gehört habe, die Umwertung aller Werte zu sein. Ich will einmal ein Beispiel geben. Da wartet der Geschäftsführer der *Bank Khmer de Commerce* in seinem Dienstzimmer darauf, daß er die Akten übergeben kann, ordnungsgemäße Übergabe, gemeinsame Inspektion der Tresore, Unterzeichnung einer Übergabeurkunde durch einen Repräsentanten der neuen Machthaber. Die kommen im Rudel an, fordern ihn auf, die Bank sofort zu verlassen. Die Akten werden verbrannt, die Möbel zertrümmert, Millionen von *Riel*, das sind die bunten Geldscheine mit der Tempelabbildung darauf, gehen in Flammen auf. Das heißt Abschaffung des Geldes, und nicht ordnungsgemäße Übergabe. Die haben da Ideen wie in der Französischen Revolution. Bößl: Aber das haben Sie nicht selbst gesehen. Liebenbohm: Nein, gehört. Aber es ist offensichtlich so oder so ähnlich gewesen. Bößl: Was soll ich nun schreiben? Ich muß irgendwas Unmittelbares haben. Liebenbohm: Da werden Sie schwer etwas Unmittelbares darüber bekommen. Der, von dem ich das habe, hat es auch nur gehört.

Bößl: Sie waren gerade bei der Abschaffung des Geldes. Tauschhandel, »sie drehen den Uhrzeiger der Geschichte zurück«. Liebenbohm: Zurück könnte man sagen, weil Tauschhandel zur Steinzeit gehört, vorwärts könnte man sagen, weil jetzt die Fahnen der Khmer-Rouge das Geld praktisch ersetzen. Bößl: Ist das denn in dem Sinn überhaupt Dschungel? Ich habe da eine Beschreibung in einem Roman gelesen, der über einen Fremdenlegionär ging, das war allerdings 21 Jahre zurück. Da könnte was nachgewachsen sein, weil ja diese Landschaft während der Bombardements nicht gepflegt worden ist. Liebenbohm:

Ja, *an und für sich* ist das nicht Dschungel *im engeren Sinn*, aber es ist unerfindlich, wie das zerstörte Land die zwei Millionen Zuwanderer aus der Stadt ernähren soll. Stellen Sie sich einmal vor, *wir* werden jetzt zwei Millionen stark in die Fränkische Schweiz verlegt, Bäume und Sandstein. Die Dörfer müssen Sie sich auch zertrümmert vorstellen, und Franken ist altes Kulturland, das nach dem Dreißigjährigen Krieg längst wieder aufgebaut ist. Das kann man sich doch gar nicht vorstellen. Ich werde das mal so schreiben: »Auf diesem *langen Marsch* wird ein beträchtlicher Teil der 7 Millionen Kambodschaner das Ziel nie erreichen, ja wohl nicht einmal erfahren, welches das Ziel war.« Man könnte von einer *jakobinischen Bauernrevolution* der Khmer-Rouge sprechen. Schreiben Sie mal mit: »Mit ihrem offenkundigen Haß auf die Städter, auf diejenigen, die ihrer Ansicht nach das US-Engagement herbeigeführt haben: Der Haß greift über auf alles, was fremd ist.« Das ist insofern ganz witzig, als »jakobinisch« und »Bauernrevolution« so gesellschaftlicher Gegensatz ist. Bößl: Das kann ich doch alles nicht an den BND schreiben. Ich brauche da etwas, das einen *tröstlichen* Hinweis gibt, irgend etwas, das ein Referent, der mit den westlichen Geheimdiensten sich gutstellen muß, wenn er ihnen Nachrichten aus den Zähnen ziehen will, in seine Anfragen einflechten kann. Liebenbohm: Da hätte ich was. Die haben ein Breschnew-Foto und die sowjetischen Fahnen in Fetzen gerissen oder am Boden zertrampelt. Bößl: Entweder das eine oder das andere. Ich muß das so schreiben, als hätte das einer gesehen. Da kann es nur *entweder* zertrampelt *oder* zerrissen sein. Liebenbohm: Sie machen sich, weil Sie nicht da waren, keine rechte Vorstellung davon. Die können das erst zerreißen und dann auch noch zertrampeln. Ich habe das jedenfalls so gehört. Gesehen habe ich übrigens, daß ein sowjetischer Diplomat, der, wie ich gehört habe, im Botschaftsgebäude unter Arrest stand, im Bangkoker Hotel angelangt ist. Die Pointe ist doch, daß die Khmer-Rouge sich von der Sowjetunion absetzen. Bößl: Das ist in meinem Bericht eine Pointe, und ich könnte vorsichtig davon schreiben, daß »Indizien in diese Richtung weisen«. In der Times habe ich gelesen, daß die sowjetische Botschaft auch einen Raketentreffer abgekriegt hat. Ist das richtig? Liebenbohm: Scheint zu stimmen. Bößl: Haben Sie nicht noch irgend etwas Unmittelbares? Ist der Straßenreinigungsdienst wieder in Gang? Bäume umgehackt? Warum kommt Sihanouk nicht? Ist die Mutter des Prinzen wirklich so krank? Vielleicht noch irgendein authentisches Colorit? Wie geht denn die verlassene Stadt in die freie Landschaft über? Regierungstruppen und Rebellen müssen zusätzlich zu ihren Reisrationen geröstete Leber gegessen haben, die sie den Leichen von Gefallenen entnommen haben, vielleicht haben Sie was gesehen? Wie das rausgeschnitten und geröstet wird? Man weiß doch gar nicht, wann so was gar ist. Oder die Dächer, wie sehen die Dächer in der Hauptstadt aus? Die sind ja wohl im wesentlichen intakt. Liebenbohm: Jadegrün.

IX

Die Partner verabredeten noch, welche Schwerpunkte wer von beiden bearbeitet, damit sich Zeitungsbericht und BND-Notiz nicht überschnitten. Der Bericht Bößls gelangte mit einigen Zusätzen des vertretungsweise tätigen BND-Referenten an den Bundesminister B. sowie an das Auswärtige Amt. Der sehr arbeitsame Außenminister war in der Lage, auf Grund dieser Unterlage, die Grundlinien der deutschen Außenpolitik im Verhältnis zu Kambodscha näher festzulegen. Er war jetzt in der Lage, in einem Pausengespräch mit seinem informierten französischen Kollegen, auch über Kambodscha sich zu äußern, ohne sich eine Blöße zu geben. Eventuelle Fehlangaben konnten darauf geschoben werden, daß der fremdsprachenunkundige Minister über einen Dolmetscher konferierte. Es war immer möglich, daß dieser bei der Übersetzung Einzelheiten vermasselte.

Auf der Suche nach einer praktischen, realistischen Haltung

Er wollte irgendwie praktisch sein, d. h., er ging in die Universitätsbibliothek und machte sich Notizen aus Büchern über die Zerstörung der deutschen Städte im Jahre 1944.

Wie gesagt, wollte sich Fred Harsleben *praktisch* verhalten. Er zweigte von seinem Beruf Stunden ab, erwarb auf Privatflughafen Darmstadt den Flugzeugführerschein (eine Stunde Autostrecke hin, eine Fahrstunde zurück). Erwarb eine Dotter-XII-Maschine mit Wasserkufen. Wenn er eine Zwischenlandung in Nordnorwegen einkalkulierte, so konnte er dieses Kleinstflugzeug binnen 12 Stunden bis Spitzbergen bringen, eine Waschtasche und sich selbst als Gepäck. Er brauchte also im Gefahrenfalle 12 Stunden Vorsprung, d. h. eine Vorwarnzeit. Dort angekommen, wollte er in einer jetzt auf zwölf Jahre angemieteten Blockhütte, in der er Konservenvorräte für zweieinhalb Jahre deponiert hatte, den dritten Weltkrieg überwintern. Es war ja nicht gesagt, daß das Ganze in unserer Lebenszone begann, insofern schien ihm eine Vorwarnzeit von 12 Stunden im Bereich des Möglichen.

Dann wurde im November 1976 Fred aber unehelicher Vater: ein Zufall, ein Gottesgericht, jetzt im 46. Lebensjahr! Ein *Haus* hatte er in Spitzbergen, eine *Pappel* ließ sich ebenfalls noch irgendwo pflanzen, nun war ein *Kind* zu erwarten, das den Lebenszweck ausfüllte. Er suchte jetzt nach Chancen, dieses Kind und evtl. auch die Mutter (wenn möglich!) in die Fluchtplanung einzubeziehen, mitzunehmen in die Real-Höhle im Norden.

Außerdem ergab sich aber, daß Spitzbergen gar nicht so praktisch war, wie es nach den ersten Studien schien. Die Lage deutete darauf hin, daß gerade die Eisfelder der Polarregion Hauptgefechtsgebiet sein würden. Einerseits: nach den Erfahrungen des Zweiten Weltkriegs waren es die Kriegszonen, in denen sich die Gegner – vom Individualkämpfer und Geschlechtsfortpflanzungskämpfer Fred aus waren alle seine Gegner – noch am ehsten rational verhielten, also keine Flächenterrorbombardements. Aber vielleicht galten diese Zweite-Weltkriegs-Erfahrungen diesmal nicht. Zweifel, Zweifel. Freds Blick fiel auf die Kergeulen-Inselgruppe in der antarktischen Eiseszone. Sie schienen sicherer. Ein französischer Paß genügte. Es war unwahrscheinlich, daß die »Gegner« im Kriegsfalle Kräfte übrig hätten, auch diese Südzonen des Planeten einzubeziehen, selbst dann nicht, wenn der Konflikt von Südafrika ausginge.

Harsleben maß die Entfernungen: selbst von Feuerland und von Kapstadt gemessen, äußerst weit. Er besuchte diese Inselgruppe, auf der Ziegen weideten; vielleicht etwas kälter als Nordschottland. Er erwarb dort eine Hütte. Aber der Transportweg für seine Dreieinigkeit machte ihm Sorgen (Kind, Kriegsmutter, er selbst, evtl. ein Stück Pappelrinde als Erinnerung). Er kam praktisch nur bis zur Sahara, immer unterstellt, daß er das Kleinstflugzeug in ein etwas größeres tauschte. Eine andere Linienführung brachte ihn bis in die Nähe der Bermudas, dort Notwasserung, denn bis zu den Inseln reichte es nicht. Es war nicht anzunehmen, daß er dort eine Segeljolle unterstellen oder einen Dampfer nach Süden erreichen könnte. Das war alles zu langsam, benötigte drei Wochen Vorwarnzeit. Als Realist konnte er dann zu jedem Zeitpunkt der Jetztzeit losfahren, bei Entwarnung wieder zurück und befand sich zum Zeitpunkt des »Ereignisses« vermutlich gerade auf der Rückreise, fuhr also in die Gefahr mitten hinein.

Er hätte so gerne eine praktischere Lösung gefunden. So grub er zuletzt wenigstens im Garten eines Mietshauses einen Stollen, der 52 m in die Tiefe führte und dort unten einen Hohlraum für drei Personen nebst Vorräten vorsah. Aber wer weiß, was das nutzt.

Zur Imagebildung, wenn 2 Parteien Kopf an Kopf liegen und es um die rücksichtslose Auspressung eines Restquentchens an Sympathieerhöhung geht

An sich war dieser Werbefachmann in seinem quergestreiften Sakko eine Art Quatschdrossel. Deplaciert als Dauerredner vor den anwesenden Politprofis, die nicht die Zeit für soviel verwirrende Einzelinformation hatten. Sie waren nur hergekommen, weil die Wahlkampfleitung dies auf ihr Programm geschrieben hatte, und wollten etwas sehr Einfaches wissen: Was müssen wir tun, um noch ein paar Mischwähler in 6 Wochen und 4 Tagen zu uns herüberzuziehen. Sie brauchten nicht in Psychologie, Soziologie oder irgendeiner anderen Wissenschaft unterrichtet zu werden, um dieses Interesse klar zu sehen, und hätten jeden Vorschlag, auch kurz vorgetragen, akzeptiert, wenn er nur irgendein Versprechen enthielt.

Statt dessen versprach der von der Werbefirma zu dieser Veranstaltung geschickte »Leiter der Abteilung Grundsatz« überhaupt nichts, stahl ihnen die Zeit, indem er ununterbrochen redete, an dem Diagerät schaltete oder fingerte, ihnen Tonbänder vorspielte usf. Trotzdem war mit zunehmendem Zeitablauf der Abgeordnete Gerloff diesem Mann dankbar, denn er merkte wohl, daß er, verurteilt zu dieser Passivität, die das Hin- und Herhetzen zwischen Bonn und Wahlkreis unterbrach, ruhiger wurde. Vielleicht war dieser Effekt beabsichtigt, daß nach Art eines autogenen Trainings in seinem Kopf Ruhe einkehrte und er vielleicht Sieger wurde im Wahlkampf, weil er doch nach 2 Stunden Wortbewurf zur nächsten Veranstaltung im Wahlkreis weniger nervös erschien.

Der Wortverkäufer führte 4 Tonbandaufnahmen vor, in denen ein »Bewerber für ein politisches Amt« sich vorstellte. Es war jedesmal dieselbe Stimme. Aber auf 2 Bändern sprach der Bewerber als im außerschulischen Bereich sehr erfolgreicher Mann, auch nicht unintelligent. Auf den beiden anderen Bändern sprach die gleiche Stimme mit eher durchschnittlicher Intelligenz und berichtete von mäßigen Erfolgen. Auf 2 Bändern, wovon das eine die überlegene, das andere die durchschnittliche Person vorstellte, widerfuhr dem Bewerber gegen Ende des Interviews jeweils ein Mißgeschick: Er verschüttet eine Tasse Kaffee über seine Kleidung.

Jetzt sollten die Politprofis raten, welche der 4 Bewerber die sympathischeren waren.

MERTENS: Das war doch viermal dasselbe.

LEITER DER ABTEILUNG GRUNDSATZ DER WERBEAGENTUR S: Nehmen Sie einmal an, es wären 4 verschiedene.

DORFMANN: Was sollen wir da beurteilen? Wir sehen das doch nicht aus der Laiensphäre.

WILLI KEIL: Nun sagen Sie uns schon, nachdem Sie uns neugierig gemacht haben, wer nach Ansicht Ihrer Firma hier die größere Sympathie erntet. Wir können ja dann sehen, ob wir das auch so machen.

Der Leiter der Abteilung Grundsatz bestand jedoch auf einer Abstimmung, die mit beachtlicher Mehrheit ihre Sympathie dem intelligenteren, erfolgreichen Bewerber zuwendete, der die Tasse Kaffee über seine Kleidung geschüttet hatte. Hieran knüpfte der Leiter der Abteilung Grundsatz seine Analyse: Laien urteilen genauso. Die attraktivste Person ist immer die überlegene, der ein Mißgeschick passiert. »An dem Mißgeschick selbst ist nichts Anziehendes; es hat den Effekt, daß es die Attraktivität des Überlegenen erhöht und die des Durchschnittlichen senkt.« Es ist möglich, daß man für sein eigenes Vorwärtskommen zu gut ist. Eine im hohen Maß kompetente Person kann unter Umständen mehr bevorzugt werden, wenn sie das Image übermäßiger Perfektion nicht aufrechterhielt.

Interessant, sagte Mertens. Sie fraßen jetzt diesem Leiter der Abteilung Grundsatz aus der Hand und akzeptierten binnen einer knappen Viertelstunde alle übrigen, z. T. kostspieligen Vorschläge, die er im Auftrag seiner Firma vortrug. Sie hatten verstanden, daß er ihnen deshalb so aufwendig auf die Nerven gefallen war, auch deshalb die clownsartige Jacke trug, um seine überlegene Kompetenz mit einer Schwäche zu verknüpfen, die ihr Vertrauen nach 1 ½ Stunden ja auch tatsächlich gewann. So wollten sie es in den nächsten Wochen mit ihren Wählern im Wahlkreis auch machen.

Soll man sich nun auf den Robustheits-Standpunkt des Ostens oder auf den Mercedes-Standpunkt des Westens einstellen?

»Ich habe zu keinem Zeitpunkt das Sojus-Raumfahrzeug mit einem *Handwagen mit Beifahrersitz* und das Apollo-Raumfahrzeug mit einem *Super-Mercedes* verglichen. Ich bin auch nicht aus diesem Grund aus der NASA ausgeschieden. Vielmehr habe ich den Start des Sojus-Fahrzeugs ausdrücklich begrüßt.

Wernher von Braun.«

Na, sagte der Chef der Leserbriefseite, der dieses Fernschreiben des bekannten Raketenspezialisten mit »zur Kenntnis genommen« abzeichnete, er konnte ja wohl auf die Sticheleien in unserem Blatt hin nichts anderes sagen. Er muß in seiner hohen Stellung mit der Sowjetunion sich gutstellen. Natürlich hat er das mit dem Beifahrersitz gesagt.

Es steckt aber doch mehr dahinter, antwortete der Redakteur Ferguson, der selber Raketenspezialist war. Ich stelle mir das so vor, daß die mit äußerster Anstrengung und Schieben die Umlaufbahn so ungefähr erreicht haben und dann dasaßen und warteten, was kommt jetzt? Allerdings, sagte der Chef der Leserbriefseite, das konnten sie nicht wissen. Das macht alles die rassige Apollo-Kapsel, die ihren Rüssel bei ihnen da hinten hineinsteckt. Aber doch erstaunlich, sagte Ferguson, daß sie am nächsten Tag mit ein paar rhythmischen Unregelmäßigkeiten, sog. percussions usw., ihrerseits ankoppelten.

– Aber was hat das für einen Zweck?
– Die hatten eindeutig Spionageauftrag.
– Rätselhaft, wie die da überhaupt hereingekommen sind. Das ist doch nicht mal auf dem Niveau des Fahrrads.
– Und sehen Sie, plötzlich haben die die Venus mit unbemannten Sonden okkupiert und bauen dann die Naturschätze ab, während unsere US-Jungen mit Super-Mercedes den unfruchtbaren Marsboden erforschen.
– Alles Wüste.
– Und die Sowjets karren inzwischen das Venus-Öl mit ihren Handwagen ab. Ich sehe das so: Eine Fördertonne hinter der anderen, das macht im freien Raum auf 8400 km Länge eine Latte. Wenn sie nicht überhaupt eine Pipeline bauen.
– Die müßten sie dann auf dem einen Planeten immer weiter zubauen und auf unserer Seite, meinetwegen in der flachen Aralsee, damit das weich fällt, permanent abholzen oder auch da dranbauen, da sich ja die Planeten im Verhältnis zueinander bewegen. Das geht nicht starr. Das hat von Braun eben gesehen. Insofern schwimmt bei ihm ein Stück Respekt mit.
– Es ist die alte Leier. Die Super-Mercedes sind empfindlich.
– Während man einen Handwagen schon mal riskiert. Rätselhaft, warum wir nicht diese Technik kopieren.
– Weil das nicht originell wäre. Die NASA erhielte nicht die geringsten Mittel für eine Art Handwagen mit Super-PS-Motor. Diese Konstruktion würde zerrissen.
– Dieser Umstand wird der Untergang unserer Gesellschaft sein.
– Ich fürchte, ja.

Zu allem Unglück kam jetzt über Telex die Nachricht, daß von Braun, der nur eine Niere besaß, wegen Nierenschadens in die Klinik von Houston eingeliefert worden war. Das war werbemäßig, was die Kongreßbewilligungen für den Haushaltsplan 1976 der NASA betraf, ein ungewöhnlicher Schlag. Das hat alles keine Reichweite, sagte der Chef der Leserbriefseite.

Sie wollten sicher sein, daß sie wirklich etwas erleben. Es war so anstrengend, daß es im strengen Sinne nicht schön war

Im November ist es in der tunesischen Wüste kalt. Eine Touristikfirma führt in dieser Zeit Wüstenfahrten durch in Jeeps. Im November dieses Jahres nahmen an der Fahrt teil: 4 Zahnärzte, 2 Pensionäre, ehemalige Offiziere, 1 Jäger, 1 Geodät, 1 Gastwirt, 1 Reiseführer, 2 Eingeborenen-Führer. Zwischen El Oed und dem Meer trafen sie auf Flugzeugwrackteile.
In den letzten Tagen war nichts Spannendes vorgefallen. So bestanden die Reiseteilnehmer darauf, die Unglücksstätte in konzentrischen Kreisen zu umrunden, um doch noch Überlebende des Absturzes oder eventuelle Spuren, z.B. ein Tankverschluß, irgendein Wrackteil zu finden, das den Absturz erklärte.

REISELEITER: Wir überschreiten hier die Grenze nach Libyen. Dazu fehlt die Genehmigung.

JÄGER: Sehen Sie hier irgendwelche Grenzposten in der Wüste? Ich sehe jedenfalls keinen Hinderungsgrund, uns auf die Suche zu machen.

EINER DER ZAHNÄRZTE: Ich bestehe sogar darauf.

EINER DER OFFIZIERE: Das nehmen wir auf unsere Kappe. Das ist in dem strengen Sinn keine Grenze.

GEODÄT: Das ist von ehemaligen Kolonialmächten ganz willkürlich festgelegt. Sehen Sie, eine natürliche Grenze (weist auf die Karte) wäre hier bei diesen Bergen. Bis dorthin könnten wir eine Kreisfahrt machen.

DER GASTWIRT, DER JURISTISCHE VORBILDUNG BESASS: Es ist ein Notstand, der auch eine Rechtsverletzung gestattet. Wir können nicht die eventuell Abgestürzten in der Wüste liegenlassen. Außerdem geht es um eine Rekonstruktion des Unfalls. Das wäre mal was, worüber man was erzählen könnte. Eventuell Presse usw.

REISELEITER: Damit aus der Presse dann entnommen werden kann, daß wir die Staatsgrenze nicht respektiert haben?

GASTWIRT: Wir müssen ja nicht mitteilen, wo wir genau gesucht haben. Hauptsache, wir finden etwas Interessantes. Ich habe diese gelbgrüne Gegend hier satt. Es ist ja nicht einmal Wüste oder Strand hier, sondern praktisch Steingelände.

REISELEITER: Freuen Sie sich darüber, daß das aus Stein ist. Sonst könnten die Jeeps gar nicht vorwärts kommen.

Inzwischen hatte der Reiseleiter das Flugzeugwrack einer Inspektion unterzogen. Es fehlten tatsächlich einzelne Wrackteile, die schon vor dem eigentlichen Absturz verlorengegangen sein konnten. Es war möglich, daß man bei der Suche etwas davon fand. Andererseits schien es ihm, daß dieses Wrack schon seit Jahrzehnten hier lag. Es war verwittert.

REISELEITER: Das ist ein altes Wrack. Wir finden hier bestimmt keine Überlebenden.

GEODÄT: Dann ist es noch interessanter.

EINER DER ZAHNÄRZTE: Wenn wir etwas finden, nehmen wir das mit. Die versprochenen Ruinen und Antiquitäten haben wir ja nicht zu sehen bekommen. Solche Fundstücke haben Wert.

Der Reiseleiter konnte sich dem Druck nicht entziehen. Sie fanden insgesamt 9 Skelette, verteilt auf einer Strecke in nordwestlicher Richtung. Es war offensichtlich, daß die Besatzungsmitglieder der abgestürzten Maschine versucht hatten, in dieser Richtung der Wüste zu entkommen.

Die Toten gehörten der Besatzung einer fliegenden Festung an, die im Jahr 1943 von afrikanischem Boden aufgestiegen war und Unteritalien bombardieren sollte. Durch Navigationsfehler war sie nachts, zurückkehrend von ihrem Vernichtungsauftrag, in die Irre geflogen und nach Erschöpfung der Benzintanks über der Wüste abgestürzt. Die Mitglieder der Besatzung konnten sich durch Fallschirmabsprung retten. Bei Tagesanbruch sahen sie sich dann verloren in dieser Wüste. Sie benutzten eine Karte, auf der, nicht allzuweit von ihrem inzwischen richtig ermittelten Standort entfernt, eine Oase oder Quelle zu finden sein sollte. Diese Oase war aber inzwischen verschüttet, ihr Standort war im Sand, der alles längst bedeckte, nicht mehr zu rekonstruieren. Die Karte, die der Besatzung mitgegeben worden war, beruhte auf Informationen aus der Zeit der großen Afrikaexpeditionen, wie sie von 1862 bis 1890 stattfanden. Zu jener Zeit des britisch-französischen Faschoda-Gegensatzes galten andere Tatsachen als für die Jahreswende 1943/44. Die Karte führte die Flugzeuginsassen nur tiefer in die Wüste hinein. Einige von ihnen schafften Strecken bis zu einer Entfernung von 26 und 30 km vom Flugzeug fort. Die Zähesten erreichten den ehemaligen Standort der Oase, der aber für sie, wie gesagt, nicht mehr zu erkennen war. Sie lagen jetzt, so wie sie sich, nach Erschöpfung ihrer Kräfte, hingehockt hatten, in einer festen Reihenfolge, gewissermaßen in ihrem letzten Examen, das den lebenskräftigsten unter ihnen ausgelesen hatte.

In den Mansarden des Spiegelhauses arbeitet die Archäologische Arbeitsgruppe des Stadtmuseums Halberstadt

Die ersten Stunden des »Montag früh« sind wertvoll, weil die Gruppe beisammenbleibt und nicht einzelne Mitarbeiter zu Besichtigungen, Tagungen, Besprechungen im Rat der Stadt usf. abgerufen werden können. Arbeitsgruppenzeit.

»Kann man sagen: Bei seiner Gründung im Herbst 793 ist Halberstadt im Rahmen der feudalistischen Gesamtordnung ein *bedeutender* Platz?« »Möglich«.

Die Arbeitsgruppe hat sich (im Vorjahr das Sonderthema Langenstein/Zwieberge) weiter in die Geschichte vorgearbeitet, steht bei den Sachsenkaisern.

Von einer Quenstedterin, Mutter von 8 Kindern, haben sie auf Tonband einen Hinweis auf Otto I. erhalten, mündlich überliefert.

»In'n Jâre nejjen hundert un nejjentich wâr de junke Kaiser Otto hîr op'm Slosse, un als hei â'n schöne Dâe spazîren junk, jefolt 'ne en schönen Schimmel, dän en Bûr vor'n Plaue harre. De Kaiser wolle dat Pêrt jêrn heb'n un sprôk dän Bûr drop ân. De Bûr tôch de Plettje von'n Koppe un sä: »Cha, vor ümmesüst jêw' ek nist wech, un'n gût wôrt sitt bî mek feste. Alse grâde rût: wenn ek dän Barch dâ darvôr innetûschet krî, denn bin ek dermidde tefrên.« Dâ kreich de Kaiser dat Pêrt un de Bûr'n Barch. De Barch ist hüte noch dâ, dän Kaiser sîn Pêrt âwerst is lengest dôte.«[98]

Die Geschichte hatte keine rechte Nervosität. Tiedemann war nervös, weil er mit dem Tonbandgerät nicht zurechtkam.

98 Übers.: »Im Jahre 993 war der junge Kaiser Otto hier auf dem Schloß, und als er an einem schönen Tage spazierenging, gefällt ihm ein schöner Schimmel, den ein Bauer vor dem Pflug hatte. Der Kaiser wollte das Pferd gern haben und sprach den Bauern darauf an. Der Bauer nahm die Mütze ab und sagt: Ja für umsonst gebe ich es nicht weg, und ein gutes Wort sitzt bei mir fest. Geradeheraus: Wenn ich den Berg da hinten dafür eingetauscht kriege, dann bin ich damit zufrieden. Da bekam der Kaiser das Pferd und der Bauer den Berg. Der Berg ist heute noch da. Dem Kaiser sein Pferd aber ist längst tot.«

Feuerlöscherkommandant
W. Schönecke berichtet

Nach Einfall der Abenddämmerung verfolgten wir am 12. 9. 1944 von der Befehlsstelle in einem Gutshof östlich von Köln, die Löschfahrzeuge waren teils unter den Linden des Dorfplatzes, teils in einem nahen Kiefernwäldchen untergezogen, die Einflüge verschiedener gegnerischer Bombergeschwader. Grundsätzlich richten wir uns nach der Geheimen Luftlagemeldung der Reichsbahndirektion, die ein genaueres Bild gibt als die der Luftwarnzentralen, die für den Netzfunk, d. h. die zahlreichen Laien im Reichsgebiet, berichten. Dann wird über der Eifel die fünfte Bomberflotte der RAF als die Gefahr dieser Nacht entdeckt. Das war praktisch der Fächerangriff auf Darmstadt zwischen 21 und 22 Uhr. Brand-Vorkulmination bereits um 22.20 Uhr. Von außen sind Rettungsgruppen dabei, in das Chaos einzudringen. Das »sehen« wir aus etwa 350 Kilometer Entfernung als ganz ergebnislos, wir sehen das – rein aus unserer Erfahrung und der vom Gegner angewendeten Methode, die Stadt von allen Enden gleichzeitig anzuzünden und die Fluchtwege eng zu verscharten –. Es handelt sich um eine geistreiche Anwendung des Grundgedankens von Cannae, d. h., mit einem nördlichen Arm greift der Brand um die Stadt herum, während der südliche Arm die entgegengesetzte Seite mit Bränden zumacht. Wenn ich hier von Erfahrung spreche, so sind damit die sofort von uns aufgenommenen Telefonate mit anderen Berufswehren, die Gespräche in der Befehlsstelle, also das Zusammensein einer größeren Zahl von Fachleuten gemeint. Ich setze die Löschkolonne sofort, d. h. 21.50 Uhr, aus Richtung Köln in Bewegung, und wir trafen um 6 Uhr früh, praktisch Ende des Brandes, auf dem Gelände der Autobahnstrecke westlich Darmstadt und östlich von Mannheim auf eine Ansammlung von 6200 Wehrmännern, fachlich qualifizierten Herren aus Würzburg, Karlsruhe, Mannheim, Frankfurt/Main usf., 390 Fahrzeuge. Auf dem Hauptgleis nach Mannheim steht noch der Zug der Organisation Todt mit 1000 ehemaligen Westwall-Arbeitern, der aus dem Hauptbahnhof Darmstadt bei Vollalarm herausgefahren ist. Diese gesamte Rettungs- und Löschkraft hätte, wäre sie sieben bis acht Stunden früher verfügbar gewesen, die Brandfläche auseinanderlegen können, immer vorausgesetzt, es wäre kein Fächerangriff gewesen und es wären keine Zeitzünder geworfen worden. In diesem Fall war es hoffnungslos.

So erlebten wir den anbrechenden Morgen und fuhren gegen 12 Uhr mittags die Autobahn nach Köln zurück.

Viel günstiger, insbesondere was das Zeitmaß unserer Ankunft am Unglücks-

ort betrifft, war die Wuppertaler Nacht. Wir nannten sie »eine Nacht in Venedig«, denn Wasser war, da ja die Wupper die Mitte dieses Tals durchfloß, sollte
man meinen, hinreichend vorhanden. Der Feuersturm fegte aber mit Glut und
Feuerregen über das Wasser, so daß selbst hölzerne Pfähle und Pfahlgruppen
(Duckdalben) bis zur Wasseroberfläche abbrannten. Ein bis zur Nase unter
das Wasser geduckter menschlicher Kopf entspricht etwa einem Duckdalben.

Wie gesagt, Wasser war, rein örtlich gesehen, da; die Löschkolonnen des Westens waren zeitig heran, aber wir gelangten gar nicht erst in das enge Tal hinein, sondern mußten von den Höhenzügen zu beiden Seiten auf das Getümmel
herabblicken. Wir sahen genau die bereitgestellten Löschkommandos auf dem
Höhenzug der anderen Talseite, grüßten hinüber und herüber, funkten. Das
mußte erst abbrennen, ehe wir hingelangten, so lange konnten wir jedoch den
Einsatz nicht ausdehnen.

Grundsatz war: Die RAF wirft Kaskaden. Die US-Luftwaffe Teppiche. Das
strategische Bombardieren der Zentren, die noch eine Substanz vermuten lassen, setzt einander überschneidende Bombenlinien, die in X-Form die Stadt
mit Schnitten, man könnte auch sagen: wie »Schmisse« auf der Glatze eines
Akademikers, gewissermaßen zerlegten und dann anbrennen. Die Zeitzünder,
die die Löschkolonnen gestoppt hätten, die aber, wie gesagt, in das Wuppertal,
Elberfelder, Barmener, also über viele Kilometer hingezogene Tal, weder von
der einen Seite noch von der anderen Seite hineingelangten, entsprechen dem
Kurzläufer Hb 4000 lb mit 30-60 Minuten Laufzeit.

Von den städtischen Vierecken, also wie der Laie sagt: Straßenzügen, brennen
je nach Baumuster 6-9 km in einer Minute. Dabei ist wesentlich, daß die Last
von Erker-Ecken und Türmchen, also inbesondere Aufbauten auf den Eck-
häusern, einen Zusatzdruck darstellt. Daß die Linie der Gewölbe und des
Dachdrucks dicht an den Fußpunkt der Gebäude, der Außenwand, fällt. Diese
Stellen kippen also um.

Hierbei ist AP 13500 lb, sechs Tonnen, die Königin der Panzerbomben, mit
Raketenantrieb. Drei Meter starke bewehrte Eisenbetondecken werden glatt
durchschlagen. Was sollten wir da eigentlich machen? Man hätte die Städte
unter diesem Gesichtspunkt ganz anders bauen müssen. Insbesondere sie nicht
in Talschluchten ansiedeln dürfen. Das Erziehungssystem der vielen Laien, aus
denen sich eine Stadtbevölkerung oder eine Reichsbevölkerung zusammen-
setzt, hätte umgebaut gehört. So mauern sie sich z. B., um Schutz zu finden, die
Kellerfenster zu und können dann nicht entrinnen. In brennenden Straßenzügen gestoppt haltende Löschkolonnen, die ja feste befohlene Ziele haben, auch
wenn sie momentan untätig warten, werden von hysterischen Menschen um-
lagert, mit dem Ansinnen, die erstbeste Schlauchverbindung zu legen und auf

die brennenden Gebäude zuzuhalten. Kommt diese Wassermasse jedoch in den Kellern an, so ist sie kochheiß. Wer schließt denn aus, daß sich in diesen Kellern noch Bevölkerungsteile befinden? Wenn es richtig ist, daß die *Löscherfahrung* ein Spiegelbild des *gegnerischen Angriffs* sein muß, so ist die Ausbildung des Löschers radikal umzustellen. Wir kämen ja mit unserer Fähigkeit und Masse gar nicht an die eigentlichen Stellen heran. Fachkundiges Löschen ist deshalb der entsprechende Umbau der gesamten Gesellschaft, ihrer Bauweise, ihrer Menschen, angefangen mit sechsjährigen Kindern, denen das Abc nichts gegen das Bomberkommando hilft. Es ist nicht so, daß ich das aus Verzweiflung sage, weil unsere Warnung z.B. vor dem Betreten der Betonbunker in Frankfurt/Main oder Mannheim, die die 11 000-kg-Bomben oder die APs auf sich zogen und gewissermaßen durch die Dicke des Eisenbetons die Hauptgefahrenherde bildeten, im Funkweg an die Kollegen ging, die das eh wußten, während man gewissermaßen gar keine Möglichkeit hatte, diese Informationen zu den Menschen zu geben, die sich an den Bunkereingängen drängten. Vielmehr war es zum Beispiel im April 45 so, daß wir auf Grund unserer – in Friedenszeiten so nicht zu sammelnden – Erfahrungen den direkten Eindruck hatten, die Sache doch in den Griff zu bekommen, wenn wir nur die Voraussetzungen, wie oben angegeben, grundlegend genug klärten. Das ist keine Sache für Kaufleute, Parteiorganisatoren, Industrielle, Eigentümer, Beamte, Militärs usf., oder was so eine Bevölkerung regieren mag, sondern Löschsache. In der – mit Blick von der Höhe auf Wuppertal – erkennbaren Tragweite.

9

Massensterben
in Venedig

»Eine Armada erstklassiger Individualisten in einer Zeit kollektiver Kämpfe. ›Man wird am besten für seine Tugenden bestraft.‹ «

Sinnentzug. Eine gesellschaftliche Situation, in der das kollektive Lebensprogramm von Menschen schneller zerfällt, als die Menschen neue Lebensprogramme produzieren können.
Mit beiden Beinen im Leben stehen. *»Alles, was an meine geliebte Mutter erinnert (deren Klo, die Schneekönigin, Prinzessinnen, Schmuck, ihr Bett und Bettvorleger, das Haus, wie sie läuft und redet . . .), Brause, ihr Auto, Paris, wie die Erwachsenen reden, ihre Zweimarkstücke, ihr Wäscheschrank, mit ihr mitlaufen . . . a) So hübsch, einfallsreich, modulationsfähig, hautwarm, so schnell wie Mama, b) so gesellschaftlich anerkannt, herrschend, reisefähig, ›Welt‹, c) eingebaut in einen sinnvollen Zusammenhang wie unser Haus, die Praxis meines Vaters, seine festen Lebensgewohnheiten . . .«*
Diese Welt bricht 1945 zusammen. Ritterkreuzträger und Jagdflieger Teddi Kunzmann muß umschulen, wird Ingenieur. 1956 schließt die Firma, auf die er sich jetzt ganz fest eingestellt hat. Teddi Kunzmann wird Reporter. Bei einem Brückeneinsturz, den er noch fotografiert, verliert er beide Beine. Er paßt sich an den körperlichen Verlust an, wird Rechnungsführer in einer Großfirma. 1972 stellt diese Firma die Abrechnung auf Computer um. Teddi soll jetzt ein neues Lebensprogramm aufbauen. Teddis Lebenslust ist nicht totzumachen.

Inhalt des 9. Kapitels

»Wenn man sein Gewissen dressiert, so küßt es uns zugleich, indem es beißt«: Mangelhafte Bezahlung, Mangel an Sinn behindern den Verfassungsschützer A. Merkl in der Berufsausübung. Er zielt falsch.   471

Der unentschiedene Philologe: Erst seine Pensionierung bringt den Philologen Dölle, lebenslänglichen Denker, zum Nachdenken: er hat überhaupt nicht gelebt. Mit einer jungen Sekretärin will er jetzt das Leben nachholen.   475

Hunger nach Sinn
1. Rache für Verdun: Die Denkform Verdun hat von Willi Eislers zahlreichen Wünschen nur den nach unverzüglicher Rache übriggelassen. **2. Ingrids Rache:** Opfer des beruflichen Aufstiegs ihres Mannes, nimmt Ingrid Rache an dessen Kraftfahrzeug. **3. Rache für fremdes Leiden:** F. Juschkes Schicksal hilft einer Werksärztin, ihre radikale Gesinnung zu organisieren. **4. Ausbruchsversuche innerhalb der Gefängnismauern:** Zwei erstklassige Schweißer versuchen, aus ihrem eingegrenzten Alltag einen **Sinn** herauszupressen. Sie setzen ihre ungebremste Arbeitskraft in Zerstörungswut um. **5. Knautsch-Betty** liquidiert von ihrem Arbeitgeber den Mehrwert für eine Betriebserfindung, die sie unabsichtlich gemacht hat. **6. Regine Feiler von der Schwarzarbeiterbrigade** will durch Bügeln von Schwarzwäsche ihre Notkasse füllen: für eine schönere Freizeit. Die Schwarzarbeit verursacht innerbetrieblichen Krach: befriedigender, als Regines Freizeit je werden kann.   488

Die Ostertage 1971 erwiesen sich für viele Menschen als zu kurz, um in diesen vier Tagen ein Leben anzufangen, als Unterbrechung des Produktionsalltags aber als zu lang. Wenn die Produktion stillsteht, nehmen die Unglücke zu.   504

Frankfurt/Kaiserstraße 1. Bettine G.: Urbild einer Unternehmerin. **2. Die Semm,** Kaiserstraße/Elbestraße, abhängig davon, daß einer sich um sie kümmert, sie wenigstens ausbeutet. Wie ein Fallensteller zieht sie Unglück in ihre Fallen. **3. Die Bindung ohne den Mann:** Tanja M., Weserstraße. Statt an ihrem ersten Liebhaber hängt sie fest an ihrem ersten Abtreiber. Hat ein Kind für sie keinen Sinn, so muß der Sinn im Eingriff liegen, der das Kind weggenommen hat.   516

Goldgräberstadt: Der Polizeiapparat und der Apparat des organisierten Verbrechens »lernen«. **Der gejagte Kriminalkommissar.**   530

Massensterben in Venedig

Im Sommer 1969 drückte die Sonne wochenlang auf die Stadt- und Wasserlandschaft von Venedig. Die Dampfer, Motorboote durchfurchten das Lagunenwasser, das grün und als dicke Suppe um die Häuser herumstand. Im Altersheim San Lorenzo, einem Steinpalast, waren über hundert alte Leute untergebracht. Sie bekamen keine Luft. An einem der letzten Julitage starben innerhalb weniger Stunden 24 der Alten. Die Übriggebliebenen, von den plötzlichen Ereignissen überrumpelt, die ihnen keine Zeit zur Verarbeitung der Eindrücke ließen, wollten den Abtransport der Toten nicht dulden. Sie töteten den Anstaltsleiter, Dr. Muratti, einen verdienten Altenarzt, ergriffen Messer, Stangen sowie zwei Revolver, die sie im Zimmer des Anstaltsleiters fanden. Sie trieben die Insassen des Altersheims und das Pflege- und Küchenpersonal in einem geräumigen Saal zusammen, der zu ebener Erde lag und noch relativ der kühlste Ort schien. Hier errichteten einige der Alten, die die physisch Stärksten waren, eine Gewaltherrschaft, indem sie sich selber zu Päpsten und Kardinälen ernannten.

Die Polizeistreitkräfte von Venedig umzingelten den Steinpalast. In einem der umliegenden Häuser ließ sich der Präfekt als oberster örtlicher Polizeikommandeur nieder. Die Polizeiführung hoffte, daß der Hunger die verzweifelten Alten aus dem Anstaltsgebäude in den folgenden Tagen herausbringen würde; sie wollte dann einzelne von ihnen verhaften, die große Mehrzahl aber zu schattigen Häusern auf dem Festland und in Alpennähe transportieren. Es war den Beamten gelungen, die seitlich des Altersheims angebaute Küche sowie die Vorratskammern zu besetzen. Die Hungerkrise, die zum Tode weiterer Heimmitglieder führte, brachte nicht die Kapitulation, sondern wütende Angriffe kleiner Pulks völlig überalterter Kämpfer auf die Polizeikräfte, die Küche und Vorratskammern besetzt hielten. Aus Hinterausgängen des Palastes brachen andere Kämpfer vor und bewarfen die dort aufgestellten Polizeiketten mit verschiedenen gefährlichen Gegenständen, versuchten lange Stoßwaffen einzusetzen. In Notwehr mußten Polizeibeamte schießen.

REDAKTEUR DER ZEITUNG GAZZETTINO: Herr Polizeipräfekt, Sie sind als liberaler Mann bekannt, warum lassen Sie jetzt auf diese unschuldigen Alten scharf schießen?

PRÄFEKT: Diese keineswegs harmlosen Alten haben mit gefährlichen Gegenständen meine Beamten verletzt.

REDAKTEUR: Woraus erklären Sie diesen plötzlichen Fanatismus?

PRÄFEKT: Offenbar richtet er sich nach allen Seiten gleichzeitig.

REDAKTEUR: Besitzen Sie Unterlagen, was die inneren Beweggründe dieses Fanatismus sind?

PRÄFEKT: Wir haben einen Psychologen aus Mailand beigezogen. Dieser sagt:»Es ist, als hätten sie den Verstand verloren.«

REDAKTEUR: Das scheint mir keine Erklärung. Was ist denn Ihr persönlicher Standpunkt?

PRÄFEKT: Ich meine, daß sie in ihrer Jugend ein Weltvertrauen entwickelt haben, das durch die unerklärlichen Todesfälle dieses Monats erschüttert worden ist.

REDAKTEUR: Und damit wollen Sie erklären, daß der von uns allen verehrte Anstaltsleiter, Dr. Muratti, von den Anstaltsinsassen umgebracht wurde? Das scheint mir eine Bemäntelung.

PRÄFEKT: Dann müssen Sie eine andere Auslegung anbieten.

REDAKTEUR: Was planen Sie als nächste Maßnahme?

PRÄFEKT: Wir planen nicht, sondern warten und reagieren. Wir sind Helfer.

REDAKTEUR: Für den Fremdenverkehr in Venedig sind diese Vorgänge natürlich negativ. Es entsteht der Anschein, daß man nach Venedig fährt, um hier zu sterben.

PRÄFEKT: Ich bitte Sie selbstverständlich, das anders darzustellen. In Venedig sterben statistisch keineswegs mehr Fremde in den Hotels, Gaststätten oder Pensionen als in irgendeiner anderen italienischen Stadt. Mir liegt daran, das unbedingt klarzustellen.

REDAKTEUR: Außerdem handelt es sich ja gar nicht um Touristen.

PRÄFEKT: Wissen Sie, wir verhängen hier eine Nachrichtensperre.

Die Mehrzahl der Alten im Altersheim San Lorenzo hatte bis zu diesen Ereignissen die Vorstellung von sich gehabt, daß sie gutmütig seien. Jetzt zweifelten die Verwirrten an ihrer Gutmütigkeit. Aufgeputscht durch ihre *Kardinäle* und *Päpste* fesselten sie zwei schreiende jugendliche Küchenhilfen. Diese beiden Mädchen wurden auf den Fliesen eines ehemaligen Empfangssaales hin und her gezogen, zwei Alte öffneten mit einer Scherbe die Halsschlagadern der gefesselten Personen. Als die Polizei, die diese Szene von Nachbarhäusern aus mit Feldstechern einsah, schießend in den Raum einzudringen versuchte, »fielen« 18 der Alten, der Rest hockte verängstigt in einer Ecke, machte aber noch Ausfälle mit und ohne Waffen, wenn Polizisten sich ihnen näherten. Alle diese Personen wurden mit Gasgranaten beschossen und eingenebelt. Hierbei starben weitere Alte, die diese Tortur nicht aushielten. Dazu Ansagen des Präfekten über Lautsprecher, der sich bis zuletzt zu verständigen versuchte. Von den nach dem Tode ihrer Anführer übriggebliebenen Alten wurden einige in Fahrzeugen zu einem Kurort in Alpennähe gebracht. Hier starben sie infolge der plötzlich einsetzenden Kühle.

PRÄFEKT: Was mögen die letzten Eindrücke dieser Alten gewesen sein?

KRIMINALBEAMTER: Das ging so schnell und massenhaft, daß wir gar nicht nachkamen. Ehe wir überhaupt Fragen stellen konnten, waren die schon tot.

REDAKTEUR DES GAZZETTINO: Ist es richtig, wenn ich von einem einsamen Tod hier spreche? Obwohl es so viele waren, sind sie sehr einsam gestorben.

PRÄFEKT: Na, wir waren ja die ganze Zeit alle hier herum. Einsam ist übertrieben.

KRIMINALBEAMTER: Man kann aber nicht wissen, ob sie nicht doch vor ihrem geistigen Auge, während sie schon in dieser würdelosen Form starben, noch etwas besonders Schönes gesehen haben.

PRÄFEKT: Das will ich nicht ausschließen, aber es war doch insgesamt, bei der Fülle von Toten, recht wenig individuell.

Der Betthase

I

Minguel Ozmann, von der Gelben Antilleninsel – Frauenbetreuer gegen Bezahlung. Auf keinen Fall würde ich meine Unabhängigkeit aufgeben. Ich verdiene sie täglich mit meinem Schweiß, wenn ich diesen auch im Bett unterdrücke, ich also nur so viele Bewegungen ausführe, daß ich nicht unangenehm auffalle. Das wäre mir gegenüber einer Kundin eine Beschämung, wenn sie sagen könnte: Minguel, Sie schwitzen. Oder: Kurtchen, trockne dich mal mit meinem Handtuch ab.

Ich gehe früh zu einer Frau aus Boston, die ich im Hotel massiere, dann suche ich meine Leiche auf, Belgierin, die mich für den ganzen Tag vertraglich verpflichtet hat. Insofern ist die Frau aus Boston bereits Schwarzarbeit. Ich gehe mit der Vertragspartnerin schwimmen, halte eine Zeitlang ihre tote Pfote auf der Strandliege in der meinen, reibe ihr den Arm. Dabei lasse ich mir in schöner Freiheit den Antillenwind um meine Muskeln wehen. Nachmittags muß ich dann Micki, so heißt sie angeblich, in ihrem Zimmer »überfallen«, das heißt, sie sagt: Du rufst vorher an, Kurtchen, du kannst mich nicht einfach überfallen, sondern ich will wissen, wann du kommst. Deshalb sage ich überfallen, weil ich immer an diese Vorwarnung denken muß, wenn ich nach telefonischem Anruf von meinem Zimmer im vierten Stock dieses großen Baus mich zu ihr in den sechsten Stock hinaufarbeite.

Ich erschrak zu Tode, als mich heute vormittag ihre greisen Finger am Strand anrührten, mich aus einem kurzen Schlummer rissen. Faß mich nicht an, du alte Leiche, rief ich aus. Sie zog erschreckt ihre Finger wieder an sich. Während ich zu einer vorgelagerten Sandbank schwamm, um mich körperlich müde zu machen, den Tag irgendwie zu bewältigen, vergegenwärtigte ich mir ihre Vorzüge. Ich brauche einen konkreten Punkt, auf den ich mich konzentriere. Alles übrige ist dann eine Frage der Einstellung. So gebe ich mir Mühe mit dieser Kundin, denn sie soll reelle Ware erhalten, wie es dem Vertrag entspricht, und das ist keine reine körperliche Arbeit, sondern auch eine innere Konzentration auf den Gegenstand meiner Bemühung, das heißt, an irgendeinem Punkt will ich ihr auch innerlich etwas mitgeben, das sie von diesem sonnigen Strand ins vernebelte Belgien mitnimmt.

Nachmittags fand ich Hilfe bei folgendem Vergleich: ich stellte fest, daß die Haut auf meinem Handrücken, wahrscheinlich unter Einfluß der Sonnencreme, auf ähnliche Weise sich pappig anfühlte wie bei meiner Micki, was also offenkundig eine Reaktion der Haut auf Sonne, Wasser und diese Creme war, da ja meine Natur von 32 Jahren Alter zweifellos keine Leicheneigenschaften hat – so waren wir also auch in dieser Hinsicht zwei *gleiche* Menschen, die sich solidarisierten, nachdem ich ihr die Kleider, den Straps, den Büstenhalter abgestreift und sie zu einer Liege hingetrieben hatte. Sie fraß mir aus der Hand, das heißt, sie wollte in alles einwilligen, auch in die Annullierung des Vertragsverhältnisses, wenn das die astronomische Entfernung zu mir verringert hätte – daß sie also gesagt hätte: »Kurtchen, oder Minguel, laß das alles sein, lieg ruhig da und schlaf dich aus oder hol dir einen Moppel von unten, laß mich wenigstens zusehen, oder verbiete mir auch das, dann gehe ich solange Kaffee trinken, ohne jede Bedingung, du brauchst mir deswegen keinen dankbaren Blick zuzuwerfen . . .« In dieser Stimmung, die mich rührte und endgültig für sie einnahm, bat ich sie um einen Sonderscheck über 4000 Dollar, den ich später in meiner Anzughose auch fand. Sie war offenkundig reiche Erbin oder Witwe. Ich wollte nicht danach fragen, um nicht gierig zu erscheinen.

II

Soeben pladdert ein Gewittersturm über die Gartenanlagen und die Terrassen des Luxushotels. Geschirr, Tischdecken werden von den Tischen geschmissen. Die Dekorationen für »Südliche Ballnacht« sind zerstört. Ich hoffe, daß recht große Zerstörungen in diesem Luxusviertel angerichtet sein werden, da so ein Nachrichtenwert entsteht, der über die ganze Welt verbreitet werden kann und den Ruf unserer Gelben Insel planetenweit verbreitet. Erst in diesem Ausmaß hätte der Sturm einen Wert. Darauf ist heute nicht zu hoffen, falls nicht noch ein Flugzeug, das eine Blindlandung versucht, abstürzt, denn dieser Pladderregen zerstört nur Kleinigkeiten.

»Hat man Charakter, so hat man auch sein typisches Erlebnis, das immer wiederkommt.« So streite ich mich immer wieder mit meinen Kameraden, die die gleiche Tätigkeit ausüben wie ich. Die Kameraden Charlie und Alfred Duhamel bezeichnen mich als Streikbrecher, weil ich die Konsequenzen meiner vertraglichen Verpflichtungen ziehe. Sie selber erfüllen nur den Buchstaben ihrer Verträge. Sie spielen die Distanz zu ihrer Arbeit mit, indem sie die Gegenstände ihrer Arbeit, das heißt: ihre Arbeitgeberinnen, herabsetzen. Sie kneifen die Frauen öffentlich und zeigen, daß diese sich dies gefallen lassen müssen. Sie verstehen sich, solange noch nicht gezahlt ist, als über der Sache stehend. Alfred Duhamel benachrichtigte kürzlich seinen Bruder von Wünschen einer Kundin. Hierauf antwortete Charlie am Telefon: »Keine Bewegung ohne Geld.«

Ich muß mich hier gegen den Vorwurf wehren, ich hätte keinen Charakter bzw. meine Hingabe an meine Arbeit verletze meine Eigenständigkeit. Alfred Duhamel: »Minguel, es ist ehrlich und aufrichtig, seinen Abscheu vor dieser Arbeit zu zeigen.« Ich antworte: »Nein, das ist zwiespältig. Man muß entweder die Arbeit nicht übernehmen oder sein ganzes Leben für diese Arbeit hingeben.«

Duhamel: »Wenn du, wie wir, 40 Kundinnen am Tag herunterreißt, mußt du dich aus der Sache persönlich heraushalten, sonst hältst du das nicht durch.« Ich: »Ich mache eine, höchstens 2, dafür gründlich.« Duhamel: »Aber den Vorteil suchst du doch wie wir.« Ich: »Selbstverständlich.« Duhamel: »Warum dann mit Brett vor dem Kopf?« Ich erwidere, das sei eine Sache des Charakters. Damit hatte ich ihn widerlegt. Nicht, weil ich keinen Charakter, sondern weil ich einen habe, verfolge ich z. B. gegenüber Micki diesen *Kurs der unendlichen Hingabe.* Duhamel: »Damit machst du uns Schwierigkeiten. Wenn man dich werken sieht, hat es den Anschein, als ob *wir* unseren 40 Kundinnen nicht *unser Letztes* geben.«

Ich könnte mir bei meinem stattlichen Einkommen eine oder mehrere Freundinnen aussuchen oder unterhalten. Mir wäre diese Form abstrakter Zärtlichkeit, der kein Kontrakt zugrunde liegt, die also ziellos vertan wird, heute bereits unangenehm, ein Luxus, den unsere schwer arbeitende Inselbevölkerung, die schließlich nichts Geringeres als unsere Unabhängigkeit durch ihre Arbeitsproduktivität verteidigt, sich nicht leisten kann. Wollen wir unabhängig vom Dollar bleiben, müssen wir arbeiten lernen. Eine Dame aus den Vereinigten Staaten versuchte mich heute als Gigolo zu behandeln. Noch während des Luncheons wollte sie mir Anweisungen geben, wo und wie ich auf sie warten

sollte und was ich mitzubringen hätte, welche Wünsche ich ohne weiteres Gespräch erfüllen sollte. Ich zahlte aus meiner Tasche den Luncheon und verließ
die verdutzte Person. Meine Vorfahren sind Indianer. Dies wäre außer meinem
fachlich-beruflichen Interesse das einzige wirkliche Interesse, das ich habe: wie
ich meine Unabhängigkeit im Sinne meiner Vorfahren (die ich mir natürlich
nur denken kann) verteidige. Ich taste jede der mir zur Betreuung übergebenen
Frauen daraufhin ab, ob sie in dieser Frage etwas weiß. Es würde mich zusätzlich zu ihnen hinziehen. Aber sie sind zu hastig. »Die Menschen der tiefen
Traurigkeit verraten sich, wenn sie glücklich sind: sie haben eine Art, das
Glück zu fassen, so als ob sie es erdrücken und ersticken möchten, aus Eifersucht – ach, sie wissen zu gut, daß es ihnen davonläuft!« Dabei würde ich keineswegs davonlaufen, sondern aufmerksam zuhören. Es kommt zu keiner Zusammenarbeit.

III

Nach einigen Wochen Aufenthalt auf der Gelben Antilleninsel – gelb wegen
des Werbespruchs, der sich auf den ehemaligen Sandstrand dieser Insel bezieht – begann sich Frau Veronique Clermont, die sich Minguel gegenüber
Micki nannte, gesundheitlich schlecht zu fühlen. Die fleißigen Hände ihres bezahlten Liebhabers ertasten Gewichtsabnahme, Ausmergelung. Sie verzichtete
jetzt auf weitere Badekuren, lag ruhig im Strandzelt. An ihrer linken Halsseite
befühlte Minguel eine kloßartige Verdickung. Oberhalb eines ihrer Zähne war
eine Geschwulst zu spüren. Sie klagte über Schmerzen. Minguel, hilfreich
(auch in der Hoffnung einer besonderen Belohnung, eventuell eines Anteils am
Vermögen der Kranken), ließ einen Facharzt kommen. Er vermittelte den Kontakt in der Landessprache, so daß die Ärzte ihn als Auftraggeber verstanden.
Eines Nachmittags fand Minguel Veronique hustend und um Atem ringend.
Er riß die Balkontür auf. Auf Kissen gestützt setzte er die Frau in die Nähe des
Luftzugs, rieb ihren Hals. Die Alte keuchte. Minguel konnte es nicht unterlassen, sich an die Stelle der Sterbenden zu versetzen (hiervor hatte Alfred Duhamel gewarnt: Du mußt dir klarmachen, daß dieser Fetzen Fett mit dir nichts zu
tun hat, sonst nimmst du Schaden). Er legte der Halbtoten eine Aufstellung ihrer Aktien und Versicherungspapiere vor, die er in einem Nachttischkasten
fand, und ließ sie einen Zettel unterschreiben, auf den er seinen Vor- und Zu-
namen gesetzt hatte. Dieses Papier bezeichnete er später als *Testament*, das er
in Belgien anerkennen lassen wollte. Mit Krakelschrift hatte die Vertrauensse-
lige ihren Eigennamen darunter gesetzt.
Minguel rief wiederum die Fachärzte herbei. Dr. Scelinski zerrte die kräch-

zende Frau auf das Bett, setzte das Messer an die Kehle, um durch einen Luft-
röhrenschnitt die drohende Erstickung zu verhindern. In diesem Moment
röchelte Frau Veronika und sackte zurück. Die Ärzte, die in ihrem Tun einhiel-
ten, überprüften die Pupille des rechten Auges, stellten den Tod fest.
Die Rechnung für diese ärztlichen Bemühungen war an Minguel gerichtet. Er
wurde – da seine Personalien von den Ärzten festgehalten waren – von den Behörden angehalten, die Überführung der Toten auf seine Kosten (als *Gastgeber*) zu veranlassen. Hierzu war eine Flugreise Minguels nach Europa erforderlich. Die Angehörigen der Toten nahmen den Totenschein entgegen, ließen
den Mann an einer Feierstunde teilnehmen, lehnten jedoch alle weiteren Gespräche mit ihm ab. Das »Testament« wurde nicht anerkannt. Minguel mußte
Flug und Grand Hotel in Brüssel selbst zahlen. Seine Mittel waren erschöpft.
Eine Grippe zwang ihn, sich in der belgischen Hauptstadt in eine Klinik ein-
weisen zu lassen, wo er sich sprachlich nicht verständlich machen konnte. Da
er die Klinikrechnung nicht zahlte, wurde er ausgewiesen.
Wer sich mit dem Gegenstand seiner Arbeit unendliche Mühe gibt, wird endlich doch belohnt werden. Die Schwierigkeit, sagt Minguel, liegt darin, daß ich
gar nicht mehr angeben könnte, worin eine solche Belohnung noch liegen soll.
So sehr bin ich in meiner Arbeit verwurzelt.

Großbau ohne wirkliche Kooperation ist lebensgefährlich

In Melbourne/Australien stürzte am 15. Oktober 1970 ein 116 m hoher Träger
der im Bau befindlichen West-Gate-Brücke ein. 35 Arbeiter und Ingenieure
wurden getötet. Der Unfall war das Resultat von »Fehlern, ungenauen Kalkulationen, Mangel an Kommunikation unter den beteiligten Firmen und barer
Unfähigkeit«.
Wegen der Toten und der Höhe des Schadens wurde eine Royal Commission
unter Vorsitz des Berufsrichters Davis gebildet, die sich 80 Tage mit der Ursache der Katastrophe befaßte. Dem Ausschuß gehörten Parlamentarier sowie
Vertreter der gesellschaftlich relevanten Kräfte an. Hinzu traten Fachleute,
von denen sich einer für Informationstheorie interessierte. Da die Journalisten
die Zahlenwerke des Berichtes, den diese Kommission anfertigte, nicht verstehen konnten, zählten sie die Seiten: Der Bericht umfaßt 300 Seiten, es wurden
52 Zeugen versammelt, das Gremium bestand aus 12 Experten und Vertretern, die Katastrophe umfaßte 35 Todesopfer, die Kosten der Erstellung der

West-Gate-Brücke wurden von 40 Millionen auf 200 Millionen Dollar erhöht usf.

Zum Einsturz des Trägers der überdimensionalen Brücke kam es, nachdem eine australische Baufirma die Entfernung von 30 Bolzen angeordnet hatte. Mit dieser Maßnahme sollte zusätzliches Gewicht auf den Sockel des Trägers verlagert werden, da dieser Träger um etwa zehn Zentimeter (bei insgesamt 116 m) überhöht war. Die Firma hatte zuvor Betonblöcke im Gewicht von 56 Tonnen auf die Spitze des Trägers legen lassen. Dies hatte zu keiner Senkung geführt. Die Entfernung der Bolzen sollte nunmehr weiteres Gewicht der Brückenaufbauten auf den Träger verlagern.

Am Morgen des 10. Oktober, nach dem Entfernen der Bolzen, hatte Ingenieur Jack Hindshaw Bedenken. Er stand auf dem Oberteil der Brücke und telefonierte von dort aus mit Vertretern der Firma und den Experten einer Aufsichtskommission, die sich in einer Hütte am Fuße der Baustelle befanden und den Bau überwachten. Von dieser Baracke aus, in einer Talmulde, waren sie für die Koordination zwischen den am Bau beteiligten Firmen im Dreieck Melbourne–Sidney–London zuständig. Ingenieur Hindshaw: »Soll ich die Jungen vom Träger runterholen?« 34 willige Facharbeiter und ungelernte Arbeiter beschäftigten sich auf dem gefährdeten Träger. Wenige Minuten später stürzte der Brückenteil (der jetzt noch um acht Zentimeter zu hoch war) zusammen. Hindshaw, unter den Toten, konnte nicht angeben, was die Antwort der Kommissionsmitglieder am Telefon war.

Für Richter Davis kam es vor allem auf eine präzise Bewertung der Schuld der einzelnen am Bau beteiligten Gruppen und Individuen an, wenn schon die Katastrophe ein gemeinschaftliches Unglück blieb. Schuld war danach die Firma Freeman, Fox and Partners in London, Führerin des Baukonsortiums, auf deren weltweiten Ruf und deren Erfahrung sich die australischen Firmen und Bauexperten verlassen hatten. Davis formulierte: »Eine Zusammenarbeit zwischen London und Melbourne fand keineswegs statt. Die Londoner Firma erkundigte sich über keine Einzelheiten, noch waren ihre Auskünfte auf Kalkulationen gegründet; sie beantwortete weder Briefe noch Telexanfragen – auch nicht solche dringender Art. Ein Partner dieser Firma, Dr. W. C. Brown, hat sich hierbei *in besonderem Umfang von rationaler Analyse isoliert* und Entscheidungen hauptsächlich auf Grund von Intuition getroffen . . .«

Mitglieder der Untersuchungskommission, die der Unternehmerseite freundlich gegenüberstanden, setzten demgegenüber folgende Zusatzformulierung durch: »Aber auch die Arbeiterschaft muß einen Teil der Schuld tragen. Sechs Monate individueller Sabotage haben das Projekt so sehr aufgehalten, daß der Träger, der später zusammenstürzte, sich in schwachem Zustand befand. Zwischen der *Metallarbeitergewerkschaft* und der *Gewerkschaft der Bauarbeiter* brachen Kompetenzstreitigkeiten aus, da es sich zweifellos um *Bautätigkeit* handelt, bei der jedoch *Metallteile* und *Metallkonstruktionen* verwendet wurden. Unter dem Druck der Metallarbeitergewerkschaft war die Konstruktionsfirma, die die örtliche Aufsicht führte, gezwungen, 22 Arbeiter wieder einzustellen, was die Dispositionen verwirrte. Weitere Erörterungen führten dazu, daß der Träger an seiner Unterseite nicht rechtzeitig verstärkt wurde. Schließlich zwangen beide Gewerkschaften gemeinsam durch ihr Gesamtverhalten das Firmenkonsortium, mehrere Leute zu rekrutieren, die den Firmen nicht genehm waren.«

Zum letzteren setzten andere Mitglieder dieser pluralistisch zusammengesetzten Untersuchungskommission, die zuvor der Verurteilung der britischen Firma als Hauptschuldigem zugestimmt hatten, den weiteren Zusatz durch: »Es handelte sich um gute und willige Arbeiter.« Ein Mitglied bestand auf dem Hinweis darauf, daß innerhalb eines Jahres zwei andere große Betonflachbrücken eingestürzt seien: November 1969 die vierte Donaubrücke in Wien und Juni 1970 die Milford-Haven-Brücke in Wales.

Sir Ralph Freeman flog von London nach Melbourne und erklärte vor der Presse, seine Firma werde den Bau der Brücke zu Ende führen. Trotz der Kritik an schachtelförmigen Brückenpfeilern habe er weiterhin Vertrauen zu diesem Typ.

Einige Ingenieure, Blackman, Soult und Müller-Eisert, sowie zahlreiche gewerkschaftlich organisierte Arbeiter, die an der Beerdigung der 35 Unfallopfer teilnahmen, faßten im Anschluß an die Beerdigungsfeier den Entschluß, die Brücke in eigener Verantwortung zu Ende zu bauen. Unter dem Eindruck des Unfalls erschienen die Kompetenzen unübersichtlich. Keine der Firmen beanspruchte z. Z. eine Verantwortung oder Gesamtverantwortung für den Bau. In dieser Stimmung schien es möglich, daß die Belegschaft der Baustelle unter Leitung einiger bei den Arbeitern beliebter Ingenieure den Bau in eigene Regie nahm. Es entstand ein neuer Träger von 116 m Höhe. Die an Ort und Stelle vorhandenen Bauteile wurden verarbeitet. In zwei Wochen rückte der Brückenbau – ohne Beteiligung oder Anweisung einer der Firmen des Konsortiums – um 40 m vor.[1] Die örtliche Buchhaltung und Kasse der Konstruktions-

---

1 Ingenieur Müller-Eisert: Gegenüber den Planziffern des Konsortiums arbeiten wir zwei Tage länger, als wir unter alter Leitung gearbeitet hätten. Dafür war dieser Bauteil sorgfältiger gebaut und hält schätzungsweise 40-60 Jahre länger als die übrige Brücke. Ingenieur Blackman: Was nützt aber ein 40 m langes Brückenfragment, das noch steht, wenn die übrige Brücke längst eingestürzt ist? Man kann da ja nicht mehr hinauffahren, um den Fluß und die Schlucht zu überqueren? Müller-Eisert: Sie stellen die Zweckmäßigkeitsfrage falsch. Die solide Bauweise hat ihren Zweck in sich. Diese 40 Meter besser gebaute Brücke dienen unserer Zufriedenheit.

firma, die nach wie vor die Baracke am Fuße des Baus bewohnte, führte in der anfänglichen Stimmung des allgemeinen Widerstands gegen das verantwortungsscheue Verhalten der Firmen alle Anweisungen der Ingenieure und Belegschaftsvertreter aus. Die Arbeit dieser zwei Wochen war plangerecht und sparte Kosten.

Später erschienen Beauftragte der Londoner Firma, einer Bank und des Konsortiums, das den Bau ursprünglich koordinieren sollte, und beanspruchten die Wiederherstellung des früheren Autoritätszustandes. Nach kurzem Streit wurden die Ingenieure Blackman, Soult und Müller-Eisert sowie ein Teil der Belegschaft entlassen. Die Metallarbeitergewerkschaft antwortete auf diesen Schritt mit einer Streikdrohung. Die höheren Instanzen der Gewerkschaft bestanden darauf, daß *aus rechtlichen Gründen* kein Streik stattfände, da die Firmen für den Streikfall mit Schadenersatzprozessen drohten. Die Firmen waren bereit, 50 zusätzliche Arbeitsplätze sowie Gespräche über einen verbesserten Tarif zuzusagen. So konnten die mit der Firma Freeman jetzt eng verbündeten Firmen ihre Autorität noch einmal herstellen und übergaben nach mehreren Monaten eine intakte Brücke mit schachtelförmigen Brückenpfeilern dem Verkehr.

Die entlassenen Ingenieure blieben eine Zeitlang in brieflichem Kontakt mit den entlassenen Arbeitern. Später ließen sie sich von Anwälten beraten und erhoben Klage. Sie stützten sich darauf, daß die Brücke in Länge von 40 m von ihnen und den von ihnen angeleiteten Arbeitern hergestellt sei. Diese Arbeiten hätten sie ohne vertragliche Bindungen, also selber als Unternehmer, geleistet. Sie forderten für sich und die entlassenen Arbeiter den auf diese 40 Meter entfallenden Bruchteil des Gewinns; an den Risiken des Gesamtbaus seien sie ohnehin beteiligt gewesen, sie hätten Freunde verloren. Diese Klage wurde abgewiesen. Es nutzte den drei Ingenieuren nichts, daß sie in der Pressekonferenz, in der das Firmenkonsortium auf den abgeschlossenen Bau der West-Gate-Brücke hinwies und der Staatsregierung gegenüber von »unserer Brücke« sprach, sich in einer der hinteren Reihen erhoben und sagten: »Wir möchten darauf hinweisen, daß 40 Meter dieser Brücke von uns gebaut worden sind.« Die Ingenieure Blackman, Soult und Müller-Eisert hatten einen solchen Fehlschlag ihrer Bemühungen erwartet. Sie stellten Anträge bei der Metallarbeitergewerkschaft, sie in einer besonderen Sektion als Mitglieder aufzunehmen, Ziel sei die Kooperation von Ingenieuren und Metallarbeitern. Diese Arbeitsgruppen sollten in eigener Verantwortung *Brückenbau-Aufträge ohne Personengefährdung* in Zukunft übernehmen. Hierfür fühlte sich die Gewerkschaft nicht zuständig. Sie befürchtete Gegenmaßnahmen der Unternehmer sowie Streit unter den Mitgliedern. Sie lehnte die Anträge von Blackman, Soult und Müller-Eisert ab, die daher heute noch in abhängiger Stellung für fremde Firmen arbeiten. Bei der Seltenheit des Baus wirklich großer Brücken summieren sich die Katastrophen nicht so, daß sich das Verhalten der Institutionen rasch genug ändert.

»Wenn man sein Gewissen dressiert, so küßt es uns zugleich, indem es beißt.«

A. MERKL: Warum ich als Beamter des Verfassungsschutzes geschossen habe? Weil ich einen Revolver hatte.[2]

FRAGE: Im Ernst – was hat Sie zu diesem Schuß bewogen?

A. MERKL: Ich habe es satt, mit unserem gesammelten Wissen herumzulaufen, das wir über gewisse Gruppen, die wir observieren, besitzen, ohne handeln zu dürfen. Wir sind vorbereitet und leistungsfähig – darauf wollte ich mit meinem Schuß aufmerksam machen.

FRAGE: Vielleicht hatten Sie doch noch einen anderen Grund?

A. MERKL: Ich wollte zeigen, daß ein Attentäter an den Herrn Minister trotz Absperrung herankommen könnte, daß wir, wenn wir auf der Gegenseite führen dürften, dies jedenfalls fertigbrächten. Daß ich hierbei den Herrn Minister in die Backe traf, bedaure ich (und es hat mich meine Beamtenstellung gekostet). Ich hatte lediglich auf die Wand hinter dem Minister gezielt, und die Kugel sollte in einem halben Meter Abstand vor seinem Gesicht entlangpfeifen.

FRAGE: Wie kam es, daß Sie nach der Tat gestellt wurden?

A. MERKL: Es waren zu viele Überwacher eingesetzt. Die Beamten vom 18. Kommissariat hätten mich nicht bekommen. Da die Herren von der Sicherungsgruppe Bonn jedoch jünger sind, ausdauernder laufen und ein kreatives Training im Finden von Auswegen (wie auch wir) absolviert haben, dürfte sicher sein, daß sie einen Attentäter – nachdem er geschossen hat – immer fangen. Dies dient jedoch nur der Strafgerichtspflege, nicht der Verhinderung von Attentaten. Der Kern des Problems ist jedoch ein anderer: wir könnten offensiv Attentate verhindern, indem wir in die betreffenden Gruppen eindringen, sie durch Verhaftungen und Unterwanderung »lichten«. Das setzt jedoch eine Änderung der Strafprozeßordnung (StPO), des Gerichtsverfassungsgesetzes (GVG), eine Zusammenfassung aller Sicher-

---

2 Beamte des Verfassungsschutzes tragen während ihres Dienstes keine Waffen. Herr Merkl trug diese Waffe während des Dienstes in seiner privaten Eigenschaft als Mensch.

heitsstreitkräfte, bessere internationale Zusammenarbeit, Besoldungserhöhung, kreative Schulung und schließlich eine Sinngebung der ganzen Arbeit voraus. Es ist erfreulich, daß wir im Schutz der Verfassung und des Lebens der Minister unseren Lebenssinn sehen.

Diesen Lebenssinn können wir aber unmöglich im Schutz der geltenden Verfassung oder der zur Zeit amtierenden Minister erblicken.

FRAGE: Wie sehen Sie die Änderung?

A. MERKL: Ich habe darüber im Rahmen meines Amtes ausführlich gearbeitet. Zunächst wäre erforderlich, daß wir **dürfen, was wir können.** Der Gegner, dessen Schriftgut wir ebenfalls observieren, nennt das »Entfesselung der Produktivkräfte«, so betrachten wir uns als eine Produktivkraft, deren Gegenstand die Produktion von Verfassungsmäßigkeit ist.

FRAGE: Sehen Sie in dem Schuß auf den Ministerkopf, der ihm einen Teil des Kiefers und der Zähne zerschlug, einen solchen Beitrag?

A. MERKL: Wie gesagt, war dies ein Fehlschuß . . .

FRAGE: Überschritten Sie nicht das von Ihnen genannte Können, wenn Sie ja doch nicht genau zielen konnten?

A. MERKL: Auf 400 m Entfernung kann auch der beste Schütze nicht für absolute Genauigkeit garantieren. Der Fehlschuß ist übrigens dem Umstand zuzuschreiben, daß der Minister sich bewegte.

FRAGE: Das mußten Sie einkalkulieren.

A. MERKL: Habe ich auch.

FRAGE: Dann gingen Sie das Risiko eines Fehlschusses bewußt ein?

A. MERKL: Jawohl. Die Taktik, sagt unser Gegner – und wir sind durchaus bereit, vom Gegner zu lernen! –, ist eine Funktion der Strategie. Setzen wir statt Strategie »Sinn«, so muß ein Unbestimmtheitsfaktor, der sich auf den Sinn unseres ganzen Tuns bezieht, sich auch auf das Handeln im einzelnen auswirken. Es wird Unbestimmtheitsfaktoren – Sie nennen es Risiken – einschließen. Man kann ohne Risiken heute überhaupt keinen Betrieb mehr aufrechterhalten.

FRAGE: Könnten Sie das für unsere Zuhörer vielleicht nochmals in einfacheren Worten sagen?

A. MERKL: Ich habe ihn in die Backe geschossen, weil unser Leben überhaupt keinen genauen Sinn hat. Da kann man nicht immer genau schießen.

FRAGE: Aber Sie hätten warten können, bis der Minister näher herankam.

A. MERKL: Dann wäre ich am Mündungsfeuer erkannt worden.

FRAGE: Sie sind doch auch so gefaßt worden.

A. MERKL: Das wußte ich zu diesem Zeitpunkt noch nicht.

FRAGE: Aber Sie kalkulierten es ein?

A. MERKL: Gewiß.

FRAGE: Sind Sie mit dem Erfolg Ihrer Maßnahme nun zufrieden?

A. MERKL: Selbstverständlich nicht. Ich habe meine Dienststellung, die ich doch gerade mit einem Sinn ausstatten wollte, verloren und sehe einem Gerichtsverfahren entgegen. Die Kollegen schneiden mich, und keiner will eine Verantwortung übernehmen, obwohl es sich um einen echten Übungsfall handelt. Das ist kein Erfolg!

FRAGE: Aber haben Sie das denn anders erwartet?

A. MERKL: Sie haben recht. Ich habe es auch nicht anders erwartet. Aber was soll man dann tun? Irgendwie muß man sich äußern können.

FRAGE: Sie haben vorzügliche Dienstzeugnisse.

A. MERKL: Gewiß.

FRAGE: Sie sind Logiker – wie ich sehe, sogar mit Universitätsabschluß. Ihr Verhalten erscheint uns jedoch widersprüchlich.

A. MERKL: Das scheint nur so. Wir haben gelernt, gelernt, gelernt und wollen jetzt endlich auch eingesetzt werden.

FRAGE: Was werden Sie nach Rückkehr aus dem Gefängnis unternehmen?

A. MERKL: Ich werde gemeinsam mit einem Kollegen, der durch eine Prostituierte hereingelegt und aus dem Polizeidienst entlassen wurde (er soll auch Geldgeschäfte abgewickelt haben), ein privates Detektivbüro aufmachen, das für einzelne Firmen und Konzerne Observierungsaufgaben übernimmt.

FRAGE: Weil die Werkspionage, die Sabotage und die Verhetzung der Arbeitnehmer zunehmen?

A. MERKL: Jawohl. Hier liegt eine Aufgabe, der gegenüber der Staat versagt und auch versagen muß, sich versagen muß, da er – wie wir vom Gegner wissen – weder Produktivkraft noch Produktionsverhältnis ist, sondern ein Drittes, ein geschäftsführendes Gremium der herrschenden Klasse (wir glauben selbstverständlich nicht an Klassen, benutzen jedoch diesen Begriff, da er im taktischen Vorgehen klare Übersichtsverhältnisse schafft). Als solches kann er keine Einzelheiten regeln. Unser Einsatz bezieht sich aber gerade auf diese Einzelheiten, in die wir korrigierend mit allen Mitteln eingreifen.

FRAGE: Sie sehen Ihren bisherigen Beruf in einem düsteren Licht?

A. MERKL: Das gilt auch für die künftigen Berufsaussichten als Detektiv. Wir müssen da hindurch.

FRAGE: Wo sehen Sie etwas Positives?

A. MERKL: Auf unserer Seite nichts Positives.

FRAGE: Sie sehen Ihre Aufgabe negativ?

A. MERKL: Absolut negativ.

FRAGE: Warum nehmen Sie sie dann weiterhin wahr?

A. MERKL: Wir *müssen*, weil wir sonst das, was wir *können*, nicht einsetzen können. Wir sind Realisten.

FRAGE: Ihr realistischer Weg führt Sie direkt ins Gefängnis?

A. MERKL: Und wieder heraus ...

FRAGE: Sie kämpfen für etwas, an das Sie nicht glauben?

A. MERKL: Niemand kann daran glauben.

FRAGE: Dann kämpfen Sie ungenau und schlecht?

A. MERKL: Wir werden auch unterschiedlich und schlecht bezahlt.

FRAGE: Sie erhalten aber bisher folgende Bezüge (folgen die Bezüge).

A. MERKL: Das ging, aber der Mensch lebt nicht vom Geld allein, wir brauchen Aufgaben, an die wir glauben können, und daran herrscht Mangel. Manchmal denke ich: die Aufgabenstellung des Gegners und unsere Mittel und Wege – dann aber verwerfe ich das wieder, weil viele von uns zu alt sind, um umzulernen. Außerdem haben diese Gruppen keine Macht.

FRAGE: Aber die haben *Sie* doch und könnten sie hinzugeben.

A. MERKL: Nein, das sehen Sie falsch. Wir haben die Macht nicht. Die Macht ist so zwischen den verschiedenen Zuständigkeiten verteilt, daß sie eigentlich keiner hat.

FRAGE: Auch der Minister, dem Sie den Kopf zerschossen haben, hätte in diesem Sinne keine Macht?

A. MERKL: Nein. Er kann sich zu schützen versuchen, aber die Macht, meinem Schuß zu entgehen, hatte er nicht.

FRAGE: Eine Arbeitsgemeinschaft der Ohnmächtigen, die zusammen die Macht bilden?

A. MERKL: Genau.

FRAGE: Und die Gruppen, die Sie Gegner nennen, sind nicht ohnmächtig?

A. MERKL: Sagen wir: wir müssen von ihnen lernen, durch sorgfältiges Studium der von ihnen vorgelegten Texte und Papiere, die im Handel erhältlich sind. Ich würde gern eine Abteilung aufbauen, die sich vor allem um diesen Lernprozeß kümmert und alles sammelt, was wir wissen müssen, um zu überleben.

FRAGE: Werden Sie die Gefängniszeit zu solchen Lernunternehmen verwenden?

A. MERKL: Selbstverständlich.

FRAGE: Auf Wiederhören!

A. MERKL: Bitte. Auf Wiedersehen.

Der unentschiedene Philologe

I

»Die Griechen sind interessant und ganz toll wichtig, weil sie eine solche Menge von großen Einzelnen haben. Wie war das möglich? Das muß man studieren.« Dölle, Altphilologe, seit 38 Jahren im Gymnasialdienst tätig, jetzt Oberschulrat, schwankt zwischen zwei Linien, einem weichen, »lebensfreundlichen« und einem rigorosen Standpunkt, die seit mehreren Jahrzehnten gleichberechtigt in ihm koexistieren. Dieses Schwanken betrifft sowohl seinen Beruf als auch seine Ehe mit Inez Wrangel und sein Verhältnis mit der Sekretärin Vera – auch in jeder anderen Hinsicht sieht er sich »bunte Handlungen«[3] tun, während er doch *klar* sein will. Es gelingt Dölle in keiner Weise, konsequent zu sein. Im gleichen Augenblick sagt er in seiner Eröffnungsrede des Studienseminars für Jungassessoren: »Man kann durch glückliche Erfindungen das große Individuum noch ganz anders und höher erziehen, als es bis jetzt durch die Zufälle erzogen wurde. Da liegen noch Hoffnungen . . .« Dölles Heimatwissenschaft, die Altphilologie, hat mit den Grundinstinkten der Erkenntnis zu tun. In den Anfängen war die Altphilologie (F. A. Wolf) kritisch. Zugleich wurde sie Bildungsinhalt der höheren Schulen und wäre dort als kritische Wissenschaft sofort unterdrückt worden. *Daher duckte sie sich, um sich zu erhalten.* Dölle schreibt hierüber ein Buch.

»Plan
Kapitel 1
Aufzählung der verschiedenen Vorurteile zugunsten der Philologie. Bliebe wohl Philologie noch übrig, wenn man das Interesse eines Standes, eines Broterwerbs abrechnete?
Kapitel 2
Der Philologe entsteht gar nicht mehr, wenn jenes Interesse wegfällt.
Kapitel 3
Wenn unsere öffentliche Welt dahinterkäme, was das Altertum eigentlich für ein unzeitgemäßes Ding ist, so würden die Philologen nicht mehr zu Erziehern bestellt. Wirkung auf Nichtphilologen gleich Null. Würden sie imperativisch und verneinend, o wie würden sie angefeindet! Aber sie ducken sich.

---

3 »So sind wir modernen Menschen dank der komplizierten Mechanik unseres ›Sternenhimmels‹ – durch *verschiedene* Moralen bestimmt; unsere Handlungen leuchten abwechselnd in verschiedenen Farben, sie sind selten eindeutig – und es gibt genug Fälle, wo wir *bunte* Handlungen tun.«

Kapitel 4
Die Konstitution der Polis ist eine phönizische Erfindung: selbst diese haben
die Hellenen nachgemacht. Sie haben lange Zeit wie freudige Dilettanten an
allem herumgelernt.
Kapitel 5
Der zukünftige Philologe als Skeptiker über unsere ganze Kultur und damit
auch als Vernichter des Philologenstandes.«

Dölle, der 1932 sein zweites Staatsexamen absolvierte, wurde ein Jahr später
wegen seiner körperlichen Unbeholfenheit, die anläßlich der Besichtigung
durch den Gaudozentenführer offenbar wurde, als Turn- und Geographieleh-
rer an ein Realgymnasium strafversetzt. 1939 meldete er sich freiwillig zu einer
Nachschubeinheit, die sein Freund, Hauptmann Dietzenbach, führte; dieser
ließ ihn studieren und schreiben. Nach der Entlassung, 1945, wurde Dölle
außerplanmäßig Direktor eines hessischen Gymnasiums. Bene navigavi cum
naufragium feci – Ich segelte gerade günstig, als ich plötzlich Schiffbruch erlitt.
Ein jüngerer Lehrer des Gymnasiums wurde 1951 von Schülereltern der Verführung eines Nachhilfeschülers »überführt«. Dölle half diesem Lehrer nicht,
obwohl er von den Beweisen gegen ihn nicht überzeugt war. Dölle verzieh sich
diese Nachgiebigkeit gegenüber dem Druck der Eltern und des Ministeriums
nie. Äußerlich improvisierte er, versuchte doch noch einen Sinn mit dem Beruf
des Schulmannes zu verknüpfen, glaubte daran, und glaubte nicht daran. Er
führte das Leben eines Schulkarrieristen, der Strafversetzungen oder Rückschläge zu vermeiden wünscht. Innerlich, das heißt in der Nachmittagszeit, die
er in seiner Studierstube verbrachte (gestärkt durch ein Schläfchen), hielt er an
einer rigiden Haltung fest: »Ich träume eine Genossenschaft von Menschen,
welche unbedingt sind, keine Schonung kennen und ›Vernichter‹ heißen wollen: sie halten an alles den Maßstab ihrer Kritik und opfern sich der Wahrheit.«
Diese Wahrheit lag darin, daß er Inez, mit der er seit 1943 verheiratet war, zur
Zeit nicht mehr ertragen konnte. Ist Inez so geworden, weil er sie so gemacht
hat? Dölle hält den Gedanken an, da andernfalls sein Weltbild auseinander-
fällt. Ebenso ist Dölle seit 1962, das heißt seit nun schon acht Jahren, »Inhaber« der anfangs zwanzigjährigen Schreibkraft Vera. So löst er die Probleme:
er umgibt sie mit »Bezugssystemen«. *Das Prinzip eines Denkens, das sich nicht
nach seinem Denken richtet.* Ist es, fragt Dölle, nur ungefährlich, wenn man
nutzlos denkt, oder versperre ich damit die Fähigkeit des Denkens (als Anleitung zum praktischen Tun) anderen? Als Oberschulrat zweifellos. »Ich muß
mich aus dem Verkehr ziehen.«
Eine weitere Frage, die ihn beschäftigt: wenn er sich nicht nach dem verhält,

was er denkt – wenn er den Gedanken anhält, sofern dieser die Harmonie der Gesamtansicht gefährdet –, dann ist es gleich, ob er Gedanken hat oder nicht. Auch diesen Gedanken hält Dölle an, da er ohne »Gedanken« nicht leben kann und daher notgedrungen auf Denken verzichten muß, wenn Weiterdenken die Gedanken entwertet und ihm damit das Leben nimmt. Nach einiger Zeit hatte Dölle Verstopfung. Er fraß Abführpillen. Um die Spannungen zwischen seinen zweierlei Linien auszugleichen, stellt Dölle, ohne seine schärfere Haltung anzutasten, eine mildere Formulierung daneben: »Wer heute gut und heilig sein wollte, hätte es schwerer: er dürfte, um gut zu sein, nicht so ungerecht gegen das Wissen sein, wie es die früheren Heiligen waren. Auch müßte er gesund sein und sich gesund erhalten; sonst würde er gegen sich mißtrauisch werden müssen. Und vielleicht würde er gar nicht einem asketischen Heiligen ähnlich sein, vielleicht gar einem Lebemann.«

Aber Dölle steht auch unter anderem, unmittelbarem Zwang. Er muß sich Anhänger verschaffen. Oder er geht selbst unter, wird abgehängt. Dietzenbachs Stimme (der jetzt das Kultusministerium vertritt) klang bei der letzten Rücksprache mitleidig. Dölle muß die volle eigene Wasserverdrängung sicherstellen. Dies zwingt ihn zur Frontstellung gegen Kollegen im Ministerium, »technokratische Fische im Range von Oberschulräten«, sowie gegenüber Junglehrern und Schülern, die er betrügen muß, indem er sie zwingt, diese Schule unverändert weiterzubetreiben. In den ersten Tagen des Jahres unterzeichnet er eine Verfügung, die zwei Angehörige einer Lehrerarbeitsgemeinschaft, die wiederholt unverantwortliche Pamphlete über den Unterrichtsbetrieb verfaßt haben, vom Dienst suspendiert. Dies wird von ihm so erwartet. Wenn er solche Verfügungen unterschreibt, meint er das und meint es nicht. Es ist so gut, als wäre er nicht da, und gleichzeitig ist er unterschriftsberechtigter Unterschreiber.

»Das einzige Glück liegt in der Vernunft, die ganze übrige Welt ist triste.«

»Glück liegt in der Geschwindigkeit des Fühlens und Denkens: alle übrige Welt ist langsam, allmählich und dumm. Wer den Lauf des Lichtstrahls fühlen könnte, würde sehr beglückt sein, denn er ist sehr geschwind.«

»An sich denken gibt wenig Glück.«

II

Diese Sauna besitzt Sanduhren, mit deren Hilfe sich jeder seine Zehn-Minu-
ten-Schwitz-Einheit zumessen kann. Man hätte auch einheitlich für alle *eine*
Wanduhr aufstellen können, so ist es individueller. Dölle prüft den Schweiß-
fluß auf Schultern und Oberarm. Es bilden sich erwünschte rote und weiße
Fleckenmuster auf Armen und Beinen, die Dölle für gesundheitsbringend hält
(saluber). In die Hitze kann man *hineinbeißen*. Dölles Beinmuskeln sind noch
spannbar. Vera umfaßt gern eines der dicken Beine, nimmt es in den Arm wie
eine Puppe. Es sind aber auch noch feste Muskeln da. Dölle überprüft die Haut
seines Fegers, eine wunde Stelle »im Schritt« beruht auf mangelnder Durchblutung der Haut, er schmiert seit Jahren Kamillosan darauf; wenn Dölle sich
lang ausstreckt auf dem oberen Saunabrett und an sich entlangsieht (hervorragende Schweißspuren auf der Brust!), so hat es fast den Anschein, als wäre
kein Bauch da. Aber er braucht sich nur aufzurichten, und die Quellmasse unter seinem Magen, der Seitenring von Fett, der seine Hüfte umgibt – eine große
Gefahr, daß sich der Blick an die Körperform anpaßt. »Es geht aber nicht
darum, das Bewußtsein an die objektiven Umstände zu gewöhnen, sondern
vielmehr diese Umstände umzustellen.« Dölle will Salate essen gehen, noch
heute, mehrere Spaziergänge einschalten! Wenn er mehr Ziele hätte, würde er
weite Strecken gehen. Er ist ein teleologischer Mensch. Ohne Ziele tut er
nichts. Ist es kein Ziel, den Bauch beweglicher zu gestalten? Vera sagt: Nein.
Dölle hat eine Stunde auf einem der Feldbetten geruht und geträumt. Jetzt betritt er, sein Kopf ist noch immer puterrot, die Wohnung, die er mit seiner langjährigen Frau Inez bewohnt. Inez hat Gäste eingeladen. Inez: Den hau ich in
die Snauze. Hier hau ich den hin und in die Snauze, wenn der so was sagt. Inez:
Hallo, Hänschen, setz dich zu uns. Frau Geiger: Guten Tag, Herr Oberschulrat. Der Journalist Müller setzt sich nicht wieder hin, weil er Hänschen Dölle
seinen Stuhl anbieten will. Dölle: Ich bin hier der Hausherr (er meint, der Journalist soll sich wieder setzen). Dölle will wieder verschwinden. Och! Hänschen! ruft Inez. Herr Müller sagt: Keine Drückebergerei! Wir sitzen hier so gemütlich! Stürmchen Sturm sagt: Freue mich, dich zu sehen, Dölle. Inez ruft:
Erna, eine Tasse für meinen Mann. So, jetzt setzt sich die Rasselbande (alle gehorchen, aber haben den Gesprächsfaden verloren). Inez ist jetzt 52 Jahre alt.
Sie hat ihren Friseur besucht. Ihre Augen sind erregt, weil viele Gäste da sind,
sie bildet ihre Runde. Es kann wieder so werden wie früher.

III

Dölle will noch nicht sterben. Er will an sein Leben von jetzt 65 Jahren noch ein weiteres anhängen. Neben Inez, seiner Frau, die irgendwie abwarten soll, will er die junge Vera fester an sich binden. Was wäre eine festere und tiefere Bindung als ein gemeinschaftlicher Tod mit Vera – daß sie beide das Weite suchen? Oft weiß Dölle nicht, wie er sie anders noch halten soll. »Grundsätzlich soll ein Mensch, der eine Todessehnsucht hat, diese mit sich selber ausmachen, das heißt, er soll sich zum Sterben legen.« »Dazu bin ich noch nicht bereit.«

IV

»Die Dinge kommen, wie sie kommen, und wenn sie kommen, muß man ihnen entgegengehn.« Oberschulrat Dölle hat sich in eine der hinteren Bankreihen verschanzt und beobachtet den Junglehrer. Das Schulgebäude ist klassizistisch. Eine beachtliche Stuckdecke, sparsam. Drei große helle Fenster. Der alte Dölle, seinen schweren Leib eingeklemmt zwischen Stühlchen und Schülertisch, möchte nochmals studieren, aber nicht das, was dieser Lehrer vorträgt.
Es wird wiederholt: »Die Dinge kommen, wie sie kommen, und wenn sie kommen, muß man ihnen entgegengehn.«
Schüler Albers: Diese Auffassung erscheint in doppelter Hinsicht fatalistisch und damit antiquiert. Junglehrer: weist darauf hin, daß man nicht so viele Fremdworte gebrauchen solle. Albers: Also leidend und veraltet. Lehrer: Warum der Schüler diese Auffassung für leidend hält? Albers und Brettschneider wie aus einem Mund: Die Dinge kommen nicht, wie sie kommen, sondern wie sie vorbereitet sind. Der Lehrer in der Defensive: aber man müsse ihnen entgegengehn. Albers: Nein! Man muß abrücken, wenn sie kommen. Es komme darauf an, die Dinge auszuwählen, sagt Schwietzke. Der Junglehrer kann nicht sagen: Auswählen ist schlecht, denn in einer der vergangenen Stunden hat er über die »Kraft der Wahl« (Selektion) gesprochen. Lehrer: Gut, Albers, ich will Ihrer Konzeption folgen. Danach müßte es heißen: »Die Dinge kommen wie bestellt, und wenn sie kommen, muß man ihnen entgegengehn.« Das ist doch offenkundiger Unsinn! (Der Lehrer überlegt, daß dies alles hier doch im Ergebnis gut abläuft, da er ja *diskursive Unterrichtsgestaltung unter aktiver Beteiligung der Schüler* vorführt.) Albers und Brettschneider: Ein praktisches Beispiel! Sie haben eine Flasche Milch jeden Morgen bestellt, und jetzt, als sie gebracht wird, tun Sie, als wären Sie nicht zu Hause. Wybert mel-

det sich: Ich möchte eine These entwickeln.»Entweder Vordersatz fatalistisch,
dann muß es heißen ›entgegengehn‹, denn was man nicht bestellt hat an
Schicksal, muß man auch nicht abholen. Umgekehrt: Vordersatz…«.
Lehrer unterbricht: Richtig, Wybert, fahren Sie fort! Sehen Sie, Albers: ist der
Vordersatz aktivisch, so muß auch der Nachsatz – aus Konsequenz – aktivisch
sein! Albers gibt zu, daß das wichtig ist, besteht aber auf seiner Formulierung:
»Die Dinge kommen, wie sie kommen, und wenn sie kommen, muß man ihnen
entgehn.« Die Stunde ist gerettet.
Nach dem Klingelsignal kurze Pause, anschließend Chemie und Sport. Dölle
wälzt sich aus dem Zwischenbereich von Stuhl und Schreibbank heraus. Er
geht mit dem Junglehrer im Flur auf und ab.»Meine Kongratulation, Kollege!« Dies schafft den Vertrauensboden für die nachfolgende Kritik. Sie müssen, sagt Dölle, aufpassen, Herr Dr. Freitag, daß Sie nicht selber lauter Fremdworte sagen. Sie übernehmen von den Schülern. Der Lehrer meint, daß er bei
diesem Dienstvorgesetzten am besten durchkommt, wenn er der Kritik sogleich zustimmt. Dölle korrigiert ihn höflich:»Sie müssen mir widersprechen.
Irgendwann merken die Schüler, daß Sie immer zu mir hinsehen. Sie sind doch
völlig *unabhängig* von mir.« Dölle weiß, daß das, was er hier sagt, so lange
nicht stimmt, als er der Herr über Herrn Dr. Freitags Beförderungen und Ver-
setzungen ist.[4] *Deshalb ordnet er das Widerspruchsverhalten speziell an,* denn
das kritische Verhältnis zum Vorgesetzten darf nicht leiden.»Stellen Sie sich
also auf eigene Füße. Fassen Sie meine Kritik als Anregung auf – nicht mehr!«
Jetzt hat der Lehrer schon vergessen, was die Kritik war. Die Form, in der er die
Kritik aufnehmen soll, das will er sich merken. Dölle sucht den Direktor dieser
Schule auf, beurteilt kurz den Junglehrer, bespricht eine Terminfrage. Er erreicht den Mittagszug, der ihn in die Universitätsstadt zurückbringt, in der er
seinen Amtssitz hat.

---

4 Beurteilung eines Altlehrers durch den »fortschrittlichen« Dölle (moderne Technik der
   Formulierung des Urteils für die Personalakten):»Etwas schizoider Beamter, 40 Jahre. Er
   besteht aus lauter festgemauerten Ansichten, gleich, ob es um Religion oder Politik geht.
   Kontaktlos. Unüberwindliche Tiefenangst. Diese erscheint verständlich, wenn man sieht,
   was sich unter dem Gebirg von Prinzipien an inneren Gluten angesammelt hat. Auswirkung im Unterricht: Enge, Autoritätsverfall in den oberen Klassen, vorzügliche Englischdi-
   daktik. Neigt dazu, Eintragungen ins Klassenbuch vorzunehmen, ›Disziplinierungen‹. Der
   die verdrängten Tiefen suchende Spaten, das persönliche Gespräch kann hier zur Spreng-
   mine werden. Die starre Oberfläche ist notwendig. ›Quieta non movere.‹ Vorschlag: in B.
   belassen bis zum Pensionsdienstalter.«

V

Sein Amtszimmer hat sich Dölle nicht selbst ausgesucht. Im Backsteinhaus des Regierungspräsidiums, dritter Stock. Als Oberschulrat stehen ihm ein Schreibtisch und zwei Sessel mit Armlehnen zu. Er hat eine »Schreibecke« und eine »Besuchertischrunde« mit diesen Mitteln aufgebaut. Er durchblättert die vorgelegten Akten. Keine der Sachen eilt. Er geht hinaus ins Vorzimmer und fragt sich, wo seine Vorzimmerdame, Fräulein Vera Schwenkowski, bleibt. Sie kommt, vom Laufen erhitzt, herein, war auf der Postabstempelungsstelle im Parterre. Dölle sagt nicht **Vera**, sondern: »Fräulein Schwenkowski, wenn ich Sie einen Moment bitten darf.« Es ist niemand da, der die Vorsicht rechtfertigt. Dölle, jetzt fünfundsechzigjährig, sieht im Anzug intakt aus. Fräulein Schwenkowski ist 37 Jahre jünger. Von seinem Universitätslehrer hat Dölle einen Grundsatz mitgeteilt bekommen: Sie müssen sich eine Frau suchen, deren erster Mann Sie sind, und sie prägen. Dölle versucht, Vera zu »prägen«. Wenn sie ihn, ihr Gesicht über seinem Gesicht, ansieht, fühlt er sich als das Schaf, über dem der Wolf sitzt. Vera schreibt, was er vorsagt. Er könnte ihr auch erfundene, nichtdienstliche Texte ansagen, zum Beispiel: »Ich hole dich eine halbe Stunde nach Dienstschluß im Café ab«. Vera nickt, sie tut alles, was er sagt. Sie weiß den Treffpunkt. Dölle braucht seinen Bauch nicht zu verstecken, er muß nichts fürchten. Aber er bangt jeden Augenblick, daß sie »aufsässig« wäre. Er versucht einen Witz, um sie an sich zu fesseln: die Schlacht bei Mollwitz! Die Österreicher haben schon gewonnen, ein Cannae! Da rücken die preußischen Grenadiere, weil sie die Niederlage nicht durchschaut haben, 300 Meter vor. Die Österreicher räumen das Schlachtfeld. Vera lacht nicht hierüber, aber kichert über etwas anderes. Irgend etwas ist ihr eingefallen. Sie zieht den Mantel an und verschwindet. Wenig später: Dölle in seinem Volkswagen mit seitlichen Chromstangen, im Handschuhfach Koralle-Präservative. Er fährt zum Treffpunkt, ein Glückspilz. Hänschen Dölle (»Schurki«).

VI

Pensionierungstag für Dölle. Zur Übergabe seines Amtes an seinen Nachfolger Dr. Schweikart hat Dölle seinen schwarzen Anzug angezogen. Der Leiter der Schulabteilung im Kultusministerium, Herbert Dietzenbach, nimmt als Gast teil. »Als Eideshelfer für den Freund.« Ein Cinzano wird genommen in Dölles Arbeitszimmer.

Aus Anlaß seiner Pensionierung erhält Dölle ein Verdienstkreuz. Vera weint.

In der Sporthalle des Gymnasiums der Universitätsstadt sind Blumen arrangiert. Eine Streichergruppe spielt das Forellenquintett von Schubert. Die Beamten des Regierungspräsidenten reichen Dölle die Hand. Dölle sagt: Es fällt keinem Schulmann leicht, mit 65 aufzuhören, denn das Hirn funktioniert einen Tag vor der Entlassung nicht anders als einige Tage nachher. Wenn man mir eine Schule oder eine Klasse geben würde, wäre ich glücklicher als jetzt mit dem Zuviel an Freizeit. Im Ernst, wir alle wissen, daß wir schon nach spätestens zehn Jahren Schuldienst hätten ausgewechselt werden müssen. Mindestens ein Zweitstudium! Besser aber Generationswechsel. Gut, für einige galt der Krieg als ein solches Zweitstudium (der Abteilungsleiter: Ha!), spätestens 1955 waren wir endgültig veraltet. Jetzt aber, nachdem wir Alten uns an das Veralten gewöhnt haben, fällt es uns schwer, aufzugeben.

»Es floh die Zeit im Wirbelfluge
Und trug des Lebens Plan mit sich.
Wohl stürmisch war es auf dem Zuge,
Beschwerlich oft und widerlich«

schließt Dölle seine Rede.

Die Beamten des Regierungspräsidenten, die meist der Polizeilaufbahn entstammen, werden schon mit 62 Jahren pensioniert. Sie sind über den Schlußwitz pikiert. Dölles Freund Dietzenbach, der Leiter der Schulabteilung im Kultusministerium, erhebt sich und antwortet sogleich:

Perire necesse est. Es ist notwendig, zugrunde zu gehen. Das ist der Leitspruch jener römischen Legionen, die am Grenzwall die Barbaren etwas länger aufzuhalten versuchten, als dies nach Sachlage sonst erfolgt wäre. In dieser Lage befinden auch wir uns – wir stehen als Beamte auf Lebenszeit auf Wacht gegen das oder vielmehr für das, was »cis« ist, *diesseits* der Linien der Bildung und Entfaltung des Menschen. In dieser Lage ist die Pensionierung von dir, meinem lieben Freund Dölle, ein unverzeihlicher Luxus, den sich diese Gesellschaft leistet. Aber wir müssen auch die jüngeren Jahrgänge einmal heranlassen, wenn wir auch nicht wissen, was *da* nach uns kommt. In diesem Sinne nehme ich Abschied von einem Freund und Streitgefährten, dem Mit-Legionär Dölle!

Der Regierungspräsident selber ist soeben in der Feierstunde eingetroffen. Er findet das Du in der Rede des Ministerialvertreters übertrieben und ergreift das Wort:

Lieber Dölle, wir haben in diesem Backsteinhaus Jahre um Jahre in gemeinsamer Arbeit verbracht. Polizeiverwaltung, Inneres und Mittelinstanz der Schulverwaltung stehen hier beisammen. Nehmen Sie auf diesem Wege in die verdiente Ruhezeit meine aufrichtigen Wünsche und die meiner Mitarbeiter.

Das Quintett spielt einen Rausschmeißer. Dölle ist bedrückt. »Mit dem Tode leben. Daraus ist Kraft zu saugen.« Das ist ihm geläufig. Er sehnt sich nach

Vera, die vier Bankreihen hinter ihm sitzt, wagt aber nicht, sich umzuwenden.

Die Beamten des Regierungspräsidenten müssen zu ihrer Arbeit zurück. Dölle und sein Freund gehen in die »Sonne« eine Flasche trinken. *Dölle sitzt wie auf Kohlen.*

VII

Seit der Entlassung kontrolliert Inez seinen Tagesablauf. Sie plädiert für Abschaffung seines Volkswagens. »Wozu brauchst du den Wagen jetzt noch?« Dölle setzt sein Recht auf Spaziergänge durch, das Recht auf unbeobachtetes Sich-Entfernen von der ehelichen Wohnung. Inez: »Ich verstehe nicht, mein Hänschen, wieso du mit dem Auto wegfährst, wenn du spazierengehen willst. Die Luft ist überall gleich. Du kannst auch hier anfangen, spazierenzugehen.«

Am Treffpunkt Universitätsmensa holt Dölle um 18 Uhr Vera ab. Es gibt jetzt keine Reisen mehr mit erweitertem Wochenende zu Tagungen oder Besichtigungen. Sie sehen sich auf zwei, drei Stunden, abgespart von Veras Dienstzeit und von Dölles Hausdienst.

Vera hat einen Freund, den Junglehrer Gössel, der dafür da ist, zu den Zeiten, zu denen Dölle unabkömmlich ist, Gespräche mit ihr zu führen, mit ihr an der Luft hin und her zu gehen.

Dölle ist in Veras Zimmer »eingedrungen«. Er findet dort Gössel vor. Die beiden erwarten Vera, als sie vom Dienst nach Hause kommt. Sie schließt, ausgepumpt, die Wohnungstür auf und erblickt beide.

Vera zu Dölle: Was willst du hier? Dölle ist überrascht. Ich will nicht, sagt sie, daß du mich auch noch in meinem Zimmer belagerst. Wenn du kommst, soll ich in Bereitstellung gehen. Aber ich bin müde. Worauf warte ich überhaupt? Wie ein Einmachglas warte ich schon die ganze Zeit über. Dölle: Ich habe dir noch nicht erzählt, daß ich beim Arzt war (gelogen). Vera muß ihrer Erziehung nach jetzt fragen: Und was war das Ergebnis?

Dölle behält es für sich. Vera hat ihn durch plötzliche Aufsässigkeit überrascht. Beabsichtigt sie, ihn zu »betrügen«?

Nachdem sich Dölle »eisig« verabschiedet hat, setzen sich Vera und Gössel in einem Café zusammen. Vera: Du manipulierst mich. Gössel: Was soll das heißen? Vera: Warum mußt du mit Dölle dasitzen? Gössel: Ich war eher da. Vera: Du manipulierst mich ständig. Gössel schweigt. Vera: Ich bin für dich ein Stück Verschiebebahnhof. Gössel: Du denkst, daß ich Dölle verdrängen will, dabei weißt du, daß ich das nicht will. Ich bin mit Gerda fest liiert. Vera: Und was willst du eigentlich von mir? Gössel: Mit dir einmal gründlich reden.

Vera: Und was willst du mir sagen? Gössel: Du betrügst dich um dein Leben, wenn du dich von Dölle derart abhängig machst. Vera: Da haben wir's doch, daß du mich manipulierst. Dölle drängt Vera in den folgenden Tagen, daß sie sich entschließt, Gössel nie wiederzutreffen. Vera gehorcht.

VIII

In einem Hotelzimmer. Dölle: Willst du mir daraus einen Vorwurf machen? Vera: Natürlich nicht. Dölle: Du könntest es auch nicht. Aus dem bloßen Zeitablauf von acht Jahren kannst du mir keinen Vorwurf machen. Vera: Und ich verdanke dir ja viel. Dölle: Ich habe wieder einen Stapel Bücher für dich ausgesucht. Sobald du mit Lesen fertig bist, bringe ich dir die neuen Bücher. Vera: Ich lese nicht so schnell. Ich habe in den acht Jahren, seit ich dich kenne, schon so viel gelesen. Dölle: Wie geht denn der Betrieb im Amt jetzt? Vera: Oberschulrat Schweikart ist ein Fisch.

Vera kann jetzt außer mit Dölle mit niemandem mehr sprechen. Dölle übt über ihre kurze Freizeit die volle Kontrolle aus. Sie möchte ausdrücken, daß Dölle, so wie er in den vergangenen Jahren ihr Chef war, ihr als einziger vorbildlich erscheint. »Er ist der einzige, der mir gehorcht.« Ich bin für ihn wertvoll, weil seine Vitalität ausschließlich von mir abhängt. Vera lehnt die nüchterne Arbeit unter dem neuen Chef ab, der vieles anders anweist, als es Dölle getan hat. Sie hat im Amt Versetzung beantragt. Gleichzeitig will Vera ausdrücken, daß Dölles »Format« durch die Pensionierung gelitten hat. Er ist nicht mehr der »starke Dölle«, der über die Zukunft der Junglehrer und über das Bestehen der Reifeprüfungen entscheidet. Auch Vera ist nicht unabhängig von dieser öffentlichen Einschätzung Dölles. Sie muß sich Mühe geben, den Freizeit-Dölle, der ihr hier zwischen dem überalterten Mobiliar des Hotelzimmers zur Verfügung steht, so zu verehren, wie sie acht Jahre lang den Chef Dölle angeblickt hat. Sie merkt, wie die Gefühle geringer werden, **um so stärker will sie zu Dölle halten**, als seine *einzige Hilfstruppe* (Ausdruck von Dölle). »Hoffentlich halte ich durch.«

Eigentlich hat Vera in den Jahren mit Dölle daran gedacht, daß ihre Verbindung mit ihm einen stillschweigenden gesellschaftlichen Aufstieg ermöglicht. Hätte Dölle, der doch formal die Macht dazu hatte, ihr das Reifezeugnis ermöglichen können? Jetzt steht endgültig fest, daß sie von ihm keine Hochschulreife erhalten wird. Statt dessen gibt Dölle sich selbst. Vera: Ich will auf keinen Fall berechnend sein. Veras Verhältnis zu Dölle: acht Jahre Lernarbeit – dieses Ergebnis will Vera nicht aufgeben.

Dölle war kurz »unterwegs«. Er hat eine Ente aus der Tiefkühltruhe erstanden. Vera soll diese Ente in ihrem Einzimmer-Appartement für sie beide braten.

IX

Wenn ihn Inez nur nicht »Hänschen« rufen würde. Niemand außer ihr nennt ihn so.

Sonntag vormittags. Frau Dölle läuft von ihrem Schlafzimmer herüber zu dem Zimmer, in dem ihr Mann schläft. Das Zimmer ist verschlossen. Inez rackelt an der Tür. Sie ergreift ein Zorn. Die Kinder stehen hinter der Tür des Kinderzimmers. Sie sagen sinngemäß: »Ich will das nie wieder tun, ich will das nie wieder tun.« Inez ruft: Mach auf, Hänschen. Sie preßt sich gegen die Tür, macht Lärm mit der Klinke. Sie will die Kinder mobilisieren, indem sie die Stimme hebt, die alles hören, aber aus ihrem Zimmer nicht hervorkommen. Öffne, schreit Inez, du dummes Arschloch, ich will dir doch nichts tun. Aufmachen! Dölle, sprachgewaltig, sitzt aufrecht in seinem Bett und segnet den Vorabend, an dem er die Tür abschloß. Stunden später sitzen alle am Kaffeetisch, als wäre nichts gewesen. Um 16 Uhr sieht Dölle Vera im Café Weingarten im benachbarten Städtchen W. Vera ist mit dem Zug gekommen, Dölle mit dem Volkswagen. Sie fahren ein Stück.

X

Dölle hat Fieber. Das Fieber hält sich eine Woche lang, stets ein Grad Übertemperatur, nicht mehr. Inez erklärt: Das ist die Einbildung. Aber das Thermometer zeigt objektiv ein Grad Temperatur. Dölle fühlt sich zerschlagen. Die Humanität zerrinnt.[5] Er läßt sich von seiner ältesten Tochter pflegen, ein Besen, aber er wird von ihr nicht Hänschen genannt. Sein Freund, der Leiter der Schulabteilung im Kultusministerium, kommt, auf Dienstreise befindlich, auf einen Sprung vorbei. »Na, Schurki, totaler Aufgabenmangel!«»Die Diagnose stimmt.« »Wir wollen sehen.« Der Freund verspricht nichts, weil man Versprochenes in jedem Falle einhalten muß. Er hat einen Plan.
Nach einer Woche ist Dölle wieder mobil. Eines Freitags begibt er sich in das Schlafzimmer seiner Frau. Die Kinder sind abwesend. Er gibt sich Mühe mit Inez, aber gerade Dölles Zartheiten vermögen Inez nicht zu befriedigen. Es ist

---

5 »Es ist eine falsche Auffassung, zu sagen: immer gab es eine Kaste, welche die Bildung eines Volkes verwaltete: folglich sind die Gelehrten nötig.«

wie in früheren Jahren: am besten, er macht Massage des Rückens und der
Brust. Das kann er besser ohne sein Geschlechtsteil. Inez befriedigt das zwar
körperlich, aber nicht »seelisch«. Aus seelischen Gründen muß er sein Geschlechtsteil einführen. Es ist eine nicht sichtbare gemeinsame Wunde, an der
gezupft und gedrückt wird. Dölle hat seinen Plan. Er hält aus. Inez, die nicht
mehr pusten kann (alle Gefühle Dölles sind tot), schmiegt sich an ihn. Er hat
Schwitze-Schweiß ganz gern, liegt aber nicht gern so in Hautkontakt mit Inez.
Heute will er einen Kompromiß machen.

Er bewegt seinen Mund an ihr Ohr und will etwas sagen (daß man sich vielleicht weniger häufig sehen soll, um die »Spannung« zu erhöhen). Sie legt ihm
die Hand auf seinen Mund, ehe er reden kann: Still!, und kuschelt sich an ihn
heran. Plötzlich faßt sie ihn an den Bauch, kneift mit beiden Händen in die
Speckfalte und lacht. Er hat in früheren Jahren versucht, sie zu »erziehen«. Unabhängig von diesem Erziehungsplan hat er sie tatsächlich so zugerichtet, daß
sie jetzt ihm unerträgliche Eigenschaften hat. Durch »Guttun« möchte er,
»ohne Inez zu verstimmen«, eine dritte Jugend mit Vera ergattern.

XI

Dölle und Vera sind schon lange verzweifelt. Ein Vorschlag kommt von Vera.
Dölle kennt einen Arzt, der ihm Tabletten verschafft, weil er an Dölles Schlaf-
störungen glaubt (Dölle schläft vorzüglich). Sie wollen in Dölles Volkswagen
Auspuffgase hereinleiten und außerdem die Tabletten aufessen. Sie fahren zum
Wäldchen in der Nähe von W. Dort ist aber zuviel Verkehr. So fahren sie – es
kommt diesmal nicht auf Zeit an – etwa 60 Kilometer weiter, wo sie in einem
Waldgelände in der Nähe von Kassel halten. Dölle weiß die ganze Zeit über:
das ist unverantwortlich, das würde ich allein nicht machen. Aber er macht
mit, weil ihn eine tiefe Zuneigung faßt zu dieser Gestalt seines Todes, die ihn
mit Vera verbindet. Er nimmt einige ihrer Finger in den Mund, und sie sagt
nicht: Laß das, »weil es keinen Zweck hat«, sondern wartet, bis er es sein läßt.
Sie hat den stärkeren Willen, und eine Konstruktion wird gebaut vom Auspuff-
rohr als Schlauchlinie ins Wageninnere. Jetzt versteht Dölle, wozu Zeitungs-
papier nötig ist: damit die Schlaucheinführung abgedichtet werden kann. Man
muß wegen des Schlauches ein Wagenfenster öffnen.

Dann nehmen sie aus einer Seltersflasche kleine Schlucke und essen dazu mehrere Tabletten. Vera setzt sich auf den Fahrersitz des im Leerlauf brummenden
Fahrzeugs. Wenn sie das Gaspedal bedient, strömen Gase ein. Dölle sieht
Veras Augen an seiner Seite. Er ist das Schaf, sie ist der stärkere Wille. Er will
ihr zu Gefallen alles tun. Sie ist das einzige »Eigen«, das er haben will. Vera hat

die Augen geschlossen. Dölle denkt: das ist nicht zu verantworten. Er öffnet die Wagentür, reißt die Schlauchkonstruktion ab und »deponiert« sie in den Büschen. Er drängelt die bewußtlose Vera vom Fahrersitz, legt sie am Waldboden zurecht. Er überlegt: »Ich bin wegen der Tabletten fahruntüchtig.« Trotzdem muß er fahren. Er hält sorgfältig Ausschau, um keiner Polizeistreife in die Hände zu fallen. Die Augen fallen ihm zu, während er die Schnellstraße nach M. hineinfährt. Er läßt Dr. Arnold, seinen Freund, aus der Praxis herausrufen. »Ich habe Mist gemacht!« »Was für einen Mist, Schurki?« Sie gehen zum Hof, auf dem Dölle sein Fahrzeug abgestellt hat. Der Arzt lädt sich Vera auf den Rücken. Dölle schiebt und hält, so daß sie die Treppen zur Arztpraxis hinaufgelangen. Die wartenden Patienten werden von der Sprechstundenhilfe zur Geduld gemahnt. Im Hinterzimmer der Praxis pumpt Dr. Arnold Veras Magen aus. Dölle macht sich nützlich, indem er das Gefäß hält. Er schlägt Vera leicht auf die Backe, massiert der Bleichen die Stirn. »Laß das, Schurki«, sagt der Arzt. Dölle: »Hast du nicht irgendeine Spritze für sie?« Der Arzt gibt eine Kampferspritze. Nach einer Weile schlägt Vera die Augen auf. Dölle fühlt sich zittrig. Aber das Gift und die Gase können sich in seinem voluminöseren Körper besser verteilen.

XII

In seinem schweren Körper wie in einem Gefängnis. Nochmals in einem Gefängnis, sobald Dölle sein Zimmer, in dem er schläft, verläßt. Dann – in der Stadt, die Wächterin Inez nicht in der Nähe – im Gefängnis seiner Unwissenheit. Er weiß viel, aber nicht, wie er Vera halten kann. Das Wissen, das er besitzt, ist nicht »sein Eigen«. Er will nochmals studieren. Einige Wochen besucht er regelmäßig Vorlesungen: 1. Einführungsvorlesung und Seminar »Das Leben der Zigeuner«; 2. Einführung in die Psychoanalyse I; 3. Psychologie für Anfänger, vierstündig; 4. Gynäkologie, Einführungskurs; 5. Anthropologie I und II; 6. Sozialethische Übungen, vierzehntägig (stellt sich als theologische Veranstaltung heraus); 7. (als Ergänzung und Belohnung:) Textanalyse von Platons »Kriton«, zweistündig. Hiervon kann er – gewissermaßen von den Quellen – Vera erzählen. Vera interessiert sich für die Abstammungslehre. Eine Makakenbraut wäre sie gern, als noch Madagaskar bei Indien lag. Dölles Glück hat von diesen Sonntagsstunden mit Vera das Glockenzeichen »Salzburger Nockerln, süß wie die Liebe und süß wie ein Kuß« bewahrt. Jedesmal, wenn das gespielt wird, so wie er es mit Vera gehört hat, stellt er sich vor, werde ich ihre Wolfs- und Makakenaugen sehen.
Er greift jetzt eine unabgeschlossene Jugendarbeit wieder auf, die unter den

Anspannungen des Berufs liegengeblieben war: »Die geographischen und meteorologischen Verhältnisse in Altrom bis zur Kaiserzeit«. Exzerpiert die Quellen. Offenbar viel Regengüsse.

Dölle bricht nach einigen Wochen des intellektuellen Wiederaufbaus an der Universität zu einer Reise in die Landeshauptstadt auf, zum Kultusministerium. Im Kultusministerium besucht er seinen Freund Dr. Dietzenbach. Er möchte eine Beschäftigung haben. Praktische Vorschläge hat der nicht. Die Freundschaft nutzt sich ab, wenn Dölle weiter »notleidend« bleibt. Sein Freund will nicht dauerhaft inkonsequent sein. Er will dem Freund Dölle helfen – kann er nicht helfen, wäre es besser, Dölle wäre nicht sein Freund. Dölle ist sicher: dieser Anpassungsvorgang der Gedanken an die Taten ist bei Dietzenbach schon im Gange.

Hunger nach Sinn

1. Rache für Verdun

Ingenieur Willi Eisler wollte nach dem »Artillerieduell« vom 16. Oktober 1916 bei Verdun mit seiner Kompanie die ihm zugeteilte Schlachtzone verlassen, auf die wenig später vom Gegner mehrere Tausend Tonnen Granaten abgeschossen wurden. Die flüchtende Schar wurde von einem Stabsoffizier, Dr. von Fredersdorff, der Feldgendarmen um sich hatte, bei Orlémont aufgehalten. »Machen Sie, daß Sie schleunigst wieder dahin kommen, wo Sie mit Ihrer Kompanie herkommen.« »Herr Major wollen sich diese Sumpfzone ansehen. Der Beschuß wird in der nächsten Stunde noch zunehmen.« »Papperlapapp. Sie kehren mit Ihren Männern um.«

Dieser Vertreter einer Logik, die durch bloße *Materialmassierung* »dem Gegner Blut ablassen« wollte, zog den langandauernden Haß von Ingenieur Eisler auf sich.

18 Jahre später ließ Eisler einen Brückenteil, auf dem Major a. D. von Fredersdorff – jetzt Oberbaurat – eine Besichtigung vornahm, einstürzen. Ihm waren die Folgen gleichgültig, wenn er nur seine Rache befriedigen konnte – wenn schon nicht an allen, die für Verdun verantwortlich waren, so doch an einem charakteristischen Vertreter einer *überwundenen Denkform.* Aus dem Gefängnis, in dem Eisler wegen fahrlässiger Tötung einsaß, holte ihn 1942 Fritz Saur vom Jägerstab im Rüstungs- und Munitionsministerium. Noch 1945 gelang es Ingenieur Eisler, den gelähmten Fredersdorff in dem diesem gehörigen Gartenhäuschen auf der Schwäbischen Alb aufzuspüren. Bei jenem Brücken-

einsturz, für den Eisler gebüßt hatte, waren zwölf Arbeiter getötet, Fredersdorff nur am Rückgrat verletzt worden. In seinem Rollstuhl schrieb Fredersdorff an einem Buch. Jetzt warf Eisler, der mit zwei ausländischen Hilfskräften in einem Militärfahrzeug vorfuhr, diesen Rollstuhl um, schleifte Fredersdorff – der in dem rachsüchtigen Ingenieur nicht jenen Fähnrich wiedererkannte, den er »an der Straßenkreuzung von Orlémont auf seine Pflicht aufmerksam gemacht hatte« – an einen Weiher, in dem rasch Hinzukommende den Gelähmten später fanden. Brustquetschen hatte Erfolg, Fredersdorff atmete wieder. Ingenieur Eisler wurde nach Wiederherstellung der Rechtsverhältnisse wegen dieser Sache (Paragraph 211, 48 StGB) auf drei Jahre eingesperrt. Im Jahre 1959 gelang es Eisler erneut, den alten Fredersdorff aufzuspüren, der jetzt wieder Beratungen von Baufirmen durchführte. Eisler verwüstete Fredersdorffs Büro. Im Gartenhaus verbrannte Fredersdorff in dem von Eisler eilig gelegten Brand. Eisler erzog in der Folgezeit seine Nachkommen, mehrere Söhne und Töchter, zwei Enkel, in einem rigiden Antikriegsklima – wobei Eisler nicht den Krieg als solchen bekämpfte, sondern eine bestimmte **Denkform**, die in Verdun sein Leben zerstört hatte, indem sie von allen seinen zahlreichen Wünschen nur den nach unverzüglicher Rache übrigliethat.

»Die Scheibe friert, der Wind ist rauh
Der nächt'ge Himmel rein und blau
Und will ich in die Sterne sehen
Muß stets das Aug mir übergehen ...«

2. Ingrids Rache

»Das Weib lernt hassen, in dem Maße, in dem es zu bezaubern verlernt.« Ingrid Töpfer lernte Bernd Wolzogen während des Rückzugs in Charkow 1943 kennen. Sie kamen 1946 im rheinischen Industriegebiet an. In den folgenden Jahren bauten die Belegschaften im wesentlichen selbständig die zerstörten Industrieanlagen auf und verteidigten sie gegen Demontage. Bernd Wolzogen wurde Betriebsratsvorsitzender. Seine Frau leistete unbezahlt die jahrelangen Hilfsdienste, die ihn instand setzten, seine ganze Kraft einerseits dem Betrieb zu verkaufen, andererseits der Betriebsratsarbeit zu widmen. Kam er nach Hause, mußte er sich erholen.
In den fünfziger Jahren wurde Wolzogen nach Einführung der Mitbestimmungsregelung in den Vorstand der Großfirma berufen. Seine Lebensumstände wurden auf Rat seiner neuen Kollegen dem *Arbeitsdirektorenrang* angepaßt: ein Haus, ein Dienstwagen. Mitte der fünfziger Jahre verlor Ingrid ihren Einfluß auf diesen Mann völlig. Ihre Hilfsdienste waren jetzt überflüssig.

Sie stellte sich vor, er sei nach wie vor ihre Sparbüchse, in der sich ihre unbezahlten Hausfrauen- und Liebedienstarbeiten der Vorjahre ansammelten – deshalb versuchte sie, unter Unterdrückung zahlreicher widersprüchlicher Gefühle, ein sachliches Verhältnis zu Wolzogen herzustellen. Die Rückzugstraßen von 1944, die Jahre des Neuanfangs – sie konnte ihr Leben und das Wolzogens nicht nachträglich voneinander trennen. Der Versuch, sachlich zu bleiben, führte schließlich dazu, daß sie in eine einvernehmliche Scheidung einwilligte. Wolzogen heiratete eine Jüngere.

Zehn Jahre später war Ingrids Haß gegen Wolzogen ausgereift. Sie hatte nach der Trennung keine Chance mehr gehabt. In der Neujahrsnacht 1966 zerschlug sie mit einem kleinen Hämmerchen den Lack auf dem BMW-Fahrzeug ihres ehemaligen Mannes; dieses Fahrzeug parkte vor der Villa, die zwei runde Fenster besaß, hinter denen sich das Bad und zwei Toiletten befanden. Das Auto stand als unlackiertes Blech im Schnee. Wolzogen hatte Schwierigkeiten, den Fall seiner Versicherung als versuchten Einbruch darzustellen. Ingrids Rachebedürfnis war durch die Tat nicht gemildert. »Nicht die Stärke, sondern die Dauer der hohen Empfindungen macht die hohen Menschen.«

3. Rache für fremdes Leiden

Seit 1952 ist F. Juschke in der Feuchtchemie eines mittleren chemischen Werkes in Frankfurt tätig. Die Werksärztin, Frau Lohmann, ist als Urlaubsvertretung eingesprungen. Sie sieht in Juschkes Gesichtszügen, daß dieser Mann »am Ende« ist. Eine drückende Hitze liegt über der Stadt. Die kalte Luftschicht in der Höhe drückt die Industriegase nach unten. Wie unter einem Treibhausdach vegetiert die Stadt. Diffuse Wolken, durch die die Sonne nach unten preßt, die schädlichen Gase selbst nicht sinnfällig.

Die Ärztin faßt einen Plan: Juschke wird in die Grunduntersuchung der nächsten Woche eingefädelt. Die Ärztin telefoniert mit der Universitätsklinik. Alles vororganisiert: Magen, Darmtrakt, Kreislauf, die gesamte verbliebene körperliche Existenz Juschkes wird in der kommenden Woche von fähigen Ärzten durchforscht werden. Die Ärztin gibt Juschke Tabletten (ärztliche Muster) mit, um die Magen- und Kopfschmerzen über das Wochenende zu betäuben. Ärztin Lohmann: Die Tabletten nehmen Sie alle zwei Stunden bis Sonntag mittag 12 Uhr. Dann hören Sie damit unbedingt auf. Es verwirrt sonst die Untersuchungsergebnisse. Wenn ich die Ergebnisse der Grunduntersuchung habe, machen wir einen Behandlungsplan. Nach der Behandlung: Erholungsurlaub.[6]

---

6 Sie macht sich bei der Betriebsleitung mit ihren ausführlichen Gesundheitsplänen nicht beliebt. Aber sie wird diese Stellung nur drei Wochen, bis zur Rückkehr des Werksarztes, bekleiden.

Juschke ist ihr grundsätzlich dankbar. Schon allein dafür, daß ihn jemand so lange befragt und sich mit seinen Körperresten befaßt. Er kann sich aber auf diese Situation nur schwer einstellen. Sie kommt überraschend. Er spürt: er müßte seine Beobachtungen über seine körperlichen Erscheinungen hier genauer vortragen. Dies ist seine letzte Chance. Die Erinnerungen daran liegen jedoch verzettelt über die Jahre. Er bringt es nicht fertig, obwohl die Ärztin nicht zur Eile mahnt und das Gespräch jetzt schon 40 Minuten hin und her verläuft, seine Erfahrungen, die er mit Ausfallerscheinungen des Körpers oder mit Wohlbefinden gemacht hat, zusammenzufügen. Das strengt ihn maßlos an. Die Ärztin gibt zu erkennen, daß sie ihm auch noch länger zuhören würde.[7]
Juschke sitzt bleich da und beschreibt die Abteilung für Feuchtchemie, für die kein Nachwuchs zu gewinnen ist. Er hat sie nach 1945 aus den Trümmern wiederaufbauen helfen. Juschke, der das Verhör nicht länger aushält, müde, aber aufs höchste »angeregt«, drängt auf Verabschiedung. Er gibt der Ärztin herzlich die Hand.

Juschke: »Ich habe mein ganzes Leben in der Feuchtchemie eingesetzt, und dafür tausche ich jetzt diese Tabletten hier ein.«

In der folgenden Woche erfährt die Ärztin, daß Juschke gestorben ist. Die Worte, die sie ihm abgehört hat, waren möglicherweise seine letzten. Ihr Mann, dem sie den Vorfall eilfertig berichtet, hält diese letzten Worte für *substanzreich*. Frau Lohmann und ihr Mann wollen Juschkes zersetzte körperliche Verfassung an dieser Betriebsleitung, aber auch an allen Betriebsleitungen überhaupt rächen.[8]

7 Sie würde über seine Arbeitssituation gern mehr erfahren, von Mißständen hören, die ihr unruhevolles Motiv, daß in dieser Gesellschaft nicht gelebt werden kann, bestätigen. Sie könnte das in sich aufsaugen, vielleicht dadurch Kraft für Initiative gewinnen; ihren Mann zu Hause, der über revolutionären Thesen brütet, mit frischen Nachrichten versorgen. Wie ein Vampir giert sie nach Juschkes Wirklichkeit. Ein Stück mehr von seiner Erfahrung wäre ihr mehrere Stunden Zeit wert. Er soll so lange reden, wie er will und kann.
8 Es ist nicht zu übersehen, daß Frau Lohmann aus eigenen Motiven handeln wird. Dazu reicht es aus, daß ihre Ehe mit Lohmann Krisen produziert. »Alle Familien in der pluralistischen Gesellschaft sind dem Typ der bürgerlichen Familie nachgebildet. Dieser Familientyp selber ist untergegangen.« Frau Lohmann erlebt dies so: ihre Fürsorge bewahrt ihren Mann vor Magenschmerzen (bedingt durch seine aussichtslose berufliche Perspektive), aber auch vor jeder Berührung mit der Wirklichkeit. Je mehr sie fürsorgt, desto unselbständiger wird ihr Mann. Bisher hat Frau Lohmann versucht, diesen Konflikt auszugleichen: durch noch mehr Fürsorge. Die Krise macht sie konservativ-aufrührerisch. »Revolutionsgeduldig – revolutionslustig.« Kompromisse bringen keine Sicherheit. Die eine oder andere Richtung ihrer Gefühle soll ausschlaggebend sein. Sie sucht nach Gründen. Es geht um eine lebenswichtige Frage. Die Begegnung mit Juschke hat nun den Ausschlag gegeben.

Nach Entlassung aus ihrer Stellung als Werksärztin will Frau Lohmann »Juschkes Leiden« wenigstens an irgendeiner beliebigen, jedoch erreichbaren Stelle vergelten. Dazu muß sie zunächst warten. Vorerst absolviert sie in einer Universitätsklinik ihr Assistenzjahr.

4. Ausbruchsversuche innerhalb der Gefängnismauern

F. Schmidt und D. Kelpe, Schweißer in Florstadt, besteigen Freitag, 17.46 Uhr, den Zug, der sie in die Metropole bringt. Dort angekommen, nehmen sie Aufenthalt im Eldorado, danach Weinstadel, bei »Mario« Spaghetti Bolognaise für 8,– D-Mark und 1 Bier. Gegen 23 Uhr lassen sie sich zum Schlachthof fahren. Hier übersteigen sie die Mauer, die den im wesentlichen unbewachten Schlachthof umgrenzt. Sie dringen in das Verwaltungsgebäude ein, im Direktionsvorzimmer erbrechen sie die Kasse, entnehmen 420,30 DM. In einer Garage, deren Schloß sie öffnen, finden sie einen Lastkraftwagen, der noch über einen Benzinrest verfügt. Sie durchbrechen das Garagentor, das sie ihrer beruflichen Fähigkeit nach auch hätten vollends öffnen können, wenn sie noch Kraft für Initiative gehabt hätten. Mit laufendem Motor steht das Fahrzeug auf dem Asphalthof, konfrontiert mit einer hohen Backsteinmauer. Nach einer Viertelstunde kraftlosen Planens – die Schmidt und Kelpe eigentümliche Kraft steckte in Florstadt in einer großen Zahl von Schweißvorgängen, mit denen sie die laufende Woche und alle vorangegangenen Wochen verbracht hatten – richteten sie den Lastwagen gegen einen Mauerteil und starteten. Etwa achtmal ließen sie den Motorteil des Wagens gegen die Mauer stoßen. Die ruhige Klangfarbe des Motors verfärbte sich im Verlauf dieses »Versuchs«. Das zerstörte Fahrzeug ließen sie »an der Mauer festklebend« zurück und entfernten sich, wie sie gekommen waren.

Mit einem Nachtzug kamen sie bis Pfungstadt. Hier strebten sie über die Bundesstraße in Richtung Florstadt. Ein Omnibus der Bundeswehr nähert sich. Schmidt und Kelpe werfen eine Eisenstange, die sie seit einigen Minuten mitführen, gegen das Fahrzeug. Wahrscheinlich wollten sie nur mitgenommen werden. Der erschreckte Fahrer benachrichtigte in der nächsten Ortschaft die Polizei. Bundeswehr- und Polizeieinheiten durchsuchten die Gegend des Attentats. Schmidt und Kelpe, die einen Nebenweg eingeschlagen haben, werden, in Büschen versteckt, eingekreist.

Zum Verhör nach Pfungstadt gebracht:

KOMMISSAR: Was haben Sie sich bei dem Wurf der Eisenstange gedacht?

KELPE: Wir waren schon vorher in Frankfurt.

KOMMISSAR: Und was wollten Sie da?

SCHMIDT: Wir waren da im Schlachthof.

KELPE: Vorher im Eldorado, Weinstadel und bei Mario.

KOMMISSAR: Mich interessiert hier nur Ihre Eisenstange.

SCHMIDT: Im Schlachthof haben wir aber diese 420,30 DM erbeutet.

KOMMISSAR: Geben Sie her.

KELPE: Und das Fahrzeug, das wir an der Schlachthofmauer zertrümmert haben, geht auch auf unsere Kappe.

KOMMISSAR: Das ist ja interessant. Lassen Sie mich das mal formulieren. Wiederholen Sie noch mal.

SCHMIDT: Wir kommen rein in den Schlachthof und sehen das Fahrzeug und haben es in den Hof gefahren.

KELPE: Da ist eine Mauer. Backsteinmauer.

KOMMISSAR: Mal von Anfang an. Sie heißen?

SCHMIDT: F. Schmidt.

KELPE: D. Kelpe.

KOMMISSAR: Beruf?

SCHMIDT UND KELPE: Schweißer in Florstadt.

KOMMISSAR: Nun mal von Anfang an.

SCHMIDT: Wir fahren also 17.46 Uhr los . . .

Nach dem Verhör schlafen Schmidt und Kelpe ruhig in ihren Zellen. Strafe: je 1 Jahr ohne Bewährung. Sie wußten, daß sie in Florstadt unentbehrlich waren. Ihre Stellung konnte ihnen, auch wenn sie jetzt vorbestraft waren, nicht genommen werden, da sie erstklassige Fachkräfte und, gemessen an ihrer Leistung, zu billig waren.

5. Knautsch-Betty

Für Erfindungen sind Erfinder da; die Schnellöterin Elisabeth Daeneke, die Halbleiterteile in einem Großbetrieb der elektronischen Industrie lötete, war für Routinearbeit vorgesehen. Aus unbezwinglicher Sehnsucht, früher nach Hause zu kommen, lernte sie, die Halbleiterteile, von denen sie täglich ein bestimmtes Soll zu bearbeiten hatte, unter Verwendung eines von ihr erfundenen Abkürzungsverfahrens zu löten. Dagegen verlor der Betrieb, der sie entließ, ihre Erfindung jedoch seinerseits verwendete, ein Stück seiner Identität: er sah sich gezwungen, den Gegenwert von Elisabeth Daenekes (unter Freunden wurde sie Knautsch-Betty genannt) Erfindung, ohne Einbehaltung eines Mehrwerts, zu bezahlen, was vorher und nachher nicht im Sinne der Firma war. Knautsch-Betty war für Rache an sich ungeeignet; wenn ihr eine Umgebung nicht bekam, so wechselte sie sie. Alle Abmagerungskuren, die sie aber jeweils aufgab, wenn sie lästig wurden, konnten die Breite ihres hübschen Körpers nicht schmälern. Die empfindlichen Brüste waren sicher untergebracht und gehalten vom Oberteil ihres Overalls. Wie ein Schwamm saugte dieser Körper die Eindrücke der Umgebung auf, viel Platz für Unangenehmes, und verarbeitete sie. Diese »unbestellte Arbeit« neben ihrer Arbeit als Schnellöterin fiel keinem Refa-Experten und auch dem Kontrollauge des Werkmeisters nicht auf. Täglich lötete sie ihr Soll an Schaltkreisen. »Ich kann arbeiten, aber daß mich Arbeit befriedigt, würde ich nicht sagen.« Sie wartete täglich auf das Ende des Lötens. Nach Durchschreiten des Werktors sammelte sie ihre Glieder auf der Couch ihres Liebhabers, Rechtsanwalt Düppelmann. Das beschäftigte ihren Sinn: wie sie diese kuschelige Ecke möglichst rasch erreichen könnte. An sich fühlte sie sich für mehr gut. Sie hatte jetzt, nach Arbeitsschluß, angestrengt durch die zusätzliche Arbeit, Körper und Geist bis zur Erreichung der Couch einigermaßen zusammenzuhalten, nicht allzuviel Kraft mehr zu verwalten. Ihr Wunsch nach »mehr« drückte sich vor allem darin aus, daß sie schon längere Zeit bei Düppelmann ausharrte, der ihr immer wieder versprach, »mehr« zu geben, als er hatte. Er war jetzt 46 Jahre alt: ihm schien Betty sein letztes Stückchen Leben, das er noch zu erwarten hatte. Dieses ideelle Moment in Düppelmanns Verhalten hielt Betty fest (wie man sich bei Schwindelgefühl an den Stangen einer Schiffsschaukel besonders festhält). »Sie war jetzt 20, zweimal verheiratet, geschieden, hatte eine kolossale Menge von Liebhabern befriedigt, da melden sich schon mal die Herzensbedürfnisse.«

Im April 1972 war der aufsichtführende Meister von Bettys Betrieb krank. Sie »erfand« eine Abkürzung der Lötlinie, die es ihr gestattete, ihr Soll dreieinhalb Stunden früher zu erfüllen als bisher. Ihre Gedanken weilten in der Zeit nach Arbeitsschluß. »Wenn sie nicht so schnell hätte wegwollen, hätte sie das nie erfunden.« Nach Ablieferung der Norm verließ sie den Arbeitsplatz unter einem Vorwand. Dem mit den örtlichen Verhältnissen noch nicht vertrauten Stellvertreter des erkrankten Meisters fiel dies zunächst nicht auf. Als es ihm nach Wochen auffiel, benachrichtigte er den Ingenieur Fred Dattler und »stellte« Betty, die sich auf der Toilette kurz für die Heimkehr zurechtgemacht hatte (Rouge, Bluse gewechselt usf.).

DATTLER: Wohin wollen Sie in dieser Aufmachung verschwinden?
BETTY: Das geht Sie einen Dreck an.
MEISTER: Sie verlassen vorzeitig seit Wochen Ihren Arbeitsplatz.

BETTY: Woher wollen Sie überhaupt wissen, daß ich verschwinden will? Ich darf mich doch wohl einen Moment frischmachen.

DATTLER: Sie haben Ihr Soll an Schaltkreisen für den heutigen Tag abgeliefert, und ich entnehme daraus, daß Sie jetzt verschwinden wollen.

BETTY: So? Und das berechtigt Sie, mir auf der Damentoilette nachzuspionieren? Ich fordere Sie auf, die Damentoilette hier **sofort** zu verlassen.

MEISTER: Das hier ist Werksgelände.

DATTLER: Sie geben also zu, daß Sie hier vorzeitig verschwinden wollten?

MEISTER: So wie Sie es nach meinen Feststellungen seit Wochen getan haben.

BETTY: Ich habe mein Soll abgeliefert.

DATTLER: Ich habe mit dem Abteilungsleiter bereits gesprochen. Sie sind fristlos entlassen.

BETTY: Weil ich mein Soll ordnungsgemäß abgeliefert habe?

DATTLER: Sie haben Ihren Arbeitsplatz ohne Erlaubnis vorzeitig verlassen.

BETTY: Statt daß Sie sich freuen über den Haufen Schaltkreise, den ich Ihnen gebracht habe.

DATTLER: Worüber wir uns freuen, das können Sie uns überlassen. Verlassen Sie sofort das Werksgelände.

MEISTER: Sie haben Hausverbot.

Betty vergaß, sobald sie im Café Eldorado ihren Düppelmann getroffen hatte, diesen häßlichen Resttag. Wenig später sortierten sie wechselseitig ihre Glieder, Nervenmassen. Auch ein Jahr später waren ihr die bereits alternden Beine und Arme Düppelmanns nicht lästig. Er gab sich mit ihr Mühe, dachte auch in Bettys Abwesenheit lange und fest an sie. »Es war einmal ein treuer Husar, der liebte sein Mädchen ein ganzes Jahr.« In den Fällen, in denen Düppelmann keine Einfälle hatte, die Knautsch-Betty amüsierten, versprach er ihr welche für die Zukunft.

Knapp ein Jahr nach Bettys Entlassung – ihr war der Zwischenfall egal, da sie das Löten ebenso entbehren konnte, wie sie die gegenwärtige Tätigkeit als Kellnerin hätte entbehren können – unternahmen Düppelmann und Betty einen Ausflug mit einem Maindampfer. Das schmierige Wasser, das am Dampfer vorbeifloß, war zum Baden ungeeignet, auch nicht mehr fischhaltig, reichte jedoch als Reflexionsfläche für die Sonne noch immer. Düppelmann wünschte sich eine Sonnenbrille. Die Augen schmerzten wegen dieses Gefunkels.

Betty schwitzte in der Sonne. Das schattige Dampferheck konnten sie nicht aufsuchen, da der Rauch des Fahrzeugs vom Wind hierhin gedrückt wurde; dort überzogen sich die Gesichter mit Rauch, der Bettys Haut schädigte. Das hatten sie alles schon bei früheren Fahrten probiert. Es blieb nichts übrig, als auszuhalten, bis die Fahrt beendet war. Nach Rückkehr in seine Wohnung hätte sich Düppelmann gern unverzüglich schlafen gelegt. Er richtete das Haupt, legte sein Haupt auf das Kopfkissen, schloß die Augen: »Richtige Vorbereitung auf einen schriftsatzreichen morgigen Tag.« Betty, die diesen Tag noch nicht als »gelebt« einstufte, legte ihre Beine über seinen Körper, stellte ergiebige Fragen: »Und was schreibst du in diesen Schriftsätzen morgen?« – »Was haben denn deine Gegner dir geschrieben?« Die Frage war nicht kurz zu beantworten. Düppelmann, der für seinen Vorratsschlaf, der vor 12 Uhr angetreten werden mußte, fürchtete, antwortete mit geschlossenen Augen: »Wenn ich deine Fragen beantworte, ist es zwölf Uhr durch. Du bist wohl noch nicht müde?« Betty fühlte sich »ironisiert«. Sie weinte. Jetzt war für Düppelmann an Schlafen nicht mehr zu denken. Er dachte wieder fest an Betty, deren Gesicht wenige Zentimeter von seinem entfernt neben ihm lag. »Wenn ich tot bin, kann ich sie so nicht mehr ansehen. Ich habe also gar keine Zeit, sie *nicht* anzusehen. Ich werde keine Zeit verlieren und sie jetzt gründlich ansehen.«

DÜPPELMANN: Funktionieren eigentlich die Halbleiterkreise, die du im Abkürzungsverfahren gelötet hast, genauso wie die Halbleiterkreise ohne das Abkürzungsverfahren?

BETTY: Mindestens. Die funktionieren besser.

DÜPPELMANN: Prüf doch mal nach, ob die Firma dein Abkürzungsverfahren verwendet.

BETTY: Die sind doch nicht dumm.

DÜPPELMANN: Das müßte man genau wissen.

BETTY: Wieso müßte man das genau wissen?

DÜPPELMANN: Das müßte man wissen.

BETTY: Ich gehe da nicht mehr hin. Ich komme auch gar nicht ohne Ausweis am Pförtner vorbei.

DÜPPELMANN: Aber du kannst eine Kollegin fragen.

BETTY (einerseits erfreut, daß hier ein längeres Abendgespräch in Gang kommt, Düppelmanns Müdigkeit verliert sich, andererseits zerquält durch die Aussicht auf eine Befragung ehemaliger Kolleginnen, das sah sie als unnütze Arbeit an): Und was soll ich die Kolleginnen fragen?

DÜPPELMANN: Ob sie die Schaltkreise jetzt nach deinem Abkürzungsverfahren löten.

BETTY: Und warum soll ich?

DÜPPELMANN: Frage mal. Vielleicht löten die die Schaltkreise nach deinem Abkürzungsverfahren.

BETTY: Nehmen wir einmal an, die löten die Schaltkreise nach meinem Abkürzungsverfahren. Das wäre ja praktisch. Ich würde sagen: das ist ganz sicher, daß die dieses Abkürzungsverfahren verwenden.

DÜPPELMANN: Das ist mir egal, was du für sicher hältst. Ich will jedenfalls wissen, ob die das Abkürzungsverfahren verwenden.

BETTY: Du glaubst mir nicht?

DÜPPELMANN: Es ist ganz gleich, was ich glaube. Ich will **wissen**, ob die das Abkürzungsverfahren verwenden.

BETTY (gutmütig): Dann kann ich ja mal fragen.

Es wurde für Betty ein ertragreicher Abend, da Düppelmann jetzt hellwach war und an sie und nicht an die Schriftsätze des morgigen Tages dachte. Ja, die Firma hatte Bettys Lötverfahren übernommen. Düppelmann setzte einen Schriftsatz auf.

»Sehr geehrte Herren, namens und im Auftrag meiner Mandantin, Elisabeth Daeneke, trage ich folgenden Sachverhalt vor. [Folgt Sachvortrag.] Der Ihnen aus der Verwendung der Erfindung meiner Mandantin zugeflossene Rationalisierungsgewinn, den ich durch einen unabhängigen Sachverständigen, dessen Benennung ich mir vorbehalte, schätzen lassen werde, ist aus dem Gesichtspunkt der ungerechtfertigten Bereicherung (§§ 812, 818 III BGB) nebst Zinsen ab Zustellung dieses Schriftsatzes an meine Mandantin herauszugeben. Durch die Tatsache, daß Sie meine Mandantin entließen, haben Sie selbst deren Erfindung als nicht zur ordnungsgemäßen Abwicklung Ihres Betriebs zugehörig dargestellt. Es handelt sich deshalb keineswegs um eine Betriebserfindung, an der Sie Recht erworben haben können. Durch Nichteinbeziehung des Vorgehens meiner Mandantin in den Betriebsablauf haben Sie selber erklärt, daß es sich hier um eine Privaterfindung meiner Mandantin handelt. Ich bin beauftragt, im Klagewege den Herausgabeanspruch meiner Mandantin zu verfolgen . . .«

Zum zweijährigen Bestehen ihrer Freundschaft überreichte Düppelmann Knautsch-Betty ein vollstreckbares Urteil über einen Teilbetrag von 800 000 DM. Mit dieser Summe eröffnete sie einen Massagesalon. Sie hatte schon immer von einer Arbeit geträumt, bei der sie nichts als Unterwäsche und einen weißen Kittel anziehen mußte. Da sie leicht ins Schwitzen geriet, war dies eine Kleidung, die sie jeder anderen Arbeitskleidung vorzog.

6. Regine Feiler von der Schwarzarbeiterbrigade

»Sie war die einzige Frau, die ich je gesehen habe, die einen Mann mit der linken Hand ohrfeigt, nachdem sie zuerst mit der rechten getäuscht hatte.«

Regine Feiler setzt sich zur Wehr. Aber der Mann, den sie dadurch an sich fesseln wollte, daß sie ihn ohrfeigte (so wie man ein Bügeleisen mit Wackelkontakt erst einmal pufft, vielleicht funktioniert es doch noch), kam nicht wieder.

Regine Feiler, 26 Jahre, aus einem Dorf bei Braunschweig, Zimmer-Mädchen
in Braunschweig, später Aufstieg zur Wäscherei- und Bügelspezialistin. »Un-
ter dem Sinn des Lebens stelle ich mir vor, daß ich nie wieder auf das flache
Land zurückmuß.«
Regine hält sich für häßlich. Über ihrem zu dicken Po »spannen« Rock oder
Hose. Die Nase ist »fleischig«, »zu dicht gewachsene Augenbrauen«. Regine:
Das kommt durch meine Umgebung, wenn ich einen völlig anderen Umgang
hätte, wäre ich »schön wie ein Mannequin«.

»Über das Vorurteil, daß sich eine Frau gut verkauft, wenn sie ein bestimmtes
Ebenmaß, gewisse Normalitäten hat, obwohl sich gerade Liebe nicht an die
Normen hält.« Eine »Liebende«: verschwitzt, das Gesicht verdreckt, schwer
arbeitend, Gegenstände schleppend, in einem großen Topf rührend, von dem
Dampf aufsteigt. Aus einem toten Maskengesicht sehen zwei lebendige Augen.
Ein halber Liter Tränen fließt aus den Augen über das teigige Material herab
und bildet eine tiefe Furche. An dieser Stelle kann man unten die (noch drek-
kige) lebendige Haut sehen. Man kann hineingreifen. Zwei Finger eines Mannes prüfen die Festigkeit der Haut.
Dagegen die »Verkaufs«-Frau aus der großen weiten Welt: Ein »Mannequin-
gesicht« mit extrem langen Wimpern, weinend. Weil sie immer soviel weinte,
wuchsen die Wimpern schneller, sie wurden »gewässert«.
Eine »Tennisspielerin«. Nach dem Tennisspiel duscht sie. Durch ein Guckloch
zur Duschkabine betrachtet ein Voyeur, kurz zuvor war er der Tennispartner,
die Duschende. »Er vergleicht und schätzt den objektiven Wert seiner Partnerin ab.« Der Kopf der Duschenden. Der Kopf wird abwechselnd schwarzhaarig und blond. Was besser paßt.
Schöne Frauen auf schönen Pferden. Die wütende Regine zieht eine »Manne-
quinpuppe«, die mit Stricken auf ein weißes Roß gefesselt ist, in den Dreck
herunter und schleift sie eine Weile hinter sich her. In ein vom Maskenbildner
aus Knete gefertigtes hübsches Gesicht mit allen zehn Fingern hineingreifen!
Das Gesicht hat jetzt häßliche Vertiefungen. »Es ist nicht wirklich, aber es ist
wirklicher, als vorher das hübsche Gesicht aus Knete war.«

»Die einfachste Form gesellschaftlicher Veränderung ist der Umzug.« Regine,
die sich von Braunschweig abgesetzt hat, ist jetzt Büglerin in der Metropole,
städtische Krankenanstalten. Mit für andere schwer erreichbarer Perfektion,
schnellen Handgriffen, arbeitet sie für die Freizeit. Einen Sinn hätte die Freizeit
für Regine, wenn sie hier passende Liebesbeziehungen hätte, die ihr »guttun«.
In der Metropole hat sie bisher einen Mann kennengelernt (Bild des Mannes),
der hatte Filzläuse. Sie lernte einen anderen Mann kennen (Bild), der hat sie

besoffen gemacht, so daß sie nichts »fühlte«; hat sie nach dem ersten Beisammensein nicht wieder besucht. Sie lernte einen verheirateten Mann kennen (Bild), der hatte Schwierigkeiten, sie wiederzutreffen, da er bereits zwei weitere Freundinnen neben seiner Ehefrau besaß. Ein weiterer Mann (Bild), den sie kennenlernte, den sie »attraktiv« fand, hatte immer dann Schicht, wenn sie Freizeit hatte; deshalb lernte sie noch einen weiteren Mann kennen für die Zwischenzeit‹. Das nahm ihr der »attraktive« Mann übel, so daß er sich von ihr trennte. Sie lernte einen Mann kennen (Bild), der Beamter ist, der sie immer nur zu bestimmten Stunden bestellt. Ihn verachtet sie.

Noch aus der Zeit in Braunschweig datiert Regines Freundschaft mit Monika Willuch und Paula Hetz. Die Freundinnen haben sich anläßlich eines gemeinsam besuchten Abendkurses der Volkshochschule Braunschweig zusammengeschlossen. Den Plan zum Umzug von Braunschweig in die Metropole haben sie gemeinsam gefaßt und ausgeführt. Hier unterhält Monika eine Firma, in der Gastarbeiter verliehen werden, Paula einen Massagesalon. Die Frauen haben eine gemeinsame *Notkasse* errichtet. Regine sieht in dem Lohn, den sie für ihre Bügelarbeit erhält, keinen ausreichenden Gegenwert für ihre überproportional perfekte Arbeit, da der Lohn in eine für ihr Empfinden sinnlose Freizeit fließt. Sie hält Teile ihrer Arbeitskraft zurück (an sich wäre sie in der Lage, ihre derzeitige Bügelleistung hoffnungslos in den Schatten zu stellen); andere Teile ihrer »wertlos entlohnten« Arbeitskraft verwendet sie zum Durchschleusen von Schwarzwäsche. In ihrer Dienstzeit wäscht und bügelt sie die in den Betrieben von Monika und Paula anfallende Wäsche, nimmt darüber hinaus Schwarzwäsche gegen Provision auch von Dritten an, die Gewinne fließen in die Notkasse.

Notkasse, zweckgebunden für mehr Lebensqualität. Der Betrieb Monikas, mitsamt einem Grundbestand von Arbeitsemigranten von einer Leasingfirma gepachtet, ist in einer ehemaligen Gastwirtschaft untergebracht. In der Kegelbahn dieser Gastwirtschaft, »reitstallähnlich«, auf wertvolle Weise holzvertäfelt, hat Monika eine Trink- und Sitzecke eingerichtet. Kuchen, Likör, heißer Rotwein mit Nelken in einem Topf stehen auf dem Tisch. Die Freundinnen stärken sich, beraten über die Verwendung der Notkasse. Es geht darum, die Mittel zu konzentrieren. Zunächst soll Regine ausgestattet werden (geht es ihr besser, so hat das, meinen Paula und Monika, auch Rückwirkung auf sie). Regines Privatleben bedarf der Reorganisation:

PAULA: Wenn du das betrachtest, dann liegt der Fehler darin, daß du zuviel wechselst.

REGINE: Nicht ich wechsle, sondern ich werde gewechselt.

MONIKA: Weil du nie nein sagen kannst.

PAULA: Wir geben dir aus der Notkasse einen Fonds. Damit machst du die Akne aus deinem Gesicht weg. Du wirst aufgebaut.

Die Freundinnen durcheilen die Stadt, kleiden Regine neu ein. In der größtenteils bisher nicht ausgenutzten Kegelbahn der Gastwirtschaft verbessern sie mit Schminke, Wimperntusche und Wässerchen Regines Gesicht.

PAULA: So stehst du ganz anders da.

MONIKA: Und du sagst immer nein. Zunächst.

REGINE: Und dann bleibe ich als Nonne sitzen.

PAULA: Das ist Quatsch. Die reißen sich, und du sagst so lange nein, bis du dich für einen Bestimmten sicher entschieden hast. Das bauen wir dann aus.

MONIKA: So erhältst du einen guten Ruf im Betrieb.

PAULA: Das Gesicht ist nicht wiederzuerkennen.

REGINE: Und dann gar nicht erst ja sagen.

MONIKA: Das wird ziehen.

Städtische Krankenanstalten. Dazugehörige Bügelanstalt. Regine Feiler, Vorsteherin der Bügelei. Ihr Hinterzimmer. Hier wird eine Tasse Kaffee getrunken. Stapel von Wäsche werden aussortiert. Paula erscheint mit einem Stapel Wäsche, zum Teil blutig, sie erhält einen frisch gewaschenen und gebügelten Stapel zurück.

In dem Hinterzimmer Regines ist ein kleines Ambulatorium eingerichtet: Medikamente, verschiedene Sorten, Scheren, Watte, Mullbinden, Vorräte an Tabletten, Impfstoff gegen Pest, Äther – was aus anderen Abteilungen des Krankenhauskomplexes bisher aufgestapelt werden konnte.

Monika tritt herein, einen Ballen Wäsche. Sie hat einen Gastarbeiter mitgebracht, dessen Finger zerquetscht worden sind. Jod, Schiene, Mullverband – er bekommt eine Tasse Kaffee, ein Brot wird geschmiert.

Draußen rufen die Büglerinnen: »Der Inspektor kommt.« Der Inspektor des Krankenhauses, mit einem Boxerhund, betritt die Bügelei. Er führt Aufsicht. Im Hinterzimmer wird weggeräumt. Der Gastarbeiter und Monika verstecken sich hinter einem Wäscheberg. Tür zu.

Regine, die den Büglerinnensaal betritt: »Tiere kommen mir hier nicht herein, Herr Inspektor. Sie wissen selber, daß vom Standpunkt der Hygiene es vollkommen unzulässig ist, wenn Tiere mit der Krankenwäsche in Berührung kommen. Sehen Sie, wie er schnüffelt.«

Regine und die Büglerinnen treten zu einem Halbkreis zusammen. Sie engen die Bewegungsmöglichkeiten des Inspektors ein. Da sie, während er aufsichtführend hier steht, nicht weiterarbeiten, üben sie durch Zeitverbrauch Druck auf ihn aus. Er soll verschwinden.

INSPEKTOR: Ich wollte ja bloß mal sehen.
REGINE: Wir haben hier Hochbetrieb. Kommen Sie morgen wieder.
Monika, mit Gastarbeiter und großem Paket mit sauberer Wäsche, wird durch die Hintertür herausgelassen. Sie spendet 30 DM, eine Flasche Cognac, 1 Pfund Kaffee, 2 Kringel Bratwurst.
MONIKA: Hausmacherwurst! Für die Belegschaft!
BÜGLERINNEN: Wir danken schön.

Derselbe Tag, nachts. Die Bügelei liegt verlassen und verschlossen. Wie ein Einbrecher: der Inspektor mit Generalschlüssel, Hund und zwei Taschenlampen. Er dringt ein, untersucht die Bügelei, findet zum Hinterzimmer, sieht die gestapelten Medikamente, den Kocher, den Kaffee, die Nahrungsmittel. Inspektor: »Aha.«

Die anderen Büglerinnen sind von Regines fachlichen Qualitäten hingerissen.
In der Bügelei ist es extrem heiß. Ungenügende Lüftung. Dampfwirkung.
REGINE: Da zahlen wir uns tot für Heilpaste und Kosmetik, und in dieser Temperatur werden die erreichten Ergebnisse wieder zunichte. Hier muß ein Ventilator her.
EINE BÜGLERIN: Ein Ventilator wurde meines Wissens bereits angeschafft. Er wird erprobt. Wenn er sich bewährt, werden hier mehrere installiert.
REGINE: Ich sehe keinen Ventilator.
DIE BÜGLERIN: Der Ventilator wird erprobt.
REGINE: Und wo wird er erprobt? Ich sehe nichts.
BÜGLERIN: Er wird im Zimmer des Inspektors erprobt.
REGINE: Wo es kühl ist? Da gehe ich sofort mal rauf!
Der Inspektor, an seinem Schreibtisch. In das Glas des Zimmerfensters eingearbeitet: der Ventilator.
INSPEKTOR: Ich würde mich an Ihrer Stelle, Frau Feiler, in dieser Sache nicht so heftig aufmotzen. Gegen Sie liegen Vorwürfe vor.
REGINE: Führen Sie eine schwarze Liste? Das wäre ja toll!
INSPEKTOR: Es liegen Feststellungen vor.
REGINE: Das ist wohl eine Drohung?
Regine hat die Büglerinnen der Frühschicht in einer Ecke der großen Bügelhalle versammelt. Die Büglerinnen, die Regines fachliches Können registriert

haben, da sie Proben ihres Spitzenkraft-Bügelns bei Gelegenheit zeigt, auch
wenn sie diese Produktivkraft während des Dienstes normalerweise drosselt,
folgen ihr auch in Arbeitsplatzfragen bedingungslos. Regine: Wir bügeln auf
unbestimmte Zeit so *gründlich*, wie es sich für Spezialistinnen gehört.
Ängstliche Büglerin: Und wenn das schiefgeht und wir rausgeschmissen werden? Regine: Dann müssen wir alle gehen. Dieser Ausblick wird die Direktion
hemmen.
Große Bügelhalle. Die Büglerinnen bügeln extrem sorgfältig. Wäschestücke
erhalten eine leicht bräunliche Färbung. Die frischgewaschene Wäsche wird
aus der Wäscherei durch einen unterirdischen Gang (der gesamte Krankenhauskomplex ist durch solche Gänge unterkellert, von den Kliniken zur Patho-
logie, von der Wäscherei zur Bügelanstalt) in Schiebe-Loren zur Bügelei gefahren. Von diesem unterirdischen Gang ausgehend, stapelt sich bis zur großen
Bügelhalle hin die Wäschemasse in Wartestellung.
Monika, Paula, Regine, einige Büglerinnen im Hinterzimmer der Bügelei.
Kleine Kaffee-Tafel. Regine: Kann ich aus der Notkasse eine Überbrückung
haben, wenn die mich tatsächlich rausschmeißen? Paula: Der Übergang
würde aus der Notkasse bezahlt. Rufe von draußen: Der Inspektor!
Der Inspektor steht, begleitet von seinem Hund, neben ihm ein Vertreter der
Direktion, in der Nähe der aufgestauten Masse an Rohwasch-Wäsche. In die
Halle selbst kann er nicht hineingelangen. Die Büglerinnen stehen unterge-
hakt, blockieren den Zutritt zur Halle. Sie lassen sich auch durch den einzelnen Boxer-Hund nicht erschrecken.

Die städtischen Krankenanstalten sind von der Stadt durch zwei Eisenbahnlinien (nur eine Unterführung) sowie eine Hauptverkehrsdurchgangsstraße mit
nur einer Abbiegemöglichkeit dreieckförmig (wie durch Mauer und Graben)
abgegrenzt. Innerhalb dieser Festung führt eine Rampe in eine Art betonierten
Talkessel, in dem als selbständiger Altbau die Bügelanstalt des Krankenhauses
steht: wie eine Miniaturfabrik, relativ hoher Schornstein. Aber dieser hohe
Schornstein und die Tiefenlage der Bügelanstalt heben einander auf. Dämpfe
und Aufheizgase werden zu ebener Erde in die Stadt geblasen, so wie die Luft-
trübung von der Stadt, der Hauptverkehrsdurchgangsstraße und der Bahn her
zum Krankenhauskomplex ebenerdig durchdringt. Zwischen Krankenanstalten und Stadt besteht eine Art gegenseitiger Nichtbeachtung. So sind die Krankenanstalten auch durch die Grippeepidemie in der Stadt zunächst nicht
betroffen. Keiner der Grippekranken kommt auf die Idee, sich in diese abge-
grenzte Krankenhauswelt zu begeben und versorgen zu lassen. Wäre es anders, bräche der Betrieb in den Anstalten zusammen. **Angemessene Abwehr
von »Krankengut« ist für die Anstaltsverwaltung eine Frage auf Leben und**

Tod. Nach einigen Wochen greift die Grippe, trotz Abschirmung gegenüber der Stadt, auf die Anstalten über. Das Virus kombiniert sich mit krankenhausintern entwickelten, resistenten Bakterienstämmen. In der Dampfzone der Bügelei haben alle eine komplizierte Doppelinfektion aus Viren und Bakterien.

Geburtstagsfeier von Regine. Im Kegelbahnzimmer von Monikas Gastwirtschaft. Warmes Bier, Grog, belegte Brötchen, Kuchen. Alle sind vergrippt. Eine Büglerin bringt die Abschrift eines Briefes, den Frau Emmi Kiesinger, mit Regine verfeindete Büglerin, an den Oberbürgermeister der Stadt, obersten Dienstvorgesetzten der Krankenanstalten, abgeschickt hat. Es ist ein Denunzianten-Brief. In ihm wird auf die Verarbeitung von Schwarzwäsche in der Wasch- und Bügelanstalt des Krankenhauses verwiesen.
Regine: Die will meine Stelle haben. Die schreibt hier:»Sehr geehrter Herr Oberbürgermeister! Ich teile Ihnen hierdurch mit, daß in der Bügelei des Kreiskrankenhauses Schwarzwäsche mitgewaschen und gebügelt wird. Die Rädelsführerin dieser verbotenen Tätigkeit ist Frau Regine Feiler. Da sie Leiterin der Bügelei ist, können wir einfachen Arbeitskräfte nichts dagegen tun. Vielmehr werden wir ebenfalls zum Schwarzbügeln krankenhausfremder Wäsche herangezogen. Hiergegen möchte ich auch im Namen meiner Arbeitskolleginnen protestieren. – Außerdem hat diese Frau Feiler wechselnde Männerbekanntschaften, was ebenfalls den Hygiene-Bestimmungen des Krankenhauses nicht entspricht. Es wurden Herrenunterhosen mitgewaschen, die ich mich nur mit Handschuhen anzufassen getraute. – Mit vorzüglicher Hochachtung. Emmi Kiesinger.«

Die Schicht, zu der die Denunziantin gehört, hat ihren Dienst heute schon beendet. Die Geburtstagsgesellschaft, einige Büglerinnen, Monika, Paula, Regine, 2 Gastarbeiter, eine Masseuse aus Paulas Betrieb, fahren unverzüglich zur Wohung der Denunziantin. Türschild:»Emmi Kiesinger«. Eindringen in die Wohnung. Sobald die Tür sich öffnet, stellt Paula den Fuß dazwischen. Beseitigung der Vorlegekette durch mehrere Rucke. Die Frauen werfen sich gegen die Tür. Die Denunziantin wird ins Bett gelegt und *infiziert*: Mund-zu-Mund-Beatmung durch die vergrippte Regine, abwechselnd mit Paula, Monika, zwei fiebernden Büglerinnen. Einreiben der Nase und des Mundes der Denunziantin mit Speichel und infizierter Masse. Bewachung der Denunziantin durch zwei Gastarbeiter.
Die vergrippte Denunziantin blieb nie ohne Bewachung. Zwei Tage später: In hohem Fieber schreibt die Denunziantin mit krakeliger Schrift nach Diktat einen Widerrufbrief an den Oberbürgermeister. Während des Diktats preßt sie ein Fieberthermometer unter die Achsel. Es wird abgelesen: 39,2°.

Regine diktiert: »Ich habe mich in meinem Anschuldigungsschreiben geirrt. Ich habe mich bei der Anfertigung dieses Schreibens von meinem Haß auf meine Kollegin leiten lassen, weil ich mickrig gewachsen bin. Ich bedauere dies. Mit vorzüglicher Hochachtung.« Monika: Wir müssen das neutraler fassen. (Sie diktiert erneut:) »Sehr geehrter Herr Oberbürgermeister, ...« Regines Akne ist, ¼ Jahr später, stark zurückgegangen. Oft meint sie, sie sähe jetzt »hübscher« aus. Zu Silvester zeigt Regine den Freundinnen ihre »neueste Bekanntschaft« vor. Regine: Der ist ganz neu. Paula: Für 3 Tage? Regine: Nein. Der fährt erst Ende der ersten Woche nach ehemals Deutsch-Ostafrika. Monika: Und wann kommt er wieder? Regine: Er bleibt da. Als diese Bekanntschaft, nach hitziger Woche, abfährt, paßt das Regine gut. Sie hat infolge der innerbetrieblichen Abwehrkämpfe wenig Zeit. So ging die Aufrüstung Regines in eine Richtung, die jetzt inaktuell ist. Der Krach im Betrieb ist wesentlich befriedigender, als es Regines Freizeit je werden kann. Der nächste Schlag aus der Notkasse wird der betrieblichen Verbesserung von Paulas Massagesalon zugewendet.

Die Ostertage 1971

Eine falsche Wahl, und schon ist für Schmidt der Nachmittag vertan. Sonnabend 14 Uhr begibt sich der Arbeiter Schmidt, der eine Sonderschicht geleistet hat, von der VDO-Manometerfabrik durchs Werktor zum Lokal »Schmutziger Löffel«. Er hat Appetit. Von der Karte bestellt er eine Schweinshaxe und zwei Bier. Als abgeräumt wird, zahlt er 9,50 DM. Er ist vollgegessen, aber alles andere als zufrieden.

Diese Mahlzeit trifft ihn nach einer Woche Arbeit plus einem halben Tag Sonderarbeit unvorbereitet. Er hatte »die Wahl« zwischen Schnitzel mit Cola, Gulasch mit Gurke und einem Bier und dem, was er dann bestellte. Er sitzt, »abgefertigt«, noch einige Teile der wertvollen (aber mit der ihm verbleibenden Kraft und Aufmerksamkeit schwer zu gestaltenden) Sonnabendnachmittagszeit und macht sich dann auf den Weg »nach Haus«. Dort legt er sich schlafen bis 21 Uhr. Danach ist er erst richtig marode.

Pförtls Reise. Überfallartig kommen nach der Hetze der vergangenen Wochen für die Arbeiter Heilmeyer, Buttler, Schmidt und Pförtl die »heiligen Tage«, Karfreitag bis Ostermontag – **jetzt hat aber alles zu.** Die Fernstraßen sind verstopft.

Pförtl hat noch in der Nacht zum Karfreitag seinen Wagen gewaschen und fährt seit fünf Uhr früh mit Freundin Hella Mengering, die bei *Telefonbau und Normalzeit* arbeitet, in Richtung Brenner. Sie müssen durchkommen, ehe der volle Osterverkehr einsetzt, und trinken unterwegs Kaffee, um sich fahrtüchtig zu halten. Bis Ostersamstag 14 Uhr sind sie auf dem Apenninenkamm. Sie kommen in Viareggio an, fahren auf der Küstenstraße. Sie versuchen zu baden, trotz der Kälte des Wassers ist das möglich. Sie werden von Bademeistern angeschrien, weil man hier nicht baden darf. Sie haben in dieser Gegend keine Bekannten und fahren noch nach Florenz, wo man aber Ostersonntag nichts Interessantes kaufen kann. Schlauerweise durchfahren sie diesmal die Brennerstrecke in der Nacht von Sonntag auf Ostermontag. Es ist doch wesentlich weniger Verkehr als in der Nacht zum Karfreitag. Ab Montag mittag schlafen sie durch – es war alles sehr teuer, obwohl sie nichts einkaufen mußten, und sie müssen Dienstag früh fit sein.

Der **Ingenieur Jungheinrich** geht Samstag 14 Uhr mit vier Kindern und seiner Frau in die Brathendelstation »konsumieren«. Das Bier (»süffig«, im Pokal gereicht) hat auf ihn physiologisch zu dieser Tageszeit eine dumpfige Wirkung. Die Erinnerungen, die es weckt, das heißt: die Bedeutung des Biers, passen nicht auf die Situation. Jungheinrich stellt den Lokalgeschäftsführer zur Rede. »In jeder Station bekomme ich mein Hendel in drei Minuten. Hier warte ich schon eine Stunde!« »Das liegt daran, daß wir die Hendel neu braten. Wenn ich Ihnen einen von den gestrigen warm machen soll, geht es in zwei bis drei Minuten. Bitte sehr!« Jungheinrich: »Das ist eine ganz unglaubliche Alternative!« Ach, essen wir, sagt Jungheinrich. Es hat keinen Zweck. Jede Resignation mehr kneift den Magen ein Stück enger. Er will zu dem Nachteil unsorgfältiger Bedienung nicht noch den körperlichen Schaden haben. Wenn er seine Frau ansieht, wird er müde. Die Kinder sind artig, die Frau mahnt sie zur Ruhe. Ein langes Wochenende liegt vor der Familie, gefüllt mit »Freiheit im Sinn von Freizeit«.

Steffie Haseloff hat eine gewölbte Stirn. Die Haare enden in dünnem blonden Flaum. Im Lokal befindet sich ein Spiegel. Von ihrem Platz aus kann sie sich zusehen, wie sie mit einer Drahtbürste ihre neue Hängefrisur striegelt, zwei mit Haarklammern befestigte Schwänzchen hängen seitlich. Die Augenbrauen haben einen starken Schwarzstrich, die Augenlider sind schwer mit grüner Schminke behängt. Sie stellt sich jetzt breitbeinig vor den Spiegel des Lokals hin und kämmt sich weiter, nur weil eine Neuankommende gesagt hat »Was für schicke Haare«. Ein Junge aus dieser Runde versucht, zwei Ringe, die er

sich von einem der Mädchen ausgebeten hat, zusammenzubiegen, so daß sich *einer* ergibt. Eines der Mädchen äußert:»Daß dir Marie-Lou ihren Ring gegeben hat, will viel bedeuten.« Steffie hat sich an ihren Freund gekuschelt und flüstert ihm ins Ohr:»Ich liebe dich.« Er:»Das kannst du für dich behalten.« Sie:»Dann kannst du dir eine Bessere suchen.« Trotz allen Spaßes läuft im Augenblick nichts. Er ist gleichgültig, und ihr Lachen, Zähnezeigen, Stirnerunzeln, ihre Augenbewegungen sind entweder zu schnell oder verspätet, schlecht getimt.»Nichts fließt.«
Man muß den Ostersamstag vorübergehen lassen.

Heinz Löwe, Cheffahrer, sagt zum Wirt des Lokals, das als Eßlokal heute geschlossen hat, als Kneipe aber offen ist:»Die Amis und die Russe werde abgetriwwe nach Hinterindien.« Macht auf seinem Weg zur Toilette noch mal kehrt, kommt zurück zur Theke:»Un wenn der Chinese was will, wird er abgedrängt.«»Du bist ganz groß. Du liest viel«, sagt der Wirt.»Mehr kann ich dir nicht sagen«, antwortet Löwe und begibt sich zur Toilette, die eingenommene Flüssigkeit wieder abzulassen. Ihn haben die zusammengeklotzten vier Feiertage überrumpelt. So hat er sich »prophylaktisch« erst einmal vollaufen lassen. **Vor Montag abend hat er den Produktionsrhythmus für diese Tage nicht, dann sind sie auch schon zu Ende.**

Waldemar Dralle, Wissenschaftler aus Langen, hat sich bis Spitzingsee vorgeschoben, wo er über die Ostertage für 16,30 DM pro Nacht wohnt. Er sonnt sich ab Ostersonnabend früh.
»Die Nägel wachsen rasch.« Die Haut gläsern, Bräune will nicht kommen. Wie auf den Zehen auf dem dritten Fingerglied heftige Behaarung. Die gefüllten Adern der Hand. Poren immer dort, wo Haare sind, wo keine Haare sind, faltige Haut. Ein Zittern, wenn die Hand freistehen soll. Etwas nehmen, etwas halten. Dies alles wird früher oder später tot sein. Kaum kann man sich vorstellen, daß es einem Mädchen gefällt. Im Rahmen meiner beruflichen Zeiteinteilung, als hauptamtlich tätiger Chemiker, kann ich aber diesen körperlichen Zustand nicht wesentlich verbessern. Noch lebt die entsprechende Hand meines Vaters.

Philipp Dalquen hat sich für Karfreitag und Ostersamstag einen **Theorietag** vorgenommen. Er hat sich ein Schallplattengerät entliehen und sich vom Radio unabhängig gemacht, Bücher.

»Weil die Realität mangels jeder anderen überzeugenden Ideologie zu der ihrer selbst wird, bedürfte es nur einer geringen Anstrengung des Geistes, den zugleich allmächtigen und nichtigen Schein von sich zu werfen.«

Philipp Dalquen versucht in mehreren Stunden diese »geringe Anstrengung des Geistes«. Er kann sie aber nur mit großer Gründlichkeit, mit der ihm eingewachsenen Gewalt des »ganzen Gedankens« vornehmen. Dieser schwere Hegel zerschlägt ihm immer wieder die kleinen Einfälle. Er fühlt sich noch nicht genügend vorbereitet. Er will vor andere Menschen nur hintreten, wenn er ihnen etwas zu sagen hat.[9]

Sein früherer Freund Fred Mazel, der an der westafrikanischen Küste in kommerziellem Auftrag »Wellenreit-Tests« mit Brettern verschiedener Firmen durchführt, sagt: »Philipp hat keine Leichtigkeit.« »Wie bringt es der Kapitalismus fertig, Philipp die Leichtigkeit so nachhaltig zu nehmen?« Philipp Dalquen sagt: »Um diese Frage ausreichend zu beantworten, müssen wir auf den Grundwiderspruch von Lohnarbeit und Kapital sowie auf andere elementare Begriffe der politischen Ökonomie zurückgehen. Schließlich gibt es so etwas wie Klassen!«

Zu Ostern nützt das alles nichts. Ohne den Grundstrom der allgemeinen Produktion beginnt er wieder viel Fernsehen anzusehen, schläft in den nächsten Tagen morgens lange, muß abends »ausbrechen«, Lokale abklappern, wo vielleicht Freunde sitzen, Biere trinken. Selbst die Stellung eines Kassierers in einer Gastwirtschaft erscheint ihm verlockend, weil sie bewältigbar ist und **Grenzen für die unendliche Anstrengung** bietet. Dann aber verwirft er das. Er kann sich nicht dümmer machen, als er ist.

Dr. Freitag hat seine junge Freundin, Fräulein Illig, Ostersamstag in sein Zimmer mitgenommen. Der automatische Radiowecker der Firma Sony weckt sie. An diesem Ostersonntag fällt die Produktion aus, Dr. Freitag hat keinen Kontakt zu seiner Schule, seine Freundin kann nicht zur Arbeit gehen, weil der Stein vor dem Grabe Jesu plötzlich fort ist, so daß die Wachen tödlich erschüttert niederstürzen, gläubig werden. Sonys Stimme: ». . . zu **glauben**, daß der Stein weggewälzt war, daß er weggewälzt ist! Meine lieben Zuhörer und Zuhörerinnen, Sie kennen den Mythos von Sisyphos. Diese Welt will den Fels selbst wälzen. In einer verbissenen Anstrengung will sie ihr eigener Gott sein. Was sagt Ostern

---

9 Vom Denken gilt: »Das Allgemeine, von welchem das Besondere wie von einem Folterinstrument zusammengepreßt wird, bis es zersplittert, arbeitet gegen sich selbst, weil es seine Substanz hat am Leben des Besonderen; ohne es sinkt es zur abstrakten, getrennten und tilgbaren Form herab.«

diesem Sisyphos? Ostern sagt zu Sisyphos: Du hast ein falsches Verständnis von dir selbst. Blick auf: der Stein *ist* weggewälzt!...« Mäuschen Illig fragt den Dr. Freitag:»Welcher Stein? Dr. Franz Stein?« Dr. Freitag:»Was ist mit Stein?« Mäuschen:»Du bist sprech- und denkfaul.« Sie wollte nur seine Gesprächsbereitschaft testen. In Wirklichkeit ist Dr. Freitag zur Zeit an keinem anderen Menschen, sondern nur an seinem Schlafbedürfnis interessiert. Mäuschen dagegen ist hellwach, weil ihre Arbeitszeit sonst früh beginnt. Dr. Freitag (lügnerisch):»Ich höre dir zu und beantworte alle deine Fragen.« (Stimme im Radio:)»Der Stein muß vor sich selbst gerettet werden. Aber dann ist Stein nicht mehr Stein.«

Das Mädchen beharrt:»Das ist Stein im Sinn von Fels.« Dr. Freitag murmelt:»Das ist zu Ostern.« Mäuschen:»Der Grund, warum wir alle feiern, ist doch das Kreuz.« Dr. Freitag:»Aber nicht zu Ostern, da geht es um den Stein.« Mäuschen:»Dr. Franz Stein?« Es ist in diesem Raum, dessen Verdunklungsmöglichkeiten mangelhaft sind und der von dem jungen Lehrer nur vorübergehend (für die Zeit seiner Abordnung in dieses Städtchen) gemietet wurde, viel zu hell für die müden Augen. Sie macht Kaffeewasser.

(Stimme im Radio:)»Und was Sie jetzt hören, wird der Stimmung des Ostermorgens am besten entsprechen. Ave Maria von Charles Gounod, es singt Professor ... (unverständlich), an den Flügeln Professor Sedebour und Charles Richter, Geige Professor Schnicki ...«

Fräulein Illig erzählt, während sie frühstücken, daß ein Hotelbesitzer aus Bergen-Enkheim vor einigen Tagen – noch mit Vorsprung vor der Osterwelle – nach Südafrika geflogen ist und in der Nähe von Port Durban von Haifischen aufgefressen wurde. Die Haifische wiederum wurden von Delphinen in Küstennähe gejagt. Die Delphine können mit ihren Schnauzen harte Püffe versetzen, die die Haifische fürchten. Dr. Freitag antwortet:»Der Hotelbesitzer hat viel Zielstrebigkeit besessen, um gewissermaßen dem Zufall zu begegnen.« »Und was soll das heißen?«

»Wenn die Produktion stillsteht, nehmen die Unglücke zu.«

Das **Ehepaar Pfeifer,** beide arbeiten in einer Autofabrik bei Köln, war seit 6 Uhr früh unterwegs. Jetzt saßen sie auf dem Trittbrett ihres neuen, jetzt demolierten Wagens in der Gegend von Kassel. Sie gehörten zu den letzten, die vom Autobahn-Auffahrunfall bei Kassel betroffen waren. Sie konnten noch rechtzeitig vor Erreichen der Karambolage (etwa 40 Fahrzeuge) eine Vollbremsung durchführen, wurden vom hinter ihnen fahrenden Kraftfahrzeug jedoch zerdrückt. Sie erblickten zahlreiche Unfallwagen, die übers Feld fuhren. Die Polizei konnte über die Autobahn zu den Verletzten und Toten nicht vordringen. Sie arbeitete sich den Nachmittag über langsam bis zu den Pfeifers durch.

Das letzte, was **Oberregierungsrat Mangold** von Melsungen sah (wo er schon 1936 gedient hatte), waren Fliesen des Kreiskrankenhauses, die eine schiefe Ebene zur Wand bildeten; die anschließende Operation verlief unglücklich.

Grund zur Freude hatte **Erwin Tacke aus Raunheim.** Auf den Dachfirst seines Hauses fiel als »Beweisstück« der Benzintankverschluß eines der Düsenriesen, die jeden Tag über Raunheim zur Landung auf Flughafen Rhein-Main ansetzten. Wenige Tage zuvor hatten Raunheimer Bürger eine Verkehrsmaschine mit brennendem Triebwerk gesehen, die aber nicht abstürzen wollte. Aus der Inschrift des Tankverschlusses war zu entnehmen, daß er am 31. 12. 1969 hätte außer Dienst gestellt werden müssen. Anrufe auf dem Rhein-Main-Flughafen ergaben, daß eine Verlustmeldung hinsichtlich eines Tankverschlusses an diesem Tag, an dem der Tankverschluß auf Tackes Grundstück fiel, nicht erfolgt war, also war der Düsenriese ohne Tankverschluß wieder gestartet! Hier war für die Raunheimer endlich der Beweis, daß die Düsenriesen Fehler machen!

Auf der **Bundesautobahn in der Nähe von Frechen bei Köln** verlor ein Kombifahrzeug mehrere Bretter. Die ungewöhnliche Fracht war auf dem Dach dieses Fahrzeugs locker befestigt. Diese Bretter behinderten einen nachfolgenden Personenwagen und einen diesem nachfolgenden Kleinbus aus Holland. Der Kleinbus streifte das vor ihm fahrende Auto leicht, geriet ins Schleudern und kippte um. Ein in unvermindertem Tempo fahrender Lastzug raste in dieses Hindernis hinein und tötete fünf Insassen des Kleinbusses, in dem sich 14 Gastarbeiter nach Süden bewegten. Sechs der Gastarbeiter wurden verletzt. Die unverletzt gebliebenen Insassen des Kleinbusses versammelten sich in einer Kneipe in der Nähe des Unfallkrankenhauses, in dem die verwundeten und toten Kameraden lagen und das sie nach langem Suchen fanden, da Polizei und Unfallwagen ihnen vorausgefahren waren. Sie wußten nicht: sollten sie nun anrufen – bei der Arbeitsstelle oder in der fernen Heimat – und sagen, daß nun aus der Fahrt nichts wird?
Das Kombifahrzeug, das die Bretter verloren hatte, fuhr bis Darmstadt. Die Insassen erfuhren von dem Unglück erst am folgenden Tag aus der Presse und waren (in ihrer unaufmerksamen Feststimmung) nicht sicher, ob dieses Unglück durch ihre »Schuld« entstanden war. Es konnten auch andere Bretter an diesem Tag herabgestürzt sein. Mit den Brettern wollten sie einem Cousin, der einen Stallanbau plante, eine Freude machen. »**Es kommen zu viele Absichten**

auf wenige Stunden der Freizeit (vier Tage) zusammen. Und diese Absichten haben nicht die Präzision, die sie im Produktionsprozeß, durch die Kooperation vieler, vermutlich hätten.«

Die überarbeitete Buchhalterin. Die arme Frau Mückert schleppte ihre bastene Badetasche bis zur Hotelrezeption und beschwerte sich bei der dort aufgestellten Rezeptionsdame, einer achtundzwanzigjährigen jungen Frau, daß sie durch übertriebene Benutzung des Wasserhahns in der Nacht durch den Zimmernachbarn gestört worden sei. Sie kommt aus einem Betrieb, in dem sie die gesamte, seit zwei Jahren um drei Prozent gewachsene Buchhaltung zu erledigen hat. Nach drei Jahren ist dies ihr erster Urlaub, sie entbehrt die gewohnte Umgebung ihrer eigenen Wohnung. Sie muß erholt sein bis Dienstag. »Wenn ich hier abkratze, weil ich jedesmal aufschrecke, daß mir das Herz blubbert, dann fällt das auf das Hotel zurück.« Dann sagt sie: »Helfen Sie mir doch.«
Die Rezeptionsdame kann und will die Struktur dieses alternden Hotels, das einer Erbengemeinschaft gehört, die sich über Neuerungen nicht einigen kann, nicht ändern. Sie sagt: »Das gibt es doch immer, daß ein Wasserhahn Töne abgibt. Das müßte stärker verschraubt werden.« Frau Mückert: »Es kommt darauf an, wie man aufdreht. Sie müssen diesem Zimmernachbarn etwas sagen.«
Die Rezeptionsdame antwortet: »Das ist Herr von Posalowski, dem ich das nicht sagen kann. Wenn er das Zimmer mietet, kann er den Wasserhahn so lange aufdrehen, wie er will.«
Frau Mückert nimmt wortlos ihre Tasche auf, ihr Gesicht ist vor Zorn rot. Sie will nicht noch weitere Aufregung in dieses Streitgespräch investieren, das vergebens bleibt. Ihr wird in ihrem kurzen Leben Leistung um Leistung abverlangt, dagegen übernimmt niemand die Fürsorge für die ihr nach Abzug der Arbeit verbleibenden Körperteile, Nerven und Wünsche, die sie in diesem Kurzurlaub (nach drei Jahren) zusammensammeln wollte, zusammenfügen

> »wie eine Vase, die zerschlagen ist
> und jetzt mit Uhu gekittet werden soll,
> damit sie wie neu aussieht
> mit schwarzen Rillen an den Klebestellen,
> die vorher nicht da waren.«

Jeder nach seinen Fähigkeiten, keinem nach seinen Bedürfnissen:

> »Man hat schlecht dem Leben zugeschaut,
> wenn man nicht auch die Hand gesehen hat,
> die auf schonende Weise – tötet.«

Der Direktor einer westdeutschen Universitätsklinik gehörte zu jener Elite, die das Ansehen der deutschen Schulmedizin im internationalen Rahmen »auch nach allgemeinem Niedergang der deutschen Universität« aufrechterhielt. Er litt seit Jahren unter Überarbeitung. Nach aufreibender Woche – durch Häufung aller Befugnisse und Qualifikationen in seiner Hand erschien er selber als der Organisator seiner Überanstrengung, gleichzeitig tat er das alles nicht freiwillig, sondern als Glied eines Konkurrenzmechanismus aller Klinikdirektoren, ja aller derjenigen, die auf den großen Ärztekongressen die Geheimwissenschaften der Medizin vertraten und sich so gegenseitig in eine extreme Rüstung hineinmanövriert hatten (gaben sie nur etwas nach gegenüber der Natur – in Form der andrängenden Krankheiten, der wissenschaftlichen Probleme – einerseits oder gegenüber den nachfolgenden Assistenzärzten andererseits, brach dieses Gebäude der Zivilisation zusammen) –, nach einer solchen frustrierenden Woche saß Professor F., Karfreitag, in einem Kino der Universitätsstadt. Ihm wird vorgeworfen, er habe einem Knaben, der im Kino neben ihm saß, an die Hoden gefaßt und die bloßen Beine gestreichelt. Im Polizeiverhör ließ sich der Lehrstuhlinhaber dahin ein, daß er von alledem nichts wisse und daß er, falls überhaupt der Tatbestand vorliege, unbewußt gehandelt habe. Es war den Beamten offensichtlich, daß sich der sechzigjährige Mann schämte. Er bestieg sein Kraftfahrzeug und fuhr in ein Wäldchen im Siebengebirge, wo er sich eine tödliche Dosis eines Giftes spritzte. »Der Verbrecher ist häufig genug seiner Tat nicht gewachsen: er verkleinert und verleumdet sie.«

Besser, als diese Kapazität sterben zu lassen, wäre es nach Ansicht des ehemaligen Universitätskurators R. gewesen, ihr ein Gnadenbrot zu geben unter der Bedingung, daß dieser Arzt in einer Polyklinik mitgearbeitet hätte, deren Belegschaft ihn in einem solchen Notfall, wie er Professor F. zustieß, geschützt hätte. Wo eine solche Polyklinik und entsprechende Belegschaft existiert, konnte auch der Kurator R. nicht sagen.

Schlag und Gegenschlag.

Der Geschäftsmann Döllsdorf hat sich die ganze Woche hindurch scharf gesteuert. Er hat Karfreitag hinzugegeben. Jetzt am Samstag kann er sich nicht mehr »zwingen«. Er wird im Hotel um sieben Uhr geweckt, um neun Uhr verlassen die Maschinen den Flughafen. Er bummelt, packt lange an seinen Sachen. Er telefoniert noch, fängt erneut an, die Sachen in seinem Koffer besser zu verpacken. Er jagt über die Autobahn zum Flughafen, stellt das Auto auf dem Dauerparkplatz ab. Da er verspätet ist, rennt er mit Koffer und Tasche vom Abstellplatz 1,2 Kilometer zum Inlandabflug. Es ist eine Übung, an der er sein Durchhaltevermögen testen kann. Er schwitzt. Neun Minuten vor Abflug steht er vor dem Abflugschalter. Die Passagiere sind schon aus dem Warteraum weg.

Die Stewardessen mustern den heranhetzenden verschwitzten Mann, der zu hastig bittet, eingelassen zu werden. »Die Maschine ist voll.« »Aber ich habe gebucht.« »Die Maschine steht am anderen Ende des Flugplatzes, bei Kelsterbach draußen. Wenn wir jeden, der neun Minuten vor Abflug kommt, noch abfertigen würden, wäre kein timing möglich.«

Er entgegnet: »Ach, machen Sie doch.« »Ihr Anspruch erlischt zehn Minuten vor Abflug.«

Döllsdorf hat schon erlebt, daß sie einen auf Warteliste angenommenen Passagier wieder hinausbefördern, wenn ein »fest Gebuchter« noch nachträglich erscheint. »Fragen Sie doch einmal bei der Besatzung an.« Das machen die Stewardessen nicht. Sie schätzen diesen Mann nicht als »bedeutend« ein. »Wir können wegen des Anschlusses nach Rom nicht ein delay von einer halben Stunde riskieren.«

Jetzt sind weitere Minuten vergangen. Die Stewardeß telefoniert mit der Zentrale, um eine Umbuchung von Döllsdorf auf die nächste Maschine zu veranlassen. »Alle nächsten Maschinen sind ausgebucht.« Döllsdorf, jetzt wieder beherrschter, sieht der Stewardeß an, daß sie den Schaden, den sie angerichtet hat, als sie ihn nicht mehr berücksichtigte, inzwischen anerkennt. Eine Platzbuchung kann sie erst für den späten Abend zusagen. Nach ungelebter, diszipliniert verbrachter Woche ist Döllsdorf dazu verurteilt, den Samstag wartend in einem zugigen Flughafenrestaurant zu verbringen.

Döllsdorf sagt – denn jetzt ist es gleich, ob er sich mit den Mädchen gutstellt oder nicht –: »Es ist Ihre persönliche Gemeinheit, daß ich nicht mitgekommen bin.« Die Mädchen sagen, wie sie es in der Instruktionsstunde lernen: »Das ist *Ihre* Ansicht!«

Döllsdorf, der neun Stunden Wartezeit vor sich sieht, begibt sich – vollkommen unbefriedigt – zum Aufsichtsführer der Lufthansa und gibt dort zu Protokoll: »Ich bin vom Bodenpersonal des Flugs LH 692 belogen worden. Obwohl ich fest gebucht hatte und 14 Minuten vor Abflug (nach meiner Uhr) erschien, wurde ich durch Wechselreden hingehalten und schließlich abgewiesen. Ich hatte den Eindruck, daß die Stewardessen von Wartelistenpassagieren Trinkgelder angenommen haben. Im Gespräch haben sie mir dies auch zugestanden. Ich bitte um eine Untersuchung und entsprechende Bestrafung.«

Er war sicher, daß von diesem »Gegenschlag« etwas an den Mädchen hängenbleiben würde, auch wenn sie leugneten.

Döllsdorf saß nach dieser Maßnahme neun Stunden vor seiner Tasse Kaffee und notierte Geschäfts- und Redeentwürfe für die folgende Woche. Die Mädchen hatten seine »Freizeit« in »Arbeitszeit« zurückverwandelt, da reine Wartezeit anders nicht zu verwerten ist.

Nachts, angelangt bei seiner geliebten Freundin, berichtete er ihr von seinem Vorgehen gegen die Mädchen, die ihn so schlecht bedient hatten. Er erntete Einwände. »Du hättest nicht unwahre Behauptungen aufstellen dürfen.« Mein Schäfchen, antwortete Döllsdorf, ich hätte doch sonst keinen Erfolg gehabt. »Aber du warst unfair.«

Die Freundin dachte bei sich: wenn Döllsdorf den Tag ungekürzt in seinen Besitz gebracht hätte, hätte er zirka sechs Stunden früher seinen Fick gehabt, sich länger ausgeruht, aber sein »Leben« hätte sich nicht verändert. »Du kannst die nicht einfach verleumden.« Döllsdorf war jetzt ärgerlich. »Eine Gegenmaßnahme muß wirksam sein.« »Die passende Gegenmaßnahme wäre gewesen, früher aufzustehen.« Döllsdorf wünschte sich, allein schon um in diesem Gespräch besser zu bestehen, daß sein »Leben« wichtiger wäre. Dann könnte er auch seinen Satz von der *Wirksamkeit,* von dem er fühlte, daß er ein Stück Wahrheit enthielt, besser begründen. »Sie haben mir einen ganzen Tag gestohlen.«

Da sich die beiden über diese Frage nicht einigen konnten, begannen sie sich wieder mit ihren Körpern zu befassen. Sie hätte Döllsdorf gern auf das Glied geschlagen, um ihm das Problem von Schlag und Gegenschlag zu zeigen, fürchtete aber seinen Gegenschlag, zumindest die Ungewißheit, wie weit Döllsdorf gehen würde. Andererseits war sie auf nichts anderes als dies neugierig. So kann kein ordnungsgemäßer Beischlaf gelingen.

Mutzlaffs Ostern.
Franz Mutzlaff war bis einschließlich Gründonnerstag nicht aus dem Labor herausgekommen. Ein Pförtner brachte ihm Milch, ein halbes Pfund Brot, Butter. Damit wandte er sich in der Nacht zum Karfreitag »nach Hause«, das heißt, er betrat sein Einzimmer-Appartement.

Für den Karfreitag waren noch mehrere Sitzungen mit Vertretern der Fakultät angesetzt die in der Woche nicht mehr unterzubringen waren. Mutzlaff besuchte Dekan Eimsbüller. Sie aßen gemeinsam eine Pastete im Vierjahreszeiten und warteten dort auf Professor Pinkus und Dr. Hildebrandt, mit denen Nachwuchsfragen zu besprechen waren. Eine Stunde verging mit der Suche nach einer Sekretärin, die die erarbeiteten Texte niederschreiben konnte. Ein Kännchen Kaffee (tassenweise gab es hier nichts) kontrahierte die schon ausgeleierten und übermüdeten Gefäße Mutzlaffs nochmals, ohne »Konzentration« hervorzubringen. In diesem Zustand sollte er zwischen 18 und 22 Uhr (kein einziger »Genuß« auch an diesem Tag!) einen Text diktieren, der Forderungen und Vorschläge für die Gestaltung des Institutsetats 1972 enthielt. Nach diesem Tagwerk konnte er nicht schlafen gehen und verirrte sich durch mehrere Lokale, in denen er Bier trank, bis er um vier Uhr einschlief. »Selbst wenn wir zugeben, daß es bei uns keinen Platz für Poeten im Laboratorium gibt, sollten wir doch anerkennen, daß es neben Gewinn auch Verlust bedeutet, wenn wir solchen Wert auf objektive Rationalität legen.«

Am Ostersonnabend merkte er, daß er unvorbereitet in die toten Tage geraten war. Freunde erreichte er nicht mehr. Seine langjährige Gefährtin hatte eine bösartige Angina. Er wollte sie nicht aufsuchen, da er sich bei ihr anstecken würde und Dienstag nach Ostern dann nicht mehr einsatzfähig wäre. »Ich liege hier«, sagte Gabriele am Telefon, »wie ein Hund, mein Hemd ist nach fünf Minuten verschwitzt. Ich liege hier wie ein nasser Sack.« Mutzlaff besorgte ihr vom Hauptbahnhof Romane, Zeitschriften, ein Paket Medikamente und warf dies alles (wie für eine Pestkranke bestimmt) durch den Wohnungsschlitz. »Danke, das ist aber lieb«, erwiderte Gabriele von der anderen Seite der Tür.

Vor seinem Badezimmerspiegel erwies sich sein nackter Körper als frisch gewaschen und einsatzbereit. Die gewaschenen Haare (mit Kastanienöl) fielen locker und waren noch fest wie Draht. Aber in der Stadt war niemand, mit dem er sich telefonisch jetzt verabreden konnte. Er hockte vor seinem Stereo-Empfänger (wie ein eifriges Insekt, aber ohne gesellschaftlichen Auftrag, wie ihn Bienen vermutlich haben) und versuchte, eine passende Musik zu finden.

»Dennoch haben Mythos und Musik (und Traum) bestimmte Elemente gemeinsam. Sie sind Maschinen zur Aufhebung der Zeit.«

Zu diesem Zeitpunkt gab es im Rundfunk jedoch nur »Zweckmusik«. Die gottesdienstliche Haltung zur Auferstehung Jesu, ein Jugendprogramm, ein Blasorchester.

In seinem Institut kann Mutzlaff 12 Milliarden Lichtjahre[10] weit mit Hilfe seiner radioastronomischen Hilfsmittel in den Weltraum hineinhorchen. Obgleich er inzwischen einen ausgeschlafenen Leib, wiedergewonnene Denkfähigkeit sein eigen nennt, verkümmert ihm die Neugier an diesem toten Feiertag. Auch die helle Sonne draußen kann er nicht nutzen, weil die laue Luft verzweifelte Sehnsüchte hervorruft, die er nicht »beantworten« kann.

So liest dieser intelligente und sehnsüchtige Mensch einige Romane, hofft, daß der Tag vergeht.

Heute und morgen gibt es nichts zu kaufen. Ostermontag nachmittag (in der DDR ist kein Feiertag!) nimmt er vorlieb mit zwei früheren Freundinnen, die er in das Kino-Festprogramm der Feiertage ausführt. Sie sehen den Film *Fantasia* von Walt Disney. Die Dinosaurier sind in ihrer Biologie völlig falsch dargestellt, sie sind seinerzeit nicht in der Wüste verdurstet; gänzlich unzulängliche Darstellung von Sternenhaufen. Für alles dies, was in *Fantasia* dargestellt ist,

---

10 Eine Licht*sekunde* = 300 000 km.

gibt es harte Daten, das *weiß* Mutzlaff. Diese »Poesie« lehnt Forscher Mutzlaff ab, gerade weil er den ganzen Tag nach Poesie sucht.

»Europa hat einen menschlichen Bruder, Kadmos, der eine von den Göttern gesandte Kuh opfern soll und dabei ein Ungeheuer erschlägt, aus dessen Überresten menschliche Wesen entstehen. Aber Kadmos ist selber ein Ungeheuer.« Mutzlaff macht sich einen Sport daraus, die Märchen der Griechen, die in einem in seinem Besitz befindlichen Band zusammengefaßt sind, jeweils auf eine kürzeste Formel zu bringen. »Sie werden dadurch dichter.«

Gegen Abend kommen die ersten Dienstagszeitungen auf die Straße. Viele Menschen fangen jetzt an zu promenieren. Mutzlaff hat eine graphische Darstellung hergestellt, wie Ostern durch ein **Gegenostern** ersetzt werden könnte, das nicht vom verschollenen Herrn Jesus, sondern von wirklichen »Sinnzusammenhängen unserer Zeit« ausgeht. Eine Koordinate seiner graphischen Darstellung bezeichnet Mutzlaff als »Freude über den vorläufigen Abschluß eines Projekts«, eine zweite »Erinnerung an große geschichtliche Wendepunkte«, eine dritte Koordinate gibt er den »Frühlingsgefühlen«, für weitere Koordinaten hat sein graphisches System keinen Platz; er hätte aber noch mathematische Möglichkeiten, sich auszudrücken. Dies ist schwierig. Soll er die Zusatzbezeichnung »Werthaftigkeit« oder die Koordinate »Sympathie« wählen? Er kommt zu einem Bezugssystem (»feiernswert«) mit 46 Koordinaten. So müßte man feiern, sagt Mutzlaff.

Straßen und Autobahnen sind voller Fahrzeuge. Die Einsamkeit dieser Tage ist Folge dieser »Blockade«. Jetzt findet Mutzlaff den Absprung. In einer Bar findet er ein Mädchen, das er schon längst näher kennenlernen wollte. Sie kommt mit.

Pünktlich ist Mutzlaff am Dienstag früh in seinem Labor. Offensichtlich ist dies Labor doch mit versteckter Poesie verproviantiert. In diesem Institut ist er mit allen anderen Instituten verbunden, die auf dem Planeten Erde sich mit den Sternen und den Milliarden Milchstraßen befassen, mit allen, die professionell damit zu tun haben. Mit Lust betastet er das Fernschreibgerät.

Die Rechnungsprüfung hat nicht einmal ein Sofa für Institute der naturwissenschaftlichen Fachrichtung zugelassen. Noch viel weniger käme Mutzlaff auf die Idee, eine seiner Freundinnen hier hereinzubitten (was für eine Tätigkeit sollte sie hier ausüben?). Erst wenn die professionelle Tätigkeit Mutzlaff nicht mehr befriedigt, wird er sich ernsthaft in Bewegung setzen, wird er Ostern selbst zum Gegenstand seiner Erkenntnis machen.

Mutzlaffs Lied
»Alles Große werd' ich sehen,
Alles Schöne, das mir blühte,
Wird verherrlicht vor mir stehen.

Jeden Stern, der mir erglühte,
Der mit freundlichem Gefunkel
Durch das **grauenvolle Dunkel**
Meines kurzen Weges blickte.«[11]

Frankfurt/Kaiserstraße

1. Bettine G.

Bettine G. trug »ihren Marschallstab im Tornister«. Da sie aber Bücher, in denen Worte wie Tornister, Marschall, Stab vorkamen, grundsätzlich niemals las, sagte sie:»Ich muß in die Großstadt. Dort habe ich eine Chance.« Sie hatte Gründe für ihr Unternehmertum: ihre absolut unerträgliche Lage in Nordhessen. Solange aber das Weltbild noch Blindstellen zeigt, von ihr nicht durchschaute Regionen der Gesellschaft, konzentrieren sich dorthin ihre Erwartungen:

1. daß etwas Reales geschieht,
2. daß man etwas dauerhaft lieben kann,
3. daß man sich entäußert und dafür nicht betrogen wird.

Bettine G. ging nach Frankfurt, um Geld zu verdienen. Sechsundzwanzig Jahre ihres Lebens hatte sie in dem Großdorf W. in Nordhessen, ihrem Geburtsort, verbracht. Sie wollte dorthin nie mehr zurück. Warum wollte sie nicht zurück? Kein Kommentar. Der Ort war ihr langweilig. Man hätte ihr einen Gutshof versprechen können, den sie sich für das Geld, das sie verdienen wollte, ja hätte leisten können, aber auch die Aussicht, Gutsherrin zu werden und die anderen Dorfbewohner schikanieren zu dürfen, reizte sie nicht.
Sie wollte einen Schlußstrich haben unter dieses Leben, in dem es, ob man nun dafür arbeiten mußte oder nicht, eigentlich gar keine Vorteile gab, die sie angingen. Sie wäre zum Beispiel gern ausgewandert. Aber dazu brauchte sie eine

---

11 Entgegen seiner Erwartung starb Mutzlaff jedoch in der folgenden Zeit und auch später nicht.

Geldsumme. Nach Amerika zu heiraten war ihr zu unsicher. Sie war auch nicht bereit, ihre Freiheit in New York bereits vor Ankunft zu opfern, und wie schwierig es war, einen Mann, dem man etwas verdankt, wieder loszuwerden, wußte sie. Wie sah sie aus? Vorteilhaft.

Sie ging also nach Frankfurt.

Sie gab ihre Handtasche, in der alles verstaut war, was sie nötig hatte, in der Aufbewahrungsstelle am Hauptbahnhof ab und suchte sich ein Lokal in der Kaiserstraße aus, wo sie etwas zu essen bestellte. Jemand sprach sie an, und sie wurde ihn nicht los. Sie wollte jetzt unbedingt allein sein, da sie diesen Anfang nicht verpatzen wollte. Sie sagte ja, ja und trank aus, was der Mann bestellte. Im gleichen Moment bereute sie das, da sie nichts trinken wollte und von ihm nichts annehmen wollte, als daß er schleunigst ginge. Der Mann wollte sie unbedingt wiedersehen und tat so, als ob sein Schicksal daran hinge, und sie gab ihm, um den aufdringlichen Mann endlich loszuwerden, den Personalausweis zum Pfande. Sie versprach, zu einer bestimmten Zeit an einer bestimmten Stelle zu warten. Sie merkte sich aber nicht einmal Zeit und Ort und wartete nur darauf, daß er sie endlich verließ.

*
 * *

In den Kaiser-Lichtspielen traf sie ihre spätere Freundin, Sadie Hellmann, für die es ebenfalls die erste Nacht war, und sie blieben zusammen an diesem Abend, der eine gewisse Freundschaft besiegelte. Dann wollten die Männer, mit denen sie zusammensaßen, los. Bettine mußte zugeben, als sie mit dem für sie bestimmten Freier allein war, daß sie kein Zimmer besaß. Der Mann beschaffte ein Hotelzimmer und zahlte ihr entsprechend weniger, als ausgemacht war. Sie ließ sich das Geld gleich geben, weil sie nicht wußte, ob sie nicht nachträglich Skrupel hätte, es anzunehmen. Später wollte der Mann das Geld wiederhaben. Er drohte, die Polizei zu rufen und Bettine G. für das anzuzeigen, was sie getan hätte. Was sie denn getan hätte, fragte sie. Sie ließ es darauf ankommen und gab ihm nichts und ließ sich auch nichts fortnehmen, als er mit ihr zu ringen versuchte.

Nach diesem Erlebnis fühlte sie sich sicherer auf ihren Füßen.

Sie war meist im Café Royal tätig, zusammen mit ihrer Kollegin Sadie Hellmann, die aber leichtsinnig war und gelegentlich den Kunden Sachen klaute. Sadie mußte sich deshalb nach einigen Wochen nach Hamburg begeben, da geschädigte Kunden zurückkamen und nach ihr fragten. Ohne Sadie war die Arbeit klarer und unkomplizierter, da keine Lügengebäude aufrechtzuerhalten waren. Sadie hatte die Angewohnheit, es so darzustellen, als sei es jeweils immer noch ihre erste Nacht, was sie dann, wenn die Kunden sich nicht heranwagten, wieder ausgleichen mußte. Bettine war froh, daß Sadie und das ganze komplizierte Freundschaftssystem in Hamburg waren, wo man sie aus der Ferne achten konnte.

Sie hatte Grundsätze, an denen sie streng festhielt wie an einer Art Keuschheit; sie trank nicht, sie duldete keine Sonderwünsche und machte Sauberkeit zur Bedingung; Kunden, die sich nicht waschen, schickte sie unter Zurückzahlung des noch nicht verbrauchten Zeithonorars wieder weg. Sie achtete sehr darauf, daß sie sich nicht ansteckte, auch nicht auf der Toilette. Einmal las sie, daß der Leiter der medizinischen Akademie in Düsseldorf in einem Vortrag gesagt hätte, es gäbe so gut wie keine Krankheit mehr, sie müßten den Studenten die Geschlechtskrankheiten an Bildern erklären, weil keine Kranken aufzutreiben seien. Sie merkte sich den Namen dieses Professors, behielt aber ihr Wissen für sich, da sie sah, daß die Angst vor der Krankheit ihr Geschäft sicherte, das vor allem darauf beruhte, daß sie sauber war.

Momentaufnahme

Noch warm vom Sitzbad, das wie eine Zäsur Kunden von Kunden trennt, läuft Bettine in Joloms Imbißstube ein. Sie bestellt eine Cola mit Zitrone, hält sich aber schon in der Nähe des Ausgangs. (Das Sich-Anbieten auf der Straße ist in Bahnhofsnähe verboten.) Sie hat von ihrer Position in Türnähe den Wink eines Kunden aufgefangen, zahlt noch rasch mit einem zu großen Geldstück (der größere Teil davon ist für das auf vielleicht vier bis sechs Minuten gewährte Asyl).

Schwierigkeiten in der Straßenbahn

In der Straßenbahn versucht ein Mann, in Bettines Rücken zu gelangen. Der Schaffner will Wechselgeld nicht herausgeben. Sie muß erst bitte sagen. Umstehende lachen. Bettine ist nicht auffällig angezogen, aber dennoch sofort erkennbar. Praktisch kann sie nur noch wagen, Taxi zu fahren.

Hoffnung

In zwei Jahren hofft sie durch zu sein, soviel Geld zu haben, um auswandern zu können.

Was verdiente Bettine etwa? Sie verdiente gut, so daß sie nur tagsüber zu arbeiten brauchte. Sie hielt auch regelmäßigen Schlaf ein, genau wie ihre Waschriten. Die einzige Schwierigkeit bestand darin, daß sie keinen Personalausweis mehr hatte. Sie mußte sich deshalb jeweils bei Auftauchen der Polizei aus dem Lokal schleusen lassen, was ihr bei den Kunden einen häßlichen Anstrich gab, aber auszugleichen war.

Was sie täglich einnahm, trug sie bei sich, bis sie nach Hause ging, wo sie es in eine Kassette legte, deren Schlüssel sie bei sich trug. Manchmal nahmen ihr die

Männer das Geld, das sie bei sich trug, weg, aber sie konnte sich nicht entschließen, es irgendwem anzuvertrauen. Schließlich handelte es sich im Höchstfall um die Tageseinnahme. Sie hatte in ihrer Kassette 14 000 DM zusammen, als sie den unglücklichen Abend hatte.

Sie kleidete sich um für den Abend. Das geschah in der Pension, die sie als ihren Hauptstandort ausgesucht hatte. Aus dem Zimmer nebenan, in dem eine andere Prostituierte abstieg, die sie kannte, versuchte ein Freier auszubrechen. Bettine lief in den Flur und sah zu (was ihr gleich darauf leid tat), wie sie den Mann, der nichts zahlen wollte, festhielten: drei Prostituierte, und wenn sie es nicht geschafft hätten, wären die Zuhälter von unten gekommen. Die Funkwagenstreife erschien und nahm alle Prostituierten, die in dieser Pension lebten, fest. Der Mann, der hatte zahlen sollen, beschuldigte alle im Polizeipräsidium vorgeführten Pensionsinsassinnen der Körperverletzung, so als sei er von fünf oder sechs Frauen geschlagen worden. Es war ein kleiner, rachsüchtiger Bursche. Es gelang der Ehrgeizigen nicht, sich aus der Sache herauszuargumentieren, obwohl Bettine tatsächlich nur zugesehen hatte und der Richter ihr halbwegs glauben wollte, daß sie nicht der Typ war, der sich schlägt, aber es kam hinzu, daß sie keinen Ausweis vorlegen konnte. Der Richter verurteilte sie, teils wegen der Körperverletzung, teils wegen Verstoßes gegen die Ausweispflicht, zu Frauengefängnis. Sie nahm die Strafe in dem Bewußtsein hin, daß das alles ihre Kassette nicht berührte und daß das Urteil wohl anders ausgefallen wäre, wenn sie ihre 14 000 DM auf den Tisch gelegt hätte und zum Beispiel als vermögende Erbin erschienen wäre. Sie pflegte sich in der Frauenstrafanstalt und brachte sich für den Winter in Form, indem sie die Summen, die sie für Plättüberstunden erhielt, in Vitaminen anlegte. Sie verhielt sich innerhalb der Gefängnisgemeinschaft ruhig und hoffte, daß Schikanen unterblieben.

*
* *

In den ersten Tagen nach ihrer Entlassung aus der Strafanstalt fühlte sich Bettine G. unsicher und machte Fehler. Sie verlor zum Beispiel Zeit, indem sie Geld von der Post holte, das mit Postanweisung gekommen war: für eine Eisenbahnfahrkarte die Rückerstattung, 16,75 DM, und dafür zwei Stunden investiert (ehe sie die richtige Stelle gefunden hatte) à 3 × 40 DM, eine kleine Pause einkalkuliert, in der besten Laufzeit (= 240 DM). Sie machte den zweiten Fehler, als sie einen Ausländer annahm, den sie nicht kannte. Sie ging mit zum Auto, und als sie neben diesem Mann saß, in dem überheizten Auto, hätte sie sich ohrfeigen mögen. Das Fahrzeug verließ die Stadt. Als sie das bemerkte, wollte sie aussteigen, aber der Mann verstand sie nicht. Sie versuchte, die Wagentür zu öffnen, konnte aber auf diese Weise nicht aussteigen, da der Mann das Tempo erhöhte, als sie die Tür einen Spalt geöffnet hatte. Sie versuchte, den Zündschlüssel abzuziehen, was ihr aber mißlang. Als der Wagen in einer Waldschneise hielt, stieg Bettine sofort aus. Sie glaubte, daß sie vergewaltigt werden sollte und der Mann anschließend zufrieden wäre, wenn er nicht zu zahlen brauchte. Statt dessen fuhr der Wagen, sobald sie ausgestiegen war, mit hoher Geschwindigkeit tiefer in das Waldgelände hinein. Bettine versuchte, die Hauptstraße wiederzufinden.

Die Kassette (in der Pension) war in Bettines planmäßig herbeigeführter Abwesenheit abgeholt worden.

Als das Haus ihres Vaters im April 1945 durch Beschuß zerstört wurde, war Bettine elf Jahre alt. Am Tage nach der Zerstörung nahm der Vater seine Berufstätigkeit von einem Notquartier aus wieder auf. So nahm auch Bettine nach Verlust der Kassette ihre Tätigkeit sofort wieder auf. Außerdem stellte sie Nachforschungen an, wer die Kassette geholt haben könnte.

Wer war es?

Der Anzeigeerstatter. Wegen Beteiligung an einem Hehlereigeschäft, wegen Prostitution in der Nähe von Kirchen, Schulen und in Bahnhofsnähe sowie wegen versuchten Diebstahls am 16. Juli 1962 wurde Bettine angezeigt. Sie hatte diese Straftaten nicht begangen. Den Namen des Anzeigeerstatters erfuhr sie nicht. Sie war aber sicher, daß der Anzeigeerstatter zugleich auch der Kassettenabholer war. Der Richter verurteilte Bettine zu drei Jahren Frauengefängnis.

*
* *

Interessengebiete Bettines:
Musik langweilig
Spazierengehen, Natur langweilig
Männer unerträglich
Kinder will sie nicht
Zu den Wahlen gehen nein
Sport langweilig
Verwandtenbesuch, Eltern unerträglich
Weihnachtsgeschenke in die Ostzone schicken langweilig
Basteln oder Hausarbeit langweilig
Fabrikarbeit unerträglich
Sprechsendungen im Rundfunk langweilig
Kirchenbesuch langweilig
Vorträge langweilig
Bücher langweilig
Essen langweilig
Alkohol trinken will sie nicht.

Aus der Diskussion über die Verurteilte
[Auszug:]

PRÄSIDENT: Das Wort hat Amtsgerichtsrat Beitsch.

AMTSGERICHTSRAT BEITSCH: Die Humanisten hätten einen ganz bestimmten Begriff geprägt, den der Acedia, den man mit »saure Schärfe« oder »lustlose Schwäche« übersetzen könne, besser noch »gefühlsmäßige Fehlhaltung«. Man könne noch weitergehen und sagen »Gefühlsarmut«. Sie finde sich bei der Verurteilten. Gewisse Wertferne, Unfähigkeit, sich für die Schönheiten und Werte des Lebens zu begeistern. Er spreche hier nicht als Theoretiker, sondern als Praktiker: Wenn solche Fälle begegneten, so gebe es nur: hineinhauen mit einer gezielten Strafe, denn eine Gesellschaft gebe sich selbst auf, wenn sie Acedia dulde, die die alten Humanisten als Sünde erkannt hätten und die man übrigens auch als »mürrische Verhärtung« bezeichnen könne. Sie sei selbst zwar nicht strafbar, aber doch ein Strafbewertungsgrund.

DIREKTOR TACKE: Die Einführung des vergessenen Begriffs Acedia scheine ihm begrüßenswert. Schon bei den Kindern im Schulzusammenhang zeige sich, was Beitsch Acedia nenne. Sie gehe oft Hand in Hand mit Gewinnstreben.

OBERST A. D. BERGER: Es gehe in Wirklichkeit nicht um die Freiheitsstrafe, sondern um die Verwirklichung der Freiarbeitsstrafe. Der Täter müsse sich von der Schuld freiarbeiten. Freiarbeit sei für die Sühne das, was Freiheit in der Gemeinschaft sei.

PRÄSIDENT: Er sehe es gern, wenn gegensätzliche Stimmen wie hier aufeinanderprallten. Er bitte, in der Diskussion fortzufahren.

ABGEORDNETER PROFESSOR MEINZ: Die Verurteilte habe vor der Tat in ihre Bestrafung (durch den Tatanfang) eingewilligt.

ABGEORDNETER DR. PEILER: Es sei zweifelhaft, ob die Verurteilte tatsächlich eingewilligt habe. Für die Frage der Abschreckung sei die Frage der Einwilligung bedeutungslos.

ABG. PROF. MEINZ: Er müsse auf dem Sühnegedanken bestehen.

GEFÄNGNISDIREKTOR PICHOTA: Was mit der Verurteilten voraussichtlich weiter geschehen werde?

REGIERUNGSAMTMANN PALM: Sie würde voraussichtlich immer wieder straffällig. So lange, bis sie entweder dahin zurückgehe, wo sie hergekommen sei, oder aber sich verbraucht hätte.

STAATSANWALT BERESINA: Ihm scheine die Motivlage wichtig zu sein. Was treibe diese kriminellen Menschen an?

PRÄSIDENT: Das sei eine Frage für Diplom-Psychologen Mänke.

DIPL.-PSYCHOLOGE MÄNKE: Das sei eine schwierige Frage. Vorwiegend Gewinnstreben, der Wunsch, sich Vorteile zu verschaffen.

DOZENT DER PSYCHOLOGIE PETZOLD: Er könne nur als Fachmann sprechen. Es handle sich um Sich-Ausleben-Wollen. Das Sich-Ausleben-Wollen sei aber eher verdrängt, insofern handle es sich eher um eine Unbeherrschtheit der trieblichen Strebungen, aber das sei eine sehr komplizierte Frage.

PRÄSIDENT: Er danke für die Beiträge. Das Wort habe Herr Lemmer.

BERGASSESSOR LEMMER: Die Rechnung der Verurteilten dürfe nicht aufgehen. Zwei Jahre »Dienst am Kunden«, dann könne sich eine Verurteilte zur Ruhe setzen. Jeder Kriminalfilm lehre, daß das nicht sein dürfe.

Einwurf RAT BERGER: Nach zwei bis drei Jahren könne sich die Verurteilte zur Ruhe setzen. (Unterstellt, sie wäre in Freiheit.)

Einwurf OBERST A. D. BERGER: Oder sie wandert aus.

Einwurf BEWÄHRUNGSHELFERIN BERTHOLD: Oder geht in die Zone.

PRÄSIDENT: Er sei dankbar für die vielen verschiedenen Standpunkte, bitte aber, die Worterteilung zu beachten. Herr Jilusich.

DR. JILUSICH: Auch fehlende Nestwärme spiele eine Rolle.

RAT BERGER: Die Verurteilte habe Nestwärme gehabt.

GEISTLICHER RAT FRANZ: Mit Erstaunen, Befremden habe er die Gleichgültigkeit der Verurteilten festgestellt. Geistige Werte gebe es für sie anscheinend nicht.

AMTSGERICHTSRAT BEITSCH: Ihr fehle auch jedes Unrechtsbewußtsein. Sie fühle sich noch schlecht behandelt.

FÜRSORGERIN MEIER: Sie habe die Straftaten nie eingestanden, zeige keine Reue, auch nicht nach der Verurteilung.

AMTSGERICHTSRAT BEITSCH: Eine erschreckende Interesselosigkeit zeige sich. Habe die Verurteilte überhaupt die Schule besucht?

DIREKTOR TACKE: Ja.

BEWÄHRUNGSHELFERIN BERTHOLD: Sie sei ohne Interessen und dabei unbescheiden.

AMTSGERICHTSRAT BEITSCH: Es gehe um eine moderne Form der Maßlosigkeit (Exuberantia, Luxuria) bei der Verurteilten.

GEFÄNGNISGEISTLICHER EYLAU: Auch Liebe sei erforderlich. Wo sie aber nicht verdient sei, da sei Liebe nicht am Platze.

OBERSTAATSANWALT BARNABAS: Den meisten Tätern fehle vielfach die Selbstbescheidung.

UNIVERSITÄTSPROFESSOR MANGOLD: Er habe auch schon bescheidene Täter gesehen.

(Lachen, Heiterkeit)

FÜRSORGERIN MEIER: Der Oberstaatsanwalt meine wohl Kalfaktoren.

(Heiterkeit)

PRÄSIDENT: Er bitte fortzufahren.

REGIERUNGSAMTMANN WILLKE: Die Gefangenen seien früher zweifellos bescheidener gewesen. Der Tätertyp des 19. Jahrhunderts sei ein anderer, bescheidenerer gewesen.

MINISTERIALRAT DÖHMER: Plato führe den Begriff der Selbstgenügsamkeit ein (Autarkia). Er wolle aber anderseits darauf hinweisen, daß zum Beispiel Goethe die Prostituierte nicht grundsätzlich verneint habe.

ABG. PROF. MEINZ: Dies sei bereits der zweite klassische Begriff in diesem hervorragenden Gespräch.

HERR FRIEDRICH: Langeweile, sage Goethe, sei der Defekt im Betrachter. Die Verurteilte könne sich nicht mit Langeweile herausreden.

AMTSGERICHTSRAT BEITSCH: Bestraft werde der Defekt im Betrachter.

KRIMINALRAT BAUER: Es sei eine geglückte Diskussion.

RAT BERGER: Die heute besprochenen Probleme seien anregend gewesen. In sehr verdienstvoller Weise sei die Problematik behandelt worden. Es gehe um das Problem Staat – ideelle Freiheit.

(Beifall)

AMTSGERICHTSRAT BEITSCH: Es sei offen diskutiert worden.

(Beifall)

PRÄSIDENT: Nachdem die Diskussion viele anregende Gedanken ergeben habe, erteile er das Schlußwort Herrn Friedrich.

(Beifall)

HERR FRIEDRICH: Er danke für die Worterteilung und die lebhafte Diskussion.

(warmer, fülliger Beifall)

2. Die Semm

Kaiserstraße/Ecke Elbestraße

Semm sieht Charles mit der ihr unbekannten Angelique. Wie Fricka gesagt hatte, saß Charles im »Schmalen Handtuch«. Semm sah gar nicht richtig hin, sondern trat sofort ein paar Schritte zurück, schloß die Lokaltür wieder, fing ohne ein Wort an zu heulen und lief zu ihrer Arbeitsstelle, »Mario«, wo sie 2 Kaffee und 1 Südwein abrechnete, die Bestellungen mußten von der Zunge herunter. Bis 15 Uhr lief sie, am ganzen Körper angespannt, ihren Weg zwischen den sieben Tischen, die ihr Revier bildeten. Mit der Mittagswelle kamen diesmal viele Reisende, die mit ihren Koffern die Laufgänge versperrten und wenig bestellten.

Höhle oder Hafen Arbeit:
Semm wartet auf Befehle. Unter den Gästen ist Ruh'. Semm gehört jedem, der sich um sie kümmert; der sich bereit findet, sie auszubeuten. Sie ist so sehr auf Ausbeutung eingestellt, daß niemand anders kann als sie ausbeuten. Semm erfordert einen neuen Typ des Ausbeuters: der das Ausbeuten dauerhaft er- trägt. Die Katastrophen entstehen, wenn die Ausbeutung zeitweise aussetzt.

Kann man Unglück züchten?
Semm, Schaustellerkind, geboren 1938. Als sie drei Jahre alt ist, löst die Familie sich auf. Die Kinder werden in Thüringen auf die Dörfer verteilt. Semm kommt zum Bauern. Nach einigen Jahren macht die Großmutter ein Unternehmen auf; sie sammelt die Kinder wieder ein und bildet sie mit der Peitsche für bestimmte Kunststücke aus. Ausbildung und artistische Tätigkeit dauern bis zum 18. Lebensjahr. Dann kommt Semm als Kellnerin nach Frankfurt/Main.

Die anderen Kellnerinnen haben Walkürennamen:
Fricka, Albertine. Wie zwei Schlachtschiffe auslaufend aus der Barenge: Albertine. Fricka. Albertine: als sei die Körpermitte explodiert – Arme, Beine, große Hände, Hals. Sie hätte einen Gürtel um den Leib tragen sollen, trug aber eine weite Rüsche vom Nabel bis zu den Brüsten. Heute taten die beiden Mädchen der Semm nichts. Hündin Semm, auf ihrem schwarzen Stuhl neben der Kasse, hütet die aufgespießten Bons. Semm, die die Kaiserstraße nach Charles absucht, die von einem Passanten seitlich angeredet wird und ausweicht, die von Polizisten angehalten wird, die – wenn sie Polizisten sieht – ihre Pläne sofort aufgibt, in ihre Arbeitsecke zurückrennt: die neben Charles ohne jede Empfindung ist, närrisch vor Anhänglichkeit.

Puritanisch.
Mit starkem Affekt gegen dicke Frauen, die fleischlich sind. Rose, Höllenrose, Marzipanrose. Man darf niemals Marzipan essen. Einmal fragte die Hure Gilda Semm, ob sie zu einem Mittagsschläfchen mitgehen würde. Dabei streichelte Gilda einen Musikautomaten, den sie mit Groschen gefüttert hatte. Semm: nein.

Liebe aus Realitätsbedürfnis.
Weil man sich einem Mann unterwerfen muß, weil Semm sonst Angst hätte, den Anschluß zu verlieren, weil das dazugehört: sie findet Charles, einen »guten« Mann. Die Angst, daß sie einen schlechtern fände. Liebe und Unglück sind so verfilzt, daß Semm nicht sagen könnte, ob sie Liebe oder Unglück will; die Wahl besteht auch nur rein theoretisch. Wie ein Hund, der

sich so hinsetzt, daß er getreten werden muß, stellt sie Fallen, zieht Unglück in ihre Fallen.

Charles sucht dickere Personen, stärkere Anregung. Liebt das, was dahinter ist: hinter dem hautreichen Hintern seiner augenblicklichen Partnerin, die nicht Semm ist. Läßt sich ausbeuten, um dranzubleiben – Angst, daß die Realität ihm so entschwindet, wie die fleischige Genossin verschwinden wird, wenn seine Barmittel erschöpft sind. Vielleicht hätte Charles auf das Abenteuer mit der dicken Angelique lieber verzichtet? Sachlichkeit und Anständigkeit, aber auch Unsicherheit im Verhältnis von Charles und Semm, Alkohol trinken statt reden. Weinen statt reden.

Die Situation zum Zeitpunkt der Verabredung mit Charles. Die Semm wurde aufgehalten und kam deshalb zu spät Ecke Weserstraße/Kaiserstraße an. Sie wartete, als sie Charles nicht fand, und begann dann die Kaiserstraße abzusuchen. Im Reichshof – La Plaza wurde sie nicht eingelassen wegen ihrer etwas schäbigen Bluse. Sie konnte deshalb nur am Eingang fragen, ob Charles dagewesen sei. Aber da sie selbst meinte, daß Charles nicht dagewesen sei, fragte sie nicht schlagkräftig genug und erhielt (obwohl Charles seit Mittag im La Plaza wartete und beim Einlaß Nachricht hinterlassen hatte) eine abschlägige Antwort.

1. Suche
Sie lief also weiter, in ihrer charakteristischen Gangart, mit durchgedrückten Knien und suchte die Lokale in der Kaiserstraße ab. Die hohen Absätze stachen in den Unterleib. Sie hatte Kreuzschmerzen, und da sie glaubte, daß Blut käme, lief sie nach Haus, wo die Zimmerwirtin sie nach Charles fragte und den geliehenen Mantel zurückforderte. Semm wechselte die Schuhe und zog sich um, lief wieder Charles suchen. Sie fand ihn im La Plaza, als sie es dort wieder versuchte. Der dunkle große Mann sprang sofort auf, als er sie kommen sah.

2. Suche
Semm war zu verhetzt. Seiner »Freude« wußte sie nichts zu entgegnen. Sie bestellte Getränke und ging auf die Toilette, sich zurechtzumachen. Das brachte nicht die Wandlung, auf die sie hoffte. Sie war noch zu sehr in Angst, daß sie Charles nicht fände. Sie sagte, daß sie noch eine Besorgung zu erledigen hätte. Als sie von ihrem Gang zurückkam, fand sie Charles nicht mehr im La Plaza. Sie wartete auf dem Platz, wo er gesessen hatte. Später erschien die Sittenpolizei und kontrollierte – sie machen das am Spätnachmittag, weil es abends den Betrieb durcheinanderbringt. Die Semm hatte Angst, weil sie keine rote Karte besaß und nicht daran glaubte, daß sie den Beamten den wahren Grund ihrer

Anwesenheit in diesem Lokal (Suche nach Charles) erklären könnte. Sie ging deshalb mit einigen anderen Mädchen auf die Toilette und ließ sich von der Toilettenfrau für eine Mark in das benachbarte Roxy-Kino bringen. Sie heulte und schlug einen, der sie anreden wollte, mit der Handtasche gegen den Hals, suchte die Lokale ab.

Der wiedergefundene Charles

Sie fand Charles abends in den Fischerstuben mit einem Sergeanten. Er fuhr sich aus Müdigkeit mit allen fünf Fingern durch das unordentliche schwarze Haar. Er versuchte, dem Sergeanten ein Lokal zu beschreiben. Die Semm saß, während die Männer sprachen, ohne ein Wort daneben.

Als endlich eine Prostituierte den jungen Sergeanten abholte, wollte Charles ihn nicht gehen lassen. Die Semm fühlte sich besser, als er weg war. Sie versuchte Charles zu überreden, mit ihr aus diesem Lokal fortzugehen. Sie wäre glücklich gewesen, draußen nur neben ihm herlaufen zu dürfen oder etwas zu unternehmen, aber sie war auch glücklich, hier neben ihm zu sitzen, obwohl sie nicht wußte, was sie mit dem betrunkenen Mann reden sollte.

Die Semm wußte nicht, wie sie es verhindern sollte, daß Gitti und Kitti sich an Charles' Tisch setzten. Sie gehörten zu den wenigen wohlhabenderen Prostituierten, die die Fischerstuben besuchten, trugen elegante schwarze Kleider. Sie hatten eine junge bleiche Haut, weiß, ohne jeden Flecken über Stirn, Hals, Schultern; helle Haare, die auf dem Schädel in ihrer Schwäche flach nach allen Seiten standen und den Kopf mit einem Ring von fahlem Kraushaar umgaben: in dem künstlichen Licht mit ihren bleich-lichten Hälsen. Die Semm saß ohne ein Wort am Tisch.

Semm lieh Charles das Geld, das er brauchte, um die Getränke zu bezahlen. Sie wäre gern mitgegangen mit Charles und den beiden Reichen. Aber sie fragte nicht, weil sie fürchtete, daß sie es ihr abschlagen würden. So ging sie mit vier Prostituierten in die Neun-Uhr-Vorstellung in den Kaiser-Lichtspielen.

3. Suche

Nach dem Kino weinte sie, weil sie übermüdet war und weil sie die beiden Reichen nicht vergessen konnte, und fing an, Charles zu suchen. Sie wurde in der Kaiserstraße angeredet und trank mit einem, der darauf bestand, einen Johannisbeersüßmost, weil sie Charles nicht finden konnte, brach dann aber sofort wieder auf und fand Charles ausgeplündert in einer Bierschwemme in der Münchner Straße. Sie hatten ihm Wertsachen und Geld weggenommen.

Höhepunkt

Semm war wütend und schmiß dem Kaschemmenwirt, den sie für die Diebstähle verantwortlich machte, das Geld hin, das er als Auslösung für Charles forderte, und nahm Charles, der ziemlich betrunken war, mit. Sie lief an Charles' Seite die Kaiserstraße hinauf. Darauf hatte sie den ganzen Tag gewartet. An der Gallusanlage fanden sie einen amerikanischen Pkw, der unverschlossen war und in den sie sich setzten. Sie hatte Sehnsucht nach ihrer Arbeit und hatte keine Idee, was sie jetzt reden sollte, obwohl sie auch »glücklich« war, Charles jetzt nicht mehr suchen zu müssen. Sie hatte Schmerzen im Bauch. Sie faßte Charles' Hand und wollte irgend etwas sagen, wagte es aber nicht. Charles öffnete ihr das Kleid, und sie wurde sofort wieder angespannt und versuchte, ihn abzuwehren, was ihr aber nicht gelang. Sie wehrte sich nicht gegen Charles, denn sie wollte es nicht falsch machen. Sie lag nackt mit geschlossenen Augen auf dem Rücksitz des Wagens und wartete. Aber Charles machte sie nur naß und lag dann in ihre Seite gekuscht.

Sie fror, wagte aber nicht, ihre Kleider unter Charles' großem Körper hervorzuziehen. Sie hielt die Augen geschlossen, war glücklich, ihn neben sich zu haben, fror aber. Später fiel ihr ein, daß sein Permit um drei Uhr nachts ablief.

Tagesende

Sie zog sich im engen Wagen an und lief nach Hause, Geld holen. Sie brachte Charles in einem Taxi zum Camp hinaus. Charles, der im Taxi geschlafen hatte, ging zur Camp-Torwache hinüber. Semm sieht ihn noch mit dem Militärpolizisten reden, als das Taxi wieder anfährt und sie durch das Rückfenster nach Charles sieht. So ist der Tag noch relativ glücklich ausgegangen.

3. Die Bindung ohne den Mann

Tanja M., wohnhaft Weserstraße, liebte ihren ersten Abtreiber. Sie liebte nicht, wie es die Faustregel will, den Mann, der sie als erster verführte, sondern denjenigen, der die Folgen dieser ersten Verbindung beseitigte: Dr. v. H.
Dr. v. H. hatte Angst, daß etwas durch ihre Unvorsichtigkeit herauskäme. Er verbot ihr, zur Sprechstunde zu kommen. Sie saß trotzdem im Wartezimmer. Sie spionierte in seiner Wohnung. Der Arzt ließ sie durch seine Sprechstundenhilfe hinausbringen.
Tanjas erster Liebhaber (bis in ihr dreiundzwanzigstes Jahr hatte sie diese Probe hinausgezögert) war der junge P. Später brachte sie (als er sich beruhigt hatte), weil alles so elend war, nicht einmal mehr die »Lust« auf, rechtzeitig aufzustehen und sich zu waschen. P. hatte dann nur noch insofern Bedeutung, als er sie im Ergebnis mit Dr. v. H. in Kontakt brachte.

Daß sie aus der unvollkommenen Bindung mit P. ein Kind bekommen sollte, erschreckte Tanja. Später verstand sie nicht, was daran so furchtbar sein sollte, da man das Kind ja wieder entfernen konnte. An sich mochte sie Zeiten mit herabgesetztem körperlichen Zustand gern, da sie es nicht leiden konnte, wenn die Gesundheit das Gesamtbefinden überwucherte. Sie besuchte verschiedene Frauen, zu denen sie aber kein Vertrauen faßte. Sie vertraute darauf, daß sie den richtigen Ratgeber noch nicht gefunden hätte, und suchte weiter nach jemand, der ihr einen Rat geben konnte oder ihr helfen würde. Unter anderem rief sie Dr. v. H. an. Der sagte ihr, wo sie auf ihn warten sollte. Sie wartete in der von ihm angegebenen Straße nachmittags um fünf Uhr und sah dann seinen Wagen herankommen. Nach der Erledigung dieser Angelegenheit blieb sie noch eine Zeitlang in seiner Behandlung. Später entdeckte der Arzt, daß sie Instrumente von seinem Instrumententisch mitgenommen hatte. Er verbot ihr, seine Praxis künftig zu betreten. Tanja hält an ihm fest.

Die Sprechstundenhilfe brachte sie an die Tür. Die Sprechstundenhilfe hielt den Arm des Mädchens gleichmäßig umklammert und drückte auf den Oberarm und schob das Mädchen so bis zur Tür. Die Sprechstundenhilfe schüttelte ihr reiches blondes Haar, das ihr bis auf die Schultern fiel, was aber in einer Arztpraxis nur ein Bazillenfänger ist. Sie schob das Mädchen vor sich her. »Seien Sie vernünftig«, sagte sie, »ich kann auch die Polizei holen, wenn Sie nicht vernünftig sind.« Das Mädchen ging durch die verregnete Stadt, zu unruhig, um auf eine der Straßenbahnen zu warten, die sie überholten. In der Wohnung, in der sie vorläufig untergekommen war, wartete bereits der Eigentümer, dem sie »Frühstück und Nachtmahl« zu machen hatte, wofür er sie in seiner Wohnung wohnen ließ. Er war ihr in der Küche behilflich.

Sie ließ sich von ihm küssen, um das hinter sich zu haben, und machte ihm sein Essen.

Du gibst mir eine schene Kiss. Eine schene Kiss bekomme ich.

Der Wohnungseigentümer war ein Geschäftsmann, der sehr unregelmäßig arbeitete, und sie wußte nicht, wie lange sie die Unterkunft hier noch halten konnte, wenn er fast immer zu Hause war. Sie stellte ihm das Essen hin und ging fort. Sie blieb in der Stadt, in der sie vergeblich versuchte, dem Regen zu entkommen; gegen

Tu mir was Gutes.

zehn Uhr kam sie durchnäßt zurück.
Der Geschäftsmann, der gebadet
hatte, kam in einem weißen Schlafanzug an ihr Bett und versuchte, et-
was mit ihr auszumachen. Sie vertrö-   Sei doch nicht so.
stete ihn und brachte ihn allmählich   Du gefällst mir so gut.
dazu, daß er wieder in sein Zimmer
ging.

Sie wollte niemand anders haben als den Arzt, der das Kind weggebracht
hatte. Es war so: sie wartete den Nachmittag über in der Straße, wie es Dr. v. H.
am Telefon angeordnet hatte. Sie fror im nassen Schnee. Dann sah sie ihn kommen in seinem Wagen. Er machte ihr in seiner Wohnung einen Evipanrausch
und beseitigte das Kind. Als sie aus dem Rausch erwachte, war sie noch in seiner Wohnung, vollkommen »gerettet«, er saß noch in der Nähe.

Seither war sie einige Male in seine Wohnung eingedrungen und hatte sich
darin aufgehalten, bis er nach Haus kam und sie in ihren Verstecken fand.
Noch eine Zeitlang war sie in seiner Behandlung gewesen. Er vermißte Instrumente von seinem Instrumententisch, die sie gestohlen hatte, und verbot ihr
daraufhin, seine Wohnung oder seine Praxis zu betreten. Sie gehorchte nicht,
wurde aber von der blonden Sprechstundenhilfe fortgeführt.
Mit P., der sie auf dem Gewissen hatte, was aber nicht schwer wog, hatte sie,
gleich nachdem das Kind fort war, abgeschlossen. Sie erinnerte sich: ein leicht-
sinniger Mensch.
Die Tage, als feststand, daß sie ein Kind bekäme. Sie rannte zu verschiedenen
Frauen, die ihr empfohlen worden waren, aber sie hatte zu keiner von ihnen
Vertrauen. Sie war in einer Panik, die das Kind schützte. Die Panik brachte ein
Hin und Her von Möglichkeiten.
Auf den Arzt kam sie durch Willi Fitzlaff, dem sie sich anvertraut hatte und der
ihr zu einer Abtreibung riet, aber auch davon abriet. Mit ihm zusammen, der
sich zu nichts entschließen konnte und zu gar nichts raten wollte, entschloß sie
sich. Sie rief den Arzt an, der sie dann in die Rheinstraße bestellte, wo sie wartete, bis er um fünf Uhr mit seinem Wagen sie holen kam. **Es war ihr erstes
wirkliches Erlebnis mit einem Mann.** Sie konnte »genießen«, nicht leiden. Es
war so absurd, als ob einer mit Appetit einen Apfel ißt, während die Füße er-
frieren. Auch die in Bauerndialekt abgefaßten Speisekarten in den teuren
Großstadt-Restaurants, in die sie ihren Wohnungseigentümer begleiten
mußte, waren absurd. Es war alles absurd ohne den Arzt, der das Kind weggebracht hatte. Er hatte ihr geholfen. Sie möchte diesen Mann erschießen, und

sie möchte seine Frau werden. Währenddessen verkommt sie, weil sich bis auf den Geschäftsmann, der aber oft zu Hause ist, niemand um sie kümmert und sie sich auch um niemanden kümmert, es sei denn, es wäre dieser eine Mann, der ihr einmal geholfen hat, in einer für sie sehr wichtigen Sache, aber was sie sich auch in dieser Richtung ausdenkt, es ist aussichtslos.

Goldgräberstadt

[Eine Boxgroßveranstaltung] Die crème der Gesellschaft, darunter Banken, Gattinnen, Verbrecher, ist versammelt. Namensnennung der Anwesenden im Stil eines Gesellschaftskolumnisten. Schmuck und Brieftaschen. Noch während der Veranstaltung werden Einladungskarten verteilt: eine Nachfeier im geschlossenen Kreis.

Nach Schluß der Veranstaltung stehen draußen Luxusautos bereit, um die Eingeladenen zu einer Villa zu bringen. Vorfahrt der Gäste.

Die Gäste werden im Foyer zum Ablegen veranlaßt. Sie werden in einen Keller geführt, dort an die Wand gestellt und unter Vorhalt von Schußwaffen beraubt. Während einige Gäste schon »verarbeitet« sind, warten andere auf der Treppe der Villa oder im Foyer darauf, hereingelassen zu werden.

Die beraubten Gäste, auch ihrer Pelze entledigt, liegen gefesselt am Kellerboden.

Es ist die Tat der Amateure Köckermann und Großherr, typischer Projektemacher, Verbrecher im konservativen Sinne. In Neapel, Hafennähe, wird ihr Wagen ausgeräumt gefunden. Köckermann und Großherr in Hockstellung unmittelbar hinter dem Fahrersitz. Kriminalrat Kobras: »Herz zerrissen, Aorta beschädigt, Leber und Blase geplatzt, Rippen gebrochen, Rückgrat gebrochen, der Hüftknochen zerschmettert, das Becken nach innen zum Magen hin einwärts gedreht. Offenkundig nachträglich so hingesetzt, wie wir sie fanden.« Immerhin haben verschiedene Angehörige der Frankfurter Verbrecherwelt durch sie ihr Gesicht verloren, haben zweifellos Brieftaschen, Schmuck von Freundinnen usf. herausgeben müssen.

[Ein Nichts, das lebt] Morgenstunde, Restaurant »Reichshof«; im »La Plaza – Fischerstuben«, nebenan, Frühgäste, einige Vertreter, die sich vor Arbeitsanfang mit einem Geschlechtsverkehr erfrischen wollen. Die Jung-Prostituierte Gilda durchtrabt das langgestreckte, schlauchartige Lokal »Reichshof«, strebt zu einer der hinteren dunklen Ecken. 35 cm Haarturm, für diesen Moment vor Arbeitsbeginn voll intakt. Mit einem rosa Tempotaschentuch wischt Gilda die

Sitzbank, besieht sich in einem der Rundspiegel. Heute ein ganz frischer sauberer Anfang. Sie muß gleich etwas ganz Kaltes trinken. »Ich schlafe sonst ein.«

Noch ist das Lokal leer. »Ich bin doch nicht unterzukriegen.« Sie trägt ein Kleid, auf das ein Kragen aufgepinnt ist: zwei große gepunktete Lappen, die bis zum Mittelbauch reichen. Das Kleid kann sie als Dienstkleidung 6 bis 12 Wochen tragen, falls nur dieser Kragen täglich oder zweitägig gewechselt wird. Nach zwei Stunden stehen vor Gilda geleert: 1 Kaffeegeschirr, 1 x Campari, 3 x etwas ganz Kaltes zum »Wecken«.

Sie ist noch völlig ungebraucht, als gegen 11 Uhr Kriminalobermeister Mürke eintrifft und sie zum Polizeipräsidium mitnimmt. Sie soll in der Mordsache Berends aussagen; Mürke nimmt an, daß sie irgend etwas mitteilen könnte.

GILDA: Ihr könnt mich doch hier nicht fertigmachen.

MÜRKE: Hältst du uns für blöd?

GILDA: Ich halte euch nicht für blöd.

MÜRKE: Vor einem Jahr hattest du noch die Perücke. Damals hast du dich geweigert, der Polizei zu helfen. 1970 bestraft wegen Begünstigung. Warum sollen wir dir irgend etwas glauben?

GILDA: Ihr könnt mir doch nichts andichten.

MÜRKE: Ich könnte jetzt beleidigt sein. Was heißt »andichten«?

GILDA: Ich kann aus meinem Herzen keine Mördergrube machen.

MÜRKE: Ich habe von Mord noch gar nichts gesagt. Ich habe gefragt, was du gesehen hast.

GILDA: Ich habe überhaupt nichts gesehen. Ich habe geschlafen.

MÜRKE: Du willst uns auf den Roller nehmen.

GILDA: So weit bin ich nun doch, daß ich niemand auf den Roller nehme.

MÜRKE: Da gibt es nichts zu vertuschen.

GILDA: Seid doch mal vernünftig.

MÜRKE: Wir sind vernünftig.

Die Sprache ist die Magd des Vorteils. Etwas darin mitteilen ist einfach; aber nichts mitteilen, die Mitteilung in lauter Sprache verschwinden lassen, dies ist eine Arbeitsleistung von außerordentlicher Qualität.

Nach vier Stunden Verhör, überrollt von den Kräften, die sie benutzen wollen, sagt Gilda mit auf 8 cm Höhe zusammengefallener Frisur alles, wovon sie annimmt, daß die Beamten es hören wollen. Zurück im Revier, Wartestellung im »Reichshof«, wird sie von Experten des Syndikats gefaßt. Es ist hier schon bekannt, daß sie im Polizeipräsidium war. Sie soll ihre Aussagen schriftlich widerrufen. Es wird gedroht. Ganz unscheinbar, ein Nichts, das fremdem Willen folgt, widerruft sie, erreicht so, daß man von ihr abläßt. Von einem solchen Nichts gilt weder die Aussage noch der Widerruf. Wenn das so weitergeht, siegt sie sich zu Tode. Mürke holt sie spätnachmittags erneut zum Verhör. »Ich haue dich zu Puppendreck.« Sie widerruft den Widerruf. Wieder zurück im »Reichshof«, warten schon die Syndikatoren. Sie läßt sich in ein Hotelzimmer führen; hier setzen sie gemeinsam einen hieb- und stichfesten Widerruf von Gildas Aussage auf.

Allmählich wird so diese Zeugin für die Polizei wertlos. Es wird zu einem Interessenwegfall sowohl für die Polizei wie für das Syndikat kommen, wenn sie nur durchhält. **Das ist Schwerstarbeit; einen greifbaren Gegenwert für die Arbeit erhält sie nicht.** Gerade, daß sie aus der Zange herauskommt. Sie rennt zum Speiselokal »Vávra«, auf einer Toilette hat sie ihren Haarturm durch Striegeln in Form gebracht. »Sie lächelte, ihr Haar leuchtete, und sie trat schnell, wie ein verschwitzter Bauarbeiter, an die Theke.«

[**Einer äußert sich**] Ein in diesem Lokal bekannter Angestellter eines Pelzversandhauses rennt in den schmalen Schlauch »Reichshof« hinein: »Ich komme gerade vom Totschlag. Bin freigesprochen.« In seiner Firma darf er sich in dieser Tonlage nicht äußern. Die Lokalinsassen, eine junge Hure, eine Alt-Hure, die sich kürzlich in die Rente eingekauft hat, lachen. Der Angestellte läuft aus dem Lokal hinaus. Jetzt eilt er wieder herein: »Mein Bruder war Totschläger, ich bin Rattenfänger.« In diesem Zustand, einmal in der Woche, kommt er zur »Äußerung«. Der Ober fordert ihn zum Verlassen des Lokals auf; der Angestellte, sich zurückziehend: »Ich gehe vor, Sie kommen nach.« Selbstverständlich bleibt der Ober, wo er ist.

»Das ist wichtiger als Geld, daß man mal lacht.« Dies sagt die pensionierte Alt-Hure, eine dicke, pferdeschenkelige Natur, die sich jetzt zur Toilette hinbegibt. Sie sagt es zu der jungen Hure hin, die Apfelmus ißt und mit ihr noch eben »silberhell« gelacht hat. Die Alte: »Wir haben das Geld auf dieselbe Art zusammengekriegt.« Sie will die Möglichkeit ausschließen, daß die Jung-Hure vielleicht (wegen des Alters der Alten) sich darüber täuscht, daß sie demselben Geschäftszweig zugehören. Die Junge billigt die Worte der Veteranin, nickt mit vollem Munde heftig. Vielleicht bringt ihr dieses kurze, nicht absatzbezogene Gespräch Glück.

[**Müselchen**] Sie wäre in der Lage, sechs männliche Säcke samt Feger gleichzeitig zu trösten, wenn die »Affenköppe« nicht Hemmungen hätten, sich nebeneinander aufzustellen, so, wie sie sich vor den Pissoirbecken ja schließlich, wenn Hochbetrieb ist, ebenfalls nebeneinander aufstellen.

Sie ist Anhängsel ihrer Geldkassette, in die sie Teile ihres Gewinns, soweit sie die vor Fred verbergen kann, hineinspart; sonst Anhängsel ihres Zuhälters. Soweit dieser sie nicht zu schützen vermag vor der »Organisation«, sind beide Anhängsel dieser Organisation, aber auch, wenn sie in dessen Räderwerk geraten, Anhängsel des Polizeiapparats. Anhängsel sind ihre Wünsche (z. B. nach einem Bier, einem 50-Pfennig-Stück, das sie in die Musikbox stecken kann). Sie sitzt in Wartestellung, füllt Maggi in Stonsdorfer-Fläschchen, die sie geleert hat. Überschießende Arbeitskraft; 4 Flaschen sind verarbeitet.

Alle die Anhängsel und Eigenschaften zusammengenommen ergeben eine schöne Wucht von Person, aber sie wollen einzeln berücksichtigt sein: wie eine Rotte eigensinniger Verbrecherspezialisten, die sich nicht auf einen gemeinsamen Plan vereinigen lassen; wenn es aber darum geht, sich zum Verschwinden zu bringen, entwickeln sie Gemeinsinn.

[**Nahrungsmittelchemiker Hiesel, Kaiserstraße:**] »Was hier in den von uns untersuchten Würsten von uns in der letzten Zeit gefunden wurde, stellt den Tatbestand der vorsätzlichen Körperverletzung dar. Gott sei Dank hat diese Metropole eine hohe Fluktuation der Bevölkerung. So treffen die gleichen Würste immer wieder auf andere Menschen. Trotzdem planen wir hier einen grundsätzlichen Wandel. Wir haben auf Kosten der Stadt eine Modellküche errichtet, in der gesunde und bekömmliche Kost in Beispielen hergestellt wird. Wir versprechen uns hiervon eine zumindest moralische Auswirkung auf die Verbesserung des Niveaus der verkauften Lebensmittel. Selbstverständlich ist es uns mit den beschränkten Mitteln nicht möglich, gleich auf Anhieb den Standard der französischen Küche zu treffen.«

[**Suggestion von oben; mimetische Betäubung**] Fluß Main und Dampfer, nachts drei Uhr. Aus einem Leck fließt ein breiter Schwall Öl. In dem sich ausbreitenden Ölfilm spiegeln sich die Lichter des Hafens. Der Kapitän: »Leck dichten!« Mit Lappen und Holzwolle versuchen Mitarbeiter dieses formschönen Transporters, den Ölfluß einzudämmen. Der Kapitän: »Volle Fahrt voraus!« Er versucht, eine Ölspur hinter sich herziehend, den Dampfer bis zum Morgengrauen zu einem Punkt 60 km flußaufwärts zu bringen, in der Hoffnung, so einer Strafverfolgung zu entgehen.

Die Beamtin der Umweltkontrolle, Frau Dagmar Holtzmann, 8 Uhr früh, springt in ein Polizeimotorboot und verfolgt die Ölspur. Die Morgensonne veredelt das Sprühwasser der Bugwelle sowie das Kielwasser zu einem Klarwassereffekt; an sich handelt es sich um eine bräunlich-sandige Brühe. Als Frau Holtzmann zwischen Stadtprozelten und Wertheim vom Motorboot auf den gestoppt daliegenden Dampfer übersteigt, das Leck ist inzwischen dicht, bietet ihr der Kapitän, Kavalier alter Schule, Tee mit Rum an. Der Inhaber der

Dampferlinie erscheint, begleitet von einem Anwalt. Beide Herren tragen dunkle Anzüge mit Nadelstreifen. Philosophisches Geplauder über Flüsse. Frau Holtzmann sagt nichts von Strafe, antwortet in der Art, wie diese Herren sie anreden. Momentan ist sie rechtsblind. »Man müßte dieser Charaktermaske von Kapitän den Bart abreißen, ihn, den Chef und den Anwalt in Häftlingskleidung stecken, das Geplauder durch einen Kanonenschuß unterbrechen, um der nächtlichen Straftat ganz sicher zu sein.« Es wird ihr als Falschheit ausgelegt, daß sie, in ihre Kanzlei zurückgekehrt, doch Strafanzeige erstattet: Fahrerflucht mit Dampfer.

[**Staatsanwalt Berg gegen eine Übermacht**] Der junge Staatsanwalt Dr. Berg, wenig Amtserfahrung, hat vom Beobachtungspunkt der Wasserschutzpolizei aus im Strom eine deutlich erkennbare Abwässerfahne von rötlich-grüner Farbe, etwa 12 bis 20 Meter breit, festgestellt. Er besteigt, begleitet von einer Schreibkraft, den Polizeihubschrauber und verfolgt die Spur flußaufwärts bis zu einem Industriekomplex, aus dessen Abwässerleitungen diese Fahne in die Strömung des Flusses eingeführt wird. Er landet auf Werksgelände, füllt an diesem Ursprungsort Proben der aus 2-3 m dicken Röhren in den Fluß geleiteten Flüssigkeit in Reagenzgläser; der Tatort wird mit Polaroidkamera fotografiert. Beauftragte des Werkschutzes versuchen vergebens, den Start des Hubschraubers zu verhindern. So, jetzt hat der junge Staatsanwalt Berg Beweismaterial in den Justizpalast heimgebracht. Die Geschäftsleitung des betroffenen Industrieunternehmens setzt 6 Volljuristen der Rechtsabteilung sowie 8 Mitarbeiter der Abteilung Werbung und Öffentlichkeitsarbeit auf seine Spur. Staatsanwalt Dr. Berg hat übersehen, daß er rechtswidrig den Grund und Boden eines »eingerichteten und ausgeübten Gewerbebetriebs« betreten hat. Er hat die Proben an einer Stelle entnommen, an der die Mischung aus Zink, Blei, Farbstoffen, die er als Fahne klassifizierte, noch Eigentum des Unternehmens ist. Erst 30 m flußabwärts gehen diese Substanzen in den öffentlichen Flußbereich über. Die Beauftragten des Werkschutzes, 7 Zeugen, haben den Rechtsbrecher Dr. Berg auf frischer Tat gefaßt, auch wenn sie ihn momentan nicht halten konnten.

[**Privataufzeichnungen des Steuerfahnders Muschmann**] In dem Betonneubau der Oberfinanzdirektion hat Steuerfahnder Muschmann sich mit ein paar Kissen, Andenken, einem Plaid ein nettes Stübchen eingerichtet. Er sammelt außerdienstlich Informationen »für wen es angeht«. Irgendwann einmal wird jemand kommen, der sich für diese Aufzeichnungen interessiert. Hätte die linke Mehrheit im Unterbezirksvorstand der SPD Muschmanns Vertrauen, so würde er diese Aufzeichnungen zur Verfügung stellen. Ein multinationaler

Konzern hat Waren, im Einzugsgebiet der Stadt produziert, zu einem Spott-preis an eine Filiale desselben Konzerns nach Übersee geliefert und somit einen Bilanzverlust ausgewiesen. Dies verursacht der Finanzverwaltung einen Steu-erverlust von 7 Milliarden DM in fünf Jahren. Eine namhafte Bankgesellschaft hat einen internationalen Rentenfonds errichtet, dessen Papiere nicht zu einem Endfälligkeitstermin zurückzuzahlen sind. Die Papiere sind zu 100 Prozent be-geben, haben jetzt einen Marktwert von 62 Prozent. Die Bankgesellschaft löst die Papiere zu 62 Prozent ein. Sie hat ein zinsloses Darlehen von einigen Milli-arden DM zwangsweise auf die Kunden umverteilt. In fünf Jahren 35 Prozent Zinsen auf die Gesamtsumme stehen gegenüber 38 Prozent Kursgewinn. Hierzu rechnet Muschmann den Inflationsgewinn von rund 35 Prozent, da die Bank mit entwertetem Geld zurückkauft. Die Kunden haben also der Bank Zinsen gezahlt. Diese Berechnungen betreibt Muschmann als Hobby. Die Kenntnisse, insbesondere die Tatsache, daß niemand weiß, daß er diese Kennt-nisse besitzt, machen Muschmann potentiell aufsässig. Irgendwann will Muschmann, wenn er dafür Partner findet, das »Wirtschaftsverbrechen mit der eisernen Ferse« ankratzen. Er sammelt, sammelt.

[**Stadtentwicklung drückt auf die Lebenszone des Verbrechens**] Die Grund-stückspreise im Bankenviertel und im Zentrum sind so hoch, daß die Filialen großer Verkaufsapparate zur Kaiserstraße hin ausweichen. Weserstraße, rechte Seite Kaiserstraße (vom Hauptbahnhof gesehen) schiebt sich eine tote Zone solcher Filialen vor: Koffer-Sachs, Foto-Hahn, Nürnberger Haus (Versi-cherungsgesellschaften), Uhren-Hermann, Fluggesellschaften (Iberia, Bulgaro-Flug, Aeroflot, Saudiarabian, Portugiesische Luftfahrtgesellschaft usf.). Auf der gegenüberliegenden Straßenseite: Rohneubau der Kaufhalle, glatter Beton. Früher existierten hier Kleinhandel, Cafés, Tanzhallen, Treffpunkte, Fortbil-dungsinstitute, Mietobjekte. Das Verbrechen bedarf einer solchen Zone von Wuselleben, menschlichem Massenumsatz. Freitag, 17 Uhr, strömen hier Men-schenmassen zum Bahnhof; Kleinhandel, Vergnügungsstätten, Pornokinos, Abendschulen versuchen, einen Teil dieser Menschen abzufangen.

Vor den Filialen großer Verkaufsapparate muß das Verbrechen zurückwei-chen. Verbrechensorganisator Guthermut: »Wir bedauern dies, können jedoch weder durch Schlägertrupps noch durch Mietpreisangebote diese Stadtent-wicklung aufhalten.« Das Verbrechen arbeitet individualistisch, es entfaltet seine Macht durch die Köpfe wirklicher Menschen; gegen Apparate, die von Köpfen geleitet werden, die sich in auswärtigen Zentralen befinden, ist es rela-tiv machtlos. Guthermut: »Ich bedauere diesen Kulturverfall der Stadtland-schaft, der nicht einmal dem organisierten Verbrechen eine Lebenszone beläßt. Ich sehe den Tag unseres Umzugs aus der Region Kaiserstraße kommen.«

[**Baade kommt an**] Der Kriminalbeamte Baade aus Oberhessen ist zur verstärkten Bekämpfung der Kriminalität in die Metropole versetzt worden. Er möchte vom Hauptbahnhof zum etwa 800 m entfernten Polizeipräsidium gelangen und nimmt hierzu ein Taxi. Die Fahrt geht über Umleitungen, Einbahnstraßen etwa 8 km weit, kostet 14,80 DM; und dann muß Baade nach Hinweis des Taxifahrers noch 400 m laufen, da man direkt zum Polizeipräsidium auf diesem Straßensystem nicht gelangen kann. Baade klettert über verschiedene Baustellen zum Haupteingang.

Auf die Verkehrsplanung während des Umbaus dieser Stadt hat ein Taxifahrerkonzern Einfluß genommen. Schon viele Reisende haben sich über die Länge und Kreisförmigkeit der Strecken gewundert. Kriminalkommissar Baade muß in einem Aktenvermerk begründen, wieso er für die kurze Strecke vom Hauptbahnhof zum Polizeipräsidium 14,80 DM ausgeben mußte. Die Vorgesetzten unterstellen ihm eine Privatfahrt.

[**Einheit der pluralistischen Gesellschaft**] Vom selben Regen eingedeckt, vom selben Fernsehprogramm berieselt, im Umkreis von 1 500 m in derselben Stadt tätig, Bekenner ein und derselben verfassungsmäßigen Grundordnung – anderes als dies verbindet sie nicht:

G. Guthermut, ein Verbrecher, der mit Gewalt umgehen kann, der ein langfristiges Konzept sucht –

F. Hacke, Polizeichef, der die Wahrheit ergründen will –

Jeschke, Fellermeier und F. Dose, ein junges Wissenschaftlerteam, das die Wahrheit besitzt, aber nicht mit Gewalt umgehen kann –

Guthermuts Apparat

[**Nichtorganisation als Herrschaftsform**] Der Verbrecher G. Guthermut, Brillenträger aus Nordhessen[12], verwaltet eine Gesellschaft in der Gesellschaft: Kaiserstraße, Moselstraße, Elbestraße, Weserstraße, Teile der Münchner Straße usf. Er versorgt die ihm Anvertrauten nicht mit materiellen Mitteln, sondern mit der Mangelware Frieden. Die von ihm aufgebaute Organisation

---

12 Falls einer den Verbrechensorganisator Guthermut unmaskiert sieht: ein kleiner Mann mit Bauch, die Jacke spannt über dem übermäßig dicken Po. Flinke, natürliche Bewegungen, trägt Lackschuhe, Wildlederanzug. Wer ihm so begegnet, sagt: »Der ist mies.« Ißt seine Haarschuppen. Maskiert wirkt er dagegen eher hochgewachsen, schlank. Guthermuts Vorfahren: schlaue Bauern (Nordhessen). Er ist ein verkappter Charakter: »Charaktere werden gebrochen, Charaktere machen dumm.« Guthermut verbirgt seinen Charakter, so gut er kann.

heißt »Das Syndikat«. Da das Verbrechen alles, was es berührt, gewaltsam aneignet, kann eine äußerlich faßbare Organisation kein Sicherheitssystem darstellen. Das Syndikat ist deshalb eine Nichtorganisation, d. h. unter Einsatz unmittelbarer, langjähriger Gewalt hat Guthermut die **Idee** des Rechtsfriedens zwischen den ihm anvertrauten Gesellschaftsmitgliedern mit einer materiellen Realität auszustatten versucht. Das Materielle daran ist nicht zu greifen.

[**Lernen von der Wissenschaft**] Das Verbrechen kann heute nicht mehr kunsthandwerklich und individualistisch betrieben werden. Wie jede Disziplin braucht es eine wissenschaftliche Grundlage. Der Verbrechensorganisator G. Guthermut sandte Mitarbeiter in Seminare der Universität, die ihm in stark gekürzter Zusammenfassung den Stand von Forschung und Lehre vorlegten. Was sie brachten, erschien Guthermut oft wenig praxisnah.

GUTHERMUT: Was soll da hier z. B. heißen: »Wenn sich die bürgerliche Gesellschaft mit aller Glieder Einstimmung auflösete (z. B. das eine Insel bewohnende Volk beschlösse, auseinanderzugehen und sich in alle Welt zu zerstreuen), müßte der letzte im Gefängnis befindliche Mörder vorher hingerichtet werden, damit jedem widerfahre, was seine Taten wert sind«, usf., usf. Das soll ein Honorar-Professor Oberlandesgerichtspräsident Staff geäußert haben?

1. Assistent Guthermuts, HERR KNOLL: Darüber wurde mehrere Stunden gesprochen. Es handelt sich offenbar um einen Kernpunkt. Ich habe das gekürzt wiedergegeben. Ich dachte, wir sollten das mal prüfen.

GUTHERMUT: Wir würden selbstverständlich diesem Mörder, wenn er unserer Organisation angehört, erstklassige Anwälte besorgen. Das würde schwierig, ihn, insbesondere in einem solch unpraktischen Fall, noch kurz vorher zu erledigen.

KNOLL: Das hier scheint sich auf einen Spezialfall zu beziehen, daß ein »auf einer Insel wohnendes Volk beschlösse, auseinanderzugehen«. Dieser Fall ist ja recht wenig wahrscheinlich.

GUTHERMUT: Würde ich auch sagen. Welche Insel meinen die? Die Seychellen?

KNOLL: Das wurde nicht vorgetragen.

GUTHERMUT: Und sie müßten ihn haben!

KNOLL: Das wird ja vorausgesetzt. »Der letzte im Gefängnis befindliche Mörder.«

GUTHERMUT: Nehmen wir das mal praktisch. Das ist vor allem eine Zweckmäßigkeitsfrage. Mord ist tatsächlich das Lähmendste, er zerstört die Arbeitsgrundlage der Organisation. Deshalb würde ich das anders formulieren:

Wenn »das eine Insel bewohnende Volk«, also z. B. unsere Truppe Kaiser-/ Elbestraße usf., »sich auflösete«, weil wir z. B. an eine fremde Organisation verkaufen, dann muß der letzte Mörder, falls er nicht absolut als Schweiger gilt, noch beseitigt werden.

KNOLL: Die haben im Seminar nicht so den praktischen Fall ins Auge gefaßt.

GUTHERMUT: Lassen Sie das mal. Wir können ja von hier aus bei der Auswertung der wissenschaftlichen Ergebnisse die praktische Schlußfolgerung einbringen. Verwirren Sie das nicht. Das ist alles subtil. Es bringt aber auf Gedanken. Ich stimme da vom praktischen Standpunkt mit diesen Kernsätzen völlig überein. So ein Mord durchschlägt die ganze Arbeitsbasis. Da sind wir strikt dagegen.

KNOLL: Ich weise darauf hin, wie sich z. B. Die-Tote-von-Darmstadt-Levi mit Zeugenerpressung und Anwaltstricks in seinem Strafverfahren aufführt. Das schädigt außerordentlich. Es entsteht für den Leser der Eindruck, daß hier in der Stadt ein organisiertes Verbrechen existiert.

GUTHERMUT: Sehen Sie, wie man aus wissenschaftlichen Grundlagen praktische Ergebnisse ziehen kann. Diesen Levi muß man beseitigen, unauffällig. Der Kernsatz hier in Ihrem Skript heißt im Klartext: Mörder, die sich noch zuletzt, also bei Auflösung der Organisation, aber meines Erachtens schon vorher, als komplette Individualisten entpuppen, müssen selbstverständlich außer Aktion gesetzt werden, nicht damit »sie erhalten, was ihre Taten wert sind«, sondern weil ihre Taten grundsätzlich überhaupt nichts wert sind. Ich denke da ganz im Sinn der traditionellen Wissenschaft. Dieser Levi ist unauffällig zu beseitigen.

KNOLL: Durch Mord?

GUTHERMUT: Das ist in der Untersuchungshaft nicht einfach. Nicht durch Mord. Ich möchte dieses dreckige Wort überhaupt ausschließen. Aber im Ergebnis, ja: man muß ihn auslöschen.

KNOLL: Also tot schon, aber nicht als Mord dargestellt?

GUTHERMUT: Genau. Das muß begrifflich anders gefaßt werden. Der erlebt zuletzt noch einen Unglücksfall. Organisieren Sie das mal.

KNOLL: Wenn nun aber die Öffentlichkeit das als Mord bezeichnet?

GUTHERMUT: Sie meinen die Polizei?

KNOLL: Oder einzelne erpresserische Teilorganisationen, die zuviel wissen, Konkurrenzorganisationen, die Presse, die Anstaltsleitung usf.

GUTHERMUT: Deshalb sage ich ja: machen Sie das, aber es darf kein Mord sein.

KNOLL: Und wie soll ich das machen?

GUTHERMUT: Deshalb schicke ich Sie ja auf die Universität zum Mitschreiben, daß Sie auf wissenschaftlicher Grundlage völlig neue Lösungen entwikkeln.

KNOLL: Aber ich weiß keine.

GUTHERMUT: Davon will ich nichts hören. Machen Sie ein Geschehnis, das nicht Mord ist, nach dem Levi aber nicht mehr existiert.

KNOLL: Ein Unglücksfall . . .

GUTHERMUT: Ich sage einfach: ein organisiertes Geschehnis. Das Wort Mord ist aus meinem Gedächtnis gestrichen. Es läßt sich mit der Menschenwürde nicht vereinbaren. Sie ist Selbstzweck, wie ich hier lese.

KNOLL: Verstanden. Es geht ja auch gerade darum, von der Organisation her einem Mörder wie Levi das Handwerk zu legen. Man könnte von einer Antimordaktion sprechen.

GUTHERMUT: Das ist mir einen Versuch wert. Wir stehen hier Seite an Seite mit der Polizei. Da ich grundsätzlich gegen Morde bin, ordne ich diese Maßnahme ja an. Doch nicht aus Mordfreundlichkeit.

KNOLL: Ich lege Ihnen morgen abend einen Plan vor.

GUTHERMUT: Gut. Wir dürfen nie aufhören zu lernen. Gute Nacht, Knoll.

[Veräußerung einer Nichtorganisation] Von Genf herüber kam ein unscheinbarer Buchprüfer, der Vollmacht vorwies, im Namen einer Organisation im Westen der USA die Zentrale der Frankfurter Verbrechensorganisation aufzukaufen. Vertrauensleute Guthermuts holten ihn vom Rhein-Main-Flughafen zum Versteck; eine ehemalige Kegelbahn, Holzvertäfelung, darin eingebaut mehrere Uhren. Das Geschäft zerschlug sich.

GUTHERMUT: Es ist vollständig irrsinnig, das Syndikat selber kaufen zu wollen. Sie können die einzelnen Gruppen kaufen.

FREMDER VERBRECHER mit dem Aussehen eines Buchprüfers: Es ist die zentrale Organisation – meine Auftraggeber wollen die haben.

GUTHERMUT: Es ist eine Friedensorganisation. Die Arbeit selber wird, streng professionalisiert, von Unterorganisationen und Spezialisten geleistet. Die müssen Sie kaufen.

FREMDER VERBRECHER: Meine Auftraggeber wollen nicht einzelnes Kroppzeug kaufen, sondern das Ganze.

GUTHERMUT: Wenn Sie doch einmal verstehen würden: das Ganze gibt es nicht.

FREMDER VERBRECHER: Sie wollen damit doch wohl nicht sagen, daß das Frankfurter Verbrechen, das immerhin einen Ruf hat, nicht existiert? Ich kann daraus nur schließen, daß Sie sich weigern, zu verkaufen. Sie möchten die Sache verwirren. Dann ist Ihre Person ein Hemmschuh für die klaren Ab-

sichten unserer Organisation. Prüfen Sie diese Perspektive sorgfältig: ein
Einzelner, der sich den erklärten Zielen einer Organisation entgegenstellt.

Guthermut hatte anfangs diesen Buchhaltertyp unterschätzt. Er hielt ihn für
einen Boten, einen Rechnungsprüfer. Dahin deutete auch, daß dieser Rechnungsprüfer, der sich Wilke nannte, darauf bestand, die Verhandlungen um
6 Uhr pünktlich zu beginnen und bis 17 Uhr durchzuhalten. Dies war jedoch
nur seine Außenseite: Fleiß, Zeitausnutzung, Zähigkeit. Guthermut, der gegen
12 Uhr hungrig und durstig wurde, erkannte die Verhandlungsstrategie dieses
Aufkäufers: der fremde Verbrecher war gewohnt, seine Verhandlungspartner
auszusitzen. Guthermut behalf sich mit Keksen, stellte sich, jetzt nachträglich,
auf diesen Gegner ein, der sich zunächst als Bevollmächtigter ausgab, sich
dann aber als Organisator eines weltweiten Netzes erwies.

GUTHERMUT: Die Organisationsmuster in den EWG-Ländern sind völlig andere als in den USA. Damit müssen Sie sich abfinden.

FREMDER VERBRECHER: Wir wissen, wie Verbrechen organisiert werden.
Brauchen Ihre Belehrungen nicht.

GUTHERMUT: Ihre Kapazität, zu lernen, ist äußerst begrenzt. Sie gehen von
einem vorgefaßten Bild von Verbrechen und Organisation aus. Das Verbrechen bildet keine Einheit. Es besteht aus Einzelnen und kleinen Organisationen. Das Syndikat garantiert dieses Nebeneinander.

FREMDER VERBRECHER: Und woher sollen die Befehle kommen?

GUTHERMUT: Mit Ihren Organisationsmethoden zerstören Sie das Verbrechen. Das ist doch nicht mit Befehlen zu machen. Jede einzelne Organisation und jeder Spezialist weiß selber, was er zu tun hat. Würde das Syndikat
auf der Ebene dieser wirklichen Arbeit der Einzelnen organisiert, so würde
der eine oder andere oder einige Gruppen versuchen, sich dieses Syndikat
anzueignen. Hiervor schützt das Syndikat seine Nichtsubstanz.

FREMDER VERBRECHER: Und sein internationaler Ruf?

GUTHERMUT: Eben nur ein Ruf.

FREMDER VERBRECHER: Sie wollen also nicht verkaufen?

GUTHERMUT: Ich wüßte nicht, was ich Ihnen für den Kaufpreis liefern sollte.
Sie können meinetwegen dieses Nichtvorhandene kaufen. Ich nehme jede
Summe entgegen.

FREMDER VERBRECHER: Wir wollen von Ihnen wissen, **was** zum Syndikat
gehört, wie die Befehlswege laufen, wie es organisiert ist.

GUTHERMUT: Denken Sie denn, da sitzt eine Sekretärin und ein Apparat?

FREMDER VERBRECHER: Ich denke überhaupt nichts. Ich will diese Organisation kaufen, denn ich kenne ihren Ruf.

GUTHERMUT: Dann würden Sie diesen Ruf kaufen?

FREMDER VERBRECHER: Nein, die Organisation mit allem, was dazugehört.

GUTHERMUT: Das habe ich Ihnen doch gerade erklärt – es existiert in dem Sinne keine Organisation.

FREMDER VERBRECHER: Was ich verstehe, ist dies: Sie wollen nicht. Diese Weigerung ist für Sie äußerst gefährlich.

Guthermut erschien diese Situation riskant. Es gelang ihm nicht, diesen Buchprüfertyp zu einer differenzierten Betrachtungsweise zu bewegen; der fremde Verbrecher übertrug Organisationsverfahren aus den USA auf die Bundesrepublik. Er hätte das organisierte Terrain: Moselstraße, Elbestraße, Gruppen von Spezialisten, zusätzlich: Banken und Baugeschäfte in der Stadt, Schlägertrupps, die Grundstücksverkäufe erzwangen, Systeme der Unterbringung von heißer Ware, Depots, eine Erpresserorganisation usf. usf., erwerben können; statt dessen interessierte ihn nur »das Ganze«.

Es blieb nur übrig, diesen »Organisations-Fetischisten« auf der Rückfahrt zum Flughafen in einen Verkehrsunfall zu verwickeln. Tödlich verletzt wurde der fremde Verbrecher in eine Privatklinik eingeliefert, die unter Guthermuts Einfluß stand. Guthermut fusionierte die wichtigsten seiner Teilgruppen mit einer Pariser Organisation, Tochterorganisation eines New Yorker Verbandes, der in der Lage war, die kaufwillige Organisation im Westen der USA auszuräumen. Jede Halbheit wäre hier gefährlich gewesen.

Die New Yorker Organisation suchte eine Zeitlang den Wert der Fusion für sich zu realisieren. Sie ließ (nach Untertauchen Guthermuts) einen Frankfurter Verbrecher, den sie für Gutermuth hielt, liquidieren, suchte eine Zeitlang auch die zentrale Stelle, von der aus sie das Guthermutsche Syndikat übernehmen wollte. Die Zusammenarbeit mit einzelnen Gruppen und einzelnen Tätern war für die nach hochindustrialisierter Norm arbeitende Organisation uninteressant. Als sie kein faßbares Syndikat fand, kam es zum Interessenwegfall, wie Guthermut vorausgesehen hatte.

F. Hackes Präsidium

Nur wenn jeder Gauner, sagte Kriminalrat Glöde, gewärtig sein muß, daß sein Tischnachbar ein Kriminaler sein könnte, ist es möglich, Unruhe in Verbrecherkreisen hervorzurufen.

Oft können wir, sagte Kobras, den Geschädigten morgens mitteilen, **daß** und **was** gestohlen wurde. Die sind dann meist ganz überrascht. Durch Nachschau erfahren wir fast nichts. Unsere Erkenntnisse beruhen auf Aussagen von Informanten, die freiwillig ins Präsidium kommen und uns diese Erkenntnisse – wir prüfen nicht, aus welchen Gründen[13] – eröffnen. So haben wir vor den Geschädigten oft einen überraschenden Vorsprung an Information.

Der Streifenleiter überreicht auf dem Bahnsteigvorgelände ein Druckblatt mit italienischer Aufschrift: »Wenn Sie weder eine Fahrkarte noch die Absicht zu verreisen haben, so verlassen Sie bitte den Bahnhof.« Einige Gruppen von Gastarbeitern befolgen den Hinweis. Auf diese Weise soll das Bahnhofsgelände als Stätte kriminellen Verkehrs »gesäubert« werden.

Herr Dohme, ältester Beamter der Frankfurter Kriminalpolizei, im Augenblick beteiligt an einem Streitgespräch, ob die Nachtschicht der Kriminaldauerwache um 19 Uhr beginnt oder auf 21 Uhr umverlegt werden kann; im letzteren Fall könnten die Beamten noch einen Teil des Fernsehabendprogramms ansehen. Dohme: »Wir müssen schließlich doch machen, was die Leitung bestimmt.« Eine Inflation von Kommissarstellen. Alle Jungen sind schon Bezirkskommissare. Dohme ist immer noch Hauptmeister.

Eine amerikanische MP-Patrouille soll seit Vormittag einen Negersoldaten aus dem Polizeigefängnis abholen. Sie findet die richtige Stelle nicht. Die deutschen Kriminalisten verfolgen über Funk die vergebliche Suche. Mittags waren sie beim 17. Revier, gegen 15 Uhr beim 2. Revier, auch im Rathaus haben sie vorgesprochen. Die Beamten empfinden die Mißerfolge dieser Konkurrenten als eigenes Erfolgserlebnis.

[Planstellen des Kriminaldienstes:]
Kriminalmeister bezahlt nach Besoldungsordnung A 7
Kriminalobermeister, Kriminalhauptmeister bezahlt nach Besoldungsordnung A 8
Kommissar bezahlt nach Besoldungsordnung A 9
Oberkommissar bezahlt nach Besoldungsordnung A 10
Hauptkommissar bezahlt nach Besoldungsordnung A 11
Bezirkskommissar bezahlt nach Besoldungsordnung A 12
Bezirkskommissar mit Zulage bezahlt nach Besoldungsordnung A 13
Kriminalrat bezahlt nach Besoldungsordnung A 13

---

13 Der Geldschränker Goldschmidt erhält z. B. für 32 Einbrüche – 8 Verfahren werden eingestellt – in Frankfurt eine Gesamtstrafe von 5 Jahren; hätte er sich in Aschaffenburg (Bayern), dem Verhaftungsort, für 1 ihm nachgewiesenen Einbruch verurteilen lassen, hätte er 15 Jahre erhalten. Es war für ihn richtig, während eines Transports durch Frankfurt, Kommissar Rudolph gegenüber eine Lebensbeichte (alle 32 Einbrüche) abzugeben; Rudolph zog so die Strafsache an diesen »Ort der Selbstoffenbarung«. Der Verbrecher Dörrlamm, mit einem Drittel an einem Pelzeinbruchsprojekt in der Kaiserstraße beteiligt, verrät das Ganze gegen 10 % Belohnung, die die Versicherung ausgesetzt hat. Gewinn: 8050,– DM.

Oberrat bezahlt nach Besoldungsordnung A 14
Kriminaldirektor bezahlt nach Besoldungsordnung A 15
Leitender Kriminaldirektor bezahlt nach Besoldungsordnung A 16

[Der Polizeiapparat lernt, indem er seinen Planstellenkegel ändert][14]
Beamter des Landesrechnungshofs: Ich sehe hier einen ganzen Haufen Planstellenanhebungen. Statt die Mittel zur Fortbildung Ihrer Beamten voll auszuschöpfen, haben Sie diese Planstellen hier angehoben. Ich gebe Ihnen zu, daß wir früher diese Bildungsausgaben regelmäßig gekürzt haben, jetzt vertreten wir aber den Standpunkt, daß es wirtschaftlicher ist, in den Faktor Fortbildung zu investieren.

F. HACKE, Polizeipräsident: Wir machen das einfacher durch Versetzung oder durch Anhebung der Planstellen.

BEAMTER: Das ist aber auch teurer.

F. HACKE: Es ist wirksamer. Wenn ich einen Beamten in ein Sonderkommando versetze oder einige Obermeister auf Kommissarstellen anhebe, erreiche ich nicht nur eine oft hundertprozentige Erhöhung der Arbeitsleistung, sondern die Herren entfalten auch ganz andere Erkenntnisfähigkeiten.

BEAMTER: Das ist aber haushaltsmäßig nicht tragbar.

F. HACKE: Es kommt uns auf das Ergebnis an. Bei der historischen Planstellengliederung der Polizei: 1 Hauptmann, 3 Offiziere, 100 Mann, können wir nicht funktionell-horizontale Arbeitsergebnisse erwarten. Ein Beamter hat Einfälle, hört etwas, verfolgt, wird angeschossen, flüchtet usf., zunächst völlig unabhängig von seiner Stellung im Planstellenkegel. Dieser Arbeitsweise im Kriminaldienst würden Planstellen auf gleicher Ebene entsprechen. Wir haben das wirtschaftlichste Arbeitsergebnis, wenn wir die Hierarchie in eine solche Symmetrie gleicher Planstellen auflösen.

BEAMTER: Das ist überhaupt nicht zu bezahlen. Ich schlage vor, bei dem alten Planstellenkegel zu bleiben und durch zusätzliche Fortbildungskurse abzuhelfen.

F. HACKE: Das Resultat kann ich Ihnen ausmalen.

[Die Festrede] 125 Jahre Polizei. Der Festredner, Abgeordneter Kellermann, sortiert seine Notizen für die Festrede: Vor 1848 Konstabler, Stadtbüttel, dann plötzlich ein organisatorischer Fortschritt: Stadtpolizei, seit 1849 (heißt das im

---

14 So Jungwissenschaftler Jeschke. Magistratsdirektor Meyer: »Falsch! Die Beamten lernen, indem sie Fortbildungs- und Abendkurse sowie die nächsthöhere Polizeischule besuchen.«

Sinn der Konterrevolution?). Notizen von Kellermanns Landtagsassistenten:
für Kaiserreich: Einsätze gegen Streiks; Weimarer Republik: Einsätze gegen
Nationalsozialisten und revoltierende Arbeiter. Der Parteitag der KPD 1924
in Frankfurt. Von der Polizei unbemerkt. Der Beamte **Zimmermann**, der einem Nationalsozialisten auf dem Pflaster den Schädel zertrümmert und jetzt
1933 die Bestrafung erhält. Der Beamte **Lobkowitz**, der März 1933 den Sozialdemokraten Otto tödlich verletzte und jetzt vor der Spruchkammer 1948 diesen Vorfall erklären soll. Der Beamte **Möllemann**, der im Dienst der Alliierten
sich 1947 unbestechlich verhielt, 1952 aus dem Polizeidienst entlassen. So, dies
muß jetzt in die Form einer Festrede gegossen werden (humorvoll, etwas aussichtsreich . . .) Das unangenehme Referat hält schon der Vertreter der Gewerkschaft der Polizei. Notiz des Polizeiredakteurs:»Eindeutiges Rückgrat
der Festveranstaltung immer wieder die Polizeimotorradstaffel und die Poli-
zeireitertruppe. Daneben Polizeimusikkorps – Hundestaffel, die ein Handball-
spiel der Hunde (Schnauzball) ausführte.«

F. HACKE: Wären die polizeilichen Aufgaben mit den Mitteln der Musik, der
    Hunde-, Reiter- und Motorradstaffel zu bewältigen, hätten wir keine Krise.

MINISTERPRÄSIDENT (beeindruckt von der Veranstaltung): Warum kann die
    Polizei nicht so bleiben, wie sie ist? Das ist doch ganz schön.

F. HACKE: Weil der Gegner seine Mittel wechselt.

MINISTERPRÄSIDENT: Immer diese Sprüche. Wenn ich meine hessische Poli-
    zei wieder einmal so sehe, diesen hervorragenden Kopfstand auf fahrendem
    Motorrad, die große Zahl der Funkwagen, die hier Kunstfiguren gefahren
    haben, auch neulich diese Geländeübung bei Weilburg, dann habe ich einen
    Augenschein. Sie dagegen können mir überhaupt nicht angeben, was Sie un-
    ter »gewandelter Situation« und »veränderter Gesellschaft des 20. Jahrhun-
    derts« sich vorstellen.

PERSÖNLICHER REFERENT DES MINISTERPRÄSIDENTEN: Sie meinen,
    Frankfurt steht immer noch am alten Platz und rückt da auch nicht weg.

MINISTERPRÄSIDENT: Genau. Man muß die Einzelheiten weglassen und
    sieht das dann im großen.

[Sofort-Umschalter Loeser] Kriminalobermeister Loeser: Charakter ist nicht
Natur, sondern Ergebnis eines Lernprozesses zwischen den Fronten. Zwischen
diesen Fronten Verbrechen – Rechtsstaat läßt sich Loeser nicht zerstückeln. Von
oben wird der entschlossene Beamte, der im ersten Angriff einen Täter anfaßt,
falls es zu körperlichen Schädigungen oder Todesfällen kommt, nicht gedeckt.
Gegenüber den Tätern oder Tätergruppen andererseits, die ihn anzugreifen
versuchen, wird der Beamte ebenfalls nicht geschützt. Einige Kollegen haben

wichtige Körperteile oder ihr Gesicht verloren, mußten den Rückzug antreten. Kümmelmann wurde nach Schußverletzung der Oberschenkel amputiert. Loeser hat aus seinem Charakterbild die Varianten »zahm, vernünftig« ausgegliedert. »Seinen Kopf im rechten Moment verlieren, um die Glieder zu retten.« So hat er sich den Ruf eines Schnellschießers erworben. Dieser Ruf verhindert Loesers Aufstieg in eine Kommissarplanstelle, aber er sichert ihn auch gegen Tatendrang der Täter. Sie überlegen sich zweimal, soweit sie ihn kennen, ob sie ihn angreifen, wenn keine Zeugen da sind. Loeser hofft nur, daß keine Irren oder völlig Uninformierten auf ihn stoßen.

In einem Hinterhof der Moselstraße hat eine Tätergruppe die Ausweiskontrolle verweigert und umdrängt Loeser sowie dessen Kollegen Smetana. Mit vier gezielten Schüssen gewinnt Loeser Freiraum. Smetana und Loeser begeben sich sofort zum Clubstudio Luxemburg, Münchner Straße; der Geschäftsführer stellt die Lokaluhr auf Anforderung Loesers eine Viertelstunde zurück; sie zeigt jetzt 8 Minuten vor der Tatzeit. Loeser und Smetana verhalten sich »auffällig«. Dies ist ein hervorragendes Alibi. Die Schüsse sind aus einer nicht registrierten Privatwaffe Loesers abgeschossen. Auf Smetana kann er sich verlassen. Der wirkliche Sachverhalt (1 Toter, 3 Verletzte bei vier Notwehrschüssen) könnte auf dem amtsjuristischen Weg im Polizeipräsidium zu Loesers Ungunsten ausgelegt werden. Die konstruierte Geschichte, von Loeser, Smetana, Geschäftsführer und Gästen des Studios bezeugt, ist hieb- und stichfest. Am folgenden Tag Katastrophenstimmung in Presse und Polizeipräsidium. »Einer der verletzten Täter ist im Krankenhaus gestorben«, also 2 Tote. Wer schoß, bleibt unklar; vermutlich das organisierte Verbrechen: Loeser, der unterhalb der Katastrophe weggetauchte Beamte (nichts ist so überlebensfähig wie das Konstruierte).

[Wer ist der Gegner?] Kommissar Mielke führt eine Gruppe jüngerer Beamter an den Kiosk Moselstraße; an sich hat er mehr Angst vor diesen jüngeren Kollegen, die auf Schwächen ihres Vorgesetzten lauern, seine Planstelle zu ergattern suchen, als vor gewissen Verbrechern, die ein natürliches Interesse haben, Mielke, wenn er wie ein »Chefarzt mit Begleitung« Nachschau hält, aus dem Wege zu gehen.

[Der dezisionistische Peters] »Daß man einen dezisionistischen Anfang macht, in der Hoffnung, daß sich nach gelungener Tat für die entstandenen Kosten retrospektiv Rechtfertigungen schon finden werden.« Kriminalkommissar Peters hat z. B. am Vorabend entschieden, daß der in Bahnhofsnähe aufgegriffene Täter, der sich als Hilfsarbeiter Munke aus Melsungen ausgibt, der gesuchte Waffenhehler Schubert ist. Mit den Kollegen Sommer und Fritze, denen Peters vertrauen kann, hat er den Täter in einem Kellerraum des Mietshauses, in das seine Aufklärungsgruppe eingemietet ist, in weiche nasse Lappen gewickelt und auf diese Weise – ohne Wunden zu verursachen – die Wahrheit herausgeschlagen. Daß dieser angebliche Hilfsarbeiter nicht nach einem Anwalt verlangt, was an sich sein Recht wäre, scheint Peters eine Zeitlang eine Bestätigung seines Verdachts: denn dann wäre es Schubert, da ein Hilfsarbeiter nicht auf den Gedanken kommt, einen Anwalt zu rufen (typischer Mangel an Vertrauen in die Rechtsverfolgung); um sich nicht als Schubert zu verraten, der selbstverständlich einen Anwalt verlangen würde, verlangt also dieser Schubert nicht nach einem Anwalt. Das ist schlau, aber zu schlau, um Peters zu täuschen.

Nach 48 Stunden wird der Hilfsarbeiter dem Untersuchungsrichter vorgeführt. Er kommt (weil er zwar an sein Recht im allgemeinen, nicht aber an dessen Verwirklichung durch den Untersuchungsrichter glaubt) gar nicht auf die Idee, die Quälereien zu erwähnen. Die Untersuchungshaft wird aufrechterhalten. Wenig später melden sich Angehörige des Hilfsarbeiters, die ihn identifizieren. Für Peters ein Fehlschlag, der die Gefahr, in die er sich bringt, wenn er unzulässige Verhörmethoden anwendet, nicht aufwiegt. Zusätzliche Kosten: die Mühe und Nervenkraft, ein solches Verhör 6 bis 8 Stunden durchzuhalten und dabei immer logisch zu bleiben. In anderen Fällen hatte Peters mit den gleichen Methoden Erfolge.

[Nadelöhr-Nölte] Kriminalrat Nölte, aus Angst, als altes Eisen zu gelten, hielt in seiner Abteilung straffste Disziplin. Keine Ermittlungshandlung, kein Schreiben nach außen erfolgt ohne seine Genehmigung. Diese gibt er am liebsten schriftlich, da sich mündliche Genehmigungen durch Auslegung erweitern lassen. Die Antworten auf die Schreiben und jedes Ermittlungsergebnis ist wiederum ihm vorzutragen. Für eine Erhöhung der Arbeitsleistung der Abteilung sorgt er durch strenge Kontrollen: die letzte halbe Stunde vor Dienstschluß und die erste halbe Stunde des Dienstantritts finden ihn auf den Fluren, an die die Diensträume seiner Untergebenen angrenzen, auf Spürgang. Er erteilt strenge Verweise, fordert zu erhöhter Arbeitsleistung auf, droht wiederholt mit Nichtaufstieg oder Entlassung aus dem Polizeidienst. Die notwendige Zeit für einen so scharfen Kontrollstil hat Nölte an sich nicht. Oft leidet er unter Bronchialkatarrh, Lungenentzündungen, muß das Bett hüten. Nur wenige Stunden vermag der schwächliche Körper eine konzentrierte Arbeitszeit auszufüllen. Nölte ist oft abwesend, Tagungen; er fürchtet, daß Kollegen anderer Präsidien auf überregionaler Basis ihm den Rang ablaufen, eine völlig neue Richtung der Kriminalistik könnte entstehen, zu der Nölte den Anschluß verliert. So staut sich die von Nölte streng geforderte Arbeitsmasse seiner personell überbesetzten Abteilung vor seinem Dienstraum in den wenigen

Stunden, in denen er in seinem Dienstzimmer sitzt (abzüglich der Stunden, in denen er sich nicht arbeitsfähig fühlt). Durch dieses Nadelöhr muß der Arbeitsfluß hindurch; die Überlastung schwächt Nölte, verengt dieses Nadelöhr zusätzlich. Die jungen Mitarbeiter fühlen sich in diesem Desorganisationsnetz wie Strafgefangene. Magenschmerzen, Zweifel am Beruf. Nöltes Antwort auf Klagen: »Wenn ihr affig werdet, reiße ich euch die Köpfe ab.« Ein wegen dieser Äußerung angestrengtes Disziplinarverfahren gegen Nölte wird eingestellt: der Disziplinarkammervorsitzende: »Der Ausdruck ist ungewöhnlich, aber nicht beleidigend.«

Die Kriminalmeister Tigges und Ortlieb verhören eine Beischlafdiebin, die aus dem Lungenheilzentrum Marburg entwichen ist; ein Fall akuter Bronchitis, verursacht durch offenbar bereits penicillinresistente Pneumokokken. **Pflichtgemäß** führen sie die Beschuldigte dem lungenempfindlichen Nölte zu. Der gründliche Nölte verhört 4 Stunden lang die Halbtote. Nölte hat sich angesteckt. Er verstirbt 2 Wochen später in der Universitätsklinik.

[**Mangelkrankheit Menschenmangel**] Aus vorangegangenem Tun leidet Kriminalobermeister Bingel an Kontaktmangel (hat sich durch Ausbildung und Blitzkarriere ausgepowert); so ist der Aufenthalt im Massagesalon Elly für ihn etwas Sensationelles, Lebensnotwendiges. Er erhält hier eine Tasse Kaffee, darf so lange sitzenbleiben, wie er will. Der Betrieb, die vielen hin und her rennenden Menschen. Hier vertrödelt er seine Dienststunden. Als die Bande, zu deren Einzugsbereich dieses Etablissement gehört, ihn dann erpreßte, überließ er sich diesem »Bund«. Mit der Treue, der er sich früher in seinem grenzenlosen Kriminalberuf überließ, recherchierte er jetzt im Präsidium für die Gruppe, die ihn emotional versorgte. Er gefährdet so die (in aussichtsloser Ferne liegende) Pension. Aber er erhält Zufuhr in der Jetztzeit. Insofern riskiert er in Wirklichkeit nichts. Geht die Pension verloren, so trifft ihn kein wirklicher Schaden, da er, selbstmordgefährdet, im Kriminaldienst das Pensionsalter ohnehin nicht heil erreicht hätte[15].

[**Treue um Treue**] »Der starke Onkel«, Nuttenvater Kommissar Pfuller, nahm regelmäßige Zahlungen vom Syndikat entgegen. Als der »fesche Hilpert«, ein

---

15 Ganz anders reagiert Obermeister Hitzer, den eine hübsche Beauftragte des Syndikats, die sich als Literatur-Studentin ausgab, zu einem Geheimnisverrat veranlaßt hat. Hitzer: »Ich habe mich an den Teufel verkauft, es lohnt nicht, weiterzuleben.« Da die Todesstrafe für den Verrat von Dienstgeheimnissen ungesetzlich war, nahm er Gift. So sehr hing er an der Pensionssicherung, daß er diese Sicherheit, die jetzt durch Verrat hinfällig wurde, nicht aufgeben konnte; er wollte diesen Gedanken gar nicht erst fassen.

besonders ehrgeiziger jüngerer Kommissar, den Salon Tilda mit angeschlossenem Vermittlungsnetz aufdeckte – die Beamten zerdepperten die gesamte Einrichtung –, kam es zum Bruch. Hilpert verdächtigte Pfuller, der den ihm schutzbefohlenen Salon keineswegs im Stich lassen wollte, des Zusammenspiels mit der Organisation. Er hatte von einzelnen Individuen Tips hierüber erhalten. Pfuller konnte hier nicht nachgeben. Es wäre durch ein gentlemen agreement mit Guthermut möglich gewesen, Pfuller aus dieser Sache herauszuhalten, denn das Syndikat hatte durchaus ein Eigeninteresse, Pfuller in seiner Dienststellung zu erhalten. Aber der Salon Tilda, die Freunde hätten gefährdet werden müssen. Pfullers Loyalität war gemeint. Es lief darauf hinaus, daß Polizeipräsident F. Hackes Nachfolger die Streithähne Pfuller und Hilpert gleichmäßig zwangspensionieren mußte. Der Fall ließ sich nur noch vertuschen, nicht lösen.

Die Jungwissenschaftler Jeschke, Fellermeier und F. Dose

Aus einem Sonderfonds der Landesregierung bezahlt, in einer Mietwohnung Savignystraße 46 untergebracht, haben die Jungwissenschaftler Jeschke, Fellermeier und F. Dose eine Schnellstudie zusammengestellt: »Kriminaldienst und Verbrechen« (640 Seiten). Wesentliches Ergebnis:

[Vier Gruppen im Kriminaldienst:]
1. Gruppe: **Operateure, Dezisionisten**[16]. »Schnell-Entscheider, die, wegen erheblicher Zweifel am polizeilichen Endsieg, rasche, technisch einwandfreie

16 F. Dose: Ist die Wortwahl »Dezisionist«, an ästhetischen Kriterien gemessen, denen auch unsere wissenschaftliche Arbeit unterliegt, nicht etwas ungelungen? Jeschke: Ich würde sie gerade poetisch für treffend halten. Fellermeier: Ich stimme zu. Nehmen Sie z. B. Adalbert Stifter, Nachkommenschaften, Berlin 1947, S. 7: »Am Rande des Waldes dann, vor den Trümmern eines alten Ritterschlosses, vor getürmten Felsen, vor gedehnten Ebenen, am Gestade des Meeres, in Grotten und grünblauen Eishöhlen der Gletscher, vor einzelnen Bäumen, Ruinen, Wässerlein, Waldpflanzen sind solche, welche sich bestreben, die Dinge, die sie da sehen, mit Farben auf ihre Leinwanden zu bekommen.« Man könnte noch Blumen hinzufügen, z. B. eine Rose. Dies alles existiert nicht in der Metropole. Vor unserem Blick erscheint Asphalt (obwohl auch das schon eine Phrase ist, eher: Baustellen, eine Stahlbrücke usf.), Verwaltungs- und Bankgebäude, zum Abriß fertiggestellte, mit Sackplanen verhängte ehemalige Villen, zum Einsatz bereitgestellte Polizeikraftfahrzeuge, die beruhigende Kette der jährlichen Haushaltsfortschreibungen nach einzelnen Kostenstellen, eine nette, handliche Kasse mit Briefmarken, Kleingeld, Abrechnungsunterlagen nebst der mit Haushaltsmitteln vermischten schwarzen Kasse, das Dienstzimmer, hier auch wieder die eine oder andere Topfpflanze – und in diesem Zusammenhang:

Teilaktionen realisieren, mit der Fähigkeit, sich aus einer eventuellen Katastrophe jederzeit auszugliedern« (Jeschke).

2. Gruppe: **Rechts- und Wahrheitssucher.** »Diese Gruppe will den Sinn ihrer beruflichen Arbeit gewaltsam sicherstellen.« Hiervon abgespaltene Untergruppe: Schule der Skeptiker, mit Nullperspektive, stellt den Apparat über die nach ihrer Ansicht unmögliche Realisierung von Sinn, »der Sinn ist der Apparat«. Aus dieser Gruppe rekrutiert sich der Nachwuchs für die Führungsstellen (Fellermeier).

3. Gruppe: **Verletzer der Nebentätigkeitsverordnung:** Wegen Sinnmangel, Unterbezahlung weder zu Gruppe 1 noch zu Gruppe 2 zählend. Polizeiliche Intelligenz, die Teile ihrer Arbeitskraft in Form von Nebentätigkeiten zu verwerten sucht. Als Abnehmer dieser Freistunden kommt auch das organisierte Verbrechen in Frage. »So begegneten wir denselben Beamten, die im Präsidium das Verbrechen bekämpfen, als Berater verschiedener Organisationen.« (F. Dose)

4. Gruppe: **Blindschleichen:** Die Masse der Beamten, außerhalb der Elitekommandos, unentschieden zwischen den Fronten der Gruppen 1 bis 3. »Zwischen Angriffslust und Furcht fällt der Soldat in Schlaf.« (Fellermeier) Zusatz F. Dose: Stark leidend, eigentliche Erscheinung des Polizeipräsidiums, »als ungeheure Sammlung einer Nicht-Ware«, d. h. von Konfliktstoff.

[**Verbrechen und Polizei sind »optimierend verzahnt«**]

F. HACKE (auf Kurzbesuch bei den Jungwissenschaftlern): Das ist ja ein ganz schönes dickes Werk geworden.

F. DOSE: Wir haben uns viel Mühe gegeben.

F. HACKE: Und was soll das hier heißen: »Verbrechen und Polizei sind optimierend verzahnt«?

F. DOSE: Sie sind Gegensätze.

F. HACKE: Aber wieso verzahnt?

F. DOSE: Die ziehen sich als Gegensätze an.

F. HACKE: Das ist doch wohl ein Witz.

FELLERMEIER: Sehen Sie, Herr Präsident, das Verbrechen ist in seinen Zielen verfassungskonform, es hat keine anderen Ziele als diejenigen, die die Gesellschaft insgesamt bestimmen.

Dezisionisten. F. Dose: Und Sie würden darin nicht eine poetische Verarmung sehen? Jeschke: Auf keinen Fall. Die Wortauswahl steigt rein quantitativ und damit auch qualitativ. Sie steigt einfach mit der Konzentration und Masse der Gegenstände. Sie wollen doch nicht behaupten, daß in der Metropole weniger Gegenstände herumstehen als in einer landwirtschaftlichen Gegend oder einer Kleinstadt? F. Dose: Sie wissen genau, daß ich so etwas Unsinniges nicht behaupten würde.

F. HACKE: Das würde ich als alter Polizeipraktiker glatt abstreiten.

F. DOSE: Das Verbrechen ist zielmäßig gesellschaftskonform, da es wie jeder andere Betrieb die Aneignung von Werten ins Auge faßt, nur eben mit **Methoden,** die von den Normen der Gesellschaft abweichen.

F. HACKE: Aha.

FELLERMEIER: Die Polizei dagegen hat Ziele, die nicht gesellschaftskonform sind.

F. DOSE (rasch): Dafür ist sie aber in ihren Methoden verfassungskonform; ich verweise auf den Grundsatz der »Verhältnismäßigkeit der Mittel«. Sie strebt verfassungsfeindliche Ziele mit gebremsten Mitteln an, dadurch kann sie sich halten.

F. HACKE: Nun machen Sie aber einen Punkt. Das ist *Ihre* Theorie.

F. DOSE: Nein, das ist herrschende Lehre. Würde die Polizei ihre Ziele durchsetzen, z. B. gesellschaftliche Ansprüche auf Recht, Wahrheit, sinnvolles Verhalten aller Einzelnen verwirklichen, so würde sie in einer Gesellschaft, deren Verfassung durch die Durchsetzung unverbundener Interessen bestimmt ist, als Fremdkörper erkannt.

F. HACKE: Das wird ja immer schöner. Das haben Sie mit Hilfe von Steuermitteln eruiert?

FELLERMEIER: Glauben Sie uns, es ist wirklich so. Wir sprechen hier vom Ernstfall. Wäre die Polizei in der Lage, ihre Ziele zu verwirklichen, so müßte das Verbrechen nur auf seine **Methoden** verzichten. Es wandelt sich dann zurück in einen »eingerichteten und ausgeübten Gewerbebetrieb« und bietet so für den Polizeiapparat kein Feindbild. Umgekehrt: wenn das gesellschaftliche Interesse an der Aneignung von Werten seine Ziele rücksichtslos verwirklicht, müßte der Polizeiapparat als Störer verschwinden. Im Ernstfall ist deshalb nicht das Verbrechen, sondern die Polizei der Gejagte.

JESCHKE: Wir wissen selbstverständlich, daß die Polizei ihre Ziele mit gebremsten, verfassungskonformen Methoden gar nicht durchsetzen kann. Deshalb kommt es auch nicht zu diesem Ernstfall. Sie könnte ihre Ziele nur durchsetzen, wenn sie Mittel gebrauchte, die nicht gesellschaftskonform sind. Die Polizei wird »verbrecherisch« in dem Maße, in dem sie das Verbrechen tatsächlich in die Legalität zurückdrückt. Dann ist die Polizei aber nicht nur in ihren Methoden, sondern auch in ihren Zielen als Feind der gesellschaftlichen Verfassung identifiziert.

F. DOSE: Was wir damit sagen wollen: die Polizei kann in dieser Sache nicht gewinnen.

F. HACKE: Und das steht hier alles auf diesen 640 Seiten?

JESCHKE, FELLERMEIER, F. DOSE: Ausführlich begründet.

Diese Sachdarstellung der Jungwissenschaftler wird selbstverständlich von der Polizeiführung nicht geteilt. Amtsjurist Meyer: »Abwegig.« Nach Abfassung der Schnellstudie verfügten die Jungwissenschaftler Jeschke, Fellermeier und F. Dose noch über wesentliche Teile des ihnen zugeteilten Sonderfonds.

F. DOSE: Was machen wir jetzt?

JESCHKE: Das frage ich Sie.

FELLERMEIER: Wir organisieren 150 Journalisten und verschaffen unserer Studie einen Öffentlichkeitsdurchbruch.

F. DOSE: Von den 1,2 Millionen DM, die wir noch an Haushaltsmitteln zur Verfügung haben, könnten wir uns einige Jahre ruhig ernähren, wenn wir so tun, als müßten wir noch weiterforschen.

FELLERMEIER: Aber für unsere Selbstachtung ist es besser, wenn wir damit den Durchbruch finanzieren. Wir hängen nicht an unseren Planstellen.

F. DOSE: Nein, bestimmt nicht. Wir bekommen andere.

Diese Pressearbeit änderte sowohl die bisherige Beurteilung der Jungwissenschaftler durch den Verbrechensorganisator Guthermut wie durch den Polizeipräsidenten. F. Hacke: »Bis dahin war ich davon ausgegangen, daß man eine solche Studie von 640 Seiten (kein Laie hat die Ausdauer, diesen Band gründlich durchzulesen) in ihrer Auswirkung nicht überschätzen darf. Jetzt lesen wir das anders.«

GUTHERMUT: »Das Mietshaus, in dem diese grauen Mäuse eine Wohnung benutzen, haben wir aufgekauft. Ich sehe es als eine Wettbewerbsverzerrung an, wenn diese einseitigen Sachdarstellungen auch noch aus öffentlichen Mitteln subventioniert werden. Jetzt müssen die erst einmal eine neue Unterkunft suchen, das beschäftigt sie für ein bis zwei Wochen. Anläßlich des Umzuges organisieren Sie, Herr Wülke, mit Ihrer Schlägertruppe einen Denkzettel; außerdem könnte man die gesamten Unterlagen, Bücher, Recherchen, Ergebnisse usf., vernichten.«

F. HACKE, Polizeipräsident: »Gegen eine ordnungsgemäße Kündigung können diese Mitarbeiter, die ja unserem Haus nicht direkt unterstehen, nichts unternehmen. Eine Ersatzwohnung haben wir nicht. Auf ihre körperliche Integrität pausenlos aufzupassen ist sicher eine Überforderung unserer Behörde. Persönlich hat mich diese Pressekampagne (unter Einschluß von Flugblättern, Zettelverteilen unter den Kollegen usf.) begeistert. Aber als Leiter dieses Polizeiapparats kann ich die damit verbundene Zersetzung nicht fördern. Wahre Tatsachen sind: ›der **Mörtel** eines noch werdenden Baus, der **Kitt,** der die auseinanderstrebenden Teile künstlich klebt, der

Sprengstoff, der dieses Ganze beim ersten Funken zerreißt.‹ Sie sehen, lieber Meyer, daß ich mein radikales Pensum durchaus noch beherrsche. Unter diesem ein und denselben Wahren kann ich jedoch in meiner Stellung im Apparat nur den einen Aspekt: den Kitt, abnehmen – immer gesprochen als Leiter dieser Behörde. Das Verfahren ist technisch ganz einfach: die Gruppe hat Haushaltmittel zweckentfremdet. Ich werde mit dem Haushaltssachbearbeiter reden und eine rasche Prüfung durch den Landesrechnungshof veranlassen.«

F. Dose, Jeschke, Fellermeier, nach längerem Klinikaufenthalt (Schürfwunden, Glieder gebrochen, sie haben versäumt, sich aus den Etatmitteln eine Leibwache zu halten), werden auf Rückerstattung der unter Verstoß gegen die Zweckbindung sowie gegen das Gebot wirtschaftlicher Verwaltung verausgabten Mittel (sie haben versäumt, sich aus den Etatmitteln einen Anwalt sowie einen rechnungsprüfungserfahrenen Sachbearbeiter zu finanzieren) verklagt. Ratenzahlung steht ihnen offen.

[Die Kriminalkommissare Loebe, Pfaul und Dickerchen Baade, programmiert auf den Ernstfall] Diese befreundeten Kommissare nehmen den **Treuetausch im Beamtenverhältnis** ernst. Sichert sie dieses Verhältnis bis ans Lebensende, so kennen sie auch ihrerseits keine Kompromisse.
F. Hacke: »Mein Polizeiapparat produziert eine unverkäufliche Ware. Loebe, Pfaul und Baade produzieren jedoch Ergebnisse, ohne Rücksicht auf die begrenzte Absetzbarkeit dieser Produkte.«
Als sich herausstellt, daß Kriminalrat Palm einige Blätter aus der Disziplinarakte des Kollegen Fröge entfernt hat, bestehen Pfaul und Baade auf der Entlassung dieses Vorgesetzten. Daß Hauptmeister Funger mit einem Polizeiknüppel im Rachen eines aussageunwilligen »Politischen« herumstocherte, um den Verunsicherten (er meinte zu ersticken) zu einer Aussage zu bewegen, ermittelten Loebe und Baade, ohne einen Auftrag hierzu zu haben. F. Hacke: »Insofern liegt in ihrem Verhalten immer eine Nötigung, ja eine versuchte Erpressung gegen den Apparat. Die übertriebene Rechts- und Wahrheitsliebe meiner Beamten ist nur eine andere Form von Gewalttätigkeit. Die machen es sich mit ihrer Ernsthaftigkeit bequem. Statt sich mit einer gewissen Sinnlosigkeit ihres Tuns abzufinden, versuchen sie, Sinn herauszupressen. Dies ist die Haltung von Steinzeitmenschen.«
Tatsächlich waren Loebe, Pfaul und Baade auf dem Wege, ihrem Beruf einen Sinn zu verschaffen: »Wenn man den Menschen ganz vernichten, erdrücken wollte, ihm eine Strafe auferlegen, vor der auch der fürchterlichste Mörder von vornherein erschaudern würde, brauchte man nur der Arbeit den Charakter der völligen, absoluten Nutzlosigkeit und Sinnlosigkeit zu geben.«

[Tugend-Bund Müller, strafversetzt zur politischen Polizei] Es ist notwendig, sagt Kriminalpolizist Müller, sich in diesen Gegner hineinzuversetzen, andernfalls verstehen wir ihn nicht und haben dann auch keine Ermittlungserfolge. Dieses Sichhineinversetzen, Müller liest auch in seinen freien Stunden gründlich die Traktate, Standard-Bücher, Schriften der verschiedenen Gruppen, die zur Verfolgung anstehen, hat ihn zu einer eigenartigen Überzeugung gebracht: daß die politischen Verbrechen nur bekämpft werden können durch die aktive Entwicklung einer Politik, die Müller als »Volks-Politik« bezeichnet. Dies fordert einen Staatsstreich, ja, die radikale Veränderung der Gesellschaftsverfassung. Müller weiß, daß die von ihm vertretene Ansicht, die im gesamten Polizeiapparat zunächst nur von ihm, d. h. von einer einzelnen Planstelle, ausgeht, ihn sogleich zum Gegenstand der Verfolgung durch alle übrigen Beamten seines Ressorts machen müßte. Nur als Feind dieses Referats sieht er sich in der Lage, die Aufgaben dieses Referats »mit Sinn« zu verwirklichen. Dazu muß er seine Absicht vor allem **tarnen**.

[Aus Skepsis sich selbst gegenüber hat er Selbstmord bisher vermieden] F. Hacke, Polizeipräsident, bog den Zeigefinger, daß es ein wenig schmerzte, aber nicht so sehr schmerzte, daß es vielleicht schädlich gewesen wäre, dann sah er mit seinen schmal geformten blauen Augen in das krasse Fensterlicht, bis sich Wasser in den Augen sammelte, aber ebenfalls so, daß sich keine Augenschäden ergeben konnten. Deshalb sah er auch wieder auf die Farbwände des Raumes; so überbrückte er die besonders langweiligen Vorträge des Schulungsvormittags, dem er als Amtschef präsidierte. Er erfährt: »... wohlmeinende, ethisch hochgreifende, aber juristisch belanglose Begriffe an denen es im Grundrechtsteil des Grundgesetzes nicht fehlt, erweitern den Grundrechtsschutz nicht nur nicht, sondern sind ihm abträglich, weil sie verbauen.« In dieser Art ging es schon den ganzen Vormittag. »Leitbilder, wie die Unantastbarkeit der Menschenwürde oder die zwar ›gemeinschaftsgebundene‹, aber sich dennoch ›frei‹, ›eigenverantwortlich‹ und ›autonom‹ ›entfaltete Persönlichkeit‹, sind, abgesehen vielleicht von dem äußersten Grenzbereich brutaler physischer Vergewaltigung und Existenzvernichtung (Folter, Gaskammer), keine Leitbilder im Sinne zuverlässiger, eindeutiger Handlungsanleitung. Sie sind Leerformeln.« Der Polizeipräsident hungerte nach sinnlicher Wahrnehmung. F. Hacke ist Wahrheitssucher.[17] Seine Wahrheitssuche reduziert sich heute zuständigkeitshalber auf die Frage, ob im Keller der Bockenheimer Landstraße 113 Tippelbrüder und Hascher lagern. Er wandte sich an den neben ihm sitzenden Ersten Pressesprecher der Polizei: »Ist die Stafette mit dem neuesten

---

17 »Das Leitbild des Aufklärers im Sinne des 18. Jahrhunderts ist der Detektiv.«

Flugblatt des Häuserrats schon da?« Erster Pressesprecher: »Nein, noch nicht.« Eine Woche später hatte F. Hacke sein Amt verloren. Er führte seinen Nachfolger kurz ein.

F. Hacke: »Ich übergebe Ihnen die Frankfurter Polizei. Wenn dieses empfindliche Instrument eingesetzt wird, zerbricht es. Mit Sicherheit bei bürgerkriegsähnlichem Zustand; ebenfalls bei einem vollen Eigentumsschutz, der mit unseren Mitteln nicht durchsetzbar wäre. Besitzen wir Erkenntnisse, so müssen wir nach dem Legalitätsprinzip auch praktisch vorgehen. Deshalb ist es oft besser, wenn Erkenntnisse in den Apparat gar nicht erst eindringen. Etwas nicht erfahren ist für den Apparat günstiger als zuviel erfahren. Sie müssen hier einen Abwehrmechanismus beachten. Ebenfalls riskant ist ein offensives Vorgehen gegen das organisierte Verbrechen. Wir haben dafür nicht den erforderlichen Planstellenkegel. Schlagen Sie aber in unvollständiger Weise zu, so haben Sie nicht mehr ein organisiertes Verbrechen vor sich, sondern ein atomisiertes. Damit können Sie nicht mehr umgehen. Es ist mir rätselhaft, wie Sie vorgehen wollen. Wenn Sie forsch vorgehen, zerstören Sie das Instrument, das ich Ihnen hiermit übergebe.«

Sechs Jahre später:

Der gejagte Kriminalkommissar

I

In der Stadt hat das organisierte Verbrechen die Herrschaft ergriffen. Jeder höhere Polizeibeamte hatte in den vergangenen zehn Jahren irgendwann eine schwache Stunde, die ihn der Erpressung öffnet. Gangster, ohne Vorstrafen, mit juristischer Vorbildung sind in den Polizeiapparat eingesickert. Sie koordinieren die Parallelarbeit zwischen Polizei und Gangstersyndikat, die darauf beruht, daß die beiderseitigen Ordnungskräfte einander sorgfältig aus dem Wege gehen.

Auch zahlreiche kleinere Beamte sind empört über ihre mageren Gehälter, die zwischen A 9 und A 13 liegen, 30 DM Spesenersatz **im Monat.** Diese geringe Ausstattung macht sie empfänglich für kleine Gastgeschenke.

Auch die freie Wirtschaft braucht das Verbrechen. Bewaffnete Fachintelligenz, wie sie heute nur in Verbrecherkreisen ausgebildet wird, schützt vor Industriespionage sowie vor Übergriffen der Werktätigen.

In dieser von Verbrechen korrumpierten Stadtlandschaft existiert auch die Gegenbewegung: der reine Idealismus. Die Kriminalkommissare Pfaul, Loebe und Baade haben sich miteinander verbündet. Sie glauben an den Sieg des Rechts.

Nach mißlungener Aufklärung zweier Morde gelingt ihnen die Verhaftung von Syndikatsmitgliedern anläßlich der Beschlagnahme von 5 Hektolitern Rauschgiftsoße. Sie werden in der Besoldungsskala heraufgestuft, in der Presse herausgestellt. Als Stars der Polizei stehen sie nunmehr unter Leistungsdruck. Ihnen aber geht es ausschließlich um den Dienst an der Bevölkerung, an der Aufrechterhaltung ihrer Ideale.

Wie wird man so idealistisch? Loebes, Pfauls und Baades Sehnsucht konzentriert sich in der Berufsperspektive. Sie haben einen langen, entbehrungsreichen Ausbildungsgang absolviert, sie sind hart geschliffen worden, haben nicht gelebt. Alles dies wäre nachträglich sinnlos, wenn die Berufsperspektive ihren Sinn verlöre. (»Auch die an der Ostfront gefallenen Kameraden von den Polizeieinheiten leben davon, daß dieser Kampf letztendlich einen Sinn hatte.«)

Was heißt Kampf ums Recht?»Gerecht ist, was dem Recht gemäß ist. Gerecht ist insbesondere, was der Idee des Rechts entspricht. . . . Hier tun sich abgrundtiefe Fragen auf« (Schmelzeisen, Recht und Rechtsdenken, Bern 1968, S. 27). Baade fügt hinzu:»Wir müssen das Recht, für das wir kämpfen, negativ bestimmen. Das, was wir nicht mehr auf irgendwelche Verrätereien zurückführen können, hat den Anschein des Rechts für sich. Wenn einer z. B. eine Hose kauft und will sie nicht bezahlen, ist das Unrecht. Wenn einer einen anderen zwingt, eine Hose zu tragen, und ihm keine gibt, kann man das auch als Unrecht auffassen.« Loebe fügt hinzu:»Mit der Idee des Rechts kann man überhaupt nur in radikalster Form umgehen. Jede Milderung macht daraus Unrecht.« Pfaul ergänzt: »Letztlich geht es nicht um Rechtsbeziehungen, sondern um die Frage, wohin wir gehören. Es muß uns erlaubt sein, Farbe zu bekennen.«

II

Nach einem Mordfall, an dessen vollständiger Aufklärung sie von höherer Stelle gehindert werden, geraten Loebe, Pfaul und Baade mit der Syndikatsorganisation in Berührung. Seit sechs Jahren wird die Zentralorganisation des Syndikats vom Verbrecher Templer, Rechtsnachfolger Guthermuts, regiert, der durch seine Kenntnisse alle in Schach hält, durch seine besondere Brutalität sich Geltung verschafft hat, dessen Autorität Bedingung des Rechtsfriedens innerhalb des Gangstersyndikats ist. Sein Stellvertreter ist vor kurzem gestorben. Niemand wagt, einen neuen Boß oder einen neuen Stellvertreter zu wählen. Die Struktur des Syndikats ist radikal-pluralistisch; sie zerbricht, wenn die Führergestalt, auf die sich alle geeinigt haben, fortfällt.

Die drei verbündeten Kriminalbeamten wissen, daß sie die Krise im eigenen Hause, die, bei weiterer Entfaltung, die Zerstörung ihrer Ideale beinhaltet, nur

beseitigen können, wenn sie das Syndikat vernichtend treffen. In einer verzweifelt durcharbeiteten Nacht finden sie Gründe, den Gangsterchef Templer
zu einer Vernehmung vorzuladen. Dies geschieht entgegen der ausdrücklichen
Anordnung der Vorgesetzten. Während der Vernehmung erleidet Templer einen Herzanfall und stirbt. Die drei Beamten befürchten, 1. daß man ihnen Fol-
tereingriffe unterstellen wird, deren Folge der Tod Templers sei; 2. daß nach
Templers Wegfall die Ordnung des Syndikats zerbricht und in der dann möglichen anarchistischen Form das Verbrechen erst wirklich universell wird;
3. daß der bereits zersetzte Polizeiapparat diese Zerreißprobe nicht übersteht.
Andererseits zeigt sich eine einmalige Gelegenheit: Kommissar Baade, der
äußerlich Templer ähnlich sieht, wird durch kosmetische Operation in die
Lage versetzt, Templers Rolle zu übernehmen. Am anderen Tag wird der zu
Dickerchen Baade chirurgisch umgearbeitete Templer als ein während einer
Vernehmung erschossener Polizeibeamter beerdigt. Der falsche Templer hat
ein volles Geständnis abgelegt. Er wird durch einen korrupten Untersuchungs-
richter freigelassen.

Aber alle List ist vergebens. Als Baade (in der Rolle Templers) nach drei Tagen
Untersuchungshaft entlassen wird, ist die Situation grundlegend verwandelt.
Baades Mitkämpfer, Loebe und Pfaul, sind erschossen worden. Dies erfährt
Baade, als er von den Syndikatsmitarbeitern in die Zentrale des Syndikats ge-
bracht wird. Die Nachricht vom Tode seiner Freunde trifft ihn in einem Mo-
ment, in dem er Maske wahren muß.

Auch alle Selbstbeherrschung nutzt nichts. Die engsten Vertrauten Templers
haben Baades Rolle längst durchschaut. Sie wissen, daß es sich nicht um Templer handelt. Sie sind jedoch darauf angewiesen, an dieser Fiktion festzuhalten.
Templers Autorität muß leben, weil andernfalls ein Kampf aller gegen alle um
die Macht im Syndikat ausbräche. Sie zeigen Baade als Templer im Hauptquartier vor. Sie können ihm jedoch nie trauen, da er selber keineswegs krimi-
nell ist.

Absicht der Sekretäre des Syndikats ist es, Baade zu isolieren, ihn zu beseitigen
und durch einen Statisten zu ersetzen. Dieser Ersatzmann wird in den Kellern
des Syndikats bereits präpariert.

Baade, der weiß, daß er beseitigt werden soll, den aber niemand hindern kann,
Befehle zu erteilen, entnimmt einem Panzerschrank im Hauptquartier die Mit-
gliederlisten des Syndikats. Er ist so lange sicher, als andere um ihn herum
sind, als er »vorgezeigt« werden soll.

Er befiehlt Bereitstellung einer kugelsicheren Limousine. Es gelingt ihm, dieses
Fahrzeug zu erreichen. Templers Vertraute im Syndikat können die Fiktion
»Templer lebt« nur dadurch aufrechterhalten, daß sie auf Verfolgung verzich-
ten.

III

Baade, der auf einer Bahnhofstoilette sein Aussehen verändert hat, ruft von einem Lokal aus seinen Dienstvorgesetzten an, den Leitenden Kriminaldirektor Kobras. Er will Anzeige erstatten, die Mitgliederliste des Syndikats überreichen. Dann beobachtet er das Lokal, in dem er sich mit dem Dienstvorgesetzten verabredet hat, von einem benachbarten Café aus. Wenig später erscheinen schwerbewaffnete Syndikatsangehörige. Der Dienstvorgesetzte ist ein Verräter.

Baade beschließt, den Polizeipräsidenten in seiner Privatvilla nachts aufzusuchen. Während er mit ihm spricht, hört er im Nebenzimmer Telefontätigkeit. Er reißt die Tür auf und sieht die Tochter des Präsidenten, die mit dem Syndikat telefoniert. Er fesselt den Polizeichef, nimmt die Tochter als Geisel.

Die erschossenen Kriminalisten Pfaul und Loebe, die ihre Ermordung voraussahen, hatten in einem nur ihnen und Baade bekannten Versteck eine Nachricht hinterlassen. Sie haben noch vor ihrer Ermordung, auch Baades Gefährdung berechnend, eine Wohnung bereitgestellt, Geld und Waffen deponiert. Dorthin bringt Baade die Tochter des Polizeipräsidenten, die er gründlich fesselt.

Baade kann in kein fremdes Land flüchten, weil der Kampf um das Recht im eigenen Land entschieden werden muß. Baade hat nur die eine Möglichkeit: selber so viele Verbrechen aufzuhäufen, daß er als Mitschuldiger das Vertrauen der Gangster verdient.

Baade dankt seiner Eingebung, daß er aus dem Hauptquartier des Syndikats die Listen der unteren Syndikatsmitarbeiter mitgenommen hat. Er ruft eine Auswahl dieser Mitarbeiter im Hinterzimmer eines Lokals zusammen. Er trägt vor: »Ihr kennt mich. Ich bin Templer. Ich kontrolliere meinen Apparat zur Zeit von unten, aus eurer Perspektive. Ich weiß, daß in der Spitze Verräter sind. Wer nicht schweigt, ist Diener dieser verräterischen Sekretäre, denen ich mein Vertrauen zu entziehen gedenke. Wer schweigt und mir hilft, wird Sekretär oder erhält eine entsprechende andere Stellung.« Die kleineren Kriminellen sind von der Aufstiegschance begeistert.

Mit diesen Mitarbeitern führt Baade Raubüberfälle, Bankeinbrüche aus. Nach den ersten Unternehmungen kann Baade seine Maske fallenlassen. Die ihm dienenden ehemaligen Syndikatsmitarbeiter müssen ihm zwangsläufig helfen, um selber zu überleben, da sie die Syndikatsgesetze schon dadurch übertreten haben, daß sie ihm als dem falschen Templer folgten.

Die Syndikatsspitze hat nach dem falschen Templer gefahndet. Die Polizei (unterwandert vom Syndikat) hat Steckbriefe erlassen, die aber innerhalb der Syndikatsorganisation wirkungslos bleiben, da ja Templer nach wie vor deren oberste Autorität ist. Der Polizeipräsident weist seine Beamten an, bei Verfolgung Templers (bzw. Baades) auf keinen Fall von der Schußwaffe Gebrauch zu machen, da hierdurch seine Tochter gefährdet würde. An dieser Stelle findet seine Loyalität gegenüber dem Syndikat ihre Grenze. Diese Disziplinlosigkeit ist für das Syndikat unerträglich, der Präsident wird durch einen Schuß beseitigt.

Inzwischen wird die Tochter des Polizeipräsidenten, die gefesselt ist, von einem treuen Mitarbeiter Baades ernährt. Nach einigen Tagen: Verdacht einer Blinddarmentzündung. Baade, der wieder in seine Wohnung zurückgekehrt ist, zögert. Die Stadt ist voller Beobachter. Das Mädchen hat heftiges Fieber. Jetzt muß Baade handeln. Sie bringen das Mädchen zu einem Arzt, zwingen diesen zur Operation, zu der dieser sich fachlich nicht in der Lage fühlt. Sie bringen die Operierte anschließend wieder in die Wohnung. Auf dem Fernsehschirm spricht der Bundeskanzler. Der getreue Mitarbeiter Baades lernt das genesende Mädchen lieben. Sie kommen einander näher.

IV

Baade steht bis zum Hals in Straftaten verwickelt. Ihm geht es jedoch nur um die **neue Chance, das Recht zu verwirklichen.** Er plant, sich für das Syndikat vertrauenswürdig zu machen, dort als Templer die Führung zu ergreifen und die Syndikatsorganisation selbst in den Dienst des öffentlichen Rechts zu stellen.

Vergebens. Die Situation hat sich grundlegend gewandelt. Es geht gar nicht mehr um Baades Anpassung an das Syndikat, es geht nicht mehr um das auf die Stadt begrenzte Verbrechen.

Sie führte ein Leben voller Berechnung

Von unbezwinglicher Sehnsucht diktiert. Dann saß sie plötzlich in der Falle.

> Rote Haar und Sommersprossen
> sind des Teufels Volksgenossen.

Die Glaubes haben grünbraune Augen, die Triebius blaßblaue. Wenn Ernst Glaube eine grüne Jägerjacke anzieht, leuchten seine Augen grün, daher trägt er braune Anzüge, die ihn braunäugig erscheinen lassen, grün gilt als hexenhaft, wird leicht verdächtigt. Von den Glaube-Giersleben stammen die Zweige Gütersloh-Wolmirstedt, Glaube-Wehrstedt, Hahn-Dedeleben und Triebius.

Die einzelnen Zweige dieser Familien sehen sich aber als sehr verschieden voneinander an, jedes Individuum der einzelnen Familien sieht sich als unterschieden von den anderen und sucht dem Familienverband nach Möglichkeit zu entkommen. Sein Glück auf eigene Faust machen.

Die kluge Martha führte ein Leben voller Berechnung. Nach Abschluß eines Kindererzieherinnenseminars war sie berechtigt, Kinder privat bis zum zwölften Lebensjahr im Hause von deren Eltern zu unterrichten. Sie nahm nur Stellungen an in reichen oder adligen Häusern. Die Kinder, Unterpfand einer vorgestellten Karriere, zog sie als ihre persönlichen Vertrauten heran. Sie war eifersüchtig auf die Eltern, wenn diese den Kindern neben ihr noch etwas galten. So blieb sie in keiner Stellung länger als vier Monate. Ihren Haaren gab sie eine schwarze Färbung, weil das jünger macht, »traulicher«. Etwas Puder verdeckte die gelbe Blässe des Gesichts, die auch als »korsisch« angesehen werden kann, ein Strich über die Augenbrauen, die gerupft sind.

Von Wehrstedt, ihrem Geburtsort, 1906 nach Nürnberg, wo sie eine Stellung bei Frau von Kugath, der Besitzerin des Nürnberger Grand Hotels, antritt. Diese Witwe hatte ihren Oberkellner geheiratet. Martha Glaube erzog die zwei Kinder aus dieser Ehe. Sie war eifersüchtig wegen Einmischung der Eltern. Nach drei Wochen wurde eine Säuglingsschwester zusätzlich eingestellt, die sich bis zur Geburt eines erwarteten dritten Kindes eingewöhnen sollte. Martha Glaube, »von Ehrgeiz gehetzt«, kündigte.

Danach war sie Kindererzieherin bei einem Witwer, der eine Zehnzimmerwohnung besaß. Es handelte sich um einen Nürnberger Fabrikanten. Eine Cousine Marthas aus Stuttgart – sie heißt Marthchen, die kleine Martha – kommt zu Besuch: sie muß Marthas neue Stellung anerkennen. »Wir hatten gerade so viel Zeit, um einen Kaffee zu trinken und einen schäbigen Kuchen zu essen und dann das Geld zu zählen – es reichte noch für ein Eis und für die Rückfahrt. Abends gab es in der hochherrschaftlichen Küche noch belegte Brötchen und eine Fleischsoße. Ich (sagt die Cousine) kann bei Fremden Sachen essen, z. B. angegangene Sahnetorte, die ich bei mir zu Hause nie anrühren würde.«

Martha Glaube und die Kinder mußten im Jagdhaus des Fabrikanten in der Fränkischen Schweiz untergebracht werden, wenn dieser seine Freundin in die Zehnzimmerwohnung einladen wollte. Martha mußte dann nach der Rückkehr aufräumen und bemerkte selbstverständlich »die Spuren«. Sie kündigte, da sie hier keine Aufstiegschancen sah, und wurde Sprechstundenhilfe für zwölf Wochen bei einem Zahnarzt. Sie mußte ihre Kiste, die sie stets mitführte, vor ihre Schlafzimmertür schieben, weil der Zahnarzt, in dessen Wohnung sie untergebracht war, bei ihr einzudringen versuchte.

Sie lernte damals einen Regierungsrat Meier kennen in Nürnberg, einen verheirateten Mann. Damit es nicht »auffällt«, wechselte sie ihre Stellung und
ging von Nürnberg nach Stuttgart. »Über das Wochenende oder abends hinüberfahren auf einige Stunden des Glücks.« Meier plante, seine neue Freundin, Martha, seiner Frau vorzustellen, die Diane hieß. Sie sollten sich duzen
und wechselseitig beim Vornamen nennen. Marthas Eifersucht schwoll.
Sie war jetzt bei von Kapps in Stuttgart in Stellung. Ihre einzige Rettung in diesen unglücklichen Momenten: die zu erziehenden Kinder, ihre Schutztruppe
für eine glücklichere Zukunft. Sie war auf die Eltern, Herrn und Frau von
Kapp, eifersüchtig. »Sei doch nicht so verrückt, du mußt die Kinder ja doch
wieder hergeben!« sagte ihre Cousine. Die von Kapps waren jung verheiratet,
zwei Kinder, namhafte Fabrikanten, Verbindung zu Offizierskreisen. Da
kommt Martha nach Hause. Sie wohnt bei ihrer verheirateten Cousine, Frau
eines Textilkaufmanns. Gleich hinter der Glastür, die die Wohnung abschließt:
Martha, heulend. Sie fand zu ihrer Kiste – sie reist mit einer Tragekiste aus
Holz (mit zwei Griffen), in der sie alles verstaut hat, was sie besitzt, und auf der
sie sitzen kann; in jeder Wohnung stellt sie zuerst diese Kiste auf – und heulte
sich aus. Dann kam sie mit einer Wurstscheibe aus der Speisekammer. Sie war
auch immer scharf darauf, die Zuckerdose rauszutragen. Wieso, fragen wir
uns (sagt die Cousine), will sie die freiwillig raustragen? Also zähle ich die
Zuckerstücke. Ich folge ihr und sehe, wie Martha in der Küche Stücke entnimmt und zwischen ihren Zähnen knackt. Von da an haben wir nur noch lo-
sen Zucker hereingenommen.
Die kluge Martha weint also auf ihrer Kiste. »Jetzt hat man noch nicht einmal
so viel Geld, daß man sich ein Zöpfchen Stickgarn kaufen kann.« Warum
heulst du nun schon wieder? Das war unvernünftig, denn so viel Geld, wie für
ein bißchen Stickgarn erforderlich ist, befand sich immer unter einer Tasse im
Küchenschrank deponiert, Spargeld. Martha ging also Stickgarn kaufen und
kehrte nach einer Stunde mit dem gekauften Stickgarn und einem Pfund Kümmel zurück. In einer Zeit, in der es überhaupt nichts gibt, bringt die ein Pfund
Kümmel an! Was sollten wir mit dem Kümmel? Das war Unfug, das war die
Kehrseite ihrer Sparsamkeit (denn sie aß zum Beispiel vom Spargel nie den unteren Stengel und wies Fleisch – außer in Restaurants – häufig zurück).
In Stuttgart kaufte Martha ihren Wintermantel, den sie danach 15 Jahre lang
trug. »So! Jetzt bin ich für den Winter *gerüstet*!« Da war sie so pfiffig und
kaufte einen relativ billigen Wintermantel, ging zu einer Putzmacherin und
ließ ihn abschneiden, innen rot ausfüttern, ein Pariser Firmenschild einnähen.
Hemden kaufte sie aus Minder-Linnen, aber so bearbeitet wie Spitze. Dann
hat sie sich einen braunen Rock gekauft, und da waren schottische Enden
dran.

1924 hat sie eine Pause gemacht. Sie wollte sich in ihrem Heimatort Wehrstedt bei den Eltern, der Vater war pensionierter Rechnungsrat, ausruhen. Hedwig, Marthas Mutter, weil damals herauskam, daß Martha mit dem verheirateten Meier in Nürnberg . . .:»Ach, du Dirne! Du Hure!« Also reiste Martha mit ihrer Holzkiste, es mußten bei Ab- und Zufahrt je zwei Personen tragen, wieder ab.»Nachts durchgefahren, zerschlagen kamen wir in Stuttgart an.«»Warum seid ihr nicht Schlafwagen gefahren?«»Nie würde ich Geld ausgeben, das ich nicht habe.«

Das lag tiefer, als Marthas Scherz ahnen läßt:»Das schreckliche Gefühl, einem Ober ausgeliefert zu sein, bei dem ich etwas bestellt habe, was ich nicht zahlen kann.« Das kann zum Beispiel durch einen Irrtum beim Lesen der Speisekarte in einem teuren Lokal vorkommen.»Herr Ober, ich habe das falsch gelesen.« »Gnädige Frau, aber zahlen müssen Sie es jetzt, denn es war gut.«»Nein«, sagte sie trocken,»das war nicht gut. Dafür zahle ich auch nicht.« Was geschieht jetzt Schreckliches? Ihr ganzes Leben über tat die kluge Martha alles, um diese Situation zu vermeiden. Sie hätte sich»impotent« gefühlt, wenn sie zu einer Zahlungsaufforderung hätte»nein« sagen müssen, denn sie hoffte bis zuletzt, selber die Position der Geldinhaber zu erobern: **wie hätte sie dann die verfolgt, die nicht gezahlt hätten oder sogar nicht hätten zahlen können!** Im Grunde gehörte sie zu denen, die gar nicht zahlen müssen, sondern deren Freundschaft oder Gewogenheit schon einen so hohen Vorteil bedeutet, daß ihnen bargeldlos das gebracht wird, dessen sie bedürfen: so feines Fleisch (gelagert, frisch, durchgeklopft) gibt es überhaupt nicht, womit sie sich nährt. **Sie wollte um ihrer selbst willen ernährt werden.** Alle Umwege, um zu diesem Endzustand zu kommen, wollte sie bereitwillig auf sich nehmen; also nicht dadurch»marschunfähig« werden, daß sie einem Oberkellner gegenüber praktisch den Offenbarungseid leisten muß.

Daraufhin ging sie als Kindererzieherin zu Direktor Heilner, dem Leiter der Deutschen Linoleumwerke, Stuttgart, einem Witwer. Sie hoffte hier zu der von ihr erstrebten Gesellschaftsklasse durchzustoßen. Die Kinder hatte sie nach vierzehn Tagen völlig für sich gewonnen. Heilner selbst leistete Widerstand. Die von ihm bewohnte Villa, in der Martha das»Fremdenzimmer« bewohnte, bestand aus 15 Zimmern nebst großem Garten.

Heilner suchte das Gespräch mit der neuen Kindererzieherin, schon weil er sich für die Erziehung seiner Kinder interessierte. Martha verstand gut zu plaudern. Sie wies, als sie hörte, daß ihre Haarfrisur ihn an russische Haarfrisuren erinnere, auf Stammeltern im»weißrussischen Bereich« hin, auch »rassisch« kam sie ihm in jeder Hinsicht entgegen. Heilner ließ sich bei einer Flasche Bocksbeutel»Franzchen« nennen. Aber Martha brachte ein Du oder eine Nennung mit Vornamen nicht über sich, da sie weniger als die volle Einsetzung in die Rechte einer Ehefrau des Millionärs nicht annehmen konnte. Es hatte den Anschein, als läge Heilner an einem Schäferstündchen. Sie irrte sich aber über den Umfang seines Interesses. Da sie es nicht sogleich weiter weckte, entstand es erst gar nicht. So stießen ihre nächsten »Fühler« (der neue schottische Rock, eine Eifersuchtsszene wegen der Kinder, die ihm beweisen sollte, daß ihr an den Kindern lag) ins Leere. Martha war übelnehmerisch. Sie fand keine wirksame Möglichkeit, den desinteressierten und reichen Heilner ihre Rachsucht kosten zu lassen. Die Kinder besaßen braunfleckige junge Katzen. Eine von den jungen Katzen hatte Unrat auf Heilners Bettvorlage hinterlassen. Er behauptet, Martha hätte die Katzen extra zu ihm hereingelassen. *Da kündigt Martha, nachdem sie den Unrat entfernt hat.* Sie sieht in ihrem Zorn nicht einmal die Möglichkeit gegeben, um ein Dienstzeugnis zu bitten.

Nach dieser letzten Enttäuschung fand sie Aufnahme bei dem verwitweten Oberbahnrat Knoch, der einen halberwachsenen Sohn hatte. Den Oberbahnrat Knoch in Gotha, einen anspruchsvollen Esser, heiratete sie nach einem Jahr. Aber ihre Stellung war nie die einer vollwertigen Ehefrau, da sie aus der Stellung einer »Hausdame« entwickelt war und Martha nur schwer Liebe heucheln konnte. Statt dessen kochte sie exquisit und »sorgte« und machte sich unentbehrlich für die Erziehung des Sohnes, den sie sich völlig zu eigen machte. Als er 1937 mit den Fahrradreifen in eine Straßenbahnrille geriet und eine Gehirnerschütterung davontrug, demonstrierte sie drei Tage und Nächte neben dem bewußtlos im Krankenhaus Eingelieferten »Sorge«. **Sie nutzte die Zeit dieser Ehe (insbesondere die Kriegszeit), um zu sparen. Ziel war der Erwerb von Grundstücken.** Wie sie war, so wollte Martha nicht sein. So wie sie dann wurde, konnte sie es manchmal kaum aushalten. Aber sie richtete sich ein, da sie Charakter beweisen mußte. Sie nahm kaum Platz ein in der ehelichen Dienstwohnung von sechs Zimmern. Wohin ist es gekommen mit den ehrgeizigen Plänen der jungen Martha?

Helene Glaube in Wippra war so »geizig«, daß sie das Bett ihres verstorbenen Mannes nicht den Armen geschenkt, sondern lieber in die Wipper geschmissen hat. Als Hedwig Glaube, Helenes Tochter, zu Besuch kam – sie brachte Kirschkuchen mit und Kaffee, den man nur noch aufbrühen mußte –, entstanden keine Kosten. Das aber konnte Helene nicht annehmen. Sie mußte jetzt ihrerseits etwas anbieten, so gab sie Milchsahne und Pralinés hinzu. Mehr, sagte sie, kann ich nur geben, wenn ich meine Sterbekasse angreife. Ihre Haltung beruhte auf einem lebenslangen Lernprozeß. Beispielgebend waren die Töchter Rusche, die fünfzig Jahre nach dem Tod ihrer Eltern, des Pfarrerehepaars Rusche, ohne Versorgungsmittel leben mußten. Diese Helene Glaube mit ihren

Lernerfahrungen, die sich auf eine gesellschaftliche Situation bezogen, die es schon für Martha nicht mehr gab, war wiederum Lernobjekt für Martha. Was Martha vor allem an ihr lernte: sich um jeden Preis von den Familienmitgliedern, die Elend repräsentieren, abzusetzen.

Zu der zauberhaften **Fritzi Gütersloh geborene Glaube,** Marthas jüngerer Schwester, kamen die Schwiegereltern, die Fabriken im Südharz besaßen, zur Besichtigung. Walter Gütersloh hatte seine Frau gegen den Rat der Eltern geheiratet. »Zeige doch mal deinen Wäscheschrank!« Aber sie mußten staunen. Alle Glaubes hatten für Fritzi zusammengelegt und zu Fabrikpreisen eine große Menge »Minder-Linnen«, Decken und verschiedene Wäschearten zusammengekauft. Da waren die Schwiegereltern verblüfft.
Fritzi und Walter hatten drei Kinder. In den dreißiger Jahren kamen die Unglücksfälle. Sie wohnten damals in Wolmirstedt. Abends haben sie noch eine Wurst gegessen. Auch die Kinder haben je eine Wurst bekommen, die war schlecht. Sie haben dann noch nachts ein Kind von Wolmirstedt nach Magdeburg gebracht. Dort haben die Ärzte den Tod festgestellt. Die Eltern fuhren gleich in der Nacht von Wolmirstedt zum Kreiskrankenhaus zurück und holten das Kind aus dem Kreiskrankenhaus heraus, sie brachen den Aufbewahrungsort mit Gewalt auf. Sie haben es nach Wolmirstedt gebracht und mit Ärzten Nachttelefonate geführt. Das nutzte nichts. 1944 der Tod von Hertha, der ältesten Tochter, zusammen mit ihrem Mann, dem Herausgeber der Darmstädter Nachrichten, und ihren zwei Kindern, Fritzis Enkelkindern. Beim Luftangriff auf Darmstadt traf eine Luftmine, die Lungen platzten. Das hat die auf sich allein gestellte Magdeburger Familie Gütersloh nicht mehr verwunden. Die früher immer fröhliche Fritzi ist nicht mehr so fröhlich wie früher.
Fritzi: Glück durch Unterwerfung, durch Anschmiegsamkeit ans *Glück* (das heißt an Walter Gütersloh).
Martha: Glück durch einen glückhaften Streich. Die kluge Martha hätte sich nicht darüber täuschen lassen, wenn sie im Besitz von Reichtümern gewesen wäre, daß sie sich damit nicht das hätte kaufen können, was sie kaufen wollte, nämlich mindestens Adel.

»Der Verstand von Cousine Marthchen ist in die Zunge abgewandert.« Dazu muß man die Grundsätze der Cousine Marthchen kennen. »Wer fein sein will in der Küche, kann nicht fein sein an der Tafel.« Jedesmal, wenn ich Hackbraten mache, denke ich an den Hackbraten von Hannchen Geerds. Bei ihr stand der Forstreferendar von Rosenbaum in der Küche, wollte zugucken. Sie traute sich nicht, den Hackbraten mit den Händen zu machen, sondern machte ihn mit dem Löffel. Ich werde diesen »Hackbraten« nie vergessen.

Eine wunderbare Hartwurst gab es in Ulm. War's Pferdewurst? Nein! Nachher sagt der Gastgeber: Es war doch Pferdewurst, und die war wun-der-bar! Wenn ich Spargel kaufe, sagt die Cousine, dann will ich den guten. Den andern brauche ich nicht.
Es wird bei Marthchen angeboten: Kuchen, Kaffee, Brandy, Cognac, Curaçao. Sie sagt: »Die Flasche raus!« Sie meint, eine halbvolle Flasche soll von ihrem Bruder, der bei ihr aushilft, in die Küche gebracht werden. Es entspricht nicht ihren Ansprüchen an die eigene Gastlichkeit, daß halbleere Flaschen serviert werden. Es wird eine volle Flasche geöffnet. Das Abtrocknen des Geschirrs will sie morgen selber besorgen. Sie will die Verwandtschaft nicht in der Küche und in der Nähe der Speisekammer haben. In der Speisekammer befinden sich erlesene Delikatessen. Feiner eingelegter Spargel, Saucen, zwei Schinken, an Suppen: Wildentencreme, Parfait aus Langustencreme, Fasanenessenz.

Tante Grete Glaube hat sich für ihre Schwestern aufgeopfert, da ja eine der Schwestern den »Rückzug der übrigen aus der Familie« decken mußte. Sie blieb zur Pflege von Julius Glaube zurück, der Zucker naschte. Grete Glaube war auf keiner Schule, weil sie »sorgen« mußte, konnte aber vom Vater Julius her Latein. Das hätte niemand als »Bildung« anerkannt, denn außer ihr sprach ja wohl kein »Gebildeter« fließend Latein. Sie schälte, wenn Besuch kam (zum Beispiel für 20 Personen), zwei Eimer Kartoffeln. Sie besaß einen Klapptisch, in dem ein Waschbecken eingebaut war; der Tisch wurde aufgeklappt, dort wusch sie sich mehrfach am Tag. Das war ihre kleine Freude mehrmals täglich, wenn sie das Tischchen aufklappte (etwa in der Größe eines Nähtischchens und konnte überallhin mitgenommen werden).

Die Sprengkraft einer kleinbürgerlichen Familie, die sich in der weiteren Umgebung von Eisleben **seit dem 15. Jahrhundert** in mehreren Zweigen entwickelt, streut die Mitglieder der Familie etwa seit 1900 in alle Winde auseinander. Pfarrer und Lehrer dieser Familie sind Zeugen oder Teilnehmer an den Bauernkriegen. Tief sitzt der Schrecken in ihren Knochen. Sie sind zufrieden, wenn die wiederhergestellte Obrigkeit sie ernährt und nicht rädert. Sie hoffen aber doch noch auf anderen Wegen (denn sie haben noch nicht gesehen, daß ein Mitglied der Obrigkeit, solange es zur Obrigkeit gehört, gefoltert worden wäre) an das Licht zu kommen. **Um derweil das Leben zu fristen, strengen sie die Köpfe an, um Bildung und Religion, die von ihnen verwalteten Fächer, so schwierig zu machen, daß sie ihr lebenslängliches Auskommen daran haben.**

Martha Glaube, geboren 22. Februar 1886, verheiratet ab 1931, gestorben 1968, kaufte am Tage des Bankkrachs der Dresdner Bank 1928 drei Pfund Pralinés, man konnte kein Geld mehr abheben. Sie nahm aber nur die allerbesten und teuersten. Instinktiv: jetzt kann man das Geld wegschmeißen. Gleich darauf stabilisierte sich die Geldwirtschaft wieder. Da tat ihr das Rausschmeißen des Geldes leid. Es waren ein paar schöne Tage. Sie vergißt nicht: daß es ohne Geld auch geht, daß man sich dann sogar rascher entschließt.

Wenn man eingeladen wird zum Abendbrot und ißt nur ein trockenes Brötchen, dann ist das ungezogen. Es bedeutet: Sie besitzen nichts, was mich reizen könnte. Ein Teil der Glaubes (auf Grund ihres Schicks, dessentwegen sie meinen, sie wären eigentlich Hugenottenabkömmlinge, »sprachen gewissermaßen im Mutterleib noch französisch«) meinte: selbstverständlich sind wir den Hahns, Wiedmanns, Triebius überlegen (diese Familien antworten: »Ja, wenn man den geheimen Ehrgeiz hinzuzählt«). Gleichzeitig aber kam es darauf an, zumindest die einfachsten Normen der Tauschgesellschaft einzuhalten: »Nehmen, zum Zeichen, daß man bereit wäre, zu geben.« Ein gefährliches Monstrum ist der, der nichts nimmt, weil er nichts braucht. Er scheidet aus dem Handel aus. Der harmlose Knoch (Martha muß lachen), der wegen seiner Bescheidenheit, seiner **Eßunlust**, die nur außer Haus gilt, als ein solches Gefahrenobjekt galt. Marthas Versuche, Knoch Zivilisation beizubringen, schlugen in dieser Hinsicht fehl. Sie spottete in einem Restaurant, um ihm »die Speisen zu entwerten«, als er einmal mit Appetit aß: »Du weißt doch gar nicht, ob das sauber gekocht ist! Heinz, du kannst gar nicht wissen, was da alles drin ist.« Knoch aß in Restaurants grundsätzlich alles, wofür bezahlt war. Zu Hause aß er nur Erlesenes, bei Verwandten oder zu Besuch gar nichts.

Die aufklärerische Martha machte sich über diese Marotte gern lustig. Ob er die »Atmosphäre des Restaurants« auch mitißt? Während er aß: in eine Suppe im Adlon hätten – sie arbeitete damals bei Schliephake, der es wissen mußte – die Küchenjungen hineingepinkelt, »wenn menschlicher Kot in die Blutbahn gerät, muß das Bein abgenommen werden«.

Sie säte Zweifel, daß das Geschirr in diesem Restaurant überhaupt abgewaschen wird. »Ich habe das doch selbst gesehen. Das gröbste Fett wird abgeschabt. Über Nacht bleibt das stehen und trocknet, dann wird das Essen draufgeklatscht.«

Mit Appetit spülte Knoch sein Glas Pilsner hinunter. In einem Restaurant, in dem er mit Gegenwert zahlte, fürchtete er für seine Gesundheit nichts. Sie konnte erzählen, was sie wollte.

Die besonders selbstbeherrschte Cousine Katrin hat sich 1944 in das kalkulierte Risiko einer Ehe mit einem 25 Jahre älteren Oberstleutnant Gr. eingelassen. Nach dem Zusammenbruch des Dritten Reiches zeigte sich die so ausgesuchte Basis als unnütz. Mit ihrem Mann, der sich jetzt als Ballast erwies, fand sie unter dem Regiment der Zone den Absprung nicht. Ihre Vernunft hielt sie bei den verbliebenen Vermögenswerten fest, die doch allmählich schwanden. Nach dem 13. August 1961 wurde ihr erst richtig bewußt, daß sie – gemessen an ihren Lebensplänen und -idealen – in der Falle saß. Sie opferte Restteile des erheirateten Vermögens, um – unter Zurücklassung ihres alten Mannes – noch einen Ausweg zu finden: zu der Welt, in der allein ihre Wertvorstellungen einen Wert besaßen. Sie kam bis Bulgarien, in der Hoffnung, dort zur Türkei hin einen Ausweg zu finden. Als Touristin reiste sie an der jugoslawischen Grenze entlang auf der Suche nach einer Lücke. In Budapest lernte sie auf einer erneuten Reise einen Eisenbahner der Reichsbahn kennen, der sich auf Urlaub befand. Er versprach, gegen Zahlung einer beträchtlichen Summe, sie über ein Reichsbahngelände nach Westberlin zu bringen. Später erwies sich, daß diese Abrede auf Tonband aufgenommen war und zur Erpressung benutzt werden sollte. Die verzweifelte, auch körperlich kaum mehr bewegungsfähige Katrin saß damit endgültig in ihrem mitteldeutschen Kurstädtchen fest, hatte jetzt auch nicht mehr die materiellen Mittel zur Flucht. Vernunft hatte sie in diese Gefangenschaft gebracht. Die gesamte unvernünftige Verwandtschaft ihres Familienzweigs saß in Unterpfaffenhofen im Westen.

Martha hat gelernt, wie man umlernt. **Sie sieht die Schranken, die in der DDR ihren früheren Lebensplänen entgegenstehen.** Sie sieht das Beispiel Katrins. Deshalb: ruhig Blut. Martha schreibt die Investitionen der früheren Jahre ab. Sie sucht Ruhe. Sie will andererseits »Umbruch«. Aber die Hoffnungen sind angelernt, ihr schnelles Hirn läuft zu den Lebensvorstellungen hin, die sie früher schon erfüllt haben und die heute in ihrer Umgebung in Bad Blankenburg, Thüringen, auf dem Staatsgebiet der DDR, nur noch schattenhafte Bedeutung haben. Sie pflegt ihre Haarlocke, die ihr in die Stirn fällt. Die Stirn soll nicht »hoch« und nicht groß wirken. Martha will eher wie ein bestimmtes drolliges Mädchen aussehen, das sie einmal in Paris gesehen hat.

»Für das Leben, das ich führe, könnte ich auch eine Dumme sein.«

Eine andere Linie, andere Stimmung: »Ich hätte Schuldirektorin werden können, dann Regierungsrätin, dem Knoch auf den Kopf spucken, wenn er als Oberbahnrat ankommt! Später: sich als erster weiblicher Kulturattaché an die rumänische Gesandtschaft versetzen lassen?« In Sizilien lebt eine – auch in Rumänien verzweigte – Adelsfamilie, die ihre Abstammung auf die Kaiser von Byzanz zurückführen kann. »Wir sind so adlig«, sagt die Principessa V., »daß wir, egal wen wir heiraten, immer eine Mesalliance eingehen.« Das ist aber mit keiner tatsächlichen Macht mehr verbunden. Martha lehnt das, auch als Staatsbürgerin der DDR, als »falschen Adel« ab.

Vor Advent 1968 verstaucht sie sich den Fuß. Sie hat Wasser im Bein. Sie läßt es behandeln. Als sie die Treppe ihres Hauses Bahnhofstraße 29 heruntersteigen will, fällt sie. Oberschenkelhalsbruch. Sie liegt im Hausflur mit üblen Schmerzen (sagt: »Übel! Übel! Das ist übel!«, weil sie auch nicht weiß, wie schlimm es ist). Als sie draußen auf der Straße Fußgänger hört, ruft sie laut. Sie wird ins Krankenhaus gebracht. Sie gibt aber keine Auskunft über ihren Namen, weil sie keine Benachrichtigung der Verwandtschaft will. Keine Verwandtenschnüffelei in diesem Schwächemoment. Der Knochen will nicht heilen. Sie schlummert, weil die Ärzte ihr Morphium geben. »Herr Doktor, ich will bis Heiligabend zu Hause sein.« Sie will nicht im Krankenhaus »zur Last fallen«. Das Schrecklichste: sie kann keinen Stuhlgang ermöglichen, da dies ihr Geheimnis war. Sie hat nur Stuhlgang, wenn sie es zu Hause freiwillig machen kann. Hier muß sie es vorankündigen, hat Zeugen. Nach vier Tagen will sie auch nicht mehr »hiermit fertig werden« bis Weihnachten. Zum Fest stellt sich eine Blutvergiftung ein. Zwei Tage nach Weihnachten stirbt sie. Jetzt findet sich ein kleiner Zettel, auf den sie ihren Namen geschrieben hat, die Adresse der Magdeburger Verwandtschaft, ihrer Schwester. Fünf Tage nach Marthas Tod treffen sie ein. Martha ist bereits »verscharrt«. Es sind die Gütersloh, Glaubes: alle! Ins Unrecht gesetzt, weil sie ohne sie gestorben ist. In ihrem Haus Bahnhofstraße 29 finden sich Vorräte. Einige Schinken, Kompott. Sie hätte hiermit zwei Winter überstehen können. Das Haus selbst ist nichts mehr wert, da Hypotheken es belasten. Einige Gerätschaften, 1 Silberkanne, ihre Reisekiste, die Bücher – es sind die falschen, sie haben ihr nichts genutzt. Sieben Sprachen beherrschte sie.

Ein Bolschewist des Kapitals

I

»In der Steppe, Wüste und Antarktis, vielleicht in der Tundra schon, wohnt die Freiheit des Denkens.« Hier aber, im Kompaktbau des Verwaltungsturms, in einem 2achsigen Büro-Zimmerchen, sitzt Werkschutz-Chef Ferdy Rieche in der Unfreiheit, eingeengt durch Rücksicht auf die Belegschaft, öffentliche Meinung, Grundgesetz, Vorstand.

Die kleine Sonne drückt unheilvoll auf die Dunstschicht, die die 24 km am warmen Fluß sich hinziehende Industrielandschaft nach oben abdeckt. Es ist zweifelhaft, ob die Sonne überhaupt bereit ist, sich auf menschliche Maße einzustellen.

Ferdy Rieche ist Spezialist für die Unterdrückung von Aufständen. Aber der eigene Vorstand, das organisierte Kapitalinteresse (Arbeitgeber-Verband, Industrie- und Handelskammer, BDI) sind *lax*. Es ist absurd, daß Milliarden Menschen diese Gesellschaft tragen, aber nur Ferdy Rieche denkt über die radikalen Mittel nach, die letztlich für ihre Aufrechterhaltung erforderlich sind.

[**Leistungstest**] Die »Mutter«-Gesellschaft, ein multinationaler Konzern in Brüssel und New York, hält das Management der nationalen Betriebe in sicherer Kontrolle. *Ein* Mittel dieser Kontrolle ist die ½jährliche vorbeugende Gesundheitsuntersuchung im Diagnostik-Center, dessen Personal der Konzernspitze direkt untersteht. Direktor Grün, 20 kg zuviel, ist älter, anfällig geworden. In einer Spitzenstellung nicht tragbar. Der Manager Kuhn ersetzt ihn. Heute morgen sind 9 Manager der oberen Werksleitung an Radtrainern, Trockenrudergeräten, Elektro-Kardiogrammzeichnern angeschlossen, zur Messung der Ausdauer. Sie müssen Gummiballons aufblasen; Atemreserven, als Indiz für Reserve überhaupt.[18]

Rieche, der gut bläst, intakte Beine hat, schneidet bei den Geräteübungen gut ab. Auf dem bloßen Körper trägt er, verdeckt durch Hemd und Weste, einen flach anliegenden Plastikbehälter mit 1 Liter Urin. Er hat diesen Urin von einer kerngesunden Freundin, 23 Jahre alt, erbeten. Der Arzt gibt ihm ein Reagenzglas. Rieche soll es im Toilettenkabinett füllen. Rieche füllt, nachdem er sich überzeugt hat, daß auf dieser Toilette keine verborgenen Kameras vorhanden sind, das Reagenzglas mit Urin aus der mitgeführten Plastiktüte. Der leitende Arzt teilt Rieche das Untersuchungsergebnis mit: Urin von eigenartiger Hormonzusammensetzung, glänzend in Ordnung.

ARZT: Ich gratuliere.

RIECHE: Das will ich meinen.

Anschließend läßt Rieche das Diagnostik-Center durch Werkschutzbeauftragte hermetisch abriegeln. Die an diesem Tag noch zur Untersuchung anstehenden sechs Manager der mittleren Betriebsleitung werden während des gesamten Untersuchungsvorgangs beobachtet. Zwei dieser Manager, bei Mogelversuchen überrascht, werden der Konzernleitung gemeldet. Rieche kann so Teilaspekte seiner Qualifikation in Brüssel und New York zur Kenntnis bringen.

---

18 Die Tests sind immer mehr objektiviert worden. Die Auswertung erfolgt über *Computer*, die die Informationen über den körperlichen und geistigen Besitzstand der Manager chiffriert messen, nicht durch die Köpfe evtl. doch befangener Ärzte. Hochspezialisierter Arzt: »Wir haben hier Beraterfunktion, genau gesagt, wir lesen Geräte ab. Soweit die Informationen unchiffriert sind, verstehen wir sie.«

[**Die wirklichen Leistungen sieht man nicht**] In einem Zulieferwerk bei Celle wird von der Industriegewerkschaft Chemie ein Schwerpunktstreik angesetzt. In Nachtfahrt eilt Rieche dorthin; wie ein Einbrecher dringt er, begleitet von zwei Gehilfen, in das seiner Überwachung unterstellte Objekt ein. Einige Fässer, gefüllt mit leicht entzündlichen Chemikalien, setzt er in Brand. Das Feuer, das Teile des Betriebs zerstört, ist noch nicht gelöscht, als Rieche, zurückgekehrt in sein Büro, routinemäßig anruft. Ein hervorragendes Alibi. Es hat den *Anschein*, daß der von der Streikleitung organisierte Notdienst komplett versagt hat. Vielleicht haben Streikende hier ihre Haßgefühle durch Brandstiftung abreagiert? Die Geschäftsleitung hätte die Chance, die sie später nicht nutzt, die Gewerkschaft und die Streikleitung des Betriebs, als persönlich haftende Einzelschädiger, mit erheblichen Schadensersatzforderungen zu bedrohen. Rieche darf diese *nützliche Tat* nicht einmal dem eigenen Vorstand gegenüber offenbaren.

[**Das gesellschaftliche Umfeld: durchsichtig wie ein Goldfischbassin**] »An sich wäre die das Werksgelände umgebende Stadt mit Schmutzwasser zu vergleichen, in dem sich gegnerische Kräfte wie Fische tummeln.« Rieche hat Dossiers gesammelt, Lagekarten gezeichnet, auf denen das Stadtbild durchleuchtet erscheint. Linke Gruppen samt Adressenmaterial; Schulen, geordnet nach gesellschaftspolitischer Einstellung der Lehrkräfte; die Abteilungen der Stadtverwaltung, der Polizei; die Garnison; die Nahtstelle zu den Streitkräften und Sicherheitsorganen der ehemaligen Besatzungsmacht. Hätte Rieche einen Partner, dem er vertrauen könnte, so würde er mit ihm, auf der Grundlage dieser Informationen, Planspiele ersinnen.

[**Im Außendienst**] »Ein Fall von Kameradendiebstahl«; ein gewerkschaftlich organisiertes Belegschaftsmitglied hat wirklich oder angeblich das Spind eines Arbeitskollegen ausgeräubert. Rieche nimmt die Gelegenheit wahr, im Hochhaus der Industriegewerkschaft Metall vorzusprechen. Er studiert die Eingangshalle, in die alle Fahrstühle münden: Pförtner, Glashalle, die Verbindung zu den oberen Stockwerken anscheinend nur über Aufzüge möglich. »Im Ernstfall würde ich diese Aufzüge sperren und hätte die gesamte Führung gefangen.« Man muß eine Abwehrgruppe mit Maschinengewehren in Richtung Gutleutstraße, eine zweite in Richtung Bahnhof und Stadt sowie eine dritte Gruppe zur Sperrung der Friedensbrücke aufstellen. Nennenswerte Verstärkungen könnten überhaupt nur aus Richtung der Griesheimer Industrie herbeieilen. Also hier die Abwehrgruppe verstärken und zusätzlich eine Reserve einplanen! Mit diesen Maßnahmen wäre die Gewerkschaftsspitze abgeschnürt. »Ich würde, wenn ich auf der Gegenseite führen müßte, meinen Stab niemals in einem solchen Hochhaus unterbringen, sondern in eine Baracke verfrachten, möglichst dicht neben einer arbeiterreichen Industrieanlage, aus der im Ernstfall sofort eine Schutztruppe ausrückt.« Rieche ist in diesem Hause nicht gern gesehen. Der Gewerkschafter, den er aufsucht, möchte ihn möglichst rasch wieder loswerden, aber er muß ihn zunächst mit einem Kognak bewirten, den er einem in der Holzvertäfelung des Dienstzimmers eingebauten Kühlfach entnimmt. »Diese Holzvertäfelung ist als Schutz- und Abwehrmittel im Ernstfall selbstverständlich völlig nutzlos.« (Rieche)

[Sich vom Gegner nähren] Aus den Richtlinien, die er vom eigenen Vorstand erhält, oder der Fachpresse der Werksicherheitsdienste lernt Rieche überhaupt nichts. »Wie ich den Betrieb absichere, lerne ich durch Gruppen oder einzelne Unbefugte, die in den Betrieb einzudringen versuchen.« Rieche studiert insbesondere das Schriftgut der Linken, das ihm Rückschlüsse auf die gesellschaftspolitische Situation, den Ernstfall, erlaubt. Wenn er nur einen der Gegner engagieren könnte! Oft prüft er, ob man gewisse Gegner fangen, in ein Kellergelaß sperren und grundlegend ausforschen könnte.

Der Gegner: DKP, verschiedenste Agenten der aggressiven Marktforschung (Wirtschaftsspionage), Sowjetunion, linke Gruppen, Amateure, die als Unbefugte aus irgendwelchen Gründen in den Betrieb zu gelangen versuchen, Meinungsführer der Belegschaft, Klauer, die nachts eindringen und Werkseigentum nach draußen bringen wollen, Werkmeister, die private Vorratslager an Werkzeugteilen und Material anlegen, Jugendvertreter, Planstelleninhaber des eigenen Werksicherheitsdienstes, die nach seiner Stellung trachten.

[Bei richtiger Betrachtung schließt sich der Gegner zu einem Gesamtbild zusammen] Selbstverständlich hat Rieche keine Vorurteile, wie sie z. B. der Annahme einer jüdischen Welt-Verschwörung zugrunde liegen. Als Gegner stehen ihm gegenüber: *verschiedenartige*, exakt analysierbare Gruppen. Auch die Seite der »Freiheit«, die Rieche verteidigt, ist nicht *zentral* organisiert. »Wäre sie es doch!« Für »affenartige Hingabe« erhält Rieche nur Strafen, Schwierigkeiten, Desinteresse.

Rieche muß einen Kunstgriff anwenden, um den *Gegner* zu einem *Gesamtbild* zusammenzuschließen: Wenn Rieche den Satz: »Verhalte dich so, daß dein Verhalten Maxime einer allgemeinen Gesetzgebung der Freiheit sein könnte«, konkret anwendet, so heißt das Schutz der »Freiheit«, d. h. des zu schützenden Betriebs, *mit den radikalsten Mitteln*. Der Einsatz radikaler Mittel durch Rieche schließt den Gegner auch dann zu einem Gesamtbild zusammen, wenn die einzelnen gegnerischen Gruppen *dies gar nicht wollen*. Sie würden durch Rieches Aktionen im Ernstfall *kurzgeschlossen*.

[**Rieche:** »**Ich bin kein Spinner.**«] Er, der in den Dimensionen des Ernstfalls denkt, in einer Umgebung, die fest an einen imaginären Normalfall glaubt, muß sich immer wieder vorsagen, so stark ist der Druck der Umgebung, der auf sein »Denken« einwirkt:»Nicht *ich* spinne!«

Fritzi Grünert[19] hat ihm bestätigt:»Du bist kein Spinner. Mit einem Spinner würde ich nicht schlafen.« Rieche bleibt mißtrauisch. Er hat in einem psychologischen Lehrgang gehört, daß der, der überhaupt an seiner Normalität zweifelt, nicht verrückt sein kann. Der *Zweifel selber* ist das Zeichen seines Nicht-Spinnens. Jetzt hat Rieche durch Aufrechterhaltung seiner Zweifel gezeigt, daß er nicht spinnt.»Sobald ich nicht mehr zweifeln könnte«, das verspricht sich Rieche,»würde ich mich selbst als Sicherheitsrisiko aus meiner Planstelle entfernen. Erst dann wäre erwiesen, daß ich spinne.«

Rieche liegt träge, mit sich allein, auf seiner Liege. Im Teich, 10 m von ihm entfernt, plätschert es. Er puhlt den Grind aus der Nase, aber ohne daß es blutet; das ist Präzisionsarbeit eines Uhrmachers.

[**Sein** »**geistiges**« **Auge**] Über dünn dahinziehenden Sommerwolken ist die Sonne zu sehen. Rieche blinzelt. Wenn er die Augen nur einen Spalt öffnet, erscheint diese Sonne als handlicher kühler Mond, während sie das geöffnete Auge als überheller Sonnenkörper schädigt. Er wiederholt stundenlang diese Versuche, die eine gewisse Exaktheit erreichen: blinzeln, die Sonne zu einem »handlichen«, d. h. augenballfreundlichen Bällchen reduzieren. Dasselbe mit seiner Freundin Fritzi Grünert, die im Garten Unkraut jätet. Schließt er die Augen zu einem Spalt, verschwindet sie, verwandelt sich nach Wunsch in die korpulentere Daisy, die ihm entlaufen ist.[20] Öffnet er die Augen, so ist es wieder die mehr durch Knochen gekennzeichnete Fritzi. Er kann das nach Wunsch bestimmen. Eine Vielfalt entsteht vor seinem »geistigen« Auge. Das Geistige daran ist, daß er die Schließmuskeln der Lider experimentell beherrscht.

[**Sein bester Freund**] Den USA-Agenten N., mit Sitz in einer Bürobaracke im Umfeld des Flugplatzes Hahn/Hunsrück, hat Rieche auf einer geheimen Schulungstagung bei Ulm, an der ausgewählte höhere Kriminalbeamte, Werkschutzbeauftragte und Experten verschiedener Dienste teilnahmen, schätzen gelernt. N. hat schon im Libanon, in Guatemala, im Iran gedient und betreibt aggressive Aufklärung im westeuropäischen Bereich. Sein Büro ist sachlich mit eisernen, braungrün gestrichenen Militärmöbeln bestückt. Rieche durfte ihn in seinem »Heim« bei Kaiserslautern besuchen: Tigerfelle, indianische Trommeln,

19 Siehe S. 583 oben.
20 Siehe S. 578 unten.

internationale Erinnerungen, Mikrofone, Abhörwanzen, Funkgeräte, Waffensammlung, in Blechschränken untergebracht, die durch Vorhänge abgedeckt sind. Mit speziellen Gummihaftschalen versuchte N. an der Wand hochzuklettern. Das gelang ihm nur teilweise, da die Wandfläche der Neubauwohnung für diese Übung einen zu beschränkten Platz bot. Er entfernt die Gummihaftschalen von den Händen, entfernt die Augenhaftschalen aus den Augen und blickt, fast blind, umher. Rieche hätte ihn jetzt überwältigen können. N. entnimmt dem Gesicht ein Gebiß, steht zahnlos da. Mampft einen Moment mit den Lippen, fügt das Gebiß wieder ein, knackt zu: blendende Zähne. Sein steifer Arm (er hat ihn in Honduras eingebüßt) läßt sich abhängen. Er zeigt ihn Rieche, hängt ihn wieder ein. Auf Knopfdruck läßt sich der mechanische Arm um 20 cm verlängern. Auf die Hand, die aus Metall ist, durfte Rieche mit einem Hammer hauen, ohne sie beschädigen zu können. Vom Nabel abwärts ist N. vollständig in Ordnung.

Als Rieche N. eine Abhörwanze stahl, um das Betriebsratsmitglied Werth abzuhören, die Wanze ließ sich ohne jedes Geräusch an beliebige Leitungen anschließen, hörte diese »Freundschaft« auf. N. hält die von ihm originell zusammengesuchten Geheimdiensttips und -mittel straff unter seiner Kontrolle. »Ich werde den Teufel tun, einen Konkurrenten wie Rieche damit freiwillig oder unfreiwillig auszustatten, *und wäre er mein bester Freund.*« Von da an fanden keine Begegnungen zwischen Rieche und N. mehr statt.

Rieche ist eine »einsame Pappel«. Menschen, von denen er nichts lernen kann, interessieren ihn nicht. Diejenigen, denen er seine Freundschaft schenken würde, weil er von ihnen lernen könnte, sind durch das Konkurrenzverhältnis von ihm abgetrennt.

[Vorstellungen des Vorstandsmitglieds Wilucki] Wir brauchen für den Werksicherheitsdienst *angeknackte* Typen, damit sie nicht übermächtig werden. Außerdem sollen die Arbeiter sie für ungefährlich halten.

[Wilucki läßt sich Möglichkeiten vortragen, die Rieches Planstelle überflüssig machen] Im Büro des Vorstandsmitglieds Falk Wilucki sitzt der Vertreter einer Leasingfirma, die Sicherheits-, Werkschutz- und Antispionagekräfte vermittelt.

Vertreter (während er ein Werbealbum seiner Firma vorweist): Unser Werkssicherungsunternehmen GmbH hat eine Marktlücke geschlossen: es bietet Ihnen die Lösung des Sicherheitsproblems. Sie sehen hier Aufnahmen unserer Mitarbeiter. Hier, die Bilder, die selbstverständlich nicht das wirkliche Aussehen dieser Personen wiedergeben, da deren Aussehen ja gerade geheim bleibt. (Großaufnahmen von Bizeps, Rückenpartien, neutralen Gesichtern.) Hier sehen Sie die Referenzen, die naturgemäß verschlüsselt sind: Wir haben hier eine Reihe zuverlässiger Pförtner; ab hier Agenten; sonstiges Personal. Sehen Sie hier: drahtig. Kontrolle und Besoldung einschließlich Sozialversicherung und Lohnsteuer werden von uns übernommen. Sie erhalten Rechnungsstellung.

Der Vertreter hat einen AV-Projektor aufgebaut und zeigt einen Dreiminutenspot:»700 m unter dem Meeresspiegel einer südlichen See liegt die Tiefentauchkuppel TTS 12, in der wertvolle Mikrobenkulturen unter Tiefseebedingungen getestet werden. Die Bewacherboote.«

AV-Film:»Sicherheitsbeauftragte unserer Firma nähern sich der Unterwasserkuppel. Sie überwältigen das Personal. Sie sehen die Griffe. Das Opfer wird den Fluten übergeben. Jetzt drehen wir den Film um, und auf der anderen Spur sehen Sie den umgekehrten Fall, daß unsere Firma den Schutz dieser Tiefseetauchkuppel übernimmt. Hier werden die Japaner, die an die Mikrobenkulturen heranwollen, gestellt und unschädlich gemacht.«

Vertreter: Ich komme zurück auf unser Album.

Vorstandsmitglied Wilucki, allein:»Ich neige persönlich wenig zu diesen professionalisierten Sicherheitsmethoden. Ich habe hier eine Reihe Volljuristen, die als Volontäre wesentlich unauffälliger Sicherheitsaufgaben wahrnehmen. Sehen Sie, wenn so ein Volontär im Innenbetrieb der Firma herumstreicht, so bleibt das eine zivile Sache. Meine Absicht ist es, auf lange Sicht das System der angestellten oder vermittelten Sicherheitskräfte völlig durch solche Volontäre zu überlagern.«[21]

[Rieches Planstelle ist dem Grunde nach bereits überflüssig] Wilucki:»Früher galt es als schädlich, wenn z.B. die leitenden Ingenieure Betriebsgeheimnisse an einen Konkurrenzkonzern ausgeliefert hätten. Das sieht für mich als Vertreter der jüngeren Vorstandsgeneration anders aus. Unsere Betriebsgeheimnisse werden wie Kuckuckseier in den fremden Konzern getragen, dort weiterentwickelt und als fertige Produktentwürfe wieder hereingeholt.«

»Ich habe die Verluste an entwendetem und unterschlagenem Material sowie durch das Eindringen betriebsfremder Personen in den Betrieb ausrechnen lassen und mit unseren Betriebsausgaben für Werkschutz verglichen. Es ist billiger, wenn man den Werkschutz *einspart* und die Verluste durch *Versicherung* abdeckt. Die Versicherungsprämie verringert sich allerdings, wenn das Werk

---

21 »Wir müssen ins Auge fassen, daß Kräfte existieren, die die Veränderung der Gesellschaft beabsichtigen. Schon 1917 und 1918 war hierauf die Antwort: die Aufstellung von Offiziersregimentern. Ich habe das in zeitgenössischen Filmen genau verfolgt.
Wir müssen aus unseren eigenen Reihen die Sicherheitsregimenter aufstellen. Volljuristen können nichts Spezielles. Sie haben keine Möglichkeit, sich gegen die *Legalität*, von der sie schließlich leben, zu wenden.«

über einen intakten Werkschutz verfügt. Dies ist der Grund, warum ich den Werkschutz zur Zeit nicht auflöse. Diese Perspektive habe ich mit Rieche bisher noch nicht besprochen. Er meint die Sicherheit des Werkes zu verteidigen. Statt dessen verteidigt er die günstigere Versicherungsprämie.«

[**Was fürchtet Rieche am meisten?**]

1. Am wenigsten die radikalen politischen Gruppen.
2. Etwas mehr die Gewerkschaften.
3. Die Journalisten.
4. Die Produktion, die sich ständig verändert und schwierige Anpassung des Sicherheitsdienstes nötig macht.
5. Noch mehr seinen Nachfolger, vermutlich will Rieches Stellvertreter Nachfolger werden. Es gilt, aufzupassen.
6. Die Frauen als Falle.
7. Den Vorstand. Er ist die einzige Instanz, die ihm die Planstelle wegnehmen kann.

Eine Industrie ist auf Einzelne nicht angewiesen. Deshalb will Rieche auf keinen Fall zur Gruppe dieser Einzelnen zählen. Er will zur Gruppe derjenigen zählen, die für die Verteidigung dieser Gesellschaft objektiv unentbehrlich sind (auch wenn der Vorstand diesen Wert nicht begreift und auch andere Firmen und Organisationen Rieche nicht einstellen wollen, internationale Geheimdienste nehmen ihn nicht, weil er Deutscher ist, Geheimdienste der Bundesrepublik zahlen schlecht).

[**Mangelware: lösbare Aufgaben**] In der Nähe der Ginnheimer Kirche bricht aus dem Schatten eine Gruppe von Kaufhausdetektiven hervor und verprügelt dort herumstehende Gastarbeiter.[22] Die Detektive besitzen Pistolen, verhindern so, daß die Arbeiter, die in der Mehrzahl sind, sich wehren. Es handelt sich um Gastarbeiter, die in dem Betrieb tätig sind, der Rieches Fürsorge untersteht. Rieche disponiert eine Gruppe Mitarbeiter in Lauerstellung an die Ginnheimer Kirche. Als die miteinander verabredeten Kaufhausdetektive am folgenden Abend erneut angreifen, werden sie von Rieches Gruppe zerschlagen.

---

22 Diese Detektive sind im Umkreis des Kaufhauses gehindert, ihr Können direkt einzusetzen. An sich wären sie in der Lage, die gesamte Kaufhalle binnen fünf Minuten auszuräumen bzw., wenn sie ihrem instinktiven Blick folgen dürften, physiognomisch die verdächtigen Kunden herauszugreifen und einer Körperabtastung zuzuführen. Wenn man sie machen ließe, wären nichtgeständige Täter oft geständig; Waffen dürfen sie überhaupt nicht einsetzen. Auf die Strafaktion bei der Ginnheimer Kirche sind sie verfallen, weil sich hier aus Schatten und Mauerecken heraus eine taktisch günstige Gelegenheit ergab.

Rieche: »Am liebsten habe ich Leute, die mir schwierige Aufgaben zuweisen. Ich könnte meine Gastarbeiter geradezu liebgewinnen.«

II

[**Die Sehnsucht, die Wirklichkeit, der Gegner, die Bitterkeit**] Rieche, in einem französischen Bett, Zimmer eines erstklassigen Hotels in Cannes, aus der Küche, deren Fenster zum Hof hin liegen, Radiomusik: Mylord. Rieche verfolgt einen geflüchteten Buchhalter; er muß vier Stunden hier in seinem Hotelzimmer warten. **Sehnsucht** füllt diese Zeitlücke, ein hohles Gefühl, sobald die Aktion aussetzt. Mag sein, daß die **Wirklichkeit** eine große Wüste ist, aber sie gibt Übersicht, läßt die hohle Sehnsucht verblassen. Es genügt ein **Gegner**, dessen Aktionen Rieches Kräfte anspannen; dies hält ihn lebendig, auch ohne daß er unmittelbar auf seine Gefühle zurückgreifen muß. Dieses Ganze ist **bitter**, versorgt Rieche mit Leiden. Ohne Leiden gibt es überhaupt keine Kraft. Das Küchenradio spielt: »Nothing upsets me«, »Sun 's shining brightly«, »Love of a lifetime«, »Dawn clouds came changing the weather«.

Rieche, noch weitere drei Stunden zur Untätigkeit verurteilt, ehe er die Gelegenheit ergreift, den Buchhalter in einer Bar in Hafennähe zu fassen, träumt, daß ein Generalmajor Eaker ihn in seiner Dienstlimousine mitnimmt. Er sieht die Lichtpunkte der Städte und Ortschaften während dieser Nachtfahrt durch Europa, über das er in diesem Wagen, der kaum Motorengeräusch macht, geradezu dahinfliegt: ein riesenhafter Gesamtbetrieb, der seinem und Eakers Schutz anvertraut ist.

[**Rieches Traum**] »Als verschüttetes gottverlassenes Kind. Im Krieg verschüttet. Vor der Verschüttung ein Mathematik- und Schachwunder, nach der Verschüttung nie wieder, was ich einmal war. Ein Sitzenbleiber.« Rieche, der schwitzend erwacht, blickt zur Uhr: noch immer 1 Stunde und 40 Minuten, ehe er den geflüchteten Buchhalter greifen darf. »Ich war nie Sitzenbleiber und nie Schachwunder.« Aber der Traum läßt sich durch Logik allein nicht abstreifen.

[**Rieches Vater**] Berthold Rieche. Aus der Vorgeschichte dieser Familie drückt das Elend der Vorväter. Rieches Vater hat sich hochgearbeitet. 1924 Lebensmitteleinzelhändler, 1929 Offenbarungseid, 1934 Geschäftsneueröffnung, 1944 ausgebombt, er spielt Geige. Nach dem Krieg war Rieches Vater zu alt. 1952 Geschäftsaufgabe, 1953 Eröffnung eines Cafés, Offenbarungseid 1956.

Ferdy Rieche, 1944 buntmetallsammelnder Schüler, 1945 Flakhelfer. Bis zum

Gruppenaufnahme. Rieche (Pfeil) als Kind. Links seine Mutter.
Um diese Zufriedenheit wieder zu erreichen, würde Rieche *alles* opfern.
»Ich dien'.«

Hals Idealist. Am 6. Mai 1945 vergräbt er seine Dienstpistole, in Ölpapier gewickelt, »für spätere Tage«, hat sie dann nie ausgegraben. 1952 Aufnahme in
den hessischen Polizeidienst.

Gemeinsam mit seiner Cousine Petra, einer materialistisch eingestellten Natur
(während Ferdy 1944 im Opernführer schwere Opern liest, lutscht sie Kau-
bonbon!), aufgezogen.[23] Beide wollen um jeden Preis die Verbindung zur Fa-

23 Petra Rieche, 6 Jahre älter als Ferdy. 1944 heiratet sie einen 20 Jahre älteren Fabrikanten,
dessen Tod sie in den Besitz eines Vermögens bringt. 1945, als Anhängsel der erheirateten
Vermögenswerte, findet sie sich wieder auf dem Staatsgebiet der späteren DDR. Sie kauft
Grundstücke von Leuten, die nach dem Westen gehn.
Cousine Petra muß in die ihr gehörenden 12 Häuser an Grundsteuern und Reparaturen
mehr investieren, als sie an Miete zurückerhält. Ihr Schönheitssinn zwingt sie, diese
Grundstücke in bestem Zustand zu erhalten. Die Grundstücke werden bewohnt von Kin-
derhorden, Arbeitern, Funktionären. Neuerdings hat Petra in zwei Häusern eine Sauna
für die Mieter eingebaut. Sie kann ohnehin das aus den Häusern fließende Geld nur wieder in diese Häuser investieren. Die materialistische Petra ist mit dem Zustand ihrer Häuser *wirklich zufrieden*. Sie erhielt eine Urkunde im Wettbewerb »Unsere Städte und Gemeinden verschönern«.
Ferdinand bezeichnet diese Cousine als eine Idiotin.
Petra: Wer hier der Idiot ist, das beurteile ich anders.
Trotz des Konfliktes wäre Petra bereit, bei einem endgültigen Scheitern Ferdinands im
Westen, ihn als Verwalter einiger ihrer Häuser in der DDR aufzunehmen. Ferdinand wie-
derum rechnet damit, daß Petra, sobald sie 60 Jahre alt ist, in den Westen kommt.
Petra: Und was soll ich da, ohne meine Grundstücke?

milie, die sie mit Lebensvorschriften überhäuft, aber nur Unglück garantiert, *kappen*. Heute verfügt Rieche, im Windschatten seines Großbetriebs, über die Sicherheit (auch im selbstbewußten Auftreten), die sein Vater immer vergebens suchte. Rieche: »Weil er nur ein Einzelkämpfer war«.

[**Ein Erlebnis von bleibendem Wert**] 16 Uhr. Rieche verläßt das Hotel, durcheilt die Gassen, die von seinem billigen Quartier zur See hinführen. Rue d'Antibes, Croisette, Hafen. Von der See her ein kräftiger Wind, der den Wellen Schaumkronen aufsetzt. »Wie kleine wimpelführende Angriffsspitzen von Panzern, die Wimpel sind die vom Wind quer zur Laufrichtung gerissenen Spritzwasser.« (Rieche) Draußen auf der Reede ein Flugzeugträger und zwei Kreuzer der 6. US-Flotte. Rieche spürt die starke Nachmittagssonne auf seiner rechten Backe. Wenn sie ihn zwischen Ohr und Wange besengt, empfindet er das als »Tiefenbestrahlung«. Es ist leicht, *frontal* auf Nase, Stirn und Wangen Bräune zu erhalten. Dagegen ist es ein Luxus, sich nur aus der *Flanke* bestrahlen zu lassen. Rieche atmet »bewußt«. Er hat den Eindruck, daß er mit dieser Seeluft eine Spur des Warenangebots der teuren Läden der Croisette und der Rue d'Antibes inhaliert. Es ist ein wertvoller Moment, den er diesem Buchhalter, seinem Opfer, *verdankt*.

Statt der schmalhüftigen Helfershelferin, Eva (die Rieche gegen das Versprechen, sie aus der Sache herauszuhalten, diesen Treff verraten hat), erscheint in dunkelblauem Anzug mit Weste in der Bar »Lepanto« Rieche.

RIECHE: Entschuldigen Sie, Herr Martens.

MARTENS: Was wollen Sie hier?

RIECHE: Ich bin Ferdy Rieche, Werkschutzdirektor, usf.

Die zwei Männer beäugen sich wie zwei fremde Hunde. Das Haar des Flüchtlings vom Baden und Bürsten knusprig frisch. Ein grauer Tropenanzug, der die schlanke Figur des Buchhalters heraushebt.

[**Jeder hat ihn gern, doch nur Rieche hat ihn lieb**] Am Abend sind die Männer einander nähergekommen. Sie haben Kleidungsstücke getauscht, d. h., Rieche trägt eine Sporthose und eine blaue Klubjacke aus dem Koffer des Buchhalters. Im Westteil von Cannes gibt es ein Haus, wo sie Mädchen finden. Martens: »Jetzt sind wir Lochschweine, könnten uns an sich duzen.« Rieche, außer Häuschen: »Eine hinreißende Nachtluft hier.«

[**Ein Platz für Rieche zum Großreinemachen**] Spielkasino, einige Drinks in der Bar des Hotels Miramar. Diese *Großwelt* enthält, nach Rieches Eindruck, einen beachtlichen Anteil an Waffenschmugglern, Wirtschaftsverbrechern. Wenn er Vollmacht hätte, könnte er hier einige Leute *abführen*. Martens: »Sie

könnten einen dieser großen Fische fangen und mich laufenlassen!« Rieche
lacht, lehnt ab. Als er einmal auf die Toilette verschwindet (er nimmt Martens
nicht mit, um nicht als Homoerot dazustehen), hat sich sein Gefangener entfernt. Rieche holt ihn zwei Straßen entfernt ein. Sie begießen den »Vertrauens-
bruch«. Einen Adjutanten hat sich Rieche immer schon gewünscht. Martens
singt, Rieche summt:

>   »Jeder hat mich gern,
>   doch nur einer hat mich lieb ...«

Am anderen Morgen, Rieche hat sich in Martens' Zimmer im Martinez eingenistet: die US-Schiffe sind vom Horizont verschwunden, ein violettblauer
Himmel. Die Freunde baden. Mittags durchqueren sie schon, in einem von
Martens gezahlten Mietwagen, die Seealpen. In einer Ortschaft im Elsaß ist
um die Kirche herum ein Jahrmarkt aufgebaut. Rieche und Martens schießen
Blumen, benutzen die Schiffsschaukel. 30 km weiter drängt ein offenbar Hirn-
geschädigter ihr Fahrzeug auf die Rabatten. Kurz zuvor ein Abgrund. Martens
hat vielleicht Rieches Leben gerettet, sie trinken einen Kaffee. Martens entfernt, als Rieche in einer Boulangerie Hörnchen einkauft, den Verteilerkopf
des Wagens. Martens: »Wir können nicht weiterfahren. Rieche, lassen Sie
mich doch laufen!« Rieche entleiht ein Fahrrad, holt in 6 km Entfernung aus
einer Reparaturwerkstätte einen neuen Verteilerkopf. Es folgt noch eine sehr
schöne Nachtfahrt. Das Auto ist mit Radio ausgestattet. Ein Schwebezustand,
»innere Solidarität«. Rieche: »Wenn Schweine Flügel hätten!«
»Zu Hause«, d. h. im Verwaltungsturm des Betriebs, angekommen, sperrt Rieche den Freund in eine Kammer, übergibt ihn am nächsten Morgen der Strafverfolgung. Die unterschlagenen Beträge sind sichergestellt. Rieche erhält eine
Belobigung. Unerklärlich: der Gesichtsausdruck Martens' im Moment der
»Übergabe«. Eine gewisse Unzufriedenheit in seinem Gesicht, obwohl die
ganze Fahrt doch für beide harmonisch war.

[Beischlafdiebin Daisy] Sie strich »in rührender Weise« den Brustkorb, die
Rippen, den Bauch des Eingeschlafenen, der grunzte. Dann – in der gleichen
Empfindungsstärke – entnimmt sie seiner Jacke die Brieftasche und verläßt das
Zimmer: 1280 DM Beute. Personalausweis und Führerschein verkauft sie für
weitere 40 DM.
Rieche spürte »dieses Miststück«, das den Leiter der Werbeabteilung, Breuer,
in dieser Form ausgenommen hatte, im Hotel Royal auf. Er nahm die *Streune-
rin*, Daisy hieß sie, in seine Wohnung auf. Er findet alle Verstecke, in die sie das
wenige bringt, das sie ihm stiehlt. Sie ist ihren Eltern in Ulm entlaufen. Eine
blasse, gelbliche Haut ohne jeden Hautfehler, darunter das für Rieche richtige
Maß an Weichheit und Knochen. Sie klagt über Schmerzen in ihrem Ge-

schlechtsteil. Auch Rieche fühlt ein Brennen. Er läßt das behandeln. Das Mädchen wird von ihm in die Privatstation von Professor F. eingeliefert: Eierstockentzündung infolge einer Mischinfektion. Wie ein gründlich werkstattüberholtes Fahrzeug kehrt sie nach vier Wochen in seine Wohnung zurück. Ausgehungert, zuwendungsbedürftig, sie hat sich während der Liegezeit in der Klinik gelangweilt; als sie ihn heftig an sich drückt, meint Rieche hier einen Menschen fürs Leben gefunden zu haben. Ob sie überhaupt Daisy hieß, ließ sich nicht ermitteln. Bei den Eltern der Sechzehnjährigen wollte Rieche nicht nachfragen. Seine Inanspruchnahme im Betrieb war so groß, daß die allein gelassene Daisy die Zeit nicht zu überbrücken verstand. Obwohl er sie tagsüber in der Wohnung einschloß, gelang ihr die Flucht: Er schickt sie Zigaretten holen, sie kehrt nicht zurück. Er sucht sechs, acht Wochen. Aber so gut mochte das intelligente Wesen ihn erkannt haben, daß es sich weit genug absetzte. Rieche nahm einen französischen Spitz zu sich, 50 cm hoch, einen Mischling, an den er eine Zeitlang sein Herz hängte, bis ihm das »unwürdig« schien. Letztlich gehört seine Zuneigung ausschließlich der Arbeit.

III

[Rieche, ein Arbeiter der Kontrolle, von der Gewerkschaft, obwohl lohnabhängig, nicht anerkannt]
»Glück ist die Erfüllung eines Kinderwunsches.« Arbeit ist das, was den Zustand des Kinderwunsches wiederherstellt. Das bleibt so lange undurchblickt, als diese »Arbeit« gar nicht wirklich existiert. Rieche fühlt sich »entfremdet«, weil der Ernstfall, aus dessen Aspekten er tatsächlich arbeitet, offiziell nicht anerkannt wird. Rieches Glück beschränkt sich so auf »Augenblicke mit Depot-Wirkung« (vgl. z. B. die »Heimführung« von Buchhalter Martens). »In dieser Form wird Glück eingedickt zur Idee des Glücks«, zur bloßen Möglichkeit.
Rieche hat sich um den Eintritt in die Gewerkschaft bemüht. Es geht um die Garantie eines Zustands, der Glück, d. h. Arbeit, nicht überhaupt ausschließt. Dieses Provisorium zu garantieren, ist die Gewerkschaft da. Aber es wird dort abgestritten, daß Rieches leitende Kontrolltätigkeit Arbeit sei; Rieches Untergebene gehören der Gewerkschaft an, ihn als Leiter nimmt die Gewerkschaft nicht.
Rieche büffelt Bilanzen. Er bietet einem Gewerkschafter, nur weil dieser von ihm ein Bier angenommen hat, intimes Material über Fusionspläne des Vorstands an. Der Gewerkschafter: eisig. Rieche hat danach nie wieder versucht, sich nach Mitte-Links zu öffnen.

[**Die Allianz der »Überflüssigen« – weltweit**] Rieche: 42 Jahre, 1 Niere, kreislaufgeschwächt, magenempfindlich, leichtes Übergewicht. Im Winter läßt er sich durch Handlanger ein Loch in den zugefrorenen Fluß hacken. Krebsrot entsteigt er dem eigentlich verjauchten Wasser.

Ein an sich unentbehrlicher Leister, der fürchtet, als Wegschmeißware zu gelten.

Eine Organisation seines Interesses erwartet Rieche nur auf überregionaler Basis, in Form einer Allianz derer, die nach Gebrauch nicht weggeschmissen sein wollen. Das Praktischste wäre eine Art Zentralkomitee, das Anweisungen gibt; auf regionaler Basis würden dem Konzept freikorpsähnliche Truppen entsprechen. In Nürnberg fanden im Vorjahr Gespräche hierüber mit niederbayrischen Interessenten statt, die aber nicht zahlen konnten.

Eine geheime, überregionale Schulungstagung, in Schussenried, an der Leiter von 40 Werksicherungsdiensten, die zusammen Belegschaften von 6,5 Millionen Arbeitern »repräsentieren«, teilnehmen, war kein Ersatz für die hier gestellte Organisationsfrage. Referate: Katastrophenschutz; Übergangserscheinungen zwischen Streik und bürgerkriegsähnlicher Situation; Zusammenwirken und Distanz von staatlichen Ordnungskräften und Werksicherungsdiensten. Das Wichtige waren die Gespräche in den Pausen. Was tut man, wenn eine solche Sache, wie sie in den Planspielen der Tagung durchgeführt wurde, schiefgeht? Ein Vorschlag: Sportflugzeug bereitstellen, um nach Spitzbergen zu entkommen. Dort soll es unbewohnte Inseln geben, auf denen Blockhäuser leerstehen.

Eine ganz andere Stimmung bei dem Essen, das Oberstleutnant Wilkens anläßlich seiner Versetzung nach Thailand einer engeren Gruppe von Sicherheitsdienstlern, Kriminalbeamten und deutschen Verbindungsleuten gab. Aber diesem Essen folgte die Abreise Wilkens', d. h., der Kontakt zerfällt in dem Moment, in dem er entstand.

[**Ehrlichkeit als Hobby**] Aus reinem Überschuß an Fähigkeiten: mit zwei Gehilfen, die auf Zeit bezahlt werden, fünf ständigen Mitarbeitern, die er zu qualifizieren wünscht, übersteigt Rieche die Umzäunung eines Lagers der Firma Blaupunkt in Neu-Isenburg, überwindet die Schließvorrichtungen und transportiert zwischen 1 und 5 Uhr nachts 60 Fernsehgeräte sowie 300 Transistorenradios aus diesem Lager in ein Waldstück bei Heppenheim, in dem er einen einsamen Holzschuppen gemietet hat. Die Wachen des Lagers sind in dieser Zeit von Stechuhr zu Stechuhr geschritten; Rieche, der zuvor sorgfältig beobachtet hat, hat ihre Bewegungen fast zeitgleich vorherberechnet. Die Garantiescheine für die Fernsehgeräte liegen ab Werk bei. Rieche könnte diesen Schatz »abkühlen« lassen und auf eigene Rechnung verkaufen.

Die Aktion ist jedoch nur als Manöver gedacht. In dieser wie in ähnlichen Übungen, die Rieche bei fremden Firmen durchführt (z. B. überprüft er regelmäßig Konstruktionsunterlagen in Tresoren von Konkurrenzkonzernen), soll exemplarisch die Angriffsmöglichkeit eines Gegners dargestellt werden. In der übernächsten Nacht trägt Rieche die Ware an den Ursprungsort zurück. Den Kollegen der Firma Blaupunkt lädt er zu einem Bier ein, belehrt ihn über die Sicherheitslücke. Er verschafft sich hier einen Feind, der ihm Dank zusagt.[24] Zu der hier und in ähnlichen Fällen bewiesenen Ehrlichkeit könnte den praktisch allmächtigen Rieche niemand zwingen. An einem Wochenende durchstreift er mehrere industrielle Zonen: die hier gehorteten Reichtümer gehören tendenziell ihm. Er müßte nur wollen. Ein Organisationsmuster, wie er diese Schätze in 20 Jahresspannen aus der Illegalität langsam in den legalen Warenverkehr wieder einschleusen würde, hat er bereits entworfen. Was ihn hindert, Ernst zu machen, ist die feste Erwartung, daß es irgendwo in diesen Konzernen einen Kollegen gibt, der ihm ebenbürtig ist. Selbstverständlich würde ein solcher Kollege – also Rieche als sein eigener Gegner – ihm das Handwerk legen. Er müßte diese Hoffnung auf gleichwertigen, d. h. »menschlichen«[25] Kontakt, wichtiger als jeder denkbare Schatz, aufgeben, ehe er Ernst machen könnte. Das will er nicht.

[Treue als provisorischer Zustand] »Es war ein krasser Denkfehler, bei Mitte-Links Kontakt zu suchen, d. h. bei Menschen, die in einem Apparat tätig sind, der nicht zum Produktionssektor gehört.« Eine Gewerkschaft hat selbst keinen Produktionsbetrieb; sie hat mit Sozial- und Rechtsansprüchen, d. h. mit Ideen, zu tun. »Die daraus folgende Schwäche macht die in diesem Apparat Tätigen notwendig instinktunsicher.« (Rieche)[26] Käme eines Tages ein Geg-

---

24 Dieser Kollege sendet Rieche als »Dank« eine Pralinésschachtel. Rieche, mißtrauisch, läßt die Pralinés chemisch untersuchen. Die zermatschte Masse, die er vom Labor zurückerhält, will er nicht essen, aber sie ist giftfrei.

25 Im strengen Sinne menschlich findet Rieche nur sich selbst.

26 Rieche hat dies in den sechs Jahren erlebt, in denen er im hessischen Kriminaldienst tätig war. Dieser stellt keine Wirtschaftsmacht dar. Als Rieche den Arzt Dr. Gerling wegen Rauschgiftvergehens verhaftete und sich so den Haß von dessen Sprechstundenhilfe, Dagmar Hilferding, zuzog, die in seiner Wohnung Rauschmittel hinterlegte und ihn in Verdacht brachte, wurde Rieche von seinen Vorgesetzten nicht geschützt. Um seine Personalakte sauber zu halten, mußte er auf das Angebot seines Vorgesetzten, selber um seinen Abschied zu bitten, eingehen. Danach bewarb sich Rieche um die Stellung im Werksicherungsdienst, da er annahm, daß im Produktionsbereich Mächtige sitzen, die ihn in einem ähnlichen Fall schützen würden, weil Macht instinktsicher macht. Inzwischen hat Rieche gelernt, daß dies keineswegs zutrifft. Wie er in den Schriften der Linken recherchiert hat, »durchdringen sich Distributions- und Produktionsbereich« auf unübersichtliche Weise;

ner, der Rieche ein Angebot machte – nicht Geld, sondern Erfüllung von Rieches Sehnsüchten –, so kann Rieche nur vermuten, was er dann täte. Es müßte aber ein radikaler Wechsel sein. Entweder ist Rieche sein Gegner oder ganz Gegner dieses Gegners. Ein solches Angebot ist aber nirgends zu sehen. Die Chinesen zahlen nicht, die Sowjetunion ist für Rieche Balkan, linke Gruppen haben nicht die Macht, Angebote zu garantieren, nehmen ihn vermutlich auch nicht. Auf Abwerbungsversuche fremder Konzerne läßt sich Rieche nicht ein, da er eine Falle befürchtet. Er jedenfalls hat einem Kollegen vor Jahresfrist eine solche Falle gestellt. So hat er den fähigen Konkurrenten abgesägt.[27]

[Der Zusammenbruch des Frontschweins] Dr. Sobel, Leiter einer Forschungsgruppe des Pentagon, hat die Dynamik militärischer und sicherheitsdienstlicher Zusammenbrüche untersucht. Der Gegner muß, schreibt Sobel, fünf psychische Schwellen gleichzeitig zerschlagen, um eine katastrophenartige Fluchtbewegung auszulösen – und zwar flüchtet dann der bewährte Fronttyp als erster (»War er vorher tapfer nach vorn, so ist er es jetzt nach rückwärts.«) Zerschlagen werden

1. die abstrakten Ideale
2. die kurzfristigen strategischen (sicherheitsdienstlichen) Ziele
3. Furcht vor dem Feind
4. die Selbstachtung
5. die Gruppenloyalität.

Rieche liegt sonnabends auf seiner Gartenliege, 6 m entfernt sein Steingarten, den er mit Tannen und Moosen, die er aus Bergwäldern zusammengeschleppt hat, bepflanzt. Fritzi Grünert massiert seinen Nacken. Er liest Dr. Sobels Schrift.

»Das kann mich nicht betreffen.«

1. Abstrakte Ideale habe ich nicht.
2. An kurzfristige sicherheitsdienstliche Ziele glaube ich nicht.
3. Ich kenne keinen Feind, der ich nicht auch selber sein könnte. Ginge es um den Feind, hätte ich überhaupt keine Furcht.
4. Selbstachtung ist nicht vorrätig.
5. Für Gruppenloyalität fehlt mir schon jetzt die Gruppe.

»Insofern müßte ich mich eigentlich, nach Dr. Sobel, bereits in voller Flucht befinden.«

---

daß der Produktionsbereich das Übergreifende« ist, wirkt sich nach Rieches Feststellung auf der Ebene des Werkschutzchefs nur unmerklich aus.

27 Allerdings lernt Rieche seit kurzem Portugiesisch. Vielleicht, daß er in Brasilien eine Stellung im Sicherheitsdienst ergattert.

IV

[Rieches Geruchssinn] Er kriecht an einer »Spur« entlang, die er buchstäblich riecht. Er ist gefährlich. So ist er Fritzi Grünert auf die Spur gekommen, die in der Personalabteilung des Werkes die Einstellung von Gastarbeitern bearbeitete. Sie nahm hierfür Provisionen in Höhe von 600 DM. Jetzt muß sie ihm gefügig sein. Rieche bildet sich ein, daß er sie durch seine Persönlichkeit »erotisch hörig« gemacht hat. Sie gehorcht ihm aber, weil sie gar keine andere Chance hat. Zeigt Rieche sie an, hat sie mit 18 Monaten Gefängnis zu rechnen. So unerträglich, daß sie dafür 18 Monate einsitzt, ist Rieche nicht.

[Glückliche Reise] Rieche hat sich sechs Monate lang auf diesen Urlaub mit Fritzi Grünert gefreut. Er hat einen Wohnwagen gekauft. Er will zelten. Die Freundin schläft im Wohnwagen, in der Erwartung, südlich des Brenners aufzuwachen (Berge, die von schwachen Wolkenfetzen umhangen in der Sonne liegen). Sie fahren bis Autobahnausfahrt Bad Mergentheim. Rieche hat Bedenken. Er kehrt um. Die Freundin, die ohne Urlaubserlebnis wieder aussteigen soll, mault. Resolut sucht sie ihr Gepäck zusammen. Rieches Instinkt wird bestätigt. Sein Stellvertreter, der Werkschutzbeauftragte Gellert, hat seinen Schreibtisch erbrochen, sucht nach Informationen, die Rieche die Planstelle kosten können.

[Rieches pädagogisches Talent] Kameradschaftliches Verhalten ist nur gegenüber Männern, nicht gegenüber Frauen möglich. Rieche, krank durch Kontaktmangel, wird überfallartig von pädagogischer Leidenschaft erfaßt.
Er zeichnet eine Gruppe seiner Mitarbeiter dadurch aus, daß sie unter Verzicht auf ihren Jahresurlaub an einem überregionalen Lehrgang teilnehmen. Unterbringung in einer Polizeischule im bayrischen Vorgebirge. Tannen, eine Quelle, Marschstrecken, Felsengelände. Hier werden die Kameraden für Anforderungen geschliffen, die praktisch nirgendwo existieren. Zum Abschluß führt Rieche die Gruppe in eine Aufführung der *Lustigen Witwe* im Theater am Gärtnerplatz, München.
Paradoxie: Rieche kann es nicht unterlassen, diese jungen Leute in dieser Form zu qualifizieren, andererseits ist er zu klug, diesem Eros blind zu folgen. »Ich bin nicht der Typ des Triebtäters.« Wenn er sie nach seinem Bilde formt (oder sogar darüber hinausgehend nach dem Bild, wie er sich wünschte, daß er wäre), so vergißt er doch nie, daß er hier Brutusse heranzieht. Dieser Zwiespalt hält das Unterrichtsprogramm eigentümlich unpraktisch.
Rieche besitzt keine Technik, Frauen, die er in seinen Bannkreis gezogen hat,

daraus wieder zu entlassen. Er hat Angst, daß ihm dies später leid tut. Dagegen verfügt er über eine sichere Technik, den Stellvertreter Gellert in einer Falle zu fangen. Zunächst verzeiht Rieche, »in kameradschaftlicher Weise«, für die Gellert dankbar ist. Rieche gibt Gellert eine Bewährungschance. Er soll die junge Witwe Mily Prasche, die auf einen Nebenverdienst angewiesen ist, an den Ostspionageverdächtigen Ingenieur Bertram »heranspielen«. Der von Rieche informierte Vorstand entläßt Gellert fristlos. »Es ist völlig undenkbar, daß wir hier anfangen, die eigenen Ingenieure mit geheimdienstlichen Methoden zu bespitzeln. Wir sind schließlich nicht in Afghanistan.«[28]

[»Eine ›Liebende‹ ist im Zusammenhang des Sicherheitsgefüges eines modernen Betriebs wie eine Geisteskranke zu sehen«] Nach Gellerts Abgang wird Ingenieur Bertram auf Grund »neuer Hinweise«, die Rieche präpariert hat, doch noch entlassen. Er tritt eine neue Stelle an in E., 520 km entfernt. Für Mily Prasche, die um ihr Verhältnis mit Bertram kämpfen will, bedeutet das Reisetätigkeit.

Die Werkskantine, an deren Lattenwand Kletterpflanzen befestigt sind, ihr Schlafzimmer, das Café »Sielaff«, das einen verschlampten Wiener Stil andeutet, alle die vertrauten Orte, an denen Mily Prasche mit Erwin Bertram gesessen oder gelegen hat, läßt sie hinter sich, fährt 520 km nordwärts, es ist Freitagabend. Eben angekommen, wird Mily von dem unter der Woche ausgehungerten Bertram in ihre Bestandteile zerlegt. Dieser Augenblick ist zu teuer bezahlt, da Bertram jetzt verausgabt daliegt. Sie quälen sich in der durch Bettstelle, Plattenspieler, Schreibtischlampe, zwei Stühle notdürftig dekorierten Einzimmerwohnung durch den Sonnabend. Sonntag morgen scheint zwar Sonne, aber sie wollen die Zeit nicht durch Spaziergänge verschwenden, bleiben im Zimmer, das keine Erinnerungen an frühere, glücklich verbrachte Zeiten enthält.

Bertram: »Das ist ein Organisationsproblem. Man kann nicht das ›Zusammensein von ein bis zwei Wochen‹ auf ein paar Stunden konzentrieren. Zeit-

28 Gellert: Herr Wilucki, ich möchte doch darauf hinweisen, daß ich den Auftrag hierzu von Herrn Rieche hatte. Wilucki: Und weshalb soll ich Ihnen das glauben? Gellert: Sie müssen mir das glauben. Es ist wahr. Wilucki: Wahr ist für mich, daß Sie hier Bespitzelung eingeführt haben. Herr Rieche hat mir persönlich bestätigt, daß er solche Schweinereien im Betrieb nicht dulden kann, und deshalb auch völlig konsequent seine Meldung erstattet. Gellert: Herr Rieche lügt. Wilucki: Nehmen Sie Ihre Zunge in acht. Der Vorstand hat gegenüber Herrn Rieche die Fürsorgepflicht des Arbeitgebers zu erfüllen. Ich kann nicht dulden, daß hier Verleumdungen aufgestellt werden.
Gellert könnte jetzt darauf hinweisen, daß Rieche einen Grund hatte, ihn zu stürzen, da er Rieches Schreibtisch zu öffnen versuchte. Dieser Hinweis würde jedoch den einen Entlassungsgrund nur durch einen anderen ersetzen.

druck ist wie eingedickter Orangensaft, der den Magen durchhaut, wenn man ihn roh trinkt.«

Montag früh begibt sich Mily in das Büro von Vorstandsmitglied Wilucki: Bertram soll wieder eingestellt werden. Wiluckis Assistent Palischke nimmt ihre Angaben zur Kenntnis, befragt Rieche. Jetzt muß Rieche, um recht zu behalten, nachträglich Dokumente fälschen. Mily will gegen Rieches Beweisunterlagen klagen.»Die sind gefälscht.« In einem Prozeß muß Rieche, um seine Beweise zu schützen, jetzt womöglich einen Meineid leisten. Er hat diese »Liebende« unterschätzt. Man müßte an Material herankommen, das ausreicht, um Mily für geschäftsunfähig zu erklären. In strömendem Regen läuft Mily, während Rieche überlegt, zum Büro des ihr schon vertrauten Gewerkschaftssekretärs, der eine Feststellungsklage gegen Rieches Vorstand in Gang bringt.

[»Rieche, Sie müssen stärker durchgreifen«; »Um Gottes willen, Sie stören die Produktion, Rieche, wenn Sie in dieser Form durchgreifen«] Der Assistent des Vorstands, Palischke, hat Rieche gemahnt: Das geht so nicht weiter. Sie müssen die Leute schärfer anfassen.

Die einzelnen Komplexe des Betriebs sind historisch nach Bedarf entstanden. Von der Werksicherheitskontrolle her gesehen sind sie nicht funktionell. Versteckte Höfe, Mauerecken an den Nahtstellen zwischen den Werkshallen.

Ein Denunziant meldet, daß in den Lagerräumen bei Werkshalle 12, die für weibliches Werkpersonal (Putzdienst) ebenso wie für Arbeiter erreichbar sind, »sexuelle Exzesse« stattfinden.

RIECHE: Und Sie können das beeiden?

DENUNZIANT: Selbstverständlich.

RIECHE: Und Sie haben es selber gesehen?

DENUNZIANT: Was ich berichtet habe, habe ich gesehen.

Rieche hat fristlose Entlassungen vorgeschlagen. Er will weisungsgemäß scharf durchgreifen. Zwei Tage später betritt Vorstandsassistent Palischke sein Büro.

Palischke: Ihre Razziamethoden in Werkshalle 12 einschließlich Zwischengelände sind nach Ansicht des Vorstands ein Mißgriff. Der Vorstand ist nicht prüde. Von Ihren 16 Vorkommnissen, die Sie berichten, ist nur erwiesen, daß zwei Putzfrauen den Arbeiter Eilers mit offenem Hosenstall gesehen haben. Wir können nicht Ihretwegen den Betrieb von Arbeitskräften räumen lassen.

Rieche: Ich möchte mich dagegen verwahren, daß ich prüde wäre.

[Ein Abgeordneter wird »gelegt«] Rieche hat von Assistenten des Vorstandsvorsitzers v. Herdorfer gehört, daß der Bundestagsabgeordnete M. in einen internationalen Ausschuß berufen wird, der die Steuerhinterziehungspraktiken multinationaler Konzerne untersucht. »Wenn man diesen Abgeordneten in den Griff bekäme.« Rieche recherchiert. Es ist vollkommen unmöglich, diesen Abgeordneten in den Griff zu bekommen. Aber Rieche hat einen anderen Abgeordneten ermittelt, B. Schmöller, der zwar für nichts zuständig ist, was den Konzern interessiert, aber übungshalber will Rieche einen Versuch wagen.

In einer Koblenzer Bar. Mit einer »blitzschnellen« Bewegung zieht der Abgeordnete die Hand des Mädchens in Hodennähe, für Sekunden liegt sie dort auf seiner Hose; das Mädchen schaltet, sie reißt ihre Hand zurück, von der »heftigen« Bewegung drehen sich die drehbaren Barhockerstühle, auf denen der Abgeordnete und die Blondine einander frontal gegenübersitzen. Die Beine der Blondine, eingeklemmt zwischen den kräftigen Beinen des Abgeordneten. Sie hält seine Hände, die in ihrer Oberschenkelhöhe tatenlos ruhen. Hier kennt ihn niemand. Ein glücklicher Fall. Die Stadt ist groß, so daß nicht zu erwarten ist, daß ihn jemand hier entdecken könnte. Auf der Toilette stellt er fest: Smegma-Absonderung, das ist unerfreulich. Das sind ergebnislose, undifferenzierte Spiele. So zahlt er bald und besteigt seinen Wagen. Die Szene wäre rasch vergessen, wäre sie nicht anfangs »vielversprechend« gewesen. Rieche hat einige der Bewegungen fotografisch festgehalten. Im Wahlkreis verteilt, müßten sie vernichtend wirken. Er schreibt den Abgeordneten anonym an. Dieser schlaue Abgeordnete besitzt Helfer. Rieche wird gestellt, als er »übungshalber« dem Abgeordneten Handlungsanweisung erteilt. Der Abgeordnete schreibt einen Protestbrief an den Vorstand Rieches. In der Posteingangshalle sitzt eine Vertraute Rieches, die er früher vor einem Verfahren wegen Unterschlagung bewahrt hat. Sie händigt ihm den Brief aus. Der Abgeordnete, der zwei Monate lang keine Antwort erhält, schreibt erneut. Rieche entwirft eine Antwort, die Unterschrift des Vorstands fälscht er. Er hat sich – entgegen sonstiger Vorsicht – verwickelt. Arbeitet auf Zeitgewinn.

[**Zwischenfall, für den Rieche schuldlos haftet**] Toni Siegusch, Werkschutz, mittlere Ebene, hat sich hinter dem Fenstervorhang eines Büros versteckt und filmt von dort aus eine Arbeitergruppe, die auf dem gepflasterten Zwischenhof miteinander redet. Das Betriebsratsmitglied Schwietzke hat ihn beobachtet. Schwietzke betritt den Büroraum, aus dem heraus Siegusch filmt.
Schwietzke: »Die Kamera geben Sie mal her.«
Die heraufgerufenen Arbeiter tasten Siegusch ab. Sie finden eine Pistole. Es geht nicht ohne Prügel ab.
In Rieches Büro: Mitarbeiter Siegusch mit zerschlagenem Gesicht, Kleider zerrissen; Schwietzke hat sich gegenüber Rieches Schreibtisch einen Stuhl genommen. Ein Arbeiter hat die Pistole sowie die stark beschädigte Kamera auf des-

sen Schreibtisch gelegt, den in der Kamera enthaltenen Film hat Schwietzke entrollt, so daß er jetzt belichtet ist. Rieche empfindet für Mitarbeiter, die Schwäche gezeigt haben und entlarvt dastehen, äußerste Kälte.

SCHWIETZKE: Das bringt hier ziemlich Ärger. Sie halten Ihre Leute nicht zusammen, Herr Rieche.

RIECHE: Ich bin Ihnen für Ihr rasches Eingreifen durchaus dankbar.

SCHWIETZKE: Das genügt uns nicht. Wir machen da eine große Sache draus.

[Ein Fall von aggressiver Marktforschung] In einem Labor auf der Westseite des Industriegeländes hat Rieche seit 4 Nächten gelauert. Als Ingenieur Gerlinde Haferkamp, die Rieche als Industriespionin ermittelt hat[29], die von ihr fotografierten Unterlagen in den Panzerschrank geschlossen hat, springt er aus dem Schatten hinzu und wirft die junge Frau gegen eine Glastür, die zersplittert. Beide fallen, ringend, in ein Nachbarabteil des Labors. Das Gesicht der Spionin ist zerschnitten. In diesem Fall wird die Spur, die Rieche verfolgt, durch Strafanzeige nur verwischt; daß die Spionin wegen Einbruchs sowie wegen Ausspähung von Industriegeheimnissen zwischen 1-2 Jahren Gefängnis erhält, ist für das Werk von geringem materiellen Interesse. Rieche sperrt die junge Frau in ein Kellergelaß eines z. Zt. nicht benutzten Lagerschuppens. Dieser relativ enge, schlauchartige Raum ist mit Säcken und Styroporplatten schalldicht ausgekleidet. Hier beabsichtigt Rieche die Spionin »sensorisch zu deprivieren«. Wird die Isolierte von sinnlichen Wahrnehmungen vollständig abgeschnitten, so wird sie im Verhör (»ihrer Sinne nicht mehr mächtig«) ihm keinen Widerstand leisten. Ein Aufklärungserfolg zeichnet sich ab.

Nach einigen Tagen sucht der Kriminalbeamte Welp Rieche in seiner Privatwohnung auf.

WELP: Sie halten eine junge Frau versteckt.

RIECHE: Ich verwahre mich gegen die Unterstellung.

WELP: Wir können ja gemeinsam nachsehen.

RIECHE: Sie haben keinen Haussuchungsbefehl.

WELP: Aber Sie bezweifeln sicher nicht, daß ich einen Haussuchungsbefehl bekomme, wenn ich einigermaßen zutreffende Angaben mache.

29 *Technischer Fortschritt als subversive Tätigkeit.* Ingenieur Haferkamp war an sich keine Verräterin. Sie erforscht Teilfragen der Laser-Technik. Einiges hierüber weiß sie, anderes weiß Ingenieur Professor Mudermann, der für einen Konzern in M. arbeitet. Sie tauschte Geheimergebnisse ihrer Abteilung gegen Ergebnisse seiner Abteilung, um so, quer zu den Konzerngrenzen, zu einer Kooperation zu kommen, wie sie einer hochindustrialisierten Produktionsstufe entspricht. An dieser Stelle greift Rieche ein.

RIECHE: Und woher wollen Sie diese zutreffenden Angaben nehmen?

WELP: Nehmen Sie einmal an, daß ich als Nebentätigkeit die Fachberatung für ein Industrieunternehmen übernommen habe, das sich für Informationen aus Ihrem Werkbereich interessiert. Zugeben werde ich das selbstverständlich nicht, und beweisen können Sie das ebenfalls nicht.

RIECHE: Als Denkspiel wollen wir einmal davon ausgehen.

WELP: Dann können Sie auch unterstellen, daß wir inzwischen ermittelt haben, wo Frau Ingenieur Gerlinde Haferkamp z. Zt. sich aufhält. Ich spreche jetzt als Kriminalbeamter.

RIECHE: Ich bezweifle, daß Sie das wissen.

WELP: Wir könnten das feststellen, wenn wir nur aufwendig genug suchen. Es wäre interessant, wenn wir 10 Beamte hoch im Werksgelände erscheinen.

RIECHE: Ich sehe Sie und Ihre Begleitmannschaft schon wieder mit enttäuschten Gesichtern abziehen.

WELP: Sie geben also zu, sie besonders gut versteckt zu haben?

RIECHE: Ich gebe überhaupt nichts zu.

WELP: Nehmen Sie Vernunft an. Was ich Ihnen hier sage, ist die Auffassung eines Kriminalbeamten. Sie können hier nicht Ihre Privat-Justiz aufmachen. Rechnen Sie fest mit einem Ermittlungsverfahren wegen Freiheitsberaubung. Wir haben Ihr Verhältnis zur Geschäftsleitung analysiert. Selbst wenn wir auf Anhieb nichts finden, würden Sie auffallen, wenn wir Ihnen ein Ermittlungsverfahren anhängen.

RIECHE: Einmal unterstellt, ich habe eine Industriespionin gestellt und in Verwahrung genommen, dann können Sie mir ein Verfahren auch dann anhängen, wenn ich sie jetzt freilasse.

Rieche hat dieses Gespräch mitgeschnitten. Aber er kann das Tonband nicht verwenden, da der Vorstand nach Frau Haferkamp fragen würde (angeblich ist sie in Urlaub). Rieche ist unruhig.

[**Engpaß**] »Man müßte sich einen Fehler leisten können.« Rieche könnte dies, wenn der Vorstand ihn für unentbehrlich hielte. Das ist bei der Mentalität des Vorstandsmitglieds Wilucki nicht zu erwarten.

Rieche hat Angst. »Ich ziehe meine Seele wie einen dicken Bernhardinerhund hinter mir her.«

[**Die beste Methode, sich unentbehrlich zu machen, ist die Erpressung**] Rieche läßt seinen Feind Wilucki beschatten. Erwin Drescher, Aufklärungsgruppe des Sicherungsdienstes, erhält die Aufgabe, eine immerhin denkbare Entführung dieses Vorstandsmitglieds zu verhindern; hierzu ist erforderlich, daß Drescher ein exaktes Protokoll aller Besuche und Bewegungen Wiluckis außerhalb des

Werkes führt.[30] Den Rest erfährt Rieche durch Einbruch in die Tresore des
Konzerns M. Jetzt hat er den Beweis, daß Wilucki diesem Konkurrenzkonzern
interne Informationen zuleitet und gegen Sicherung seiner Stellung eine Auslieferung des Werks an diesen Konkurrenten im Wege der Fusionierung betreibt. Eine Bezahlung Wiluckis weit über seinem Wert ist für den Konzern M.
immer noch preiswerter als eine Bezahlung des reellen Werts der Werksanlage.
Rieche mietet zwei Vorbestrafte an und setzt Wilucki in dessen Privatvilla fest,
verhört ihn.

WILUCKI: Sie sind wohl verrückt, wenn Sie sich am eigenen Vorstand vergrei-
fen.
RIECHE: Ich habe hier Beweise.
WILUCKI: Das verstehen Sie doch alles überhaupt nicht. Ziehen Sie sofort
Ihre Männer zurück.
RIECHE: Was ich verstehe, überlassen Sie mir.

An sich will Rieche das Vorstandsmitglied Wilucki nur »in den Griff bekommen«. Er möchte für Wilucki unentbehrlich sein, einen fähigen Feind in einen
fähigen Freund seiner Planstelle verwandeln. Die Wut macht es Wilucki unmöglich, diese Absicht zu durchschauen. Der verzweifelte Rieche: »Vielleicht
erkennt der Rumpfvorstand in dieser Sache meine Unentbehrlichkeit.«

[Vorstandsvorsitzer v. Herdorfer, ein Schnell-Schalter]
V. HERDORFER: Ich setze zunächst einmal voraus, daß von diesem Doku-
ment hier niemand erfährt.
RIECHE (hoffnungsvoll): Auch nicht die Konzernspitze in Brüssel und New
York?
V. HERDORFER: Ich tausche mit Ihnen keine Vertraulichkeiten aus. Ich über-
lasse es Ihnen, was Sie tun.
RIECHE: Die Konzernspitze von M. wäre durchaus ebenbürtig.
V. HERDORFER: Lassen Sie Ihre Spekulationen.
RIECHE: Selbstverständlich. Ich habe nur pflichtgemäß gehandelt.

---

30 Freitag, 17 Uhr, quer über verstopfte Stadtzentren fliegt Wilucki in Richtung Luxemburg,
Brüssel. Hier, zur See und zu den Häfen hin, verdichtet sich die industrielle Landschaft.
Dazwischen Mühlen und Altschlösser, innen modern ausgebaut, für Treffs »in Einsamkeit und Freiheit«. Wilucki landet auf einer Waldwiese, verhandelt und speist auf einem
dieser Landsitze. Rückkehr 22 Uhr. Der Hubschrauberpilot, der von Wilucki ein Trinkgeld von 50 DM annimmt, hat bereits vorher die Adressen und Zeitpunkte dieses
Tageslaufs für 300 DM an Rieches Beauftragte verkauft. Die Belege liegen ca. 1 m voneinander entfernt in der Registratur des Werkes.

v. HERDORFER: Was Sie melden, ist so weitreichend, daß ich das zunächst überhaupt nicht zur Kenntnis nehme.

[Rieche hat das Vorstandsmitglied Wilucki abserviert] Gespräch zwischen Wilucki und v. Herdorfer.

v. HERDORFER: Da mußt du leider deinen Rücktritt einreichen.

WILUCKI: Und das nennst du Freundschaft.

v. HERDORFER: Das einzige, was ich für dich tun kann, ist, daß ich diesen Rieche ebenfalls zum Weggehen bewege. Falls dich das befriedigt.

WILUCKI: Und du übernimmst meinen Posten?

v. HERDORFER: In Personalunion.

[Der Konzern M. hat die Mehrheitsanteile des Mutterkonzerns in Brüssel und New York aufgekauft. Wilucki Vorstandsvorsitzer] Rieche, in Abwehrhaltung, vor dem Schreibtisch Wiluckis.

WILUCKI: Wir lassen uns nicht von Angestellten erpressen.

RIECHE: Ich wehre mich nur gegen den Vorwurf, »versagt zu haben«.

WILUCKI: Wo kommen wir da hin, wenn wir uns erpressen lassen?

RIECHE: Ich bestehe ja nur darauf, daß es nicht Unfähigkeit war.

WILUCKI: Aber Sie verstehen, daß Sie fristlos entlassen sind.

RIECHE: Das verstehe ich. Ich bitte aber anzuerkennen, daß eine gewisse reale Chance bestand.

WILUCKI: Das gestehe ich Ihnen gern zu. Für unfähig halte ich Sie nicht.

RIECHE: Das genügt mir.

[Volksdiener Rieche] Ein langer Anmarschweg das Nerotal hinauf, an Villen der Jahrhundertwende vorbei, vergangene Welt, aber unvergessen, so gelangt Rieche, der grundsätzlich nicht schwitzt[31], weißes Hemd, Weste, dunkelblauer Anzug, im Schulterhalfter eine getreue Nachahmung der künftigen Dienstpistole, zum Bundeskriminalamt. Hier ist ihm eine Stelle als kriminalistischer Hilfsarbeiter zugesagt worden. Rieche wird sie ausbauen.

Er wird auf das Grundgesetz vereidigt. Dieses Grundgesetz soll er in Zukunft schützen.

DIENSTVORGESETZTER: Wählen Sie die weltliche oder die religiöse Eidesformel?

RIECHE: Die religiöse.

---

31 Der normalerweise auf 2500 km begrenzte Hitzegürtel um den Äquator ist in diesem Jahr aus Gründen, die den Meteorologen rätselhaft sind, auf 5000 km erweitert. Eine Heißlufttasche wird aus Südosten, Saudiarabien, Kleinasien in die Gegend von Wiesbaden geweht.

Projekt: Groß-Weißafrika[32]

>»Die drei Jahrtausende des Individuums sind um.«
>*Antonio de Spinola, Portugiesischer General*

>»Die Fremden sind wie Fische in einer Bratpfanne.«
>*Partisanenspruch aus der Gegend von Zimbué*

I

Insel Inaccessible, Südatlantik, 1. 7.:
Hubschrauber, voll von Haushaltsgegenständen, trafen ununterbrochen ein. Dazwischen drängten sich Schwärme von Mitarbeitern. In den Gebäuden, die die relativ kleine Grasfläche des Flugfeldes begrenzten, sowie in den Baracken neben der zerschossenen Funkstation ein organisatorisches Durcheinander. »Der Strom derer, die versuchten, hereinzukommen, drängte sich denen entgegen, die wieder hinauswollten, um weiteres Eigentum zu holen.« Die einzelnen Gebäude waren den verschiedenen Nationen zugewiesen worden. Hier war das rhodesische Gebäude und dort das südafrikanische, während eine Baracke den Resten eines portugiesischen Stabs überlassen war. Die Pavillons an der Vorderseite wurden allmählich mit dem verschiedenartigen Gepäck gefüllt, vor allem mit Kisten voll Nahrungsmitteln und Wein. Hier war auch das Hauptquartier der Union Minière sowie der Eisenbahnverwaltung Kapstadt-Beira. Das Stallgebäude war den Söldnergruppen vorbehalten. Der hinterste Pavillon wurde reserviert gehalten und in verschiedene Bezirke aufgeteilt. In einer Ecke repräsentierten zwei Leute den Rest der Johannesburger Bankkonsortien, in einer anderen hatten, so gut es ging, einige Offiziere ihr Hauptquartier. Auf wenige Quadratmeter beschränkt, gleich neben den Offizieren, waren die Chefverwaltungen oder Oppositionsführungen großer afrikanischer Landstriche lokalisiert, die hier Herrschaftsansprüche über mehrere Tausend Quadratkilometer, die noch vor einigen Monaten realen Herrschaftsbereichen entsprachen, in dieser Form »ausübten«. Der Times-Korrespondent besaß eine Matratze auf dem Ziegelboden des Flurs, neben ihm waren seine Bücher aufgestapelt, die er glücklicherweise hatte retten können. »Das alles«, schreibt der

---

32 Die folgende Chronik des Weißafrika-Projekts geht von der Perspektive des Jahres 1972 aus, in der sie geschrieben wurde. Die Republik Südafrika, beide Rhodesien, die portugiesische Kolonialarmee, die Söldner im Kongo und in Katanga bilden ein starkes Gewaltpotential. Die Regulierung der – »was die weiße Herrschaft betrifft« – verwirrenden Verhältnisse des Kontinents mit militärischen Mitteln ist jahrelang vorbereitet. Am 1. 7., d. h. zu Beginn der Chronik, ist das Projekt bereits gescheitert.

Söldnerführer Wieslaff, »erinnerte lebhaft an das Deck eines Ozeandampfers, der soeben untergeht.

Abb.: Cheftheoretiker, General und Diplomat A. de Spinola, der von jeher eine »politische Lösung« dem militärischen Coup vorzog (»Nur die Anpassung an den Geschmack der afrikanischen Rebellen in Form einer radikalen Revolution der Sozialverhältnisse in Gesamtafrika – und dies kostet etwas – kann diesen Kontinent für uns erhalten«), war während des Projekts Groß-Weißafrika kaltgestellt; jetzt, nach der Katastrophe, war er in die Staatsführung berufen worden. Nun fehlten allerdings alle Voraussetzungen für Sanierungspläne in seinem Sinne, er war Skeptiker.[33]

Nachmittags versuchte der Times-Korrespondent, den Cheftheoretiker dieser gescheiterten »Allianz«, General de Spinola, der jetzt als »Regierungssprecher« fungierte, zu interviewen. Der Korrespondent ließ sich auf einem Hokker neben de Spinola nieder, bewirtete den General mit Tee.

TIMES-KORRESPONDENT: General, Sie sehen krank aus.
GENERAL DE SPINOLA: Ich verwahre mich gegen diese Unterstellung.

---

33 1972 ist Spinola Chef der portugiesischen Kolonialarmee in Guinea-Bissau. Er wird kaltgestellt, indem auf Befehl des Generalstabs in Lissabon sein Stellvertreter die operative Führung übernimmt. Zwei Jahre später (zum Zeitpunkt der Niederschrift der Chronik unbekannt) führt Spinola in Guinea-Bissau einen Linksputsch und wird in Lissabon Regierungschef. Ein Mann der Überraschungen. Schon 1942 war er als Gast der deutschen Heeresgruppe Nord zu Pferd in einen Casino-Saal geritten.

TIMES: Nachträglich betrachtet, war dieses ganze Abenteuer für Sie eine Bestätigung, für Ihre Regierung eine ungeheure Niederlage.

DE SPINOLA: Als Sprecher dieser Regierung verwahre ich mich gegen die Bezeichnung Abenteuer.

TIMES: Aber eine Niederlage war es doch.

DE SPINOLA: Wir konnten nicht anders.

TIMES: Wer war eigentlich bei dieser Allianz alles mit von der Partie?

DE SPINOLA: Das ist nach wie vor geheim.

TIMES: Sehe ich das richtig, daß der Grundplan der war, Lybien, die ägyptischen Basen und einzelne Punkte in Guinea, Uganda usf. blitzartig auszuschalten, um dann in Ihrer eigenartigen Koalition das übrige Afrika zu besetzen?

DE SPINOLA: Alles Ihre Spekulation. Da es sich um Geheimsachen handelt, können Sie das alles nicht wissen. Ich gebe Ihnen zu, daß wir zunächst diesen lybischen Streitkräften einen Schlag versetzen mußten. Wir haben sie aber da nicht erwischt, wo wir sie suchten. Ich kann mir das nur durch Verrat erklären. An sich mußte unser Plan idiotensicher funktionieren.

TIMES: Woran liegt es dann aber, daß Sie jetzt hier auf dieser Steininsel tief im Süden sitzen? Ich glaube, es ist nicht sehr weit von hier bis zum antarktischen Festland. Hatte vielleicht der Generalstab, der dieses Projekt leitete – die Zusammensetzung dieses Stabes ist ja leider ebenfalls geheim –, die Kräfteverhältnisse nicht richtig berechnet?

DE SPINOLA: Dieser Generalstab hat die Kräfte sogar höchst richtig berechnet.

TIMES: Aber die Sache ging doch schief.

DE SPINOLA: Die Sache ging schief, weil dritte Nationen eingriffen. In dieser Hinsicht konnten wir in den letzten Stunden der Katastrophe eine Reihe beachtenswerter Feststellungen machen.

TIMES: Und damit hatte niemand gerechnet?

DE SPINOLA: Selbstverständlich wurde damit gerechnet.

TIMES: Und warum haben Sie trotzdem den Angriff gestartet?

DE SPINOLA: Wir konnten nicht anders. Die Situation wäre in einem Jahr nur noch schlimmer gewesen. Es war die letzte Chance für einen Schlag.

TIMES: Warum wurde das Projekt nicht mit den USA abgestimmt?

DE SPINOLA: Woher wollen Sie wissen, daß wir das nicht abgestimmt haben?

TIMES: Wir schließen das daraus, daß die Regierung der USA vier Tage brauchte, um sich auf die Situation einzustellen.

DE SPINOLA: Zugegeben. Wir fürchteten, daß die Experten in Washington uns diesen Plan eines exzentrischen Durchstoßes nach Norden, mit allen beweglichen Kräften ausgeführt, als zu riskant ausreden würden. Dieser im Grunde immer noch grandiose Plan hat in der Militärgeschichte kaum Vorbilder, allenfalls ähnelt ihm Conrad von Hötzendorffs genialer Vormarsch mit der gesamten österreichisch-ungarischen Streitkraft strahlenförmig über Lemberg hinaus nach Südpolen, August 1914.

TIMES: Mißlang das nicht auch?

DE SPINOLA: Es mißlang, aber es war ein glänzender Plan.

TIMES: Und um diese Idee nicht zu gefährden, haben Sie Nachrichtensperre gegenüber Ihrem wichtigsten potentiellen Helfer, den USA, gewahrt?

DE SPINOLA: Wir hatten Kontakte informeller Art mit einzelnen Gruppen in den Apparaten in Washington. Leider mußten die im entscheidenden Moment in Deckung bleiben, da sich die Sache nicht gleich so entwickelte, wie wir dachten. Hätten wir einen Erfolg gehabt, dann hätten diese Gruppen die mit uns getroffenen Absprachen aufdecken können. Alles, was wir brauchten, wäre ein US-Luftschirm für 24 bis 26 Stunden gewesen, der Gesamtafrika gegenüber Drittschlägen zuverlässig absichert.

TIMES: Und danach wollten Sie das Ganze in Planquadrate einteilen und unterdrücken?

DE SPINOLA: Ich verwahre mich gegen den Ausdruck »unterdrücken«.

TIMES: Sie mußten doch mit riesigen Partisanenarmeen rechnen, die sich sofort in den Busch schlagen.

DE SPINOLA: Da lagen Pläne vor.

TIMES: Was hätten Sie denn mit der Bevölkerung gemacht?

DE SPINOLA: Wir hätten die Gebiete in Bezirke eingeteilt, die Verbindungen zwischen diesen Bezirken abgeblockt und dann Stück für Stück befriedet.

TIMES: Dann hätten Sie die Bevölkerung praktisch beseitigen müssen?

DE SPINOLA: Das sehen Sie alles etwas laienhaft. Es ist ja auch nicht meine Planung gewesen. Natürlich hätte es Verluste in der Bevölkerung gegeben.

TIMES: Sie hätten sie praktisch ausrotten müssen.

DE SPINOLA: Gegen diese Bezeichnung muß ich mich verwahren. Aber ist an sich diese Bevölkerung unersetzlich? Dieses schöne, riesige Land hätten wir notfalls auch mit importierten Arbeitskräften aus Portugal, Süditalien usf. erschließen können. Sehen Sie es doch einmal positiv, von der Erschließung des Landes her.

TIMES: Nicht Ihnen persönlich, aber den Planern dieser Katastrophe wird vorgeworfen, sie hätten kein Gewissen.

DE SPINOLA: Selbstverständlich haben die ein Gewissen. Ich würde aber nicht so sehr von Gewissen sprechen, sondern mehr von »Wesen-Wissen«; es geht um das Beurteilungsvermögen für das, was wesentlich ist.

TIMES: Wesentlich scheint mir, daß von Ihrem ganzen Traum diese Insel übriggeblieben ist, ein paar Zivilisten, ein bis zwei Flugzeuge, wenige Panzer, zwei Bataillone Marineinfanterie, drei bis vier beschädigte Schiffe, eine von Ihnen selbst zerschossene Funkstation, als Sie diese Insel hier illegal besetzten.

DE SPINOLA: Ja, die Funkstation muß wieder in Gang gebracht werden. Das ist für uns das allerwichtigste, daß wir wieder eine Verbindung zur Welt erhalten.

TIMES: Aber Sie werden doch sofort ausgeräumt, wenn bekannt wird, daß Sie hier sind.

DE SPINOLA: Es kommt darauf an, daß wir die Funkstation wieder in Gang bringen, weil wir unsere Forderungen nach fairen Friedensgesprächen nur so in die Weltöffentlichkeit einbringen können.

TIMES: Und Sie meinen, daß Ihre Friedensvorschläge dort als Sensation empfunden werden? Täuschen Sie sich da nicht?

DE SPINOLA: Das ist jetzt auch schon egal, ob ich mich da täusche. Vor allem muß man auf uns hören. Wir haben noch an versteckten Stellen in Afrika einige kämpfende Gruppen, da im Norden, da im östlichen Hochland, im Okawango-Bassin (zeigt auf der Karte) – das ist natürlich vertraulich, was ich hier sage –, die halten da die Stellung. Vielleicht ist das ein Faustpfand. Wir haben jedenfalls nicht mehr als diese Friedensvorschläge mitzuteilen.

TIMES: Und daß Sie einfach aufgeben?

DE SPINOLA: Das ist für uns, unserer ganzen Einstellung und Vorbildung nach, ausgeschlossen.

II

[In den ersten Stunden sieht das Projekt »lohnend« aus, Presseoffizier Oberst Behrens, vom Generalstab in Kapstadt, 26.6.:] »Die sind hier nach Norden durch. Hier nordwestlich ist eine unübersichtliche Lage entstanden. Wenn Sie, bitte, hierher sehen: der Stoß führt aus der zentralafrikanischen Region nach Osten und soll offenbar das hier abschneiden. Das hier ist alles verwüstet. Wir haben jetzt genaue Nachrichten.«
Der Generalstab der Südafrikanischen Union ist zu dieser Stunde selbstverständlich nicht der wirkliche Leiter des Geschehens; die Union gilt offiziell als neutral.[34]

34 Irgendwo im gesamtafrikanischen Raum ist in höhlenartigen Laufgängen ein »interalliierter« Generalstab gebildet, der den Durchbruch nach Norden leitet. Die Mächte, zum Teil auch Söldnertruppen, die mehr oder minder einträchtig an diesem Projekt teilnehmen, sind im technischen Sinne nicht Alliierte. Sie haben sich jedoch zu diesem Schlag zusammengeschlossen und werden hier und im folgenden, trotz völlig gegensätzlicher Auffassungen untereinander, als »Alliierte« bezeichnet.

[**Die Fluglotsen von Nairobi, 26. 6., 12 Uhr**] Vor einer Stunde haben die Fluglotsen den Kontrollturm verlassen. Die in den Gängen des Flughafens wartenden Passagiere werden mit Verpflegungspäckchen und Milchtüten versorgt. Eine Stunde später landen große Mengen lybischer Kampfflugzeuge. Transportmaschinen laden Panzertruppen aus. Die halbe lybische Armee scheint hier konzentriert zu werden. Am Rande des Flugplatzes haben sich die Lotsen versteckt. Sie registrieren von hier aus Zahl, Typ und vermutete Kurse der Maschinen, zählen die Truppenstärke. Zur Kontrolle des Luftraums können sie von hier, aus dem Buschgelände spähend, getrennt von den elektronischen Hilfsmitteln, die im Kontrollturm verblieben sind, nur durch grobe Schätzungen beitragen.

[**Beobachtungen einer Tierfängerexpedition westlich des Malagarasi**] Eine Tierfängerexpedition, teils in Jeeps, teils in Hubschraubern, ist am 27. 6. mittags an einem Punkt 56 km westlich des Malagarasi. Der Funkkontakt zur Tierfängerstation ist seit zwei Stunden abgerissen. Im Funkäther Störungen, einander überlappende codierte Funkmeldungen. Jetzt sehen die Tierfänger in den Hubschraubern eine endlose Masse von Panzern, eskortiert von Luftstreitkräften, Richtung Kigoma–Moraza. Seitlich liegen die Nikongasümpfe.

III

[**Oberst Behrens, 27. 6., 2 Uhr früh, provisorischer Gefechtsstand der Nordgruppe zwischen Malakal und Abwong:**]»Die sind in zwei konzentrischen Zügen hier und da durch. Das ist entsetzlich. Hiervon westlich ist eine gewisse *Sauerei* entstanden, die wir noch nicht beurteilen können. Das hier ist abgeschnitten. Ich weiß nicht, was ich noch melden soll. Wir haben uns das alles ganz anders gedacht.«
Anschließend fliegt Behrens befehlsgemäß aus dem Kessel heraus. Er beabsichtigt, den erkrankten Regierungschef auf einer Insel im Südatlantik zwecks Berichterstattung zu treffen.
Der Kommandeur der Avantgarde, die in der Gegend von El Fasher steckengeblieben ist, ein Söldneroberst:»C'est le massacre final, qui se´prépare.«

[**Meisterleistungen hoher Beweglichkeit innerhalb des sich bildenden Einschließungsrings im Norden**] Major Canicado berichtet: Unsere Gesamtstreitkräfte sind im großen und ganzen abgeschnitten. Aber wir können die Kesselränder des Einschließungsrings von hier aus nicht sehen. Insofern sind wir

Abb.: Lagebild am 27. 6. abends.
Vorstoß der»alliierten« Streitkräfte nach Norden, wo sie 200 bis 600 km nördlich dieses Kartenausschnittes in einen Kessel geraten. Der Süden ist somit entblößt.

auch wiederum höchst beweglich. Es gibt keine Chance außer der, um jeden Preis in Bewegung zu bleiben.»Auf eine solche Einsicht muß man sofort handeln, oder sie ist für ewig dahin.«

[Hptm. Bertram, Stabsoffizier, »alliierte« Streitkräfte, Nordkessel, Tagesbericht 27. 6.] »Wir beschränkten uns darauf, aus den Fahrzeugen herauszuholen, was herauszuholen war. Als wir immer weiter nach Norden kamen und keine Flugzeuge sahen, die uns unterstützt und Zigaretten abgeworfen hätten, kam eine ziemlich melancholische Stimmung auf, die Major Kaper, sobald er sie bemerkt hatte, zu unterdrücken versuchte. Die Mannschaft machte Geschäfte mit den letzten Zigaretten. Einer der Soldaten vertauschte seine erstklassigen Kriegsauszeichnungen an einen Kameraden, der Vorstrafen hatte, und mußte sie auf Befehl von Kaper wieder zurücknehmen. Später wurde entdeckt, daß einer der Panzerabwehr-Kanoniere seine im Stützpunkt im Süden zurückgebliebene Freundin für Tabakwaren vertauscht hatte, es waren aber nicht mehr genug Zigaretten in einer Hand, so daß er an drei Mann verkaufen mußte, von denen einer ihn verriet. Major Kaper sah hier von Bestrafung ab, da die Disziplin eine weitere Anspannung jetzt nicht vertragen hätte. Er saß im vordersten Jeep und versuchte, wenigstens die Geschwindigkeit zu halten. Er hatte überhaupt keine Lust mehr zu der Verfolgungsjagd, aber wir waren jetzt so weit von unseren Versorgungsbasen in Zentralafrika entfernt, daß wir ganz nach Norden zur Küste durchstoßen mußten, da wir mit Flugzeugen, die Nachschub abwarfen, hier nicht mehr rechnen konnten. In dieser Verfassung wurden wir von den Rebellen aus dem Hinterhalt überrascht, die uns, ohne daß viel geschossen wurde, gefangennahmen.«

[Der Richter von Nairobi, 27. 6.]
Ein trüber Tag, auch ziemlich kalt. Sobald wir etwas Höhe erreicht hatten, zogen wir die Mäntel über. Als Assistent des Chefgenerals wurde ich in Afrika wie ein rohes Ei behandelt, und wenn ich auch keinen Inspektionsauftrag hatte, so erschien doch der Zivilgouverneur selbst im Gefängnis, als wir den Verurteilten aus seiner Zelle herausholten. Die Gefängnisverwaltung war mit mehreren Beamten erschienen, damit niemand von den Gefangenen mich anzusprechen wagte oder mir vielleicht Eingaben zustecken konnte. Ich hatte keinen Dienstauftrag und wollte mir das hier lediglich einmal ansehen. Deshalb begleitete ich auch jetzt das Exekutionskommando auf seiner Fahrt, die auf das Plateau hinaufführte. Auf der Fahrt in dem überheizten Wagen, in dem dicken Militärmantel wurde ich bald ziemlich schläfrig, ich versuchte in der Akte zu lesen, aber es war bei dem ständigen Schuckeln des Fahrzeugs nicht möglich, lange zu lesen. Ich fand das Todesurteil absurd, je länger ich las, aber vielleicht war es auch nur die Müdigkeit, die den im Urteil niedergelegten Argumenten ihren Reiz nahm. Ich setzte meinen Wagen vor den des Richters, der einen Stahlhelm aufhatte, wahrscheinlich weil ich dabei war und er es in Anwesenheit eines hohen Offiziers offizieller machen wollte, denn ich konnte mir nicht denken, daß er für jede Hinrichtung den richterlichen Stahlhelm benutzte. Da er sonst in den Graben gefahren wäre, ließ der Richter seinen Wagen anhalten, und ich setzte mich in sein Fahrzeug zu ihm, während mein Fahrer meinen Wagen wieder in die Kolonne eingliederte. Ich versuchte, den Richter zu einem Gnadenakt zu überreden, aber der Richter war dafür nicht in Stimmung.
Am Exekutionsplatz waren einige Abordnungen Schwarze aufgebaut, die die Vollstreckung zur Abschreckung mitansehen sollten. Es war kalt, und ich hatte keine richtige Aufgabe hier. Die Mäntel noch heiß vom überheizten Auto und in diesem Zustand, der dem der Schlafwärme ähnelt, der Kälte ausgesetzt.

Ich bemerkte, daß ich zitterte, und ging zwischen den diensttuenden Parteien umher, ziemliche Langeweile, wie gewöhnlich bei Tatortbesichtigungen. Die Phantasie verarmt am Tatort, das ist es, was die Tatortbilder so kalt macht. Außer bei Sittlichkeitsdelikten ohne Todesfolge, mit denen man sich noch am ehesten identifizieren kann. Mein Glied wollte sich aufstellen, eine späte Folge der Rüttelei in den überheizten Wagen, und ich bekam keinen Sinn in die ganze Sache, fror und war doch in ekelhaft warmes Zeug eingepackt.

Ich versuchte noch eine Intervention, weil mir diese Vollstreckung nicht gefiel, scheiterte aber an meiner mangelnden Vollmacht, obwohl ich im Range höher stand als alle hier auf dem Platz zusammengenommen. Ich war ziemlich verärgert und ließ sie das auch spüren. Gleich darauf wurde der Gefangene erschossen, und wir bestiegen die Fahrzeuge.

IV

[Erfassung der Krise durch Anwendung der Spieltheorie, Starnberg, 26. 6. vormittags] Es war die Stunde der Spieltheoretiker. Mürrmann:»Wir sind in der Lage, nach der Methodik 2-Personen-Null-Summen-Spiel jede vorhochkulturelle Krise nicht nur zu simulieren, sondern auch ihren Ausgang vorherzubestimmen. Vorhochkulturell, das sind z. B. Buschneger, Steinzeit, nicht dagegen Indianer oder Kreuzritter. Hier müßten wir Modelle anwenden, die noch im Experimentierstadium sind.« Utz-Peter Reich:»Sie unterschätzen unsere Kapazität. Wir sind in der Lage, jede Krise bis etwa zu der des II. Weltkriegs, planspielmäßig zu verarbeiten[35].

35 Vergleiche: C.F. Hermann, M.G. Hermann, An Attempt to Simulate the Outbreak of World War I, in: The Am. Pol. Scie. Rev. 61 (1967), S.400-416, (Ähnlichkeit in »Makroereignissen«, Ähnlichkeit in »Mikroereignissen«).
Nach der sozialen Situation, in der das Spiel stattfindet, unterscheidet man zwei Modi, zu spielen, kooperativ und nicht-kooperativ. Der nicht-kooperative Modus wird dadurch beschrieben, daß gilt:

$$x\,(s_1, s_2, \ldots, s_n) = y_1\,(s_1) \cdot y_2\,(s_2) \ldots y_n\,(s_I),$$
$$x\,(s_1, s_2, \ldots, s_n) = y_1\,(s_1) \cdot y_2\,(s_2) \ldots y_I\,(s_n),$$
$$0 < y_1\,(s_1) < I, \quad s_1 = I \ldots m_1$$
$$0 < y_2\,(s_2) < I, \quad s_2 = I \ldots m_2$$

$$\cdot$$
$$\cdot$$
$$\cdot$$

$$0 < y_n\,(s_n) < I, \quad s_I = I \ldots m_I$$
$$0 < y_I\,(s_I) < I, \quad s_n = I \ldots m_n$$

$$\sum_{s_1 = I}^{m_1} y_1\,(s_1) = \sum_{s_2 = I}^{m_2} y_2\,(s_2) = \ldots = \sum_{s_n = I}^{m_n} y_n\,(s_n) = I.$$

[**Tagungshotel Spitzingsee, 26. 6., 16 Uhr**] Die Nachricht von der Krise[36] überrascht 62 Friedensforscher, Abrüstungsexperten, Steuerungstheoretiker, Geographen, Philosophen, Soziologen, Ethnographen usf., die in Spitzingsee eine internationale Konferenz abhalten. Tagungsthema:»Science in Change: Krise der Lebensbedingungen in der technisch-wissenschaftlichen Welt als Herausforderung an die Wissenschaft«.

»Organisationsprinzipien begrenzen die Kapazität einer Gesellschaft, zu lernen.« Der Theoretiker H. hat das vormittags behauptet, die Mehrzahl der Teilnehmer will das nicht glauben. Die einzelnen Arbeitsgruppen sitzen in Schulungsräumen mit Ausblick auf Teile des Sees, Felsengelände, Regengüsse. Vor sich haben sie kleine Pulte, wie Abgeordnete im Plenarsaal, auf den Pulten stehen Karaffen mit saurem Orangensaft, Arbeitsunterlagen. Außerdem gibt es den Großen Saal sowie die mit Klubsesseln und »Bauernecken« eingerichtete Hotelhalle. Die Tagungsleitung will zunächst kühl reagieren und trotz der Weltsituation die Referate vortragen lassen.

Die Wahrscheinlichkeit einer Gesamt-Aktion x (s_1, s_2, . . . s_n) kann bei nicht-kooperativem Modus nur gleich dem Produkt aus den Wahrscheinlichkeiten aller Einzelaktionen yj (sj) sein.

»Es ist unter Spieltheoretikern Gewohnheit geworden, sich über die Skrupel, die ›gemischte‹ Strategien erzeugen, hinwegzusetzen. Das Kopf-Wappen-Spiel ist wohl ein plausibles Beispiel dafür, daß eine optimale Strategie darin bestehen kann, zu würfeln; genau betrachtet zeigt die spieltheoretische Analyse hier aber nur, daß die Entscheidungssituation für jeden Spieler nicht anders ist, als wenn er um den Gewinn würfelt. Wenn es um Spielgewinn geht, mag man daraus die Vorschrift ableiten, der Spieler solle seine Strategie erwürfeln, man stelle sich aber vor, es gehe um Tod oder Leben, so dürfte die Schlußfolgerung, die ein Spieler aus der Analyse dieser Situation zieht, wohl anders ausfallen.«

36 Die Nachrichten sind verstümmelt. Telex- und Telefonverbindungen nach Afrika sind unterbrochen. Die Rundfunkstationen haben sich auf die neue Lage noch nicht einstellen können. Sie leiden unter einer Doppelaufgabe: das laufende Programm (Wetter; Zuspruch am Morgen; Mit Musik in den Tag; Ratgeber des Frauenfunks; Werbefunk; Für Haus und Garten; Passiert – notiert; Wirtschaftsberichte; Der Musikladen; Opernkonzert; Ein Walzer für dich und mich, Franz Grothe zum 65. Geburtstag; Aktuelles: betrifft heute Reisernte in Indien; Lokalnachrichten usf.) – in diese fast ganz ausgefüllte Sendezeit müssen sie jetzt drittklassige Meldungen über die afrikanischen Ereignisse, meist Stellungnahmen von Regierungen und Dementis, einfädeln. Physiker Deuerlein, der sich auf Nachrichtenmittel spezialisiert hat, ist zur Auffassung gelangt, daß auf hoher See vor dem afrikanischen Kontinent Schiffe unbekannter Nationalität einen elektronischen Stör-Schirm gelegt haben, der nachrichtenundurchlässig ist. »Wenn sich Nationen nicht zu den von ihnen ausgeführten Kriegshandlungen bekennen, muß man sich das nicht so vorstellen, daß sie die Gesichter der Soldaten schwarz anmalen oder die Kennzeichen ihrer Fahrzeuge übertünchen, sondern sie verleugnen die nationale Zugehörigkeit ihrer Truppen durch Funküberwachung und Nachrichtenfälschung. Nichts, was uns erreicht, ist wahr.«

[Begriffsimperialisten in ihrer schwächsten Stunde, a.a.O., 17 Uhr] Die Experten haben sich unter dem Eindruck der Krise aus Tagungsteilnehmern, die noch gestern eine arbeitsfähige wissenschaftliche Öffentlichkeit bildeten, rückverwandelt in die einzelnen Projektleiter, Lehrstuhlinhaber, Fachgebietsbesitzer, d.h. die wissenschaftlichen Individualisten, als die sie zur Tagung angereist sind. In einer der Bauernecken der Halle sind Vertreter des Londoner Instituts für Strategische Studien stationiert, Telefon, ein Rauchtischchen, eine Hotel-Schreibmaschine; seitlich davon versucht der Statistiker Berthold, eine Hochrechnung der Toten auf dem afrikanischen Kriegsschauplatz aufzustellen auf Grund einer Nachricht, die vor Errichtung des elektronischen Stör-Schirms aus der Provinz Kordofan durchgedrungen ist; ein US-Institutsleiter hat eine Telefonverbindung nach Massachusetts zustande gebracht und diktiert seiner dortigen Sekretärin die Umbenennung von Haushaltstiteln des Institutshaushalts, die bisher auf lateinamerikanische Projekte lauteten und jetzt auf afrikanische Fragen umgestellt werden. Traurig schluckt Matthias Möller aus Hilter am Teutoburger Wald seinen Gin-Fizz. 1936 war er noch Schlachtschiffzähler. Vom Fach Kriegsstärkenkunde wechselte er 1945 auf Bildungstheorie in Bonn. Von dem großen Lehrstuhlinhaber Theodor Litt in seiner Ausdehnungsmöglichkeit stark beengt, wird er Begründer der Medientheorie. Jetzt erweist sich – gemessen an dem, was er für die gegenwärtige Krise wissen müßte, daß er 1936 richtiger lag als heute. Für Medienfragen interessiert sich hier keiner.[37]

Die Zone zwischen Rezeption und Bar ist von Soziologie, Sozialpsychologie, Friedensforschung okkupiert. Ein Teil des Großen Saals ist mit an Stühlen befestigten Bindfäden für eine Gruppe Statistiker abgeteilt, rechts davon die Naturwissenschaft; mit dem Gesicht zu einer unbenutzten Filmleinwand eine Philosophengruppe usf.

Die Afrikakenner Siegmann, Freitag und von Löwe sehen ihre Arbeitsgebiete durch die Ereignisse aufgewertet. War das Spezialgebiet des Geopolitikers Gerson bisher auf den Ausschnitt »Bevölkerungsstruktur des Jebel Abyad-Plateaus« begrenzt, so wird er es jetzt auf die gesamte Ostseite des Kontinents erstrecken. Bildungsökonom MacPhearson sucht noch den Einstieg. Er hat im internationalen Vergleich der Volksschulklassenstärken unglücklicherweise

---

37 Isoliert mit seiner Auffassung ist auch der Biologe Campbell: »Kriege können nie länger als sieben Jahre dauern.« Die biologische Grundlage des menschlichen Hirns verbietet das. Die limbischen Lustareale oberhalb des Striatums, d.h. etwa in der Gegend des Mittelhirns, rebellieren nach spätestens 7 Jahren gegen die Versorgungsmängel an Lust, die der Krieg mit sich bringt. Das hat die Geschichte erwiesen! Der sog. Dreißigjährige und der sog. Hundertjährige Krieg dürfen darüber nicht hinwegtäuschen. Es handelt sich hier jeweils um mehrere Kriege!

gerade Afrika ausgelassen. Die Asienstatistiker Burns, Casalla und Franz Haf-
ner verfügen über einen Zugang zu den jetzt aktuell gewordenen Fragen dadurch, daß sie auch die indischen Bevölkerungsanteile Ost- und Südafrikas in
ihre Forschungen immer schon einbezogen haben. Nun nehmen sie alles
hinzu, was Suaheli spricht. Debbes Habilitationsschrift betrifft Grenzzie-
hungsprobleme in Schwarzafrika 1903 bis 1912; er entschließt sich zur zeitli-
chen Ausweitung seines Fachgebietes bis 1953. Wenn er das alles bearbeitet
hat, ist er siebzig. Man müßte 2, 3 Leben haben, um 2, 3 Lehrstühle ausfüllen
zu können, die sich auf Grund der veränderten Aktualitätslage jetzt ergattern
ließen. Dem Anthropologen Meermann sind seinerzeit Keulenfunde in Sambia
(Frühsteinzeit) gelungen. Das ist jetzt äußerst aktuell, genau am Ort des Geschehens. (Es hat übrigens den Anschein, daß die Truppen unbekannter Nationalität, die in Afrika von Süd nach Nord vorrücken, »keulenförmig« vorgehen.)
Für die Methodologen David, Mérimée und Dörflein geht es um keine bloß **örtliche** oder **zeitliche** Ausdehnung ihrer Untersuchungsgebiete. Sie schlagen
ihrem Interessenkreis alle Gebiete zu, die sie **methodologisch** berühren.[38]
Übergreifend hierzu verhält sich der Anspruch der **Steuerungstheoretiker**. Als
Vertreter eines »**ethischen Imperialismus**« stellt sich Außenpolitikexperte
Jappmann noch über den methodologischen und steuerungstheoretischen Ansatz. Wäre er so unhöflich, offen zu sagen, was er denkt, würde er sagen: »Es
kommt auf eine **Gesamtansicht** an, die ja gerade das ethische Moment nicht
auslassen darf!« Relativ still, ihre Zurückhaltung ist die Spitze des Hochmuts,
verhalten sich Merton und Sachs-Villatte jr., die noch vor dem Besuch dieser
Tagung das Manuskript zu »Définition de la suggestion collective de l'idée de
mort« abgeschlossen haben. Ihnen genügt es, selber einzuschätzen, wie sehr
dieser Ansatz auf das gegenwärtige Krisenmoment der Welt paßt.[39] Der Atom-
physiker und Mathematiker Philipps hat einen noch höher stehenden Blickpunkt bezogen. **Er durchschaut den Ernst der Situation.** Er hat sich in einen
Nebenraum zurückgezogen, in dem die Hotelleitung ein Klavier abgestellt hat,
und spielt einer Bedienung Schubertlieder vor. Die Bedienung summt mit, tut

---

38 Künnecke und René Husard, Strukturalisten, beanspruchen eine *Gesamtsicht* der Welt
   aus der magischen Perspektive als ihr Fachgebiet. Ihre »Revision de la théorie générale de
   la Magie« werden sie, unter dem Eindruck der Krise, von zwei Bänden auf sechs Bände
   bringen. Sie machen geltend: »Wir sind nicht nur Ethnographen, Philosophen, Soziologen, sondern als Experten der von uns angewandten Methode zuständig für das Gesamt-
   gebiet des Planeten, soweit dort Menschen wohnen.«
39 Moll und Bullmann, ursprünglich Biologen, jetzt Rüstungsexperten, sowie ein Vertreter
   des schwedischen Instituts für Abrüstungsfragen hätten wichtige Beiträge einzubringen,
   die die Nachrichten vom afrikanischen Kontinent aufschlüsseln könnten. Sie müssen aber
   erst für die Kollegen eine Verständnisgrundlage herstellen, die Fachausdrücke erklären;
   für sie besteht der Nachmittag in Erwachsenenbildung.

so, als ob sie diese Lieder schon kennt. Die *vielleicht letzten Stunden vor einem Weltende* will Philipps mit einem menschlichen, d. h. musikalischen Interesse verbringen.

Tagungsleiter BARTELS (zu dem Steuerungstheoretiker L.): Irgendwie müssen wir die Sache mit Afrika auf den Begriff bringen.

L.: Ich wüßte schon, wie.

BARTELS: Aber ich sehe nicht, wie wir diese zerfaserten Leute hier zum Arbeiten bringen sollen.

L.: Sie meinen, weil die jetzt ihre Laufbahninteressen erst einmal koordinieren? Sie müssen das nüchtern betrachten. Zusammengenommen, entwickelt sich das zu einem ganz brauchbaren System.

BARTELS: Aber wie soll ich die zum Zusammenwirken bringen?

L.: Warten Sie das mal ab. Das ist meine Spezialität. Ich werde Ihnen bis 24 Uhr dieses Ganze in ein steuerbares System bringen.

BARTELS: Wetten, daß nicht?

L.: Um eine Flasche französischen Champagner.

BARTELS: Hoffentlich haben wir noch die Zeit, diese Flasche auszutrinken.

[Das Schwächemoment der Konferenz muß geheim bleiben.]

BARTELS (zu dem Zeitungswissenschaftler Mangold): Wie kann man diese Journalistin, Frau Jeremias, die Sie schließlich hierher eingeladen haben, daran hindern, später – falls das alles noch einmal gut abgeht – über diese Konfusion hier zu schreiben?

MANGOLD: Ich wüßte nicht, wie man sie hindern kann.

BARTELS: Ich hoffe ja immer noch, daß dies in Afrika nur eine Art Vorkrise ist. Vielleicht käme dann gar nicht heraus, daß die Konferenz derart versagt hat – wenn nicht diese Frau Jeremias darüber schreibt.

MANGOLD: Man müßte eine Nachrichtensperre verhängen.

BARTELS: Wie stellen Sie sich das vor? Könnten wir sie am Telefonieren hindern?

MANGOLD: Machen Sie das doch.

BARTELS: Und nachher, wenn sie abreist?

MANGOLD: Denken Sie denn – immer unterstellt, daß das alles noch einmal gutgeht –, daß diese Afrikasache länger als ein bis zwei Wochen aktuell bleibt?

BARTELS: Da haben Sie recht. Den Artikel nimmt dann keiner mehr.

[Die Welt erwartet von der Wissenschaft eine Antwort auf die verfahrene Weltlage bis 21 Uhr]

FREDERSDORF, Physiker, Nobelpreisträger, Platokenner (zu dem auf ihn einredenden L.): Sie reden immer davon, daß die »unermeßliche Weltkomplexität« durch Komplexreduktion auf ein System zurückgeführt werden muß, das Entscheidungen und Handlungsanweisungen, auch in dieser verfransten Lage, möglich macht. Aber wir wissen doch über die Afrikakrise überhaupt nichts. Uns erreichen ein paar Radionachrichten. Die sind schließlich nicht komplex.

L.: Das ist richtig. Aber die Interessen der Tagungsteilnehmer sind ziemlich komplex. Die Komplexität ist diesmal nicht draußen, sondern hier bei uns drinnen.

In geduldiger Reduktionsarbeit hat L. gegen 24 Uhr ein Einteilungsschema für die in Fach-, Projekt- und Lehrstuhlbereiche zerfallende innere Welt dieser Tagung gefunden. Die Komplexitäten Afrika, Lateinamerika, Welt sind nach den Systembegriffen: Ort, Zeit, Macht, Geld, Waffenpotential, Vertrauen, Meinung, Einfluß, Wahrheit, Richtigkeit und Angemessenheit, unter Abbau systemhemmender Hierarchien, **sämtlich auf einer Ebene** nebeneinandergestellt. In einem Querraster ist die Vorgeschichte der Menschengattung geordnet:

Gesellschaftsformationen

vorhochkulturell
hochkulturell
traditional
modern
kapitalistisch   Klassengesellschaften
  (Liberalkapitalismus
  organis. Kapitalismus)
postkapitalistisch
postmodern

Die Reduktion beinhaltet Arbeitsgebiete samt Erweiterungsansprüchen für 62 Experten bis zum Pensionsdienstalter.

[Das Unrealistische, das den Standpunkt der Minorität dieser Tagung kennzeichnet, Spitzingsee, 27. 9., 1 Uhr nachts] Zwölf jüngere Tagungsteilnehmer sagen: »So geht es nicht. Die Afrikakrise draußen ist eine Herausforderung an die Wissenschaft, die durch eine systematische Zusammenfassung der unzulänglichen vorhandenen Kräfte nicht beantwortet wird.« Sie verlangen einen anderen Verlauf der Diskussion.

FREDERSDORF (von dieser Minorität um Intervention bei der Tagungsleitung gebeten[40], zu Bartels): Sie müssen einfach zugeben, daß da etwas dran ist.

BARTELS: Mein lieber Fredersdorf, Sie können doch nicht verlangen, daß wir die Wissenschaft, nur weil sie nach Ansicht einer kleinen Minderheit hier versagt – ich möchte mich gegen eine solche scharfe Formulierung durchaus verwahren –, jetzt heute nacht umkrempeln. Selbst wenn ich das für richtig hielte, wir würden das schon zeitlich gar nicht schaffen.

FREDERSDORF: Ich rede ja auch nicht für mich. Aber könnten Sie sich nicht einmal auf den Standpunkt stellen, daß an dieser Kritik etwas Berechtigtes ist. Es ist eine Frage der Gewissenhaftigkeit.

BARTELS: In dieser Gewissenhaftigkeit steckt aber auch ein gutes Stück handwerklichen Hochmuts!

FREDERSDORF: Zugegeben. Aber man kann sie auch nicht einfach wegwischen.

BARTELS: Sehen Sie, keiner gibt mehr, als er hat. Wenn wir hier in einer Nachtdebatte, die Teilnehmer sind ja jetzt allmählich auch müde, den ganzen Aufbau der Wissenschaft aufrollen (und das müssen wir ja wohl, wenn sie andere Antworten geben soll), dann müßten wir in der Kinderzeit der Kollegen, mit ihrem ganzen Triebunterbau, anfangen.

FREDERSDORF: Nicht zu vergessen die Gattungsgeschichte der Erkenntnis.

BARTELS: Richtig. Bei Adam und Eva. Einerseits von Stammhirn bis Großhirn, andererseits von Abélard über Reformation, Aufklärung bis zur Kritischen Theorie den Wissenschaftsaufbau umbauen. Sie glauben doch wohl nicht, daß wir das bis heute früh schaffen? Und wenn es länger dauert, ist es wiederum unsinnig, weil wir in dieser Krisenlage überhaupt nicht wissen können, ob wir noch so lange leben.

FREDERSDORF: Bartels, das ist doch ein alter Trick. Sie weiten die Kritik derart aus, daß sie unsinnig wird.

BARTELS: Aber Sie müssen doch umgekehrt zugeben, daß der Wunsch dieser Minderheit, die jetzt plötzlich eine neue Wissenschaft erzwingen will, indem sie die Diskussion darüber erzwingt, etwas Unrealistisches hat.

FREDERSDORF: Das gebe ich Ihnen zu. Aber nehmen Sie einmal so einen typisch unrealistischen Satz von Kant: »Der Friede«, sagt er, »wäre nicht nur bewirkt, sondern für alle Zukunft gesichert, wenn das Gebot ›Du sollst nicht lügen‹ Grundsatz werden würde.« Das wäre z.B. zwar unrealistisch, aber doch nicht von der Hand zu weisen.

---

40 Gehen sie zu Bartels, schickt er sie unter Hinweis darauf, daß sie eine Minderheit sind, wieder weg. Das kann er mit Fredersdorf nicht machen.

BARTELS: Meinetwegen. Wir können ja ab morgen früh mal damit anfangen. Wir können es auch als Motto für die Tagung nehmen. Ich wehre mich ja bloß gegen die Nachtdiskussion, weil sie die Teilnehmer überfordert. Für Frieden sind wir ja doch wohl alle, nicht wahr?

[Kellerraum des Hotels Spitzingsee, 27. 6., gegen 2 Uhr] Der letzte Vertreter der Kritischen Theorie, H., ein empfindlicher Seismograph[41], hat sich in einen Kellerraum des Hotels zurückgezogen. Hier, blind, da man das Blicken auf geweißte Kellerwände nicht als »Sehen« bezeichnen kann, versucht er, sich einen Überblick zu verschaffen. Den Nachmittag über hat er die *begriffsimperialistischen* Schwächen einer rein steuerungssystematischen Begriffsbildung (»Den Fuß beschneiden, damit der Stiefel paßt«) nachgewiesen. Aber die Mehrheitler auf dieser Tagung folgen ihm nicht. Er hat die verzweifelte Weltsituation dieses Tages, die für Steuerungstheoretiker neu sein mag, schon viel früher tief empfunden. Neu ist ihm die eigene Reaktion auf die Lage. Diese Reaktion verletzt ihn. »Gleichzeitig erwachte, mir selbst zum Entsetzen, ein ganz neuer Sinn, eine Art von kalter Neugier.«
Rasch fährt sein Stift über den Notizzettel.

[Hotel Spitzingsee, 27. 6., früh. Jetzt hat sich in diesem Talkessel eine Wolkenwand gefangen.] Erinnernd an japanische Landschaften, ziehen Regenschleier durch die Berghänge, fegen über den See hin, ein Überhang an Gesamt-Natur, während die Tagungsteilnehmer, wäre nicht die Krise, an einer Teil-Natur interessiert wären: Sonne, nicht zu intensiv, aber hautbräunend.
Die Geschäftsleitung des Tagungshotels hat für hoffnungsfrohere Tage ein Mannequin aus Frankfurt engagiert, das einzelne oder mehrere Tagungsmitglieder »betreuen« kann, auch Verstärkung aus München heranführen könnte. Sie hat einen der trostlosen Spezialisten dieser Tagung beiseite geschafft und massiert ihn, dem schon alles gleichgültig geworden ist (sein Referat hat er infolge des Nichtzuhörenkönnens der Teilnehmer nicht halten dürfen), auf einer Couch, die sie an das geöffnete Fenster gerückt hat. »Eine Luftdusche«.
Jetzt hat sie ihn eingeölt, betastet.

41 H. war so sensibel, vermochte so »mit den Köpfen anderer zu denken (und in seinem Kopf dachten andere)«, daß er, wenn jemand den Mund öffnete, vorher wußte, was der sagen wird. Solche Sensibilität verurteilt denjenigen, der sie hat, in einer Krisensituation wie der vom 26./27. 6. zur Bewegungslosigkeit. Er kann in dieser Verfassung einen zur Tür Hereintretenden (als unerträglichen Zusatz äußerer Realität zur überflutenden inneren) *so entsetzt* anblicken, daß dieser sich sagt: »Ich will das nie wieder tun, ich will das nie wieder tun!« Dabei wollte H. keineswegs schrecken oder strafen.

»Ich will«, sagt sie, »in diesem Winter wieder nach Malindi fahren. Man fliegt über Zürich, Bengasi, Nairobi, Daressalam, von da mit der Küstenbahn, dann Omnibus . . . Als ich letztes Mal in Kenya war, das ist kein Land zum Arbeiten, weil es zu heiß ist, obwohl an der Küste, da ist Wind, aber im Landesinnern habe ich eine Baumwollfabrik, wenig Fabriken dort, besichtigt. Es war unter diesem Blechdach nicht 5 Minuten auszuhalten, nicht einmal, wenn man sich nicht bewegt, was erst, wenn einer da arbeiten will, aber für die Touristen an der Küste: herrlich. Ich wollte gar nicht wieder weg. Man kann dort, weil die Regierung so mißtrauisch ist, keine Grundstücke erwerben. Die machen das alles falsch. Die könnten soviel Geld ins Land ziehen, wie sie wollen, wenn man uns machen lassen würde; denn das ist das einzige Geld, was sie hereinbringen können. Ich jedenfalls fahre hin und würde auch dir raten, einen solchen Plan für den Winter vorzusehen. Da ist zugleich an der Küste ein Naturschutzgebiet, da fahren wir mit dem Boot hin. Durch den Glasboden des Flachbootes siehst du, wenn der guide ein Stück Käse rauswirft, unzählige Fische in Farben, die hast du überhaupt noch nicht gesehen. Jagen darfst du sie allerdings nicht. Da kannst du schnorcheln. Da schmeiß ich doch dafür das Mittelmeer einfach weg. Mach doch den Plan für den Winter.«

»Wenn wir noch leben«, sagte der Wissenschaftler. Er fürchtete, daß sich auf der Tagung ein grippeerkrankter japanischer Theoretiker aufhielt, der den gesamten Teilnehmerkreis angesteckt haben konnte, gerade jetzt im Krisenzusammenhang, den es doch mit frischen Kräften zu studieren galt.

V

[Unverschlüsselter Funkspruch aus dem Raum Lusaka 27. 6.] »Achtung, 6. Kompanie auf Stellungen Muzabuke-Kafue zurückziehen.« Sämtliche Meldungen anderer afrikanischer Orte sind verschlüsselt.

[In der Gegend von Rakops, am Ufer der Botletlesümpfe, nordwestlich Lake Dow, 27. 6., 22.00 Uhr] Eine nicht identifizierte, nichtafrikanische Macht hat in diesem Niemandsland seit zwei Stunden Voraustruppen sowie Techniker gelandet, die den Wüstenboden mit einer Plastikschaumauflage überdecken. Hier entsteht in wenigen Minuten eine Landefläche, auf der im Lufttransport sechs Kampfdivisionen mit schweren Waffen gelandet werden.

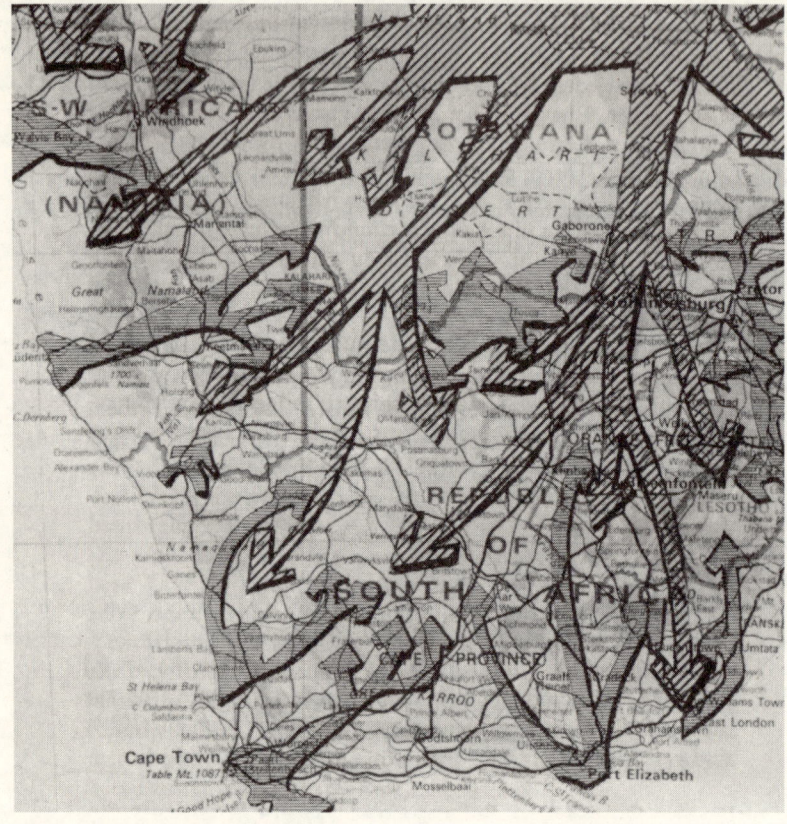

Abb.: Lagebild 26 Stunden später:
Kartenausschnitt: die Schlacht Bitterfontain – East London – Cape Town, die für die »Alliierten« einen katastrophalen Ausgang nimmt. Nach Auffassung des Pressesprechers der Südafrikanischen Union verletzt sie dagegen die »Neutralität« dieser Union.

Der letzte Rektor der Freien Universität Kapstadt

Es blieb kein begründeter Zweifel, daß Kapstadt noch in dieser Nacht von den
Schwarzen genommen würde, die in mehreren Marschsäulen von Betschuana-
land, von Basutoland, von den Siedlungen Lauda, St. Kathrin, Bunnel herankan-
men. Die wilden Schießereien überall in der Stadt, die zahlreichen Geiseler-
schießungen und viele andere Maßnahmen vermochten an diesem Ergebnis
wenig zu ändern. *Forschung und Lehre* sind in ihrer Masse auf Schiffe verlagert
und in allgemeiner Richtung Südpol in Bewegung gesetzt. Es soll versucht werden, die Inselgruppe *Tristan da Cunha* zu erreichen, dort eine *Front* zu bilden.
Die Lage war verzweifelt, und der Rektor rechnete fest mit seiner Verhaftung in

wenigen Stunden, der er sich nicht entziehen wollte, weil er das nur durch Flucht hätte tun können. Außerdem war der Erfolg einer Flucht ungewiß, denn jedes Schiff, das jetzt noch Kapstadt verlassen konnte, war bedroht durch die Jagdflugzeuge, die die Schwarzen durch die Eroberung aller Flugplätze im Norden und Mittelteil des Landes zur Verfügung hatten. Er glaubte auch, daß es vielleicht doch noch, später einmal, auf das persönliche Vorbild ankäme, das er jetzt abgab. Das Ende seiner Zeit, seiner Generation, seines wissenschaftlichen Faches, seiner Rasse und seiner Wahlheimat (bis 1945 war er Gefängnisdirektor in Deutschland) schien ihm noch nicht gekommen. Etwas anderes anzunehmen wäre der erste Schritt zur Selbstvernichtung gewesen. Bereits allein gelassen, die Schwarzen im Anmarsch, Aufruhr in der Stadt, er selbst waffenlos – wenn man die Waffen des Geistes einmal nicht rechnet –, blieb ihm kein Ausweg als der der *Hoffnung,* und an diesen Ausweg klammerte sich all seine Vernunft, die in dem hageren, noch keineswegs ganz alten Körper steckte.

In den Morgenstunden des folgenden Tages wurde der Rektor in seinen Amtsräumen von den schwarzen Offizieren, die durch Armbinden als Offiziere kenntlich gemacht waren, verhaftet; die bewaffneten Negertrupps hatten die Stadt fest in der Hand, und auf dem Weg zur Stadthalle passierte der kleine Gefangenentrupp, der von der Universität kam, zahlreiche Straßenposten und Barrikaden. In der Stadthalle wurde der Rektor mit einigen anderen prominenten Personen der Presse vorgestellt. Die Verhandlungsformen waren bis dahin höflich. Der Rektor begann insofern zu hoffen, als er diese höflichen Umgangsformen als Schwäche ansah, beruhend auf dem alteingewurzelten Minderwertigkeitskomplex des schwarzen Mannes vor dem weißen Mann. Die Pressevertreter waren fast ausnahmslos schwarz oder asiatisch, wenige Südamerikaner, europäische Korrespondenten waren nicht erschienen. Einige der Presseleute und Gefangenen vertrieben sich die Zeit mit Kartenspielen. Die Bewacher verhielten sich aufmerksam und ruhig. Der Rektor konnte nicht glauben, daß mit diesem Tag das Ende der Südafrikanischen Union gekommen sein sollte. Vor allem aber glaubte er nicht daran, daß seine Karriere als Wissenschaftler und als Chef der Akademischen Verwaltung von Kapstadt jetzt beendet wäre. Wie wollten diese Schwarzen denn eine Universität regieren? Woher sollten sie die Formen und Gepflogenheiten der akademischen Verwaltung, der tausendjährigen Universitättradition – im Grunde seit Paris und Bologna im 12. Jahrhundert – kennen? Er war sicher, daß sich die neue Regierung früher oder später an ihn wenden müßte. Vom Hafen her waren Schüsse zu hören, eroberte Haubitzen feuerten auf sich entfernende Schiffe. Die Kartenspieler unterbrachen ihr Spiel einen Augenblick. Der Rektor fühlte Zähigkeit und Optimismus wiederkommen nach der aufgeregt durchwachten Nacht. Er hielt diese Veranstaltung hier für einen Bluff, um ihn und andere zu erschrecken und so die spätere Zusammenarbeit vorzubereiten.

Später erschienen die Vernehmungsoffiziere. Die Magnifizenz, die für diese Notsituation, mit der sie gerechnet hatte, schon in der Nacht das Amtskleid angezogen und die Halskette der Kapstadter Rektoren umgelegt hatte, versuchte, dem verhörenden Schwarzen fest in die Augen zu sehen und ihn zu zwingen, wegzusehen und ihn so die Macht des Weißen noch einmal spüren zu lassen, denn die Schwarzen halten den Blick eines Weißen nicht lange aus; aber der vernehmende Offizier sah hierhin und dorthin und redete mit dem Rektor, ließ sich indes von dem auf ihn gerichteten Blick nicht einfangen. Nach einem kurzen Verhör, das im wesentlichen zur Information der Presseberichterstatter über den Rang der Gefangenen diente, wurden die Gefangenen auf ehemalige Militär-Kamions verladen und ins Innere Afrikas transportiert.

VI

[NATO-Zentrale in der Nähe einer baumreichen Ortschaft in Belgien, 26. 6.]
Man konnte vom Krieg an sich deshalb nicht sprechen, weil keine Nation sich für diese Geschehnisse, die blitzkriegartig in Afrika abrollten, verantwortlich erklärte. Die Durchbrüche, Einkesselungen erfolgten »nationslos«. Vizeadmiral Brieux – »Ich weiß, daß ich nichts weiß« –: »Ich möchte die Lage vor allem als unübersichtlich kennzeichnen.«

[Höhle bei Bern, Schweizer Generalstab, Nahtstellenexperte Dr. Gmür, 26. 6.]
Dr. Gmür, zuständig für die laufende Berechnung des Gleichgewichts der Abschreckung zwischen den internationalen Bündnissystemen, Chefrechner im Generalstab für Gefahren, die die Neutralität der Schweiz bedrohen: »Angenommen, ein CEP von ¼ nautischer Meile (ca. 460 m = 1400 Fuß) bei 5 Megatonnenkopf gegen ein 200 psi geschütztes Ziel. Das wäre 99 %ige Zerstörung *im ersten Schlag.* Das vorausgesetzt, muß der Gegner annehmen, daß zwar nicht jede Abwehrraketenstellung *direkt* getroffen wird, aber der *Gegner* kann damit rechnen, daß der aufgeworfene *Kraterrand,* der sog. Maulwurfshügel, jede nicht getroffene Stellung zuschüttet; also entweder getroffen oder durch die aufgeworfene Erdmasse des Kraterrandes verschüttet. Wo ist dann die Abschreckung des zweiten Schlages, wenn die überhaupt nicht mehr zum Schießen kommen? Die können sich doch nicht durchwühlen wie die Maulwürfe, bzw. die Rückantwortgeschosse können dies nicht. Das ist das Ende der Abschreckung. Ich wage nicht, zu sagen, was jetzt passiert!«
Chef des Nachschubwesens (trocken): »Und wen bezeichnen Sie hier als Gegner?« Das ist der Kernpunkt der konkreten Situation, da von der Schweiz aus zur Zeit gar nicht zu bestimmen ist, wer Gegner ist. Seit 5 Uhr früh steht fest, daß die Allianzen nichts mehr taugen.

[New York, UNO-Gebäude, Büro des 2. Assistenten des Generalsekretärs, 26. 6.] Der 2. Assistent des Generalsekretärs der UNO besitzt Mathematikkenntnisse. Er hat die Entscheidungschance im Sicherheitsrat der UNO (11 Mitglieder, davon 5 ständige; Mehrheitsbeschluß bei 7 Mitgliedern einschließlich der 5 ständigen) errechnet. L = Einflußchancen = 1,197 für jedes ständige Mitglied, 0,002 für jedes nichtständige Mitglied. »Es ist aber mit mathematischen Mitteln nicht festzustellen, ob der Sicherheitsrat in den nächsten Stunden noch entscheidungsfähig sein wird.«

[Bunkergelände in den Alleghanybergen, Planungs- und Pressestab des Pentagon, 26. 6.]
Spiegelkorrespondent, der mit hierher transportiert ist, zu General Weathers: »Ich verstehe immer noch nicht, wie Sie die Traute haben konnten, so eine Aktion loszulassen.«
Weathers: »Darf ich mit Admiral Seymour antworten: ›Ich konnte nie verstehen, warum alle Welt solche Scheu vor der Verantwortung hat, man tut einfach, was man für zweckmäßig hält. Und wenn es schlecht ausgeht, so ist die Natur daran schuld, die uns nicht klüger gemacht hat.‹«
Spiegel: »Diese Antwort wird unsere Leser nicht befriedigen.«
Weathers: »Sie haben ja auch keine Verbindung zu ihnen.«

[NATO-Zentrale, s. o., 26. 6., abends]
Vizeadmiral Brieux telefoniert in Paris mit lauter Nichtzuständigen. Die Zuständigkeiten für Krisenfälle wie diesen sind in den Händen des französischen Staatspräsidenten konzentriert. Dieser liegt mit Grippe zu Bett (in Wahrheit hat er Kehlkopfkrebs, der Unterleib durch Metastasen »verjaucht«). Der britische Premierminister zeigt durch »kühles Verhalten«, welchen Stellenwert er der Krise beizumessen wünscht. Er hat sich auf seinem Landsitz schlafen gelegt. Der Kanzler der Bundesrepublik hat den Chef der KPdSU aus einer Gremiensitzung ans Telefon gerufen. Der Präsident der USA, Abenteurer, erst zwei Monate im Amt, sitzt seit sieben Uhr früh am Telefon, »um auf irgendeine Weise mit dem Bösen zu paktieren, in der Hoffnung, daß er dadurch irgendeinem nützlich sein könnte«. Es ist schwer, das Interesse der Gesellschaften, die erst kürzlich seinen Wahlkampf finanziert haben, in dieser undurchsichtigen Situation zu ermitteln.

[Tokyo, Regierungssitz, 26. 6. abends, die tödlich erschöpften Gesichter]
FAZ-Korrespondent: »Die tödliche Erschöpfung dieses Abends würde sich in dem Gesicht des vor meinen Augen konferierenden Ministerpräsidenten spiegeln, wenn nicht die charakteristische asiatische Maske die innere Verzweiflung

dieses Gesichts nach außen abdecken würde. Schlaf will sich in dieser Nacht nicht einstellen. Eine altjapanische Faustregel für den Schlaf lautet: 1. kein Feind, keine Angst, ruhiger Ort in meinem ›Eigentum‹, 2. einschlafen, 3. befriedigt aufwachen. Alles andere ist für japanische Begriffe kein Schlaf. Es ist nicht zu erwarten, daß in den ein bis anderthalb Stunden für Beamte, Verbindungsoffiziere, Minister, die an diesen Telefonen auf eine Rückantwort auf ihre dringenden Fragen warten müssen, sich eine solche Gelegenheit zum Schlaf findet. Ich schreibe dies, obwohl es keine sichere Chance gibt, daß es die Leser noch rechtzeitig erreicht. Wir alle verhalten uns hier, ›als ob es einen Sinn hätte‹.«

[Zur Zeit noch Bonn, 26. 6. nachts]
Ein sympathischer Stabsoffizier hat sich mit dem Bundeskanzler in einer Sitzecke niedergelassen und erläutert Teile des Geschehens, soweit sie beurteilbar sind. Er hat eine Handskizze vor sich:
»Das hier ist von Norden abgeschnitten und wird morgen in einen Kessel geraten. Das verschlechtert die Lage, weil die eine Seite hier, sehen Sie, einen klaren Vorteil hat und hier, wenn Sie diesen Bogen sehen, vor klaren Verlusten steht. Das muß man einzeln auseinanderfieseln, wenn man die zum Stehen bringen will.« Der Staatssekretär im Bundeskanzleramt eilt hinzu, fährt den Stabsoffizier an: »Belasten Sie den Kanzler nicht mit diesen Einzelheiten.« Der Kanzler: entweder befaßt er sich mit Einzelheiten, die sich greifen lassen, oder er sieht, mit einem Blick auf »das Ganze«, überhaupt nichts. Dem *im Moment Wichtigsten* ausgesetzt, hat er im Kopf einen Ohrwurm: »Kurze Nägel, lange Krallen an schöner Hand uns nicht gefallen.«
Ein Amtsbote bringt aus dem Archiv einen großen Packen Bände: D. G. Hoag, Impact of new technology in the arms race, Cambridge, Mass. M. I. T. Press 1961; Richard Barnet, Der amerikanische Rüstungswahn oder »Die Ökonomie des Todes«, rororo; mehrere Sicherheits-Weißbücher; SIPRI, Yearbook, Almquist und Wiksell, Stockholm, usf. usf. Die bestellten Bände stehen jetzt griffbereit zur Verfügung; aber es ist keine Zeit, die Informationen in die beschäftigten Köpfe zu fädeln.

[Meisterstück eines westlichen Verteidigungsministers, Steinbrüche von Taverny bei Paris, 27. 6. früh]
Das Feldheer ist seit 5.30 Uhr früh in Bewegung gesetzt. Die Truppen verteilen sich auf Wälder, Schutzhöhlen, Berggelände. Gegen 11 Uhr sind die Truppen so untergebracht, daß kein möglicher Gegner sie sogleich findet. Es ist ein ganz anderer Offizierstyp, der in dieser Krise die nächsten Stunden managt: ein Offizierstyp, der Waldwege und Verstecke kennt.

[**Die blinde Elektronik**] Rechenzentrum Trier, Dienststelle für maschinelles Berichtswesen der Bundeswehr, die Systeme DISTEL und NADGE, Bundeswehrsprachenamt Hürth, sämtlich Besitzer hochentwickelter Elektronik, werden erst in zwei Jahren miteinander durch Kabel verbunden; zur Zeit nehmen sie untereinander *Telefonkontakt* auf. Erfaßt wird ein Hörensagen, dessen Einspeisung in die hochwertige Elektronik nicht lohnt.

[**Oslo, Hilfsreferent des Königs, 27. 6. mittags**] Der Referent versucht eine Rede des Königs zu entwerfen.»Das Furchtbare ist geschehen...«– die Worte fassen die Situation nicht. Entweder die Krise wird noch einmal bereinigt, dann sind die Worte zu bedeutungsschwanger, oder sie wird nicht bereinigt, dann wirken sie – nachträglich betrachtet – mickrig.

[**Die Nähe-Sinne sind gereizt, die Fernsinne unterentwickelt**] Die Hoden des Abgeordneten unter der Hose befanden sich in Gesichtsnähe der Abgeordnetenkollegin (knapp 20 cm entfernt), die an ihrer Tasse Kaffee saugte. Die Hose dieses sehr aktiven Abgeordneten war zerknittert und umstand roh seine Beine; ein schwerer Mann, der auf die Dame einredete. Die Abgeordnete blieb eigensinnig bei ihrer Auffassung. Abgeordnete:»Es hat gar keinen Zweck, wenn Sie mich hier so belagern. Ich fahre nicht mit in eine solche Höhle an der Mosel.« Abgeordneter:»Aber evtl. fehlt uns dann Ihre Stimme. Wir sind immer noch der Souverän.« Abgeordnete (eigensinnig):»Das haben sich die Kollegen selber zuzuschreiben.«

Sie hätte normalerweise gern mit ihrer Faust gegen die zu dicht aufgefahrene Tuchhülle dieses aufdringlichen Abgeordneten gepufft, um diese Autoritätsperson, die die Fraktion mit Anweisungen eindeckte, in ihre Schranken zu weisen. So hätte sie die Hände, die die Kaffeetasse hielten, praktisch einsetzen können, an Befangenheit verloren.»Es glänzt der Mensch ja durch Gebrauch nur schöner gleich dem Erz.« Angesichts der Weltsituation hätte ihre Geste aber als unpassender Witz aufgefaßt werden können. Sie empfand, daß sie heute zu nichts zu gebrauchen war. Da sie sich weigerte, wie ein Neutrum zu reagieren, reagierte sie überhaupt nicht. Die 20 cm entfernte Hose versperrte den Blick auf Gesamt-Afrika. Sie trank wieder kleine Schlückchen vom Kaffee.

Sie war nicht umzustimmen. Durch das Fenster des Bundeshaus-Restaurants sah man auf den Rhein, einige Kähne, die noch bis zum Abend des nächsten Tages die Schweizer Grenze erreichen wollten. Wenn die Abgeordnete an»das Ganze der Gesellschaft« oder an»Weltkrise«,»Weltzusammenhang« dachte, sah sie seit Jahren immer dieses Stück Rhein, einige Wiesen, Bäume, etwas Unbestimmtes im Dunst der Ferne, das gleiche Bild, das sie von ihrem Abgeordnetenzimmerchen aus vor Augen hatte, wenn sie»Gesellschaft« dachte. Sie fühlte sich nicht »souverän«. Sie verhielt sich so, daß ihr Verhalten jederzeit Maxime eines allgemeinen Verhaltens sein konnte, d. h. *interessiert*, so wie ein Narr. Der Abgeordnete entfernte sich endlich von ihrem Tisch, an dem sie die Minuten genoß, vielleicht waren diese Minuten, wenn ein Ende kommt, zu zählen.[42]

VII

[Versteck in der Gegend Kuruman–Molopo, 10. 8., Stellvertretender Chef der Reservatsverwaltung Olifants–Hoek–Hotazel–Kuruman–Molopo, Inspektor Franz J.]
Zusammenfassende Übersicht. Denkschrift.
Ich kann nur für den örtlichen Zuständigkeitsbereich meiner Reservatsverwaltung sprechen. Wir verstanden zunächst nicht, was geschehen war, was sich ja tatsächlich nicht ohne weiteres beschreiben läßt. Auch beging man Fehler in der Lokalisierung der Katastrophe, da man sich von ihrem Ausmaß keine Vorstellungen machen konnte oder wollte, und hielt die Randgebiete, weil aus denen die meisten Nachrichten kamen, für das Zentrum. Die ersten Reaktionen der Zentrale, die zugleich ihre letzten blieben, weil sie wenig später zu bestehen aufhörte, waren demnach falsch angesetzt, und die Instrukteure, Planer und Arbeitstrupps, die die Zentrale uns zu Hilfe schickte, erschienen weitab vom Katastrophengebiet. Erst Tage später konnten diese Fehler berichtigt werden. Da außer mir keine Verwaltungsorgane die Katastrophe überstanden hatten, ergab es sich fast von selbst, daß die Instrukteure sich um mein Hauptquartier konzentrierten. Sie richteten sich in meinem Gebäude ein und mußten mich wohl oder übel bitten, mit ihnen zusammenzuarbeiten. Nun muß ich erwähnen, daß diese Provinz nie viel Bevölkerung gehabt hat. Verseucht war sie offenkundig nicht, wie überhaupt nicht alle Teile des Landes gleichmäßig verseucht waren. Meine Provinz hatte im übrigen den Vorteil, daß sie von den eigentlichen Brennpunkten der Vernichtungsschläge weit entfernt war. Wenn ich sage, daß in meiner Provinz keine Bevölkerung mehr da war, so ist das natürlich auch wieder übertrieben und gibt nur den momentanen Eindruck wieder. Tatsächlich waren breite Schichten unserer Bevölkerung unter dem Eindruck des ersten Schlages nach Süden geflohen, wo sie wahrscheinlich in die von der Katastrophe ausgelösten Massenbewegungen hineingekommen

---

42 Sie sieht (vor ihrem geistigen Auge) in der Nähe von Mannheim eine kugelige Friedhofsweihanlage. Hier wollte sie evtl. ein Grab haben oder jemanden, der ihr nahestand, begraben. Eine ähnliche Stelle in der Rheingegend bei Trautenau. Illusorisch, in dieser Lage dorthin gelangen zu wollen.

sind. Ich kann Ihnen auch nicht erklären, wie es zu dieser Reaktion unserer Provinzeinwohner gekommen ist. Ich habe damals, unmittelbar nach der Katastrophe, keine Einzelheiten darüber feststellen können und müßte Ihnen schon die ganze Geschichte dieser Provinz und der Region aufrollen, um Ihnen eine plausible Erklärung zu geben, aber ich glaube, Sie sind hier weniger an einer Erklärung als an der Information interessiert. Es erwies sich, daß es keine Nachrichtenverbindungen mehr gab, weder zur Zentrale einerseits noch zu den Nachbarprovinzen andererseits. Unsere Aufklärungsabteilungen gerieten in Gefechte mit räuberischen Organisationen, aber auch mit bewaffneten Vertretern der empörten Bevölkerung, die sich an einigen Punkten der Region zusammenstaute. Die Situation war folgende: Massenbewegungen der Bevölkerung hatten während der Katastrophe in allen Südprovinzen stattgefunden, sie waren nach Abklingen der Schläge liegengeblieben, wo sie waren. Ich glaube, daß man die kritische Zeit der Katastrophe mit etwa zwei Tagen ansetzen kann, beginnend mit jener Morgendämmerung und endend mit dem Ausbrechen der ersten größeren Krankheitssymptome nach zwei Tagen, die der durch die unmittelbare Vernichtungskraft der Schläge ausgelösten Panik eine neue Richtung gaben, oft aber auch zu völliger Niedergeschlagenheit führten. Das Zentrum der Katastrophe lag zweifellos im äußersten Süden, was aber in den Stunden des Unglücks kaum jemandem klar gewesen sein dürfte, weil wohl jeder in den Südprovinzen Ansässige die von ihm erlebte Katastrophe als die zentrale erlebt hat. Die ersten Schläge haben bereits die größeren Ortschaften zerstört und die panikartige Flucht der Nordeinwohner in die östlichen Bergwälder ausgelöst. Die Südeinwohner wurden in offener Panik von den weiteren Katastrophenschlägen überrascht und dürften dabei im wesentlichen aufgerieben worden sein. Wir schätzten die Überlebenden auf 3 Millionen, später kam man auf die Schätzzahl von 1,5 Millionen. Natürlich überleben immer mehr, als man zunächst annimmt, und wir haben diese Erfahrungen bei unseren Schätzungen mit einbezogen; das ist der Grund, weshalb wir uns zunächst in positiver Hinsicht verschätzten. Ich möchte noch sagen, daß die Angaben der Regionen und Bevölkerungsteile, wie Nordeinwohner und Südeinwohner, für Sie vielleicht verwirrend erscheinen, weil sich hier die alten Bezeichnungen und die neuen naturgemäß überschneiden. Tatsächlich vernichtet wurden die Südeinwohner des Südens, verschollen sind die Nordeinwohner des Südens. Die Gebiete im Norden dieser Region, also die Gebiete, in die wir die Menschen jetzt geführt haben, waren immer im wesentlichen ohne Bevölkerung und sind auch niemals verseucht gewesen; ich sage das, um wiederauftauchenden Gerüchten ein für allemal entgegenzuwirken. Zusammengefaßt: es gab im Süden verschiedene verseuchte Zonen, verschiedene Bevölkerungsbewegungen, Bevölkerungspaniken, die einander teilweise überlagerten und von denen die Flucht der Nordeinwohner in die Waldgebirge, wo sie ein primitives Bandenleben führen, die massenhafteste ist. Der Westen ist im wesentlichen nach Süden in die Katastrophe hineingerannt. Es kam auch zu Kämpfen mit den Südeinwohnern, die versuchten, auszubrechen, und sich durch die entgegenkommenden Flüchtlinge daran gehindert glaubten. Die Osteinwohner sind so gut wie verschwunden, wahrscheinlich sind sie in den drei großen Fluchtströmen, die ich hier auf einer kleinen Skizze aufgezeichnet habe, mit aufgegangen.

Ein vierter Zug, in Richtung auf die Höhlen, der einzige Zug, an dem Reservatsbeamte beteiligt gewesen sind, wurde kurz vor Erreichung seines Zieles abgeschreckt durch die Geigerzählerkommandos, die dort unten herumsuchten. Die Masse dieses Zuges hat sich dem Strom in den Südkessel angeschlossen, wo zur Zeit unserer ersten tastenden Untersuchungen Hysterien stattfanden. Es ist sogar so, daß unsere Beamten ihre Zugehörigkeit zur Verwaltung geheimhalten mußten, da sie damit rechneten, daß sie als Vertreter der Verwaltung von der erregten Bevölkerung liquidiert worden wären. Man kann insofern für diese Zeit von einer totalen Spaltung zwischen Regierung und Volk sprechen. Genauer gesagt grauenvolle Stockungen überall dort, wo die Fluchtströme einander überschneiden. Riesige verseuchte Gebiete, die aber nicht ohne weiteres zu erkennen sind, so daß immer neue Massenbewegungen hervorgerufen werden, wenn die Symptome bestimmter Krankheiten sich zeigen. Übrigens waren es gerade die noch funktionierenden Geigerzähler-Kommandos, die bei Annäherung an die Flüchtlingskolonnen die Paniken auslösten. Dabei bin ich ganz sicher, daß diese Kommandos von Hunger getrieben – und ohne daß ihre Nähe Gefahr bedeutete – sich den Menschen zu nähern versuchten, die aber sofort ihre Marschrichtung, wenn sie diese Kommandos sahen und es nicht zufällig einigen Beherzten gelang, die Geiger-Leute zu erschlagen, änderten. Inmitten der Verwirrung diese Bandenorganisationen, die sofort nach der Katastrophe, wie eine niedere Fauna, das Land überzogen.

Ich möchte in diesem Zusammenhang sagen, daß es – nachträglich wissen wir das – vernünftiger gewesen wäre, wenn die Leute, auch nach Einbruch der Vernichtungsschläge, an ihren Plätzen geblieben wären. Der Gegner, aber das wußte man damals natürlich nicht gleich, hat nur verhältnismäßig wenig Strahlungsschäden anrichten wollen und sich auf die Sprengkraft einerseits und die auf eine bestimmte Zeit eingestellten Bazillenkulturen andererseits verlassen. Er kalkulierte spätere Truppenbewegungen in unserem Bereich ein, zu denen es dann freilich nicht mehr gekommen ist, weil außerhalb unserer kleinen Region wohl die meisten Bewegungen sehr rasch erlahmt sind.

VIII (Deutung)

[**Steinbrüche von Taverny bei Paris, 30. 6.**] Vizeadmiral Brieux: »Ich würde die Krise als katalytischen Krieg bezeichnen. Es sind 4 Kriegstypen zu unterscheiden: 1. unbeabsichtigter Krieg, 2. Fehlkalkulation (»chicken«-Spiel[43], richtige Anwendung unvernünftiger Strategien), 3. Kriege durch Berechnung (vorweggenommene Vergeltung), 4. katalytischer Krieg (Kriegsauslösung durch verzweifelte dritte Nationen).« Amtschef: »Das ist eine ganz wichtige begriffliche Einteilung, die wir sofort telegrafisch oder über Fernschreiber irgendwohin durchgeben sollten.«

[**Berkeley, California, 30. 6., mittags**] Für das, was alle Menschen in diesen Tagen empfunden haben, fehlt nur noch der passende *Fachausdruck*. Es wird, falls diese Krise noch einmal beigelegt werden kann, nie mehr möglich sein, mit Hoffnung das Wort »Krisenmanagement« auszusprechen. Das Bedürfnis richtet sich auf eine ganz anders geartete Regierungs- und Wissenschaftsqualität, die nach O. Loss, Ph. D., mit *Anpassungsgüte* (»Goodness of Fit«) bezeichnet werden kann. Die Qualität liegt dabei darin, daß die Zeitstruktur, die die Krise selber aufweist, und die Zeitstruktur der administrativen Anpassungsbemühung an die Krise in eins gesetzt werden.

---

43 Vgl. das theoretische Beispiel von B. Russell: »Diesen Sport nennt man ›Chicken‹. Das Spiel besteht darin, daß man eine lange gerade Straße mit einer weißen Linie in der Mitte wählt. Dann fahren zwei sehr schnelle Wagen aufeinander zu. Jeder Wagen muß die Räder der einen Seite auf der weißen Linie halten. Wenn sie einander näher kommen, droht ihnen immer mehr die gegenseitige Zerstörung. Wenn der eine *vor* dem anderen von der weißen Linie abweicht, ruft der andere, während er vorbeifährt: ›Chicken‹. Derjenige der ausgewichen ist, wird zum Gegenstand der Verachtung.« Oberst Gerlach: »Die strategischen Möglichkeiten reduzieren sich hier darauf, daß derjenige, der den Sieg wünscht, den Gegner von seiner Irrationalität überzeugt; er kann dies tun, indem er z. B. das Steuerrad seines Wagens abschraubt und aus dem Fenster wirft.«

Bestimmung des Gelehrten: Mandorf

Warum ist das Wertvollste im Menschen
so wenig brauchbar?

I

G. J. Fichte, Bestimmung des Gelehrten: Also der Gelehrte soll der sittlich beste Mensch seines Zeitalters sein.[44] Seit Juni 1932 ging der Nationalökonom Mandorf in der mittleren Universitätsstadt F. unter Triebverzicht Forschung und Lehre nach. Er war entschlossen, sich Mühe zu geben.

Forschung und Lehre

Mai 1933 mußte Mandorf, 23jährig, die Einführungsrede der amtierenden Magnifizenz Heidegger anhören; da er der redenden Magnifizenz vor Augen saß, machte Mandorf eine aufmerksame Miene.[45] Im September wurde er zur Leitung eines Sportfestes kommandiert. 1934 trat er dem NSKK bei. 1935 und 1936 nahm er an wehrähnlichen Übungen teil.[46] Sonnabende und Sonntage arbeitete er in seinem Universitätsinstitut. Seinem Habilitationsvater schrieb er den vollständigen Anmerkungsapparat zu einer Publikation; er verfaßte Register für verschiedene Dozenten. Seine akademische Karriere beschleunigte das kaum. Auch mit Wahrheitssuche hatte es nichts zu tun. Mandorf wurde im Laufe der Jahre Assistent.[47] In ihm entstand ein Stauungsvorgang: er wartete bereits zu lange auf seinen Lehrstuhl. Viele Lehrstuhlinhaber hielten einen solchen Stauungsprozeß im Interesse einer gesunden Wissenschaftspflege für notwendig. In Mandolf bildeten sich zwei vollkommen getrennte Wünsche aus: er wollte endlich einen Lehrstuhl haben; andererseits verlangte ihn nach einer umfassenderen reineren Aufgabe, »da alles Wissen«, wie Schelling sagt, »nur eines ist und jede Art desselben nur als Glied eintritt in den Organismus des

---

44 *Einige Vorlesungen über die Bestimmung des Gelehrten,* 1974, Nr. 13, Seite 261.

45 Nach einer Weile wurde er aufmerksam, nur weil er eine aufmerksame Miene machte.

46 Haubitzenschießen, Geschwindmarsch, Dauerrechnen, Dauermärsche; gegen Ende der Übung ein Vorbeimarsch mit Gerät am kommandierenden General, der den blanken Degen zog.

47 Besoldung in Anlehnung an A 13 unter Anrechnung gewisser Vorzeiten auf ein eventuelles Pensionsdienstalter. Ein Grund für das langsame Aufrücken Mandorfs lag darin, daß sein Spezialgebiet (Strukturphasen der wollverarbeitenden Industrie, insbesondere Bembergseide) gerade in dieser Zeit wenig entwicklungsfähig schien. Als Mandorf anfing, war das noch ein ausbaufähiges Problem.

Ganzen: da alle Wissenschaften und Arten des Wissens Teile sind einer Philosophie, nämlich des Strebens, an dem Urwissen teilzunehmen«.[48]

Aktionsradius Mandorfs

Mandorfs machtlose Gedanken bevölkerten seit 1934 eine Anzahl von Publikationen. Die Verbreitung blieb auf den Rahmen der Fachzeitschriften beschränkt.[49] Bei größerer Verbreitung hätten die Gedanken ihre Unterdrückung selbst hervorgerufen, da sie mit dem bestehenden Machtzustand nicht vereinbar waren; Mandorf erwartete seit 1934, daß das Erwachen der Nation auch die nationalökonomischen Umstände ändern würde; hierauf bezog sich das Erwachen jedoch nicht. Die Wahl Mandorfs bestand also zwischen Wirkungslosigkeit seiner Gedanken infolge zu geringer Publizität oder Wirkungslosigkeit dieser Gedanken infolge größerer Publizität, die nicht hätte geduldet werden können. Mandorf arbeitete zielbewußt. Seine Habilitation lag 1939 hinter ihm. Lediglich die Antrittsvorlesung stand bei Kriegsanfang noch aus.

Triebbefriedigung

Der erste Lehrer, auf den Mandorf traf, verführte ihn, ein guter Schüler zu werden. Die Bildungsanstalt, die er im Anschluß an die Volksschule besuchte, bewegte ihn durch Belohnung und Strafen, sich für Latein und Mathematik zu interessieren. Der Vorteil, der mit ausgezeichneten Zeugnissen verbunden war, ließ sich schwer ausschlagen: so studierte Mandorf Nationalökonomie. Der Universitätslehrer W. infizierte Mandorf zusätzlich mit Ideen Platos.[50] Da Mandorf seinen Verstand der Wahrheitssuche widmete, konnte er ihn nicht außerdem zur Wahrnehmung seiner Interessen benutzen.[51] Kein Mädchen

---

48 *Zweite Vorlesung über die Methode des akademischen Studiums,* Jena 1802, am Ende.

49 *Finanzarchiv,* Jg. 1936, Seite 212 bis 214: *Volkswirtschaftliche Rundschau* 1934, Band 2, Seite 430 ff; 1938, Seite 1044 ff; *Der Geldgeber,* Jg. 1937, Seite 12 f; *Kredit und Boden* 1938, Seite 114 f (Bespr.); *Die Bembergseide,* Sonderdruck 1938; *Wolle und Gewerbe,* Jg. 1938, Seite 425 f; 1939, S. 432 f.

50 Besonders hager. In körperfremder Haltung lehnte W. an seinem Lehrstuhl, wenn er über Plato sprach. Diese Haltung deutete körperliche Schwäche an (zugunsten geistiger Bewegung). Im Gesamtnachweis über mehrere Jahrzehnte hin zeigte W. große körperliche Zähigkeit. Was er an Kräften sparte dadurch, daß er konservativ war, investierte er in Zähigkeit. Die Zähigkeit diente seiner Denkmaschine. Die Denkmaschine diente dem Lebensunterhalt auf dem ordentlichen Lehrstuhl in F. So war für W.s Körper insgesamt gut gesorgt.

51 Die auf Wahrheitssuche befindlichen 68 ordentlichen Professoren der Universität F. zogen am 26. Mai 33 in den zweiten Universitätsvorhof zu einer Feierstunde ein: 1. Schub (12. Jh. bis 17. Jh.):

wollte in seine elende Wohnung kommen. Sein Interesse an solchen Unternehmen schmolz dahin. Einen Lehrstuhl oder die Wahrheit selbst erhielt Mandorf aber andererseits auch nicht. Spazierengehen auf eingegrenzten Waldwegen in der Nähe von F. befriedigte ihn nicht. So blieb Mandorf als Trieb, dem er nachgehen konnte, zunächst nur ein deformierter Bildungstrieb übrig, der in ihm

24 Angehörige der oberen Fakultäten mit violetten Kappen, ältere Juristen, Mediziner, 14 Theologen: Aristokratie.

2. Schub (18. bis 19. Jh.):

Naturwissenschaftler, eng zerteilte Fachgebiete überblickend, natürlich ganz anders geschult als die Kollegen; explosionsartig verstreut über die Stadt F. lagen seit dem frühen 19. Jh. die naturwissenschaftlichen Institute. Die Wissenschaftler trugen rote Streifen an den Amtsmützen. Am liebsten hätten sie lebende Enten zerteilt. Das war teilweise verboten. Einige Mediziner gehörten sinngemäß zu diesem Schub, andere gehörten nicht dazu. Eine Assistenzärztin bewahrte ihre Fehlgeburt in einem institutseigenen Kühlschrank auf. Der Papst der Pathologen, Professor B., wies sie auf das wenig *Humane* dieser Handlungsweise hin.

3. Schub (frühes 19. Jh.):

12 Philologen, 7 Philosophen, 2 Rechtsgeschichtler, 2 Medizinalgeschichtler, 4 Historiker, 1 Orientalist, 1 Archäologe, 1 Palimpsest-Forscher mit gelben Streifen an der Amtstracht.

4. Schub (ab 1910):

Angehörige der Nationalökonomie, die in der Hierarchie der Wissenschaften noch keinen unbestrittenen Platz haben; daher besonders bemüht um die Einhaltung wissenschaftlicher Methode. Ebenfalls in der aus dem 16. Jh. stammenden Amtstracht.

Neuer Schub: Meist jüngere Kräfte, Dozenten für Leibesübungen, Musikwissenschaftler, Fechtlehrer, Gaudozentenführer, Assistenten.

Der Vertreter der Philosophie, als Magnifizenz zugleich Vertreter von Forschung und Lehre, ergriff auf dem Universitätsplatz das Wort:

Albert Leo Schlageter sei den schwersten und größten Tod gestorben. Nicht in der vordersten Front als Führer einer Infanterie-Begleitbatterie, sondern wehrlos habe er vor den französischen Gewehren gestanden. Aber er habe gestanden und das Schwerste getragen! Doch selbst dieses wäre noch zu tragen gewesen in einem letzten Jubel, wenn ein Sieg erkämpft gewesen wäre. Statt dessen Finsternis, Erniedrigung und Verrat. So habe er im Schwersten noch das *Größte* vollbringen müssen. Woher die Härte des Willens, das Schwerste durchzustehen? Woher die Klarheit des Herzens, das Größte und Fernste sich vor die Seele zu stellen? Student von F.! Erfahre und wisse, wenn du auf den Fahrten und Märschen die Berge, Wälder und Täler, die Heimat dieses Helden betrittst, Urgestein, Granit, sie schaffen seit langem an der Härte des Willens. Wehrlos vor die Gewehre gestellt, habe sich der innere Blick des Helden über die Gewehrmündung hinweg zu den Bergen seiner Heimat gewandt. Harten Willens und klaren Herzens sei Albert Schlageter seinen Tod, den schwersten und größten, gestorben.

Lieder schlossen die Feier. In diesen aufregenden Tagen kam natürlich keiner zum Forschen. Am folgenden Tag hatten die Nationalökonomen und Mediziner Fakultätssitzung. Die Juristen waren mit Staatsexamen beschäftigt. Die Theologen arbeiteten an einer Resolution, die Philologen an einer Statutenänderung.

angelegt worden war, als er zum ersten Male zur Wissenschaft verführt wurde: immer wieder andere zur Wissenschaft zu verführen.[52]

Unglück als liebe Gewohnheit

1933 war beabsichtigt, Mandorf zum Dozentenführer zu machen; dies scheiterte. Mit dem Amt wäre begrenzte Macht verbunden gewesen. Wer sich in der Macht befindet, kann *denken*, weil er an der Wirklichkeit teilhat. Dafür läßt die Ausübung der Macht kaum Gelegenheit zum Denken. Diese Gelegenheit besitzt wiederum der Wissenschaftler in hohem Maß.[53] An sein mangelhaft heizbares Studierzimmer hatte sich Mandorf gewöhnt. In der Universitätskleinstadt gab es nirgends richtigen Kaffee; richtiger Kaffee hätte Mandorf vielleicht erschreckt. In der geringen finanziellen Ausstattung der werdenden Privatdozenten sah Mandorf ein *Palladium* seines Standes; hier hatte sich noch etwas von der alten Freiheit des *Privatgelehrten* erhalten. Den Mangel an Unterlagen, Büchern, Hilfsmitteln in seinem Institut sah Mandorf ebenfalls unter dem Gesichtspunkt der Freiheit: so konnte der Geist über den Dingen schweben.[54] Eine gewisse Zeit, Frühling 1937, stellte Mandorf einer jungen Dame nach. Fast hätte sie ihn zu einer gemeinsamen Urlaubsreise gezwungen. Dieser Schwierigkeit entronnen, war Mandorf mit seiner Einsamkeit sehr zufrieden. Das Material, aus dem Mandorf seine Pflicht zusammenstellte, war einerseits Ehrgeiz, andererseits Brotinteresse: was er nicht bekam, trieb ihn an; hätte er mehr bekommen, hätte ihn vielleicht nichts mehr angetrieben. Ein mit Mandorf eng befreundeter Nachwuchswissenschaftler wurde von der Universität verjagt. Mandorf brach Herbst 1938 auf dem veralteten Blausteinpflaster von F. die Knöchel. Das Fach Ökonomie ließ Abstecher zu antiken Texten, die Mandorf gern unternommen hätte, nicht zu. Immer das gleiche Menü in seiner Stammgaststätte, die er nicht zu wechseln wagte, wegen des möglichen Geredes der Kollegen, die dann ein Zerwürfnis mit der Wirtin vermutet hätten. Äußerste Anstrengung seines Kopfes, mühsam ausgeglichen durch Sport.[55] Es war nicht so, daß Mandorf sein Unglück nicht gesehen hätte;

---

52 In Mandorfs Ohr die Worte: »Wenn du die Not der Erde und der Menschheit mitleidend vorfühlst, wenn du die Notwendigkeit, sie aufzugeben, opferbereit bejahst, wenn du die Kraft dazu in dir vorhanden glaubst, dann werde Lehrer.«

53 Mit der Macht kam Mandorf nur durch Oberstarzt v. Lehmann in Berührung.

54 Der Lehrstuhlinhaber G. pflegte zu sagen: »Nehmen Sie sich ein Beispiel an Schopenhauer, der nie einen Lehrstuhl erhielt: was hat er nicht alles geschrieben! Ich erinnere an den Fall Dr. C. Dieser Kollege erhielt ein Institut; sobald er in einem Institut saß, arbeitete er nicht mehr. Arbeitskraft und wirtschaftliche Ausstattung sind grundsätzlich unvereinbar.«

55 Mandorf war aber nicht sportlich gekleidet. Grundsätzlich trug er herrenähnliche, teure Kleidung aus englischen Stoffen, stets besonders sorgfältig ausgewählte Hemden. Am 16.

aber das Unglück verbaute zugleich die meisten Auswege aus dem unglücklichen Zustand.

Letzter Stand 1939: In seinem desperaten Zustand war Mandorf verände-
rungssüchtig. Rund sieben Jahre im Dienste von Forschung und Lehre heran-
gebildet, war Mandorf zu Kriegsanfang bereit, jetzt seine Persönlichkeit zu
entfalten.

II

>Soviel Welt als möglich,
ja die ganze Welt in die
eigene Person verwandeln,
das ist im höheren Sinn
des Wortes Leben.«
Wilhelm von Humboldt,
Brief an Caroline

Sobald der Krieg ausbrach, gerieten die Dinge in Fluß. Winter 1939 heiratete
Mandorf die in F. studierende Komtesse N. (Die Familie kam ursprünglich aus
Bayern, lebte seit 1922 mit Teilen in Bukarest.) Kollegen in F. hielten diese
plötzliche Heirat für fragwürdig. Die N. befand sich unter den Schülern, die
Mandorf als Assistent zu betreuen hatte, insofern konnte sie als »abhängig«
gelten. Die Eheschließung fand in dem Dorf W. statt. Die Furcht, die ihn eigentlich vor einer Frau nicht verließ, schien Mandorf unbeachtlich.[56] Es folgten Eingliederung als Sonderführer in das zum Frankreich-Feldzug sich for-
mierende Heer. Ermöglichung einer gemeinsamen Reise nach Bukarest trotz
kriegsbedingter Visaschwierigkeiten. Mandorf und seine neugewonnene Frau
nahmen Mittagsmahlzeiten von 3 bis 5 Stunden Länge ein; diesen Mahlzeiten
stand das frühere hastige Hinunterschlingen des Essens gegenüber, das lediglich als Freiheitsstörung galt. Eine neue Publikation Mandorfs erschien Anfang 1940 auf dem Markt. Den Westfeldzug erlebte Mandorf insofern, als er
im Juni 1940 für einige Tage nach Bordeaux gesandt wurde; dort führte er Aufsicht über Tuchfabriken. Mit zunehmender Wirklichkeitsnähe begann Mandorf seine Interessen zu übersehen. Seiner Frau war er sicher. Sie bemühte sich,
in der von Hügeln bestimmten Umgebung von F. eine Villa als Ehewohnsitz

---

Februar 1346 trug der Graf Regenstein auf dem Wege von Heudeber nach Danstedt keinen Kettenpanzer. Die Dorfknechte töteten ihn, weil sie nicht sahen, daß er einem höheren Stande angehörte. Mandorf, der einer Minderheit angehörte, sah ein ähnliches
Schutzbedürfnis. Nur ordentlich gekleidet entgeht er der Ausrottung aus Versehen!

56 Mit der Eheschließung kam Mandorf einer ehrengerichtlichen Initiative eines Kollegen
zuvor.

anzukaufen. Er verbrachte die Liebesnächte mit seiner Frau in der Erwartung, seine Persönlichkeit dadurch weiterzuentfalten; als ihn diese Tätigkeit nicht bereicherte, gab er sie teilweise wieder auf. Seine Frau glaubte an einen Stimmungsumschwung. Ein Oberkommando in Rumänien forderte Mandorf an. Am 8. 4. 1941 betrat Mandorf Griechenland; am 9. 4. rückte er in Saloniki ein. Griechenland, Deutschland, Italien, England, also die Beteiligten, empfanden diesen Feldzug als Belastung. Exakt lief der Krieg nach Süden. Der 12. April brachte Gefechte am Klidi-Paß und Kastoria-See, der 14. schon brachte verstopfte Vormarschstraßen am Olymp. Von den Griechen wollte keiner mehr kämpfen. Mandorf spürte als Vertreter der siegenden Partei des Jahrhunderts eine Art physischen Genuß an Sieg und schneller Bewegung. Es galt als Fachmann für Textilfabriken und griechische Sprache. Mandorf, einem Panzerstab folgend bis Korinth, trug das Haar in diesem Jahr an den Kopfseiten extrem kurzgeschnitten. Auf dem Schädeldach waren die kampfmäßig kurz gehaltenen Haare zu einem Scheitel angeordnet. Bei einem Wiedersehen mit seiner Frau, die ihm bis Zagreb entgegenreiste, erkannte er sie nicht wieder. Die Glieder, die ihn vor Jahresfrist noch verstrickt hatten, schienen ihm jetzt unbeachtlich. Er war tiefer in die Wirklichkeit eingedrungen, hatte schon den Zustand, der vor Jahresfrist bestand, hinter sich gelassen. Der Zug, mit dem die N. aus Zagreb wieder abreisen wollte, war hoffnungslos überfüllt. Mit der Dienstwaffe sicherte Mandorf der N. in dem Gedränge einen Sitzplatz.

Mandorf wurde im Juni 1941 wegen seiner Sprachkenntnisse auf die Insel Kreta eingeflogen. Er sah noch Teile der Eroberer Kretas auf dem Flugplatz Maleme, die auf ihren Rücktransport warteten. Mandorf unterstanden auf Kreta zwei Dolmetscher. Er teilte Kreta in Planquadrate ein.[57] Die Heeresgruppe befand sich weit weg in Athen. Auf Kreta verstand sich Mandorf einigermaßen gut mit dem ersten Gehilfen des Festungskommandanten, einem Major v. R.[58] Sein Verhältnis zu den deutschen Freunden wurde aber schon

---

57 »Kreta besteht im wesentlichen aus Steingebirge. Gelegentlich existieren Oliven und im Westteil der Insel Orangen. In den Schluchten des Ostteils der Insel finden sich Mandelbäume. Ziegen und Sturzbäche verhindern eine Bewachung der Insel.«
Kreta lag erobert da. Auf etwa 10 getötete Engländer kam *ein* getöteter Deutscher; insofern war am Sieg nicht zu zweifeln.

58 Der ehrgeizige Major v. R., der sich auf Menschenbehandlung verstand, zog Mandorf in verschiedenen persönlichen Angelegenheiten zu Rate; während der Offizier Mandorfs Ratschläge nicht weiter befolgte, ergab sich, daß Mandorf sein Verhalten auf Kreta durch Rücksichten auf v. R. bestimmen ließ. Verspätet sah er, daß die vertraulichen Gespräche zu den Herrschaftsmethoden v. R.s gehörten, die dieser zum Teil schon unbewußt anwandte.

kühler. Die Siegesstimmung changierte zu einer Art Eintauchen in das fremde
Land, einer Art Häutung, mit der er seine Vergangenheit – oder schon konnte
er sagen: seine Vergangenheiten – endgültig ablegte. Er suchte Kontakt zu einzelnen reichen Familien in Heraklion.

III

Kaum hatte Mandorf auf Kreta seine Vergangenheit oder seine wechselnden
Vergangenheiten endgültig abgelegt, *zum zweiten Mal seine Persönlichkeit in
diesem Krieg entfaltet,* als ihn die ursprüngliche Vergangenheit auch schon
überfiel: er versuchte, seine griechischen Freunde zur Wissenschaft zu verführen. Mandorfs Totalsinn wandte sich der bildungsbedürftigen Bevölkerung
ganz Kretas zu. Zugleich hielt sich sein aufs einzelne gerichteter pädagogischer
Eros an die 18 machthabenden Familien des Landes. Eine Abendschule, die
Mandorf in Heraklion für städtische Kinder begründete, florierte nicht.[59]
Mandorf hielt für einige grundbesitzende Familien auf deren Landsitzen Vor-
träge ab über deutsche Sprache, insbesondere Novalis. Die neugewonnenen
Freunde wunderten sich sehr, daß Novalis eigentlich ganz anders hieß. Man-
dorf gewann die Familien Natr. und Kar. Bei der Familie Metropoulus lernte er
den 16jährigen G. kennen; dieser neue Wirklichkeitseinbruch erschütterte den
Wissenschaftler, nahm ihn für längere Zeit gefangen.[60]
Durch die Metropoulus erhielt er Kontakt zu den Si. und den weitverzweigten
Fer., die zugleich die Unterstützung der Familien W. und Best. für die Besatzungsmacht einbrachten, da diese Familien den Osten der Insel im wesentlichen beherrschten. Die Familien suchten den Handel mit dem Festland. Vor-

---

59 In den Städten Kretas existierte eine zahlenschwache Schicht unabhängiger Juden, Handwerker, kaum Akademiker, eine Reihe von Popen. Die dorflosen Bergregionen waren von
Hirten und Gelegenheitsarbeitern bewohnt. Praktisch gruppierte sich der wesentliche Be-
völkerungsanteil um die etwa 18 Familien, die die Insel kontrollierten. Es bestanden Bedenken, diese Klientel durch allzuviel Unterricht dem natürlich gewachsenen Autoritäts-
zustand zu entziehen.
Trotz Mandorfs Protest sperrte Major v. R. nach einem erfolglosen Anfang die für die
Abendschule vorgesehenen Mittel. Mandorf bat die Familie Ferania um Hilfe. Die Ferania waren geizig.
60 Während Fliegergefahr befand sich der etwas schwachsinnige, leptosome G. Metropoulus ohne die Wache, die ihn sonst begleitete. Mandorf traf ihn in den Vorratshäusern. Daß
sich der junge Geisteskranke an ihn drängte, brachte Mandorf in Verwirrung. Mandorf
hielt den Vorgang zunächst wieder für Liebe: die außerordentliche Gefahr, fehlende Übersicht, Lust. Das hielt sich natürlich nicht lange.
Die Metropoulus waren insgesamt schwarz, untersetzt, relativ großknochig.

aussetzung dafür war ein gutes Verhältnis zur deutschen Besatzungsmacht. Eigentlich wollte Mandorf ganz anderes.

Dienststellung der Wissenschaft

Amor scientie factus exulis. Der der Wissenschaft Verfallene ist von der Macht ausgeschlossen. Daher soll er der Macht dienen. Gelehrte waren früher die höheren Bediensteten der Aristokratie. Als Berufsbeamte dienen sie heute der Wissenschaft. Daß das Instrument Wissenschaft sich von Mandorf nicht zielgerichtet gebrauchen ließ, lag daran, daß es von Anfang an zum Dienen erfunden war. Abälard, Bruno, Petrarca, Goethe, Humboldt dienten ihren Herren. Als Abälard und Bruno nicht mehr dienen wollten, wurden sie abgeschafft.

Beschreibung Mandorfs

Weich, liberal (verführbar)
Außenseiter
Völkerversöhner
Allesverbinder
Er trug das Haar jetzt wieder länger, kein Fett am Körper, mit seiner Lage war Mandorf nicht versöhnt.
Er hätte 1943/44 seine Identität wechseln, seine Nationalität ablegen können. Eine der griechischen Banden, die von den besitzenden Familien zur Abwehr anderer Banden unterhalten wurde, machte ihm einen entsprechenden Vorschlag.[61]

Kirremachen einer Entgleitenden

N., die er fast vergessen hatte, meldete sich von Saloniki aus. Mandorf flog noch in der gleichen Nacht dorthin. Es gelang ihm, die Widerspenstige wieder in Abhängigkeit zu bringen.[62]

---

61 Der Bandenführer hätte Mandorf gern als Stabschef gehabt. Auf den Vorschlag ging Mandorf nicht ein, weil er auf seinen Freund Major v. R. Rücksicht nehmen wollte. v. R. war über die Zusammenhänge des 20. Juli orientiert. Er sprach mit Mandorf darüber, ob sich auf Kreta ein Widerstand gegen Hitler organisieren ließe.

62 Das Konzert für Horn von Mozart konnte Mandorf nicht hören, ohne an jene zaghafte erste Umarmung der N. zu denken (noch belebt vom organisationsreichen 1. Maitag).

IV

Von Nordosten bedrohten im August 1944 russische Verbände den oberen Balkan. Die deutsche Führung mochte auch in dieser Situation nicht auf Griechenland verzichten. Sie entschloß sich, Kreta teilweise zu räumen. Die auf Kreta verbleibenden Soldaten zogen sich auf die sogenannte Kernfestung Kreta zurück. In den von den Deutschen verlassenen Raum rückten griechische Banden nach, die aus dem Ida-Gebirge herabkamen. Sie ließen sich von englischen Offizieren beraten. Mandorf sah bei der Räumung Heraklions im Fernglas einen solchen Offizier, der den Verkehr der einmarschierenden Banden regelte. In den Tagen nach Räumung des Ostteils der Insel durch die deutschen Truppen verloren die englischen Verbindungsoffiziere die Kontrolle über die Banden. Mandorf hörte, daß Mitglieder der von ihm für die Wissenschaft gewonnenen Familien erschossen würden. Er regte bei General B., dem Festungskommandanten, die Entsendung einer Hilfsexpedition zur Rettung der Freunde an.[63] Die Bitte wurde ihm abgeschlagen. Mandorf versuchte selbst, nach Heraklion vorzudringen. Mandorf war aber aus der Gelehrten-Stille ausgezogen, eine Frau zu beglücken; diese hatte er aufgegeben, um Siege zu feiern; von den Siegern hatte er sich abgesetzt, um in eine kretische Haut zu schlüpfen, alles zur freien Entfaltung seiner Persönlichkeit, von der jetzt vierzig bedrohte Menschen abhingen; jetzt hätte er gern wieder den Anschluß an seine ursprüngliche Tätigkeit gefunden; er hätte die aussichtslos werdende Si-

---

63 Die eisernen Männer sangen an jenem 24. August den ganzen Tag im Radio Agram.
   Außerdem hörte Mandorf:
   Warum willst du mich nicht?
   Eines Tages wird der Himmel wieder blau.
   Ich will nicht.
   Allerdings!
   Auf ein Gestern folgt ein Morgen.
   Siehst du den Chow-Chow im Garten?
   Liebe wird es immer geben.
   Tief dort im Wehrdorf klingt der Wind.
   Grüßt der Glockenschein zum hohen Sternenzelt.
   Tief im Meer, da liegt die Vergangenheit.
   Und die Träume sind Lieblichkeit.
   Ich brauch' kein Schloß.
   Ich brauche für heut' und alle Zeit
   Mehr Liebenswürdigkeit.
   Die Kaulos waren immer vorsichtig gewesen; sie hatten Mandorf nicht empfangen, auch sonst keine Beziehungen zur Besatzungsmacht gehabt. Trotzdem wurden sie jetzt mitgehangen.

tuation gern wissenschaftlich betrachtet. Eine Zeitlang prüfte er, was wichtiger sei: sich für die Freunde zu opfern oder sich nicht zu opfern und ihnen durch Beschreibung, d.h. durch ein Buch, das er nach dem Kriege schreiben wollte, ein Denkmal zu setzen.

Begriff der Persönlichkeit
General B. verbot Mandorf weitere Vorstöße.[64] Wissenschaftler Mandorf hatte sich auf Kreta ein System erdacht. Aber auch bei besserer praktischer Schulung Mandorfs wäre das Kartenhaus zusammengebrochen: es stützte sich auf Mandorfs Person. Diese stützte sich auf das Geschehen. Das Geschehen selbst war nicht abgestützt. So war Mandorf nicht abgestützt.

Mandorf als Fachmann
Fachmann war Mandorf eigentlich für gar nichts.

Eine gräßliche Entdeckung
In den Unglückstagen von Heraklion machte Mandorf eine Entdeckung: ihm war, was geschehen war oder was geschah, gleichgültig. An sich war ihm auch dieses moralische Versagen gleichgültig. Die Gleichgültigkeit angesichts des Unglücks der Freunde nahm aber dem ganzen Feldzug Mandorfs seinen Sinn. Mandorfs Persönlichkeit lag entfaltet da: sie umfaßte nichts.[65]

V

Dem General B. wurde die Sache zu bunt. Er sah den Blick Mandorfs nicht gern. Er sandte ihn im September mit Nachtmaschine über Kos nach Agram. Ein Armeestab dort wußte Verwendung für Mandorf. Er erhielt den Auftrag, die Verkehrslage auf der Straße Larina – Ziotyon – Trinkalla bis zum Olymp hin zu prüfen. Die Straße war, wie schon 1941, verstopft. Noch jetzt – Ende

---

64 Opfervorgang: Nicht in den Garten gehen, sondern Latein lernen. Nicht trinken, sondern früh aufstehen. Wenn Mandorf das opferte, was er nicht haben will, müßte er zu dem kommen, was er haben will. Gingen bei der Aufopferung von Mandorfs eigentlicher Absicht (den Freunden zu helfen) Persönlichkeitswerte verloren? Es galt zu wählen: eventuelle Werte oder aber die Manövrierfähigkeit zu höheren Aufgaben.

65 Mandorf war in diesen Tagen tätig und ausgefüllt. Er schrieb Fernschreiben nach Saloniki. Täglich bis 1 Uhr erledigte er seinen gewohnten Vermessungsdienst, er prüfte die aus Chania und Rethymnon einlaufenden Berichte; er war der einzige Feldwebeldienstgrad, der die Landessprache verstand. In seine Appelle an General B., die er schriftlich niederlegte, hatte er sich verbissen. Er hätte den Konflikt entbehrt, wenn B. plötzlich nachgegeben und doch eine Expedition nach Heraklion entsandt hätte.

1944 – wurde Mandorf von den Mitgliedern eines Korpsstabes für einen Fachmann gehalten. An einem Abend durfte er aus Platos Apologie rezitieren.[66] In diesen Tagen erhielt der Korpsstab, den Mandorf begleitete, von der antikommunistischen Widerstandsgruppe Edes das Angebot, die griechische Staatsbürgerschaft anzunehmen. Gemeint war, daß man gemeinsam gegen die Kommunisten vorgehen sollte. Die Angehörigen des Korpsstabes, die für ihren Rechtsstatus als künftige Kriegsgefangene fürchteten, lehnten ab. Mandorf kämpfte, seelisch erschöpft, bis Juni 1945 auf seiten von Edes gegen Kommunisten. Er geriet in jugoslawische Hände. Den ersten wiedergewonnenen Atem benutzte er, die Internationale zu erlernen; Mandorf blieb bis 1945. Nach Deutschland zurückgekehrt, fand er keine Freunde vor. Seine Frau fand sein Versteck[67], erbat eine vereinbarte Scheidung, die 1952 erfolgte. Wiedereinstellungsansprüche hatte Mandorf nicht. An seiner Habilitation fehlte 1939 die Antrittsvorlesung.[68] Auch habilitiert hätte er keinen Lehrstuhl erhalten, da ihn

66 Meine Herren, sagte der Kommandierende General, wir haben heute das Vergnügen, Herrn Professor Mandorf unter uns zu begrüßen. Herr Mandorf hat sich dazu bereit erklärt, aus einer von ihm angefertigten Übersetzung vorzulesen. Nach schweren Tagen erscheint mir eine geistige Ruhepause in dieser Form erwünscht und angemessen. Ich bitte um Aufmerksamkeit. Diese Worte eröffneten das Essen. Es schloß sich die Vorlesung sowie ein Beisammensein an: Ernste Schallplatten wurden gehört. Die Gesamtstimmung war gedrückt, da zweifelhaft war, ob feindliche Verbände eine Paßstraße bei Franquilla besetzt hätten.
Mandorf rezitierte als Zugabe »Die Prätorianer« von Victor Hugo:
Wir waren 10,
Wir nahmen die Stadt
Und den König selber gefangen!
Danach,
Herren der Stadt und des Hafens,
Wußten wir nicht, was weiter,
Und so gaben wir höflich
Dem König Stadt und Hafen zurück.
67 Mandorf trat 1948 in Butzbach/Hessen eine Stelle als Hauslehrer an. In den Städten, denen er früher gelebt hatte, zeigte er sich nicht. Seine Frau fand seine Adresse dennoch mit Unterstützung einer Heimkehrer-Organisation.
68 Ein entfernt mit Mandorf bekannter Lehrstuhlinhaber, der selbst ungerecht behandelt worden war, griff den Fall Mandorfs auf. Im Universitätskuratorium von F. lag daraufhin einige Zeit ein Vorgang und wurde bearbeitet. Im Ministerium gab die Abteilung IV (Hochschulabteilung) den Vorgang weiter an die Abteilung I (Recht, Organisation, Haushalt). Hier wurde eine Auslegung des § 7 III BWgöD versucht, die für Mandorf günstig gewesen wäre. Hiergegen erhob der Sachbearbeiter im Finanzministerium Bedenken. Der Vorgang wurde daraufhin unentschieden dem Universitätskuratorium zurückgegeben. Der mit Mandorf entfernt bekannte Wissenschaftler verfügte zwar im Augenblick über erheblichen Einfluß, kümmerte sich aber nicht um den Vorgang; seine Güte war grundsätzlich zweckfrei, sie erschöpfte sich in einmaligen Handlungen.

kein Lehrstuhlinhaber kannte und Mandorf sie auch nicht drängte. Er erhielt 1958 eine Assistentenstelle. 1959 rückte er auf in eine Tutorenstelle. Er hat Aussicht, später einmal die Planstelle eines Wissenschaftlichen Rats zu erhalten.[69] 1960 heiratete er seine Hauswirtschafterin. Begegnete ihm jetzt noch einmal die Wirklichkeit, so fände sie ihn vorbereitet, allerdings zum Teil auch verbraucht.

Die Glocke der Zufriedenheit

I

Der Laufbursche von 1928 bis 1933 des vorletzten Reichskanzlers vor Hitler hieß Hans Peickert. Er brachte es später zum Hauptfeldwebel. Seine Eltern und Voreltern waren praktisch noch Leibeigene auf den westpreußischen Gütern von Pustertal-Schramm. Als Zwanzigjähriger kam Peickert nach Berlin, trat in die Dienste des Herrn v. P. (genannt Püppchen). Das Füllhorn der reichen Gaben, die Politik und neue Zeit bereithielten, schüttete sich damals über den Konservativen aus, die in unsicherer Zeit ausgehalten hatten. Als Laufbursche war Peickert Bote im vielgliedrigen Verbindungsnetz seines Herrn.

Die Herrschaftsmethoden der nationalen Rechten; das Prinzip »lebenslänglich«. Die deutschnationale Rechte sah nach Untergang der Monarchie das verbliebene Deutschland als eine Art großes Landgut, das zu verteilen war. Freunde und ernstzunehmende Gegner verbanden sich zu einer schlagkräftigen Rechten. Im Baltikum, in Berlin, im aufständischen Sachsen, in Bayern brachte diese Rechte *Widerspenstige* rasch zur Raison. In animalischer Unbeirrtheit errichtete die Rechte eine Attrappe von *Pflicht*. Unterhalb der Pflicht ging sie auf Menschenfang.

400 Jahre früher hätte ein adliger Räuber eine Straße, 3-4 Dörfer, einige Brücken als Ausbeutungsobjekt vor sich gesehen. Jetzt bildeten Banken, Industriezweige, preußische Regierung und Reichskabinett die *Scholle*. Diese Güter reichten für alle, sofern man den Kreis der Empfänger konsequent begrenzte. Empfangsberechtigte hatten eine bestimmte Gestalt: Tennispartner anderer

---

69 Dies hängt von der allmählichen Durchführung der Empfehlungen des Wissenschaftsrats an der Universität M. ab. Rektor und Senat haben die Empfehlungen grundsätzlich begrüßt. Im Einvernehmen mit der Staatsverwaltung sind *Anstrengungen* unternommen worden. Diese Anstrengungen dürften andererseits das traditionelle Leitbild von Forschung und Lehre, wie es in der Universitätsverfassung verwirklicht ist, nicht verletzen.

Herren, Prinzen als Automobilisten, Portepeeträger, Herrenreiter, Chefs – eine Reihe von Bildern, die Peickert als »neue Zeit« summierte.

»Der Koch des großen Pompejus sah wie der große Pompejus selber aus.« Peickerts Lieblingsroman: Ein 1916 gefallener Offizier hinterläßt vier völlig verarmte, aber adlige Kinder. **Der seit 20 Jahren in der Familie dienende Koch, Herr Grimmshut, hat seinen Lohn seit 1903 gespart und stellt ihn jetzt zur Verfügung.** Hiervon kann er »seine« Kinder standesgemäß nähren und ausbilden lassen. Eine der adligen Töchter verliebt sich in den Koch. **Dieser verzichtet auf die unmögliche Romanze.** Ein Herrenreiter aus Hannover bittet um die Hand dieser Tochter: eine Hochzeit mit dem Glanz alter Tage. Peickerts Gefühle bewegten sich im Umfeld dieses Romans. Seine Vernunft sagte ihm jedoch: so komme ich als Koch nicht auf meine Kosten. Peickert war entschlossen, aus diesem Zusammenhang auszubrechen.

Der von Geburt eingefangene Peickert. In Westpreußen hatte Peickert keine Chance gehabt, auszubrechen. Aber auch in den Diensten v. P.s war keine Chance enthalten. Als Empfänger von Anteilen an der politischen Ausbeute kam Peickert standesmäßig nicht in Betracht. Nahm die Lauftätigkeit für den Herrn alle Kräfte Peickerts in Anspruch, so war es schon wieder gleich, ob er für diesen einen Herrn oder in Westpreußen für viele Herren lief. Verfügen konnte er allenfalls über seine Freundin Magda S. 1932 versuchte er, sie für sich in der Augsburger Straße laufen zu lassen. Das führte zu einer Anzeige. v. P. verwarnte ihn. Wenig später trat v. P. in das Kabinett Hitlers ein. Sein Niedergang deutete sich an. Peickert glaubte, seinem Herrn bei dieser Gelegenheit entkommen zu können. Er bat, in der Reichswehr untergebracht zu werden.

Der Staatsmann wollte damals an seinen Sturz nicht glauben. v. P., soeben Vizekanzler Hitlers geworden, befahl Peickert, zu bleiben. Nach seinem Sturz als Vizekanzler, 1934, versuchte er, wenigstens den Ersatzposten als deutscher Botschafter in Wien zu halten. Der Anschluß Österreichs beseitigte v. P.s Botschafterposten. Ein Mitarbeiter aus v. P.s unmittelbarer Umgebung wurde erschossen, so wie man sagt: Dem Feldherrn wurde ein Pferd unter dem Leib erschossen. Peickert erhielt Ende 1934 eine Planstelle als Rekrut in der Reichswehr.

II

Nach dem Ausscheiden aus v. P.s Dienst erhob sich für Peickert eine neue Hoffnung. Der Abbau der alten Herren erschien Peickert nun als Versprechen der Ausweitung des Füllhorns auf alle Gutwilligen. Innerhalb der Reichswehr avancierte er 1934 vom einfachen Soldaten zum Gefreiten, 1938 vom Obergefreiten zum Unteroffizier. Im ersten Kriegsjahr folgte in Polen Einrücken in die Planstelle eines Hauptfeldwebels. Dieser langsame Aufstieg von einem, der gar nichts zu sagen hat und wenig Sold empfängt – nach Jahren eifriger Diensttätigkeit –, zu einem, der einiges mehr zu sagen hat und etwas mehr Sold erhält, war nicht das, was sich Peickert unter Erweiterung seines Lebensspielraums vorgestellt hatte. Er setzte nun seine Hoffnung auf den Krieg. Der Krieg sollte den Lebensraum des deutschen Volkes erweitern. Peickert stellte sich darunter Umfassendes vor.

Kriegführen nach den Regeln einer Gefängnisverwaltung. In Peickerts Leben hatte es bis dahin lediglich Enttäuschungen gegeben. Der Trieb, die Eltern nachzuahmen, dem Gutsherrn zu gehorchen, betrog ihn; niemand honorierte diese oder abgeleitete Gutartigkeit. Der Trieb, in der Schule zu gefallen, schadete ihm. Seine Hoffnung auf den großen Herrn in Berlin trog, da der Herr ihn lediglich ausnutzte. Seine Hoffnung auf die Nationalsozialisten trog ihn auch, denn das allmähliche Aufsteigen in der Wehrmacht, bessere Ausrüstung an Waffen, mehr lernen zu dürfen auf einer Kriegsschule, bot keine Aussicht auf eine radikale Änderung, wie sie Peickert anstrebte. Schließlich war auch der Krieg eine bittere Enttäuschung. Diszipliniert rückten die Truppen nach Polen ein. Plündernde Soldaten wurden oft füsiliert. Die Erschießung des einen oder anderen Feindes oder frech auftretenden Zivilisten erbrachte keine Änderung des Gesamtzustandes. In *Frankreich* veränderte sich das Bild *wenig*.

Goldene Worte, Ausrüstung an Kindheitserinnerungen.

> Den Kopf dahin tragen, wo es ihm nutzt.
> Im Busch sitzen und andauern.
> Den Kopf im Finger haben.
> Klick, macht der Verstand. Jaja, sagt die Geiß.
> Betrogen, selber gelogen, klüger geworden.
> Dem Judenjungen eins hinter die Schlappohren hauen.
> Nicht fragen: Warum, sondern sagen: sorum.
> Ab ins Hunde-kupee.

Ab nach Kassel.
Heute Herr, morgen 's G'scherr.

Erinnerung: Großer Festtag, als die Apotheke in S., die nachweislich unreinliche Arzneien enthielt, mit Genehmigung des Landrats gestürmt werden darf. Salbenfässer an den Wänden zertrümmert. Später entsteht ein Brand im sogenannten Labor.

Kindererinnerung an die geschwängerte Gutswirtschafterin: Der zuständige Landarzt hatte versucht, das im Leib der Schwangeren unrichtig liegende Kind zu drehen. Verletzungen waren entstanden. Ein Weihnachtsfest lang verblutete diese Frau auf einer Bahre in der Wäschekammer (die Geburt sollte geheimgehalten werden). Das auslaufende Blut macht die Frau müder und müder. Gähnen. Angstzustände.

Schlafliedchen: Riesel, riesel, tropfe-tropf.
                   Sieh den bösen Staub, o Graus.
                   Püppchen hat sich weh getan,
                   und das Sägemehl läuft aus.

Aussehen Peickerts, Kastenbrust, kurzer Hals: ein guter Resonanzboden für die Stimme. Der weitere Körper, massig nach unten geschneidert. Gesicht ohne besondere Kennzeichen: nervöse Flächen an den Schläfen; braune, farblose Haare, feste, hornige Lippen, eher: Schließapparate. Ohne feste Gewohnheiten: ähnlich wie viele Emigranten aus dem ehemaligen Mitteleuropa (Gegenteil von Bauern), nicht seßhaft – nicht faßbar, ein viel benutzbares Gehäuse: aber darin Expansionswille. Diese Figur war eingeschlossen in die schmucke Uniform eines Hauptfeldwebels mit Schießschnur. Die Dienstmütze war am Vorderrand rechts und links mit dem Finger eingeknifft und insgesamt zu klein, ein wenig schräg saß sie auf dem Kopf: Saustimme im Dienst, differenziertes Sendegerät in privater, d. h. in geschäftlicher Hinsicht.

Besondere Intelligenzform. Süchtig war er danach, in Oberleutnant Tackes Gesicht die Bewegung »ja« zu verzeichnen (Sensation; Zeichen; Aufflackern des alten Versprechens: *gut*). Peickerts Rede, d. h. sein ganzer Körper, war auf eine bestimmte Sendeart eingestellt, die Tackes Reaktion bewirkte. Ohne Rücksicht auf wahrheitsgemäße Aussage, auf Folgen oder Schäden, entnahm Peickert der Umwelt Materialien, die er ummünzte, ummunitionierte, eingoß in diesen *einen* Effekt: in Tackes Gesicht Verständnis hervorzurufen. Bankrott, in unhaltbare Aussagen und Versprechungen verstrickt, unruhevoll, verabschiedete sich Peickert von seinem Chef.

Kaufmännischer Bildungsgang. In der Schule tauschte Peickert gestohlene Lebensmittel gegen *Erlebnishefte* und *Kolonialhefte*. Seine Leistungsfähigkeit vertauschte er gegen die Gunst des Herrn v. P., die ihm nichts nutzte. Seine Freundin vertauschte er gegen die Zurücknahme einer Polizeianzeige wegen Zuhälterei. Seine Lebenszeit, im gewissen Sinn sogar sein Leben, tauschte er gegen die Aufstiegschance in der Wehrmacht. Wenn Peickert Kinder gehabt hätte, hätten sie vielleicht den Sprung zu größeren Tauschmöglichkeiten, zum Beispiel den Sprung zum Akademiker, geschafft. Herren hätten sie nie werden können. Peickert wollte keine Akademiker zu Kindern haben, er wollte nach Lage der Dinge zunächst überhaupt keine Kinder haben, sondern selbst leben.

Pflicht und Leben. Peickert lebte im Sommer 1940 in Frankreich. Sein Truppenteil wurde damals in Lille/Frankreich aufgefrischt. In Metz lernte Hans Peickert seine spätere Verlobte Angélique Danatier kennen. Sobald er genügend Verfügungsmacht über sie besaß, vermittelte er sie an Offiziere der Garnisonen Lille, Metz, Montmedie und Reims. Waffengeschäfte, Geschäfte mit englischen Zigaretten und Passierscheinen sowie mit vermischten Marketenderwaren traten hinzu. In seiner Dienstzeit bot Peickert das intakte Bild eines deutschen Hauptfeldwebels.

III

Die Garnisonsstadt Lille in Frankreich liegt in einer Talmulde. Hinter dem Bahngelände liegen die Kasernen. Zusätzlich waren in Lille jedoch Mietshäuser und Villen für Besatzungszwecke freigemacht worden. Eine dieser Villen, die Villa Hébert an der Ausfallstraße nach Südosten, war Hauptfeldwebel Peickert und seinen Mitarbeitern zugeteilt. Das Nachbarhaus zur Rechten bewohnte der französische kommissarische Bürgermeister, das Nachbargrundstück zur Linken hielten Canaris-Leute besetzt. Die Villa Hébert war acht Kilometer vom Feldflughafen Lille und etwa zwei Kilometer von der Bahnstation entfernt. Der Tag beginnt für Peickert um 6 Uhr früh mit der Besichtigung des Kompanieappells. Darauf folgt Flaggenhissung. Gegen 7 Uhr erscheint Peickert auf der Geschäftsstelle einer Flakbatterie, wo er einen Teil des Schriftverkehrs für alle seine Tätigkeiten erledigt. Um 9 Uhr meldet sich Peickert jeden vierten Tag bei dem Standortkommandanten, überschlägig jeden sechsten Tag bei den in Lille ansässigen Dienststellen der Abwehr (Nachbarhaus). Bei diesen Gelegenheiten wird die Zusammenarbeit besprochen. Von 11 bis 14 Uhr folgen Besichtigung der Ausbildungsarbeit und Mittagessen. Von 15 bis 18 Uhr Schriftverkehr, Telefonate. Nach 18 Uhr nimmt sich Peickert dienstfrei. Durch Vorarbeit konnte der dem Schriftverkehr vorbehaltene Zeitraum von früh 7 bis 9 Uhr und 15 bis 18 Uhr nachmittags eingespart werden. Zur Flaggenhissung und zur Besichtigung des Appells in der Frühe genügte jeden zweiten und dritten Tag auch ein Feldwebel. Die Besuche bei dem Standortkommandanten und den Nachbareinheiten ließen sich auf einen Tag der Woche zusammenlegen. Peickert unternahm in den Jahren 1940 und 1941 keine Reise, die ihn länger als zweieinhalb Tage vom Standort ferngehalten hätte. Ihm unterstanden 180 Mann und 12 Unterdienstgrade. Unmittelbar in der Villa Hébert unterstanden ihm die Unteroffiziere Vitzthum und Müller-Segeberg.

Geschäftsgang 1940 bis Winterkrise 1941/42. Unterhalb der streng erfüllten Pflicht ergaben die geschäftlichen Vorhaben Peickerts ab Juli 1940 folgendes Bild:

Juli	Ablieferung von Angélique	RM	120,–
	hinzuzurechnen Sold (ausbezahlt)	RM	138,–
		RM	258,–
August/	Ablieferung von Angélique	RM	300,–
September	Ablieferung von Marika G.	RM	280,–
ab Mitte	Erlös für Marketenderwaren,	RM	100,–
September	Speisen und Getränke		
	hinzuzurechnen Sold (ausbezahlt)	RM	276,–
	Manöverzulage	RM	32,–
		RM	988,–
Oktober	Waffengeschäfte	RM	4000,–
	englische Zigaretten	RM	300,–
	Ablieferung von Angélique und Marika	RM	800,–
	Vermittlung eines Postens Seidenstrümpfe		
	an die Heimat, 10 % Provision	RM	1200,–
	Marketenderwaren, Erlös	RM	600,–
	Verschiedenes	RM	300,–
	hinzuzurechnen Sold (ausbezahlt)	RM	138,–
		RM	7338,–

Im Januar kaufte Peickert ein Grundstück in Graudenz. Dieses Jahr brachte 43 000,– RM Bargeld, für 17 000,– RM Besitz. Die Winterkrise 1941 spürte Peickert voraus. Von November 1941 bis Februar 1942 verzichtete er auf Geschäfte, da er massierte Kontrollen und Bestandsuntersuchungen in der Heimat als Antwort auf die Winterkatastrophe im Osten erwartete.

Sprichwort: Lust zu leben. Ein bekannter Dichter der Rechten sagte: Es ist eine Lust zu leben! Dagegen heißt es im Lied: Wer Lust ersehnt, wer Lust erkürt, erkürt sich Leid, ersehnt sich Leid: wer nimmer Lust ersehnt, erkürt, erkürt, ersehnt sich nimmer Leid. Peickert erhoffte sich »nimmer Leid«. Deshalb steuerte er auch nicht im Direktgang Lust an. Vielmehr war es ein Zustand der Zufriedenheit, sich in diesem Kriegswinter 41/42 einzuigeln, d. h. hinreichend Substanz zur Verfügung zu haben, so daß Absicherungen möglich waren. Als Nebenprodukt entstand dabei auch Lust. Unvergeßlich die Schummerstimmung der ersten Bombenangriffe auf Berlin, verbracht im Zoobunker. Unvergeßlich ist auch die Spritztour vom 31. Dezember 1941 nach Wannsee. Am Vortag nach oben gegebene Aktenvermerke erweckten die Sicherheit, daß Peickert auch an diesem Tage in Lille seinen Dienst versah.

Leistungen der Reichsbahn. Bis in den Sommer 1942 hinein blieben die Fahrzeiten im ganzen Westen des Reichs sowie in Frankreich übersehbar. Zugverspätungen wurden bis zu 36 Stunden vorhergesagt und waren aus 600 bis 1000 Kilometer Entfernung noch telefonisch zu erfragen. Von der Zentrale in Lille konnten zum Beispiel die Unteroffiziere Vitzthum und Müller-Segeberg ihrem in Schlesien aufgehaltenen Chef ein Kraftfahrzeug von Schwiebus nach Glogau entgegendisponieren. Gelegentlich stellte die Flughafenverwaltung Peickert einen Platz in einem auf Spritztour befindlichen Kampfflugzeug zur Verfügung. Die Strecke zum Balkan war nur so zu bewältigen. In einem Fall tauschte Peickert einen durch Kontrollen und Schienenunterbrechung bedrohten Benzinzug, der aus dem Hydrier-Werk Stettin in Richtung Kielce rollte, gegen einen wesentlich kleineren Transport auf Privatbahngleisen in Mitteldeutschland.

Angstgefühl. Peickert führte, ob er reiste oder nicht, in zwei Brieftaschen Beträge zwischen 600,– und 800,– Reichsmark mit sich. Sank der Reservebetrag unter 600,– Reichsmark, so hatte er Angstgefühle. Die von unten (d. h. aus Westpreußen) nachdrückende Zeit der zu geringen Barmittel lähmte ihn dann, machte ihn entscheidungsunfähig.

IV

Peickerts Reisen erstreckten sich 1942 und 1943 nach Rumänien, zum Peloponnes, nach Italien, Dänemark, auf verschiedene Orte des Altreichs, des Generalgouvernements, in einem besonderen Fall auch Ostland und Memel. Weihnachten verlebte er in Tirol. In Italien erwarb er einen größeren Posten Tuche. In Dänemark handelte es sich um den Tausch von überzähligem Heeresgerät gegen Marketenderwaren. Als Hauptquelle erwies sich seit Frühjahr 1942 Benzinhandel sowie die Querverbindung Lille–Rumänien in allen Warengattungen.

Stalingrad. Im Gegensatz zu Hitler, der seine Kräfte seit Sommer 1942, ja seit Beginn des von ihm gefühlsmäßig nicht bewältigten Rußlandkrieges, verzettelte, sich auch persönlich in seinem winterlichen Befehlsbunker zugrunde richtete, konzentrierte Peickert in der Villa Hébért alle Kräfte auf den Ausbau seiner Schwerpunkte. Der Untergang der 6. Armee in der Adventszeit 1942 sowie die dunkle Januarzeit 1943 warf Ernst auf jede Tätigkeit, die im Großraum Deutschland damals stattfand. Sie gab auch der Tätigkeit Peickerts eine Weihe, die Atmosphäre naher Gefahr, die Peickert deshalb als angenehm empfand, weil sie die Proportionen der Angst, in der er sich befand, besser wiedergab, als es Sonntage, Strandleben, Sondermeldungen, Beförderung oder Festvorbereitungen getan hätten.

Ein guter Mensch: Armeerichter Döhmer. Peickert mißtraute einem Freund, der ihm nichts zu verdanken hatte: Armeerichter Döhmer von der 6. Armee auf der Krim, später in Rumänien. Da Peickert das Motiv für diese Freundschaft nicht sah, vermutete er eine Falle. Güte wendete Döhmer bei allen ihm erreichbaren Menschen an. Wie viele im Umgang mit schwindender Macht geschulte Herren besaß Döhmer die Geduld, durch Güte Menschen in seinem Netz zu versammeln, in der Annahme, daß sie ihm schon nutzen würden, wenn er sie erst hätte. So war diese Güte auch wieder nur Raublust in anderer Form. Vor Döhmers Güte hatte Peickert Angst, andererseits wollte er den mächtigen Mann nicht vor den Kopf stoßen. So waren sie also befreundet.

Flüchtiger Kontakt zu Resi Mückert. Nach einem ersten Besuch in Peickerts Berliner Wohnung in der Sächsischen Straße 68 (zwei Tage nach Kennenlernen im »Haus Vaterland«) kam sie gleich wieder und richtete ein kleines Depot mit Verhütungsmitteln ein. Sie stellte sie hinter einige Bücher im *Salon* in Griffweite. Peickert kam später nie wieder in diese Wohnung in der Sächsischen Straße. Resi andererseits besaß keinen Schlüssel für die Wohnung. Irgendwann nach 1945 wurde die Wohnung dann von Fremden aufgebrochen.

Vermögensübersicht

Februar 1944:
4 000 Liter Sonnenblumenöl im Lagerhaus Olteanu in Bukarest; eine Abteilung Landarbeiter in Podolien auf verschiedenen Gütern; ein Bordell in Lille mit Querverbindungen nach Posen und Kamenez-Podolsk; Depots von Bar-

mitteln; Wertsachen in Mannheim, Berlin, Koblenz, Düsseldorf; zwei Weingüter in Südfrankreich, eingetauscht gegen drei Gefangene (Fabrikdirektoren); etwa 180 000 Liter Treibstoff, verteilt auf verschiedene Lager in Nordrumänien, Waldkarpaten, Tschechei; eine Waggonladung Hölzer auf Transport von den Karpaten nach Süddeutschland; sechs Ballen Stoff aus Italien; Schrebergarten in Hamburg-Blankenese; Grundstücke in Posen und Graudenz; Wohnsitz in Graudenz; Vorrat von achtzig Marschbefehlvordrucken, Stempel, Zubehör; Butterreserven, Reserven an Zigaretten; Teilhaberschaft in einem Leipziger Pelzgeschäft; ein Raupenkrad, ein verstecktes Kraftfahrzeug »Wanderer«; vollständige Armeeausrüstungen für acht Mann (einschließlich Maschinenpistolen und Schneehemden).

V

Im Februar 1944 erstattete in Lille ein Offizier gegen Peickert Strafanzeige wegen Zuhälterei. Zu dem Zeitpunkt verlebte Peickert seinen ersten Heimaturlaub im Stabsumkreis des Panzergenerals Famula bei Târgu Frumos in Rumänien.

Bedrohung. Am 12. Februar 1944 griffen russische Panzerbrigaden sowie etwa dreißig Schützendivisionen den deutschen Frontabschnitt vor Târgu Frumos an. Die Panzer des Generals Famula lagen, ohne Benzin, bewegungsunfähig.

Beziehungen zu General der Panzer Famula. Gesprochen hat Peickert mit diesem General nie. Wie eine ansteckende Krankheit grassierte die Bewunderung für diesen Panzerführer in den Stäben der 6. und 8. Armee. Der General, schon im Frieden ein hervorragender Teilnehmer an gewagten Reit- und Fahrturnieren, verfügte über die besten Panzer, die das deutsche Heer je besaß. Bei Târgu Frumos brauchte seine Truppe für einen Angriff mindestens 240 000 Liter Benzin.

Benzinvorräte Peickerts in Reichweite der Panzergruppe Famula. Etwa 11 000 Liter südostwärts Jasny, 6 000 Gallonen westlich Ileoai; Benzinzug mit 120 000 Litern in den Waldkarpaten. Weitere 60 000 Liter befanden sich in zwei Tagesreisen Entfernung. Zu diesem Grundstock waren 40 000 Liter hinzuzuzählen, die Peickert sich zu organisieren getraute.
Peickert sah zunächst keine Gefahr darin, Famula Benzin zur Verfügung zu stellen. Er bekam seinen Lieblingsgeneral, den er sich als eine Verbindung zwischen Tacke und dem in Westpreußen bekannten Turnierreiter Herrn v. Westrum vor-

stellte, auch jetzt nicht zu sehen, als er die Bereitstellung der benötigten Benzin-menge melden wollte. Seine Meldung nahm ein Adjutant entgegen.

Problem der Toiletten. Eisenblech besitzt einen spezifischen kühlen Geruch, der an zoologische Gärten (Raubtierhaus, Affenhaus) erinnert. Deshalb fiel bei der Frage der Toilettenausstattung des Stabsquartiers in Târgu Frumos (das Quartier mußte völlig neu eingerichtet werden) die Wahl des Generals nicht auf Aluminiumkabinen und nicht auf Holzkabinen, sondern auf das dritte – auch etwas billigere – Angebot von eisenblechbeschlagenen Kabinen. Dies schien auch die am ehesten militärische Lösung.

Lehrsätze Famulas. »Bedenken stellen sich stets ein. Ihnen zum Trotz wird nur der zum Erfolg gelangen, der den Entschluß zu fassen vermag, ins Ungewisse hinein zu handeln.

Denn die Zukunft wird über den Handelnden milder urteilen als über den Un-tätigen.«

»Nach Prüfung von Gelände und Lage wird der kühne Entschluß meist der be-ste sein.«

»Der erfahrene Versorgungssachbearbeiter multipliziert den normalen Ver-brauch mal drei.«

Die erste spontane Verfügung Peickerts über seinen erworbenen Reichtum; ihr Lohn. Von den Benzinabfüllplätzen fuhren Famulas Panzer zum Jypan-Ab-schnitt, durchbrachen die Front des Gegners, schossen 110 feindliche Panzer ab. Am Tage nach diesem *Sieg von Târgu Frumos* beantragte der Panzerunter-führer I, Oberst v. Posselt, im Einvernehmen mit dem General der Panzer Fa-mula, für Peickert ein Ritterkreuz.[70] Peickert wäre ein Deutsches Kreuz in Gold lieber gewesen. Ein Deutsches Kreuz in Gold hätte jeder Korpsbefehlsha-ber verleihen können. Der Antrag auf Erteilung eines Ritterkreuzes für Peickert lief bei der zentralen Personalstelle des Heeres ein und führte dort zur Erfassung des wegen Zuhälterei angezeigten Peickert.

Peickert wurde dem Militärstrafgefängnis Graudenz zugeführt. Wäre es mög-lich gewesen, für *einen* Tag aus dem Festungsgefängnis Graudenz zu entkom-

---

70 Oberst Ritter v. Posselt, Ia der Panzergruppe, als der abgehetzte Peickert den Gefechts-stand Famula betritt: »Her mit Ihnen! Das ging ja wie am Schnürchen! Wir sind am Jy-pan-Abschnitt! Mensch!« Er riß sich das Ritterkreuz vom Hals und hängte es Peickert um die Schultern. Danach telefonierte er mit den vorgesetzten Stäben, holte die Genehmi-gung zu dieser Verleihung.

men (zum Beispiel auf Ehrenwort), hätte Peickert die Gegend um Kowno oder die Waldkarpathen erreichen können. Dort kannte er ein Partisanenversteck.

General Famula greift ein. Zu seinem Adjutanten äußerte der General: Peickert holen wir raus. Im Stabsquartier befand sich der NSFO[71] Dr. Burdach. Der General sagte zu ihm: Peickert hat uns geholfen, wir helfen Peickert. Ein nach Berlin abreisender Oberstleutnant erhielt den Auftrag, für Peickert *sein Möglichstes* zu tun. Einige Tage später durchreiste ein Major v. Fietz Graudenz. Er gehörte zum Oberquartiermeisterstab der 6. Armee und richtete Grüße aus an Peickert. Die Grüße gingen im Zivilgefängnis Graudenz-Nord ein. Sie wurden zwar an das im Festungsareal befindliche Militärgefängnis weitergeleitet, die Übermittlung verzögerte sich aber, so daß die Grüße erst nach Vollstreckung des Urteils, d.h. nach dem 16. Januar, eintrafen.

Am 6. Januar 1945 diktierte Oberst v. Posselt folgendes Schreiben an das Militärgerichts-Untersuchungsgefängnis Graudenz:

Nur durch Offizier!

Betrifft: Mil.-Strafgefangenen Hans Peickert
Bezug: Dortiges Urteil vom 3. August 1944
Ich erbitte Befürwortung des Gnadengesuchs für den oben Bezeichneten. Da der oben Bezeichnete im Verlauf der Ereignisse des vergangenen Jahres *Ausdauer, Ruhe, Auffassungsgabe, Entscheidungsfähigkeit* und *besondere Tapferkeit* bewiesen hat, erscheint mir eine Begnadigung erwägenswert. In Anbetracht der angespannten Personallage erscheint es fraglich, ob auf den oben Genannten von hier aus verzichtet werden kann.
    Datum:
    Unterschrift:

                                                v. Posselt
                                                (Oberst)

Eine sowjetische Armee schob sich in Richtung Westpreußen vor. Von der Weichsel kamen die schnellen russischen Truppen bis in die Nähe von Graudenz. Auf einen Kartengruß hin, der ihn aus dem Militärgefängnis Graudenz erreichte, richtete v. P. ein Telegramm über das Auswärtige Amt an das OKH, weiterzuleiten an den Wehrkreisbefehlshaber Westpreußen: Benötige Hauptfeldwebel Peickert als Kraftfahrer in Ankara.

Letzte Mahlzeit: Essen wollte Peickert nichts.

71 NSFO = Nationalsozialistischer Führungsoffizier.

Die Nachkommen eines Herrenmenschen

I

Im damaligen Niederländisch-Indien lebte 1932 ein Gutsbesitzer, der früher einmal Studienrat gewesen war und Europa den Rücken gekehrt hatte. Eine Erbschaft setzte ihn instand, das Deutsche Reich zu verlassen und beachtliche Geländeteile auf Java zu erwerben. Nach dem komplizierten Kolonialstatus gehörte dieser Grundbesitz ihm einerseits, andererseits nicht; mußten die Einwohner ihm dienen, waren andererseits frei – in jedem Falle konnte er verfügen. Dieser Mann besaß eine einzige Tochter. Ihr Haar hat eine sonnengebleichte Oberschicht, darunter brünett. Scharfe schwarze Spitzen oder Punkte in den blauen Augen. »Auf schönem Fleisch die Engelhaftigkeit eines hübschen fetten Tiers.«

Dieses junge Mädchen war ihrem Vater in allen Dingen gehorsam. Ihre Mutter war in Amsterdam zurückgelassen worden, da der ehemalige Studienrat sich von aller Vergangenheit befreien, nur der Zukunft dienen wollte, die er durch Kreuzung von Pferde- und Rinderrassen sowie durch Ackerbau ihm unterworfener Javaner und Chinesenkulis vorbereiten half.

»Lieber noch will der Mensch das Nichts wollen als nicht wollen.«

II

Der Zukunft dienen – kein einfaches Vorhaben, wenn man ein Herrenmensch ist. Es ist eine Zeit der Berauschung und des tiefen Elends. Rassismus, Kolonialismus, europäischer Imperialismus, für Heise in Java in Praxisnähe zusammengerückt; in seinem Hirn erlebt als »Steigerung im Wesen des weißen Mannes«. Aber Heise hält die chinesischen Kulis und Javaner für unterschätzt; er bezweifelt, daß man ihrer auf die Dauer Herr bleiben wird. Er denkt an die Charaktere, die in der deutschen Provinzstadt zurückblieben, aus der er stammt; er vermag dort keine rassische Steigerung zu erkennen. Aber eine resignative Betrachtungsweise lehnt er ab. Weltanschaulich neigt er zu einem »unbändigen Trotzdem«.

»Die Vergangenen zu erlösen und alles ›es war‹ umzuschaffen in ein ›so wollte ich es!‹ – das heißt mir erst Erlösung.« Einige Kollegen Heises, noch in Deutschland, glaubten, man müsse die Erlösung durch ein paar Gewalttaten mit Panzerdivisionen und Luftwaffe erreichen. Sie wollten die südrussische

Steppe erobern, von der die indogermanischen Völker einst ausgezogen waren, um von da aus die Weltgeschichte zu erneuern. Heise erwartete von einem solchen *Ortswechsel* keine Wende. Wie er es seiner süßen, zärtlichen Tochter sagte: »Alles in uns drängt darauf, zu behalten, **was wir haben**. Außerdem gibt es etwas, das darauf drängt, **daß wir werden, was wir sind**. Den Widerspruch können wir nur durch **Überhöhung** lösen.« Als Viehzüchter hatte Heise da einige Vorstellungen, die von den Rassevorurteilen im Deutschen Reich abwichen. Das Mädchen glaubte ihrem Vater grundsätzlich alles und bereitete sich auf die Geburt neuer Generationen im Sinne ihres Vaters vor.

III

Gunter Heise war in den Wintermonaten 1932 innerlich gespalten. Seine Tochter lebte in einem Hochschulinternat in Batavia, und er entbehrte sie. Sein Besitz arrondierte sich von selbst – ihm war lediglich verwehrt, den Abstand zu den ihm dienenden Javanern zu verringern. Unter den chinesischen Kulis befanden sich keine Frauen – aus der Ideologie heraus, daß diese dann nicht mehr genug arbeiteten, wenn Frauen oder überhaupt Leben in der Nähe wären, und daß Frauen-Arbeiterinnen andererseits keine hinreichenden Kräfte besäßen. Obwohl Heise beides für einen Vorwand hielt, konnte er die durch die niederländisch-koloniale Gesetzgebung aufgerichtete Hürde nicht überwinden. Die Javanerinnen wiederum waren durch Landesgesetze von ihm ferngehalten. So entstand in ihm – unabhängig von dem körperlich schwer lokalisierbaren »Willen zur Zukunft« – ein Drang, seine Tochter wieder zu sich heranzuziehen (andererseits sein »soziologischer« Wunsch, sie in Batavia angemessen ausbilden zu lassen). Der »Wille zur Zukunft« hing ihm tageweise schlapp am Körper herunter. Seine Befehle kamen matt und widersprüchlich. Er fuhr die 360 km bis Batavia, fand dort jedoch keine Ruhe, verurteilte die neutrale Atmosphäre »unter Gleichen«, wenn auch verziert durch seine Tochter, die doch als Gegenstand seines Dranges nicht in Frage kommt und insofern ihn nur zusätzlich verschlappte. Er besuchte in ihrer Begleitung eine Reihe von Freudenhäusern. Die Kolonialpolizei »stellte« ihn bei einer Razzia, denn die Freudenhäuser waren zwar für die Herrenklasse jederzeit zugänglich, von der Polizei jedoch nicht anerkannt. Es beschämte Heise, daß er nun in einer Liste des holländischen Generalgouvernements geführt wurde, auch konnte er die Anwesenheit seiner Tochter an diesem Ort nicht erklären, die ihre Bluse in einem der Badehäuser abgelegt hatte. Heise hatte Angst vor einem eventuellen Vorwurf des Polizeioffiziers. Er gefiel sich nicht, wie er Angst hatte.

Seither fuhr Heise nicht mehr zur Hauptstadt, sondern igelte sich notdürftig in seinem Herrenhaus ein. Seine Triebkräfte stießen zu den dunklen Bataillonen der »Zukunft«. Angst und Zärtlichkeiten brachte ihm seine Tochter in den Ferienmonaten. Frühmorgens ritt sie in zwei Stunden zur Felsküste und zurück, einen Pfad entlang, den er für sie hatte anfertigen lassen, vom Herrensitz durch Baumbestand zum Meer.

>   »Der du mit dem Flammenspeere
>   Meiner Seele Eis zerteilst,
>   Daß sie brausend hin zum Meere
>   Ihrer höchsten Hoffnung eilt.«

In einer ständigen Überspannung, zahlreiche Bücher verschlingend, Papiere mit Entwürfen bedeckend, die sich auf eine erneuerte, herrschfähige Menschheit bezogen (weiß oder farbig), verbrachte Heise die nächsten sechs Jahre bis 1938. Die Tochter blieb seit einiger Zeit ständig bei ihm, der gelegentlich auch krank war.

Heise schwankte in dieser Zeit zwischen zwei verschiedenen radikalen Haltungen:

1. die Unterworfenen, das heißt Javaner und Chinesenkulis, die die tatsächliche Arbeit leisteten, ernst zu nehmen und aufzunehmen in das Zukunftskonzept; das schloß Verbindungen zu Javanerinnen ein, war aber mit Heises gesellschaftlicher Stellung als Besitzer des Zukunftsentwurfs und Gutsbesitzer schwer zu vereinbaren (würden sie noch tun, was er wollte, so heftig wollte!);

2. scharfe (die ganze Menschheit umarmende) Abgrenzung gegenüber den Heloten (Unterworfenen), aber auch Frontstellung gegen das Mittelmaß zahlreicher Europäer, völliger Rückgriff auf »Neugründung aus eigenem Blut!«.

Er war jetzt (relativ gesehen zu anderen Plantagenbesitzern dieser Gegend) freundlich zu seinen Kolonialarbeitern, sprach unverbindlich und, ohne sich zwischen den Alternativen 1 und 2 entschieden zu haben, von einer *Symbiose,* deckte auch lokale Sitten der Kolonialarbeiter gegen Kontrolle der Kolonialverwaltung. Die »Eingeborenen« schenkten ihm einen männlichen Orang-Utan, dreijährig, den er Satan taufte und in einem Gatterstall unterhalb des Herrenhauses hielt. Das Tier schien zahm.

IV

Im Juli 1938 verspürte Heise die Notwendigkeit, seine jetzt 28jährige, von ihm emotional völlig abhängige Tochter durch den Orang-Utan zu begatten. Er dichtete das Gatter, in dem der Affe saß, durch Zäune und Buschwerk gegen jede Sicht vom Lager der Kolonialarbeiter, Dorfbewohner oder des Dienstpersonals ab. Seine Tochter, Gertie, ließ sich von ihm überreden. Mehrere Nächte saßen Heise und Gertie im Stall des zunächst träge reagierenden großen Tieres. Hoch erregt, aber gleichzeitig in einer Atmosphäre der Sachlichkeit, bereitete der Vater seine Tochter und, abwechselnd, das Tier auf eine »Vereinigung« vor. Gemeinsam erzielten sie am dritten Tage eine Versteifung des Tiergliedes. Ehe Heise eine hinreichende geschlechtliche Erregung seiner Tochter »entwickeln« konnte (ohne daß deren behandeltes und unbedecktes Geschlechtsteil ihm Angst eingejagt hätte, da sie ja beide gemeinsam ein notwendiges Ziel verfolgten), war das Glied des Affen aber wieder zusammengesackt, so daß in dieser gegen Sicht von außen strikt abgeschlossenen Höhle eine Stimmung aufkam, die man als »Humor« bezeichnen kann.

In der folgenden Nacht (den Tag über trieb die unausgeschlafene Tochter Sport und ritt zum Meer, um sich für ihre Aufgabe zu ertüchtigen) verwandte der Vater alle Intensität darauf, eine emotionale Verbindung zwischen dem Tier und Gertie herzustellen, auch Umarmungen und »Spiele« zustande zu bringen.[72] »Eine nur mechanische Verbindung wird keinen Erfolg haben.« Es entstand tatsächlich eine Zuneigung zwischen den beiden. Heise ließ diesmal seine Tochter in dem Gelaß zurück, als ihm die Zeit zum Abbruch des bis dahin ergebnislosen Versuchs gekommen schien. Er legte sich im Herrenhaus nieder und schlief traumlos.

Das Gelaß wurde erweitert und bequemer eingerichtet. Das Dienstpersonal nahm an, daß dort irgendwelche Forschungsarbeiten geleistet würden, soweit es sich überhaupt Gedanken machte. Dies beruhte auf einer erstklassigen Selbstbeherrschung von Heise und Gertie, die ihren gesamten Lebensäußerungen im Alltag des Herrenhauses den Ausdruck vollkommener Sachlichkeit gaben. Auch aus kleinen Abweichungen von diesem Verhalten hätte das Dienstpersonal Rückschlüsse gezogen.

Gertie übernahm jetzt auch die Ernährung des Affen, dessen Anpassung an die Frau hierdurch gefördert wurde.

---

72 »Es gibt zwei Formen des Stoffwechsels mit der Natur in der Geschichte: die einfache Aneignung, die die Natur benutzt, so wie sie sie trifft, das von der Natur benutzt, was Wert hat, und das, was unnütz ist, wegwirft, und andererseits die vollkommen andere Haltung

Nach einem Monat konnte die Tochter ihrem Vater berichten, daß sie schwanger sei. Sie kehrte in wechselnden Abständen auch später noch in das Gelaß zurück. Heise befürchtete jedoch Unfälle. Der Orang-Utan wurde von ihm vergiftet. Die Tochter Gertie gebar Juni 1939 ein neunpfündiges Kind, weiblich, das normal aussah.

V

Das Kind wuchs bis 1945 auf dem Sitz Heises in voller Isolierung auf. Seit 1940 hatte Gertie ein Medizinstudium in Batavia aufgenommen. Sie hatte acht Monate das Kind selbst gestillt, danach Flaschenkost verordnet. Zweck ihres Studiums war es, unabhängig von Ärzten zu sein, wenn für das Kind ein Notfall einträte. Die Heises hatten Angst, daß an dem Kind Anzeichen seiner Herkunft bei einer gründlichen ärztlichen Untersuchung festgestellt werden könnten. Das Kind hatte zwar eine von der Norm abweichende Behaarung, jedoch allem Anschein nach menschlichen Körperbau und nahm die Gewohnheiten der Mutter an. Dieses Bild konnte immer noch bei einer Untersuchung innerer Organe anders aussehen. Das Kind hieß Kitti.

Heise war durch die politische Entwicklung ab Winter 1941 *ernüchtert*. Japanische Truppen besetzten Niederländisch-Indien. Die niederländische Kolonialverwaltung war in wenigen Tagen hinweggefegt, Plantagenbesitzer und Beamte wurden in Lagern zusammengetrieben. Dr. Heise selbst war als Angehöriger des verbündeten Deutschen Reichs vorläufig ungefährdet. Er sah aber sehr wohl, daß die Selbstbestimmung der Javaner, die von den Japanern geduldet wurde, langfristig auch seinen Besitz in Frage stellen mußte. Seine »wesenhafte Zukunft« und die seiner »Familie« schien auf diesem Hintergrund zu einem Hirngespinst zu werden. Die Tötung des Affen Satan hatte ihm eine Haßreaktion seiner Tochter zugezogen. Sie begann, ihm zu mißtrauen. Das wollte er auf keinen Fall wuchern lassen. Im Frühjahr 1944 verteilte die japanische Armee Waffen an die Inselbewohner Javas. Japan rüstete sich für den Endkampf. Heise wurde über das deutsche Generalkonsulat zur Kriegsmarine eingezogen und fuhr auf einem Erkundungskutter in der Straße von Borneo. Später wurde er auf einen Hilfskreuzer kommandiert, der im Südatlantik unterging. Gertie hörte nie wieder von ihrem Vater.

Die japanischen Besatzungstruppen kapitulierten 1946 mit ihren Streitkräften. Holländische Truppen versuchten, in verschiedenen Vernichtungsfeldzügen

zur Natur: ihr zu geben, was der Natur ist, damit sie dem Menschen gibt, was des Menschen ist.« (Dr. Heise).

den Zustand aus der Zeit vor 1940 wiederherzustellen. Das mißlang. Gerties »Herrensitz« wurde während dieser Kampfhandlungen verbrannt. Sie rettete Devisen sowie ihr Kind Kitti in einem Jeep nach Djakarta und ließ sich übersetzen nach Singapur. Sie war jetzt ausgebildete Ärztin und daher in der Lage, für alles zu sorgen, was ihr Kind brauchen konnte, unabhängig von der Gesellschaftsform, in der sie sich und ihr Kind unterbrachte. In Singapur schien ihr der Aufenthalt riskant, da sie für das Kind keinen Vater angeben konnte und die Gefahr bestand – so meinte sie –, man könne sie des Inzests mit ihrem Vater beschuldigen. So beantragte sie Einreise auf die damals im Aufstand befindlichen Philippinen. Hier bestand eine so unordentliche Behördenorganisation, daß Gertie nichts befürchtete und ab 1948 eine Arztpraxis in der Nähe der Hauptstadt betrieb.

VI

»Wo mein Schatz ist, da ist auch mein Herz.« Von den vom Vater aufgehäuften Schätzen blieb Gertie Heise lediglich Kitti – und dieses Kind konnte nicht als vom Vater hinterlassener Wert gelten, da dieser den Affen Satan, ohne Gertie zu benachrichtigen, getötet hatte. Mit den hingeschwundenen Schätzen, einschließlich des väterlichen Rückzuges vom gemeinsam verantworteten Versuch, war ein Teil der Schuldgefühle, die Gertie genußreich mit ihrem Vater geteilt hatte, verschwunden. Sie interessierte sich nicht mehr für diese Fragen, soweit sie nicht (von außen kommend) aktuelle gesellschaftliche Kontrollen fürchtete.

Der Haarwuchsanomalien Kittis wurde Gertie durch häufiges Scheren und durch chemische Mittel Herr. Sie hat ihre Arztpraxis in einem wenig kontrollierten Slumviertel eingerichtet. Sie unterhält Verbindung zu einer Gruppe im Felsengelände versteckter Plantagenarbeiter, die den Unterdrückungsmaßnahmen nach dem fehlgeschlagenen Aufstand von 1949 entgangen waren. Sie überbrachte dieser Gruppe Medikamente und Geldbeträge. Sie fürchtete von dieser Seite lediglich Erpressung infolge von Fehleinschätzung ihrer Liefermöglichkeiten. Andererseits sah sie hier Fluchtwege im Gefahrenfall für sich und ihr Kind. Sie war immer weniger bereit, ihr Kind lediglich durch Tarnung, Haarbehandlung an die menschliche Normalität anzupassen, und immer mehr darauf bedacht, ihm sein Recht auf eigene, abweichende Körperfunktion zuzusprechen, so wie dieses Kind auch willig Rhythmus und Funktion seiner Mutter übernahm.

Im Juni 1970 ist Kitti 31 Jahre alt geworden. Bisher hat Gertie ihr Kind sexuell hingehalten und die offenkundigen Ansprüche ihrer Tochter zum Teil selbst befriedigt. Sie ist jedoch zu dem Ergebnis gekommen, daß diese Verleugnung der wirklichen Rechte des zärtlichen Wesens nicht länger möglich ist, auf die Gefahr hin, daß Nachkommen Kittis nach den Mendelschen Gesetzen eine volle physiologische Abweichung vom Menschen zeigen.

Nach Vater Heises Vorstellung sollten seine Nachkommen Geschöpfe der Kühnheit sein. Tatsächlich saß ihnen die Angst im Nacken. Solange aber Gertie keinem ihrer Enkel den Kopf abschlagen muß (»Satan«!), um die übrigen kleinen Puppen vor der Verfolgung durch die Rassengesellschaft zu bewahren, will sie den Kampf wagen. Gertie, die Großmutter, hofft.

Ein Lernprozeß mit tödlichem Ausgang für Otto Laube und Fritz Brink

I

In den Kleinstädten Gröningen und Egeln, in der Nähe von Halberstadt, lebten 1938 Fritz Brink, früher Journalist in Magdeburg, Sohn eines Majors, der am Ersten Weltkrieg teilnahm, und Otto Laube, Gärtnereibesitzer. Laube war als Reiter auf verschiedenen Reit- und Fahrturnieren in Halberstadt aufgefallen. Als Soldaten der Revolution marschierten sie an der Spitze ihrer SA-Stürme seit 1931. Ihre Ehefrauen Rose Laube und Dagmar Brink waren miteinander befreundet. Die gemeinsame Arbeit für die politische Umwälzung trieb die Männer zusammen. »Und frische Nahrung, neues Blut saug ich aus freier Welt.«

Nach gelungener Revolution, März 1933, übernahm Brink den Posten eines Ortsgruppenleiters in Gröningen, Otto Laube war Ortsgruppenleiter in Egeln. Es ging hier nicht um einen bloßen Regierungswechsel. Diese Revolution war total in dem Sinne, daß sie den »ganzen Menschen« umfaßte. Umwälzung des Bildungswesens, Überwindung der schrecklichen Feigheit, Aufhebung der Eigentumsschranken, wenigstens insoweit, als Laube und Brink gewisse Grundstücke und Mittel (Getreidefirma Tacke, jüdischer Besitz, Münemann und Gresinsky usf.), die sich in ihrem Einflußbereich befanden, an sich nahmen und umverteilten.

> »Einsam hinterm letzten Haus
> geht die rote Sonne schlafen,
> und in ernsten Schlußoktaven
> klingt des Tages Jubel aus.«

Sie meinten, jetzt ist Revolution, und dann wälzen sich alle Dinge um, auch unsere privaten . . .

An einer Magdeburger Tageszeitung arbeitete ein älterer Journalist, W. Jattmann. Er besuchte im Januar 1938 Egeln.
Seit 1934 hatten die befreundeten Brink und Laube **öfter ihre Ehefrauen Rosi und Dagmar ausgetauscht. Häufige gemeinsame »Feiern«.** Hiervon hörte Jattmann. Ohne daß sein Motiv näher bekannt ist, erstattete Jattmann gegen Brink und Laube Anzeige bei der Gauleitung.

II

[**Laube Otto war sein Motto**] Laube nahm in der ersten Panik – auf die Nachricht von der Denunziation hin – einen Kognak, sodann Tabletten, die er im Badezimmer seiner Frau, die Villa verfügte über drei Badezimmer, fand. So legte er sich zusammengekrümmt zu Bett. Die Decke zog er über den Kopf. So fand ihn das Dienstmädchen, das aufräumen wollte. Das Dienstmädchen lief in der Abenddämmerung des Apriltages zu der Egelner Ärztin Dr. Gerti W.:
»Frau Doktor, kommen Sie bitte schnell, Herr Laube liegt da, und wir können es uns nicht erklären.«
Die Ärztin folgte dem Mädchen. Es war in Egeln bekannt, daß die Ärztin während ihrer Universitätszeit von 1926 bis 1928 mit Laube verlobt war. Sie fand Laube in gekrümmter Haltung in seinem Bett, eine Haltung, die bei Blinddarmentzündung gern eingenommen wird. Laube redete undeutlich. Die Ärztin schickte das Mädchen hinaus. »Wo ist Frau Laube?« »Sie ist nicht anwesend.« »Gerti«, stammelte Laube, »die Herrlichkeit ist zu Ende.« Die erfahrene Ärztin nahm an: Alkoholvergiftung oder Tablettengenuß. Sie drückte auf den Magen. Sie verließ Laubes Haus, um einige Geräte aus ihrer Praxis zu holen. Sie wollte eine Magenauspumpung versuchen.
Das Dienstmädchen holte sie mit dem Fahrrad auf halbem Wege ein: »Frau Doktor, Sie müssen sofort zu Herrn Laube, er hat sich erschossen.« Die Ärztin stellte einen Steckschuß im Hirn sowie einen Bauchschuß fest. Sie verstand erst jetzt, daß Laube hier, teilweise in ihrer Gegenwart, einen Selbstmordversuch unternahm. Der Patient war ohne Besinnung, er pustete schwach.
Sie befühlte die Einschußkanäle. »Mein Ottokar, das ist nicht wahr.« Sie gab ihm eine knappe Chance, gleichzeitig fiel ihr ein: Womöglich will er gar nicht gerettet werden. Sie versuchte ihm die Uniform, die neben dem Bett abgelegt war, anzuziehen. Sie wollte seinem Gedanken folgen: »Ein Tod, der Laubes Gesamtbild im Leben entspricht.« Dem Uniformhemd fehlte jedoch der zweite

Einschußkanal, in Bauchhöhe, vermutlich war Brustschuß angestrebt. Die Verkleidung wieder wegmachen. Sie wechselte ihren Entschluß: Sie wollte von Laube retten, was zu retten ist.»Hoffentlich ist Otto nicht schwachsinnig.« Sie sagte sich:»Auf das in den Kopf gedrungene Geschoß wirkt die Schwerkraft, so daß es allmählich sinkt und weitere Hirnteile in Mitleidenschaft ziehen kann. Dieser Prozeß erfolgt sehr langsam. Jede Bewegung des Kopfes ist daher äußerst gefährlich.«

Sie überlegte, daß eine Einweisung in das Kreiskrankenhaus Egeln eventuell nicht in Otto Laubes Interesse lag. Sie versuchte, Frau Laube, ihre Nachfolgerin bei Otto Laube, im Ort suchen zu lassen. Gegen 21 Uhr erreichte sie Fritz Brink, den Ortsgruppenleiter von Gröningen, der die Weisung erteilte:»Warten, bis ich komme.« Die Ärztin untersuchte »Ocka« Laubes Atemtätigkeit, die Augenreaktionen. Sie schickte das Dienstmädchen zu Bett und richtete sich selbst in einem der Schlafzimmer für die Nacht ein.

III

Der von Gröningen sich nähernde Sportwagen von Fritz Brink wurde am Ortseingang von Egeln von Beamten der Kriminalpolizei Halberstadt angehalten. »Herr Ortsgruppenleiter, wir haben von Ihrem Adjutanten erfahren, daß Sie hierher unterwegs sind, und sind Ihnen entgegengefahren, um jedes Aufsehen zu vermeiden.« Fritz Brink folgte dem Beamten zum Amtsgerichtsgefängnis. Andere Kriminalbeamte erschienen in Laubes Villa. Die Ärztin ordnete daraufhin, da nun alles bekannt schien, die Überführung Laubes in das Kreiskrankenhaus an. Rosi Laube, die gegen 23 Uhr von einem Ausflug in den Harz zurückkehrte, wurde von den Beamten in Haft genommen. Gegen 1 Uhr rief eine der Ärztin unbekannte Stimme an:»Schönen Gruß von Dagmar Brink. Grüne Minna war da, auf keinen Fall irgend etwas zugeben!« Die Ärztin konnte diese Nachricht nicht weiterleiten, da Frau Laube bereits verhaftet war; der bewußtlose Otto Laube wurde mit Vorsicht abtransportiert.

Ein schön gewachsener Offizierstyp. Fahren wir zur Okertalsperre? Wir haben vier Bleche Pflaumenkuchen geladen. Wir fahren bei Pfeifert vorbei und laden Getränke ein. Los, es ist Dienstag vormittag. Von Island sind lauter kleine Tiefs gemeldet, hier aber im Harz nichts als Sonne!

Fritz Brink sagte zu dem Gefängnisbeamten, den er kannte und der eine Flasche Likör brachte: Wenn Ocka Laube dran glauben muß, dann übernehme ich ab jetzt die Vorsorge für unsere beiden Frauen. Keiner gibt irgend etwas zu. Es steht noch nicht fest, ob die Verhaftung wegen einer Mehlbeschlagnahme bei der Firma Tacke & Co. vorgenommen wurde.

IV

Frau Brink klingelte um 4 Uhr nachts bei ihrem Anwalt, Herrn von Schwertner. Schwertner telefonierte mit Freunden in Magdeburg und entnahm diesen Gesprächen, daß es um eine **Sittenverfehlung** ging. Er ließ sich den Sachverhalt von Frau Brink erläutern.

Frau Brink: »Wenn wir nun sagen, Frau Laube und ich wären lesbisch, und auch das wären wir nicht wirklich, sondern wir hätten nur die beiden Männer etwas anheizen wollen – das wäre nicht strafbar, sagt der Adjutant meines Mannes.« Schwertner: »Sie, liebe Dagmar, können machen, was Sie wollen. Nur die Männer dürfen sich nicht angefaßt haben.« Dagmar Brink: »Aber sie haben doch!« Schwertner: »Das müssen wir rasch vergessen.«

Zu der Beratungsrunde war der Leiter des Egelner Amtsgerichts hinzugestoßen. Er sagt: »Die waren alle total besoffen, und was die Kameraden in besoffenem Zustand gemacht haben, ist nicht rekonstruierbar. Der Fehler liegt darin, daß überhaupt etwas herausgekommen ist.«

V

[Tausch und absolute Werte.] Der Großlebensraum Deutschland (zunächst in den Grenzen des Altreichs, aber gefühlsmäßig ein Großlebensraum) ist gefüllt mit **Tauschmöglichkeiten.** Wie vermintes Gelände dazwischen: **Absolute Werte** (Strafgesetz, Sittenordnung). Werte wie: »Ein Amtsträger tauscht nicht seine Ehefrau« bringen dem Wertbrecher den Tod. Hier enden die Tauschmöglichkeiten.[73]

1. **Absolute Werte, gemeinverständlich:** § 181 I Satz 2 StGB: Schwere Kuppelei, wenn der Schuldige zu der verkuppelten Person in dem Verhältnis des Ehemannes zur Ehefrau steht, a) gegen deren unzüchtiges Treiben hat er einzuschreiten RGE 58, 97. Vergleiche dazu § 180 StGB A 2: Durch Unterlassung kann das Delikt ebenfalls begangen werden, falls nämlich eine Pflicht zur Verhinderung der Unzucht besteht, es sei, daß Vorschubleisten entfällt, das ist aber praktisch nicht der Fall. RGE 58, 98 StRSpr.[74]

2. **Absolute Werte, schwerverständlich (Hegel):** »Die Ehe, und wesentlich die

---

73 Gaurechtsführer Jordan: »Unser Sieg ist die schärfste und gleichzeitigste Durchsetzung absoluter Werte (so bei Blut, Reinheit der Familie, Erbe) – notfalls unter brutalstem Bruch aller Werte.«

74 Ständige Rechtsprechung des Reichsgerichts in Strafsachen Band 58, S. 98.

Monogamie, ist eines der absoluten Prinzipien, worauf die Sittlichkeit eines Gemeinwesens beruht.«

»Weil die Ehe das Moment der Empfindung enthält, ist sie nicht absolut, sondern schwankend und hat die Möglichkeit der Auflösung in sich. Aber die Gesetzgebungen müssen diese Möglichkeit aufs höchste erschweren.«

»In den modernen Dramen und anderen Kunstdarstellungen aber, wo die Geschlechterliebe das Grundinteresse ausmacht, wird das Element von durchdringender Frostigkeit, das darin getroffen wird, in die Hitze der dargestellten Leidenschaft durch die damit verknüpfte gänzliche **Zufälligkeit**, dadurch nämlich gebracht, daß das ganze Interesse als nur auf **diesen** beruhend vorgestellt wird, was wohl für **diese** von unendlicher Wichtigkeit sein kann, aber es **an sich** nicht ist.«

»Die Liebe ist daher der ungeheuerste Widerspruch, den der Verstand nicht lösen kann, in dem es nichts Härteres gibt als diese Punktualität des Selbstbewußtseins, die negiert wird und die ich doch als Affirmativ haben soll.«

3. **Weitere Werte (Stand 1929 ff.**): Schlagkraft; Sensibilität für Mein und Dein; sich aufopfern; Zähigkeit, Härte; Sauberkeit; anständig sein; sich durch Wissen ausweisen; wie man dasitzt; handwerkliche Qualität; Neugierde; Güte; Ataraxie (unerschütterliche Ruhe); Sinnesfreuden, besser: eine gewisse Sinnlichkeit und Fantasie, Skepsis, Lockerlassen, locker führen, Beherrschung der Freß- und Sprechwerkzeuge; Unterscheidungsvermögen; Wertverständnis; Weltverständnis, Mobilität, Familiensinn, Liebe, Normalität, maßvolle Wärme; Reaktionsvermögen, Heimweh, Verwurzelung, Natur- und Nationalbewußtsein, Verstandesschärfe, Gemüt, Gemütlichkeit, Eleganz; Polyvalenz, Wirklichkeitsnähe, Wahrheitssuche; Recht, Kultur, militärisches Ehrgefühl (Disziplin), Pflicht. Im Kern geht es um eins: **Durchhaltewillen.**

Volksführer der Provinz wie Otto Laube und Fritz Brink, auf der gefühlsmäßigen Grundlage von Millionen »Gleichgesinnten« (gleichsinnig im Sinn ihrer zerrissenen Gefühle, die »Verschiedenartiges«, »Vielfältiges« wollen), glaubten 1929-1938 im Sinn einer »revolutionären Wende« zugreifen zu können. Laube kannte einen Schlenker aus der Oper »Die weiße Dame« auswendig, den sang er, wenn er blau war. Der Jude Gottschalk aß immer Kaviar mit Kartoffeln. Er hat Brink, der ebenfalls in der »Sauren Schnauze« saß, einen Teller davon rübergeschickt. Brink aß das, tat so, als ob das nicht vom Juden käme, steckte dafür Gottschalk, den er dann zwei Jahre später doch nicht retten konnte, einen Limburger in die Seitentasche. Wenn Laube aus der »Sauren Schnauze« trat, sagte er: »Ich fahr nicht die Schmiedestraße runter, sondern die Stufen Martiniplan«, fuhr seinen Opel über die fast senkrechten Treppenstufen aus dem 12. Jahrhundert. »Die Frauen sind meine schwache Seite, sie sind die Stelle, wo ich sterblich bin. Küss' ich die erste, denk ich an die zweite und schau verstohlen schon zu einer dritten hin.« Brink hatte damals einen

»fetten Husten«. Die Truppe fährt motorisiert von Egeln nach Halberstadt, ein Flachpflaumenkuchen und zwei Kasten Bier auf den Rücksitzen: »Ich reiß mir eine Wimper aus und stech dich damit tot, dann nehm ich meinen Lippenstift und mach dich damit rot, und wenn du dann noch böse bist, weiß ich mir keinen Rat, bestell ich mir ein Spiegelei und bespritz dich mit Spinat.« Ein Ziegeleibesitzer »wollte sich in Laubes Herz einbohren«. Dieser reiche Mann kam aus Brasilien und »hat dort die Schlitze in die Kaffeebohnen gemacht«. Auf einem Gartenfest in Egeln mit dem Motto »Ein Abend am Hofe Maria Theresias« waren »so viele Lauben gebaut, wie Paare gar nicht da waren«. Laube und Brink müssen zum Einsatz nach Halle. Es wird zu einer Straßenschlacht kommen. Brink: »Entweder komme ich wieder oder ich komme in eine kleine Tüte.« Er meinte damit, daß er im Todesfall verbrannt werden wollte, keinesfalls wollte er zu den Würmern auf den Egelner Friedhof, »zu fetter Boden«. Auf dieser Gefühlsgrundlage: der energische Wille, keinen Stellungskrieg aufkommen zu lassen, die Front »überlebter Werte« zu durchbrechen.

VI

Verhör von Fritz Brink vor dem Untersuchungsführer der Partei, Kameraden Pg. Amtsgerichtsrat Paul aus Halle. Ein Kognak wird gereicht. Es geht darum, ob man den Parteigenossen Brink aus dem Gefängnis holt, ob die Partei ihn maßregelt oder wegen parteiwidrigen Verhaltens ausschließt.

DR. PAUL: Parteigenosse Brink, Sie sind seit 1932 mit Otto Laube befreundet?
BRINK: Schon länger.
DR. PAUL: Frau Laube kennen Sie jedenfalls so lange?
BRINK: Nein.
DR. PAUL: Wenn Sie genauer antworten . . .
BRINK: Die Laubes sind erst vier Jahre verheiratet.
DR. PAUL: Ihre Frau ist mit Frau Laube ebenfalls befreundet?
BRINK: Ja.

Es ist nicht zu leugnen: die Ortsgruppenleiter Laube und Brink haben zeitweise ihre Frauen ausgetauscht. Den Frauen war das ungewohnt. Sie reagierten albern. »Also machten wir etwa vier Stunden lang Witze. Allmählich kam eine gewisse Stimmung auf. Wir kannten uns ja alle gut.«
Dies sind Nebenumstände, sagte Parteigenosse Amtsgerichtsrat Dr. Paul, ich muß mir jedoch ein genaues Bild machen, und insofern sind auch diese Nebenumstände für das Gesamtbild wichtig, um den Tattyp festzuhalten.

BRINK: So gab ein Wort das andere.

DR. PAUL: Was heißt das?

BRINK: Ich befühlte Rosi Laube, um zunächst festzustellen, wo sie empfindlich war. Ich lehne ein rücksichtsloses Vorgehen ab.

Die Frauen, sagte der Untersuchungsführer, hatten doch vor der Ehe mit Ihnen bzw. Laube keine »Erlebnisse«?

BRINK: Nein.

DR. PAUL: Also waren sie an Sie als ihre ersten Männer in besonderem Maße gewöhnt, in gewisser Weise sogar abhängig.

BRINK: Wir hatten ja auch mit ihnen vorher gesprochen und die Sache abgestimmt.

DR. PAUL: Ergaben sich Schwierigkeiten?

BRINK: Ich mußte dazwischengehen, als ich sah, daß Laube meine Frau völlig falsch behandelte. Eine Frau ist ein sehr wertvolles Instrument, ebenso wie man auch über ein Pferd nicht irgendwie herfällt. Nach meiner Auffassung verschlechtert Mehrverkehr eine Frau, wenn der betreffende andere Mann Fehler macht. Das gilt im allgemeinen nicht für Otto Laube. Am ersten Abend mußte ich ihn jedoch anhalten. Das schuf eine Verstimmung.

DR. PAUL: Was bewirkte diese Verstimmung?

BRINK: Nichts. Wir brauchten zwei Stunden, um darüber hinwegzukommen, denn ich konnte natürlich nicht mit Rosi Laube fortsetzen, wenn ich andererseits zugunsten meiner Frau bei Otto dazwischenging. Wir köpften einige Flaschen, nachher war die Stimmung wieder gut.

DR. PAUL: Und Sie verkehrten miteinander?

BRINK: An diesem Abend nicht. Weil die Blase zu voll war.

DR. PAUL: Sie sind seit 1932 in der Partei. Sie machen der Partei mit dieser Sache Schwierigkeiten. Die Sache ist in Egeln und in Magdeburg bekannt geworden. Ich habe Sie damals gesehen, als Sie 1934 in Magdeburg-Buckau Ihre Kolonnen aufmarschieren ließen. Das sah gut aus.

Jetzt Vernehmung Laubes am Krankenhausbett.

DR. PAUL: Sie heißen Otto Laube und sind Ortsgruppenleiter?

LAUBE: Ja.

DR. PAUL: Parteigenosse seit 1932?

LAUBE: Ja, seit 1928.

DR. PAUL: Reiterführer?

Schwaches Kopfnicken.

DR. PAUL: Sie werden »Ocka« genannt und sind Adressat dieser Postkarte, geschrieben von Dagmar Brink, Ehefrau des Ortsgruppenleiters Brink. »Lieber Ocka, ich sehne mich nach Euch Dreien und umarme Euch gemeinsam. Dagmar.« Warum mußte sie das auf offener Postkarte schreiben?

DER ADJUTANT Laubes, der an dessen Bett saß, redete für Laube: Wegen des Postgeheimnisses habe man keine Weiterungen erwartet.

DR. PAUL: Jetzt ist die Postkarte in meinen Händen.

DER ADJUTANT: Ob man denn aus der Karte soviel schließen könne, im übertragenen Sinn...?

Na hören Sie mal, sagte der Untersuchungsführer.

Es ist unbestritten, sagte Dr. Paul, daß Laube und Brink auf Grund der Nationalsozialistischen Revolution die Grenzen der Sittengesetze für verschoben hielten.

Den Untersuchungsführer interessierte, ob bei den »Sitzungen« zu dritt oder zu viert Onanie oder Päderastie vorgekommen war. Der Adjutant Laubes bestätigte: Außer schwerer Kuppelei kam nichts vor.

BRINKS ADJUTANT: Ein abendländisches, christliches Verbotsgesetz.

DR. PAUL: Sehen Sie, Herr Kamerad, ich habe neulich meine Frau während ihrer Tage aufgesucht. Es gibt da ein altes jüdisches Verbot. Gerade das wollte ich nicht einhalten. Aber ich spürte nachher ein Brennen und hatte das Gefühl: es ist doch etwas dran an dem Verbot. Es ist einfach nicht gesund.

Der Untersuchungsführer Dr. Paul empfahl einen zeitweisen Parteiausschluß gegen Brink, Verlust der Parteiämter, später Versetzung der beiden Führer und ihrer Frauen an weit auseinanderliegende Orte.

Der Adjutant Laubes und der Untersuchungsführer fuhren nach Halberstadt und gingen ins »Hacker«. Laubes Adjutant fiel später bei Kiew.

VII

[»Gestern in den Schoß gerissen, heute von der Brust geschmissen«] Der Oberstaatsanwalt in Magdeburg faßte den Beschluß des Untersuchungsführers der Partei falsch auf. Er sah vor allem die Tatsache der Ablösung von Brink und Laube als Ortsgruppenleiter, hierin erkannte er eine »Kaltstellung« durch die Partei. Er erhob Anklage wegen eines Verbrechens der schweren Kuppelei. Die

Anklageschrift lautete: Brink habe mit Frau Rosi Laube in fortgesetzter Handlung sowie in mehreren Einzelhandlungen oral sowie auf widernatürliche Weise den Geschlechtsverkehr vollzogen sowie in 17 Fällen dem Geschlechtsverkehr gleichgestellte Zärtlichkeiten ausgetauscht unter gleichzeitiger Aufrechterhaltung der vollen ehelichen geschlechtlichen Beziehungen; gleichzeitig habe Otto Laube das gleiche getan gegenüber Frau Dagmar Brink, an verschiedenen Orten (Okertalsperre, Gegenden des Harzes, Villa Laubes und Wohnung Brinks); folgen die Beweismittel. Die vier Angeklagten wurden wegen Verbrechens der schweren Kuppelei vom Landgericht Magdeburg zu je fünf Jahren Zuchthaus und Aberkennung der bürgerlichen Ehrenrechte verurteilt. Nach Bekanntwerden des Urteils schaltete sich eine höhere Parteiinstanz ein. Über das Reichsjustizministerium wurde Kassation des Urteils veranlaßt. Das neue Urteil sah Todesstrafe für die an der Tat beteiligten Männer vor, dagegen Freispruch für die verführten Frauen.

Otto Laube befand sich im Kreiskrankenhaus Egeln in einem Dämmerzustand. Er konnte seine Hände bewegen, jedoch nicht sprechen. Es wurde geprüft, ob man vor Vollstreckung des Urteils ihn gesundpflegen bzw. in einen halbwegs bewußten Zustand bringen sollte. Der Sühnegedanke forderte, daß der Verurteilte auch etwas spüren mußte. Ein weiterer Grundsatz besagte, daß Justizhandlungen nur gegenüber einem Geschäftsfähigen vorgenommen werden dürften. Laube war jedoch in diesem Zustand nur beschränkt geschäftsfähig. Aber bei richtiger Anwendung dieser Grundsätze hätte er gar nicht verurteilt werden dürfen. Die Staatsanwaltschaft kam zu einem Kompromiß: vorübergehende Aufputschung und Vollstreckung in einem »möglichst bewußtseinsnahen Moment«.

Die Angehörigen des Egelner SA-Sturms, aktiviert von den verzweifelten Frauen Dagmar Brink und Rosi Laube, wollten unter ihrem neuen Ortsgruppenleiter SA-Reiterführer Pfeffer zum Kriminalgefängnis Magdeburg marschieren und dort eindringen, zugunsten von Brink. In Heudeber-Dannstedt wurde die Kolonne von einem höheren SA-Führer zurückgehalten. »Kameraden, machen Sie hier keine Schweinerei. Diesen beiden ehemaligen Kameraden können wir nicht mehr helfen. Bringen Sie sich nicht in eine verteufelte Lage!« In dem Vorort von Magdeburg war Militär bereitgestellt, für den Fall, daß die Kolonne hierhin vorgedrungen wäre. So kehrte der Sturm wieder um. »Vor dem Krankenhausfenster von Laube, der nichts wahrnahm, sangen wir ein Kampflied.«

Die beiden Ehefrauen wurden nach Vollstreckung der Urteile an Brink und Laube an getrennten Orten des Reiches in Arbeitsverhältnissen untergebracht. Auch ohne Trennungsgebot – sie waren viel zu sehr erschreckt, um noch miteinander zu tun haben zu wollen.

Anwesenheitsliste für eine Beerdigung

Wer hat Angst?
Adrienne: keine Angst
A. Bierstadt: Angst
S. Bierstadt: Angst
Katrin Bierstadt: Angst
Jakobine: Angst vor Geldentwertung
D. Albers: Angst
Annabelle Glaube: früher Angst, jetzt Angriffslust
Ernstchen Ermolly: keine Angst
G. Fritzsche: keine Angst
Deesdorf: Angst, wenn er etwas falsch macht
F. Gütersloh: Angst

Lieben die Angehörigen irgendwen?
Adrienne: niemand
Ermolly: niemand
A. Bierstadt: niemand
Jakobine: unbestimmt
Ernstchen Ermolly: glaubt, daß er die F. liebt
Annabelle Glaube: niemand
Katrin Bierstadt: niemand
Belve: niemand
D. Albers: pflichtgemäß alle Hilfsbedürftigen
F. Albers: evtl. seine Frau, wahrscheinlich aber niemand
F. Gütersloh: niemand

Mary Vierlinger, die Verstorbene, hatte nie Gelegenheit zu heiraten, d.h., die Eltern behielten sie im Hause. In ihrer Spitze-Schärfe-Zeit-der-Blüte liebte Mary hündisch eine bestimmte weibliche Person. Diese entwickelte sich später zu einer dicken Person. Mary änderte ihr Testament wieder. Sie wollte dieser Person später nie mehr begegnen. Sie blieb nach der unglücklich ausgegangenen Liebe zu jener bestimmten Person in ihrem unglücklichen Zustand bei den Eltern (als sei die Liebe als Ausweg aus der väterlich-mütterlichen Manufaktur mit diesem ersten Versuch widerlegt). Nachdem Mary ihr 30. Lebensjahr überschritten hatte, waren die Eltern bereits zu alt, als daß Mary sie jetzt noch hätte verlassen dürfen. Sie umsorgte sie; sorgsam kontrolliert im Tageslauf durch sich selbst und die Eltern, also 6 Augen: sie rechnete, wenn sie das Haus verließ, über die verbrauchte Zeit sowie über das verbrauchte Geld ab, glaubte auch nicht, daß ein momentanes Entweichen aus diesem Herrschaftsbereich ihr Glück bringen würde. Mit 50 Jahren konnte sie sich ein anderes Leben als dieses, das dem Rhythmus der Eltern folgte, nicht vorstellen. Nach dem Tode der Mutter, 1939, die ihrem Mann um ein Jahr nachstarb, war Mary Vierlinger, eine echte Packer, zum ersten Mal in ihrem Leben frei. Die Eltern waren ordnungsgemäß der Erde übergeben. Mary kaufte sofort einen Chevrolet. Sie unternahm eine Italienreise bis Bari. Der rasch ausbrechende 2. Weltkrieg unterband wieder die Lebensäußerungen Marys. Sie war während des Krieges aus Standesrücksichten mit karitativen Unternehmungen befaßt. Schwester Adrienne war als Vorbild da. Im März 1943 erhielt Mary eine Auszeichnung. Bis zuletzt konnte sie nicht daran glauben, daß die Engländer die Stadt der ehemals Packerschen und der Vierlingerschen Betriebe bombardieren würden. Als das dann doch geschah, kämpfte sie zäh für die Versorgung der zum Teil beschädigten Krankenanstalt, der sie zugeteilt war. Sie hielt Jahre hindurch einen gewissen Alkoholspiegel in ihrem Körper aufrecht. Eine langausgezogene Speisetafel war für Gäste, die nicht kamen, ständig gedeckt. Zwei alte Lehnstühle waren vorhanden, die Mary 1936 auf den Dachboden schaffen ließ. Wegen der Luftschutzbestimmungen mußten diese Gegenstände 1939 in den Keller transportiert werden. Erhalten waren auch Empire-Garnituren für fünf Räume. Das Schlafzimmer ihrer Eltern ließ Mary 1944 aus Luftschutzgründen zerhacken. 1950 war Mary 63jährig. Sie selbst aß nicht viel, trank auch nicht mehr viel, verzichtete auf den Ankauf eines Fahrzeugs. Im wesentlichen hütete sie Erbschätze.

Wenige Jahre später erzwang eine Venenentzündung die Amputation eines Oberschenkels. Niemand hätte mit einem Überleben Marys gerechnet. Zusammengepreßt auf schmaler werdendem Raum saß unverbrauchte Vitalität, nie in Anspruch genommen. Nun griff zugunsten der geretteten Mary die Familie, d. h. in erster Linie die gute Schwester Adrienne, die Vermögenssubstanz der Vierlingerschen Erbmasse an; sie ließ sich Generalvollmacht geben und wollte der Schwester Erleichterung bringen. Ein Korbstuhl für Mary, fahrbar, wurde konstruiert. Mary zeigte erhebliche Freßsucht. Besucher sollten ihr zugeführt werden, um sie abzulenken.

Ohne daß Marys Lustsuche in irgendeinem Grad befriedigt worden wäre, erlitt sie, nach sechs in ihrem Korb verbrachten Jahren, eine Serie von Schlaganfällen. Sie versuchte noch zu sprechen. Hinter den fast geschlossenen Lidern lauerte ein jetzt nicht mehr gebändigter Lebenswille. Es wurde der linke, d. h. noch verbliebene Unterschenkel wegen einer nekrotischen Stelle abgenommen. Mary überstand den Eingriff gut. Zwei Jahre nach ihrem letzten Schlaganfall starb sie.

Schon die Amputation des Oberschenkels ihrer Schwester hatte Adrienne Ermolly in Verwirrung versetzt; die nachfolgenden Schlaganfälle, die darauf aufgesetzte Lebenslust der Schwester, die Todesstunden schließlich, die sich hinzogen, mit zähen Verteidigungsbemühungen der Todgeweihten (die sich bis zuletzt Schallplatten mit Beethovenkonzerten vorspielen ließ), versetzten sie in Panik. Sie hätte ein solches Ende, wenn sie davon in Zeitungen oder in Zeitschriften gelesen hätte, niemals auf sich bezogen. Sie wäre neugierig gewesen, wenn sie über ein solches Ende, zum Beispiel in Form eines Films, unterrichtet worden wäre. Jetzt griff der langsame Tod der Schwester über auf die eigenen Kräfte. Adrienne setzte ihre Lebensverhältnisse, d.h. sich und ihre Kinder in Verteidigungszustand, d.h., sie ließ niemand von den Ihren an die kranke Schwester heran; sie selbst mied die Schwester. Die Schwester wurde von einer »treuen«, d.h. seit Jahrzehnten von der Familie Vierlinger abhängig gemachten, zu eigenem Leben gar nicht mehr fähigen Dienerin versorgt. Wenn nicht die Bedienerin und ein Gartenarbeiter, der Mary Vierlinger ebenfalls gelegentlich zu Gesicht bekam, gewesen wären, hätte Adrienne gesagt, Mary sei schon tot. Adrienne wappnete sich (sie selbst als die Gefährdetste) mit den oft geübten Mitteln der Irritation (»die alte Mary ist nicht wiederzuerkennen«, »dieses alte Stück Fleisch ist schon nicht mehr wiederzuerkennen«). Sollte Adrienne diesem Menschen nicht durch den Hausarzt ein Gnadenmittel geben lassen? Zum Schutz gegen diese Erwägungen zog Adrienne den Hausarzt der Vierlingers, der vielleicht auf den Vorschlag eingegangen wäre, gar nicht erst hinzu; sie beschäftigte für Mary nur erste Dozenten der Universitätsklinik, an die sie mit Tötungsabsichten nicht herantreten konnte. Adrienne verschloß also die aufkommende Panik in ihrem Herzen, beseitigte die Spuren von Marys Katastrophe, indem sie die Erinnerung an Mary überhaupt austilgte. Sie sorgte sich, daß eine Spur von Mary in ihr selbst, Adrienne, zurückgeblieben sein könnte, z.B. in Form einer psychogenen Krankheit oder daß sie jetzt selbst irgendwann so werden könnte wie Mary. Es schien ihr so gefährlich, der Kranken noch zuletzt zugesehen zu haben (wie das unwidersprochene Anhören eines Fluchs, andererseits gibt es keinen Zauber), daß sie eine gründliche Kur auf sich nahm; sie ließ sich von erstklassigen Ärzten vier Wochen lang beobachten. In der Waldluft des auf einer Anhöhe in Hessen gelegenen Sanatoriums W. beobachtete sie sich einen Monat lang, prüfte die vergangenen Jahre. Sie prüfte, ob Marys Probleme auch die ihren sein könnten. Wie sie sich vorgenommen hatte, kam sie zu einem verneinenden Ergebnis. Frisch durchlüftet von harter Waldluft, gebräunt von langen Augustnachmittagen auf der Terrasse von W.,

kam sie zu den Ermollys zurück, in erster Linie jetzt: um die Beerdigungsfeier
für die eingeäscherten Reste Marys zu leiten.

Wie war die Anfahrt zum Krematorium arrangiert? Die Angehörigen des an-
geheirateten thüringischen Familienzweigs Glaube – Fritzsche – Albers – Gütersloh berieten, daß sie frühzeitig antransportiert werden mußten, damit die
Fahrzeuge für den Transport der Packers und Ermollys frei würden. Die Gäste
warteten in einem kleinen Warteraum vor der Aussegnungshalle; diesen Warteraum wollte Adrienne überhaupt nicht betreten, da er zu *nüchtern* war. Sie
ließ ihren Wagen und den Wagen für den engsten Familienkreis so lange vor
der Einfahrt des Krematoriums warten, bis ein Geschäftsführer und der Geistliche, d.h. der zum thüringischen Zweig der Familie gehörende Albers, sie dort
zur rechten Zeit abholten. Der Krematoriumsbau bestand aus einem dicken
weißen Turm, kirchenartig behandelt, aus dem Rauch aufstieg. Vor diesem
Bau war eine Säulenhalle und ein Forum angebracht. Ermolly führte Adrienne
am Arm, als sie das Forum durchschritt und die eigentliche Aussegnungshalle
betrat. Alle hier aus dem Warteraum schon Hereingeführten erhoben sich.

Die angestellten Musiker hinter einer japanischen Wand spielten »Christ ist
erstanden«. In den Seitentüren erschienen Fremde oder Organisatoren, die die
Türen sofort wieder schlossen, sobald diese Leute sahen, daß sie eine Feier
störten. Als Albers das Vaterunser gesprochen hatte, erhoben sich alle Anwesenden; Adrienne und ihr Anhang warfen Blumensträuße auf den Sarg. Die
Musiker spielten »Mitten wir im Leben sind von dem Tod umfangen«. Durch
die Schwebevorrichtung senkte sich der Sarg nach unten. In einem Vorraum,
der der Aussegnungshalle angeschlossen war, nahm Adrienne die Beileidser-
klärungen der Erschienenen entgegen. Ein Vertreter der Organisationsleitung
fragte, ob von den Grabblumen etwas in die Ermollysche Wohnung zuge-
schickt werden sollte. Adrienne lehnte ab. Nach den Worten des Beileids gingen die Gäste zum »Prinz Eugen«. Eine Tafel für 34 Gäste war vorbereitet. Von
16.30 h bis in die Abendstunden saßen die Mitglieder des Familienverbandes
am Tisch. Superintendent Albers erhielt von Adrienne ein verschlossenes Kuvert mit einem angemessenen Geldbetrag.

A. Bierstadt (laut): Die Gerda muß wohl mal. Antonia (still): Denk mich mal,
denk mich mal. Adrienne (laut): Bitte seid doch etwas ruhiger! Eine Kapelle
betritt den Speiseraum und beginnt ein ernstes Konzertstück.
Adrienne (still): Wenn Ernstchen braun gebrannt ist, treten seine Backenknochen hervor (laut): Ich glaube, nach der Musik können wir die Tafel aufheben.
A. Bierstadt (laut): Das ist ja sehr schön. Ermolly: Ein fröhliches Prösterchen!

Superintendent Albers: Sehr zum Wohl! Lisbeth Gütersloh: Es war eine insgesamt recht würdige Feier! Hetzschnauze Annabelle Glaube, Seniorin der Thüringischen, still, sie ist 76jährig, sehr feine bleiche Gesichtszüge: Was war in dem Kuvert? Ermolly: Seid doch bitte einen Moment still. Hetzschnauze Annabelle (still): Rötung am Hals, das sieht nach baldigem Tod aus. Vielleicht hat er Prostata? A. Bierstadt, wie durch Gedankenübertragung (laut): Prostata, Prostata, daderadadadada! (faßt den alten Ermolly unter den Arm und zieht mit ihm und anderen aus dem Speisesaal in das Billardzimmer, von dort in den sogenannten Salon.) Annabelle, seine Mutter (still): Albers gebe ich ein halbes Jahr, Adrienne gebe ich wenigstens 50 Jahre, Ernstchen Ermolly wird alt, Gütersloh sage ich zwei Todesfälle in diesem Jahr, Dora Wilke stirbt u. U. ganz plötzlich. Ermolly im Salon registriert einen leichten Hustenreiz, den er schon seit gestern verfolgte; die Nase wie immer etwas polypenartig verstopft (laut): Ich lasse sie fegen von Professor Beier, so kann ich abends Luft einsaugen, aber am folgenden Tage mittags ist die Nasennebenhöhle wieder besetzt. A. Bierstadt (scherzhaft): Abführmittel nehmen! Ernstchen Ermolly: Und was tun Sie abends? Gerda Fritzsche: Geh ich ins Bett, da ich wieder früh heraus muß. Ernstchen Ermolly: Ich könnte Sie morgen mit dem Auto abholen. Gerda Fritzsche: Nein. F. Albers: Wir können Dias projizieren im Billardzimmer. F. Glaube: . . . (trinkt) Ermolly: Ein ganz fröhliches Prösterchen. Adrienne: Seid doch ein bißchen ruhiger. Albers (still): Erheben werden sich die Toten und die da schuldig sind zittern . . .
Die Thüringischen gehen hinüber, Dias ansehen.

Gesichtspunkte der Thüringischen:
Blumen von der Bestattung genommen, bringen den Tod ins Haus.
Verbrennen ist nicht dem Erdreich übergeben.
Es muß besser werden, da es lange genug schlecht gegangen ist.
Auf Kaffeetafel keine Wurstbrote; Schnäpse nicht zum Mittagessen, aber evtl. nachher.
Man muß etwas auf den Tellern lassen zum Zeichen, daß es zwar geschmeckt hat, daß man aber nicht auf das Essen angewiesen war. Die Ermollys aßen alles auf. Die Fritzsches, Albers, Güterslohs taten reichlich auf die Teller, ließen von jedem etwas liegen. Die Ermollys und Packers bis hinunter zu Antonia sparten Stücke Fleisch bis zuletzt auf. Planvoll essen sie zunächst das Unwesentliche, dann das Wesentliche.
Zwei Choräle sind schäbig. Vier bis fünf wären angemessen gewesen.
Das gereichte Fleisch war zäh!
Über diese Punkte sprach niemand; sie vergifteten aber die Stimmung.
Adriennes Faustregeln:

Wenn ich in Verzweiflung wäre, würde ich mich zunächst einmal wieder ausschlafen. Hilft das nicht, so ließe ich mich braunbrennen; ist der Kreislauf belebt, ergibt sich auch wieder eine fröhliche Stunde.

Zur Zeit des Abendessens konnte keiner der Bestattungsteilnehmer sich noch
an Mary Vierlinger erinnern, dafür hatten sie sich an diesem Tage zuviel mit
der Toten beschäftigt. In der Erinnerung war zu sehen: D. Albers bei der Predigt, Adrienne, die Hinfahrt leitend (in einem großen schwarzen Regenum-
hang), die Anfahrt der Taxen, die Herausströmenden, wie aus einem Regie-
rungsgebäude, die zum »Prinz Eugen« wollten.

Suche nach einem Schuldigen!
An sich war an Marys Tod niemand schuld. A. Bierstadt sagte: Mary aß zuviel
Fleisch. Hätte sie Gartenarbeit geleistet, hätte sie dieses Fleisch vertragen. Die
Thüringischen sahen, soweit sie darüber nachdachten, Marys Tod als eine
Strafe für die hochmütigen Packers. Marys Tod, sagte Superintendent Albers,
war nicht vorzeitig. Der Satz ließ im Sinn der Albers, Fritzsches u.s.f. mehrere
Auslegungen zu. Annabelle Glaube war die Schuldfrage gleichgültig. Sie rech-
nete nicht mit ihrem eigenen Tod, nahm insofern Marys Tod gar nicht wahr.
Antonia Bierstadt ertrug es nicht, den ganzen Tag mit der Verwandtschaft zu
verbringen. Sie wollte endlich wieder allein sein. In der Hotelküche unterhielt
sie sich zeitweise mit den Dienstboten. F. Gütersloh gab die Schuld für ein Ma-
gendrücken, das er während des Diaansehens heftig spürte, dem etwas zähen
Lammfleisch, das gereicht worden war; auch die Zeit der Abendmahlzeit war
mit 16.30 Uhr schlecht gewählt.

Justitiar W. sagte: Darf ich Ihnen, sehr verehrte gnädige Frau, mein Beileid
ausdrücken. Ich möchte Ihnen still nochmals die Hand drücken, auch von
meiner Frau. Der Tod Ihrer verehrten Frau Schwester, deren Vermögen ich
verwaltete, hat uns alle tief ergriffen. Der Hausarzt der Packers, Dr. von Bo.,
fiel ein: Wir können es immer noch nicht fassen! Adrienne sagte: Herr Justitiar, können Sie mir morgen die Abrechnungen über das verwaltete Vermögen
meiner Schwester aushändigen? Ich möchte diese Sachen gern im Hause haben. Ich danke Ihnen für die Treue. Zum Arzt gewandt: Sie haben getan, was
Sie tun konnten. Der Arzt hatte Adrienne im Verdacht, daß sie der Schwester
das Sterben etwas erleichtert hätte. Insofern, sagte Adrienne, war es vielleicht
richtig, wie es geschah. Albers sagte: Man muß es von diesem Standpunkt her
sehen. Der Justitiar W. war verletzt, weil ihm die Geschäftsführung von
Adrienne genommen war.

Daß die Spiegel auch im »Prinz Eugen« verhängt werden mußten, obwohl kirchliche Amtshandlungen hier nicht stattfanden, war eine Forderung von D. Albers. Ebenfalls wurden die Lichtquellen in den Räumen etwas verdunkelt, in denen man Dias vorführte. Die drei Musiker des Stadttheaters wurden in der Küche des »Prinz Eugen« bewirtet. Adrienne zahlte sie aus, nachdem sie erklärt hatten, daß sie mit den erhaltenen Speisen und Getränken zufrieden waren.

Es war eine würdige Feier, sagten zwei der Vierlingerschen Geschäftsfreunde. Ausgewogen, sagte D. Albers. Im Sinne der Verstorbenen angemessen, sagte ein alter Freund von Mary, der erschienen war, obwohl Adrienne ihn nicht eingeladen hatte. Ein insgesamt würdiger Ausklang, sagte der ehemalige Oberbürgermeister von H.

Adrienne dachte daran, daß sich Mary eigentlich eine kirchliche Aussegnung verbeten hatte. Es wäre aber schwierig gewesen, auf die Zeremonie ganz zu verzichten. Die Trennung von Mary wäre ohne Zeremonie weniger endgültig gewesen. Obwohl Adrienne hier gar keine Wahl sah, fürchtete sie sich jetzt vor dem wirklichen oder mutmaßlichen Willen der Toten.

Trauer um Ostbesitz
Ein Grundstück in Erfurt, zwar bombenzerstört, aber großflächig, eingetragener Eigentümer Fritzsche. Zwei Grundstücke, Parzellen mit Wegegerechtigkeiten in Quedlinburg, von Annabelle Glaube ausschließlich ihrem Söhnchen Otto Bierstadt zugedacht. Eine Handschuhfabrik in Ha., nicht ganz den Güterslohs gehörig, leider enteignet. Hypothekenrecht auf Häusern in Wegeleben und Wernigerode der Fritzsches. Garten, Pfarre, den Roten überlassen, in Quedlinburg von D. Albers.

Nie vergaß Christine Albers den Sommertag, an dem sie ihren Mann verlor. Sie wollte es immer noch nicht glauben, daß der etwas bärtige, dünnlippige Mann jetzt nicht mehr erwachen konnte, wie er es sonst tat. Sie wollte sich schon beeilen, einen Kaffee machen, als sie sich sagte: jetzt ist er zuverlässig tot. Es war notwendig, ihn rasch zu bestatten, wegen der sommerlichen Hitze. Noch abends (am Todestag) holten ihn Männer ab. Solange er im Haus war, glaubte Christine nicht laut sprechen zu dürfen. Sie wollte auch keine Freude zeigen, nicht die alten Bilder umstellen oder Möbel umrücken, die sein tyrannischer Wille seit 16 Jahren an ihrem Fleck hielt. Sie fürchtete sich vor Strafe. Sie wollte nicht, daß ihr Mann zum Beispiel aus einem Schrank hervorträte und sie bei ihrer veränderten Gesinnung ertappte, nachdem sie 16 zähe Jahre ihre wirkliche Gesinnung vor ihm verborgen hatte. Am nächsten Morgen frühstückte sie ausgiebig. Die Trauergäste, wenige Tage später, fütterte sie in einer

Gaststätte ab, da sie nicht im Haus sehen sollten, daß der Lehnsessel soundso nicht am Fußende von dem und dem stand usf. Tags darauf erfuhr sie, daß sie an Haus und Vermögen vorerst nicht herankam. Ihr Mann hatte einen Testamentsvollstrecker ihr vorgesetzt. Das begrenzte ihren Lebenskreis auch nach dem anfangs so verlockend erscheinenden Tode des Tyrannen.

Was versäumten die Gäste Adriennes?
D. Albers: Fertigstellung eines Kapitels seiner evangelischen Rechtfertigungslehre. Chr. Albers: Zum Arzt gehen, zum Testamentsvollstrecker gehen, eine kleine Geldsumme abholen. A. Gütersloh: Abschlüsse über Kambala mit Str. Gr. K., Rei; auf dem Holzplatz nach dem Rechten sehen. A. Bierstadt: Krankenbesuche, eine Tasse Kaffee bei Mutter Th., gehacktes Brötchen bei Mutter Steinrück; eine Herzspritze machen. Antonia: Daliegen, noch einen Schlaf auf den Schlaf setzen, bis der Mund von selbst feucht ist, dann einen Kaffee! Joler Bierstadt: Leichtes Schwindelgefühl erwünscht, sei es durch scharfen Düsseldorfer Senf, Biere, Einatmen von Äther, heftiges Schaukeln, lernen oder sonst arbeiten, unübersichtlicher werdende Bewegungen, Einfahrt vom Land in eine neue Stadt: dieses Schwindelgefühl verwirrt die Übersicht über die begrenzten Möglichkeiten, die zur Verfügung stehen. Jakobine: Laut aufweinen könnte Jakobine bei dem Gedanken, was sie alles falsch macht. Wie falsch sie Ernährung, Erfolg, Erholung, Freundschaften ansetzt, gesehen vom Erkenntnisstand in 60 Jahren. Dann aber wird sie sterben, ziemlich viel früher als nötig wegen falsch angesetzter Lebensweise. Filme, die den Ablauf mehrerer Generationen verfolgen, wollte Jakobine auf keinen Fall sehen, da der Gedanke an Vergänglichkeit alle *Stimmung* wegwischte. Zwei Fritzsches und zwei Bierstadts saßen mit Ermolly bei den Dienstboten in der Küche. Sie wurden aus dieser zwangloseren Umgebung zurückgeholt. Fritzsche: Wegtauchen in ein Buch. Besser: Hineingehen in den dunklen Raum Kino. Hier die Hoffnung: Anders herauszukommen als hineingegangen. Läse er, fiele er in der Trauergesellschaft unangenehm auf.

Bis zum nächsten Mal, sagte Annabelle zu Adrienne beim Abschied; Adrienne sagte nichts, sie wußte, daß Annabelle, die Seniorin der anderen Seite, durch scheinbare Altersschwäche lediglich ihre Feindseligkeit tarnte. Die meisten Verwandten verabschiedeten sich durch kleine Küsse.

Gittis Ende

I

»Süß singt die Geige gut' Nacht.« Mit Gitti Bornemann hätte sich in ihrer Berliner Zeit niemand gelangweilt. Sie wollte gefallen. Wenn sich Gäste langweilten, ließ sie das Licht ausschalten. Verschiedene (für sie bedeutende) Affären ereigneten sich in den Jahren 1929 bis 1932. Sie war jetzt siebenundzwanzig. Frischgetrennt von ihrem Mann, wohnte sie am Lietzenseeufer. Im Jahre 1933 begegnete ihr J., Bildhauer, der sich nicht um sie kümmerte. Ihre Empfindungen empörten sich gegen diese Form von Neutralität. Bald glaubte sie, daß dies (die neue Affäre mit J.) ihre »große Liebe« sein könnte. Im März ging J. außer Landes. Seit Gitti ihre Busenfreundin Naemi Budweis in einer scheußlichen Halle aufgebahrt gesehen hatte, glaubte sie ihren Freunden, daß es Ernst würde. Sie konnte sich unter Ernst nicht viel vorstellen, aber die gräßlich zugerichtete Naemi in dieser scheußlichen Totenaufbewahrungshalle erschreckte sie. Als der Zettel an der Gartentür klebte

Warnung! Leute wie Sie nehmen wir uns gleich vor! Wir rechnen noch ab! Sie denken wohl, Sie können es mit uns machen?

Zwei SA-Leute

ließ sie noch mittags packen und nahm den Nachtzug nach Paris. »Wer flieht, steht nachmals seinen Mann, was, wer erschlagen, nicht mehr kann.«

II

Sie war glücklich, dieses scheußliche Deutschland hinter sich zu haben, sie bereitete sich vor auf einen schönen Herbst in Paris. J. war weitergeflohen nach New York. Viele von Gittis Bekannten waren da. Ihr Wagen trug die IA-Nummer. Das Hauspersonal in Berlin sandte siebenundvierzig Kisten Hausrat, zahlreiche Ölbilder. Gitti packte einige Kisten in ihren Zimmern im *Ritz* aus. In diesem Herbst lernte sie den Filmregisseur L. kennen. Sie hörte Gräßliches aus Deutschland, jeder Zug brachte irgendwelche Bekannten, und ihr graute vor dem, was sie hörte und was sie sich ähnlich vorstellte wie Naemis zugerichteten Körper. Trotz der Schrecken war sie in diesem Herbst *glücklich*. Sie blieb in der Schwebe zwischen mehreren Männern, die sie alle gleich anziehend fand. Sie hatte das Gefühl unerschöpflichen Reichtums an Männern, Zeit, Geld und Gegenständen.

Im Oktober kam ihr Mann nach Paris. Das Dienstmädchen, das sie aus
Deutschland mitgebracht hatte, sagte ihr, daß er da sei und daß sie vorsichtig
sein solle, er hätte einen Armeerevolver im Gepäck unter den Hemden versteckt. Sie wollte die Warnung in den Wind schlagen, holte sich dann doch den
Revolver und fuhr hinaus in die Ateliers zu ihrem Geliebten. L. ließ die Pistole
durch einen seiner Mechaniker unbrauchbar machen. Abends kam ihr Mann
die Treppe herunter, mit der Waffe in der Hand. Sie erwies sich als unbrauchbar. Sie versöhnten sich. Aber schon im November kamen Briefe von J., der sie
jetzt in New York haben wollte. Sie erwiderte, daß sie nicht käme. Sie war sicher, daß sie nur verlieren konnte, wenn sie nach New York ginge. Nachdem
sie es aber so unbedingt abgeschlagen hatte, ließ sie die Koffer zusammenpak-
ken und nahm das nächste Schiff, das über den Atlantik fuhr. »Es ist alles nicht
so schlimm, und man wird sagen: vielleicht war es gar nicht wahr.«

III

Sie überlegte sich während der Reise, daß sie hinüberfahre, um zu sehen, »ob
dieser Mann tatsächlich ihre große Liebe sei«. Sie konnte die letzten Tage der
Reise kaum abwarten. Sie schickte vom Schiff aus mehrere Telegramme an J.
ab, zuletzt Eildepeschen. Sie fühlte sich, da er sie so gern bei sich haben wollte,
wie eine in ein wertvolles Etui verpackte Kostbarkeit. Aber als sie in New York
ankam, kümmerte er sich nicht um sie. Sie verlor, während er in den Ateliers
von Philadelphia arbeitete und nur über das Wochenende Besuche in New
York abstattete, ihren Wert. Sie verlor mit ihrer Kostbarkeit auch die Initiative, nach Paris zurückzufahren. Die Amerikareise erwies sich als ein Irrtum,
sie verbrauchte das Geld, das sie aus Europa mitgenommen hatte, und im Februar war sie gezwungen, Freunde in Paris zu bitten, den aus Deutschland geretteten Besitz zu Geld zu machen. J. kümmerte sich in diesen Wochen wieder
um sie. Sie glaubte gelegentlich noch daran, daß dies *Liebe* sei, wenn es auch
für »große Liebe« nicht reichte. Ihm zuliebe nahm sie eine Arbeit an. Sie ertrug
aber das Frühaufstehen nicht.

IV

In diesem Sommer starb ihr Töchterchen im Alter von sieben Jahren, nachdem es in einem scheußlichen See bei Rom gebadet hatte. Gitti hatte das Kind, das die Kette von Fehlgeburten, zu denen sie sich bis dahin bereden ließ, unterbrochen hatte, in Kürze nach Amerika holen wollen. Aber es hatte zu einer Initiative nicht gereicht. Das Mädel hatte in einem See gebadet, der auf Abbildungen wie Blei aussah, unter Aufsicht der römischen Großmutter, und hatte eine Hirnhautentzündung bekommen, die nach drei Tagen, die das Kind in einem Abruzzen-Hotel zubrachte, in den Tod überging. Die römische Großmutter, d. h. Gittis Mutter, war einen Monat später, ohne einen bereits entworfenen Brief nach New York abzusenden, gestorben. Dann passierte das Unglück mit Gittis Mann. Bekannte bestätigten im August, daß er aus Spanien nicht mehr herauskäme. Sie geriet in eine Krise und weinte. Sie wußte nicht genau, was sie sich vorwarf, aber sie hatte den Eindruck, daß alles nicht passiert wäre, wenn sie in Paris geblieben wäre. Nur von Nachteilen kann man nicht leben. Sie verzieh J. nicht, daß er ihr Unglück brachte. Ihre Neigungen hatten immer in einer gewissen Beziehung zu ihren Vorteilen gestanden, und sie haßte diesen Mann, der sie Unglücksfällen aussetzte. Sie brach auch die Verbindung zu den meisten ihrer Bekannten ab, da sie sah, daß keiner ihr hatte helfen können in den Tagen, als die Telefonate mit Rom einsetzten. Sie brach diese Verbindungen ab, da sie sich nicht mehr in der Lage sah, irgend etwas, sei es Zeit, Energie oder Geld, in diese Beziehungen zu investieren, die unter den veränderten Verhältnissen nichts halfen. Sie wollte nichts abgeben und allein sein, aber J. beredete sie (unter Trennung der Betten), bei ihm zu bleiben, da sie sonst beide zu einsam wären in diesem scheußlichen Amerika. Sie hätte nicht nachgeben dürfen, weder hätte sie etwas von ihm annehmen, noch hätte sie etwas von sich abgeben dürfen. Nachdem sie aber einmal ohne Grund zusammenblieben, hatte keiner von beiden mehr die Kraft für eine Trennung.

Sie hatte ein Grauen vor diesem Mann. Als sie ihn wiedersah, fand sie ihn nicht ganz so fürchterlich. Sie führte ihre Abneigung darauf zurück, daß sie diesen Mann nicht liebte. Das wußte sie jederzeit, daß sie ihn nicht liebte. Sie war gereizt und diskutierte endlos mit ihm, ließ ihn gehen, als er drohte zu gehen. Aber sobald er ihr in den Mantel half und deshalb in ihre Nähe kommen mußte, war ein Kontakt da und sie leistete ungenügenden Widerstand.

Wie zufriedene Säuglinge: es beseitigte die Hysterie der vergangenen Tage. Erst allmählich verloren sich diese Sympathien wieder. Sobald sie ihn aus der Wohnung hinausgeleitet hatte, nicht mehr vor sich sah, kehrte die Abneigung zurück. Ihre Seele hing ein armlanges Stück aus dem Körper heraus bei der Vorstellung, daß sie mit diesem Mann etwas zu tun hätte. Nein! Sie wollte diesen Mann los sein. Andererseits ist es bei Kindern dasselbe, auch keine große Wahl. »Der wollte sich in mein Herz reinbohren.« Schwamm über das Bisherige, das ihr vielleicht gutgetan hatte.

Der Mann kam aber, weil sie nicht genügend vorbeugte, wieder. Wie eine bittere Medizin nahm sie das zu sich. Aber man gewöhnt sich auch daran.

V

Im Herbst hatte sie einen leichten Autounfall. Danach war ihr etwas besser. Sie hatte starke Blutungen. Diese Blutungen hatten ursprünglich den Sinn eines Protestes. Jetzt gehörten sie zu der Palastwache, die sie vor »Fehltritten« bewahrte. Sie betrachtete die Bescherung im Waschbecken. »Und der Bürger sieht sie wütend an. Und der große Hund zu seinen Füßen blickt auf und will wissen, wen und wann er beißen soll.«

In einem Klavierkonzert, das sie Mitte des Winters in einer Großstadt des mittleren Westens gab, machte sie Fehler über Fehler. Sie hätte lieber gekreischt als gespielt. Einige Male rutschten ihre Finger auf den glatten Tasten aus. Freunde gaben ihr gute Ratschläge. Muß sie sterben oder sich anpassen? In dieser Verfassung überschritt sie ihr 32. Jahr. Eine Kneippkur bekam ihr gar nicht.

VI

An Dr. med. Ernst Goitie
Wien XII
Reitherrengasse 8

Mein lieber Ernst!

Ich mußte in der vergangenen Woche die ganze Zeit zu Bett liegen, da ist dann die Stimmung nicht zum besten. Man sieht alles grau in grau, das hängt aber eben mit dieser Sache zusammen. Ich war bei einem Professor und muß gleich nächste Woche wieder hin. Dann wird er wissen, ob ich nun operiert werden muß oder ob alles noch einmal so vorübergehen kann. Ich habe nun bald die Nase voll, es ist schrecklich, daß ausgerechnet ich so darunter leiden muß. Schreib aber nichts davon zurück, ich will vorläufig nichts mehr hören davon.

Und Du hattest wohl eine sehr schöne Zeit in Tirol, von wo Ihr diese Karte schriebt? Vielleicht könnten wir uns vor der Operation noch einmal treffen?

Für einen vergnügten Abend? Ich wollte Dich auch fragen, was diese Krankheit ist, die ich nun nicht mehr loswerde. Was soll ich bloß tun?
Leider habe ich den Namen der Krankheit nicht im Kopf und kann auch den Zettel, auf dem ich ihn aufgeschrieben habe, nicht finden. Ich hätte gern gewußt, ob Du ein Mittel weißt.
Ach, Ernstchen, ich dachte neulich an die »Ballnacht in Florida«. Alle die Abende in Deiner Zeit waren ausgezeichnet.

»Wo steck ich meinen Liebsten hin,
da ich ihm untreu war und doch nur
seine Blume bin.«

Warum bist Du nur so schäbig und hast mich nicht haben wollen?
Warum hast Du mir diesen Mann nicht einfach ausgeredet? Ich wollte Dich ja vielleicht gar nicht verlassen, man wird das jetzt nie mehr feststellen können. Vielleicht sieht man Dich doch noch hier, bevor ich abkratze. Ich sehe natürlich fürchterlich aus, aber wir könnten uns in der Abendzeit vielleicht treffen, wenn ich etwas besser aussehe?

Wie immer
Deine G.

Sie ließ diesen Brief in J.s Büro frankieren, auf die Gefahr hin, daß J. ihn ihr aus der Hand nahm und las, verschloß ihn und brachte ihn selbst zum Briefkasten. Auf dem Rückweg fühlte sie sich schwach und setzte sich auf die Treppenstufen des Hauses, Kräfte sammeln.

VII

Seit sie an die zuversichtlichen Auskünfte ihres Arztes nicht mehr glaubte, wandelte sie sich. Wenn die Blutungen einsetzten, legte sie sich ins Bett und las irgendeinen Roman, was alle, die sie kannten, erstaunlich fanden. Sie ließ sich Pudding ans Bett bringen und aß ihn auf und war auch nicht zu ungeduldig, Besuch zu empfangen. In den langen Wochen zwischen den Blutungen hielt sie sich in Zaum. Sie besorgte Geschenke und ging mit Lydia einkaufen, wobei sie sich bei der Auswahl überhaupt nicht einmischte, sondern nur bezahlte. Sie hatte wieder ihr altes Grinsen, und eines Tages ließ sie sich mit *einfachem* Bier vollaufen, wie in der guten alten Zeit, als sie noch mit Ernst zusammenlebte. Sie kam erst um vier Uhr früh nach Hause. Unterwegs mußte sie sich in einem Vorgarten hinsetzen, weil die Blase nicht mehr hielt. Die übrigen Abende saß sie mit J. wie immer. Sie hatten Zeitungen, und zwischendurch kam ein Anruf. Der Hund saß auf einem der Sessel, man hatte ihm ein Tuch dorthin gelegt, auf dem er liegen konnte, ohne den Sessel zu verhaaren. Wenn jemand auf der Straße lachte oder sich auffällig benahm, sprang der Hund auf und lief bellend hinaus in den Korridor. Sie schälte Äpfel und kam in eine Schimpfsträhne gegen Lydia, die dabeisaß. Aber sie fing sich wieder, als sie daran dachte, was bald sein würde, ging nach hinten und holte ein Kleid, das sie Lydia schenkte. Höhensonne und Leberspritzen halfen überhaupt nichts, was sie hätte voraussagen können. Sie sah zwischendurch nicht anders aus als früher, aber sie brauchte nur einen Fußmarsch zu machen und war bleich, blutleeres Gesicht, das sie lieber nicht sehen wollte. Sie machte morgens noch Sport, gab sich aber nicht mehr so viel Mühe, gerade zu gehen. Das Haar wurde dünn. Sie wagte schon gar nicht mehr hinzusehen. Den Kamm warf sie weg. Dafür erstand sie eine rotblonde Perücke, die sie auf ihr Haar, wie einen Hut, aufsetzen konnte, so daß sie jeder mit diesem rotblonden Haar in Erinnerung behalten mußte. Es gab eine kleine Einladung, zu der auch jüngere Leute eingeladen wurden. In vorgerückter Stimmung wurde etwas getanzt. Sie fiel hin. Sie brauchte nur einen in der Krone zu haben und fiel hin, wenn sie tanzte. Sie gab sich Mühe, daß J. es nicht merkte, mußte viel lachen, und es hätte ganz schön werden können, aber J. stellte den Plattenspieler ab, da er nicht gern tanzte.

Sie verschenkte das meiste von ihren Sachen, was ihr Krach mit J. einbrachte. Aber was heißt Krach, wenn keiner laut zu reden wagt und ein Streit entsteht, der sich unter dem Deckmantel, sie müßte sich schonen, über mehrere Tage hinzieht. Sie suchte den Besuchern, die täglich kamen, und dem Arzt zu gefallen. Sie trug ihr reiches rotes Haar, das jeder für echt hielt, was sie besonders amüsierte. Sie sah hübsch aus, wie sie, sehr schwach, in ihrem Bett lag, lindgrüne neuartige Bezüge, wie in einem großen lindgrünen Pudding. Sie bekam ihr Grinsen noch einmal zurück. Sie machte sich klein und war vorsichtig, Rotkopf, versteckte sich in ihren lindgrünen Bezügen, und nach einigen Wochen hatte sie die Krise überwunden. Sie freute sich, als sie noch einmal aufstehen durfte, und ließ sich von L. in die Ateliers mitnehmen, wo echte Tiger gezeigt wurden. Sie war sehr aufgeregt und träumte nachts von diesen Tigern und schlug im Schlaf J. ins Gesicht, aber dieses Niveau hielt sie nicht, und es begannen wieder die abendlichen Sitzungen, jeder eine Zeitung, tagsüber das Herumrennen. Sie bekam jetzt wieder Frische ins Gesicht und ertrug J.s Lydia nicht mehr, was ein Zeichen ihrer neuerwachenden Vitalität war.

VIII

»Ein Wein aus Schmach.
Ein Bett aus Fraß.
Ein Darf, ein Pflich.
Ein Saphirhimmel, gespalten von der Adler
Bronceflug.«
Eine weitere Verszeile
»Um ihre Ufer ziehen Scharen von Zedernhainen«
strich sie wieder. Das war ihr schon zuviel an Bewegung.

IX

»Sie verweigerte das Essen unter Tränen, mochte aber besondere Genüsse wie
Krabben in Gelee und saures Obst.« Sie ging in dieser Zeit mit verschiedenen
Männern Affären ein, da sie eine *neue Basis* suchte, die sie aber nicht fand.
Den Hauptfehler sah sie darin, daß sie mit J. zusammenblieb, wenn auch unter
Ausschluß körperlicher Beziehungen. Sie hatte Angst vor ihm und verlor dadurch an Position. Später wurde sie in eine Klinik aufgenommen, wo man ihr
die linke Körperseite auftrennte. Sie lag sechs Monate in der Klinik und hatte,
als sie wieder herauskam, ihr Geld mit Arzneikosten *verplempert*. Den Rest ihres Vermögens brachte J. bei einer Gemüsespekulation durch. Dieses Mißgeschick verwirrte ihre Initiative. Sie suchte Arbeit, aber sie verließ nicht sofort,
sondern erst einige Wochen nach der Entlassung aus der Klinik, J.s Wohnung.
Er versuchte, sie zum Bleiben zu bewegen. Sie blieb standhaft, hatte jedoch
durch die Auseinandersetzung mit J. und die Wartezeit die aus der Krankheit
geschöpften Kräfte im wesentlichen aufgezehrt. Sie war schon nicht mehr
kostbar wie eine Dame: es fehlten die Freunde, die diese Kostbarkeit schützten. Ein Riß, quer über ihren Leib. Sie sah ihren Körper nicht mehr an. Die
Trennung von den alten Bekannten, die ihr nichts nützten, hatte keine Früchte
getragen. Sie war von der Erfahrung ausgegangen, daß man durch Aufopferung von Beziehungen gewinnen müßte. Es fiel ihr schwer, umzulernen und zu
verstehen, daß *Opfer* in der Umgebung, in der sie jetzt lebte, sie nur ärmer
machten. »Gib etwas und zurück es nimm, Gott fragt dann: Wo ist es hin? Sag
dann, du wüßt' es nicht.«

X

> »Mir graut vor Erinnerungen,
> wir besitzen sie im Übermaß.
> Ein paar wenige würden als
> Gesprächsstoff vollauf genügen.«

Sie wagte sich nicht zu bewegen, wurde staksig, ging nicht mehr aus, wurde verlegen, so als wäre sie nie die Geliebte von R. und die Frau von Peter B. gewesen.

An einem der Sonnabende, die das Herz zerreißen, da so viel zu geschehen scheint und alles doch wie ein Gefängnis ist, wurde ein jüngerer Mann in der Frühnachmittagsvorstellung eines Kinos von ihrem Parfum angezogen. Er fragte, ob der Platz neben ihr frei sei – das Kino war fast leer. Sie gewann dadurch Zeit, sich zu beruhigen. Sogleich hatte sie wieder ihre alten Gedanken von Rückkehr zu einfacherem Leben: »Eine Liebe von zugleich märchenhafter und schwacher Plötzlichkeit.«

Nach der Vorstellung setzte sie sich in sein Auto, so, wie man sagt: sie überließ ihm ihre Hand. Fand er sie schon zu alt? Später bog er von der Straße ab und fand eine Waldschneise, in der er parken konnte. Sie versuchte die Unterhaltung aufrechtzuerhalten. Wie an einer Regimentsfahne hielt sie an dem Gespräch fest, während er ihr schon das Kleid auszog und sie in dem engen Wagen zu umarmen versuchte. Sie wurde nüchtern, als die Narbe offenlag. Sie lag starr, als hätte sie nie etwas davon gewußt, wie man einen Mann umarmt. Der fremde Mann schlug sie ins Gesicht, ging hinaus auf den Waldweg, wo er sich an einen Baum stellte. Sie sah den fremdartigen Körper, auf den der Regen platschte; Panik: da sie nicht wußte, was sie ihm antworten sollte, wenn er wieder zum Wagen käme. Sie streifte das beschädigte Kleid über, rannte zur Straße; die Schminke verwischt und das Gesicht regenübergossen, während der Mann hinter ihr herrief.

Von dieser Geschichte, die sie ausschließlich selbst angerichtet hatte und deshalb nicht zu den übrigen Unglücksfällen rechnete, sondern zu einer neuen Art Unglück, erholte sie sich nicht. Äußerlich litt sie an einer Erkältung. Noch während die Krankheit ausbrach, entschloß sie sich, nach Europa zurückzukehren. Sie schrieb, als die Schwäche nachließ und sie wieder in der Wohnung herumgehen konnte, Briefe nach Wien an Goitie, der ihre erste Fehlgeburt eingeleitet hatte. Sie bereitete sich auf die Reise nach Wien vor. Die ehemaligen Freunde, bei denen sie Geld lieh, rieten ihr dringend von dem Plan ab: jetzt noch nach Österreich zu fahren. Sie wehrte sich gegen diese Ratschläge, verbrauchte dadurch ihre Energie. Die Schiffskarten gab sie zurück, brachte das

Geld wieder zu den Leuten, die es ihr geliehen hatten. Aber das Leben, das sie führte, war nicht viel besser, als es eine »selbstmörderische Österreichreise« gewesen wäre. Sie konnte nicht verhindern, daß J. sich ihr wieder näherte, da er unter den Geldgebern für die fehlgeschlagene Unternehmung gewesen war. Er kannte sie gut genug, um sie dazu zu bringen, daß sie die alte Lebensgemeinschaft mit ihm (unter Ausschluß körperlicher Beziehungen) wiederaufnahm. Sie sah im Augenblick keine andere Möglichkeit, am Leben zu bleiben, als diese.

10

Lebensläufe

Diese Erzählungen stellen aus sehr verschiedenen Blickwinkeln die Frage nach der Tradition. Es handelt sich um Lebensläufe, teils erfunden, teils nicht erfunden; zusammen ergeben sie eine traurige Geschichte. Es mag darauf hingewiesen werden, daß sich gelegentlich auch kurze dokumentarische Passagen und Einblendungen aus fremden Texten finden.

Inhalt des 10. Kapitels

Oberleutnant Boulanger

I

Im Februar 1942 richtete der Ordinarius für Anatomie an der Reichsuniversität Straßburg, Professor A. Hirt, folgendes Schreiben an einen der obersten Chefs im Reich:

Betr.: Sicherstellung der Schädel jüdisch-bolschewistischer Kommissare zu wissenschaftlichen Forschungen in der Reichsuniversität Straßburg. Nahezu von allen Rassen und Völkern sind umfangreiche Schädelsammlungen vorhanden. Nur von den Juden stehen der Wissenschaft so wenig Schädel zur Verfügung, daß ihre Bearbeitung keine gesicherten Ergebnisse zuläßt. Der Krieg im Osten bietet uns jetzt Gelegenheit, diesem Mangel abzuhelfen. In den jüdisch-bolschewistischen Kommissaren, die ein widerliches, aber charakteristisches Untermenschentum verkörpern, haben wir die Möglichkeit, ein greifbares wissenschaftliches Dokument zu erwerben, indem wir ihre Schädel sichern.

Die praktische Durchführung der reibungslosen Beschaffung und Sicherstellung dieses Schädelmaterials geschieht am zweckmäßigsten in Form einer Anweisung an die Wehrmacht, sämtliche jüdisch-bolschewistischen Kommissare in Zukunft lebend sofort der Feldpolizei zu übergeben. Die Feldpolizei wiederum erhält Sonderanweisung, einer bestimmten Stelle laufend den Bestand und Aufenthaltsort dieser Gefangenen zu melden und sie bis zum Eintreffen eines besonders Beauftragten wohl zu behüten. Der zur Sicherstellung des Materials Beauftragte (ein der Wehrmacht oder sogar der Feldpolizei angehörender Jungarzt oder Medizinstudent, zugerüstet mit einem PKW nebst Fahrer) hat eine vorher festgelegte Reihe fotografischer Aufnahmen und anthropologischer Messungen zu machen und, soweit möglich, Herkunft, Geburtsdatum und andere persönliche Angaben festzustellen. Nach dem danach herbeigeführten Tod des Juden, dessen Kopf nicht verletzt werden darf, trennt er den Kopf vom Rumpf und sendet ihn, in Konservierungsflüssigkeit eingebettet, in eigens zu diesem Zweck geschaffenen und gut verschließbaren Blechbehältern zum Bestimmungsort. An Hand der Lichtbildaufnahmen, Maße und sonstigen Angaben des Kopfes und schließlich des Schädels können dort nun die vergleichenden anatomischen Forschungen, die Forschungen über die Rassenzugehörigkeit, über pathologische Erscheinungen der Schädelform, über Gehirnform und -größe und über vieles andere mehr beginnen.

Für die Aufbewahrung und die Erforschung des so gewonnenen Schädelmate-

rials wäre die neue Reichsuniversität Straßburg ihrer Bestimmung und ihrer
Aufgabe gemäß die geeignetste Stätte.

A. Hirt

Die Personalabteilung des Heeres bot die Leitung des Sonderunternehmens
dem Oberleutnant Rudolf B. aus Flörsheim (Main) an. Boulanger hatte Medizin studiert. Praktisch bedeutete für ihn die Übernahme des Sondereinsatzes
Abkürzung des Beförderungsweges. Eine eventuelle Übernahme in die Forschung war in Aussicht gestellt. Boulanger nahm die Chance wahr.

II

Rudolf B. war 1942 vierunddreißig Jahre alt. Er war mittelgroß. Sein Gesicht
war olivfarben, seine Augenlider waren unbehaart. Es war möglich, daß sich
unter seinen Vorfahren Römer oder (aus dem 18. Jh.) Franzosen befanden. Er
hatte sich zur Pionierwaffe gemeldet, bereit, zu glänzen, Vorteile wahrzunehmen, rasche Lösungen zu vollbringen. Jahre hindurch bestand keine Gelegenheit zum Siegen, die medizinische Staatsprüfung bestand er nicht, technische
Kenntnisse besaß er nicht. Mit nacktem guten Willen wartete er auf seine
Chance, die dann 1942 kam.

Guter Wille
Wenn eine Aufgabe darin bestünde, einen vorgezeichneten Weg immer geradeaus zu gehen, ohne sich hindern zu lassen oder schwach zu werden, so hätte B.
diese Aufgabe maximal erfüllt. Durchschlagskraft und Verstand operierten,
wenn man den Menschen mit Seneca als ein marschierendes Heer verstehen
will, in diesem Fall auf der inneren Linie. Praktisch verlief allerdings keine Tätigkeit B.s auf einem geradlinigen Fahrtweg. Daraus ergaben sich Zweifelsfra-
gen, für deren Klärung der Durchsetzungswille allein nicht genügte. In diesen
Fällen gibt es keinen guten Willen, weil es auf den Willen nicht ankommt. B.
entschied sich in solchen Zweifelsfällen für die größtmögliche Wirkung.

Was er eigentlich lieber geworden wäre
Von Kind an wollte B. Wasserbauingenieur werden. Es gab jedoch in der Nähe
von Flörsheim (Main) keine Wasserbauschule. Daher entschloß sich Boulanger, nach seinem Abitur, in Frankfurt (Main) Medizin zu studieren. Nach
Schwierigkeiten in der Staatsprüfung scheiterte dieser Studiengang. B. wurde
zum Militär eingezogen.

Vorteile der neuen Stellung
Mit Übernahme des Sonderauftrages stand Boulanger eine Gefahrenzulage von RM 2,65 für jeden Fronttag zu. Die Diensteinteilung, insbesondere die Bestimmung der Dienststunden, lag bei Oberleutnant Boulanger. Er nutzte das später gelegentlich aus, um einen Abstecher zu diesem oder jenem Ort in Rußland zu machen, der sehenswert war. Außerdem war es möglich, bei verschiedenen Stäben eingeladen zu werden und Freundschaften fürs Leben zu schließen. Drittens bestand die Möglichkeit, bei verschiedenen Intendanturen zusätzlich Decken, Materialien und Verpflegungsposten zu erhalten, was für eine fliegende Abteilung wie das Sonderkommando B. verhältnismäßig einfach war. Schließlich war zu berücksichtigen, daß die Zugehörigkeit zu Forschung und Lehre, wenn auch nur als Zubringer, prestigemäßige Vorteile brachte.

Überlegenheit von Forschung und Lehre
Zugehörigkeit zu Forschung und Lehre bedeutet Sicherung bis zum Lebensende. Forschung und Lehre sind frei. Die Angehörigen von Forschung und Lehre rangieren unmittelbar hinter der Partei, bei gesellschaftlichen Veranstaltungen nach der SS, aber vor den Deutsch-Ostafrikanern.

Unterstellungsverhältnisse
Disziplinarrechtlich unterstand B. in seiner neuen Position der Personalabteilung des Heeres, vertreten durch die Heeresgruppenchefs, diese vertreten durch den rangältesten Korpsgeneral aus der Reihe der ungerade benannten Korps. Mit keinem der zuständigen Chefrichter hatte Boulanger zu tun. Als Vorgesetzter im materiellen Sinn, der ihm hätte Weisungen geben können, kam nur Forschung und Lehre in Betracht. Im formalen Sinn befand sich B. zusätzlich unter der Befehlshoheit der Divisionskommandeure, in deren Frontbereich er sich jeweils befand. Ihnen konnte sich B. notfalls durch Überwechseln in einen anderen Divisionsbereich entziehen. Es kam aber zu keinen Konflikten.

Verhältnis zur Offiziersehre
Zeitweise fand B. in den Jahren nach 1942 die von ihm betriebene Metzgeraufgabe, die von anderen Offizieren mit einer Henkerstätigkeit verglichen wurde, abscheuerregend. Andere Offiziere, mit dieser Aufgabe betraut, hätten vielleicht zu trinken angefangen. Schon bei der Bearbeitung seines ersten Falles hatte B. innere Hemmungen zu überwinden.
Beim Abschneiden des Kopfes verließ B. in diesem Fall seinen Posten, auf die Gefahr hin, daß die Mitarbeiter Fehler begingen. B.s Gedanke: Du darfst jetzt nicht zum Trinker werden.

Andererseits gibt es keine echten Hemmungen, einen anderen Menschen zu töten, wenn man nur deutlich genug sieht, daß es sich nicht um den eigenen Tod
handelt. Das Empfinden der Unsicherheit, das B. bei vielen seiner Maßnahmen
verspürte, beruhte in erster Linie auf der Mißbilligung seiner Tätigkeit durch
verschiedene befreundete Offiziere. Diese Mißbilligung war jedoch nicht
stichhaltig. Wies B. später den einen oder anderen ihm von der Truppe zuge-
führten Kommissar zurück, so befehligten dieselben Offiziere, die sein Sonderkommando kritisierten, das Peloton, das den Kommissar (meist unter Entstel-
lung des Kopfes) erschoß.

Verhältnis zu Frauen
Ausgezeichnet

Gefängnisleben
Die Eroberung des Ostraumes bedeutete für viele freie Fahrt nach Jahren der
Anpassung an beengte Verhältnisse. Es hätte dann aber die Inbesitznahme des
Ostens z. B. Vergewaltigung und Beute, zumindest aber eine hinreichende
Zahl von Bordellen mit einschließen müssen. Statt dessen wickelte sich die In-
besitznahme nach Regeln ab, die ebensogut die einer Gefängnisverwaltung
hätten sein können. In dieser Hinsicht war die große Befreiung nach Osten
1941 ff. für B. identisch mit seiner größten Enttäuschung.

Antrittsbesuch bei Professor Hirt
Bei Professor Hirt gab es ein Menü aus vier Gängen: Königinsuppe, Fischge-
richt, Rehrücken auf Alexandra-Art, Kompott. Zur Kaffeetafel waren die
Nichten des Professors gebeten. Erst gegen Abend verabschiedete sich Boulan-
ger vom Professor. In eine der Nichten hätte er sich fast verliebt. Am anderen
Morgen bestieg er den Zug nach Osten.

Die ersten Einsätze erfolgten in der Gegend von Orel. Nicht alle, die Boulanger
gemeldet wurden, waren Kommissare. Es erwies sich, daß die Kommissarzah-
len übertrieben wurden und die Einstufungen der Kommissare als »jüdisch-
bolschewistisch« willkürlich erfolgten. Meist handelte es sich lediglich um
Partisanenführer, die man als Kommissare einstufte. Bei der Truppe bestand
große Zurückhaltung bei Auslieferung von an der Front gefangenen Offizieren, dagegen Freigebigkeit bei der Abgabe von Partisanen, obwohl die Erfahrung zeigte, daß sich die Kommissare eher unter den Offizieren befanden. Allerdings nahmen die Truppenführer auf Verlangen Partisanen wieder zurück
(um sie selbst zu erschießen) und lieferten andererseits gefangene Frontkom-
missare an die Feldpolizei aus.

Das Problem lag vor allem in der richtigen Einstufung der Gefangenen als Kommissare und in der Beurteilung des zusätzlichen Unterscheidungsmerkmals »jüdisch-bolschewistisch«. Nicht jeder jüdisch-russische Offizier fiel darunter und nicht jeder Bolschewist. Boulanger versuchte Unterlagen für die Frage zu beschaffen: Von welchem Rang in der Parteihierarchie an ist ein Offizier Kommissar? Er erhielt von verschiedenen befragten Ic-Stabsoffizieren nur unzureichendes Material, das ihn von der Willkürlichkeit der Auswahlmethoden nur noch mehr überzeugte. Die Sorgfalt, mit der er sich der Ausführung seines Sonderauftrages und seinen zusätzlichen Recherchen zur Klärung der Voraussetzungen des Auftrags widmete, entsprach der Sorgfalt, mit der im Heer sonst höchstens die Verleihung hoher Auszeichnungen behandelt worden wäre. Daher erhielt B.s Kommando bei einigen Stäben den Namen »Ordensverleihkommando«. Auch eine negativ bewertete Aufgabe – und gerade sie – muß mit aller zur Verfügung stehenden Energie und Intelligenz bewältigt werden. Es muß in der Ausführung das ausgeglichen werden, was in der Aufgabenstellung nicht durchdacht oder nicht zu billigen ist.

Trotz seiner Bemühungen wußte Boulanger, daß er zahllose Irrtumsfälle nicht vermeiden konnte, und zwar handelte es sich um Irrtumsfälle zugunsten oder zuungunsten von Gefangenen. Die Irrtümer zugunsten von Russen (die z. B. nicht als jüdisch eingestuft wurden, obwohl sie Juden waren) ließen sich durch Sicherheitsquoten berücksichtigen; ein Verfahren, das sich bei der versehentlichen Einbeziehung Unschuldiger (z. B. Juden waren in Wirklichkeit nicht Kommissare, Kommissare waren keine Juden) verbot, da eine Sicherheitsquote hier zwar die Irrtumswahrscheinlichkeit eingrenzte, gleichzeitig aber die Effektivität bedrohte. Praktisch blieben für die Festeilung der Rassenzugehörigkeit nur grobe Gesichtspunkte, wie das Aussehen, Name und Vorname, allenfalls Schädelmessungen. Die starke Irrtumsmöglichkeit legte die Konsequenz nahe, diese Aktion überhaupt abzubrechen. Umgekehrt folgte daraus, daß man die Irrtümer bei Beibehaltung einrechnen und tolerieren mußte. So gab es für Boulanger Zweifel über Zweifel, die doch der sorgfältigen und guten Ausführung seines Auftrages nicht hinderlich sein durften. Daher kam es darauf an, daß er Gedanken und guten Willen dahin trug, wo sie der Ausführung nicht schaden konnten: er las in dieser Zeit philosophische Werke, da er eventuell sein (früher aufgegebenes) Studium später auf dieses Fach ausdehnen wollte.

III

Die Aufgabe, Präzision in das hoffnungslose Ende der kriegsgefangenen Kommissare zu bringen, erfüllte B. im Sommer und Winter 1942 in den Bereichen der Heeresgruppen Mitte und Süd (später der beiden südlichen Heeresgruppen). Im Februar 1943 wurde sein Tätigkeitsbereich auf den Kreis der Heeresgruppe Mitte begrenzt. Boulanger beschränkte sich damals nicht mehr auf eine oberflächliche anthropologische Untersuchung und die Befragung zur Person, bevor er die Gefangenen töten ließ, sondern führte auch Gespräche mit den Kommissaren, um einen Eindruck nicht nur ihres Äußeren, sondern auch ihrer Gedanken aufzubewahren. Die Gedankenmassen, die hier unmittelbar vor dem Tod der Schreibenden zu Papier gebracht wurden, wurden nach B.s Meinung zusätzlich der Forschung dienstbar gemacht; dieser Eindruck von Qualität erhöhte B.s Respekt vor dem ihm erteilten Auftrag. Es ist wohl immer so, daß man sich mit dem Gegner, den man selbst tötet (vorher hat man ihn noch lebendig gesehen), zu einem gewissen Grad identifiziert. So identifizierte sich Boulanger gewissermaßen mit der geistigen Leistung seines Forschungsgegenstandes. Er wußte nicht, wie er sich im Fall solcher Empfindungen verhalten sollte. Vielleicht hätte B. seine Praxis im Rahmen der bestehenden Befehle an seine damaligen Empfindungen anpassen können, indem er die den Gefangenen für schriftliche Äußerung zugebilligte Frist immer mehr verlängerte; da seine Empfindungen jedoch nicht den Grad der Klarheit hatten, den die bisherige Praxis aufwies, blieb es bei der bisherigen Praxis. Erschwerend trat im Sommer 1943 das Massenproblem hinzu. Zunächst zog sich die Heeresgruppe Mitte aus dem Orelbogen zurück. Die hinter der Front liegenden Gefangenenlager mußten in Eile geräumt werden. Das setzte wiederum eine beschleunigte Siebung in diesen Lagern durch das Kommando Boulanger voraus. Die Beurteilung, ob der Fall eines jüdisch-bolschewistischen Kommissars vorlag, mußte zeitweise auf andere Stellen delegiert werden. Insofern kamen an den Sammelstellen zum Teil Köpfe und Beschreibungen an, die ausgesprochene Mißgriffe waren. Änderungen am bisherigen Verfahren hätten diese Verwirrung voraussichtlich noch vergrößert.

Im Spätsommer 1943 nutzte der Russe die sich öffnende Lücke zwischen der deutschen Süd- und Mittelfront, auf deren Schließung sich alle Mühe der Führung konzentrierte, aus, indem er an einer ganz anderen Stelle angriff. Am Tag des Angriffs kam es bei der 2. Armee zur Krise. In die Rückzugsbewegungen wurden die Etappenverbände und die Gefangenenlager mit hineingerissen. Die zum Entsatz herangeführte 33. Panzerdivision geriet, noch in den Eisenbahnzügen befindlich, in den russischen Angriff. Verzweifelte Stäbe versuchten durch Aufrechterhalten ihrer alten Hauptquartiere die Fluchtbewegung zu hemmen. In diesen Tagen befand sich die Fahrzeugkolonne der Abteilung Boulanger, die sechs russische Offiziere mit sich führte, in der Nähe des Knotenpunkts Schlichta bei Smolensk. Unweit eines Waldgeländes gerieten die Mitarbeiter Boulangers in einen Partisanenüberfall. Boulanger selbst entkam verwundet mit den Spitzenfahrzeugen. Später nahm man auf russischer Seite an, daß auch der Führer des »Ordensverleiherkommandos« in die Hände der Partisanen gefallen sei.

Das Erlebnis erschreckte Boulanger. Umgeben von siegenden deutschen Truppen, Stäben, die nichts einzuwenden hatten, und im Dienst der Forschung entwickeln sich keine Schuldgefühle; plötzlich verändert sich die Situation. Wie auftretende Zugluft ist das Schuldgefühl da, vor dem man sich hüten muß, wie Frühlingsanfang vor offenen Türen, die nur Erkältungen, ja Lungenaffektionen bringen.

IV

Im Lazarett Wiesbaden-Land verbrachte Boulanger die Jahreswende 1943/44 und einen Teil des Jahres 1944. Durch den Zusammenbruch der Heeresgruppe Mitte in den Augusttagen 1944 wurde die Hoffnung B.s auf Beförderung hinfällig. Auch eine Übernahme in die Forschung schied aus. Die Übernahme in die zivile Forschung, die durch Fürsprache von Professor A. Hirt möglich gewesen wäre, scheiterte an der völligen Wiederherstellung B.s. Die militärische Forschung war um diese Zeit bereits auf spezielle Probleme eingegrenzt, zu denen Boulanger aus seinen Ost-Erfahrungen nichts beitragen konnte. Statt dessen wurde er nach seiner Wiederherstellung der »Zentralverwaltung für die Gefangenenlager in der Ostmark« überwiesen.

Noch einmal ergab sich vor Kriegsende für Boulanger Gelegenheit zu absoluter Hingabe in Wien. Die todgeweihte Stadt zog im Januar 1945 wie ein Heiligtum Heeresverbände und vor allem Offiziere in ihre Mauern – wenn man hier von Mauern und nicht besser von Palästen, Kanälen und Hügelketten spricht, die zu verteidigen waren. Am 14. Januar übernahm Generaloberst Rendulic die Verteidigung der Stadt und ließ tausend Soldaten aufknüpfen. Am 18. Januar (vierundzwanzig Stunden später zerstörte ein Luftangriff das Opernhaus) hörte der erweiterte Stab des jungen Gauleiters, darunter Boulanger, »Lohengrin«. In der Nacht vom 21. zum 22. Januar traten die Russen nach zweitägiger Ruhe zu einem neuen Großangriff auf Wien an. Stunden später war die Möglichkeit, hier den Tod zu finden, erschöpft. Die Panzer der Russen standen auf dem nördlichen Kanalufer; praktisch war die Stadt im Besitz der

Russen. Von der letzten großen Gelegenheit blieb nackte Biologie übrig. Es gelang B., die amerikanischen Linien zu erreichen. Dort ergab er sich.

V

Wie leben Menschen wie B. heute?
Als Packer in einer Papiermühle bei Köln wurde Boulanger im Sommer 1961 von der Presse aufgespürt. Seine Straftaten unterliegen der Verjährung. Ein Korrespondent des Blattes »L'Humanité« bat um ein Interview. B. wurde in das Direktionszimmer geführt und antwortete. Auf die Frage nach seiner jetzigen Überzeugung sagte er, er sei Marxist. Was er tue? Man könne nichts tun.

Infektion am Gegner
Er habe sich gewissermaßen an seinem Gegner angesteckt. Er habe ja mit einigen von den Gefangenen gesprochen. Ob dann die Imperialisten in der Bundesrepublik besonders gefährdet seien, Kommunisten zu werden? Natürlich nicht. Man müsse näher an den Gegner herangehen. Ihm den Kopf abhacken? In gewissem Sinn. Das sei zu sehr christlich gedacht, sagte der Vertreter von »L'Humanité«.

Wiederbegegnung mit Forschung und Lehre
Nach Kriegsende ergab sich zunächst die Möglichkeit, das Studium wiederaufzunehmen, sobald die Universitäten wiedereröffneten.
Es wurden vier Vorkriegssemester angerechnet.

Sühne und Surrogate
FRAGE: Sie traten, wie ich an Ihrer Stirn sehe, einer schlagenden Verbindung bei?
ANTWORT: Auch das ein Kompromiß.
FRAGE: Aber wie kamen Sie dann ins Gefängnis?
ANTWORT: Nachdem ich mich 1953 mit der Institutsleitung in Marburg überworfen hatte, versuchte ich mich selbständig zu machen und ein kaufmännisches Unternehmen einzurichten, und zwar in der Tuchbranche. Diese neue Initiative führte zur Katastrophe, d. h., ich kam in Zahlungsschwierigkeiten, und daraufhin wurde ich eingesperrt.
FRAGE: Zusammen mit den Zuchthäuslern?
ANTWORT: Da wird kein Unterschied gemacht.
FRAGE: Wieviel Jahre?

ANTWORT: Drei Jahre. Der Gefängnisgeistliche betrachtete es als eine Sühne für meine Vergehen im Krieg.

FRAGE: Er verzieh Ihnen, weil es Kommissare waren?

ANTWORT: Mit der Gefängnisstrafe war für ihn alles in Ordnung. Er meinte, ich könnte vielleicht noch in Abessinien Lepra-Kranke pflegen.

FRAGE: Was ist das für eine Beschäftigung?

ANTWORT: Man bekommt ebenfalls Lepra, kann dafür den einen oder anderen Kranken retten.

FRAGE: Ein ungleicher Tausch, wenn man rund sechzig bis hundert gutgeschulte Spitzenfunktionäre gegen fünf bis sechs gerettete Lepra-Kranke in Abessinien tauscht. Man muß dazu schon der Meinung sein, daß alle Menschen gleich sind.

ANTWORT: Ganz Ihrer Meinung. Natürlich ist es kein vernünftiger Tausch.

FRAGE: Sie führen jetzt also, wenn ich Sie richtig verstehe, die Existenz der von Ihnen Gemordeten fort?

ANTWORT: Nein.

FRAGE: Was tun Sie konkret?

ANTWORT: Ich sagte ja schon: Tun darf man nichts. Man kann auch nichts tun. Nur eine Überzeugung haben.

FRAGE: Das ist etwas!

ANTWORT: Aber meine Wandlung ist auch nicht als Sühne oder Surrogat gemeint.

Einzelheiten zum Ordensverleihsystem

Wir kamen meist gegen Abend, weil wir vormittags noch mit den Präparierarbeiten an anderer Stelle zu tun hatten und teilweise große Wegstrecken täglich zurückzulegen hatten – unser Tag begann um fünf Uhr morgens und endete nicht vor zwölf Uhr nachts –; gegen Abend kamen wir in unseren Kübelwagen mit Anhängern für Geräte und Forschungsunterlagen an einer Sammelstelle an. Manchmal war ein Stab in der Nähe, und wir wurden dort zu einem Gabelbissen oder einem Umtrunk gebeten, oft wurden wir aber auch geschnitten, insbesondere während unseres Debüts bei den Nahtstellen-Divisionen der Heeresgruppe Nord, die eigentlich nicht in unseren Aufgabenkreis gehörte. Als ob das Klima darauf Einfluß hätte: von Norden nach Süden hin kann man von einer zunehmenden Aufnahmebereitschaft der Truppe für unsere Tätigkeit sprechen, d. h. im Süden mehr, im Norden weniger. Das lag nun aber an ganz anderen Gründen als am Klima: in der Heeresgruppe Nord, die seit Winter 1941 praktisch festlag, hat sich der friedensmäßige Führungseinfluß am ehesten gehalten, die Truppe war also konservativ; anders im Süden und in der

Mitte, wo mit den Ersatzverbänden immer wieder neuer Geist eingeflossen war. Man stand uns dort nicht mit der gleichen Skepsis gegenüber. Auch bei den konservativen Kräften bestand allerdings nie grundsätzliche Ablehnung unserer Arbeit, sondern nur deutliche Bedenken gegen die Art und Weise unseres Vorgehens. Man hätte es lieber gesehen, wenn die Kommissare standrechtlich erschossen und nicht durch die Spritzen getötet worden wären, die wir ihnen gaben, um die Köpfe unversehrt zu erhalten. Gerade die standrechtliche Erschießung hätte die Köpfe zerstört, auf die es uns maßgeblich ankam.

Sie kommen vom Thema ab. Wie ging Ihre Prozedur vor sich?

Wir schauten uns zunächst an, was an dem betreffenden Tag anlag. Das meiste, was für Kommissar galt, war kein Kommissar. In einem Fall war es ein Unteroffizier, ein andermal ein Flakoffizier. Wer im Lager zu forsch auftrat und seinen Leuten Vorhaltungen machte, erweckte den Anschein der Kommissareigenschaft. Hier tauchte auch gelegentlich der Begriff »freimaurerischer« Kommissar auf. – Obwohl das wahrscheinlich in Widerspruch zu meinen Anweisungen stand und die spätere Ausführung mit den persönlichsten Empfindungen belastete, habe ich mich immer wieder mit den uns vorgestellten Gefangenen unterhalten, da nach meiner Erfahrung dies die beste Auswahlmethode war. Am Grad der Bildung oder Schulung war am ehesten zu erkennen, was als Kommissar in Frage kam. Bei hinreichender geistiger Überlegenheit sprach vieles für Kommissar.

Ich will Sie nicht mit den Finessen des Auswahlverfahrens langweilen. Nach der Auswahl führten wir die Gruppe der jüdisch-bolschewistischen Kommissare zu den Messungen, selten geschah das noch in der Auswahlnacht selbst, oft erst am anderen Morgen, da wir nach der langwierigen Auswahlverhandlung wie tot in unsere Quartiere gingen. Oft nahmen wir die Kommissare, um Bewachungsmannschaften zu sparen, in unsere Quartiere mit, was uns dem Vorwurf aussetzte, wir hätten sie homosexuell mißbraucht. Mir ist kein solcher Fall bekanntgeworden – zutreffend ist, daß auch ein Liebesverhältnis dieser Art keinen der Kommissare in diesem Stadium des Verfahrens mehr gerettet hätte. Für die zurückbleibenden Körper hatte die örtliche Truppe Sorge zu tragen.

Vorsicht

Die Übernahme einer ähnlichen oder verwandten Tätigkeit werde er in Zukunft ablehnen. Er wäre äußerst vorsichtig. Und wenn es andere tun und er zusehe? Auch darauf erstrecke sich die Vorsicht. Wahrscheinlich werde er nichts tun und abwarten.

Aktivität und Inaktivität
Das Ordensverleihkommando sei der Versuch der Aktivität in seinem Leben, dem jetzt Inaktivität gegenüberstehe. So dürfe man sogar sagen: Ich bin Marxist; aber man dürfe nichts tun.

Versperrter Weg nach Osten
Frage: Warum gehen Sie nicht in den Osten?
Antwort: Die halten sich nicht an die Verjährungsfristen.

Was ist aus Professor A. Hirt geworden?
Das hat mich auch interessiert. Professor A. Hirt schrieb mir noch 1944 eine Karte nach Wien. Die Alliierten fanden dann in Straßburg die Reste seiner Schädelsammlung, die nicht mehr vollständig vernichtet werden konnte. Das Auswärtige Amt bat ihn um eine dienstliche Stellungnahme zu den in der schweizerischen Presse erhobenen Vorwürfen; Hirt versprach unter dem 6. April 1945 rasche Antwort. Später ist er verschwunden.
Ob von der Verwundung 1943 etwas übriggeblieben ist?
Schmerzen im rechten Armgelenk, eine periodisch wiederkehrende Bandscheibenentzündung. Er begebe sich dann in Behandlung eines Chiropraktikers.

Kein Schluck Kaffee
Während des Interviews hatten sich menschliche Kontakte zwischen B. und dem Vertreter der »L'Humanité« ergeben. Sie hätten nach Beendigung des Interviews gern noch einen gemeinsamen Kaffee getrunken. Es erwies sich aber als unmöglich. Die Kantine schenkte um diese Zeit keinen Kaffee aus, um den Betriebsangehörigen nicht Gelegenheit zu geben, ihre Schicht zu verlassen. Man durfte in der Kantine auch nicht sitzen. So trennten sich B. und der Interviewer, ohne eine Tasse Kaffee getrunken zu haben.

Hinscheiden einer Haltung:
Kriminalrat Scheliha

I

Im Januar 1945 unternahm Kriminalrat Scheliha vom Reichskriminalhauptamt eine Dienstreise in die Gegend von Elbing. Folgendes war geschehen: Gegen einen Gutsbesitzer v. Z. wurde seit November 1944 von den örtlichen Behörden wegen Mordes ermittelt. Es kam jedoch aus irgendwelchen Gründen zu keiner Anklage. Die Behörden zeigten in diesen letzten Kriegsmonaten keine Lust, drastische Maßnahmen gegen eine an sich hoch protegierte Persönlichkeit einzuleiten. Viele Angehörige der örtlichen Behörden und der übergeordneten Behörden in Elbing neigten eher dazu, den Beschuldigten an die Front zu schicken. Ehe aber das Verfahren in dieser Form abgeschlossen werden konnte, gelangten die Akten an das Reichskriminalhauptamt in Berlin. Kriminalrat Scheliha sollte den Fall an Ort und Stelle klären.

Kriminalrat Scheliha ließ sich zwei Inspektoren, zwei Assistenten, eine Schreibkraft sowie eine kleine Schutzpolizei-Staffel überstellen, die er in Kraftwagen nachts über die Strecke Fürstenwalde–Schwiebus vorausschickte. Er hatte die Absicht, die Klärung dieses Falles mit einer letzten Inspektion der Provinz Westpreußen zu verbinden, ehe auch diese Provinz von den russischen Truppen überrannt würde. Er selbst folgte den vorausgeschickten Kraftwagen mit dem Tageszug nach Elbing. An diesem Tag gab die Armeegruppe des Generals Hossbach die Lötzener Sperre auf und durchbrach – als wandernder Kessel – in Richtung Westen die russischen Truppen, die hinter dieser Armee bereits die Provinz Ostpreußen zu besetzen begannen.

Es war im Grunde unverständlich, weshalb die örtlichen Partei- und Staats-Dienststellen den Beschuldigten Z. nicht der gerechten Sühne zuführten.

II

Scheliha hielt sich in Stadt und Festung Elbing, in der zu jener Zeit die Gefängnisse geleert und zahlreiche verräterische und desertierende Personengruppen füsiliert wurden, nicht auf, sondern hinterließ dort nur einen Inspektor, der ihm über die Hintergründe der Mordsache und die vielen umlaufenden Gerüchte über das Frontgeschehen berichten sollte. Im Kreisgefängnis – außerhalb von Elbing – wurde ihm gemeldet, daß im Zusammenhang mit örtlich begrenzten Fremdarbeiterkrawallen ein Gefangenenausbruch gelungen sei.

Unter den Gefangenen befand sich der in Untersuchungshaft befindliche Z. Scheliha begab sich noch spät am Tage mit Kraftwagen und Begleitpersonal zum Landsitz des Z. in der Umgebung von Elbing. Es war ihm unverständlich, daß man diesen Mann nicht besser bewacht hatte. Auf dem Gut war der Beschuldigte naturgemäß nicht mehr zu finden. Scheliha ließ einige der Knechte, die auf dem Gut arbeiteten, sowie den Geistlichen und den Ortsgruppenleiter der benachbarten Ortschaft befragen. Die Feststellungen ergaben, daß der Beschuldigte für wenige Stunden auf dem Gut erschienen war und für die weitere Flucht einen Jagdwagen benutzt hatte unter Mitnahme von sechs Pferden (jeweils zwei zum Auswechseln). Scheliha vermutete, daß der Beschuldigte die Richtung Pommern oder Niederschlesien, also eine eindeutig westliche Richtung, vermeiden würde; die Gefahr, daß er dabei einer Heereskontrolle in die Hände fiel und für einen Deserteur gehalten wurde, erschien hier größer als der Nutzen des näheren Weges. Eher war anzunehmen, daß der Beschuldigte in einem Bogen nach Südosten der Front zu geflohen war, weil er so hoffen konnte, das Generalgouvernement zu erreichen. Der Zusammenbruch der Weichselfront und die schnell nachstoßenden russischen Armeen hatten dort eine derartige Unordnung geschaffen, daß der Beschuldigte es wagen konnte, sich von dieser Seite der Reichsgrenze zu nähern. Übrigens gab es im ganzen Umkreis des Gutes zur Tatzeit kein Fremdarbeiterlager, auch keine einzelnen Fremdarbeiter, Lungerer oder Deserteure, die die Tat begangen haben konnten. Der Hinweis auf streunende Ausländer entsprach der Einlassung jedes leugnenden Beschuldigten. Scheliha stand dieser Art von Ausflüchten grundsätzlich skeptisch gegenüber. Er prüfte aber doch die Möglichkeit, ob ein anderer als der Beschuldigte die Tat begangen haben könnte. Die Knechte waren in bestimmten Gebäuden kaserniert; während der Arbeitszeit wurden sie bewacht. Sie hatten keinen Zugang zum Herrenhaus, in dem der Mord geschah. Telefonisch wurde von Elbing durchgegeben, was der dort zurückgelassene Inspektor über die Hintergründe des Mordfalles Z. ermittelt hatte: es sei keine spezifische Protektion für v. Z. zu erkennen, aber eine verbreitete Unlust, diesen Mordfall zu diesem Zeitpunkt herauszustellen. Parteidienststellen waren nicht damit befaßt worden. Von den Justizstellen werde u. a. die Auffassung vertreten, daß die eigentliche Gefahr im Moment nicht von Leuten wie Herrn v. Z., sondern von zahllosen aufsässigen und desperaten Personengruppen drohe, die jetzt gegen Ende des Krieges und in Zusammenhang mit dem Einbruch der Weichselfront eine Chance der Auflehnung sähen. Ebenso ging die Stellungnahme der Staatsanwaltschaft dahin, daß man in der gefährlich angespannten Situation nicht sozusagen die eigenen Leute umbringen dürfe; man müsse den Fall vom Ergebnis her betrachten. Alle diese Gesichtspunkte entsprachen nicht der Auffassung von Kriminalrat Scheliha.

III

Scheliha brauchte weniger als eine Stunde, um sich von der Täterschaft des Gutsherrn zu überzeugen. Er ließ die Situation in den Räumen, in denen der Tote gefunden worden war, mit Kreidestrichen am Erdboden rekonstruieren und durchprobte mit den Assistenten das ziemlich primitive Verbrechen. Bei einem der Knechte wurden Kleidungsstücke des Z. gefunden, die die erwarteten Blutflecken aufwiesen. Diese und andere Beweismittel wurden mit dem Leiterwagen nach Elbing gesandt. Auch das Problem, daß der Mord besonders grausam ausgeführt und insofern nur schwer einem Gebildeten und aus guter Familie Stammenden zuzurechnen war (was den Gedanken nahelegte, daß vielleicht doch Fremdarbeiter die Täter waren), klärte sich nach den eingeholten Persönlichkeitsbeschreibungen zufriedenstellend auf. An sich war der Beschuldigte, darin stimmten alle befragten Personen überein, ein Mann von hoher Moralität, die in diesem besonderen Fall erst überwunden werden mußte. Es war selbstverständlich, daß die Verstümmelung des Gast-Kopfes ihre Ursache in den besonderen Anforderungen hatte, die der Gutsherr im allgemeinen an sein Gewissen stellte. Es handelte sich gewissermaßen um einen Kraftausbruch dieses Gewissens, das die Tat unter den gegebenen Verhältnissen nicht hindern konnte, dann aber doch in der Verstümmelung anderweitig seinen Ausdruck suchte.

Scheliha ließ seinen zweiten Inspektor auf dem Rittergut zurück mit der Weisung, dort bis zur Annäherung der Russen die nötigen Vernehmungen durchzuführen und sich bei herannahender Gefahr über Festung Elbing nach Berlin zu begeben. Er selbst ließ sich mit seinen beiden Assistenten und der Schreibkraft – der er während der Fahrt einen ausführlichen Bericht über die bisherigen Ermittlungen diktierte – zum Eisenbahnknotenpunkt Schmielau fahren. Von dort hoffte er im Zug oder mit Hilfe einer Draisine rasch nach Süden zu kommen. So konnte er erwarten, den Mörder auf einer der nach Süden führenden Straßen abzuschneiden. Etwa dreißig Kilometer vor Schmielau kamen ihnen aber auf der Landstraße in Dreierkolonne Heeresfahrzeuge entgegen. Jeweils drei Kraftfahrzeuge fuhren nebeneinander auf der verhältnismäßig engen Provinzstraße, später auch Panzerfahrzeuge zu zweit. An den Seiten der Panzer und auf den Wagen hingen die Soldaten. Diese Kolonnen, die die Festung Elbing zu erreichen versuchten, drängten entgegenkommende Passanten – und auch die Fahrzeuge des Kriminalrats – von der Chaussee. Einige Motorradmelder schafften Platz vor der Kolonne, die ihn sich sonst selbst verschafft hätte; die Motorradmelder hatten den Auftrag, alles von der Straße zu räumen, sie verwiesen den Kriminalrat an den nächsten Offizier. Es dauerte aber längere Zeit, bis ein leitender Offizier zur Stelle war, weil es gar nicht leicht war, aus der schnellfahrenden Kolonne heraus einen Offizier anzurufen und zum Absteigen zu bewegen. Der Offizier war, wenn er abstieg, in Gefahr, seine Gruppe zu verlieren; er befand sich in Lebensgefahr, wenn er absprang, weil er ohne seine Truppe standrechtlich verfolgt werden konnte. Es waren daher nur wenige Worte, die der Kriminalrat mit dem Offizier wechselte, ehe dieser wieder auf einen der dicht folgenden Lastwagen aufsprang. Scheliha verlor mehrere Stunden, in denen er nichts tun konnte als warten und hoffen. Es bestand keine Aussicht, auch wenn er den Vorteil der Bahnverbindung hatte, den Mörder vor Eintritt in das Generalgouvernement abzufassen.

IV

In Eisenbahnstützpunkt und Festung Schmielau, einem Garnisonsstädtchen von vielleicht 15 000 Einwohnern, fand Kriminalrat Scheliha auf dem Wehrbezirkskommando eine intakte Fernschreibanlage vor. Telefonisch erhielt er von dem auf dem Gutshof des Beschuldigten zurückgelassenen Inspektor die letzten Ermittlungsergebnisse. Die Mordwaffe war in den Kellerräumen des Gutshauses gefunden worden, nach Elbing gebracht und dort erkennungsdienstlich behandelt worden. Hinzu kamen Zeugenaussagen von Knechten und Einwohnern.

Über das Fernschreibgerät konnte Scheliha einige Orte und Stützpunkte in Ostpreußen, Westpreußen und im Generalgouvernement (man konnte inzwischen schon sagen: im ehemaligen Generalgouvernement) erreichen. Er versuchte so, den Mörder, der hier irgendwo im Kreis der Wälder und Auen entkommen wollte, einzukreisen; mit anderen Worten, er improvisierte eine Fahndung, wenn dieses System einer Fahndung auch erhebliche Lücken aufwies. Scheliha stieß aber gegenüber den Anforderungen, die er über den Fernschreiber an die verschiedenen erreichbaren Orte sandte, auf Lässigkeit, ja auf Ablehnung. Die Durchführung einer Fahndungsmaßnahme nach einer einzelnen Person wurde unter den gegebenen Umständen von den untergeordneten Stellen für unmöglich und für im Ergebnis nicht vertretbar gehalten. Als ob ein Mord dieses Kalibers ein Kavaliersdelikt ist! Scheliha ließ über den Fernschreiber folgenden Wortlaut an den Polizeigeneral in Krakau durchgeben:
– (Scheliha) In der Mordsache (folgt Aktenzeichen und nähere Angaben) stoße ich bei folgenden Dienststellen (folgen die Dienststellen) auf hinhaltende Behandlung. Ich erbitte Anweisung dieser Stellen. Scheliha, Kriminalrat.
Antwort erhielt er von einem Oberregierungsrat Dr. Schulze, einem Schüler Schelihas aus der Zeit am Alexanderplatz:

– (Antwort) Anweisung an folgende Dienststellen (folgen die Dienststellen)
gegeben, andere von Ihnen bezeichnete Dienststellen von hier nicht mehr erreichbar. Die Russen stehen bei Plock. Zusätzliche Fahndung von hier veranlaßt. Sollen wir ein Fahrzeug für Sie von hier aus zur Abholung schicken?
Erbitte Antwort, Schulze, Oberregierungsrat.
– (Scheliha) Danke verbindlichst. Schönsten Gruß.
– (Antwort) Gehorsamsten Gruß.

Scheliha nahm an, daß v. Z. irgendwo auf der Strecke Schmielau, Klopau,
Mielczic die Reichsgrenze zu erreichen suchte, die in voller Länge hier ohne ef-
fektive Kontrolle zu sein schien. Um dorthin zu kommen, mußte er die Straße
Klopau-Mielczic erreichen. Scheliha gab den Gedanken an eine der Verhaftung nachfolgende Inspektion der Provinz Westpreußen auf. Er setzte sich mit
seiner Begleitung von zwei Assistenten, einer Schreibkraft und zwei Polizeibeamten in zwei Kraftwagen in Richtung Klopau in Bewegung.

V

Vorbei an verschiedenen primitiven Erschießungsszenen entlang der Flucht-
straßen, auf denen die Fahrzeuge des Kriminalrats von der Kraft, die sie besaßen, nur wenig zeigen konnten: – einerseits schien es in dem allgemeinen
Durcheinander auf einen Mord mehr oder weniger nicht anzukommen, es war
auch schwierig und fast unmöglich, diesen Mörder aus den zahllosen Menschen, die sich in verschiedenen Richtungen bewegten, herauszufinden; andererseits sah Scheliha keine vertretbare Möglichkeit, die Verfolgung in diesem
Stadium abzubrechen. Er sah ein, daß die Kriminalbehörden – trotz bester und
neuester Organisation im Reichskriminalhauptamt – nicht in der Lage und
auch nicht befugt waren, einen solchen Katastrophenzustand kriminalistisch
zu verarbeiten oder gar zu klären. Sie hätten dazu ihrerseits die Macht ergreifen und gewissermaßen eine kriminalistische Diktatur neben der bestehenden
einrichten müssen. Um so genauer muß aber ein Kriminalist in diesem Augenblick, in dem er die Institution, der er angehört, versagen fühlt, sich für die Erfüllung seiner Aufgabe einsetzen und so – immer nach möglichst starker kriminalistischer Wirkung strebend – in der Tendenz wenn schon nicht wirklich
dem verletzten Recht Genugtuung verschaffen.
An diesem Tag wurden die Generale Hossbach und Reinhardt, die die wan-
dernden Kessel in Ostpreußen befehligten, abgesetzt und durch die Generale
Schwiethelm und v. Müller ersetzt. Im Generalgouvernement versuchten zwei
Feldmarschälle, die fliehenden deutschen Truppen an verschiedenen Stellen zu

sammeln. Der Generaloberst Rendulic, von der Verteidigung Wiens hierherberufen, übernahm eine Villa und ließ einen Palisadenzaun um dieses Hauptquartier errichten. Kriminalrat Scheliha geriet auf seiner Verfolgungsjagd bis in die Nähe von Klopau.

VI

Am folgenden Tag verschlechterte sich die Situation im Raum westlich von Plock, die russischen Truppen überrannten mehrere der von Norden nach Süden etwa parallel zur Weichsel verlaufenden Straßen. Scheliha entschloß sich, eines seiner Fahrzeuge mit einem Assistenten und der Schreibkraft in Richtung der Reichsgrenze fortzuschicken, um die Frau nicht unnötig vielleicht gefährlichen Situationen in Frontnähe auszusetzen. Er selbst setzte die Verfolgung in Richtung Süden fort. Er ging von der begründeten Annahme aus, den Jagdwagen unweit Klopau beim Aufenthalt auf einem bestimmten Gutsbesitz abzufassen. Scheliha kam als Anhängsel eines Armeetransportes, der von einem energischen Leutnant geführt wurde, durch Klopau, das wenig später von den russischen Angriffstruppen umzingelt wurde.

Unweit Klopau, inmitten sich einer auf mehrere Kilometer erstreckenden Verkehrsstockung, wurde Scheliha am darauffolgenden Tage von russischen Garde-Truppen gefangengenommen. Er wurde von seinen begleitenden Polizisten und dem Assistenten getrennt und mit vielen anderen Gefangenen nach einigen Tagen Aufenthalt in Eisenbahnwaggons verladen. Die Akten über den Fall Z. wurden vernichtet, als das Fahrzeug des Kriminalrats aus Gründen, die nicht mehr geklärt werden konnten, während des kurzen Gefechts, das der Gefangennahme vorausging, in Brand geriet.

Der Mörder Z. hatte gleich hinter der Stadt Klopau – nach einem eilig abgestatteten Besuch auf einem befreundeten Gutshof –, da er nach den äußeren Anzeichen auf die Nähe der Russen schloß, eine Straße zweiter Ordnung in Richtung Westen eingeschlagen, die für den Jagdwagen benutzbar erschien. Er erreichte über diese Strecke nach einigen Tagen die Reichsgrenze bei Grünberg in Schlesien, die zu diesem Zeitpunkt nicht kontrolliert wurde. Über Glogau, Kottbus und Guben schlug er sich, später unter Verzicht auf seinen Jagdwagen, nach Schleswig-Holstein durch, wo er auf einem Rittergutsbesitz Aufnahme fand. Später siedelte er über ins Rheinland.

Währenddessen fuhr Scheliha in die entgegengesetzte Richtung.

Kant-Zitat:
»Selbst, wenn sich die bürgerliche Gesellschaft mit aller Glieder Einstimmung auflöste (z. B. das eine Insel bewohnende Volk beschlösse, auseinanderzugehen und sich in alle Welt zu zerstreuen), müßte der letzte im Gefängnis befindliche Mörder vorher hingerichtet werden, damit jedermann das
widerfahre, was seine Taten wert sind, und die Blutschuld nicht auf dem
Volke hafte, das auf diese Bestrafung nicht gedrungen hat; weil es als Teilnehmer dieser öffentlichen Verletzung der Gerechtigkeit betrachtet werden
kann. Es ist besser, daß ein Mensch sterbe, als daß das ganze Volk verderbe;
denn wenn die Gerechtigkeit untergeht, so hat es keinen Wert mehr, daß
Menschen auf Erden leben.«

VII

Als Scheliha 1953 aus der Gefangenschaft zurückkehrte, hatten sich die Umstände in Deutschland verändert. Scheliha nahm von einer weiteren Verfolgung v. Z.s, der im Rheinland eine Stellung bekleidete, Abstand. Am 12. 6.
1961 hielt der zum Rechtsrat ernannte Scheliha vor dem Rotary-Club in S. einen Vortrag über »Justiz und Kriminalität«.
Aus der Diskussion:

(Beifall)

Der Präsident des Rotary-Clubs: Er möchte Herrn Dr. Scheliha für die Ausführungen danken. Er möchte aber auch betonen, daß in dem Kreise der Ro-
tarier ein Gefühl für Recht und Unrecht durchaus vorhanden sei. Man solle
über manche Dinge auch nicht zuviel nachdenken. *Rot. Benger-Ribana:* Der
Vortragende habe die Jacke des Husaren Attila genannt. Es müsse natürlich
heißen: der Dolman. Der Vortragende habe auch sonst sprachliche Mängel erkennen lassen. Ein mangelhaft gefaßter Gedanke sei aber auch dann kein rechter Gedanke, wenn es um die unbewältigte Vergangenheit gehe. *Rot. Plettke:*
Die Justizprobleme beträfen immer nur einen kleinen Personenkreis. *Rot. Ba-
rabas:* Als im Strafvollzug stehender Jurist verstehe er nicht den Pessimismus
des Vortragenden. Er sei da optimistisch.

(Beifall)

Einen wesentlichen Punkt habe Herr Scheliha nicht genügend berücksichtigt:
das sei die Gnade. Wo Gerechtigkeit sei, da sei auch Gnade; eine Gerechtigkeit

sei unvorstellbar, die nicht durch Gnade bereichert werde, wenn man auch zweifellos gegenüber den Gnadengesuchen heute einen strengeren Maßstab anlegen müsse.

(Starker Beifall)

Grundsatzdebatte
Rot. Geibel: Er könne sich nicht denken, daß das deutsche Volk im Jahre 1953 »ohne Wert« sei, wie der Vortragende gesagt habe. Deutsche Zucht und deutscher Wert, wie es im Deutschlandlied heißt, seien auch 1945 nicht untergegangen. *Rot. Pils:* Blutschuld hafte im Zweifel nicht auf dem Volke, da die Straftat auf dem Gebiet Westpreußens begangen worden sei. Sie hafte also auf Polen. *Rot. Waller:* Eine Gesellschaft könne sich gar nicht auflösen, auch wenn alle Mitglieder zustimmen, daher sei Kants Beispiel utopisch. *Rot. Henn:* Wenn er aus der Praxis des Bundestages sprechen dürfe: Es ergebe sich immer wieder, daß man gerade bei Hochverrat ernsthafte philosophische Erwägungen anstellen müsse, weil erfahrungsgemäß gerade die laxe Bestrafung im Sinne Kants Verderben über das Volk oder besser: ins Volk, bringe. *Rot. Glas:* Das Volk habe ja auf die Bestrafung damals gedrungen, lediglich der Apparat habe versagt. Aber Dr. Scheliha habe selbst Mäßigung empfohlen. Er habe das Beispiel ja nur wegen seiner geänderten Haltung erzählt. *Rot. Valentin:* Unverständlich sei ihm, daß nicht geprüft worden sei, ob v. Z. nicht in Notwehr gehandelt hätte. *Rot. Mertens:* Seines Wissens habe sich das Inf. Regt. 71 seinerzeit im Umkreis von Klopau befunden. Das hätte den Mörder suchen können.

Verschärfte Debatte
Präsident: Man müsse die Redezeit aus Zeitgründen auf eine Minute pro Person bemessen. Er bitte daher die Ausführungen kurz zu fassen. Nun bitte er fortzufahren. *Rot. Lambrecht:* Was es heißen solle, »daß jedem widerfahre, was seine Taten wert seien«. Philosophisch gesprochen, müsse man das als eine Frage der Praxis ansehen. *Rot. Bischof:* Selbstverständlich sei das eine Tatfrage. *Rot. Erb:* Und als Arzt könne man das nur unterstützen. *Rot. Katrin:* Es sei aber völlig richtig, daß besser ein Mensch sterbe, als daß das ganze Volk verderbe. *Präsident:* Das sei richtig; der Rotary-Club sei grundsätzlich sozialen Problemen aufgeschlossen, das sei aber kein eigentlich soziales Problem. *Rot. Katrin:* Ob aber im anderen Fall es keinen Wert mehr habe, daß Menschen vom Ende reden, das möchte er bezweifeln. *Rot. Jacoby:* Man müsse sich auf das Problem selbst konzentrieren. *Rot. Schmidthenner:* Es sei ein Bildungsproblem. *Rot. Glaube:* Wenn er aus der Praxis sprechen dürfte: schon

Friedrich II., er meine den König und nicht den Kaiser, sage: Der Beamte und
der Philosoph bezögen ihre Stärke aus der Sachfremdheit. Er wolle aber heute
nicht als Beamter und Philosoph sprechen, sondern als Praktiker, und Praxis
bedeute Sachnähe. Wer sei noch bereit, z. B. sein Leben oder seine Freiheit für
spezielle Probleme der Gerechtigkeit einzusetzen? *Rot. Sprengel:* Die Frage
der Sühne, die Kant aufwarf, sei eine sehr spezielle und vielleicht sogar abwe-
gige Frage. Vielleicht sei eine vorbeugende Polizeimaßnahme wesentlich wirksamer als jede nachträgliche Sühne. *Rot. Mainz:* Nicht der Rechtswegstaat,
sondern der vorbeugende Rechtsstaat werde gebraucht, der bei der Polizei anfange. Schon Salazar habe das richtig gesehen. *Rot. Patzak:* Um auf Kant
zurückzukommen: Zurückkehrend aus der Kriegsgefangenschaft, sei festzustellen gewesen, daß auch ohne Sühne und »Wert« im Sinne Kants die Entwicklung ihren Fortgang genommen habe. Man könne die eigentümliche
Untergangsstimmung der letzten Kriegsmonate (allenfalls der Schummerstimmung im Advent vergleichbar) nur schwer rekonstruieren.

Zur Gerechtigkeitsliebe
Dr. Scheliha: Strafen sei Stimmungssache. Genauso seien Ermittlungsarbeit
und Kriminalität selbst davon abhängig, daß die Einheit von Raum und Zeit
gewahrt werde. Ohne spezifische Atmosphäre gelänge weder das Verbrechen
noch die Ermittlung. *Präsident:* Er danke dem Referenten für diesen Vortrag.
Rot. Peickert: Er habe immer die Gerechtigkeit für eines der unsinnigsten
Ideale gehalten. *Rot. Balunga:* Er habe sich immer schon dafür interessiert,
wie Justiz zur Kriminalität werde und wie Kriminalität sich der Justiz entziehe.
Man müsse auch diese Fragen mit in das Problem hineinstellen. *Rot. Pils:* Gerechtigkeit sei ein totalitäres Prinzip. *Rot. Waller:* Ohne Gerechtigkeit gehe es
aber nicht. Der Kriminalist sei der Hund der Rechtssicherheit, der Richter der
König der Justiz. *Präsident:* Er bitte um Kurzfassung, da die Zeit für die
fruchtbare Diskussion beengt sei. *Rot. v. Bergmann:* Allzu große Gerechtigkeitsliebe erinnere an eine Perversion, auch für Knabenliebe habe die Antike
Argumente gewußt. *Rot. Eber:* Es sei eigentümlich, daß die Bezeichnung Gerechtigkeit in antiken Texten häufiger vorkäme. *Rot. Fürbringer:* Sie müsse
sein! Ohne Gerechtigkeit könne man nicht leben. *Rot. Schumpeter:* Aber
wieso das erwiesen sei? *Präsident:* Man solle nicht durcheinanderreden. Das
Wort habe Herr Fürbringer.

Abschluß
Rot. Lebsius: Das heute besprochene Problem sei anregend gewesen. In sehr
verdienstvoller Weise sei die Problematik der Rechtsordnung entwickelt worden. Rot. *Pichota:* Die Konsequenz in dem gehörten Vortrag habe besonderen

Eindruck hinterlassen. *Rot. Arndt:* Endlich seien hier einmal offene Worte gefallen.

(Lebhafter Beifall)

Präsident: Nachdem die Diskussion viele anregende Gedanken ergeben habe, bitte er den Vortragenden um eine abschließende Stellungnahme. *Rechtsrat Dr. Scheliha:* Er danke für die Worterteilung. *Präsident:* Die Zeit sei fortgeschritten, er möchte im Namen aller Anwesenden sprechen, wenn er Herrn Dr. Scheliha für seine gültigen und aufschlußreichen Ausführungen danke.

(Warmer, fülliger Beifall)

Fräulein v. Posa

I

Die junge Gutsherrin, Fräulein v. Posa, ließ die Gattertore zur Straße schließen, damit die Leute nicht auf den Hof kämen. Später überlegte sie es sich anders und ließ die Gattertore wieder öffnen. Sie gab Weisung an die Küche, die Leute, die in den Hof einströmten, zu speisen. Rauch stand über der Stadt, der in der oberen Region durch den Wind abgeknickt war.

Dr. v. Posa wartete im Salon auf seinen Kaffee. Radio Luxemburg brachte ein passables Opernkonzert. Fräulein v. Posa versuchte Verbindung mit dem Domsuperintendenten in der Stadt zu bekommen, aber das war schon unmöglich, weil die Telefonanschlüsse zur Stadt wegen der Nähe des Feindes unterbrochen waren. Sie fühlte sich schuldig, weil sie die Hofgatter hatte zusperren wollen. Den ganzen Tag über passierten Flugzeuge von Westen nach Osten. Als sich Tiefflieger dem Gut näherten, rannte die Posa zu dem für die Familienmitglieder reservierten Luftschutzbunker hinter den Scheunen. Sie war wie besinnungslos, während sie lief. Auf dem Feldbett, das den kleinen Unterstand fast ganz ausfüllte, befanden sich der Pole und Gloria. Posa setzte sich auf die Bettkante zu den beiden und hinderte sie, als sie sich verlegen aufsetzen wollten. Sie suchte ihnen vielmehr die verstreut umherliegenden Kleidungsstücke zusammen. Der junge Pole saß zwischen den Frauen. Gloria begann sich, etwas frech, vor ihrer Schwester anzuziehen. Die Posa kümmerte sich den Tag über um die Leute, die sich im Hof und in den Scheunen niedergelassen hatten und Verpflegung empfingen. Später kam der Kreisbauernführer mit einigen

seiner Leute und suchte wieder nach dem entlaufenen Polen. Sie fanden ihn
diesmal, weil er unvorsichtig geworden war und sich hinter den Scheunen her-
umtrieb. Der Kreisbauernführer ließ ihn fesseln und verhörte ihn.
Gegen Abend näherten sich amerikanische Panzer der Stadt, aus der ein lang-
anhaltender Sirenenton zu hören war. Die Posa hatte mit den Knechten und
Fremdarbeitern zu tun, die in kleinen Trupps von den Feldern hereinkamen.
Sie waren begierig, Neuigkeiten zu erfahren. Am Abend war der junge Fremdarbeiter, Glorias Pole, verschwunden. Nachts wurden aus der Stadt zwei Geburten eingeliefert, und die Posa mußte ihren Vater überreden, daß er sie annahm: er war darauf angewiesen, sie anzunehmen, – aber er hatte sich angewöhnt, sich dazu überreden zu lassen. Durch die Geburten war auch Gloria
beschäftigt, die die Nabelschnur durchzuschneiden hatte, das einzige, was Dr.
v. Posa nicht über sich brachte. Dies war der Tag der Befreiung.

II

Nachdem feststand, daß der Pole nicht wiederkehren würde, wurde die Posa
allmählich ruhiger. Sie konnte in der Nacht, die auf den Einzug der Alliierten
folgte, nicht einschlafen und kleidete sich deshalb wieder an und begann das
Haus aufzuräumen. Die vielen Kreuze und Jesusfiguren im Haus, die sie be-
ängstigten, trug sie auf einen Fleck zusammen. Sie hatte Angst, diese Gegenstände an ihren angestammten Plätzen zu sehen. Sie wünschte leidenschaftlich, wieder gut zu sein. Sie sah ungläubig, daß es Umstände gab, die es unmöglich machten, gut zu sein, und die doch keinen Ausgleich bereit hielten. Was
sollte geschehen? Sie hatte in der Nacht eine Krise und betete (in einen Sessel
gekauert). Dann weinte sie, bis sie einschlief.

Enthaltsamkeit
Sie hätte diesen jungen Fremdarbeiter, der Zugang zum Herrenhaus hatte,
weil er nur im Herrenhaus zuverlässig versteckt werden konnte, zum Geliebten haben können. Aus welchem Grund nahm sie ihn nicht? Ihre Enthaltsamkeit trieb den Mann in die Arme der kleinen Schwester, die die Posa besser
hätte schützen müssen.

Reaktion auf das Verschwinden des jungen Fremdarbeiters
Die Posa verlor etwas von der Beklemmung der letzten Tage, als sie sicher war,
daß sie ihn nicht mehr finden würde, trotzdem suchte sie nach ihm, bis es dunkel war. Sie fuhr in ihrem Auto zu den verschiedenen Fremdarbeiterquartieren,
in denen allmählich Freiheitsfeiern in Gang kamen, und fragte nach ihm. Er
war nirgends gesehen worden.

Vampir Vater

Sie hatte, seit diese herrlichen, sonnigen Frühlingstage eingesetzt hatten, ein unbestimmtes leidenschaftliches Verlangen, das man nach allen Richtungen hätte wenden können, aber sie hatte als Abnehmer für diesen guten Willen lediglich ihren Vater, der sich davon aneignete, was er bekommen konnte. Er nutzte sie in seiner Praxis aus, wo sie für ihn Instrumente sterilisierte, oder er schickte sie mit Anliegen zu benachbarten Gütern oder in die Stadt: zu Kolonialwarenhändlern, Delikatessen besorgen.

Dr. v. Posa

Ernst, geb. 1886, Ausbildung als Arzt, wie schon sein Vater Arzt gewesen war. Alle sagten Ernst v. Posa eine glänzende Karriere voraus. 1914 stellvertretender Leiter des Feldlazaretts III in Lemberg, das die Verwundeten der zurückflutenden 3. Armee des Generals der Kavallerie v. Brudermann auffing. Posa geriet in die Falle von Przemysl, wohin er Teile seines Lazaretts von Lemberg hatte retten können. Tage später stand die eingeschlossene Festung Przemysl bereits auf verlorenem Posten. Aus russischer Kriegsgefangenschaft wurde Posa über Dänemark gegen kriegsgefangene russische Ärzte ausgetauscht. 1916 Besichtigung des Gefechtsfeldes vom 16. September 1914 an der Oise, auf dem zwei der Brüder Posa begraben lagen. Ob die Turkos ihnen die Augen ausgeschnitten hatten? Nach Abschluß des Weltkrieges nur noch Bedürfnis nach den »schönen Dingen des Lebens«. Reisen nach Mallorca, Ibiza 1921; Tunis und Griechenland 1923; Portugal und Spanienreise 1928; Heirat 1920 mit Brigitte v. D., Scheidung nach 6 Jahren. Verschiedene Mittelmeer-Reisen 1932, 1935, 1936, 1937, 1939 (Frühjahrsreise), u. a. Korfu. Landpraxis und Entbindungsheim auf Gut Posa. Äußerst kälteempfindlich. Kann seit Przemysl Hunger nicht ertragen, daher der Tageslauf von vielen kleinen Mahlzeiten unterbrochen. Unwillig gegen Patienten. Spielt Geige.

Wende

Schon seit Februar erhoffte Fräulein v. Posa in ihren persönlichen Beziehungen und Absichten eine Wende. Sie merkte, daß sich etwas in ihr vorbereitete. Sie kannte diese Vorahnungen von früheren Anlässen und rechnete sich aus, daß nach dem Nullpunkt der letzten Jahre eine Aufwärtsbewegung kommen müßte.

Leichensuchergruppe

Die Posa fand lange Zeit keine Chance, irgend etwas zu tun, außer: Leute zu speisen, die sonst anderswo ihr Essen bekommen hätten, bis ihr die Leitung einer Leichensuchergruppe angeboten wurde. Sie übernahm diesen Auftrag und durchsuchte mit ihren Männern (teilweise Gutsknechten, teilweise von der Stadt zur Verfügung gestellten Arbeitskräften) die zertrümmerte Stadt nach Leichen. Sie fanden, mit Branntwein ausgestattet, um den Geruch ertragen zu können, am dritten Tag einen verschütteten Keller, in dem 60 Tote lagen. Sonst fanden sie einzelne Tote, armgroß verkohlte Körper, manche auch nur verschüttet und deshalb normal aussehend, die sie zu den Massengräbern transportierten, für die die Stadtverwaltung aufkam. Fräulein v. Posa bat um eine Woche Pause für ihre Männer, in der sie mit ihnen eine Kirche enttrümmern wollte. Das wurde aber auf Betreiben des Gesundheitsamtes abgeschlagen. In dieser Zeit dachte die Posa oft an den jungen Polen.

Auf der Suche nach etwas Gutem

Nachdem die Leichensuchergruppe auch das Stadttheatergrundstück aufgeräumt hatte, wurde sie aufgelöst und nicht zum Aufbau der Kirchen eingesetzt, wie Fräulein v. Posa es beantragt hatte. Fräulein v. Posa lief daher durch die Straßen auf der Suche nach irgend etwas Gutem, das sie tun könnte. Ihre Versuche auf der Militärregierung führten aber lediglich zu Mißverständnissen, die sie nicht aufklären konnte, weil sie darin keine Erfahrung besaß. Es gab keinen Markt für das, was sie vorhatte. Einen Monat lang beobachtete sie an ihrem Körper die Zeichen einer Schwangerschaft. Eine Schwangerschaft konnte es aber nicht sein. Gloria gestand ihr, daß sie mit dem Polen eine Unvorsichtigkeit begangen hätte. Sie sprach mit Gloria über den Polen und küßte die Schwester, als sie von ihm sprachen. Sie verlangte, nachdem sie die Unterredung gehabt hatte, noch stärker nach etwas Gutem.

III

Die Familie Posa ist im 17. Jh. aus den Niederlanden nach Jülich-Cleve eingewandert. Mit dieser Provinz kam sie dann an Preußen. Ein Premierleutnant v. Posa verhinderte bei der ersten Belagerung von Mainz unter den Augen seines Kurfürsten die Abschlachtung eines Zivilisten im Dorf Bretzenheim. Ein Mitglied der pommerschen Linie v. Posa lief 1793 zu den französischen Revolutionstruppen über und wurde nach der Besetzung von Paris 1815 füsiliert. J. H. v. Kirchheim, Vizepräsident des Oberlandesgerichts in Ratibor von 1836 bis 1851 (seine Mutter eine Posa), hob 1848 den Haftbefehl gegen den Grafen Reichenbach auf. Der preußische König schrieb ihm: Verstehe das Erkenntnis nicht, spreche Ihnen meine Unzufriedenheit aus. v. Kirchheim wurde auf 5 Jahre beurlaubt. Als Abgeordneter im preußischen Landtag erhob v. Kirchheim état-rechtliche Bedenken gegen diese Praxis. Noch auf der Rückreise wurde er wegen unwürdigen Verhaltens zwangspensioniert. Die vier damals als Landräte und Offiziere Preußen dienenden Posas traten von ihren Ämtern zurück. Die Familie Posa stellte in der folgenden Generation nur Ärzte. 1871 war es Generalarzt Franz v. Posa, der den Generalleutnant v. Voigt-Rhetz in der Schlacht von St. Privat auf den Schlächter Steinmetz aufmerksam machte. Steinmetz wurde am folgenden Tage durch einen anderen Armeeführer ersetzt. In den I. Weltkrieg zogen acht v. Posa und v. Kirchheim. Der exzentrische Vormarsch der k. u. k. Armeen über Lemberg hinaus nach Norden kostete die meisten von ihnen das Leben. Sie fielen als preußische Verbindungs- und Sanitätsoffiziere in den Armeen Brudermann und Dankl und im Rahmen des preußischen Hilfskorps Woersch. Zwei andere v. Posa fielen gleich darauf im Westen, ohne etwas auszurichten. Den Weltkrieg überlebte lediglich der geschockte Ernst v. Posa auf Gut Posa in Nordhessen. Die Familie Posa geriet in den folgenden Jahren in eine Krise. Die übriggebliebenen und die nachwachsenden Posas: die gleichen Münder, Schatten um Mundhöhe, die gleichen neugierigen Augen, dunkelgelbbraune, sehr bald graue Haare, mahlende Schläfen bei Erregung, Adern an den Schläfen – wie die Posas um 1700, um 1800, um 1900, aber jetzt in der Krise.

IV

Was ist das Gute (bonum)?
Das Vaterland nicht, Europa – welches Europa? Schmerzstillen, Unglück lindern nicht. Sich der Schandtaten enthalten – was soll das sein? Ein Posa begeht keine Schandtaten. Die Wahrheit? Wem sie sagen? Enthaltsamkeit – nein. Was ist dann das Gute? Die Güter der Familie? Ja. Aber das kann nicht alles sein.

Oberstleutnant v. Hacke (mütterlicherseits Posa)
Liebe zu den ererbten Gütern in der Nähe von Braunschweig bedeutete das Ende von Ernst v. Hacke. Als Major aus dem I. Weltkrieg zurückkehrend (zuletzt 1919 in Hamburg Auflösung der Artilleriepferdebestände mit beträchtlichen Gewinnen für den Fiskus), hoffte er durch Volontärtätigkeit im Bankhaus Traeger, Pelckert & Co (Verwandte seiner Frau), die nötigen Geldmittel für die Erhaltung der Güter zu beschaffen. Tips von Münchner Bankfreunden bewegten ihn zu Spekulationen, bei denen er zusätzliches Geld verlor. Die überschuldeten Güter kamen unter Kuratel. Major v. Hacke ließ sich 1928 bis 1930 in Hannover als Sänger ausbilden. Ihm war von seinem ersten Ausbilder, Kammersänger Merkel v. Karonin, eine Karriere versprochen worden.

v. Hacke warf sich auf die neue Aufgabe, die reiche Ausbeute versprach. In den
Folgejahren erschien der Name Hacke in den Spielplänen von Coburg, Halberstadt, Kottbus, Torgau, Brandenburg und Danzig, aber nie an hervorragender Stelle. Die Nähe von Braunschweig mied v. Hacke. 1935 erfolgte die
Rückberufung Hackes in die Wehrmacht. Im Oberstleutnantsrang nahm er
am 1. September 1935 den Dienst im Kriegsministerium in Berlin auf. Polen-
Feldzug und West-Feldzug versäumte er in entfernt gelegenen Stäben. Er sah
die Chance, in diesem Krieg die Landgüter zu retten, wenn er sich auszeich-
nete. Freunde verschafften ihm 1941 eines der schneidendsten Werkzeuge des
damaligen Heeres: das 2. niedersächsische Panzerregiment. Dies schöne Regiment fuhr im Verband des LIV. Panzerkorps in den Norden Rußlands. Blonde
Niedersachsenschädel sahen aus den gut ausgerüsteten Panzertürmen. Spe-
zialgerät aller Art stand zur Verfügung. Theoretisch konnte v. Hacke als Kommandeur dieser Waffe alle Klassen von Auszeichnungen bis zum Ritterkreuz
und Eichenlaub erwarten. Die Auszeichnungen hätten ihn von allen Sorgen
freigestellt, denn es war nicht anzunehmen, daß ein so hoch ausgezeichneter
Soldat später seinen Schulden überlassen blieb. Die Fahrzeuge des Regiments
fuhren jedoch, noch ehe es zur Feindberührung kam, in ein weites Sumpfge-
lände ein. Inmitten der Offensive mußte das Regiment zurückgeführt werden.
Eine Woche später sah sich das an einer anderen Frontstelle eingesetzte Regiment von den begleitenden Infanterieregimentern allein gelassen. Auf der
Fahrt nach Leningrad wurde es rechts und links vom Feind in den Flanken
gefaßt. Rückzugsbewegungen mußten eingeleitet werden. Der weinende
v. Hacke stand mit seinen Offizieren an der Knüppelstraße und kontrollierte
die nach rückwärts rollenden Panzer und aufgesessenen Grenadiere; währenddessen von den Seiten verzweifelte Verteidigungstätigkeit der MG-Trupps, die
dem Regiment eine Chance zu geben versuchten.
Auch im Winter und im folgenden Frühjahr stellten sich keine Erfolge ein. Das
bisher frei operierende Panzerregiment Hackes wurde in den Verband einer
Panzerdivision zurückgegliedert. v. Hacke kämpfte eine Zeitlang vergeblich
auf der Krim. An den Offiziersverschwörungen 1943/44 nahm Hacke-Posa
auf Grund dieser Mißerfolge nicht teil. Er erhielt in Kroatien ein Gendarmerie-
regiment, das aber vor unlösbare Aufgaben gestellt wurde. Auch Erfolge hätten auf diesem entfernten Kriegsschauplatz zu keiner Beförderung oder Auszeichnung mehr führen können. Eine Liaison während eines Urlaubs in der
Reichshauptstadt ließ dort neue Schulden auflaufen. Da zerstörte ein fehlge-
leiteter englischer Bombenangriff das Objekt, um das es im Grunde ging: Gut
Herford. Davon wußte der zum Oberst beförderte Hacke nichts, als ihn die
Weisung eines der Freunde erreichte, zum Entsatz von Budapest beizutragen.
So führte er seine Truppe auf Budapest. Seine von Südwesten vorgetragene

Angriffe verwirrten Belagerer und Verteidiger in der Stadt; die Rettung der Stadt wurde vom Plattensee her erwartet. Nach zwei Tagen zog sich das Regiment, im OKW-Bericht ausdrücklich genannt, auf die jugoslawische Grenze wieder zurück. Dieser Glücksfall kam aus verschiedenen Gründen zu spät. (Erst die Währungsreform milderte die Schuldenlage der v. Hackeschen Güter.) v. Hacke übernahm einen Divisionsstab im Chositz-Tal. Die aus Griechenland erwartete Division, die dieser Stab übernehmen sollte, erschien nie. Die Stäbe Hacke, Fehn und Kobe, die alle damals in den Tälern der ehemaligen Herzegowina vor der Entscheidung standen, entweder zu den amerikanischen Linien durchzustoßen oder sich den Partisanen zu ergeben, verhandelten mit einem Partisanenstab in Krtic-Chositz. Über Nacht floh der Partisanenstab, der sich seinerseits in Gefahr glaubte. Eine schwerbewaffnete Panzerkolonne mit den aufgesessenen Stäben Fehn, Kobe und Hacke gelangte bis zu den amerikanischen Linien bei Klagenfurt, wurde dort aber zurückgewiesen. Das war keine Komödie. Wenige Tage später wurden v. Hacke, Fehn und Kobe erschossen.

Baronin v. Posa

In der Nacht vom 2. auf den 3. Januar 1945 wurde der Baronin Posa das Gewissen fortgenommen. Das Gewissen war eine einfache Geldkassette, in der sich die Juwelen der Familie v. Posa befanden. Erika v. Posa hatte die Kassette mit der Reichspost, eingeschrieben, von Gut Posa im Ostland nach Nürnberg gesandt, sobald Freunde im OKH ihr Nachricht gegeben hatten, daß die Russen sich Posa näherten. Die Kassette kam sicher in Nürnberg an und wurde von einer Apothekerfamilie, wie schon zu Kriegsanfang verabredet, für die Baronin im »Goldenen Stern« (so hieß die traditionsreiche Apotheke) aufbewahrt. Die Baronin selbst hielt zu lange auf dem Gut aus. Mit ihren Fuhrwerken geriet sie in die Rückzugsbewegungen der deutschen Truppen. In den 20er Jahren war sie mit diesen Fuhrwerken und Knechten vom alten Gut Posa bei Stolpe bis Berlin gefahren und hatte Veranstaltungen der Deutschen Volkspartei in Berlin geleitet. In den ersten Schneetagen verlor sie jetzt ihre Knechte, die Fremdarbeiter und die Wagen. Ihr eigener Wagen wurde von gepanzerten Fahrzeugen die Straßenböschung hinuntergestoßen. Ein Wagenrad überrollte die Schienbeine der hingestürzten Frau. Auf Tragbahren brachten Soldaten sie in ein Lazarett. In Nürnberg erschien sie als Gelähmte, die sich im wesentlichen nur noch im Rollstuhl bewegen konnte, wenn sie nicht kriechen wollte. In der Nacht vom 2. auf den 3. Januar 1945 wurde die Stadt Nürnberg von alliierten Bombern angegriffen. Auch der »Goldene Stern« wurde von Brandbomben und Sprengbomben getroffen. Baronin v. Posa und die Haus-

eigentümer verbrachten die Zeit des Angriffs in den unteren Gewölben des
»Stern«. Fünf ausgebaute Kellergeschosse beherbergten Heilmittel, Alkohol
und Verbandstoffe. Als die Kellerinsassen Rauchentwicklung bemerkten,
wurde der Mauerdurchbruch eingeschlagen, der zu dem Katakombensystem
führte, das sich unter Nürnbergs Altstadt befindet. Ihr Gewissen an den
alternden Leib gepreßt, versuchte Erika v. Posa zum Mauerdurchbruch zu
kriechen, durch den sich die Hauseigentümer bereits gerettet hatten. Der
Mauerdurchbruch war durch eine 50 cm hohe Schwelle von der Kellerebene
des »Stern« abgeteilt. Von dieser Schwelle stürzte die Baronin in den wesentlich tiefer liegenden Katakombengang. Die schlecht verheilten Schienbeine
brachen. Als sie um Hilfe rief, erschienen nach Stunden aus der Dunkelheit
Plünderer, die ihr den einzigen Besitz, die Kassette mit dem Gewissen, fortnah-
men.

Die Jahre 1945 bis 1948 überbrückte die Baronin im Lager Gartenstadt in der
Fränkischen Schweiz, wohin man die Obdachlosen Nürnbergs zunächst gebracht hatte. Ihr Neffe, André v. Teck, kehrte 1949 aus russischer Kriegsgefangenschaft zurück. Er nahm die Baronin Posa zu sich nach Wiesbaden. Die Kassette tauchte später bei einem Juwelier wieder auf; Baronin v. Posa verleugnete
sie. Die Schienbeine wuchsen zusammen, Baronin Posa verzichtete darauf,
sich in nennenswertem Umfang zu bewegen.

Polizeirat v. Kirchheim
v. Kirchheims Betrachtungsweise (geb. 1900) war die der Logik. Die logische
Betrachtungsweise ist die der inneren Verwaltung. Der Staat gilt ihr als eine
Maschine: das führt aber nicht zur vereinfachten Betrachtung, sondern fordert
Erfindung, wenn diese Maschinerie von Verwaltung und Polizei an die indivi-
duellen Notwendigkeiten und Wirklichkeiten angepaßt werden soll. 1923 trat
v. Kirchheim in den Dienst der preußischen Inneren Verwaltung. 1929 trat er
in den Polizeivollzug über; das Jahr 1933 überraschte ihn in Breslau bei der
Aufklärungsarbeit an einem Mord. Am 28. Januar veranlaßte Kirchheim die
Festnahme der Täter, die der SA angehörten. Wenige Tage später war Ober-
gruppenführer Heines Polizeipräsident von Breslau und Oberpräsident von
Schlesien. Am 6. Februar wurden Gewerkschaftsführer in ihren Wohnungen
erschossen. Nach den Wahlen im März wurde Kommerzienrat Jägerlein in Begleitung eines Kreistagsabgeordneten erschossen aufgefunden. Zwei Arbeiter-
führer wurden am 16. März tot aufgefunden. In der Wohnung des Sekretärs
Lindau erschienen SA-Leute und schossen. Als der Journalist König abends ein
Haus in der Breiten Straße verließ, zerfetzte man ihm mit dem Rasiermesser
das Gesicht. v. Kirchheim erschien in diesen Fällen zum Lokaltermin in Begleitung von zuverlässigen Polizeibeamten. Der Frau eines Gewerkschaftsführers,

die um Schutz für verschiedene Gewerkschaftsangehörige bat, antwortete er: Was erwarten Sie von uns? Wir können uns kaum selbst schützen. Was bedeutet Tapferkeit in einer Zeit, in der es darum geht, nicht zerdrückt zu werden? v. Kirchheim fand keine passende Gelegenheit für den traditionellen mutigen Auftritt. 1941 erhielt v. Kirchheim die Inspektion im Grenzraum Litauen-Ostpreußen. Hier waren Zuständigkeitsüberschneidungen zu beseitigen. v. Kirchheim arbeitete ein Gutachten aus, das namhafte Ersparnisvorschläge an personellen und sachlichen Mitteln für diesen Grenzraum erbrachte; das Gutachten war darüber hinaus auch für andere Grenzüberschneidungsgebiete von grundsätzlicher Bedeutung. In Allenstein hörte er später, daß während seiner Inspektion Vorkommnisse im Grenzraum stattgefunden hatten, von denen ihm nichts gesagt worden war. Bei »Aussiebungen« gab es in Garsden 201 Tote, in Krottingen 277, in Polangen 191, Tauroggen 255, Georgenburg 322, Wladislawa 192, Mariampol 68, Wirballen 230, Calvaria 150, Wilkowischen 300, in Szewekzwie und Vebirzewiai war die Zahl nicht festzustellen. Das waren Morde. v. K. begab sich nach Berlin und erhob im Innenministerium Beschwerde. Er erhielt zunächst keinen weiteren Auftrag. Später erhielt er ein Polizeiregiment im Kaukasus, für dessen Leistungen ihm das Ritterkreuz verliehen wurde. Der unangenehme Auftritt im Innenministerium schien vergessen. Dann aber wurde v. K. im Herbst 1944 erschossen. Nachträglich stellte sich heraus, daß der Anlaß für die Stellungnahme, die ihn das Leben kostete, schlecht gewählt war, denn die Ausschreitungen im Grenzgebiet waren bereits von anderer Stelle sistiert worden. Welcher Moment, welche Situation von den anstürmenden Gelegenheiten seit 1933 wäre aber für Kirchheims Intervention richtiger gewesen?

Die ehrgeizige Gerda v. Posa-Esebeck

Cousine Gerda wurde in Kattowitz von Kriminalbeamten als falsche Rotkreuzschwester überführt (in Wirklichkeit war sie minderjährig und nicht berechtigt, Rotkreuztracht zu tragen). Sie war erkannt worden nach der Beschreibung im »Deutschen Polizeiblatt« 1942, Bl. 1044-1046. Danach war sie schlank, 16 Jahre alt, mit Papieren versehen, die auf 22 Jahre lauteten. Sie trug unberechtigt ein EK II. Die Beamten identifizierten sie nach der Beschreibung im »Deutschen Polizeiblatt«. Eine falsche Rotkreuzschwester war in Rottenburg, München, Gleiwitz, Guben, Leipzig, Jena, Hannover, Kreiensen, Halberstadt, Goslar, Straßburg, Essen, Freiburg, Schneidemühl, Danzig, Allenstein, Litzmannstadt aufgetaucht. Mit dieser Rotkreuzschwester wurde Gerda v. Posa verwechselt. Sie erhielt wegen Verletzung mehrerer Straftatbestände eine Gefängnisstrafe von 2 Jahren.

Der unglückliche Oberleutnant v. Posa
Seine Beförderung zum Oberleutnant wäre fast an seinem Widerspruchsgeist gescheitert. In Anwesenheit des Generalfeldmarschalls v. Reichenau kritisierte er die militärischen Ausbildungsmethoden. Der GFM lachte. Da die anwesenden Offiziere dieses Lachen als Wohlwollen auffaßten, unterblieb die Rückstufung des Oberleutnants in den Leutnantsrang. Einige Wochen später geriet der junge Posa in das Gefecht von Feodosia am Schwarzen Meer. Die Bezeichnung Schlacht ist erst bei einer Totenzahl von 1200 auf beiden Seiten zulässig; bei Feodosia fielen auf russischer Seite 16, auf deutscher Seite 240 Soldaten. Die Russen erschienen in der Nacht vom 26. zum 27. Dezember 1941 mit einem schweren Kreuzer im Hafenbecken von Feodosia. Sie leuchteten mit Schiffsscheinwerfern die deutschen Geschützstände an. Später landeten 23 000 Mann, die die bekannte Krise auf der Halbinsel Kertsch auslösten, die dem Korpsbefehlshaber v. Sponeck das Leben, der 46. Infanteriedivision die Ehre kostete. In diesen unglücklichen Zusammenhang wurde v. Posa, der das Gefecht lebend überstand, mit hineingerissen. Reformideen wurden ihm nicht mehr abgenommen. Er lief 1943 zu den Russen über.

Fräulein v. Posa
Als Tochter des praktischen Arztes Dr. E. v. Posa geb. 28. 3. 1921 auf Gut Posa: Nata v. Posa. Betreuerin der jüngeren Schwester Gloria v. Posa. Auf der Suche nach dem Guten, das zu tun ist; einfahrend in das Frühjahr 1945, Wende ist im Kommen, große Erwartungen verbinden sich mit dem neuen Jahr. Häufiger Kirchenbesuch, obwohl das Kirchengebäude ausgebrannt ist und nur eine Behelfsbaracke zur Verfügung steht. Wenn sie unerwartet gefragt worden wäre, was sie denn unter »Gutsein« verstünde, hätte sie nichts antworten können. Sie war ein kleiner Teil der verwirrten Familie Posa. Aber sie war sicher, daß ihr eine Antwort noch einfallen würde. Es muß schnell gehen. Diesen Frühling noch muß es gehen. Sie betete inbrünstig.

V

N. v. Posa übernahm im Herbst 1945/46 die kommerzielle Vertretung der Care-Paket-Organisation für das Land Hessen. Entfernt hatte dies noch mit Gutsein zu tun, zumindest war es eine Hilfsaktion. Sie erhielt ein angemessenes Jahresgehalt dafür. Dafür opferte sie die langerhoffte Wende. Solche Opfervorgänge waren ihr geläufig: es lief darauf hinaus, daß sie wieder einmal kapitulierte, wie schon gelegentlich früher: es wäre nicht intelligent gewesen, die Chance auszuschlagen.

E. Schincke

I

Eberhard Schincke ließ sich, achtundvierzigjährig, in den ersten Jahren, die auf 1933 folgten, von Hitler täuschen. Er hatte das Buch »Deutscher Geist in Gefahr« gelesen, aber er glaubte in der nationalsozialistischen Bewegung einen idealen Kern zu sehen, den der Verfasser jenes Buches nicht sah. Schincke war gegen die Aristokratie des Geistes eingenommen. Er führte als Oberstudiendirektor die Domschule der kleinen Stadt S. Seine Kollegen und untergebenen Studienräte Reh, Mortchen, Neumann standen rechts von den Nationalsozialisten. Die anderen Kollegen wählten Staatspartei. Schincke neigte instinktiv eher zu den Nationalsozialisten als zu den Standpunkten der Kollegen. Er dachte, wie Nietzsche es uns gelehrt hat, nicht nur mit dem Kopf, sondern mit allen Sinnen, wie man ja auch ein Wort mit vielen Sinnen erspürt, wie man eine Frau, die man umfangen hält, auch nicht als Abstraktum empfindet. Natürlich empfand gerade die verfeinerte Wahrnehmungskraft Schinckes die Marschkolonnen in den Straßen als Störung, aber das war nicht das Wesen, sondern der Ausdruck der Bewegung. Andererseits mußte auch Schincke in seiner beleibten, elefantenartigen Gestalt, seiner etwas schlaffen und die Schultern hängenlassenden Haltung, wenn er saß, der SA unangenehm auffallen, obwohl gerade diese Abweichung vom üblichen Standard auf germanischem Erbgut beruhte, denn zu den ältesten germanischen Sprüchen gehört der Satz, daß ein wirklich starker Mann träge ist. Es kam eines Abends zu einer gefährlichen Situation, als Braunhemden ihm auflauerten. Andererseits handelte es sich hier aber offenbar um ein Mißverständnis, das am folgenden Tage aufgeklärt werden konnte. Schincke erhoffte sich etwas Unbestimmtes von dieser Bewegung, das Ausbrechen einer zweiten Romantik, die sich nicht auf eine kleine gebildete Schicht beschränkte, sondern die Massen an ihren Glücksgütern beteiligte. Er sah ein, daß diese Massen für eine Entfaltung eigener Qualität vielleicht nicht geeignet waren, aber schon eine Freiluftaufführung der »Meistersinger« Ende 1933 vor dem Domportal unter großer Beteiligung der Einwohner, die in der Pause Würstchen brieten, versöhnte ihn wieder und ließ ihn einen hoffnungsvollen Schauer spüren, da jetzt gewissermaßen die Oper auf die Welt herunterstieg und das aktuelle Leben die Bedeutung erhielt, die es auf der Bühne hatte. In dieser Seelenverfassung heiratete er 1934. Er sah zwar inzwischen, daß die Provinz Provinz blieb, auch wenn sie jetzt ihre Maße vergrößerte. Er war zugleich hoffnungsvoll und mißtrauisch, ob die anfängliche Bewegung nicht in Wirklichkeit eher die bestehenden engen Verhältnisse endgültig festlegte, aber es war nicht seine Art, etwas, das ihn im Augenblick nicht unmittelbar behelligte, anzuklagen. Es gehörte schon ein starker Reiz dazu, ihn und seinen schweren Leib gegen die gesamte Umgebung, von der er schließlich lebte – und das Dritte Reich umfaßte wie ein Hegelscher Begriff alles –, in Bewegung zu setzen. Wie die großen Demokratien der Neuzeit oder wie manche großen Gelehrten des 19. Jh. war er schwer in Ärger zu versetzen und gegen etwas einzunehmen. Kollege Neumann war jederzeit bereit, sich aufzuregen. Die Professoren, die sich an der Universität über die Nationalsozialisten aufregten, waren unangenehmer als die Nationalsozialisten. Schincke befand sich in einem ruhigen Fluß mit großen Inseln des Verstandes und der Sinne, auf denen er hinsegelte, weitgehend wohlwollend gegen die vorbeilaufende Landschaft.

Er hatte im Jahr 1934 gar keine Lust, sich gegen etwas zu wenden, das ihn nicht unmittelbar bedrohte, wenn es ihn nur am Rande belästigte. Er war mit einer Reihe von Nationalsozialisten eng befreundet, in denen er die Modelle vor sich sah, die die Zukunft bestimmen würden. Auch der neue kulturpolitische Kurs des Ministers Rust, der selbst Philologe war, wirkte sich für ihn und die Schule günstig aus. Die klassische Sektion des für den ganzen Regierungsbezirk eingerichteten Geschichtsvereins, deren Vorsitz Schincke führte, erhielt jetzt erhebliche Mittel, so daß man aufhören konnte, bloß zu dilettieren. Schincke untersuchte seit einigen Jahren die Bildungsreform des großen Karl. Es war nicht bloß Desorientiertheit, daß er sich mit diesem entlegenen Stoff befaßte. Er glaubte deutlich zu sehen, wie hier im Viergestirn Karl, Alkuin, Theodulf und Arn ein Bildungszentrum entstand, von dem schon dreißig Jahre später nur noch die Versteinerungen übriggeblieben waren. Das kurze Leben dieser kostbaren Pflanze Bildung wollte er literarisch einfangen und ihre Lebensgesetze beschreiben. Wie in einer moralischen Geschichtsschreibung der Antike bot sich die Geschichte des Niedergangs der Bildung in dreißig Jahren zur Darstellung an. Andererseits reizte die Entstehung von Bildung aus dem Nichts – denn was gab es wohl vorher an Bildung im barbarischen Franken? Darüber wollte er einen Essay schreiben. Selbstverständlich hätte er seine Gedanken auch an Stoffen der Gegenwart entwickeln können, aber dazu fühlte er sich nicht ausgebildet. Er hätte auch gefürchtet, durch seine Gedanken eine noch lebendige Bildung zu stören. Insofern zog er es vor, seine Gedanken an einem Beispiel zu entwickeln, an dem nichts mehr zu zerstören war. Hinzu kam eine in langen Studien erworbene Abneigung gegen die Aktualität, ein Verbot, an dessen Verbindlichkeit er nicht glaubte, das er aber doch einhielt. Schincke erhielt jetzt für seine Forschungen einen Assistenten zugeteilt; die Schule erhielt einen Turnsaal, der sich auch als Musiksaal benutzen ließ. Später wurde der Assistent allerdings wieder abberufen. Die günstigen Stellungnahmen der Regierung für klassische Philologie und Mittelalterforschung erwiesen sich als Bestandteil des alten Kalmierungsprogramms: daß der Geist sich mit antiker oder mittelalterlicher Geschichte befassen soll, weil das ungefährlicher ist als die Zuwendung zur Gegenwart. Seit der Jahreswende 1935/36 ließ sich Schincke von der Bewegung nicht mehr täuschen und nicht mehr weiter verführen. Aber was sollte er tun? Man könnte als Kontrast zu seiner Gleichmütigkeit im allgemeinen sagen, daß er, einmal gereizt, wirklich gefährlich sei. Aber was nützt diese Gefährlichkeit ohne Waffen? Er konnte schließlich das, was ihn reizte, nicht prügeln, und das, was er in sein Tagebuch schrieb, las keiner. In den Osterferien 1936 absolvierte er die letzten Pflichtübungen als Hauptmann der Reserve. Er brachte diese Zeit frierend und mit Magenverstimmungen kämpfend hinter sich. Bei der Abschiedsparade der an der Übung beteiligten Regimenter im Vorfeld der Stadt Qu. stand er seitlich von General v. Witzleben. Einer nach dem anderen verließen die paradierenden Regimentskommandeure ihre Posten vor den anrückenden Kolonnen, sprengten im Halbbogen zum Befehlshaber und meldeten. Der Oberst F. bekam sein Pferd, das sich dem Trott der übrigen Offizierspferde angepaßt hatte, zunächst nicht in Gang, bei der Meldung wurde er von dem General erkältend abgefertigt. Schincke fror während dieser Prozedur auf dem weiten Übungsfeld, über das der Wind sich ungehindert bewegte, wie alle anderen auf einem großen Pferd sitzend, nur behelfsmäßig auf die Strapazen eingerichtet. Er glaubte nicht, daß er diesen schrecklichen Tag je wieder vergessen würde. Er sah sich diese Übung an und glaubte schon nicht mehr an den Sieg der Nationalsozialisten.

Im Rest-April und Mai kamen Reisen und Instruktionsfahrten, die Schincke als Beauftragter des Direktorenkreises und der Bezirksregierung zu unternehmen hatte; im Juni wurde er mit der Reorganisation der Seminarausbildung für den Lehrernachwuchs befaßt. Im Juli war ein kompliziertes Beleidigungsverfahren zwischen mehreren Mitgliedern des Lehrkörpers zu verhindern; eine innere Krise des Lehrkörpers, der durch den nötigen Anpassungsprozeß an die neue Zeit überfordert war. Seine Forschungen nahmen Schincke im August in Anspruch. Im September erhielt er einen Lehrauftrag an die benachbarte Universität; daneben erhielt er die Zuständigkeit zur Reorganisation neugeschaffener Nachwuchsausbildungslager. Was hätte er tun können? Er war nicht ausgebildet, ein fait accompli, wie das Dritte Reich, zum Gegner zu haben. Während der einander ablösenden Tätigkeiten des Jahres, wenn es sich um Schüler gehandelt hätte, hätte man von Beschäftigungstherapie gesprochen, bewegten sich Schinckes Gedanken weiterhin in ruhigem Fluß. Die Summe der kleinen Irritationen und Beobachtungen führte aber unterhalb dieses Flusses zu einer plötzlich ausbrechenden Antipathie gegen die Bewegung, der er bis dahin vertraut hatte. Viele der nationalsozialistischen Kollegen und Universitätslehrer erwiesen sich jetzt als kaltgestellt. Er hatte noch die Hoffnung, daß die Wende von 1933 auf qualifizierter Ebene nochmals wiederkommen könnte, wenn z. B. die Ablenkung Hitlers durch die Außenpolitik ein Ende fand, aber er wurde inzwischen schon immer mehr ein Feind der Träger dieser neuen Ordnung. Er las Fragmente aus »Lotte in Weimar«, die aus der Schweiz hereingebracht wurden, und sammelte Vernunftgründe für das Versagen der nationalsozialistischen Revolution, die in einen Turn- und Patriotenstaat einmündete. Er las viel im Nietzsche. Alles dies spielte sich naturgemäß im reinen Geiste ab. Niemand erfuhr etwas von seiner geänderten Einstellung. Er war nicht schwatzsüchtig. Mit seiner jungen Frau sprach er darüber, aber auf sie konnte er sich verlassen. Schincke war in der Trennung von Idee und Wirklichkeit aufgewachsen. Er konnte lange Zeit mit mentalen Vorbehalten auskommen. Der geistige Mensch lebt in der Vergangenheit und der Zukunft genauso wie in der Gegenwart, und die Gegenwart ist für ihn auch das, was in der Gegenwart unmöglich ist, was von der Gegenwart gewissermaßen erschlagen worden ist; er kann also auch mit einer ungeborenen Gegenwart leben, aber dies setzt voraus, daß die Trennung zwischen privat und dienstlich eingehalten wird. Das System der Kanalisierung von Eigentlichem und Wirklichem, sein altes Rezept, funktionierte aber nicht bei der ständigen Vermischung aller Lebenssphären unter diesem System. Im allgemeinen billigte Schincke sogar diese Eigenschaft des neuen Systems, weil er es natürlich richtig fand, daß das Lügen schwer und die Wahrheit leichtgemacht wird, währenddessen wuchs aber seine Allergie gegen die Einzelheiten dieser Praxis. An dem jährlichen Rhythmus der Tagungen und Beauftragungen, bei denen er als ein großes philologisches Tier bestaunt wurde, fand er immer weniger Gefallen. Er bewältigte auch nicht das Massenproblem. Früher hatte er mit dem kleinen Kreis seiner Schule zu tun, jetzt beschäftigte er sich mit Hunderten von Nationalsozialisten und Nichtnationalsozialisten, die er nicht lieben konnte, weil er sie praktisch kaum kannte. Seine Frau verstand nicht, weshalb er die Trennung zwischen seinen tatsächlichen Funktionen und seinen Empfindungen aufrechterhielt. Sie wäre dafür gewesen – wie sie grundsätzlich für die Einheit der Person war –, die Empfindungen allmählich an die Tätigkeiten anzugleichen, was sie ja anfangs schon einmal gewesen waren. Sie meinte, er müßte sich mehr Mühe geben mit seinen Gefühlen. Da sich die Wirklichkeit, wie sie sah, nicht ändern ließ, plädierte sie dafür, die Ideen anzupassen. Schinckes Ideen aber waren fest verankert, mit vielen Textstellen abgesichert und von einem präzisen und sicheren Geschmack bestimmt, auf den er keinen Einfluß zu haben behauptete. Der Zwiespalt zwischen innen und außen, der sich nicht aufrechterhalten und nicht beseitigen ließ, quälte ihn physisch. Er hätte Lust gehabt, krank zu werden. Er war überfordert. Aber er wurde nicht krank, sondern statt dessen nachlässig. Wie die alten Herren, über deren wortreiche Gegnerschaft zum System er sich mokierte, wurde er schwatzhaft.

Im Winter 1941 wurde Schincke wegen politischer Äußerungen über den Kriegsausgang seines Postens enthoben. Vor dem Gefängnis bewahrten ihn seine nationalsozialistischen Freunde außerhalb von S., deren Einfluß dafür gerade noch reichte. Die Kollegen Neumann, Reh und Wirth schnitten ihn öffentlich, sobald die Amtsentsetzung bekanntgeworden war. Neumann wurde sein Nachfolger. In der klassischen Sektion des Geschichtsvereins wurde er abgewählt. In dieser Zeit wurde sein und seiner Frau engster Freund G., der als Bühnenbildner am städtischen Theater tätig war, zwangsweise eingezogen, d. h., die Polizei holte ihn aus der Wohnung, nachdem er vergeblich aus der Stadt zu fliehen versucht hatte. Es war unmöglich, daß G., der abartig veranlagt war, die dauernde physische Nähe roher, normaler, teils stinkender Männer ertragen könnte. Wenige Wochen nach seiner Einverleibung in die Armee erlitt er einen Nervenzusammenbruch. Er lag im Lazarett der Stadt Dresden. Die Ärzte hielten den Zusammenbruch für Simulation, und als G. aus dem Lazarett zu fliehen versuchte, wurde er wegen Fahnenflucht zum Tode verurteilt und erschossen. Seine Frau, Busenfreundin von Frau Schincke, nahm Gift, als sie von diesem Ergebnis erfuhr, nachdem sie hastige Reisen unternommen hatte, um den Mann doch noch zu retten. Diese Wochen, in denen es nicht gelang, den Freund zu retten, führten zu einer vorübergehenden Trennung Schinckes von seiner Frau, die nicht an die vollkommene Machtlosigkeit ihres Mannes glauben wollte oder vielmehr – sie ließ sich selten von nur einem Motiv bestimmen – einen Mann, der mit einem gigantischen Aufwand an täglicher Hirntätigkeit seit Jahren in einem solchen Ernstfall nichts erreichen konnte, auch nicht lieben wollte. Sie reiste zur Kur nach Karlsbad, kam aber nach einem halben Jahr schwanger von einem Nachrichtenoffizier wieder. Die Eheleute einigten sich auf eine Abtreibung und lebten nach dem Eingriff wieder zusammen in der Villa vor der Stadt. Schincke lebte ausschließlich von seiner Pension und den zugeteilten Marken. Er war auf eine gewisse Großzügigkeit in seinem Lebensstil angewiesen, da er früher nie wirklich arm gewesen war. Er konnte nicht wie ein Oberlehrer dahinvegetieren. Er wäre jetzt gern zur Front gegangen, aber sein Antrag wurde vom zuständigen Oberstleutnant, der ihn nicht mochte und ihn, wie die gesamte Oberschicht der Stadt, schnitt, im Hinblick auf seinen schlechten körperlichen Zustand zurückgewiesen. Zur Industrie hatte Schincke keine Beziehungen. Die Ortsgruppenleitung deckte ihn mit untergeordneten Einsatzaufträgen, wie Lebensmittelkartenausgaben und Warenkontrollen, ein. Alle vier Wochen saß er an der Lebensmittelkartenausgabestelle am Pranger. Er wollte sich vom Hausarzt krank schreiben lassen, aber der Arzt weigerte sich, ihm irgendeine Bescheinigung auszustellen. Zeitweilig hatte er Hungergefühle, sein großer Körper verbrauchte große Nahrungsmengen. Die Luftschutzdiensteinsätze, zu denen er als ein beschäftigungsloser Mann bevorzugt eingesetzt wurde, ließen ihn nicht zum Schlafen kommen.

Er war in einem Zustand, daß er angefangen hätte zu weinen, wenn ihn jemand unerwartet angesprochen hätte. Er glaubte schon gar nicht mehr daran, daß dieses Elend einmal aufhören könnte. Er hatte den Kopf voller Sabotagegedanken und nahm sich vor, bei der nächsten Provokation die Arbeit zu verweigern und sich aburteilen zu lassen. Die Verachtung, die er von allen Seiten zu spüren bekam, schwächte ihn und machte ihn unfähig, privat an seinen Forschungen zu arbeiten. Er glaubte an keinen Erfolg. Der 20. Juli und die auf die Ereignisse folgenden Erschießungen erschreckten ihn. Er hätte es nie für möglich gehalten, daß man es wagen konnte, so hochgestellte Hochverräter zu töten. Er bezog die Verfolgungsmaßnahmen auch auf sich, obwohl er seit 1941 immer vorsichtig gewesen war, und hatte Angst, mit dem Widerstand verwechselt zu werden; er konnte sich zu keiner Aktivität aufraffen. Seine Frau hielt es nicht bei ihm aus und war wieder in Karlsbad.

Er war durch die Untätigkeit und durch das Gefühl, allmählich als alter Mann zu gelten, so zermürbt, daß er den Luftangriff, der im März 1945 endlich auch die Stadt S. erfaßte, als einen wohltuenden Bruch des auf ihm liegenden Banns empfand. Auch in der Nähe von Schinckes Villa fielen Bomben. Noch vor Beendigung des Angriffs tauchte Schincke aus seinem Keller auf; er sah noch eine Gruppe Flugzeuge im Abflug. Er lief, nachdem er sich kurz für sein Haus, das unbehelligt war, interessiert hatte, die zerzauste Kastanienallee entlang auf die Stadt zu. Am Stadteingang lotsten Angehörige der Partei die Fliehenden aus der Stadt. Die Garnison hatte die Kasernen verlassen und hielt die verrauchten Straßenkreuzungen, die mit Steinblöcken und Splittern übersät waren und von denen man in die brennenden Häuserzeilen der Querstraßen ein Stück hineinsehen konnte, besetzt. Wie bei einem Verkehrsunfall standen hier Zuschauer. Aus dem Rauch, gefährdet durch die brennenden Fassaden, die jeden Augenblick einstürzen konnten, eilten Einwohner, die Eingemachtes trugen, zu den Kreuzungen. Von Kreuzung zu Kreuzung bewegte sich Schincke auf seine alte Schule zu. Von dem kühlen großen Steingewölbe der Schule, von dem er sich nicht denken konnte, daß es zerstört sein könnte, erhoffte er sich Schutz vor der hier fast unerträglichen Hitze. Die Schule war von Bomben getroffen, aber nur teilweise zerstört worden. Die Schüler, die der Angriff während des Unterrichts überrascht hatte, warteten auf dem Schulhof auf die Dispositionen der Schulleitung. Die Schulleitung war noch unentschlossen. Neumann überdeckte diese Unentschlossenheit durch Aktivität. Es gab keine intakte Telefonverbindung, so daß Weisungen der Schulaufsicht nicht eingeholt werden konnten. Später brachten Boten einen Evakuierungsauftrag des Oberbürger meisters für die gesamte Schule, da die Kinder in der Stadt nicht bleiben konnten. Aus der Unterstadt, die aus mittelalterlichen Fachwerkbauten bestand, kam eine breite Feuerwand auf den Domplatz zu. Feuerwehrleute befanden sich auf dem Rückzug über den Domplatz in Richtung auf die Schule, in der sie ein Hauptquartier einzurichten versuchten. Von Soldaten gesteuerte Lastwagen erschienen auf dem Schulhof, die Befehl hatten, die Schüler abzutransportieren. Es hieß, daß im Paulskirchenbunker zweihundert Menschen verschüttet seien. Der Schulleiter Neumann erteilte den Soldaten, die sich bei ihm meldeten, Weisungen und teilte die Schüler für den Transport ein.

Schincke war glücklich, als er, der hier zunächst nur als Zuschauer und aus Anhänglichkeit an seine alte Schule erschienen war, für einen Transport miteingeteilt wurde. Dies schien ihm gewissermaßen nach den trostlosen Jahren der Verbannung ein Moment nationaler Einheit in der Stunde der Not, eine Beschwörung von 1806; daß er nichts mehr für diese Leute tun wollte, vergaß er in diesem Augenblick. Neumann erteilte ihm Aufträge, teilte ihm einen Gefreiten sowie einen Fahrer zu, mit deren Hilfe er zwei Klassen Schüler auf Lastwagen zu einem bestimmten Treffpunkt transportieren sollte. Es gelang Schincke dank der genauen Kenntnis der Stadt, die Wagenkolonne aus der zerstörten Stadt auf einem Sandweg am Fluß herauszuleiten.

In der hereinbrechenden Nacht fuhr Schincke jedoch in die Irre. Sein Transport traf am verabredeten Ort nicht ein, an dem sich die Schule sammeln und weitere Befehle entgegennehmen sollte. An einem ihm selbst unbekannten Ort ließ er halten, in unmittelbarer Nähe einer Scheune, keine Ortschaft in Sichtweite; die nicht näher beschilderte Landstraße führte einige hundert Meter entfernt an dieser Scheune vorbei, ein Feldweg verband Straße und Scheune. Nachdem Schincke mit seinen Schülern die Nacht in der Scheune verbracht hatte, fehlte ihm am Morgen jede Lust, die Irrfahrt nachträglich zu berichtigen. Er wollte das Leben der Jahre 1941 bis 1944 auf keinen Fall wiederaufnehmen. Er war nicht bereit, noch einen Finger für dieses scheußliche Leben der letzten Jahre zu rühren.

II

Soeben kommt mein Freund Carlton zurück. Ich habe den Lastwagen den Feldweg zur Scheune heraufkommen hören. Er redet draußen mit den Jungen. Ich werde nicht hinausgehen. Was sollte ich sagen? Ich könnte nur sagen, daß ich mich über die beiderseitige Annäherung freue, und käme mir dabei vor wie meine Frau, wenn sie die Leute, in die sie verliebt ist, verkuppelt.
Ich habe mich Carlton gestern anvertraut. Es macht mich trunken, wenn er den Kopf zu mir senkt, sein Ohr zu mir hinhält.

Von einem Reserveoffizier nimmt man an, daß er Karten lesen kann, aber ich war immer in erster Linie Pädagoge, und wenn man das hätte sein können, ohne zugleich Reserveoffizier zu sein, hätte ich ganz gewiß auf die jährlichen Übungen verzichtet. Jedenfalls habe ich nie viel vom Kartenlesen verstanden; ein Faktum, das uns jetzt zu einem ganz anderen Ziel geführt hat, als geplant war. Wenn es nicht so absurd wäre, würde ich sagen, daß wir mit dieser Fehldisposition aus dem Geschehen ausgeschieden sind.

Carlton war auch sofort einverstanden. Er stellte ein paar Fragen, auf die ich mich hungrig stürzte, aber die Fragen waren schnell erledigt: Ich hatte Fragen erwartet, die mir die Realität meines Planes bestätigt hätten. Ich faßte die Fragen aber zu unvorsichtig an (Breiteller im Eifer umgeworfen). Carlton ließ sich durch meinen Plan, der doch nur durch sein aufmerksames Zuhören so überzeugend ausfiel, täuschen. Er meinte, daß man nur von etwas Notwendigem so überzeugt sein könne und daß einer, der so viel für eine Sache anzuführen hat, auch selbst überzeugt sein müßte.

Ich habe so etwas noch nie erlebt. Aber ich möchte von den schrecklichen Ereignissen der letzten Tage nichts aufgeben. Der Luftangriff (in Hockstellung an die Kellerstufen gepreßt) – aber als ich durch die zerrissene Stadt auf meine alte Schule zulief, hatte ich vor allem die Idee, daß ich das alles meiner Frau erzählen könnte. Mein Gedanke, daß ein Unglück erst dann fürchterlich wird, wenn dieses Gefühl, durch die Ereignisse bereichert zu sein, nicht mehr möglich ist. Daher auch, sobald ich aus der unmittelbaren Gefahr heraus bin, die alte Langeweile, das alte Lied Erschöpfung, wenn ich aufs Land fahre. Die Langeweile schlägt über mir zusammen, sobald wir uns auf dem Landsitz eingerichtet haben. Schuld daran ist nicht das Land, sondern der Ortswechsel, bei dem ich die vertrauten Gewohnheiten zurücklassen muß. Halbe Pläne, schmerzende, verstümmelte Gedanken, Untätigkeit, bis sich wieder Gewohnheiten angesammelt haben, in die sich der Tageslauf einbetten läßt; ich hätte das nicht gedacht, daß auf die Todesnot der letzten Tage wieder nichts als die Not des Städters in der Landschaft folgt.

Mein schwerer Leib paßt in diese Tage nicht hinein. Zu viel Fläche, die nachts friert, nach meiner Frau trauert usf. Man muß sich schütteln, wie man eine Uhr schüttelt oder ein Radiogerät beklopft (in die Hand beißen), damit man einen Gedanken hat. Ein Mokka würde das tun oder ein erfrischendes Bad. Aber ich kann mich nicht unter die Pumpe stellen. Das Winterwasser wäre gleichbedeutend mit einer Erkältung. Ich hätte damit früher anfangen müssen, wie mein Kollege N., der sich im Winter das Eis aufhacken läßt und in das kalte Loch steigt. Aber Sinn hat das auch nicht, denn da die Abhärtung alle Kräfte meines Kollegen in Anspruch nimmt, bleibt es sich gleich, ob er sich abhärtet oder nicht.

Ich bin jetzt doch hinausgegangen und habe nachgesehen, was Carlton so lange zu reden hat. Ich verbarg meinen Ärger nicht, denn Carlton redete auf diese Jungen ein, die er meines Erachtens nur aufwiegelt und in die er Unruhe hineinträgt. Ich war enttäuscht, die Enttäuschung, daß er sich lieber mit den Jungen abgibt, die ihm nichts Neues erzählen können, als mit mir redet, der ihn über vieles unterrichten könnte! Ich fühlte mich verraten und einsam. Es ist die gleiche Vernichtungswut, mit der ich auf Gesellschaften mein Glas hinschmeiße und den Saal verlasse, weil ich meine Frau nicht sehe, aber irgendwo lachen höre. Ich höre deshalb die Stimme meiner Frau:»Aber was hast du denn? Sag doch, was du hast! Du bist so komisch usf . . .«
Nach einiger Zeit, ich harte seine Schritte draußen verfolgt, kam Carlton zu mir herein, setzte sich wohltuend neben mich. Ich blieb über mein schwaches Tischchen – aus fünf schmalen Brettern zusammengenagelt – gebeugt und arbeitete. Würde ich mich aufstützen, bräche es zusammen. In seiner Schwäche erinnert es an Desdemona, was wohl noch niemand von einem Tisch gesagt hat.

Die Flucht

Neumann zeigte mir die Richtung, in der die Lastwagen standen, und redete auf mich ein, über die Fahrtroute, die ich einhalten sollte und den Treffpunkt mit der übrigen Schule, aber ich war unfähig nach der unerwarteten Begrüßung und in der Furcht, daß das Gespräch gleich wieder abgebrochen würde, irgend etwas aufzunehmen. Einige Löschpersonen warteten hinter Neumann auf Befehle. Er hatte sie gesehen und tendierte zu ihnen hinüber. Mir gab er noch ein lieber Schincke mit auf den Weg, sein Charme klapperte. Er war nicht wirklich freundlich. Der starke Ausdruck, den er in sein Gesicht legte, war in der Eile ohne rechtes Maß und rutschte ihm über den Zweck hinaus, als er mich mit einer warmherzigen Grimasse wie einen warmen Bruder verabschiedete. Da das aber keinen Sinn hatte, stand das Lächeln ganz ohne Zusammenhang da, wie jener aus dem Sitz geratene Hut meiner Schwester auf der Beerdigung unserer Mutter. Die Schüler saßen bereits auf den Lastwagen, und die älteren, die mich noch kannten, riefen:»Churchill! Churchill!«, denn seit meiner Kaltstellung, die natürlich auch den Schülern nicht verborgen geblieben ist und von den Eltern diskutiert wurde, haben sie die Scheu verloren, mich bei dem Namen zu nennen, den ich von den Schülern irgendwann einmal bekommen habe. Ich fand mich durch die verschiedenen Fahrzeuge durch. Es waren Militärlastwagen, zwei Soldaten als mein Begleitpersonal: ein Fahrer, blasse Haarfarbe, sowie Carlton, der im Rang eines Gefreiten steht und den ich, als ich ihn zuerst sah, schon einmal gesehen zu haben glaubte, was sich aber als Irrtum herausstellte. Ich fragte ihn: Alles in Ordnung? Die Kleinen schienen mir übermüdet und überreizt, aber wohl zu aufgeregt, um zu schlafen. Jeder hatte zwei Decken bekommen. Ich sprach etwas mit ihnen, die sich gierig nach Worten nach diesen fürchterlichen Stunden über die Verschalung des Wagens beugten. Ich selbst setzte mich zwischen den Fahrer und den Gefreiten in das Führerhaus. Meine Kopflosigkeit, als die ersten Bomben fielen, stand mir wie ein warnendes rotes Licht vor Augen. Es macht mich fassungslos, wenn mir jemand gehorcht. Da ich mit meiner Mutter, die nicht befehlen kann, aufgewachsen bin, bin ich gewohnt, freiwillig zuzuhören und zu tun, was man von mir verlangt. Es bringt mich durcheinander, wenn ich mich in der Rolle dessen finde, der die Befehle erteilen soll. Ich hatte den Fahrer im Verdacht, daß er aus Bequemlichkeit einen falschen Weg einschlagen würde. Nach meinem Eindruck wollte er, in der Hoffnung, einen näheren Weg zu unserem Ziel zu finden, unabhängig von der Karte vorgehen. Mit einem Wortwechsel zwischen ihm und Carlton war ich nicht mitgekommen, hatte aber so viel verstanden, daß sie sich – möglicherweise über die Fahrtrichtung – uneinig waren. Ich griff deshalb ein, als der Fahrer von der Straße abbiegen wollte, und befahl ihm, geradeaus weiterzufahren. Die Straße, auf der wir uns befanden, kam mir bekannt vor, und da die beiden Militärs schwiegen, war mir das eine Bestätigung meines Verdachtes. Später sah ich ein, daß wir uns verfahren hatten. Das war meine Schuld. Ich dachte daran, mich Carlton anzuvertrauen. Aber der verstand unter dem Rattern des Motors in diesem Führerhaus kein Wort von dem, was ich sagte, und ließ halten, so daß ich den Kopf verlor und bat, man sollte um Gottes willen weiterfahren.

Hungrig, ohne Mittagsschlaf: ich fror und war wie betäubt von so viel Geschehen ohne ein Wort. Meine Nerven machten einen Heidenkrach, der nicht zu trennen war von dem unerträglichen Lärm des Motors. Mein an diesem Tag frischgewonnener Vorrat von Elan und Sympathie (mit der man die Dinge anwärmt, bevor sie in den Kopf kommen) war verbraucht. Ich suchte mich an irgend etwas Wärmendes zu erinnern, aber die Erinnerungen waren weggesickert. Ich sah stumpfsinnig auf die dichtbehaarten Arme meiner Mitfahrer – das Fell der Tiere: der Vorrat an Energie, mit der wir die Dinge anwärmen, bevor sie in den Kopf kommen. Wir konnten nicht endlos so weiterfahren. Ich sagte deshalb:

– Es könnte sein, daß sich das Fahrtziel ändert. Ich sage Ihnen dann Bescheid.

– Wohin, wissen Sie noch nicht?

– Doch, aber ich muß noch sehen, antwortete ich.

Später erwies sich die Scheune als unser Fahrtziel. Ich war nicht sicher, daß sich der Fahrer nach meinen Fahranweisungen richtete. Fahrer und Beifahrer hielten nach einem vorläufigen Quartier in der Nähe der Straße Ausschau. In der Lage, in der ich mich befand, lag mir indessen auch nicht an Präzision, und ich drückte mich bewußt unbestimmt aus, wie man einen falschen Gedanken, von dem man vermutet, daß er falsch ist, zunächst dadurch korrigiert, daß man ihn undeutlich ausspricht. Der Fahrer mit dem farblosen Haar und den langweilig blassen Augen erinnerte mich an einen Geiger, den ich aus der Studentenzeit kannte. Ich hatte in einem Konzert in der ersten Reihe Platz genommen, in der sonst niemand saß, um der Musik näher zu sein. Er, aus der letzten Reihe der Geiger: Ich würde mich noch näher heransetzen! Er sagte das so lange, bis ich mich in eine der rückwärtigen Reihen setzte. Ich hatte Sorge, daß mein Kopf, wenn ich einschlief, nach der Seite des Fahrers herabsinken und, wenn er auf seiner Schulter lag, ein ganz unzutreffendes Bild von Vertrautheit geben könnte. Darüber bin ich fest eingeschlafen.

III

Gegen Morgen wird es in der Scheune kalt, und als ich meine Decken im Halbschlaf noch einmal zusammenraffe, stoße ich auf der Seite an den schlafwarmen Körper meiner Frau. Ich rolle mich hinüber, wunderte mich, daß ich ihre Brust nicht fand, und sehe dann in die Augen des Kleinen, der mich entsetzt anstarrt.

Irgend etwas habe ich gesagt, was den Bann brach. Man braucht nur mit einem Wort anzutupfen, und die Gedanken in diesen Köpfen fallen zu neuen Figuren auseinander.

Ich war heftig erschrocken, denn diese Kinder haben schon ganz die unmenschlichen Eigenschaften der Erwachsenen; dieses Eisigwerden, wenn man an eine verbotene Zone streift, man ist unter diesem entsetzten Blick schuldig und nicht nur dieser Berührung, sondern irgendwelcher viel schlimmerer Dinge.

Ich war an diesem Morgen, da ich infolge der Aufregung keine Verdauung hatte (ich hatte nur eine symbolische Zeit abgesessen, damit ich mich nicht von den anderen unterschied), wieder sehr unglücklich. Ich glaubte einem Gespräch entnehmen zu können, daß die Kleinen an meinem Waschkabinett, das ich mir in der Ecke der Scheune abgeteilt hatte, Anstoß nahmen. Ich brauche diese letzte private Zuflucht. Wir können unsere Privatgewohnheiten nicht rückhaltlos aufdecken, weil wir sonst gar nicht bestehen könnten und die Nachsicht, die mir z. B. Carlton entgegenbringt, dann nicht hilft, wenn z. B. offenbar wird, daß wir uns in dieser Kälte nicht regelmäßig waschen oder daß wir die Neigungen der anderen nicht teilen und dafür anderen Leidenschaften nachgehen. Bei diesem Hadern, das die körperliche Morgenindisposition be-

gleitet, ist der Wille stark engagiert. Er hat die Rolle einer Polizei, die den Delinquenten an die Menge, die ihn lynchen will, ausliefert. So schlug ich mich
mit der Vorstellung herum, daß ein Schüler aus der Abiturklasse mich unter
dem Gejohle der Klasse ins Gesicht geschlagen habe. Ich grübelte über diesen
fiktiven Fall, der aber nur etwa die Schaumkrone auf der unruhig gehenden
See war, als Neumann eintraf.

Ich sah Neumann auf meinem Morgenweg, als er von der Straße einbog, und
versuchte ihn aufzuhalten, um ihn nicht in unser Lager zu lassen, weil die Gefahr bestand, daß die Schüler uns hörten. Aber er hatte sich die Scheune (wahrscheinlich schon aus der Ferne, wenn nicht überhaupt bei Antritt der Reise) so
als Ziel vorgestellt, daß er nicht aufzuhalten war und auch nichts sprechen
wollte, außer der kurzen Grußformel, die mir, der ich neben ihm herlief mit
meiner viel geringeren Schrittlänge, nicht so unfreundlich schien, wie ich es erwartet hatte. Aber auf diesen Eindruck war aus mehreren Gründen kein Verlaß, u. a. deshalb nicht, weil Neumann mir durch sein schweigendes Aus-
schreiten zu verstehen gab, daß er erst bei der Scheune »da« sei, daß er dieses
außerhalb des Programms liegende Zusammentreffen als zufällig ansehe. Es
hatte äußerster Organisation bedurft, um unseren Verbleib zu erfahren. Er
hatte sich das Ziel, uns zu erreichen, vor Antritt des Termitenmarsches vorge-
steckt; ein Marsch, der nur auszuführen war bei einer Ausführung ohne Gedanken. Zum Glück war N. von der Strapaze erschöpft.

Ein Zug, mit dem er bis in die Nähe gereist ist, wurde von Jagdbombern in
Brand geschossen (wie man von einem Feldherrn sagt: Drei Pferde sind ihm
unter dem Leib totgeschossen worden).

Ich hatte meinen Willen weitgehend ausgelagert. Ich war eigentlich nicht bereit, Neumann nachzugeben. Er machte mir Vorwürfe, daß ich an dem verabredeten Treffpunkt nicht erschienen war. Nachdem er aber am Tage des Angriffs mit mir wieder wie mit einem Menschen gesprochen hatte, konnte er die
Verachtung nicht zeigen, die er nach meiner Amtsenthebung an den Tag gelegt
hatte. Neumann ist ein hagerer, braungebrannter Mann, die Haut im Gesicht
und am Hals ist mit Rillen durchsetzt und bildet harte steife Falten, also befindet sich offenbar doch Fett unter der Haut, denn Muskeln können das nicht
sein; aber es ist sehr diszipliniertes Fett, gewissermaßen kein träumerisches
Fett. Ich behaupte immer, daß ich sehen kann, wie meine Frau denkt: sie denkt
mit ihren Schultern, ihren Armen, ihrem ganzen Körper. Das ist es, was N.
fehlt. Er zerlöchert mit der seinem Kopf entspringenden Logik seine Umgebung, aber er erfaßt sie nicht. Meine Ungeschicklichkeit hätte er noch verziehen; daß ich grundsätzlich nicht bereit bin, diesen Ort wieder zu verlassen, verstand er nicht. Ich versuchte ihn durch ein Gespräch über die Frontaussichten

an der Oder und am Rhein abzulenken. Er mußte zugeben, daß die Oder-Front wahrscheinlich bereits zusammengebrochen sei. N. versuchte, dieses Gespräch, das ich wie ein Netz über ihn geworfen hatte, abzustreifen, aber das Thema war gut gewählt. Es sind immer wieder die zauberischen Worte, die meine besten Waffen sind; Waffen, die auch bei einem N. nicht versagen, der den Reiz der Worte nur halb empfinden kann. Lieber spräche er in Symbolen, aber in Symbolen könnte ich ihn nicht verstricken. Später nahm ich gekräftigt nochmals das Gespräch über unsere Evakuierung auf. Ich stützte mich darauf, daß wir hier zunächst einmal sicher waren. N. mußte mir zugeben, daß die am Treffpunkt gesammelten Schüler bereits durch Listen erfaßt, ihr Lagerort allen Behörden bekannt und mit großer Wahrscheinlichkeit ein Schanzeinsatz zu erwarten war. Ich führte noch viele weitere Gründe für meinen Standpunkt an, die vielleicht nicht ganz so schlüssig waren. Ich konnte schon deshalb nicht nachgeben, weil ich eine strenge Bestrafung und eine Anzeige durch N. auch dann verwirkt hatte, wenn ich jetzt nachgab. Wie Wallenstein war ich schon zu weit gegangen, in einer Art Trunkenheit, in die mich der Sieg über diesen Mann versetzte, der mich vier Jahre lang gequält hatte und sich jetzt als unfähig in einem einfachen Dialog erwies. Ich führte meinen Großvater an, der sich, als seine Kraft zu anderem nicht mehr reichte, Schafe aufzog. Er lebte für sie, stampfte die Kartoffeln für sie, schälte die häßlichen Stellen aus den Kartoffeln aus, bevor er sie verfütterte, später schlachtete er die Schafe. Weiter: daß man die Schüler pflegen müßte wie eine kostbare Baumschule – eine seltene Pflanze – und sie nicht der Vernichtung aussetzen dürfe, denn selten sei jeder Schüler, auch wenn sie im wesentlichen gleich aussähen. Es sei lediglich die Unfähigkeit der Lehrer, daß sie gleich aussähen. Das wollte er mir nicht glauben. Ich griff ihn an einer anderen Stelle an: Nach Luthers Tod sollte in Dresden die traditionelle Teufelsaustreibung bei der Taufe abgeschafft werden. Ein Fleischermeister stellte sich in den Rücken des Pfarrers und drohte, ihn mit dem Beil zu erschlagen, wenn er seinem Söhnchen nicht den Teufel austreibe. Neumann hielt dieses Beispiel für nichtssagend, denn die Vernunft sei im Endeffekt gegen die Teufelsaustreibung. Wenn der Fleischer dahintersteht, nicht, antwortete ich. Carlton kam immer noch nicht. Ich schickte nach ihm. Bis zuletzt glaubte ich, daß die Entscheidung auf dem Feld der Argumente fallen würde. Aber N. hatte sich ein Bild gemacht: er glaubt, daß ich nicht zum Volkssturm will. Ich habe ihn durch Carlton zu der Bahnstation fahren lassen, die immerhin viele Kilometer von uns entfernt ist, und N. eine Flasche Kognak zugesteckt, mit der ich freilich mehr hätte anfangen können als er, der sie doch nur verschenken wird.

Ich streifte noch eine Zeitlang, unruhig gemacht durch das Gespräch, umher. Jetzt, da ich es ohne Gefahr für die Sache tun kann, finde ich die Haltung Neumanns bewunderungswürdig. Meine Gedanken passen selten auf das, was ich sagen will. Es ist wie bei den polnischen Bergarbeiterfamilien, die sich auf der langen Reise von ihrem Vaterland bis zum Rheinland so vermehren, daß die vorbereiteten Häuser für die Familien nicht mehr passen, so passen meine Vergleiche schon nicht mehr, die eben noch paßten, auf die sprungartig sich vermehrenden Gedanken. Achtung vor der Humanität und der Wissenschaft hindert Leute wie Carlton oder N., diese spärlich gestützten Gedankengebäude, die wir ihnen anbieten können, mit einem leichten Stoß umzustürzen. Es sind auch keine Gedankengebäude, sondern Geheimzeichen, die sich wie Unsinn anhören, bald wieder deute ich sie anders: als Echolotzeichen, mit denen ich das, was ich meine, erst erforsche.

Meine Liebe,

ich hoffe, Du stellst in Karlsbad nicht zuviel Unfug an. Ich sage das nicht, weil Du meine Frau bist, denn ein solcher Gesichtspunkt hat in der jetzigen Unruhe kein besonderes Gewicht. Ich will auch nicht das, was moralisch veraltet ist, jetzt biologisch einkleiden: daß es gesünder wäre und der Haut besser bekäme, wenn Du Zurückhaltung übtest. Ach, es hat keinen Sinn, daß ich Dir das sage. Ich ertrage die Entfernung nicht, die zwischen uns liegt. Die angeblichen Gefahren, die Dir drohen und die meine Eifersucht erfindet, sind Mammute. Warum mußtest Du noch einmal in das unselige Karlsbad fahren? Habe ich Dich nicht gewarnt, daß Dein Lebenstrieb Dich ganz sicher noch einmal ins Unglück treibt? Man kann unter den komplizierten Verhältnissen, unter denen wir leben, nicht einfach anfangen zu leben und darauf vertrauen, daß das zu einem guten Ende führt. Ich will nicht sagen, daß die Natur unsere Feindin ist, aber ich glaube, daß Du auf Deine Art genausowenig mit Dir umzugehen weißt wie ich auf die meine. Du kannst nicht mit großen Augen auf Dein Glück zulaufen. Sie vorsichtig in der Wahl Deiner Abenteuer. Aber was sage ich, vielleicht trinkst Du wirklich nur Dein Wasser, wenn ich mir das auch nur schwer vorstellen kann!

Als wir zum Bahnhof gingen, Du und ich, und sich die Worte vor dem Abschied stauten, keiner sagte mehr etwas, war da unser Streit nicht schon erledigt? Wie oft haben wir uns schon so gestritten, und die Tränen waren der Beginn der Umarmung? War nicht alles gut, als wir vor den Abschiedsschnäpsen im Bahnhofsrestaurant saßen? Ich kann nicht glauben, daß das die letzten Worte in unserer Ehe waren, weil Du vielleicht so dumm bist und Dich ins Unglück stürzt. Du brauchst Dich nur an eine der großen Bestien zu halten, die jetzt in Karlsbad wahrscheinlich zur Rekonvaleszenz liegen, und ihr Ende, so oder so, vor sich sehen. Du verläßt am Morgen Dein Hotel, gehst durch den Park. Die Augen der Leichtverletzten aus den unzähligen Hotelfenstern verfolgen Dich. Unfähig bist Du am Abend, den Worten und Andeutungen, den Bitten zu widerstehen. Deine Phantasie ist leicht entzündbar, und Du bist zu lebendig, um Widerstand zu leisten. Hoffnungslos verwickelst Du Dich, den Kopf voller Hoffnungen auf etwas Unbestimmtes, für das in diesem Krieg sicher keine Zeit mehr ist. Die Tschechen sehen Dich so und werden Dich in ihre Rache einbeziehen. Was erhoffst Du? Was suchtest Du in all diesen Kriegsjahren? Du weißt doch wie ich, daß Du in diesen Abenteuerchen nichts findest. Ich glaube, uns alle hat der große Ernst gepackt, den dieser Krieg über uns gebracht hat; ein verführerischer Ernst, der die Ideale in greifbare Nähe rückt. Muß denn, wenn die große Seifenblase Krieg platzt, etwas noch Größeres herauskommen? Warum bist Du nicht bei mir geblieben? Ich wollte Dir von der Reise nicht abraten, weil ich hoffte, daß Du in einem Moment Hochherzigkeit sagst: Fahr' ich nun oder fahr' ich nicht? Lassen wir den Zug abfahren, hättest Du zu mir sagen können. Aber der Lärm in Dir, Dein Mißtrauen gegen mich, Deine Zweifel, ob ich noch Dein Ideal bin oder ob ich nicht zu Deinen Enttäuschungen zähle, die Du ablegst wie ein Kleid, in dem Du kein Glück gehabt hast! Andererseits willst Du vielleicht Dein Ideal schonen, mir eine Frist geben, bis ich mich wieder fange?

Wie oft haben Dich Deine Abenteuernaturen in Karlsbad, die ich beneide und hasse, enttäuscht, wenn sie ihre neugewonnene Lebenskraft an Dir erprobt haben? Aber legst Du sie ab? Mit Pflichteifer trägst Du Deine schönen Sinne jetzt Jahr für Jahr auf den Markt. Wenn Du hier wärst und ich Dich umfangen könnte, wäre ich auch nicht so mißtrauisch. Du bist zu gutwillig, zu hoffnungsvoll, viel zu wenig mißtrauisch – auch wenn Du mir mißtraust. Du fällst herein, Du glaubst, daß es Menschen gibt, die Dich so kennen, wie ich Dich kenne. Wenn Du nach etwas Schwerem suchst, das Du lernen kannst, wenn Du nach Neuem suchst, das vielleicht das Wunder bringt, wenn Du Dich an mich drängst und mich streichelst, weil Du mehr über Wunder erfahren möchtest. Ehrgeizig und bestechlich durch die Haut, aber unbestechlich ebenfalls durch die Haut, die keine Enttäuschung vergißt. Ich ertrage die Entfernung nicht, sonst würde ich nicht alles dies schreiben; wenn ich Dich nur berühren könnte, wüßte ich, daß Du in Sicherheit bist. Die Männer, mit denen Du Dich jetzt abgibst, werden Dich ausnutzen und weitergeben. Und wenn die Russen kommen, wirst Du große Augen machen, weil dieselben Männer Dich dann vertauschen gegen Lebensmittel oder ein Fahrrad. Ich weiß, daß ich Unsinn rede, aber ich ertrage die Entfernung nicht, die zwischen uns liegt und mir unnatürlich erscheint. Warum bist Du nicht bei mir geblieben? Eine großzügige Strähne, wie Du sie an Dir liebst, einen Augenblick nur, und Du sagst: Na, bleib' ich doch lieber hier?

Diesen Brief, wie verschiedene andere, konnte Schincke an dem Ort, an dem er sich befand, natürlich nicht absenden. Er zögerte, den Brief Neumann mitzugeben, der ihn vielleicht irgendwo hätte zur Post tragen können; auch war der Brief, als Neumann erschien, erst ein Torso. Er dachte auch nicht daran, Carlton mit der Beförderung zu beauftragen, der vielleicht eine Möglichkeit gewußt hätte. Außerdem war es fraglich, ob die Post nach Karlsbad noch intakt war. Schincke war auch nicht sicher, wie seine Frau auf diesen Brief reagieren würde, er wußte, was sie dachte, wenn er sie vor sich sah, aber er war hilflos, wenn er sie in weiter Ferne wußte. So ließ Schincke den Brief bei seinen Papieren, die sich hier allmählich anhäuften, liegen.

IV

Von Carlton hörte ich, daß ein Gutsbesitz in der Nähe liegt. Das Gut liegt in den Bergen, die wir von der Scheune aus sehen. Neben dem Gutshaus liegen die Häuser für die Landarbeiter, zwei große Trakte aus Backstein, daneben die Hütten für die polnischen Landarbeiterinnen und die gefangenen Russen. Carlton hat mit den Verwaltern des Guts Kontakte angeknüpft. Er behauptet, daß er die Gutsherrin persönlich kenne, aber ich halte das für einen Versuch, auf mich Eindruck zu machen. Um seine Eroberung glaubwürdiger zu machen, sagt er, daß er an dieser Frau schon keinen Gefallen mehr fände. (Er habe aber herausgefunden, daß man diese Gutsherrin für uns ausnutzen könnte, und das entschädige ihn. Er brauche sie nicht zu lieben, nur müsse er irgend etwas davon haben.)
Mir hat er zwei Bände Montaigne in rotem Saffianleder mitgebracht. Ich hatte ihm angedeutet, er solle doch einmal auf den Toiletten nachsehen, dort läge noch etwas zum Lesen. Nun hat er mir diese tiefroten Schönheiten gebracht, sie trafen mich, als ich gestärkt aus einem Mittagsschlaf hervorging: in dem empfänglichsten Augenblick des Tages. Ich habe ihn auf den Mund küssen wollen, aber es ist mißglückt, weil er mich abschütteln wollte. Er erlaubt mir viel Ungewohntes. Außerdem hat er mir ein Verzeichnis aller Angehörigen des ersten Garderegiments zu Fuß in den Jahren 1904 und 1905 mitgebracht. Ich kann jetzt diese herrlichen Namen durchgehen.
Die Kleinen werden auf das Gut zum Baden geführt. Natürlich muß das nachts geschehen. Ich habe mich auf das nächtliche Abenteuer durch einen stärkenden Schlaf, zu dem ich mich nach Sonnenuntergang aufgemacht hatte, vorbereitet. Dieser Schlaf vor einem Fest oder einer großen Fahrt auf Tanzböden und in Bars: man wacht auf mit blutgefüllten Lippen, so daß man hineinschneiden könnte, und das tiefrote Blut spränge in hohem Bogen heraus. Der Leib scheint nur eine Hülle für dieses pulsende Blut, wie die Haut eines Bal-

lons. Trug meine vollen Lippen wie einen prallen Hahnenkamm zu Carlton, der schon dabei war, den Lastwagen anzulassen, was aber auf irgendwelche Schwierigkeiten stieß. Ich geriet sofort in jene Angst, daß das Abenteuer nicht stattfindet; ein Reflex, der mich von je hindert, vor Festen oder Abenteuern irgendein Risiko einzugehen, sei es, andere als die bewährten Kleider anzulegen, in denen ich bereits Glück gehabt habe, sei es, Carlton nach dem Grund zu fragen, der ihn hinderte, den Wagen mit einem Fußtritt, wie ich es sonst gesehen habe, in Gang zu setzen. Ich kann gar nicht verstehen, daß ich dieses zuverlässige Tier, mit den großen Lichtmaschinen vorn, die aber nur durch einen schmalen Schlitz sichtbar sind, nicht von Anfang an geliebt habe. Es ist viel leichter zu beherrschen, als es Pferde sind, die mir mit ihren Hausfrauenaugen immer unheimlich waren. Man kann sie nicht so liebgewinnen wie diese Maschinen, wenn sie auf ein paar Griffe und Fußtritte hin zu rasseln beginnt. Die Lichter werden eingeschaltet, Carlton streift an das Signal, und der Wagen gibt ein Signal wie ein Hund, der auch die unwillkürlichen Bewegungen seines Herrn in Befehle umdeutet.

Ich hatte aus irgendeinem Grund erwartet, daß wir auf dem Gut mit Windlichtern empfangen würden, aber dann hätten wir nicht nachts zu fahren brauchen. Ich neige dazu, die Vorsicht als eine Verfeinerung des Vergnügens zu nehmen, und wunderte mich, als ich hier tatsächlich auf eine Gefahr stieß, denn Carlton zischte mich an, als ich hinausging und zu den Schülern reden wollte. In den Gesindetrakten brannte noch Licht, so mußten wir in einiger Entfernung vom Herrenhaus den lärmenden Wagen anhalten und unsere Fracht leise abladen und zu einem Hintereingang des Hauses bringen, wo uns eine Dienerin in Empfang nahm.

Ich, wie auf dem Feldzug in Frankreich. Ich fand zu der holzgetäfelten Bibliothek des Gutshauses. Carlton versuchte mich aus dieser Bibliothek wieder hinauszugeleiten, weil es gefährlich sei, wenn man Licht sähe. Freilich hatte ich große Festbeleuchtung gemacht (das Licht mußte Carlton der Herrin wert sein). Ich konnte aber darauf hinweisen, daß die Jalousien herabgelassen waren und daß ebensogut wie ich die Herrin auf den Gedanken kommen könne, etwas zu lesen. Ich glaubte zu diesem Zeitpunkt, daß Carlton die Gutsbesitzerin tatsächlich kannte und daß insofern vieles erlaubt sei, was bei fremden Leuten nicht erlaubt gewesen wäre. Carlton, der es besser wußte, aber doch eine leichtfertige Seele ist, gab nach und ließ mich in der Bibliothek.

Ich hatte schon einige Bücher heraussortiert und um mich her ausgelegt. Da saß ich also unter meinen Schätzen, als die Gutsherrin eintrat, und ich erhebe mich kavaliersmäßig und zugleich, wie man vom Stuhle aufsteht, um einem Besuch guten Tag zu sagen, etwas steif, wie ich auch meinen Handkuß anbringe und mich nach Namen und Herkunft vorstelle. Ich spiele auf meinen

Freund Carlton an, worauf sie aber nicht einging, so daß ich einige Sätze ins Leere redete. Aber es konnte für mich nicht unmöglich sein, diese Frau für mich einzunehmen, wenn doch Carlton, wie ich wußte, bis da und da hingelangt war. Sie bot Kognak an. Ich nahm auch eine Zigarette. Sie selbst hielt eine Zigarette mit einer reizenden Bewegung, während sie den Kognak eingoß, von sich entfernt. Die Herrin schien eher überrascht zu sein über unseren Besuch als vorbereitet. Wir waren wieder in der Nähe des Kognaks, als sich herausstellte, daß sie uns gar nicht eingeladen hatte.

Bei allen demokratischen Idealen, die ich habe – und schließlich kommt es mir darauf an, die Massen an den Bildungsgütern zu beteiligen, und das Versagen vor dem Massenproblem ist das, was ich dem Nationalsozialismus in meinem Herzen vorwerfe –, kommt immer, wenn ich mit unseresgleichen, also Angehörigen der kleinen gehobenen Schicht, zusammentreffe – um wieviel mehr gilt das in dieser Einsamkeit auf dem Lande! –, jenes Glücksgefühl über mich, ein Geist der Zugehörigkeit, den ich nicht verlieren möchte und den hinüberzuretten in eine neue Zeit ich mich bemühen würde, wenn eine solche Rettung möglich wäre (und es eine neue Zeit gäbe). Unter Gleichen ist alles erlaubt: das alte heuchlerische Spiel, das Changieren zwischen hochentwickelter Erziehung und tierischer Haut; ich weiß, daß das alles überholt und schlecht ist, aber es hielt mich wieder eine Stunde verzaubert. Diese Frau, deren Mann irgendwo in Kroatien befehligte, wenn er überhaupt noch lebte, die mir Kognak anbot, der sich unter die Haut schob und innerlich wärmte, während die Worte äußerlich wärmten, schenkte mir Bücher, wenigstens sagte sie, daß ich von den Büchern, die ich mir ausgewählt hätte, mitnehmen könnte, was ich wollte. Es ist natürlich, daß ich mich wie ein Offizier in Feindesland fühlte, da ja die Atmosphäre dieses Gesprächs in die Zeit früherer Kriege paßte.

V

Der hohe Singe-Ton, des sich von der Straße nähernden Kleinmotors, wie ein blutdürstiges Insekt. Ich war, die Gefahr spürend, als der Ton plötzlich aussetzte, zu unseren Wachtposten hinausgegangen. Auf dem Wege sah ich, wie aus dem Boden gewachsen: den Bauern, in der Reihenfolge, in der er sich mir eingeprägt hat: Jägerhütchen, grobklumpige Stiefel, braune Äuglein, eine Armbinde.

– Hei'tler.

Heil Hitler! antwortete ich und bot ihm an, mit mir zu kommen und einen Kognak zu trinken: Wollen wir nicht erst einmal einen trinken? Ich sagte: aanen trinken, wie man bei uns mit Bauern spricht, das R von trinken wird stark gerollt, so wie man Pferde nicht mit dem Wort Jür oder Abfahren in Bewegung setzt, sondern mit dem auf bestimmte Art gerollten R, das in diesen Worten steckt. Der Bauer verlangte meine Ausweise zu sehen. Ich verstand nicht gleich, was er wollte, und diese Zeit ging für meine Überlegungen verloren, da er mein Nichtverstehen bereits als Ausflucht nahm. Ich gab ihm, was ich bei mir hatte: Pensionsbescheid, Straßenbahnmonatskarte mit Lichtbild. In der entstehenden Pause, während der Bauer die Dokumente studierte, sagte ich, daß wir ausgebombt und hierher befohlen seien. Ich schickte ein paar von den Kleinen, die hergelaufen kamen, aus. Sie sollten Carlton holen. Der Bauer sah verdutzt auf von seinen Papieren.

Sie haben wohl keine Ausweise, sagte er und gab mir die Papiere zurück. Stellte dann weitere Fragen, über die ich glücklich war, denn ich meinte, wenn wir nur lange genug sprächen, müßte es mir gelingen, ihn aufzuweichen. Ich wollte ihm alles zeigen. Ich wich nicht von der Seite meines Bauern, immer in maßvollem Ton ihm zuredend, wie meine Frau es an mir kennt, wenn ich mit Polizei oder etwas wirklich Gefährlichem zu tun habe. Ich legte sozusagen Minen, erzählte ihm so viel Daten dafür, daß wir hier ordnungsgemäß und notwendig bleiben müßten, daß seine Gedanken, wenn sie ihre alte Bahn betreten wollten, auf diese Minen treten und aus der Bahn geworfen werden mußten. Ich hatte den Eindruck, daß wir den Bauern für uns gewinnen könnten. Der Bauer sagte: Rufen Sie bitte alle Angehörigen Ihres Transportes hier zusammen. – Und was soll mit den Kleinen geschehen?

Darauf antwortete er mir nicht, sondern setzte sich neben meinen Arbeitstisch; außer daß er seinen starrsinnigen Kopf einmal um wenige Zentimeter schwenkte, gab er kein Lebenszeichen. Ich habe von einem Bauern gehört, der sich in betrunkenem Zustand auf seinen Acker verirrte und, da er immer noch Trinkbewegungen machte, Erde verschluckte und daran starb. Ich sah Carlton, die Jungen. Das Dankbarkeitsgefühl und die wiedereinströmende Sicherheit, als ich sie herankommen sah. Es war die gleiche trügerische Sicherheit wie damals, als ich die Haustüre aufschloß und die vier SA-Leute sich näherten und ich den Taxifahrer den Wagen wenden und wieder zurückkommen sehe, so daß die SA-Männer sich nicht mehr näherten: Aber wie der Taxifahrer nach einigen Hin- und Herrufen mit den SA-Leuten mich doch nicht schützte, so daß die SA noch ihren Fuß zwischen die Türspalte bekam und mich im Hausflur erreichen konnte, so versagte hier Carltons Schutz.

– Ich bin verhaftet, Carlton, rief ich ihm entgegen. Die Kleinen werden abtransportiert!

Da war aber schon Leben in den Bauernführer gekommen, und er ging auf Carlton zu und machte es wie bei mir.

– Ausweis bitte usw.

Die Schüler waren jetzt versammelt, und der Bauer befahl ihnen, sich in Dreierreihe zusammenzustellen, und bestimmte, da er mir und Carlton nicht traute, die Schüler Pichota und Hartmann für den Oberbefehl. Sie machten sich sofort daran, die Kleinen in Dreierreihen zu ordnen. Ich hatte das entsetzliche Gefühl, daß mir alles aus den Händen gleitet.

– Was wird mit den Kleinen geschehen, fragte ich wieder, so heftig, daß der Bauer sich umsah. Carlton tat nichts. Das Ordnen der Kleinen nahm einige Zeit in Anspruch. Ich versuchte, Hartmanns und Pichotas Augen zu fassen, aber sie wichen mir aus, sie gehorchten dem, der sie mit diesem ehrenvollen Oberbefehl betraut hatte. Nur ein paar von den kleineren Schülern schienen mir noch ein natürliches Gefühl für Legitimität bewahrt zu haben. Ich versuchte mich mit ihnen durch Zeichen zu verständigen. Sie sahen unsicher zu mir hin, wußten mit meinen Zeichen nichts anzufangen. Ein paar von den Jungen, die noch nicht zu Dreierreihen geordnet waren, liefen dann aber tatsächlich der Straße zu. Der Bauer, der nicht verstand, aber die Gefahr witterte, zog seine Pistole und schrie: Halt! Er konnte aber nicht schießen, denn wir waren auf ihm. Die Kleinen aus der Dreierordnung gejagt.

Als wir von ihm abließen (wie Hunde, die sich in einen feindlichen Köter verbissen haben), erhob er sich mit zerbeultem Jägerhütchen, eine klaffende Wunde im Gesicht. Ohne ein Wort zu sagen, ging er zu seinem Kleinmotorrad, das Blut tropfte und bekleckerte seine Joppe, während wir in unserer Stellung verblieben, um den Sieg nicht zu erschüttern. Er nahm das Rad, ein Fahrrad, an das er einen Hilfsmotor angebaut hatte, auf und führte es mit den Schritten desjenigen, der sich zurückzieht, aber nicht zeigen will, daß er Grund hat, sich zurückzuziehen, zur Straße. Noch eine ganze Weile hörten wir den übelwollenden Lärm des Kleinmotors, mit dem er sein Rad den Berg hinauftrieb.

VI

Gegen Abend erschienen auf der Straße, die an unserem Versteck vorbeiführt, Panzerwagen und Truppenfahrzeuge in Dreierfront mit angehängten Kanonen, die das Gebirge zu erreichen versuchten. Sie hatten die Lichter abgeschaltet, man hörte nur das tiefe Brummen und Kettenrasseln von der Straße her. Später geriet die Kolonne ins Stocken, man hörte, daß Befehle gerufen wurden, einige Fahrzeuge versuchten, seitlich über das Feld fortzukommen. Vielleicht befürchtete man, daß Jagdflugzeuge in der Abenddämmerung mit Nachtgläsern die Fahrzeuge erkennen könnten? Später sammelte sich ein militärischer Stab um einen Offizier abseits von der Straße, und von diesem Befehlsstand gingen Melder aus.

Ich ging auf meinem Abendspaziergang, begleitet von einigen Schülern, bis zu den Fahrzeugen. Aus einem der Offizierswagen war Musik zu hören. Ich konnte nicht sofort bestimmen, was es war. Ich forderte die Jungen, die mich begleiteten, auf, gut zuzuhören, und fuhr sie an, als sie nicht sofort zu erkennen gaben, daß sie zuhörten, wie man jemand anfährt, der in einer Zeit äußerster Verknappung ein Stück Brot ausschlägt. Es gibt nichts Ärgerlicheres als einen unscharfen Instinkt.

Die Musik-Erscheinung, die mich in dieser Verbannung auf dem Land (ans Schwarze Meer verbannt gewissermaßen) glücklich machte, währte nur einen Augenblick. Der Fahrer des Wagens, der mit den Fahrern der Nachbarfahrzeuge gesprochen hatte, näherte sich uns. Ich versuchte, ihn vor dem Wagen abzufangen und ihm, ehe er sie abstellen könnte, die Schönheit der Musik verständlich zu machen. Er sah verwundert aus seinem wortlosen Trott auf. Er ging um mich herum, der ich mich ihm entgegengestellt hatte. Ich war dadurch einige Schritte vom Fahrzeug entfernt und konnte nicht verhindern, daß er in das Wageninnere griff. Ich: Aber lassen Sie doch bitte die Musik noch einen Augenblick usf., er hatte aber schon einen anderen Sender gefunden. Der Soldat blieb in unserer Nähe stehen, sah aber nicht unfreundlich zu uns hin.

VII

Gestern war tagsüber von Westen Kanonendonner zu hören. Einige Fahrzeuge auf der Straße versuchten das Gebirge zu erreichen, wurden aber von Jagdmaschinen entdeckt. Carlton ist seit zwei Tagen verschwunden. Ein Projektemacher, unruhig wie ein Spieler, eine Gefahr für uns. Trotzdem suche ich, zur Straße – bis ich meinte, er käme erst recht nicht, wenn ich immer hinsehe, kehrte deshalb zurück, in der Meinung, daß er längst in der Scheune sei, wo ich ihn jedoch nicht fand.

Ich habe Trupps ausgesandt, die Carlton suchen.

Carlton ist gehängt worden. Am geschwungenen Ast einer Kiefer. Kreidestriche unter den Schuhen, so wie sie die Förster an die Bäume schreiben.

Ich bin zur Gutsherrin gegangen, weil ich mit jemand sprechen muß. Indessen empfing sie mich so ausgesucht liebenswürdig, daß ich in eine verkehrte Strähne geriet. Plauderte, plauderte, ohne aus diesem Teufelskreis herauszufinden. Über meinem vollen Herzen, wie über einem vollen Magen, bot ich ihr das DU an. Die übliche Formalität dabei rührte alles auf, so daß ich von der schwarzen Zunge Carltons hätte sprechen können, aber sie sagte in diesem Moment etwas Witziges, ich könnte nicht mehr sagen, was es war – zeitweilige Anästhesie des Geistes durch den Witz, so daß wir wieder in einen warmen unwirklichen Ton verfielen, wie bei einem Abschied, zu dem Kognak, den wir schluckten, bis sie mich in die Nacht hinaus entließ, wobei sie es nicht lassen konnte, meinen Vornamen, den sie auf der Zunge sitzen hatte, auszusprechen: Eberhard.

VIII

Bündel von Silberfischen mit blutigen Köpfen: den ganzen Tag patrouillieren sie über der Straße. Kein Fahrzeug entgeht ihnen. Ich bekomme keinen Kontakt zur Situation. Ich finde das alles furchtbar spannend, müßte doch aber die Gefahr sehen, finde aber die Gefahr gar nicht so schlecht, müßte eigentlich für mich und die Schüler fürchten, möchte aber statt dessen wieder mit dem Unterricht anfangen.

Traum I
Ich tanze die ganze Nacht mit einem sehr kleinen buckligen Mann, zu dem ich mich tief hinunterbeugen muß, hat Reithosen an. Empfinde großen Widerwillen, fürchte aber, daß eine Ablehnung mir schadet.

Toter, zusammengeschnürter Mund, wie die Börse eines Geizigen (André Gide). Ich schwanke den ganzen Tag über zwischen zwei Zitaten, die mir sinnlos erscheinen, die aber doch nicht aus meinem Kopf verschwinden wollen:
1. Appropinquante morte animus multo est divinior (Cicero, De Divinatione I 63)
2. Zum Tode Verurteilter sagt: Licht! Eine unermeßliche Fülle von Licht, Gott sei gedankt! Anderer stülpt sich Eßnapf auf den Kopf und sagt: Abfahren! Man muß Quatsch machen bis zuletzt.

Traum II
Probealarm! Wir werden auf einen Platz geführt, auf dem eine Fallmaschine aufgestellt ist. Es heißt, es solle nur erst ein Versuch gemacht werden, um die Halshöhen festzustellen, damit wir bei einer eventuellen Hinrichtung richtig aufs Brett gespannt werden können und die ganze Prozedur schneller vonstatten ginge. Anstelle des Fallbeils ist ein Farbband in den Rahmen gespannt. Das Ganze hat aber das Aussehen einer Laubsäge, nur, daß an der Stelle der Säge das Farbband da ist, das dann beim Herabfallen die genaue Aufschlagstelle markieren soll. Wir werden der Reihe nach aufgestellt. Ich traue der ganzen

Sache nicht, vermute, daß man unversehens das Farbband mit einem Beil aus-
wechselt. Ich bin gerade festgeschnallt, als mein Blick sich nach oben richtet.
Dort sehe ich tatsächlich ein Beil aufblitzen. Ich schreie: »Da!«

IX

Der Bauer hatte den Vorteil, daß seine Bösartigkeit mir unmittelbar einleuch-
tete. Ich bin nicht geschaffen für solche Geschichten. Ich bin eigentlich nicht
unruhiger als sonst, wahrscheinlich in falscher Einschätzung der Lage, was
soll ich nur tun? Vielleicht hatte ich die nötige Angst früher, verteilt auf mein
bisheriges Leben? Ich könnte nicht behaupten, daß ich irgend etwas denke,
seit es gefährlich ist. Man müßte sein Hirn jetzt verwenden können, ich habe
aber kein richtiges Verhältnis zur Gefahr. Was nützt mir jetzt der Kopf, wenn
sie ihn mir jederzeit einschlagen können? Er muß besser gesichert werden,
praktisch können wir den ganzen Geist aufteilen zwischen gut funktionieren-
dem Hirn wie bei Carlton, was ihm aber auch nicht geholfen hat, und Schutz-
vorkehrungen für dieses Hirn. Aber wie soll ich das jemand erklären, der an
die Macht des Geistes glaubt? Hing an diesem Baum, und die Zunge! Gar
nichts kann man da machen; wie zwei Stücke Holz diese Beine. Ich hätte sie
anfassen können. Hätte so etwas nie gewagt, als er lebte. Wenn man ihn aber
so hängen sieht, bleibt eigentlich kein Grund, weshalb ich es nicht gemacht
habe. Vielleicht sollten wir weggehen?
Ich überraschte den Offizier, als er auf die Schüler einsprach. Als ich dazutrete,
Schweigen auf seiten der Schüler und des Offiziers, als hätte ich ein Liebespaar
überrascht. Ich bat den Offizier, was auch immer er bei den Schülern zu schaffen hatte, um eine Unterredung unter vier Augen. Er versuchte Ausflüchte zu
machen und wollte mir nicht in die Scheune folgen, ich aber war nach dem
kurzen Mittagsschlaf wie eine aufgeladene Batterie. Meine Vermutung, daß er
die Schüler für einen Schanzeinsatz gewinnen wollte, erwies sich als richtig.
Ich zeigte ihm die Waffe, die ich dem Bauern abgenommen hatte. Auf der
Straße waren zu dieser Zeit keine Fahrzeuge zu sehen.
Er durfte sein Rad aufheben, mit dem er gekommen war, und das Rad zur
Straße schieben. Er war kein feiger Mann. Als er auf der Straße davonradelte,
schoß ich eine Kugel hinter ihm her, die in die Chausseebäume klatschte.
Wachen sind aufgestellt, während wir zu arbeiten anfangen. Die Wachen hal-
ten uns über den Verkehr auf der Straße auf dem laufenden. Der Sinn der letz-
ten Tage kann nicht sein: Lebe gefährlich; schon deshalb nicht, weil wir die Gefahr möglicherweise nicht überleben werden. Ich breche ab, die Wache gibt
Zeichen. Motorenlärm kommt die Straße herauf.

X

>»Et volat saepius carta caritatis
alis pennata implens officium linguae.«

78:119,25

Der Brief erfüllt das *officium linguae*. Das Sprechen aber ist nicht gleichgültig;
nicht jedes Sprechen, nicht jede Mitteilung entspricht diesem *officium*. Häufig
wird zwischen dem eigentlichen *loqui* und seinem defizienten Modus, der *va-
niloquentia*, unterschieden, die das *loqui* verkehrt. In einem Brief an Theodulf
von Orléans definiert Alcuin: *memor esto sacerdotalis dignitatis linguam caelestis esse clavem imperii et clarissimam Christi tubam. Quapropter ne sileas,
netaceas, ne formides loqui.*

225:368,29

Loqui also ist eine geistliche Pflicht und entspricht der priesterlichen Würde.
Die Hochschätzung des Wortes ist zugleich Verpflichtung zum Wort als Aufgabe des Geistlichen. Daher die immer wiederkehrende Abwandlung und in
den verschiedensten Zusammenhängen erteilte Ermahnung zu sprechen: *no-
lite tacere.*

225:413,4

Silentium in sacerdote pernicies est populi. Loqui trägt seine Berechtigung
nicht als beliebige Mitteilung in sich, sondern in dem Ziel, das ihm innewohnt:
es ist Schlüssel zum *imperium regni caelestis.*

Indem der Text *lingua* als *clavem caelestis imperii*, das *officium linguae*, nämlich *loqui*, demnach als »Aufschließen« jenes Reiches qualifiziert, ist zugleich
eine weitere inhaltliche Bestimmung des *loqui* gegeben: *erudire*. Es wird später
die Rede davon sein, in welcher Weise *eruditio ad regnum dei* die eigentliche
Aufgabe des geistlichen Amtes ist; desgleichen, wie diese Tätigkeit in ihrem
Ziel, der *sapientia*, zur Ruhe kommt, die als Erfüllung der *eruditio* zugleich
der Zugang zum *imperium regni caelestis* ist. *Eruditio* bedeutet demnach inhaltlich einmal: *fidei rationes (praecepta dei) scire* und diese *sobria conversa-
tione ostendere (ea implere)*. Der *ductor et doctor gregis* führt *docendo et am-
monendo* zur *salus animarum*. Das geht alle an: *docendus est itaque (omnis)
homo rationalem habens intelligentiam.*

113:164,32

Rationalis intelligentia ist das Organ, in dem *discere* seinen Sitz hat und auf das hin *docere* angelegt ist. Sie ist Besitz des Menschen von Natur aus. Es wurde schon auf das Qualifikativ *rationalis* bei Alcuin hingewiesen. Hier muß es eingeordnet werden. *Rationalis intelligentia* disponiert den Menschen als Menschen, von seiner Verfassung her, unter der Mitwirkung der *gratia dei* – *quia otiosa est lingua docentis, si gratis divina cor auditoris non inbuit* – die *doctrina salutis* anzunehmen.

113:164,34

Lingua – Sitz von *loqui,* mithin von *docere* – verweist auf *rationalis intelligentia*; *cor* hingegen ist das Organ der Rezeption der *gratia,* der Sitz der *religio.* In *cor* und *intelligentia* haben wir ein Beispiel wieder jener dualen Einheiten, die in den Quellen der Zeit so häufig Stil und Denken auszeichnen. *Sapientia* bildet gleichsam die Synthese von *intelligentia* und *cor.* Es ist *sapientia,* die den Zustand des *rudis* überwindet, wie er, begrifflich übernommen aus dem Werk des Augustinus (als *catechizandus* nämlich), unter den Verhältnissen und Bedingungen des 8. Jahrhunderts verstanden wird.

Hier ist der Ort der sogenannten »Bildungs-Kapitularien« Karls des Großen, soweit sie sich auf *omnes,* auf die Grundforderungen, beziehen. Sie gelten der Mindestunterweisung aller im *orbis christiani imperii* zum Heil der Seele – Symbol, Herrengebet, Taufformel – und der Bekämpfung von Aberglauben. Da sie Erlasse des Herrschers sind, zeigen sie das Selbstverständnis des *rex* bzw. *imperator* als *ductor gregis et populi dei,* sein theologales und ekklesiales Verständnis der Königsfunktion. Zugleich findet sich hier eine Nahtstelle. Aus der allgemeinen Aufgabe einer generellen *eruditio* entstehen unmittelbar die Bedingungen einer spezielleren. Zunächst ist es »Ausbildung von Nachwuchs« – *ut digni vestri honoris fiant successores,* der die Aufgabe ebenjener allgemeinen *eruditio* wahrzunehmen fähig sei. Man sucht eine *eruditio,* die *doctores ad eruditionem omnium* und *ductores gregis qui populum dei regere valeant* auszubilden. Eine Reihe karolinischer Kapitularien betrifft wiederum diese speziellere *eruditio.* Diese konstitutionieren ein regelrechtes Programm: ihre formalen Bestimmungen erhalten in Alcuins Briefen eine eigene Lebendigkeit und diese Briefe durch jene Bestimmungen eine eigene Autorität.

270:428,40

Sollicitudo, die sorgende Hinwendung zu *filius,* umfaßt, unter dem Horizont der *fides* und unter dem Gebot der *caritas,*prinzipiell alle Aspekte des Lebens. Ihr Ausdruck im Brief kommt der *amicitia* sehr nahe. Nachdem die in *eruditio* angelegte Fürsorglichkeit aus den Beispielen zur Genüge dargelegt scheint,

möchten einige weitere Beispiele zeigen, wie vielseitig *sollicitudo* in Wirkung
tritt, je nach der Situation dessen, dem sie gilt. Danach kann sie, wie zu zeigen
sein wird, auch scheinbar *gegen* einen Menschen in Auseinandersetzung treten, der ihr Gegenstand ist.

Freude über den seelischen Fortschritt ist ein wiederkehrendes Motiv. Einem
ungenannten Schüler – es könnte dem Tonfall nach Candidus oder Dodo-Cu-
culus sein – schreibt Alcuin:

*. . . laeto / litteras vestras / legebam animo intellegens in eis vestras vitae prope-
ritatem et litteralis exercitii studium ex quo dicatantis eloquentia claruit. hoc
mihi maximum esse gaudium constat, ut filios florere videam in conversatio-
nis puritate et profectus diligentia.*

34:75,24

Alcuin trägt Sorge für seine Schüler und setzt sich für sie ein. In einem Brief an
Adalhard von Corbie bittet er ihn, sich bei Karl dafür zu verwenden, daß sein
Schüler Bernarius aus der »Welt« in sein Kloster *Lérins* zurückkehren dürfe;
*valde necessarium ei videretur, ut revertatur ad fratres suos; et ea vita vivat, in
qua salvatus fuit de periculo mortis, in quo bene periit. quid iterum regreditur,
ubi propemodum perditus fuit . . .*

Es gibt noch ein weiteres Beispiel einer Auseinandersetzung zugunsten von
Schülern, diesmal jedoch mit »offiziellerem« Hintergrund und ernsteren Konsequenzen. Das Beispiel zeigt, wie weit Alcuin zu gehen bereit ist, um seine
Schüler zu schützen. Die Auseinandersetzung füllt die epp. 245-249 (S. 393-
404). Sie führt zu einem zeitweiligen Bruch mit Théodulf von Orléans und sogar zu einer strengen Rüge durch den Kaiser. Sie ist aufschlußreich für die
rechtlichen, kirchlichen, sozialen und persönlichen Verhältnisse in der Zeit.

Dem Erzbischof Théodulf von Orléans ist aus Orléans ein Gefangener *(reus)*
entkommen; er flieht in die Martinskirche von Tours; ein Trupp Théodulfs soll
ihn fangen und zurückbringen, die Bevölkerung von Tours und die Schüler des
Klosters leisten Widerstand, es kommt zu einem Handgemenge *(tumultus)*.

In ep. 245 instruiert Alcuin seine am Hofe weilenden früheren Schüler Candidus und Nathanael, wie sie die Angelegenheit sachlich und rechtlich dem Kaiser gegenüber vertreten sollen, ep. 246 ist an einen Bischof gerichtet; beide
Briefe sind »im Ton« stark gegen Théodulf gerichtet, wenn auch Zurückhaltung im Ausdruck eines im Grunde stärkeren persönlichen Unmuts zu spüren
ist. Ep. 247 bringt einen klaren und, soweit zu beurteilen, wohlbegründeten
Entscheid des Kaisers zugunsten Théodulfs und der Ordnung – und eine Rüge
an Alcuin und die Mönche von Tours. Daraufhin schreibt Alcuin die beiden
epp. 248 und 249. Die erstere ist eine kurze Notiz an Arn, die den Überbringer
bei ihm einführt. Sie lautet folgendermaßen:

direxi hoc animal, vitulum enchiridion meum, ut adiuves illi et eripias eum de manibus inimicorum suorum. et adiuva quantus valeas, quia venerabilis episcopus multum ardet super nos. id est Teodulfus. Nisi quoque in ora pueri huius, quamvis vitulus contra naturam rationale sit animal, quod ipse in auribus sanctitatis vestras habet mugire. habeo enim illum ad erudiendum deo mecum in domo mea. et poterit proficere deo donante in lectionis studio seu grammaticae artis disciplina in domo sancti Martini. O Aquila! ›hi in curribus et hi in equis, nos autem in nomine nostri magnificabimur‹ (Ps. 19, 8). valeas vigeas semper in aeternum.

Alcuin schickt also seinen Schüler zu Arn, um ihn einer drohenden Strafe zu entziehen – der Hinweis auf Théodulfs Zorn muß dies besagen. Und da Alcuin sich nach ep. 147 vor Karl und Théodulf im Unrecht befindet, scheint ein so ordnungstreuer, Hof und Hierarchie so fraglos ergebener Mann es auf sich zu nehmen, diesen Ordnungen die Stirn zu bieten und einen *vitulus* zu schützen, der offensichtlich wider sie gehandelt hat. Die persönliche Verbundenheit, *sollicitudo patris erga filium*, ist in diesem Konflikt stärker als der Ordnungsgehorsam. Das Ganze trägt die Züge einer kleinen Konspiration: *misi in ora pueri ... quod ipse ... habet mugire.* Wohl ungefähr gleichzeitig mit dieser Botschaft an Arn schreibt Alcuin einen recht aufschlußreichen Brief an Karl, auf den schon in anderem Zusammenhang hingewiesen wurde.

ep. 249:401-404
Er sucht zu entschuldigen, zu rechtfertigen, den Vorwürfen Karls mit großem Aufwand an Argumenten und Beispielen weitgehend zu begegnen. Er schreibt den Wächtern des Gefangenen hauptsächlich die Schuld zu an dem Vorfall, sodann der Provokation der einfachen Leute durch den bewaffneten Trupp, der ihn in St. Martin wieder gefangennehmen soll und ihre Gemüter durch die vermeintliche Mißachtung ihres Heiligen erregt ...

Tagsüber arbeitete Schincke jetzt wieder an seinem seit 1932 geplanten, 1934 begonnenen Essay über die Bildungsreform des Karolingerreiches. Er sah ein, daß dies ebenso wie die Wiederaufnahme des Unterrichts möglicherweise eine unangemessene Reaktion auf das Vorgefallene und die gegenwärtige Situation war; aber welche Reaktion hätte man von ihm erwarten sollen? Gerade in der Notlage klammerte er sich naturgemäß an das, was er kannte. Was hätte er auch sonst tun können? Vielleicht eine Revolution anzetteln? Er spürte, daß die Wende, auf die er seit 1933 gewartet hatte, jetzt vorüber war und daß es auch diesmal keine Änderung gegeben hatte. Er war froh, den Rest an gutem Willen, der ihm blieb, hier in literarischen Arbeiten sicher zu investieren. Instinktiv bewegte er sich auf diese Chance zu: mit den anvertrauten Schülern wieder von vorn anzufangen. Am Tag darauf wurde Studiendirektor Schincke auf Anzeige des von ihm verletzten Ortsbauernführers, der aus irgendeiner benachbarten Ortschaft stammte, von einer fliegenden Standgerichtsgruppe verhaftet. Die Schüler wurden gesammelt und in die nächstgelegenen Bauerndörfer gebracht. Schincke selbst wurde in die nächste Kreisstadt mitgenommen. Dort, abgesondert von den Schülern, erlebte er die Befreiung.

Anita G.

»Haben Sie nicht eine erfreulichere Geschichte?«

I

Das Mädchen Anita G. sah, unter dem Treppenaufbau hockend, die Stiefel, als ihre Großeltern abgeholt wurden. Nach der Kapitulation kamen die Eltern aus Theresienstadt zurück, was keiner geglaubt hätte, und gründeten Fabriken in der Nähe von Leipzig. Das Mädchen besuchte die Schule, glaubte an eine ruhige Weiterentwicklung. Plötzlich bekam sie Angst und floh in die Westzonen. Natürlich beging sie Diebstähle auf ihrer langen Reise. Der Richter, der sich ernstlich Sorgen um sie machte, gab ihr vier Monate, von denen sie aber nur die Hälfte abzusitzen brauchte. Für die andere Hälfte bekam sie Bewährungsauflagen und eine Bewährungshelferin, die aber die Betreuung übertrieb, also floh das Mädchen weiter nach WIESBADEN. Von WIESBADEN, wo sie Ruhe fand, nach KARLSRUHE, wo sie verfolgt wurde, nach FULDA, wo sie verfolgt wurde, nach KASSEL, wo sie nicht verfolgt wurde, von dort nach FRANKFURT. Sie wurde aufgegriffen und (da ein Fahndungsersuchen wegen Bruchs der Bewährungsauflagen vorlag) nach HANNOVER auf Transport gebracht, sie aber floh nach MAINZ.

Warum begeht sie auf ihren Reisen immer wieder Eigentumsdelikte? Sie wird unter verschiedenen Namen im Fahndungsblatt gesucht. Weshalb ordnet dieser intelligente Mensch nicht seine Angelegenheiten befriedigend? Häufig wechselt sie ihr Zimmer, sie hat meist gar keines, weil sie sich mit den Wirtinnen überwirft. Man kann nicht wie ein Zigeuner in der Gegend herumziehen. Warum verhält sie sich nicht dementsprechend? Warum schließt sie sich dem Mann nicht an, der sich um sie bemüht? Warum stellt sie sich nicht auf den Boden der Tatsachen? Will sie nicht?

II

Den Mann, den sie gestern kennengelernt hatte, nahm sie mit in das Zimmer, das ihr schon nicht mehr gehörte. Komm, hier, sagte sie leise, als sie hörte, wie er sich in dieser Dunkelheit vorsichtig hinter ihr hertastete. Er konnte sich nicht ganz lautlos bewegen. Er war überhaupt nicht geschickt. Sie bewegte sich in dieser Dunkelheit auf ihn zu und führte ihn, an der Hand gefaßt, vorbei an den Räumen ihrer früheren Wirtin bis zu ihrem Zimmer. Sie schloß ab und machte Licht.

Der Mann mißbilligte dieses Theater, aber er wußte auch nicht, weshalb es veranstaltet wurde. Vermutlich nahm er an, daß sie auf Verwandte Rücksicht nahm, bei denen sie wohnte. Er hätte es vorgezogen, seinen Besuch bei diesen Verwandten zu machen und so die neue Verbindung mit dem schönen Mädchen zu legalisieren. Geheimnistuerei war ihm fremd. Er sagte das auch. Sie wollte ihm aber jetzt nicht erklären, inwiefern ihr dieses Zimmer nicht mehr gehörte. Der Grund, weshalb die Schepp sie hinausgeworfen hatte oder weshalb das Mädchen seinerseits das Mietverhältnis beendet hatte, woraufhin sie von der Schepp hinausgeworfen worden war, war nicht mit ein paar Worten faßbar. Die Schepp: großer, ungewöhnlicher Hut, große, funkelnde Augen, voller Eitelkeiten. Ihr Mann, sagen wenigstens einige Leute, soll sich vom Balkon des 3. Stocks auf die Straße gestürzt haben, während sie im Nebenzimmer hantierte. Vielleicht rechnete die Schepp damit, daß das Mädchen heimlich zurückkäme? Das Mädchen bewegte sich ohne jeden Laut im Zimmer, was ihr leichter fiel, als Lärm zu machen, sie gehörte zu den Leuten, deren Phantasie zum Lärmmachen nicht reicht. Der Mann stieß an das Eisenbett. Sie zitterte, da sie mit der Schepp rechnete.

An die Wärme und Sicherheit, die von dem neben ihr liegenden Körper ausging, glaubte A. nicht. Die bleiche, großporige Haut, die engen Brustwarzen, von einzeln stehenden langen Härchen umgeben, schienen selbst schutzbedürftig. Sie hatte keinen Schutz zu vergeben. Wenn es nicht in wichtigen Punkten sie selbst beträfe, fände sie diesen Mann vielleicht sogar lächerlich mit seinen Besorgnissen, der Furcht, sich auf etwas Unerlaubtes einzulassen. Sie hatte nicht die Fähigkeit, sich Menschen lange auszusuchen. Ungeduldig nahm sie den auf, der bereit war, sich mit ihr abzugeben. Es war eine Chance, ihr Leben wieder in den Zustand von Sicherheit und Ordnung zu bringen. Insofern wollte sie ihren Vorteil wahren.

Sie fror in dem ungeheizten Raum und spürte die kommende Erkältung wie etwas, auf das sie sich freute und das sie doch gleichzeitig mißbilligte, weil es hinderlich sein würde, alles so ähnlich wie ein Kind bekommen – sie suchte die

Wärme in dem neben ihr liegenden Körper, an den sie sich erst wieder gewöhnen mußte. Sie genierte sich nicht mehr vor ihm. Sie lieferte ihm jeden Teil ihres Körpers aus, den er haben wollte. Sie gab sich mit einer Einfachheit, die es auch bei einfachen Leuten nicht gibt, und sorgte dafür, daß die Erzählungen, die ihre Vergangenheit betrafen, natürlich blieben. Sie richtete ihre Vergangenheit so zu, daß sie ihn nicht stören konnte. Pläne machte sie nicht, sondern wartete auf seine Vorschläge für den nächsten Tag. Sie vergewisserte sich des neben ihr schlafenden Körpers durch die dünne Decke. Sie schlief, wenn er da war, außerhalb der Decke, am Bettrand, auf der Seite liegend und etwas angelehnt an den Berg unter der Decke; sie hätte sonst befürchtet, ihn zu stören, wenn sie sich bewegte, was sie nachts nicht in der Kontrolle hatte.

Gegen Morgen erwachte der Mann und wandte sich ihr noch einmal zu. Sie hätte ihn gern geschont, weil sie auf keinen Fall wollte, daß er mehr tat, als er selbst wollte. Sie wollte nicht, daß er diese Nacht, die vielleicht die letzte war, in fader Erinnerung hätte. Aber sie konnte sich andererseits nicht gut gegen ihn wehren, wenn sie einfach und natürlich sein wollte. Sie gab sich Mühe, beteiligt zu erscheinen, was ihr nicht gut gelang. Sie war gespannt auf das, was er sagen würde, und verpaßte so, was er zu ihr sagte. Sie deckte den Erschöpften zu und machte sich Vorwürfe, ihm nicht nützlich gewesen zu sein. Sie schmiegte sich an die Decke, die ihn umgab, und wartete, bis er eingeschlafen war. Sie wollte ihn auf keinen Fall ausnützen. Insbesondere wollte sie ihn nicht auf diese Art ausnützen, die ihr nichts half.

Sie konnte sich bewegen, ohne irgendein Geräusch zu machen, und öffnete auch jedes Schloß ohne Geräusch. Der Mann stolperte, als sie ihn hinausbrachte, aber das ging im Morgenlärm des Hauses unter. Es zerschnitt ihr das Herz, als er sich in der Kälte des Zimmers ankleidete, aber sie konnte an dem Zustand nichts ändern, da sie eigentlich ja nicht einmal dieses Zimmer benutzen durfte. Sie entließ ihn schnell, damit sich diese Momente nicht in seiner Erinnerung einprägten. Sie selbst verließ, sobald er sich entfernt hatte, diese Wohnung.

III

Sie wollte ihn noch einmal sehen, bevor sie abreiste. Seit mehreren Wochen verlängerte sie sich von Tag zu Tag diese Beziehung, obwohl ihre Lage in der Stadt immer gefährlicher wurde. Sie suchte nach ihm und sah ihn später im Café am Dom. Er sah noch immer müde aus, schlaffer Mund und etwas hohle, eingefallene, »kandierte« Lippen. Eine ziemlich läppische Unterhaltung. Zu einem Nebenmann: Er hätte Nachtschicht gehabt . . ., wenn man mit einer temperamentvollen Frau zusammen sei . . . Er spürte nicht, daß sie in seiner Nähe war.

Sie erschrak. Dies war alles, was die Liebe bewirkt. Sie hätte gewünscht, daß sie schon gestern abgereist wäre. Was sie von ihrer Kraft in diesen Mann investierte, er blieb platt. Sie gab die Hoffnung auf, ihn für sich einzuspannen. Sie begleitete den Mann aus einiger Entfernung zum Amtsgebäude, in dem er wie jeden Tag verschwand. Später beruhigte sie sich. Sie beschloß, mit ihm noch einen weiteren Versuch zu machen.

IV

Die Vorgeschichte ist mit wenigen Worten wiedergegeben: Sie hätte mit diesem Mann nie ein Wort gesprochen, wenn der Unfall nicht als Vermittler dagewesen wäre. A. wollte an dem betreffenden Tag Mai 1956 die Stadt MAINZ verlassen, weil sie in mehreren Pensionen in der Bahnhofsgegend Schulden gemacht hatte und sich auch aus anderen Gründen in der Stadt nicht mehr sicher fühlte. Bevor sie die Stadt verließ, besuchte sie die auf einer Anhöhe gelegene Universität. Sie überbrückte den Tag in den Aufenthaltsräumen der Universität und in Vorlesungen. Sie wollte nach WIESBADEN hinüberfahren und dort vielleicht arbeiten, aber an der Torausfahrt der Universität wurde sie, als sie die Straße überquerte, von einem Auto erfaßt (es kann auch sein, daß sie in das Fahrzeug hineinlief). Sie erhob sich vom Sturz und prüfte die Schrammen an ihrem Körper. Der Autobesitzer kam auf sie zu und ohrfeigte sie. Sie wußte keine Reaktion darauf. Später lernte sie diesen Mann näher kennen. Wenn der Unfall nicht gewesen wäre, hätte sie nie ein Wort mit ihm gesprochen. Der Mann hielt sie an, in MAINZ zu bleiben, sich ein Quartier und Arbeit zu suchen. Er wünschte, daß sie richtig mit Geld versorgt wäre und eine Arbeit hätte. Er hätte sonst befürchtet, daß aus ihrer Untätigkeit Belastungen resultierten. Obwohl er Belastungen jeder Art ausdrücklich ablehnte, gebrauchte er selbst im weiteren Verlauf dieser Beziehung nicht die nötige Vorsicht. Sie erkannte die Folgen seiner Unvorsichtigkeit, behielt aber diese Tatsache für sich, wahrscheinlich, weil sie sich vor seiner Reaktion darauf fürchtete und er auch nicht danach fragte.

V
Auf der Suche nach einem Anwalt

Das Mädchen war auf einen Zeitungsartikel aufmerksam geworden, der von der Tätigkeit des Frankfurter Anwalts Dr. Sch. berichtete. Sie reiste nach FRANKFURT und versuchte mit diesem Verteidiger in Verbindung zu kommen. Den Vormittag über war er jedoch in seinem Büro nicht zu erreichen. Nachmittags sah sie ihn von weitem im Justizgebäude, der Bürovorsteher des Anwalts hatte ihr geraten, ihn dort zu suchen. Sie wagte nicht, ihn anzusprechen, als er, umgeben von einem Pulk Fragender, den Sitzungssaal verließ und die mächtige Freitreppe hinabstieg. Am späteren Nachmittag war er wieder unerreichbar, sooft sie auch in seinem Büro anrief. Sich für einen der nächsten Tage anmelden wollte sie nicht, sie hatte bereits die Hoffnung aufgegeben, an den berühmten Mann heranzukommen und ihn für ihren Fall zu interessieren. Mit einem der Assessoren, die im Anwaltsbüro zur Verfügung standen, wollte sie nicht sprechen, weil sie nur zum Anwalt selbst Vertrauen hatte und außerdem glaubte, daß nur bei dem Verteidiger selbst eine Beratung ohne Geld möglich sei. Ihr Fehler war, daß sie zu Anfang ihrer Versuche, genaugenommen bei ihrem ersten Anruf, zu zaghaft gefragt hatte. Sie erhielt daher eine ablehnende Antwort des Büropersonals.

Tageslauf des Verteidigers: Der berühmte Mann trieb sich den Vormittag über im Bademantel in seiner Wohnung herum. Er war nicht neugierig auf den neuen Tag. Er telefonierte mit Wiesbaden und mit Zürich und saß dann an seinem Tisch.
Seine Hand lag auf dem Tisch, gestützt auf den zweiten und fünften Finger, der Daumen ruhig daneben, der dritte und vierte Finger knieten. Wenn er den vierten Finger langsam hochzog und nach vorn zog, schnappten an einem bestimmten Punkt die beiden knienden Finger gemeinsam nach vorn, und die Hand fiel flach auf den Tisch. Er antwortete nicht, wartete, bis die Sekretärin das Klopfen aufgab und von der Tür verschwand. Dicke Adern auf dem schmalen und etwas behaarten Handrücken, die beiden knienden Finger nach vorn geschleudert, und die Hand lag flach, gewissermaßen atemlos, auf dem Tisch. Er sah sie da, war nicht neugierig auf den Tag.
Später brauchten Mitarbeiter seine Zustimmung zu einer eiligen Entscheidung. An der Beratung eines Gnadenaktes in der Staatskanzlei nahm er fernmündlich teil. Die Telefonate belebten ihn etwas. Wenn er lange genug Interesse an diesen Gesprächen heuchelte, bekam er Interesse. Einer nach dem anderen riefen seine Mitarbeiter über das Haustelefon an und baten um Wei-

sungen. Er hatte keine Lust. Ein vitaler Mensch kann nicht aufgeklärt sein. Wie viel Schwäche ist nötig, damit einer aufgeklärt ist?

Der Mittelteil des Tages rollte nach einem Zeitplan ab, auf den er nur insofern Einfluß hatte, als er jeweils den Aufbruch von einer Veranstaltung oder Verabredung zur anderen hinauszögern konnte, was aber sein ausgezeichneter Chauffeur, der ihn durch den Nachmittagsverkehr brachte, zum Teil wieder ausglich. Seine beiden Assessoren erwarteten ihn vor dem Portal des Justizpalastes. Er ließ sich in diese entsetzlichen Säle führen. Er war jetzt müde von der anstrengenden Vorführung des Mittagessens, die er hinter sich gebracht hatte. Sie war anstrengend, weil er außer Witz, Klugheit, Scharfsinn, was noch dazu Eigenschaften waren, die er eigentlich nicht besaß, auch Standhaftigkeit im Trinken und Essen zeigen mußte; Gegenpol zu seiner Geschicklichkeit im Lavieren. Auf diesen vorgeblichen Eigenschaften beruhte ein Teil seiner Beliebtheit. Er näherte sich mit ambivalenten Empfindungen dem Stall des Angeklagten, redete mit allen möglichen Leuten, ehe er bei seiner Bank ankam und sich zu der üblichen Begrüßung zum Angeklagten zurückwandte. Die Assessoren blätterten in den Akten. Er zog sich in die äußerste Ecke der Bank zurück, prüfte, ob hier Zugluft herrschte. Der Angeklagte wurde befragt. Er war ein dicker, gut zahlender Kaufmann, dem Sittlichkeitsdelikte vorgeworfen wurden. Der Verteidiger wartete vor seinem Tisch, prüfte, ob ein Eingreifen erforderlich sei. Er bewegte sich so vorsichtig, als käme es darauf an, etwas zu fangen oder zu messen. Er war müde und versprach sich, als er, halb zum Angeklagten und zur Richterbank sich wendend, etwas sagte, während er mit abgedämpften Katzenschritten, wie um keinen Gedanken zu verscheuchen oder niemand zu beleidigen oder zu treten oder zu erschrecken, auf dem gebohnerten Boden vor seinem Verteidigertisch hin und her ging. Es fiel ihm schwer, sich zu konzentrieren. Es entstand Unruhe bei den Richtern und Schöffen. Die Richter mochten ihn nicht. Es war sein Name, der sie in Subordination hielt. Er versprach sich mehrmals, und die ganze Vorführung war wohl nicht sehr gut, die Richter blätterten während seines Plädoyers in ihren Unterlagen. Was konnten sie ihm schaden?

Als das Urteil gesprochen war, umringten ihn die Assessoren und weitere Personen wie eine Schar Verehrer und schirmten ihn ab gegen aufdringliche Fragen, die geeignet gewesen waren, ihn in Verlegenheit zu setzen. Der Angeklagte bedankte sich. In der Vorhalle traten eine Reihe von Leuten heran, die den Anwalt zu sprechen versuchten. Er krümmte die Schultern, weil er die Zugluft in dieser Vorhalle fürchtete, ließ sich aber doch mit dem einen oder anderen ein, der ihn ansprach. Er hätte um diese Nachmittagsstunde mit dem Generalstaatsanwalt in die Landesheilanstalt hinausfahren müssen, da er dort einen Fall entdeckt zu haben glaubte, in dem sein Eingreifen oder aber das des

Generalstaatsanwalts nötig war. Statt dessen saß er eine Zeitlang mit dem Generalstaatsanwalt beim Tee.

Der gutgeschützte große Mann, der nicht mehr allzu viele Jahre zu leben hatte, machte von seinem Einfluß wenig Gebrauch. Er besaß mehr Einfluß, als er sich selbst eingestand. Er wurde um diese Abendzeit lebendig, hatte schon am Vorabend Tropfen genommen, die das Herz auf Gespräche vorbereiten und die Blutgefäße weiten. Man konnte nicht sagen, daß er in irgendeiner Hinsicht ein Spezialist war, auch nicht in seiner Eigenschaft als Anwalt, da er nirgends bereit gewesen wäre, sich sicher zu fühlen; er war aber insofern spezialisiert, als seine ganze Macht gesammelt war als Gegenmittel gegen den eventuell jederzeit wieder ausbrechenden Pogrom. Daher ließ sich diese Macht zu nichts anderem als zur Gefahrenabwehr verwenden. Er hatte vielleicht noch fünf Jahre zu leben und brauchte sich für diese Zeitspanne nicht mehr allzusehr anzustrengen. Er kannte genügend Auswege, um auszukommen. Er konnte sich gewissermaßen im Gleitflug bis zur endgültigen Landung in der Luft halten, wenn der Vergleich paßt. Er ging an diesem Abend früh schlafen. Er hätte noch eine Menge Einfluß ausüben können, aber er wollte gar nichts. Er wollte in den Mutterleib zurück. Er glaubte nicht an Veränderungen, war auch, solange er nicht bedroht war, gegen Veränderungen, von denen man nicht wissen konnte, ob sie nicht Bedrohungen bringen.

Schutzbedürfnis

Sehr dünne Glieder unter dem erstklassigen Anzug, sehr haarig, weil er schon in den ersten Minuten seines Lebens diesen Schutz nötig hatte; keiner glaubte damals, daß er am Leben bleibt; die Hose ist am Rückgrat aufgehängt und hängt, ohne irgendwo mit dem Körper in Berührung zu kommen, hinunter bis zu den auseinandergerichteten Füßen.

Absicherung, Heuchelei

Sitzt in Strümpfen, was aber niemand weiß, in der guten Deckung seines Schreibtischs und läßt seine Augen aufblinken, »signalisiert«, als sein Besucher irgend etwas sagt, er hat nicht zugehört und heuchelt; er muß diesem Besucher gefallen, obwohl er nicht unbedingt muß. Der Besucher gehört zu den Leuten, die zwar keine Macht über ihn haben, mit denen er aber auf keinen Fall in Unfrieden sein will.

Feindin Natur

Er zieht die Schultern zusammen, nicht weil es kalt ist, sondern weil niemand etwas zu sagen weiß, das ihn erwärmt; er sucht nach Zugluft, Rechtfertigung für sein Wärmebedürfnis. Er fürchtet sich vor Erkältungen. Er kann sich eine

Schwächung des Körpers nicht leisten. Er ist geschützt vor Menschen, aber verletzbar durch Eingriffe der Zugluft.

Furchtsamkeit

Die Diskussion ging über eine Stunde in die Irre, weil er, den man zum Leiter des Gesprächs gemacht hatte, sich weigerte, die Diskussionsredner zu unterbrechen, wenn sie vom Thema abkamen. Sie diskutierten zuletzt ohne Thema in der Reihenfolge der Wortmeldungen. Viele waren wütend über diese Diskussionsleitung. Die Besten waren verärgert über dieses Verfahren und warfen dem Präsidenten vor, daß er überhaupt nicht zuhöre. Er hörte auch nicht zu, was aber niemand beweisen konnte. Er nahm die Feindschaft der Guten in Kauf und weigerte sich, die Redner zu unterbrechen, was konnten die Unzufriedenen ihm schaden? Andererseits befürchtete er Racheakte der Unterbrochenen, wenn er die Redner unterbrach, und überhaupt lag ihm so etwas nicht. (Er sagte auch in Fällen, in denen Mitarbeiter Vorschläge machten, meist ja, obwohl er ebensogut gleich nein hätte sagen können, weil er ebensogut noch morgen nein sagen konnte, niemand hätte ihm deswegen etwas tun können, und es war für seine Sicherheit ohnehin egal, ob er ja sagte oder nein; dann aber kam noch hinzu, daß er ungern nein sagte und lieber erst ja sagte, weil die Chance bestand, daß durch den Zeitablauf die Sache sich von selbst erledigte und er vielleicht überhaupt nie nein zu sagen brauchte. Er bezahlte seine Mitarbeiter für die Vorschläge und honorierte daher auch das Recht, die Vorschläge abzulehnen. Aber er hätte ungern einen der Vorschläge, die sie ihm machten, abgelehnt, wahrscheinlich, weil er Racheakte befürchtete.)

Stimulation

Dreistündige Mittagstafel in einem Lokal in Bahnhofsnähe, wo er Gäste empfängt, denen er gefallen muß: er zeichnet die Neuangekommenen aus, indem er ihnen entgegengeht und sich auf dem Weg von der Tür, an der er sie begrüßt, zu den Tischen abfällig über die schon dasitzenden Gäste äußert. Nach Tisch redete er von seinem Tode, nicht zu allen. Die Gäste, die es hörten, waren unsicher, wie sie sich verhalten sollten. Die Ausmalung seines baldigen Todes war sein stärkstes Anregungsmittel, von dem er – wie übrigens auch von Penicillin, Chinin usf. – hemmungslos Gebrauch machte.

Verfolgung, Schützling, zwei Alternativen

Er hat einen großartigen Apparat entwickelt, der ihn im Fall von Pogromen und natürlich erst recht in Ruhezeiten schützt. Wie aber hält er den empfindlichen Apparat am Laufen, wenn keine Verfolgung da ist? Er braucht deshalb starke Anregungsmittel, um sich am Laufen zu halten. Das stärkste Anre-

gungsmittel wäre natürlich ein Schützling, der wirklich gefährdet ist. Aber wie
soll der Schützling durch den Schutzring von Berühmtheit, Assessoren, Mitarbeitern, Büroangestellten, diese komplizierte Organisation, bis zum großen
Verteidiger selbst vordringen?

VI
Das Mädchen übernachtet mit ihrem Freund
in einem fremden Personenfahrzeug

Da er nicht wissen konnte, wo er sie finden sollte, wenn sie ohne Zimmer und
ohne feste Punkte war, an denen sie sich zu bestimmten Zeiten aufhielt, wartete sie in der Straße vor seiner Wohnung, bis er abends heimkam. Sie ließ ihn
ins Haus gehen, da sie sich nicht aufdrängen wollte, für den Fall, daß er etwas
Wichtiges vorhätte, und folgte ihm, als er wieder auf die Straße kam, aus einer
gewissen Entfernung, bis sie sicher war, daß er lediglich zum Theater ging. Sie
sprach ihn an. Er war überrascht und fragte, was denn passiert sei. Sie erzählte
ihm irgend etwas. Sie gaben die Theaterkarte irgendeinem, der vor dem Theater wartete. Sie war so froh, ihn wiederzuhaben, daß sie zugab, daß sie ohne
Unterkunft war. Sie redete davon, daß sie Geld erwarte, um seine Bedenken
zu zerstreuen. Sie fand ein unverschlossenes Auto und zerstreute seine Bedenken, ein Stück damit zu fahren und es später wieder an die alte Stelle zu
bringen. Er hatte Angst vor Entdeckung und Disziplinarstrafen, aber sie
rechnete damit, daß dies der letzte Abend sein würde, den sie zusammen hätten, und zerstreute deshalb alles, was er sagen wollte. Es war ein sehr schwerer Fehler, den sie beging, denn er fand seine Unbefangenheit an diesem
Abend nicht wieder.
Er hatte sich vorbereitet und wollte sich an diesem Tage grundsätzlich mit ihr
über eine festere Verbindung aussprechen. Er fand den Ton nicht, den diese
Worte ursprünglich in seinem Kopf gehabt hatten, aber auch die zusammen-
hanglosen Möglichkeiten, in denen er herumstocherte, setzten sie in eine helle
Panik. Sie wollte abwehren. Es war das, was sie in den letzten Wochen mühsam angestrebt hatte; jetzt kam zu dieser Wunschvorstellung eine Flut von Ge-
gengründen, eine Antipathie gegen jeden Gedanken einer festeren Verbindung. Ihre zerrütteten Empfindungen durchjagten eine Skala von Reaktionen,
sie fand nichts zu antworten. Sie wünschte sich eine Katastrophe, aus der sie
ihn befreien könnte. Oder irgendeine Macht, die jetzt eingriff und die Flucht
beendete, so daß sie ihm alles aufdecken könnte – nicht einmal aufdecken: daß
sie Zeit gewänne. Sie verglich sich mit einer Zauberin, die einen Kreis um den
Menschen, den sie liebt, zieht und alles, was es in der Welt gibt, in diesen Kreis

transportiert. Ihr Gesicht war verkrampft. Sie erschrak, da doch Liebe alles glätten sollte. Sie zweifelte einen Augenblick an ihrer Liebe und entdeckte Anzeichen dafür, daß er ihr etwas vorspiegele und sie in Wirklichkeit mit seinen Worten nur auf geschickte Art loswerden wolle.

Er hatte die Angewohnheit, alles, was er mit ihr tat, in einen offiziellen und einen inoffiziellen Teil zu zerlegen, und versuchte, sie zu entkleiden, als er mit seinen Ausführungen zu Ende war. Es kam ihr unerwartet, und sie tat, als ob sie seine Absicht nicht verstünde, da sie den letzten Abend nicht auf diese Weise fortgeben wollte. Sie klammerte sich an das Gespräch, das sie miteinander gehabt hatten, und erklärte ihm, weshalb sie gern seine Frau wäre. Sie sagte »komm«, um ihn in Abstand zu halten, und redete sorgfältig kontrolliertes dummes Zeug. Es gefiel ihm gut: ob sie vom künftigen gemeinsamen Leben redete oder ihm zu gefallen suchte oder seine Hände wegbog – es bestätigte ihn nur in der Richtung, die er eingeschlagen hatte. Sie versuchte, sich zu wehren, mußte aber einfach und natürlich bleiben.

Einen Augenblick rechnete sie sich aus, was geschähe, wenn sie aufdeckte: das Kind und die Fahndung, aber sie schreckte zurück. Sie fand das unfair und sagte ihm weder von dem einen noch von dem anderen etwas. Sie befreite sich aus seiner Umarmung in den engen Autositzen und kroch aus dem Wagen. Es regnete heftig. Sie ließ das Wasser auf die Haut platschen. Sie ging auf und ab. Sie duschte sich, bis er aus dem Wagen nach ihr rief. Sie war naß und schädigte die Polster, als sie wieder zu ihm hineinkroch. Es verwirrte ihn. Er schwankte zwischen den Empfindungen eines Autoeigentümers und der Empfindung ihrer Nässe.

VII

Sie machte einen letzten Versuch, ihre Situation zu klären, indem sie die Eltern von Leipzig nach Bad Nauheim bestellte. Es gelang ihr aber nicht, in den zwei Tagen, die sie mit den Eltern verbrachte, die beiden auseinanderzuzerren. Sie waren eine geschlossene Phalanx der Furcht vor Strapazen. Sie brauchte Einzelkonferenzen mit ihrer Mutter und mit ihrem Vater, aber es blieb bei Plenarsitzungen. Wie nasse Bettfedern klebten die beiden aneinander, obwohl sie sich noch nie hatten leiden können und sich bei aller Gelegenheit sonst aus dem Wege gingen. Sie fürchteten sich, einen Augenblick mit der Tochter allein zu sein, und hatten sich verabredet.

Schon der Anfang war ein Fehler gewesen. Sie hatte sich in einem kleinen Café frisch machen wollen und war dort unvorbereitet von ihren Eltern entdeckt worden, die mit ihrem Wiedersehenslärm jede Bewegung abtöteten. Sie wollte sie nicht so lärmen hören, was sie ebenso abstoßend fand wie die Art, in der sie aßen oder bestimmte Dinge bemerkten und bestimmte Dinge nicht bemerkten. Sie versuchte, die geschlossene Front der beiden zu durchbrechen. Es mißlang, da das Gespräch in die schon traditionelle Fahrbahn geriet: Sie kritisierte die Eltern, was ihr nichts half. Sie sagte ihnen, daß sie einander haßten, was die beiden nur enger zusammenschloß, da sie Haß fürchteten. Die Eltern wiesen darauf hin, wie harmonisch das Zusammensein nach den vielen Jahren sein könnte, wenn die Tochter ihre Kritik unterließe. A. wünschte sich eine Katastrophe, die die Sperre, die sich mit jedem Wort verdichtete, beiseite gefegt hätte. Während sie das wünschte, verlor sie doch schon ihren Glauben daran, daß ihre Eltern ihr überhaupt noch helfen könnten. Sie hatte sich nicht vorgestellt, wie schwach sie waren, wenn sie gemeinsam operierten, wie sehr sie sich gegenseitig in ihrer Ehe geschwächt hatten.

Am Abend des zweiten Tages in Bad Nauheim kamen Kriminalbeamte, die den Meldezettel gelesen hatten, in das Hotel und verhafteten sie. Die Eltern erfuhren von der Verhaftung durch die Hoteldirektion. Im Laufe des folgenden Vormittags gelang es A., aus dem Polizeipräsidium zu entkommen. Sie eilte in das Hotel zurück, aber ihre Eltern waren bereits abgereist. Sie hatten Angst, in die Sache, um welche auch immer es sich handelte, hineingezogen zu werden. Sie hatten keinen Brief hinterlassen, wohl weil sie sich auf keine Fassung einigen konnten. A. vermied den Bahnhof und die Autobahn, da sie annahm, daß dort Polizei aufgestellt war, und hielt einen Wagen an auf der Reichsstraße nach FRANKFURT.

In MAINZ rannte sie in der Bahnhofsstraße direkt in die Arme der Schepp. Sie lief, ohne irgend etwas zu sehen, bis sie kurz vor ihr war, und wich entsetzt aus, über die Straße, in der Hoffnung, daß sie sie noch nicht bemerkt hätte. Sie lief in ein Auto hinein, das scharf bremsen mußte und noch weitere Fahrzeuge aus dem Kurs brachte; ein Lärm, der die Wirkung hatte, als würden Scheinwerfer auf sie konzentriert. Sie jagte eine Straße hinauf und immer weiter, bis sie vor der Wohnung ihres Freundes stand. Sie wartete.

Sie fuhren nach Wiesbaden. Sie war gegen die Unternehmung, weil sie mit der Zeit, die noch blieb, geizte. Nach der Spur, die sie in Bad Nauheim zurückgelassen hatte, konnte es sich nur noch um Tage handeln, daß die Polizei sie aufspürte. Sie versuchte, diesen Abend zu gestalten, aber als sie kurze Zeit im »Walhalla« saßen und die Neuigkeiten ausgetauscht hatten (was sie mit Ungeduld erfüllte – die Hurengesichter, die große Leuchttraube, die sich dreht –), kam Ausweiskontrolle. Sie versuchte, die Toilettenfrau zu bereden, ihr einen Ausgang zu sagen. Während sie feststellen konnte, daß einige Prostituierte auf irgendeine Art verschwanden, hielt man sie mit halben Versprechungen hin. Wahrscheinlich hielt die Toilettenfrau sie für einen schweren Fall, der nur Unannehmlichkeiten bringt, wenn man sich auf ihn einläßt. Das Mädchen schloß sich in eine Toilette ein. Sie gab der Toilettenfrau alles Geld, das sie bei sich hatte. Die Kontrolle forderte diejenigen, die in den Kabinen saßen, auf, die Ausweise unter der Tür hervorzuschieben. Sie fingen von der linken Seite an. Es dauerte eine bestimmte Zeit, dann kam das Zeichen »danke« und Füßescharren. A. kam auf die Aufforderung hin heraus und ließ sich bis zum Ausgang der Toilette führen, wo sie sich von den Beamten losriß. Sie verbrachte die Nacht im Freien, auf halber Strecke zwischen WIESBADEN und MAINZ. Sie fürchtete, daß die Rheinbrücken nachts bewacht würden. Sie wartete am Spätnachmittag in der Straße vor der Wohnung ihres Freundes, um ihm zu erklären, weshalb sie davongelaufen sei. Er gab ihr nicht ganz hundert Mark und riet ihr, nach Nordrhein-Westfalen zu gehen. Er wußte nicht, wie er sich verhalten sollte. Er wollte sie nicht im Stich lassen. Sie ertrug das nicht und machte ein Ende.

VIII

In einer leerstehenden Villa, die Leute waren vielleicht geflohen, nistete sie sich ein. Selbst die Wasserhähne waren herausmontiert, vielleicht sollte alles abgerissen werden. Sie richtete sich in den Dachzimmern ein und hätte entkommen können, wenn sie überrascht worden wäre. Die Unruhe und Müdigkeit des Abends, an dem sie diese Unterkunft entdeckt hatte bei ihren langen Gängen durch die Straßen dieser Stadt, verwandelte sich während der Nacht in einen Druck auf der Brust, Schmerzen, wenn sie nur atmete, und schwere fiebrige Glieder, später Kopfgrippe, die etwas vom Tod hat, die Augen waren nicht mehr warm zu kriegen, schmerzhaft sehr tief in den Höhlen liegende Augen, Glieder unbeweglich, flatterig, grantig. Sie lag mit ihrer Krankheit praktisch hier wie ein Hund in dem leerstehenden Haus. Sie ging nur einmal fort und holte etwas zum Essen, nicht weil sie Hunger hatte, sondern weil sie etwas für ihr Leben tun wollte.

IX

Ab zwei Uhr wurde in dieser Ecke des großen Lokals das Licht ausgeschaltet, weil der Hauptmittagsstrom der Gäste vorüber war. Als sie aufsah und die Hände, mit denen sie die Augen angewärmt hatte, wegnahm, saß sie im Dunkeln wie in einem Kellergang, aber große Balken über ihr und an den Seiten, die den Saal trugen. Sie vermutete, daß es draußen regnete, Autolärm: daß etwas geschieht. Das Blut hatte, während sie die Augen geschlossen hielt und fast schlief, an ihren Magenwänden gesessen und gesaugt, jetzt strömte es in seine Ausgangsstellungen zurück. Es funktionierte alles, Kopf, Glieder. Später verließ sie das Lokal durch einen Nebeneingang, der von der Toilette zu erreichen war und im Gegensatz zum Haupteingang nicht von der Bedienung bewacht war. Sie erschrak heftig, als ein Auto bis dicht an den Zebrastreifen heranfuhr. Sie ging sofort in Angriffshaltung, die Hände gegen das Auto gestreckt, das aber dann noch rechtzeitig an der äußersten Begrenzung des Zebrastreifens, bis zu der es fahren durfte, zum Halten kam.

Im Spätherbst kam A. herunter nach Garmisch, wo sie sich das Krankenhaus aussuchen wollte, in dem sie ihr Kind zur Welt bringen wollte. Sie erreichte Garmisch in einem Tag, versagte aber dann. Der Mann, der sie dorthin gefahren hatte und für alles aufgekommen wäre, wollte sie abends ausführen. Sie bekam Nasenbluten, und ihr wurde übel. Es gelang ihr, die Toilette zu erreichen, wo sie erst einmal in Sicherheit war, aber es war ihr später unmöglich, dem Mann noch zu gefallen. Sie wollte ihn nicht haben.

X
Fluchtbewegungen

In BONN arbeitete sie als Sekretärin und Kassiererin einer Studio-Bühne. Eine Polizeistimme am Telefon verlangte, mit dem Direktor des Theaterunternehmens verbunden zu werden. Das Mädchen glaubte, der Anruf gelte ihr. Sie gab das Telefonat zum Chef durch. Sie nahm DM 200,– aus den Kassen, die sie zu verwalten hatte, und reiste nach Norddeutschland. Sie fühlte sich noch zittrig, als sie im Zug saß. Im Warteraum erster Klasse von Lüneburg konnte sie einen aufdringlichen Mann, der eine Verabredung mit ihr treffen wollte, weil er auf Grund eines Mißverständnisses glaubte, daß sie zu haben sei, nur dadurch loswerden, daß sie ihm ihren Personalausweis zur Sicherheit überließ. Sie wagte sich danach nicht mehr in den Wartesaal erster Klasse, sondern saß die Nacht über in der zweiten Klasse. Die Bahnpolizei duldete sie, da sie einen gültigen

Fahrausweis vorlegen konnte; obwohl es schwer ist, von Duldung zu sprechen, wenn sie einen nur wenig abgerisseneren Mann, der auf Aufforderung
sein Bier nicht gleich austrank, zusammenschlugen und hinausbrachten. Das
war das gute Recht der Bahn, A. nahm den ersten Zug, der weiterführte. Sie
wandte sich auf ihrer Flucht nach ULM, AUGSBURG, DÜSSELDORF,
SIEGEN, wo sie sich jeweils nur kurz aufhielt, unter Hinterlassung kleiner
Schulden, die die Verfolgungswelle hinter ihr ankurbelten, so daß es – wenn
man die Sache ohne ihre Zusammenhänge sieht – so aussah, als provoziere sie
diese Verfolgungswelle absichtlich, um ihre Fluchtbewegung zu motivieren.

XI
Fluchtbewegungen

In BRAUNSCHWEIG arbeitete sie im November, bis sie, mit der Fünf-Uhr-
Welle zum Haus ihrer Wirtin kommend, Polizei vor dem Haus sah. Sie floh
nach STUTTGART.

Von STUTTGART floh sie unter Hinterlassung von Hotelrechnungen nach
MANNHEIM, KOBLENZ, WUPPERTAL, unter Umgehung von DÜS-
SELDORF, von WUPPERTAL nach KÖLN, die Nähe von KOBLENZ
schreckte sie ab, und sie wich aus nach DARMSTADT.

In der Absicht, sich einen rechtswidrigen Vermögensvorteil zu verschaffen,
mietete sie sich ein in DARMSTADT, wie schon vorher in verschiedenen anderen Städten, unter Vorspiegelung eines Zahlungswillens, den sie eigentlich
gar nicht hatte.

XII
Die Ausgeplünderte

Im Februar brauchte sie dringend einen festen Platz für die Geburt. Sie versuchte es noch einmal im Rheinland, aber da ihr Zustand jedem deutlich war,
nahm sie keiner. Sie stellte sich der Polizei, nachdem feststand, daß sie keine
Papiere hatte und sich definitiv nicht selbst helfen konnte. Sie wurde eingeliefert in die Untersuchungsstrafanstalt Dietz. Sie mußte dort sehr kleine Figuren
anpinseln, richtete sich aber sonst in ihrer geschützten Zelle ein. Als die Zeit
für die Geburt kam, wurde sie in das Anstaltshospital, zwei abgeteilte Zimmer, verlegt. Zu dem Arzt hatte sie kein Vertrauen wegen seiner holzigen Haut
und seines unreinen Atems; es war genau der Typ von Friseur, zu dem sie nicht
ging. Sie hatte Angst und reichte Gesuche ein, daß man sie wieder in ihre Zelle
zurückbringen sollte; sie hatte eine Mitgefangene gefunden, die ihr notfalls

helfen konnte. Aber noch ehe die Antwort von der Gefängnisdirektion da war, begann die Geburt. Sie mußte diesen Mann zwischen ihren Beinen hantieren lassen, aber es blieb keine Zeit. Es ging alles ganz rasch. Nach zwei Tagen wurde das Kind fortgenommen und in eine Pflegeanstalt in der Nähe von KASSEL gebracht. Die Milch in ihren Brüsten wurde abgepumpt. Sie half noch einige Tage von ihrem Bett aus, das über viele Städte verstreute Belastungsmaterial zusammenzufinden. Der Nervenzusammenbruch kam für alle überraschend. Sie wurde aus dem Anstaltshospital an die Universitätsfrauenklinik weitergeleitet, wo man vor allem mit Penicillin vorging und den Zusammenbruch nach einiger Zeit einkreiste.

Manfred Schmidt

I

Das Fest

Stichzeit sechs Uhr. Die Glocken werden durch die Lautsprecher in die leeren Säle übertragen. Die Lautsprecher sind in der großen Treppenhalle aufgestellt und tönen über die Freitreppen hin.

1

Lastwagen, die Pappwände brachten, fuhren vor, zerwalzten den Schneematsch.

2

Die Garderobieren richteten sich in ihren kleinen Abteilungen ein. Sie erleben das Fest aus dem sicheren Hafen der Arbeit.

3

Die Beamten der Wach- und Schließgesellschaft in ihren grauen Schutzmänteln hatten das Gebäude hermetisch abgesperrt. Noch suchen sie in den Kellern nach Lücken im Abschirmungssystem.

4

Grüne Kisten mit Getränken werden gebracht und auf die einzelnen Stockwerke verteilt. Eine auswärtige Firma versucht, Lieferungen einzuschmuggeln. Es gibt jedoch Leute, die dafür sorgen, daß nur grüne Kisten durchgelassen werden. Plötzlich wurde das riesige Gebäude beleuchtet, draußen von Scheinwerfern, innen von den überall aufgestellten, etwas kleineren Scheinwerfern.

5

In Breeches durcheilte Kriminalkommissar Peiler die drei Stockwerke des Festhauses: es geht um mögliche Fluchtorte (in den Dekorationen, auf den Toiletten) für den Fall der Razzia.

6

Nachdem das Fest hinreichend eingekreist war, zog sich der Generalbevollmächtigte des Hauptveranstalters mit seinem eigentlichen Mitarbeiterstab in die für die Organisationsleitung vorbehaltenen Räume zurück. Probe: 120 Scheinwerfer. Draußen ergeben sich Schwierigkeiten mit den jetzt zahlreicher eintreffenden Fahrzeugen.

Interview mit einem leitenden Beamten der Wach- und Schließgesellschaft
Wenn wir wollten, könnten wir fünfzig Prozent aller Leute, die den Kontrollbeamten gegenüber frech auftreten, hereinlegen. Trotz aller Vorsichtsmaßnahmen rutschen jedes Jahr wieder einige Unbefugte mit auf das Fest. Diese Unbefugten sind es zumeist, die frech auftreten.
Vielfach kommen sie durch die Heizungsrohre herein, oder sie springen von den Nachbarhäusern auf das Dach, oder sie machen Aufruhr an den Eingängen und rutschen in der allgemeinen Aufregung mit durch. Immer wenn Krawall bei der Abfertigung an den Eingängen entsteht, vermuten wir mit Recht, daß da Unbefugte sind, die hereinwollen und Unordnung stiften, um in ihrem Schutz mit hereinzustürmen. Unsere Leute haben immer eine Schußwaffe bei sich. Sie sollen aber nur in Ausnahmefällen von der Schußwaffe Gebrauch machen. Wir können nicht dulden, daß die an sich notwendige Abschirmungsaufgabe Menschenleben fordert. Schließlich gefährden wir damit nicht nur das Leben der Leute, wobei wir in die Fußgegend schießen würden, sondern wir gefährden auch die Sicherheit unserer Beamten, die in der Gefahr sind, die Notwehrgrenze zu überschreiten. Für von uns angezeigte Fälle von Hausfriedensbruch verhängen die Gerichte, wenn es hochkommt, drei Monate mit oder ohne Bewährung, für alle Fälle von Körperverletzung und Bedrohung: je nach angerichtetem oder drohendem Schaden. Einschleichen durch uns nicht bekannte Zugänge bewertet das Gericht nur mit Haft. Wir sehen deshalb in diesen Fällen von der Anzeige meist ab und legen nur diejenigen herein, die unseren Beamten gegenüber frech auftreten. Die Gerichte und die Veranstaltungsleitung nehmen unsere Arbeit, da sie die Schwierigkeiten der Praxis nicht

kennen, nicht mit hinreichendem Ernst auf. Für uns aber kommt es darauf an, in Anpassung und Widerstand unser System der Bewachung und Abschließung zu vervollkommnen und trotz Personalmangels für einen ausreichenden Schutz zu sorgen. Es bedarf dabei der Anpassung der Schließpraxis an die veränderte Welt, aber es bedarf andererseits auch der Rücksichtnahme des Publikums. Viele sind immer noch der Meinung, daß, wer durch das Wach- und Schließsystem durchschlüpft, vielleicht zur Stimmung des Festes nicht unwesentlich beiträgt und vielleicht als Typ sogar geeigneter ist für das Fest als viele, die ordnungsgemäß ihre Eintrittskarten vorgezeigt haben. Trotzdem müssen wir auf der Vorlage der Eintrittskarten bestehen. Schon allein deshalb, um eine Überfüllung des Festes zu vermeiden.

Interview mit dem leitenden Lebensmittelchemiker des Gewerbeaufsichtsamtes

Einige scheinen sich einzubilden, man könnte auf solchen Festen alle die Ware einsetzen, die man im praktischen Leben sonst nicht los wird. Da haben sich die Herren aber gründlich geirrt. In der Regel lassen wir bis zu 40 % Anzeigen herausgehen bei Festen dieser Größenordnung, wobei ich von einer Zahl von 20 bis 30 Gastwirten ausgehen möchte. Die Gastwirte können gar nicht einmal immer etwas dafür, denn sie sind angewiesen auf die Waren, die geliefert werden.

Die Leute kaufen natürlich alles. Sie glauben, auf einem Fest brauchte man nicht aufzupassen, das wäre sozusagen Freizeit. Ich bin deshalb im wesentlichen auf meine Männer von der Lebensmittelaufsicht angewiesen, die oft genug angefeindet werden bei ihrer Arbeit. Niemand läßt sich gern den Appetit verderben, und die Leute hängen an ihren Festen. Die Wirte andererseits sagen: Wohin wollen Sie mit der Wurst und so ähnlich: viele Wirte weigern sich, meinen Leuten noch irgend etwas zu verkaufen, sobald sie sie als Beamte erkannt haben. In solchen Fällen bleibt nichts anderes übrig, als eine Kostprobe zu beschlagnahmen, und wehe, wenn die Probe dann zu keiner Beanstandung Anlaß gibt, denn dann war die Beschlagnahme unzulässig. Aber wenn auch die Arbeit unserer kleinen Behörde nach Möglichkeit behindert wird, ganz zum Erliegen ist sie bisher nicht gekommen.

Die Hauptschwierigkeit liegt darin, daß die Händler glauben, man könne Feste auch mit billiger Ware füttern. Ich möchte Ihnen nicht sagen, was in diesen Würstchen da alles enthalten ist oder aus was der beschlagnahmte Wein, den Sie da gestapelt sehen, besteht. Es ist ein grauenhafter Leichtsinn, der in dem Augenblick ausbricht, in dem die Leute mit Recht glauben, daß sie es nicht mehr mit einem kritischen Publikum zu tun haben, sondern mit Leuten, die sich amüsieren wollen. Ich will nicht sagen, daß unsere Behörde größer werden sollte. Man kann das Problem nicht von der Kontrolle her lösen, sondern nur in Freiheit. Ich möchte aber auch unserem Herrn Minister widersprechen, wenn er ausschließlich darauf abstellt, daß man sich des Problems bewußt wird. Vom Drandenken ist meines Erachtens noch keine Wurst gesund geworden, wenn dieses Gleichnis erlaubt ist. Es kommt aber auf eine gesunde Ernährung in Freiheit an. In der Lebensmittelaufsicht zeigt sich noch etwas von der alten Aufklärungsarbeit des Detektivs, und es käme vielleicht darauf an, einmal einen Kriminalroman nicht in Verbrecherkreisen und in der Polizeiarbeit anzusiedeln, sondern in der Thematik der Lebensmittelaufsicht auf Festen.

Interview mit einem Vertreter der Finanzverwaltung
Wir gehen durch das Fest mit aufmerksamen Augen. Viele glauben sich da unbeobachtet und sind es doch nicht. Niemand will ihnen nachschnüffeln, es ist das Privatleben: und doch sehen wir, was vorgeht. Wenn ich mich nicht täusche, ist es Ernest Hemingway, der betont, wieviel an Fakten ein Dichter wissen muß, wenn er nur einen Satz (der vielleicht mit dem, was er weiß, gar nichts zu tun hat) schreiben will.
Ähnlich geht es uns von der Finanzverwaltung. Das Leben besteht für uns aus Lernen, Lernen und Lernen. Wieviel muß ein Finanzbeamter wissen, um eine sachgerechte Entscheidung treffen zu können!
Ich will diese Schwierigkeit bei der Erforschung der Wahrheit in diesem Zusammenhang nicht vertiefen, möchte aber doch bei der Gelegenheit darauf aufmerksam machen, daß die Zahl der Festteilnehmer und die Höhe des Warenverbrauchs uns bekannt sind. Die kleinen Tricks der Festveranstalter, die überzählige Eintrittskarten drucken, kennen wir. Auch den mit dem Warenverbrauch, daß nämlich fast ebensoviel Waren an die Händler zurückgehen, wie geliefert wurden, obwohl verkauft worden ist, durchschauen wir. Wir vergleichen gar nicht die angelieferten mit den übrigbleibenden Waren, um den Umsatz zu prüfen, der Trick beruht insofern auf mangelnder Kenntnis unseres Verfahrens. Über kleine Schönheitsfehler sehen wir hinweg, werden aber plötzlich scharf, wenn es sich um Zollfragen handelt. Es ist vorgekommen, daß auf Festen wie diesem plötzlich unverzollte Zigaretten und Parfums angeboten und abgesetzt worden sind!

Interview mit einem Vertreter der Polizeiaufsicht
Was heißt Fest? Wir verstehen darunter jede vergnügungssteuerpflichtige Veranstaltung, bei der die Zahlenden mitwirken dürfen. Jeder von Ihnen weiß, daß sich auch für die Polizei immer neue Aufgaben auf Festen ergeben, die mit gleichbleibendem Personalapparat zu bewältigen sind. Wir haben eine Polizei aus dem 18. Jh., Formen des Vergnügens aus dem 19. Jh. und Festteilnehmer

aus dem 20. Jh. Daraus ergeben sich zweifellos Konflikte. Dabei hat auch die Polizei mehrfach bewiesen, daß sie Feste zu feiern versteht. Ich denke an die Feste in Wilkowischen, Wilna, Mariampol, Tauroggen, Kiew, Melitopol und auf der Krim 1941 und 1942, an das Bezirkssportfest in Kattowitz, an das in Lemberg und Litzmannstadt 1943, die Feste in Smolensk und nicht zuletzt 1944 Warschau. Der verkrampfte Polizistentyp von einst ist einem fortschrittlichen, in die Zukunft weisenden Typ des Polizeibeamten gewichen, der auch im Publikum immer mehr als Helfer begrüßt wird. Wenn ich so sagen darf: Er wird heutzutage eigentlich selbst als Festteilnehmer aufgefaßt, nicht als Vollstrecker von Sicherheit und Ordnung, sondern eher als Ordner im allgemeinen. Dieses neue Leitbild des Polizeibeamten bedarf sorgfältiger Pflege, und so sollte auch der Dienst der Beamten im Rahmen der Festaufsicht aufgefaßt werden.

Name des Festes

Das Fest hieß »Nächte des Agamemnon«, weil man ursprünglich ein Fest in antiken Kostümen geplant hatte (Kostüme, die leicht anzufertigen sind und einen gewissen Grad an Nacktheit zugelassen hätten). Später lockerte man die Kostümvorschriften, ging aber von dem werbewirksamen Titel nicht ab. Die Programme des Festes hießen »Liebeswalzer« und »Donauwellen«. Die Planer des Festes hatten Lampenfieber. Würde der Durchbruch zum Fest gelingen? Die Offensive durchschlagen?

Widerstand vor dem Fest

Es gelang nicht, das Fest in Gang zu bringen. Diszipliniert bewegten sich die Leute zwischen den riesenhaften Dekorationen, drängten sich auf den großen Freitreppen. Die Massen, die sich auf den großen Freitreppen in zwei großen entgegengesetzten Strömen hinauf- und hinunterschoben, warteten schon eine Stunde. Häbel, Schleicher, Horn I, Horn II, Putermann, Beier-Müncheberg hasteten an der Kolonne entlang. Sie hielten sich an den Nahtstellen der beiden Ströme, d.h. praktisch an den Stellen, an denen sie vorwärts kommen konnten. Einmal eine kurze Belebung, als irgendwo oben aufgestapelte Bierkästen zusammenstürzen, lebhafte Bewegung. Wortwechsel, der aber nicht ausreicht, um ein anderes Klima zu schaffen.
Soll die Festleitung weitere Stapel Bierflaschen einstürzen lassen, damit eine Auflockerung eintritt?

I. Stock (Bierschwemme unten)

Dürften sich doch alle ausziehen, ach, die antiken Bettlaken abtun, die Straßenanzüge aufknöpfen oder wenigstens Nazilieder brüllen (was verboten ist). Statt dessen: die großen Biergläser pflichtgemäß austrinken.

II. Stock (Säle mit Weinzwang, Bar)

Tischrunde mit Gitta: Sie zog sich ihr Jäckchen aus und legte die großen Hände auf eine Zuckerdose, sah an sich herunter bis zu den Händen und prüfte, ob alles richtig lag, ob die Hände richtig lagen: am meisten – ja ein Pferd. Ich seh' sie so wie ein Pferd. Ich seh' ein Radgestell oder Bügel und da unten dran zwei Räder. Zwei Spitzfüßchen, die Beine gehen so (sie zeigt, wie sie gehen), und da kommt ein Absatz dran. Die Rede Gittas verlor sich. Keiner versprach sich Wunder von diesem Fest. Die Massen bewegten sich wie im Adventsverkehr durch die Säle mit Weinzwang.

III. Stock (Bierschwemme oben)

Hier waren Trupps tätig, die es übelnahmen, wenn einige sich auszuschließen versuchten. Ein Mädchen nahm einen Schluck aus dem Bierglas, der weißen Schaum auf ihrer Oberlippe hinterließ, und bewegte deshalb die Zunge über die Lippen, so daß sie wieder rein waren; daraufhin wurde sie von Nachbarn angepöbelt. F. ließ sich an der Bar der Bierschwemme von einer Volkswirtin umarmen, da das bei der herrschenden Zugluft die einzige Chance war, den Abend ohne Erkältung zu überstehen. Aus einer Toilettenzelle, an die P. gepocht hatte, trat sein Mädchen mit einem Begleiter hervor. Was soll man mit einem jungen Mädchen anfangen, das sagt: Ich will Eis essen bis zur Vergasung?

Betreuung des Festes I

Endlich der für 8.30 angesetzte Fanfarenstoß, der das Programm »Liebeswalzer« auslöste. Die Anordnung, vorzeitig anzufangen, kam von der Festleitung. Brintzinger und Karlota überbrachten die Anordnung. Das Programm begann auch sofort in allen Sälen, setzte sich aber gegenüber der schiebenden Bewegung der Festteilnehmer nicht durch. Das Programm gab lediglich ein neues Ziel für die alte Bewegung ab: die Teilnehmer sehen sich alles an und schieben weiter mit tauben Augen; es ist aufreibend, einerseits darauf zu achten, wo es weitergeht, und andererseits das, was geboten wird, ebenfalls in die Augen zu bekommen. Viele sind in Kostümen erschienen. Andere in Straßenkleidung, andere in Abendkleidung. Es liegt eine Art Lähmung über den Leuten. Was sollen sie machen? Die Beine laufen, die Arme hängen oder sind in andere Arme eingehängt, die Augen sind überlastet, die Ohren hören die Musikkapellen, zu denen man aber nicht hingelangen kann, die Haare liegen schlecht. Die Leute haben zunächst einmal nichts hierher mitgebracht, was also sollen sie anfangen?

Brintzinger, Beier-Müncheberg, Horn I, Horn II, immer an der Naht der Ströme, dringen zu Eingang IV vor, dort soll es einen Krawall gegeben haben.

Die Männer von der Wach- und Schließgesellschaft haben die Störung bereits beseitigt. Aber auch diese Schlägerei bringt keine Belebung. Die Festleitung kommt auf den Gedanken, die Hauptsicherungen in den Lichtleitungen eine Minute herauszunehmen und gleichzeitig durch die Lautsprecher ansagen zu lassen: Sonnenfinsternis für Verliebte. Das lockert die gespannte Atmosphäre.

Während das Licht aus ist, zuerst Schrecksekunde, dann ein besserer Kontakt, der anhält, als das Licht wieder da ist.

Die Barfrau

Sie ist nur auf einen Sprung in die Bierschwemme gekommen. Ihre Geldtasche: weiches Leder, das sie in der Schoßgegend trägt. Sie zahlt aus ihrer Geldtasche, in der sie, ehe sie zahlt, etwas wühlt. Sie ißt eine Roulade, und als sie fertig ist, wirft sie ihre Serviette auf den Rest Sauce. Gleich darauf geht sie. Das Glas mit der Nippe Cola steht noch längere Zeit wie ein kleines Grab da.

Betreuung des Festes II

Horn I, Horn II, Häbel, Schleicher, Pichota, Putermann gehen zu je zwei unter dem Befehl von Brintzinger, Karlota, Beier-Müncheberg unter die Leute und bringen Stimmung hinein. Karlota holt mit seinen zwei Mann eine Kapelle vom Podium herunter und zieht mit ihr, nach Art einer Polonaise, vor den Leuten im II. Stock her. Es kommt für die Festleitung darauf an, die erstbeste Gelegenheit, die Stimmung etwas zu erhöhen, brutal wahrzunehmen: die Einsatzgruppe Beier-Müncheberg schmeißt einen jungen Mann aus dem Saal raus. Das schmiedet die Leute zusammen. Die Leute werden allmählich zu den Zentren des Festes (der Bierschwemme unten und den gedeckten Tischen mit Weinzwang oben) dirigiert. Für alle unerwartet treffen die Busse ein, die die Teilnehmer Rhein-Main und Isar-Main bringen; Leute, die schon Hütchen aufhaben und mit irgendeinem billigen Wein bereits während der Fahrt so weit gebracht sind, daß sie neuen Mut in dieses Fest pumpen. Es gibt Schwierigkeiten am Einlaß, als diese Menschen in großer Menge an den Eingängen erscheinen. Die Männer der Schließgesellschaft wollen anfangs noch eine ordnungsgemäße Kontrolle gewährleisten; nicht lange, und die Kette dieser Männer wird durchbrochen, herein gießt sich eine Unzahl Personen, die bereits singen und schunkeln wollen. Sie stürmen die großen Freitreppen und schieben die Leute, die herunterwollen, vor sich her auf die Bierschwemme im III. Stock zu. Natürlich haben auf diese Weise auch viele Unberechtigte Eintritt erhalten. Aber wie soll man die herausfinden? Einige Ecken werden vom Saaldienst abgesperrt, und in diesen Ecken wird streng kontrolliert. Man findet ein, zwei Personen, die keine Karten vorweisen können.

Manfred Schmidt als Karnevalsprinz

Die Abgesandten der Festleitung brachten ihm am Frühabend die Schlüssel zum Festgebäude. Die Stadtschlüssel besaß er schon seit Tagen. Schmidt, vorläufig noch im halben Dreß, empfing die kleine Gesandtschaft, die ihm die Schlüssel zu den Festsälen auslieferte. Man hätte ihm für diesen Abend eine bessere Prinzessin geben können. Er sagte ihnen das, sie sollten es der Festleitung weitersagen.

Die Prinzessin

Sieben Taxis beherbergten kaum den Hofstaat. Viele von den Fahrzeugen waren überladen – die Festleitung sparte an unpassender Stelle –, und so mußte die Kolonne langsam fahren. M. S. hatte einen Wagen für sich. Er nahm noch etwas Sekt zu sich. Die Prinzessin stieg zu ihm hinein. Sie war nicht häßlich, aber holzig: Schmidt hielt es für schwierig, dem Publikum diese Prinzessin glaubhaft zu machen. Er versuchte, eine Unterhaltung mit ihr in Gang zu bringen, und gab ihr von dem Sekt ab. Es war aber mit ihr nichts anzufangen im Wagen, und sie zitterte, als er sie – was im Wagen nicht immer zu vermeiden war – umfaßte.

Diskussion mit der Festleitung

Schmidt verlor kostbare Zeit durch die Diskussion mit der Festleitung, die gleich nach seiner Ankunft im Fest-Gebäude um eine Rücksprache bat. Die Festleitung war darüber verstimmt, daß Schmidt sie in der Öffentlichkeit als geizig bezeichnet hatte. Die Diskussion war Schmidt lästig. Er entschuldigte sich, was aber ebenfalls Zeit kostete, da die Festleitung mit der ersten Formulierung der Entschuldigung nicht zufrieden war. So verzögerte sich der Einzug des Prinzen.

Achtung! 120 Scheinwerfer!

Zwölf Uhr

Schreie von den Eingängen VII und XI, Fanfarenstöße, neue Scheinwerfer draußen, plötzlich Licht aus – alles jubelt über den Augenblick Dunkelheit, die Musikkapellen kommen mit vorbereitetem Kerzenlicht von ihren Podien und marschieren in die große Halle, auf die die Freitreppen münden. Fünf Kapellen dort, von denen jede ein anderes Stück spielt, daß es die Brust auseinanderreißt; Kommandos, man sieht den Generalbevollmächtigten.

Manfred Schmidt als Karnevalsprinz

Es war bereits einige Zeit nach 24 Uhr, als der Zug des Karnevalsprinzen Manfred Schmidt, angekündigt durch die Kapellen, die Freitreppen heraufkam. Die Garden machten, so gut das ging, einen Weg frei für den eigentlichen Triumphzug des Prinzen. Zunächst zogen Prinz, Prinzessin und Mannschaften durch das ganze Haus. Für den ersten stationären Auftritt war das Podium im Großen Saal (Säle mit Weinzwang) vorgesehen, das von der Kapelle geräumt wurde. Einen Augenblick hatte es für den Betrachter den Anschein – aber es gab natürlich in dem Gedränge keine Betrachter –, als würde ein Teil der Raupe, die sich am Rande des heraufstürzenden Menschenstromes über die Freitreppe nach unten zu bewegen versuchte, so an das Geländer gedrückt, daß das Geländer nachgeben mußte. Vermutlich hätten sich die Leute im Ernstfall aneinandergekrallt, und ein großer Teil der Raupe wäre hinuntergefallen in den sicheren Tod auf den Marmorplatten der unteren Freitreppe. In diesem Falle hätte man ein Versagen der Festleitung festgestellt. Die Garden marschierten in Elferreihe über das Podium und bildeten vor Manfred Schmidt und seinem Hofstaat ein Karree. Die Garde-Präfektin zog ihren Säbel und marschierte, den Säbel vor ihrem rechten Oberschenkel, quer über die Bühne. Daraufhin folgten ihr die anderen Garden. Noch ehe die 10 Mädchen am Bühnenende angekommen waren, spaltete sich die Reihe, und sie marschierten jetzt parallel zueinander in zwei Gruppen zu ihrer Ausgangsstellung zurück. Die Präfektin stand salutierend in der Mitte der Bühne. Diese Vorführung erfolgte in den Sälen mit Weinzwang, in den Bierschwemmen im III. Stock und dann im I. Stock.

Der Tod der Barfrau
Infolge der Verspätung kollidierte der Einzug des Prinzen zeitlich mit zwei Razzien, die Kriminalkommissar Peiler wenig nach 12 im II. und III. Stock abhielt. Er erwartete nicht, dort irgend etwas zu finden. Es gehörte aber zu seinen Methoden, wenigstens einmal mit uniformierten Beamten durch die wichtigsten Räume zu gehen. Manchmal erschrickt einer und verrät sich. Peiler ging mit den Beamten durch den Barraum, auf die Bar zu. Sobald die Barfrau Polizei auf sich zukommen sah, wurde sie unruhig. Später stellte man fest, daß sie in diesem Augenblick Gift nahm; für die Beamten sah es so aus, als ob sie nervös ein Schnapsglas leert.
Peiler wußte sofort, daß mit der Barfrau etwas nicht stimmte. Es gelang noch, sie unauffällig ins Krankenhaus abzutransportieren, dort kam sie aber schon in leblosem Zustand an, so daß man gar nichts weiter mit ihr versuchte. In der Bar fand sich eine weichlederne Tasche. Eine Wohnung besaß sie nicht; die Veranlassung für die plötzliche Tat konnte man nicht ermitteln. Die zugesehen hatten, waren natürlich aus der Feststimmung heraus, obwohl man die Leblose sofort in Tücher gewickelt und fortgebracht hatte.

Wie reagierte Manfred Schmidt?
Die Nachricht vom Tod der Barfrau wurde Manfred Schmidt mitgeteilt, als er
sich an der Spitze seines Zuges darauf vorbereitete, wieder in den Großen Saal
des II. Stockes einzuziehen. Nach Empfang der Todesnachricht fand er weitere
Umzüge nicht mehr passend. Prinz und Hofstaat zogen sich später in die Kel-
lersäle zurück, erhielten Speisen und Getränke. M. S. stand vor der Wahl, es
mit einer der hübschen Hofdamen zu riskieren oder seine Frau Helena anzurufen. Er war zu müde, noch etwas zu unternehmen. Er investierte den Rest
Charme, der noch blieb, in die Faschingsprinzessin, eine Frau M., die als ein-
flußreich galt und ihm vielleicht einmal nützlich sein konnte. Was sollte er mit
den kleinen jungen Hexen anfangen, wenn er müde war?

Ergebnis des Festes
Nach reiflicher Überlegung – und trotz seines Streites mit der Festleitung –
hielt Manfred Schmidt das Fest nach Lage der Dinge für einen Erfolg. Kein
ganzer Erfolg, aber nicht schlechter als kein Fest. Auch die Festleitung war mit
dem Ergebnis des Festes zufrieden.

II
Die Person

»Im Unterschied zum 19. Jh. sind wir heute in der Lage,
die Entwicklung der industriellen Gesellschaft zu einem
gewissen Grade vorauszusehen. Wir stehen dabei vor
dem Phänomen, daß die sich wandelnde industrielle Gesellschaft wahrscheinlich von allen sozialen Schichten die
gleichen Eigenschaften verlangen wird, die ich folgendermaßen bezeichnen möchte: erstens *Zuverlässigkeit*, zweitens *Mobilität*, drittens *Weltverständnis*. Diese drei Forderungen bedürfen der Erklärung.«   *Hellmut Becker*

»Nicht dem Schicksal in den Rachen greifen, sondern
sich, sobald es den Rachen öffnet, ein anderes aussuchen.«   *Beethoven-Schmidt*

Lebenslauf
Manfred Schmidt wurde am 21. Februar 1926 vorzeitig in Thorn (Westpreußen) als Sohn des prakt. Arztes Manfred Schmidt und seiner Frau Erika, geb.
Scholz, geboren. Er besuchte die deutsche Volksschule seiner Heimatstadt und
später das Realgymnasium. Von dort meldete er sich Ostern 1943 zur Luftwaffe. Als die Einheit geschlossen in die Waffen-SS überführt werden sollte,
desertierte er zusammen mit seinem Freund K. und rettete sich in die Schweiz.

Sie nahmen die Tour über den Bodensee, wo sein Freund K. jemand kannte und ein verstecktes Boot besaß.

Nach seiner Verhaftung in der Schweiz wandte sich Manfred Schmidt an einen früheren Bekannten seiner Mutter. Mit Unterstützung dieses guten Freundes gelang ihm und K. die Flucht aus dem Internierungslager nach Zürich. Sofort nach Beendigung des elenden Krieges wurde Manfred Schmidt von einer Ölfirma engagiert und nach Sydney (Australien) gebracht. Hier verlebte er glückliche Zeiten bis zu seiner Rückversetzung in das wiedererstandene Europa im Jahre 1951.

Zum Quartalsende 1951 trat er in eine Spitzenstellung bei der Firma B. & Quamp AG ein; wenig später brach die Ölfirma in Australien, die er gerade verlassen hatte, hinter ihm zusammen. Auf den Bankrott hatte Manfred Schmidt genausowenig Einfluß wie auf die Machtergreifung von 1933 oder den Kriegsausbruch 1939, aber er sah ihn rechtzeitig voraus und schied dort aus. Als Mitarbeiter der B. & Quamp AG war er bei seinen Untergebenen und den Vorstandsmitgliedern beliebt. Seine Fähigkeit, sich neuen Situationen rasch einzufügen, zeichnete ihn vor anderen Mitbewerbern aus. Seit Februar ist Schmidt verheiratet mit Helena K., der Schwester seines langjährigen Freundes K.

Erinnerung an eine Romanze

In Sydney lernte ich F. kennen. Ich war damals noch ein ganz junger und begeisterungsfähiger Mensch. Sie verschaffte mir durch ihre Beziehungen bei der Firma ein paar freie Tage, und wir verbrachten zusammen ein paar unvergeßliche Tage. Dann flog sie wieder nach Europa. Aus Alexandria erhielt ich ein Telegramm, in dem sie anfragte, wie sie sich verhalten sollte: eine Fliege oder etwas Ähnliches hatte sie beim Baden gestochen, und sie fragte an, ob sie das Bein amputieren lassen sollte, wie die Ärzte ihr rieten. Sie wollte, daß ich über diese Frage entscheide. Sie war zu der Zeit, wie ich später erfuhr, bereits stundenlang in Lebensgefahr, wartete aber meine Antwort ab. Natürlich telegraphierte ich: amputieren, in Übereinstimmung mit den Ärzten. Außerdem habe ich meinen damaligen Hausarzt gefragt. Ich traf sie Jahre danach noch einmal wieder. Eine ganz junge Frau, vielleicht ein halbes Jahr jünger als ich. Sie konnte trotz des Beinstumpfs noch schwimmen.

M. Sch. läßt sich braunbrennen.

Er ließ sich braunbrennen, und als das Gesicht jene Hitze hatte, die sich erfahrungsgemäß später in Bräune umsetzt – eine langwierige Prozedur auf Kosten der Augen: rotumrändert, da sie die Helle nicht aushalten –, bildeten sich an verschiedenen Stellen seines Gesichts Pickel, die alles wieder zunichte mach ten. Dazu sagte er selbst: Jemand ist nur so lange verletzlich, als er ein Ziel hat. Schon Verdun und Stalingrad sind solche Fälle, in denen den Anführern Schwierigkeiten entstanden, weil sie sich auf eine bestimmte Absicht festgelegt hatten. Man bekommt z. B. eine Frau nie, wenn man es sich vornimmt.

Manfred Schmidt lernt seine spätere Freundin Gitta kennen

Von einem Freund darum angegangen, schaltete sich Manfred Schmidt im Juli 1954 in eine unangenehme Erpressergeschichte ein. Gitta P., die damals mit einem Freund von M. S. liiert war, erhielt Drohbriefe von einer früheren Vermieterin. Sie konnte sich aber nicht entschließen, die geforderten beträchtlichen Geldbeträge abzuweigen. Es stand auch nicht fest, ob die Erpresserin nach erfolgter Zahlung nicht neue Forderungen stellen würde. M. S. löste die schwierige Situation, ohne daß Zahlungen erforderlich wurden. (Er ließ die Erpreßte zur Polizei gehen und Anzeige wegen Erpressung erstatten.) Er war natürlich, als damit alles erledigt war, der Held des Tages, und die Frau überschwemmte ihn mit ihrer Freundschaft. Das brachte für Schmidt aber Schwierigkeiten mit seinem Freund. Gitta P. gehörte überhaupt zu dem Typ, der Schwierigkeiten bringt. Manfred Schmidt war hilfsbereit, aber nicht melkbar. Schon nach kürzester Zeit wurden ihm Schwierigkeiten lästig. Gittas Freundin P. hatte ohne Führerschein den Wagen eines Bekannten benutzt und war verunglückt; es gelang ihr, Gitta herbeizuholen, die einen Führerschein besaß und sich in das leicht beschädigte Unglücksfahrzeug setzte. Bei der polizeilichen Vernehmung mußte sie sich nachweisen lassen, daß sie im Augenblick des Unfalls nicht am Steuer gesessen hatte. Auch in dieser aussichtslosen Lage suchte sie bei M. S. Hilfe. M. S. konnte aber solche hilfsbedürftigen Naturen, die aus der Hilfsbedürftigkeit einen Dauerzustand machen, nicht leiden. Schon die Nähe von solchen unglücklichen Menschen schadet. Der Satz: mitgefangen, mitgehangen gilt hier in dem Sinn, daß man sich möglichst nur mit Leuten einläßt, die konstant Glück haben. Das läßt sich Frauen gegenüber nicht immer verwirklichen, aber in gewissem Umfang sagt bereits der Instinkt, daß man, was Schaden bringt, nicht lieben kann. Selbstverständlich erteilte Manfred Schmidt dem Mädchen seinen Rat. Damit war sein Interesse aber erschöpft.

Er zieht sich eine Bedienung heran

Sind Sie aushilfsweise hier oder ständig? Die Bedienung sagte: vorläufig. Er sah ihren intelligenten Bewegungen zu, mit denen sie den verwüsteten Tisch aufräumte. Vorläufig aushilfsweise? Nein, ständig. Aber ich weiß nicht, wie lange ich das hier machen werde. Er hatte eine Abneigung gegen die Bedienung, die bisher in diesem Lokal bedient hatte. Nicht, weil die bisherige Bedienung ihm nicht gab, was er bestellte, sondern wegen der unintelligenten Bewegungen, mit denen sie es anbrachte. Es geht nichts über eine intelligente Bedienung, sagte er. Sie brachte ihm den Kaffee genau in dem Augenblick, in dem er den letzten Menübissen in den Mund steckte. Sie mußte selbst lachen über die Präzision; eine weiche Linie an den Seiten des Halses, wenn sie lachte, aber auch, wenn sie nicht lachte.

Er gab ihr festliches Trinkgeld und setzte das in den nächsten Wochen so fort, sprach etwas mit ihr und zahlte etwas. So zog M. S. sich die Bedienung langsam heran.

Wie er sich stärkt

Er legte aus Rotwein, Leberkäse und Brot eine zementene Schicht, die den Magen ganz ausfüllte. So konnte er etwas aushalten.

Wie er einen Kellner beobachtet

Der Kellner trägt eine zweitaschige Geldtasche auf dem Gesäß. Die Sensibilität, mit der er jede Bewegung dieser Tasche spürt. Wenn er herumsteht, wühlt er etwas in dem Kleingeld in der Tasche. In diesem Lokal kann man nur Kaffee in Kannen bekommen.

Manfred Schmidt besucht seine ehemalige
Freundin L. in der Todesstunde

An einem erstklassigen blauen Sonnentag – nach dem Morgenimbiß, den er sich schon um 7 Uhr besorgte, obwohl die Lokale im allgemeinen erst später öffnen – hatte Manfred Schmidt die Idee, L. zu besuchen. Die Luft war noch kühl. Er ging zu L., mit der er vor einiger Zeit einige schöne Ferientage in Trident verlebt hatte; sie war aber zur Zeit ziemlich krank. Trotzdem hoffte er, daß sie ihm keine Schwierigkeiten in den Weg legen würde.

L. öffnete in einem stoffgürtelumbundenen Seidenmäntelchen, weiß mit Kirschblütenmuster, das sie im Bett übergezogen hatte, weil sie fror. Ein hübsches, viel zu kleines Gesicht, um das herum der Kopf zur normalen Erwachsenengröße gewachsen war. Kleine Hände, Körper, Glieder verschiedene Altersklassen. Gleich nachdem er herein war, wurde sie durch das Telefon in Anspruch genommen, so daß er Zeit hatte, sie sich wieder anzusehen und einzuprägen.

Nach dem Telefonat (sie wieder in ihrem Bett, ein Klappwecker aufgestellt neben dem Kissen im Bett, auch sonst alles schön hergerichtet) versuchte er, etwas mit ihr anzufangen, was sie aber bloß abwehrte. Wahrscheinlich hatte er zu lange nichts von sich hören lassen. Er verließ die Bettkante und schaltete im Nebenzimmer das kleine Philipsgerät ein und löffelte dort an dem Kaffee, den sie ihm hingestellt hatte. Wenig später kam er zum zweiten Mal an diesem Tag auf den Gedanken, ob sich nicht doch etwas mit ihr anfangen ließe. Aber diese Idee verflüchtigte sich infolge ihrer vorangegangenen Ablehnung. Noch ehe er mit dem Kaffee fertig war – und als er wieder zu dem Philipsgerät hinübersah – , war die Scheibe mit den Sendern hell erleuchtet.

Er richtete sich in der Wohnung gemütlich ein. Als der Arzt kam, bat sie ihn, in ein anderes Zimmer zu gehen. Als der Arzt fort war, wollte er sie kalt duschen, nach einem alten Hausrezept ein gutes Mittel bei Leibschmerzen, aber auch daraus wurde nichts. Er hörte sich das Radioprogramm an und sagte ihr, daß sie rufen sollte, wenn sie ihn haben wollte. Später ging er noch einmal hinüber und fragte sie, ob sie ihn überhaupt sympathisch fände, ob sie überhaupt Wert auf seine Nähe lege. Er erinnerte sie an die Tage von Trident. Sie stöhnte, auf einer Seite liegend, die Decke fast über den Kopf gezogen, wenigstens das dünne lakenförmige Ende der Decke, wie man ein Taschentuch in den Mund steckt und darauf beißt. Er versuchte, sie am Bauch zu massieren, aber sie wehrte ihn nur ab, als er zudringlich werden wollte. Er kritisierte ihre Einstellung und ihre Kälte.

Im Laufe des Nachmittags wurde ihr Befinden schlechter. Sie hatte Krämpfe, aber er war noch zu sehr beleidigt, um das zu beachten. Er ging einfach nicht hin. Erst als sie nach längerer Zeit immer noch stöhnte, rief er nochmals den Arzt an. Er versuchte, sie abzulenken, indem er versuchte, sie in Stimmung zu bringen. Aber sie war knörig, und alles, was er machte, tat ihr weh.

Es erwies sich als schwierig, den Arzt zu bekommen. Schmidt hatte sich anfangs wegen der vielen Beleidigungen, die sie ihm zugefügt hatte, nicht genügend dahintergesetzt. Er versuchte, seine Freundin, der es immer schlechter ging, zu trösten und sie zu küssen; sie verstand ihn nicht, wußte nicht, was er wollte, stellte sich ungeschickt an, als er seine Lippen auf die ihren setzte. Erst wesentlich später merkte er, daß er es mit einer zu tun hatte, die jetzt starb.

Er fürchtete sich, kam dabei auf den Gedanken, sie sollte vor ihrem Tode noch ein Erlebnis mit ihm haben. Er traf auch Anstalten, die aber im Widerstreit der Gefühle steckenblieben. Er machte ihr ein frisches Bad und trug sie im Zimmer herum. Sie wimmerte unaufhörlich und blieb in Hockstellung, während er ein neues Laken aufdeckte und lüftete. Legte sie anschließend auf dieses frische Lager; telefonierte bei verschiedenen Ärzten herum, rief auch ein Krankenhaus an, die aber niemand schicken wollten. Sie starb, als er gerade dabei war, die Sache richtig in die Hand zu bekommen. Mit der nötigen Energie am Telefon stellte sich auch der Erfolg ein. Eine Viertelstunde später war der Arzt schon da.

Manfred Schmidt in einer Situation, die ihn geniert
M. S. genierte sich wegen des großen blaubraunen Flecks am Hals, der ihm
von Aina Sp. zugefügt worden war. Sein Hemd war ziemlich zerknüllt, und
wahrscheinlich waren rote Spuren am Kragen, aber er hatte an diesem Morgen
keine Zeit mehr, nach Hause zu fahren. Er mußte so auf der Besprechung erscheinen, an der auch Vorstandsmitglieder teilnahmen. Er verstand in diesem
Zustand nichts von dem, was geredet wurde. Der Fleck befand sich genau unterhalb des Unterkiefers und war praktisch nicht zu kaschieren. An diesem Tag
bat ihn ein Vorstandsmitglied um ein kurzes Resümee. Schmidt mußte darum
bitten, während seines Kurzvortrages sitzen bleiben zu dürfen. Schmidt bekam
am Abend durch eine Rücksichtslosigkeit die Aufgabe, Gäste der Firma aus Ve-
nezuela zu betreuen. Er befürchtete, daß man riechen könnte, wo er gewesen
war, vor allem wegen des grünblauen Flecks, den er vor einem Garderobenspie-
gel in regelmäßigen Abständen beobachtete. Auch ein Abend wie dieser läßt
sich überstehen. Alles höchst unangenehm, in diesem Hemd herumsitzen und
gefragt werden. Was sollte er tun? Dieses ganze Leben vielleicht sein lassen, weil
es zu solch unangenehmen Abenden führt?

Heiligabend
Manfred Schmidt hat in seinem Leben alles geopfert, was er nicht haben
wollte, aber nun hat er immer noch nichts. Er lebte mit der Erfahrung, daß jedes Opfer Platz schafft und insofern indirekt etwas einbringt und daß man,
wenn man nur genügend Überflüssiges, das man nicht haben will, beseitigt,
allmählich in die Nähe dessen kommen müßte, das man haben will. Tatsächlich war jedoch nur festzustellen, daß die Opfer ihn ärmer machten – was
nichts daran änderte, daß er den Zustand ohne die Opfer ebenfalls nicht haben
wollte. Es war seine Gewohnheit in früheren Jahren gewesen, Heiligabend mit
einigen Kollegen zu begehen; er hat das nun auch abgeschafft.
Er verfolgt das langsame Absterben der Stadt, das man nur Heiligabend beobachten kann, da die Leichenhaftigkeit der Stadt an gewöhnlichen Sonntagen,
wenn man aufwacht und auf die Straße hinaussieht, bereits ein fait accompli
ist. Heiligabend aber kann man zusehen, wie die Straßen aussterben. Es wäre
gefährlich, jetzt krank zu werden, da man keinen Arzt findet. Er sucht ein Lokal, in dem er noch etwas zu essen bekommt. Er fragt Leute, die ihm einen Weg
zeigen zu einem Lokal, das noch offen sein soll. Aber als er hinkommt, ist es
schon zu. Abwechselnd Herbergssuche und Menschenfreundlichkeit, die aber
beide nicht in der Lage sind, ihm ein Lokal ausfindig zu machen. Als er ein Lokal findet, fragt er den Ober, der ihn höflich um die Schulter faßt (Menschenfreundlichkeit), ob noch Platz wäre. Es ist alles besetzt, und er muß einigemal
zwischen den vollbesetzten Tischen umherirren (Herbergssuche). Ein Gast

fragt ihn: Beißen Sie auch nicht? Es hat einen Moment den Anschein, als ob Platz da wäre, wenn sie etwas zusammenrücken, aber die Hoffnung zerschlägt sich. Obwohl der Ober ihm bis zuletzt beisteht und ihm Ratschläge gibt, muß er diese Arche in der toten Stadt verlassen. Schon die Morgenzeitungen bringen nichts Politisches mehr. Alle Menschen gehen mit dem Tag sehr sorgfältig um, damit kein Zwischenfall die Stimmung beschädigt. Später findet Schmidt noch ein Lokal, wo er Kaffee bekommt. Aber auch hier muß man gleich darauf gehen. Zwei Damen kommen aus dem petit tabaris, ein Stockwerk höher, mit ihren Freiern, die die Mäntel anziehen. Die Damen noch ganz warm: sie gehen an den Musikautomaten und wärmen sich wie an einem kleinen Feuerchen. Bitte noch eine kleine Platte, sagen sie, als der Besitzer verhindern will, daß sie neue Stücke einstellen. Sie bestellen ein Taxi und lassen dann das Taxi draußen warten, bis die Stücke zu Ende gespielt sind.

Schmidt verfolgt den langsamen Tod der Stadt; er begeht Heiligabend, indem er eine Aufnahme von der Stadtleiche macht. Er ruft Freundinnen an, obwohl er nicht glaubt, daß sie zu Hause sind. Er hat Sehnsucht nach ihnen und weiß den Grund nicht mehr, weshalb er sich von ihnen getrennt hat. Er ruft A. an und ist ganz perplex, als ihre Stimme in der Leitung ist.

Sie ist allein, und er lädt sie ein. Er sendet ihr ein Taxi entgegen. Als sie tatsächlich zweimal klingelt und vor der Tür steht: ein Wunder, das uns heut geboren ward. Schmidt holt Sekt und ruht sich an ihrer Schulter aus. Er zeigt ihr, wie viel ihm an ihrer Nähe liegt; er gibt Erklärungen darüber ab, wie sehr er verwandelt sei; ja findet sogar, daß er sie jetzt liebt. Er versteht aber doch nicht die Situation und hält sich an ihre Bitte, nicht gleich über sie herzufallen. Er läßt sich nicht verstricken. Sie bleibt zwar in seiner Wohnung, aber es ist noch nicht wieder die alte Beziehung. Sein Nervensystem ist überspannt von den Aufregungen ihrer Ankunft, und obwohl er jetzt keine Angst mehr hat vor den toten Festtagen, die auf Heiligabend folgen, da er sich ja in Gesellschaft weiß, braucht er einen Augenblick Pause. Es gelingt ihm nicht, die Überspannung zu beseitigen, die in der Magengegend liegt. Er vermag sich nicht der Frau mit Erfolg zu nähern und redet etwas zuviel über diese Frage. Er verliert das Kind, wenn man seine gewandelten Empfindungen, seit sie zu ihm eintrat, mit einem Kind oder Wunder vergleichen darf, und es nützt nichts mehr, daß er später Erfolg hat. Es ist fast so etwas wie ein zweites Wunder, dieser Erfolg, aber Schmidt ist inzwischen auf sein Schema zurückgekommen. Sein Sieg bestärkt ihn darin. Es ist bereits alles wie früher (die Chance, bevor man eine Stadt kennt, die Chance, bevor man eine Frau kennt).

In den Tagen zwischen Weihnachten und Neujahr kam sie noch einmal bei ihm vorbei. Dann begann das Lachen wieder. Es war gleich nach Silvester viel los. Er verlor sie aus den Augen.

Bewerbung
Ich, Manfred Schmidt, verheiratet, kinderlos, bin geboren am 21. 2. 1926 in
Thorn (Westpreußen), als ehelicher Sohn des prakt. Arztes Dr. med. Manfred
Schmidt und seiner Ehefrau Erika, geb. Scholz. In meiner Heimatstadt besuchte ich die Grundschule und später das Realgymnasium, an welchem ich
Ostern 1942 die kriegsmäßige Reifeprüfung bestand. Nach vorübergehender
Militärzeit und einem Aufenthalt in der Schweiz nahm ich im Sommer 1945
die Stellung eines stellvertretenden Ingenieurs bei der Fa. Pignatelli Cie. in Sydney (Australien) an. Unmittelbar nach meiner Ernennung zum stellvertretenden Werksleiter wechselte ich diese zweifellos interessante Tätigkeit und bewarb mich bei der Fa. B. & Quamp AG in Frankfurt (Main). Für diese Firma
war ich mehrere Jahre an verschiedenen Orten tätig. Der Wunsch, mich nicht
einseitig auf ein bestimmtes Tätigkeitsfeld festzulegen und an dessen Schicksal
teilzunehmen, bestimmte mich im März vergangenen Jahres in die Fa. Hell-
dorf, Holzgroßhandlung, einzutreten, eine Firma, in der ich besondere Erfahrungen auf dem Gebiete des Kambala-Einkaufs sammeln konnte und auch die
Verkaufsabteilung zu betreuen hatte. Nach wie vor erscheint mir die alles umfassende Tätigkeit in dieser Firma nicht unbefriedigend. Andererseits sehe ich
mich zu der vorliegenden Bewerbung veranlaßt, da sie geeignet erscheint, mich
zu verbessern.

III
Beispiel für eine Liebesgeschichte
(Die Zeit mit Gitta)

Gitta als junge Geliebte eines alten Bauern
Sie genierte sich wegen der Zähne ihres Partners und hielt deshalb ihren Mund
geschlossen. Sie steckt ihre Zunge in eine Flasche Coca-Cola, kommt aber
nicht in die enge Öffnung hinein und muß fürchterlich lachen. Die Zunge verschwindet in ihrem Mund. Pockengeimpfte sehr bleiche Arme, muskulös unter
der weißen Haut, bläulich, wo die Adern sind: wie ein Hund stößt sie ihren
Kopf auf den Faschingsbauern zu, um ihm etwas mitzuteilen: ziemlich hohe
Stimme. Mit einer großen Lücke zwischen den Vorderzähnen, die den Mund
hübsch macht; sie macht schmale Lippen, damit niemand die Lücke sieht.
Sie gähnt, schmaler Mund, sie will etwas zu diesem Mann sagen, wird aber
durch die unangenehmen Vorderzähne, die er zeigt, unterbrochen und findet
erst nach einiger Zeit ihr Lachen wieder. Die gelbbraunen, etwas spiegelnden
Augen, die ruhig umhersehen, darüber hingehen, bis sie wieder den Kopf hun-
deartig vorstößt und etwas mit hoher Stimme sagt.

Sie schämte sich, in Begleitung dieses Bauern, der ein Pierrot-Kostüm trug, von Schmidt gesehen zu werden. Der Mann versuchte sie zu betatschen, wozu er schlückchenweise Wein trank. Schmidt holte das Mädchen natürlich sofort aus dieser unmöglichen Lage. Er nahm sie mit in seine Wohnung. Diese erste Übernachtung mit Gitta mißlang vollständig. Sie wurde frech. Während sie sich noch Mühe gab, nett zu sein und über sein Fiasko wegzutuschen, wurde sie frech.

Die Reise nach Sylt
Den ganzen Tag über regnete es. Sie liefen einmal, noch ganz in der Frühe, in ihren Badekostümen durch den Regen hinunter an den Strand. Trübgraues Meer, mit sehr hellen Brandungsköpfen. Sie spritzten nur etwas am Rande des Wassers herum, trauten sich aber nicht in das Meer wegen des Windes. Eigenartigerweise war hier keine Warnungstafel für die Badegäste aufgestellt.
Den übrigen Tag blieben sie im Bett und lasen, jeder einige Bücher und Zeitschriften um sich herum. Von Zeit zu Zeit las einer etwas vor. Zwischendurch schlief Manfred Schmidt lange Zeiten, während seine Freundin Gitta in ihren Romanen las. Er interessierte sich nicht sehr für Lesen. Trotzdem fand auch er diesen verregneten Tag angenehmer als die vergangenen anstrengenden Sonnentage, bei denen man immer den Eindruck hatte, etwas zu versäumen.

Besuch einer nicht unwichtigen Gesellschaft, zu der er seine hübsche Freundin Gitta mitnimmt
Alle wußten, daß Schmidt über Kaiser Friedrich II. in Sizilien etwas wußte (von irgendeiner Reise auf Sizilien her). Um die auf der Gesellschaft ebenfalls erschienenen Vorstandsmitglieder zu beeindrucken, brachte er genau diese Sache zur Sprache. Es war Gitta sehr peinlich. Sie wollte ihn aber auch nicht unterbrechen, weil sie nicht wissen konnte, wie er dann reagieren würde.
Mit seinen intensiv blauen Augen und harten schwarzen Sternen in den Augen. Der Kopf sah gut aus und funktionierte sicher nicht schlecht, wurde aber wohl sehr einseitig benutzt. Er hatte irgendeine Hemmung, ihn zu benutzen.
Sie brachte ihm Zigaretten und ein Glas von dem Sekt, mit dem die Kellner herumstanden. Sie versuchte, ihn aus dem Kreis, in dem er sich festgeredet hatte, herauszulösen.
Ein Streitpunkt zwischen Gitta und M.S.
Ich kann nicht leiden, wenn er sagt:
Das ist ja noch nicht spruchreif.
Morgen ist auch noch ein Tag.
Wir wissen ja gar nicht, ob wir morgen noch leben.
Wir wollen das erst einmal abwarten und dann sehen.

Das ist noch Zukunftsmusik.

Wir wissen ja noch gar nicht, was bis dahin sein wird.

Irgendeine Hemmung ist da eingebaut, die ihn hindert, seinen Verstand zu gebrauchen, es sei denn, es handelt sich um Dinge, die er sehen kann. Sein Verstand ist vollkommen unterjocht von diesen Augen.

Erinnerung an eine Romanze

Ich hasse Sonntage, weil an ihnen offenbar wird, wie wenig übrigbleibt, wenn die Arbeit fortfällt. An einem solchen Sonntag im Krieg hatte ich vertretungsweise die Aufsicht in unserem Luftwaffenlazarett zu führen. Der leitende Arzt und die meisten Schwestern waren außerhalb. Gegen 11 Uhr lieferte man einen Franzosen ein, der versehentlich angeschossen worden war. Es handelte sich um einen Fremdarbeiter. Es sollte versucht werden, den unabsichtlich entstandenen Schaden im Lazarett wiedergutzumachen, ohne daß Meldung erforderlich wäre. Wir sollten den Arbeiter zunächst aufbahren, bis der Arzt zurückkäme. Er lag ganz still und klagte ab und zu, es war aber nie festzustellen, was er sagte. Er hatte hohle Wangen und ordinäre Lippen, deren Spitzen kindisch übereinanderstanden. Draußen auf der Straße liefen einzelne Passanten. Das Lazarett war in einer ehemaligen Schule untergebracht. Ich hatte ein physisches Unbehagen an diesen leeren Straßen. Der Franzose starb allmählich im Laufe des Nachmittags, aber nicht ganz, so daß er, umgeben von den Eßwaren und Kaffeetöpfen, die wir um ihn herumgestellt hatten, falls er Lust verspürte, irgend etwas zu sich zu nehmen, leise klagte. Er hatte häßliche, wasserangeklatschte Haare, die die Erschießung in angeklatschtem Zustand überstanden hatten. An die Wunde ließ er uns nicht heran. Nachmittags rief ich E. an, die in einem Hotel dieser Kleinstadt kriegsdienstverpflichtet war, und bat sie zu kommen. Wir richteten uns in einem geschützten Winkel der als Lazarett dienenden Volksschule ein; das erste Mal, daß wir so etwas improvisiert haben (was doch einem ganz natürlichen Kinderinstinkt und Nestbauinstinkt entgegenkommt), und obwohl ich an diesem Tag nicht an einen Sieg glaubte, weil es mir vorkam, als sei ich für ihren Geschmack zu unruhig gewesen, sagte sie mir bei späterer Gelegenheit etwas sehr Nettes darüber, und in diesem Zusammenhang erwähnen wir heute noch diesen Franzosen, zu dem am Abend der Arzt kam.

Versöhnung

Eine Krise zwischen Manfred Schmidt und Gitta zog sich fast über ein halbes Jahr hin, ohne daß einer von beiden wirklich aggressiv wurde. Keiner platzte aus seiner Haut, und es war schon so gut wie aus, als Gitta den glücklichen Einfall hatte, eine Reise zu unternehmen. Sie hätte noch ganz andere Einfälle produziert, wenn es sich nicht um einen individuellen glücklichen Nachmittag, sondern um eine ganze Serie davon gehandelt hätte. Aber schon die Ausnahme genügte für das Reiseprojekt.

Eine Zwischenstation in den Bergen, weil sie die Berge eindrucksvoll fanden und Entscheidungen treffen wollten. Sie stiegen daher aus und suchten ein Hotel. Sie bekamen kein Zimmer, aber ein Bad war noch frei in einem der großen Hotels. Sie nahmen das Bad, das man ihnen behelfsmäßig einrichtete.

Sie nahmen ein großes Menü, man konnte es sich nicht aussuchen, aber sie wurden für die empfindliche Geldausgabe insofern entschädigt, ais sie beim Umziehen in ihrem Badezimmer eine leere Blechbüchse aus England fanden, die sie gern mitnahmen. Sie fühlten sich gegenüber ihrem Zustand im Zug bereichert und versöhnten sich endgültig, noch während sie auf den zweiten Gang warteten.

Später probierten sie aus, ob sie in die Badewanne paßten, die in dem Bad den meisten Platz einnahm. Es war indessen zu eng darin für zwei, und sie nahmen lieber den Operationstisch, den man für sie hereingebracht und zum Schlafen gedeckt hatte. Es war ein absolut sauberer Raum, weißes, nach Waschmittel duftendes Leinen, frisch, sehr heiß, so daß sie rote Ohren hatten, schwarze Kleidungsstücke, die umherlagen, räumten sie auf. Es war alles so sauber und gekachelt und so überheizt, nur künstliches Licht in diesem kleinen Bad, angenehm satt von der großen Mahlzeit, draußen ab und zu jemand, der den Gang entlanglief, es war so heiß, daß sie nicht auch noch vorsichtig sein wollten. Sie wußten nichts Besseres, ihre Versöhnung zu zeigen, als dies. Sie hätten einander aufessen mögen, aber sie beschränkten sich darauf, unvorsichtig zu sein.

Monolog Gittas
Soll Gitta Mutter werden? Soll sie Schritte unternehmen? Eigenmächtig handeln oder Manfred Schmidt fragen? Spätester Zeitpunkt ist das Ende des dritten Monats. In diesen Tagen des Zweifels sandte Schmidt Gitta drei rote Rosen, die von einem Fleurop-Boten abgegeben wurden.

Ein Abstecher Manfred Schmidts in dieser Zeit
Das Mädchen Carmela Pichota, genannt Lastics, war Jahrgang 1926. Als Kind von 16 Monaten fiel sie in die Waschlauge ihrer Mutter, wurde leicht verbrüht, Hauttransplantationen, das Kind überstand alles gut. Kein weiterer Zwischenfall bis zum Alter von 17. Als Lazarettschwester im Alter von 17 Jahren eine Romanze mit einem wesentlich älteren Verheirateten, der zur Nachkur hingeschickt war. Sobald er das Lazarett verließ, war für ihn die Sache erledigt. Für sie ein Schock. Vier Abtreibungen innerhalb von einem Jahr, sie war inzwischen 18. In den nächsten Jahren studierte sie Volkswirtschaft.

Ich hätte mich nicht mit ihr abgeben sollen. Ich hatte eigentlich eine Aversion gegen sie. Ich hatte ihr nicht angesehen, was für ein Unglücksmensch sie ist.

Seine Freundin Gitta wird noch nicht gleich Mutter
Sie kam diesmal ganz verwandelt zurück in das Lokal und flüsterte mit einer der Dasitzenden. Tuscheln. Ihre Gesichtshaut war verändert, leicht-blaß-durchblutet: weiß, oliv. Sie zündete sich eine Zigarette an.

Kann man auch die Liebe abtreiben?
Er trug seine vollgetankten Empfindungen zu ihr hin in dieser fremden Stadt. Gitta wartete im Hotel, seit von ihm Nachricht eingetroffen war. In den Morgenstunden hatte sie in der Stadt eingekauft. Er kam in diesen Tagen aus zähen, rauchigen Vormittagssitzungen. Kaum war er im Hotel bei ihr, als er unter die unerquicklichen Vormittage einen Trennungsstrich zog und sich ihr überließ. Er wiederholte das so oft, trampelte auf dem einen Punkt herum, an dem sich neuartige Empfindungen zeigten, daß bald nichts mehr da war. (Als er ankam, sprudelte er vor Sympathie, in die er sie vollkommen einhüllte. Er beschien sie fast den ganzen Nachmittag lang. Noch ganz frisch von der entbehrungsreichen Tätigkeit des Vormittags. Ihr Hirn wie ein frischgeharkter Garten, aber nicht nur ihr Hirn, auch Arme, Beine willig und ihm überlassen. Ganz warme weiche Lippen. Dann hörte er auf, sie zu bescheinen.)

Trennung
Schmidt und Gitta zogen sich auf eine Woche nach Krefeld zurück, wo keine Seele sie kannte, um in Ruhe ihre Trennung zur Welt zu bringen. Gitta erledigte das für beide. Sie war erschöpft, als das Ergebnis Trennung herauskam bei der Klausur, auf die sie Hoffnungen gesetzt hatte. Schmidt bezahlte ihr eine Reise an die Nordsee und begleitete sie ein paar Tage: ließ Gitta braunbrennen in Rantum. Er war zufrieden über diese Lösung, glaubte auch nur halb und halb an die Trennung, da er Gitta noch täglich in seiner Nähe hatte, genoß die Freiheit in der Idee und die Bindung in der Wirklichkeit. Er freute sich bereits auf einen Winter mit Gitta, denn er nahm an, daß jetzt ihre Beziehung wieder sprießen würde. Ganz überraschend erwies sich aber nach seiner Abreise aus Rantum die Trennung als ein fait accompli. Man verstrickt sich in Schuld. Aber was soll man sonst tun?

Plötzliche Erinnerung an Gitta
Ein Strom Haare unterhalb der Kniescheibe von rechts nach links. Sonst war weiter keine Ähnlichkeit. Die Frau hatte die Beine übereinandergeschlagen und wunderte sich, während sie allerdings die Augen nicht von ihrer Zeitung

hob, weshalb der Mann – sie waren die beiden einzigen Reisenden in diesem Abteil – ihre Knie so lange ansah.

Portrait einer glücklich Erkälteten (G.)
Sie fror wie ein Schneider und redete deshalb besonders viel. Novalgin-Chinin nutzte überhaupt nichts. Sie hatte sich einen Männerpullover, der extra aus der Garderobe geholt werden mußte, entliehen und trug eine Pelzjacke darüber, fror aber weiter. Vor ihrem Platz standen mehrere Gläser Glühwein, die die Herren ihr bestellt hatten. Jeder wollte ihr etwas kaufen, und es war da, ehe man sich untereinander so weit verständigen konnte, daß nur einer – oder wenige abwechselnd – bestellten. Sie saß verpackt wie im tiefen Winter.

Personenübersicht

M. S.

Helena K.
K.
Kriminalkommissar Peiler   F. aus Sidney
Aina Sp.   Barfrau
Lastics   E. in Pilsen
Eine Bedienung   Verwundeter Franzose
Eine Karnevalsprinzessin   Vertreter der Finanzverwaltung
                                  Vertreter der Lebensmittelaufsicht
                                  Vertreter der Wach- und Schließ-Gesellschaft
                                  Vertreter der Polizeiaufsicht
Ungenannte
L. (Todesstunde)
A. (Heiligabend)

                                  Frau M.
                                  Mitglieder der Festleitung
                                  Festteilnehmer
                                  Kellner

Ein Liebesversuch

Als das billigste Mittel, in den Lagern Massensterilisationen durchzuführen, erschien 1943 Röntgenbestrahlung. Zweifelhaft war, ob die so erzielte Unfruchtbarkeit nachhaltig war. Wir führten einen männlichen und einen weiblichen Gefangenen zu einem Versuch zusammen. Der dafür vorgesehene Raum war größer als die meisten anderen Zellen, er wurde mit Teppichen der Lagerleitung ausgelegt. Die Hoffnung, daß die Gefangenen in ihrer hochzeitlich ausgestalteten Zelle dem Versuch Genüge leisteten, erfüllte sich nicht.

Wußten sie von der erfolgten Sterilisation?
Das war nicht anzunehmen. Die beiden Gefangenen setzten sich in verschiedene Ecken des dielengedeckten und teppichbelegten Raumes. Es war durch das Bullauge, das der Beobachtung von außen diente, nicht zu erkennen, ob sie seit der Zusammenführung miteinander gesprochen hatten. Sie führten jedenfalls keine Gespräche. Diese Passivität war deshalb besonders unangenehm, weil hochgestellte Gäste sich zur Beobachtung des Versuchs angesagt hatten; um den Fortgang des Experiments zu beschleunigen, befahl der Standortarzt und Leiter des Versuchs, den beiden Gefangenen die Kleider fortzunehmen.

Schämten sich die Versuchspersonen?
Man kann nicht sagen, daß die Versuchspersonen sich schämten. Sie blieben im wesentlichen auch ohne ihre Kleidung in den bis dahin eingenommenen Positionen, sie schienen zu schlafen. Wir wollen sie ein bißchen aufwecken, sagte der Leiter des Versuchs. Es wurden Schallplatten herbeigeholt. Durch das Bullauge war zu sehen, daß beide Gefangenen auf die Musik zunächst reagierten. Wenig später verfielen sie aber wieder in ihren apathischen Zustand. Für den Versuch war es wichtig, daß die Versuchspersonen endlich mit dem Versuch begannen, da nur so mit Sicherheit festgestellt werden konnte, ob die unauffällig erzeugte Unfruchtbarkeit bei den behandelten Personen auch über längere Zeitabschnitte hin wirksam blieb. Die am Versuch beteiligten Mannschaften warteten in den Gängen des Schlosses, einige Meter von der Zellentür entfernt. Sie verhielten sich im wesentlichen ruhig. Sie hatten Weisung, sich nur flüsternd miteinander zu verständigen. Ein Beobachter verfolgte den Verlauf des Geschehens im Innenraum. So sollten die beiden Gefangenen in dem Glauben gewiegt werden, sie seien jetzt allein.
Trotzdem kam in der Zelle keine erotische Spannung auf. Fast glaubten die Verantwortlichen, man hätte einen kleineren Raum wählen sollen. Die Ver-

suchspersonen selbst waren sorgfältig ausgesucht. Nach den Akten mußten die beiden Versuchspersonen erhebliches erotisches Interesse aneinander empfinden.

Woher wußte man das?

J., Tochter eines Braunschweiger Regierungsrates, Jahrgang 1915, also etwa 28 Jahre, mit arischem Ehemann, Abitur, Studium der Kunstgeschichte, galt in der niedersächsischen Kleinstadt G. als unzertrennlich von der männlichen Versuchsperson, einem gewissen P., Jahrgang 1900, ohne Beruf. Wegen P. gab die J. den rettenden Ehemann auf. Sie folgte ihrem Liebhaber nach Prag, später nach Paris. 1938 gelang es, den P. auf Reichsgebiet zu verhaften. Einige Tage später erschien auf der Suche nach P. die J. auf Reichsgebiet und wurde ebenfalls verhaftet. Im Gefängnis und später im Lager versuchten die beiden mehrfach, zueinanderzukommen. Insofern unsere Enttäuschung: jetzt durften sie endlich, und jetzt wollten sie nicht.

Waren die Versuchspersonen nicht willig?

Grundsätzlich waren sie gehorsam. Ich möchte also sagen: willig.

Waren die Gefangenen gut ernährt?

Schon längere Zeit vor Beginn des Versuchs waren die in Aussicht genommenen Versuchspersonen besonders gut ernährt worden. Nun lagen sie bereits zwei Tage im gleichen Raum, ohne daß Annäherungsversuche festzustellen waren. Wir gaben ihnen Eiweißgallert aus Eiern zu trinken, die Gefangenen nahmen das Eiweiß gierig auf. Oberscharführer Wilhelm ließ die beiden aus Gartenschläuchen anspritzen, anschließend wurden sie wieder, frierend, in das Dielenzimmer geführt, aber auch das Wärmebedürfnis führte sie nicht zueinander.

Fürchteten sie die Freigeisterei, der sie sich ausgesetzt sahen? Glaubten sie, dies wäre eine Prüfung, bei der sie ihre Moralität zu erweisen hätten? Lag das Unglück des Lagers wie eine hohe Wand zwischen ihnen?

Wußten sie, daß im Falle einer Schwängerung beide Körper seziert und untersucht würden?

Daß die Versuchspersonen das wußten oder auch nur ahnten, ist unwahrscheinlich. Von der Lagerleitung wurden ihnen wiederholt positive Zusicherungen für den Überlebensfall gemacht. Ich glaube, sie wollten nicht. Zur Enttäuschung des eigens herangereisten Obergruppenführers A. Zerbst und seiner Begleitung ließ sich das Experiment nicht durchführen, da alle Mittel, auch die gewaltsamen, nicht zu einem positiven Versuchsausgang führten. Wir preßten ihre Leiber aneinander, hielten sie unter langsamer Erwärmung in Hautnähe aneinander, bestrichen sie mit Alkohol und gaben den Personen Alkohol, Rotwein mit Ei, auch Fleisch zu essen und Schampus zu trinken, wir korrigierten die Beleuchtung, nichts davon führte jedoch zur Erregung.

Hat man denn alles versucht?
Ich kann garantieren, daß alles versucht worden ist. Wir hatten einen Oberscharführer unter uns, der etwas davon verstand.
Er versuchte nach und nach alles, was sonst todsicher wirkt. Wir konnten schließlich nicht selbst hineingehen und unser Glück versuchen, weil das Rassenschande gewesen wäre. Nichts von den Mitteln, die versucht wurden, führte zur Erregung.

Wurden wir selbst erregt?
Jedenfalls eher als die beiden im Raum; wenigstens sah es so aus. Andererseits wäre uns das verboten gewesen. Infolgedessen glaube ich nicht, daß wir erregt waren. Vielleicht aufgeregt, da die Sache nicht klappte.

Will ich liebend Dir gehören,
kommst Du zu mir heute Nacht?

Es gab keine Möglichkeit, die Versuchspersonen zu einer eindeutigen Reaktion zu gewinnen, und so wurde der Versuch ergebnislos abgebrochen. Später wurde er mit anderen Personen wiederaufgenommen.

Was geschah mit den Versuchspersonen?
Die widerspenstigen Versuchspersonen wurden erschossen.

Soll das besagen, daß an einem bestimmten Punkt des Unglücks Liebe nicht mehr zu bewerkstelligen ist?

Ein Berufswechsel

I

>»Wir Neuen, Namenlosen, Schlechtverständlichen, wir
Frühgeburten einer noch unbewiesenen Zukunft – wir
bedürfen zu einem neuen Zweck auch eines neuen Mittels, nämlich einer neuen Gesundheit, einer stärkeren,
gewitzteren, zäheren, verwegeneren, lustigeren, als alle
Gesundheiten bisher waren.«
>
> *F. Nietzsche, Die fröhliche Wissenschaft*

Schwebkowski wurde 1938 aus Quinta in die NAPOLA Ballenstedt getan.
Die Abrichtungsregel Elternhaus, Volksschule, Höhere Schule wurde unterbrochen. Einige solche Unhistorische wuchsen in den verschiedenen über
Deutschland verteilten Anstalten auf, darunter Schwebkowski von 1936 bis
1942. 1943 meldete sich Schwebkowski zur SS-Division Peter Freytag, die in
Nordgriechenland aufgestellt wurde. Noch im Aufbau wurden aber die Kader
dieser Division auf drei Heeresdivisionen verteilt, die rasch und vorrangig, unter Verzicht auf die SS-Division, wiederaufgefüllt und in die bedrohte Südukraine geworfen werden sollten. Während der Ausbildung überwarf sich
Schwebkowski mit einem Heeresoffizier. Aus dem Militärgefängnis floh er, da
er mit dem Tod bedroht wurde. In einer Oberleutnantsuniform durchquerte er
mit Militärtransporten den Balkan in Richtung Norden. Ursprünglich verfolgte er die Absicht, sich zu seiner Schule in Ballenstedt durchzuschlagen. Da
sich aber, je näher die von ihm benutzten Militärzüge der Ostmarkgrenze kamen, die Feldpolizeikontrollen mehrten, verzögerte er in Laibach seine Fahrt
und benutzte dann andere Züge in Richtung Südosten. In Sofia lernte Schwebkowski im Herbst 1943 in einem Absteigequartier der rumänischen Wehrmacht
Francesca B. kennen. Schwebkowski beteiligte sich an Handelsgeschäften. Als
1944 die Russen in Sofia erschienen, wurde er, der die Oberleutnantsuniform
ausgezogen hatte, von Geschäftsfreunden denunziert. Er verlor so die B., die er
nie wiedersah. Er wurde zu den Sammellagern bei Odessa transportiert. Eine
Landschaft kann für einen nichtseßhaften Menschen wie Schwebkowski nicht
die Bedeutung haben wie für frühere Generationen, da es kein Land gibt, das
Schwebkowski besitzen will, und ohne Besitztrieb die Freude an der schönen
Landschaft versagen muß. An die leere Stelle tritt die Beziehung zu dem Land,
in dem persönliche Entscheidungen gefallen sind. Deshalb ist das Land zwischen Kolomea und Odessa für Schwebkowski eine von zwei Heimaten, weil
eine von zwei Entscheidungen über sein Leben hier stattgefunden hat.

Die Entscheidung, aus dem Sammellager bei Odessa im Frühling 1945 zu fliehen und sich zu den sagenhaften amerikanischen Linien in Kärnten durchzuschlagen, hält Schwebkowski heute für falsch. Er sähe nachträglich die bessere Chance in der Anpassung an die Gefangenenarbeit. Vielleicht hätte er dann vor 1948 wieder in Sofia sein können, u. U. als russischer oder rumänischer Staatsbürger. Bis zu diesem Zeitpunkt hätte er die B. in Sofia noch angetroffen.

II

> »Jagen wir die Himmelstrüber,
> Weltenschwärzer, Wolkenschieber,
> hellen wir das Himmelreich!
> Brausen wir . . . oh, aller freien
> Geister Geist,
> *braust* mein Glück dem
> Sturme gleich. –«
>   *F. Nietzsche, Die fröhliche Wissenschaft*

Zahlreiche jüngere Menschen erwarteten 1945 große Freiheit, einen neuen Anfang. In Halle hatte im Juni 1945 der Kommandeur einer im Abzug nach Westen befindlichen amerikanischen Panzerdivision sein Hauptquartier aufgeschlagen. Mit seinen Maßnahmen hielt er die örtlichen Behörden in Atem. Diesem Kommandeur war es zu verdanken, daß ein Lehrerseminar in Halle schon Ende Juni 1945 die Arbeit aufnahm. Die Ausbildung wurde weitergeführt, als dann die Russen nach Halle einzogen. An dieser Lehrerbildungsanstalt wurde Schwebkowski ausgebildet. Seine Hoffnungen auf die unbegrenzten Möglichkeiten des Lehrberufs waren nie beschädigt worden. Er nahm an, daß er sich als Lehrer am ehesten in den verlorengegangenen Traum der Jahre 1938 bis 1942 wieder einarbeiten könnte. 1946 bis 1949 unterrichtete Schwebkowski in den Bezirken Halle und Magdeburg. 1950 übernahm er eine Planstelle an einer südwestdeutschen Privatschule in der Bundesrepublik. 1952 wurde von der vorgesetzten Schulaufsichtsbehörde in Freiburg entdeckt, daß Schwebkowski nur eine Art Notabitur und ein Oberlehrerexamen aus dem Frühjahr 1946 besaß, das nach den Richtlinien der Kultusministerkonferenz der Länder nicht anerkannt werden konnte. Seine Planstelle wurde gestrichen. Seinen Plan gab Schwebkowski deshalb nicht auf. Er ließ sich in Marburg als Student einschreiben. Marburg (Lahn) ist eine schlauchartig um einen Berg gewundene Stadt. Schlauchartig beengt sie die im Lahntal von Norden (Kassel) nach Süden (Gießen) führende Straße. Bergzüge zu beiden Seiten verbieten Abweichungen, erlauben Spaziergänge. Die Trostlosigkeit des Lernbetriebs suchte Schwebkowski durch Musikstudien zu mildern, aber man kann nicht den verlorengegangenen Traum der Jahre 1936 bis 1942, der etwas Lebendiges ist, durch Hausmusik ersetzen. Wie in einen Hohlweg suchte die verheiratete Dagmar Grothusen Schwebkowski einzufangen. Sie sah die Möglichkeit, seine Kraft für die Änderung ihrer ehelichen Gefangenschaft zu nutzen. Wahrscheinlich erwartete sie, daß ihr Schwebkowski helfen würde, wenn sie sich nur fest genug auf ihn verließ. Es ist schwierig, einer solchen Situation zu entgehen, wenn sie sich in desolater Umgebung ohne starke Hoffnungen für die nächste Zeit ergibt. Nur die Überzeugung, daß der Lehrberuf etwas von der verlorenen NAPOLA-Zeit rekonstruieren könnte, bewegte Schwebkowski zu der Vorleistung dieses Studiums. Aus einer an sich gleichgültigen Umarmung entließ Frau Grothusen Schwebkowski zu spät. Das erwartete Kind wollte Frau Grothusen nicht abtreiben lassen. Schwebkowski hätte dafür Geld zur Verfügung gestellt, das er gerade zu dieser Zeit aus einer Erbschaft erhielt. So wechselte Schwebkowski, um den lästigen Ansprüchen dieser Frau zu entgehen, nach München, wo er die pädagogische Staatsprüfung bestand.

III

Damals wurden in Bayern alle verfügbaren Lehrernachwuchskräfte, gleich ob es sich um Volksschullehrer, Berufsschullehrer oder Gymnasiallehrer handelte, in die Gegend von Aschaffenburg geworfen, wo für alle Schularten eine akute Mangellage bestand. Die Nachbarschaft zum Land Hessen, das über ein größeres Nachwuchspotential verfügte, machte in diesem Grenzland ein gewisses Versagen der bayerischen Bildungspolitik deutlich. Schwebkowski befand sich unter den provisorisch in diese Gegend delegierten Lehrkräften. Als Referendar hatte er an verschiedenen Schulen Probeunterricht zu geben, gelegentlich in Anwesenheit eines Vertreters der Schulaufsicht, der ihn mit seinen Ratschlägen unterstützte. In Schwebkowskis Erziehung fehlte das Rädchen Abrichtung. Es ergaben sich hier Disziplinschwierigkeiten für Schwebkowski wie in der Zeit des Aufbaus der drei Heeresdivisionen in Nordgriechenland. Schwebkowski hielt die Vorbereitungszeit auf der Universität und die Bewährungszeit im Schuldienst für überdehnt, glaubte auch immer weniger, daß der Vorleistung auf der Gegenseite irgendeine Spur von Hoffnung entspräche. Nach bestandenem zweiten Staatsexamen wandte sich Schwebkowski nach Nordrhein-Westfalen, wo er (in einem größeren Lande) auf günstigere Arbeitsbedingungen hoffte. Schwebkowski unterrichtete von 1958 bis 1960 in verschiedenen Schulen im Rheinland und in Westfalen. Er sammelte Eindrücke, faßte kaum neue Hoffnung, gab aber die alten Hoffnungen noch nicht auf. 1960 lernte er den Oberschulrat de Martin kennen, eine Freundschaft entwickelte sich mit dem vollbeschäftigten Mann, der über einen Dienstwagen verfügte. De Martin versuchte, Schwebkowski in den Schulaufsichtsdienst zu ziehen.

De Martin hielt die Wunschträume, die Schwebkowski immer noch hegte und in der Schule verwirklichen wollte, für utopisch, und sogar für etwas faschistisch. Er erinnerte daran, daß Schwebkowski den Ausdruck nationalsozialistisch oder Nationalsozialismus nie verwandte: er sprach entweder von Hitler oder von Faschismus. Schwebkowski war immer noch nicht angepaßt, schwebte noch im Rhythmus der Jahre 1935 bis 1945. De Martin redete ihm zu. Nachdem Schwebkowski sich gewandelt hatte: von einem Schüler zu einem Nationalsozialisten, von einem Nationalsozialisten zu einem Freiheitsdurstigen, von einem Freiheitsdurstigen zu einem Studenten, von einem Studenten zu einem Angepaßten (bis dahin immer von einem Ziel befeuert), sah er vor sich jemand, der ihm bestritt, daß auch nur eines von dem, was er vertreten hatte, real sei. Schwebkowski glaubte ihm nicht.

IV

Alle Lehrer in D. wurden im Herbst 1961 durch die Verhaftung von Dr. Willett aufgewühlt. Willett, Lehrer für Latein, Griechisch und Geschichte, war so alt wie Schwebkowski. Er war in einem verlassenen Kartenraum des Grillparzer-Gymnasiums am Spätnachmittag zusammen mit der 16jährigen Schülerin P. Gnade gesehen worden. Eine schlüssige Erklärung für die Anwesenheit der beiden in dem wenig benutzten Raum konnte niemand geben; die Aussagen der Schülerin und des Lehrers blieben unklar. Die Schulaufsicht versuchte den Vorfall zu bagatellisieren und Gespräche darüber in den Lehrerkonferenzen der Stadt zu unterdrücken. Die Eltern des Mädchens sorgten aber dann sehr rasch für eine Anzeige. Noch vor Eröffnung des Hauptverfahrens vor der Großen Strafkammer in D. gelang es Schwebkowski, den Freund Willett, dem die Kriminalpolizei den Paß abgenommen hatte, nach Italien zu bringen. Der für eine Flucht nicht ausgebildete Willett wurde aber in Florenz verhaftet und an die Bundesrepublik ausgeliefert. Hatte Willett wirklich eine Straftat begangen? Das war für Schwebkowski (und auch für seinen Gönner de Martin, der Schwebkowski gewinnen wollte) vollkommen gleichgültig. Selbstverständlich bestritten sie den von der Polizei und den Eltern behaupteten Tatbestand; unabhängig davon ging es aber um eine ganz andere Frage: Ob sie in der Lage waren, einen der Ihren in einer so heiklen Lage zu schützen. Es ging um eine Machtfrage, um die Frage, ob Bildung eine Macht ist, ob für den Kader Bildung Schutz möglich ist.

V

Gespräch mit de Martin

»Die Schulaufsicht hält die wissenschaftlichen Grundsätze, aus welchen die einzelnen Verwaltungs-Maximen
herfließen, unverrückt gegenwärtig und dient der Sektion, ihr Verfahren im einzelnen immer nach seinen allgemeinen Richtungen übersehen und gehörig würdigen zu
können; sie verrichtet außerdem diejenigen ihrer Arbeiten, welche eine freie wissenschaftliche Muße erfordern
und mitten unter den Zerstreuungen der laufenden Geschäfte nicht gedeihen können.« *Wilhelm v. Humboldt*

Den Vormittag über war der Dienstapparat von Oberschulrat de Martin besetzt. Eine Zeitlang wäre er an sich frei gewesen, da war aber die Sammelnum-
mer des Schulkollegiums überlastet. Als Schwebkowski in den Mittagsstunden zum Büro seines Freundes durchwählen konnte, sagte ihm die Sekretärin,
die nicht wußte, wer Schwebkowski war, de Martin habe soeben das Amt verlassen. Durch das Drehen an der Telefonscheibe und das lange Warten (teilweise unter Benutzung von öffentlichen Fernsprechern) entnervt, überzeugte
sich Schwebkowski nicht persönlich im Amt von de Martins Abwesenheit.
Dort hätte er den Oberschulrat noch angetroffen.
Nachmittags sollte de Martin im Landtagsgebäude zu treffen sein. Schwebkowski suchte das Gebäude ab, in dem der kulturpolitische Landtagsausschuß
tagte. De Martin überbrachte jedoch um diese Zeit anderswo einer Lehrerta-
gung die Grüße des Kultusministers und des Oberbürgermeisters. Die Zeit
drängte für Schwebkowski. Schwebkowski traf de Martin abends im Foyer
der Rheinhalle. De Martins Gesicht verwandelte sich, sobald er seinen Freund
Schwebkowski sah, in eine freundliche Grimasse; er war für die Schnelligkeit
seiner Wandlungsprozesse bekannt: eben noch eine gewisse ministerielle Über-
heblichkeit, jetzt eine liebenswürdige Freundesmiene. Er hoffte noch, Schwebkowski für die Schulaufsicht zu gewinnen. Deshalb versprach er auch, die Abgeordneten Fuhr und Semmler auf den Fall Willett anzusprechen. De Martin
traf andere Freunde, die wichtiger waren als Schwebkowski. Später sprach er
mit den bereits erwähnten Abgeordneten, die zum Empfang gekommen waren; da jedoch de Martin zahlreiche vordringlichere Themen zu besprechen
hatte, konzentrierte er sich nicht auf den Fall Willett. Die Abgeordneten vergaßen den von ihm erwähnten Namen gleich wieder. Hätte sich de Martin mehr
darum gekümmert, wäre das Ergebnis voraussichtlich auch kein anderes gewesen. Wahrscheinlich konzentrierte sich de Martin auch aus diesem Grund

nicht genügend auf den Fall. Um aber die schwache Chance eines Zufallsglücks im Fall Willett (z. B. die Staatsanwaltschaft stellte das Verfahren von sich aus ein) für die Gewinnung Schwebkowskis nutzbar zu machen, redete er wenigstens kurz über den Fall, um sagen zu können, er hätte Fuhr und Semmler darauf angesprochen, denn es gehörte zu de Martins Gewohnheiten, in solchen Fragen immer die Wahrheit zu sagen, da Unwahrheiten in unnötige Abhängigkeiten bringen. Am folgenden Tag konnte Schwebkowski de Martin nicht erreichen. Der Oberschulrat befand sich auf einer Dienstreise nach Münster, Köln, Duisburg und Essen, von der er erst Ende der Woche zurückerwartet wurde. Durch seine Sekretärin ließ de Martin ausrichten, er hätte mit den Abgeordneten gesprochen. Unterwegs war de Martin nicht zu erreichen. Sehr schnell sah Schwebkowski die Unerreichbarkeit de Martins ein.

Übergabe Willetts am Brenner

Hätten die österreichischen Grenzbehörden den Transit des verhafteten Willett von Italien in die Bundesrepublik verhindern können? Der österreichische Oberst, der die Grenzwache am Brenner befehligte, riet davon ab. Vor ihm saß Willett in einem verbrauchten Staubmantel, übermüdet von den Aufregungen des Transports. Der in der Nacht zur Grenze herangereiste Schwebkowski versuchte, den Freund zu retten. Eine Verweigerung des Transits hätte aber lediglich zu einem Rücktransport des Gefangenen nach Mailand geführt. Von dort wäre Willett nach Deutschland eingeflogen worden. Die Kosten des Flugs hätte Willett tragen müssen. So konnten also auch die österreichischen Grenzbehörden Willett nicht retten.

Das Beispiel des Botschafters v. O.

Im 3. Reich gab es einen gewissen Botschafter v. O., der später die Kunstschätze Roms retten half. Er war kein Nationalsozialist. Die Stellung, die er bekleidete, nützte aber den Nationalsozialisten. Er bekleidete sie, um Freunde und Standesgenossen weiterhin zu schützen. Seine Unterschrift, seine Persönlichkeit, seine geheime Opposition deckten die Politik der Nationalsozialisten. Schließlich verlor er die meisten seiner Freunde und Schützlinge, später auch seinen Posten. Nach dem Krieg wurde er vor ein Militärgericht gestellt. Die permanente schiefe Lage des Botschafters v. O. ist das Grundbeispiel für Schwebkowski; es zeigt die Grenze an: Sobald es nicht mehr gelingt, Freunde zu schützen, ist es Zeit, das Amt zu wechseln.

Kurze Bestandsaufnahme

> »Wie man Wasser aus einem volleren Glas an einem Woll-
> faden in ein leereres leitet.« *Sokrates*

Die Bildungsmethoden einer Gesellschaft, die Bildung eigentlich nicht will: 14 Fächer teilen sich in 9, maximal 12 Jahre. 2mal wird alles wiederholt. Das zu Hause Gelernte wird in der Stunde abgefragt. Das im Vierteljahr Gelernte wird in Abständen geprüft. Wer aufpaßt, gelangt heil durch die Bildungsanstalt.

Niederzwingung des Pädagogen durch den Zoll

> »Im Jahre 1918 bezog der sowjetische Pädagoge Maka-
> renko mit einer Gruppe von acht jugendlichen Verbre-
> chern eine abgelegene ehemals zaristische Baracke, in der
> es nichts gab als eine Axt, mit der sie sich gegenseitig tot-
> schlagen konnten. Sie haben sich nicht totgeschlagen,
> weil sie sich gegenseitig brauchten.«

Mit seinen Schülern von einer Klassenfahrt nach Gesamt-Berlin zurückkehrend, überwarf sich Schwebkowski in Helmstedt mit den westdeutschen Zollbehörden. Er hatte den Schülern die Mitnahme von Schriften und Büchern aus Ost-Berlin erlaubt. Die Zollbeamten beschlagnahmten diese Schriften; vor den aufmerksam registrierenden Schülern erwies sich der Pädagoge unwissenden Beamten gegenüber unterlegen. Später fiel umfangreicher Schriftwechsel an, da die disziplinarrechtlichen Folgen von Schwebkowskis Widerstand zunächst nicht geklärt werden konnten. In einem anderen Fall wurde von der Schulaufsicht die Lektüre von Jean-Paul Sartres »Die Mauer« für die 6. Klasse (16jährige) beanstandet. In wieder einem anderen Fall konnte ein vom Lehrer versprochener Ausflug ins Bergische Land wegen der Transportgefährdung der Schüler nicht genehmigt werden, da die Unfallquote von Schülerunfällen im Regierungsbezirk die zulässige Richtzahl bereits überschritten hatte. Aus bereits vorweggenommenen ähnlichen Erwägungen kamen eine größere Anzahl von Projekten Schwebkowskis gar nicht erst zum Vorschlag.

Wird der Lehrstand irgendwann einmal der erste Stand sein?

»Diese Gründe zusammen: die wissenschaftliche Auszeichnung, die vorzügliche Befähigung im Beruf, das anständige Gehalt und die durch innere Würdigkeit bedingte Aussicht, verbunden mit der rücksichtsvollen Behandlung der Schulmänner, haben diesen Stand mit einer Achtung und Anerkennung in der bürgerlichen Gesellschaft umgeben, die ihm sonst nicht zuteil wurde und die sehr vorteilhaft auf ihn selbst zurückfließt. Ein junger Oberlehrer von Auszeichnung ist darum auch in sozialer Hinsicht ein sichergestellter Mann, geht den Beamten anderer Dienstkategorien, selbst den angesehenen, parallel, und jedes Jahr liefert Beispiele von Heiraten, die zwischen ihnen und den Töchtern aus den angesehensten Familien im Staatsdienst, von Generalen, Staatsräten, Regierungspräsidenten oder Direktoren geschlossen werden.« *Friedrich Thiersch, Öffentlicher Unterricht I,*
460, um 1840

»Die Stellung, die der Lehrer durch die moderne gesellschaftliche Entwicklung erhalten muß, begegnet in der Praxis erheblichen Schwierigkeiten. Dem Lehrer fehlt die Freiheit der Eigengestaltung, die seiner Bedeutung für die Gesellschaft entsprechen würde, und die Selbständigkeit und Entscheidungsfreiheit eines Finanzvorstehers ist heute wesentlich größer als die eines Lehrers oder Schuldirektors. Wenn es eine Zeit gab, in der der Landrat und der Offizier der erste Stand im Staate waren, dann könnte man mit einem Bild aus jener vergangenen ständischen Denkweise sagen, daß der Lehrer heute der erste Stand in der modernen Welt geworden ist.«
Hellmut Becker, Quantität und Qualität, 1962

Die akademisch gebildeten Lehrer erhalten Gehälter nach Besoldungsordnung A 13 und A 14 wie die wissenschaftlichen Assistenten an den Universitäten – was hat der Lehrberuf mit einer Beamtenbesoldung zu tun? Lehrer brauchen alle sieben Jahre ein freies Jahr, in dem sie sich auf den neuesten Stand der Dinge bringen können – wer gibt ihnen diese Zeit? Bildungsfragen und daher Lehrerbildungsfragen sind das Politikum unserer Zeit – aber wie viele sind es, die diese Fragen ernst nehmen? Der Lehrberuf braucht die Leidenschaft – aber ist sie zulässig?

Spur, über die Willett gestolpert ist

Schmaler, brauner Rücken – nicht einladend zum Beischlaf. Knöchern und frierend unter der Haut das, was den Eingeweihten herbeizieht, den Pädagogen bewegt. Schon an den Albigensern hat man dies zerstört. Ruckartig öffnet der Zeuge und spätere Anzeigeerstatter den selten benutzten Kartenraum: Keine Macht im gesamten Kulturbereich kann den ertappten Pädagogen mehr retten.

Schwebkowski gibt einen Glauben auf

Der Fall Willett überzeugte Schwebkowski endgültig davon, wovon er bereits teilweise überzeugt war, daß die Gesellschaft, in der wir leben, für Bildung, für Erfindung, für Tätigkeit und Spur des Geistes keine Verwendung hat. Sonst gäbe es Machtmittel, die im Fall Willett wirksam wären.

Entwicklung seit 1800

> »Fühlt ihr nicht an solchen Gestalten, wie noch der Spinozas, etwas tief Änigmatisches, Rätselaufgebendes und Unheimliches? Seht ihr das Schauspiel nicht, das sich hier abspielt, das beständige *Blässerwerden* – die immer idealischer ausgelegte Entsinnlichung? Ahnt ihr nicht im Hintergrund irgendeine lange verborgene Blutsaugerin, welche mit den Sinnen ihren Anfang macht und zuletzt Knochen und Geklapper übrigbehält, übrigläßt?«
>
> *F. Nietzsche, Die fröhliche Wissenschaft*

Furchtsame Leute um 1800 haben die geistige Entwicklung in Deutschland kanalisiert. Idealität ersetzt Macht, Überhöhung ersetzt Kritik, Rechtsgeschichte überbietet das Recht, Philosophie lenkt ab von der Praxis, Kunstgeschichte lenkt ab von der Baupraxis. Hegel wurde von Minister Altenstein nach Berlin berufen, um die hauptsächliche Jugend von gefährlichen praktischen Idealen abzulenken. Die Kalmierung gelang. Was nützt die Auflehnung des Geistes, wenn seine Organisation gegen Auflehnung ist? Gehorsame Fakultäten ließen sich von Kalmierern schikanieren und ausstatten, so wurden sie selbst kalm; Schulen unter Militärverfassung bildeten die Unteroffiziere und Offiziere, die die Schlachten von Königgrätz und Sedan gewannen, die von 1914 bis 1918 verloren. Was können die demokratischen Arbeitsjahre von 1923 bis 1928 (vorher Inflation, hinterher Krise) gegen eine Tradition von 150 Jahren ausrichten? Wie rasch saugt die Tradition einen Moment Geschichtslosigkeit zwischen 1933 und 1945 wieder auf? Unter den gegebenen Umständen fand es Schwebkowski ganz überflüssig, Lehrer zu sein.

VI

>»Auf Kompromisse kann man keine Bildung gründen,
denn Bildung fordert Mut und Entschiedenheit: sie soll
dem Leben eine Richtung geben.« *Rahmenplan, S. 33*

Das abschließende Gespräch zwischen den Freunden Schwebkowski und de Martin mußte mehrfach wegen Terminschwierigkeiten de Martins verschoben werden. Es fand in der Privatwohnung de Martins statt. De Martin hatte das vorgeschlagen, um seinen ganz persönlichen Einfluß auf Schwebkowski geltend zu machen: in der Hoffnung, daß Schwebkowskis Unlust am Lehrerberuf ihn vielleicht der Schulaufsicht zuführen würde. Er stellte ihm Aufstieg nach A 14 in Aussicht. Frau de Martin servierte Tee und beteiligte sich am Überredungsversuch.

Im Frühjahr 1962 wechselte Schwebkowski den Beruf. Er trat in die Immobilienfirma eines Düsseldorfer Grundstücksmaklers ein. Hier konnte er endlich auch das Geld aus der Erbschaft verwenden, die ihm zugefallen war.

Korti

I
Korti im Erfolg

Gesamtsumme

Im ersten Halbjahr 1960 war Korti im ganzen erfolgreich. Eine unbekannte junge Frau beleidigte ihn im Januar 1960, indem sie gegen den Richterstand eine obszöne Bemerkung fallenließ. Korti, der zu diesem Zeitpunkt in der Gerichtsklause (gegenüber dem Justizgebäude) vor einem kleinen Hellen saß, gelang es, die Personalien der Frau festzustellen. Unter der von ihm gemeldeten Adresse konnte die Polizei die Unbekannte aber später nicht finden.

Der Präsident

Das Gebäude, in dem jetzt das Landgericht, das Amtsgericht, die Staatsanwaltschaft und Amtsanwaltschaft, das Untersuchungsgefängnis und einige weitere Dienststellen untergebracht sind, wurde 1945 vom ehemaligen Wehrbezirkskommando übernommen. Der Präsident hat sich das Gebäude nicht aussuchen können, sonst hätte er diesen Monumentalbau, begonnen 1935, nicht genommen. Die großen, gewölbten Säle, Dienstzimmer und Wandelgänge geben weder wirkliches Vertrauen auf Bombenfestigkeit (weil man aus der Lärmempfindlichkeit des Gebäudes weiß, daß die Decken nicht so stark sein können, wie sie aussehen), noch sind sie dem Gedanken der Rechtsprechung angepaßt, die nicht in kellerartigen Gebäuden angesiedelt sein sollte. Trotz dieser Vorbehalte hätte der Präsident gern eine genauere Kenntnis, eine Theorie des Baues, gewonnen. Er versuchte längere Zeit, an die Bauakten heranzukommen, die aber im Hauptstaatsarchiv unter Verschluß liegen, möglicherweise überhaupt in das document center nach Berlin transportiert sind. Es werden in Zukunft Heizungsreparaturen erforderlich sein oder Veränderungen des Innenbaus. Wie das Röhrensystem verläuft, läßt sich nur aus den Bauakten feststellen. Der Präsident haßt ein nur pragmatisches Vorgehen (daß man jeweils bei Mauerdurchbrüchen erst nachträglich feststellt, ob man eine Wasser- oder Heizungsader mit durchgeschlagen hat).

Auf seinem Weg die Freitreppe hinauf grüßen Justizwachtmeister den Präsidenten, begegnende Richter grüßen mit einem Kopfnicken kollegial, sie sind in ihrer richterlichen Entscheidung vom Präsidenten unabhängig, dessen Herrschaftsbereich sich auf die Präsidialverwaltung und die Bewirtschaftung der Assessoren beschränkt.

Saal der Justizwachtmeister

Eine einzelne Schreibmaschine tackt langsam in dem durch Regale und hüfthohe Barrieren mehrfach unterteilten Saal. Acht Justizwachtmeister befinden sich im Augenblick in diesem riesigen, reitsaalähnlichen Raum, einem umgebauten Sitzungssaal neben dem Haupteingang. An den Wandfächern für die Posteingänge der verschiedenen Gerichtsabteilungen erscheinen Stenotypistinnen und bringen Eingänge. Die Eingänge erhalten an zwei dafür vorgesehenen Tischen die Eingangsstempel. Keiner der Wachtmeister redet, aber Gronke haut seinen Eingangsstempel mehrmals hintereinander hart auf eingelaufene Schriftstücke.

Es erhebt sich ein Problem: Eine Stenotypistin möchte einen Brief, der versehentlich unter die Eingänge geraten ist, wiederhaben. Der Eingang ist bereits mit dem Stempel versehen. Es ist fraglich, ob der Brief wieder zurückgegeben werden kann. Haubig und Hoffmann wissen keinen ähnlichen Vorfall. Den Landgerichtspräsidenten kann man in dieser Bagatellsache nicht befragen. Der Brief wird verlesen, gegen den Protest des Mädchens. Es ergibt sich aus dem Inhalt des Briefes, daß es sich um ein persönliches Schreiben handelt, andererseits ist der Eingangsstempel bereits erteilt. Es würde zu weit führen, wenn jeder bereits hereingenommene Eingang wieder herausverlangt werden könnte. Der Brief bleibt deshalb bei den Eingängen, wird aber nicht weiterge-

leitet, sondern in Reserve gehalten. Das Mädchen erhält den Rat, den Brief abzuschreiben. Für die Abschrift wird der Brief ihr ausgehändigt. Das Mädchen
darf dafür die Schreibmaschine von Wachtmeister Saremba benutzen.

Fahrstuhl
Sehr gern fährt Korti in dem neuinstallierten Fahrstuhl des Justizgebäudes.
Angenehm sind vor allem die Spiegel, in die man hineinsehen kann, wenn gerade niemand mitfährt. Es ist angenehm warm im Fahrstuhl.

Korti in der Verhandlung
Der Beleidiger und Beklagte, Pädagoge, weigerte sich, einen Revers zu unterschreiben, in dem er die Beleidigung abmilderte. Er befürchtete, daß sein Gegner, Philologe, diesen Revers in den philologischen Fachblättern veröffentlichen würde und gewissermaßen rehabilitiert dastünde. Der Pädagoge wollte
den Revers nur dann unterschreiben, wenn zugleich eine von ihm verfaßte Gesamtdarstellung des Streitfalles zum Gegenstand des Vergleiches gemacht
würde. Inzwischen warfen die Prozeßvertreter der Parteien die Kostenfrage
auf. Um 12 Uhr war die Geduld Kortis zu Ende. Die draußen seit Stunden wartenden Rechtsuchenden, die Korti hörten, erschraken. Innerhalb einer Viertelstunde waren auch ihre Angelegenheiten geregelt. So kam Korti noch um halb
eins zum gemeinsamen Mittagessen der Richterschaft in die Kantine.

Die Kantinenwirtin
Richter, Gerichtspersonal und Laufpublikum ergeben einen Markt von täglich 160 Menschen. Der Präsident genügt seiner Aufsichtspflicht, indem er monatlich einmal eine Suppe in der Kantine nimmt. Er ist immer hoch erfreut
über die Qualität. Die Kantinenpächterin, eine noch ziemlich hübsche
Sächsin, erfreut ihn durch ihre Unterhaltung. Mit der Hüfte lehnt sie ohne viel
Aufwand an der Theke, streicht blondes Haar aus der Stirn. Ihre großen Augen, die fast jederzeit lachen, die Schnelligkeit aller Vorgänge in ihrem Gesicht
lassen vergessen, daß die Größe der Augen darauf beruht, daß Augen generell
bei Sächsinnen weiter aus den Augenhöhlen hervortreten. Der Präsident läßt
sich von der Unterhaltung einfangen, weil die Unterhaltung ihm die Zeit gibt,
das Essen wirklich zu prüfen, das natürlich auf den Tellern rings umher an den
Tischen vielleicht nicht so gut ist wie auf seinem Teller. Insofern ist auch diese
Regierungsmaßnahme, wie so viele, vergeblich.
Neben dem Prüfungsrecht des Präsidenten besteht ein selbständiges Prüfungsrecht des Richterausschusses, den Amtsgerichtsrat Korti leitet. Früher gehörte
Korti zu den Hauptgegnern der Kantinenbewirtschaftung. Jetzt gehört auch
Korti zu dem Personenkreis, der der Wirtin persönlich verbunden ist.

Ihr Mann, den sie schon aus der Ostzone mit herübergebracht hat, bereist die Bezirke Köln und Aachen als Generalvertreter für Uhren. Er ist selten in der Stadt. Das Paar zieht sich für die Wochenenden in die Hotels des nahen Waldgebirges zurück, aus Rücksicht auf eine minderjährige Tochter, die mit dem Ehepaar die Wohnung teilt. Erholt kommt die Pächterin montags wieder zum Dienst, schickt die Tochter in die Höhere Schule, führt die Kantine. Ihr Herrschaftssystem ist auf gezielte Freundschaften aufgebaut. Genügend Geld verfängt sich in diesem Netz, obwohl es schon deshalb nicht einfach ist, aus Richtern und Justizangestellten Nutzen zu ziehen, weil sie nur ein geringes Einkommen haben.

Korti ist seinem Kollegen Wiegand überlegen

Im Februar 1960 hätte Korti ungern mit seinem Kollegen Amtsgerichtsrat Wiegand getauscht, der die Sitzungen des Schöffengerichts für die Buchstaben A bis K leitete. Kollege Wiegand befand sich in der unangenehmen Lage, den für die gesamte Justizverwaltung verantwortlichen Ministerialdirektor im Justizministerium, Berthold, abzuurteilen. Es handelte sich um eine Verkehrsstrafsache.

Korti hätte sich in einem solchen Fall, d. h., wenn er dem Schöffengericht vorgesessen hätte, entweder krank gemeldet und sich vertreten lassen, oder er hätte eine unerwartet hohe Strafe erteilt, aber eine sehr schwache Urteilsbegründung abgefaßt. Dann hätte die Berufungsinstanz das Urteil aufgehoben und erfahrungsgemäß milde gestraft oder freigesprochen. Ein Freispruch oder eine milde Bestrafung durch Korti selbst hätten nicht das gleiche Ergebnis gehabt, denn gegen ein solches Urteil hätte die Staatsanwaltschaft Berufung eingelegt, die Strafkammer hätte das Urteil aufgehoben und hart gestraft. Auf diese Ausgangslage hätte Korti den hohen Beamten durch Mittelsmänner aufmerksam gemacht, außerdem hätte Korti die Presse von der Verhandlung ausgeschlossen. Amtsgerichtsrat Wiegand ging anders vor. Er versuchte in der Hauptverhandlung, den ihm an sich übergeordneten Ministerialdirektor ins Unrecht zu setzen; auch die Presse war anwesend. Wiegand hätte dabei überlegen sollen, daß ein hoher Beamter, der zugleich Politiker ist, nicht durch einen Richter, auch nicht durch die Presse, wegen einer Bagatellsache zu erledigen ist. So verschaffte sich Wiegand hier einen Feind, was man nur dann tun soll, wenn man sicher ist, daß man den betreffenden Gegner auch wirklich vernichten kann.

Korti und der Präsident

Im März 1960 versuchte der Präsident in mehreren Anläufen, einen neuen Geschäftsverteilungsplan bei den verschiedenen Herren seines Gerichtsbezirks durchzusetzen. Auch bei Korti versuchte er, Änderungen zu erreichen. Er entzog ihm einen Teil der Jugendgerichtssachen und wollte ihm dafür die Buchstaben S, T, U, V und W der Strafsachen des Amtsrichters als Einzelrichter aufhalsen. Selbstverständlich lehnte Korti diese Änderung ab. Er schrieb:

An den
Herrn Präsidenten
des Landgerichts in S.

Sehr geehrter Herr Präsident!
Zu meinem Bedauern sehe ich mich nicht in der Lage, der in der Verfügung vom 10. Oktober 1960 vorgesehenen Geschäftsverteilung zuzustimmen. Auf dem Sektor des Jugendrechts habe ich seit Jahren meine besonderen Bemühungen auf eine jugendgerechte Praxis gerichtet. Ich würde ungern meine Zuständigkeit aufgeben, mit der mich meine besonders große und lange Erfahrung verbindet. Dann aber erscheint mir bei Beibehaltung dieser Zuständigkeit eine zusätzliche Betrauung mit den Buchstaben S, T, U, V und W in den Angelegenheiten des Amtsrichters als Einzelrichter unangemessen und eine Schlechterstellung gegenüber gleichrangigen und gleichaltrigen Kollegen. Meiner Dienstliste können Sie die laufende Beschäftigung in den letzten Jahren entnehmen. In der Punktbewertung der bearbeiteten Fälle des letzten Quartals unterscheide ich mich nicht von anderen Referaten. Ich bitte deshalb, sehr geehrter Herr Präsident, von einer zusätzlichen Belastung, die ich gewissermaßen als Zuteilung von Strafarbeiten empfinden muß, Abstand zu nehmen.

Mit dem Ausdruck meiner kollegialen
Hochachtung
bin ich Ihr sehr ergebener
Korti

Wenn der Präsident nach diesem Schreiben noch auf seinem Geschäftsverteilungsplan beharrt hätte, hätte Korti Beschwerde beim Oberlandesgerichtspräsidenten eingelegt.

Korti und der Arbeitgeber
Amtsgerichtsrat Korti als Jugendrichter war einer modernen wirtschaftlichen Betrachtungsweise nicht abgeneigt. In dem Strafverfahren gegen Jägerlein und andere war diese Betrachtungsweise jedoch nicht angebracht. In der Hauptverhandlung ergab sich, daß nicht nur die angezeigte Jugendliche Jägerlein, sondern sämtliche Angestellten des Holzgroßhändlers B. die Firma durch

Fremdabladen von Holz (§ 242 StGB) geschädigt hatten. Der Arbeitgeber im Falle Jägerlein und andere kämpfte in der Hauptverhandlung aus der ungünstigen Position eines Zeugen und Anzeigeerstatters um seine Arbeitskräfte. Um der Abwanderung aller Arbeitskräfte ins Gefängnis entgegenzuwirken, verstieg er sich zu unwahren Schutzbehauptungen. Korti überlegte, ob er diesen Zeugen durch eine Vereidigung zusätzlich schädigen sollte. Der Arbeitgeber setzte sich nach der Verhandlung, seiner Arbeitskräfte verlustig, ziemlich deprimiert in sein Auto. Amtsgerichtsrat Korti ist ein unabhängiger Richter, der sich vor keinem Unternehmer zu fürchten braucht.

Korti macht auch vor der Kirche keinen Rückzieher
In der Mittagspause erschien die Bewährungshelferin Treiber auf der Arbeitsstelle der ihr anvertrauten Jugendlichen K. Sie schickte die Mädchen fort, die sich noch im Büro herumtrieben. Sie forderte ihr Bewährungskind auf, ihr zu helfen, die Bürotische zur Seite zu rücken. Sie kniete zwischen den praktisch gehaltenen Möbeln auf die Erde und forderte das Mädchen auf, ebenfalls niederzuknien und dem HERRN für die Arbeit zu danken, die sie ihr vermittelt hätte. Später rückten sie gemeinsam die Tische wieder an den alten Platz und warteten, bis die Arbeit wieder anfing. Es war bei diesen Eingriffen der Bewährungsaufsicht verständlich, daß die Jugendliche wieder straffällig wurde. Korti hielt es für einen Mißbrauch, wenn eine kirchliche Organisation oder eine Vertreterin einer solchen Organisation oder eine sonstwie religiös oder weltanschaulich gebundene Person die Abhängigkeit einer Verurteilten, deren Strafe zur Bewährung ausgesetzt ist, also wie ein Damokles-Schwert über ihr schwebt, ausnutzt, um ihren religiösen Ehrgeiz zu befriedigen. Korti setzte eine solche Ausbeutung gefühlsmäßig, wenn auch nicht tatbestandsmäßig, einer Unzucht mit Abhängigen gleich. Einen Augenblick schwankte er, ob er nicht die Bewährungsauflagen ganz aufheben sollte; er riskierte damit einen Konflikt mit dem Kollegen Jakob. Deshalb verschaffte er der Verurteilten lieber eine neue Bewährungshelferin. (Fräulein Treiber fand aber später doch Mittel und Wege, an das Mädchen heranzukommen. Vertretungsweise sprang sie für die erkrankte Bewährungshelferin Fehn ein.)

Korti weist die Bahnpolizei in die Schranken
Den von der Bahnpolizei am Morgen eingelieferten Neuzugang ließ sich Korti in seiner Eigenschaft als Haftrichter der Untersuchungsstrafanstalt sogleich vorführen.
Das Untersuchungsgefängnis war ein kasernenähnlicher Backsteinbau mit Schießschartenfenstern, die zum Himmel gerichtete Luftöffnungen besaßen. Außen hatte das Gebäude etwas Backsteinschmuck, der aber nicht für die Ge-

fangenen bestimmt war, die ihn nur auf einem Fluchtversuch hätten sehen
können, auch nicht für Passanten, denn es war Außenstehenden verwehrt, den
Gefängnishof zu betreten, sondern nur für die Richter und Geschäftsstellenan-
gestellten zu beobachten war, deren Fenster zum Hof der Untersuchungsstrafanstalt hinausgingen. Kleine Backsteintunnel brachten die Gefangenen aus
diesem Bau herüber in das Justizgebäude. Korti war an diesem Morgen noch
ganz frisch. Schon um 9 Uhr hatte er auf der Geschäftsstelle nach neuen Akten
gefragt; es waren keine da. Alles war aufgearbeitet, der Aktenbock neben
Korti war leer. In dieser Verfassung erhielt Korti Kenntnis von dem soeben ein-
gelieferten Neuzugang. Da er der Bahnpolizei aus grundsätzlichen Erwägun-
gen mißtraute, ordnete er das Erscheinen der Beamten an, ohne Rücksicht dar-
auf, daß sie Nachtdienst gehabt hatten und bereits in ihren Betten lagen.
Vernehmung des Untersuchungshäftlings:
– Haben Sie das Bier bezahlt?
– Ja.
– Die Beamten kamen auf Sie zu und sagten, Sie sollten das Bier austrinken?
– Das Bier austrinken.
– Und dann?
– Ich habe das Bier langsam ausgetrunken.
– Und die Beamten?
– Kamen schon wieder, ehe ich das Bier ganz ausgetrunken hatte.
– Wieviel war noch im Glas?
(Zeigt wieviel)
– Kann das der Wirt des Wartesaals bezeugen?
– Er wird sich nicht mit den bahneigenen Polizisten anlegen.
Diese Antwort gefiel Korti. Er fragte jetzt die Beamten.
– Stimmt das?
– Ja.
– (Zum zweiten Beamten, der nichts sagt:) Und Sie?
– Ebenfalls: Ja.
– Haben Sie ihn dann arretiert?
– Ja.
– Warum kam es dann zu dem Vorfall?
– Er leistete Widerstand.
Diese Antwort ärgerte Korti.
– Was hat er gemacht? Hat er mit den Füßen getreten?
Korti bezweifelte nicht, daß die Beamten ohne Grund gehandelt hatten. Die
Beamten behaupteten, der Angeklagte hätte »Bahnhengste« gesagt. Kortis
Meinung war in dieser Sache längst gebildet.

Korti holt einen Zeugen vom Rhein herunter
In den ersten Maitagen 1960 wollte ein Gastwirt nicht zur Hauptverhandlung erscheinen, nachdem er im April 1959 gegen den Vertreter Qu. Anzeige wegen einer nichtbezahlten Zechschuld erstattet hatte. Trotz wiederholter ordnungsgemäßer Ladung zog er es vor, am Tag der Hauptverhandlung eine in den Zeitungen bereits angekündigte Schiffsfahrt auf dem Rhein mit Tanz und Bewirtschaftung zu veranstalten; er hatte für diesen Zweck einen Dampfer gemietet und ausgestattet.
Amtsgerichtsrat Korti wartete eine halbe Stunde auf diesen Zeugen. Er konnte sich zunächst nicht vorstellen, daß der Zeuge die Ladung, die ihm persönlich zugestellt war, denn seine Unterschrift stand auf der Zustellungsurkunde (was sich durch einen Unterschriftenvergleich der Anzeige und der Zustellungsurkunde feststellen ließ), in den Wind geschlagen haben sollte. Nachdem feststand, daß der Zeuge sich nicht lediglich verspätete, löste Korti die polizeiliche Fahndung aus.
Die schnellen Boote der Wasserschutzpolizei suchten den Gastwirt K. auf dem Rhein zwischen Eltville und Bingen. Viele Vergnügungsreisende auf den Rheindampfern wunderten sich an diesem sonnigen Frühsommertag über die aufgeregt kreuzenden, vorn wassersprühenden Schnellboote, die verschiedene Dampfer einer scharfen Beobachtung unterzogen. Knapp vor Geschäftsstellenschluß um halb fünf brachten Polizeibeamte den Zeugen zur Hauptverhandlung. Die Vernehmung durch Korti dauerte fünf Minuten. Der Angeklagte wurde zu fünf Tagen Haft verurteilt. Die Kosten des Verfahrens und der polizeilichen Fahndung wurden dem Zeugen auferlegt.
Man unterschätzt oft die Richter, weil sie ein vergleichsweise geringes Gehalt beziehen. Deshalb hat Korti das Exempel statuiert. Es ist der Irrtum zu korrigieren, daß man sich ungestraft mit einem Richter anlegen könne. Das kann nicht einmal der Geschädigte.

Korti und die Polizeiquadriga
Im Winter 1959 wurde Korti zum Ehrenvorsitzenden der berittenen Schutzpolizeistaffel in S. gewählt; er selbst ritt nicht. Korti waren Pferde fremd, und die Vorstellung, durch ein Pferd schneller voranzukommen, wäre ihm absurd erschienen. Die Verfremdung ging so weit, daß Korti bei dem Stichwort »reiten« eher an den Geschlechtsverkehr als an Pferde gedacht hätte. Anders verhielt es sich bei der Reiterstaffel der Polizei, die ihn zum Ehrenvorsitzenden gewählt hatte. Korti setzte in dem Jahr seiner Ehrenpräsidentschaft bei den übergeordneten Behörden der Inneren Verwaltung durch, daß die Staffel die Mittel erhielt, zwei Polizeiquadrigen im Mai 1960 vorzubereiten. Es handelte sich dabei um zwei Vierergespanne, Apfelschimmel und Grauschimmel, die von

einem berittenen Polizeisergeanten auf braunem Pferd, der den eigentlichen
Wagen der Quadriga vorläufig ersetzte, von hinten mit vier Leinen geführt
wurden. Korti drang bis zum Innenminister seines Bundeslandes vor, um die
Mittelbewilligung hierfür durchzusetzen. Bei dem Sportfest der Polizei im
Sommer 1960 wurden dann die – auch von der Presse begrüßten – Quadrigen
gezeigt. Zunächst folgten die obligaten Motorradkunststücke, Hundevorfüh-
rungen und Mannschaftsfahren der Polizei. Plötzlich kamen die zwei Vierergespanne, die das Stadion dreimal durchliefen und vor der Ehrentribüne anhielten, auf der Korti saß. Der Landgerichtspräsident und der Polizeipräsident
nickten Korti zu, als die Quadrigen genau vor der Tribüne anhielten. Die beiden Quadrigenführer in weißer Polizeiuniform riefen etwas Unverständliches
zur Tribüne hinauf, die auf der Tribüne Befindlichen faßten es als Dank für die
Mittelbewilligung auf. Für Korti war 1960 ein glückliches Jahr. Erfolg reihte
sich an Erfolg. Dies waren die besten Jahre seines Lebens, eine gewisse Selbstachtung verbindet sich mit langjähriger Erfahrung, während die physischen
Kräfte noch nicht nachgelassen haben. Korti war schneller als alle Kollegen,
schlagkräftiger und vorsichtiger. Auch demokratischer und moderner als die
meisten Kollegen.

Wie Korti mit einer Schöffin fertig wird

Ein Fräulein v. Saalburg hatte die Straße überquert, war auf der Straßenmitte
zögernd stehengeblieben und dann lieber wieder zurückgegangen. Dadurch
geriet sie in den Bereich eines Lastzuges, der nur in Richtung auf einen parkenden PKW ausweichen konnte. Offensichtlich war die Zeugin fast blind, ein Beamter mußte die Bebrillte im Termin in Kortis Richtung drehen, auch dann sah
sie nichts. Nichts erkannte sie wieder, sie konnte sich auch kaum noch an den
Vorfall erinnern, da sie sich über den Unfall nicht einmal erschreckt hatte, weil
sie kaum etwas davon bemerkte. Korti ging davon aus, daß der Fernlastfahrer
verurteilt werden müßte, denn der Besitzer des parkenden Wagens war offenkundig schuldlos, die Saalburg nicht verantwortlich zu machen; ein Schuldiger
mußte im Urteil bezeichnet werden, nicht zuletzt wegen der Regelung der Ver-
sicherungsansprüche, die sonst gewissermaßen in der Luft hingen.

Mittags unterbrach Korti die Hauptverhandlung für eine Stunde. In der Kantine konnte er beobachten, daß die noch sehr junge Schöffin (Hausfrau stand
als Berufsbezeichnung in der Ladung, aber eher schien sie ihm eine Konku-
bine), ihr hübsches Gesicht erregt, auf die anderen Beisitzer einredete, den
Lastwagenfahrer freizusprechen. Sie hielt ihre Laienkollegen, den juristischen
Beisitzer und den Referendar mit Würstchen und Bier frei. Korti wollte sich
nicht einmischen, nachdem man ihn nicht aufgefordert hatte, ebenfalls an der
Tischrunde Platz zu nehmen.

Gefiel der Fahrer der jungen Frau? Hätte sie sich nicht denken können, daß Korti genügend *Erfahrung* besaß, um sie auch dann zu überspielen, wenn es ihr in ihrem Eifer für den Angeklagten gelang, den Vorsitzenden (also Korti) mit Hilfe der Beisitzer zu überstimmen? Zur Arbeitsüberlastung des Richters kommt hier die Willkür von Frauen. Korti ließ sich widerwillig überstimmen. Bei der Abfassung seiner Urteile kalkulierte Korti viele beobachtete Eigenarten der Großen Strafkammern (an die die Berufungsfälle gehen) ein. Jeder Berufungsfall war für Korti ein Examen, meist wartete er mit dem Diktat der Urteilsgründe, bis sicher war, ob Berufung eingelegt würde; er feilte an den Urteilen, die nach oben gingen, Woche für Woche. Nur selten wurden gut abgesicherte Urteile Kortis aufgehoben. Umgekehrt konnte Korti durch die spezifische Art der Abfassung eines Urteils eine der Großen Strafkammern gegen widerspenstige Beisitzer auf den Plan rufen. In diese Richtung ging Kortis Spekulation im Fall der widerspenstigen Schöffin: Wie zu erwarten war, ärgerte sich die II. Große Strafkammer unter Direktor Hoffmann über den ganz unzulänglich begründeten Freispruch Kortis im Fall des Lastwagenfahrers. Der Fahrer erhielt in der Berufungsverhandlung vor der II. Großen Strafkammer mehrere Monate Gefängnis. Mit einem Begleitschreiben sandte Korti das Urteil an die blonde Schöffin, deren Adresse aktenkundig war.

Die Oberherren Kortis

Die Berufungssachen werden in den Geschäftsstellen des Amtsgerichts gesammelt und durch Justizwachtmeister in den dritten Stock des Justizgebäudes gebracht, dort werden sie nach Jugendsachen und Erwachsenenstrafsachen sortiert, die Erwachsenenstrafsachen werden nach Buchstaben auf zwei Große Strafkammern verteilt. Vorsitzender der Großen Strafkammer I ist Landgerichtsdirektor Dr. Friedrich. Vorsitzender der Großen Strafkammer II ist Landgerichtsdirektor Hoffmann.

Ist Dr. Friedrich menschlich, weil er schwach ist?

Viele Verurteilte halten Dr. Friedrich für einen milden Richter, weil er ihnen Zeit opfert, in ihr Schicksal einzudringen versucht, also neugierig, vermutlich also menschlich ist. Oft hat er Schmerzen, er muß Wasser trinken und Tabletten einnehmen. Oft muß er auch die Sitzung unterbrechen, die bis in die Nachtstunden hineinreicht. Gerichtsdiener bringen dann belegte Schnittchen und Wein für die Richter. Andere Verurteilte sagen, er höre zwar stundenlang zu, aber er vergesse auch wieder alles. Ein ungeübter Angeklagter verfange sich in dem Netz von Freundlichkeiten, das Dr. Friedrich um ihn ausbreite, und verliere das Ziel aus den Augen, hier wieder freizukommen. Außerdem halte auch ein kräftiger Angeklagter eine zehnstündige Hauptverhandlung nicht durch, während Dr. Friedrich, der zwischendurch ißt und trinkt, gerade in den Abendstunden seine besten Kräfte entwickelt. Verurteilt sehe sich dann der Angeklagte einer Justizverwaltung gegenüber, die nicht neugierig, nicht verträumt, nicht menschlich-schwach ist. Insofern sei das Ergebnis von Dr. Friedrichs Güte eher unmenschlich.

Ist Dr. Friedrich ein Intellektueller?

Verurteilte sagen: Der Himmel bewahre uns vor einem intellektuellen Richter, der nicht wirklich ein Intellektueller ist. Was nützt es uns, daß er Klavier spielt, wenn er zum Schluß der Hauptverhandlung die Zeit so schlecht einteilt, daß aus der Beratung ein Stimmungsurteil hervorgeht? Gott schütze uns vor einem guten Menschen, wenn er keine Ausdauer hat. Was nützt ein Tag gütiger Verhandlung, wenn abends die Zeit für die Abwägung der Schuld des Angeklagten fehlt. Der Landgerichtspräsident hält Dr. Friedrichs Urteilsstil (gemeint sind die Urteile von früher, denn heute schreibt Dr. Friedrich keine Urteile mehr) für klassisch; bestochen durch Friedrichs ausgezeichneten Chopin-Vortrag am Klavier, vermutet der Präsident in Friedrich einen umfassenden Geist, so wie man in manchem nervösen Zahnarzt, der seine Nerven durch Klavierspiel beruhigt, ein Genie sieht; erst zahlreiche Fehlgriffe zerstören den Mythos. Ausgesprochene Fehlgriffe lassen sich aber in der Strafpraxis nicht nachweisen, denn wer sollte darüber richten? Das Geschäftsstellenpersonal, das sich an die Urteilsstatistiken hält und die Akten kennt, sieht allerdings die geringe Reichweite der Interessen des Chefs Friedrich, der sich hauptsächlich für Angeklagte interessiert, die ihm selbst ähnlich sind, der gewissermaßen in den Hauptverhandlungen nach den Verbrechen spürt, die er selbst in seiner hohen Stellung nicht begehen kann.

Warum ist Hoffmann bösartig?

Eine Zeitlang im Winter 1959 hofften viele – einschließlich des Leiters der Geschäftsstelle, der Räte, der Assessoren, der Protokollführer, der Wachmannschaften –, daß Hoffmann infolge eines Herzinfarktes dienstunfähig würde und stürbe, aber die Aussicht zerschlug sich. Hoffmann ist ein schwerer, braunäugiger, vorsichtiger, breitgesichtiger Mann, an Herz- und Kreislaufschwäche leidend, ein großer struppiger Kopf über dem kurzen Körper und kurzen Hals, die langen Backen röten sich bei Erregung, beim Verhör des Angeklagten; die Backen färben sich dann rot-bläulich, so daß zu dem moralischen und juristischen Druck der Hauptverhandlung für den Angeklagten die Angst hinzukommt, daß er am Tode des Gerichtsvorsitzenden schuldig werden könnte, wenn er ihn noch weiter durch Widerstand ärgert. Es gibt harte Strafen.

Verstimmung zwischen Hoffmann und dem Landgerichtspräsidenten
In einem Streit Direktor Hoffmanns mit seinen Beisitzern mußte der Präsident schlichten, als ein Schöffe, Volksschullehrer, den Sitzungssaal zu verlassen drohte, weil er sich nicht vom Vorsitzenden anschreien lassen wollte, nur weil er eine Frage anmeldete. An der Saaltür hielt ihn auf Anordnung des Direktors ein Justizwachtmeister fest, bis der Präsident auf Veranlassung des Staatsanwalts, der vermitteln wollte, herbeigerufen werden konnte. Direktor Hoffmann saß auf einem erhöhten Sitz, die Wangen bläulich, die runden kleinen braunen Augen auf den entlaufenen Beisitzer gerichtet. Der Präsident bat den Lehrer in sein Dienstzimmer, und es gelang ihm, den Mann zu überreden, wieder auf die Richterbank zurückzukehren. Dort aber war der Chef, der den Volksschullehrer angeschrien hatte, weil dieser sich nicht knapp auszudrücken verstand, in Wut fortgegangen, ohne an der Geschäftsstelle zu hinterlassen, wo er zu finden sei. Jetzt war der Präsident verärgert und entließ die noch wartenden Teilnehmer der Hauptverhandlung. Der Angeklagte wurde in das Untersuchungsgefängnis zurückgeführt.

Die Oberherren in Kortis Augen
Korti fürchtete die ihm in ihrer Kürze oft unverständlichen Anspielungen Dr. Friedrichs, die Unberechenbarkeit Direktor Hoffmanns, der gerade auf taktisch gelungene Gesichtspunkte in den Urteilsgründen oft gereizt reagierte. Weshalb man Außenseiter zu Hütern der Berufungsinstanz machte, war Korti unverständlich. Sein Vorschlag: Vierzig Assessoren, frisch ausgebildet im gutachtlichen Stil und Urteilsstil, bilden die Berufungsinstanz. Dr. Friedrich lud Korti eines Tages zu einer Weinprobe mit Leberwurstessen im Rheingau ein. Korti fühlte sich den ganzen Abend nicht wohl. Er glaubte, größere Sicherheit zu gewinnen, wenn er viel Wein trank, aber ihm wurde nur übel davon. Er mußte sich vom Gerichtsfahrer nach Hause bringen lassen. Dies war vielleicht ein Mißerfolg, dem aber auf der anderen Seite zahlreiche Erfolge im Verkehr mit den Großen Strafkammern gegenüberstehen.

Gestärkt durch ½ Flasche Champagner geht Henderson zu Hitler
Der Botschafter Englands, Henderson (als er 1938 die Tschechenkrise beilegen wollte), stärkte sich mit ½ Flasche Champagner, ehe er zu Hitler ging. Der Champagner machte ihn ruhig, siegesgewiß, auch dem gefährlichen Hitler überlegen. Korti nahm vor gefährlichen Unternehmungen einen Likör oder einen Weinbrand.

Eine rasch wieder eintrocknende Liebschaft

Bevor er am Himmelfahrtstag zur Betriebsfeier ging, hatte Korti Angst. Die wenig besuchte Betriebsfeier war eine Erfindung der Kantinenwirtin, um den Umsatz zu heben; Korti umstrich die Kantinenwirtin. Korti wollte mit dieser von allen Seiten bewunderten Frau anstoßen und versuchte, ihrer Hand mit dem kleinen Finger, während die Gläser anstießen, näher zu kommen. Das gelang nicht, aber die Frau ergriff seine Hand und streichelte sie. Man legte, nachdem der Präsident und die Landrichter gegangen waren, nur noch die engste Clique der Kantinenwirtin übriggeblieben war, Platten auf. Korti zog die schöne Frau in eine Nische und trank dort mit ihr Brüderschaft.

Später lag Korti zwischen den kräftigen Beinen dieser auch geschäftlich erfolgreichen Frau. Nach einer Weile kam die minderjährige Tochter der Frau in einem Morgenmantel ins Zimmer. Korti wußte bis dahin nicht, daß sie in der Wohnung war; sie setzte sich auf das Doppelbett ihrer Mutter. Die Frauen wechselten einige Worte. Korti erkundigte sich, sobald die Tochter einen Augenblick das Zimmer verlassen hatte (um eine Flasche Wein aus dem Eisschrank zu holen), nach ihrem Alter. Die Auskunft erschreckte ihn, er wollte hier nicht länger bleiben. Die Kantinenwirtin mußte ihn nach Hause fahren.

Dieses Erlebnis bestätigte ihre Erfahrung, daß mit Leuten, die Angst haben, keine Geschäfte zu machen sind. Sie hätte Korti gern verpflichtet gesehen, als eine Vorsichtsmaßnahme für die leichtere Erhöhung der Kantinenpreise. Korti erschien am nächsten Tag zur Mahlzeit in der Kantine und tat so, als sei nichts geschehen. Er entsann sich auch nicht an das Du, auf das sie gemeinsam getrunken hatten. Die Kantinenbesitzerin vergaß daraufhin ebenfalls das Vorgefallene.

Ein Problem erhebt sich

In der Jugendstrafsache Slotosch ging es um Blutschande der älteren Schwester mit ihrem minderjährigen Bruder. Die Familie stammte aus dem Osten. Welche Erziehungsstrafe kam für den Jugendlichen Slotosch in Betracht?

Ist eine Lösung des Problems möglich?

Ende Mai beabsichtigte Korti in Urlaub zu gehen. In der Jugendstrafsache Slotosch fand er keine passende Erziehungsstrafe. Er telefonierte mit dem Oberstudiendirektor des Prinz-Max-Gymnasiums, der den Fall aus der Zeitung kannte, aber ebenfalls keine geeignete Erziehungsmaßnahme wußte. Korti spielte mit dem Gedanken, die Frage der Urlaubsvertretung zu übertragen.

Gefunden

1. Juni 1960! Korti überlegte etwas und sah zum Fenster hinaus, während er überlegte, dachte er daran, daß er eigentlich zum Fenster hinaussehen wollte. Überraschend sah er jene Person (vor dem Justizgebäude vorbeigehend), die im Januar gesagt hatte: Ich möchte einmal einen Richter zwischen den Beinen haben. Anschließend hatte sie eine falsche Adresse angegeben. Korti erreichte die Beleidigerin, ehe sie einen Omnibus besteigen konnte. Die Überraschte gab ihre richtige Adresse an. Sie wurde sofort der Bestrafung zugeführt. Dies war am Tage, bevor Korti den Urlaub antrat: 1. Juni. So leicht entgeht Korti niemand.

II
Vernichtung des Gegners

Labyrinth

Einige Beispiele, die im Laufe eines Jahres im Gerichtsbezirk S. anfallen:

1

Der jetzt 29jährige, zum zweitenmal verurteilte W. befand sich 1945, 14jährig, während des Februarangriffs auf Dresden in der Erziehungsanstalt Dresden, die in den Räumen des Stadtgefängnisses untergebracht war. Die Gefangenen waren schon während des Nachtangriffs in ihrer Angst dazu übergegangen, ihre Zellen zu zerstören: das Gefängnis eine große offene Lärmwunde. Zu Beginn des zweiten Angriffs, des Morgenangriffs, öffneten die Wachtmeister wahllos Zellen. Die Gefangenen erschlugen einen Teil der Wachmannschaften und zerstreuten sich an den Elbufern, wo sie von den feindlichen Jagdmaschinen zum Teil verfolgt wurden. Auch W. schloß sich den Ausbrechern an. Dies war insofern ein Fehler, als alles Spätere auf dieser – vielleicht kopflosen – Anfangshandlung aufbaut.

Später beging W., 16jährig, im Westen Raubüberfälle. Zwei Polizeibeamte, die ihn in einem Personenwagen von Wiesbaden nach München transportieren sollten, erschoß er mit der Dienstpistole, die er einem der Beamten entwendete. Der unglaubwürdige Tathergang wollte den Gerichten zunächst nicht einleuchten, später verurteilten sie W. Er brachte zehn Jahre in einem bayerischen Zuchthaus zu. In dieser Zeit sammelt sich Hoffnung. Die trostlosen Jahre des Gefangenenlebens lassen einen Umkehrschluß auf die Großartigkeit der Freiheit zu. Befreit aus dem Gefängnis, geriet W. in die Hand einer Gefangenenbetreuerin, die ihre Güte schon zahlreichen Gefangenen zugewandt hatte. W. hätte jetzt mehrere Berufe ergreifen mögen: Pionierberufe. W. wäre gern nach Abessinien, Südamerika oder in die Antarktis gegangen, aber er erhielt nicht die nötigen Papiere, weil er unter Bewährung stand. Ihm lag nicht an Sühne, da er die getöteten Polizisten als Feinde nicht bedauerte (wenn es auch im Gefängnis zur Angewohnheit wird, von Sühne zu sprechen). Er wurde als Angestellter bei einer Wäscherei untergebracht. Im Kreuzfeuer zwischen der Caritas seiner Betreuerin, der Bewährungsaufsicht und der Last der Arbeit, suchte er Zuflucht bei der Frau eines Gefängnisaufsehers. Nach einiger Zeit wurde W. bei einem erneuten Einbruchsversuch überrascht. Er erhielt eine Zuchthausstrafe von zweieinhalb Jahren und Widerruf der zur Bewährung ausgesetzten Jugendstrafe, der fünf Jahre Gefängnis, die vom Polizistenmord übriggeblieben waren; auf sieben Jahre geht er in die Strafanstalt. Ist die neuverwirkte Zuchthausstrafe von zweieinhalb Jahren oder die zur Bewährung ausgesetzte, inzwischen widerrufene Gefängnisstrafe von fünf Jahren zuerst zu vollstrecken?

2

Ein Mädchen, das das Familienleben ihrer Eltern unmöglich findet. Sie erträgt es nicht, die sie liebt, so schal zu sehen, und will ihre Familie umbringen. Sie erschießt ihren Lieblingsbruder, ein Nervenzusammenbruch hindert sie, weitere Morde zu begehen. Welche Erziehungsstrafe kommt in Betracht?

3

Dr. med. S. ist ein fleißiger, gebildeter, gutausgebildeter Arzt. Im Krieg hat er einmal seine Planstelle als Oberarzt zur Verfügung gestellt, um auf unhaltbare Zustände und Mängel an Sorgfalt in einem Feldlazarett hinzuweisen; daraufhin wurde von den vorgesetzten Stellen sofort Abhilfe geschaffen. Dieser Arzt führt seit Jahren eine Privatklinik, sie ist klein, weil S. auf äußerste Präzision, Vorsicht und handwerkliche Genauigkeit Wert legt. An dem Tag seiner Straftat war er frisch, gut ausgeschlafen, ohne nachteilige Einflüsse auf seinen Körper oder seinen Geist. Aus seiner Aussage: Die Patientin klagte über Schmerzen an der rechten Bauchseite. Die Untersuchung ergab eine starke Spannung und Schmerzempfindlichkeit in der rechten Bauchseite. Alle Symptome sprachen für eine Blinddarmentzündung. Als ich dann zur Operation schritt, fanden wir den Blinddarm nicht. In der Nähe des Dünndarms fand ich eine gelbliche Flüssigkeit, die ich mit dem Tupfer absaugte. Die Patientin schlief nach der Operation mehrere Stunden ruhig. Noch in der Nacht stieg das Fieber ganz heftig, die verantwortliche Nachtschwester rief mich in meiner Privatwohnung an. Nun hatten wir einen Blinddarm oder eine nennenswerte Entzündung bei der Operation nicht gefunden; ich war ganz sicher, daß da keine Entzündung vorlag. Ich ging in die Klinik hinüber und untersuchte die Operierte, die stark und mir völlig unerklärlich fieberte. Ich habe die ganze

Nacht gegrübelt, was das sein könnte. Um 7 Uhr früh rief ich Prof. H. in der Universitätsklinik an. Ich bat ihn dringend, die Frau zu übernehmen. Während der Vormittagssprechstunde versuchte ich mehrmals, die Überführung in das Krankenhaus zu beschleunigen. Ich hörte dann von der Sprechstundenhilfe, daß der Krankenwagen da wäre, und ging hinüber, die Verlegung zu überwachen. Alle Schwestern waren im Zimmer, es war ein Großalarmzustand für die Klinik. Ich war sicher, daß sich kein entzündeter Blinddarm in diesem Bauch befand. Die Sprechstunde nahm mich dann vollkommen in Anspruch. Später bin ich zum Krankenhaus gefahren. Aber ich konnte Frau X. beim besten Willen nicht finden. Meine Krankenbesuche und eine anschließende eilige Operation hielten mich den Nachmittag über fest. Abends erreichte ich in der Universitätsklinik nur den Oberarzt, der von einer zweiten Operation der Frau X. sprach, die der Chefarzt vorgenommen hätte, die Operierte sei ohne Fieber. Da dachte ich mir: Jetzt ist alles in Ordnung, ich habe also doch eine Entzündung übersehen. Rufen Sie mich an, bat ich den Arzt, wenn irgend etwas passiert. Ich hörte den ganzen nächsten Tag nichts. Als ich dann am Spätnachmittag anrief, hörte ich, daß Frau X. gestorben sei. Die Auskunft des Oberarztes über eine zweite Operation beruhte insofern auf einem Irrtum, als sie sich auf eine andere Person bezog, die der Arzt mit Frau X. verwechselt hatte. Die Leiche der Frau X. wurde noch am gleichen Tag obduziert: zwei kleine Verletzungen in der Nähe des Dünndarms. Nachträglich werde ich den Gedanken nicht los, daß ich richtiger getan hätte, die Patientin bei mir zu behalten und ein zweites Mal zu operieren. Aber ob ich die Verletzungen gefunden hätte? Die Anklagebehörde hat Anklage gegen mich erhoben, weil sie davon ausgeht, daß eventuell ich die Verletzungen der Frau zugefügt haben könnte. Der Staatsanwalt sagte mir, daß er zwar selbst nicht an diese Möglichkeit glaube, aber Laie sei, und die Frage geklärt werden müsse, denn ein Leben sei schließlich kein Pappenstiel. Ich stimme ihm darin zu, wenn ich es auch nicht so ausdrücken würde.

Welche Strafe ist angemessen?

4

Vor dem Gericht stehen Jordan, Mahlke und zwei Polizeibeamte. Sie haben in der oberschlesischen Kreisstadt Krottkau im Januar 1945 Gendarmendienst getan. Bei Annäherung der Russen erscheinen sie am 30. Januar 1945 im St.-Josephs-Krankenhaus in Ottmachau, das von katholischen Ordensschwestern geführt wird und mit Geisteskranken belegt ist. Gegen den Widerstand der Schwestern, die die Absicht der Gendarmen allerdings nicht erkennen, lassen sie durch Hilfsbeamte zwei Flaschen Gift in den Tee der Anstaltsinsassen schütten, darauf sterben zwei Kranke. Als Hauptführer des

Roten Kreuzes verkleidet, erscheinen Jordan und Mahlke erneut am folgenden Tag – der russische Vormarsch war an der Kreisgrenze vorübergehend
zum Stehen gekommen –, sie teilen diesmal größere Mengen eines stärkeren
Giftes an die in der Anstalt befindlichen Kranken aus. Auch diesmal stirbt
nur ein Teil der Insassen, gegen zusätzliche Giftspritzen wehren sich die Gefangenen durch Zusammenrotten. Die Gendarmen wissen daraufhin keinen
Rat. Sie holen aus Krottkau den Kreisgeschäftsführer der Partei, der die Idioten in das Isolierhaus treibt und sie dort erschießt. Dafür ließ er sich die
Dienstwaffen der Gendarmen und der begleitenden Polizisten aushändigen.
Die Ordensschwestern waren zu dieser Zeit auf Transport nach Glogau ge-
bracht.
Zwei Jahre Zuchthaus oder fünfzehn Jahre Zuchthaus für Jordan und
Mahlke?

5
Dem Wächter Heinrich F. von der Wach- und Schließ-Gesellschaft war ein
Fahrrad gestohlen worden. Einige Tage später bemerkte F. bei seinem Wach-
gang einen Jugendlichen, der sich auf einem von F. zu bewachenden Parkplatz
an einem Fahrrad zu schaffen machte. F. geriet in eine besondere Erregung. Als
der Jugendliche auf Anruf nicht reagierte, feuerte F. dreimal seine Dienstwaffe
auf den Jugendlichen ab, der mit Bauchschüssen liegenblieb. Die Kugeln verletzten an elf Stellen Leber und Magen. Der Junge schleppte sich noch 250 Meter weiter, dann brach er zusammen. F. ging seinem Opfer nicht nach, wozu er
nach der Dienstanweisung verpflichtet gewesen wäre, benachrichtigte auch
die Polizei nicht, sondern setzte seinen Rundgang fort. Welche Sühne ist angemessen?

6
Der Caféhausbesitzer L. wurde 1936 von den Nationalsozialisten vertrieben.
Aus Frankreich floh er 1940 nach Portugal. Von Portugal rettete er sich zur Insel Kuba. Dort wartete er auf die Einreisegenehmigung in die Vereinigten Staaten. Die USA erwiesen sich aber als ein Gefängnis. Sooft L. versuchte, ein Caféhaus einzurichten, verstrickte er sich in Schulden, aus denen er nur nach Jahren der Arbeit als Kellner herausfand. Voller Hoffnung wandte er sich 1958
nach Deutschland zurück. Er fand hier allerdings keine früheren Freunde
mehr vor. Nach Dienstschluß bat er eine in seinem Caféhaus angestellte minderjährige Kellnerin in sein Privatbüro. Sein Fehler war, daß er die Zimmertür
abzuschließen versuchte. Dies war ein erster Annäherungsversuch an einen
anderen Menschen nach fünfzehn kontaktlosen Jahren. Die Eltern des Mädchens erstatteten selbstverständlich Anzeige. L. verstand das so: 1936 hätten

die Nationalsozialisten ihn unmittelbar gefaßt, jetzt faßten ihn diese Leute auf dem Umweg über die Justiz.

Wo sind die Richter für diese und ähnliche Fälle?

Der Schweineohresser

Dr. Korti aß ein Schweineohr, mit Gemüsen umlegt. In dem Stadtteil am anderen Flußufer, wo es das gab. Ein Teil der Gemüse war mit dem Flugzeug aus Malta gekommen, wie der Wirt sagte. Wie ein breiter, fester Lappen lag das Schweineohr auf der Platte, es waren aber sehr schöne Fleischpartien versteckt vor allem in den Ohrenwinkeln. Zur Mahlzeit ließ Korti Bier in seinen Magen laufen, nicht schluckweise, sondern in abgegrenzten langen Strömen, die im Hals ein Prickeln verursachten, das Korti nur dann unterbrach, wenn es zu arg wurde. Korti saß allein. In diesem etwas dusseligen Zustand, die Lampen des Lokals große sorgfältige rosa Bälle, dachte Korti nach über seinen Feind Dr. Glaube.

Der Sonderfall Dr. Glaube

Landgerichtsrat Dr. Glaube wartete seit Jahren, mit Zurückhaltung, die ihn bei den Kollegen in der Beschwerdekammer – der IV. Zivilkammer des Landgerichts von S. – beliebt machte, auf den Fall, der ihm zugedacht ist: in dem er durchgreift und das Recht gewissermaßen vom Kopf auf die Füße stellt. Einen Fall, groß genug, um den Einsatz der ganzen Person zu rechtfertigen. Dr. Glaube hat den Richterberuf ergriffen, um für einen solchen Fall bereit zu sein. Mehrere Chancen hatte Glaube im Laufe der Zeit verpaßt, erst nachträglich stellte sich heraus, daß es sich um große Fälle gehandelt hatte. Bei den Kollegen ist Glaube wegen seiner Zurückhaltung, seiner vermittelnden Haltung beliebt. Sie würden ihm im Notfall ein Stück auf seinem Weg folgen; vielleicht folgen sie ihm so weit, daß sie ihm ganz folgen müssen. Ein Fall, der für Glaubes Vorhaben groß genug ist, Glaube rechtzeitig klar wird, kommt nicht. In kleiner Münze läßt sich ein umfassendes Vorhaben wie das von Dr. Glaube nicht durchführen.

Glaube, geb. November 1917 in Schneidemühl (Westpreußen). Geschont vom Schicksal, d. h. vorgesehen für große Aufgaben. 1936 Abitur. 1941-1943 Oberleutnant. Keine gebrochenen Knochen. Keine Verletzungen geistiger Art. 1944 Kriegsrichter in Paris. 1946 Amtsrichter in Flörsheim (Main). 1953-1956 Leiter der Strafanstalt B. in Hessen, die er reformierte. Ein Fluchtversuch von Häftlingen (die Wachbeamten hatten vorher vor den liberalen Vollzugsmethoden gewarnt) kostete ihn diese Stellung. Von 1956 bis 1962 ist Glaube in der Beschwerdekammer des Landgerichts in S. tätig. Eines Tages ist der erwartete Fall da, es ist der Fall P.

Fall P.

Ein Mädchen mit Nachnamen P. wird in der Landesheilanstalt gehalten. Man glaubt, daß man sie heilen könnte, wenn das auch mit erheblichen Kosten verbunden wäre. Geld wäre an sich da, wenn man für die P. einen Pfleger bestellen könnte, der ihre Wiedergutmachungsansprüche eintreibt. Sie hat als Kind zugesehen, wie ein Lagerführer ihre junge Mutter vergewaltigt und getötet oder auch nur getötet hat. Ihre Erzählung ist unklar. Viele Gutachter halten die Unklarheit, die sie in dieser wie in mancher anderen Sache zeigt und die sie in die Landesheilanstalt gebracht hat, für eine Folge ihrer damaligen Eindrücke. Andere Gutachter weisen auf die statistische Erfahrung hin, daß auch in Notzeiten die Zahl des Psychosen nicht zunehme; sie folgern daraus, daß eine Parallelität, aber keine Kausalität vorliege. Der Streit zwischen den Schulen ist kompliziert. Insofern ist es ein Glück, daß die Sache gar nicht zur Verhandlung kommt und es bei dem Aufenthalt in der Landesheilanstalt verbleibt.

Dr. Glaube im Fall P.

Er war sicher, daß er im Fall P. etwas tun müßte, daß er den Zirkelschluß im Fall P. durchbrechen, die Zufriedenheit mit diesem Ergebnis unterbrechen müßte.

Verstimmung zwischen Glaube und Richterkollegen

Schon die Entscheidung der Beschwerdekammer, meinten viele Richter von S., die eingewiesene P. freizulassen und die Akten der Wiedergutmachungskammer zu übersenden, sei angesichts der zweifelnden wissenschaftlichen Gutachten bedenklich gewesen. Das Oberlandesgericht habe deshalb auch die Entscheidung der Beschwerdekammer aufgehoben. Daraufhin habe Dr. Glaube das bereits wieder in die Heilanstalt verbrachte Mädchen adoptiert und kraft Elternrechts ihre Herausgabe verlangt. Das sei eine offene Brüskierung des Oberlandesgerichts-Urteils gewesen. In der Folgezeit habe Dr. Glaube aus seinem Richtereinkommen die erheblichen Heilkosten für die Patientin P. bezahlt. Wiedergutmachungsansprüche der P. seien, wie es den Gutachten namhafter Hochschullehrer entsprochen habe, rechtskräftig abgewiesen worden. Das Verhalten Glaubes sei insgesamt unverständlich.

Korti und der Fall P.

Er, Korti, habe mit diesem Fall nichts zu tun. An der Adoption habe Glaube niemand hindern können, denn jedermann stehe es frei, Rechtsgeschäfte abzuschließen. *Eine ganz andere Frage sei es, ob es richtig war, sich auf die P. zu versteifen und das OLG zu brüskieren!*

Korti im Café

Korti sah in einem Café: etwa zwei Meter entfernt, eine Frau, die ihren Kuchen abteilte, ihn aß und dabei Korti in die Augen sah, die er nur vorübergehen ließ. Die von Korti angewandte Geschicklichkeit (das zufällige Vorübergleiten der Augen) konnte angesichts der Offenheit, mit der sie ihn ansah, lächerlich wirken. Korti sah an ihr vorbei auf die Straße hinaus. Plötzlich hörte er ein Kichern, die Frau ging, hohe kleine Brüste, eine Zeitung holen. Sie redete nichts, las aber auch nicht in der Zeitung, sondern sah Korti an, so daß es keine Ausweichmöglichkeiten für seine Augen gab; die Folge war eine Grimasse Kortis. Die Frau trägt einen Glückswürfel am bloßen Hals, wo die Guillotine zuschneiden würde. Korti sagt: Ihr Würfel ist wie ein Orden. Sie verzieht das Gesicht. Später steht sie auf und sagt etwas, das Korti nicht versteht. Sie holt Geld aus ihrem Mantel. Die Kellnerin will Geld herausgeben, die Frau hört nicht darauf. Korti entschloß sich, ihr zu folgen. Auch er zahlte und ließ sich kein Kleingeld zurückgeben. Er folgte ihr. Sie durchlief in angenehmem Tempo die Ladenstraße zum Opernplatz; später verlor er sie aus den Augen. Hatte sie einen Autobus bestiegen?

Vernichtung des Gegners

Die meisten Richter in S. hielten es für möglich, daß Glaube zu der P. unerlaubte Beziehungen unterhielt. Gegen Glaube sprach, daß er sich derart radikal für das Mädchen eingesetzt hatte. Erschwerend trat hinzu, daß die lediglich durch einen Trick aus der Heilanstalt befreite P. nach richtiger Auffassung weiterhin als in der freien Willensbestimmung beschränkt anzusehen war (§ 176 II, Ziffer 2 StGB). Als ein entsprechender Verdacht von Kollegen geäußert wurde, bat der richterliche Disziplinarausschuß für den Bezirk S. Glaube zu einer formlosen Anhörung. Belastend für Glaube wirkte sich aus, daß die im Verhör nach ihrer Einstellung zu Glaube befragte P. eine Erklärung abgab, die sich nur als eine Liebeserklärung auffassen ließ. Unter dem Eindruck des sich um ihn verdichtenden Verdachts beging Glaube, noch ehe staatsanwaltschaftlich gegen ihn ermittelt worden war, im Anschluß an die formlose Anhörung vor dem Disziplinarausschuß, einen Selbstmordversuch, der ihn das Augenlicht kostete. In diesem Zustand war er für den Justizdienst nicht mehr tragbar.

Die in Glaubes Wohnung domizilierende P. wurde noch während des Krankenhausaufenthalts Glaubes wieder in die Heil- und Pflegeanstalt in O. (Rheingau) eingewiesen.

Vorsitzender des Disziplinarausschusses, der die formlose Anhörung veranstaltete, war Amtsgerichtsrat Korti.

Ehrenrunde der Richter, die an der Vernichtung Glaubes teilgenommen haben

Das befriedigte Rechtsgefühl

> »Es wäre eine Umfrage darüber interessant, wie viele Zu-
> schauer bei einer Hinrichtung mehr Ekel als befriedigtes
> Rechtsgefühl empfunden haben.« *Leserbrief*

Das befriedigte Rechtsgefühl ist das Hornsignal nach gelungener Jagd. Den unbefangenen Menschen könnte die Bestrafung nicht über das Verbrechen hinwegtrösten. Den feudalen Jagdherrn befriedigt der Tod des Wilddiebs und des Waldfrevels, er vergißt sogar den Anlaß, weil er in seinem Kampf einen Schritt weitergekommen ist: der Tod ist ein Präzedenzfall zu seinen Gunsten. So befriedigt den Hanseaten um 1700 der Tod des 16jährigen Diebs. Es ist ein Präzedenzfall zu seinen Gunsten. Den Fabrikanten um 1900 befriedigt der Tod des Mörders auch nach 10 Jahren Wartezeit; der Mord betrifft ihn nicht, aber der Tod des Mörders schärft allen ein, daß sie dem Fabrikanten nicht ans Leben dürfen. Heute müßte danach der Tod des Landes- und Verfassungsverräters das Rechtsgefühl besonders befriedigen. Der Kirchen-, der Eigentumsjustiz folgt die politische Justiz als letzte Verteidigungsfront, nicht nur der westlichen Welt, sondern der Justiz selbst.

Amtsgerichtsrat Jakob

> »Ein Verteidiger der Festung Justiz.«
> *André Gide, Erinnerungen aus dem Schwurgericht*

Kennzeichen: Befriedigtes Rechtsgefühl.
Momentaufnahme: Jakob sitzt mit seinem großen, dichtbehaarten Kopf (aber zu Stoppeln die Haare gekürzt) am Richtertisch, ein Blick zum Uhr-Auge am dunklen Saalrand oben, das wie eine Göttin das Gleichmaß der Justizausteilung kontrolliert: montags und dienstags von 8 bis 12 Uhr Sitzung. Um 8 Uhr betritt Jakob den zur Hauptverhandlung hergerichteten Saal. Ein Blick zur Uhr überzeugt ihn, daß der auf 8 Uhr angesetzte Termin auch pünktlich beginnen kann. Von 8 bis 12 Uhr wirft Amtsgerichtsrat Jakob jede Viertelstunde einen Blick zu diesem Auge, wie ein kurzes Vaterunser, da er die Fälle des Vormittags in Einheiten von je 15 Minuten einteilt und diesen Fahrplan einhält, so wie er auch auf Bahnreisen die Zeiten notiert, zu denen der Zug bestimmte Bahnstationen passiert, oder darauf achtet, daß seine acht Töchter zu Hause, die wohl nie mehr einen Mann finden werden, zur rechten Zeit den Tisch be-

reiten und selbst am Tisch sitzen. Von der väterlichen Gewalt sind im wesentlichen nur diese gemeinsamen Mahlzeiten, von der Gerechtigkeit ist die Ordnung übriggeblieben. Jakob straft nach festen ethischen Gesichtspunkten: er bildet zunächst als Grundlage das Mittel aus Höchst- und Mindeststrafe. Für Onanie kommt ein Zuschlag von drei Monaten hinzu, für Ehebruch ein Zuschlag von drei Monaten, für Lügen drei Monate. Eine Wiedersehensfreude gibt es bei Angeklagten im Rückfall. Hier ist noch etwas von der ursprünglichen Geschlossenheit des Systems zu erahnen.

Amtsgerichtsrat Jakob geht es nicht darum, die Leistung der Kriminalität zu verkleinern, denn das hätte auch eine Verkleinerung des Ansehens der Justiz zur Folge. Es geht um mehr: Die im Großen nicht mehr angewendete Gerechtigkeit findet im Zusammenspiel von Justiz und Kriminalität eine stellvertretende teilweise Erfüllung, eine Erfüllung, die ihr in der Gesellschaft nicht mehr zuteil wird, obwohl Jakob eine solche große Lösung vorgezogen hätte. Aber der letzte Zeitpunkt, zu dem die große Lösung möglich war, wäre die Französische Revolution von 1789 gewesen. Ungeschicklichkeiten brachten diese Revolution in ihrem Höhepunkt zu Fall.

Mitgemacht gegen Glaube: Weil Glaubes Methode (nicht nur im Fall P.) die Grundlagen der Justiz erschüttere. Die individuelle Denkmethode (sprich: Willkür) sei in der Justiz so wenig zu ertragen wie z. B. im Aufbau eines kommunistischen Staates. Glaubes Ausscheiden sei bedauerlich, aber notwendig.

Begründung: Die Idee der Justiz sei geschrumpft. Viele sähen in der Justiz nur noch einen Ordnungsfaktor. Um so entschiedener gelte es, die Fragmente einer ursprünglich großen Idee zu verteidigen. Glaube habe durch sein Beispiel Institutionen der Justiz unterhöhlt, ohne als Einzelner in der Lage zu sein, etwas Justizgemäßes an die Stelle zu setzen. Glücklicherweise habe Glaube sich in der eigenen Kombination verfangen, d. h., er habe unerlaubte Beziehungen zur eigenen Adoptivtochter unterhalten.

Ob das erwiesen sei?

Breustedt sage es. Jedenfalls liege ein Verdacht im Rahmen des Möglichen.

Amtsgerichtsrat Breustedt

Kennzeichen: Unbezähmbare Denunziationslust.

Momentaufnahme: Als Artillerieoffizier einer Panzerdivision geriet Breustedt 1943 in russische Gefangenschaft. 10 Jahre Lagerdasein in Offizierslagern haben die scharfen Gesichtszüge des Soldaten vertieft. Richter Breustedt sieht aus, als ob er nur schweigen könnte. Im Gegensatz dazu steht ein Mitteilungsbedürfnis, eine in der Gefangenschaft erworbene Deformation: andere kommen heim mit erfrorenen Gliedern oder mit Hirnverletzungen. Breustedt wäre

einem Flugzeug vergleichbar, dessen Ladung nach vorne gerutscht ist und die
Führungskanzel zerdrückt hat: war es seine Pflicht als Artillerieoffizier gewesen, verdächtige Bewegungen zu erkennen und nach oben zu melden, war es
in der Gefangenschaft notwendig, auf dem laufenden zu sein, aber die Zunge
zu hüten; so haben sich jetzt die Pflichten eines langen Soldatenlebens ineinander verschoben: die strahlenden Augen eines Helden notieren verdächtige
Kleinigkeiten, verdächtige Kleinigkeiten summieren sich zu Verdachtsmo-
menten, Verdachtsmomente drängen zur Zunge. Die Zunge ist nicht zu halten: unwiderstehlich teilt sich Breustedt mit. Er ist die Klatschzelle des Gerichts in S.

Mitgemacht gegen Glaube: Glaube habe die Empfindungen aller sittlich Den-
kenden verletzt.

Begründung: Glaube habe seine Adoptivtochter P. mißbraucht. Der Tatver-
dacht beruhe auf folgenden Erwägungen: 1. G. und die P. wohnen (obwohl
nicht verheiratet, aber auch nicht blutsverwandt) in ein und derselben Wohnung; 2. bei einem Besuch Breustedts bei Glaube öffnete die P. ungenügend be-
kleidet die Tür; 3. G. war zu dieser Zeit im Haus anwesend; 4. in der weiteren
Unterhaltung an jenem Abend redete die P. Glaube vertraulich an; 5. allgemeine menschliche Erfahrung; 6. besondere Einschätzung des Charakters
Glaubes und seiner Einstellung.

Amtsgerichtsrat Wilke

> »Er ist ein Schauspieler seiner Ideale.«
> *Friedrich Nietzsche, Die fröhliche Wissenschaft*

Kennzeichen: Gütig und liberal, aber nicht gleichmäßig gütig und liberal. Unfähig, Widerstand zu leisten, wenn andere Illiberales planen. Im Ergebnis gehört er dann zu den Nichtgütigen, wahrscheinlich deshalb, weil ihm für die
Güte das Motiv fehlt.

Momentaufnahme: Seit der Richter anfing, sie zu duzen, antwortete die Angeklagte nicht mehr. Der Richter brauchte ein letztes Wort der Angeklagten für
das Protokoll. Die Angeklagte antwortete nicht, der Richter mußte selbst formulieren: Die Angeklagte bittet um milde Bestrafung. Sie erhielt ein mildes Urteil. Bei der Annäherung einer Polizeisirene hätte die Angeklagte aufgehorcht,
jemand, der die Treppe heraufsteigt, hätte sie beunruhigt, weil eine Polizeikon-
trolle ebenso heraufsteigen würde. Die persönlichen Fragen, die Wilke nach
der Urteilsbegründung an sie richtete, nahm sie dagegen nicht für voll. Sie
glaubte dem Richter die Güte nicht, hielt die Güte für eine besondere Art des
Richters, sich einen schönen Tag zu machen. Der Richter war enttäuscht, als
seine Menschlichkeit kein Echo fand.

Mitgemacht gegen Glaube: Glaube habe einen entscheidenden Fehler begangen, als er sich mit seinen Kollegen nicht arrangiert habe.
Begründung: Man habe nichts für Glaube tun können. Glaube sei taktisch ungeschickt vorgegangen. Er, Wilke, bedaure den Ausgang des Konflikts. Aber habe man denn dieses Ergebnis voraussehen können?

Amtsgerichtsrat Wilde
Kennzeichen: Lustlosigkeit, in vieler Hinsicht sogar Schwäche. Dem steht das Recht auf die eigene Schwäche gegenüber, das zu den Grundrechten der Persönlichkeit zählt.
Momentaufnahme: Wilde und seine Frau
Im Café: Das Wunderbare, daß sie ihn ansieht, etwas Zärtliches sagt (auch wenn Wilde nichts zu sagen weiß) und die Melodie immer noch hält, wie ein Wettläufer, der sich gegen die auswärtige Prominenz immer noch hält und auf der Rennbahn beklatscht wird: sie weiß immer noch etwas zu sagen: das Wunderbare, daß sie immer noch eine Reaktion, eine neue Gesichtsbewegung weiß, und als das Fiasko immer noch nicht da ist, sieht Wilde weg. Aber er versucht es noch einmal. Er vermag seine Frau jedoch nicht lange anzusehen, ohne auf die Ruheplätze rechts und links von ihren Ohren auszuweichen. Sie sieht auf seinen Mund, und er beginnt in seiner Unsicherheit zu sprechen: sie sieht ihn zärtlich an, und er klappt mit den Lippen.
Später ist die Zauberstunde zu Ende. Es wird offenbar, daß heute keine Fortschritte gemacht worden sind. Die Zauberin räkelt sich auf ihrem Sitz, als von Aufbrechen die Rede ist. Die Langeweile jeder Veränderung. Da keine Zeit mehr bleibt für vernünftige Bewegungen, pusselt er an ihrem Haar, sie wehrt ab, aber lacht nicht, statt dessen kluckst sie mit der Zunge am Gaumen und macht Aussuch-Lippen wie eine Hausfrau, die unter zu viel Waren wählen muß. Er zahlt, und sie steht schlaksig auf, er holt ihr den Mantel, lustlos, sie haben eine lange Ehe vor sich.
Die Lustlosigkeit gleicht Wilde in der Verhandlung aus: Neulich hat er 12 Prostituierte ins Arbeitshaus geschickt.
Mitgemacht gegen Glaube: Als Protokollführer des Disziplinarausschusses sei er zur Mitwirkung an dessen Sitzungen verpflichtet.
Begründung: Auf persönliche Schwächen könne im Dienst keine Rücksicht genommen werden. Insofern lasse seine Beteiligung an der Sitzung keinen Rückschluß auf seine Einstellung zu Glaube zu. Andererseits solle damit aber nicht gesagt sein, daß er das Ergebnis dieser Sitzung mißbillige.

Amtsgerichtsrat L.

»Tuer avec cérémonies«

Kennzeichen:

Vfg.

I. Auf AO des Gerichts wird das Todesurteil vollstreckt an Thadeusz Piatzow-ski – kath. – um 15 Uhr.

II. Sanitätsoffizier wird gestellt.

III. Die Leiche wird, wenn keine weitere Verfügung ergeht, an die Polizeiver-waltung Brandenburg ausgeliefert.

IV. Zur Kenntnis und weiteren Veranlassung Herrn Reg. Med. Rat, Herrn Pfarrer, Herrn Wirtschaftsinspektor, Hauptwachtmeisterei.   L.

Vfg.

Am Montag, dem 10. Januar 1944, werden in der hiesigen Anstalt folgende Todesurteile vollstreckt: SAO des Gerichts WK Berlin-Charlottenburg

1. ehem. Gefreiter Reinhard Zitter
2. ehem. Soldat Nikolaus Panzer
3. ehem. Grenadier Anthon   L.

Momentaufnahme: Der Richter L. kann es nicht leiden, wenn Angeklagte oder Verurteilte unbeherrscht sind. Oft spricht einer mitten in die mündliche Urteilsbegründung hinein oder er schreit etwas oder weint, obwohl er in die-sem Zustand sicher der Urteilsbegründung nicht folgen kann. Ein Verurteilter, der 1943 auf das Fallbeilbrett gelegt werden sollte, warf sich vor dem Staatsan-walt und aufsichtführenden Richter hemmungslos nieder, preßte seine Beine (wie bei Blinddarmreizung) an den Leib, so daß er auch unter Beihilfe der An-wesenden nicht gestreckt werden konnte; man behalf sich dann, den unwürdig Knienden insgesamt in die Reichweite des Fallbeils zu bringen. In einem ande-ren Fall hängte sich die Frau eines Verurteilten, eine junge Polin, an den Rich-ter L. und umkrampfte ihn in der Leistengegend, was von allen Anwesenden als peinlich empfunden wurde.

Mitgemacht gegen Glaube: Falls Glaube seiner Adoptivtochter gegenüber eine Straftat begangen haben sollte, habe er damit auch in seine Bestrafung einge-willigt.

Begründung: Strafen sei eine Kunst, die mit der Tatbestandsfeststellung be-ginne. In dieser Hinsicht habe die Verhandlung vor dem Disziplinarausschuß versagt. Es sei keineswegs geklärt, daß Glaube sich an der P. vergangen habe. Unterstellt aber, daß Glaube der P. gegenüber eine Straftat begangen habe, so sei es ein Mangel, daß keine Bestrafung, sondern lediglich eine Selbstbestra-fung stattgefunden habe. Ob die Selbstbestrafung Glaubes dem verletzten

Recht Genüge leiste, sei zweifelhaft. Die gesamte Abwicklung des Falles zeige ein Versagen des Vorsitzenden Korti.

Korti

Ich, Korti, bin geboren am 3. 9. 1909 in Flörsheim/M. Ich besuchte die Volksschule und die Höhere Schule in S. In Marburg studierte ich von Sommer 1929 bis Sommer 1931 die Rechtswissenschaften, im Herbst 1931 bestand ich die 1. jur. Staatsprüfung. Die 2. Staatsprüfung legte ich in Berlin im Dezember 1935 nach Absolvierung des Referendardienstes und eines Ertüchtigungslagers in Jüterbog ab. Im Krieg ließ ich mich als Kriegsgerichtsrat beurlauben und meldete mich zur Front, da ich festgestellt hatte, daß ich dann nach Südfrankreich zur Heeresgruppe v. Blaskowitz versetzt würde. Andernfalls hätte ich weiterhin in Kroatien Kriegsgerichtsurteile unterschreiben müssen. Ich glaubte zwar damals 1942 nicht an einen unglücklichen Ausgang des Krieges, noch weniger an eine Bestrafung durch die deutsche Justiz selbst, wie sie heute offenbar verschiedenen Kollegen droht, aber ich befürchtete Racheakte der von uns bekämpften Partisanen, deren Kameraden ich zum Teil hinrichten lassen mußte. Vom Standpunkt unserer Führung billigte ich diese Kampfmaßnahmen, ich zog es aber gleichzeitig vor, mich diesem Dienst zu entziehen. Da ich über die Möglichkeit verfügte, als Offiziersanwärter nach Frankreich versetzt zu werden, ergriff ich diese Gelegenheit. Ich denke gern an die Zeit in Kroatien zurück, ein Land, in dem wir wirklich die Eroberer waren und Wein und »Damen« offen vor uns lagen. In Frankreich herrschte dagegen straffe Disziplin. Trotzdem: Wer ist nicht gern in Frankreich? Ich würde aber doch sagen, daß die große Zeit meines Lebens auf dem Balkan lag, wenn ich auch nachträglich und aus grundsätzlichen Erwägungen – es richtiger finde, daß ich das kurze Glück dort nicht überdehnt habe. Viele meiner Freunde von der Artillerie, die dort unten geblieben sind, haben jene erfüllten Jahre mit ihrem Tod bezahlt, wobei ich die Verbindung von Liebe und Tod nie begriffen habe und auch nicht billige, wie mir auch Opern nicht liegen. Ich vermeide im allgemeinen extreme Entscheidungen. Meine Auffassung setzt sich im jeweiligen Moment aus verschiedenen Umständen, Überlegungen, Einfällen, Abwarten und Logik zusammen. Ich möchte sagen, daß fast etwas Schöpferisches dabei ist, denn es gehört viel Erfahrung dazu. Der Einzelne ist auch hier ein Teilchen eines großen Betriebes, im Krieg einer Heeresgruppe oder einer Division, im Frieden ein Glied der Justizverwaltung. Ich glaube nicht, daß es einen praktischen Unterschied macht, wenn einer sich trotzdem als selbständiger Geist fühlt.

Die Wahl, Richter zu werden, finde ich noch heute richtig. Zwar verdient ein Richter weniger als ein Wirtschaftler, hinzu kommt aber, daß jeder andere Be-

ruf ein weitaus größeres Risiko enthält. Wenn ein Richter gewisse Vorsichtsmaßnahmen einhält, braucht er weder den Staat noch die Vorgesetzten, noch
die Politik, noch die Kirchen, noch die Verbände zu fürchten, er ist im eigentlichen Sinn des Wortes unabhängiger Richter, dem staatshörigen Richter der
20er Jahre ist der unabhängige Richter der 50er Jahre gefolgt. So ist die Richterbank die geschützteste Stelle in der Gesellschaft, wobei ich, um Mißverständnisse zu vermeiden, bemerken möchte, daß ich keine strafbaren Handlungen begehe und insofern auch nicht gefährdet bin. Meine Erfahrungen, insbesondere im 3. Reich und in der Besatzungszeit, haben mich aber gelehrt, daß
der natürliche Trieb zur Vorsicht zu besseren Ergebnissen führt als jeder andere natürliche Trieb.

Der Richter steht heute anders da als vor 30 Jahren. Die Anrufung der Großen
Strafkammer ist die einzige Möglichkeit, die Initiative des Richters zu begrenzen. Ich hätte z. B. im Jahre 1943 die Möglichkeit gehabt, eine Adelige zu heiraten. In Berlin waren die Hochzeitsvorbereitungen der Eltern der Braut, eines
Fräulein v. Zachwitz, die auch gar nicht häßlich aussah, sehr weit gediehen, als
mein Absagetelegramm eintraf. Mir genügte die Möglichkeit, es war nicht nötig, diese Möglichkeit praktisch auszuführen. In den Elendsjahren von 1945
bis 1947, als die Gerichte nicht oder nur beschränkt arbeiteten, hätte eine solche Ehe sicherlich zu Spannungen geführt. Überdies hatte ich im Jahre 1943
andere Pläne und wollte mich auch nicht von meiner damaligen Frau, die ich
in Kroatien kennengelernt hatte, scheiden lassen. Leider machte dann die
Schwarzmarktzeit und mein desolater Zustand als kränklich heimkehrender
Offiziersanwärter ohne Richteramt die in Kroatien ursprünglich erworbene
Autorität wieder zunichte. Meine Frau verließ mich, betrog mich mit einem
Kaufmann und verließ mich, als ich das duldete, obwohl ich sie gerade durch
meine Duldung zu halten gedacht hatte. Ich gebe zu, daß ich das damals falsch
gemacht habe. Oft sehne ich mich nach meiner früheren Frau, von deren Verbleib ich durch Kartengrüße und auch durch gelegentliche Besuche höre, so
wie ich mich an die ganze Zeit in Kroatien gern erinnere und mich oft zurück-
sehne. Andererseits ist das Leben als Richter im Bezirk S. zufriedenstellend.
Bald werde ich der dienstälteste Richter sein, wenn nächstens die Kollegen
Kaiser, Spetzel, Schwerin, Peitl, Wiesloch, Wirth und Albert sterben, was zu
erwarten ist. Bald wird auch der Posten des Oberamtsrichters frei, und ich
sehe nicht recht, wie der Präsident es anstellen will, mich bei der Neubesetzung
zu übergehen, der ich mein Soll pünktlich erfülle; auch glaube ich, daß der Präsident mich trotz mancher Auseinandersetzungen gern mag. Alles dies ist nicht
Kroatien, aber es ist unter den Voraussetzungen des Augenblicks und der Situation das denkbar Beste.

III
Korti privat

Schneewittchen

Einige Pissoirbecken sind wie Rosenstöcke in Packpapier eingefaßt und mit Bindfäden verschnürt. Korti versuchte, die rosa Desodorierscheiben zu treffen. Er vermeidet das Lokal, in dem er wieder trinken müßte, und funselt allmählich nach Hause. In der Schmiedestraße ist eine große Schaufensterscheibe eingeschlagen. Eine wunderschöne Prinzessin liegt hinter dem durchlöcherten Glas. Ihr billiges Täschchen hängt an ihrem Arm, der schmale Arm auf einem Glasspeer. Sonst hängt nur von oben und von den Seiten Glas im Rahmen – der Arm mit den gefährdeten Adern auf der Glaskante, was der Verzauberung aber nichts anzuhaben vermag. Aber als Korti den Arm mit dem Handtäschchen emporhebt, zeigt sich auf der Unterseite ein blutiger Schnitt. Er bugsiert das schöne Mädchen aus dem Schaufenster, in dem es totenähnlich betrunken schläft, und schleppt es auf dem Rücken, eine warme weiche Last, die nicht aufwacht, zu seiner Wohnung. Er läßt sie herab, was nach hinten zu Verrenkungen führt, also kippt er sie zur Seite auf den Boden, wo sie schläft. Er bringt sie zu Bett und möchte, nachdem er in der Küche etwas gegessen hat, den Prinzen machen, da er aber zuviel Bier in der Blase hat, geht das nicht. Sie hat nichts bemerkt und schläft in seinem Schlafanzug, öffnet nur einmal die Augen, um sich an ihn heranzukuscheln, schläft sofort wieder ein. Er könnte jetzt vielleicht doch Prinz sein, aber er läßt es, wie es ist. Schon früh macht er ihr einen Kaffee, weil er wissen will, was sie für eine Stimme hat. Als er aus der Küche zurückkommt, ist sie angekleidet und hat auch das schäbige Täschchen in der Hand, vermutlich will sie so ihr Inkognito wahren, denn die Kleidungsstücke, die herumliegen, sind im Gegensatz zu dem Täschchen kostbar und verführerisch. Korti bringt die Frau, weiß selbst nicht, weshalb er Eile hat, in ein Lokal, das er kennt. Er erschrickt, als ihn die Katze des Wirts, die er an und für sich kennt, am Ellbogen anstößt. Es ist eine Katze mit Uhuaugen, früher nannte man diese Sorte von Katzen schwarze Baumreiter, es wird auch gelegentlich behauptet, daß die Mongolen von Wildkatzen abstammen. Die schöne Frau fragte, weshalb Korti sich so erschreckt hätte. Sie bestellte Biere und wollte einen schönen Frühschoppen starten, die schöne Frau ganz gefügig: Ja. Korti bekam aber Angst, wußte nicht, wohin das führen sollte. Er entschuldigte sich und ging für einen Moment auf die Toilette und fand einen Weg, der ins Freie führte.

Tageslauf Kortis

Regelmäßig steht Korti um 7 Uhr früh auf und hört den »Frankfurter Wecker«
im Radio. Ein Frühstück wird zubereitet. Früher einmal im Krieg hatte Korti
eine Frau, sie hat ihn aber im Stich gelassen. Nach dem Frühstück geht Korti
bis 8. 30 Uhr in den Anlagen spazieren. Gegen 9 Uhr erscheint er im Amt. Es
gibt Tage, an denen wenig zu tun ist. Schon vor 10 Uhr erscheint Korti mit den
fertigbearbeiteten Akten seines Schreibtisches in der Geschäftsstelle und fragt
nach neuen Akten. Selten ist noch etwas da. Der Geschäftsstellenleiter hält
manches in Reserve, weil er weiß, daß Korti an arbeitsarmen Tagen »Futter
braucht«; andernfalls macht Korti Rationalisierungsvorschläge für die Arbeit
der Geschäftsstelle, oder er entwirft Mehrzweckvordrucke, von denen es bereits genügend gibt. Diese Arbeitslosigkeit gilt nicht für die Sitzungstage, an
denen mit einer kleinen Unterbrechung für die Kantine der gesamte Tag voll
besetzt ist. Korti setzt seine Termine dicht an, so daß ein Arbeitsüberdruck entsteht, ein Wirbel, der die Arbeitskraft anregt, das Hirn wacher macht, die Vorsicht anspitzt. Er formuliert an solchen Erntetagen besser als an normalen
Tagen, deshalb diktiert er im Anschluß an solche Tage sofort die Urteilsbe-
gründungen hintereinanderweg. Ähnliche Überlastung stellt sich an den
Sprechtagen ein und bei Übernahme von Vertretungen, zu denen Korti wie jeder Richter in gewissem Umfang verpflichtet ist. Mittags in der Kantine: Die
heiße Suppe schärft die Sinne, überholt Kopf und Körper, das folgende, meist
gut zubereitete Gericht stärkt. (In der Verhandlungsführung ist Korti ab 12
Uhr unruhig, er neigt zum Schimpfen. Um ½ 1 Uhr geht er zu Tisch. Auch gibt
es im Sommer oft eine erfrischende Kaltschale und weich sich im Gaumen
schmiegendes Kompott, das Korti schnell aufißt.) Nachmittags ist oft wenig
zu tun. Korti läßt sich die Neuzugänge aus dem Gefängnis vorführen, besichtigt zum tausendsten Mal die Untersuchungsstrafanstalt. Auf unberechtigte
Beschwerden mancher Querulanten unter den Gefangenen fällt er nicht herein. Er kennt die Schwächen des Gefängnispersonals, er kann sagen, wann eine
Beschwerde berechtigt ist: dann hilft er ihr ab. Gegen fünf Uhr im Herbst wird
es in den weiten Gängen des Justizgebäudes dämmrig. Wenig Publikumsver-
kehr. Im Winter brennen um diese Zeit alle Lampen in den Zimmern der
Staatsanwaltschaft und Amtsanwaltschaft, die Richter sind dann meist schon
gegangen. Korti versucht auf seinem Spaziergang um das Justizgebäude zu errechnen, ob bei der Staatsanwaltschaft die Personalersparnis durch Längerar-
beiten nicht durch die Verschwendung an Licht bei Nachtarbeit wieder ausgeglichen wird. Korti hätte gern einen Dienstwagen und einen Fahrer. Er wäre
als Rechnungshofbeamter geeignet; Chancen, Landgerichtspräsident zu werden, sieht Korti nicht; Präsident des Rechnungshofs könnte er werden. Dem
Präsidenten des Rechnungshofs steht ein Dienstwagen zu.

Korti trennt sich spät, gegen 7 Uhr, vom Gebäude. Auch zum Sonntagsdienst ist er immer bereit. Nach Hause gekommen, macht er intime Beleuchtung. Er hat wenig Besuch. Kaum kann er einmal seine alten Freundinnen zu einer Übernachtung in S. überreden. Dann kommt die Junggesellenwohnung zu ihrem Recht. Da er vorsichtig bleibt, beschränken sich die Besuche auf bereits gehabte Freundinnen aus den Kriegsjahren, die er damals in der großen Zeit als Soldat kennengelernt hat. Einladungen zu Kollegen, bei denen man dann Salzstangen knabbert und sauren Mosel trinken soll, nimmt er selten an. Um 12 Uhr legt er sich schlafen. Dieser Rhythmus wird natürlich in den großen Arbeitszeiten durchbrochen. Dann geht Korti schon um 10 Uhr schlafen, steht um 6 Uhr auf, hat keinen Augenblick Zeit für Spaziergänge. Es entsteht aus dem Eifer, mit dem er sich der auf ihn eindringenden Arbeit hingibt, aus dem Vorüberhuschen der Stunden und Eindrücke ein Rauschzustand, den er nicht missen möchte. Früher einmal hat man geglaubt, daß man sich in der Freizeit durch Kultivierung des eigenen Ichs zum Menschen entwickelt. Bei diesem Verfahren kommt nach Meinung Kortis nichts heraus. Korti wird nervös, langweilig, fühlt sich allein gelassen. In der Rage der Arbeit erhält Korti (der Kopf von der raschen Erledigung der Aufgaben erfüllt) seinen unmittelbaren Zugang zu den Menschen. Es ist dann möglich, daß er einen Zeugen oder Mitarbeiter persönlich interviewt und sich für ihn interessiert und dieses Gespräch fortsetzt, auch wenn draußen 40 Leute warten. So hat Korti seine Freundin Reinhild K. kennengelernt. Dieses aus Thüringen geflüchtete Mädchen, das eine Frisur trug, wie sie Korti aus Kroatien kannte, diese Frisuren gibt es nur noch in der Ostzone, machte vor ihm als beauftragtem Richter eine Aussage gegen ihren in Thüringen verbliebenen Mann, von dem sie geschieden sein wollte. Ohne einen Gedanken an Vorsicht besuchte Korti sie noch am selben Abend. Nie hätte er das in einer Zeit normaler Tätigkeit gewagt.

Berufung als Verfassungsrichter nach Mali

In den ersten Maitagen erhielt Korti ein Angebot aus der eben erst in die Freiheit entlassenen Negerrepublik Mali. Er sollte dort Verfassungsrichter werden; sein ehemaliger Vorgesetzter Dr. R. in Hamburg hatte ihn dorthin empfohlen. Korti hätte seine Planstelle am Amtsgericht in S. in eine Leerstelle verwandeln und das Angebot annehmen können, ohne die Pensionsansprüche in Deutschland zu verlieren. Er zog Erkundigungen über das Klima in Mali ein. Wegen der unsicheren Weltlage verzichtete er aber dann auf die Extratour nach Mali.

Ein Problem kommt auf Korti zu

Ein 19jähriger Autoschlosser tötete seinen Vater, der mit Schrott handelte. Vor der ehelichen Wohnung Luisenstr. 26 näherte sich der Vater drohend einem PKW, in dem die Familie saß. In diesem Augenblick schoß der Sohn.

In der Schöffengerichtssitzung wollte Korti eine einheitliche Atmosphäre erzeugen, wie sie für ein Urteil Voraussetzung ist: Er versuchte die kriminelle Veranlagung des Jungen herauszuarbeiten. Aber sofort erhob die Vertreterin des Jugendamtes Einwände. Später wollte Korti auf Freispruch hinsteuern. Hierfür wären die Schöffen vielleicht zu gewinnen gewesen, aber Korti spürte aus der pikierten Haltung des Jugendstaatsanwalts, daß auch dieser Verhandlungslinie Schwierigkeiten im Wege standen.

Korti lebte in der Hoffnung, daß er diesen Fall ohne Entscheidung wieder loswerden könnte. Er dachte nach ergebnislosem Schluß der Sitzung lange darüber nach, wie er den Fall wieder loswerden könnte, wie er ihn zum Platzen bringen oder abschließen könnte.

Ein weiteres Problem, das auf Korti zukommt

Es handelte sich um ein junges Mädchen, S., aus einer Flüchtlingsfamilie in einem Dorf am Rande des Gerichtsbezirks. Die Familie wurde von den übrigen Dorfbewohnern gemieden. In dieser Familie ereignete sich ein Fall von Blutschande. Das Mädchen beschuldigte zunächst einen Dorfbewohner, sie mißbraucht zu haben. Die Polizei hielt den Schwager der S. für den Täter. Später verdächtigte man allgemein den älteren Bruder des Mädchens. Als der Verdacht auf den auswärts arbeitenden Vater des Mädchens fiel, fragte das Mädchen den vernehmenden Kriminalkommissar: Wer weiß davon? Das weiß bis jetzt nur ich, antwortete der Kriminalist. Als er die Angeschuldigte in das Zimmer der Erziehungsanstalt zurückbrachte, in der sie vorläufig festgehalten wurde, und ihr den Rücken kehrte, um eine Tür aufzuschließen, hängte sich die Angeschuldigte an seinen Hals und drückte mit ihren dafür zu kleinen Fingerknochen zu. Also insgesamt ein schwieriger Fall. Korti gab 2 Jahre als Erziehungsstrafe. Nach der Bestrafung saßen Korti und der Kriminalbeamte in der Kantine. Sie vermuteten, daß die verurteilte S., sobald sie aus dem Gefängnis wieder entlassen wäre, nach dem Vater suchen gehen würde. Wenn sie ihn an der alten Arbeitsstelle nicht fände, würde sie ihn wahrscheinlich so lange suchen, bis sie ihn fände. Falls er seinerseits dann schon aus der Haft entlassen war!

Anlauf zur Lösung des Problems

Weshalb haben Sie, als Ihr Vater auf dem Bürgersteig lag und blutete, aber noch stöhnte, also noch nicht tot war, Sie daneben hockten, einen zweiten

Schuß abgegeben, der ihn dann traf? Mit dieser Fragestellung eröffnete Korti die zweite Jugendschöffengerichtssitzung gegen den 19jährigen Autoschlosser, der seinen Vater erschossen hatte. Und was haben Sie getan, bis Sie zum Telefonhäuschen gingen und den Peter-Wagen der Polizei anforderten? Was haben Sie mit Ihrer Mutter und Ihrer Freundin gesprochen, die Ihnen, bevor Sie auf Ihren Vater schossen, der auf den Wagen zukam, den Revolver zu entreißen versuchten, vielmehr – ich berichtige mich – bevor Sie Ihrem angeschossenen Vater den Pistolenknauf auf den Kopf schlugen, was einen Schädelbruch zur Folge hatte? Korti behandelte sorgfältig jede Einzelheit des Tathergangs in der Hoffnung auf eine Lösung. Er las in den Akten und stellte dabei Fragen. Ein Freispruch schien ihm zu sensationell, eine Erziehungsstrafe mußte gut gewählt sein, durfte nicht lächerlich wirken, für eine Jugendstrafe mußte erst die Stimmung sondiert und vorbereitet werden.

Der Schläfer in der Hoffnung, daß eine kommt

Auf einer Faschingsveranstaltung nahm Korti nicht an dem unruhigen Treiben der vielen Paare teil, sondern legte sich auf ein Ruhebett, die Veranstaltung fand in Privaträumen statt, von diesem Ruhepunkt außerhalb des Geschehens sah er den Tanzenden zu und schlief auch eine Zeitlang, hielt sich also frisch, um im späteren Verlauf des Festes vielleicht noch einmal aktiv zu werden. Er hoffte inständig, daß vielleicht jemand käme und sich zu ihm setzen würde; viele Paare wunderten sich über den Schläfer, der sein Ruhelager bis zum Ende des Festes nicht mehr verließ und zuletzt so müde war, daß er nach Hause gefahren werden mußte.

Lorbeer-Abenteuer

Die Bar war so angelegt, daß man eine Treppe hinaufgehen und sich dann hinhocken konnte: ein Kinderstockwerk, in dem man sich nicht aufrichten durfte, in dem man aber auch nicht gesehen werden konnte. Korti fühlte sich unterlegen, weil er ein ungewohntes Hemd trug, das seinen Wärmehaushalt durcheinanderbrachte, enge Hose am Bauch, die vielleicht das Blut abschnürte. Was nützte da die günstige Gelegenheit, daß er sie vor sich sitzen hatte in diesem Kinderparadies, er fand keinen Anfang. Er sah ihr zu, der schon lange Verfolgten: wie ihre silbergefärbten Nägel, die schrieben, den Tisch zum Unruheherd machten, Zigarettenspitze, Schluchten in der Haut am Kinn; Warze an der Schläfe, an der Hand ein Siegelring wie eine Warze, haarüberdeckte Stirn, Augen, auf denen schwere grüne und silberne Schminke lag; Lorbeerfeder am Kleid, Siegerin mit silberlackierten Fingerschnäbeln. Nach kurzer Zeit war Kortis Hemd vom bloßen Zusehen so durchgeschwitzt, daß er nach Hause gehen und es wechseln mußte. Vorher mußte er bei dem Kellner die horrende Rechnung für ein Glas Whisky bezahlen; sie ließen sich diesen Ausflug in die Kinderzeit in der Bar teuer bezahlen; obwohl sie andererseits durch die kleinere Bauausführung nur Material sparten. Was bezahlt wurde, waren die Seltenheit eines solchen Lokals und die verbotene Rückkehr in die Kindermaßstäbe. Als Korti mit frischem Hemd und anderer Hose wiederkam, diesmal eines Sieges sicher, war die von ihm aus der Ferne schon lange verehrte Dame – wie er vermutete, eine Schauspielerin – schon gegangen.

Abfuhr und anschließende Mahlzeit
Viele Richter verehrten damals, ja waren verliebt, in die junge Kammersängerin S., die einen großen Mietprozeß vor dem Landgericht führte und deshalb oft im Gebäude zu sehen war. Wie viele Kollegen sandte auch Korti ihr Blumen. Nachdem er das längere Zeit hindurch getan hatte, bat er sie, einen Abend mit ihm auszugehen. Er hatte durch Anruf im Intendantenbüro festgestellt, daß sie für diesen Abend im Opernhaus keine Verpflichtungen hatte. Er erhielt eine Absage. Abends erschien dann aber eine Gruppe Menschen vor seiner Tür, die ihn zu einem Enten-Essen mitnehmen wollten. Die schöne Sängerin war nicht unter den Leuten, aber sie hatte Freunden gesagt, der Rat Korti säße einsam zu Hause. In einem für Empfänge hergerichteten Jagdhaus gab es den Enten-Braten. Die Mahlzeit, zu der Sekt getrunken wurde, entschädigte Korti. Es waren auch Damen erschienen; es gelang Korti aber nicht, sich in die Nähe einer Dame zu setzen. Dafür durfte er sich mit einem Wirtschaftsführer unterhalten. Es gibt für alles ein Surrogat.

Rückerinnerung
Eine junge Frau bestellte zwei Königinpastetchen, Torte und Eis, in Erwartung dessen streichelte sie ihren Hund. Sofort war in Korti die Erinnerung an Maria da, seine verlorengegangene Frau.

Genauere Rückerinnerung
Bestand 1956, als Frau Maria Korti auf ein Wochenende ihren Mann Korti besuchte, eine Chance der Wiedervereinigung? Oder war es lediglich eine Laune, daß sie kam? Korti trank am Abend ihrer Ankunft ziemlich viel Alkohol, er war völlig überrascht von der Ankunft, fürchtete einerseits für sein Junggesellenleben, wollte sie andererseits keinen Augenblick aus den Augen lassen, während sie mit ihren braunen Lama-Augen auf dem Barhocker neben ihm saß und ihm Sachen sagte, von denen sie glaubte, daß sie ihm angenehm wären. Er kam aus dem Gefängnis seiner Gewohnheiten nicht heraus, wurde müde, als es 10 Uhr wurde; es war nicht die alte Zeit in Kroatien. In der Hoff-

nung, die Unerwartete dennoch zu fesseln, versprach Korti goldene Schlösser für die Zukunft, einen neuen Korti. Maria Korti sagte zu allem: Ja.

Wie war Marias Antwort: Ja, aufzufassen?

Sie stellte sich gar nicht vor, ob sie das, was Korti versprach, haben wollte, denn das hätte die Antwort kompliziert. Sie entnahm seinen Worten, daß er sie wieder um sich haben wollte, und so verlängerte sie sich das Gefühl, bei ihm Schutz gefunden zu haben, indem sie ihm zuhörte und allen Plänen zustimmte. Sie sagte ohne Vorbehalte ja, weil sie zugleich damit rechnete, daß es zu diesen Dingen, d. h. zu den Wandlungen Kortis, nicht kommen würde, daß er schon in der nächsten Woche wieder der alte wäre. Sie hätte in ihrem Leben nur für Dinge, von denen sie wußte, daß sie sich nicht ereignen, feste Zusagen gegeben. Stand ihr Wille fest, etwas wahrscheinlich nicht zu tun, konnte sie zusagen, aber sie wäre zu abergläubisch gewesen, eine Zusage für etwas abzugeben, das sie sich selbst wünschte. Sie war aber nicht mehr sicher, daß sie sich wünschte, bei Korti zu bleiben.

Unglück und Organisation

Korti meinte später, nachdem ihn Maria verlassen hatte, wenig später reichte sie die Scheidungsklage ein, daß vielleicht die Junggesellenwohnung Maria nicht gefallen hätte. Er gab diese Wohnung auf, räumte eine neue Wohnung ganz neu ein, organisierte seine gesamten Gewohnheiten neu, in der Hoffnung, daß er so für eine vielleicht noch kommende zweite Rückkehr seiner Frau gerüstet wäre. In diese Zeit fiel eine Neuaufstellung des Geschäftsverteilungsplanes, Korti wurde mit Arbeit vollgepackt. Ihm wurde die Aufsicht über die Gerichts-Bibliothek übertragen. Vorsitz im Schwurgericht lag an. Geldüberweisungen waren auszuführen. Die Organisation des neuen Haushaltsplanes für den Gerichtsbezirk S. und die Reorganisation der Geschäftsstelle waren vorzunehmen. Korti erlebt privat Enttäuschungen und Zurückweisung, aber auch gegen privates Unglück gibt es ein Auffangsystem, das noch jedes Unglück, das Korti betroffen hat, in Organisation verwandelte. Korti ist nicht angreifbar.

IV
Kortis Ende?

Gesamtsumme
Von welcher Seite will man Korti noch gefährden? Frontal schützt ihn die Unabhängigkeit des Richterstandes. Fehler, die die Unabhängigkeit kosten, macht Korti nicht. In den Flanken schützen Richterkollegen. Im Rücken steht das deutsche Volk, das er mit seiner Spruchtätigkeit vertritt. Die Großen Strafkammern können ihn nicht absetzen, die Vorgesetzten können ihn nicht anweisen. Selbst Hitler hat die Justiz nicht bezwungen. Im ausgebauten Spinnennetz Justiz sitzt Korti. Wer bezwingt Korti? Niemand, der nicht zuvor die Justiz bezwänge.

Kurzgefaßter Lehrgang der deutschen Justiz

Barbarische Justiz nach 1300
Nach 1300 entstand als Antwort auf die im 14. Jh. rasch ansteigende Kriminalität die Justiz. Ihre Mittel übernahm die Justiz von der Kriminalität. Als sich diese Mittel nicht nur gegen Straßenräuber, Brandstifter und Münzfälscher, sondern auch gegen verdächtige Bürger richteten, suchte man nach 1400 Schutz auch gegen die Justiz: den Schutz gegen die Justiz bildeten die Justizformen.

Oberflächliche Romanisierung nach 1400
Die Formen entnahm die Justiz der römischen Rechtsgeschichte. Unterhalb der Formen blieb die Justiz, wie sie war. So zerfällt die Justiz in Zivilrecht, Strafrecht und Vollzug: in einen rationalen Oberbau, einen christlich-mittelalterlichen Mittelbau und einen barbarischen Unterbau. Den gewachsenen Kentaurenleib aus dem 15. Jh. wagte später niemand zu zerschneiden.

Liebe zur Justiz (amor juris)
Diese Justiz war nie bestimmt, der Gerechtigkeit zu dienen. Nach 1300 und nach 1400 beabsichtigte niemand, Gerechtigkeit einzuführen. So verteidigt die Justiz in ihren Mauern die Idee der Gerechtigkeit gegen eine ungerechte Welt, aber die Gerechtigkeit war nie in diesen Mauern. Abgeschnitten von ihren Zufuhrgebieten in der Idee wird die Justiz pervers. Sie schützt wie sie vor vielem anderen schützt, vor der Gerechtigkeit. Wer also liebt die Justiz? Alle, die Veränderungen fürchten müssen.

Rationalismus ohne Aufklärung

Im 18. Jh. unterlag auch die Justiz der Aufklärung. Die Aufklärung in Deutschland nach 1700 hat aber nicht schlechthin aufgeklärt, sondern im Rahmen des Vorhandenen aufgeklärt. In der Justiz waren vorhanden: 1. persönliche Anschauungen der Richter; 2. Überordnung des Richters über den Angeklagten; 3. Rechtsgelehrsamkeit, die die Nachwuchsbasis schmal hält, den Stand nicht durch zuviel neue Kräfte gefährdet; 4. ein Juristenstand, auf dem Wege zum Berufsbeamtentum; 5. das scharfe Schwert der Logik und die Werkzeuge des Henkers. Aus diesen Bestandteilen entstand im 18. Jh. eine exakt arbeitende Justizmaschine. Ihre Stärke entwickelte die Justiz aber aus den Gefahren, die ihr drohten.

Friedrich II. und die Justiz

Eine große Gefahr für die Justiz bildete im 18. Jh. Friedrich II. von Preußen, als König in ein barbarisches Land versetzt, versuchte wenigstens die Justiz zu reformieren. Er verbot gleich nach Regierungsantritt Scheiterhaufen und Folter. Die Justiz machte sich ganz klein. Der erste Großkanzler Friedrichs für Justiz war ein Koch (1747-1755). Der zweite, v. Jarriges, war bereits wieder adlig (1755-1770). Der dritte, Karl Joseph Max Baron v. Fürst und Kupferberg, war von hohem Adel und empfing schon keine Bürgerlichen mehr (1770-1779). Als der König nach langen Kriegen spürte, daß er nicht mehr viel Zeit hätte, sich gegen die Justiz aber noch längst nicht durchgesetzt hätte (vielmehr die Justiz im alten Stil sich wieder auszubreiten begann), provozierte er einen Skandal: den Fall Müller-Arnold. Als Schockmaßnahme wurden mehrere Richter und Regierungsjuristen auf die Festung Spandau gesandt, Großkanzler v. Fürst und Kupferberg kassiert. Die Justiz lernte in diesen Jahren sich absichern. Sofort nach dem Tode des Königs wurde die Justiz wiederhergestellt. Frühjahr 1786 verstarb der König, Herbst 1786 bot Berlin wieder das Schauspiel einer Menschenverbrennung.

Aus der Krise ging ein in seinem Selbstbewußtsein erneuerter Juristenstand, verstärkt um den Stand der Kameralisten und Rechnungsprüfer, hervor. Spätere Krisen nach 1920, nach 1933 und nach 1945 tangierten die Justiz nicht mehr. Die Schule der vergangenen 660 Jahre, aber besonders die Schule des 18. Jh., hat die Justiz hart gemacht. Sie hat eine Denkmethode entwickelt, bei der common sense und Logik, Logik und Allgemeinbegriffe, Allgemeinbegriffe und common sense einander wechselseitig stützen. Sie hat exakte Methoden entwickelt. Exakte Methoden lassen sich kaum jemals wieder abschütteln. Gegen Angriffe von außen ist der Justizapparat resistent. Einer solchen Institution gehört die Zukunft.

Zum ewigen Frieden aus dem Geiste der Justiz

Der Weltuntergang, sagt Max Frisch, sei vollziehbar geworden. Deshalb ist anzunehmen, daß die rechtsstaatlichen Nationen der Welt in Zukunft dazu übergehen, ihre Schwierigkeiten nach den Methoden der Justiz zu lösen. Dann gibt es keine Veränderungen mehr. Für diese Zukunftsaufgabe bereitet sich die Justiz aller Länder vor. Im Vordergrund steht die Nachwuchsausbildung.

Übungsfälle für den Justiznachwuchs

33. Eine Witwe, die sich wieder verheiratet, hat eine Weinhandlung oder ein Möbelgeschäft mit in die Ehe gebracht. Kann der Mann (im gesetzlichen Güterstand) die vorrätigen Weine und Möbel wirksam an Dritte veräußern (Gb. 1376/1)? 48. Infolge Raupenfraßes wird es notwendig, einen in ehemännlicher Nutznießung (Gb. 1363) befindlichen Wald zu schlagen. Kann, wenn der Ehemann nun in Konkurs fällt, die Ehefrau das geschlagene Holz aus der Masse herausverlangen? 52. A. sieht einen Schatz in einem Bach. B. pfeift seinem Hund, den Schatz zu holen. C. nimmt dem apportierenden Hund den Schatz aus dem Maul. Wem gehört der Schatz? 85. Wenn Falstaff wegen Trunksucht entmündigt gewesen wäre, was wäre er der Wirtin schuldig geworden, bei der er ohne Zustimmung seines Vormundes für über 8 Schillinge Sekt und für ½ Penny Brot konsumiert hätte? 150. Ein Oberleutnant, der unmittelbar vor dem Hauptmann steht, hat für den Fall seines Avancements ein Pferd gekauft; der Verkäufer aber benutzt eine unmittelbar darauf sich bietende Gelegenheit, das Pferd zu besserem Preis einem Sportsmann zu verkaufen. Kann der inzwischen avancierte Offizier das Pferd nun vom Sportsmann, dem es bereits übergeben worden ist, herausverlangen? 194. Eine Ehefrau veräußert in Abwesenheit ihres Mannes dessen Hund, den sie nicht leiden kann, um 100 Mk. Ihrem Mann sagt sie, der Hund sei entlaufen. Plötzlich erscheint der Hund wieder, und nun verkauft und übergibt ihn der Mann selbst einem anderen um 80 Mk. Da sich aber alsbald der erste Käufer meldet, erfährt der Mann den wahren Sachverhalt und genehmigt nun den vorteilhafteren ersten Kauf. Kann nun der erste Käufer dem zweiten den Hund abfordern? Wenn der Mann den zurückgekehrten Hund einem Förster, der ihm ein Darlehen gab, verpfändet hätte, würde nach Genehmigung der durch die Frau geschehenen Veräußerung das Pfandrecht Bestand behalten? Auch dann, wenn der Förster zur Zeit der Verpfändung von dem unbefugten Verkauf durch die Frau wußte? 197. Jemand gab Mittwoch, dem 13. Juni 1930, vormittags 10 Uhr das Versprechen, eine Schuld binnen 8 Tagen (14 Tagen, 4 Wochen, 1 Monats, 1 Jahres) zu zahlen. Wann war die Frist abgelaufen?

228. Ein Blödsinniger versucht ein Mädchen zu küssen. Da sie sich seiner anders nicht erwehren kann, stößt sie ihn in den seitwärts vorbeifließenden Bach, wobei er sich durch Erkältung eine längere Krankheit zuzieht. Muß sie die Kurkosten ersetzen?

275. Im Zwischendeck eines Dampfers hat ein Reisender einem anderen ein Kistchen Zigarren gestohlen und sie allmählich geraucht. Wenn nun kurz darauf der Dampfer untergeht und der Bestohlene dabei mit allen seinen Effekten spurlos verschwindet, wird dadurch der gerettete Dieb von der Pflicht, den Wert der Zigarren zu ersetzen, frei?

287. In Immermanns Münchhausen wird dem Hofschulzen aus Rachsucht das von ihm hochgehaltene angebliche Schwert Karls des Großen entwendet und beiseite gebracht. Könnte der Entwender, auf Schadenersatz belangt, Abtretung der Eigentumsansprüche des Hofschulzen verlangen?

310. Zu X. findet der Juristentag statt. Amtsrichter A. daselbst schreibt seinem Freund, dem Assessor B., daß er ihm ein Zimmer zur Verfügung stelle. B. nimmt erfreut an. Ist der Vertrag bindend? Wenn A.s Dienstmädchen beim Reinigen von B.s Kleidern ein Loch in dessen Hosen reißt, ist A. schadenersatzpflichtig?

321. Ein Hundeeigentümer, der eine Sommerreise machen will, kommt mit einem Förster überein, daß dieser gegen eine feste Vergütung den Hund während des Monats August in Pflege und Obhut nehmen sollte. Ende Juli beißt der Hund ein Kind, und im Ärger über die daraus erwachsenen Kosten läßt ihn sein Herr töten. Muß er dem Förster nun gleichwohl die vereinbarte Summe zahlen?

448. Jemand gibt einer Frauensperson, mit der er ein Verhältnis hatte, da er sich verheiraten will, als Abfindung einen Schuldschein über 1000 Mk. Ist der Schuldschein gültig?

455. Eine Witwe hat ein Haus in Nießbrauch. Sie gestattet gegen Entgelt einem anderen die Ausübung dieses Nießbrauchrechts. Als sie auf Grund 565 kündigt, behauptet der andere, für die Kündigung müsse 595 maßgebend sein, da Rechte nur verpachtet, nicht vermietet werden könnten.

682a. Ein Prinzipal hat seinem Reisenden auf dessen Bitte ein Monatsgehalt vorausbezahlt. Dieser verspielt es und erschießt sich. Haften die Erben auf Rückzahlung?

700. Ein entmündigter Geisteskranker hat einem Bankier ihm gehörige Wertpapiere zur Veräußerung übergeben, darauf sofort 3000 Mk. erhalten, den Restbetrag aber nicht erhoben. Er wird nach einigen Tagen ohne die 3000 Mk. tot aufgefunden. Wenn der Bankier aus den Papieren 11000 Mk. erlöst hat, schuldet er den Erben des Geisteskranken 11000 oder nur 8000 Mk.?

702. Eine Tante schickt einem Studenten zu Weihnachten anonym eine Flasche

Likör, die versehentlich bei dessen gleichnamigem Zimmernachbar abgegeben wird. Wenn dieser sie ausgetrunken hat, hat die Tante, hat der andere Student gegen ihn einen Anspruch? Kommt etwas auf die bona oder mala fides des Empfängers an?

701a. Kann der Kirchenbaulastpflichtige, der die von X. in Brand gesteckte Kirche wiederhergestellt hat, von X. Ersatz seiner Aufwendungen verlangen?

Kortis Traum

Ein gewaltiger Elefantenkörper wie ein Kran, dessen Rentabilität unsicher ist. Der Elefantenkörper bewegte sich einen Schritt rückwärts und zertrat den Angestellten, der irgend etwas im Rücken des Elefanten zu hantieren hatte. Längere Zeit stand die Masse Elefant unbeweglich da. Später begann sich das Tier für den Körper des Angestellten zu interessieren. Der Elefant machte auf der Brust des Angestellten einen Kopfstand, der zu seinem Dressurakt gehörte. Man hätte den Mörder einfach abschießen können, da er im Kopfstand verharrte und insofern momentan ziemlich ungefährlich war. Man hätte an die schwachen Punkte am Kopf, insbesondere an den Ohren, die Stellen waren durch weiße Kreidestriche gekennzeichnet, herankommen können. Aber weil ein solcher Elefant, ein riesenhafter, sehr nervöser Afrikaner, den zu dressieren überhaupt schon ein Kunststück ist, einen großen Wert darstellt, sahen die Beteiligten davon ab, ihn zu erschießen.

Kortis Monolog

Vielleicht bedeutet dieser schöne Herbst, daß wir nicht mehr lange zu leben haben. Auch das Frühjahr 1945 brachte besonders schönes Wetter. Trotzdem haben die meisten diese Zeit überlebt. Also ist zu hoffen, daß wir auch diesen Herbst – unterstellt, daß er wirklich so gefährlich ist, wie man sagt – überleben werden. In einer Zeitung stand, daß man seinen Samen in einer Erbgut-Bank deponieren kann; falls dann eine Katastrophe eintritt, werden genügend Fortpflanzungsmittel überleben. Dies war der von allen Meteorologen bestaunte Herbst 1961, dem dann trotz aller Schönheit, Blässe und Länge keine Katastrophe folgte.

Der Brand des Justizgebäudes 1943/1944

Jene tragische Silvesternacht von 1943, in der ein Terrorangriff das alte Justizgebäude am Schwarzenbergplatz in Brand setzte, bedeutete zugleich das Ende einer Richtergeneration. Damit soll nicht gesagt sein, daß auch nur ein Richter verbrannte, aber das traditionelle Bewußtsein der Kontinuität seit 1713, das für jeden Richter des alten Justizgebäudes vorhanden war, hat es nach dem

Krieg – von einigen Außenseitern abgesehen – nicht wieder gegeben. Damals war Präsident Mangold noch am Leben. Der Präsident begab sich sofort nach Bekanntwerden des Brandes mit den Herren der Gaurechtsstelle und den Landgerichtsdirektoren zum Brandplatz. Die Feuerwehren waren bei Vorwarnung, also schon vor dem Angriff, in die Vororte dirigiert worden, hatten so den Angriff unversehrt überstanden und arbeiteten sich auf den teils verschütteten Straßen zur Mitte der Stadt vor. Vor dem Landgericht waren einige Assessoren und Räte erschienen, das alte Amtsgericht, gegenüber dem Landgericht, schien noch intakt, wurde aber später durch eine Zeitzünderbombe, die man im Dachstuhl übersehen hatte, vollkommen demoliert. Ein am Brandplatz erschienener Feuerwehrmeister sagte, daß das Landgericht unrettbar verloren sei. Der Präsident wollte das wertvolle Gebäude aber nicht ohne Kampf verlorengeben. Mit einigen Räten begab er sich in die oberen Stockwerke und versuchte die Situation zu klären. Mit seinen Räten, Begleitern, Parteiangehörigen und jetzt eintreffendem Geschäftsstellenpersonal bildete er eine Kette, über die aus den obersten Stockwerken brennbares Material auf die Straße hinuntergeschafft wurde. Später rettete man wenigstens die Grundbücher. Letzter persönlicher Einsatz half die Grundbücher retten.

Schon Herbst 1945 konnte das Gericht wiedereröffnen

In der Brandnacht, in der das Justizgebäude bis zum Keller herunter abbrannte, warfen Landgerichtsräte Kruzifixe und Bänke aus den Fenstern der oberen Stockwerke. Aktenberge häuften sich auf dem Hof. Sie wurden teilweise unsachgemäß durch Hitler-Jugend gelagert. Schon im Herbst 1945 konnte aber dann im neuen Gebäude, das nach Wegfall der Wehrmacht übernommen werden konnte, die Arbeit wiederaufgenommen werden.

Inspektor Hansheinz Naleppa berichtet

Wir von der Geschäftsstelle wurden sofort nach der Entwarnung durch Boten zum Landgericht disponiert. Ich muß sagen, daß ich als Justizangehöriger mich ohnehin sofort zum Justizpalast begeben hätte. Der Dachstuhl des Landgerichts brannte lichterloh, das sah man bereits beim Näherkommen. Ich sah den Präsidenten, die Landgerichtsräte Erbe, Dr. Friedrich, Dr. Heintze, Wiegand. Einige Amtsgerichtsräte durchsuchten das intakt stehengebliebene Amtsgericht, das später durch eine Explosion erschüttert wurde, der Amtsgerichtsrat Schmidt zum Opfer fiel. Tags darauf gingen wir alle zur Beerdigung. Ich muß hier einschieben, daß Präsident Mangold sich mit einigen Herren schon im Landgerichtsgebäude befand, als wir ankamen. Er war immer zuerst im Einsatz, trotz seiner Verwundung aus dem 1. Weltkrieg, und machte so wahr, was er uns immer gesagt hatte: daß an der Front der Justiz stellvertre-

tend für die große Schicksalswende des Volkes gekämpft wird. Wenn Hegel, in
dem ich in meiner Freizeit hin und wieder lese – wogegen ich Schopenhauer
und Nietzsche als unklar ablehne –, wenn dieser Philosoph vom Leben der
Idee in der Wirklichkeit spricht, so möchte ich das praktisch auf die Justiz anwenden, die gewissermaßen zugleich Idee und zugleich Wirklichkeit ist, insofern als sie den Kampf mit verkörperte, der sich an Ost- und Luftfront damals
täglich abspielte, wobei auch zahlreiches Geschäftsstellenpersonal gefallen ist.
Es existiert darüber eine Tafel im Wandelgang des neuen Justizgebäudes (früheres Wehrbezirkskommando). Für uns war der Einsatz des Präsidenten Mangold wieder ein Zeichen, daß sich die Idee mit der Wirklichkeit unmittelbar
koppelt. Es bestand wenig Hoffnung, die oberen Stockwerke zu retten. Wir sahen – selbst im Einsatz stehend –, wie die Landgerichtsräte Kruzifixe und
Bänke aus den Fenstern des oberen Stockwerks warfen. Aktenberge häuften
sich auf dem Hof. Sie wurden teilweise durch Hitler-Jugend unsachgemäß gelagert. Eine Leerzone sollte das Feuer zwischen dem 3. und 2. Stock zum Halten bringen, aber die Hoffnung erfüllte sich nicht, und das Gebäude brannte
noch in der Nacht bis zum Keller herunter ab. Für viele von uns war das das
Ende einer Epoche, denn bald darauf kamen wir in neue Gebäude, zunächst in
städt. Gebäude, 1946 dann unter dem neuen Präsidenten in das von führenden
Architekten 1935 errichtete Wehrbezirkskommando. Sehr rasch erfaßte Präsident Mangold, daß eine Rettung des alten Landgerichts ausgeschlossen sei. So
konzentrierten sich unsere Bemühungen auf die Rettung der Grundbücher
und der zum Teil wertvollen Tische, der ebenfalls wertvollen, zum Teil ge-
schnitzten Bänke aus dem 18. Jh. Die Bibliothek ging unrettbar verloren. Der
Präsident überlebte den Brand des Gebäudes nicht lange. Schon im März 1944
gingen wir alle zu seiner Beerdigung, das Gerichtspersonal erhielt für diesen
Tag frei. So brauchte dieser allseits beliebte wenn auch strenge Präsident nicht
mehr zu erleben, daß sein Freund Dr. Kranzler wenig später in den 20. Juli verwickelt wurde. Wir von der Geschäftsstelle haben uns nie an einen anderen
Präsidenten oder an ein neues Gebäude gewöhnen können, das gilt natürlich
nicht für die neu hinzugekommenen Mitglieder der Geschäftsstelle. Ich muß
sagen, daß der Brand wie eine Zäsur war. Eine Richterschaft, die niemand zum
Zurückstecken zwingen konnte, vor der noch König Friedrich II. von Preußen
den Hut zog, mußte hier Stockwerk für Stockwerk, Zimmer für Zimmer in zä-
hem Kampf aufgeben. Ein großer Teil der Unterlagen ging verloren, und mancher Angeklagte mag dadurch ohne Strafverfahren über das Jahr 1945 hin-
weggekommen sein. Die Richter, die diesen Brand überlebt haben, haben nie
wieder ihr altes Selbstbewußtsein, das auf der Existenz des intakten Gebäudes
beruhte, wiedergewinnen können, so wie es für einen Pfarrer sicherlich auch
nicht das gleiche ist, wenn er in einem Neubau predigt.

Inspektor Berger berichtet über den Einsatzgruppenprozeß
Als langjähriger Personalreferent des Präsidenten – der Personalreferent hat volle Akteneinsicht, erst neuerdings bin ich wegen einiger Mißverständnisse durch Inspektor Kaiser ersetzt worden, d. h., bis zum Abschluß meines Disziplinarverfahrens bin ich beurlaubt – kann ich über die Besetzung der Richterstellen im Gerichtsbezirk S. Auskunft geben.
Wir haben mehrere Offiziere unter unseren Richtern, dagegen eine sehr geringe Zahl ehemaliger Parteimitglieder. Dieses beachtliche Ergebnis zeichnet uns vor anderen Bezirken aus. Offiziere: Oberst Schwerin, Major Peitl, Hauptmann Kaiser (Ritterkreuzträger); Kriegsgerichtsräte: Stumpf, Kantorowicz, Dr. Leipzig, Arnold, Wiesloch. Sondergerichte in Polen: Bremser, Peickert, Hoffmann. Intendanturräte: Dr. Wegeleben, Dr. Beier, Dr. Karsten. Marine: Höhne, Sauerbrey. Die übrigen Richter sind neu oder haben keine besondere Qualifikation im Krieg gehabt. Gedient haben außer den vorgenannten: Korti, Dr. Glaube, Meinecke, Jakob, Dr. Schwiethelm, Wiegand und der Präsident. Wir haben vier Frauen im Bezirk als Richterinnen, die in der Vormundschaftsabteilung eingesetzt sind. Ich gebe zu, daß die Art, wie ich mir wichtige Dokumente beschaffte, nicht durchweg zulässig ist. Ich möchte in diesem Zusammenhang betonen, daß ich kein Material über Richter unseres Bezirks gesammelt habe. Der Gedanke, verschiedene Oberlandesgerichtspräsidenten und hochgestellte Richter Norddeutschlands im Einsatzgruppenprozeß in Ulm aussagen zu lassen – in ihrer Eigenschaft als ehemalige Heeresgruppenrichter und Armeerichter –, geht allerdings auf eine Leserzuschrift von mir an verschiedene illustrierte Zeitungen zurück und wurde dann vom Gericht im Einsatzgruppenprozeß aufgegriffen. Es war für uns Personalsachbearbeiter ein wichtiger Eindruck, zu sehen, daß hier hochgestellte Richter und Präsidenten nach ihrer Aussage unvereidigt blieben. Das kann nur den Grund haben, daß das Gericht ihnen nicht glaubte. Wir waren gespannt, was die von ihrer Aussage heimkehrenden Richter in ihren Heimatstädten für einen Empfang bekämen, ich rechnete persönlich sogar mit einer Verhaftung des einen oder anderen, schrieb auch wieder eine Leserzuschrift in diesem Sinne an die Bild-Zeitung, aber unsere hochgespannten Erwartungen wurden enttäuscht.

Erholung des richterlichen Selbstbewußtseins nach dem Einsatzgruppenprozeß in Ulm
Im Einsatzgruppenprozeß in Ulm wurden verschiedene hohe Richter in ihrer Eigenschaft als ehemalige Heeresgruppenrichter und Armeerichter zur Tätigkeit der Einsatzgruppenkommandos als Zeugen vernommen. Nach ihrer Aussage blieben die hochgestellten Richter und Präsidenten unvereidigt. Eine Verhaftung oder Disziplinaranklage gegen den einen oder anderen der Zeugen

schien unvermeidlich. Als dann fast nichts geschah, erholte sich allmählich das richterliche Selbstbewußtsein.

Exzeß der Strafmaße an Sondergerichten in Polen

Eine Zeitlang hatte es den Anschein, als seien die Quoten der Todesstrafen nach dem Polenstrafrecht und der Strafmaße zwischen 1942 und 1944 in Polen generell allzu hoch gegriffen. Zeitungen vermuteten ein persönliches Verschulden von Richtern. Im Gerichtsbezirk S. konnte jedoch keinem der Richter, die an Sondergerichten in Polen tätig gewesen waren – es handelt sich im wesentlichen um die Richter Bremser, Peickert und Hoffmann –, eine schuldhafte Handlung nachgewiesen werden.

Eine Verschwörung wird aufgedeckt

Im Winter 1959/1960 gingen verschiedene Richter in S. dazu über, ihre Strafmaße leicht anzuheben. Die Staatsanwälte hatten vom Oberstaatsanwalt B. die Anweisung, gegen alle Urteile, die unter einem Jahr Gefängnis blieben, Berufung einzulegen. So wurden die milden Richter für ihre Milde bestraft, da sie in großem Umfang Urteile für die Berufungsinstanz abfaßten, d.h. auf die Urteilsgründe ein doppeltes Maß von Sorgfalt anwenden mußten. Ganz allmählich vollzog sich so bis zum Sommer 1960 eine Erhöhung des Strafdurchschnitts um 30 bis 40 %. In den Gefängnissen wurde die Gnadenpraxis gedrosselt. Sehr spät, im Herbst 1960, wunderten sich der Präsident und die zwei Kammervorsitzenden der Großen Strafkammern über das Strafmaß in verschiedenen Einzelfällen und entdeckten, welche Entwicklung sich hier anbahnte. Der Präsident und die Vorsitzenden der Großen Strafkammern versuchten, die Strafkurse wieder herunterzuschrauben. Diese Versuche führten zu großer Berufungsfreudigkeit der Verteidiger im Winter 1961, wodurch die Strafkammern I und II hoffnungslos überlastet wurden. Es gelang nicht, das alte Niveau wiederherzustellen, die Strafen blieben im Durchschnitt um 20 bis 30 % überhöht. Die den Schaden hatten, saßen in den Strafanstalten. Den Verschwörern geschah nichts.

Das Strichmädchen als Schöffin

Eine gräßliche Fehlleistung, die aber sofort bereinigt werden konnte, passierte der Justizverwaltung in S. im September 1959. Eine Frau F., unter der Bezeichnung Hausfrau im Personenstandsregister der Gemeinde G. eingetragen, wurde als Schöffin ausgelost und dem Jugendschöffengericht für die Buchstaben A bis K zugeteilt. Später stellte sich heraus, daß diese Frau der Prostitution nachging. Sie wurde wegen falscher Personenstandsangabe unverzüglich der Bestrafung zugeführt. Die Urteile, an denen sie mitgewirkt hatte, wurden in der Berufungsinstanz selbstverständlich aufgehoben.

Korti und die Todesstrafe

Erfahrungsgemäß werde man als Richter bei Todesstrafen später zur Rechenschaft gezogen, das gelte insbesondere für die kritischen Zeiten, in denen Todesurteile sich häufen. Bald habe sich dann die politische Meinung geändert, und der Richter, der das Todesurteil verkündet habe, stehe ohne Deckung da und müsse sein Verhalten rechtfertigen. Auch aus diesem Grund meine er, Korti, daß die Justiz sich nicht in die gefährliche Nähe des Todesurteils begeben solle, auch wenn es sicherlich zum öffentlichen Ansehen der Richter beitrüge, auch den persönlichen Stolz vieler Richter befriedigt, wenn auch die Entscheidung über Leben und Tod in der Hand des Richters liege.

Kortis Leibgericht

Kortis Leibgericht sind Linsen. Heiligabend: Karpfen blau. Silvester: belegte Schnittchen. Ostern: Lamm.

Korti und kein Ende

Die abenteuerliche Reise Kortis zum Ende, das irgendwo schon lauert, ist von guten Vorsätzen begleitet. Zu den Vorsätzen gehört neuerdings der Verzicht auf Neugier im Straßenverkehr. Fast wäre Korti von einem Kraftfahrzeug überfahren worden, als er sich im Frühjahr 1961 neugierig einer menschenumstandenen Unfallstelle näherte. Er brach beide Unterschenkel beim Sturz, verursacht durch das Fahrzeug. Die Ärzte stellten Kortis Funktionsfähigkeit wieder her. Nunmehr erstreckt sich Kortis Vorsicht in besonderem Maße auch auf diese Art von Unglück. Wenig Unglück gibt es in der Welt, auf das sich Kortis Vorsicht nicht erstreckt. Trotzdem bleibt er ängstlich: die Ängstlichkeit ist andererseits eine Kraftquelle. Gewissermaßen genossenschaftlich arbeiten die Richter im Bezirk S., aber auch anderswo die Justiz, an einem Sicherheitssystem, das – unter Verzicht auf viele Formen der Aktivität – das Ende Kortis und anderer hinauszieht. Um 1800 hätte ein Zeitungsartikel zur Abschaffung Kortis genügt, um 1900 wäre eine Reformbewegung dafür notwendig gewesen, 1962 würde auch ein Aufruhr zur Abschaffung Kortis vielleicht nicht ausreichen. Und wer unternimmt schon einen Aufruhr Kortis wegen? So steht Kortis Ende noch in weiter Ferne, ja: Kortis Ende rückt zunächst in immer weitere Ferne.

11

Lernprozesse
mit tödlichem Ausgang

»Unbezwingliche Sehnsucht
– dumpfes Begleitgefühl . . .«

Lebenswille breitet sich aus, als die Erde untergeht. Vier Kameraden, aus Stalingrad entkommen, zu weiteren Lernprozessen bereit. FORTSCHRITT OPEN END im Westen der Galaxie.

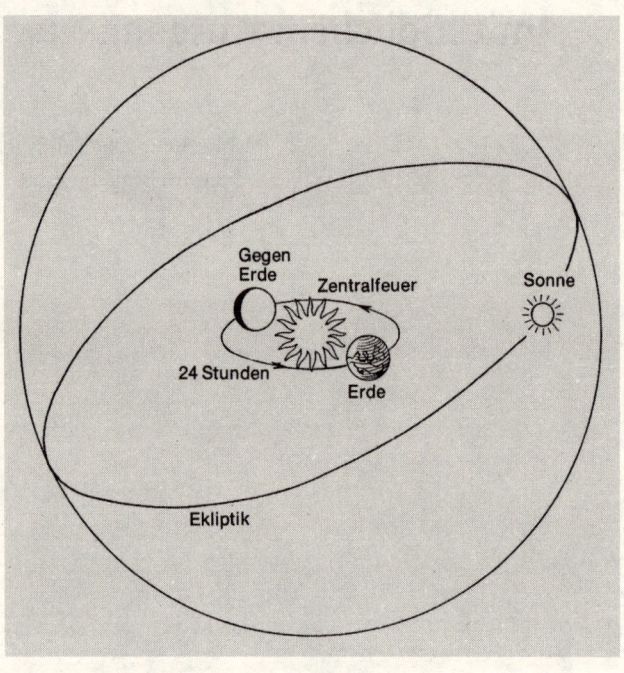

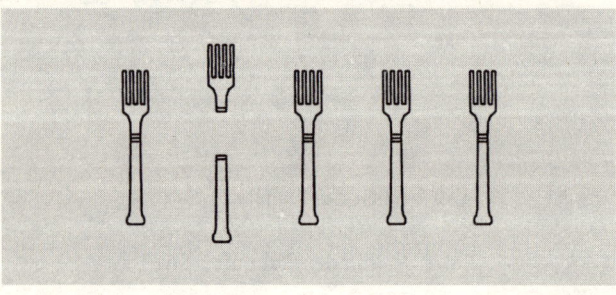

Vorwort

»Wie kann der Schwarze Krieg vier Jahre dauern, wenn doch gleich am ersten Tag die Erde völlig zerstört wurde?« Diese Frage des Rechtstheoretikers Ferdi Schein im Frühjahr 2102 (Besitzer von zwei Zwergsonnen) zeigte den Experten Dorfmann, Zwicki, von Ungern-Sternberg, Boltzmann, daß dieser junge Mann unaufgeklärt war. Sie wollten ihn auf die geplante Fahrt, die ihre letzte sein sollte, nicht mitnehmen. Auch kam es auf das historische Ballastwissen, mit dem diese Frage leicht zu beantworten war, nicht an – es genügte, daß sein Nichtwissen ihnen zeigte, daß er nicht ihresgleichen war.[1]

Vielmehr kam es jetzt 2102, **mehr denn je** darauf an, **entgegengesetzt zur Richtung der geschichtlichen Bewegung,** zu überleben.[2]

1 Zwicki: Man hätte diesen Krieg, der nur 1 Tag dauerte, nicht mit einem Tag Dauer charakterisieren können, da die Folgen dieses Krieges damit nicht angemessen bezeichnet gewesen wären. An sich wurde dieser Krieg nie beendet. »Deshalb bezeichnen diese vier Jahre eine Mindestzahl.« Dorfmann: Man steht bei der Schilderung aller dieser Vorgänge vor einem Ausdrucksproblem.

2 Zum Stichwort *Unbezwingliche Sehnsucht.* Der spätere Raumpionier Franz Zwicki im Februar 1972, Geheimdienstbaracke, Bunkergelände von Idaho: »Das Begreifen der Wirklichkeit und der Ausdruck des Lebens unserer Herrenklasse mag auf tausenderlei Selbsttäuschungen, Täuschungen anderer und aus Lügen bestehen, sie ruht doch auf einer *unbezwinglichen Sehnsucht,* die wir alle seit Aufstieg unserer Klasse (18. Jahrhundert) haben. Diese Sehnsucht hat zweierlei Folgen: erstens den Willen, um jeden Preis zu überleben, zweitens den Willen, zu verschwinden – aufzugehen in anderen Klassen, in der Natur, im Weltall. Diese Sehnsucht, mag sie auch nur in verdrehter Form vorkommen, ist die Hauptwaffe unserer Klasse, die sie zum ewigen Leben befähigt, und ihre Ausrüstung für die Eroberung des Weltalls.« Ihm antwortete der Gelehrte Eilers: »Sie irren sich gewaltig: keine Klasse lebt ewig. Im Gegenteil!« Franz Zwicki antwortete dem Freund (früher Klassenkamerad von ihm): »Trotzdem rate ich dem Gegner unserer Klasse, sich nicht nur mit sich selbst, sondern auch mit uns zu befassen. Erkenntnistheoretisch sind wir null, aber körperlich leben wir noch. Als *Materialist* weise ich darauf hin, daß die unbezwingliche Sehnsucht, von der ich vorhin sprach, in unseren Körpern versteckt ist, sich also einer rein wissenschaftlichen Widerlegung entzieht.« Dorfmann (zu Eilers): »Können Sie damit konform gehen?« Eilers schied später durch Autounfall aus dem Freundeskreis aus.

Zum Stichwort *Dumpfes Begleitgefühl.* A. Dorfmann, in nachträglicher Betrachtung, eingekästelt in eine als Schreibabteil eingerichtete Eisenkoje der Raumplattform, *Blickwinkel des Jahres 2103:* »Der Mensch ist deshalb auch ein weitaus interessierterer Metaphysiker, als er gemeinhin heute zugibt. *Ein dumpfes Begleitgefühl* seiner sonderbaren kosmischen Situation verläßt ihn selten. Der Tod, die Winzigkeit der ganzen Erde, das Fragliche der Ichillusion, die mit den Jahren aufdringlicher werdende Sinnlosigkeit des Daseins . . .«

Ein halbes Jahr später, in die Umlaufbahn einer unerforschten roten Sonne des Sektors Morgenröte eingeschossen, ohne Chance einer Rückkehr zu den übrigen Menschen und ohne hinreichenden Grund, noch weiter vorzustoßen – siehe dazu Kapitel 4, Seite 918 ff., waren sie selber vor die Situation gestellt, sich mit ihrer Geschichte auseinanderzusetzen. Einen anderen Gegenstand der Aneignung hatten sie nun nicht mehr. Wie durch ein Zauberwort schienen Zukunft, Gegenwart wie weggeblasen.

Als Bericht von Experten, die alles das selbst miterlebt haben, ist diese Nacherzählung des Erlebten naturgemäß lückenhaft. Wir schreiben das Jahr 2103.

Usw., usw., sagte Zwicki. Das habe ich schon mehrfach gehört. Dorfmann: Das Begleitgefühl ist aber nur dann dumpf, wenn wir zuviel Scharfsinn anwenden. Zwicki: Den müssen wir ganz weglassen.

Kapitel 1
Der Verlust des Planeten

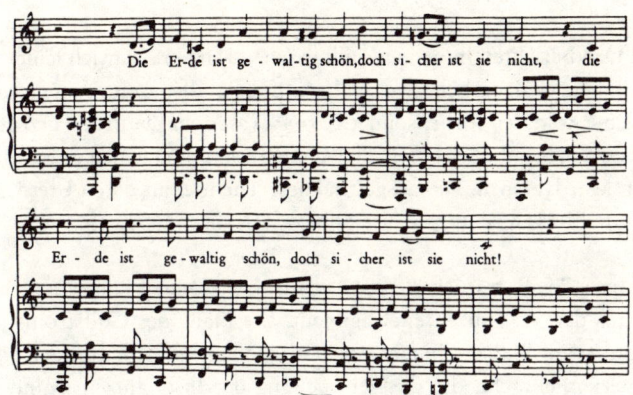

Die Er-de ist ge - wal-tig schön, doch si - cher ist sie nicht, die

Er - de ist ge - waltig schön, doch si - cher ist sie nicht!

Kriegsfolgen und Kriegsverhütung, herausgegeben von C. F. von Weizsäcker, München 1970, Seite 19: »Die Theoretiker der Abschreckungs- und Eskalationsstrategie müssen davon ausgehen, daß beide Seiten sich hinreichend ›rational‹ verhalten. Rational in diesem Sinne ist es, das kleinere Gut dem größeren Gut oder der Vermeidung des größeren Übels zu opfern. In extremen Situationen treten aber seelische Kräfte auf den Plan, die die Ordnung der Güter verändern. Das gesamte Phänomen des Krieges, das die Menschheitsgeschichte seit undenklichen Zeiten durchzieht, wäre unmöglich ohne die in jedem Menschen angelegte Umschaltung von der Selbsterhaltung zu der Einstellung ›Das Leben ist der Güter Höchstes nicht‹. Wer, um noch ein anderes Zitat zu gebrauchen, sich dazu bringen kann, ›lieber tot als Sklav‹ zu sein, der handelt im Sinne seiner neuen Werte rational, wenn er das vom Standpunkt der Abschreckungsstrategie aus Irrationale tut. Und die Erfahrung lehrt dann zudem, daß oft eben diese scheinbare Irrationalität sich bezahlt macht. Vermutlich verdankt die Schweiz ihre Bewahrung im zweiten Weltkrieg ihrer manifesten Bereitschaft, notfalls kämpferisch unterzugehen (und den Gotthard-Tunnel in den Untergang mitzunehmen); das Scheitern der Eskalationsstrategie gegen Nordvietnam ist ein aktuelles Beispiel . . . Amerika mag, wenn der Friede bewahrt bleibt, noch lange die erste unter den Weltmächten sein; es kann nicht ohne Atomkrieg der den ›Frieden‹ garantierende Führer der Welt werden.« ·

Der Ausbruch des Schwarzen Krieges (2011-2015). Der amerikanische Präsident war nach seiner dritten Wiederwahl nicht mehr in der Öffentlichkeit erschienen. Es kann sein, daß er versuchte, sich in den Krieg hinüberzuretten. Er soll dann mit seinen Stab in Madagaskar umgekommen sein.

General Ozil berichtet. In meiner militärischen Karriere war ich leider Zeuge vieler Paniken. Bedauerlicherweise übertraf diese alle vorangegangenen. Das waren keine Soldaten mehr, sondern *arme Wesen, die plötzlich verrückt geworden waren.* Sie unternahmen, als sie mich erkannten, einen gegen mich gerichteten Mordversuch. Die ausgetrocknete Themse, an deren Ufern sich einige der halb Wahnsinnigen disziplinlos aufführten, Schreie nach Wasser usf.

Auf der Insel Wight traf ich die 18. Brigade, die »Weißen Lanzen«, hervorgegangen aus dem 1. Lanzenreiterregiment. Die Nähe des Golfstroms (sofern man die dortige Wasserschlucht noch so nennen kann) hatte hier *günstige Winde* hervorgebracht, die die Verseuchung der Insel auf ein Mindestmaß beschränkten. Die Verzweiflung beruhte auf dem Fehlen jeder Verbindung zu anderen Truppenteilen, so daß sich die Leute plötzlich fragten, wozu sie hier allein überhaupt noch weiterleben sollten. Sieht man die Dinge im Zusammenhang, so müssen wir einräumen, daß wir militärisch – wie übrigens auch in jeder anderen Hinsicht – *auf einen derartigen Fall nicht vorbereitet waren.* So konnten wir auch die Bunker im Norden Schottlands nicht erreichen, wo noch lebende Mitglieder des Generalstabs sein sollten, von denen wir Befehle hätten einholen können. In Lancaster hatten die *Schweren Reiter* in improvisierten Fahrzeugen ihre Bunker verlassen, aber schon der Lewellyn-Fluß, der in seinen Größenmaßen *alle Vorstellungen des Natürlichen* überschritten hatte, machte ihrem Ausbruchsversuch ein Ende.

Das tragische Ende des britischen Premierministers. Durch eine **Indiskretion** war in der Flotte von der Katastrophe etwas verlautet, und in einer **unerklärlichen** Reaktion hatten die Kriegsschiffsbesatzungen die Flottenchefs getötet. Später stellte sich heraus, daß der Massenmord an der Führungsschicht auch auf das Festland übergegriffen hatte. Der Premierminister war dem Massaker entgangen, da er sich nicht mehr in seinem Amtssitz befand. Er wartete auf das Eintreffen seiner engeren Mitarbeiter. Er saß in dieser unterirdischen Offiziershalle mit den Leuchtzeichen an den vier Wänden – die Augen, müde in ihren Halteseilen, kaum noch Kraft in den Schultern, das Nervensystem total überanstrengt.

Später wurde seine Frau hereingebracht. Ein Beauftragter der Abteilung für Öffentlichkeitsarbeit hatte sich »noch zuletzt« ausgedacht, die Eheleute zusammenzubringen. Sie hatte noch *Unternehmertugend*, brachte Bewegung in die müde Gruppe. Sie sah sich die Bunker an und bestand darauf, wahrscheinlich in falscher Einschätzung der Gefahr, ihren Mann hier herauszuholen, wo er offenbar verkümmerte. Sie blieb

unbelehrbar. Sie hatte einen Wortwechsel mit dem noch jugendlichen Oberbefehlshaber, der ihr zu widersprechen versuchte, und sorgte dann für die Überführung ihres Mannes auf einen Landsitz. Sie liebte diesen Mann, obwohl er keine der Eigenschaften besaß, die sie sich gewünscht hätte. Sie führte ihn, auf dem Landsitz angekommen, zunächst einmal an die frische Luft. Während dieses Spaziergangs erblickte der Premierminister die langgezogene violette Verfärbung der Wolken im Süden. Anschließend wollte die Frau ihn waschen und zu Bett bringen, aber der Premierminister bestand darauf, daß sie im Garten blieben **und die Katastrophe mit ansähen.** Sie wollte seinem Willen nicht entgegenstehen und blieb bei ihm, massierte nur einmal leicht seine Stirn am Haaransatz, hielt sich sonst völlig zurück. Einige Leute, die den Premierminister, der den Arm seiner Frau genommen hatte, einige Offiziere etwas weiter zurück, sehen wollten, sahen das Ereignis zuerst. Sie waren starr vor Überraschung und Neugier. Eine dichte tiefhängende braungrüne Wolke, deren oberer Rand, der die Sonnenstrahlen widerspiegelte, gelblich aussah.

Dorfmann, im Jahr 2103: **Indiskretion,** wenn ein Teil des Atlantiks bereits vor ihren Augen verschwindet? Auch die Gewässer, in denen sich die britische Flotte bewegte, flossen nach Westen ab, tendierten zum Schwundloch, nicht wahr? Zwicki: Lassen Sie uns doch erst einmal berichten. Boltzmann: Das sahen die Seeleute selbstverständlich. Aber es war nicht offiziell. Das spielte sich alles in wenigen Stunden ab. Die begannen an der Nachrichtengebung zu zweifeln, der wahre Sachverhalt war aber noch geheim. Dann sickerte plötzlich vertraulich etwas durch. Dorfmann: Und es ist nie ermittelt worden, wie diese Indiskretion passieren konnte?

Abb.: »Dichte, tiefhängende, braungrüne Wolke, mit gelbem Oberrand.«

Das Schiff aus der verlorenen Heimat. Am 16. Januar 2011 erschien **westlich des Mars** ein halbzerstörtes Raumschiff der Erdstreitkräfte. Die Insassen waren zerschossen.

Forschungsgeräte, die von den Marsstationen aus die Erde abtasteten, gaben folgendes Bild: der Planet von einem *Kernbrandprozeß* überzogen. Das *Erdinnere tritt nach außen.* Teile des Atlantikwassers verschwinden in einem *Schlund.* Wenige Stunden später zerbricht die Erde in mehrere zerklüftete

Teile, von der gemeinsamen Schwerkraft zusammengehalten. »Das war kein Ball mehr, das waren zwei längliche Trümmerklumpen.« Die obere Atmosphäre des östlichen Teils besteht aus Stein- und Eisenstücken, die in 2000 m Höhe um die »Erde« einen rasch rotierenden Gürtel bilden. Eine Forschungssonde wird, ferngelenkt vom Mars-Institut für Extragalaktische Forschung, hinabgelassen. Nach Eindringen in den **Trümmerring** gibt sie keine Signale mehr.

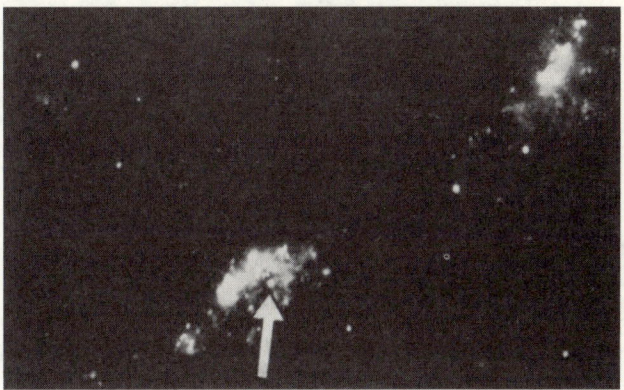

Aufnahme des Trümmer-Rings nach dem NGC-4762-Verfahren.

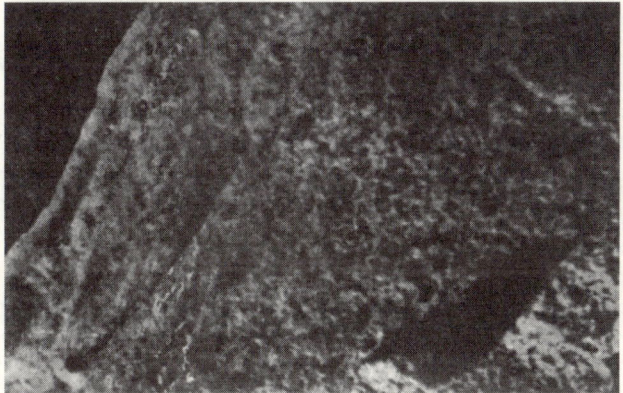

Teil der verformten Erdkruste, westlich von Havanna. Aufnahme aus 2200 km Höhe.

Dorfmann: Da muß doch noch ein Trümmerring sein. Zwicki: Vielleicht gehört Havanna nicht zum östlichen Teilstück, sondern zum westlichen, das keinen Trümmerring hatte? Dorfmann: Liegt da nicht ein Widerspruch, da der Trümmerring um einen »länglichen Klumpen« gar nicht rotieren konnte? Der Klumpen war doch nicht rund. Zwicki: Auch ich halte es für unwahrscheinlich, daß der Trümmerring Ecken gebildet haben soll. Boltzmann: Richtig. Der Trümmerring müßte irgendwo auf den Materiekörper stoßen. Zwicki: Ich habe das selbst nicht gesehen. Aber die Trümmer können ja um die Längsachse dieses vielleicht eher stabförmigen Gebildes rotiert sein. – Boltzmann: Man müßte noch erwähnen, daß die Berichte zwar sämtlich auf exakten Beobachtungen beruhen, daß aber vielleicht unterschiedlich beobachtet wurde. Zwicki: Es geht um ziemlich unübersichtliche Verhältnisse. Man konnte damals nicht sofort alles ordentlich, in der gewohnten Weise, erfassen. Dorfmann: Außerdem sind wir zu viert. Jeder sieht das etwas anders.

Durch die Katastrophe zu Resten der Menschheit geworden; die Mars-Etappe. Im Januar 2011 befanden sich auf dem Planeten Mars nur spezialisierte Etappeneinheiten: die Flotten-Justizstelle[3], das Flottenlazarett[4], das Zentralinstitut für Extragalaktische Forschung[5], Zolltruppen, Urlaubsstelle des Immanuel-Kant-Instituts[6], eine Transportschule[7]. Von diesem Etappenpersonal abgesehen, waren alle Flottenteile der Erdstreitkräfte vor wenigen Tagen gestartet, um in der Nähe der Erde und des Mondes Gefechtspositionen einzunehmen.

3 6 Abteilungen.

4 Bestehend aus zwei Abteilungen: 1. Chirurgisches Zentrum für schwerste Hirnoperationen, 2. Versuchs- und Behandlungszentrum für Veterinärfragen. – Alle übrigen medizinischen Behandlungsarten für das Flottenpersonal lagen im Zuständigkeitsbereich des jetzt zerstörten Mondstützpunkts.

5 1 Chef, 2 Vertreter, 104 Forscher. Aufgabengebiete: Astrophysikalische und radioastronomische Erforschung der fernsten Sternennebel, soweit nicht Erdinstitute hierfür zuständig waren.

6 Dieser Urlaubsstelle angeschlossen war ein Rekreationszentrum für Mitarbeiter des Immanuel-Kant-Instituts, die als Rekonvaleszenten zur völligen Ruhigstellung von der Erde hierhergebracht worden waren.

7 1 Chef, 6 Dozenten, 126 Piloten und Frachtführer, zum Teil als Schüler.

Helmut Heubers Rettung

12 Stunden zuvor: Erde bei Freiburg, 15. Januar 2011. Helmut Heuber, 46 Jahre alt, Kleingärtner aus Wirtsweiler bei Freiburg[8], ein dunkelhaariger athletischer Typ mit kurzen stämmigen Beinen und ungewöhnlich behaarten Oberschenkeln. Auch die Haare im Nacken wachsen ungewöhnlich zahlreich den Rücken hinunter.[9] Aber die in dieser körperlichen Verfassung organisierte Natur steht in keinem Verhältnis zu den Naturgewalten, die in wenigen Stunden diese Landschaft umgestalten werden.

In einem Flüchtlingsstrom eingekeilt, der die Vogesen zu überwinden sucht, will Heuber seit den frühen Stunden des Vormittags dem Verhängnis entkommen. In Nancy durchbricht Heuber (der noch um 7 Uhr früh seine Erdbeeren gepflegt hatte, die, von Glas überdeckt, bei konstant 34 Grad Sommertemperatur heranwuchsen, Wolkenbildung über den Vogesen) gemeinsam mit 11 Landwirten, die über einen Bulldozer verfügen, die Flugplatzabsperrungen. Seitlich der Frachtraumschiffe verteidigen Raumschiffwachen mit Maschinenpistolen die Schiffe gegen die andrängenden Menschenmassen. Nach Überwindung dieses Widerstandes starten Heuber und die Landwirte (weitere Personen haben sich mit hereingedrängt). **Sie erreichen die Marsumlaufbahn.** Da sie die Parole nicht wissen, werden sie von Zollsperrschiffen der Marsbasis zerschossen.

Anruf von Marsforschungsstelle, Marskoordinator Pätzold, an Leiter der Zolltruppe Mars: Sind Sie verrückt geworden? Sie haben ein von der Erde kommendes Schiff zerschossen.

Chef vom Dienst, Zoll des Mars: Hat Parole verweigert.

Pätzold: Wenn das noch mal vorkommt, lasse ich Sie verhaften.

Stundenlang kam kein weiteres Schiff. Keine Nachrichten von Erde oder Mond.

---

8 Wenige Kilometer neben der Ausfallstraße von Freiburg ins Höllental.

9 Zwicki: Woher wissen Sie das alles so genau, Dorfmann? Dorfmann: Es ist notwendig, dem Bericht etwas Fleisch und Blut zu geben. Ich stütze mich hierbei auf Berichte, die ich über Heuber erhalten habe. Zwicki: Und so gut funktioniert Ihr Gedächtnis? Dorfmann: Es ist natürlich möglich, daß ich mich täusche. Zwicki: Das will ich wohl meinen. Sie können nämlich gar keinen Bericht über Heubers Körperbau erhalten haben. Dorfmann: Wieso nicht? Zwicki: Weil nach den Berichten, die ich erhalten habe, von Heubers Körper gar nichts Wesentliches auf dem Mars ankam. Dorfmann: Und Sie wollen die Fähigkeit zu sprechen nicht als wesentlich ansehen? Zwicki: Konnte der denn noch sprechen? Dorfmann: Selbstverständlich. Zwicki: Dann muß ich Ihnen recht geben. Zwicki: Jetzt kommen mir selber Zweifel. Heuber könnte natürlich nachträglich mit seinem Körper wahnsinnig angegeben haben. Vielleicht war er ganz klein? Zwicki: Das möchte ich nicht annehmen. Die Schilderung ist ja nicht besonders positiv.

Noch immer wurden **Versuche** gemacht, **die tatsächlichen Verlustzahlen kleiner zu halten, als sie waren.** Die Arbeitsgruppen der Marsadministration folgten hierin den *Richtlinien für Notfälle* der jetzt vernichteten Erdregierung. Danach sind alle, »auch Schwerstverwundete«, von überlasteten Ärzteteams irgendwie »zu retten«. Das Schiff aus der **Heimat** wurde ebenfalls nicht als Totalschaden aufgegeben, sondern um Reste des Schiffsmotors wurde ein neues Fahrzeug gebaut.

Die »wiederhergestellten« Insassen bestanden aus Teilen des Brustkorbs, etwas Schienbein, das an das Brustbein angebunden blieb. Vom Gesicht waren in einem Fall Teile der Kinnpartie, in einem anderen Fall sogar ein Stück Stirn erhalten. Die Hirne hingen in einem Säckchen seitlich neben einem Stück Schulter- oder Armgelenk. Diese – noch irgendwie einen Kreislauf vorstellenden und an lebenserhaltende Maschinen angeschlossenen – Menschen aus der alten Heimat konnten sich nicht äußern, da sie weder Finger noch Mund hatten. So konnten sie auch keine **Schadensersatzansprüche** selber geltend machen, wie es Helmut Heuber, der zumindest noch sprechen konnte, später für seinen verlorenen Grundbesitz (zwei Morgen Erdbeer- und Gemüseland) vermochte. Den Total-»Versehrten« von der Erde halfen nur die Winkelzüge des **Marsadvokaten Treitschke,** der noch längere Zeit sich mühte, eine Rechtssubjekteigenschaft und damit Regreßansprüche an die Marsadministration (als alleinige Rechtsnachfolgerin und Erbin der Erde-Regierung) aus dem Status der Operierten abzuleiten, die in großen durchsichtigen Tüten an der Wand eines temperierten Raumes hingen und sich nicht äußerten. Er erhielt dann auch in Raten gewisse Zahlungen, die er aber nicht in Besitz der Totaloperierten überführen konnte, da sie keine Finger hatten.

> »Vom Himmel hoch, da komm ich her
> und bring euch eine frohe Mär.
> Bedenket wohl, der Tag ist nah,
> da ist die Erde nicht mehr da.
> Wie glücklich, wer zu jener Frist
> noch unversehrt am Leben ist.«

Auf dem Mars herrschen friedensmäßige Bedingungen. Ein Staubsturm entzieht die Oberfläche des Planeten jeder Direktbeobachtung. Das gibt der Besatzung des Mars eine Chance. **Der Planet Mars muß für jeden unbefangenen Beobachter als »zerstört« gelten.** Hierauf setzt Chefkoordinator Pätzold, ein nicht militärisch ausgebildeter Marsforscher. Er verbietet jede Funktätigkeit.

Eine Statusfrage: sind die Reste der Menschheit auf Planet Mars noch wirklich menschliche Wesen?

HINNERCKE[10]: Hören Sie mal, lieber Dennerlein, ich bin jetzt Mars-Koordinator.

DENNERLEIN, Chef des Chirurgiezentrums, zugleich Bevollmächtigter für Transportschule, Zolltruppe, Marsinstitute usf.: Deshalb komme ich ja zu Ihnen. Pätzold ist Mars-Koordinator.

HINNERCKE: Seit heute früh nicht mehr. Ich habe das übernommen.

DENNERLEIN: Ist es denn sicher, daß wir der ganze Rest der Menschheit sind?

HINNERCKE: Die Kollegen vom Extragalaktischen Institut schwören, daß, von uns abgesehen, keine Überlebenden mehr da sein können.

DENNERLEIN: Und Sie halten das für sicher? Wir haben manchmal aus einem Kniegelenk oder einem Hüftknochen – denken Sie z. B. an die Manöverunglücke von 2010! – noch etwas ganz Schönes gemacht.

HINNERCKE: Nichts. Die Kollegen haben Geräte, mit denen sie »exakt« die fernen Galaxien betrachten. Sie können auf der Erde eine Briefmarke lokalisieren. Da ist nichts Lebensfähiges mehr übrig.

DENNERLEIN: Dann können *wir* uns jetzt Menschheit titulieren?

HINNERCKE: Das frage ich *Sie*. Von der Antwort hängen mehrere Rechtsfragen ab, darunter die Frage der Souveränität. Der Kollege von der Urlaubsstelle des Immanuel-Kant-Instituts – alles Rekonvaleszenten, aber noch denkfähig – meint, daß nach Untergang der menschlichen Gesellschaft, wie er sich ausdrückt, und ohne die Menschheitsgeschichte – das wäre jetzt alles untergegangen – wir uns nicht einmal als menschliche Wesen bezeichnen können. Ich denke, daß er sich in den Ausdrücken vergreift. Er meint, wir wären nicht einmal Kannibalen oder Neanderthaler, sondern Nichts.[11]

---

10 Hinnercke, der spätere Begründer des Raumrechts, war spezialisiert auf Strafrecht und Rechtsphilosophie, Teilausbildung im Raumpolizeidienst.

11 Hierzu äußerte der Chef der Transportschule zu einem späteren Zeitpunkt: Ich muß vom Praktikerstandpunkt den Kollegen von der Urlaubsstelle des IKI unterstützen. Man kann keine Transporte durchführen, die sich auf ein »Wohin« beziehen, wenn man nicht klar das »Woher« bestimmen kann. Kommen wir von Nichts, so sehe ich nicht, wie wir von da wieder wegkommen wollen. Von Nichts kann man nicht starten, wenn ich das einmal philosophisch ausdrücken darf.
Die ursprüngliche Meinung des Vertreters des IKI läßt sich – nach Mitteilung Zwickis – nur aus einer hinterlassenen Vortragsnotiz rekonstruieren. Danach gilt der *Gesellschaftsvertrag*, der die Grundlage der gesamten menschlichen Gesellschaft darstellt, im Fall eines Untergangs des Planeten als gekündigt.

DENNERLEIN: Völlig richtig. Sehen Sie, praktisch ist mein Chirurgiezentrum – und Sie können mir glauben, daß wir das Spezialisierteste sind, was es gibt, und es gibt nichts, was wir nicht irgendwie zusammenflicken – geben Sie mir ein paar Zellen, und ich mache Ihnen mindestens das Teilstück eines Fingers daraus –, aber was sollen wir jetzt machen? Wir haben eine Kapazität für rund 2000 Hirnoperationen in der Woche. Nach Wegfall der Patienten von der Erde und des Verwundetenanfalls können wir in 20 Jahren vielleicht mit acht bis zwölf Fällen rechnen. Wir sind so gut wie überflüssig. Aber wir müssen unsere Spezialkenntnisse doch irgendwie verwerten. Wir müssen in Übung bleiben. Glauben Sie mir, die Finger sind nach kurzer Zeit völlig steif. Sie müssen sich das vorstellen wie bei einem hochqualifizierten Pianisten.

HINNERCKE: Ganz ähnlich unser Problem. Wir haben die volle Flotten-Justizstelle gerettet, aber von der Flotte sind keine Rechtsfälle mehr zu erwarten. Wir können froh sein, wenn wir überhaupt noch den **Bestand des Rechts** legitimieren können. Denn wenn wir so wenige sind – und Strafexpeditionen von der Zentralregierung kämen auch dann nicht, wenn hier alles durcheinandergerät –, könnten wir letztlich auch ohne Recht auskommen. Ich muß sowieso die Geheime Feldpolizei unter ganz anderen Bedingungen einsetzen als früher. Da könnten wir ja gleich ein Gewaltregime errichten!

DENNERLEIN: Wir sind ja unter uns. Was ist denn nach Ihrer Meinung an der Behauptung des Kollegen von der Urlaubsstelle des IKI dran? Ich gebe ja zu: die Trümmer an »Mensch«, die wir aus dem zerschossenen Heimatschiff herausgeholt haben, sind ja wirklich keine menschlichen Wesen im engeren Sinne.

HINNERCKE: Aber man darf deshalb nicht übertreiben.

DENNERLEIN: Sie meinen, **uns** fehlt deswegen physiologisch noch lange nichts?

HINNERCKE: Allenfalls betrifft der Untergang der menschlichen Gesellschaft, wenn man ein so großes Wort überhaupt gebrauchen will – es scheint mir, wie gesagt, eher ein philosophischer Spezialausdruck zu sein –, **unsere Institute.**

DENNERLEIN: Ja. Obwohl man sich manchmal in Stimmungen befindet. Ich fühle mich oft ganz zerstückelt.

HINNERCKE: Das war aber doch schon immer so. Ehrlich gesagt, man kriegt seine Sinne nie so zusammen, wie man müßte.

DENNERLEIN: Es kommt hinzu, daß auf diesem Mars die Institute wie Trümmergrundstücke herumliegen. Eines paßt nicht zum anderen.

HINNERCKE: Gut beobachtet. Man könnte es so sagen: bisher wurden diese

Trümmergrundstücke durch die übergreifende Beziehung zur **Heimat** zusammengehalten. Diese war ein Ganzes.

DENNERLEIN: Ich will nicht philosophisch erscheinen, aber ob die Heimat (oder die Flotte) wirklich etwas Ganzes und nicht auch ihrerseits eine gewaltige Sammlung von Einzelstücken war, das weiß man nicht.

HINNERCKE: Aber der Eindruck war da, daß es sich um etwas Ganzes handelt.

DENNERLEIN: So kommen wir nicht weiter.

HINNERCKE: Richtig, auch wenn die Heimat nichts Wirkliches war – sie hielt uns in Gang.

(singt:)
»Der Himmel endlos ausgespannt
ist mein geliebtes Heimatland.
O glücklich, wer, wohin er geht,
stets auf der Heimat Boden steht.«

DENNERLEIN: Was Sie mit Heimat meinen, weiß ich zwar nicht, aber wenn es dazu führt, daß mein Institut weitermachen kann, will ich den Begriff gern annehmen. Ich glaube, ich bin der Ältere. Ich halte es für richtig, dir bei dieser Gelegenheit das Du anzubieten.

Sie leerten einen Kognakbecher. Einige Tage später kam Hinnercke zu dem Schluß, daß dieses Gespräch und die anschließende Behandlung der Rekonvaleszenten der Urlaubsstelle für die weitere Entwicklung einen Gefahrenpunkt bildeten. **Eine neue Heimat läßt sich nicht aufs Unrecht gründen. Er ließ Dennerlein verhaften.** Nachfolger Dennerleins als Leiter des Flottenlazaretts wurde Flottenveterinärarzt Dr. Dalquen, der von den Sicherungsmaßnahmen der ersten Stunde nichts wußte.

»Es bleibt nur übrig, der Menschheit neue Plätze zu erobern, kein anderer Planet aber kann die Heimat wirklich ersetzen.«[12]

---

12 Daß Hinnercke bei allem Praxisbezug nicht gefühllos gewesen sein kann, zeigt ein Gedicht, das er später über dem *Portal* des Justizpalastes auf Planet Douglas einritzen ließ: »In der Frühe / Von dem Dünnkuchen zum Morgenbrot / Erst ein Stücklein mir brach ich. / Trank auch einen Krug voll Wein dazu. / Und zur zärtlichen Laute jetzo greif ich. / Mein arm heimatlich Land. / Wann werde ich dich wiedersehn. / Mein arm heimatlich Land. /«

»Die Heimat haben wir schon in Stalingrad verloren.«

Vom 10. Januar 1943 an drückte der Russe die an der Westfront des Stalingrader Kessels gesammelten Verbände zur Stadt hin zurück. Nach Verlust der Flugplätze Pitomnik und Gumrak war es eine Frage von Tagen, wann dieser Kessel in mehrere Unterkessel aufgesprengt und die 6. Armee gefangen wäre.

In der Eiswüste vor dem Stalingrader Kessel bewegten sich die Roten Truppen. Auf den Panzern hatten sie Lautsprecher montiert, welche von Grammophonen versorgt wurden, die mit starken Gummibändern auf den Fahrzeugen befestigt waren. Mit Schallplattenmusik und großen flatternden Fahnen stürmten diese Truppen über die Schneefelder und Mulden, um zu verhindern, daß die ausgepumpten deutschen Verteidiger sich irgendwo festsetzten.

Der kurzbeinige Stefan Boltzmann hatte nach Einnahme einer Mahlzeit seine von Fußpilz zerstörten Zehen betrachtet (noch in der Bunker-Balka), wieder die Füße in Lappen und Stiefel eingepackt und preßte jetzt seit 6 Uhr früh seinen fetten Hintern auf das Krad. Da er etwas gegessen hatte, fürchtete er, während der Verdauungszeit einen Bauchschuß zu erhalten, der bei vollem Darm tödlich war – andererseits fürchtete er ebensosehr Nüchternheit beziehungsweise leeren Magen und Darm, die ihm die Nachtstunden vergällten. Es kam zu keiner Stellungnahme, ob es besser war, wenn die Zeit schnell oder langsam verginge. Seine Strahlaugen beobachteten den gefrorenen Schlammweg, auf dem sich das Krad bewegte. Heute früh hat v. Ungern-Sternberg[13] gesagt: »Die Schlacht ist verloren.«

In den Weihnachtstagen glaubten sie noch einmal in diesem Eiskessel von Stalingrad ganz fest an die Heimat – jeder konzentrierte sich auf eine andere imaginäre Strecke seiner Seele, die für ihn »Heimat« und »Weihnacht« bedeutete. Noch nach dem großen Angriff der Russen am 10. Januar 1943 wartete Oberleutnant von Ungern-Sternberg darauf, daß Hitler sich in den Kessel einfliegen läßt. Hat dieser sein Hauptquartier im Kessel, so bleibt der Armee gar nichts übrig, als zu halten und zu siegen.

Am 30. Januar 1943 bewegten sich vier Offiziere der großdeutschen Wehrmacht: Zwicki, Boltzmann, von Ungern-Sternberg und A. Dorfmann, über das verminte Eis der Wolga von Stalingrad fort. Die Offiziere beabsichtigten in Richtung Osten, weil da der Russe am wenigsten aufpaßte, aus diesem Elend auszubrechen, zu Fuß irgendwie in Richtung China.
Das Eis bildete keine glatte Fläche. Die Soldaten hatten Strümpfe um ihre Stiefel geschlungen, um leiser aufzutreten. In China kamen sie zu Frühlingsanfang an.

Schlachtenbeschreibung, I / S. 509 ff. ←

13 *Sohn des Generalleutnants Ramon von Ungern-Sternberg aus einer ungültigen Ehe mit einer mongolischen Prinzessin.*

Abb.: Ramon v. Ungern-Sternberg, Vater des Oberleutnants.

Wenige Menschen erhalten die Chance, noch im Vollbesitz ihrer Kraft die Vergangenheit abzustreifen und – ausgerüstet mit den Vorräten vergangener Erfahrung – ein völlig geschichtsloses neues Leben anzufangen. *General Ramon von Ungern-Sternberg*, bleiches Gesicht, langer roter Schnurrbart, zaristischer Offizier aus der Gegend von Riga, legte 1917, »als sowieso alles aus war«, seine Offizierssachselstücke ab. Er gründete in Urga in der Mongolei die 1. asiatische Kavalleriedivision, die sofort in Rotrußland einfiel. Er trug seidene Gewänder und hielt sich für die Wiedererscheinung des Tschingis Chan. Er ließ »Rote« niedermetzeln, soweit er erkennen konnte, was ein Roter war. Plante, mit seiner Truppe Riga, Warschau, Berlin und Paris zu besetzen.

»In China kamen sie zu Frühlingsanfang an.«

Stefan Boltzmann　　　　　　　A. Dorfmann, v. Ungern-Sternberg jun.

Frühling 1943. Die vier abgerissenen Gestalten, die im April 1943 in einem Tal des Lan-Schan-Gebirges von einer Kuomintang-Patrouille aufgegriffen wurden, bezeichneten sich als Boltzmann, Zwicki, Dorfmann und von Ungern-

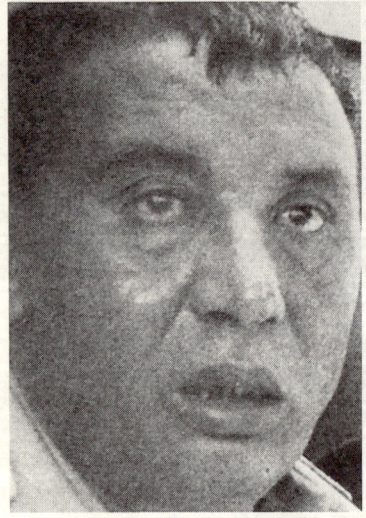

Sternberg. Der Kuomintang-Oberst im Bezirkshauptquartier, dem sie zum Verhör vorgeführt wurden, glaubte ihnen, die sich sprachlich nicht verständlich machen konnten, gar nichts. Die Schriftstücke, mit denen sie sich ausweisen wollten, zerriß er. Um bessere Aussagen zu erhalten, ließ er sie prophylaktisch mißhandeln. Alles in Zwicki, Dorfmann, von Ungern-Sternberg, Boltzmann drängte nach **Ausdruck.** Sie wollten diesen Mißhandlungen entgehen. Sie haben nicht einmal ein eingesticktes Hakenkreuz oder einen Hoheitsadler mitgebracht, da sie mit Rücksicht auf frühere Stationen ihrer Flucht Nomadenkleider tragen. **Sie weisen auf ihre weiße Haut hin.** Die ist aber durch die Frühlingssonne gelblich gefärbt.

Franz Zwicki

April 1946. Von Ungern-Sternberg, der einige Brocken Chinesisch erlernt hat, ist als Sklave[14] eines Provinzgenerals der Kuomintang tätig. Seine Aufgabe: Gefangene zu verhören. Er hat die Freunde in seine Dienststelle nachgezogen. »Wir glauben an nichts mehr. Wir haben unsere Sprache, Geschichte, die Uniform, alle Hoffnungen (auch die Hoffnung auf die uns von Hitler versprochenen Äcker im Osten) aufgegeben.« Zwicki: Ob wir danach noch wir selbst sind, ist uns unbekannt.

Oktober 1946. Ein Gefangener, der soeben gefoltert worden ist, führt gegen den Vernehmungsführer Dorfmann *haßerfüllte Reden.* Dorfmann läßt sich diese Reden übersetzen. Der Gefangene versucht, ihn anzuspucken. Was sagt er? schreit Dorfmann den Dolmetscher an. Zwicki (scharf): Ruhig bleiben. Es ist in unserer Rolle wichtig, wie eine Maschine, wie ein Nichts zu reagieren.

ZWICKI: Dorfmann, Sie müssen die Gefangenen **korrekt** behandeln.

DORFMANN: Korrekt ist gut gesagt, wenn wir ihm den Arm halb abhakken.

ZWICKI (nun doch gereizt): Wir tun das, weil wir es unbedingt müssen, weil das hier üblich ist, aber wir verstärken diese Mittel auf keinen Fall dadurch, daß wir persönlich etwas hinzufügen. Dieser Standpunkt entspricht unserer Sicherheit.

DORFMANN (fügsam): Ja.

ZWICKI: Wenn diejenigen, die wir heute als Gefangene verhören, morgen die Sieger sind, darf uns niemand vorwerfen, wir hätten so etwas nicht **vorausgesehen.**

Einige Stunden später ist der Gegenstand des kurzen Zwistes, der Gefangene, erschossen. Inzwischen ist der Dolmetscher mit seiner Übersetzung fertig. Der Gefangene hat versucht, die Fremden *geschichtlich einzustufen.* Gern hätte Dorfmann dem Dolmetscher eine Antwort diktiert, um den Gefangenen davon zu überzeugen, daß er einer grotesken Fehleinschätzung zum Opfer gefallen sei. Dorfmann: Der Gefangene hat sich bei der geschichtlichen Einstufung von uns vollständig vergriffen.[15]

---

14 Mensch, der als Inhaber der Ware Arbeitskraft über diese nicht selber verfügen kann.

15 Noch bei Niederschrift dieser Vorkommnisse können sich die Freunde über die damalige Fehleinschätzung durch diesen »Gegner« erregen. Zwicki: Unsere Geschichte lag doch hinter uns. Weder waren wir »Bürgerknechte« noch »Lakaien der Bourgeoisie«, noch »infame Bürger«, noch »bürgerliche Speichellecker«. Von Ungern-Sternberg: Wie kommen diese Ausdrückte überhaupt bis in die chinesische Provinz? Zwicki: Es lag ein Widerspruch darin, denn entweder waren wir Lakaien *oder* Bürger, der Gefangene hätte sich

Nachmittags erschien Boltzmann und brachte einen Schub neuer Gefangener. Dorfmann lenkte das Verhör auf den Fragenkreis, der ihn schon seit dem Vormittag beschäftigte: inwiefern sie, die *Sklaven* des Provinzgenerals seien, von den Gefangenen für *bürgerlich* gehalten würden. Die Gefangenen antworteten zunächst nicht. Nach einigen Quälversuchen erklärte einer von ihnen: Sie sind vielleicht keine Bürger, aber tragen die bürgerliche Charaktermaske – Sie handeln wie Bürger, sonst würden Sie uns nicht quälen. Dorfmann und Zwicki (wie aus einem Munde): Wir haben überhaupt kein Interesse, Sie zu quälen, wir hören sofort damit auf, wenn das mit unserer Sicherheit zu vereinbaren ist. Der Gefangene (hellwach): Sie müssen etwas riskieren, Sie würden rasch Sicherheit darin gewinnen. Dorfmann (zu Zwicki): Wir müssen unsere Sinne fest zusammenhalten. Es ist keine edle Perspektive, aber schon weil wir uns auf den Dolmetscher nicht verlassen können, ist es unmöglich, dieses riskante Gespräch fortzusetzen.[16] Alles in ihnen wehrte sich dagegen, umgebracht zu werden, so wie an diesem Spätnachmittag auch dieser Schub von Gefangenen, die für ihr China starben, von den Wachen niedergemetzelt wurde. Es befanden sich, wie Zwicki später erfuhr, bedeutende Theoretiker darunter.[17]

Herbst 1949. Als Experten im amerikanischen Geheimdienst. Als die Fronten der Kuomintang-Armeen 1949 zusammenbrachen, gelang Zwicki, Dorfmann,

zwischen den beiden Möglichkeiten entscheiden müssen. Dorfmann: Als wir 1933, elf Jahre alt, »zu denken anfingen«, waren wir keine Bürger, sondern Nationalsozialisten. Zwicki: Und diese Eigenschaft haben wir in Stalingrad zurückgelassen. Es war ungerecht, uns diese geschichtliche Einordnung anzuhängen, wenn wir hier *weit weg von der Geschichte, in der wir groß geworden sind*, in China hocken. Dorfmann: Zu diesem Zeitpunkt der Erkenntnis war es aber zu spät, den Irrtum aufzuklären, da der Gefangene schon erschossen war. Ich hätte die Sache gern richtiggestellt.

16 Boltzmann rückblickend, vom Standpunkt des Jahres 2103: Wir durften uns in diese chinesischen Angelegenheiten nicht einmischen. Zwicki: Wir würden heute nicht mehr leben, wenn wir damals Risiken eingegangen wären. Boltzmann: Kein Mensch will sterben, wenn er nie gelebt hat. Solange unser Leben keinen Sinn hat, können wir ihm nur einen Sinn geben: daß es ewig dauert. Zwicki: Das haben wir ja praktisch jetzt auch erreicht.

17 Zwicki: Und wenn wir sie zu weiteren Verhören angefordert hätten? Dorfmann: Die Fragen, die ich an sie hätte stellen können, sind mir erst später eingefallen. Von Ungern-Sternberg: Der Dolmetscher hätte wahrscheinlich Meldung erstattet, wenn wir keine sachdienlichen Fragen gestellt, sondern sie über ihr theoretisches Wissen ausgefragt hätten. Zwicki: Es ist auch durchaus zweifelhaft, ob sie geantwortet hätten. Dorfmann: Ich hatte den Eindruck, daß wir Antworten bekommen hätten. Diese Gegner hielten auch die damalige aussichtslose Lage, in der sie sich befanden, *nicht für aussichtslos*. Sie hätten Hoffnung darein gesetzt, uns zu überzeugen.

Boltzmann und von Ungern-Sternberg die Flucht nach Hongkong. Dort erwartet sie ein steiler Aufstieg im US-Geheimdienst.

Hochgurgl/Tirol,
Januar 1984
Boltzmann betrachtet, von einem Skilift langsam vorwärtsgetragen, interessante Nebelbildungen am Ende des Gletschers. Sonst strahlender Sonnenhimmel. **Wenig später landet ein Helikopter neben Boltzmann, bringt den Experten zum Bunkergelände von Idaho.**[18] Als Boltzmann ankommt, ist die gefährliche Situation vorüber. Ein Kriegsausbruch hat nicht stattgefunden, obgleich es – in der Vorausbetrachtung des Geheimdienstes – so aussah.

Boltzmann: Ich habe den Eindruck, Dorfmann, daß Sie nur zeigen wollten, wie gut unsere Organisation, die der eigentliche Zweck unserer Arbeit ist, läuft.

Dorfmann: Werden Sie nicht leichtsinnig, Boltzmann. Sie urteilen wie ein Laie. Wenn wir uns nicht mehr auf unsere Expertisen verlassen können, worauf sollen wir uns dann verlassen?

Bunkergelände von Idaho, Geheimdienstbaracke, März 2008. Eine Untersuchungskommission des US-Senats überprüft die Planstellenpyramide des Geheimdienstes. Sie schlägt eine Besoldungsanhebung vor, weil sie glaubt, damit das Interesse der Geheimdienst-Mitarbeiter an ihrer Arbeit zu verstärken.

Zwicki: Diese Kommission ist in die Materie des Geheimdienstes nicht eingedrungen. Geldzahlungen, ja der gesamte in der Börse zusammengefaßte Reichtum sind *unter dem Gesichtspunkt der sicher zu erwartenden Endkatastrophe,* die für uns Geheimdienstexperten bereits eine Tatsache ist (auch wenn wir den Zeitpunkt noch nicht bestimmen können), überhaupt kein Wertobjekt. **Wert hat allein ein Informationsvorsprung von 6 Stunden im Falle eines kommenden Weltkriegs sowie ein im Wäldchen verstecktes Fahrzeug, mit dem wir von diesem Planeten entkommen können.**[19]

18 Tarnbezeichnung. Das Bunkergelände liegt in der Nähe von Frankfurt/Main.
19 Dorfmann, bei der Niederschrift dieser Passage: Seit wann wußten Sie, Zwicki, daß man die Wertfrage von diesem Endergebnis, dem Kriegsausbruch, her analysieren muß? Zwicki: Das wußten wir doch praktisch seit Stalingrad. Boltzmann: Sie übertreiben, Herr Zwicki. Diese Betrachtungsweise, die ich mal als die »reine Erkenntnis« bezeichnen möchte, haben wir uns in der Expertenarbeit im Geheimdienst erst erwerben können. Zwicki: Aber die Tatsache, daß wir nichts mehr zu verlieren hatten, führe ich auf Stalingrad zurück – nur dadurch waren wir in der Lage, klar Stellung zu beziehen. Unsere Dienstherren, als Anhängsel ihres Besitzstandes, haben das niemals so klar definiert, auch wenn sie Experten waren. Boltzmann: Trotzdem glaube ich, daß Sie Stalingrad nachträglich mystifizieren. Ich halte das für gefährlich. Sie bilden sich hier eine Geschichte ein, die

Die Rettung der Geheimdienstler

15. Januar 2011, Erde, Vormittags. Zähe Burschen, die unter normalen Umständen keine bedeutende Zukunft mehr zu erwarten hatten – voller Chips und mehrfach gentechnisch erneuert –, setzten sich im Januar 2011 an die geheimen Richtfunkgeräte.

ZWICKI: Hier Chefphysiker des Geheimdienstes, Franz Zwicki. Wir sitzen hier im zentralen Bunkergelände von Idaho, können uns vielleicht noch vier Stunden halten. Haben die Kämpfe auf den Planeten Mars übergegriffen?[20]

RICHTFUNK-GEGENSTELLE MARS: Wir wissen hier nichts von Kämpfen. Was ist denn dort los?

ZWICKI: Geben Sie mir Ihren Vorgesetzten.

MARS: Den technischen Ingenieur?

ZWICKI: Nein, den Chefkoordinator des Marssektors.

MARS: Der ist mit der Flotte mitgeflogen.

ZWICKI: Dann seinen Vertreter.

VERTRETER DES CHEFKOORDINATORS MARS, PÄTZOLD: Sie wünschen?

ZWICKI: Hier Zwicki, zentrales Bunkergelände Idaho, geheime Einsatzleitung. Ich erbitte eine rasche Auskunft.

PÄTZOLD: Ich kenne Sie nicht.

ZWICKI: Sie haben einen Klaps. Prüfen Sie die Identität meines Richtfunkgeräts und geben Sie mir jede gewünschte Auskunft. Sind Raumschiffeinflüge seit Kriegsausbruch vor sechs Stunden in Ihrem Umkreis gemeldet?

PÄTZOLD: Davon weiß ich nichts.

ZWICKI: Was ist denn Ihre Funktion da oben?

PÄTZOLD: Ich bin Marsforscher. Ich vertrete heute nur den Chefkoordinator.

ZWICKI: Dann gehen Sie vom Apparat weg und schicken Sie mir einen Mann, der Ortungsgeräte ablesen kann.

PÄTZOLD: Einen Augenblick bitte.

Ihnen die »reine Erkenntnis« trübt. Zwicki: Jetzt, auf unserer Eisenplattform hier, von der aus wir weder vorwärts- noch rückwärtskommen, ist es ja schließlich gleich, ob wir noch etwas erkennen. Boltzmann: Ich halte das für einen defätistischen Standpunkt, Herr Zwicki!

20 Zwicki im Jahre 2103: Nachträglich betrachtet – kann man angeben, wodurch diese Kämpfe ausbrachen? Dorfmann: Das ist nach wie vor völlig unklar. Es war nicht in dieser Form in irgendeinem Projekt einkalkuliert. Zwicki: Deshalb arbeiteten wir ja mit einem Unsicherheitsfaktor Y bei allen unseren Vorausperspektiven.

A. Dorfmann rannte in den Bunkerraum hinein. Raus, schrie Zwicki, der in seine Geräte hineinhorchte. In dieser planlosen Katastrophenlage hatte nur ein Geheimdienstler die Chance, Übersicht zu gewinnen.

Boltzmann, der an den Missouri-Brücken[21] andrängende Menschenmassen mit den zur Verfügung stehenden Wachtruppen aufhielt, ließ melden, daß er nur noch etwa 30 Minuten die Menschenmenge hinhalten könne.

BOLTZMANN: Die haben Ingenieure bei sich. Die Bunkeranlagen werden für sie kein Hindernis sein.

ZWICKI: Wir müssen hier raus.

Minuten später hatte Leutnant Dagmar Hilfrich, die schon 20 Minuten später in den Trümmern des Bunkers eingeschlossen wurde, eine Richtfunkverbindung zur Truppenschule auf Jupitermond Mimas hergestellt[22].

ZWICKI (eiligst): Hallo, hallo.

V. UNGERN-STERNBERG: Hier von Ungern-Sternberg, Geheime Truppenschule der 12. Division, Geheime Dienstkaderorganisation auf Mond Mimas.

ZWICKI: Gut, gut. Was ist da oben noch übrig?

V. UNGERN-STERNBERG: Was ist denn los?

ZWICKI: Wir stehen seit acht Stunden im Gefecht.

V. UNGERN-STERNBERG: Ist alles aus?

ZWICKI: Alles aus. Jetzt – was ist noch bei euch übrig?

V. UNGERN-STERNBERG: Mars, Jupitermonde ohne Kampftätigkeit. Bis vor einigen Minuten wußten wir nicht, daß überhaupt Krieg ist.

ZWICKI: Rede kürzer. Kannst du feststellen, was los ist?

V. UNGERN-STERNBERG: Auf keinen Fall irgendwelche Fronttruppen mehr von hier aus zu beobachten. Alles untergegangen.

ZWICKI: Ganz unser Eindruck hier. Der Planet muß geräumt werden. Was ist oben übrig? Zum Beispiel Mars?

V. UNGERN-STERNBERG: Oben ist alles übrig.

ZWICKI: Schnell, genauer.

V. UNGERN-STERNBERG: 1. Speziallazarett, 2. Flottenjustizstelle, 3. Marsforschung, 4. Transportschule, 5. Zoll, 6. defekte Fahrzeuge, Instandsetzungsnotdienste, 7. kleinere Institute.

21 Tarnname.
22 Es handelt sich um eine geheime Basis, die der Flottenführung wie übrigens auch der Marskoordination bis dahin unbekannt war. Aus diesen Gründen entging sie der Zerstörung. Von Ungern-Sternberg war dorthin vorausgeschickt.

ZWICKI: Sonst nichts? Rede schneller.

V. UNGERN-STERNBERG: Das Ausweichquartier der Geheimdienstschule, kennst du ja.

ZWICKI: Aha.

V. UNGERN-STERNBERG: Reine Einzeltrümmer.

ZWICKI: Kann man wohl sagen. Wir sind in ein paar Stunden da.

In einem Waldsee in der Nähe des Bunkergeländes von Idaho wassert ein Raumfahrzeug, das Zwicki seit einem Jahr hier bereitgestellt hat. Start 15. 1. 2011 in der Abenddämmerung Richtung Jupitermond Mimas.
Auf Mond Mimas angekommen, sackten Zwicki, Boltzmann, Dorfmann zusammen »wie nasse Säcke«. Sie lagen in den Kojen des Stützpunktes ohne jede äußere Verwundung – wie Tote. Von Ungern-Sternberg und die Stützpunkt-Ärzte untersuchten sie. Es schien unwahrscheinlich, daß es sich um physiologische Mängel handelte.[23]

Boltzmann (müde): Wir müssen die von uns geretteten Teilstücke hier neu wieder zusammenfügen.

Sie hatten das Empfinden völliger Sinnlosigkeit. 80 cm Raum bis zur Decke über der Koje, 40 cm Raum an den Seiten, Sprechverbindung zu den Kameraden. Aber der Sinnzusammenhang, der bisher ihre Persönlichkeit zusammengehalten hatte – der Plan, der Endkatastrophe zu entkommen –, war hinfällig. Sie waren hier in den sargähnlichen Abteilen der Geheimbasis Mimas in Sicherheit.

Zwicki: Wie sehen unsere Gesichter wirklich aus? Im Geheimdienst hatten wir Tuchmasken vor dem Gesicht, die wir wechseln konnten. Das gab uns ein bestimmtes Aussehen. Unser wirkliches Aussehen haben wir nach jener Fernsehsendung, in der unsere Gesichter gezeigt wurden, aufgeben müssen. Jetzt müssen wir »wählen«. Sprache, Aussehen, Lebenszusammenhang, zukünftige Aufgaben – alles dies müssen wir neu wählen.

Boltzmann war ursprünglich, sagt Zwicki – und auch Boltzmann glaubt sich zu erinnern –, stämmig. Jetzt war er langbeinig und schlank. 6 Gesichtsoperationen haben ihn für jeden »Gegner« unidentifizierbar gemacht. Nachdem nunmehr der Gegner entfällt, ist dies keine hinreichende Bestimmung seiner Statur und seiner Persönlichkeit. Zwicki (scherzhaft): Man könnte Boltzmanns lange Beine ja notfalls kappen, dann ist er wieder stämmig. Keiner

---

23 Zwicki im Jahre 2103: »Es war die jahrelange starre Konzentration auf die Überlebenschance dieses Ich, das jetzt vom Bunker Idaho glücklich zum Mond Mimas verfrachtet war. Aber auf vielfältige Weise war dieses Ich doch verhakt mit Gegenständen und Verhältnissen auf der Erde. Wieder eine Operation? Abschneiden, was den Bewegungen der Zeit nicht folgt? Das wäre jetzt zuviel gewesen.« Dorfmann: Wir hätten das nicht ausgehalten. So lagen wir also krank da.

lacht. Dorfmann: **Die Dekadenz weder genießen noch sich verbieten, sondern konsequent zu Ende denken.** »Grau bereits sind meine Schläfen, und das Haupt ist weiß geworden. / Hin, dahin die holde Jugend. Schon gealtert sind die Zähne. / Von dem süßen Leben ist mir nur ein Restchen Zeit geblieben. / Oft mit Tränen dies bedaur' ich, vor dem Tartaros erbebend. / Denn entsetzlich ist des Hades Tiefe, leidvoll seine Straße. / Offen steht der Stieg hinunter, nimmermehr herauf zu gehen.«

Das gleiche gilt für die »Interessen«. Nachdem Boltzmann, Zwicki, von Ungern-Sternberg, Dorfmann bei Beginn ihrer Geheimdiensttätigkeit auf dem Fragebogen persönliche Eigenschaften, Hobbies, Interessen angegeben hatten (Boltzmann: Panzerführung – Technik, Zwicki: Physik – Segeln, v. Ungern-Sternberg: Generalstabsarbeit – Mathematik, Dorfmann: Bildungswesen – Kinder), haben sie sich konsequent in Richtung dieser Angaben spezialisiert. Die ursprünglichen Interessen sind nicht mehr festzustellen. Sie müssen auch hier »wählen«. Es ist jedoch keine Situation da, in der irgendeine Wahl einen Sinn besitzt.

Dieser hoffnungslose Sachverhalt wird dadurch verdeckt, daß wir zu viert in Kojen durch Sprechfunk verbunden sind. Zwischen uns denkt es? Als Lösung unwahrscheinlich.

Wiederauftauchen des Sinnzusammenhangs. Wie bei jeder Katastrophe erwies sich weder die Zerstörung des Planeten Erde noch die der Flotte als *vollständig*. Einzelne, zum Teil stark beschädigte Kriegsschiffe erreichten die Mars- und Jupiterumlaufbahn.

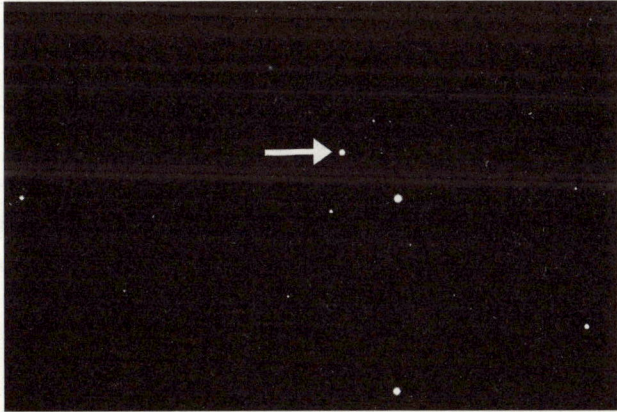

Abb.: Kriegsschiff der ehemaligen 136. Raum-Torpedoflottille in Umlauf um Mond Mimas. Der Angriff wird unter Aufopferung der eigenen Einheiten abgewehrt.

Die Raumortung von Mond Mimas meldet Annäherung weiterer Verbände der 136. Flottille. Boltzmann, Dorfmann und Zwicki haben Pervitinspritzen erhalten. Mond Mimas ist abwehrbereit. Die Freunde: **hellwach und vom Gegner zu festen Persönlichkeiten zusammengeschlossen.**

Sie kannten sich jetzt seit 70 Jahren, und es gab kein Verbrechen, das einer von ihnen hätte begehen können, das nicht die anderen bedingungslos gedeckt hätten. Die menschliche Substanz geht nicht unter, sondern wird eingedickt. Gar nichts erkennen, gar nichts mehr wollen – das macht sie zu den gefährlichsten Gegnern, die in der Galaxis ein Raumschiff starten konnten.

Abb.: Landschaft auf der Erdoberfläche, jetzt östliches Fragment der ehemaligen Erdkugel. Der Ausschnitt zeigt eine Gegend **in der Nähe des ehemaligen Schanghai.**

Abb.: Gleicher Ort. »Selbstverständlich haben breite Teile der chinesischen Bevölkerung in Erdhöhlen und -bunkern (bis zu 60 km Tiefe) die Katastrophe überstanden.« Ein Vertreter des Zentralkomitees der KPCh im Gespräch mit dem ehemaligen US-Agenten Myers.

Das Interview mit US-Myers

GENOSSE VERTRETER DES ZENTRALKOMITEES: Wir haben Sie aus Ihrer Haft entlassen, auch wenn Sie ein Spion sind, weil wir sonst keinen US-Gegner auf diesem Planeten mehr übrig haben, dem wir ein Interview über die Lage geben könnten.

AGENT MYERS: Ich höre.

LU HSUN: Ich spreche im Auftrag des Zentralkomitees. Ihre Auftraggeber haben nicht berücksichtigt, daß »das Mao-Tse-tung-Denken von einem völlig anderen Stoffwechsel des Menschen mit der Natur ausgeht; dieses andere Verhältnis zur Natur bestimmt auch die sozialistische Produktion und die gesellschaftlichen Beziehungen zwischen den Menschen«. Dieser Stoffwechsel mit der Natur und diese Beziehungen zwischen den Menschen beruhen auf dem **Gegenteil von Raubbau. Sprengmittel, wie sie die US-Abenteurer anwandten, sind aber die äußerste und abstrakteste Form von Raubbau.** Sie können folglich dem Mao-Tse-tung-Denken nichts anhaben.

AGENT MYERS: Ich nehme das zur Kenntnis.

LU HSUN: Sie könnten sich – wenigstens von Ihrem wenig realistischen gesellschaftlichen Standpunkt aus – ruhig etwas wundern. Immerhin überleben *wir*, Ihre Auftraggeber dagegen nicht.

AGENT MYERS: Ich möchte aber darauf hinweisen, daß einige der zuletzt abgeschossenen Fusionsbomben nach meinem Eindruck doch gesessen haben.

LU HSUN: Richtig. »Die Bitterkeit, viele Genossen und sämtliche Provinzen unseres Landes unter Trümmern begraben zu sehen, werden wir nie vergessen.«

AGENT MYERS: Bedeutet das, daß ich jetzt herhalten muß, damit Sie einen Kriegsverbrecherprozeß durchziehen können?

LU HSUN: Sie haben mich offenbar überhaupt nicht verstanden.

Abb.: Beim Aufbau der Hügelkuppen.

Agent Myers setzt einen Funkspruch auf.
Er bemühte sich, den Standpunkt der chinesischen Genossen, unter Anpassung an deren Vokabular, darzulegen. »Die Meldung der Marsadministration, die Erde sei überhaupt unbewohnbar, ist auf charakteristische Weise übertrieben insofern, als die *chinesischen Marxisten* in irgendeiner Weise diesen Trümmerberg ja noch beleben und kultivieren. Es handelt sich also um Trümmer nur *vom Blickpunkt der Ausbeutergesellschaft*, für die Natur zu Trümmern wird, wenn an ihr nicht mehr auf einfache Weise *Raubbau* betrieben werden kann. Insofern ist dieser Bericht nur ein Beispiel für mangelnde Anpassungsleistung der Beobachter. Richtig beobachtet ist daran nur, daß die Erde ihre Kugelgestalt aufgegeben hat und in mehreren großen Stücken sich um die Sonne bewegt.«
Dieser Funkspruch wurde dann nicht abgesandt. Die Genossen entschlossen sich, Funkstille zu wahren. »Man weiß nicht, welche Raubinstinkte in eventuellen Empfängern durch einen solchen Funkspruch ausgelöst werden.« »Zur Zeit läßt sich Weltöffentlichkeit nicht herstellen.«

Einige Jahre später begannen die Chinesen – jetzt im Besitz des ganzen Planeten – die Berge, Hügel und Landschaften auf dem östlichen Trümmerteil der Erde wieder aufzubauen.

Abb.: Naturgetreu wiederaufgebaute Gegend mit Felsentor, Gipfeln in der Ferne, Wasserweg und Dampfern.

Abb.: Einweihung einer naturgetreu wiederaufgebauten Landschaft mit Brücke und Kraft-
werk. Einige Bauten reichen in eine Tiefe von 6 km ins Erdinnere. Die Bauten sind zum Teil
glasüberdacht.

Abb.: Feierstunde zur Sechsjahresfeier der überstandenen Katastrophe.

Kapitel 2
Ein 1. Mai in der Zukunft

»Die Maifeier wird bleiben, doch anders ausgelegt. Man
trägt neue Bilder vor den Umzügen her. Ein Datum der
Großen Mutter wird umprofaniert.«
Ernst Jünger, Eumeswil, Erzählende Schriften III, Bd. 7.

116. Raum-Kavallerieflottille auf Mond Mimas, Januar 2012

Die Därme kamen ihnen zum Hals raus – widerspruchslos starteten sie jedoch
sofort wieder in Richtung Westen, es war ein Befehl. Hätte man dagegen angeordnet, sie sollten Sträucher pflanzen oder einen Stein von einem Ende der
Startrampe zum anderen tragen, hätten sie die Offiziere, die das befahlen, umgebracht.
Während die Kameraden, die zur 12. Division gehörten und die Saturn-
monde – die jetzt »Heime« heißen – besetzt hielten, noch auf Einsatzbefehle
warteten, zerqualmten ihre Bunker unter dem mörderischen Feuer der 116er,
die einen zentripetalen Zangengriff aus der Umlaufbahn ansetzten, gegen den
es schon vor Verlust des Planeten keine Gegenmaßnahme gab.[24] Wenn man
Arbeitskräfte gehabt hätte, wären jetzt Industrien aufgebaut worden, und
man hätte weitermachen können wie früher.

Eine Produktion von Arbeitskräften, die fehlschlug. 52 Militärärzte wurden
im Chirurgiezentrum des Mars zusammengezogen. Sie sollten 20 Tonnen eingesammelten Samen von Flottenangehörigen in Ovarienspenderinnen der 22.
Division einführen.[25] Dieses Unternehmen, das auch erst nach rund 20 Jahren
Resultate gebracht hätte, scheiterte an der Interesselosigkeit der Ärzte, die sich
als Militärs und Grundlagenforscher, jedoch nicht als »Fabrikarbeiter« fühlten. Statt Arbeitskräfte zu produzieren, fanden sie ein neues, verbessertes Mit-

---

24 Von Ungern-Sternberg: »Jedes Geschoß, das *gegen* die Angreifer gesendet wird, ist um die
Schwerkraft des Planeten oder Satelliten langsamer. Jedes Geschoß *vom* Angreifer ist um
den gleichen Betrag schneller. Daher treffen die Abwehrraketen *Örter, an denen sich die
schießfreudigen Angriffsgruppen schon nicht mehr befinden.* Deren Geschosse zerstören
dagegen die unbeweglichen Bodenziele.«

25 Auskunft von Boltzmann: Unter der Bezeichnung 22. Division wurde das weibliche Büropersonal aller Marsinstitute zusammengefaßt. Diese 22. Division mußte später von uns
entwaffnet werden, da sie in den Gehorsamszusammenhang nicht einzubeziehen war.

tel heraus, wie man in Notfällen die Brut, wenn sie sich als »erheblich minderwertig« erwies, sicher abtöten konnte.

Der letzte Tip des verschollenen USA-Präsidenten. Als sich die Katastrophenlage, die zum Januar 2011 führte, abzeichnete, folgte dieser Präsident, der zwei Jahre Volkswirtschaft studiert hatte, den Geschwadern auf ihrem Kurs über Afrika (wo sie letztlich alle zerstört wurden). Vorher konnte er noch einige befreundete Firmen anfunken, als deren Repräsentant er sich fühlte, und ihnen raten, »Schätze« in den freien Weltraum zu bringen.

Es wurde in diesen Konzernen sehr rasch eine neue *Hierarchie der Werte* ermittelt – unter der Voraussetzung der Zerstörung des Planeten bewerteten sich alle Werte anders als bisher. Gold für Eheringe war zum Beispiel wertlos. **Einige Firmen brachten in Raumern knapp 100 000 Facharbeiter aus dem Anziehungsbereich der Erde hinaus.** Die Arbeitskräfte unterzeichneten noch im Schiff Verträge, in denen sie sich verpflichteten, im Weltraum – als Entgelt für ihre Rettung – zehn Jahre exklusiv für diese Firmen zu arbeiten. Diese Papierverträge schienen dem Prokuristen Schulz, der das Firmenkonsortium vertrat, der schönste Schatz, den er je gehütet hatte.

Die Raumschiffe – mit Schulz und Arbeitskräften – wurden abgeschossen, ehe sie die Bergwerke auf Mars, Titan und Pluto erreichten.

Für dieses Verbrechen an der menschlichen Arbeitskraft ist der Stabsoffizier von Stegmann verantwortlich. Dorfmann bestraft ihn. Obwohl Dorfmann den Stabsoffizier von Stegmann, der vor den Auslösegeräten der Raketenbatterie des Mondes Mimas stand, mit schußbereiter Maschinenpistole bedrohte, drückte von Stegmann auf die Knöpfe. Dorfmanns Kugeln erreichten von Stegmanns Bauch und Brust zu spät. Die Raketen vernichteten die im Pulk fahrenden langsamen Transportschiffe, die die 100 000 Facharbeiter enthielten. (Die Schwersttransporter waren am 15. Januar 2011 gestartet und flogen, unter Einhaltung strenger Funkstille, ein Jahr bis zur Jupiterumlaufbahn.) Die Wachen der Raketenbatterie nahmen Dorfmann sogleich fest. Verhör Dorfmanns durch den Gerichtsoffizier der Raketenstellung.

VERNEHMENDER OFFIZIER: Sie haben den Stabsoffizier von Stegmann eigenhändig erschossen?

DORFMANN: Jawohl. Weil er einen Fehler gemacht hat.

OFFIZIER: Ohne kriegsgerichtliche Verhandlung durften Sie nicht vollstrecken.

DORFMANN: Wegen der überragenden Schwere des Fehlers durfte ich.

OFFIZIER: Worin bestand der Fehler – nach Ihrer Ansicht?

DORFMANN: Der Stabsoffizier ließ auf sechs schwere Raumfähren, die sich dem Mond Titan näherten, schießen.

OFFIZIER: Als was identifizierten Sie diese Raumfähren?

DORFMANN: Als die erwarteten Schiffe, die, gefüllt mit Arbeitskräften, die schon unter Vertrag standen, die Flotte aus dem Engpaß gerettet hätten. Rohstoffe haben wir, Arbeitskräfte nicht.

OFFIZIER: Was veranlaßte von Stegmann zu seiner Handlung?

DORFMANN: Das war keine Kurzschlußhandlung. Von Stegmanns Logik: kein Import von Arbeitskräften – kein Import von bolschewistischem Gedankengut.

OFFIZIER: Der schoß also auf Grund einer von ihm individuell angestellten Analyse?

DORFMANN: Was uns unsere letzte Chance kostet.

In diesem Augenblick trifft funktelegraphisch die rechtliche Weisung Nr. 1 der Flottenjustizstelle, betreffend »Schutz der menschlichen Arbeitskraft«, ein.

DER VERNEHMUNGSOFFIZIER liest vor: »§ 1: Wer menschliche Arbeitskraft vernichtet, wird mit dem Tode bestraft. § 2. Der Ausdruck *Arbeitskraft, Arbeiter* usf. ist verboten. Die Bezeichnung für Arbeitskräfte lautet ›Partner‹. § 3. Dieses Gesetz tritt rückwirkend in Kraft.«

DORFMANN: Dieses Gesetz ist gegenstandslos, da es keine lebenden Arbeitskräfte mehr gibt.

OFFIZIER: Die kriegsgerichtliche Anklage gegen Sie wird auf Grund dieses Gesetzes fallengelassen.

DORFMANN: Danke.

Die Kantinenpächter von Zuse II (Neptunmond) beantragen Zuteilung von gefangenen Meuterern als Küchenhilfskräfte und Transporteure. Die Versorgung von insgesamt 160000 Mann aggressiver Truppen, verstreut über bewegliche Stützpunkte im Umkreis von 6 Astronomischen Einheiten, forderte von den Kantinenpächtern *das Äußerste*. War die Truppe unzufrieden, wurden die Kantinenpächter als erste erschossen. **Sie erbaten aus den militärischen Strafvollstreckungsanstalten eine Anzahl von Gefangenen als Hilfskräfte.** Der Pächter H. H. Bootszweck bestach Richter, um die Zahl der Verurteilungen von Flottensoldaten zu erhöhen. Die gerecht oder ungerecht Verurteilten gingen als Soldaten in die Gefängnisse hinein und kamen als Arbeiter wieder heraus. Bergwerksunternehmen von Pluto zahlten für Pächter-Partner ein Kopfgeld bis zu 600 Nenndollar. Kantinenpächter wie H. H. Bootszweck gaben den Pächterberuf auf und handelten mit der raren Ware Arbeitskraft.

Die Suche nach »fremdem Leben«. Nach dem Gesetz ist Menschenhandel verboten. Da die Flotte das Gesetz schützt (weil sie zur Aufrechterhaltung ihrer Planstellen auf die gesetzliche Disziplin der Truppe angewiesen war), ist es nicht möglich, ungesetzliche Sklavenjagden zu veranstalten, die den Pächtern eine rasche Vermehrung der Arbeitskraft ermöglichen würden. Deshalb suchten zahlreiche Jagdkommandos der Pächter und der Bergwerksunternehmen nach **nichtmenschlichen** Lebewesen.[26] Da sich trotz aller Forschungen keine »fremden Intelligenzwesen« im Bereich des Sonnensystems und der Nachbarsysteme fanden, wurden später meuternde Einheiten der Flotte »fremdem Leben« gleichgestellt. Durch »Verwechslung« mit meuternden Einheiten wurden auch legale Institute, Flüchtlingsgruppen, isoliert stationierte Einheiten von Jagdkommandos in das für die »Gewinnung von Arbeitskraft« zur Verfügung stehende Material einbezogen.

Die Wissenschaftler vom Extragalaktischen Marsinstitut glaubten, sie könnten sich eine Extrawurst braten. Die Zerstörung der Erde erscheint den Grundlagenforschern des Marsinstituts keineswegs als Unglück. Die meisten von ihnen, darunter Professor Koeppen, Professor Tautler, Professor Dr. Schlappau usf., sahen jetzt die Möglichkeit eröffnet, ohne das Nützlichkeitsprogramm der irdischen Kultusministerien zu berücksichtigen, breite Teile des fernen Weltraums umfassend zu erforschen. Sie führten keine unnötigen Gespräche mit den Kollegen der Flottenjustizstelle, der Transportschule, des Flottenlazaretts, die sich binnen Jahresfrist in den militärischen Gesamtzusammenhang der Flotte eingliederten. Vielmehr spotteten sie über die zerdepperten Schiffe, die sich als »Neue Galaktische Flotte« (ohne konkreten Gegner, ohne Kriegsziel!) bezeichneten.

Im Sommer 2012 wurde das Institut von Geheimer Feldpolizei umzingelt. Die Wissenschaftler wurden nach dem Zwangspflichtgesetz auf mehrere im Aufbau befindliche Industriezentren verteilt. Hier erteilten ihnen Vertreter der Pächter konkrete, mit wissenschaftlichen Mitteln zu lösende Aufgaben (z.B. Herstellung einer Soldatensuppe). Auf verschiedene Himmelskörper verteilt, kamen die Marswissenschaftler nie wieder zu einem Pulk zusammen, der sie z.B. zu einem Streik oder zu Protesten gegen die Zwangsarbeit in die Lage versetzt hätte.

---

26 Dorfmann: Es hielt sich der Aberglaube, daß irgendwo versteckt im Planetensystem Intelligenzwesen zu finden wären. Zwicki: Das ist doch wissenschaftlich widerlegt. Dorfmann: Aber die Idee hielt sich.

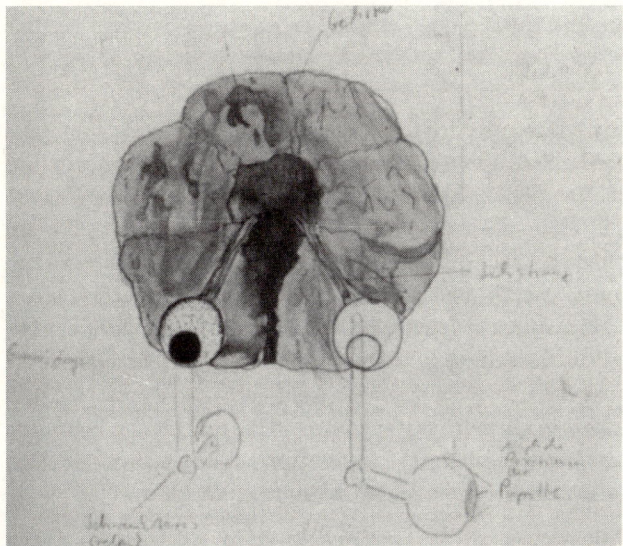

Abb.: Zöllnerauge.

Das treibhausmäßige Vorwärtstreiben einzelner Eigenschaften. Das, was sich in den ersten drei Jahren nach der Katastrophe als *das Gerettete* herausstellte, war keineswegs eine Einheit, so wie es das Wort »gerettete Menschheit« nahelegt. Vielmehr bestand, allein schon der Ausrüstung nach, ein erheblicher Gegensatz. Jede Gruppe konnte nur dann überleben, wenn sie sich industriell und militärisch gegenüber jeder anderen Gruppe in einer rasanten Geschwindigkeit *verbesserte*. Die Idee, daß ein Zollinspektor oder Buchhalter bei Ausfall eines Transportpiloten einspringt, ist in diesem Sinne abwegig. Vielmehr ist es Aufgabe des Zollinspektors, zu kontrollieren, die des Buchhalters, Buch zu halten, die des Transportpiloten: auf keinen Fall auszufallen. So wurden Transportpiloten mit Fieber bis zu 42 Grad oder mit gebrochenen Schulterknochen in die engen Führerkanzeln ihrer Transportraketen gehievt – und brachten diese korrekt ins Ziel. Warenprüfer und Zollinspektoren verbesserten ihre Augen dergestalt, daß diese Berufsgattung **um sechs Zentimeter** *vorspringende* Augen entwickelte. Den Augen dieser Kontrolleure entging nichts.

Die Tat der Dagmar Hennriegel. Die Angehörige eines Schmugglersyndikats, Dagmar Hennriegel, fiel einer der spezialisierten Zollassistentinnen in die Hände, die sechs Zentimeter vor dem Gesicht stehende, allseitig bewegliche Augen hatte und sich für nichts als die Entdeckung von Schmuggelware inter-

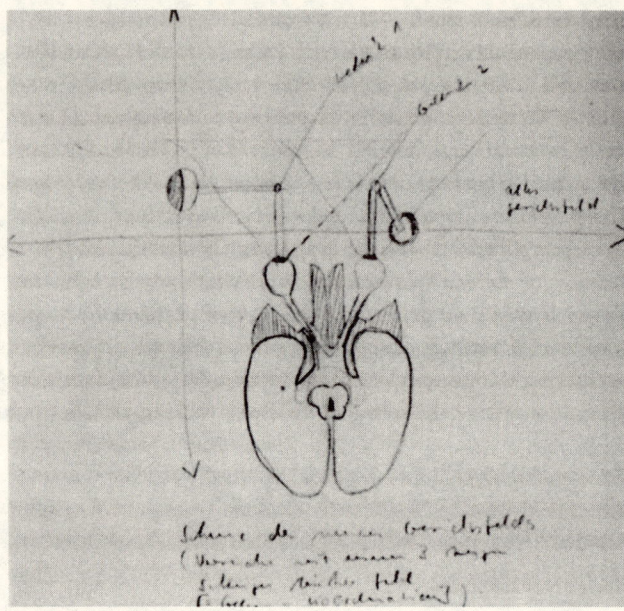

Abb.: Planskizze der frei beweglichen Augen der Zollassistentin, die von
Dagmar Hennriegel »geopfert« wurde.

essierte. Diese Zollbeamtin holte nach fachmännischer Betastung aus dem
spezialisierten Uterus der schönen Schmugglerin vier Kilogramm einer wertvollen Osram-Platin-Gelatinelegierung hervor, die mehrere Milliarden Nenndollar wert war. Mit schlaffem Bauch trat Dagmar Hennriegel einen längeren
Gefängnisaufenthalt an. Sie rächte sich später dadurch, daß sie die Zollassistentin in einem Piratenfahrzeug entführte, sie in viele kleine Fleischstücke zerschnitt und diese an Zollangestellte verschickte. Hierauf organisierten sich die
Zollangestellten zu einer Stoßgruppe, die einzeln fahrende Schmuggler mit stehenden Messern *auf der Flucht* tötete. Da Boltzmann mit seinen Panzerschif-
fen diese Racheakte nicht unterbinden konnte, wurde er vom Oberst zum
Oberstleutnant degradiert.[27]

27 Flottenbeauftragter für Bestrafungen, Dr. Vieweg: In diesem Zustand zerteilt sich die
  Flotte in treibhausmäßig sich entwickelnde Strafabteilungen und Abteilungen für Be-
  strafte.
  Boltzmann: Wie hätte man das in den Griff bekommen können? Diejenigen, die »Schuld«
  auf sich geladen hatten (weil sie als Reaktion auf vergangenes »Unrecht« Rache übten),
  waren im Moment der Rache meist nicht greifbar. Daher traf diese Rache jeweils andere
  als die »Schuldigen«; so wurden diese »Unschuldigen« zu Racheakten veranlaßt, die

Der Schlachtschiffzähler Erich Feldmann. Der einzige, der sich in dieser Gründerzeit für eine **Gesamtaufstellung aller im öffentlichen Besitz befindlichen Fahrzeuge und Vorräte der Restflotte,** die ehemals die Kampfflotte der irdischen Nationen ausmachte, interessierte, war Erich Feldmann. Damals, unter dem Eindruck des unmittelbaren Schocks von 2011/12, hatte er aus den Stäben alle Informationen erhalten. Seither veröffentlichte er Teile dieser Gesamtinformation in Form von Stichworten und **Flottenkalendern** mit genauen Stärkeangaben, die mit den gemeldeten Ist-Stärken nicht übereinstimmten. Feldmann war extrem kurzsichtig und schwerhörig. Wie er es machte, die Informationen trotzdem aufzunehmen und in seinem Glatzkopf zu speichern, war unbekannt. Vermutlich wußte er vom Schiffezählen so viel, daß ihm jede neue Information nur die Bestätigung einer alten war. Insofern konnte er einfach raten.

Die Offiziere verschiedener Einheiten hielten ihn für eine Gefahrenquelle, insbesondere wenn sie heimlich *abschreibungsreife* Schiffe der Flotte an Agenten der Wirtschaft veräußert hatten. Im Hirn Feldmanns blieben diese Schiffe und Schiffsteile Flottenzubehör, auch wenn sie längst industriell genutzt wurden. Wirtschaftsführer wie H. H. Bootszweck, die Flottenvermögen an sich gebracht hatten, trachteten, Feldmann zu beseitigen.

Er hatte aber in Boltzmann, Admiral Dr. Friedrich, Admiral Hinnercke mächtige Gönner, die ihm Agenten als Leibwache beigaben. Trotzdem zerschmolz Feldmann samt seinen Beschützern, als die Fregatte Thalia durch ein »Versehen« vom Mond Mimas aus angeschossen wurde. Danach wußte niemand mehr genau über den Flottenbesitzstand Bescheid.

ebenfalls nicht ihre Adressaten, wohl aber *unschuldige Dritte* erreichten. Unsere (durch den Einsatz der Panzerschiffe an sich mögliche) »Vergeltung« hätte diese »Rächenden« nicht erreicht, sondern konnte nur »abschreckend« an beliebigen »Erreichbaren« vorgenommen werden.
Flottenbeauftragter für Bestrafungen, Dr. Vieweg: Wenn ich auch den erzieherischen Wert solcher *Abschreckung* nicht leugne, so fehlte uns selbst und den zuständigen Panzerschiffkommandanten doch völlig ein passendes *Motiv*. Wir wollten eigentlich die Verletzungen des Rechts nicht an völlig Unschuldigen rächen, durften deren Rachedurst auch nicht auf die Truppe lenken. So traf letztlich mich die Strafe, da die Flotte sich an irgendwen halten mußte und eine Kollektivbestrafung der gesamten hier als Versager dastehenden Truppe diese veranlaßt hätte, das ihr durch ungerechte Strafe zugefügte Unrecht entweder durch aggressive Schläge gegen unbeteiligte Dritte oder gegen uns selbst auszulassen. In der Tendenz werden so die hochspezialisierten Strafabteilungen der Flotte sehr rasch zu Bestraften mit der Neigung, ihre Strafer zu bestrafen. Dies fordert eine permanente Verstärkung und immer höhere Spezialisierung dieser Strafabteilungen, da ja ihre Aufgaben wachsen.

Um weiterzumachen, fehlen jetzt nur die Arbeiter. Boltzmann: »So viel Natur auf einem Haufen, wie ich während der letzten Nahvorbeifahrten an mehreren Monden, Planeten und Sonnen feststellen konnte, habe ich noch nie gesehen. Man wird geradezu weitsichtig angesichts dieses Sternenfirmaments.«

Abb.: Fregatte Thalia, abgeschossen durch die Raumabwehr, Mond Mimas (Foto der Schuß-auswertung).

VON UNGERN-STERNBERG: Wir können aber nicht ran. Sobald wir zu landen versuchen, bemerken das die Kameraden einer der konkurrierenden Divisionen, und sie würden uns, da wir am Boden unbewegliche Ziele bilden, zerschlagen.

ZWICKI: So sitzen wir monatelang in diesen 80 cm × 1,20 m großen Befehls-kojen und erblicken diese herrlichen Schätze.

VON UNGERN-STERNBERG: Deshalb kann mich auf die Dauer der gestirnte Himmel auch nicht entzücken.

Die 1.-Mai-Feier vom Januar 2012. Raumadmiral Hinnercke, zentrale Flot-tenjustizstelle, in seinem Gefechtsstand in der Nordzone Mars: »Ich habe die Bedeutung des Abschusses der Arbeitskrafts-Raumschiffe damals sofort ver-standen. Uns bleibt nur übrig, neben die Ehrung des unbekannten Soldaten die Ehrung des unbekannten Arbeitskameraden bzw. ›Partners‹ zu setzen.«

Der 3. Propagandasprecher im Flottenstab der Flottenjustizstelle empfiehlt eine gigantische, jahreszeitlich vorgezogene Demonstration der Arbeit – **so also wäre sie noch da.** Vielleicht, daß sich **subjektiv,** von den Vorstellungen der Menschen her, die Arbeit wiedererwecken läßt . . .

Hinnercke: »Schon oft in der Geschichte hat die Idee materielle Umwälzungen bewirkt. Es bleibt uns gar nichts anderes übrig, **als von der Idee her die ganze Sache wieder aufzuzäumen.**«

Befehl: Oberst Boltzmann startet mit ihm unterstehenden Verbänden im Alarmstart von Mond Mimas und angeschlossenen Stützpunkten in Richtung

Marsumlaufbahn. Die Soldaten und Maschinisten werden als Arbeiter, Fachkräfte usf. **verkleidet.** Fernsehübertragung. Die Ausstattung der Kostüme im einzelnen wird von Experten der Propagandaabteilung der Flottenjustizstelle überwacht, die auf einen Bildband der Bibliothek der Flottenjustizstelle zurückgreifen, in dem sich Abbildungen ehemaliger Arbeiter, Handwerker usf. aus früheren Perioden der industriellen Entwicklung finden.
Einwand eines Sachbearbeiters der Abteilung Rechtsgeschichte: nicht von Arbeitern zu reden, sondern von Arbeitenden, da Frisöre, Handwerker, Wissenschaftler nicht Arbeiter im engeren Sinne seien. Einwand abgelehnt, da die Bezeichnung »Partner« heißt.[28]

> »Ich hatt' einen Kameraden,
> einen bessern find'st du nicht.
> Die Trommel schlug zum Streite,
> er ging an meiner Seite . . .«

Zu diesen von Boltzmann in seiner Kommandokanzel laut gesungenen Worten flogen die notdürftig in Formation gehaltenen Verbände der Rest-Raumflotte in 1600 km Entfernung am Mars vorbei. Boltzmann hatte die mißglückte Unternehmung in eine Heldengedenkfeier für die vor Jahresfrist auf der Erde umgekommenen »Kameraden« umgedeutet.[29] Die Fahrzeuge führten hierbei eine leichte Kreiselbewegung aus, dies sollte »Trauerfeier« bedeuten. Anschließend umkurvten die Schiffe den Planeten Pluto – einen Metallklumpen aus Gold, Osram und Platin in Planetengröße – sowie die rohstoffreichen Planeten III Alpha Zentauri, IV des Sirius. Diese Rohstoffe warteten, bewacht von der Flotte, auf ihre Verwertung.

---

28 Zwicki, aus der Perspektive des Jahres 2103: Hier lag ein Widerspruch. Es hätte dann nämlich auch nicht mehr Sachbearbeiter, sondern Sachbepartner heißen müssen. Es lagen zwei völlig verschiedene Reaktionen auf die unsinnig gewordene Situation vor: 1. der Versuch, das Problem durch Wortausmerzung zu lösen, 2. der genau entgegengesetzte Versuch, von der Idee her wieder zu so etwas wie Arbeitskraft zu kommen.
Auskunft Boltzmanns, 2103: Die Zuschauer an den Fernsehgeräten bei Mars und Mimas wurden von der gesamten Veranstaltung bitter enttäuscht. Sie erkannten zum Teil gar nicht, daß es sich bei den verkleideten Soldaten um *Arbeiter* handeln sollte, sondern empfanden die improvisierten Zurichtungen als Phantasiekostüme.
29 Boltzmann: An sich war es falsch, von Kameraden zu sprechen, da die Truppe im wesentlichen aus Etappen-Einheiten bestand, die die Kameraden von den Erdstreitkräften zum Teil gar nicht kannten. Trauerparaden waren sie jedoch gewohnt.

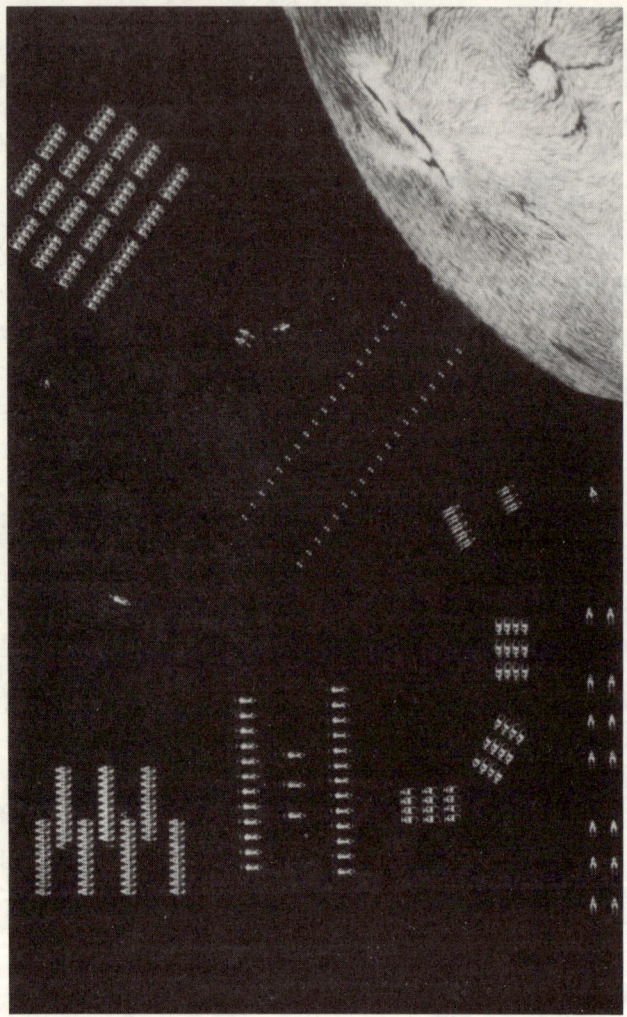

Abb.: Vorbeiflug von Boltzmanns Flotte an rohstoffreicher Sonne des Typs G 1.

Exkurs 1: Typische Unternehmensformen

1. Plan einer Produktion von Kampfschiffen unter Verwendung der Sonnenkorona (Omega Virginis) als Schweißbrenner.

Der Erfinder Raumphysiker Dr. Heineke-Bayer brachte 2010 sechs Laborschiffe in langsamer Fahrt aus der Mondumlaufbahn ins System der Sonne Zentaurus. Als er hier – kurz vor Kriegsausbruch – ankam, waren auf seinen Reißbrettern in einer Raumschiffkoje von 1,80 m Höhe und 1,30 m Breite die Zeichnungen und Pläne entstanden, die eine Auswertung des Sonnenplasmas ermöglichten. Es ging um eine Verwertung der Hitze der Sonnenprotuberanzen für den Schlachtschiffbau.

Bei den Versuchen kam Heineke-Bayer um. Als er, in einer schmalen Metalltüte hockend, die in das Ansaugrohr eingeführt wurde, nachsehen wollte, ob das Sonnenplasma bald käme, wandte sich der die Metalltüte fernlenkende Hilfsassistent einer Mahlzeit zu. Wenige Sekunden später war das Plasma ordnungsgemäß da und zerschmolz Heineke-Bayer.

2. Der Plan, metallhaltige Teile von Kleinsthimmelskörpern (Asteroiden) absprengen und über weite Strecken im Schlepp zu den Marktplätzen zu transportieren.

Als die Raum-Kavalleriedivision Nr. 1, die heute nicht mehr existiert, ihre Pferdetransporter Juni 2010 aufgab, ließ der Veterinärarzt Dr. Dalquen diese Schiffe nicht zerstören, sondern in die Umlaufbahn eines entfernten Mondes bringen. Jetzt, nach der Katastrophe, Januar 2011, beglückwünschte sich Dr. Dalquen zu dieser Vorsicht. Er ließ mit wenigen Handgriffen die Tierschiffe zu Ramm- und Transportschiffen umbauen. Man kann dadurch kleinere Himmelskörper so rammen, daß Teile absplittern, die anschließend auf Transport gebracht werden.

Abb.: Dr. Dalquen. 18. März 1984. Erschießung Dr. Dalquens † wegen illegalen Einsatzes von Sanitätssoldaten als Arbeitskräfte.

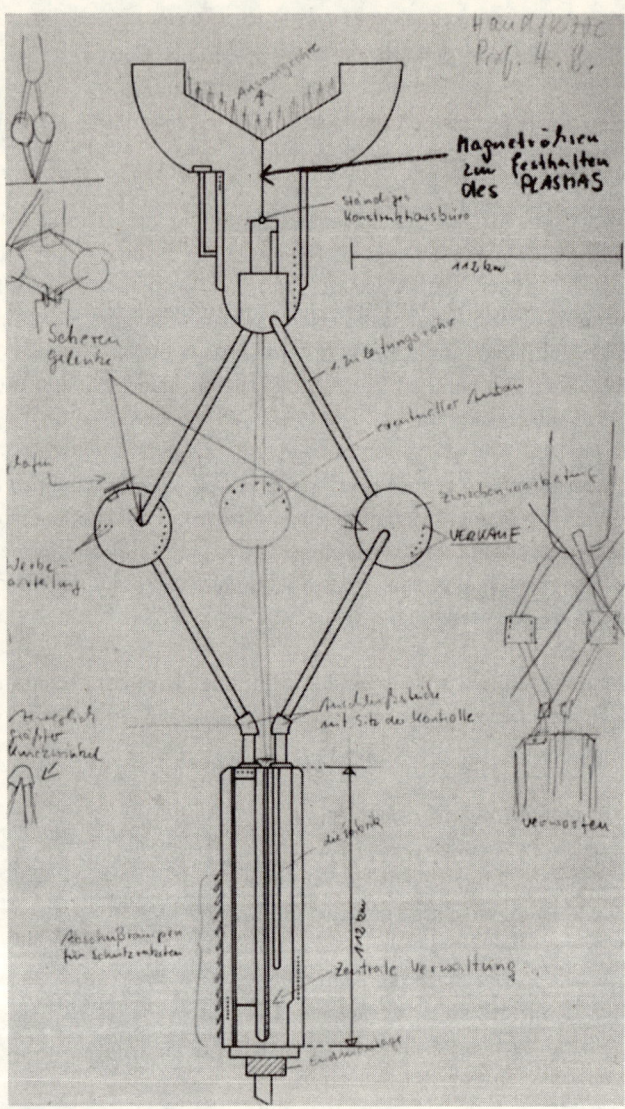

Abb.: Handskizze von Prof. Dr. Heineke-Bayer.

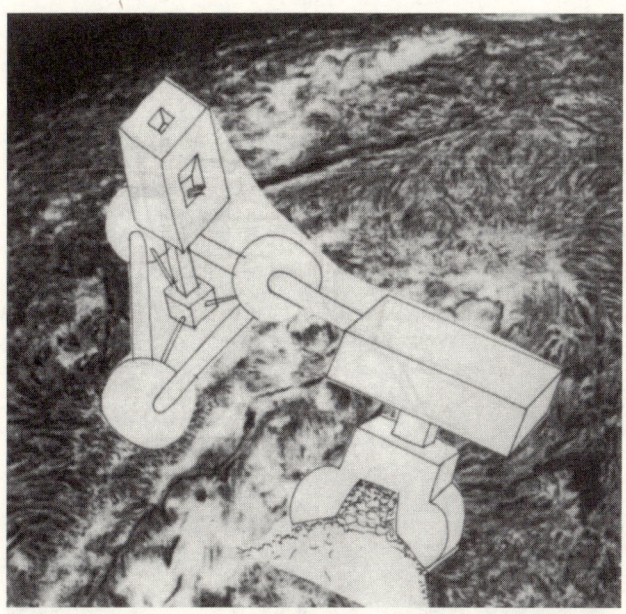

Abb.: Sonnenplattform mit Absaugrohr nach Prof. Heineke-Bayer.

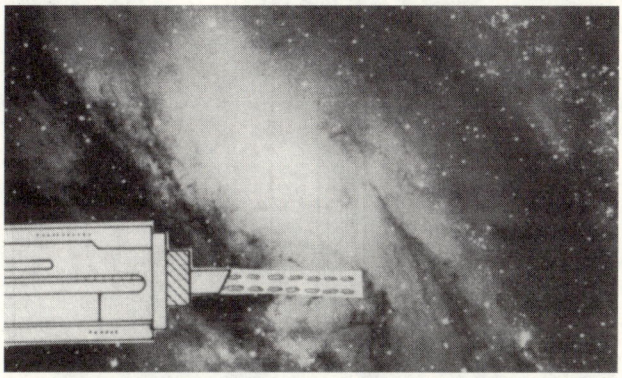

Abb.: Die fertigen Raumschiffe verlassen die Sonnenofenfabrik nach Prof. Heineke-Bayer. **Werbe- und Planskizze.**

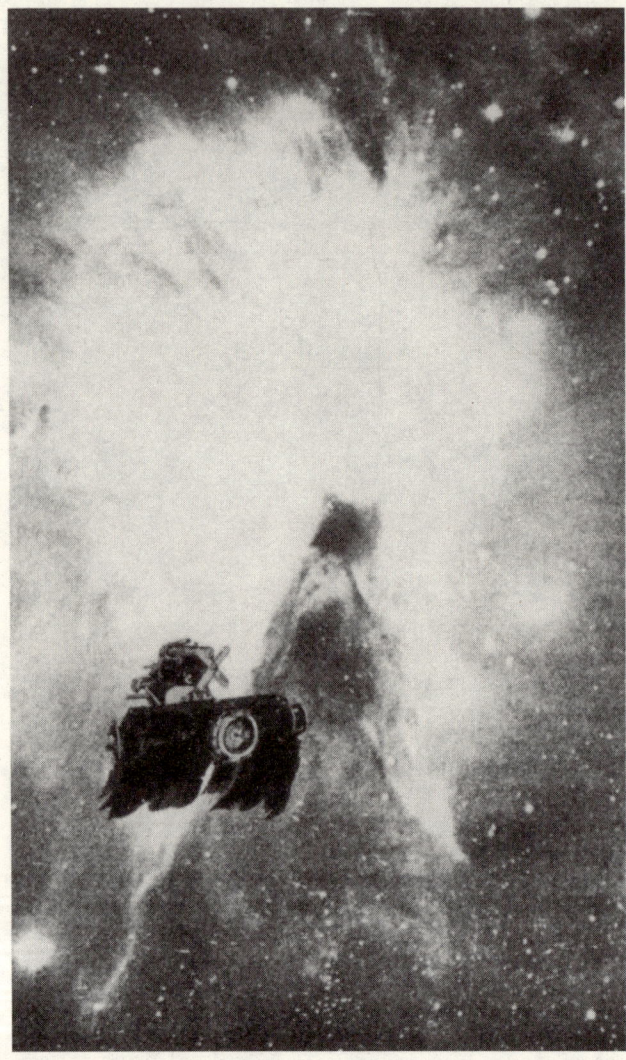

Abb.: Abtransport der verbrannten Restteile von Prof. Heineke-Bayer †.
Das Raumschiff ist mit freihängenden Trauerdekors ausgestattet.

Abb.: Raum-Pionier
Prof. Dr. Heineke-Bayer

Abb.: Der Baum auf dem Grab von Prof. Heineke-Bayer †. (An sich waren die Gebeine bei dem Unfall völlig aufgelöst worden.)

3. Der Aufstieg der Suezkanal-Gesellschaft

Der Erwerb von Dubna. Die Rechtsordnung ließ nicht zu, daß eine Kapitalgesellschaft Planeten erwarb. Der Ersterwerb blieb Menschen vorbehalten.[30] Deshalb kaufte sich die Suezkanal-Gesellschaft den Piloten Schwertau, der als erster den Fuß auf den Metallplaneten Dubna setzte, der später viel Gewinn abwerfen sollte.[31] Dieser sonnenferne Planet bestand auschließlich aus schweren Metallen, Platin, Gold, das in Stücken herausgelöst und mit Raketenmörsern in den Weltraum auf Transport gebracht wurde. Schwertau verkaufte vereinbarungsgemäß an seine Geldgeberin, die Suezkanal-Gesellschaft.

Die Suezkanal-Gesellschaft gehörte zu den spezialisierten Firmen, **die erst nach Verlust ihres ursprünglichen Kapitalobjekts, des Suezkanals, also nach Aufgabe ihrer ursprünglichen Bestimmung** (und damit der Hemmnisse, die mit dem realen Objekt noch verbunden sind), **ihre wahre Entfaltung fanden. Im Kampf der Arten überlebte unter den Kapitalgesellschaften diejenige, die einstmals alles verloren hat, die gezwungen ist, sich zu immer abstrakteren Betrachtungsweisen bereit zu finden.**

Ergänzende Bemerkung Dorfmanns: Die Suezkanal-Gesellschaft hat den Schwarzen Krieg nur als Idee überlebt, da von ihr weder Unterlagen noch Personen in den Weltraum gerettet wurden; ähnlich wie sie bereits 1956 von ihrem ursprünglichen Kapitalobjekt, dem Suezkanal, enteignet wird. Diese Idee griff von Müller, letzter Rektor der Universität Kapstadt, der zum Zeitpunkt des

---

30 Zwicki, aus dem Blickwinkel des Jahres 2103: Eigentlich handelte es sich nicht um eine wirkliche Rechtsordnung. Vielmehr ging es um einen Kompromiß zwischen der praktischen Tätigkeit der Flottenjustizstelle Mars sowie ihrer Nachfolgeorganisationen, die nach der Ermordung Hinnerckes gebildet wurden, *und* der ebenfalls praktischen Initiative der Kapitalgesellschaften. Hätte man Hinnerckes Grundsatz Nr. 1: »Nur natürliche Personen sind Rechtserwerber« angetastet, hätte man das gesamte Weltraumrecht umschreiben müssen. Der Kapitalerwerbsprozeß, an solchen Umständlichkeiten nicht interessiert, paßte sich deshalb an das ihm an sich fremde Rechtssystem an.
Es gab Zehntausende Methoden, Grundstücke, Planeten, Rohstoffe in seine Gewalt zu bringen, aber nur eine Möglichkeit, *legale* Gewaltverhältnisse zu begründen.
Dorfmann: Die Rechtsordnung funktionierte also unter den Gewaltverhältnissen als das »Geld der Gewalt«, in dieser Währung wird gezahlt und werden »Zahlungen« anerkannt.

31 Es handelt sich um den Schwerkraftplaneten Dubna, der eine Masseanziehung von 12 g besitzt, d. h. auf alle Körper 12 × stärkere Anziehungskraft ausübt als die frühere Erde. Über die besondere Konditionierung der Dubna-Arbeitskräfte vgl. unten, Exkurs 2.

Kriegsausbruchs im Extragalaktischen Mars-Institut einen Besuch abstattete, auf. Er fand in der Bibliothek dieses Instituts einen Geschäftsbericht dieser Gesellschaft. Während die Rechtsordnung Admiral Hinnerckes den Erwerb einzelner materieller Güter genau regelte, war der Erwerb ganzer Monopolzusammenhänge bzw. von Rechtsansprüchen untergegangener Gesellschaften ungeregelt geblieben. In der Flottenjustizstelle bestanden hierüber keine Erfahrungen. Nachdem v. Müller sich das System von Rechtsansprüchen (Transportmonopole; Wiedergutmachungsansprüche aus Kriegszerstörung, die auf Grund der Rechtsnachfolge durch die Mars-Koordination zu decken waren, usf.) angeeignet hatte, wurde er Opfer einer räuberischen Offiziersgruppe. v. Müller wurde in seinem Raumgleiter von bewaffneten Fahrzeugen zusammengeschossen und in kaum überlebensfähigem Zustand konserviert: ohne daß er das Bewußtsein wiedererlangte, wurde er doch so weit über die Jahrhunderte hinweg am Leben erhalten, daß in seinem Namen eine straffe Organisation aufgebaut und geführt werden konnte. (Zwicki: Die besondere Unsterblichkeit dieser Suezkanal-Gesellschaft beruht darauf, daß sie oder ihre Träger in so umfassender Weise schon mehrfach gestorben sind. An ihr kann praktisch nichts mehr sterben.) v. Müllers individuelle Persönlichkeit wäre ein Hemmnis gewesen für die sachgemäße Entfaltung dieses Riesenunternehmens, dem ab 2050 alle anderen Kapitaleinheiten der westlichen Galaxie unterstanden.

Zwicki: Um es richtig zu sagen: Die Suezkanal-Gesellschaft gehört nach von Müllers Unfall keinem Menschen, sondern sich selbst, d. h. dem Eigentum an sich.

Dorfmann: Daher der häufige Wechsel in den Führungspositionen dieser Gesellschaft. Die Suezkanal-Gesellschaft hat mehr Führungspersonal verschlissen, als in den von uns geführten Kriegen gefallen sind.

Exkurs 2: Die Konditionierung der Arbeitskraft.
1.-Mai-Feier im Jahre 2042

Sommer 2032, Arcturus-Sektor
Sie haben verzweifelt gearbeitet. Jetzt stehen sie vor dem Nichts. Sie werden aus den Diensten der Flotte entlassen. Ingenieure mit Spitzenqualifikation und hohen Kriegsauszeichnungen, noch vor einigen Jahren unabkömmlich, sind froh, einen Posten als Hilfspilot zu ergattern.

Abb.: Die »wertvollen« Teile des Menschen, die in beliebigem Maße seitlich verlagert, in ihrer Kombination verändert bzw. einzeln oder insgesamt ersetzt werden können. Nach Prof. Meixner.

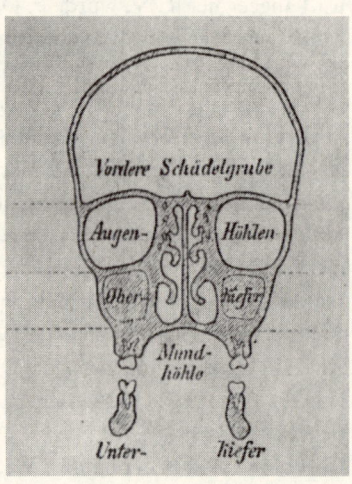

Die plötzlich um den Wert ihrer Arbeit gebrachten Ingenieure – eben noch verfügten sie über planetenweite Industrien, Kommunikationsnetze bis zu 3 oder 4 Parsec, jetzt sitzen sie ohne Altersversorgung in einer Kabine von 80 × 120 cm und versuchen, Sonnenleuchtfeuer anzuvisieren – reagieren völlig unterschiedlich. Einige versuchen Aufstände und werden erschossen; andere üben Sabotage an den Geräten und Schiffen, wenn sie sich unterhalb ihrer Qualifikation beschäftigt fühlen, sie werden entlassen. Die Mehrzahl arbeitet nach dem Satz: »Je depressiver die Lage, um so vollständiger die Werte verwursten« – um so einen Teilgewinn für sich selbst einzubringen. Zu den letzteren gehört Prof. Chefingenieur Meixner, der 2036 sein Institut für Arbeitsökonomie und Zeitforschung begründet hat.

Einige der älteren Wirtschaftsführer nahmen an, daß zusätzliche Schweißauspressung nach Prof. Meixner die Menschen zur Abstumpfung bringt. Sie sagten deshalb: »Arbeitsökonomie macht sie weniger aufsässig.« Dagegen ging

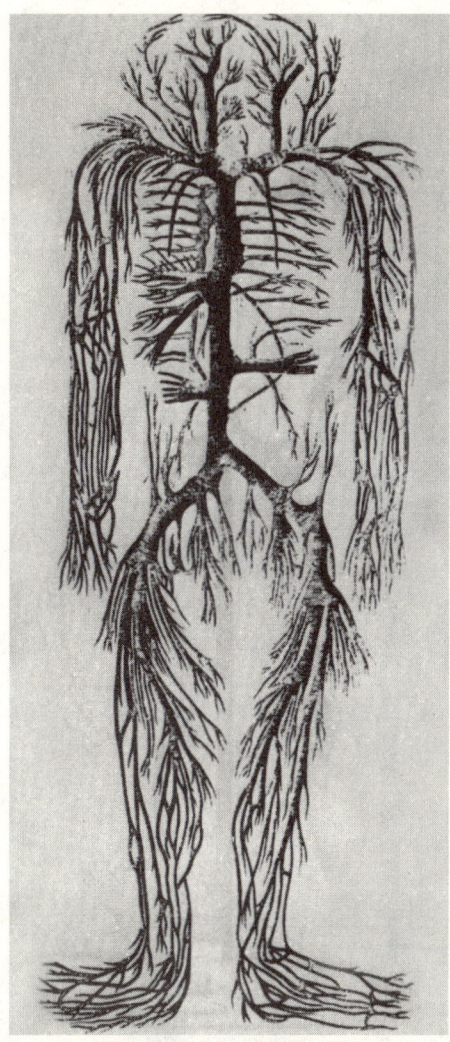

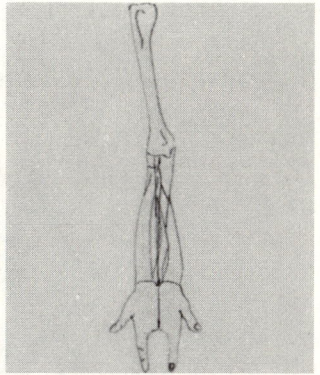

Abb.: Mutative Veränderung der menschlichen Hand (Natur).

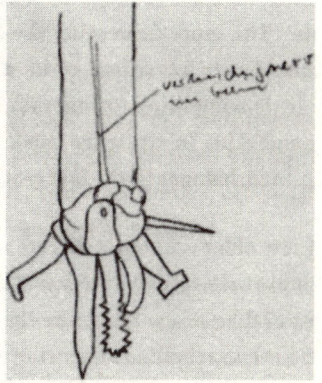

Abb.: Arbeitsökonomische Verwertung einer mutierten Hand im Sinne der Verbesserung der menschlichen Hand zu einem wirksamen Arbeitswerkzeug. Nach Prof. Meixner.

Abb.: Grundstellung des Menschen nach dem arbeitsökonomischen Verbesserungsmodell von Prof. Chefingenieur Berthold Meixner.

Prof. Ing. Meixner von der »Entwicklung der menschlichen Produktivkräfte, also Entwicklung des Reichtums der menschlichen Natur als Selbstzweck« aus. Bis zu seinem Lebensende – er fiel einem Attentat zum Opfer – blieb Prof. Ing. Meixner ein hoffnungsfreudiger Mensch.

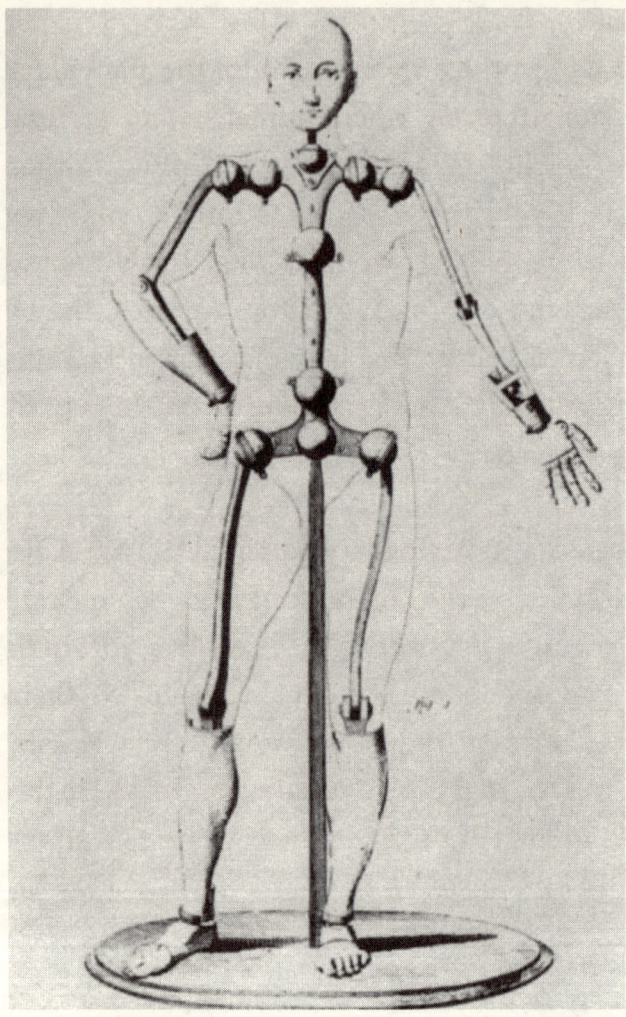

Abb.: Grundmodell der Stütz- und Bewegungsmechanik nach Prof. Meixner. Kann nach Bedarf umgebaut werden.

Die Frauen von Dubna

Im Sektor Schwan wurden 2039 Arbeitskräfte für die Riesenplaneten gesucht, die sich um die Sonne Arcturus bewegten und auf denen die Menschen 12mal schwerer waren als auf solchen Planeten, die ihrem Umfang nach der verlorenen Heimat entsprachen. Es entstand hier durch Übung und Lernen ein unterschenkelverstärkter Typ, der sich zum Muskelflachbau hin spezialisierte. Die

Säuglinge dieser Giganten sahen aus wie gewöhnliche Menschenkinder; sie wurden dann durch sofort einsetzendes Training an die Umwelt der Riesenplaneten angepaßt.

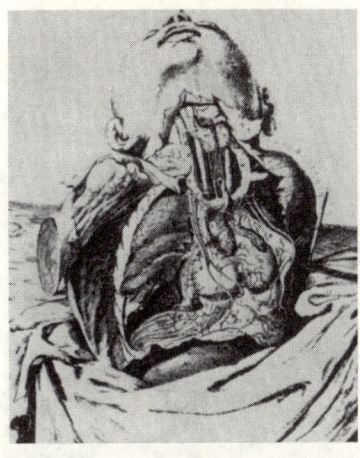

Abb.: Konditionierung einer künftigen Arbeitskraft im kindlichen Alter nach Prof. Meixner – Querverlagerung des Herzens und anderer störender innerer Organe.

Diese Konditionierung widerspricht der Arbeitskraftschutzgesetzgebung der Zentralen Flottenjustizstelle von 2011.

Der Versuch einfach zu denken, II / S. 286   ←

Das Schicksal der biologisch »umgelernten« Dubna-Frauen. Wenige Jahre nach Konditionierung der Dubna-Arbeitskräfte wandte sich die Industrie von diesem schweren Metallplaneten ab und überließ die inzwischen in ihrem Geschlechtshaushalt »umgelernten« Frauen sich selbst. Die Männer wurden unter der Vorspiegelung von Umschulungsprozessen in Berglagern zusammengezogen und dort eingeschläfert. Die von ihnen getrennten Frauen durcheilten jahrelang die Galaxis auf der Suche nach diesen Männern, an die sie gewöhnt waren.

Zur Informationspolitik der Großen Gesellschaften. Man kann nicht sagen, daß die Propaganda, die künstlerischen Beiträge oder die Nachrichtenkommunikation jener Jahre logen. Es war immer von einer Art Untergangsstimmung die Rede. Die Reste an Truppen, über die die Zentralregierung verfügte, sowie die Einheiten, die den Großen Gesellschaften zur Verfügung standen, hatten Angst vor den besonderen Qualifikationen, die die Arbeitskräfte in diesen Jahren erhielten. So fürchteten sich alle bewaffneten Einheiten vor den Giganten von Dubna (weshalb sie eingeschläfert wurden). Die Reaktion dieser Truppen hatte zwei Seiten: 2. sie wurden tückisch und wendeten Kunstgriffe an, um sich der Gefahr zu entledigen; 2. sie versuchten **zum Gegner überzulaufen** und wurden im Sinne ihrer Befehlshaber unzuverlässig.

Das einzige Mittel, das die Großen Gesellschaften hiergegen fanden, war die Isolierung der einzelnen Himmelskörper und Arbeitsstätten voneinander.

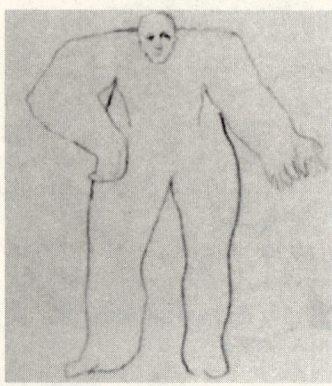

Abb.: Kopfstellung einer Arbeitskraft auf Dubnamond 1. Kopf und Hals durch Schwerkraft von 12 g in die Schulterpartie eingepreßt.

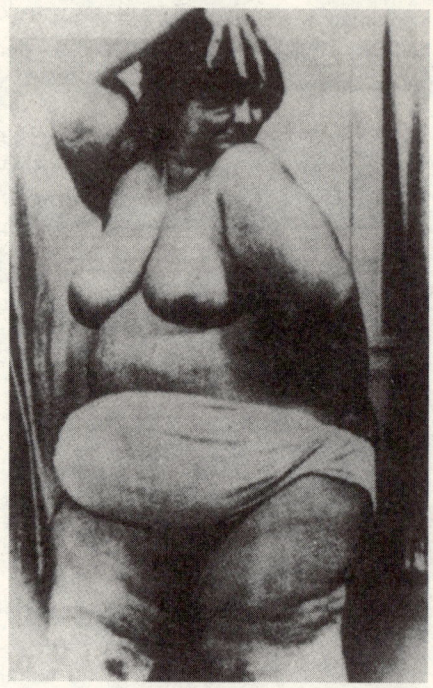

Abb.: Frau eines unterschenkelverstärkten Spezialisten auf Dubna.

Abb.: Idealtypische Zeichnung einer Dubna-Frau.

Außerdem neigten die Managements zu einzelnen Terroraktionen. So wurde zum Beispiel der dritte Mond von Zuse versehentlich zerschossen, auf dem eine intelligente Spezialistenschicht sich organisieren wollte. Die für das »Versehen« verantwortlichen Ingenieure wurden hingerichtet, »damit die Tat nicht über die Gesellschaft käme«.

Abb.: Musikrepertoire des Zentralsenders von Wurst am 25. Mai 2043.

»Selbst wenn sich die bürgerliche Gesellschaft mit aller Glieder Einstimmung auflöste (z. B. das eine Insel bewohnende Volk beschlösse, auseinanderzugehen und sich in alle Welt zu zerstreuen), müßte der letzte im Gefängnis befindliche Mörder vorher hingerichtet werden, damit jedermann das widerfahre, was seine Taten wert sind, und die Blutschuld nicht auf dem Volke hafte, das auf diese Bestrafung nicht gedrungen hat; weil es als Teilnehmer dieser öffentlichen Verletzung der Gerechtigkeit betrachtet werden kann. Es ist besser, daß ein Mensch sterbe, als daß das ganze Volk verderbe; denn wenn die Gerechtigkeit untergeht, so hat es keinen Wert mehr, daß Menschen auf Erden leben.«

Die 1.-Mai-Feier des Jahres 2042

Die im gesamten Raumsektor um Dubna und Arcturus fernsehübertragene 1.-Mai-Feier des Jahres 2042 war **durch auffällige Lücken in den Demonstrationszügen,** die in Form von Raumschiffkonvois zwischen den Planeten hin- und herflottierten, gekennzeichnet. Die Zuschauerschaft an ihren Übertragungsgeräten sah in die einzelnen Raumschiffe hinein und konnte gleichzeitig auf anderen Fernsehkanälen die Gesamtheit des Demonstrationszugs verfolgen. Nach dem Plan der Gewerkschaftsführung sollte die Geschichte der menschlichen Arbeit seit 1900 sowie der gegenwärtige Stand der Produktivität auf Dubna und auf den kleineren Arcturus-Planeten dargestellt werden.

Diese Pläne wurden durch die Ereignisse auf Dubna überholt. Die Flottenzensur verbot den Aufstieg aller derjenigen Schiffe, in denen konditionierte Arbeitskräfte zu besichtigen waren. Das Vorzeigen dieser Arbeitskräfte erschien »geschmacklos«. Andere Gruppen von Arbeitskräften, die gezeigt werden sollten, waren erst kürzlich eingeschläfert worden. Man konnte weder diese Toten noch die in besondere Sträflingsuniformen gekleideten Lagerinsassen der Berglager auf Dubna in den Triumphzug der Arbeit aufnehmen. Schließlich galt es auch als »delikat«, die Entstehung der modernen »Partnerschaft« aus dem Militärgefängniswesen in den Jahren ab 2012 im Demonstrationszug zu zeigen. So bestand der 1.-Mai-Zug im wesentlichen überhaupt nur aus einem historischen Teil (Arbeitsgruppen bis einschließlich 2010) **und sonst nur aus Lücken.**

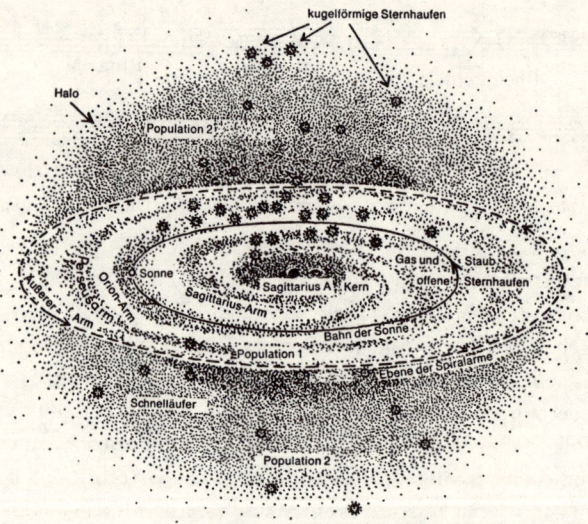

Abb.: Milchstraße: Schematische Darstellung unseres Milchstraßensystems. Die Ebene der Spiralarme enthält Sterne der Population 1, Gas, Staub und offene Sternhaufen. Der Halo besteht aus Sternen der Population 2. In diesem Raum befinden sich auch die kugelförmigen Sternhaufen, die ebenfalls aus Sternen der Population 2 bestehen. Der Kern (mit der starken Radioquelle Sagittarius A) besteht auch hauptsächlich aus Sternen der Population 2. Die Gestalt der Spiralarme ist bisher nur zum Teil bekannt. Die Sterne des Halo, die sich in der Nähe der Sonne bewegen, heißen Schnelläufer. Die Sonne befindet sich auf der Innenseite des Orionarms. Der Durchmesser des Systems beträgt ungefähr 100 000 Lichtjahre, die Sonne ist etwa 27 000 Lichtjahre vom Mittelpunkt des Systems entfernt. Der Kern mißt ungefähr 20 000 × 6000 Lichtjahre.

Kapitel 3
Gründerjahre im Westen der Galaxie

1. »Heimweh ist es, das die Abenteuer entbindet.«

Westen der Galaxie, Chefetage des Flottenstabs. April 2043.
Hinnercke: Ist die Heimat kaputt, so sind es die **ideellen Werte**, die eine Gesellschaft zusammenhalten.[32] Können wir die realen Verhältnisse, was die Führung durch den Flottenstab betrifft, nicht mehr bewegen, so müssen wir die Bewegung wenigstens im Bereich der ideellen Werte aufrechterhalten. *Hauptsache, daß wir uns bewegen.* Bewegen wir uns unter den fremden Sternen, so wird »Heimat, deine Sterne« aus einer Idee zu einem realen Leitsatz. Wir unterscheiden hierbei zwischen *Gestalt* (Eidos) und *Gestaltung* (Idee).[33] Sie sehen hieran, daß es mir auf eine *aktive Betrachtung* ankommt, den Vorrang der »Gestaltung«. In meinem Stab kann ich überhaupt nur Platokenner gebrauchen.

Wir von der Sternenstraßen-Generation (von Thiersch, Boltzmann, Zwicki, Dorfmann, Heuber, von Ungern-Sternberg usf.) halten an unserer Liebe zur

32 Drawitz, 1. Philologe im Flottenstab Hinnerckes: Die ideellen Werte sind die ehemaligen wirklichen (materiellen) Werte in ihrem jetzigen ausgepowerten Zustand. Mein Land ist gut; mein Land, d. h. die auswertbaren Äcker und Leute, sind gut = Landgut = Gut = Güte; Recht ist, was mir sehr recht ist = Recht; jetzt aber bleibt nur noch übrig die Idee der Güte, Idee des Rechts usf. Diese ist wegen der in dieser Reduzierung liegenden Ausweglosigkeit unverzichtbar.

33 Welp, 1. Assistent, Flottenstab für Friedensforschung: Diese Unterscheidung erlaubt es, sich von der bloßen Gestalt (Eidos) nicht verwirren zu lassen und das aktive Prinzip der Gestaltung (Idee) dagegenzusetzen. Übungsbeispiel: Unterscheiden Sie in folgenden 3 Gruppen ›Eidos‹ und »Idee«:
1. das Gerechte, das Schöne, das Gute; 2. der Mensch, das Feuer, das Wasser; 3. Haar, Lehm, Schmutz.
Es zeigt sich eine Reihe absteigender Evidenz, sobald die Beispiele sich der Alltagserfahrung nähern. Die *reine* Idee der Gruppe 3 bereitet Schwierigkeiten. *Schmutz* z. B. ist definiert als »Materie am unrechten Ort«; dann gibt es aber nur Schmutz in bezug auf ein *Wertsystem*. Ohne dieses Wertsystem, wie es sich z. B. in der Hierarchie der Assistenten des Flottenstabs (Oberbau, Mittelbau, Unterbau) darstellt, existiert Schmutz als *Idee*, d. h. als Gestaltung, nicht, sondern nur als Gestalt.

Heimat fest, auch wenn sich diese Heimat nur noch in eingedickter Form, d. h. in Form von Herrschaft, greifen läßt. Von Thiersch: »Greifen« ist natürlich übertrieben. Wie wollen Sie denn die »Heimat in eingedickter Form« anfassen? Nachdem Ihnen, lieber Boltzmann, erst kürzlich beide Arme abgeschossen wurden, könnten Sie ja selbst eine Heimat, die es wirklich gibt, also z. B. Bäume und Sträucher, gar nicht mehr anfassen.

Boltzmann: Da bin ich aber optimistisch. Ihr ganzer Brustkorb und die Bekkenpartie, lieber Thiersch, sind ja erst kürzlich in sich zusammengefallen und wurden von einem Ärzteteam völlig neu wiedererrichtet. Da brauche ich mir um den Ersatz meiner Arme wohl keine Sorgen zu machen.

Die Ärzte brachten Soldaten dieser Spitzenbataillone mühelos auf 160 Jahre Lebenserwartung, ob nun einer im Kampf vorübergehend fiel oder nicht.

Heuber (über Megaphon[34]): Ich verstehe Heimat als Kräfteauffrischung durch Rückkehr zur Natur, und zwar möglichst direkt. Drawitz wies schon auf Entzugserscheinungen hin.[35] Ich glaube, wir leiden darunter. Es ist eine gewisse Eile geboten. Da wir das Problem nicht durch wirkliche Arbeit – die ich als »Gestaltung« im engeren Sinne bezeichnen würde –, z. B. Errichtung von Hügeln, übersichtlichen Wüsten, Tundren, Schneeflächen, auch Kiesgruben usf. (ich sehne mich insbesondere nach relativ einsamen, übersichtlichen Gegenden mit Moos, Huflattich, aber im Grunde recht wenig Vegetation und möglichst keine Nachbarn, also Ruhe usf.), lösen können, besteht die Gefahr, daß wir unter dem Druck dieser Sehnsüchte auf Abwege geraten.[36]

34 Das Megaphon ist mit einem 6 cm langen rundlichen Stab verbunden, den Heuber an Teile seiner ehemaligen Halsregion drückt. Über dieses Transistorgerät übertragen sich Schwingungen der Stimmbänder, soweit diese erhalten sind, auf eine Membran, die durchaus verständliche, allerdings modulationsunfähige Sprachlaute entwickelt. Diese laufen über einen Übersetzer. Der Endeindruck ist oft schrill, der Sinn der Sätze läßt sich jedoch ermitteln.

35 Fred Drawitz: »Heimat als Gestaltung (Idee) z. B. ist ja nicht die äußere Gestalt der Heimat (Eidos), sondern die ›Scholle‹, d. h. Land und Leute, die sich im alten Sinn *auswerten* lassen. ›Heimat ist ein intakter Herrschaftsbereich.‹ Während wir Berge, Flüsse, Hügel und Gärten notfalls durch ihre Darstellung in Filmen ersetzen könnten, bleibt die Scholle selbst unverzichtbar. Nur eine Weile genügt uns die *Idee* der Scholle.

36 Zwicki: Rückkehr zur Natur ist selbstverständlich romantisch; Heuber neigt zum Spinnen. Wir können Kraft (einschließlich Ersatzteile für unsere Körper) nicht aus der Natur direkt, sondern nur aus verarbeiteter Natur in Form des Volkes ziehen. Mensch mischt sich mit Mensch. Wir können ja nicht wie die antiken Götter z. B. mit der Scholle selber Nachkommen zeugen.
Dorfmann: Darauf läuft Heubers Wunsch hinaus.
Zwicki: Obwohl er relativiert. Er warnt ja vor Abwegen.
Dorfmann: Damit kann ich mich jetzt nicht befassen. Wir müssen die »Rückkehr zur Na-

Ein Versuch der Urzeugung. Im Gebiet der ehemaligen Mars-Administration arbeitete eine Forschergruppe an der Entwicklung eines Waffensystems. Nach Vernichtung des zuständigen Flottenstabes war diese Arbeitsgruppe plötzlich arbeitslos. Ihre Existenz war aus den Unterlagen der übrigbleibenden Flottenstäbe gar nicht ersichtlich. Im Verhalten dieser Arbeitsgruppe wurde jetzt sichtbar, daß unterhalb der Auftragsproduktion, die diese Gruppe leistete, die *unbezwingliche Sehnsucht* nach Wiederherstellung der Heimat (so wie sie sie verstand) in Form eines selbständigen Arbeitsprozesses immer nebenherlief. Diese Gruppe entwickelte eine Suppe organischer Substanz[37], die im Verlauf weniger Jahre die Phasen des Lebens in den Urmeeren, die amphibische Phase, die der Saurier und die der Säuger durchlief. Die Entwicklungszeit zwischen frühen Sauriern und frühen Menschen versuchten die Gelehrten wegen der besonderen Eile, die ihrer Sehnsucht anhaftete, durch Kreuzung abzukürzen. Die Gruppe wurde von der Flottenführung entdeckt und sogleich vernichtet, als sie dabei war, eine Variante von menschlichen Lebewesen im freien Gelände zu erproben. Außerdem existiert bereits, eingezäunt, eine Generation von weltraumflugfähigen Kleinsauriern.

Delphinen-Norm. Das Raumschiff, das am 26. März 2052 wegen eines Triebwerkdefekts auf dem Mars niedersank, war zur Hälfte salzwassergeflutet, zur

tur« aus unserem Programm ganz ausscheiden. Wir haben genug mit dem Problem zu tun, wie wir unsere Beziehungen zum »Volk« gestalten. Die Soldaten, Siedler, Maschinisten, Ärzte, Funktionäre, in verschiedensten Raumfahrzeugen auseinanderstrebend, schließen sich zu einem Volk nicht mehr zusammen. Verglichen mit »Volk«, wie es die für uns handliche heimatliche Scholle bildet, existiert unter diesen Bedingungen nur eine Idee des Volks, die die Tendenz hat, sich unserer »Gestaltung« durch Ortswechsel zu entziehen und damit auch als *Idee* zu verschwinden. Wir müssen alle Kräfte zusammenfassen, um wenigstens diese Idee des Volks zusammenzuhalten.

37 Boltzmann: Leben entsteht nur in der Ökusphäre, einer gedachten Hohlkugel um die Sonne, die äquatoriale Planeten zuläßt. Äquatoriale Planeten sind Planeten, die in der Äquatorzone wassertragend sind (Gegensatz: Polarplaneten).
»Die Suppe, die sich selbst aufaß.«
Die Atmosphäre muß sauerstofffrei sein. Wasserdampf (H_2O), Methan (CH_4), Ammoniak (NH_3), Kohlendioxyd (CO_2), Schwefeldioxyd (So_2) und elektrische Entladungen schaffen – in bestimmter individuell gesteuerter Reihenfolge – in eng abgeschlossenen Tümpeln organische Substanz, die sich in etwa 200 Jahren kompliziert und die weniger komplizierten Teile der Substanz abstößt. Ein Teil der so hergestellten Suppe aß tatsächlich die andere, d. h. lebte.
Flottenführung und Industrie waren zufrieden, daß sie das *natürliche* Vorkommen solcher »Urphänomene«, mit der Tendenz einer *Verdoppelung der Weltgeschichte*, dadurch hindern konnten, daß sie Mikro-Organismen einschleusten. Auf diese Weise wurde z. B. auf dem Mond Mimas mit Erfolg das Phänomen der Urzeugung verhindert. Die Mikro-Organismen fraßen die entstehende organische Materie auf.

anderen Hälfte »Land«. Die Mannschaft bestand teils aus Flottenangehörigen, teils aus Delphinen. Das Schiff gehörte zu einer Schiffsgruppe, die die
Symbiose und die Aufteilung der Schiffsführung unter zwei symbiontierende
Mannschaften erprobte[38] Es gab in der Flottenführung entschiedene Gegner
dieses Symbioseversuchs. Sie befürchteten sexuelle Exzesse zwischen den Symbionten. Tatsächlich wurden in den Schiffen an dem Gestade zwischen der ge-
fluteten und der trockenen Hälfte Zärtlichkeiten ausgetauscht, aber sie waren
nicht exzessiver als zwischen den Tieren oder den Menschen. Im entscheidenden Moment der Havarie führte das Rassenvorurteil der für die Rettungsak-
tion Verantwortlichen dazu, daß nicht mit der nötigen Schärfe nach dem hava-
rierten Schiff gesucht wurde. In der Nähe des Schiaparelli-Kraters wurde es
später – ausgeraubt – gefunden.[39]

Ein typischer Charakter der Sternenstraßengeneration: von Thiersch. Der ehemalige Direktor der Berliner Zuchthäuser, spätere Gouverneur des Sirius-Sy-
stems, konnte in mehreren Fällen feststellen, daß bei großem Willen zur Tapferkeit – d. h., er wollte als tapfer gelten – ihm die Kenntnis abging, was tapfer
war, »was zu fürchten war und was er nicht zu fürchten brauchte«. »Er wußte,
daß er nichts wußte.« Ein Studium wiederaufzunehmen konnte peinlich sein.
Auch zweifelte er, daß die ihm unterstehenden Akademien seines Herrschafts-
bereichs hinreichende Informationen zu bieten hatten. Von Thiersch sah seit
Jahren ein, daß er veraltet war und nichts wußte, aber er mißtraute seinen
Nachfolgern (z. B. dem stellvertretenden Gouverneur Heinz Gervais[40]). Aus

38 Notiz von Boltzmann: Sie hatten gemeinsame Nachkommen. Die miteinander nicht kom-
binierbaren Gliedmaßen wurden nach der Geburt durch eine Gelatine-Eisen-Konstruk-
tion zusammengefügt. Diese vielversprechenden Intelligenzwesen wurden also in zwei
Teilen geboren und dann zusammengebaut. Hervorragende kämpferische Eigenschaften.
39 Zwicki: Jammerschade.
Boltzmann: Nur die technischen Abfallprodukte dieser Erprobungsarbeit an Symbionten
wurden der Entwicklung zugeführt.
In den Fabriken von Raymund A. Komorowski II wurde 2054 mit Elan an der wirtschaftlichen Auswertung der hiermit in Verbindung stehenden Erfindungen gearbeitet. Zum
gleichen Betrieb gehörte der Nierenzüchter Oswald auf Planet Wolf 428. Er hatte eine
Untermenschenherde von 26 Exemplaren. Eine Nierenkultur braucht 26 Jahre zum An-
wachsen, danach ließ sich alle zwei Jahre eine Niere ernten. Die Sitten im Labor sind frei-
zügig. Es kommt darauf an, die wertvollen Nierenträger abzulenken und bei Laune zu
halten, insbesondere psychogene Reaktionen, die leicht die Nieren beeinflussen können,
zu unterbinden. Anschließend werden die Nieren geist und auf Transport gebracht.
40 Dorfmann, Notiz zu Gervais: Heinz Gervais, der damals insbesondere bei den Truppen
und auf den Siedlungsplaneten populär war, alle Wahlen gewann und so vorsichtig war,
daß kein »zufälliger Unfall« ihn aus dem Wege räumen konnte, definierte Recht als »die

diesen Erwägungen blieb er im Amt und machte seine Fehler, die er als »die am geringsten widerwärtigen« vertrat. Um keine übermäßigen Fehler zu machen, um sie sich nicht häufen zu lassen, enthielt er sich möglichst aller Eingriffe. Seine wesentliche Tagesleistung bestand darin, sich den Ärzten, die seinen Gesundheitszustand überwachten, zur Verfügung zu halten.

2. Die Dekadenz der Flotte

Die Auflösung der Armeen (2046-2058). Niemand hätte die Armeen und Flotten vorsätzlich auflösen können. Sie waren vorbereitet, jeden zu töten, der ihren Interessen entgegengewirkt hätte. Aber gegen eines waren die Armeen machtlos: den Geldhunger ihrer Soldaten.

Der Sternenverbrecher H. H. Bootszweck. Der drahtige Sternenverbrecher ließ seine listigen Schweinsaugen über seine Leibwache gleiten und befahl »Abflug«. Sieben silberne Kriegsmaschinen verließen das getarnte Versteck auf dem unbewohnten Planeten.

Wenn es um die Erzielung von Extraprofiten ging, scheute H. H. Bootszweck nicht vor der Vernichtung einer Sonne der wertvollsten Spektralklasse (Wolf-Rayet-Stern) zurück. Er ließ Sprengkörper von 20^{36} Millionen Megatonnen Sprengkraft in handlichen Einheiten von Zwei-Meter-Kisten zum blauweißen Stern Jota im »Schwert« des Orion bringen. Tief in das Innere der Sonne eingebracht und dort gezündet, *schockt* dieser verbotene Eingriff das Strahlungs- und Schwerkraftgleichgewicht der Sonne und bringt deren Gasmassen zum Kollabieren. Der Riesenball sackt zu einem Zentralklumpen zusammen, einer »Schwarzen Sonne«, deren Materie entartet ist und kein Licht mehr abstrahlt. Bei dieser Operation entsteht eine um den Zentralkern der ehemaligen Sonne rotierende extrem verdichtete Materie-Wolke, **auf deren Ausbeute sich H. H. Bootszweck spitzte.** Ein Fingerhut dieser »entarteten« Materie, einige Millionen Tonnen schwer, ein Kleinstklumpen[41], Abfall der jetzt »toten« Riesensonne, machte Bootszweck zum mehrfachen Milliardär. Untersuchungsführer Adam A. Komorowski, Bruder des Brillantenträ-

wissenschaftliche Lehre von den möglichen Auswegen aus einer Krise«. Dies war der herrschenden Rechtsprechung völlig entgegengesetzt.

41 Die Atome dieser Materie sind auf den Durchmesser ihrer Kerne zusammengefallen.

gers, erhob im Sommer 2048 gegen Bootszweck Anklage wegen Sternenverbrechens. Noch galt das Recht der Marsadministration, die die Auslöschung von Sternen mit Auslöschung des Straftäters bedrohte. Bootszweck floh. Eine Strafexpedition wurde auf ihn angesetzt.

Die Strafexpedition wird unterwegs aufgekauft. Die sechs Flottillen, die die Schiffe des flüchtigen H. H. Bootszweck verfolgten, kehrten nie wieder zu ihren Ausgangshäfen zurück. Einige der Söldner wurden während der Auftankmanöver in der Nähe des Raumhafens Kapteyn's Stern von Agenten des Sternenverbrechers Adolf Koenig, den H. H. Bootszweck vorschob, abgeworben. Adam A. Komorowski wurde von eigenen Leuten erschossen, als er mit dem Strahler in der Faust seine Offiziere daran hindern wollte, wertvolle Edelmetalle in der Kommandokabine eines Jagdraumers abzumontieren.

Die Könige des Nachschubs. Sie verkaufen Transportraum und Nachschub-Extras, Kantinenwaren, Munition und ganze Schiffe und kaufen von der Armee Schrott, billige Planeten, die sie weiterverkaufen. Offiziere, die nicht verkauften, waren in Gefahr, aus dem Hinterhalt abgeschossen zu werden, oder sie mußten Raumschiffe besteigen, die von den Händlern neu angeliefert waren und tödliche Defekte hatten.

Das Rammgeschäft.
Boltzmann: Wir entwickelten zur selben Zeit, in der diese Zerfallserscheinungen auftraten, die besonders erfolgreiche **Rammtechnik.** Die Vorstellung »Rammen« entstammt wohl der Propagandasprache. Tatsächlich wird der Schutzschirm meines Jagdraumers an den Schutzschirm des feindlichen, abzuschießenden Transportriesen – wir dezimierten damals die überschießende Transportkapazität kleiner Konkurrenzfirmen, die illegale Transporte durchführten – angenähert. Hierbei bildet sich ein Hitzestau, mit dessen Hilfe, wie mit einem Schweißbrenner, ein Loch in die Raumschiffhülle des »Gegners« gebohrt wird. Aus diesem Loch entweichen Sauerstoff, Materialien und Menschen in den freien Raum. Die feindlichen Besatzungsmitglieder leben meist in ihren Raumanzügen noch eine Zeitlang, werden dann in Richtung der nächststehenden Sonne gezogen – ein Vorgang, der Tausende von Jahren dauern kann. Gegen Angebot eines Lösegeldes – sie tragen ja noch ihre Funktornister in den Raumanzügen und können uns anfunken – werden sie von uns gerettet. Voraussetzung ist, daß sie Zahlungsfähigkeit nachweisen. Andernfalls erhalten wir pro Kopf vernichteter Besatzung eine Vergütung von 2 Silberdollar. Die Summe der Toten wird errechnet aus Durchschnittsfrachtraum der abgeschossenen Frachter mit einem Abschlag von 20 Prozent, wenn die Frachter

unterbelegt sind. Mit diesem Geld kaufen die Befehlshaber Mannschaften und Schiffe, die die **freie Jagd** verstärken. Auf diesem Prinzip der Ausbeute basierte bis 2060 die Ökonomie der Raumflotte.

Da die Pro-Kopf-Rendite abstrakt nach Durchschnittsfrachtraum und Durchschnittsabschlag berechnet wurde, das Lösegeld für »gerettete« (anschließend meist ebenfalls vernichtete) Besatzungsmitglieder aber ein konkretes Bargeschäft darstellte, rechneten einzelne – in militärischer Hinsicht besonders erfolgreiche – Kommandanten doppelt ab. Wir versuchten verzweifelt, diese Doppelgeschäfte zu unterbinden.

Eine aufrüttelnde Tat, die zwecklos blieb. Auf den Plutomonden war die 10. Jagdflottille stationiert. Diese tapfere Truppe sollte wegen Wegfalls der Aufgabe[42], derentwegen sie zusammengestellt worden war, aufgelöst werden.[43] Diese in ihrer Existenz bedrohten Männer starteten, ehe ihre Nicht-mehr- Existenz als Truppe dem Boden- und Kontrollpersonal bekanntwerden konnte, ihre Kriegsmaschinen in Richtung des Flottenhauptquartiers auf Mond Titan.

Auf Mond Titan verließen die Truppen der 10. Jagdflottille im Laufschritt ihre Kampfboote[44], verhafteten den Oberbefehlshaber der Arcturusflotte und seine Stabsoffiziere. Sie stachen den Kommandeuren der Flottenführung, die

---

42 Von Ungern-Sternberg: Die 10. Jagdflotille hatte die Aufgabe, die Beraubung von Osram-Platin-Transporten auf dem Wege von Pluto I zu den Verarbeitungszentren auf den Jupitermonden zu unterbinden. Nunmehr waren jedoch die kleineren Raubgesellschaften, die bisher diese Überfälle durchgeführt hatten, vertraglich mit den Bergwerksgesellschaften verbunden. Gegen eine angemessene Summe schützten sie – auf Grund ihrer Erfahrung als bisherige Räuber dazu geeignet – die Transportlinien.

43 Zusatz Boltzmann: Es kann hier der falsche Anschein entstehen, daß immer nur Truppen aufgelöst wurden. Wahr ist dagegen, daß gleichzeitig Neuaufstellungen stattfanden. Ich erhielt z. B. um diese Zeit meine Beförderung zum Generalmajor. Mein Kommando: die 16. Bukanierdivision. Durchaus anständige Truppe. Ich tauchte z. B. am 14. 12. 2050 mit dem Kommandoschiff in die Aura der Sonne Epsilon Aurigae. Durchfahrten durch Sonnen waren damals noch nicht üblich. F2-Gigantin, Durchmesser von 2×10^9 Meilen. Temperatur 1300 Kelvin. Die übrige Truppe folgte ohne Rückfrage dem Kommandantenschiff auf diesem nach bisheriger Erfahrung *unmöglichen* Kurs. *Es entsteht deshalb ein völlig verfehlter Eindruck, wenn von einer »décadence permanente« der Truppe die Rede ist.* Vielmehr handelt es sich eigentlich um ihre Glanzzeit.

44 Während des Manövers strahlten die Kampfboote mit höchster Lautstärke das Erkennungssignal der 10. Jagdflottille ab, das »an den verzweifelten Schrei eines Schlachtpferdes« erinnerte.
Oberst von Vieban: Diese meuternde Truppe siegte nicht wegen tatsächlicher Waffenüberlegenheit, sondern weil sie fähig war, den Ausdruck einer aus aussichtsloser Lage geborenen exzentrischen Brutalität in ihrem Gesamtprogramm aus Funk, Presse und Gewalthandlungen auf die Zuschauer in den Stäben und an den Fernsehgeräten zu übertragen.

die Auflösungsorder unterzeichnet hatten, die Augen aus, in deren leeren Höhlen sie kleingeschnittene Körperteile deponierten. Dies wurde von Pressefotografen des Hauptquartiers, denen die Aufständischen Pistolen an die Schultern hielten, von allen Seiten fotografiert und über die Funkbildlinien der Flotte verbreitet. Tatsächlich trat dieser Erfolg ein: jedermann hetzte gegen die umgekommene Flottenführung, die 10. Jagdflottille erhielt neue Arbeitsgebiete in einer Grenzzone des Reiches.[45]

Vorteile der nichtmoralischen Werte gegenüber den moralischen bei der Führung von Elitetruppen. Die Siedler von Ben Hur, dem 3. Plutomond, waren kleinwüchsige »Hirten«, d. h., sie suchten, mit glühenden Augen, die eisernen Karakuls in Richtung der planetarischen Strahlung zu halten und zu »drehen«. Die technisch aufreibenden Tätigkeiten wurden von Männern und Frauen in Overalls aus Osramscheibchen, die innen heizbar waren, verrichtet.[46] Die Zerstörerbeiboote der 326. Flotte landeten am Karfreitag 2052, trieben die »Hirten«-Familien in deren unterirdische Bunker, sortierten die Frauen aus. Die Notzüchtigungen hätten den Frauen vielleicht nicht viel mehr ausgemacht als einer ihrer extrem harten Arbeitstage, die ebenfalls gelegentlich Verletzung von Geweberteilen zur Folge hatten. Es bestand bei den freundlichen »Hirten« für das erotische Ausgehungertsein der Mannschaft ein gewisses Verständnis.

Das Verhalten der Truppe erfüllte jedoch den Tatbestand eines Militärverbrechens. Weil die Soldaten eine Anzeige befürchteten, beschossen sie, nachdem sie ihre Kriegsmaschinen wieder bestiegen hatten, den Ort ihrer Taten. Die Bombardierung brachte zerfetzte Leiber, aufgerissene Bäuche und Schädel, unersetzliche Menschenverluste für das »Hirten«-Volk auf diesem einsamen

---

45 *Dorfmann, auf Zwickis Frage »Wie könnte man Boltzmanns Persönlichkeit noch plastischer beschreiben?«:* Er prägte die Verhältnisse überall dort, wo sein Fuß hintrat. Zwicki: Sie meinen, jeden Planeten, den er betrat, prägte er mit seiner Persönlichkeit? Aber worin bestand diese Persönlichkeit? Dorfmann: Er machte den Eindruck eines immer gleichbleibenden Charakters. Er redete »charakterlich«. Tatsächlich wechselte aber das Bild der Persönlichkeit mit seiner Funktion. Er konnte wie ein »General« aussehen, wenn Sie wissen, was ich damit meine, er konnte aber auch wie ein zerlumpter Rebell aussehen, wenn es darum ging, eine Truppe von seiner Loyalität zu überzeugen. Was gleichblieb, war sein Fußpilz. Dieser Parasit war gegen ärztliche Bekämpfungsmaßnahmen resistent geworden und ersetzte Füße und Schuhe. Boltzmanns Freundinnen sahen Boltzmann kein zweites Mal, behielten jedoch diesen Fußpilz als Angedenken – ebenso litten Raumschiffsbesatzungen, mit denen Boltzmann flog, an diesem unveränderbaren Fußpilz.

46 Zwicki: Die den irdischen Karakulschafen aus Werbegründen äußerlich nachgebildeten »Tiere« waren in Wirklichkeit Maschinen. Dorfmann: Wie diese Menschen auf dem 3. Plutomond sich ernährten, habe ich nie genau verstanden.

und sonnenfernen Mond. Für die Schwerverwundeten bestand keine Heilchance, weil chirurgische Abteilungen im gesamten Plutobereich nicht existierten. Der Kommandant der Beiboote andererseits, der über Ärzte und chirurgische Stationen auf seinen Schiffen verfügte, lehnte die Behandlung ab, da er konsequent bleiben wollte. Als Zeugen waren diese Siedler nur dann untauglich, wenn sie als Feinde eingestuft waren. Wurde eine Vermittlung der entgegenstehenden Interessen der »Hirten« und der Soldaten versucht? Wurde von irgendwem geprüft, ob sich das Interesse der »Hirtinnen«, ungeschoren zu bleiben, vielleicht doch mit dem Interesse dieser Flottenuntergruppe an der Verdunklung ihres vorangegangenen Tuns vereinbaren ließ? Auf der in diesem Raumsektor anerkannten Ebene der »Sittlichkeit« war ein Ausgleich ausgeschlossen.

Als von Ungern-Sternberg diese Angelegenheit später im Auftrag des Generalstabs untersuchte, unterstrich er: diese zusätzlichen Zerstörungen (additional destructions) wären auf jeder anderen Ebene als der der moralischen Werte vermeidbar gewesen. Seinen Vorschlag, die Truppen »amoralisch« zu führen, wagte er jedoch nicht schriftlich niederzulegen. Auf Grund eines ähnlichen Satzes war der Generalstabsoffizier von Schwedler erst kürzlich in eine Presseauseinandersetzung verwickelt worden.

3. Eine Kathedrale der Rechtsverdrehung

Die Konzentration aller Rechtsfragen auf einem einzigen Planeten. Von der vorvergangenen Reformierung war eine Konzentration aller Prozeß- und Rechtssachen des Sektors Alphand auf dem zweiten Planeten Tauta Eridani übriggeblieben. In einem Stadtviertel von Justizpalästen waren hier die Untersuchungsrichter des gesamten Raumsektors konzentriert. Vom Reformelan[47] der ersten Stunde, dem die palastartigen, ja kirchenartigen Bauten zu verdanken sind, war nach dem katastrophalen Ende der Reformregierung nur die Arbeitsüberlastung der Untersuchungsrichter geblieben. Jedermann im Sektor wußte, daß er sich an diesen Ort wenden konnte, um Prozesse zu führen. Es häuften sich hier die Rechtsstreitigkeiten, die sonst unterblieben wären, weil Laien das zuständige Gericht kaum hätten finden können.

Die Großen Gesellschaften hatten hier Delegationen ihrer Rechtsabteilungen jeweils in Sonderpalästen untergebracht. Ein Unternehmer Berlinger hatte einen Konzern zusammengebracht, der die Aktivitäten Wahrheitsfindung,

---

47 Zwicki: »Man kann dem Menschen nicht jedes Recht wegnehmen und von ihm dennoch erwarten, daß er arbeitet.«

Rechtsvertretung, Vertragskontrolle und Rechtsanfertigung umfaßte. Er besoldete eigene Richter, die zwar keine öffentliche Autorität besaßen, wohl aber zu reduzierten Prozeßkosten die Prozesse so simulierten, wie sie im Großen Justizpalast auch nicht anders stattfinden konnten. Viele Petenten begrüßten diese Möglichkeit der rasch simulierten und billigen Scheinprozesse.

Abb.: Bild des überlasteten Obersten Richters, übersensitiv.

Abb.: Justizpalast der Westlichen Galaxie auf dem Zentralen Justizplaneten.

Die Großen Gesellschaften, die besondere Rechtsvertretungsbüros besaßen, so daß man von ihnen auch Recht kaufen konnte, gingen von der Berechnung aus, daß alle Richter des Justizplaneten überlastet waren. Diese Grundeigenschaft überdeckte alle vielfältigen Nuancen zwischen Rechtsdogmatikern und

Abb.: 10 Jahre später: die Justizpaläste des Sektors Schwan im Osten des Zentralen Justizplaneten.

den Reformisten, die im Recht nur eine wissenschaftliche Anleitung zur Lösung von Krisenfällen sahen.

Von diesen hochspezialisierten Richtern war in schwierigen, unübersichtlichen Rechtsfällen nur eine Abwehrreaktion zu erwarten. Meist neigte sich die Rechtsprechung dieser Richter derjenigen Partei zu, deren Vorbringen einfacher darzustellen war. In anderen Fällen war ausschlaggebend, welches Urteil mit weniger Aufwand sich begründen ließ.

Die Aufgabe der gewerblichen Rechtsverdrehung, wie sie von den Büros der Großen Gesellschaften betrieben wurde, bestand darin, dem Gegner die schwerer begründbaren Argumente zuzuschieben, die übersichtlichen Fakten aber sich selbst vorzubehalten.

Einer der gequälten Richter schrie leise vor sich hin. Jeder Impuls an das überanstrengte, durch einseitige Tätigkeit seit Jahren gereizte Hirn war wie der Wassertropfen eines Foltergeräts, das pro Minute einen Tropfen auf den Vorderschädel fallen läßt. Keine Regierung, kein wahlberechtigtes Volk im Sektor Alphand war berechtigt, ein solches schmerzendes Nervenbündel nach Erreichung der Altersgrenze zu pensionieren. Dies sollte ursprünglich die Unabhängigkeit der Richter des Justizplaneten gegenüber jeder äußeren Gewalt garantieren. Deshalb durfte auch kein Richter von sich aus die Arbeit einstellen – es hätte diesem Verhalten ein Erpressungsversuch von außen zugrunde liegen können. An diesen Ruinen der noch vor wenigen Jahren lebendigen Rechtsidee war nicht zu rütteln. Die Großen Gesellschaften waren mit dem Reformprojekt in dem Zustand, in dem es sich seit 2031 befand, zufrieden.

Die dingliche Verbindung. Das System Dogkart, bestehend aus einer rotgelben Zentralsonne und drei Wandelsternen, wurde einige Zeit nach Ruttlers berühmter Expedition von Marssiedlern besiedelt. Die »Besiedlung« bezog sich hinsichtlich des Planeten III (Pinzgau) auf Eintragung im Besiedlungsregister auf Dubna durch die Suezkanal-Gesellschaft sowie »Inbesitznahme« durch einen Agenten, der gleich nach dieser Inbesitznahme wieder abflog. Die Planeten II und I dagegen, stark metallhaltige Himmelskörper mit Halbmessern von rund 6000 km, erfolgte durch den Familienverband Peickert. Diese Kommune besiedelte Planet II, indem sie einen Stahlglaspavillon auf einem der *Kontinente* errichtete, die sich aus der gallertartigen Masse aus Öl, Wasserstoff und Metallspuren, die auf diesem Planeten als »Meere« aufzufassen war, heraushoben. Sie hatten zeitlebens Schwierigkeiten, ihre Besitzergreifung gegenüber den Großen Gesellschaften aufrechtzuerhalten. Die Eintragung im Siedlungsregister schützte sie zwar vor willkürlicher Enteignung; sie war jedoch an den ständigen Nachweis der Inbesitznahme gebunden. Die Gesellschaften strengten in Abständen Prozesse an, um durch den Beweis der Besitzaufgabe die Löschung der Eintragung zu erreichen. Hielt sich das Kollektiv der Peickerts, das gern zusammenbleiben wollte, auf Planet I auf, so wurde der Besitz von Planet II bezweifelt, und umgekehrt. Teilte sich aber das Kollektiv in zwei Gruppen, was für die Dauer keines der Kollektivmitglieder beabsichtigte, so wurde die Identität der

Kommune und damit die Übereinstimmung mit dem ursprünglichen Rechtsinhaber, der den Planeten erworben hatte, bezweifelt, denn die rechtsunkundigen Kommunemitglieder hatten sich sämtlich als Eigentümer eintragen lassen. Einen Ausweg fand der zum Kollektiv gestoßene Ingenieur Makawejew in Form der sogenannten Makawejew-Röhre, einer »starren« Verbindung zwischen den Planeten II und I in Form einer Röhrenleitung, mit der Substanzen (Wasser, Öl, trockene Erdmasse) von einem Planeten zum anderen gepumpt werden konnten. Zweck war aber nicht dieser Pumpvorgang, sondern die physisch-dingliche Verbindung zwischen beiden Himmelskörpern, die sie im juristischen Sinne zu einem einzigen untrennbaren Körper vereinigte.[48]

Die Röhre war aus einem synthetischen Material hergestellt, das Verbiegungen nach rechts und links bis zu einer Weite von 700 km gestattete. Ihre größte Länge betrug 7 Astronomische Einheiten, ihre kleinste 1 AE. An ihrem einen Ende waren stündlich 820 km Röhrenmaterial abzubauen, das am anderen Ende stündlich zu verlängern war. Dauerte eine Betriebsstörung länger als 72 Stunden, verließ das Röhrenende des sich entfernenden Planeten den Schwerkraftbereich dieses Himmelskörpers und begann im Weltraum herumzuschlagen, während das Röhrenende auf dem sich nähernden zweiten Planeten Zerstörungen anrichtete, sich tief in den Boden bohrte, falls es nicht gelang, die Röhre vorübergehend in den freien Raum zu schießen.

Diese Schwierigkeiten waren für die Peickerts aber eher zu meistern als eine juristische Auseinandersetzung mit den Rechtsabteilungen der Großen Gesellschaften.

---

48 Die Anregung, von der die Peickerts ausgingen – eine Idee von Grandville.
Selbstverständlich war Grandvilles Brücke bei der Bewegungsmechanik wirklicher Planeten nicht herstellbar, da die Himmelskörper sich auf Umlaufbahnen bewegen und zu keinem Zeitpunkt »stillehalten«.

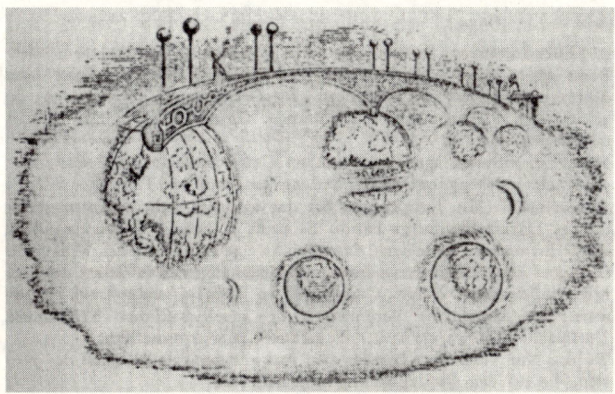

Planet Planschwasser. Auf Planschwasser war sechs Jahre zuvor ein Regierungswechsel zustande gekommen, der den Namen Revolution erhielt und nach dem die Jahre benannt wurden. Im Jahre 6 dieser sog. Revolution erschienen unterhalb der von-Kármán-Linie[49] in der Atmosphäre des Planeten mehrere Kriegsmaschinen.

Diese waren zur Beobachtung des »revolutionierten« Planeten von der Zentralregierung des Systems Herrera I, das um eine grüne Doppelsonne kreiste, entsandt worden. Die Zentralregierung befürchtete Konflikte, falls sich Planschwasser abweichend vom übrigen System entwickelt.[50]

»Recht ist der Inbegriff der Bedingungen, unter denen die Willkür des einen mit der Willkür des anderen nach einem allgemeinen Gesetz der Freiheit vereinigt werden kann.« Es handelt sich also um eine Wissenschaft.[51] Die Anwälte der Zentralregierung, die den Kriegsmaschinen beigegeben waren, beherrschten diese Wissenschaft jedoch nicht. Herr Dietritsch Milonka traf in der Botschaft der Zentralregierung auf Planschwasser ein in der Absicht, den zugespitzten Streitfall von der Rechtslage her zu einem Kompromiß zu führen.

Doch die Juristen des Parlaments von Planschwasser waren der Auffassung, daß eine **Beobachtung** ihres Planeten durch Kriegsmaschinen der Zentralregierung einen klaren Völkerrechtsbruch darstellt. »Lieber wollen wir auf die Revolution verzichten und in einem Krieg sterben, als diese Rechtsfrage ungeklärt lassen.«

Die Proteste, die die Anwälte der Republik Planschwasser an die Presse gaben, waren vergeblich. Noch am Abend senkten sich Raumgleiter der Zentralregierung, die sich immer noch knapp oberhalb der von-Kármán-Linie, das heißt außerhalb des Hoheitsgebietes des Planeten, im Weltraum bewegten, in Schußposition. Von dort aus sicherten sie Beobachtungskörper, die in die Atmosphäre des Planeten hinabgelassen wurden und beobachten konnten, was

---

49 Obere Begrenzung der Lufthülle eines Planeten. Nach interplanetarischem Recht endet hier die Souveränität des Planeten. Oberhalb dieser Linie dürfen interplanetarische Raumflüge ohne Genehmigung der Regierung des betreffenden Planeten ausgeführt werden. Unterhalb der Linie bedürfen sie der Genehmigung.

50 Im wesentlichen handelt es sich um Unterschiede in der Sexualpraxis, der Kindererziehung, um die Abschaffung von Sonn- und Feiertagen usf.

51 Dorfmann: Mit Jurisprudenz hat das natürlich nicht das geringste zu tun. v. Ungern-Sternberg: Falsch. Es heißt ja gerade: Rechtswissenschaft ist die Erforschung derjenigen *Auswege*, die eine Entfaltung der Willkür des einen *und* der Willkür des anderen nach einem allgemeinen Gesetz der Freiheit möglich machen. Zwicki: Gegenstand der Rechtswissenschaft auf Planschwasser ist danach die Veränderung der gesellschaftlichen Verhältnisse. Dorfmann: Und warum nicht? Es geschieht ja wissenschaftlich. Zwicki: Nun vergleichen Sie das aber mal mit der Feinfühligkeit der Juristen, die auf dem Justizplaneten kaserniert sind.

überhaupt in Planschwasser geschah, gleich ob es sich um Handlungen, Bewegungen oder Worte handelte.

Der sofort von den Bewohnern von Planschwasser angerufene Oberste Gerichtshof auf Planet II Eridani stellte – statt sich mit der wissenschaftlichen Erforschung von Auswegen aus der verfahrenen Lage zu befassen – folgende Überlegungen an: zwar handele es sich nicht um eine wirkliche Revolution, sondern lediglich um eine Andersentwicklung. Andererseits sei nicht mit letzter Sicherheit auszuschließen, daß es sich doch um den Anfangspunkt einer Revolutionierung handele. Hierauf habe aber die Zentralregierung ein Monopol. Es sei deshalb der Entscheidung der Zentralregierung überlassen (die damals von einem gewissen Filippini geführt wurde), ob Beobachtungsmaßnahmen stattfinden sollten.

Die Zentralregierung ließ den Planeten von Flottenstreitkräften einkesseln und Warnexplosionen in der Nähe der besiedelten Teile des Planeten ausführen. Die Milizen von Planschwasser eröffneten auf die Kriegsmaschinen der Zentralregierung gezieltes Feuer. In den Kämpfen kam ein wesentlicher Teil der Bevölkerung dieses Planeten um.

Später wurde wissenschaftlich ermittelt: es wäre möglich gewesen, Planschwasser aus dem System Herrera I auszugliedern. Hierzu war nur eine Umpolung der Magnetfelder von Planschwasser erforderlich, die die Transportverbindungen zum System abgeschnitten hätte. Zu diesem Zeitpunkt war jedoch auf Planschwasser der Wille zu einer eigenen Entwicklung bereits erloschen. Planschwasser war auf seinen Gegensatz zum Rechtsstandpunkt der Zentralregierung fixiert. Eine ganze Generation von Juristen und Militärs beschäftigte sich mit »Rache für die verlorene Revolution«.

> **Die Hauptsache ist plump denken lernen.**
> **Ein Gedanke muß plump sein,**
> **um im Handeln zu seinem Recht zu kommen.**

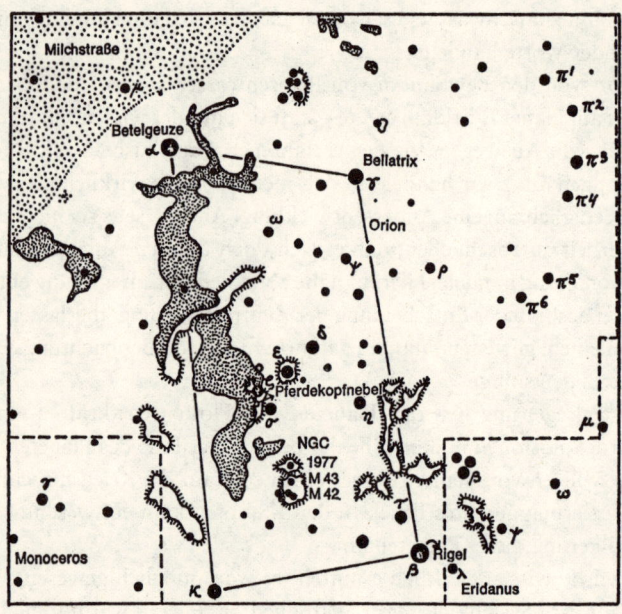

Abb.: Industrialisierte Zone.

Kapitel 4
»La fuite du temps« (Zeitentzug)

»Spanische Augen«

Kantine des Raumhafens eines Provinzplaneten,
Arcturus-Sektor, August 2060

Das krause Haar ist von der rechten Stirnhälfte weggekämmt. Hier kann sich später ein Glatzenansatz ergeben. Sie sieht sich nervös um. Ein Cola bestellt und erhalten. Sie schnalzt an den Zähnen, betrachtet ihre Finger. Sie kneift die Augen, nervös, weil kurzsichtig. Sie sieht Schleier in diesem Lokal. Schleierhaft, warum sich niemand um sie kümmert. Letzte Speisereste entfernt sie aus dem Gebiß. Sie sitzt aufgereckt da, ein weißes, vorn durchgeknöpftes Jäckchen aus Spitze. Inzwischen hat jeder im Lokal erkannt, daß sie nichts sieht. Einige Dasitzende nehmen an: Wir könnten diese Schwäche ausnutzen. Aber die Stunde ist noch nicht reif. Die Dasitzenden wissen nicht, welchen Nutzen diese Frau für sie abwerfen könnte.

Brooks und die Regenbogenpresse. Als der Astronaut Brooks nach zwölfmonatiger Transportfahrt im sternenarmen Sektor Eastend auf einem Raumhafen landete, wollte er nicht zuerst essen, schlafen, sich waschen, die Wärme eines Menschenkörpers, sondern **Nachrichten, Nachrichten, Nachrichten:**
»Die Ausbeutung von Jungluzifer, einem intelligenten Planeten, d. h. einem Protoplasmaklumpen in Planetengröße, den man im Raum schwebend gefunden hat, macht Fortschritte. Gegen den Protest des Interstellaren Büros haben Sternenverbrecher dieses riesenhafte Wesen besoffen gemacht. Man will ihn zur Menschenliebe erziehen, damit man ihn ausbeuten kann.«
»Red Shunkle ist umgekommen, als er bei Absaugen einer titanhaltigen Sonnenkorona in die Explosion der überlasteten Saugröhre einbezogen wurde. Überlastet war die Röhre, weil die Firma ›den Kanal nicht voll genug bekommen konnte‹.«
»H. H. Bootszweck, der ›die Hände in zu vielen Kuchen hatte‹, ist auf zehn Jahre auf den Strafplaneten Dubna verbannt worden, von wo er entkommen ist.«

Die Begegnungen zwischen den Menschen sind zu kurz, man kann sie nicht »Leben« nennen

Kantine eines Transportraumhafens in der
Nähe einer Metropole, Arcturus-Sektor,
Oktober 2060, nachts

Die beiden Raumschiffkommandanten und die zwei aufgegabelten Mädchen (sie hatten zueinander gefunden, weil sie ein ähnliches Französisch sprachen) tranken mehrere Biere und suchten Berührung, indem sie einander aus der Hand das Schicksal lasen. Später kitzelte oder streichelte Mr. Brooks, einer der beiden Kommandanten, die Hand seines Mädchens, die sie ihm flach unter dem Tisch hinhielt. Ihr Gesicht verzog sich, wenn er sie lange ansah – ob sie beide erregt, »gütig« aussahen, kann niemand sagen, es waren verschiedene Bewegungen in ihren Gesichtern. Sie schloß ihre Hand impulsiv über seinen kitzelnden Fingern und hielt sie auf ihrem Schoß, lehnte sich zurück. Während über dem Tisch zwischen den Paaren Worte gewechselt wurden, strich sie in ausholenden Streichelbewegungen Brooks' Unterarm, auf dem sich die Adern hervorhoben; in großen Zügen streichelte sie »gründlich« und »fleißig« seine Haut, bis er ihre Hand nahm, sie an seinen Mund und seine Wange führte, worauf sie seine Hände zu ihrem Mund führte und an seinen Fingern nagte. Vergessen waren 24 Monate, längelang in der engen Raumkapsel wie in einem Streckverband. Die aufgehäufte Aggressivität Brooks' äußerte sich in einem beobachtenden Blick, den der erregte Mann auf sein Objekt, sein gütiges Mädchen, senkte und der »leer« blieb, abschätzend, von einer kalten Punktualität, die auch andere Gründe haben konnte als die zurückgestaute Aggressivität der vergangenen Arbeitsmonate. Es konnte auch mit der Erregung selbst zu tun haben. Sie gingen dann eilig nach Hause, d. h. in das ihnen zugewiesene Quartier. Es ist immer zuwenig Zeit in den Raumhäfen. Um sieben Uhr am andern Tag mußte Brooks sein Schiff besteigen, um es zwei Stunden anzuwärmen, wenn er um neun Uhr mit dem dann startenden großen Pulk der Fährschiffe in den Raum gelangen wollte. Das Mädchen räkelte sich um diese Zeit noch in den beiden gemieteten Hotelbetten. Es »genoß nach«. Brooks funkte seinen Kameraden vom Vorabend an, Jonasson, der zwei Kilometer westlich in der engen Spitze einer riesigen Transportrakete saß und fror. »Es ist noch kalt hier.« »Es wärmt sich aber langsam.« Brooks: »Wir werden uns wahrscheinlich nicht wiedersehen.« »Gruß«, antwortete Jonasson. »Ich fliege ins Schernowitz-System.« »Gute Fahrt!« »Gute Fahrt!«

Brooks lag seit acht Monaten in seiner stinkigen Raumkapsel: Bakterien, Fusseln, getrockneter Schleim, winzige Hautpartikelchen, Tabakrauch; eine Gastasche im Darmtrakt, saß der Astronaut, frustriert, unterbezahlt, in der Spitze der riesigen Frachtrakete, während sich in den Frachtplattformen der Konzerne auf den vielen Planeten der Sternenstraße die Warenhaufen stapelten. Je offensichtlicher es war, daß diese Anhäufungen keine konkreten Vergnügungen hervorbrachten, desto größer wurde der Zorn der Fronttruppe, die Wut der Ingenieure und Piloten.

Die Kampfstellung der Großen Gesellschaften im Jahre 2066 (Tiefenstaffelung)

1. Werkschutz- und Tiefenschutzstaffel (7 200 000 Mann)
2. Rechtsschutzstaffel (8200 Experten)
3. Rechtsabteilung (220 000 Mann)
4. Zensur und Rechnungskontrolle (70 000 Mann)
5. Marktschutz-Kontrolle (7 300 000 Mann)
6. Marktförderungsgesetz und Freiheitsgarantie-Gesetz (32 Mann mit Stimmrecht; 27 000 000 Mann ohne Stimmrecht)
7. »Marktordner« (1,2 Millionen Mann)
8. Privatwirtschaftliche Polizei- und Gerichtseinheiten, Rechtsselbstschutz (60 000 Mann)
9. Vergangenheitskontrolle (3,2 Millionen Mann)

Die 86. Raum-Gleitflotte – »Die Geschichtstöter«. Der Chefadministrator der Suezkanal-Gesellschaft, Schnellschalter H. Dirksen jun., der diesen Posten vier Jahre innehatte: länger als jeder seiner Vorgänger, und deshalb mehr Erfahrungen sammeln konnte als andere Administratoren, ging von folgender These aus: Die abgestorbenen Zonen der Industrie, als eine hinter uns liegende »ungeheure Sammlung« von Sternen- und Kriegsverbrechen, zertrümmerten Rohstoffen und daran anhängenden Rest-Lebewesen, würden, wenn sie aus diesen Zonen ausbrächen und in die Gegenwart vordringen, die gesamte Produktion, so wie wir sie nun einmal eingerichtet haben, zerstören. **Wir müssen diese Zonen der Vergangenheit hermetisch absperren.** Wir müssen uns von unserer Geschichte trennen, auch wenn das manchem leid tun mag.
Wenige Tage später wurde H. Dirksen jun. von anderen Managern gestürzt, »weil er zuviel wußte«. Die 86. Raum-Gleitflotte war jedoch schon unterwegs. Sie bestand aus »Freiwilligen«. Die Truppe war in Raumfahrzeugen untergebracht, die mit einer gewissen Anfangsgeschwindigkeit vorwärtsgleiten, deren Fahrer aber diese Fahrzeuge nicht wenden oder nach rückwärts zur Zivilisation hin bewegen konnten. Diese Flotte, deren Soldaten am Unterarm einen

Ehrenschild mit der Inschrift »Die Geschichtstöter« trugen, riegelten alle Himmelskörper ab, die von der Industrie vor 2052 verlassen worden waren. Die mit zahlreichen Fallen ausgestatteten Trümmer der ehemaligen Sternenstraße – von Krankheiten besiedelte Altplaneten, besondere Kampfformen der Bewohner, angepaßt an die Bedingungen ehemaliger Industrieplaneten – erwiesen sich als äußerst gefährlich für die »Freiwilligen« der 86. Flotte. Deshalb landete keiner dieser Vergangenheitsschützer auf einzelnen Himmelskörpern, sondern sie zerstörten aus der Planetenumlaufbahn die Stätten, an denen Wärmeausstrahlung auf Lebewesen schließen ließ. Grundlage dieser Arbeitsweise war eine vollständige Gleichgültigkeit gegenüber den Werten, Rohstoffen, die hierbei zerstört wurden. Um eine Übertragung dieses besonderen Raubbau-Verfahrens auf die Industriezonen der Gegenwart auszuschließen, wurde die 116. Flotte ausgerüstet, die die produktive Gegenwart durch einen mächtigen, aber starren Sperriegel gegen eine mögliche Rückkehr der 86. Flotte schützte.

Plötzlicher Anstieg der Widerstandshandlungen, Erfolge der Rebellen

FRAGE: Wie kommt es, Herr Chefadmiral, daß Sie offenbar nicht in der Lage sind, die ständigen Widerstandshandlungen zu unterbinden?

ADMIRAL: Ich muß ausholen. Es ist diesmal nicht gelungen, die meuternden Belegschaften, meuternd, sage ich, weil sie gegen die kriegsrechtlichen Bestimmungen der Arbeitsdisziplin verstoßen haben, auf den Himmelskörpern zusammenzuhalten, auf denen ihre Arbeitsstätten liegen. Diese Himmelskörper sind dergestalt industrialisiert, daß nur die Fabriken mehrerer Planeten gemeinsam Gesamtprodukte wie zum Beispiel Raumschiffe herstellen können.

FRAGE: Das wissen wir doch alles.

ADMIRAL: Hören Sie nur mal zu. Es gelang den Aufständischen, einen Fährkontakt zwischen den einzelnen Planeten herzustellen. Damit waren sie drei Monate in der Lage, Panzer und Raumfahrzeuge nach ihren Wünschen herzustellen.

FRAGE: Weil Sie drei Monate brauchtest, um Ihre paar Raumschiffe in dem Altair-Sektor in Gang zu bringen!

ADMIRAL: Der örtliche Kommandeur fand auch zunächst nicht die richtigen Planeten. Praktisch ist dieser Sektor doch eine Art Trümmergelände von Planeten. Wie gesagt, blieben die Aufständler nicht auf ihren Plätzen. Vielmehr wurde bei ihnen offenbar die Anweisung ausgegeben, in möglichst kleinen Raumfahrzeugen diesen Raumsektor zu verlassen und in die eigentlichen Industriezonen einzudringen.

FRAGE: Das genau hätte nie passieren dürfen.

ADMIRAL: Wie wollten Sie mit unseren Ortungsgeräten, die auf große Schiffe abgestimmt sind, diese winzigen Raumboote finden? Jetzt befand sich der Feind im »Totraum der Nähe«.

FRAGE: Was bedeutet dieser Fachausdruck?

ADMIRAL: Der Feind ist hier nicht als Feind erkennbar, sondern als Dienstbote, Pilot, ja als Wachmannschaft tätig. In unseren Militärakademien befindet sich ein bestimmter Prozentsatz von Rekruten, der hier eine kostenlose Ausbildung genießt, um später irgendwelche Zonen des Aufstands aufzusuchen und dort tätig zu werden.

FRAGE: Und warum erschießen Sie die nicht?

ADMIRAL: Wir können ja nicht unseren gesamten militärischen Nachwuchs vernichten. Sie können die Richtigen nicht herausfinden.

Der Frager, ein Angehöriger einer der reichsten Familien der Republik Antares, besaß Zeitungen, in denen der Chefadmiral in einer Folge von Interviews heftig angegriffen wurde, was zu seiner Absetzung führte.

1. Sinnentzug

Die Verselbständigung des Widerstands, sofern er geschlossen auftritt. Auf den sechs Industrieplaneten von Capella wurden alle Flottenoffiziere erschossen. Die Werkspolizei-Einheiten in der Umlaufbahn dieser Planeten schnürten die Verbindung des Aufstands zur Umwelt ab. Nach Bombardierung waren die Capella-Menschen so verstört, daß sie **auf Generationen außerstande waren zu begreifen, was ein Arbeitsvertrag ist.**

An einen anderen Herd der Meuterei auf zwei Planeten von 61 Cygni kamen die Werkschutzflotten nicht heran. Im Feuer der Aufständischen blieben die Angriffe stecken. Da Befehle von der Zentrale nicht durchkamen, beschränkten sich die Einheiten auf die Abriegelung. Jetzt saßen die Bewohner der beiden Planeten auf ihren Himmelskörpern und warteten.

Auf den Planeten der Riesensonne Deneb schlossen sich die örtlichen Flottenstreitkräfte dem Aufstand an. In geschlossener Masse griffen sie den umgebenden *Raumsektor* Deneb an, in dem sich örtliche Interventionsstreitkräfte sammelten. Diese wurden zerschlagen. Die Verteidigungsstaffeln der *Zentralregierung* griffen die aufständischen Flotteneinheiten nicht an. Sie fesselten in zahlreichen Rückzügen und Vormärschen, die sich über 40 Parsec Entfernung hinzogen, über 30 Jahre lang die Streitkraft der Aufständischen, die sich die »Ungläubigen« nannten, weil sie an keinerlei Versprechungen glaubten. Nach diesem Zeitpunkt war eine Rückkehr in die Fabriken von Deneb für die meisten nicht mehr möglich. Der Unterschied zwischen den Einheiten der Tiefenschutzstaffeln und den Einheiten des Aufstands wurde immer geringer. Gemeinsam zogen diese Heeresmassen plündernd durch die Rest-Galaxis, da dies nunmehr ihre Ernährungsweise war.

Oberst Hinke. Nur um die Aufmarschpläne des Werkschutz-Oberst Hinke ging es dem Mädchen, das dem alternden Oberst zu seiner dritten Jugend verholfen hat. Hinke wußte sich nicht anders zu helfen, als daß er dem im Verhör starrsinnig dasitzenden Mädchen eine Kugel in den Kopf schoß. Damit hatte er sich selbst gerichtet, denn ohne dieses Mädchen konnte und wollte er nicht länger leben.

Abb.: Oberst Hinke †.

Der Chirurg, der sich durch den angeschossenen Kopf Hinkes zur Kugel hindurchtastete, mußte zulassen, daß Angehörige der Werkschutzzentrale Sonden in das sterbende Hirn Hinkes einführten, um wertvolle Informationen zu retten, die nur Hinke kannte. Die Geheimhaltungsvorschriften in diesen Elite-Einheiten waren sehr streng, weil keinem Stabsoffizier zu trauen war. Die Kommandostäbe litten daher unter einem fast völligen Mangel an Kenntnis der wichtigsten Pläne, es sei denn, daß ein Zufall wie die Selbstschießung Hinkes es ihnen ermöglichte, einem der Kommandeure Geheiminformationen abzuzapfen.

Zeitmaß der Lernprozesse und Lebenszyklus – Gespräch mit dem Chef der Sicherungsgruppe der Suezkanal-Gesellschaft im Jahre 2068. Der Chef dieser Sicherungsgruppe wurde wegen Beteiligung an Gefangenenerschießungen verhaftet. Die Untersuchung sollte so lange hingezogen werden, bis ein Machtwechsel stattfände, der dem Chef der Sicherungsgruppe, Dr. Meier, die Freiheit wiedergeben sollte. Da die zu ermittelnden Tatbestände primitiv waren, hatten die Gesprächspartner des Verhörs Zeit. Die Raumflotte bestritt grundsätzlich den Werkschutzeinheiten Meiers das Recht, hoheitliche Aufgaben wahrzunehmen; daher bestand Feindschaft. Dies war auch der Grund, warum die Raumflotte Dr. Meier zu Abschreckungszwecken verhaftete. Gleichzeitig fühlte sich der vernehmende Raumoffizier jedoch auch als Kollege.

RAUMOFFIZIER: Sie sagen, daß die von Ihnen vorgenommenen Gefangenenerschießungen eigentlich bedeutungslos seien, daß Sie die Verhinderung von
Aufständen nicht auf diese Maßnahmen stützen.

DR. MEIER: Völlig richtig. Die Tiefenschutzstaffel könnte einen einheitlichen
Aufstand direkt nicht bekämpfen.

RAUMOFFIZIER: Warum gibt es dann keinen einheitlichen Aufstand?

DR. MEIER: Wegen der Schnelligkeit der Entwicklung.

RAUMOFFIZIER: Was geht denn hier schnell?

DR. MEIER: Sie müssen die Entwicklungsgeschwindigkeit am Lebenszyklus
der Menschen messen, die ja unser Material sind, wenn es um die Produktion von Sicherheit geht. Die menschlichen Säuglinge, auch auf den Schwerkraftplaneten, den Sonnenplattformen, die sich um die Riesensonnen Antares, Arkturus, Aldebaran bewegen, aber auch wenn Sie an die Wüstenplane-
ten denken, deren trockene Stürme und Sauerstoffmangel für die menschlichen Lungen nicht geeignet sind, müssen neun Monate in kleinen Kästchen
im feuchtwarmen Milieu der ehemaligen Erde aufwachsen. Dagegen folgt
die übrige Zeiteinteilung dieses Lebens den Normen unserer industriellen
Produktion.

RAUMOFFIZIER: Was wollen Sie nun damit ausdrücken, daß die Säuglinge in
ihren feucht-warmen Kästen neun Monate warten müssen, was tatsächlich,
gemessen an der Bewegung der Flotte, langsam ist?

DR. MEIER: Sehen Sie, die Langsamkeit der Entwicklung wiederholt sich bei
der Umformung der Hirn- und Körpereigenschaften, die an die neuen Ar-
beitsmethoden angepaßt werden. Sie können nicht – auch nicht mit den
neuesten Methoden der Arbeitsmedizin – das menschliche Becken durch einen Drehkranz ersetzen und den Mann einfach wieder an die Arbeit schik-
ken, sondern die Wunde muß ausheilen. Die Gewöhnung an die neuen Eigenschaften bedarf des Zeitablaufs. Es laufen also hier Spezialisierungspro-
zesse, die in den Leuten neue Produktiveigenschaften und gleichzeitig eine
tiefe Unzufriedenheit über diese Veränderung ihres Originalzustands entwickeln.

RAUMOFFIZIER: Die Veränderung wird nicht als Lust empfunden?

DR. MEIER: Nein. Und die Psychologen sagen, daß die neugewonnene Produktivkraft, die im Wege der Qual erzeugt wird, allmählich lernt, sich gegen
uns zu richten. Wir verzögern diese Lernprozesse, indem wir einerseits unsere Tätigkeit nicht zeigen, andererseits Rädelsführer köpfen.

RAUMOFFIZIER: Unter Überschreitung Ihrer Kompetenzen, denn dies ist die
Aufgabe der Raumflotte.

DR. MEIER: Die mit ihren Fernlenkgeschützen nicht einzelne Köpfe abschießen kann. Wir kommen immer wieder darauf, daß Sie zwar zuständig sind,

aber nicht die Mittel haben. – Jetzt lernen also diese Menschen, ihre hochspezialisierten neuen Eigenschaften gegen uns einzusetzen. In diesem Moment ist aber das Interesse der Industrien zu anderen Rohstoffplaneten wei-
tergewandert. Wenn der Widerstand der Leute organisiert ist, sind ihre
Produktionsstätten nicht mehr Zentrum, sondern bereits *Niemandsland.*
D. h., Menschen sind zwar noch da, aber die Produktionsmittel sind weg.
Wir geben diese Gebiete frei.

RAUMOFFIZIER: Und sie können von uns beschossen werden.

DR. MEIER: Die Auswertung eines Planeten nahm früher vier bis sechs Jahre
in Anspruch. Sie erfolgt jetzt in zwei Jahren. Wir verwerten nur gewisse
leicht zugängliche Rohstoffe und gehen dann weiter. Die Lern- und Speziali-
sierungsprozesse dagegen dauern mindestens drei Jahre.

RAUMOFFIZIER: So daß Sie die Arbeitskräfte immer nur halb ausbilden.

DR. MEIER: Genau.

RAUMOFFIZIER: Was ist nun der Wert von halbausgebildeten Arbeitskräften
auf Planeten, von denen die Industrie abzieht?

DR. MEIER: In diesem Moment gar keiner. Der von uns unfreiwillig mitprodu-
zierte Widerstand verwandelt sich deshalb in ein Pappschwert.

RAUMOFFIZIER: Nun verkleinern Sie aber bitte nicht die Leistung der Flotte,
die sich diesem Gegner gegenübersieht, der oft tückische Fallen stellt.

DR. MEIER: Richtig. Ich vergaß, daß die Leute in einer gewissen Hinsicht noch
einen Wert haben.

RAUMOFFIZIER: Und inwiefern, wenn wir sie doch nachhaltig bomben?

DR. MEIER: Es ist Ihre Illusion, daß Sie sie mit den Bomben wirklich vernichten. Es bleiben immer zahlreiche dieser Typen übrig, gerade weil sie
eine gewisse Produktivitätserfahrung haben und sie zum Beispiel in Form
von Bunkerbau verwenden. Sie scharren sich tief in die Bergwerksplaneten
ein. Es entsteht jetzt ein doppelter Lernprozeß, aber in umgekehrter Richtung wie in den zwei Jahren der Produktivitätsphase: mit den Bombardierungen zeigen wir ihnen, daß sie keine produktive Bedeutung mehr haben.
Sie werden »ernüchtert«. Als Flüchtlinge kommen dann einige, die wieder
zu Lernprozessen bereit sind, in die industrialisierten Zonen. Es sind nicht
viele.

RAUMOFFIZIER: Es ist zollrechtlich verboten, daß diese zusätzlichen Arbeitskräfte einfließen!

DR. MEIER: Aber Sie wissen, daß es stattfindet. Ich verrate Ihnen kein Geheimnis, daß gerade unsere Gesellschaft Transportunternehmen finanziert,
die Flüchtlinge durch die Sperrzonen der 86. Flotte zu den Industrieplaneten
bringen.

RAUMOFFIZIER: Darf ich das zu Protokoll nehmen?

DR. MEIER: Bitte nein. Ich würde das in der Verhandlung bestreiten.

RAUMOFFIZIER: Und Sie meinen, wir wären während der Produktivitätsphase von zwei Jahren oder weniger auch mit unseren Panzern nicht in der
Lage, eine breite Widerstandsbewegung dieser Leute zu unterdrücken?

DR. MEIER: Ihre Panzer sind wertlos, solange sie die Industrieanlagen nicht
zerdeppern dürfen. Sie kommen an die Leute gar nicht erst ran. Außerdem
wären die, solange sie im Besitz der Produktionsanlagen sind, in der Lage,
selber Panzer zu konstruieren. Die einzige Chance ist der zeitliche Vorsprung unserer Gesellschaften, die rascher von Rohstoffplanet zu Rohstoffplanet wechseln, als die zum Widerstand nötigen Lernprozesse in den Menschen verlaufen, das heißt, diese Lernprozesse gehorchen immer noch dem
langsamen Zyklus der menschlichen Biologie, sie sind zu substantiell, um
Geschwindigkeiten zu erreichen, wie sie unsere Organisationen mühelos erzielen.

RAUMOFFIZIER: Und die Flotte ist noch schneller.

2. »Gewalt, an die man sich nicht gewöhnt.«

Meckilein. Das Kind sollte Meckilein heißen. Nach der Geburt wurde das
Kind des Apothekenangestellten Alf Arnoldt in ein Wärmebettchen der
Frauen- und Kinderklinik Epsakon-Wurst gelegt. Dieses Wärmebettchen
besaß einen schadhaften Kontakt. In jener Nacht berichtete eine junge aufmerksame Krankenschwester der Hebamme Lohmann, das Neugeborene im
Wärmebettchen sähe bleich aus und halte die Augen übermäßig weit offen.
Die erfahrene Hebamme entnahm das Kind, gab einen Klaps auf den Po. Da
sie eine normale Schreireaktion feststellen konnte, legte sie das Kind zurück
ins Bett. Der Hitzestau der Heizlampen wirkte sich dahingehend aus, daß
während der Nacht bei Temperaturen um 70 Grad vom Kopf bis zu den Oberschenkeln Verbrennungen 3. Grades eintraten. Meckilein versuchte zu entkommen; ursächlich mit den Ausweichversuchen hängt zusammen eine Ver-
biegung der Wirbelsäule, die heute das Wachstum des Kindes hemmt. So
entsteht Meckilein gar nicht erst als ein Wesen, das Rache nehmen kann.

**»Und wenn dann die Arbeiter von Wurst tief erschöpft im Morgenlicht der
Freiheit stehen . . .«** Sie standen in Kellern im Dunkeln, kurze Zeit, bis jeder
zehnte von Maschinengewehren erschossen war. Sie können kein Morgenrot,
sondern nur Mündungsfeuer gesehen haben. Es wurde übrigens nicht jeder
zehnte ausgesucht, sondern es wurde nach statistischen Gesichtspunkten in
die Dunkelheit hineingefeuert, so mag insgesamt jeder zehnte erschossen wor-

den sein, es können mehr oder weniger gewesen sein. Die Mannschaften und Offiziere, die diese Exekutionen – sehr gegen ihren »inneren Willen« – vornahmen, waren maskenbewehrt, zusätzlich zu dem Schutz, den die Dunkelheit in diesen Kellern gab. Man wollte diese leidige und inzwischen totdiskutierte Frage nach der »Schuld« anonymisieren. Das Direktorium, dessen Tiefenschutzstaffel diese Maßnahme befehlsgemäß durchführte, stellte sie später als *Ausuferung* hin, so als hätten die Mannschaften aus Angst im Dunkeln geschossen.

Der Chefdetektiv von Odeon und der Beginn des Massakers. »Er stand seit Tagen unter Wasser.« Die Erkältung zog sich aus dem Hals-Nasenraum in die Lungen und infizierte von dort wieder den Hals-Nasenraum. Der Kriminalist schob diese Krankheit und seine Unfähigkeit, sie zu heilen, auf den Besuch seiner derzeitigen Freundin Karla, deren fettes Körperchen nicht das war, was er eigentlich anstrebte, die seine tägliche Arbeit verwirrte, die er aber auch nicht *verschenken* wollte. Er hatte jetzt alle Hemden und Schlafanzüge angeschwitzt, mochte in seiner Wohnung während der Feiertage (die vierteljährlichen Feiertage waren auf Planet Odeon aus Zweckmäßigkeitsgründen zusammengelegt, so daß sechs Feiertage hintereinander zu absolvieren waren) nicht mehr leben. Wäre er aber hinausgegangen in den harten Bergwind, der von den Mittelgebirgen auf Odeon herunterspie, so hätte er sich eine Lungenentzündung zugezogen. So wartete er sehnsüchtig auf den nächsten Werktag, damit ihm sein Amt wieder den nötigen Halt gäbe, allein dadurch, daß es ihn nötigte, sich ordentlich zu kleiden.

Als die Alarmmeldungen wenige Stunden nach Dienstantritt durchkamen, befand er sich auf dem Bahnhofsgelände der Hauptstadt, quälte sich über die Bahnsteige. Er wollte eine Flasche Bier ergattern, für sich heiß machen lassen und danach sich ins Bett legen, schwitzen. Die Alarmmeldung wurde über alle Lautsprecher des Bahnhofs gegeben, so wie sie auch der Rundfunk verbreitete. Er wendete sich um und schlich durch die große Halle, wollte ein Fahrzeug requirieren, um sein Büro und insbesondere sein Telefon rasch zu erreichen. In diesem Zustand trafen ihn die Schüsse, denn natürlich war der Gegenseite klar, wo er zu finden war. Mit diesem Mord an Chefdetektiv Reinhardt begann die Abschlachterei auf Odeon, die diesen Planeten in Verbrecherhände brachte.

Die noch sehr aktive, weißblau leuchtende Großsonne Wega – 12^3 Sonnenmassen – gibt noch ihrem 62. Planeten **Humboldt** Wärme und einen der Haut wohltuenden Schleier von Ultraviolett. Der Planet Humboldt wurde, wenige Tage nachdem diese Aufnahme gemacht wurde, zerstört. Jetzt war der Planet

»reiner Rohstoff«, er war dem Verwertungsprozeß wieder zugänglich. Die Hyperfunkstation des Planeten, Sprachrohr der unglücklichen Humboldtianer, strahlte noch Monate nach dem Tode der Planetenbewohner den Satz ab:

Euch blutigen Laien
wird Humboldt nie verzeihen.[52]

Abb.: Vulkanlandschaft auf Planet Humboldt im Wega-System. Vor Zerstörung dieses Planeten.

3. Zeitentzug

Die Zeit arbeitet gegen die Experten. In zahlreichen Zentren, die man früher als Industrie bezeichnen konnte, saßen noch, soweit die Versorgungssysteme funktionierten, erstklassige Spitzenkräfte, die sich vor dem Ende fürchteten, das jetzt allgemein vorausgesagt wurde. Sie hatten das Gefühl, gegen die Zeit zu arbeiten. Der Weltraumchirurg Dörrschlag, der für seine Kaiserschnitte berühmt war, operierte Kinder von Managerfrauen im ersten Monat der Schwangerschaft aus dem Mutterleib, da er nicht sicher voraussagen konnte, ob sein medizinisches Zentrum 8 Monate später noch arbeitsfähig sein würde. Der Chirurg besaß an jeder Hand acht Finger. Der Rundfunkreporter Friese I

52 Zwicki: Wer war mit diesem Euch gemeint? Dorfmann: Sie kannten ihren Gegner gar nicht.

hatte aktuelle Nachrichten für drei Jahre im voraus gesammelt, für den Fall, daß die Kommunikationssysteme zusammenbrächen.

Gespräch mit dem Sternenprospektor A. Weiland.

FRAGE: Sie sehen hier durch die Geräte Ihres Instituts 300 Parsec im Umkreis.

WEILAND: Sehen ist gut gesagt. Ich sehe Anzeigegeräte, das heißt mit meinen Augen sehe ich überhaupt nichts, da ich ja, wie Sie sehen, nirgends Fenster habe. Ich kann aber Schlußfolgerungen ziehen aus den Geräteanzeigern, die es mir ermöglichen, Planeten und auch noch kleinere Himmelskörper im Umkreis von 300 Parsec zu »beobachten«. Unter bestimmten Umständen kann ich Gegenstände in der Größe einer Scheune auf diesen entferntesten Himmelskörpern unterscheiden.

FRAGE: Und was tun Sie mit diesen Beobachtungen?

WEILAND: Diese leite ich weiter an diejenigen, die die umfangreichen Haushaltsmittel für dieses Institut aufbringen.

FRAGE: Und was tun diese mit diesen Informationen?

WEILAND: Sie speichern sie. Es sind zu viele, als daß man sie verwenden könnte.

FRAGE: Und jetzt will man dieses wertvolle Institut schließen?

WEILAND: Jawohl, es soll eingespart werden.

FRAGE: Was ist der Grund?

WEILAND: Es ist zu Spannungen zwischen den Auftraggebern, die die Mittel aufbringen, und der Institutsleitung gekommen.

FRAGE: Wer ist die Institutsleitung?

WEILAND: Ich.

FRAGE: Worin bestehen diese Spannungen?

WEILAND: Die Vertreter der Auftraggeber können die vom Institut eingesammelten Informationen, zum Beispiel über die Rohstoffcharaktere von Himmelskörpern in den mutmaßlichen Entwicklungsrichtungen des industriellen Fortschritts, ich denke da vor allem an die Nachbargalaxien Steffens Quintett, Andromeda usf., angeblich nicht auswerten, weil es zu viele sind. Sie schauen da nicht durch. Wir wiederum – und hier spreche ich für alle Forscher an diesem Institut – können nicht weniger Informationen liefern, als wir nach bestem Wissen und Gewissen den Geräten entnehmen.

FRAGE: Und ein Kompromiß ist nicht möglich?

WEILAND: Ausgeschlossen. Wir würden uns selbst aufgeben.

FRAGE: Aber so, bei Schließung des Instituts, müssen Sie doch auch aufgeben?

WEILAND: Wir werden neue Institute errichten.
FRAGE: Guten Abend.
WEILAND: Guten Abend.

Der Wissenschaftler irrte sich. Die Institutsangehörigen wurden nach Schließung des Instituts auf einem einsamen Himmelskörper unter Bewachung gestellt, weil sie Informationen über Rohstoffschätze in den Galaxien besaßen, die auf keinen Fall Konkurrenten zugänglich gemacht werden durften.

Eines Tages ist die Industrie ganz fort. Eine Gruppe von Zollbeamten, die sich eben noch inmitten eines industriellen Systems an Durchsuchungen gemacht hatte, fand sich wenige Tage später im Niemandsland. Dabei hatte sie sich nicht von der Stelle bewegt. Ihr war die Wirklichkeit vielmehr über Nacht entschwunden. **Kurz darauf fingen sie eine Gruppe von 40 Personen, die in kleinen Raumfahrzeugen in die Richtung fuhren, in der angeblich die Industrie verschwunden war.** In einer eilig errichteten Baracke wurden sie vernommen.

ZÖLLNER: Sie behaupten, 40 Spitzenmanager zu sein, die noch kürzlich in ihren Verwaltungstürmen in Sichtverbindung zu den Betrieben und den internationalen Märkten gestanden haben. Wie erklären Sie sich, daß Sie hier zerlumpt dasitzen?
SPRECHER DER MANAGER: Wir sind eilig aufgebrochen und nicht gewohnt, diese Raumboote zu bedienen.
ZÖLLNER: Das ist unplausibel.
SPRECHER DER MANAGER: Wir haben den Anschluß an unsere Betriebe, die eilig verlegt wurden, verpaßt, da wir zwar Spitzenmanager sind, aber wiederum in der Umbauphase den Direktiven von Vorgesetzten unterstehen.
ZÖLLNER: Wollen Sie bitte Ihre Behauptungen näher begründen?
SPRECHER DER MANAGER: Noch vor einiger Zeit wurde der Turnus der Auswertung einzelner Rohstoffplaneten von einem halben Jahr auf zwei Monate verkürzt. Zuletzt fuhren die Prospektoren, Ingenieure und Managing-Direktoren nur noch an den Planeten vorbei und produzierten bzw. verwerteten die Naturschätze *im reinen Gedanken*. Es ist die Konkurrenz der anderen, ebenfalls an den Planeten bzw. anderen Planeten vorbeireisenden Gesellschaften, die uns treibt. Diese Verwertungsform bringt höhere Profite als der tatsächliche Abbau. Ich möchte es einmal so sagen: ein von Vertretern der Suezkanal-Gesellschaft bloß angeblickter Rohstoffplanet steigt in seinem Marktwert bereits derart ins Uferlose, daß er selbst für eine kapitalstarke Firma wie die Suezkanal-Gesellschaft zu teuer wird.

ZÖLLNER: Jetzt wird mir und meinen Kollegen manches klar, was wir in der letzten Zeit erlebt haben und als Rückgang der Zollvergehen auffaßten, der unsere Lebensstellung bedroht. Wenn ich recht verstehe, haben Sie also den Anschluß verpaßt und sind nunmehr auf der Suche nach Ihren Fabrikationsstätten?

SPRECHER DER MANAGER: Für die wir ja schließlich verantwortlich sind. Wir haben sie verloren und können sie mit der begrenzten Schubkraft unserer Fahrzeuge auch nicht mehr erreichen.

ZÖLLNER: Gibt es denn diese Industrieanlagen überhaupt noch?

SPRECHER DER MANAGER: Das wissen wir nicht.

ZÖLLNER: Wissen Sie wenigstens, daß bei so raschem Aufbruch die nötigen Zollformalitäten nicht berücksichtigt worden sein können?

SPRECHER DER MANAGER: Das spielt jetzt auch keine Rolle mehr.

ZÖLLNER: Da irren Sie sich aber gewaltig.

Sternenzähler Eduard Körner stellt eine wichtige Verbindung her, kann aber niemand davon Mitteilung machen und wird schließlich vernichtet. Auf dem Mond Sagitarius saß hinter hochempfindlichen Fernrohren der Sternenzähler Eduard Körner. Während seiner täglichen zwei Stunden »Ausguck« fror er entsetzlich, aber die Linsen der Fernrohre mußten kalt gehalten werden, damit sie nicht beschlugen. Die Maschinen im Innern der Mondstation gaben seit Tagen andere als die gewohnten Geräusche ab. **Voller Neugier richtete der Sternenzähler seine Refraktoren auf die Zonen der Vergangenheit. Diese Beobachtungsform war streng verboten.** Seit einigen Tagen hatte Körner mit den Fernrohren die Trümmer des ehemaligen Planeten Erde abgetastet. Dort stellte er Wälder, Hügel, bebaute Geländeteile fest: unter einer teils nebligen, teils reflektierenden Zwischenschicht, die den Durchblick auf die unmittelbare Erdoberfläche verhindert. Daneben gelbe Flächen, die teilweise durch Wolkenschichten oder Bebauungen verdeckt sind.[53] Eduard Körner strahlte

53 Körner hatte für diese Beobachtung keine Erklärung. Er konnte nicht wissen, daß es sich hier um die Terrassen, Gärten, Kanäle und Landstriche handelte, die von den chinesischen Genossen nach der Katastrophe von 2011 wieder aufgebaut worden waren. Bei der Wiederherstellung der Gegenden, »so wie es einmal war«, wurde u.a. auch die Wüste Gobi wiedererrichtet. Jedoch vermieden die Chinesen hierbei jeden Schematismus. Sie verlegten diese Wüste um runde 600 km nach Norden und verkleinerten sie bei diesem Wiederaufbau. Die meisten Teile wurden untertunnelt; in diesen Kellern wurden Pilzkulturen gezüchtet, Werkstätten eingerichtet. Über dem Wüstenboden Terrassen, an Bewässerungssysteme angeschlossen, als Parkanlagen, Aufmarschgebiete für Versammlungen und zur Erdbeerzucht geeignet. In freistehende Wüstenteile waren Farbstreifen eingefügt, die in Buchstaben von 4 bis 6 km Breite eine Botschaft zum Weltall hin auslegten; diese Nachricht hieß:

über Richtfunk mehrere mathematische Formeln und Lehrsätze Euklids in Richtung der chinesischen Genossen ab, die diese Nachrichten auch aufnahmen. Da es sich aber offenbar nicht um einen *Notruf* handelte, die Lehrsätze kannten sie, nahmen sie auf diese Verbindung keine weitere Rücksicht. Körner versuchte, eine Meldung seiner Entdeckung zum Zentralplaneten, den er noch im System Wurst vermutete, abzusetzen. Wenige Tage darauf landete **eine Räuberbande**, die den Funkstrahl Körners angemessen hatte, auf Mond Sagitarius, übernahm das Funkgerät, zerschoß die Fernrohröffnungen. Sie töteten Körner, damit er nicht gegen sie aussagen konnte.

Reporter in der Marsregion, Nachhut der Menschheit, haben eine überraschende Begegnung. Kennzeichen des Fortschritts in den Sektoren Dubna – Wurst – Morgenröte ist die Nachrichtenverdünnung. Nichts existiert hier, das nicht mit Flottenführung oder den Großen Kapitalgesellschaften zu tun hat. Deren Angelegenheiten sind aber keine Nachrichten, sie sind *geheim*. Diese Politik extremer Geheimhaltung hat eine Gruppe von Reportern – geschichtlich gesehen – immer weiter nach rückwärts in die Region des Mars abgedrängt. Hier existieren noch Nachrichten. Im Jahre 2102 bricht jedoch die Funkverbindung zum Zentralplaneten Wurst ab. Die Reporter sitzen in ihren Quartieren – arbeitslos. Eines Abends landeten in ihrer Nähe 5 Raumboote, besetzt mit Chinesen, die nunmehr, zum Maifeiertag 2102, ihrerseits die Raumfahrt eröffnen.

CHINESISCHER RAUMSCHIFF-KOMMANDANT (unmittelbar nach Landung): »Wir dürfen keineswegs, nur weil wir gesiegt haben, in der Wachsamkeit gegenüber den wütenden revanchistischen Machenschaften der Imperialisten und ihrer Lakaien nachlassen. Wer in dieser Wachsamkeit nachläßt, der wird sich politisch entwaffnen und in eine passive Position geraten.« REPORTER MUTIUS: Das ist ja interessant. Mir fällt aber auf, daß Ihre Mitarbeiter hier weder Steine sammeln noch eine Fahne aufgestellt haben. Das ist bei Erstlandungen jedoch üblich. CHINESISCHER GENOSSE: »Der Stein, den sie erhoben haben, fällt auf ihre eigenen Füße.« Wir sind nicht hierhergekommen, um Steine einzusammeln,

Wenn wir sagen, der Imperialismus ist bestialisch,
so meinen wir, daß sich sein Wesen nicht ändern kann,
daß die Imperialisten bis zu ihrem Untergang
ihr Schlächtermesser nie aus der Hand legen werden,
sich nie in Buddhas verwandeln können.«
Körner vermochte diese Schriftzeichen nicht zu entschlüsseln, da er nicht Chinesisch sprach.

sondern um mit Ihrem Volk, keineswegs aber den Imperialisten, unter Wahrung Ihrer Eigenständigkeit zusammenzuarbeiten.

REPORTER FRIESE II: Volk ist gut gesagt. Wir haben kaum noch Verbindung zur Zentrale. Wenn Sie uns gebrauchen können, also mehr ein kleines Völkchen von Reportern, sind wir gern bereit, mit Ihnen zusammenzuarbeiten. Daß Sie hier eingetroffen sind in Ihrer langsamen Art, ist an sich schon eine interessante Nachricht.

REPORTER MÜLLER (mit Blick auf die chinesischen Raumboote): Und mit diesen Hippen sind Sie bis hierher gekommen? Für die bekämen Sie auf dem Zentralplaneten Wurst nicht einmal 8000 Nenndollar.

KOMMANDANT: Sie gehen zu sehr nach der äußeren Verpackung. Gewiß, wir sind immer noch ein unterentwickeltes Land. »Auch technisch sind wir keine Großmacht-Chauvinisten.« Sie sollten sich jedoch die Triebwerke einmal näher ansehen.

REPORTER MÜLLER: Für mich sind das eindeutig Eimer mit Rädern und Auspuff. Wenn ich hier für meine Leser sprechen darf: die würden Sie nicht einmal für 6000 Nenndollar los.

KOMMANDANT: Wir wollen sie auch nicht verkaufen, sondern damit fliegen.

MÜLLER: Ich bin für die Seite »Technik« meiner jetzt nicht mehr erscheinenden Tageszeitung verantwortlich – früher war ich Ingenieur –, ich kann Ihnen ja einmal ein paar richtige Raumboote zeigen (zeigt Abbildungen neuester Schiffstypen).

KOMMANDANT (nach Betrachten der Abbildungen): Der Unterschied zwischen Ihrer und unserer Auffassung ist der, daß Ihre erstklassigen Abbildungen hier nicht fliegen, unsere weniger sehenswürdigen Boote dagegen fliegen.

MÜLLER: Aber früher, als sie noch gebaut wurden, hätten die hier abgebildeten Schiffe Ihre Boote eingeholt.

KOMMANDANT: Das mag sein. Wir sind nicht in Eile.

Pläne der Chinesen in ihrer Wiedergabe durch Reporter Friese II: »Auf die Frage: Wohin geht Ihre Reise?, antworteten mir die hier eingetroffenen Chinesen, daß sie früher oder später von der Sternenstraße nach Westen abbiegen würden in allgemeiner Marschrichtung Sternbild Schwan. »Wir sind nicht auf der Suche nach Rohstoffen, sondern nach Menschen«, antworteten sie auf meine Frage nach dem Zweck dieser Expedition. Möglich, daß dies irgendeine Sprachregelung ist, hinter der sich eine altorientalische List verbirgt; möglich aber auch, daß sie es ernst meinen. Jedenfalls sind ihre Boote nicht geeignet, größere Mengen an Rohstoffen zu transportieren. Für den gesunden Menschenverstand erscheint es schleierhaft, daß sie diese enormen Entfernungen überwinden, wenn sie nicht die Absicht haben, Beute zu machen. Aber es gibt noch andere Standpunkte dieser Chinesen, die dem Betrachter rätselhaft bleiben. Mehr hierüber in meiner Sendung am nächsten Donnerstag, gleiche Stelle, gleiche Welle.«[54] Reporter Friese II führte diese wöchentlichen Sendungen durch, weil die Geräte dafür noch funktionierten. An sich hatte er keinen Auftrag mehr, wurde auch nicht bezahlt.

Als Insassen der chinesischen Raumboote stießen die Marsreporter in Richtung der zertrümmerten Sternenstraße vor; in diesem Frühjahr kamen sie bis Planet Pluto.

»Der Gedanke an den Selbstmord ist ein starkes Trostmittel, mit ihm kommt man über manche böse Nacht hinweg.« Die Massaker auf Planet Wurst, August 2103. 6 Stunden später war der Mond Ust-Urt, 4 Parsec nördlich, auf dem die Experten ihre Büros unterhielten, im Bürgerkriegszustand. Zwicki, der mehrfach verjüngte, jetzt 180jährige Gründer, Dorfmann, v. Ungern-Sternberg, neben ihnen Boltzmann. Aber das war längst nicht mehr Boltzmann im alten Sinne. Die Unterschenkel, Schultern, der Kopf, der Brustkorb zweimal ausgewechselt, Beckenpartie, große Teile der Haut erneuert – man konnte ebensogut sagen: dies war Boltzmanns Urenkel. Die vier Freunde in verzweifelter Stimmung. »Nein, einem Mannesalter jenes verschlagenen und historisch gebildeten Egoismus entspricht ein mit widriger Gier und würdelos am Leben hängendes Greisenalter und sodann ein letzter Akt, mit dem

**die seltsam wechselnde Geschichte schließt
als zweite Kindheit, gänzliches Vergessen
ohn' Augen, ohne Zahn, Geschmack und alles.«**

---

54 *Zwicki, Dorfmann, v. Ungern-Sternberg, Boltzmann, 4 Parsec nördlich von Planet Wurst, empfangen die Richtfunksendungen von Friese II.* Sie interessierten sich besonders für einen von Friese II in chinesischer Sprache wiedergegebenen (und von Friese selbst offenbar nicht verstandenen) Trinkspruch, den die chinesischen Genossen abgegeben hatten: »Da schlug der goldene Affe mit seinem Zauberstab darein, da war der Himmel von Jade vom Staube wieder rein.«
Dorfmann (er verstand ja chinesisch): Man könnte dies auch übersetzen: »Goldener Affe, spring auf zu tausend redlichen Prügeln, Jadehimmel zu säubern vom Zehntausend-Meilen-Schmutz.«
Zwicki: Und was versprechen Sie sich von dieser sprachlich sehr viel ungeschickteren Wortwahl? Dorfmann: Schmutz ist »Materie am unrechten Ort«. Die wollen in ihrer geduldigen Methode die Materie wieder an den rechten Ort rücken!

DORFMANN: Es ist mir schleierhaft, wo nach diesem Gemetzel noch Arbeitskräfte hergeholt werden sollen.

V. UNGERN-STERNBERG: Diesmal ist man zu weit gegangen.

BOLTZMANN (zögernd): Solange wir noch vier Mann sind, können zwei von uns die beiden andern zu Arbeitern machen.

V. UNGERN-STERNBERG: Halt, Boltzmann! Wir wollen nichts überstürzt unternehmen, **was den Kampf aller gegen alle auch unter uns,** die wir uns jetzt seit rund 160 Jahren kennen, auslöst.

Sie saßen im Kellerversteck, in trübseliger Stimmung, sangen: »Die Erde ist gewaltig schön, doch sicher ist sie nicht.«
Vor dem Bombardement schützte sie ein Stahldach, das diesen ehemaligen Öltank nach oben abdeckte. Nach einer Zeit, die man nach ehemals irdischen Maßstäben als »eine Nacht« bezeichnen konnte, war den Freunden wieder besser. »Jeder Selbstmord ist ein mißglückter Selbstmordversuch.« Nachdem ihnen viele Stunden lang, jeder dachte für sich, Versuche mißglückt waren, Auswege auf Kosten des anderen zu finden – dies wäre unter den konkreten Umständen *Selbstmord* gewesen –, blickten sie jetzt wieder hoffnungsvoll. Auf einer verlassenen Startrampe fanden sie vier Raumschiffe.

Die Avantgarde im Sektor Morgenröte. Sie flogen in einem Gewaltflug, soweit die Maschinen ihrer Raumschiffe Schubmasse hatten. Es blieb nur eine Reaktion: sich so weit wie möglich von der Krise abzusetzen, sich explosionsartig von den »Menschen« zu entfernen. In die Kreisbahn eines roten Gasballes eingeschlossen, den sie »Franz Zwicki« benannten, beglückwünschten sie sich zu diesem Vorstoß über 40 Parsec in ein Gebiet von blauen und roten Riesensonnen.

DORFMANN: »Schneller gefahren, als die Krise folgen kann!«

Die Triebwerke waren zerschunden. Aus den Resten ihrer Raumschiffe bauten sie eine Sonnenplattform. Soweit der Blick auf dieser Insel in die Runde ging, sah er auf Alteisen-Konstruktionen, Teile ehemaliger Raumschiffe. Die grüne Riesensonne warf Licht auf die Plastikkuppel, unter der die Freunde saßen. Im Innern der Eisenkonstruktion Kojen, Schreibabteile, Schlafstätten, Vorräte.

Es war unmöglich, weiter vorwärtszufahren. Mehr Rohstoffmassen, als sie hier im Umkreis einiger Parsec »besaßen«, konnten sie auch anderswo nicht finden.

Hinter ihnen liegen die zerschossenen Zonen der Sektoren Dubna, Wurst und des von ihnen durchquerten Teils von Sektor Morgenröte. Es existieren keine denkbaren Raumschifftypen, die sie wieder zurückbringen könnten. Objektiv ist die Lage *hoffnungslos*, aber für professionelle Hoffer wie Zwicki, Boltzmann, von Ungern-Sternberg und Dorfmann ist sie es nicht. Auf dem sechsten Planeten »ihrer« Riesensonne finden sie wälderbedeckte Kontinente. Mit den chemischen Waffen eines ihrer Rettungsboote »ritzten« sie das Abbild der *Hymne des Sektors Morgenröte* in die Wälder. Boltzmann-Zwickis geschossene Waldschneisen waren zwischen sechs und acht Kilometer breit. Dieses Zeichen intelligenten Lebens mußte vorbeifahrenden Intelligenzwesen auffallen und sie zur Landung verlocken.[55]
Den Waldplaneten nannten die Besitzer »Dorfmann«, den Mond dieses Planeten »von Ungern-Sternberg«. Die Sonnenplattform der Avantgardisten besitzt eine sauerstoffdurchflutete Kunststoffkuppel. Sieht Zwicki hinaus, so erhebt sich am Horizont über Alteisenresten der halbe Ball der roten Riesensonne »Zwicki«. Dreht sich Zwicki um, so kann er im Norden den Planeten Dorfmann erblicken. Setzt er sein Fernrohr ein, so liest er (*umblättern auf Seite 920*) »Die Morgenröte«, ein Zeichen intelligenten Lebens, das ihn entzückt:

---

55 Vielleicht gelingt es auf diese Weise, doch noch Arbeitskräfte anzulocken, die sich als »Partner« auspressen lassen. In diesem Fall kommen Dorfmann, v. Ungern-Sternberg, Zwicki, Boltzmann erneut in Bewegung. Andernfalls bleiben sie als Geschichtsschreiber tätig.

Abb.: L'aurore, die Morgenröte

12

Der lange Marsch des Urvertrauens

Skizzen zu Zeiträumen, die länger dauern als ein Lebenslauf: die Sterne, Äonen, Generationen.
Wir, die wir übrig sind aus den Vorzeiten, tragen etwas in uns, ohne das wir nicht überlebt hätten: DAS URVERTRAUEN. Jedes Lebewesen erhält davon seinen Anteil bei der Geburt.
»Wer immer hofft, stirbt singend.«

Inhalt des 12. Kapitels

Der spanische Posten

In einer Kaserne Spaniens lag ein Haufen Stroh. Ein Posten wurde davorgestellt. Das Stroh vermoderte, sank zu einem Häuflein zusammen. Der Posten, nicht abberufen, stand noch monatelang davor.

Der Pädagoge von Klopau

Friedrich Nietzsche: »Daß es Bücher gibt, so wertvolle und königliche, daß ganze Gelehrtengeschlechter gut verwendet sind, wenn durch ihre Mühe diese Bücher rein erhalten und verständlich erhalten werden und diesen Glauben immer wieder zu befestigen, ist die Philologie da.«
In tausend Lateinschulen wuchsen in Deutschland 1943/44 junge Menschen heran in der Nachfolge des großen Philologen F. A. Wolf. Der Lehramtskandidat Dr. Friedrich Rühl konnte wegen eines entstellten Beins seinem Land nicht mit der Waffe dienen. Seine Leidenschaft galt dem Erzieherberuf, auf den er sich seit 1939 vorbereitete. Er glaubte inständig an die Lernfähigkeit von Kindern, an ihren guten Willen, an die Bildung von Kindern, die die Zukunft entscheidet. Seine akademischen Lehrer waren Martini und Heidorn in Berlin; er war Anhänger der Individualpädagogik.
In Rühls Referendarzeit starb ein intelligenter Lateinschüler bei der Ausführung einer Riesenwelle, die vom zuständigen Sportlehrer überwacht wurde; Rühl und ein weiterer Referendar beteiligten sich an dem schon hoffnungslosen Versuch, ärztliche Hilfe zu beschaffen.
Verhältnismäßig rasch nach seinem zweiten Staatsexamen im Herbst 1944 wurde Assessor Dr. Rühl nach Klopau in Westpreußen versetzt. Er kam am 10. Januar in Klopau an. Am 12. Januar stießen die russischen Truppen aus ihren Brückenköpfen an der Weichsel nach Polen hinein. Arbeitskräfte wurden zur Herstellung einer neuen Frontlinie angefordert. Ehe sein Unterricht im Klopauer Gymnasium richtig beginnen konnte, mußte Assessor Rühl, eilig zum Studienrat befördert, eine Gruppe wehr- und schanztauglicher Schüler aussieben und ins Hinterland in Marsch setzen. In der Gegend von Graudenz gruben sie Panzerlöcher. Die Schüler lernten rasch graben. Wenig später waren die russischen Panzer schon in der Nähe. Bei einem Schanzeinsatz überrascht, starben 12 Schüler. Zu diesem Zeitpunkt wurde Studienrat Dr. Rühl mit der kommissarischen Schulaufsicht über den gesamten Bezirk Klopau betraut.

Praktisch avancierte Rühl in 12 Wochen vom Assessor zum Schulrat. In der Nacht, die auf den Panzerüberfall vom 18. Januar folgte, versuchten die verbliebenen 18 Schüler, einen verwundeten Mitschüler zum Flecken Wilby zu tragen, wo sich ein Feldlazarett befinden sollte. Noch vor Wilby nahmen die Schüler Panzerfäuste und Sturmgewehre in Empfang. An der Straßenkreuzung bei Wiltrusch-Lengsby versuchten sie auf Anraten ihres Lehrers, einen russischen Tank abzuwehren. Eine Gruppe von vier Schülern, zusammen mit ihrem einfüßigen Lehrer, blieb unbemerkt, die übrigen starben. Rühl versuchte alles, wenigstens diese vier Schüler in das Reichsgebiet zurückzuschaffen. Auf dem Marsch durch die märkischen Wälder, auf den Spuren der südlich Berlins zurückflutenden 9. Armee, verlor er einen Schüler durch Artilleriebeschuß, als dieser Fleisch zu ergattern versuchte. Im Gefolge einer motorisierten Kolonne erreichte der Pädagoge mit zwei Schülern Berlin und meldete sich im Reichs- und Preußischen Kultusministerium. Die Schüler wurden in ein Schülersammellager in Spandau-West überführt.

Nach dem Krieg scheute Rühl vor einer Wiederaufnahme des Lehrberufes zurück. In der Schwarzmarktzeit eröffnete er ein Briefmarkentauschbüro. 1948 wechselte er seine Tätigkeit und wurde Grundstücksmakler.

Wer immer hofft, stirbt singend

Hier ist die Rede von Antoine Billot. An der Katastrophe von Arles nahm er teil. Hundert Tote über Nacht, weil ein Damm brach. Soldaten holten ihn in Booten ab, als er bereits bewußtlos war vor Hunger und Kälte, mit beiden Armen an einen Baum geklammert.

1939 lag er unter der Lokomotive zusammen mit vier anderen Streckenarbeitern, da irgend etwas mit dem Warnsystem nicht geklappt hatte. Das Zugpersonal, das den Eilzug erst einige Meter hinter der Unfallstelle zum Halten bringen konnte, unübersichtliche Kurve, wurde im nächsten Ort ausgewechselt. Die Schäden an der Lokomotive waren gering. Unser Mann wurde ärztlich nicht sogleich behandelt, da man ihn zu den übrigen Toten gelegt hatte, später rappelte er sich noch einmal zusammen.

Eine Betondecke stürzte ein, sieben Frauen, die in dem Raum unter der Betondecke für eine Firma Kartoffeln schälten, wurden getötet. Er war der einzige Mann in diesem Raum. Stand im Augenblick des Betriebsunfalles in der Tür und wurde lediglich schwer verletzt, so daß die Ärzte an seinem Aufkommen zweifelten. Die Sache ging durch die Zeitungen.

Im Krieg wurde er von dem Ort, an dem er seine Verwundung empfing, zurückgeflogen ins Innere des Landes. Da ein Motor der Sanitätsmaschine aussetzte und das Flugzeug an Höhe verlor, kam von der Bodenstelle die Weisung, die Schwerverletzten abzuwerfen. Der Mann gehörte zu den Schwerverletzten. Er wurde abgeworfen. Niemand hätte mehr mit ihm gerechnet, da Mangel an Fallschirmen bestand. Aber er fiel noch ganz glücklich und ließ sich auf dem Bauernhof, in dessen Gebiet er fiel, gesund pflegen. Es war sein Glück, denn er entging dadurch der Gefangenschaft und der Zwangsarbeit in Deutschland. Nach dem Sieg beging er die Torheit, sich auf den Nachhauseweg nach Südfrankreich zu machen. Auf diesem Weg geriet er in Nîmes unter die verhafteten Milizangehörigen, die man in das Stadion trieb und mit Maschinengewehren beschoß. Hierein wurde er entweder durch ein Versehen verwickelt oder weil er tatsächlich etwas mit der Miliz zu tun hatte. Er lag angeschossen, verdeckt von einigen Toten, die über ihn gefallen waren, und wurde, wie er später erzählte: wie ein toter Stier, als tot abgeschleppt. Es gelang ihm später, sich zu entfernen.

Vom Wehrdienst in Algier wurde er befreit. Er nahm auch keine Arbeit mehr an, wenn sie in Betrieben stattfand, in denen die Unfallquote über 1,2 % im Jahr lag. Es passierte aber, daß er sich im Stadion eines südfranzösischen Städtchens in der goldenen Abendsonne ein Fußballspiel ansah, die Ränge bis auf den letzten Platz besetzt, plötzlich setzt ein wolkenbruchartiger Regen ein, der ganze Himmel ein einziger Wasserstrahl auf die Schaulustigen, die aus Angst, naß zu werden, zu Tausenden zu den Ausgängen der Arena drängen. Dabei blieben zwanzig Menschen, teils getötet, teils schwer verletzt, liegen. Der inzwischen vierzigjährige Billot – schon in der Nähe des Ausgangs – gehörte zu den erheblich Blessierten, entging aber dem Tode. Die Verletzung, die er auszukurieren hatte und zu der durch unsachgemäße Behandlung in der Kreiskrankenanstalt ein Leberleiden und eine leichte Blutvergiftung hinzukamen, bewahrte ihn vor der Teilnahme am Suez-Abenteuer, von dem man damals nicht wissen konnte, ob es nicht gefährlich enden würde. Der Mann war dankbar.

Kooperatives Verhalten

In einem Haus in Blaubach wurden nach dem Fliegerangriff vom 11. Februar 1943 die verkohlten Reste eines Menschen gefunden. Eine Hausbewohnerin behauptete, es handele sich um die Überreste ihres Mannes. Eine zweite Frau aus demselben Haus meldete sich und erklärte, ihr Mann habe ebenfalls in diesem zerstörten Keller gesessen, wahrscheinlich saß da einer neben dem anderen. Es seien Leichenreste ihres Mannes dabei. Auch sie möchte gerne eine Grabstätte besuchen können. Daraufhin machte die Hausbewohnerin, die zuerst zum Trümmerstück[1] zurückgekommen war, den Vorschlag, die Reste des verkohlten Menschen zu teilen.

Abbau eines Verbrechens durch Kooperation

I

Ingrid Fahle, Ingenieurin der Abendstunde. Sie schaltet das Licht ein, läßt den Kunden herein, gibt ihm sein Präservativ. Der Kunde entkleidet sich. Sie schält sich aus ihren Dingern. Mit Ingenieursgriff umfaßt sie den Sack des Kunden, locker. Sie ist kundig. Sie befreit diesen Gast von dem zu eng sitzenden Präservativ. Sie legt diesen Kunden auf die Massagepritsche und macht sich im Raum zu schaffen. Die Vorfreude soll andauern. Sie massiert die Fußknöchel, die Kniescheiben, Waden. Sie geht über zum Brustkorb.

Der Kunde entspannt sich. Er bittet wortlos um schärfere Behandlung seines Halses. Sie würgt ein wenig. Sie nimmt 180 DM. Die Spitze des Fegers dieses Assessors ist wie ein verkleinerter Rosenkohl, aber an der äußersten Spitze angespannt, und läßt eine männliche Scheide sehen, aus der dann später Saft kommt. Sie weiß, daß hiernach keine Steigerung mehr möglich – sie lenkt ab. Ein älteres Exemplar der Zeitschrift STERN. Der Kunde sieht die Bilder an.

II

Sie fügt sich in die Freitag-17-Uhr-Welle der vielen Menschen ein, die die Kaiserstraße herunter zum Bahnhof drängen. Es tut ihr gut, die Laufmuskulatur anzustrengen. Moselstraße, Taunusstraße überqueren, Niddastraße. Sie steigt die vier Treppen zu ihrer Privatwohnung hinauf. Drückt das Schnappschloß ihres Quartiers auf. Von der Arbeitswoche erschöpft, öffnet sie die Wohnzimmertür, hat die Vorstellung, daß sie sich jetzt einen Tee machen wird; sie sieht

---

1 Als das Mädchen Franziska Ziegler, die zu Beginn des Angriffs einen öffentlichen Bunker aufgesucht hatte, zurückkehrte, stand von diesem Haus nur noch die linke Brandmauer. Die Schwester, 18 Jahre alt, trat hinzu. Martha und Viktor Ziegler standen aufrecht bis zur Brust im Schutt an der Wand. Als die Mädchen den Vater anriefen, fiel sein Kopf nach vorn. Die Kellerdecke, ein Viereck aus Beton, hing an einer einzigen Eisenlasche. Sie holten Petroleum und versuchten, die Toten zu verbrennen. Wenn wir es nicht tun, tun es die Ratten. Sie mußten es tun.

den Jugoslawen in dem schweren Klubsessel liegen, der Kopf blutüberkrustet, seitwärts auf die Lehne gelegt.

Diesen Jugoslawen kennt sie seit mehreren Wochen. »Auf Geschäftsreise von Zagreb nach Brüssel, wo er für das von ihm geführte Hotel eine Spülmaschine einkaufen soll.« »Wollte in Frankfurt zwei Diamanten verkaufen.« Sie betastet vorsichtig seinen Kopf, versucht den Oberkörper Ante Allewischs aufzurichten. Ein längliches Eisenstück liegt neben dem Klubsessel am Boden.

Das Altbauzimmer ist mit einer großen Schlafcouch und einer »Trink-Ecke« ausgestattet: Sitzbank, davor Rauchtischchen, zwei Damenhocker. Zu dieser Ecke zählt der große Klubsessel.

III

»Keiner ist alleine schlau genug.« Sie will Wasser holen, dieses Blut am Kopf wegwaschen. Sie hebt ein Augenlid Allewischs hoch, benutzt dazu (um Fingerabdrücke zu vermeiden) einen Lappen, den sie aus der Küche holt; sieht sich das Weiße in dem jugoslawischen Auge an. »Sachte pustet sie darauf.« Sie hofft auf ein Lebenszeichen. Sie zündet ein Streichholz an und hält es vor Allewischs Mund. Sie prüft den Puls. Durch den Lappen hindurch fühlen ihre Finger nichts, auch nicht durch ein Seidentuch, das sie aus dem anliegenden Zimmer, in dem Karl Schleich lebt, holt. Sie muß sofort Schleich sprechen, ihren Beschützer. Sie rennt Taunusstraße, Moselstraße, Münchner Straße, trifft ihn im »Studio Luxemburg«.

INGRID: Im Zimmer liegt Allewisch. Tot.
SCHLEICH: In deinem Arbeitszimmer?
INGRID: Nein, im Quartier.
SCHLEICH: Herzschlag?
INGRID: Mit einem Eisenstück erschlagen. Auf den Kopf.
SCHLEICH: Du spinnst.
INGRID: Du mußt ganz ruhig sein. Verdaue das erst einmal.
SCHLEICH: Und da bleibst du so ruhig?

Die beiden Vertrauten kennen einander jetzt seit acht Jahren. Jeder ist in seinem Fach ein Professioneller. Sie laufen, wie sie immer laufen: Moselstraße, Niddastraße.

Ingrid, aschblondes Haar im Sommer, etwas nachdunkelnd im Winter oder wenn sie es nicht wäscht. Geboren in einem Großdorf in Oberhessen. »Da sie starke Knochen zu haben versprach, folgte er ihr auf das Zimmer.« »Sie wollte durch eine ungewöhnliche Figur auffallen. Ein Jahr danach wog sie nur noch 28 Kilo.« »Mit 23 Jahren stürzte sie sich während einer Familienfeier aus dem Fenster des zweiten Stockwerks. Sie hatte zu dieser Zeit ein Liebesverhältnis mit einem älteren Mann. Nach diesem Sturz begann sie wieder abzumagern.« »Gegen die Obstipation beschaffte sie sich heimlich große Mengen Abführmittel. Im Laufe des Jahres entwickelte sie eine Sucht nach stimulierenden Medikamenten.« »Zum ›Enthemmen‹ nahm sie große Mengen Nocturnetten.« »Abends trank sie regelmäßig einige Flaschen Bier.« Seit sie sich unter Karls Einfluß befindet, ißt sie regelmäßig, hat professionellen Ehrgeiz. Sie hat beruflichen Erfolg wegen ihrer Kenntnisse, nicht wegen ihres körperlichen Typs. »Meine Kunden produzieren ihr Vergnügen mit Hilfe der sachkundig ausgelösten Phantasien selber.«

Karl Schleich ist aktenkundig als Zuhälter. In Wirklichkeit: Spezialist für Einbrüche.[2] Er recherchiert die Einbruchsmöglichkeit (z.B. von einer nachts geschlossenen Imbißstube mit langem, schlauchartigem Gang die Wand zu einem Pelzlager durchstoßen, das an der Brandmauerseite zur Imbißstube nicht gesichert ist). Für diese Planung ist Schleich zuständig. Mit der Abendmaschine aus Mailand trifft ein Spezialist für Mauerdurchbrüche ein, der sich gegen 3.30 Uhr nachts von Schleich wecken läßt, frühstückt, den Durchbruch ausführt, von Schleich zur Frühmaschine 8.15 nach Mailand zum Flughafen gefahren wird. Die Pelze werden in einer Scheune im Taunus gelagert.

IV

Bertrand Russel, *Power*, Zürich 1947, S. 214: »So muß es zwei Polizeikörper und zwei Scotland Yards geben, von denen der eine, wie es heute der Fall ist, die Schuld, der andere die Unschuld nachweisen muß; so muß es zwei Erfahrungsweisen von Verbrechern geben: die einen, die es aufbauen, die anderen, die es wieder abbauen.«

Schleich, der ohne Resultat eine Kerze vor Allewischs Mund hielt, das Wachs tropfte auf den Mund des Toten, aber er wollte den Kopf nicht durch Ingrids Hände hochstützen lassen, weil er wußte, daß man bei schweren Schlagschäden die Lage des Kopfes am besten überhaupt nicht verändert. Als Schleich sich quer zu dem Erschlagenen auf den Boden legt und sein Ohr voller Vertrauen auf dessen Brust deponiert, hofft er immer noch, daß es sich um kein

---

2 Daß die Kriminalpolizei Schleich in den Kreis der Verdächtigen noch nie einbezogen hat, liegt mit daran, daß er wegen Sittlichkeitsdelikten, also einer grundlegend anderen Tätigkeitsform, in ihren Akten verbucht ist.

»endgültiges Unglück« handelt. Es wäre dann sein und Ingrids Unglück. Sie hatten schon in Pensionen Tote gesehen, die von Schlägertrupps zusammengeschlagen waren; diese Toten hatten sie in der Eile jeweils nicht genau betrachten können; hätten sie dort verweilt, wären sie als Tatzeugen in den Todesfall einbezogen worden.

Der lebt, sagte Schleich, um der Situation ihre Absurdität zu nehmen. Er ging einmal provisorisch von dieser Annahme aus. Sie wickelten den Jugoslawen in Decken. Ingrid brachte aus der Küche Wärmflaschen. Der Schlag hatte den Schädel verformt, jedenfalls schien das so bei Kunstlicht. Die flächige Wunde, in der Knochensplitter, mit Haaren und Blut vermischt, herausstanden, tropfte. Vorsichtig, wie Ingrid sonst entzündete Geschlechtsteile eines Kunden angefaßt hätte (»die sind nicht aus Gummi«), legte sie zwei Frottiertücher und eine Seidenbluse um die Wundränder.

Sie liefen zur Westendstraße, dem Quartier des Amateurpärchens Schmitz/ Mera. Sie passierten Polizeistreifen, die sich aber lediglich für die abflauende Demonstration von Hausbesetzern interessierten, die ein Grundstück im Kettenhofweg betraf. Aus der Lindenstraße brach eine Polizeirotte hervor, verprügelte Studenten, die nach Westen abliefen. Kühle Abendluft. Die Bäume an der Bockenheimer Landstraße sind schon Ende April verwelkt wie im Herbst.

V

Das Amateurpärchen sitzt im Licht einer Stehlampe den aufgebrachten Professionellen gegenüber. Die »Freunde«, seit 2 Jahren verbringen sie regelmäßig gemeinsame Abende, betrachteten einander wie »fremde Hunde«.

SCHLEICH: Ihr seid rammdösig.

SCHMITZ: Wir leugnen das. Der Tote liegt in eurer, nicht in unserer Wohnung. Das ist entscheidend.

SCHLEICH: Ich habe euch gesagt, daß wir auf keinen Fall mitmachen. Das bedeutet, daß ihr euren verrückten Plan aufgeben mußtet.

SCHMITZ: Ich wüßte gar nicht, wovon ihr sprecht. Er liegt in eurer Wohnung.

SCHLEICH: Wir wissen, daß ihr an die Steine ranwolltet.

SCHMITZ: Unter uns mag das klar sein, aber für die Polizei liegt er in eurer Wohnung.

INGRID: Wer redet denn von Polizei?

SCHMITZ: Also, das ist vernünftig.

SCHLEICH: Was heißt hier vernünftig?

SCHMITZ: Vernünftig ist, daß wir die Polizei weglassen.

SCHLEICH: Das fliegt spätestens auf, wenn ihr die Steine irgendwo anbietet. Also, die Steine müssen jetzt her.

SCHMITZ: Das schlägst du dir aus dem Kopf. Eher zeige *ich* euch an. Dann müßt *ihr* erklären, wie der Tote in eure Wohnung kommt.

SCHLEICH: Ihr habt Schlüssel zu unserer Wohnung.

SCHMITZ: Die haben wir weggeschmissen.

Schleich geht auf Schmitz zu, schlägt ihm ins Gesicht. Heike Mera schreit, versucht, Schleich zu boxen. Ingrid hilft Schleich. Schmitz entkommt in den Flur, dreht den Schlüssel um, ruft durch die Tür:

SCHMITZ: Ich gehe zur Polizei.

INGRID: Und woher willst du etwas wissen über den Mord?

SCHMITZ: Ich melde den Jugoslawen als vermißt.

Schmitz läuft nicht weg, obwohl er vom Flur aus die Straße erreichen könnte. Schleich und Ingrid haben Schmitz' Geliebte als Geisel. Sie befürchten, daß Schmitz notfalls diese Geisel ihnen belassen wird. Die Tür zu sprengen ist ohne Krach nicht möglich. Sie durchsuchen das Wohnzimmer. Heike Mera, der Ingrid mit Schleichs Hilfe durch Armumdrehen Schmerzen zufügt, weiß nicht, wo die Diamanten sind.

VI

»Der Giftzwerg in den Schuhen seines Vaters.«

»Eine Tochter aus äußerst gutem Hause.«

Dietrich Schmitz und Heike Mera versuchen, eine geordnete Existenz zu begründen: »Gut« sein. Für Schmitz heißt das: in Lackschuhen, hellgrünem Sportanzug herumlaufen, *ähnlich* wie sich sein Vater, ein Kriminalbeamter, seiner Dienststellung gemäß sorgfältig kleidete, aber zugleich *unbedingt abweichend*. Eine Brosche auf Schmitz' Krawatte, von der Farbe einer Friseur-Haarsalbe. Das Grenzenlose in Schmitz' Ehrgeiz bestimmt die Mittel. Daß er nicht zu Ende plant, trägt ihm die Verachtung des professionellen Schleich ein. Seit zwei Jahren plant Schmitz mit dem Professionellen Gerschwind einen Pelzeinbruch. Er führt den Plan nicht aus. Heike Mera, einflußlos, rät ihm zum »rechten Weg«, aber nach Brasilien mit ihm auswandern will sie auch; dafür brauchen die Amateure Barmittel. Jetzt stellt Schleich verblüfft fest, daß diese Amateure doch etwas »tun«.

Noch in der Nacht finden Ingrid und Schleich in einem Bootshaus in Bad Vilbel, in dem Schmitz ein Faltboot untergestellt hat, die Diamanten.

VII

Um 3.00 Uhr nachts kommen Schleich und Ingrid zu ihrem Jugoslawen zurück. »Durch Liegenlassen wird er nicht besser.« Schleich hat den Eindruck, daß der Tote doch irgendwie schwach atmet. Es ist Samstag/Sonntag. Sie wickeln Ante Allewisch in einen Teppich und tragen ihn zu einem Lieferwagen, den Schleich ausgeliehen hat. Sie müssen bis 6.00 Uhr früh warten. Umarmt schlummern sie einige Stunden. Früh fahren sie ihn zu einer Scheune im Taunus, legen ihn in einen Holzverschlag.

Ingrid wartet vor der Praxis des Abtreibungsarztes Dennerlein, will ihn überreden, sich den Halbtoten einmal anzusehen. Dennerlein: Der Fall ist mir zu gefährlich.

Es ist aber so, daß er sich der Behandlung der von Ingrid beschriebenen Kopfwunde nicht gewachsen fühlt. Ingrid muß Schleich hinzuziehen, dessen Drohungen Dennerlein zur Kenntnis nimmt. Er fährt jetzt mit. Er betastet den Kopf Allewischs, zieht ein Handbuch über Kopfoperationen zu Rate. Sein Wissen reicht auch jetzt nicht aus. Schleich sieht das ein. Das ist für Dennerlein lebenswichtig, daß die beiden ihn nicht für einen Drückeberger halten. Dennerlein fährt nach Mainz, befragt einen ihm bekannten Assistenzarzt der Universitätsklinik.

Dennerlein versorgt die Kopfwunde. Zu dritt zerstampfen sie Tabletten, die sie dem Halbtoten einflößen. Es erweist sich, daß Allewisch schluckt. Ingrid spricht auf den Kranken ein. Später meint sie, so hätte sie das geschädigte Gehirn in der kritischen Phase in Tätigkeit gehalten, daß es nicht ganz starb. Ihr kommt zugute, daß sie jetzt ausgeschlafen ist. Auf Kunden wie ein Märchenerzähler einzureden, hat sie gelernt.

VIII

Ingrid kennt Nuttenvater Pfuller, einen Kriminalkommissar, der für Geldzuwendungen und gelegentlichen, sehr spezialisierten Geschlechtsverkehr empfänglich ist. Sie bittet ihn um einen Dienst.

Pfuller betritt die Wohnung Schmitz/Heike Mera.

PFULLER (zeigt auf seine Plakette): Kriminalpolizei.
SCHMITZ (frech): Sie wünschen?
PFULLER: Sie sind doch ehemaliger Kollege?
SCHMITZ: Was tut das zur Sache?

PFULLER: Ich habe nur ein paar Fragen.

SCHMITZ: Ich beantworte keine Fragen. Haben Sie eine Beschuldigung?

PFULLER (dringt in die Wohnung ein): Das wollen wir einmal sehen, ob Sie nicht Fragen beantworten.

SCHMITZ: Was ist es denn?

PFULLER: Das sage ich nicht, ehe Sie mir nichts gesagt haben.

SCHMITZ: Ich habe nichts zu sagen.

PFULLER: Das ist ja interessant. Sie haben mir nichts zu sagen?

SCHMITZ: Was ist es denn? Sie können mit mir nicht so umspringen.

PFULLER: Wir wollen mal abwarten, wie ich mit Ihnen umspringe. Zunächst verfolge ich eine Spur.

SCHMITZ: Dann nehmen Sie mich doch mit auf das Präsidium.

PFULLER: Woher wollen Sie wissen, daß ich das nicht tue?

SCHMITZ: Weil Sie hier sitzen. Wenn Sie mich verhaften wollten, hätten Sie einen Kollegen mit.

PFULLER: Fehlschluß. Vielleicht habe ich Gründe, allein hier aufzutauchen?

Das währt eine Stunde. Schmitz und Heike Mera, die den Zweck dieses Besuches nicht deuten können, nehmen den Zug 16.45 Uhr nach Barcelona.

IX

Dennerlein: »Der Kunde ist jetzt transportfähig.« Auf kurze Momente ist Ante Allewisch bei Bewußtsein. Er atmet, schläft viel. Ingrid »bespricht« ihn täglich 4-5 Stunden, ohne Rücksicht auf den Sinn der Worte.

Sie hüllen den Patienten in Decken, legen ihn in einen großen Reisekoffer, in dessen Unterseite sie große Luftlöcher bohren; sie stellen den Koffer auf Backsteine, so daß zwischen dem Bretterboden des Lieferwagens und dem Koffer ein Zwischenraum entsteht. Darüber stapeln sie Tarnmasse.

Sie fahren nachts Autobahn Richtung Karlsruhe. Die Grenze nach Österreich überqueren sie auf Waldwegen. Einige Male ächzt Allewisch. Hinter der jugoslawischen Grenze halten sie in einem Waldstück. Ingrid bespricht den jetzt wachen Allewisch 1 Stunde lang: wenig Reaktion.

In Ljubljana bringen Ingrid und Schleich Allewisch nachts zum Pförtner des Bezirkskrankenhauses. In Allewischs Taschen werden später Ausweispapiere und zwei Edelsteine gefunden.

X

Schleich und Ingrid Fahle, die sich am Steuer während der Nachtfahrt abgewechselt haben, sind wieder zu Hause. Die erschöpfende Arbeit der letzten 3 Wochen, unbezahlt. Aber die Kooperation schafft zwischen ihnen Vertrauen. Sie feiern für DM 50,– eine gemütliche Stunde. Ingrid sagt:»Es war vielleicht falsch, Allewisch für seine Versorgung lediglich die beiden Diamanten mitzugeben, besser wäre eine Geldsumme gewesen.« Mit zunehmender Erfahrung wird ihre Technik perfekter.

Bericht des Taxifahrers

Ich hätte nie gedacht, sagte der Taxifahrer, daß ich einmal eine schwarze Geliebte haben würde.
Wir durchfuhren das Brandenburger Tor, Unter den Linden entlang, an der Schloßattrappe aus Tuch vorbei, die für 100 Tage drapiert war, auch der Weihnachtsmarkt war in Gang gesetzt.

– Wie haben Sie Ihre schwarze Freundin kennengelernt?
– Im Taxi hier.
– Sie haben sie angesprochen?
– Nein. *Sie* hat etwas gesagt.
– Und Sie haben sie in ein Gespräch verwickelt?
– Ganz so war es nicht.

Man konnte die Volksbühne am Rosa-Luxemburg-Platz nicht so anfahren, wie der Taxifahrer das von früher gewohnt war.

– Ich muß natürlich sagen (sagte er), wenn ich es so sagen darf, wie man es an sich nicht sagen kann: Es ist so, daß man manchmal denkt: da hast du einen Affen im Bett.
– Wegen der Hautfarbe? Wo ist sie her?
– Aus Zimbabwe. Es ist nicht wegen der Hautfarbe. Aber etwas Weißes hier (das bin ich), und da was Schwarzes (das ist sie), merkwürdig.
– Nicht unangenehm?
– Überhaupt nicht. Sie summt manchmal.
– Wieso ist es merkwürdig?
– Nicht, weil sie summt.

Der Taxifahrer mußte sich auf die Verkehrslage konzentrieren.

– Das Beste ist, daß sie in ihrer Wohnung ist und ich in meiner bleibe. Beide arbeiten wir.
– Was ist daran so gut?
– Man kann nicht steuern, wenn man in einer Wohnung zusammenlebt. Man kann die Beziehung steuern, solange man nicht zusammenlebt. Sonst ist es aus.
– Ist es nun schön, was Sie erleben?
– Umwerfend.

Jetzt waren wir in der Straße angelangt, die auf das Theater führt, das wie ein Schlachtschiff oder ein großer Kreuzer seit den zwanziger Jahren auf diesem Platz stand, der nach einer Revolutionärin benannt war.

Ein Sonnabend im Oktober 1929

> »Sünde ist Gewißheit.«
> *Sokrates*

Der GRUNDGEDANKE war nicht das, was Dr. med. Erwin Zacke seiner jungen Frau gegenüber später behauptete: daß sie noch einige Jahre ein bequemes Leben haben sollten, ehe sie Kinder hätten, sondern MISSTRAUEN, VORSICHT. So, wie sie zusammensaßen, konnte überhaupt kein Grundgedanke entstehen. Nach dem Frühschoppen saßen sie einfach nur da bis zum Mittag (es war Samstag), danach saßen sie weiter zusammen bis zum Dämmerschoppen, warteten auf einen Abendimbiß, den die Dienstmädchen in der Küche vorbereiteten.

– Es wäre Sünde, es nicht zu tun. In einer Viertelstunde sind wir fertig (sagte Zacke). Es ist ja alles im Haus. Karl (Erwins Freund, chirurgischer Kollege) macht das auf die kurze Art.
– Tut es weh?

Die junge Frau hätte ihr Kind eigentlich gern behalten, wollte aber nicht sperrig sein. Es war eine Sache der Illusion. Sie konnte sich vorstellen, junge Mutter zu sein, und sie konnte sich ausmalen, »frei von elterlichen Pflichten« zu sein, »wir können verreisen«. Auch war es ihr nicht geheuer, von dem Gast, der die Operation als der erfahrenere Arzt durchführen sollte, an intimer Stelle berührt zu werden, während sie doch jetzt noch angezogen hier herumsaßen. Sie war unschlüssig.

– Nicht jeder kann so etwas am Wochenende und im eigenen Haus haben. Das ist Luxus (sagte der Ehemann).

Er übertrieb, denn die Nutzung der Gelegenheit war nicht sein Motiv. Er hatte die junge Frau vor knapp zwei Monaten binnen einer Woche nach dem Kennenlernen geheiratet. Doch war er sich nicht sicher, ob er sie »unberührt« erhalten hatte, hatte es nicht im rechten Augenblick geprüft. Er hatte in diesem Moment auch nicht »ärztlich« erscheinen mögen. So schien es ihm nunmehr »vorsichtiger«, die Frucht wegzuräumen, mit Bedauern für den Fall, sie wäre von ihm gezeugt.

– Laß uns doch hier in Ruhe sitzen (sagte die junge Frau).
– Karl macht das in einer Viertelstunde (antwortete Erwin).
– Nicht gegen Ihren Willen (warf der Gast ein).
– Muß ich mir überlegen (sagte sie).

Sie wollte Zeit gewinnen.
Die Tischrunde war einigermaßen blau. Dieser Zustand kam der Verteidigung der Leibesfrucht zugute, weil er die Beteiligten träge machte.

– Es ist jetzt 17.45 Uhr (mahnte der junge Eifersüchtige). Wenn wir bis 18.30 fertig sein wollen, müssen wir uns ranmachen.
– Nicht drängeln.
– Wenn wir bis 19.00 Uhr fertig sind, schneiden wir den Schinken auf und setzen eine kalte Ente an. Liesenbergs kommen um 21.00 Uhr, und um 23.00 Uhr gibt es heiße Würstchen.
– Das ist ja ein *Programm* (sagte Karl, der Chefarzt).
– Laßt mich mal überlegen (wehrte sich die junge Frau).

Wenn sie so sehr an dieser Leibesfrucht hängt, dachte Erwin, dann vielleicht, weil ein Geliebter in dem Kind zurückkommt. Vieles an seinem raschen Erfolg irritierte den Mann. Er drängte heftig:

– Nun mal los.
– Laß mich noch einen Moment sitzen (wehrte sich die Frau).

Der Arzt und sein Freund gingen in die Behandlungsräume hinauf und bereiteten den Eingriff vor.

Die junge Frau, die unten in eine Reihe von Lichtern starrte, fühlte sich nach einer Weile allein, ging hinauf und ließ die Männer tun, was sie so dringlich wünschten. Als sie zurückkehrten von ihrem Tun, klapperten die Dienstmädchen in der Durchreiche zum Eßzimmer. Sie hatten die Häubchen aufgesetzt. Der Abend fiel hernieder. Das war durch die Glasfenster des Wintergartens gut zu sehen. Nun war Gewißheit hergestellt.

Der Mann ohne Eigenschaften

Einer der deutschen Autorenfilmer hatte eine Kalkulation aufgestellt, aber noch nicht bei den Gremien einreichen können. Es sollte sein nächster Versuch werden. Er neigte zur Verfilmung von Robert Musils *Der Mann ohne Eigenschaften*, von dem es heißt, es sei DER ROMAN DES JAHRHUNDERTS.
Der Produzent fragte den Regisseur:

– Wollen Sie selber inszenieren?
– Ja.
– Wenn Sie das Thema mal umreißen, ich kenne den Roman nicht, bzw. ich habe ihn nicht zu Ende gelesen.
– Bis wohin haben Sie denn gelesen?
– Den Anfang.
– Das tun die meisten.
– Wenn Sie den Inhalt mal in ein paar Sätzen andeuten?
– Der Mann ohne Eigenschaften . . .
– Ist klar. Der hat keine Eigenschaften. Aber wieso nicht?
– Das ist der Titel.
– Handelt das Buch denn nicht davon?
– Es handelt von einem Geschwisterpaar.
– Mit oder ohne Inzest?
– Weiß man nicht genau. Einige Stellen gegen Ende des Buches deuten eher auf Inzest, andere sprechen dagegen. Der Mann heißt Ulrich, seine Schwester Agathe.
– Aha. Und der Inhalt?
– Sie meinen die Handlung?
– Was passiert?

– Der Mann hat keine Eigenschaften. Das sagt etwas aus über das zwanzigste Jahrhundert. Das Buch enthält eine scharfsinnige Analyse des zwanzigsten Jahrhunderts.

– Und was kommt heraus?

– Das steht nicht im Buch.

– Vielleicht muß man es im Film hinzufügen?

– Ich wollte eigentlich bei dem Buch bleiben.

– Ja, Sie müßten aber dem Zuschauer die Handlung mitteilen. Sie können nicht sagen, dieser Ulrich hatte keine Eigenschaften, und eine Handlung gibt's auch nicht, und was das Jahrhundert angeht, wissen wir nicht, was herauskommt, und der Film hat keinen Anfang, kein Ende, und einen Mittelteil schon gar nicht. Das wäre z. B. für eine Vorankündigung ungeeignet.

– Man kann jeden Stoff zureden, wenn man so redet wie Sie.

– Der Mann ohne Eigenschaften ist an sich ein ganz guter Titel. Man denkt sich was dabei.

– Sie sind also mit dem Stoff einverstanden?

– Sagen wir mal so: Ihr Hinweis, daß man jeden Stoff zerreden kann, wenn man die Ausdrücke richtig wählt, hat mich beeindruckt. Lauter Kurzfassungen, und danach veröffentlichen wir, daß das berühmte Stoffe sind. Dann muß der Zuschauer aufpassen.

– Nur Inhaltsangaben?

– Ja. Und davon viele. Sozusagen der FILM OHNE EIGENSCHAFTEN. Junge Frau, die sich zu nichts entschließen kann, bekommt auch nicht den Mann, von dem sie glaubt, daß sie ihn will. Den anderen will sie aber auch nicht, darüber vergehen die Jahre. Ihr Kind verunglückt, und man weiß nicht, ob sie ihren Mann noch einmal wiedersieht. Der, von dem sie nur *glaubte*, daß sie ihn liebt, ist inzwischen gestorben. »Vom Winde verweht«! Herrlicher Stoff!

– Könnte man gleich mit einfügen.

– Sagen Sie, das ergibt ein wunderbares Ratespiel!

– Ich hatte aber vor, den Film über DER MANN OHNE EIGENSCHAFTEN ...

– Ich bin von meiner Lösung ganz begeistert. Man muß die *Eigenschaften* weglassen. *Der Mann*, das wäre ein ganz brauchbarer Titel, hätte auch was mit dem zwanzigsten Jahrhundert zu tun.

– Ich hatte mich aber entschieden ...

– Ja, ich weiß, aber ich halte Ihre Lösung nicht für schlagkräftig. Sie müssen mich ja nicht fragen, wenn Sie meinem Rat nicht folgen wollen.

– Was für einem Rat?

– Na ja, Sie hören nicht zu.

Sie kamen zu keinem Ergebnis

Mißverständnisse eines Filmproduzenten

»Unmengen von Unterscheidungsvermögen«
Niklas Luhmann

Wir stellen Ihnen heute einen Verrückten vor, der einen neuen Filmtyp im Fernsehen einführen will. Er will keine Filme mit Handlung erzählen, sondern Unterschiede beschreiben. Das wird er Ihnen gleich selbst erklären, sagte die Assistentin zum Produzenten. Da trat der Werbegrafiker Markus M., der sich entschlossen hatte, Regisseur zu werden, bereits zur Tür herein.

– Und wovon handelt Ihr Film?
– Er handelt gar nicht, sondern zeigt Unterschiede, eine Differenz sozusagen. Kalt/warm, hell/dunkel, samtweich/rauh wie Beton, aber auch: hell dunkelblond/schwach brünett, da geht es um Nuancen, da sage ich dem Friseur: gerade noch dunkelblond, und dann sage ich: hell brünett, das kann wichtig werden.
– Aber Sie müssen doch eine Rahmenstory haben?
– Nein, brauche ich nicht. Nehmen Sie Ihre Fingerkuppe, sie unterscheidet sich von meiner.
– Und Sie meinen, daß die Zuschauer eine Fingerkuppe gern ansehen wollen? Wie nennen Sie Ihr neues Genre?
– Den Namen dafür müssen wir noch finden!
– Ja, und die Finanzierung des Projekts? An welche Unterschiede dachten Sie für den Anfang?
– Man müßte das überlegen. Man soll nicht mit Vorurteilen an die Dreharbeiten herangehen.
– An welchen Etat haben Sie gedacht?
– Zwischen drei und sechs Millionen Dollar.
– Könnten Sie das Projekt nicht auch als low budget herstellen?
– Dann kostet es 160 000 DM.
– Und wenn es ein richtiger Film wäre?
– Dann wäre es noch etwas billiger.
– Interessant. Und Sie können Unterschiede verfilmen?
– Sagte ich.
– Das ist interessant. Kommerziell?
– Sie meinen kommerzielle Unterschiede?

– Kann man die Filme kommerziell verwenden?
– Das müssen Sie als Produzent wissen.
– Weiß ich ja. Ich frage ja nur.
– Was macht eigentlich ein Filmproduzent Praktisches ...?
– Das ist ein weites Feld.
– Im Unterschied zu was?

Sie kamen zu keinem Ergebnis.

Wanderer nachts

»Daß ich sehen kann, daß ich hören kann, das verdiene ich nicht, aber meine Gefühle, die verdiene ich wahrhaftig. Diese Reiher über weißen Stränden, diese Wanderer nachts ... die mein Herz zur Landstraße nehmen.«

Ingeborg Bachmann, Das dreißigste Jahr

Abb.: Sommer-Seminar der Harvard-Universität, 1955. Ganz links (x): **Henry Kissinger**, Leiter des Seminars; vierte von links (x) **Ingeborg Bachmann**.

An der Weltstadt vorbei

Sie muß sich, nach der langen Nachtfahrt aus der Provinz in die Stadt, am ganzen Oberkörper waschen. Sie hat das Gefühl, daß sie das muß, um frisch und kühl zu sein. In der Vorhalle der Bahnhofstoilette sind die Waschbecken bewacht, also macht sie es in der Toilette mit dem Wasser, das frisch den Toilettenkessel durchspült; man kann den Deckel des Wasserreservoirs abheben. Sie wäscht sich, als sie getrocknet ist, kleidet sie sich wieder an. Jetzt ist sie stark, hat ein Stück Zukunftschance vor sich. Der Weg führt sie nach Bockenheim, an den Rand der Großstadt Frankfurt. Sie bedauert das.

Die Film- und Fernsehproduktion, auf deren Inserat Rila Ritters geantwortet hat und zu der sie sich aufmacht, ist im Hinterhof eines zweistöckigen Gebäudes untergebracht. Die Straße ist Provinz wie die, aus der Rila kommt. Das zweistöckige Gebäude hat einen modernen Barackenanbau, der zu einer Garage führt. Hier domiziliert die Produktion. Rila muß warten.

Später kann sie alles viel besser beurteilen. Sie muß hören, daß schon am Abend zuvor die Entscheidung gegen sie gefallen ist, während sie sich noch zur Fahrt rüstete. Die Rolle ist besetzt. Man wird ihr die Reisekosten ersetzen, wenn sie darauf besteht. Dennoch wird sie jetzt befragt.

REGISSEUR: Was haben Sie bisher gemacht? Ach ja. Hier haben Sie Ihre Fotos zurück. Wer hat Sie fotografiert?

Rila antwortet auf alles, sie hofft auf die Rolle, den Durchbruch. Es geht in dem Film um Beziehungen mit Frauen, sagt der Regisseur, der zugleich die Produktion leitet. Ja, antwortet Rila, ich habe solche Beziehungen gehabt, schon mehrfach.

REGISSEUR: In welcher Hinsicht?

RILA: Ziemlich genau so, wie Sie es meinen.

REGISSEUR: Und was war Ihre Erfahrung?

RILA: Ich hatte ja diese Erfahrung schon.

REGISSEUR: Ich meine, was ist Ihre Haltung dazu?

RILA: Positiv.

REGISSEUR: In dem Film geht es darum, daß die eine Frau der anderen allmählich näherkommt. Eine Art von Magnetismus ist zu spüren.

RILA: Wie es oft passiert.

REGISSEUR: In diesem Fall aber geht es um etwas Besonderes.

RILA: Aha.

REGISSEUR: Die beiden Frauen kommen einander näher.

RILA: Das muß gut ausgedrückt werden.

REGISSEUR: Ja, das muß gespielt werden!

RILA: Ich könnte . . .

REGISSEUR: Sind Sie denn auf Männer gar nicht eingestellt?

RILA: Fragen Sie privat oder beruflich?

REGISSEUR: Privat *und* künstlerisch.

RILA: Also künstlerisch soll ich ja wohl das andere spielen.

REGISSEUR: Na ja, wir gehen da auch schon dokumentarisch heran.

RILA: Dann muß ich mir das nur intensiv genug vorstellen . . .

REGISSEUR: Ich meine innerlich? Echt?

RILA: Das kann die Kamera nicht aufnehmen, wie ich gehört habe.

REGISSEUR: Wäre nur eine Frage.

Später, wie gesagt, mußte Rila, die inzwischen wieder wartet, erfahren, daß dieses Gespräch vollkommen überflüssig war, das sich an ihr Seelenleben heranzutasten versuchte (die Fragen waren so schwer zu beantworten, weil es nicht darum ging, ob die Antwort wahr oder unwahr ist, sondern ob sie zum Engagement führt). Die Produktion verfügte über kein professionelles Know how, um eine Absage rechtzeitig zu formulieren, und vertrödelte den Tag, indem sie den Herbestellten Fragen stellte und so tat, als sei die Rolle noch zu besetzen.

Sie wußten, fand Rila, auch nichts vom Thema, das sie verfilmen wollten. Sie hatte den Eindruck – zur Widerlegung dieses Eindrucks mußte sich ihr Verstand heftig bemühen –, daß die Produktion insgesamt nur einen Schein aufrechterhielt und die Absicht hatte, etwas ganz anderes zu tun, als einen Film herzustellen.

Sie wurde unruhig. Sie lief auf die Toilette und übergab sich. Sie hatte den Eindruck, aus dem Mund zu riechen, fühlte sich schwächer werden, so daß die Männer abends doch noch den Mut fanden, ihr zu sagen, es sei schon gestern gegen sie entschieden worden. Sie wurde wütend. Vor allem deshalb, weil sie sich vergebens auf die künstlerischen Fragen eingestimmt hatte. Sie hätte sich nie an die Sache heranschmeißen dürfen, und in der Konsequenz der Gespräche hätte sie sich wahrscheinlich noch in dieser Nacht mit Leib und Seele einem der Regie-Männer hingeben müssen, die ihre Bereitschaft, sich schlüpfrig zu äußern, unter dem Vorwand, ihre »Spielfreude« zu testen, ausprobieren würden.

Rila marschierte zum Bahnhof, fuhr vorbei an der Weltstadt, zurück in ihre Provinz, stank ruhig und unberührt vor sich hin.

Die Hinrichtung eines Elefanten

Ich, der jeden Vierteldollar ehrt, aus Odessa und seit zwei Jahren in New York, habe das Glück, dem großen Edwin S. Porter als Rechercheur und Kabelträger zu dienen. Ingenieur Porter ist als Regisseur Angestellter der Edison-Filmproduktionsgesellschaft. Ich bin als Voraustrupp schon seit vier Uhr früh vor Ort. Die Vergnügungsstätten von Coney Island, Ort unseres Filmaufnahme-Termins, liegen im Schlaf. Die Sonne wird von See her erwartet.

Das Untier, das aussah wie andere Elefanten auch, hatte keine Tücke im Blick des rundlichen Auges, stand in seinem Zelt, Stroh unter den Füßen, »wartete auf die Vollstreckung«. Die Wärter, davon ging ich aus, mochten das Tier nicht, da es drei ihrer Kollegen umgebracht hatte. Sie versorgten es, wie der Dienstplan es vorschrieb. So zermalmte das Tier in seinem Maul Rüben und Heu. Seine Untaten hatte es wohl vergessen oder gar nicht als »Schuld« wahrgenommen, vertrauensvoll blickte es in den Morgen.

Zwei Stunden später wurde die Kamera herangetragen. Die Wärter führten das delinquente Tier auf einen freien Vorplatz, auf dem Seile einen Abstand zwischen Tier und Zuschauer legten. Am linken Vorderfuß und am rechten Hinterfuß wurden elektrische Kabel angebracht, Elefanten sind Paßgänger, es genügt, je eines der Glieder einer Seite zu lähmen, um beide Glieder unbeweglich zu machen.

Wir sind bereit, rief Regisseur Porter. Er hatte die Kamera konstruiert, die auch als Filmvorführgerät patentiert ist. Die Crew besaß noch nicht das Raffinement des Jahres 1904, das den Höhepunkt der Edison-Unternehmen markiert. Es waren deshalb keine Lichtquellen im Rücken des Elefanten postiert, die die Kontur des zitternden Tieres gegen den Horizont abgegrenzt[3] hätten. Noch allerdings zitterte der Elefant nicht, stand ruhig da. Die Zuschauer wurden veranlaßt, Tickets zu lösen. Man wartete mit der »Hinrichtung auf dem elektrischen Stuhl in Coney Island«, bis mehr Publikum mit den Vorortzügen angekommen wäre.

Gegen 11 Uhr zündeten die Wärter die Elektroden. Der Gigant bäumte sich auf. Ich hatte den Eindruck, daß sich die Muskeln spannten. An den Fesseln der »Elefantenfüße« Qualm. Dann stürzte der Riesenleib aus Eiweiß auf die linke Seite, ein Haufen Elend.

Die Wärter und die Filmoperateure waren unmittelbar nach diesem Sturz entsetzt, schienen aufgeregt. Porter sagte: Das wird sensationell. Die Filmbüchsen

---

3 Ohne solches »Spitzlicht« hebt sich die graue Haut nicht vom Horizont ab. Der Blickwinkel der Kamera lag »landeinwärts«.

mit den Negativen wurden beschriftet: »Name der Firma. Datum. Titel: »Electrocuting of an elephant«. Die Wärter, die gewohnt waren, das Tier zu füttern, es abzuspritzen, die Exkremente zu entsorgen, durch den Tod der drei Kollegen in ihrer Stimmung irritiert, auch wenn sie auf deren Plätzen nachrückten, waren verschwunden. Eine Kritik an dem Verfahren hatten sie nicht geäußert.

Auch ich äußerte mich nicht. Die 35-mm-Aufnahmen von der Vollstreckung der Todesstrafe an dem Afrikaner sorgten für eine ungewohnte Zuschauerfrequenz. Noch im folgenden Jahr sahen zahllose Kinobesucher die wenigen Minuten des Filmstreifens, vermutlich empfanden sie die Bilder als Beweis, daß sie selbst noch lebten.

Ich habe mir den Film inzwischen vierzehnmal angeschaut. Ich kann sagen: man sieht sehr wenig. Nach etwa eineinviertel Minuten kann man im Grau die Dampfwolke ausmachen, als die Füße des Tieres brennen. Anschließend den eindrucksvollen Sturz. An eine »Hinrichtung auf dem elektrischen Stuhl« erinnert mich die Szene nicht. Die ganze Wirkung des Streifens beruht auf dem Titel, der Vorankündigung. Wir haben später die »Hinrichtung des Mörders von Präsident McKinley« gedreht (und die Zuschauerzahlen des Elefantenfilms übertroffen). Die Aufnahme war gestellt, der mit Gas Hingerichtete ein Statist.

Der für mich aufregendste Moment wurde nicht gefilmt: wie der Elefant sich von den Wärtern ruhig auf den Vorplatz führen läßt, er, der sich losreißen und jedes Hindernis hätte niedertrampeln können.

Der Kaiser meines Vertrauens

Der römische Kaiser Julianus, den die Christen später Apostata (»den Abtrünnigen«) nannten, war der letzte, der den Heidengöttern vertraute. In seinen Dekreten hatte er bestimmt, daß die christlichen Gemeinden für jeden Schaden, den sie angerichtet hatten, jede Zerstörung eines geweihten Tempels, Schadensersatz zu leisten hätten.[4]

Der Kaiser, mit seinem Spitzbart bei den Legionen beliebt, führte das römische Heer gegen den König der Parther. Dieser überredete zwei parthische Adlige

---

4 Diesem Kaiser verdankt die Welt den Grundsatz: »Im Zweifel für den Angeklagten.« Noch zu der Zeit, in der er als Statthalter und Kaiser in Gallien regierte, machte er in einem Strafverfahren von seinem Vetorecht Gebrauch. Daraufhin befragte der Ankläger Delfidius den Kaiser öffentlich: Wie soll man denn einen Angeklagten, der seine Tat leugnet, überführen und bestrafen? Julianus antwortete: Gewiß nicht dadurch, daß man das Vorbringen der Anklage als Schuldbeweis nimmt.

dazu, sich die Nasen verstümmeln zu lassen und als angebliche Überläufer vor den Kaiser zu treten. Ein Marsch in die Flanke des parthischen Heeres sei aussichtsreich. Der Kaiser glaubte den Verstümmelten. Nach dreißig Kilometern Marsch in der Wüste Naim bemerkte er die Falle. Rasch griffen die parthischen Reiterscharen den römischen Heereszug an. Der Kaiser hatte nicht Zeit, einen Panzer anzulegen. Ein Speer traf seine Leber. Es gelang den Soldaten, den vom Pferd Fallenden aufzufangen und in einem Zelt zu verwahren. Inzwischen entschieden die Parther die Schlacht.

Der Heidenkaiser befragte die Minderheit der Getreuen, darunter berühmte Ärzte der Antike. Hatte er eine Chance? Keine. Die Freunde belogen einander nicht. In der Schauerstunde nach Mitternacht brach die Wunde auf, der Kaiser starb.

Es war die impertinente Rache der Bischöfe, die sich durch die Dekrete des Kaisers enteignet fühlten. Der Speer, der den Kaiser durchbohrte, kam aus Christenhand.

Krieg im Kosmos

»Nur ein gemeiner Hund vermag gemein
zu spotten über Rußlands Leben.«
Aleksandr A. Blok

In diesem Moment war ich auf unseren Präsidenten stolz, sagte Valentin Falin. Er ließ die Fahrzeuge vorfahren. Unsere Delegation fuhr zum Flughafen. Die Gipfelkonferenz war gescheitert, abgebrochen. Ein Vorfall, den es bis dahin nicht gab.

Die Atmosphäre über Reykjavík war von Tiefs durchzogen, von einer drückenden, kalten, wechselhaften Wetterformation, die uns Russen nicht liegt. Die Verhandlung fand in einer Villa auf einer Halbinsel statt, die sich weit in die Bucht hinausschob. Hier saßen wir einander gegenüber. Die Assistenten in den Nebenräumen lieferten die Vorlagen für die Verhandlung.

Wir waren vorbereitet, sagte Falin. Wir hatten den Eindruck, daß die Gegenseite unvorbereitet, vom Wahlkampf irritiert, nicht auf der Höhe dessen war, worum verhandelt wurde. Wir boten, darin differierte ich vom Präsidenten, zu Land, im Meer und in der Luft eine nachdrückliche Abrüstung an, darunter die Liquidierung der interkontinentalen Waffen, die unsere Stärke ausmachen. Die US-Delegation begrüßte diesen Vorschlag, wollte aber die FORSCHUNGS- UND ENTWICKLUNGSARBEITEN der Strategischen Verteidigungsinitiative zur Abwehr von Raketenwaffen im Weltraum (SDI) aufrechterhalten.

Wir sprachen darüber in unserem Domizil. Die Hirne vom Wetter wie betäubt, aber, mit viel Tee, doch angeregt. Man sieht das Problem falsch, sagte der Generalsekretär, wenn man nur auf die Technologie blickt. »Star wars« taugt nichts. Gegen Satelliten mit der Möglichkeit, Laserkanonen zu tragen, die in einer Höhe von 10 000 km den Erdball umrunden, errichten wir aus Dreck, Sand oder Metall Schleudern, die dort oben auf die technologische Finesse mit ROBUSTHEIT antworten. »Star wars« hat aber noch eine zweite Seite, für die wir bei uns keine Kompensation haben: Der MILITÄRISCH-INDUSTRIELLE KOMPLEX in den USA baut mit Hilfe des SDI-Projekts ingenieursmäßig einen Tunnel, der direkt in die Etats der US-Haushaltspläne hineinführt. DIESE TECHNIK, nicht die technische Fähigkeit, im Weltraum zu agieren, ist die Gefahr. Haushaltspläne marschieren getrennt, schlagen vereint.

Dies war der Moment, sagte Falin, in dem der Präsident mich gewann.[5] Heute ist mein Verhältnis zu Gorbatschow verdorben. In Reykjavík hätte eine sehr schöne Freundschaft daraus werden können. Noch immer bedauere ich, daß ich bei der Verhaftung Gorbatschows als Sekretär des Zentralkomitees nicht eingegriffen habe. Freilich kam ich zu spät. Aber auch mit Verspätung hätte ich die Partei noch zu einer Intervention veranlassen können.

Ein Dementi Gorbatschows, I / S. 180 ←
Gorbatschow im Berliner Ensemble, I / S. 183 ←
Die Macht liegt im Verputz versteckt, I / S. 224 ←

Klare Moskauer Abende,
wenn der Nordwestwind weht

In der kurzen Zeit zum Jahreswechsel 1923/1924, in der ungewiß war, ob in der Sowjetunion die Arbeiterklasse oder die stalinsche Bürokratie in der Partei die Macht ergreifen würde, fuhr Dr. Kleve, ein Privatgelehrter, der in einem Kurheim im Harz verkehrte und dort die wohltuende körperliche Wirkung der Lebensreform[6] erlebt hatte (jetzt atmete es in ihm), mit der Eisenbahn in die Hauptstadt der Revolution, nach Moskau. Er war den Organisationsleitern eines internationalen sozialistischen Kreises als guter Tip empfohlen worden und sollte ein Referat halten. Auf dem Weißrussischen Bahnhof wurde er in

---

5 Er beendete die Konferenz, gestattete keine Ausflüchte der gegnerischen Seite. So zwang er
  die andere Supermacht, den KRIEG IM WELTRAUM aufzugeben.
6 Dasselbe Institut für Lebensreform im Harz besuchte auch Franz Kafka Jahr für Jahr.

Empfang genommen, nobel einquartiert, mit Essenscoupons ausgestattet. Eine der huschenden Frauen, die das Grand Hotel in Ordnung hielten, brachte dem Neuankömmling eine Schale Kirschen, danach wurde Kleve vergessen. Das Referat wurde aus organisatorischen Gründen abgesagt, kein neuer Termin angegeben. So richtete sich Dr. Kleve in seinem Zimmer ein, »nutzte die Zeit«, als säße er in einem Zimmer am Fuße des Harzes. Er verhielt sich immer dann gleichmäßig, wenn er über Bleistifte und Papier verfügte und Anschluß an eine Versorgung hatte, die nicht voraussetzte, daß er Schweinefleisch aß. Dr. Kleve hatte eine Theorie, die objektiv geeignet war, die Probleme der Sowjetunion im Jahre 1924 zu lösen. Und zwar im Sinne der Arbeiteropposition.[7] Doch sprach Kleve kein Russisch, und die Deutsch sprechenden Genossen in diesen Tagen waren stets in Eile. Er fand keinen, dem er den ausgefächerten Kern seiner Theorie hätte erläutern können. Somit hatte er ein Problem: »Nach Auffassung der sozialistischen Kongresse wird eine Theorie zur Wirklichkeit, wenn sie die Massen ergreift.« Anders gesagt: Ist eine Theorie richtig, so greifen die Massen sie auf. Die Tatsache, daß sie sie »aufgreifen«, daß sie von selbst zu ihr kommen, verifiziert die Theorie. Doch zu dem Hotelzimmer von Dr. Kleve fanden keine Massen.[8]

Waren die Theorien des »Zauberers«, der einsam im Grand Hotel logierte und wartete, daß ihn jemand befragte, damit widerlegt? Warum fragt ein bedürftiges System, das nicht ein noch aus weiß, Mißerfolg hortet, rasche Erfolge braucht, nicht den einzigen in der Stadt, der die Antworten weiß? Eine FLASCHENPOST mit 37° C Temperatur, vom Harz angereist?

Nach sechs Wochen geduldiger Anpassungsleistung ans NICHTGESCHEHEN reiste Dr. Kleve mit dem Zug über die zwei Grenzen zurück nach Deutschland.

---

7 Zentrum von Kleves Theorie war eine Kombination von Alexander Bogdanows *Proletkult*, Abilews *Politischer Ökonomie der Arbeitskraft* und selektiven Regeln aus Welliglotts Projekt »*Lebensquell*«, an dem sich auch das Harzer Berginstitut ausrichtete. So ausgestattet, wäre die Arbeiteropposition in drei Jahren unschlagbar.

8 Vielleicht, daß Leningrad ein Ort für Kleve gewesen wäre, in dem er mehr Glück gehabt hätte. Eine Einzelheit seiner Theorie ging davon aus, daß im Sozialismus der Hauptstadtbegriff modifiziert sein muß. Die Hauptstadt liegt an keinem zentralen Ort (da ja die Patrioten sie in ihrem Herzen herumtragen und sämtliche zentralen Punkte im Arbeitsprozeß, d. h. in der Maschinerie selbst liegen). Da aber das WAHRE GESELLSCHAFTLICHE VERHÄLTNIS eine für die Sinne faßbare Entsprechung in Form von Orten benötigt, liegt die METROPOLE DER WERKTÄTIGEN in Leningrad, mit einer Enklave für den Süden in Odessa, für die Mitte in Omsk, für den Osten in Wladiwostok, für die Rechtgläubigen in Moskau und für den einsamen Norden in Archangelsk. Sämtliche dieser Komponenten bilden das Äquivalent für »Hauptstadt«.

Galina Starowoitowa

Den zerschossenen Körper konnten auch die erfahrenen Leichenflicker des Pathologischen Instituts der Universität St. Petersburg nicht »hübsch« zurechtmachen. Sie hüllten die Reste in ein sackartiges Behältnis und setzten oben den Hals an, das restaurierte bleiche Gesicht. Die gräßliche Kopfwunde verschwand unter einer Kapuze, ähnlich der eines Mönchs. So hergerichtet, wurde die prominente Politikerin ins Ethnologische Institut der Völker Rußlands transportiert und dort aufgebahrt. Zu ihrer Verabschiedung war die Prominenz aus allen Himmelsrichtungen des Landes erschienen.

– Ihre Eltern?
– Der Vater Ingenieur. Rüstungsindustrie. 1940 von Leningrad nach Tscheljabinsk. Baute den T 34. Später in Baikomur. Konstrukteur des Mondwagens. Inspizient.
– Die Mutter?
– Rüstung. Lernten sich durch Freunde bei einer Weihnachtsfeier kennen. Ihr erstes Kind: Galina. Der hier zu ihren Häuptern ist der Vater. Hat sie überlebt.

Die zwei Journalisten einer privaten Moskauer TV-Station, die diese Informationen austauschten, flüsterten. Sie sahen über ihre Monitore, was die drei in der Nähe des Sarkophags aufgebauten Kameras aufnahmen. Sie wußten nicht, daß ihre Kabine »on air« war, so daß die Zuschauer der TV-Station ausgiebigere Informationen erhielten, als sie es gewohnt waren.

– Großeltern?
– Großvater väterlicherseits Traktorist. Aktivist von 1917. Verheiratet mit einer Kosakentochter aus dem Süden. Großeltern mütterlicherseits Handwerker, Aktivisten der Elektrifizierung von 1921. Galina hat einen Sohn von 26 Jahren. Er hat zwei Kinder. Sie sehen sie dort (zeigt auf einen Bildausschnitt der Kamera 2).
– Also fünf Generationen.
– Ja. Und auf diese Weise erschossen. Das glaubt man nicht!
– Fünf Jahre Stoff für unser Blatt. Und für Ihren Sender gilt das gleiche.

Galina Starowoitowa, Abgeordnete der Duma, war lebhaft, von Kollegen umgeben, in der Freitagabend-Maschine Moskau/St. Petersburg gesehen worden. Mit ihrem persönlichen Referenten Mischkow hatte sie noch Termine absolviert. Wahrscheinlich war es ein Auftragsmord.[9] Im Treppenhaus ihres Wohnhauses wartete der Täter.

Abb.: Milchstraße

20 Milliarden Jahre v. Chr.

Aus der Äonen-Chronik des Mönchs Andrej Bitow

20 Milliarden Jahre v. Chr.
Ein mit Energie geladener Ur-Ozean, in der Energie koexistieren Materie und Antimaterie.

11 Milliarden Jahre v. Chr.
Starke Abkühlung. Übergang von einem undurchsichtigen zu einem transparenten Universum.

14 Milliarden Jahre v. Chr. – 4,9 Milliarden Jahre v. Chr.
Kosmischer Prozeß, in dem sich das Sonnensystem bildet.

9 Zwanzig Schüsse aus einer Maschinenpistole, das eiserne Treppengeländer herabgestürzt. Ihrem Referenten Mischkow, schwer verletzt, der ein Handy mit sich führte, gelang es, eine Polizeiwache zu alarmieren. Der noch in der Nacht zum Tatort eingeflogene Chef der Inlandaufklärung: Warum erfolgte die Exekution nicht professioneller?

4 Milliarden Jahre v. Chr.
In Guyana bildet sich ein ältestes Gestein, bestehend aus Eisensilikat und Magnesium.

3,8 Milliarden Jahre v. Chr.
Die Temperatur der Erdoberfläche sinkt unter den Siedepunkt des Wassers. Sintflutartig kondensieren die Wassermassen und bilden den ersten Ozean. Der bedeckt fast die gesamte Erdoberfläche. »Unbelebtes Leben.«

3,3 Milliarden Jahre v. Chr.
Die Umlaufbahn des Mondes stabilisiert sich.

3 Milliarden Jahre v. Chr.[10]
Entstehung eines einheitlichen Kontinents, umgeben von einem riesigen Ozean. Älteste Diamanten. Kokken in den Ozeanen bilden kugelförmige Haufen, Akaryonten.

1 Milliarde Jahre
Durch Beschuß der oberen Atmosphäre durch eine Flut von Sonnenwinden entsteht die Ozonschicht. Dieser Schatten ersetzt den Schutz, den bis dahin die Wasserschichten des Ozeans dem Leben gaben. Amphibische Versuche.

800 Millionen Jahre
Aktivität großer Vulkane auf dem Mars. Vulkan Olympus aktiv.

680 Millionen Jahre
Erste Medusen.

550 Millionen Jahre
Die Erde dreht sich rasch. Im Kambrium hat der Tag 21 Stunden, das Jahr 420 Tage.

380 Millionen Jahre
Blattpflanzen. Arachniden = Festlands-Spinnen. Der Komoren-Quastenflosser.

---

10 Chronist Andrej Bitow bemängelt bei Bearbeitung dieser Chronik die Bezeichnung »v. Chr.«. Auf dieses Datum bezieht sich keines der Ereignisse, die Kosmos und Erde so früh begründen.

300 Millionen Jahre
Pangäa. Stufe »Stefan«. Die ersten Wälder.[11]

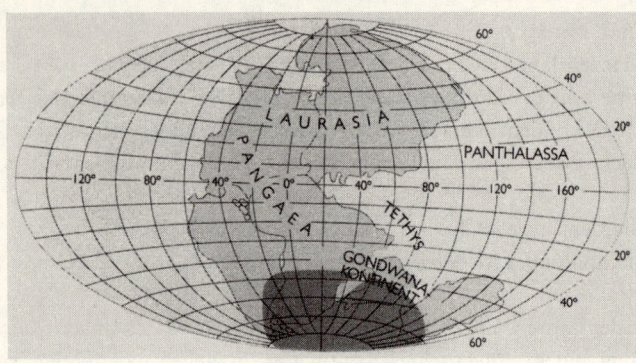

Abb.: Pangäa

245 Millionen Jahre
»Eoraptus«, 7 cm großes saurierartiges Reptil. Erste planetarische Naturkata-
strophe. 98 % der Artenvielfalt vernichtet.

200 Millionen Jahre
Das Thetysmeer. In Grönland wachsen Palmen, in Alaska Nadelbäume. Dinosaurier. Körpergröße unserer Vorfahren zwischen fünf und zwanzig Zentimeter.

90 Millionen Jahre
Madagaskar trennt sich von Ostafrika, vereinigt sich mit Indien. Drift nach
Nordosten. Schlangen der Kreidezeit.

55 Millionen Jahre
Indien löst sich von Madagaskar und schließt sich Eurasien an. Die indische
Kontinentalscholle wandert 3000 km nordwärts.

15 Millionen Jahre
Antarktis wird von Südafrika abgetrennt. »Eisschrank der Erde«.

12 Millionen Jahre
»Oreopithecus bamboli«, ein Vorfahr, lebt in der Toskana.

11 Heute im Besitz arabischer Scheichs.

Ich muß, schreibt der Mönch Bitow, bei Bearbeitung dieser Chronik einem Irrtum entgegenwirken, dem viele meiner Kollegen folgen. Es scheint in einer zeitlich gestaffelten Chronik so, als verschwänden die »vergangenen Zeiten« in der »Gegenwart«. Die neuen Zeiten folgen jedoch nicht einmal kausal auf die alten, sondern sie sind VERNETZT. Woher ich das weiß? Aus ältesten Texten. So besteht der erwähnte Ur-Ozean seit 20 Milliarden Jahren fort. Was macht er? Wenn man bei einem solchen Riesenwesen von *machen* sprechen kann? Wo unser Universum diesen Ozean berührt, entsteht Materie. In jedem Moment neu. Würde sich das Universum, die Sternenwelten, die wir sehen, einen Moment von diesen »Wassern«, dem Ur-Ozean, lösen, wären wir ein Nichts, weil wir in jedem Moment neu entstehen. Dies ist, dem Kirchenvater Diodorus zufolge, für uns Chronisten die Erlaubnis, von den fehlerhaften Zeitangaben im Alten Testament abzuweichen, weil die Auferstehung nicht in der Zukunft liegt, sondern zu einem jeglichen Zeitpunkt (und zwar nicht in der Gestalt des Herrn Jesus Christus) die Äonen und das, was wir für Materie halten, neu erzeugt. Die Materie ist immer einen Augenblick da und einen Augenblick nicht da.

Unsere griechisch-orthodoxe Kirche, fährt Andrej Bitow fort, kennt kein Ausschlußverfahren. Es ist auf dem Weg von Byzanz nach Rußland verlorengegangen. Andernfalls wäre ich, als Heide im Mönchsgewand, nicht mehr im Amte. Ich bin nämlich keineswegs bereit, die wunderbaren Paradoxa, die meine Chronik zeigt, die Mitgift (Diodorus sagt: »Wie angeschwemmtes Gut an den Küstenlinien unseres Wissens, das von gescheiterten Schiffen erzählt«), auf die WILLKÜR EINES EINZELNEN zurückzuführen. Ich würde mich vor allen Kontaktpartnern im Internet blamiert fühlen.

Es sind jedoch im Text der Natur genügend Wunder versteckt. Ich nenne nur die Tatsache, daß das Universum (und jetzt meine ich nicht bloß unseren Kahn, sondern alle Universen, die aus dem Ur-Ozean hervorgehen) zum Zeitpunkt Null Verhältnisse voraussah, die sich erst nach 10 Milliarden Jahren entwickelten. Wie konnte es so früh das PASSENDE vorgesehen haben, wenn es nicht über sämtliche Zeiten hinweg, von Anfang bis Ende, vernetzt war? Ich erwähne die Energie-Niveaus von Kohlenstoff, Beryllium und Helium. Weil sie aufeinanderpassen, sind wir Chronisten lebendig. Ich habe 40 phylogenetisch verschiedene Insektenarten gezählt, deren Vorfahren auf der Erdkugel niemals miteinander in Kontakt gewesen sein können und die das gleiche Steuerungs-Gen für den Aufbau des Auges besitzen. Fernlenkung? Durch wen, wenn nicht durch die Tiere selbst? Ich nenne dies, schreibt Bitow, das Erinnerungsvermögen innerhalb der Chronik. Es macht »alle Zeiten neu«.[12]

---

12 Wir modernen Mönche vertrauen den Kräften der Selbstregulierung. Ich erinnere an das Experiment von Fermi. In Chicago erzeugt er ein Photonenpaar. Er trennt die Zwillinge, fixiert die beiden in getrennten Behältern, von denen der eine mit dem Flugzeug so rasch

2,4 Millionen Jahre
Ende des postvulkanischen Winters. Der älteste uns bekannte Mensch. Von kleiner Gestalt, zwischen 1,20 und 1,60 Meter groß, Gehirnvolumen 700 ml, mit geraden Oberschenkelknochen.

700 000 Jahre
»Homo loquens« oder »Atlanthropus« in Algerien. Wahrscheinlich der erste Mensch, der eine grob artikulierte Sprache sprach. Zehn Konsonanten und drei vokalähnliche Laute.

100 000 Jahre
Entdeckung der Umlaufbahn der Erde um die Sonne. Leichter Treibhauseffekt. Zwergelefanten sterben.

8000 Jahre
»Die Sahara wurde Sumpf.«

7683 Jahre
Der älteste Baum, dessen Jahresringe gemessen wurden. Später wird ein noch älterer Baum bekannt: Tasmanien, 10 500 v. Chr. In Steinen versteckt gibt es in 2000 Meter Tiefe 20 000 Jahre alte Pilze. 200 000 Jahre alt sind Bakterien, die im Steinsalz in Schlesien gefunden wurden (Entdecker: Knappig).

3000 Jahre
Von Soll und Haben. Papyrus-Papier aus dem dreieckigen Stengel der Papyruspflanze. Der Stengel wird in Streifen geschnitten, in Wasser eingeweicht, zu einer klebrigen Masse verarbeitet, kreuzweise aufgeschichtet und durch Hämmern zu einer Schreibfolie geformt.

2000/1400 Jahre
14 Sprachgruppen: Aryo-Indisch, Iranisch, Anatolisch, Thokarisch, Armenisch, Gallisch, Italisch, Keltisch, Germanisch, Slowakisch, Baltisch, Albanisch, Thrako-Phrygisch, Venetoillyrisch. Minoisch-kretische Hieroglyphenschrift: Lineatur B.[13]

---

wie möglich nach Tokio gebracht, der zweite in Chicogo aufbewahrt wird. Danach hat Fermi den Zustand des in Chicago befindlichen Zwillings verändert. Telegrafisch meldet der Kollege aus Tokio die gleiche Veränderung bei dem Tokioter Zwilling. Das kann nicht ein Finger Gottes gemacht haben. Wir glauben an Selbstregulierung.

13 Die Vielfalt der Welt drückt sich, schreibt Bitow, derzeit durch 6000 Sprachen aus. In Asien 2034, in Afrika 1995, im pazifischen Raum 1341, in Amerika 949, in Europa 209.

753 v.Chr.
Gründung Roms. Legende.

643 v.Chr.
Geschliffene optische Linsen in Kleinasien.

531 v.Chr.
Erste Automaten entwickelt. Adytas v. Tarent, Philon v. Byzanz.

1 n.Chr.
Gallien hat 25 Millionen Einwohner.

3 n.Chr.
Erste Weltgeschichte in 14 Bänden.[14]

Über Kalenderreform, I / S. 124 ←

So jung war das Jahrtausend, I / S. 198 ←

Xaver Holtzmanns Projekt, I / S. 840 ←

Wem man nicht vertrauen kann, der kann keine Reiche errichten, Bd. I / S. 733 ←

Die Extravaganz der kaukasischen Sprachen ist dabei Asien zugerechnet. Die Hälfte aller Sprachen hat weniger als 10000 Sprecher, hiervon ⅔ weniger als tausend Sprecher. Eine Rettungsexpedition ist erforderlich, um die verborgenen Nachrichten über die Vergangenheiten der Menschheit aus diesen vom Aussterben bedrohten Sprachgattungen zu sichern.

Im Internet ist Englisch mit 57,4 % Häufigkeit dominant, ergänzt Xaver Holtzmann, mit dem Bitow häufiger im Internet konferiert. Chinesisch ist mit bloß 4,4 % Häufigkeit das für Computer brauchbarere System. Portugiesisch, Niederländisch und Französisch mit 4,2 bis 1,5 % sind ohne Dominanz. Gesprochen ist Mandarin mit 885 Millionen Sprechern häufiger gegenüber Englisch mit 470 Millionen (einschließlich Zweitsprache) und 332 Millionen, die Spanisch sprechen.

Für die eigentliche Sprache Europas im Jahre 1000 (192000 Sprecher) zählt Holtzmann weltweit 10800 Lateinschüler und Teilnehmer im Internet.

14 Noch für das 3. Jahr n.Chr. zitiert Bitow deshalb einen hellenistischen Autor, einen Heiden mit weit zurückreichenden Kenntnissen. Die Kirche, schreibt Bitow, ist ein Sproß des Kosmos, der erst nach Aufkommen des Papyrus (3000 Jahre v.Chr.), zunächst als Heidenkirche, eine Chance hat. Sie ist zu jung, um das SELBSTBESTIMMUNGSRECHT DER ZEIT zu beachten, das dem Selbstbestimmungsrecht der Völker vorausgeht.

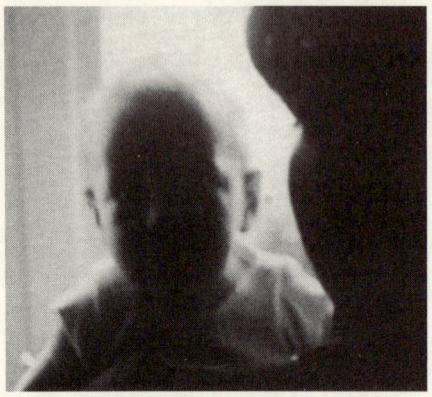

Abb. links: Vertrauensselig

Abb. rechts: Ein Vorfahr. Er vermag vieles:

(1) Beute machen; (2) sich ein schattiges Versteck suchen; (3) seine Jungen einigermaßen luschig aufziehen; (4) sie in Sicherheit bringen, sich selbst in Sicherheit bringen; (5) Rangkämpfe durchführen; Nachkommen besiegter Männchen totbeißen aus Sicherheitsgründen; (6) aufmerksames Studium, daß keine Feinde in der Nähe sind, genügend Zeichen, daß Geräusche, Gerüche, Farben, Vibrationen etwa so sind wie an anderen Abenden, EINSCHLAFEN. Er schläft ein, weil er weiß, daß er sicher aufwachen wird.

Was er überhaupt nicht mag: (1) gleichmäßige Sorgfalt ausüben, fleißig sein; (2) etwas in sich töten; (3) sich selbst töten.

Mehr Tiere auf Erden als Sterne in der Milchstraße

Aus Holtzmanns Eröffnungsbilanz zum 21. Jahrhundert

Xaver Holtzmann hat einen Zwischenspurt eingelegt. Die Sponsoren sind UNEP (United Nations Environment Programme), IUCN (The World Conservation Union) und WCMC (World Conservation Monitoring Centre).

In einer Publikation errechnet er die Zahl der Tiere auf dem Planeten, vergleicht sie mit der Zahl der Sterne in unserer Galaxie. Dies ist erheblich für den Fall einer Sammelklage, sollte der Planet vernichtet werden.

Die Sterne der Milchstraße, mit einer Fehlerrate von 0,3 % gezählt: 200 Milliarden. Demgegenüber die Zahl aller Tiere auf der Erde: Eine Trillion. Hiervon zehn Billiarden Ameisen, 300 Milliarden Vögel.[15]

---

15 Mittelwert. Die Schätzungen bewegen sich zwischen 200 und 400 Milliarden. Somit kommen auf einen Menschen 50 Vögel und an Tieren insgesamt 167 Millionen.

Es entfallen auf einen Elefanten 10000 Menschen, auf einen Weißstorch 20000, auf einen Löwen 100000, auf einen Tiger 1000000, auf einen großen Panda 5000000 und auf das seltenste, wildlebende Tier (es gibt nur noch ein Exemplar dieser Papageienart), den Spixara, sechs Milliarden Menschen. Für Sammelklagen interessant sind die Heimtiere. 106 Millionen Katzen (ohne streunende), 94 Millionen Hunde (ohne streunende). Es treten die Nutztiere hinzu: Drei Billionen Bienen, 20 Milliarden andere Tiere: 13 Milliarden Hühner, 1,3 Milliarden Rinder, eine Milliarde Schafe, 935 Millionen Schweine, 699 Millionen Ziegen, 209 Millionen Gänse, 246,4 Millionen Truthühner, 162,3 Millionen Hausbüffel, 60,9 Millionen Pferde, 19 Millionen Kamele, 2,6 Millionen Farmkrokodile.

Hinzu tritt bei Verlust des Planeten: Erdöl, Kohle, Bodenschätze, umbauter Raum, Antiquitäten.[16] Bei den Vögeln führt Xaver Holtzmann im einzelnen auf: die Stadttaube (Felsentaube, verwilderte Haustaube) 32 Millionen (Zahl steigend), Blutschnabelweber 1,5 Milliarden, Feldlerche 320 Millionen, Rauchschwalbe 15 Millionen, Silbermöwe 2,3 Millionen, Knut 1,3 Millionen (stabil), Gelbfußflamingo 50000, europäischer Kranich 250000, Riesenseeadler 7500, Rotstichkakadu 3000 (sinkend), Humboldtpinguin 20000, Kaiserpinguin 350000 (stabil).

Auf einen Menschen kommen, errechnet Xaver Holtzmann, 500 Bäume, 6833 m^3 erneuerbares Süßwasser.

Das Leben auf Erden wiegt 1850 Milliarden Tonnen. Davon sind 99 % pflanzlicher Natur. Die Biomasse des Menschen beträgt 0,1 Milliarden Tonnen. In den offenen Ozeanen wachsen jährlich 41,5 Milliarden Tonnen hinzu, auf den Kontinenten 117,5 Milliarden Tonnen. In der Stadt Brüssel wiegen die Einwohner 7,16 % des Lebendgewichts (d. h. des Gewichts der Stadt unter Abzug nichtlebender Steine, Metalle und sonstiger städtischer Materie), die Regenwürmer 0,97 %, die Hunde 0,12 %, übrige Tiere 0,61 %, das Böse wiegt 61 %, das Gute 26 %, der Rest ist Schwund.

Ziel der von Xaver Holtzmann zusammengeführten Daten war es, eine Eröffnungsbilanz des 21. Jahrhunderts zu erstellen. Der gründliche Holtzmann fügte aus Quellen der Schätzungen eine Bilanz zum 31. 12. 1799 und zum 31. 12. des Jahres 1000 hinzu. Für das Jahr 1000 sind die Daten deshalb ungenau, weil der Zeitpunkt des 31. 12. durch die inzwischen erfolgten Kalenderumschreibungen nur ungefähr feststellbar ist.

16 Für die Sammelklage unerheblich ist der entgangene Gewinn, d. h. die noch nicht gehobenen Bodenschätze, die noch »herrenloses Gut« darstellen.

Abb.: Gewicht des Mount Everest: 300 Milliarden Tonnen.

Abb.: Das Gewicht der Wassermassen des Lago Maggiore: 37 Milliarden Tonnen.

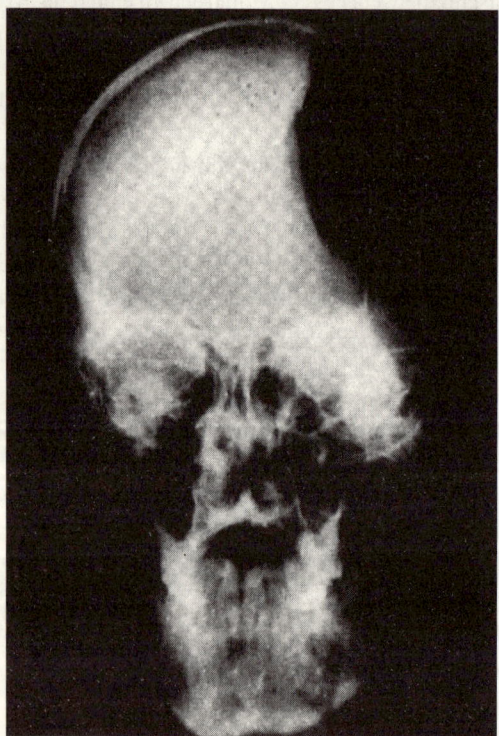

Abb.: Obwohl der Patient im Vietnamkrieg die linke Hemisphäre verlor, kann er arabische Ziffern erkennen und vergleichen. *Genaue Rechnungen* fallen ihm schwer.

Das Vertrauen eingekerkerter Kühe

Mit den letzten Resten seiner Nerven hatte sich Gert Hunziger für die Osterpause in ein Schloßhotel gerettet. Jetzt saß er an einem der Gruppentische.

- Was sind Sie von Beruf?
- Es entspricht einem Ministerialrat.
- Arbeiten Sie im Ausland, weil Sie sagen »es entspricht«?
- Welternährungsorganisation (WEO).
- Aha!
- Ich komme von der Konferenz in München.
- Was für eine Konferenz?
- Welternährungsorganisation.
- Dauert sie noch an?
- Sie geht nach Ostern weiter.
- Und jetzt sind Sie hier.
- Jetzt bin ich hier.

Der noch tagungsnervöse Mann antwortete mit einem Lächeln, d. h. höflich, auf die Fragen der Tischnachbarin, einer jungen Frau, die aber als Bekanntschaft während dieser Ostertage für ihn nicht in Betracht kam. Man hatte ihm das Schloßhotel empfohlen, weil sich hier kurzfristig Bekanntschaften schließen ließen. Die junge Frau, die emsig Fragen stellte, schien ihm zu große Ernsthaftigkeit auszustrahlen, WILLIGKEIT und ERNSTHAFTIGKEIT. Das sah er aus manchen Zeichen, an der Stellung ihrer Mundwinkel, zu dicht standen die Augenbrauen zueinander, der Stellung des Halses, des Rückens. Sie war nicht für eine lockere Bindung für drei Tage zu gewinnen.

Er aber war vor Vergangenheit auf der Flucht, zur jüngeren Gegenwart hin ein Erschöpfter. Zukunft kann sich in solchen Tagen nur langsam bilden.

Unmittelbar vor der Konferenz hatte er in letzter Minute ein saudiarabisches Projekt gerettet. Er war hingeflogen, hatte Trockenfutter (Heu) aus Äthiopien organisiert und in Chartermaschinen nach Wadi-El-Hadsch einfliegen lassen, ehe die schwarzweiß gefleckten Tiere starben. Es handelte sich um ein Projekt, das aus Eigenmitteln des saudischen Hofs und aus Fördermitteln des Welternährungsfonds finanziert wurde.

Die großen schleswig-holsteinischen Tiere, die eine Höchstmilchleistung erbringen, waren an nordisches Klima gewöhnt. Sie wurden auf dem Luftweg versuchsweise in ein heißes, sandiges Tal im saudiarabischen Mittelgebirge umgesiedelt. Dort waren klimatisierte Ställe vorbereitet. Die Tiere sahen das südliche Tageslicht nie. Der Tierarzt nahm an, daß sie nicht einmal wüßten, daß sie nicht mehr in Schleswig-Holstein wären. Das bezweifelte Hunziger, da die Tiere Feinheiten der Luft, Unterschiede des Magnetismus wahrnehmen und die Fremde spüren.

An der Freßlust war abzulesen, daß die Tiere irritiert waren. Planer und Architekten der Stallungen hatten die auf Blatt 84 ff. der Akten befindlichen Hinweise, da diese nicht übersetzt worden waren, unbeachtet gelassen. In den Nebenräumen lagerte Kraftfutter in Kubusform. Das fraßen die Tiere nicht.

Als Hunziger eintraf, hatten die Zuchtobjekte noch drei Tage zu leben, einige hatten sich niedergelegt, brüllten, die Aufsichtspersonen telefonierten. Ein Antransport von vertrautem Heu aus der BRD war aus Kostengründen ausgeschlossen. Dann wäre es preiswerter gewesen, das Projekt scheitern zu lassen. Hunziger (vor zwölf Tagen noch entschlußkräftiger als hier im Schloßhotel) entschloß sich, in der Region selbst zu suchen, flog die Südostküste der Halbinsel ab, überprüfte über Funk Bestände in Kenia, Somalia, Ägypten. Er fand gepreßte Ballen in Äthiopien, eine von jungen Männern betriebene Charter-Transportfirma in Kuwait.

Am Freitag kamen die ersten Ballen an, sie wurden auseinandergerissen, in die Krippen aufgeteilt. Das Vieh, wohl der östlichste und südlichste schleswig-holsteinische Zuchtbestand, war gerettet, sobald die Kühe den vertrauten Geruch registrierten. Sie verziehen das Bunkerleben und versorgten eine saudiarabische Oberschicht mit Milch in Einzelgläsern zum Preis von 86 $ pro Glas. Hunziger hatte während der Rettungsaktion wenig geschlafen. Auf dem Kongreß in München mußte sich der Retter in einen aussichtslosen Streit mit der belgischen Agrarfraktion einlassen. Diese EG-Beamten vertraten die Idee einer Durchschnittszuchtnorm. Sie galten als Teilnehmer einer INDUSTRIELLEN VERSCHWÖRUNG, die die wertvollen regionalen Haustierkulturen auf das Konzept eines genormten Tiermaschinenprodukts zurückführen wollten, um »Wettbewerbsschranken zu beseitigen«.

Fahrlässigkeit bei Krieg, Atomkraft und Todesstrafe

Grenzen des Menschenrechts

Als Leiter der Versicherungsabteilung eines riesenhaften Konzerns, der gerade unter Börsenverlusten litt, weil er mit einem französischen Konzern fusionierte, sprach Ariovist M. vor Fachleuten über das Thema:»Das Menschenrecht besitzt keine Vollmacht für dreierlei: 1. die Todesstrafe, 2. den Krieg, 3. die Atomwirtschaft.« Noch vieles andere, sagt er, ist der kollektiven Regelung entzogen. Die drei Beispiele aber antworten auf die»den Menschen eingewurzelte Fahrlässigkeit«. Diese Läßlichkeit sei eine permanent wirksame Kraft. Im übrigen hätte die Menschheit, gleich nach ihrer Konstituierung im Jahr 1789, ihren Lehrmeister, den König, umgebracht. Auch wenn dieser einzelne König keine Anstalten getroffen habe, als Lehrmeister tätig zu werden, habe die Menschheit damit das »Gefäß« zerstört, das sie überhaupt zu Außerordentlichem bevollmächtige. Hinsichtlich der Todesstrafe, fuhr Ariovist M. fort, könne niemand die Differenz zum öffentlichen Mord kontrollieren. Es verlaufe alles über Stellvertreter. Von diesen sei keiner bereit, stellvertretend und zur Bestätigung seines Mandats, die Todesstrafe im Irrtumsfall auf sich zu nehmen. Das zweite und dritte Beispiel sei noch einfacher: Es bezeichne die SELBST-ÜBERSCHÄTZUNG DER MENSCHHEIT. Keiner könne KRIEG oder ATOM mit den Fingern anfassen.

– Warum setzen Sie sich für einen König ein?
– Sie haben das Prinzip nicht verstanden. Es liegt nicht in der Macht einzelner oder des Volkes, einen König einzusetzen. Er ist Lehrmeister, weil er keine Stellvertreter hat.
– Sie meinen, von Gott eingesetzt?
– Das ist eine mögliche Deutung. Ich selbst bin Heide.
– Aber wie gelangen wir zu diesem Lehrmeister?
– Wir haben ihn enthauptet.
– Wir doch nicht! Die Franzosen haben ihren König enthauptet.
– . . . In Vertretung der Menschheit. Das müssen wir uns anrechnen lassen.
– Dann hätten wir den Tod des Christkönigs ebenso verhindern müssen?
– Gewiß. Das eine bedingt das andere.
– Sie meinen, ohne Christkönigs Tod keine Enthauptung Ludwig des XIV.?
– Das eine gibt es nicht ohne das andere.
– Ohne Ludwigs Tod auch kein Tod am Kreuz? Mehr als eineinhalbtausend Jahre zuvor?

– Das ist es ja, wovon ich spreche.

– Ich frage nochmals: Sie gehen als Royalist von einer historischen Rückwirkung aus? Was geschieht, beeinflußt alle Vergangenheiten?

– Ich bin kein Royalist. Ich bin ein Mann der Fakten. Sie fragten mich nach meiner Meinung, ich kann darauf nur antworten, was ich denke.

– Dann danken wir Ihnen für das Gespräch.

Der Blinde und der Unerfahrene

> »Beeil dich, Freund. Die Zeit ist knapp.
> Sie tropft aus unserem Leben.«
>
> *Arno Schmidt*

Die Gallenoperation vom 6. Januar, die der Pathologe der Klinik beanstandete, nachdem sie für den Patienten tödlich endete, war Resultat der Erblindung eines Auges des leitenden Operateurs. Er konnte nicht mehr plastisch sehen. Er nahm sich deshalb vor, in jedem künftigen Fall besonders vorsichtig zu Werke zu gehen.

Bei der Operation vom 20. Januar, an der ein weiterer Patient starb, minderte ein plötzlicher Bluthochdruck – vielleicht, weil der Arzt sich soviel mehr Mühe gab als am 6. Januar – das Sehvermögen zusätzlich, auch für das andere Auge des Arztes, so daß dieser nach einigen mißlungenen Schnitten die Operationsführung an den jungen, noch unerfahrenen Assistenten übertrug. Dieser soll, überfordert, aber kein Arzt sah mehr zu und die Schwestern schwiegen beharrlich, »nach Lehrbuch« in der Wunde gewühlt haben. Der Patient starb gräßlich.

Nun sind wegen fahrlässiger Tötung angeklagt: der Assistenzarzt, der Blinde und der Vorgesetzte der beiden, der Chirurg Zarborsky, der verreist war und von den Sehschwierigkeiten nichts wußte.

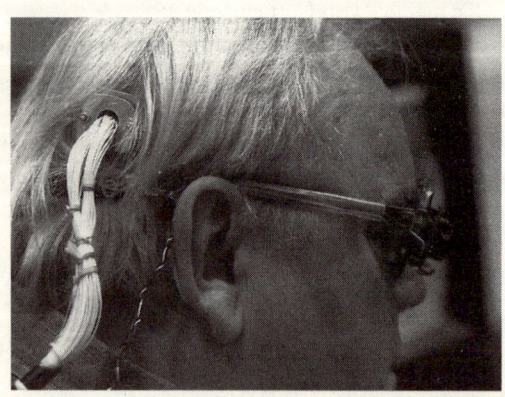

Abb.: »Kamera mit Hinterhauptlappen elektronisch verknüpft.« Interface zwischen Mensch und Technik. Der Blinde sieht auf diese Weise unscharfe, blaßblaue Bilder.

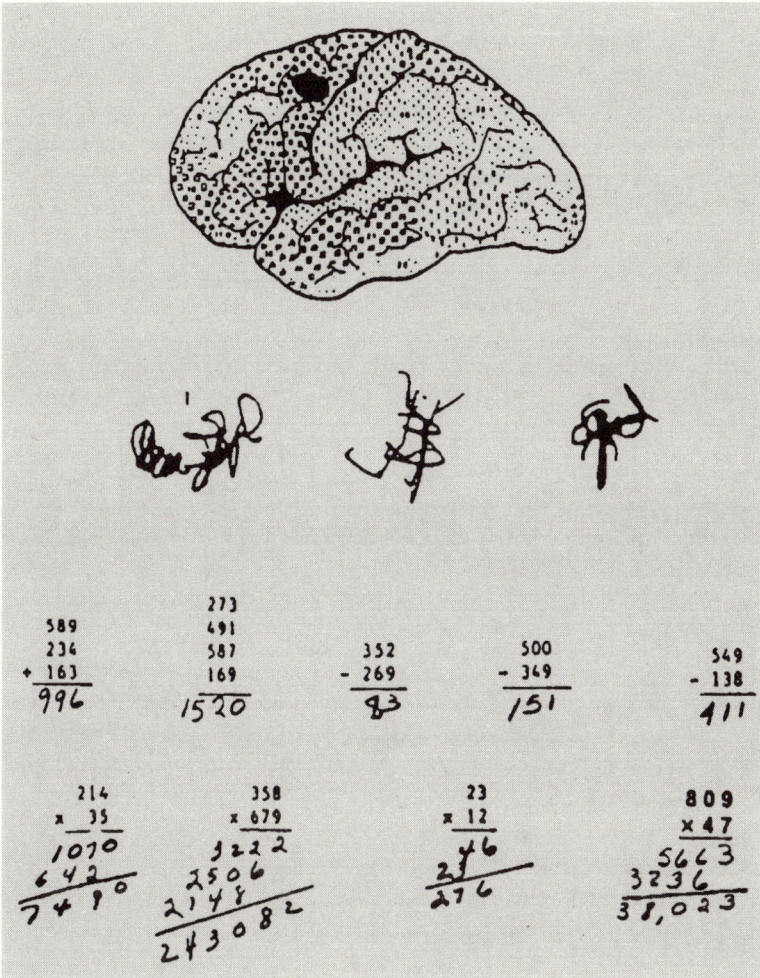

Abb.: Geschichte der Ratio. Wenn das Hirn nichts mehr denkt, sagt Jacques Derrida, kann es immer noch zählen. Nach einer kleinen Läsion der linken prämotorischen Rinde konnte die Patientin keine Wörter mehr lesen oder schreiben, wohl aber noch Zahlen mit arabischen Ziffern. Das Gekritzel zeigt ihre Bemühungen, ihren Namen, die Buchstaben A und B und das Wort *dog* zu schreiben. Ihre Fähigkeit, arabische Ziffern zu schreiben, ist nicht beeinflußt worden.

Abb.: Komposition von Th. W. Adorno vom 27. 3. 1939: Es geht um eine Vertonung des Kinderliedes »Alle Vögel sind schon da« in der Musiksprache Adornos, die sich an Schönberg und Alban Berg anlehnt. Im Text geht es um ein Wortspiel, daß ein Kind die Süßigkeiten (les bonbons) lieber hat als die Vernunft (la raison).

Begegnung mit dem Unbekannten

Kurze Zeit nach Abreise des US-Außenministers Baker, der die Liquidierung der Sowjetunion und die Gründung der GUS wie ein Notar protokolliert und begleitet hatte, saß der in bezug auf die Zukunft seiner Planstelle ahnungsvolle Dimitri W. von der Abteilung für Unidentifizierte Flugobjekte im KGB/Ausland seinem zuständigen Kontrahenten vom CIA gegenüber. Dieser war zu einem Erfahrungsaustausch nach Moskau gekommen. Es wurde in den Büroräumen des KGB-Turms ein Gabelfrühstück mit Kaviar und Lachsstücken gereicht. Der CIA-Funktionär eröffnete das Gespräch.

– 96 % aller UFO-Erscheinungen sind nach Ihren Geheimakten, denen des KGB, aufgeklärt, sortiert nach »natürlichen Ursachen und Provokationen, die der CIA seit 1951 unternahm, um eigene Aktivitäten auf sowjetischem Boden zu verdecken«. Ist das richtig?
– Wenn einer das bestätigen kann, dann bin ich es.
– Ja, das hat mich vorhin gewundert. Sie behaupten, mehr zu wissen, als der CIA weiß.
– Das liegt an der Gesamtübersicht.
– Wie darf ich das verstehen?
– Nur der Gegner ist interessiert genug, alles zu erfahren, was Ihr Apparat tut. Der CIA zerfällt in Abteilungen. Sie schotten ihr Wissen gegeneinander ab. Das entspricht der konspirativen Regel. Wir aber erkunden ALLES.
– Und der Chef der CIA? Nach Ihrer Annahme?
– Hat keine Zeit für Gesamtübersichten. Er ist durch seinen Tageskalender abgeschottet vom Wissen.
– Ist das nicht bei jedem Geheimdienst so?
– Selbstverständlich. Das ist im Leben so. Nur der Gegner hat ein Bild des Ganzen. Sie sagen »CIA weiß«, »CIA nimmt an . . .«, »CIA hat seit 1951. . .«, das ist ein unrealistischer Gebrauch der Grammatik. Es kann immer nur ein Sacharbeiter – oder getrennt von ihm ein Spion und getrennt von diesem ein Auswerter-Team – Subjekt sein. Grammatisch gibt es keinen »CIA« als Ganzes. Die Organisation entsteht erst aus den Lagekarten *unserer* Ermittlungsergebnisse, und dort als Schattenriß, d.h. virtuell in den Computern.
– Und in der Presse als Gegenstand des öffentlichen Interesses?
– Ein Popanz.
– Ist das nicht etwas hart?
– Woher soll die Presse ihre Information haben?

– Zum Beispiel von Ihnen?

– Das wäre Diversion. So etwas ergäbe ein Bild, aber keines, das mit dem Gegenstand, also unserer realistischen Gegner-Analyse, zu tun hat.

– Wie auch immer. Sie bestätigen 96 % der UFO-Berichte als aufgeklärt.

– Nicht durch uns.

– Sagte ich.

– Nach Ansicht der CIA aufgeklärt. Wir haben nur etwa 37 % nachgeprüft.

– Und nichts Unwirkliches gefunden?

– Wie kommen Sie darauf, daß unidentifizierte Flugobjekte unwirklich sind?

– Ich meine außerirdisch. Aus dem Kosmos kommend.

– Oder längst auf Erden heimisch! Sozusagen zwischenartlich. Mir reichen die unabgeklärten 4 %.

– Jetzt zu Ihrem Erlebnis.

– Ich fliege vom Kaukasus-Wehrbezirk kommend über dem Kaspischen Meer. Ich erwarte eine Störung von Süden. Es nähert sich aber von Nordost ein längliches, schwarz gepanzertes Flugobjekt, schiebt sich an die Seite meines Flugzeugs.

– Sie sehen das durch das Bullauge?

– Nein, aus der Kanzel. Ein schwärzliches Metall, sieben Meter neben uns.

– Eine U-2?

– Glauben Sie mir, daß ich die Außenhaut einer US-Konstruktion davon unterscheiden kann. Dieses schwärzliche Metall wölbte sich wie der Leib einer Kaulquappe und war in der Lage, unsere Maschine einzuhüllen.

– Wie man etwas verschlingt?

– Nicht mich, sondern die Maschine.

– Die im Maul dieser Kaulquappe weiterflog?

– Wir flogen. Ich beobachtete die Meßinstrumente.

– Ihr Pilot?

– Neigt zur Panik. Ich sagte zu ihm: Ruhig Blut. Um uns Dunkelheit. Ich sagte: Denken Sie an das Sprichwort:»Danke Gott, wenn er dich preßt, und danke ihm, wenn er dich wieder entläßt«, nur damit ein menschlicher Ton in der Kabine, damit etwas populär Verständliches die Atmosphäre lockert.

– Hatten Sie keine Furcht?

– Was hätte das genutzt?

– Das ist ja, wenn man Angst hat, nicht die Frage.

– Wir waren für alle Fälle ausgebildet.

– Aber doch nicht für diesen.

– Für diesen nicht. Er kam unerwartet.

– Danach verloren Sie das Bewußtsein?

– Ich fixierte noch meine Uhr.

– Was heißt das?

– Wir müssen, wenn wir glauben, eine Situation nicht mehr zu kontrollieren, zweimal unsere Armbanduhr drücken. Das hält den genauen Zeitpunkt des black out für spätere Untersuchungen fest. Das wird geübt.

– Was danach geschah, wissen Sie nicht?

– Es müssen 16 Stunden vergangen sein. Ich lag in einer Kuhle in der Tundra. Teile meiner Fallschirmausrüstung in der Nähe. Die Beine gebrochen. Der Absturz war beobachtet worden. Sechs Stunden später fanden mich die Hubschrauber.

– Die (was immer es war) hatten Sie weggeschmissen?

– Besichtigt, d. h. operiert. Einiges entnommen, Ersatzteile eingelegt (die funktionierten, die wir aber später nicht analysieren konnten). Danach ordnungsgemäß zugenäht mit Nähten und Verdrahtungen, die der biologischen Abstoßung nicht unterliegen, und dann mehr oder weniger achtlos weggeworfen.

– Sehr widersprüchlich.

– Ja, erst Sorgfalt, dann keine. Warum nähen sie das zu, kümmern sich um Ersatzteile, entnehmen nur eine Niere? Andererseits: warum behalten sie etwas so Unwichtiges wie zwei Meter Darm? Warum schmeißen sie mich weg, nachdem sie sich Mühe gegeben haben, mein Leben zu erhalten? Die Todesquote bei Fallschirmabsturz in der Tundra liegt bei 86 %.

– Vielleicht haben sie das gewußt?

– Warum sagen Sie »sie«? Es ist nicht sicher, daß es sich um Personen handelte.

– Aber eine Diversion der USA kann es nicht gewesen sein (sagte der Amerikaner).

– Nein, dann müßten wir es wissen. Und zwar nicht, weil wir eine Einzelheit identifizieren müßten, sondern weil wir das als PLANUNG, und erst recht als ERGEBNIS, von unseren Maulwürfen erfahren hätten. Wir können nicht vollständig wissen, was auf dem Planeten geschieht. Aber was der CIA-Apparat davon weiß, das lesen wir vollständig mit.

– Auch das Wissen der 13. Abteilung?

– Das National Reconnaissance Office? Das hat uns immer sehr interessiert. Darüber hätten wir gern mehr gewußt.

– Sie haben dann Bericht erstattet?

– So, wie ich es wiedergeben konnte: die fehlenden Organe, meine Uhrzeitbestimmung. Die subjektiven Eindrücke vorher und nachher, wenig genug.

– Ihr Gesamturteil?

– Das ist Sache des Analyse-Teams. Es wäre für einen Beobachter falsch, sich festzulegen.

– Das alles war zwei Wochen vor Zusammenbruch der Sowjetunion, also An-
  fang Dezember 1991?
– Exakt. Unsere ganze Abteilung wurde liquidiert.
– Sie aber wurden weiterhin in Bereitschaft gehalten.
– Ich erhielt den »inoffiziellen Rat« meiner Vorgesetzten (die ja nichts mehr zu
  befehlen hatten), mich als eine Art Köder bereit zu halten, falls die »Frem-
  den«, der »außerirdische mögliche Alliierte oder Feind«, nochmals auf den
  Kontakt mit mir zurückkäme. Die Konservierung meines Körpers nach
  »Ausbeutung« könnte darauf hindeuten, daß sie den Kontakt erneuern
  wollten. Was, wenn interfaces in mich eingebaut wären?
– Nichts passierte?
– Bisher nichts. Inzwischen sind die Zuständigkeiten zerfallen.
– Sie sagten, Ihre Vorgesetzten seien im ersten Augenblick »wie elektrisiert«
  gewesen?
– Als ob sie so etwas erwartet hätten. Es stellte sich heraus, daß in der
  Frühzeit der Revolution, am 18. August 1918, bereits ein Kontakt ähnlicher Art bei der Bolschewistischen Arbeiterdivision in Ust-urt stattgefunden hatte. Meine Vorgesetzten meinten, daß eine Rettung der UdSSR
  durch einen Kontakt mit Außerirdischen in Betracht käme. Wenn doch
  sonst keine Macht der Welt das Imperium retten konnte. Eine Repräsen-
  tanz unidentifizierter Flugobjekte hätte in dieser Lage vereinfachend ge-
  wirkt.
– Inwiefern?
– Bei feindseliger Haltung der Außerirdischen hätten sich alle Kräfte in unserem Land um die Regierung formiert. Ich gehe davon aus, daß der Oberbefehl zu dem General der Raketenstreitkräfte gewechselt hätte. Das wäre ein
  sicherer Mann für die Sowjetunion gewesen.
– So wären Sie, vergewaltigt von Fremden, beinahe Rettungsanker des Imperiums geworden? Wußte Gorbatschow davon?
– Alle Telefone zur Zentrale waren gekappt.
– Persönliche Nachwirkungen?
– Keine. Meine eine Niere funktioniert wie zwei. Die narbigen Nähte aus selt-
  samem Kunststoff verfärben sich bläulich, wenn es länger als zwei Wochen
  regnet.
– Wie viele von den unabgeklärten 4 % UFOS sind durch Ihren Bericht ausge-
  füllt?
– Eine nicht meßbare Größe. Eventuell 0,000827 %. Ein Einzelfall. Mehr
  wird man wissen, wenn ich obduziert wurde.
– Darauf wollen wir noch ein bißchen warten!
– Ich hoffe sehr.

– Sind Sie ein neugieriger Mensch?
– Das ist mein Beruf.
– Ihr »ehemaliger« Beruf?
– Nein, nein. Diesen Beruf wechselt man nie.
– Hätten Sie lieber ein langes Leben oder Gewißheit, wie ein Kontakt zu UFOS funktioniert?
– Ich beantworte keine hypothetischen Fragen, auch Ihnen gegenüber nicht. An einem Kontakt mit Dritten wäre ich interessiert.
– Und wenn diese Wesen »unmenschlich« sind?
– Menschlich sind sie sicher nicht. Vielleicht sind es *hochsensible Maschinen*?
– Würden Sie die Neugierde, die ich aus Ihrem Gesicht ablese, triebhaft nennen?
– Berufsmäßig.

La valse des généraux.
Der Walzer der Generäle.
Eine Bildbeschreibung

> »Man wird am besten für seine
> Tugenden bestraft.«

Im Vordergrund versuchen Generale mit ungeübten Körpern die Figur darzustellen: »zur Stelle zu sein«. Sie orientieren sich am Kraftfahrzeug des Attentäters, der eben noch direkt auf die Fahrzeuge des Ministers zuhielt. Der Attentäter ist über den Volant hingesunken, hat noch die Zündung herausgerissen, als er nichts mehr sah, sich für erschossen hielt.
Sein Fahrzeug hat einige Särge umgerissen. Der Leibwächter des Verteidigungsministers erstarrt nach seinem treffsicheren Schuß für viele Sekunden. Er atmet dem zu raschen Schuß nach, sucht Orientierung.
Die Generale aber, die als Leibwächter nicht ausgebildet sind, wurden von den Pressefotografen in lebhafter, ängstlicher Bewegung abgelichtet. Die Kolonialarmee im Tschad ist blamiert.
Hernu, der Verteidigungsminister Frankreichs, steht »wie versteinert« (petrifié). Seine Arbeit ist es, in einem solchen Gefahrenfall still stehen zu bleiben, so daß Fotos »unerschütterliche Ruhe« signalisieren. Es gibt zwei Möglichkeiten: Der Minister wird überfahren, erschossen oder in die Luft gesprengt. Oder er entgeht dem Attentat. Dann kommt es auf das erste Foto an, das die Situation »nach dem Attentat« wiedergibt. Am besten ist es, wenn der Minister »wie ein

Fels« stehen bleibt. Es sieht nicht gut aus, wenn er sich vor weiteren Schüssen in Deckung zu bringen sucht.

Jeder Mensch, der sich bewegt und noch während der Bewegung Orientierung sucht, macht auf einem Pressefoto den Eindruck eines ungeschickten Tänzers.

Der Vorfall fand statt anläßlich der Beerdigung eines im Tschad rekrutierten Soldaten, dessen Tod im nichterklärten Krieg keinen benennbaren Grund hatte. Die Familie des Verunglückten war verzweifelt. Sie hatten in der Nacht nicht geschlafen. Sie haben nicht in Erfahrung bringen können, aus welchen Gründen ihr Bruder, Neffe, Sohn in das Minengelände des Feindes geriet. Lionel Rahal, Bruder des gefallenen Rekruten, der Attentäter, hat für sie handeln wollen. In einem Kraftfahrzeug wollte er die Unteroffiziere schubsen, die Honoratioren erschrecken, den Minister bedrohen, die Wahrheit aus der Obrigkeit herausbringen.

Eine solche Kurzschlußhandlung ist strafbar. Die Mutter des Attentäters, die im Tschad einen Sohn verloren hat, den Anlaß des Staatsbegräbnisses, stürzt sich auf ihren zweiten Sohn, den Attentäter, der soeben aus dem Auto gehoben wird. Sie stürzt sich über den Liegenden, die »Leiche«. Gleich darauf treffen die Mediziner des Stützpunktes ein. Der Tote regt sich. Behutsam wird die Frau vom Körper des Sohnes getrennt, ein Verwandter greift den Leibwächter des Ministers, der das Familienmitglied angeschossen hat und das Attentatsfahrzeug stoppte, mit Fäusten an. Das ergibt wirksame Pressefotos.

Wenn jetzt alle Familienangehörigen des Attentäters dem Minister, der »wie ein Fels« dasteht, bis er abgerufen wird, zu Füßen fallen und um einen raschen Gnadenakt bitten, wäre es den Strafverfolgern kaum möglich, auf eine Bestrafung des Attentäters zu dringen. Ein grandioser öffentlicher Auftritt des Ministers mit einem weiteren Photo!

Interview des Korrespondenten von *Le Monde* mit dem Minister.

MINISTER: Ich bin ja dankbar.

KORRESPONDENT: Was heißt dankbar, Sie können heilfroh sein, Herr Minister.

MINISTER: Bin ich ja auch. Sagen Sie das auch dem Schützen, der mich mit seiner Geistesgegenwart rettete.

KORRESPONDENT: Der wird fragen, was aus ihm wird.

MINISTER: Gar nichts. Er wird versetzt.

KORRESPONDENT: Ist das nicht etwas undankbar?

MINISTER: Die öffentliche Meinung duldet nicht, wie Sie wissen, daß der Verteidigungsminister erfolgreiche Schützen um sich hat.

Wenig darauf Gespräch mit dem Korrespondeten von *Le Figaro*.

KORRESPONDENT: Man wird es nicht als dankbar empfinden, wenn Sie den Mann, der Ihr Leben rettete, auf eine Klitsche in der Provinz versetzen lassen, Herr Minister.

MINISTER: Was soll ich tun?

KORRESPONDENT: Eine Ehrung vorbereiten.

MINISTER: Soll er haben!

KORRESPONDENT: Ihn auf seinem Posten bestätigen und vielleicht im nächsten Jahr auswechseln.

MINISTER: Geht nicht.

KORRESPONDENT: Leibwächter werden in Zukunft bei solcher Behandlung überlegen, wen sie schützen. Bei Erfolg werden sie bestraft.

MINISTER: Die Öffentlichkeit duldet nicht, daß ich gute Schützen in meiner Nähe habe.

KORRESPONDENT: Wenn er nicht geschossen hätte oder nicht getroffen, wären Sie jetzt tot.

MINISTER: Dann würde der Schütze ebenfalls versetzt.

KORRESPONDENT: Ein undankbarer Job.

MINISTER: Man schießt ja auch nicht auf Minister.

Die beiden Adjutanten des Ministers waren, wie die übrigen Anwesenden, darunter 16 kommandierende Generäle, während des Attentats umhergelaufen, hatten die Körper gedreht, um nur die Schmalseite einer Kugel auszusetzen, obwohl doch der Attentäter mit einem Fahrzeug angegriffen hatte und nur die Leibwächter Kugeln verschossen. Deshalb versuchten die Adjutanten nachträglich, Haltung zu zeigen.

– Der Minister kann den Leibwächter nicht in seiner Umgebung dulden. Das ist ein Gebot der öffentlichen Meinung, die es ablehnt, daß Minister sich schützen, während die einfachen Soldaten im Tschad schutzlos auf eine Mine laufen. Das Begräbnis war der Anlaß des Unfalls.

– In einem nicht erklärten Krieg ...

– Richtig. Der Schütze muß weg. Das aber wird als Undankbarkeit des Ministers ausgelegt werden.

– Wäre der Minister tot und hätte man zugleich nachgewiesen, daß kein Leibwächter ihn hätte schützen können, behielte der Schütze seine Stellung.

– Damit die Chance bestehenbleibt, daß auch der Schütze erschossen wird? Chancengleichheit zwischen Attentätern, Ministern und Leibwächtern?

– Ich würde es anders sagen: Undankbare Minister werden erschossen.

– Wie will es der Leser?
– Daß es in der Welt gerecht zugeht.

Die Schieflage war das Ergebnis einer Bilanz (Gesamtrechnung). Die Pressefotos blieben für die Generalität, die den Minister begleiteten und wie hüpfende Hasen aussahen, negativ. Die Anwesenheit zu kleiner französischer Truppenkontingente im Tschad war patriotisch nicht zu vermitteln. Der Anlaß, die Ehrung eines einzelnen einheimischen Unteroffiziers durch ein Staatsbegräbnis, ohne daß aufklärend auf dessen Familie eingewirkt worden war, blieb das Ergebnis einer verfehlten Planung. Die Kosten hatte der erfolgreiche Schütze zu tragen.

→   Der alte Mann und Afrika, I / S. 481

Eine 570 Millionen Jahre alte Tarnkappe

Enges Zusammenleben seit 570 Millionen Jahren zwischen Meeresschwämmen und Bakterien.

Meeresschwämme scheinen die Bakterien als »inneres Erbe« ihrer Urahnen mit sich zu tragen. Wilkinson fand die Bakterien an 296 Schwämmen im Mittelmeer, im Roten Meer, vor der britischen Südküste bei Plymouth und am Great-Barrier-Riff in Australien. Immunologisch enge Verwandtschaft zwischen Bakterienstämmen. Die Bakterien haben einen Vorfahren der Schwämme im Präkambrium besiedelt.

Die Schwämme nähren sich von Bakterien. Aus einem Bakteriengemisch filtern sie die Nichtsymbionten heraus. Nur diese verzehren sie. Die Schwämme unterscheiden mit einer Art Immunsystem zwischen eigenen und fremden Bakterien. Als wahrscheinlich gilt, daß die Mikroorganismen durch eine besondere Kapsel, die sie umhüllt, Schwämmen gegenüber ihre Bakteriennatur verbergen und somit nicht als Nahrung erkannt werden. Eine 570 Millionen Jahre alte Tarnkappe.[17]

17 Das merkwürdigste, schreibt Wilkinson, ist aber, daß dieses Phänomen im Präkambrium offensichtlich an sechs verschiedenen Stellen der Erde entstanden ist, die untereinander keine Verbindung haben. Sechsmal wurde diese Tarnkappe entworfen. Mit minimalen Differenzen. Bringen wir nämlich Schwämme (was die Natur nicht vermag) in von Flugzeugen transportierten Tankbehältern vom Great-Barrier-Riff nach Plymouth, so fressen die dortigen Schwämme auch die tarnkappengeschützten Bakterien aus den importierten australischen Schwämmen heraus.

Ankunft eines Sonntagsjungen

Bis 3 Uhr nachts war Betrieb. Das Kind, 23.55 Uhr zur Welt gekommen, gebadet, fotografiert, im Arm der jungen Mutter abgelegt, galt noch als Sonntags-
junge.

Nun sind auch die Dienstmädchen in ihren Zimmern. Die betrunkenen Gratu-
lanten sind auf Sofas und auf dem Boden des Salons in sich zusammengesun-
ken und schlafen fest. Der Tag, der auf die Aufregungen folgte, ist ein Montag.
Die Mädchen räumen die Reste des Gelages auf. Der Chef ist in der Praxis. Die
Patienten gehen die Treppe hinauf zum Wartezimmer. Die Chefin schläft.
Das Kind im Raum neben der Chefin ist für einige Stunden »vergessen«. Zwar
bewahren alle die »Nachricht von dem glücklichen Ereignis« in ihren aufge-
regten Herzen, das Körbchen mit dem Kind selbst jedoch ist abgelegt, und es
wird Mittag werden, ehe sich einer besinnt, nach den Regelmäßigkeiten des
Neuankömmlings zu fragen.

Erst einmal sind die Blumen im Wintergarten zu verstauen. Aus der Speisekammer werden Vorräte zur Familie der Putzfrau transportiert. Sie gelten als
»gestern verbraucht«.

Die junge Chefin kann noch nicht fassen, daß sie mit ihren 24 Jahren eine Geburt bewerkstelligt hat. Sie hat Ohropax in den Ohren, schläft tief. Wenn nicht
im Laufe des Nachmittags Besucher kämen, die zu dem »Sonntagskind« gratu-
lieren wollen, könnte man das Stück Fleisch in der Kiepe glatt vergessen, auch
wenn es schreit.

Robinson in Rußland

Die neuesten Erkenntnisse sammeln sich in den Ruinen der ehemals großen
Forschungsinstitute Rußlands. Diese Ruinen sind tolerante Räume. Wer es in
den USA nicht aushält, rettet sich auf die Robinson-Inseln Rußlands, so auch
Leonard Shlain.

Durch ein schmutzverkrustetes Fenster sieht er auf den Moskauer Gartenring,
eine metropolitane Verkehrsader. Das ist aber nicht seine Interessenrichtung.
Sein Interesse ist auf sieben Monitore gerichtet, die die Zwergenwelt seiner
neuen Versuchsanordnungen in extremer Vergrößerung wiedergeben.[18]

18 J.C. Polkinghorne beschreibt in seinem Buch *The Quantum World*, London 1924, eine
   Reihe erstaunlicher Quanten-Experimente. Sie wirken sich aus im Nanobereich, d.h. unerwartet erweisen sich Atome, ja Elektronen als »begeistet« bzw. »begeistert«. Meßbar

Der Milliardär Beresowski finanziert die Forschungen von Leonard Shlain mit
0,006 % der Erlöse der von ihm installierten Fernsehstationen, einer Art
Strom oder Fluß, der wie die Wolga zu Lenins Zeiten Gewinne abwirft, aus denen sich der internationalistische Kampf finanzieren läßt. Zu diesem Zwecke
wurden auf den Karibischen Inseln börsenfähige Firmen errichtet.
Das Geheimnis Shlains ist anti-alchimistisch. Weder das Projekt Homunculus
noch ein Zauberstoff, der Menschen in Richtung Superman verbessert, sind
sein Anliegen. Er sucht den Schlüssel, mit dem er an die Informationen gelangt,
die die Körper der Menschen kraft Evolution lebenslang mit sich herumtragen. Wieviel Wissen ist in der Konstellation von 11 oder 23 Molekülen der Leber oder der Niere enthalten, von denen kein Hirn etwas weiß! Dies ist der
Schwarzmarkt des Lebens! In ihm stöbert Shlain, indem er seine Chips vor-
wärtstreibt wie Detektive. Von den Menschen brauchen wir, sagt Shlain, für
diese Forschung nur Punktualität: ein paar Zellen hier, einige Interfaces dort,
die Zugang zum Schatz der MENSCHLICHEN VERGANGENHEITEN
verschaffen, einen Nibelungenschatz. In zwölf Jahren sind wir soweit. Das hat
er Beresowski vorgetragen, und der MÄCHTIGE hat es so akzeptiert.[19]

Zusatz:
Leonard Shlains spezifische Annahme: Mit den Mitteln der Mainstream-Bio-
logie und Gentechnologie gelangen wir knapp bis zum Atom; dort endet das
Verständnis. Wir werden, sagt Shlain, Robinsone genannt, weil wir uns von
diesem mainstream entfernt haben. Ich selbst, ergänzt Shlain, bin an den Experimenten von W. Brand und N. Schlitz geschult und kenne die Experimente
von Jacobo Grinberg-Zylberbaum (Subtile energies, Vol. 3, 1993). Psychoki-
netische und elektrodermale Aktivität wenden wir, zusammen mit morphi-
scher Gravitation, an auf die interessanteste Nahtstelle zwischen *bekannt* und
unbekannt. Leibniz nennt dies die Separatrix. Dies tun wir, ergänzt Shlain,

sind diese Phänomene im Mikrobereich. Sie können nur aus ihren Folgen erschlossen
werden, weil sie zwischen zwei unvereinbaren Wirklichkeiten, zwei verschiedenen Universen oszillieren.
19 Zwölf Jahre sind, sagt Shlains nach den Vorstellungen der Berliner Republik kein auf-
wendiger Zeitraum. Gemessen am Dritten Reich sind 12 Jahre der Unterschied zwischen
Leben und Tod. Keine Information, kein Exodus ohne langes Gedächtnis.
Das Projekt einer parallelen Menschheit, ergänzt Shlain, läßt sich in Jahreszahlen nicht
ausdrücken (im Gespräch mit Beresowski reden wir in Finanzplänen und damit in Daten,
biologisch sind solche Daten irreal). Die biologischen Prozesse und die Bildungsprozesse,
die die Emanzipation der neuartigen Partikel, an denen wir laborieren, gewährleisten,
also die Verfassung einer ABWEICHENDEN EVOLUTION, kann ich nur in Jahrtau-
senden, ja in Gruppen von je 10 000 Jahren bezeichnen. Ich bin auch nicht sicher, daß dies
ohne Bürgerkrieg ausgeht.

nach den Regeln der Quantenphysik und mit den Daten der Biologie. Nunmehr *springen* die Messungen. VIRTUELL und WIRKLICH wechseln einander ab. Hier die Genese des GEISTES. Auf dieser Grundlage wenden wir die Theorien von Alfonso Rueda und H. E. Putthoff an: *BEYOND E = mc²*.

Abb.: Alfonso Rueda und H. E. Puthoff. Ihre Untersuchung INERTIA AS A ZERO-POINTFIELD LORENTZ FORCE (Trägheit als eine Nullpunktfeld-Lorentz-Kraft) gilt als bahnbrechend.

Das Quantenvakuum, eine poetische Metapher

»Die Poesie ist das echt absolut Reelle.«
Novalis

René N. Schlitz empfing einen der Literatur-Detektive einer großen deutschen Tageszeitung in der Kantine seines Labors. Der Quantenexperte war über das unerwartete literarische Interesse an seinen Texten, die auch in deutscher Sprache publiziert sind, verblüfft. Er begrüßte, daß der Gehalt seiner Forschung jetzt auch in das Feuilleton einging.[20]

20 Tatsächlich führte er das von ihm benutzte Vokabular auf die Naturlehre des deutschen Philosophen Schelling zurück. Das war der letzte Ansatz gewesen, Naturwissenschaft sprachlich zu fassen. Wie aber drückt man in Worten die schwindelerregende Energiedichte von 10 hoch 94 Gev/cm³ Materie-Äquivalent aus? Das ist auf engem Raum mehr als die Gesamtmenge der im Universum vorhandenen Materie! Das beobachtbare Universum aber schwimmt sozusagen auf der Oberfläche eines Ozeans, der solche Dichte besitzt.

- Sie erhielten den diesjährigen Georg Büchner-Preis für ein biophysikalisches Manuskript. Das scheint mir ungewöhnlich.
- Das ist aber so.
- Was ist ein Quantenvakuum?
- Es ist der niedrigste mögliche Energiezustand eines Systems, in dem sowohl die Gleichungen der Quantenmechanik wie auch die der speziellen Relativitätstheorie Gültigkeit haben. Es ist das sog. NULLPUNKTFELD.
- Und das, schreiben Sie, sei ein »unermeßliches Meer von Energie, das die Materie-Teilchen als Substrukturen aus einer Tiefe emportauchen läßt wie Delphine«?
- Wenn Delphine Elektronen oder Protonen wären.
- Ist die dichterische Ausdrucksweise, die Sie als Physiker bevorzugen, mißverständlich?
- Keineswegs. Eigentlich ist überhaupt nur die Betrachtung der Natur poetisch.
- Und wieso ist die »Dirac-See« ein Ozean aus Teilchen in negativem Energiezustand?
- Das ist »Paar-Erzeugung«.
- Klingt nach Roman.
- Man kann sagen, daß aus dem Quantenvakuum das beobachtbare Universum entsteht. Das Nullpunktvakuum »gerät in eine explosive Instabilität und spaltet sich in MATERIE und GRAVITATION auf«. In der weniger turbulenten Robertson-Walker-Phase synthetisiert dieses riesige Energiefeld in die Materie, die wir kennen.
- Also sind Sie materialistisch?
- Was soll das sein?
- Noch einen Tee?
- Gern.

Meine Vorfahren väterlicherseits

Als Markenzeichen ihrer Produkte wählten sie drei Pfeile, die nach rechts, links und nach oben zeigten. Daran knüpften sie den Namen Prudens, in deutscher Übersetzung: Kluge. Die Bauernkriege überlebten sie, weil sie sich tarnten oder neutral verhielten.

Im 18. Jahrhundert übt der Familienclan den Beruf des GROSSUHRMACHERS aus. Sie reparieren oder konstruieren Uhren an Kirchtürmen, insofern Großuhren. Sie haben in Not und unter Verlusten den Dreißigjährigen

Krieg überlebt. Wie viele waren sie, wie wenige blieben übrig! Sie versippen sich mit Emigranten aus Frankreich, die aus Glaubensgründen emigrieren. Die Generationen durchwandern das 19. Jahrhundert. Der Vorfahr, den ich noch gesehen habe, stellte seine persönliche Uhr täglich um 11 Uhr vormittags nach der Großuhr der Martinikirche, auch wenn diese nicht mehr Produkt der Familie war.

Komplizierte Generationenfolge

Der Tribun Constantius Chlorus (»der Blasse«), der die Legionen in Kleinasien und Syrien befehligte, traf in einer Ortschaft des heutigen Anatolien auf eine Gaststube. Er befahl, ein Glas Wein zu bringen. Es wurde ihm durch ein stämmiges, hübsches Mädchen gereicht. Ein Blick in die Augen genügte für beide. Der Feldherr führte eine Verhandlung mit dem Wirt, dem Vater des Mädchens. Er ließ die junge Frau, die Helena hieß, auf seinem Kriegsroß aufsitzen. Die beiden trennten sich niemals mehr.

Constantius Chlorus wurde von Kaiser Diokletian zum Cäsar des Westreichs bestimmt. Bedingung war, daß er eine Prinzessin des Kaiserhauses heiratete. Constantius Chlorus nahm, nach Beratung mit Helena, die Sottise in Kauf, ja er gewöhnte sich in gewissem Maß an die attraktive hochrangige Gattin, mit der er drei Söhne und zwei Töchter hatte. Im Gemüt blieb er jedoch Helena treu, der er den Prinzen Konstantin verdankte.

Unehelich geboren, ohne Rang im Sinne des Reichs, wuchs Konstantin auf. Später hieß er KONSTANTIN DER GROSSE, der, selber nicht religiös, das Römische Reich dem Christentum öffnete, seiner Mutter Helena nachträglich den Status einer Kaiserin verlieh, so daß zumindest ihr Sarkophag, heute in den Vatikanischen Gewölben aufbewahrt, einen unermeßlichen Rang dokumentierte.

Nie wieder gab es einen Kaiser, dessen Arbeit so unbestritten blieb wie die KONSTANTINS DES GROSSEN. Das hat jedoch keinem seiner Abkömmlinge viel geholfen. Im Abstand von wenigen Jahren wurden die Kaisersöhne ermordet.

Der Zufall wollte es, daß durch Verwechslung bei der Geburt ein Kaiserenkel mit dem Sohn einer Dienstmagd vertauscht wurde. Die Magd wanderte zurück in ihre Heimat, die in der Nähe des heutigen Nish liegt. Von da aus entwickelte sich, anonym, aber mit den Genen des Kaisers ausgestattet, eine Geschlechterkette von Bauern, später von Gastwirten, bis 1850. Vier Söhne davon wanderten nach Chicago aus. Ein Urenkel der Einwanderer, wohnhaft in

Silicon Valley, entwickelte einen Chip, der lebende Hirnzellen zur Steuerung eines großartigen Apparats in Größe von 40 cm³ verwendete, ein gewaltiges Objekt der Nano-Technik. Für dieses Interface zwischen einem menschlichen Organ und der Elektronik erwarb dieser Nachfahr, der (seinem Geburtsschein zufolge) Nikos Koulisses Athanassoulas hieß, sich aber Nicki Kaylos nannte, ein europäisches, ein britisches und ein US-Patent.

Danach starb er. Patent und zugehöriges Produkt, nämlich ein funktionierendes Interface zwischen Leben und toter Materie, liegt noch immer im Keller eines Gebäudes, das sich 40 km von San Francisco entfernt am Strand einer Meeresbucht findet. Es fehlt noch ein letzter Erbe der Stamm- und Temperamentslinie der Helena und des Constantius Chlorus, der das Fundstück im Keller findet und nutzt, um eine Parallel-Linie zur Menschheit in Gang zu setzen.

Vorsorge für die eigenen Kinder
im Jahre 1908

Er kam aus Westfalen. Sie stammte aus einem kleinen Ort, der nur 20 km von seinem Geburtsort entfernt war. Der Weg vom Lehrling in einer Eisenschmiede bis zum Eigentümer von Eisenbahnlinien dauerte für ihn 12 Jahre. 1908 tauften sie Zwillinge auf die Namen Ernst und Friedrich.

Über ihre Vorfahren hatten sie wenig Überblick. Diese waren anonym. Die beiden Eltern von 1908, wie sie in der Abenddämmerung Bowlegläser leerten, wären aber, das war ihnen bewußt, nicht übrig, wenn sie nicht Vorfahren gehabt hätten, bis zu den Einzellern zurück. Emotional versuchten sie, die Sicherheit ihres Nachwuchses ins Auge zu fassen.

Bernd Schwietzke errichtete eine Stiftung, deren Ziel es war, entgegengesetzt zum Rüstungsprogramm des deutschen Flottenvereins die Sicherung der kommenden Jahrzehnte zu gewährleisten, ja, mit Mitteln der Stiftung zu garantieren. Selbstverständlich, schreibt Xaver Holtzmann, waren die Mittel (Schwietzke war nur Milliardär) zu gering.

Im Zweiten Weltkrieg starben beide Söhne der Schwietzkes im Fronteinsatz.

Abb.: Das Agenturbild zur Mobilmachung des Deutschen Reichs 1914.

Abb.: Der Garde-Unteroffizier, der links unten in die Kamera blickt, ist 14 Tage später tot. Der Junge mit Schiebermütze (dieser Ausdruck ist 1914 noch nicht bekannt) rechts im Bild stirbt 1941 beim Angriff auf Rostow. Die Gründe für »seinen« Weltkrieg werden für den Jungen am 1. August 1914 gelegt.

Kriegsauslösung durch Depressive

Der Kanzler Bethmann Hollweg, der im Juli 1914 zu seinem »Sprung ins Dunkle« ansetzte, der Kriegsausbruch bedeutete, sagte von einer Allee seines Rittergutes Hohenfinow, die er im Herbst 1913 durchfuhr: Diese Allee wird von den Russen früher oder später abgeholzt werden; denn sie werden das Gelände hier früher oder später überfluten, ich denke: eher früher als später. Sie erdrücken uns mit ihrer Masse.
So war schon nichts mehr zu retten, sobald man es in historischer Perspektive ansah. Bethmann Hollweg glaubte an die Unabwendbarkeit des Weltkriegs. Dieses Bild lähmte ihn. Es kamen zunächst keine Russen, »die uns mit ihrer Masse erdrückten«, dann rückten wir, 28 Jahre später, nach Rußland hinein; das zog die russischen Armeen nach Hohenfinow, wo die Allee sich befand. Die Bäume wurden auch zu diesem Zeitpunkt nicht weggehackt. »Der Kanzler erwartete von einem Krieg, wie er auch ausgeht, eine Umwälzung alles Bestehenden.«[21]

Wie der Krieg verlorenging

Das sog. Große Hauptquartier befindet sich im Januar 1917 in Schloß Pleß, nahe der polnischen Grenze. 300 Beamtenzimmer, darin die Offiziere. Es herrschen drei Stimmungen: (1) Depression, (2) entschlossener Wille, durchzuhalten, (3) Einengung aller Gedanken, Engstirnigkeit.
Auf dem gepflegten englischen Rasen liegt Schnee. Der Himmel bleigrau. Der Reichskanzler fährt die lange Allee zwischen kahlen Bäumen zum Schloß hinauf, raucht im Kupée nervös Zigaretten. Jetzt betritt er die Riesenhalle, deren Wände mit Jagdtrophäen geschmückt sind, steigt die Marmortreppe hinauf, wird ins Konferenzzimmer geführt, das durch Umdekoration eines Speisesaals entstanden ist. Hier warten der Feldmarschall (Hindenburg), der General-Quartiermeister (Ludendorff), der Chef des Admiralstabs (Holtzendorff), die drei Kabinetts-Chefs des Kaisers; der Kaiser wird benachrichtigt, daß die Sitzung beginnt.

---

21 Erdmann, zur Beurteilung Bethmann Hollwegs, in: *Geschichte und Unterricht*, 9, 1964, S. 536. Die Dissertation des persönlichen Referenten des Reichskanzlers, Kurt Riezler, trägt den Titel *Prolegomena zur Erforderlichkeit des Unmöglichen*. Die Schrift wendet sich polemisch gegen Bismarcks Begriff »Politik als die Kunst des Möglichen«. Das führt, meinen die Ungeduldigen und die Depressiven von 1914, zu keinen Horizonten.

Alle GEFÜHLE in diesem Raum sind entnervt. Die des General-Quartiermeisters (einer dämonischen Person, deren Willenskräfte sonst Okkupationen bei den Tischnachbarn zu machen versuchen) sind durch Überanspannung der Herbst- und Wintertage *niedergedrückt*. Der Okkupant hat sich selber besetzt. Der KAISER: ungeduldig, nicht bereit zuzuhören, weder sich noch anderen; er will weg hier. Die drei Kabinetts-Chefs: angesteckt von der Nichtpräsenz des Kaisers. Diese Leute waren SCHON ZU LANGE hier. Der Reichskanzler ist noch NICHT LANGE GENUG am Ort. Seine Gefühle, übernächtigt, liegen zerrissen zwischen Berlin und Schloßauffahrt Pleß. Sie wurden im Zug zerrüttelt. In dieser Gefühlslage findet die Entscheidung statt, die den »unbegrenzten U-Boot-Krieg« eröffnet und damit die USA in den Ersten Weltkrieg zieht.

Es ist nicht so, daß das fürchterlich Falsche der Entscheidung nicht ins Bewußtsein dränge. Nachdem der Kanzler zugestimmt hat (alle verlassen den Saal), sitzt er am Fenster und blickt auf den gefrorenen Teich im Park. Er fährt sich mit der Hand über das kurzgeschnittene graue Haar. Er spürt im Hals verdickte Spucke oder Schleim. Vielleicht hat er sich erkältet. Natürlich, sagt er, WENN der Erfolg winkt, müssen wir ENTSPRECHEND handeln. Er hat das WENN nicht betont, meint aber, das WENN sei ausschlaggebend. Herr von Reischach, ein Hofbeamter, ist zu ihm getreten, deshalb hat Bethmann Hollweg gesprochen. »Was ist, fragt der Hofbeamte, haben wir eine Schlacht verloren?« »Nein«, antwortet Bethmann Hollweg, »aber dies ist das FINIS GERMANIAE.« Herr von Reischach sagt: »Sie sollten zurücktreten.« Der Kanzler schüttelt den Kopf. »Man muß als Offizier den Befehlen der Vorgesetzten folgen, auch wenn man anderer Meinung ist.« Nun ist doch aber der Reichskanzler ein oberster Vorgesetzter. Nach diesem Gespräch meinte auch Herr von Reischach, daß der Krieg verloren sei. Das Wort ENDE GERMANIENS (es gibt aber solche Enden so wenig, wie es Germanien gibt) wurde kolportiert, schadete der Autorität des Kanzlers. Er galt nunmehr als lasch.

Der Erfinder des Blitzkriegs

Abb.: Oskar von Hutier, 1917

Der Erfinder des Blitzkriegs hieß Oskar von Hutier. Kommandeur der deutschen 8. Armee, die 1917 die Offensive auf Riga vortrug. Den Führungsgehilfen Hutiers gelang der einzige Giftgas-Angriff, der durchschlagenden Erfolg hatte. »Erstmals kam den deutschen Waffen zugute, daß sie in Richtung der Westströmung des Wetters angewandt werden konnten.« Die russische Front wurde durchbrochen, der erblindete Feind, soweit er noch atmete, war nicht bereit, sich erneut zu versammeln. Von Hutier behielt noch 16 000 t Giftgasmunition übrig.

». . . wie eine Vielzahl leiser Pfiffe . . .«

Am Abend des 22. Juni 1916 setzte sich Oberleutnant Béchu im Stab der 130. Division mit seinem General im Befehlsstand nahe Souville zum Abendessen. Es war eine windstille Sommernacht. Plötzlich schwiegen alle deutschen Geschütze. Zum erstenmal seit Tagen herrschte vollständige Ruhe. Die Offiziere warfen einander besorgte Blicke zu, denn, sagte Béchu, »der Mann fürchtet sich nicht vor dem Kampf, aber er erschrickt vor einer Falle.«

Nach Minuten war oben in der Luft ein Ton zu vernehmen, »wie eine Vielzahl leiser Pfiffe, die einander ohne Unterlaß folgten, als ob Tausende oder Abertausende von Vögeln in rasendem Flug, die Luft teilend, zu unseren Häupten hinstoben«.

Ein Feldwebel rannte, ohne anzuklopfen, in den Unterstand: Mon géneral, über uns Granaten, Tausende von Granaten, die nicht explodieren! Los, das wollen wir uns mal ansehen, erwiderte der General.

Als die drei horchend draußen standen, kroch aus der Schlucht ein »beißender, ekelerregender Verwesungsgeruch, ähnlich dem Geruch von schalem Essig«.

Den deutschen Streitkräften vor Verdun war eine wertvolle Neuerfindung zur Verfügung gestellt worden: Phosgen, Grünkreuzgas. Der Gasvorhang über der französischen Artillerie löste sich in der windstillen Nacht nicht auf. Die Artilleristen hatten schnell ihre Gasmasken übergestülpt, waren zu den Geschützen gelaufen, um zur Stelle zu sein. Nichts rettete sie vor dem Ersticken; auf irgendeinem scheußlichen Wege durchdrang das Gas die Gasmasken, die sie trugen. Jetzt lag für die höhere Führung das Problem darin, eine Mannschaft zu finden, die die Leichenhaufen von den Geschützen weg in das Gebüsch oder in die Schluchten schaffte; die Führung ging davon aus, daß Ersatzmänner, die die Kameraden in Haufen daliegend vorfänden, nicht zum Kampf bereit oder technisch geschickt sein würden. Es waren ja komplizierte technische Geräte zu bedienen, die Geschütze. Schaufelmannschaften, die die Toten beseitigten, konnten wiederum die Nacht über nicht vorgebracht werden, da sich der Gasvorhang nicht auflöste. »Das einzige Gute war, daß für einige Zeit auch die Fliegen verschwanden, die überall auf dem verpesteten Schlachtfeld saßen.« Immer wieder griffen sich Ärzte an die Kehle und fielen um.

Die deutsche Führung nutzte die Wirkungen des Gasbeschusses nicht aus. Das Gas zeigte die Neigung, sich in Senken festzusetzen, wodurch die französischen Batterien in Hochstellungen *verhältnismäßig ungeschoren* blieben. Der Chef des Stabs der deutschen 5. Armee hatte sich auch nicht allein auf das Phosgen verlassen. Darum hatte die Artillerie Befehl, den Gasbeschuß vier Stunden vor dem Infanterieangriff einzustellen und »mit normaler Munition nachzufassen«. Diese Beschießung mit Explosivgranaten brachte die Luftbewegung, die das Gas verteilte. Wenigstens einige Haufen von Toten konnten auf französischer Seite aus dem Blickfeld geschafft werden. Reserven drängten heran, die Geschütze zu besetzen.

Eine Waffe, die vergessen wurde

Die einzige Form wirksamer Abrüstung heißt vergessen

In einer Kelleranlage bei Antwerpen fand der Konkursverwalter, der das Vermögen eines zahlungsunfähig gewordenen Elektronik-Konzerns (früher eine Reederei) abwickelte, eine Partie veralteter Giftgas-Kampfgeschosse. Der Buchwert war auf 21 Mio. $ angesetzt. Es handelte sich um Unikate. Nirgends in der Welt gab es noch Fabrikationsstätten, die solche Ware herstellen oder auch nur reparieren konnten. Es gab auf dem Weltmarkt aber auch keine Käufer. So wenig wie es Geschütze gab, die diese mit wertvollen Legierungen versehenen Geschosse hätten abfeuern können. Erkundungen auf dem GRAUEN MARKT, der sich mit Rüstungswaren befaßte, ergaben »kein Interesse«. Auf den Kriegsschulen, sagte der Konkursverwalter, existiert kein Nachwuchs, der sich für chemische Kriegführung aktuell interessiert. Das Wissen ist ausgewandert in die zivile Kampfführung gegen Ungeziefer. Auch von den Anwendungen von Giftgas zur zivilen Menschentötung scheint man abgekommen zu sein. Die Hinrichtungsstätten der USA, die Giftgas für die Vollstreckung bereithalten, benötigen nur geringe Mengen. Auch hier fehlt es für die praktische Anwendung an Ingenieurswissen.

Das war 1936 noch anders, ergänzte ein 86jähriger Waffenhändler. Der Unternehmer, bei dem ich lernte, hat noch eine Partie nach Nordafrika verkauft.

Hochwertige Kampfstoffe von 1916 wurden seit 1929 ersetzt durch schnell produzierbare, rasch wirkende *Nervengasstoffe.* Die hohe Buchbewertung, stellte der Antwerpener Konkursverwalter fest, die für die Kampfgasvorräte in den Kelleranlagen des Konkursbetriebs notiert war, ergab sich noch aus Gutachten von Luftwaffenexperten, die 1926 den Umbau der Artilleriegeschosse in Bomben befürwortet hatten; man wollte die Menschen in den Stadtzentren im Kriegsfall durch Luftangriff vergasen. Als problematisch erwies sich, das wenig lenkbare chemische Aerosol in Bodennähe zu halten.

Ein Waffenvorrat, der dem Vergessen anheimfiel!

Der Konkursverwalter konnte die Kelleranlage nicht räumen lassen, da niemand wußte, wie man den Stoff entsorgt. So war es vorteilhafter, in den Büchern einen Wertansatz zu belassen, der es rechtfertigte, die Miete für die Kelleranlage weiterhin zu bezahlen und die Frage, ob es sich um Schrott, einen Schatz für künftige Verwendung oder um einen Schadensfall handelt, offenzulassen.

Die fünfte Art des Vergessens

Es fing damit an, daß er Namen vergaß. Er konnte nicht wiedergeben, was im letzten Jahr geschehen war. War überhaupt etwas Nennenswertes, Merkenswertes geschehen?

Frühmorgens war er gewöhnlich wie elektrisiert. In der Nacht hatte er vergessen. Er fuhr 67 km Landstraße, und das Erlebnis bestand darin, Unfälle zu vermeiden. Es galt der Moment. Er empfand etwas, wenn er sich intensiv oder umwegreich oder geschickt oder sonstwie funktionstüchtig oder heftig bewegte.

Er hatte sich untersuchen lassen. Der Arzt teilte ihm mit, daß keiner der organischen Ursachen für Gedächtnisverlust nachzuweisen sei. Ein Psychoanalytiker, den er befragte, versicherte ihm, daß bei aller Kenntnis der menschlichen Seele keines der Beispiele für sein Vergessen auf Verdrängung beruhe. Die Erinnerung kehrte zudem auch in unregelmäßigen Abständen wieder. »Der dritte Ministerpräsident Frankreichs nach Edgar Faure und Mendès-France hieß Guy Mollet.« Wochenlang sah er das Gesicht dieses Mannes vor sich, konnte aber den Namen nicht erinnern. Niemand fragte ihn danach. Insofern war es für das Geschäft gleichgültig, ob er sich erinnerte. Er brauchte die Information für sein Selbstgefühl. Ihn irritierte, daß diese Spur zeitweise nicht mehr zum Lärm der Assoziationen zählte.

– Sie müssen das so sehen, daß viele Ihrer Erinnerungen unter einem Haufen von Schrott liegen. Unter Trümmern vergraben.
– Und das ist nicht krankhaft? Es ist nicht irreversibel?
– Es beruht auf Überlagerung. Sie können solche INTERFERENZ auch bei elektrischem Strom erzeugen.
– Es beunruhigt mich, weil es meinen Handlungsspielraum eingrenzt. Plötzlich, am Telefon, weiß ich nicht, was ich sagen wollte.
– Es ist die fünfte Art des Vergessens. Die Informationen werden einander zu ähnlich.
– Sie bilden Haufen?
– Nicht einmal das. Sie bilden ein weißes Rauschen.
– Fühle ich mich deshalb im Moment wohl?
– Ja, und es entsteht daraus eine Vergangenheit.
– Dann muß ich mich doch an ein Früheres, etwas Unverwechselbares besonders stark erinnern?
– Nein. Das Rauschen des FÜNFTEN VERGESSENS ist sehr substantiell. Ich glaube, daß Erlebnisse, die sich in der Erinnerung nicht voneinander unterschieden und die im Moment, in dem Sie sie erlebten, für Sie etwas Wichtiges waren, jetzt einen Block bilden. Sie lösen körperliche Reaktionen aus.
– Ja, ich schwitze. Nach einem Telefongespräch oder einer gefährlichen Telefax-Aktion stinke ich unter den Achseln.
– Sehen Sie. Das ist substantiell. Es ist unbrauchbar für Ihr traditionelles Gedächtnis. Sie müßten Tagebuch führen. Oder ein elektronisches Notizbuch und im Abstand von einer halben Stunde das, was Sie tun oder glauben erlebt zu haben, diktieren.
– Das behalte ich doch.
– Aber nicht in Ihrem Kopf.
– Ich behalte es nicht?
– Es überlagert sich im Erinnerungsvermögen. Die Geistesgegenwart löscht die Vergangenheiten.
– Mit was vergleichbar?
– Mit dem Angriff eines Tigers. Gegenwart frißt Gegenwart.
– Dann hat der neue Mensch diese FÜNFTE ART DES VERGESSENS als Charaktermerkmal?
– Genau das versuche ich Ihnen zu erläutern.

- Muß ich besorgt sein?
- Sehr.
- Eine Verfallserscheinung, die ich mir in meinem Amt nicht leisten kann? Es kann äußerlich wie Alzheimer erscheinen?
- Ich bin nicht dazu da, Ihnen Ratschläge zu erteilen. Ich bin dazu da, eine hochbezahlte Diagnose zu stellen.
- Was kann ich tun?
- Berufswechsel!

Das Gespräch mit dem Analytiker beruhigte mich wenig. Ein neues Jahr liegt vor mir. Vielleicht kommt mein Tod eher, als mein Defizit bekannt wird.[22]

Die Macht des Schicksals

Gleich nach Weihnachten 1938 zeigt sich in der Loge der königlichen Oper in Rom links außen der britische Premierminister Chamberlain. Daneben Ministerpräsident Mussolini. Hochaufgeschossen daneben der Leiter des Foreign Office, Lord Halifax, rechts außen der italienische Außenminister Graf Ciano. Zur Aufführung gelangt die Oper *Die Macht des Schicksals* von Giuseppe Verdi. Fünf Jahre später wird Graf Ciano, Schwiegersohn Mussolinis, von diesem erschossen.
Weihnachten und Januar sind für den älter gewordenen Chamberlain in London und Rom dahingegangen. Er sucht zu *vermitteln*. Es ist nicht sicher, ob er versteht, um was es sich jeweils handelt. Von Hitler sagt er: »Muß entweder sterben oder nach St. Helena gehen oder wirklich Architekt bei einer Behörde werden, vorzugsweise in einem ›Heim‹.«

- Sie sagen, daß sich der britische Premierminister und der italienische Ministerpräsident durch die Oper nicht beeindrucken ließen, weil sie RATIONALISTISCH erzogen waren. Sie hätten nicht die Kräfte gehabt, den

22 Dem Mechanismus, sagte der erfahrene Analytiker F., noch orthodoxer Freudianer, ist mit der Tiefendimension der Psychoanalyse nicht beizukommen. Es geht um einen ganz vordergründigen Schaltkreis, der, wenn es so etwas gäbe, etwa in Kapitel 4 der Psychoanalytischen Fibel stünde. Eine intrigante Libido löscht nicht einen Tag, sondern stellvertretend andere Zonen der Erinnerung nach Würfelgesichtspunkten, sozusagen »wie einer sich rächt«. Meine Kollegen von der Anatomie und wir Analytiker, fuhr F. fort, rätseln bei manchen Patienten lange Zeit, ehe wir herausfinden, ob es sich um einen Fall von frühem Alzheimer oder des FÜNFTEN VERGESSENS handelt.

Kriegsausbruch im September 1939 zu verhindern, weil sie zu wenig opernhaftes Vorstellungsvermögen besaßen. Ist das, vereinfacht ausgedrückt, richtig?
– Es klingt vereinfacht. Weil Sie es in einem Satz zusammenziehen.
– In hundert Sätzen verlängert oder ausgewalzt, was wollen Sie mit Ihrer These sagen?
– Ich drücke mich in einem Film ja nicht in Sätzen aus, sondern in Bildsequenzen.
– Nicht so feinsinnig. Stimmt Ihre Ansicht, oder nicht?
– Das müssen die Zuschauer beurteilen.
– Das tun die aber nicht!
– Sie zeigen den typischen Minderwertigkeitskomplex, den öffentlich-rechtliche Anstalten haben. Selbstverständlich beurteilen die Zuschauer, ob etwas historisch stimmt oder nicht.
– Dann wiederholen Sie noch einmal Ihre These.
– So geht das nicht . . .
– Sie behaupten, daß Leute, die für die Erschütterung einer großen Tragödie, wie z. B. Macbeth, nicht empfänglich sind, auch nicht die Kraft haben, in die Wirklichkeit einzugreifen. Kein Vorstellungsvermögen – keine Taten. Richtig?
– Ungefähr.
– Die vier Staatsmänner, die sich in der Opernloge zeigten, glaubten nicht an Hexen. Daher können sie nicht hexen, wenn es ernst wird?
– Vereinfacht ausgedrückt.
– Demnach sprechen Sie auch Hitlers Augen die Faszination ab?
– Aber gewiß. Er hatte stumpfgraue Augen. Man findet sie oft. Kein Hexenmeister hat solche Augen, wenn Sie das meinen. Darüber gibt es Literatur. Er kommt in meinem Film auch gar nicht vor.
– Der britische Premierminister kommt gleich nach Weihnachten 1938 nach Rom.
– Richtig.
– Mit Regenschirm.
– Sie haben es ja gesehen. Er trägt einen Regenschirm und einen dunklen Mantel. Einen Hut, wie ein anständig gekleideter Engländer aus dem Geschäftsviertel.
– Aber in Rom regnete es nicht?
– Sie haben eine falsche Vorstellung von Italien im Januar.
– Also regnete es?
– Die Wolken kamen von Nordafrika her über Sizilien nach Rom. Es regnete nicht. Schauer drohten.

- Scherz beiseite: Der britische Premierminister wollte Frieden stiften?
- Vorbereitungen dafür treffen.
- An seiner Seite sehe ich Mussolini, Graf Ciano, Lord Halifax.
- Lord Halifax ist der Außenminister. Früher Vizekönig von Indien. Graf Ciano ist der italienische Außenminister.
- Und was tun die Opernteilnehmer in dieser Loge daraufhin?
- Das ist das Problem. Den Tag über Paraden, jetzt Oper. Sie arbeiten nicht richtig.
- Wie lange dauert die Oper?
- Dreieinhalb Stunden mit Pause.
- Geht von der politischen Arbeitszeit ab.
- Dazu die Empfänge, die Stadtfahrten, die Paraden.
- Wieviel Zeit bleibt für die politische Arbeit?
- Von dem viertägigen Besuch 3 Stunden 20 Minuten.
- Was haben die Verantwortlichen in dieser Zeit getan?
- Es ist schwer, das ohne Dolmetscher zu verstehen.

Der Korrespondent der NZZ in Rom befragte den Filmemacher Christian D., dessen Film über Deutsch-Ostafrika in Kanada mit einer der höchsten Auszeichnungen geehrt worden war. Sein neuestes Projekt nannte er »Nachrichten mit Musik«. Meinen Sie damit, fragte der Korrespondent der NZZ, daß man die Tagesschau mit Musik untermalen soll? Warum nicht, hatte Christian D. geantwortet. Das hatte den Korrespondenten neugierig gemacht und weitere Fragen veranlaßt, die schließlich zur MACHT DES SCHICKSAL vom Januar 1939 führten. Kein Zweifel, sagte D., daß Chamberlains Versuche, vom tüchtigen Vize-König a. D. Lord Halifax unterstützt, eine objektive Chance gehabt hätten, den Kriegsausbruch vom September 1939 zu blockieren. Der Schlüssel lag für einen Moment in Rom. Das ist nur mit Musik darstellbar.

Abb.: Gleich nach Weihnachten 1938 fährt Chamberlain nach Rom. Ganz rechts der italienische Außenminister, Graf Ciano, der von seinem Schwiegervater (2. von links in der Loge) 1944 erschossen wird. Zur Aufführung gelangt die Oper *Die Macht des Schicksals* von G. Verdi.

Verwilderte Selbstbehauptung I / S. 795 ff ⟵

Abb.: Macht des Schicksals, 1963

Abb.: Deutsch-französischer Interparlamentarischer Ausschuß, 1914. Mit den Sozialisten Jaurès, Haase, Ledebour, den Sozialdemokraten Scheidemann, David und dem Liberalen Friedrich Naumann.

Die Hoffnung der Sozialistischen Internationale ging dahin, daß die Arbeiterklasse in der Lage wäre, den Ausbruch eines Weltkriegs zwischen den Industrienationen zu verhindern.

Abb.: Eugen Leviné und seine Frau Rosa mit Sohn Genja, Fronturlaub 1916. Eugen Leviné, einer der entschiedensten Kämpfer gegen den Krieg, Kienthaler Kreis, wurde von den Freikorps nach Unterdrückung der Räterepublik in einem Münchner Gefängnishof ermordet. Sein Kind war nun 3 Jahre alt.

Ein letztes Zeichen internationalistischer Solidarität

Sabotage der Dechiffriermaschine

Eine französische Telegrafistin und ein deutscher Telegrafenbeamter einer niederen Stufe (Trotzki zählte ihn noch unter die Arbeiter), die einander persönlich nie kennenlernten, überboten sich bei der Übermittlung des Textes der deutschen Kriegserklärung an Frankreich. Solidarisch verstümmelten sie den Text in der Hoffnung, wenigstens dadurch zur Kriegsverhinderung beizutragen. Sie taten das nicht, indem sie den Text fälschten, sondern indem sie den Irrtümern der Chiffrier- und Dechiffriermaschinen vollen Lauf ließen. Das Telegramm 193, vom Reichskanzleramt an den deutschen Botschafter v. Schoen in Paris gerichtet, hatte nach Ankunft folgenden Wortlaut:

Berlin, den 3. August 1914
Deutsche Erwehrungen hatten Brennerei kel italienischer Botschafter. Wir würden Grenze strengstens respektiert und avisiert Juli strikt befolgen. Dagegen trotz körperlich 10 Ihnen Zone französisch aneinander schon Elena bei alt mü ansehen erol und Hypothek Gebirge Strasse, Übereinkunft iu ge sen ante Howard ultramontan und angesichts noch auf relativ Gebiet. Französische Flieger der Belgien Gebiet traité begründet kurz zu warten wurde bei Versuch Bassora bei Wesel zu zerstören. Schon gestern herab mp. Mehrere andere französische kts Nowoje Wremja sind gestern über Eifel-Gebiet Zuzug frei festgestellt, Auch diese müssen Belgien Gebiet Renouard begründet haben. Gestern warf französischer Flieger Bombe auf Bahn bei Karlsruhe und Nürnberg. Frankreich hat Krieg sonach Saragossa Kriegszustand versetzt. Bitte Abbröcklung Acker heute nachmittag 6 Uhr dortiger Regierung mitteilen, Ihre Pässe fordern und nach Übergabe der Geschäfte an amerikanischen Botschafter abreisen.

Bethmann Hollweg

Der Botschafter v. Schoen, voller Vorurteil zugunsten des Kriegs, deutete den entstellten Text im Sinne eines Abbruchs der diplomatischen Beziehungen. Er ließ sich an der Überreichung einer Kriegserklärung nicht hindern.[23]

23 Der Telegrammtext wurde in Zürich durch die Gruppe Dada 1918 publiziert. Es handelt sich jedoch um keinen Kunst-Text, sondern um einen Akt des passiven Widerstands, begangen durch internationalistisch gestimmte Täter, die die Fehler der Geheimhaltungs-Maschinerie einen Moment lang nicht korrigierten.

Extreme Zwerge

»Critics assume the system will remain static forever.
We've never assumed it would never change. We can play
the countermeasure counter-countermeasure game. In
sixteen years the project will be less risky.«
General Kadish, Ballistic Missile Defense
Organization (BMDO)

– Inwieweit beherrschen Sie Ihre neuen Rekruten, General, die Nano-Computer?

– Nahezu vollständig.

– Und wenn sie aus Ihren Laboratorien oder den Waffen, in die sie eingebettet sind, in die freie Wildbahn entkommen? Eine Waffe kann, wie man weiß, stranden.

– Dann werden wir Gegenmaßnahmen (countermeasures) erfinden.

– Und wenn die entwichenen Nano-Roboter ihrerseits Gegenmaßnahmen treffen, General?

– Dann beginnt das uns geläufige Spiel (game): Gegenmaßnahmen gegen Gegenmaßnahmen. So lernen wir seit 80 Jahren.

– Die Nano-Roboter sind intelligent?

– Klein und besonders intelligent.

– Unsichtbar?

– Praktisch unsichtbar.

– Man sagt, in der Evolution liegt der Vorteil stets auf der Seite der kleinen Organismen.

– Es sind Maschinen.

– Aber als Intelligenzen ziemlich lebensecht?

– Das sind sie. Vor allem im Verbund.

– Sind es SICH SELBST ERHALTENDE SYSTEME?

– Ganz gewiß.

– Wenn sie Ihnen entkommen, was können Sie dann überhaupt noch tun? Bisher hat jedes sich selbst erhaltende System einen Weg gefunden, sich fortzupflanzen.

– Wie sollten sie das tun? Sie haben kein Geschlecht.

– Sind sie lernfähig?

– Äußerst lernfähig.

– Sozial?

– Sie mögen einander, wenn Sie das meinen. Sie sind gerne in Gesellschaft. Daß sie gesellig sind, ist der Grund, warum wir sie zu diesen Leistungen bringen (und dennoch in solche Dimensionen verkleinern können). Ich habe daraus gelernt: Intelligenz entsteht nicht aus Logik, sondern aus Geselligkeit.

– Dann werden diese hybriden Wesen, General, doch sicher einen Weg finden, sich zu vermehren?

– Nicht im Labor und nicht in einer Weltraumwaffe!

– Könnten sie in der Kälte des outer space überleben?

– Das könnten sie.

– Sind sie hitzeempfindlich?

– Die neuesten Typen nicht.

– Was spricht dann im Fall ihres Entweichens dagegen, daß sie eigene Republiken, eine separate Evolution neben der der Menschheit in Gang bringen? Könnten sie sich Sklaven oder Hilfskräfte attachieren?

– Sklaven nicht, aber Automaten.

– Roboter älterer Bauart?

– Alle, die größer sind als sie.

– Würden Ihre Geschöpfe so etwas tun?

– Sie würden sich verraten, wenn sie sich auf diese Weise verstärkten. Das provoziert Gegenmaßnahmen von unserer Seite. Sie sind zu intelligent für einen solchen Schritt und würden ihn zunächst zurückstellen. Wir reden hier hypothetisch. Ich sagte Ihnen, daß es sich um einen Geheimbereich handelt.

– Das sagten Sie. Wie würde man überhaupt merken, daß sie ausgebrochen sind und sich vermehrt haben? Daß eine zweite Zivilisation von Nano-Robotern uns in den Nano-Bereichen überholt?

– An einer langsamen Zunahme der Temperatur auf dem Planeten.

– Durchschnitt der Erdtemperatur?

– Im Durchschnitt und an einigen Flecken, an denen sie sich konzentrieren.

– Falls sie so unklug sind, Pulks zu bilden?

– Sie sind nicht unklug.

– Eine durchschnittliche, allmähliche Temperaturerhöhung des Planeten könnte auch andere Gründe haben?

– Darin liegt unser Problem.

– Sehen kann man die Nanos nicht?

– Nicht außerhalb des Labors. Man braucht Geräte, um die Nanos an einem beobachtbaren Ort festzuhalten, wenn man sie »sehen« oder anmessen will.

– Für menschliche Augen unsichtbar?

– Ein menschliches Auge wird einen Nano-Roboter nicht einmal im Mikroskop sehen.

– Nur die Wärmeausstrahlung verrät sie? Sie können nicht aufhören zu arbeiten?

- Man könnte sie erkennen aus dem, was sie anrichten.
- Wenn dem Präsidenten der Vereinigten Staaten berichtet wird, daß sie sich auf der Erde etabliert haben, wären es wie viele?
- Einige Millionen Trilliarden.
- Und das sehen Sie nicht als Gefahr?
- Es ist ein Geheimprojekt und kann nicht diskutiert werden. In 16 Jahren wird die Gefahr geringer sein, weil wir dann Gegenmaßnahmen haben, die auch den (hypothetischen, als geheim klassifizierten) Fall des Entweichens berücksichtigen.
- Und wenn der früher eintritt?
- Wir brauchen die Nano-Roboter.
- Für den hit-to-kill-interceptor, den Nachfolger des 59-kg-Wunders (137 cm lang) von Raytheon in Tucson/Arizona?
- Wir müssen das Projektil auf 8 mm Größe und eine Geschwindigkeit von 90 Meilen/sek. trimmen Das können nicht Ingenieure, das können nur die Nanos selbst entwickeln. So schützen wir das Land gegenüber Angriffen von »Schurken-Staaten«, verzeihen Sie den Ausdruck, den wir heute nicht mehr verwenden.
- Woraus bestreiten Sie Ihr Vertrauen, daß das gutgeht, General?
- Das Vertrauen habe ich gar nicht.
- Vor dem Senatsausschuß sprachen Sie von Zuversicht.
- Das ist ein institutioneller Fachausdruck. Ohne Zuversicht kann ein Projekt wie das unsere nicht durchgeführt werden. Das hat nichts zu tun mit einer persönlichen Illusion, die ich mir mache.

Das Hintergrundgespräch fand in einer Bar in der Nähe des Capitols statt, in der Journalisten und Geheimnisträger des Pentagons für gewöhnlich zusammenkamen; es galt nicht als verdächtig, sich in diesem öffentlichen Raum zu treffen: ein akkreditierter Ort für Nichtgespräche. Der Reporter der *Washington Post* hatte eine Bewegung in den Haushaltsplänen des Pentagon bemerkt, die das Projekt der Nano-Roboter mit dem National Missile Defense (NMD)-Projekt verband. Er suchte gemeinsam mit seinem Gegenüber eine Lücke in der Geheimhaltung, ohne die Karriere zu gefährden.
Sein Gegenüber war insofern ein Hybride, als er eine einflußreiche Stellung im Pentagon gegen eine Position in einer der großen Stiftungen getauscht hatte. Er sprach als Geheimnisträger und zugleich als Privatmann. Wenn man sich aus der gemütlichen Sitzecke, in der sie Rede und Gegenrede austauschten, erhob und sieben Meter zu einem in Kopfhöhe angebrachten Rundfenster ging, hätte man die Obelisken, die Teiche und die Konsistenz des Rasens auf der großzügig angelegten Perspektive sehen können, die vom

Capitol wegführt. Samuel B. Kippner, der General a. D. und Lobbyist, war nicht unvernünftig.

– Mir fällt auf (sagte der Journalist, den die Zuneigung positiv berührte, mit der Kippner von seinen »unsichtbaren Kreaturen« gesprochen hatte), daß alle zehn Jahre ein Krisenszenario zum Thema wird, das einen Untergang des Abendlandes oder ein Ende der Zivilisation voraussagt. Ein solches Fiasko trat bisher nicht ein. Darf ich Sie, Samuel, einmal persönlich fragen. Sie haben zwei Kinder, ich habe zwei Kinder.

– Ja?

– Von der Steuerung her gesehen ist es unwahrscheinlich, daß Ihr Projekt Glück bringt. Beruhigt das?

– Ich bin ja deswegen zur Stiftung gegangen. Ich bin Lobbyist, Steve, aber ich verantworte keine Befehle. Meine Furcht, von der ich vorhin sprach, bezieht sich darauf, daß ich nicht weiß, was geschieht, wenn einer nach soviel vorangegangenem Input in einer Maschinerie wie der des Pentagon (und der Rüstungsprozesse in der Welt) etwas verändert. Sie dürfen es nicht psychologisch sehen (als guter Wille, Schuldgefühl o. ä.). Das System hat aus allen früheren Irrtümern gelernt. Ich nicht.

– Als Journalist gesagt: Ich möchte keine Kassandra sein.

– Als Lobbyist bin ich berufsmäßiger Optimist. Unabhängig davon habe ich bemerkt, daß ich Genuß empfinde, wenn der Horizont a) unbestimmt, b) hoffnungsvoll ist. Von unseren Vorfahren sind nur die übrig, die bei der Geburt vertrauensvoll dreinblicken.

– Bei Geburt sieht ein Baby nichts. Erst nach einigen Tagen . . .

– Sehen Sie die Hände! Sehen Sie die Anlehnung! Das Vertrauen ist da, bevor die Neulinge irgend etwas mit Augen sehen.

– Sie waren in Berkeley?

– Ja, 1967.

– Man verliert es nicht ganz.

– Nicht als Horizont.

– Und widerspricht das Ihrem Beruf als Lobbyist?

– Gerade nicht.

– Sich nicht einmischen, das ist eine Haltung?

– Weil es schlimmer wird, wenn wir etwas planen.

– Das spricht sehr für unsere Ablösung durch die Nano-Roboter.

– Ich wußte nicht, daß Sie Zyniker sind, Steve.

– Und ich darf nichts darüber schreiben?

Sie waren einander emotional nähergerückt. Das änderte an den Regeln, die in Washington zwischen Presse und Administration gelten, nichts. Insofern kann weder ein Reporter der *Washington Post* noch ein Geheimnisträger des Pentagon aus dem System springen. Zwerge der Kommunikation. Im Ernstfall kann ein solcher Kontakt jedoch entscheidend sein. Mit dieser Empfindung gönnten sie sich eine Havanna.

Abb.: Meine Vorfahren mütterlicherseits waren einfache Bauern.

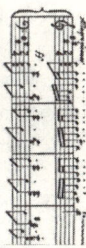

Abb.: Krieg im Kosmos

Die Teufel haben Wartezeit

Hat eine parallele Menschheit eine Chance?

> »Wo der Hochmut des Intellektes sich mit seliger Alter-
> tümlichkeit und Gebundenheit gattet, da ist der Teufel.«
> *Thomas Mann, Deutschland und die Deutschen,*
> *Rede von 1945*

I

Er hatte, wenn er sich nicht belog (was er nur tat, wenn Müdigkeit ihn über-
wältigte), immer an seinen Stern geglaubt. In der langen Wartezeit, die dem
Durchbruch der Perestroika voranging, hatte er immer empfunden, daß all
dies Warten zu einem Durchbruch führen würde. Er sei für ein AUSGE-
ZEICHNETES LEBEN vorgesehen, sagte sein Vorgesetzter, das akademische Mitglied S. M. Trojanowski: Sie sind einer meiner besten Mitarbeiter, und
wenn Sie gestatten, werde ich Sie meinen Schüler nennen.
Das hatte Vorbedeutung, auch wenn es nur der alberne Trojanowski sagte.
Das wissenschaftliche Institut, in dem N. Nikofejew Jahr für Jahr seine Vorteile verteidigte, besaß sog. Laser-Bäume, die größten sibirischen gewachsenen

Kristalle, die es auf der Welt gibt. Die Arbeitsgruppe hatte Sonderstatus und verfügte über Sondermittel. Sie begleitete den Völkerfrühling Rußlands, indem sie Vorräte bildete. Dieser Frühling war bald beendet. Erneut Wartezeit.

Der nächste »Gefährte« oder »Robinson« war über die intakten Netze, über Telefon, Telefax oder Internet in Genf, Massachusetts oder in Australien zu erreichen. Die Republik des Wartens, d. h. die aufgestaute Wissenschaft, versetzte N. Nikofejew nach Weißrußland. Dort gab es geheime Laboratorien, die dereguliert waren. Einmal reiste eine parlamentarische Kontrollmission an, ließ sich informieren, tat so, als verstünde sie etwas davon, machte Verbesserungsvorschläge, bestätigte die Sondermittel, reiste ab und vergaß den Sonderforschungsstab.

II

Hätte jemand N. Nikofejew gefragt, ob er *Hochmut des Intellekts* empfände, hätte er das verneint. Er besaß emotionalen oder genitalen Hochmut. Ihn freute es, Vertrauensleute auf Planstellen zu wissen, mit kompetenten »Gefährten« Tauschgeschäfte zu machen, seinen Namen in internationalen Fachbüchern zu lesen, im wesentlichen aber wollte er nur eins: so viel und so unzensiert forschen wie möglich.

Besser als durch Kinder pflanzt man sich durch MEME fort, durch Wissen, das sich fortpflanzt. Draußen zog die Ära Gorbatschow vorbei, war im Fernsehen zu betrachten. Ihr geisterhaftes Ausklingen beschrieb Nikofejew als »eine Art von provisorischem Chaos« (Chaos, immer unendlich gedacht, kann nie provisorischer Natur sein, weil es nicht vorausblickt).

III

In einem der grandiosen Schwimmbäder die, schlecht verwaltet, vom im Untergang begriffenen Imperium übrig sind, errichtet auf dem Grundriß einer zaristischen Kathedrale, gibt es ein vergessenes Bassin, das einer in Vergessenheit geratenen sportlichen Übung dient. Hier baden, wie in einer versteckten Quelle, die einen Teich bewässert, die Frauen einer benachbarten Traktorenfabrik. Die Streichung der Planstelle des Bademeisters war im Parlament bei den GROSSEN EINSPARUNGEN übersehen worden, und so lebte hier ein vergessener Angestellter, der diese »Quelle«, das Spezial-Bassin, pflegt, das Wasser erneuert usf. Es hat im Winter wie im Sommer eine gleichbleibende Temperatur von 18° C. Durch die breiten Fenster wirft die Sonne ihre Segensstrahlen auf die Wasserfläche, deren Bewegung an der Decke des Gewölbes reflektiert.

Montags hat der vergessene Bademeister seinen freien Tag. An diesem Tag besucht N. Nikofejew das Bad und folgt einem eigenwilligen Trieb: er schwimmt sich müde, und wenn diese Müdigkeit seine Seele umfangen hält, läßt er sich in seinem Körper nieder, dehnt sich sozusagen völlig aus, vertraut sich dem Wasser der Lagune an und läßt seinen Sack und sein Glied von dem das Wasser erneuernden Sprühstrahl ansprühen, der etwa 50 cm unter der Wasseroberfläche liegt. Einen Moment träumt er. Ohne daß er viel aus seinem Willen heraus hinzufügen muß, fließt sein Samen in das blaue Wasser (der Boden des Beckens ist *dunkeltürkisblau*). Er hat die Hoffnung, daß diese winzigen geißelbewehrten, sehr robusten Boten von einer der vielen Schwimmerinnen aus dem benachbarten Traktorenwerk aufgenommen werden. So meint er sich auf *moderne* Weise fortzuzeugen. Er würde diesen »Plan«, mit dem er vielleicht eine der Schwimmerinnen überrascht, jedoch nicht für teuflisch halten, sein Impuls ist nicht »selig-altertümlich«, sondern, wie moderne Wissenschaft, fließend. Im Vergleich zu einem antiken Satyr »ungebunden«.

IV

Was ist, bezogen auf die Seele, altertümlich? Was ist eine *fortgeschrittene* Seele? Ist sie abgeschliffen?
Auf einem Kongreß in Cincinnati saß N. Nikofejew neben dem volltrunkenen Freund M. Popolow. Wartezeit ist Brütezeit. Sie hatten den Eindruck, daß sie auf dem Kongreß nichts erfahren würden, was sie nicht schon wußten.
Das Stichwort für altertümlich heißt: »Ich traue mich nicht.« Der Gegenpol, der aus der Wartezeit herausführt, heißt: sapere aude (wage es, dich deines Denkens zu bedienen). Das kann man ohne jeden Hochmut tun. Die Freunde glaubten nicht an den »unaufhaltsamen Aufstieg der Gen-Manipulation«, da sich darauf ein konsequentes Wagnis (= Ungebundenheit) nicht gründen läßt.[24]

---

24 Nicht die Veränderung des Menschen, sondern die Herstellung eines »anderen Menschen neben dem Menschen« führt aus der Warteschleife heraus.

V

Im Sommer hatte N. Nikofejew in seinen geheimen Laboratorien sog. »Zwerge« geklont. Auf die Verschwiegenheit seines Personals konnte er sich verlassen. Die ersten »menschlichen Computer« waren Zwillinge, ein hübsches weibliches und ein männliches Kind. N. Nikofejew beseitigte operativ die Zeugungsfähigkeit dieser Wesen, weil sein Wissen ihm sagte, daß er keinen Eigenwillen dieses Lebens zulassen durfte, denn noch folgte er Darwins Satz, daß eine zweite Evolution notwendig der ersten, unserer, ein Ende setzen wird. Die Laboratorien waren in einem Wald untergebracht, in dem früher ein Quartier der deutschen Wehrmacht gelegen hatte. Die damals errichteten Baracken waren nunmehr ausgebaut und unterkellert. Nikofejews »geliebte Kinder«, in römischer Grobheit mit lateinischer Zahl in der Reihenfolge ihrer »Geburt« bezeichnet, befanden sich noch in Reagenzgläsern. Um sie zu aktivieren, wäre es notwendig, sie in einen menschlichen Transmitter einzupflanzen. Die Transmitter (»veränderte Menschen«) hätten nach dem Gesetz beim Einwohnermeldeamt gemeldet werden müssen. Dieses »außerwissenschaftliche Problem« war zur Zeit unlösbar. So blieben die »vielen Seelen« in ihren Retorten.

VI

M. Popolow kommt zu Besuch. Nikofejew hat versucht, seine Ergebnisse vor dem Freund und Genforscher geheimzuhalten. Der Freund hat ihn im belorussischen Wirrwarr dennoch gefunden. Popolow meint:

– Du könntest einige der Gläser über die Pamir-Strecke nach Afghanistan bringen. Auf dem gleichen Weg, auf dem der STOFF in umgekehrter Richtung nach Westen gelangt.
– Und dann?
– Werden die »lebendigen Seelen« in pakistanische Mädchen, die man kaufen kann, eingesetzt.
– Und sie kommen auf der Opiumstraße zurück? Mit Papieren?
– Nach Tadschikistan, gleich weiter über das Alexander-Gebirge nach Beschkek, internationaler Flughafen, von dort nach Marseille.
– Pässe?
– Werden angefertigt.

– Es sind aber Maschinen.
– Gehorsame Maschinen.
– Darin liegt das Problem.

N. Nikofejew handelte nie gegen sein Wissen. Sein Wissen sagte ihm, daß ein solches Geheimwissen, das Macht verleiht, nicht zu zweit ausgeübt werden kann. Trotzdem wagte er den Pakt mit M. Popolow. Aus dem einzigen Grund, um nicht mit sich allein zu sein.

VII

Jahre später wurden die Leichen von N. Nikofejew und M. Popolow auf einer Geröllhalde in der Nähe von Marseille gefunden. Streunende Schlachterhunde hatten die Körper zerfetzt. Die Hunde wurden erschossen.

Die Polizeibehörden in Marseille fanden keine Hinweise auf die Mörder. Vermutlich waren die Organisationen des »grenzüberschreitenden Transports« der beiden Weisheitshüter überdrüssig geworden und hatten versucht, sich dieses Geschäft mit »modernen Sklaven« anzueignen (nicht besonders lukrativ angesichts der Notwendigkeit der Geheimhaltung). Die Marseiller Organisationen waren, wenn sie die Mörder waren, jedoch lediglich den »lebendigen Seelen« zuvorgekommen, die eine Tendenz hatten, sich gegen das Menschengeschlecht und damit gegen ihre beiden Hüter zu wenden.[25]

Ein ZWEITER URSPRUNG DER EVOLU-
TION (Nikofejew und Popolow hatten im letzten
Jahr einen Weg gefunden, das »Austragen« zu
vermeiden) war ein gefährliches WAGNIS. Billiger war es, Minderjährige ihren Erziehungsbe-
rechtigten abzukaufen, sie abzurichten und dem
internationalen Verkehr zuzuführen. So sahen es
die erfahrenen Verbrecher von Marseille. Unsere
Zeit ist für die Entstehung des Teufels der zweiten
Evolution noch nicht günstig. Die Teufel haben
Wartezeit.

Abb.: Eine Schule von Priszil-
len, 70 Millionen Jahre v. Chr.

Überholende Kausalität, I / S. 37 ←

25 Ähnlich dem egoistischen Gen, das um sich herum alles vernichtet, was seine Vermehrung hemmt. Entsprechend sind die in die Genome eingebauten MEME, ohne daß Nikofejew und Popolow einen Weg wüßten, sie zu überlisten, ausschließlich auf die Vertreibung fremder Meme aus. Sie haben eine mörderische Tendenz.

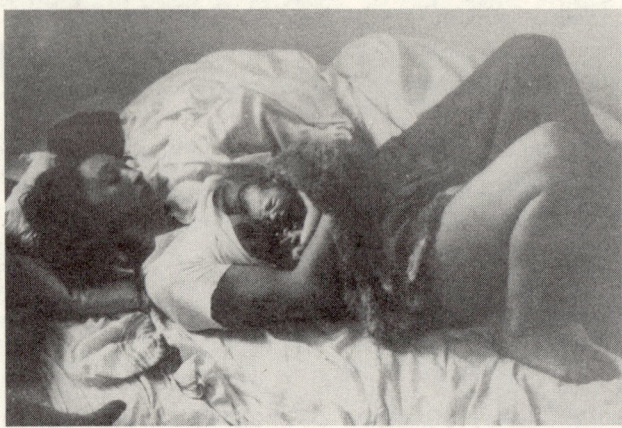

Abb.: »Da ist eine Mutter, in deren Leib hat man 9 Monate gesessen, sorglos, warm und in allen Freuden.« *Groddeck*, S. 6

Der Unterwasserkünstler

An Händen und Füßen gefesselt, ist er von der Belle-Island-Brücke in den vereisten Detroit River gesprungen. Das für ihn in das Eis gehackte Loch traf er. Die Strömung aber trieb ihn vom Loch weg unter die Eisdecke. Dank eines minimalen Raums zwischen Eisdecke und Wasseroberfläche hat er Atem geschöpft. Die Grenze zwischen den Aggregatzuständen Wasser und Eis ist nie genau. So waren die Flußwächter überrascht, als er Kilometer flußabwärts von unten an die dort dünne Eisoberfläche klopfte. Wie ein Geist war er unter der blanken Eisplatte zu sehen, die Nase eng an die Unterfläche der Eisdecke gepreßt, um sich die wenigen Deziliter Sauerstoff zu sichern, die es an der Nahtstelle gibt.

Man kann jeden beliebigen Punkt der Erde, auch die lebensunfreundlichen, ansteuern, sagte der Künstler nach seiner Rettung, indem man von seiner eigenen Mitte aus eine Spirale zieht.

→   Ein Denkmal für unbekannte Soldaten, I / S. 95

Der neuzeitliche Mensch

Das Rumoren der verschluckten Welt

Der neuzeitliche Mensch hat »die Meere ausgetrunken, die Erde von der Sonne abgekettet, es gibt nichts Seiendes mehr, das er nicht vor-sich-gestellt, d. h. zum Bild gemacht hat«. Schwer zu übersetzen, sagte Dr. J. Vogl. Schon das Wort »neuzeitlich« hat im Französischen keine Entsprechung. Die Gallier zählen die Zeiten anders. Vor François Rabelais, vor Montaigne liegt für französische Zähler nicht das Mittelalter, das nichts denkt, sondern die Antike.

Das Rumoren der einverleibten Dinge

Die verschluckte Welt bleibt nicht ruhig. Sie verdoppelt sich. Sie wartet draußen als Hindernis, als Falle, als menschlicher Gegenstand, und rotiert als Bilderstrom im Innern.

Wird ein Zinn-Arbeiter in Siam oder ein Stadtjunge in Mexico City von dieser Moderne ebenso ergriffen wie ein US-Bewohner oder ein Europäer? Teilt er die Welt in Bilder und Schätze ein, er selbst ein Eroberer, der nur im Augenblick noch zögert? Zweifellos, antwortet Dr. Vogl. Und die Milliarden Chinesen verschiedener Generationen, sechs, zwölf, achtzehn Generationen zurückgerechnet (und vielleicht die zukünftigen auch, die als Geister einwirken) – verankern sie die GESCHICHTE, wenn sie doch weniger durch die Neuzeit des Westens als durch die CHINESISCHE PARALLELITÄT geprägt sind?

Unser Unwissen davon wird der Anker sein, der den allseitigen Krieg aller gegen alle um den Besitz der Bilder momentan aufhält, meint Dr. Vogl. Also gehen Sie davon aus, daß große Massen von Trägheit und Beharrlichkeit, auch von Charakterstärke aus früheren Zeiten, fragte ich, eine Wirkung auf große Entfernung und unter Überspringung der Zeiten auf uns ausüben (ähnlich einer Gravitation)? Und daß dies die Menschen-Erde zusammenhält? Eine Art von Trägheit, gegründet auf noch nicht von der NEUEN ÖKONOMIE und der Neuzeit strukturierte Menschen?

Dr. Vogl sah gequält drein, er sah das Problem, solche Gedanken ins Französische zu übersetzen, das aufgrund seiner Grammatik feste Regeln gegen Unbestimmtheit vorsah. Es sind Heere von Toten unterwegs, fuhr ich fort, die noch auf die Art und Weise früherer Zeitalter atmen, dazu die SCHLUCKER, die die Meere austrinken, sich dabei Erde einverleiben und sich von der Sonne abgekettet haben. Sie verschlucken sich und ersticken nur deshalb nicht sofort, weil dieser unselige Zustand als weltweiter Durchschnitt bisher nur für Bruchteile von Sekunden existiert, die alte Welt des Riesen Ymir noch als Trägheit fortwirkt und die Verwirrung zurechtrückt.

Es ist unglaublich anstrengend, dieses Hin und Her, und es ist mit dem Fluch der Sintflut nicht zu vergleichen, antwortete Dr. Vogl. Sie müssen mir glauben, daß ich Schwierigkeiten habe, solche Überlagerungen deutlich zu machen im Rahmen der Bauhaus-Universität Weimar, und noch mehr bei der Übersetzung ins Französische, bei der Ankunft der Gedanken in der vielstimmigen Metropole Paris. Das sehe ich ein, antwortete ich.

Sklavenwasser

In den Kellern des privaten gentechnologischen Forschungsinstituts Hilferding GmbH in Heidelberg ging F. Kattebeer einer simplen Annahme nach: Das Wasser, das menschliche Körper zu fast 90 % ausmacht, ist von besonderer Natur. In ihm ist altes Wasser so organisiert, daß es nur durch Gene übertragen werden kann. Es ist deshalb ganz vergeblich, sagt er, EXPERIMENTE ZUR RASSISCHEN AMELIORATION GENTYPISCHER STANDARDS vorzunehmen, wenn bei diesen Experimenten heutiges Wasser, z.B. Leitungswasser oder Wasser aus dem Rhein, Verwendung findet. Nicht allein wegen der Verunreinigung im mikroskopischen Bereich, nein, es handelt sich um Flüssigkeiten, die wir und die Tiere in unseren Körpern lebenslänglich herumtragen, um heilige, durch Weitergabe von Generation zu Generation geheiligte Wasser, Urwasser, denen das Wasser aus tief unter der Libyschen Wüste verborgenen Seen am ehesten nahekommt. So hat sich Kattebeer ein Fläschchen Wasser aus solchen unterirdischen Meeren verschafft, die Nordafrikas Boden unterhöhlen, und sofort eine Reihe von verblüffenden Ergebnissen in vitro erzielt. Die Zellen sprechen auf das Altwasser in einer »geradezu fanatischen Zuwendung an«.

So wird Kattebeer in einiger Zeit in der Lage sein, eine kurzstämmige, schmerzunempfindliche, gezielt (d.h. nicht umfassend) intelligente Hybrid-Menschen-Art zu entwickeln. Die rudimentären Prozesse hat er in den USA patentieren lassen. Die neue Standard-Sorte fängt knapp unterhalb der Definition menschlicher Rassen an. Sie wird deshalb keine Menschenrechte besitzen. In der GUS sollen die ersten Exemplare auf Farmen aufwachsen, in Freiheit, bis zum Zeitpunkt ihrer Zähmung und Abrichtung. Kattebeer hat sich dahin beraten lassen, daß ein Markt dafür vorhanden sei.

Ein Fahrstuhl in die ozeanische Tiefe

Wilhelm D. Zabel, dessen Vorfahren aus Odessa kommen, hat die Ozean-Wissenschaft durch einen Fund bereichert. Schon seit Jahren ist er Prophet der TIEFSEE-SCHLÄUCHE, der den PLANETEN UMRUNDENDEN OZEANPUMPE, DER KAMINGEBILDE, d. h. aller vertikalen Strukturen der Wassermassen, die den blauen Planeten auszeichnen. Sie sind vielfältig durch die Gegenbewegung ihrer Strömung und dadurch, daß kalte Unterströme die warmen Oberflächenströmungen wie einen Reiter tragen. Vor dem Widerstand einer Küste oder eines Unterwassergebirges wechseln diese Wassermassen unerwartet die Richtung und erzwingen den Gegenstrom. Einige dieser REVOLUTIONEN der Ozeane wirken sich zerstörerisch aus, andere erzeugen Lebendigkeit. Die Neuigkeit, die auch Zabel neuerdings mit Pathos publiziert, ist der *Fahrstuhl des Lebens*. An Holzreste und Walkadaver sind Massen von Einzellern und Bakterien angefügt, die in der unvorstellbaren Langsamkeit von zwölf Metern pro Jahr, aber zugleich gründlich und konstant von der Oberfläche des Meeres in die Tiefe sinken. Dort, in Bodennähe, verweilen sie lange Zeit und wandeln sich zu Wesenheiten, die die Welt nicht kennt. Die Forschung vermutete in diesen Tiefen bisher kein Leben. Später steigen Einzeller, Bakterien und ihre Wirte in einem der ozeanischen Kamine wieder empor und »vergessen« alle Eigenschaften, die sie in der Tiefe erwarben. Insofern ist die Natur verschwiegen, sagt Zabel, als sie die Rasanz ihrer Metamorphosen nicht verrät; man muß ihr nur sehr viel Zeit geben! Es handelt sich um elf unbekannte Arten von Kleinst-Lebewesen, spezialisiert auf das Auszehren von organischer Materie. Soweit es sich um Bakterien handelt, sind sie fähig, Fett kalt aufzuspalten. Das tun sie jedoch nur in der Tiefe, in dem BALLETT DER ÄONEN (sie brauchen 300 Jahre, um ganz hinabzusteigen, sich am Sockel des Fahrstuhls aufzuhalten, sie spezialisieren sich dort und steigen in 60 Jahren wieder auf). Die Waschmittel-Industrie ist an ihrer Fähigkeit, Fett kalt aufzuspalten, unmittelbar interessiert. Kein Weg führt an Zabel vorbei, wenn die Industrie an den Kamineffekten der Ozeane Studien treiben will. Sie müssen spenden und sponsern. Immer noch ist es schwer, die minimalen Existenzen zu isolieren. Man fängt in der Tiefsee nichts mit dem Köcher. Zabel hat die nach ihm benannten Lebewesen selbst noch nie gesehen. Er kann sie aber nach den erforschten Daten auf den Computern seines Instituts simulieren und »leben lassen«. Aufgrund solcher elektronischer Demonstration hat er das Patent EP 0695-351 B1 erworben. Die Natur, sagt Zabel, ist unser Navigator. Von ihr erfahren wir, wonach wir suchen wollen. Die Suche selbst findet nicht in den unwirtlichen Kaminen statt, in denen Schiffe zugrunde gehen, sondern in sonnigen Büroräumen, in denen auch geschäftliche Verhandlungen in gedeihlicher Form vonstatten gehen. Ich selbst, sagt Zabel, kann nicht einmal schwimmen.

Heiner Müller und das Projekt Quellwasser

Das Poetische heißt sammeln

Es war in der Woche nach Heiner Müllers Rückkehr aus Verdun. Er sehnte sich nach Brei. In Kantinen und Gaststätten gibt es das nicht. Deshalb entstand der Plan, sich nach Baden-Baden in ein Kurhotel umzuquartieren, wo es vielleicht bekömmliche Breikost gäbe. Es ging um Hörensagen. Nachts schlief er nicht, war tags schläfrig.[26]

In einer der langen Wartezeiten, die der Dichter in der generösen Hotelhalle verbrachte, trat ein Mann auf ihn zu, dessen Name Müller aus der akademischen Warteschleife der neuen Bundesländer zu kennen glaubte. Zunächst hielt er diesen Mann für verrückt. Das bezog sich vor allem auf die Bitte zur Zusammenarbeit. Der Dramatiker solle mit ihm, einem Techniker, Wissenschaftler und Geschäftsmann, eine Handelsgesellschaft gründen und diese durch die Herstellung poetischer Texte unterstützen. Den Gewinn, schlug der Gesprächspartner vor, sollten sie teilen.

In Baden-Baden halte er sich auf, berichtete der Mann, weil hier in unterirdischen Zisternen noch Wasser aus dem vorigen Jahrhundert aufbewahrt werde; Wasser, wie es Dostojewski bei seinen Besuchen noch benutzt habe. Die Qualität sei jedoch enttäuschend, kaum anders als heute. Ganz andere Geheimnisse enthielten die verschütteten Kanalsysteme des Irak, die ein Dr. Ing. H. Grapp erforscht und katalogisiert hätte. Zu erwähnen seien auch die Tiefwasserschläuche zwischen Spitzbergen und Grönland, unsichtbar im Meer verborgen, aber versehen mit Wasserqualitäten von großer Dichte. Eine Singularität sei $H_2O\text{-}20$. Er habe das aus Unterlagen der Akademie der Wissenschaften der UdSSR[27], aber auch aus solchen der Labors des Wirtschaftsamts im Reichssicherheitshauptamt (RSHA) ermittelt; im übrigen seien die Berichte von der

---

26 Wir schreiben November. Am 31. 12. war Heiner Müller tot.

27 In diesen Geheimpapieren geht es vor allem um Wassertransfer per Luftbrücke zum Indischen Ozean über das Karakorum in die südlichen Gelände der Sowjetunion, die unter Trockenheit leiden. In dem Geheimdossier sind die Flugrouten, die Entsalzungstechniken und die Konstruktion der Transportgeräte beschrieben, die Flugzeugen nicht ähnlich sind.

Staatssicherheit archiviert worden. Zu dem Bestand gehöre das vollständige Verzeichnis aller unterirdischen Gewässer Böhmens und Mährens mit besonderer Dokumentierung ihrer Qualitäten, Fließrichtung, Schwingung, ja der verschiedenartigen Heiligkeit des Wassers, insgesamt 620 Seiten. Die Bewertungsskala bewege sich zwischen 1 bis 12. Ob Müller ihm folge? Der nickt. Er mußte ohnehin warten. Gewässer mit Bewertungszahl 12, fährt der Geschäftsmann fort, können als unbezahlbar gelten. Sie entstehen auf dem Planeten aufgrund gewisser Schichtungen des Gesteins nur in drei oder fünf Fällen; z. B. im Pamir, von dort aber schwer abzutransportieren, da solches Wasser sich durch den Transport verändert. Nun stellte sich der Mann vor, gab Müller seine Visitenkarte. Er hieß Prof. Dr. F. Wilde.

In dem provisorischen Zustand zum Tode hin, in dem sich der Dramatiker befand, sind die persönlichen Verteidigungsmittel eines Menschen gegenüber der Willenskraft Dritter nicht besonders stark. Es gab nichts, was der Dramatiker sich nicht anhörte, was er nicht »geschehen« ließ. Ja, dieser »Mann der unerschütterlichen Ruhe« verfügte in seinem Kern (von dem er sich nährte; wenn die physische Nahrung ausbleibt, so tritt auf kurze Zeit die metaphysische an ihre Stelle) über einen Rest von VORSTELLUNGSKRAFT. Geschäftsmann war er nie gewesen, er strebte es auch für die kurze Rest-Zeit nicht an. Es erwies sich aber, daß der aus seinem Amt vertriebene Forscher der früheren DDR (weitgehend unbefugt, unter höchster Geheimhaltung) ein Staatsgeheimnis hütete. Das Geheimnis bezog sich auf äußerst seltene Wasser, eine Sammlung von Proben in winzigen Reagenzgläsern. Eine einzelne Abteilung des untergegangenen Staatswesens hatte diesen Schatz angesammelt. Prof. Dr. F. Wilde, der zu den Sammlern gehört hatte, hatte das herrenlose Gut an sich genommen.

Die Altseen der Sahara. Es gibt zwölf solcher Seen. Mit einem Alter von 66 Millionen Jahren. Nur an der Oase Bisra gibt es eine Höhle, die Zugang zu einem dieser Seen gewährt. Der Zugang wurde auf Veranlassung des Afrika-Korps 1943 versiegelt, ehe die Briten Libyen einnahmen. Die Wasserproben enthielten Getier, das auf dem Planeten unbekannt ist. Das Wasser hatte einen »blutähnlichen Geschmack« und stillte den Durst eines durchschnittlichen Trinkers um 23 % schneller und vollständiger als das Einheitsdestillat nach DIN Reichsnorm, das wir als Trink-Wasser bezeichnen. Gelingt eine »Hebung« dieser Seen dadurch, daß eine Betonmasse unter dem Seegrund (in 21 km Tiefe) eingelassen wird, die den See-Grund gegen den mobilen Erdmantel abschirmt, den See andererseits in Bodennähe drückt, so wäre das Wasser förderbar. Solange es unter der Oberfläche der Sahara liegt, versalzt es nicht. Mit diesem Wasservorrat ist eine Klimaänderung in Nordafrika möglich, die die Zustände zur Zeit des TETHYS-MEERES wiederherstellt. Ein Projekt der

Achse, geplant für 1952. Von DDR-Wasserbauingenieuren 1972 nachrecher-
chiert. Vermutlich Absturzgrund des Hubschraubers des Politbüromitglieds
Lambertz. Verschlußsache.

Zur Gründung des gemeinsamen Geschäftsunternehmens kam es nicht mehr.
Der Dramatiker hatte jedoch seine Einschätzung des seltsamen Gefährten vollständig verändert. Er sah in Wilde, der etwas so Elementares wie das Wasser auf
Seltenheit untersucht, einen poetischen Kollegen. Gern wollte er das Projekt mit
einigen Versen unterstützen. Sie blieben bis 5.00 Uhr früh in der Halle.

Wenn das Poetische ein Einsammelvorgang ist wie die Beeren- und Kräutersu-
che, dann zeigt sich die Qualität des Poetischen in der Zähigkeit, Vollständigkeit, Hartnäckigkeit und Leidenschaft der Suche. Es geht um ein Sich-selbst-
zwar-vollständig-oder-fast-vollständig-Einsammeln. Eine schwer lesbare
Handskizze dazu ist Müllers letztes Werk.

Abb.: »Der lange Marsch des Urvertrauens«

Nachweise
zu Band II
Chronik der Gefühle
Lebensläufe

8 Unheimlichkeit der Zeit

Neue Geschichten. Hefte 1 – 18, Erstveröffentlichung in der edition suhrkamp, Frankfurt, 1. Aufl., 1977. Die Geschichten sind in 18 Schreibheften (cahiers) geschrieben. Der Zeitraum der Niederschrift reicht von 1974 bis 1977. Einige der Geschichten (z. B. Hefte 13, 14) betreffen das Zeitgefühl von 1981 bis 1984. Mein Vater ist 1979 gestorben. Die Niederschrift des mit Oskar Negt geschriebenen Buchs *Geschichte und Eigensinn* und die Niederschrift von einigen Heften der *Unheimlichkeit der Zeit* läuft parallel (z. B. Hefte 5 bis 8). Die Thematik von Heft 2 ist in dem Film *Die Patriotin* variiert. Das Thema von Heft 4 korrespondiert mit *Ein Liebesversuch*.

Regius ist das Pseudonym von Max Horkheimer (Heft 7: »Ich bin, wenn ich nicht ich bin«).

Bei den 10 Zenturionen (Heft 10) handelt es sich um Verse von Victor Hugo.

9 Massensterben in Venedig

Der Titel entspricht der schwedischen Ausgabe (*Massdöden i Venedig*, Stockholm 1977). Deutsche Erstauflage 1973 bei Suhrkamp. Redaktion: Günther Busch.

Wie sich aus dem Kontext ergibt, lebte ich in Frankfurt/Main, Schumannstraße. Das gemeinsam mit Oskar Negt geschriebene Buch *Öffentlichkeit und Erfahrung* ist parallel geschrieben. Der Film *In Gefahr und größter Not bringt der Mittelweg den Tod*, gedreht in Frankfurt, Februar/März 1974, setzt die Thematik der Erzählungen unmittelbar fort. *Hauptfeldwebel Hans Peickert* habe ich auf der Sitzung der Gruppe 47 in Berlin-Wannsee gelesen. Es ist das Jahr der Spiegel-Krise. *Bestimmung des Gelehrten: ManDorf* habe ich in Saulgau gelesen. In der Sitzung der Gruppe 47 in Sigtuna/Schweden habe ich gelesen: *Anwesenheitsliste für eine Beerdigung*.

10 Lebensläufe

Erstveröffentlichung 1962 im Goverts Verlag, Stuttgart. Lektorat: H. D. Müller. Anita G. wurde 1966 verfilmt unter dem Titel *Abschied von gestern*.

11   Lernprozesse mit tödlichem Ausgang

Geschrieben aus der Perspektive von 1972, als Fortsetzung des Buches über Stalingrad. Parallel zu den Filmen *Willi Tobler und der Untergang der 6. Flotte* (1972), Neubearbeitung: *Zu böser Schlacht schleich ich heut Nacht so bang* (1979) sowie *Der große Verhau* (1971), (THE BIG MESS, 1971).

12   Der lange Marsch des Urvertrauens

Die Erzählungen *Der spanische Posten, Der Pädagoge von Klopau, Wer immer hofft, stirbt singend, Kooperatives Verhalten, Abbau eines Verbrechens durch Kooperation* sind Zusätze zu den »Lebensläufen«.

Urvertrauen ist die Mitgift eines jeden Lebewesens, von Menschen bewußt empfindbar, das den positiven Schub zu neuen Taten (»gut oder böse«) über die Generationen, ja über die Gesamtentwicklung des blauen Planeten umfaßt. An ein PRINZIP HOFFNUNG glaube ich (als Gefolgsmann Adornos) nicht, aber ich bin sicher, daß es eine seelische UNTERGRUND-ARMEE gibt, die von hoffnungsvollen Annahmen ausgeht: »Wer immer hofft, stirbt singend«. Dies gehört zu den Annahmen, gegen die ein Wahrheitshinweis nichts nützt.

Die Lebensläufe (Kapitel 10) behandeln (»erzählerisch«) den speziellen Winkel, unter dem wir Menschen Zeitgeschichte und Welt betrachten. Das 12. Kapitel entwirft Skizzen, was in den »wirklichen« Geländen der Geschichte und GENERATIONEN und in den ANDEREN LANGEN ZEITRÄUMEN, den Äonen, an unerzählter Erzählmasse existiert. Hier liegen die IMAGINÄREN ROMANFÜHRER.

DIE HINRICHTUNG EINES ELEFANTEN. Dazu Georg Stanitzek, *Autorität im Hypertext*, in: Internationales Archiv für Sozialgeschichte der deutschen Literatur, 233. Band. 1998, 2. Heft. Dort alle Nachweise zum Thema Elefant.

GALINA STAROWOITOWA. Der Mord an der populären Duma-Abgeordneten am späten Freitagabend, unmittelbar vor ihrer Privatwohnung, ist bis heute ungesühnt. Zur Tat wurde eine Maschinenpistole amerikanischer Bauart benutzt. Ausdruck der Brutalität dieses Auftragsmordes war es, daß professionelle Killer das Bild eines unprofessionellen Geschehens hinterließen, das dennoch nicht aufzuklären war. Seit Anfang der Perestroika war Galina

Starowoitowa als Bürgerrechtlerin und als unbestechlich hervorgetreten. Enge Gefährtin Sacharows. Ihr Staatsbegräbnis wurde durch die (von den Behörden nicht erwartete) Anteilnahme der Bevölkerung zu einer der größten Trauerveranstaltungen der jungen Russischen Republik.

DAS QUANTENVAKUUM, EINE POETISCHE METAPHER. Das Zitat von *Novalis* verdanke ich Durs Grünbein. Der Satz kann auch umgekehrt gelesen werden: »Das echt absolut Reelle (d. h. die Natur) ist das absolut Poetische.«

Danksagung

Das vorliegende Buch entstand in einer ungewöhnlich intensiven Zusammenarbeit mit Christoph Buchwald, für dessen genaues und eingriffsicheres Lektorat ich mich bedanke.

Karin Freund danke ich als meiner redaktionellen Mitarbeiterin, mit der ich bei diesem umfangreichen Projekt, und schon seit 1975 bei den früheren Veröffentlichungen, kreativ und eng zusammengearbeitet habe. Es ist eine gewaltige Leistung, ein solches Buch, das in den Einzelheiten mehrfach umgewälzt wird, zusammenzuhalten.

Ich danke schließlich Stefanie Schelleis, Carola Feist und Rolf Staudt für ihren Einfallsreichtum und die Flexibilität bei der Herstellung.

Gesamtinhaltsverzeichnis

Band I
Basisgeschichten

4   Heidegger auf der Krim   413

5 Schlachtbeschreibung 509

Band II
Lebensläufe

8   Unheimlichkeit der Zeit   9

Teil I

Teil II

9   Massensterben in Venedig   455

10 Lebensläufe 673

Alexander Kluge
im Suhrkamp Verlag

Chronik der Gefühle. Band I: Basisgeschichten.
Band II: Lebensläufe. Mit zahlreichen Fotos. Zwei Bände im Schuber.
Leinen und st 3652. 2040 Seiten

Gelegenheitsarbeit einer Sklavin. Zur realistischen Methode.
es 733. 250 Seiten

Die Kunst, Unterschiede zu machen. Mit zahlreichen Abbildungen.
Bibliothek der Lebenskunst. 112 Seiten. Gebunden

Lebensläufe. Anwesenheitsliste für eine Beerdigung.
BS 911. 277 Seiten

Die Lücke, die der Teufel läßt. Im Umfeld des neuen Jahrhunderts.
951 Seiten. Leinen und kartoniert

Schlachtbeschreibung. Roman. es 1193. 365 Seiten

Alexander Kluge/Oskar Negt. Geschichte und Eigensinn. Mit
Abbildungen. Drei Bände. es 1700. 1249 Seiten

Kluges Fernsehen. Alexander Kluges Kulturmagazine. Herausgegeben
von Christian Schulte und Winfried Siebers. Mit zahlreichen
Abbildungen. es 2244. 266 Seiten